소현성록

한국
고전
문학
전집

018

소현성록

지연숙 옮김

문학동네

머리말

『소현성록』은 북송 시대를 배경으로 소경(호 현성)이라는 인물의 일생과 그 자손들의 이야기를 다룬 국문장편소설이다. 작자는 알 수 없으며, 이본이 여러 종 있지만 모두 필사본이다. 17세기 중후반에 창작된 것으로 추정된다.

오늘날 『소현성록』은 잘 알려진 작품이 아니다. 일반인은 물론, 국문학 전공자 중에도 고개를 갸웃거리는 경우가 있다. 이것은 『소현성록』의 문제라기보다는 『소현성록』을 포함한 국문장편소설이라는 장르 자체가 망각된 결과다.

17세기 중후반부터 등장한 국문장편소설은 조선 후기 내내 전성기를 누렸다. 애초 서울의 상층 부녀를 독자로 했으나, 책을 필사하여 빌려주는 세책가貰冊家를 통해 더 넓은 계층으로 퍼져나갔다. 인기를 얻으면서, 줄여 잡아도 100여 편 이상의 작품이 쏟아져나왔고 분량은 짧게는 10여 권, 길게는 100여 권에 달해 명실상부한 장편소설의 면모를 과시했다. 그러나 이 작품들은 20세기 들어 우리 민족이 일제강점기와 6·25전쟁이라는 불행을 겪는 동안 완전히 잊었다. 격동의 현대사에서 국문장편소설은 지나치게 장황하고 한가로운 이야기였을 것이다.

국문장편소설은 1969년에 창덕궁 낙선재에서 새롭게 발견되어 '낙선재본 소설'이라는 이름으로 세상에 알려졌다. 중세 중국을 배경으로 귀족 가문의 가정사를 다루는 내용 때문에 한동안 국적을 의심받았으나, 우리 작품임이 점차 밝혀지면서 1980년대 들어 연구가 이루어지기 시작했다. 그러나 워낙 분량이 길고 문체와 어휘가 난해하여 초기의 연구는 구조를 파악하는 데 주력했고, 1990년대 이후 연작 관계, 서술기법, 인물, 세계관, 미의식 등으로 논의가 확대, 심화되었다.

상황이 이렇다보니 국문장편소설 가운데 독보적인 위상을 차지하는 작품이지만 『소현성록』을 아는 것은 극소수 연구자들뿐이었다. 그런 만큼 2010년 역주본(조혜란·정선희·최수현·허순우 옮김, 『소현성록』 1~4, 소명출판)의 출간은 반갑고 기쁜 일이었다.

이 역주본은 여러 이본 가운데 가장 완전하고 정확하며 섬세한 이화여자대학교 소장본(이하 이대본)을 대상으로 작업한데다, 현대어역과 주석에 원문까지 아울러 더욱 귀중하다. 이 책도 소명출판 역주본을 참고했다. 옮긴이들의 노고에 감사드린다.

『소현성록』은 소현성의 일생을 다룬 본전 『소현성록』(이대본 1~4권)과 그 자손들의 이야기를 그린 별전 『소씨삼대록』(이대본 5~15권)으로 구성되어 있다. 본전(본편)과 별전(속편)으로 이루어진 연작 소설인 것이다. 『소현성록』과 같이 연작 형태를 취하는 작품들을 삼대록계 소설이라 부른다. 『소현성록』은 현전하는 삼대록계 소설 중 가장 연대가 앞서 삼대록계 소설의 효시로 생각된다. 다른 삼대록계 소설로는 『유효공선행록』-『유씨삼대록』, 『성현공숙렬기』-『임씨삼대록』, 『현몽쌍룡기』-『조씨삼대록』 등이 있다.

『소현성록』은 공식적인 속편인 『소씨삼대록』 외에, 『한씨삼대록』이라는 파생작도 가지고 있다. 『한씨삼대록』은 소현성의 누나 소월영이 한 씨 집안에 시집가서 겪는 일을 다룬 작품으로, 현재 일부만 남아 있다. 『소현성록』본편보다 시간적으로 앞서는 이야기이므로, 일종의 프리퀄 Prequel이다. 기록에 따르면, 1692년에 『한씨삼대록』이 이미 존재했다.

『소현성록』본편은 처사의 유복자로 태어난 소현성이 입신양명立身揚名 하고 수신제가修身齊家하는 이야기다. 정상적인 순서라면 수신제가하고 치국평천하治國平天下해야겠지만, 작품의 관심은 소씨 가문 내부를 벗어나 지 않는다. 입신양명도 수신제가를 위한 하나의 전제에 불과하다. 소현 성은 출세하여 홀어머니 양부인을 영화롭게 하고, 화씨, 석씨 두 아내를 맞아 집안을 잘 다스리며 10남 5녀를 둔다.

이 과정에서 일어나는 모든 사건은 유교 윤리에 부합하는 바람직한 행동 방식을 제시하기 위해 존재한다. 가부장제의 수직적 위계질서를 평화롭게 유지하기 위해 개인의 욕망은 통제되어야 한다. 물론 아내이 자 며느리인 여성에게 가장 큰 희생이 강요되지만, 가부장도 예외는 아 니다. 이와 같은 『소현성록』의 윤리적 엄격성은 보다 자유롭고 느슨한 분위기였던 이전 작품들에 대한 반발로서, 이후의 작품들에 지대한 영 향을 미쳐 국문장편소설이라는 장르 자체를 경직시켰다.

그러나 정작 『소현성록』은 경직되거나 폭력적인 작품이 아니다. 인물 하나하나의 성격과 심리가 정교하고 세심하게 구축되어 각각의 관점을 이해하고 공감할 수 있다. 화씨는 소현성의 첫째 부인이면서도 사사건 건 석씨에게 밀리는 인물이다. 하지만 작가는 화씨를 무조건 비난하거 나 억압하려 드는 대신, 화씨의 처지와 감정에 충분히 수긍하되 그녀의 현명하지 못한 처신을 부각한다. 여성 독자들로 하여금 화씨와 석씨를 비교하게 하여 석씨의 윤리 규범을 내면화하도록 하는 것이다. 물론 이 역시 강요된 선택이라 할 수 있겠으나 후대의 다른 작품들에 비하면 유 연하고 세련된 방식이다.

『소현성록』의 인기와 영향력은 『설씨이대록』 『손천사영이록』 『옥선현봉소설록』 『화씨팔대충의록』 등의 파생작과 독후감이라 할 수 있는 가사 〈자운가〉, 주인공 소대성이 소현성의 자손이라 주장하는 영웅소설 『소대성전』 등을 통해 확인할 수 있다. 『소현성록』은 국문장편소설 가운데 가장 다양한 파생작을 거느렸을 뿐만 아니라 국문장편소설이라는 장르를 넘어서까지 영향력을 미친 유일한 작품이다.

『소현성록』은 국문장편소설을 대표하는 수작秀作이다. 또한 삼대록계 소설이라는 형식을 고안하고 내용적으로 가부장제 윤리를 강화함으로써 현전하는 국문장편소설의 전형을 창출했다. 이와 같이 소설사적으로 중요한 의의를 지니는 작품이 원문 주석과 현대어역으로 더 많은 독자를 만날 수 있게 되어 다행스럽다. 『소현성록』 본편만 출간되는 것은 필자의 능력이 부족해서다. 속편 『소씨삼대록』의 작업도 이루어지기를 기대한다.

작업을 시작한 이래 오랜 시간이 흘렀다. 게으른 필자 탓에 고생한 여러 담당자들에게 죄송한 마음을 전한다. 애정을 가진 작품이라 한 글자라도 더 정확하게 읽으려 노력했지만 여전히 오류가 있을 것이다. 앞으로 수정할 수 있기를 바란다.

2015년 1월
지연숙

1. 저본

이화여자대학교 소장본 15권 15책『소현성록』(이하 이대본)을 저본으로 삼았다. 이대본『소현성록』은 소현성의 이야기인『소현성록』과 그 자손들의 이야기인『소씨삼대록』으로 구성되어 있다. 이 책에서는 소현성의 이야기를 다룬 협의의『소현성록』(1~4권)만을 현대어로 옮기고 원문 주석본을 함께 실었다.

2. 교감

- 이대본에 오류가 있는 부분은 아래와 같은 두 종의 이본을 참조하여 바로잡았다.
  서울대학교 도서관 소장본 21권 21책『소현성록』(이하 21권본)
  서울대학교 도서관 소장본 26권 26책『소현성록』(이하 26권본)
- 원문은 저본(이대본)에 오류가 있는 경우에만 21권본, 26권본을 대조하여 교감했고, 표기나 내용의 차이는 밝히지 않았다. 명백한 오류는 교감 없이 수정했다. 판독 불가 글자는 교감 주석에서 □로 표시하되, 본문에는 교감 결과를 [ ] 표시 안에 제시했다. 탈자 역시 본문에 [ ] 표시를 하고 보충했다. 한자어에 오류가 있는 경우 괄호 안의 한자는 바로잡아 입력했다.

3. 체재

에피소드에 따라 장을 나누고 제목을 붙였다. 문맥을 고려하여 단락을 나누었다. 이러한 체재는 독자의 편의를 위한 가공일 뿐, 원문에는 존재하지 않는다.

4. 표기

- 현대어역은 오늘날의 한글 맞춤법을 따랐다. 한자어에는 한자를 병기했다. 단, 일상적으로 사용되는 어휘나 반복적으로 등장하는 어휘는 한자 병기를 생략했다.
- 원문 표기는 저본을 그대로 따랐다. 여기에는 저본의 교정사항(수정과 보충)도 포함되며 이 내용은 따로 밝히지 않았다.

5. 번역 및 주석

• 저본의 내용을 축소하거나 부연하지 않고 그대로 번역했다. 현대의 어휘와 어투로 바꾸되 원문의 의미와 어감을 살리려고 노력했다. 고사성어 등 의미 파악이 어려운 어구는 대부분 풀어썼다. 의미 파악이 어려운 어휘나 인명, 지명, 역사적 사실 등에는 주석을 붙여 간략하게 설명했다.

• 원문은 내용 주석과 교감 주석을 붙였다. 내용 주석은 고어의 경우 현대어를 제시했고, 한자어의 경우 단어, 인명, 지명, 성어成語 등을 간략하게 풀이했다. 교감 주석은 저본에 오류가 있는 경우 교감 작업을 제시했으며 [교감]으로 표시했다.

소
현
성
록

송나라 태종太宗 시절 강릉후江陵侯 겸 참지정사參知政事 용도각龍圖閣 태학사太學士 소공의 이름은 경이요, 자字는 자문이었다. 산천과 일월의 빼어난 정기와 천지의 조화를 타고 태어나, 가슴속에는 천하를 다스릴 뜻을 품었고 눈썹 사이에는 나라를 안정시킬 재주가 어려 있었다. 문장은 당대에 으뜸이요, 풍채는 천고에 독보적이었으며, 필법은 종요鍾繇, 삼국시대 위나라의 명필와 왕희지, 이백과 두보보다 신이했고, 용모는 진평陳平, 한고조 유방의 신하. 외모가 준수했다고 함, 주유周瑜, 삼국시대 오나라의 명신. 절세의 미남이었다고 함, 육손陸遜보다 아름다웠다. 관직에서 사무를 처리하는 것은 한나라 때 제갈량諸葛亮과 같았고, 기백과 강개함은 위징魏徵, 당나라 때 직언을 잘한 재상도 미치지 못할 정도였다.

조용하고 침착하여 그의 희로애락을 남들이 알지 못했으며 가볍게 말하고 웃는 일이 없었다. 그러나 집에서는 유순하여 홀어머니를 지극한 효성으로 모시니 비록 증자曾子, 공자의 제자로 지극한 효자였음라도 이보다 더하지 못할 것이었다. 또한 동기간에 우애하고 서모庶母, 아버지의 첩을 높여 부르는 말를 공경했다. 집을 다스리는 법도가 한결같고, 재상의 지위에 이르렀으나 청렴하고 검소하며 의복이 소박했다.

성품이 고요하여 벗을 사귀지 않으니 평생 친한 벗이 십여 명을 넘지 않았으며 여색을 더럽게 여겨 매일 외당外堂에서 향을 사르고, 글을 읽어 학문에 힘썼다. 행실을 닦아 맑은 도학이 여러 사람 중에 특출했고 제자와 자식을 잘 가르쳐 성인의 유풍遺風을 이었다. 팔자가 오복五福, 다섯 가지 복. 장수, 부유함, 건강과 편안함, 덕을 좋아함, 천명을 따름을 모두 갖추어 천수를 누리고 하늘로 돌아갔다.

인종仁宗 황제가 세 명의 황제를 섬긴 노신의 죽음을 슬퍼하며 왕의 예법으로 장사지내고 묘 아래에 사당을 지어 계절마다 제사를 지내게 했다. 시호를 충렬공忠烈公이라 하고 비문에 효의선생孝義先生이라 새기도록 했다. 황제가 오래도록 소공을 생각하여 학사 포증包拯과 상서 여이간呂夷簡에게 그의 행적을 기록하라 하시니, 두 사람이 서로 말하기를,

"집에 있을 때의 사소한 일까지 다 알기 어렵습니다"
하여 공의 집에 가서 공이 태어나던 때부터 세상을 떠나기까지의 일을 매일 기록한 문서를 얻어 평가하고 자세히 뜻을 깨쳐 전傳을 지었다.

공이 희로애락을 드러내는 일이 적고 행실이 높기 때문에 사람들이 이 전을 읽으면 두려워하고 공경했다. 그러나 빛나고 화려한 일이 없는 까닭에, 자식들의 이야기를 적어 화려함을 보탰다. 공이 살아 있을 때 별호가 현성선생賢聖先生이므로 첫머리에 제목을 『소현성록蘇賢聖錄』이라 달고, 자손 대 이야기는 별도의 제목을 달아 『소씨삼대록蘇氏三代錄』이라 했다. 여러 권의 이야기를 세상에 전하는 것은 대개 사람이 어미 되어 공의 모친과 같음을 기리고 아들 되어 공처럼 효도하기를 권하기 위해서다.

아! 이 이야기를 보면 방탕하고 무식하여 부모를 생각하지 않는 불효자인들 감동하지 않으랴!

경오庚午 십팔년 가을 칠월 십삼일에 포학사와 여상서는 황제의 명을 받아 『소현성록』을 지었으니 천년토록 전해질지어다.

자운산의 소처사 부부

변경汴京, 송나라 수도 남문 밖 사십 리에 산 하나가 있으니 이름은 자운산
紫雲山이요, 둘레는 삼백 리에 모양은 팔짱을 낀 듯했다. 산 앞뒤로 칠십
여 곳에 폭포가 솟아서 잔잔하게 흘러 산 앞에 모여 맑은 못이 되니 둘
레가 십여 리에 깊이가 일천 척이었다. 못의 이름은 와룡담臥龍潭이라 했
다. 못과 산을 남북으로 두른 가운데 골짜기 하나가 있으니 장현동藏賢洞
이었다. 둘레가 백 리나 되고 유리로 밀친 듯 평탄하며, 푸른 대나무가
무성하고 오래된 소나무가 우거져 사면을 두르고 있으니, 그윽한 경치
와 비상한 분위기가 무릉도원武陵桃園이나 봉래방장蓬萊方丈, 봉래산과 방장산. 신선
이 산다는 삼신산(三神山) 중 두 곳 같았다. 자운산의 높이는 천여 길이요, 봉우리는
열둘이었다. 천지가 처음 생겨날 때 맑은 정기와 영이한 기운이 엉겼다
가 와룡담과 자운산에 잠겼으므로 여느 산천과 달리 매우 기이했다.

계곡에 소광이라는 처사가 살았는데, 여러 대를 이어가며 고관대작
을 지낸 유서 깊은 집안의 후손이었다. 그 조상은 한나라와 당나라 대
대로 훌륭한 재상이었다. 오대五代, 당나라가 망한 뒤부터 송나라가 건국되기 이전까지 약 50여

_{년의 과도기} 때 천하가 크게 어지러워지자 소광은 시절을 피하여 자운산에 은거했다. 부인 양씨는 태원_{太原, 오늘날 산시 성(山西省)} 사람 참정_{參政} 양문광의 장녀였다.

송 태조가 즉위하여 법령을 갖추고 덕정을 베풀자 만민이 기뻐했으나 처사는 끝내 관직에 나아가지 않았다. 승상 조보_{趙普, 조광윤을 옹립하여 송나라를 건국한 개국공신}와 석수신_{石守信, 송나라 개국공신} 등이 이 사실을 천자에게 고하자 천자는 수레를 보내는 후한 예우로 다섯 번이나 청했으나 처사가 사자에게 이르기를,

"요임금이 지극한 성인이셨으나 소부_{巢父}와 허유_{許由}* 같은 자들이 있었듯이 지금 성상의 은택이 부족한 것 아니나 나 스스로 남과 어울릴 뜻이 없어 벼슬할 마음이 없으니 성상께서 구태여 강요하시면 한번 죽어 본뜻을 지키리라"

했다. 사자가 돌아와 아뢰니 천자가 탄식하고 그 뜻을 꺾지 못했다. 이로부터 처사의 별호를 소소부_{蘇巢父}라 하니 그 청개하고 어진 성품을 알 수 있었다. 처사는 조정에 나가기를 그만두고 계곡에 한가하게 머물면서 학을 춤추게 하고 오현금_{五絃琴}을 어루만져 천자의 권세를 헌 신 보듯 했다. 때로는 나귀를 타고 천하를 두루 다니기도 하고 때로는 작은 배를 만들어 사해_{四海}에 떠다녔다. 깊은 산속에서 모진 짐승을 만난 것이 여러 번이었으나 처사가 노래 한 곡조를 부르면 호랑이와 표범의 무리가 스스로 두려워 몸을 떨며 돌아가 해치지 못했고, 만리창파_{萬里蒼波} 바람의 기세가 한결같지 않아 배가 뒤집힐 듯하다가도 처사가 글을 지어 읊으면 물결이 기름 같아지고 교룡_{蛟龍}이 귀를 기울여 글에 감복했다. 문장과 재주가 이러한데다 용모는 관옥_{冠玉} 같고 풍채는 가을 달 같으며 몸

---

* 소부(巢父)와 허유(許由): 요임금 때의 고사(高士)들. 요임금이 천하를 넘겨주려 했으나, 받아들이지 않고 산속으로 들어가 끝까지 은거했다.

가짐은 준엄하니 사람 가운데 신선이요, 새 가운데 봉황과 같아서 속세의 티끌이 없으니 참으로 청정한 산인이요, 기이한 처사였다.

부인과 함께한 지 십여 년이 되었으나 부인은 처사가 희롱하거나 화내는 것을 보지 못했고 처사도 부인이 크게 웃고 급히 말하며 버럭 성내어 소리 높이는 것을 듣지 못했다. 지아비는 묵묵하고 지어미는 고요하며 지아비는 순편順便하고 지어미는 유화柔和하며 지어미는 지아비를 두려워하고 지아비는 지어미를 공경했다. 부부가 출입할 때 반드시 서로 일어나 보내고 일어나 맞으며 같은 깔개에 앉는 것을 피하여, 집안의 시중드는 이들과 일가친척도 일찍이 저 부부가 가까이 앉는 것을 보지 못했으니 이는 공경하는 손님이나 마찬가지였다.

처사가 팔대 독자로 일신이 외로워 부부가 서로 의지했는데 나이가 거의 서른이 되었으나 자식이 없으므로 밤낮으로 슬퍼했다. 양부인 또한 염려하여 대장군 석수신의 첩의 딸 석씨와 양민의 딸 이씨를 얻어 지아비에게 권했다. 처사가 사양하지 않고 다 총애했으나 자못 엄숙하므로 두 미희美姬 또한 조심하여 처사와 양부인 섬기기를 노비와 주인 사이같이 했다.

수삼 년이 지났으나 두 미인이 잉태했다는 소식이 전혀 없으니 처사가 탄식하며 말했다.

"이는 다 내 팔자로다."

일 년 후 양부인이 갑자기 잉태하니 처사가 크게 기뻐하고 두 미인 또한 아들 낳기를 빌었으나 불행히도 아들을 보지 못하고 딸을 얻었을 뿐이었다. 처사가 비록 놀라고 실망했으나 처음으로 자식이 생기니 아들보다 더 사랑했다.

양부인이 다시 회임하여 출산이 임박하니 처사가 향을 피우고 하늘에 기도하며 아들을 바랐으나 또 딸을 낳았다. 처사가 향로를 박차고 탄식하며 목메어 울었다.

"하늘이 어찌 내게만 악을 쌓게 하는가? 십사 년을 기다려 연이어 딸을 낳으니 일신의 후사後事와 조상의 제사를 누구에게 맡기리오?"

말을 마치고 눈물을 떨구니 옆에 있던 사람들도 다 슬퍼서 눈물을 흘렸다.

이후로 처사가 단념하고 다시는 아들 이야기를 꺼내지 않았다.

기이한 태몽

하루는 처사가 꿈을 꾸었다. 자운산 위로부터 신선의 음악이 들리고 두어 명의 선인仙人이 고운 빛깔의 옷을 나부끼며 표연히 내려왔다. 자리를 정하지도 않고 바로 나아와서 처사의 손을 잡고는 반갑게 웃으며 말했다.

"헤어진 후 별일 없었느냐? 그대가 아들을 못 낳을까 근심하나 하늘이 정해놓고 계시니 후사를 어찌 염려하리오?"

처사가 급히 맞아 공손히 인사하며 말했다.

"선생과 일찍이 만난 적이 없으니 어찌 친하다 하겠습니까? 쌓은 악업이 많아 병든 아들조차 없으니 소씨의 후사가 끊어질 지경입니다. 이에 슬퍼했더니 선인은 어떤 사람이기에 저의 깊은 마음을 아시며, 하늘이 정해놓았다는 말씀은 또 무슨 뜻입니까? 끝내 제게는 아들이 없겠습니까? 원컨대 선인은 가르쳐주소서."

선인이 웃더니 소매 안에서 한 자쯤 되는 백옥을 꺼냈다. 기이한 광채로 덮이고 금으로 장식한 것이었다. 선인이 백옥을 처사에게 주며 말했다.

"이는 그대 집의 중한 보배이니 값을 매길 수 없느니라."

처사가 받아보니 옥으로 조각한 용을 금으로 만든 구름이 둘러싼 듯했다. 신기해서 자세히 보니 옥룡이 스스로 움직이며 구름을 토하는 것이었다. 윗자리에 섰던 선인이 웃으며 붓을 들어 구름 운雲 자 열 개와 빛날 수琇 자 다섯 개를 쓰고는 처사에게 보여주며 말했다.

"이들은 너의 친손자다."

처사가 탄식하며 말했다.

"아들도 없는데 어찌 손자를 바라겠습니까?"

선인이 말했다.

"나는 남두성南斗星, 인간의 수명을 관장하는 별의 신이요, 저 사람은 태상노군太上老君, 영보도군(靈寶道君), 원시천존(元始天尊)과 함께 도교에서 가장 높은 신이다. 이제 영보도군이 원시천존, 태상노군과 함께 상청上淸, 도교에서 신선이 사는 세계 미라궁彌羅宮에서 삼청三淸, 도교에서 옥청·상청·태청의 지위이 되었는데, 천황天皇이 그대의 사정과 덕에 감격하여 삼청의 스승과 제자 중 내려보낼 이를 고르셨다. 영보도군이 전생에 그대의 은혜를 입은 까닭에 자원하여 팔십오 일 말미를 얻어 내려오니 이 구름 운 자와 빛날 수 자는 영보도군의 소생이다. 다만 그대 팔자가 세상과 너무 인연이 없기로 영보도군의 영화를 보지는 못하리라. 양씨는 비록 그대와 삼생三生, 전생, 현생, 내생의 부부이나 세상과 인연이 깊으니 팔십사 일을 떨어졌다가 기한이 차면 그대와 함께하리라."

선인이 옥룡을 처사의 품에 넣더니 구름 운 자와 빛날 수 자 쓴 것을 벽에 붙였다. 처사가 유의하여 보니 글자가 모두 생기가 흘러 움직이는 듯했다. 다섯 개의 수 자 중 다섯번째 수 자가 가장 크고 글자 위에 황룡이 어려 있었다. 정신을 쏟아 골똘히 보는데 갑자기 품안의 옥룡이 변해 길이가 만여 장이나 되었다. 눈 같은 비늘 갑옷을 번득이며 여의주를 물고 양부인 자리로 들어가니 두 선인이 손뼉을 치고 크게 웃었다. 이에 처사가 놀라 깨니 꿈이요, 때는 사경삼점四更三點, 새벽 두시경이었다.

처사는 본래 묵묵하고 말수가 적은 터라 꿈 이야기를 입 밖에 내지 않았고 양부인도 같은 꿈을 꾸었으나 또한 말수가 적은 까닭에 발설하지 않았다. 그러나 부부 두 사람은 각기 마음속으로 바라는 바가 이루어지기를 기원했다. 이후 양부인이 잉태했다. 기이한 향기가 방안에 늘 어리고 부인의 기운이 더욱 맑으니 처사가 기뻐하며 아침저녁으로 향을 피우고 아들 낳기를 빌며 부부가 서로 축하의 말을 나눴다.

유복자로 태어나다

그러나 불행하게도 양부인이 잉태한 지 일곱 달이 되었을 때 처사가 갑자기 중병을 얻어 하루 사이에 위독해졌다. 스스로 살지 못할 것을 안 처사가 급히 악부(岳父. 장인) 양참정을 모셔와 유언했다.

"소서(小婿. 사위가 자신을 낮춰 부르는 말)가 불행하여 슬하에 아들이 없고, 강보에 싸인 어린 딸과 젊은 아내의 처지가 외롭기 짝이 없으니 구천(九泉)에 돌아가나 눈을 감지 못할 것입니다. 악부께서는 소서의 사정을 가엾게 여기시어 두 딸아이를 보호해 제 영혼을 위로하시고 비록 외로우나 자운산에 두셔서 소서의 뜻을 지키게 하소서."

또 부인에게 말했다.

"내가 벌써 세상과의 인연이 다했소. 슬퍼도 어쩌지 못하는 일이오. 다만 그대 뱃속에 있는 아이는 분명 아들이오. 일찍 이러이러한 꿈을 얻어 아들을 볼까 바랐으나 팔자 기구하여 미처 보지 못하니 꿈이 맞았구려. 선인의 말이 영험하니 뱃속의 아이는 분명 영귀(榮貴)할 것이오. 잘 보호해서 이름을 경이라 하여 경사 경(慶) 자를 쓰고 자를 자문이라 하시오.

혹시 불행하여 또 딸일지라도 꿈이 기이하니 이 아이가 제사를 잇게 하시오."

말을 마치고는 길게 탄식했다. 두 딸과 부인의 손을 잡아 눈물을 비같이 흘리다가 이윽고 숨을 거두니 이때 나이 서른둘이요, 그해 삼월이었다. 온 집안이 통곡해마지않았다.

염하여 초상을 마쳤다. 양부인은 설움을 품고 제사를 지냈는데 한 달이 지나자 기력이 위태로워졌다. 이에 뱃속의 아이가 잘못될까 두려워 작은 설움을 억지로 참고 큰 의리를 생각하여 한 그릇 고깃국을 들고 관 앞에 나아가 말했다.

"그대의 정령이 멀리 계시지 않으니 반드시 밝게 보세요. 내가 지금 구차히 살려는 것이 아닙니다. 행여 뱃속의 아이가 아들이라면 이 아이가 소씨 가문의 후사를 잇고 그대의 영혼을 위로할 것이요, 설사 딸이라도 내 몸을 보전해야 그대의 삼 년 제사를 지내고 슬하 어린것들을 거둘 것입니다. 죽지 못한다면 보전해야 할 것인데 스스로 기운을 짐작해보니 목숨을 부지하지 못할 듯해 고깃국을 마시려는 것이니 정령은 이를 아십니까?"

말을 마치고 목놓아 통곡한 후 고깃국을 마셨다. 침소에 돌아와 제사를 받들고 더욱 엄정히 집안을 다스렸다. 장사를 치르게 되자 자운산 동쪽에 안장하고 새삼 슬퍼하니 양참정이 아침저녁으로 위로하며 지냈다.

잉태한 지 열네 달 만인 구월 십오일 신시^{申時}에 양부인이 아들을 순산했다. 이때 양참정이 의원을 데리고 외당에서 딸의 해산을 기다리다가 아들을 낳았다는 소식을 듣고는 기쁨에 겨워 바삐 들어가보았다. 양부인은 정신이 흐릿하여 부친이 들어온 것도 알지 못했고 해산한 침상 주변에는 기이한 향내가 감돌았다. 양참정이 놀라고 의아하여 아이를 보니 한 덩이 형옥荊玉, 중국 형산(荊山)에서 나는 아름다운 옥 같았다. 용모가 완연히 바다 위의 달이 떨어진 듯 눈이 어지럽고 주위에 빛을 뿜으니 과연 산천의 빼어난 기운과 음양의 정기가 어리어 사람의 형상이 된 것이었다.

양참정이 한번 보고는 크게 기뻐하고 크게 놀랐다. 놀람과 기쁨이 지극했으나 또한 처사를 생각하고 흰 수염에 눈물을 줄줄 흘리며 슬퍼하니 옆에 모시는 사람들도 다 흐느껴마지않았다. 약을 먹은 부인이 잠깐 정신을 차려 아들인 줄 알고 꿈이 맞은 것을 마음속으로 기뻐했으나, 이내 죽은 남편을 생각하고는 내장이 모두 끊어지는 듯 슬픔을 이기지 못해 소리 내어 울기를 그치지 않았다. 양참정이 재삼 위로하여 여러 날이 지나자 다소 진정하고 기운을 조섭했다. 한 달 후 몸이 나으니 집안사람들이 부인이 평소와 같이 회복한 것과 풍모가 이렇듯 기이한 공자를 얻은 것을 서로 축하하며 슬픈 가운데서도 즐거워했다.

비범한 성장 과정

삼년상이 끝나니 양부인은 더욱 슬퍼 아들을 어루만져 가르치고 장녀 월영과 차녀 교영에게 여도女道를 힘써 가르치며 처사의 첩 석파와 이파를 서출 이복동생처럼 애틋하게 여겼다. 때로는 부드럽게, 때로는 엄숙하게 안팎을 다스려 상벌이 명백하니 집안의 품행이 숙연하여 옛날에 못지않았다.

소경은 이미 두 살이 못 되어 글자를 깨치고 세 살에는 성인의 경전을 낭랑하게 외우게 되었다. 양부인이 이를 보고 혹시 오래 살지 못할까 크게 걱정되고 두려워 유모를 시켜 공자가 서당 가까이서 책을 보지 못하게 했다. 이 때문에 유모가 공자를 데리고 한가히 놀기는 했지만 글자는 일깨우지 않았다. 비록 서너 살짜리 어린아이였지만 공자는 평범한 인물이 아니어서 어머니가 염려하시는 것을 알고 생각했다.

'내 나이 어리니 공부에 나아감이 바쁘지 않다.'

이후 다시 글자에 대해 물어보지 않았다. 다섯 살이 되자 유모를 물리치고 두 쌍 동자를 데리고 서당에서 놀이를 하는데 행동이 다 비상했다.

일곱 살이 되자 비로소 양부인이 친히 글을 가르쳤는데 한 가지를 들으면 백 가지를 통하고 열 가지를 들으면 천 가지를 깨달았다. 아침마다 책을 끼고 어머니 앞에 나아가 배우는데 부인이 한 번 물 솟듯이 가르치면 공자는 일일이 새겨들어 한 번 읽고 외우니 수고로움이 없었다. 부인이 감탄하며 말했다.

"네 아버지가 살아 계셨다면 무척 대견해하셨을 게다. 일곱 살 먹은 아이가 어찌 한 번 읽고 흐르는 듯 외우느냐?"

공자는 총명함만 뛰어난 것이 아니라 사람의 도리가 성숙하고 효성이 지극했다. 동자들과 서실에서 지내며 새벽닭이 처음 울 때 세수하고 부인 숙소 창밖에서 나직하게 문안을 여쭙고 회답을 기다려 두 번 절하고 물러난 후, 아침 신성晨省. 아침 일찍 부모의 침소에 가서 밤사이의 안부를 살피는 일할 때 의관을 바르게 하고 얼굴빛을 온화하게 하며 기운을 평안하게 하여 어머니 상床 아래 꿇어앉아 어머니를 모시며 혹 글 뜻도 여쭙고 혹 시사詩詞를 배우니, 하루 네 번 문안과 행실이 『소학小學』보다 뛰어난 일이 많았다. 부인이 공자가 지나치게 행실을 닦아 몸이 상할까 두려워 새벽에 일어나는 것을 금하자, 공자 천천히 웃고 아뢰었다.

"제가 생각하니 조상의 제사와 어머니의 바람이 소자 한 사람에게 달려 있습니다. 비록 불초不肖하나 어찌 제 몸이 중한 것을 모르겠습니까? 이러므로 스스로 몸가짐을 깊은 연못 봄철의 얼음 딛는 것같이 하여 혹 조그만 병이라도 나서 어머니께 근심을 끼칠까 두려워하오니 어찌 병이 나도록 고되게 하겠습니까? 몸이 썩 편안하고 기운이 굳세어 불안함이 없으니, 평안한 가운데 자식으로서 신성, 혼정昏定. 잠자리에 들 때 부모의 침소에 가서 잠자리를 살피고 밤사이 안녕하기를 여쭙는 일과 낮의 세 때 문안이야 그만둘 것이 있겠습니까? 제가 비록 어리나 대의를 생각하니 어머니께서는 염려 마소서."

주위 사람들이 모두 칭찬했다. 부인은 기쁨에 겨워 아들의 손을 잡고 등을 어루만지면서 길게 탄식했다.

"내 아이가 하는 일이 노련하고 성실한 어른에 못지않아 어미는 진작부터 기쁘고 또 두려우니 너는 다만 여린 옥 간수하듯 몸을 간직해 나의 고독함과 구천에 계신 아버지의 영혼을 위로하거라."

그러고는 지난날 처사가 아들을 바라던 일과 임종 때의 유언을 이야기하는데 눈물이 줄줄 흘러내려 자리에 고일 정도였다. 두 딸과 석파 등도 소리를 삼키며 슬피 울었다. 공자는 비록 슬픔이 지극했으나 겉으로는 참고 안색을 온화하게 하여 위로했다.

"지난 일을 들으니 자식으로서 차마 견디지 못할 슬픔이오나 새삼 슬퍼하셔서 몸이 상하실까 두려우니 어머니께서는 소자의 마음을 생각해 지나치게 우시지 마소서."

부인이 아들의 온화한 기색을 보고 도리어 탄식했다. 공자가 침착하게 물러나와 서당에 와서 하늘을 우러러 울면서 말했다.

"내 나이 일곱 살이 되었으나 아버지의 얼굴을 모르고 어머니께서 어루만져 기르심만 받아 아무런 줄을 몰랐다. 오늘 어머니 말씀을 들으니 목석인들 어찌 설움을 참으리오?"

말을 마치고 소리 내어 울기를 그치지 않더니 저녁 문안을 드리러 갈 때는 옥 같은 얼굴에 화평한 기운이 가득했고 웃음을 띠어 슬픔을 보이지 않았다. 어린아이의 효성과 처사가 이러하니 집안의 윗사람과 아랫사람 다 공자가 오래 살지 못할까 두려워했다.

교영의 유배

이때 양부인의 장녀 소월영이 장성하여 열세 살이 되었다. 월영은 골격이 시원하고 피부가 윤택하여 푸른 바다에 밝은 구슬이 솟고 지는 해가 약목若木, 해가 지는 곳에 서 있었다는 나무에 걸린 듯했으며, 거울 같은 눈매와 먼 산 같은 눈썹, 조용하고 곧은 기질이 가을 서리 같으면서도 화려하고 탁 트여 재녀가인才女佳人의 기상이 많았다.

아우 교영과 같은 방에서 지내며 여공女工, 길쌈이나 바느질 등 여인의 일에 힘쓰고 여가에는 글을 읽으니 재주가 신속하고 필법이 정교하여 사도온謝道縕, 동진(東晉)의 뛰어난 여성 시인 못지않았고, 성품은 군건하면서도 농담을 좋아했다. 교영은 온화하고 아담하며 재기才氣가 기발하여 벽도화碧桃花가 봄비에 젖은 것 같았다. 성격은 연약하고 소심한 듯하나 사실은 심하게 활발하여 천하다시피 했고 마음씨가 부드러워 흔들림 없이 굳게 지키는 힘이 없으니 부인이 늘 부족하게 여겨 탄식하며 말했다.

"월영은 밖으로는 화려하나 마음은 얼음 같고, 외모는 유순하고 활발하나 그 속은 돌 같으니 날카로운 무기로 위협하더라도 곧은 마음을 고치지 않을 아이다. 하지만 교영은 밖으로 냉담하고 뜻이 센 듯해도 그 마음은 나부끼는 거미줄 같으니 소씨와 양씨 두 가문의 청덕淸德을 이 아이가 떨어뜨릴까 근심이구나."

석파 등이 이상하게 여겨 말했다.

"큰 낭자가 위엄 있고 정직하시나 오히려 작은 낭자만 못하신데 부인은 어찌 늘 작은 낭자의 서리 같은 기질을 부족하게 여기시는지 뜻을 모르겠다."

참정 한경현이 월영이 아름답다는 말을 듣고 구혼하니 양부인이 허락하고 택일하여 육례六禮, 혼인의 여섯 가지 예법로 한생을 맞았다. 부부의 재주와 용모가 구슬로 된 꽃과 옥으로 만든 나무 같아서 부인이 기쁨과 슬픔을 누르지 못했다.

상서복야尙書僕射 이기후가 또한 교영에게 구혼하여 교영을 혼인시켰다. 신부의 꽃 같은 용모와 옥 같은 태도, 이생의 준수함과 청아함이 하늘이 내린 한 쌍이었으나 이생은 교영을 보고 기뻐하지 않았다. 나중에 월영을 보고 칭찬하고 흠모하며 말하기를,

"고우면서도 사람을 홀리지 않고, 맑으면서도 따뜻하고 윤기가 있으며, 탐스러우면서도 투박하지 않아 곧고 조용하고 위엄 있으니 진정한 숙녀며 가인佳人이다. 어찌 자매가 서로 같지 않은가?"

하며 안타까워했다. 공자의 재주와 용모를 보고는 더욱 공경하고 감복하여 항상 소경을 만나면 웃으며 말했다.

"내 일찍이 보니 한생의 처는 과연 뛰어난 여인이라. 비록 악모岳母, 장모의 위엄 있는 행동과 용모에는 미치지 못하나 요즘 세상에 드문 여자요, 그대도 사람됨이 정대한 이름난 선비인데 어찌 내 아내만 떨어지는가? 얼굴을 나무라는 것이 아니라 됨됨이가 단정치 않음을 한탄하는 것이네."

공자가 길게 탄식하고는 대답했다.

"우리는 아버지가 아니 계시지만 어머니의 가르침이 맹모孟母, 맹자의 어머니. 훌륭한 어머니의 대명사 못지않습니다. 그러나 자식이 어질고 효성스럽지 못하여 가르침을 받들지 못하고 도리어 불초함이 심합니다. 맑은 세상에 설 만한 행실이 없으니 부끄러우나 누님은 단정한 여자이니 사리에 어두운 소제小弟, 자기를 낮추어 이르는 말와 다릅니다."

이생 또한 탄식했다. 이후 교영에게 지극한 정은 있으나 늘 그 사람됨을 나무라 타이르고 주의를 주었다. 일 년이 지나 불행하게도 이복야가 간신에게 잡혀 역신으로 모함을 받았다. 온 집안 삼족三族이 죽임을 당했고 이생도 급제하여 한림 벼슬에 있다가 잡혀갔다. 천자께서 친히 엄한 형벌로 국문鞠問하니 붉은 피가 뚝뚝 흘렀으나 한림은 옥 같은 얼굴을 편히 하고 별 같은 눈을 감아 한결같이 '나라를 위한 충의'와 '참된 충효'를 말할 뿐이었다. 결국 거짓으로 자백하지 않고 형장刑杖 아래 죽으니 나이가 열일곱이었다.

한림이 죄를 시인하지 않았으므로 아내는 사형을 면하여 서주徐州, 장쑤성(江蘇省) 서북부에 위치한 도시. 오늘날의 쉬저우(徐州) 땅에 유배되었다. 시가의 삼족이 다 죽임을 당했으나 교영 자신은 이생의 굳센 태도 덕분에 목숨을 건져 서주에 유배되었으니, 만일 결단력이 있다면 슬하에 자식 한 명 없이 외롭고 약한 몸으로 만리타향을 떠돌게 된 상황에서 어찌 구차하게 살겠는가. 그러나 심지가 부드러운 까닭에 풀에 맺힌 이슬 같은 목숨으로 구태여 살아서 서주로 향하게 되었다. 길을 떠날 때 자운산에 이르러 하직 인사를 드리니 양부인이 딸을 안고 소리 높여 통곡하다가 피를 토하고 기절하여 쓰러졌다. 석파 등이 겨우 구해 깨우니 양부인이 가슴을 두드리고 크게 곡하면서 말했다.

"내 일찍이 너희 삼남매로 마음을 위로했는데 이제 네가 이리 되니 차마 견딜 수가 없구나. 너는 살았으나 이생이 젊은 나이에 형장 아래 놀란 넋이 되었으니 하늘은 어찌 차마 이런 일을 하는가?"

말을 마치고 다시 기절하니 모두 겨우 구했다. 공자가 누이를 재촉하며 말했다.

"날이 늦었고 어머니께서 지나치게 슬퍼하시니 누님은 길을 떠나소서."

양부인을 재삼 위로하고 차마 호송 관리만 보낼 수 없어 교영을 데려다주기로 했다. 양부인은 울기를 그치고 주위 사람을 시켜 『열녀전列女傳』한 권을 가져다가 교영에게 주며 말했다.

"이 가운데 여종女宗*이며 도미都彌의 아내**며 백영 공주伯嬴公主***며 역대 절개 있는 부인의 행적이 있으니 네 마땅히 유배지에 가져가 항상 곁에 두거라. 그러면 깊은 산 궁벽한 골짜기의 호랑이나 이리 같은 무리가 예의에 어긋나게 핍박해도 자연히 몸이 십만 군병의 호위를 받는 것보다 군세고 깨끗하기가 옥 같아서 절개를 잃지 않을 것이다. 이를 어기면 가문에 욕이 미치리니 그땐 구천에 가더라도 서로 보지 않겠다."

교영이 통곡하고 명을 받은 후 길을 떠나니 공자가 동행했다. 서주 땅 경계에서 공자가 돌아가게 되자 남매가 서로 붙들고 통곡하니 사람마다 차마 보지 못했다. 공자가 또한 그 누이를 알기에 울며 말했다.

"소제 생각에 여자의 사덕四德, 여자로서 갖추어야 할 네 가지 덕. 부덕(婦德), 부언(婦言), 부

---

* 여종(女宗): 춘추시대 송나라 포소(鮑蘇)의 아내. 포소가 위나라에 가서 벼슬하며 다른 처를 얻어 총애했으나 전혀 질투하지 않고 시부모를 더욱 열심히 모셨다. 송공(宋公)이 그 마을에 정표(旌表)하고 여자 가운데 으뜸이라는 뜻으로 그녀를 여종이라 했다.
** 도미의 아내: 백제(百濟) 개루왕(蓋婁王) 때의 열녀. 왕이 가짜 왕을 보내 동침을 요구하자 순순히 응하는 척하면서 비녀(婢女)로 대신하게 했다. 왕이 속은 사실을 알고 분노하여 도미의 두 눈을 뽑고 강에 띄워 보냈다. 왕이 다시 동침하려고 겁박했으나 기지를 발휘하여 달아났다. 천성도(泉城島)라는 섬에서 눈 먼 남편과 재회하여 고구려 땅에 가서 살았다.
*** 백영 공주(伯嬴公主): 백영은 진(秦)나라 목공(穆公)의 딸이자 초(楚)나라 평왕(平王)의 부인이며 소왕(昭王)의 어머니다. 소왕 때 오나라가 공격해 서울이 함락되고 소왕은 달아났다. 오나라 왕 합려(闔閭)가 소왕의 후궁을 모두 겁탈하여 백영에게까지 이르렀는데, 백영이 단도를 쥐고서 의리로 꾸짖으며 자결할 뜻을 밝히자 합려가 부끄러워하며 물러났다. 한 달 후 진나라의 도움으로 소왕이 복귀했다. 백영은 왕모(王母)이므로 공주라고 부르는 것은 잘못이다.

용(婦容), 부공(婦功) 중에 절개가 으뜸입니다. 누님이 타향에 있더라도 몸가짐을 손에 보배로운 옥을 쥔 것같이 하시고, 깊은 연못 봄철의 얼음 딛는 것같이 조심하시며, 뜻을 쇠와 돌처럼 단단하게, 가을 서리처럼 매섭게 하셔서 훗날 다시 모이기를 바라나이다."

공자의 이 두어 마디 타이름은 여자의 온갖 행실에 통하는 것이자 누이를 근심해서 하는 말이었다. 교영 또한 부끄러워 울며 말했다.

"네 말을 잊지 아니하리라."

공자가 돌아와 어머니를 뵈니 온 집안이 새삼 슬퍼했다.

과거 시험에서 답안을 대필하다

이때 나라에서 과거 시험을 베푸니 공자의 나이 열넷이었다. 양부인이 탄식하며 말했다.

"공명功名을 얻는 것이 기쁘지는 않으나 너는 나의 독자이니 까닭 없이 과거 시험을 안 보지는 못하리라."

공자는 본래 남과 어울리기를 좋아하지 않는데다 이한림을 보고는 과거 시험을 보려는 뜻이 더욱 사라졌다. 그러나 홀어머니께 효도하고 귀하게 모실 사람이 자기뿐이니 어머니를 기쁘게 해드릴 생각으로 말씀을 순순히 좇아 과거 시험장에 들어갔다. 이날 한생도 함께 들어가 시험을 보았다. 천자는 아홉 마리 용이 새겨진 금빛 평상平床에 높이 앉고 문무백관은 구름같이 좌우에 늘어서 있었다. 천자가 어필御筆로 시험 문제를 내고 향을 피워 진정한 재자才子를 얻기를 하늘에 빈 뒤 백관에게 말했다.

"짐의 조정에 박학다식한 문신이 적도다. 오늘 알성과謁聖科, 조선시대에 임금이 문묘에 참배한 뒤 실시하던 비정기 과거 시험를 맞이하여 깊은 궁궐에서 삼 일 동안 몸과 마음을 깨끗이 하며 하늘에 기도했고 계화청삼桂花靑衫. 계수나무 꽃을 수놓은 푸른 적삼으로 장원 급제자에게 하사함을 각별히 궁중에서 선택해 만들었으니 기특한 재주를 얻거든 특별히 주어 세상에 풍속을 권장하고자 하노라.”

백관이 다 마땅함을 하례하자 천자가 즉시 타고 다니던 소요마逍遙馬에 금으로 장식한 안장을 갖추고 특별히 만든 화대花帶. 어선화(御仙花)를 수놓은 허리띠를 평상가에 놓았다. 인재를 바라는 마음이 가뭄에 비를 기다리는 듯했다. 이때 공자는 천자가 화대를 특별히 만들어 재주 있는 사람을 바라는 것을 보고 글을 먼저 바치기가 좋지 않은 듯해 한가히 놀다가 끝날 시각이 다 되어서야 명지名紙. 과거 시험에 쓰는 종이를 펴고 붓을 들었다. 한 번 휘두르니 종이 위에 구름이 어리고 용과 뱀이 꿈틀거려 날아오르는 것 같았다. 다 쓴 뒤 한생에게 주어 함께 바치라고 하고는 붓을 던지고 두루 걷다 한곳에 다다랐다. 다섯 사람이 앉아 종이를 매만지며 당황해하고 있었다. 공자가 마음속으로 탄식했다.

‘저런 재주로 과거 시험을 보는 것이 실로 가소롭다.’

그 거동을 지켜보니 앞에 있던 선비가 탄식하며 말했다.

“과거는 그다지 귀하지 않지만 홀어머니의 기대하는 마음을 저버리겠구나.”

또 한 선비도 슬퍼하며 말했다.

“그대 사정도 슬프지만 나는 늙으신 아버지께서 병중에 나의 영화榮華를 보고자 하신다네. 기쁘게 해드리려 했으나 낙방할 것이 분명하구나.”

나머지 세 사람은 서로 얼굴만 보며 어쩔 줄 몰라하는 기색이었다. 공자가 그들의 말을 듣고는 부모님을 위하는 마음에 감동하여 생각했다.

‘어떤 사람인지 물어봐야겠다.’

가까이 나아가 길게 읍揖하고 물었다.

“여러 형들께서는 어느 곳에 사시며 존함은 어떻게 되십니까?”

다섯 사람이 민망해하다가 목소리를 따라 돌아보니 옥으로 몸을 새기고 꽃으로 얼굴을 만든 듯한 선인이 흰 모시 겉옷을 가을바람에 나부끼며 흰 얼굴에 검은 관을 숙여 쓴 채 저희를 향해 말을 묻고 있었다. 한번 보고 크게 놀라 한꺼번에 일어나 자리를 청하며 말했다.

"선형仙兄은 어디서 오셔서 우리를 놀라게 하십니까? 우리는 모두 서울에 있으니 하나는 성명이 유한이요, 둘은 형제로 경수, 경환이요, 둘은 고종형제로 윗사람은 성우경이요, 아랫사람은 임수보입니다. 다섯 사람이 다 같은 곳에서 공부하고 나이도 같더니 오늘 과거 시험에 함께 참여했습니다."

공자가 말했다.

"원래 같은 곳에서 공부하신 분들이군요. 알지 못하겠으니, 형들의 아름다운 글은 이루어졌습니까?"

다섯 사람이 말했다.

"재주가 둔하여 글을 완성하지 못했습니다. 선형은 글을 바쳤습니까?"

공자가 대답했다.

"소제 어찌 그리 신속할 리가 있겠습니까?"

유한이 탄식하며 말했다.

"소제는 일찍 아버지를 여의고 홀어머니만 모셨습니다. 어머니께서 제가 합격하길 지나치게 바라셔서 제가 나올 때 당부하시길, '네가 분명 계화를 꺾어올과거 급제를 뜻함 테니 반드시 문에 나가 널 맞이하겠다' 하셨습니다. 허나 지금 글제를 보니 생각이 막힙니다. 빈 종이를 끼고 헛되이 돌아가 늙은 어머니가 문에 기대서서 바라시는 바를 그칠 생각을 하니 차라리 여기서 죽고자 합니다."

경수, 경환이 말했다.

"우리는 어머니께선 일찍 돌아가셨고 늙으신 아버지는 중병을 얻어 목숨이 아침저녁에 달려 계십니다. 괴로움이 심한 와중에 과거 소식을 들으시더니 약을 마련할 돈으로 종이를 사서 저더러 과거에 급제해 생전에 영화를 보여달라 하시더군요. 우리가 혹 손산孫山 아래* 있지 않다면 병든 아버지의 회포를 조금이나마 위로할 수 있지 않을까싶었는데 재주가 둔해 병든 아버지를 속이게 될 듯하니 당초 안 들어온 것만 못합니다."

말을 마치고 세 사람은 눈물을 비 오듯 흘렸다. 성우경, 임수보는 머리를 숙이고 묵묵히 앉아 있었다. 공자가 듣고는 저들이 부모님을 위하는 사정이 애처로워 또한 눈물을 머금고 근심스레 생각했다.

'군자가 세상을 살며 사람의 급한 일을 돕지 않아서야 되겠는가? 하물며 나는 죄악이 깊고 무거워 아버지의 얼굴과 사랑을 모르고 누이 둘 중에 하나가 저렇듯 고생을 하니 내 잠깐 적선하여 전후의 죄를 면해야겠다.'

이에 위로하며 말했다.

"여러 형들의 말을 들으니 깨닫지 못하는 사이에 가슴에 슬픔이 사무칩니다. 모두 초안을 잡지 않으셨다면 소제 필력이 추하고 재주가 둔하나 잠깐 형들을 대신해 책임을 질 테니 문방사우文房四友를 빌려주십시오."

여러 사람이 놀라 서로 돌아보며 대답하지 못하니 공자가 다시 말했다.

"옛사람이 말하기를 '천하 사람이 다 형제라' 했으니 대장부 어찌 의심하고 난처해할 것이 있겠습니까? 형들을 처음 보나 평생의 지음知音 같은 까닭에 망령된 말을 했으니 형들께서 의심을 하시는군요."

유한이 염치를 잊고 급히 감사 인사를 하며 종이와 붓과 벼루를 내왔

* 손산(孫山) 아래 : 손산은 송나라 때 선비로 과거 시험에 최하등으로 겨우 합격했다. 따라서 손산의 아래에 있으면 낙방한 것이다.

다. 공자가 그 초안을 보니 겨우 예닐곱 구를 지었는데 문장이 평범하여 한 곳도 기발하지 못했다. 공자가 별다른 말을 하지 않고 맑은 목소리로 읊조리더니 금세 진서眞書와 초서草書를 버무려 주옥같은 필체를 흔들고 잠깐 사이에 다 지어 유한에게 주며 말했다.

"보잘것없는 글귀에 결점이 많지만 이미 쓴 것이니 어서 바치시지요."

유한이 몹시 기뻐 그저 감사하며 말했다.

"나를 낳아준 이는 부모이나 다시 살려준 이는 형입니다. 형을 위해서라면 말 모는 채찍을 잡아서라도 은혜를 갚겠습니다."

다른 사람들도 비로소 종이와 붓을 내어 대신 지어달라고 청했다. 공자가 넉 장 종이를 받아 쓰는데 마지막 장에 이르러서는 마칠 시간이 가까워졌다. 옥 같은 손과 가느다란 손가락으로 산호 붓을 급히 휘둘러 쓰니 급한 비바람 지나가는 곳에 주옥이 떨어지는 것 같았다. 필법은 서둘러 쓴 반초서半草書로 곳곳마다 용과 뱀이 꿈틀거리는 것 같으니 여러 사람이 크게 놀랐다. 다들 글을 바치고 돌아와 자리를 피해 공경을 표하고 말했다.

"옛날부터 문인재사文人才士가 많았으나 선생같이 신속하고 기이한 경우는 천고에 없었습니다. 혹시 신선이 우리를 떠보는 게 아닌가 두려우니 선생께서 사는 집과 성명을 알고 싶습니다."

공자가 본래 재주를 자랑할 뜻이 없는데다 저 사람들의 사정이 불쌍해 대신 지어준 것이니 어찌 기꺼이 성명을 알려주겠는가. 다만 사양하며 말했다.

"서툰 시로 종이를 더럽혔으니 형들의 높은 이름을 욕되게 했을 뿐 유익함이 없습니다. 어찌 과하게 겸손하셔서 소제로 하여금 몸 둘 곳이 없게 하십니까? 소제는 본래 외롭고 쓸쓸한 신세로 이름도 없으니 어찌 선인이라 추어 말씀하시는 것을 감당하겠습니까? 훗날 서로 볼 날이 있을 것이니 형들께서는 굳이 다시 묻지 말고 번거롭게 퍼뜨리지도 마십시오."

말을 마치고 일어나 조용히 읍하고 서쪽으로 갔다. 모두 더욱 이상하
게 생각해 가만히 뒤를 쫓아가 살피니 그 소년이 한 젊은 선비 곁에 가
서 앉는 것이었다. 젊은 선비가 물었다.

"자문은 어디에 갔었는가?"

"두루 경치를 구경했습니다."

다른 말을 하지 않으니 그 선비는 한생이었다. 그들이 오래 서서 지켜
보았으나 한담을 나눌 뿐 저희에게 글을 지어줬다는 말을 하지 않으니
더욱 수상하게 생각하고 나중의 일을 지켜보고자 했다.

장원급제하고 친구를 얻다

이때 학사가 모든 답안을 평가하여 천자께 올리니 천자가 살펴 정하는데 문득 시관試官들이 여러 장의 답안을 가지고 좌탑坐榻, 앉을 목적으로 만든 길고 좁은 평상에 와 고했다.

"이 여섯 장 글이 크게 비상하니 성당盛唐, 당나라 때 시가 가장 융성했던 시기시대의 교묘한 재주라도 미치지 못할 것입니다. 신들은 우열을 정하지 못하겠나이다."

천자가 받아보니 필법은 날아오르는 듯해 구름이 일고 용과 뱀이 뛰노는 것 같았고 글자의 획은 기이하여 맑고 맵시 있게 고우면서도 시원스럽고 웅대했다. 시의 뜻이 맑고 산뜻하며 빼어나고 우아하니 어찌 한갓 화려하고 아름답기만 한 글에 비길 것인가. 바다를 헤치고 장강을 바라보는 듯하니 스스로 신선이 되어 하늘로 올라가려 했다. 신이한 필체는 종요와 왕희지보다 뛰어나고 재주는 이백과 두보보다 나았다.

한번 보니 눈이 어지럽고, 읽으니 정신이 상쾌하여 천자가 크게 놀라 칭찬했다.

"짐이 조정에 인재 적은 것을 한탄했는데 오늘 여섯 인재를 얻으니 어찌 다행하지 않으리오? 다만 글이 한결같이 아름다우니 장원을 정하기 어렵도다."

여러 신하와 함께 이윽하도록 우열을 따져 여섯째까지 차례로 정하고 그 나머지 답안을 가려 수를 채웠다. 장원을 호명했다.

"산동인山東人 처사 소광의 아들 소경으로 나이 십사 세라."

한생이 크게 기뻐하며 공자를 향해 축하했다. 그러나 공자가 정색하고 대답했다.

"천하에 재주 있는 사람이 부지기수입니다. 어찌 소제에게 장원이 오겠습니까? 분명 이름이 같은 사람이 있는 것입니다."

전殿 가운데에서 연이어 부르니 한생이 재삼 권했다.

"아우의 높은 재주는 당당히 수많은 사람을 이길 것인데, 어찌 굳이 사양하는가?"

공자가 바야흐로 여러 사람들을 헤치고 씩씩하게 걸어 옥계玉階에 다다랐다. 멀리 바라볼 때는 둥글고 밝은 달이 부상扶桑, 해가 뜨는 동쪽 바닷속에 있다고 하는 상상의 나무에 떠오른 것같이 광채가 영롱하여 어지러울 따름이었다. 가까이 나아온 후 눈길을 두어 자세히 보니 골격은 옥 같고 피부는 눈 같았다. 눈썹은 강산의 맑은 정기를 머금고 두 눈은 샛별이 반짝이는 듯하고 입술은 앵두같이 붉고 두 귀밑은 흰 연꽃을 꽂은 듯하며 두 뺨은 연분홍 복숭아꽃 같았다. 태도는 준수하고 기질은 청신하니 한갓 반악潘岳, 서진(西晉)의 문인. 용모가 매우 아름다워 거리를 지나가면 여인들이 귤을 던졌다의 고움과 두예杜預, 서진의 군사가·정치가·학자의 맑은 정신에 어찌 비기겠는가. 얼굴에는 북두성이 벌여져 있고 등에는 삼태성의 형상이 있으며 어깨는 봉황 같고 허리는 화살대 같으며 행동거지는 용이 나는 듯하니 문무백관이 말을 못할 정도로 크게 놀라고, 이름을 호명하는 관리도 넋을 놓아 신래新來, 과거에 새로 급제한 사람 부르는 것을 잊었다. 천자가 관리를 재촉하고 크게 칭찬하며 주위 사람들에게 말했다.

"짐이 오늘 세상을 다스릴 인재를 얻었도다."

백관이 바야흐로 일시에 만세를 불러 치하致賀했다. 차례로 급제자를 부르니 유한, 경수, 경환, 성우경, 임수보 등 다섯 사람이 구슬을 꿴 듯 참여했다. 이것은 모두 장원의 덕이었고, 일곱번째에야 한생이 합격했다. 천자가 그다음을 다 불러들이신 후에 차례로 청삼靑衫 어화御花, 어사화(御賜花)를 내리고 소경을 전 위에 올려 위로했다.

"짐이 소소부蘇巢父의 맑고 어짊을 공경하여 세상에 나오기를 청했으나 경卿의 부친이 고집하므로 늘 애석해했는데 이제 경이 짐을 도우려 하니 이는 조정의 큰 경사라. 어찌 다행하지 않으리오?"

말을 마치고 친히 청삼 어화를 주시고 소요마와 무동舞童과 쌍개雙蓋, 청색과 홍색의 양산 한 쌍. 과거 급제자의 시가행진에 사용함를 하사했다.

공자가 전을 향해 네 번 절하고 은혜에 감사드렸다. 나아가고 물러나는 것이 모두 예의에 맞아 태을선군太乙仙君, 태을성(太乙星)을 신격화한 신선이 옥경玉京, 옥황상제가 산다는 천계의 서울에 조회하는 것 같고 몸가짐이 정숙하여 옛사람의 위엄이 있으니 온 조정이 흠모하고 감탄해마지않았다.

합격자 발표가 끝나고 공자가 자운산에 이르니 양부인이 놀라고 기뻐하며 공자를 불렀다. 멀리서부터 공자의 풍채가 사람을 놀라게 하고 안색이 기이하여 아름다움과 슬픔이 번갈아 몰려드니 부인이 공자의 손을 잡고 눈물을 흘리며 말했다.

"네 어미 오늘 경사를 볼 줄은 꿈에도 생각지 못했구나. 늙은 어미는 이제 구천에 가도 한이 없겠다."

공자 또한 얼굴빛을 고치고 두 서모를 보니 석파, 이파 등이 다 칭찬하고 하례해마지않았다. 곧 한생도 이르러 또한 계지청삼桂枝靑衫, 계수나무 가지가 그려진 푸른 적삼. 과거 급제자의 복색을 입고 뵈었다. 부인이 이생을 생각하고는 더욱 슬퍼서 눈물을 비같이 흘렸고 석파 등이 재삼 위로했다.

양부인이 연회를 베풀어 경사를 축하하고 양참정도 손자와 손자사위의 영화를 흐뭇해하며 도성 안으로 청하여 사흘 동안 큰 잔치를 열었다. 만조백관이 장원의 풍모를 보고 새삼 흠모하고 또 한생의 관옥 같음을 칭찬했다.

다 즐긴 후 천자가 한생에게 한림 탐화探花, 전시(殿試)에서 일갑(一甲) 중 제3등를 시키시고 소생에게는 금문직사金門直士를 시키시니 공자가 마지못해 벼슬살이를 했다. 그때 글 지어준 다섯 사람이 다 당대의 뛰어난 선비라 하여 한림원에 뽑히니 모두 소경의 덕이었다. 다섯 사람은 그날 전 앞에서 장원한 사람이 저희의 은인인 것을 보고 찾아가고자 했으나 역시 분주하여 육칠 일 후에야 자운산에 이르렀다. 산천이 비할 데 없이 빼어나고 경치가 수려하여 그윽한 풍수가 예사로운 땅이 아니었다. 깊이 들어가 큰 못 하나를 건너고 골짜기 가운데로 오 리쯤 들어가니 소나무 사이로 훌륭한 누각이 햇빛에 빛나는데 이것이 곧 소처사의 집이었다.

동네 입구에 있는 돌비석에 '자운산 와룡담 장현동'이라고 새겨져 있었고 문에 다다르니 푸른 문에 '소처사 은경문'이라고 쓰인 액자가 걸려 있었다. 모두가 감탄하며 말했다.

"과연 기특한 세계로다."

명함을 들여보내니 푸른 옷을 입은 동자가 나와 들어오라고 했다. 모두 동자를 따라 열두 문을 지나니 풍경이 갈수록 훤칠하고 기이한 것이 몸에 학 날개가 생겨 신선이 되어 날아갈 것 같았다.

한곳에 이르니 비단 창은 우아하고 굽은 난간은 화려하여 속세를 벗어난 선당仙堂이었다. 소직사가 대나무 관에 흰옷을 입고 손님을 맞아 당에 올라 인사를 마쳤다. 그들이 자리를 피하여 산 같고 바다 같은 은덕에 감사해마지않으니 소직사가 정색하고 겸손하게 말했다.

"소제는 우연히 숯을 토하여 대충 책임을 메꾸었을 뿐인데 여러 형이 용문龍門에 오르니 이는 형들의 복덕이 중한 것입니다. 어찌 제 글에 힘입어서이겠습니까? 이제 함께 조정의 신하가 되었으니 서로 지음이 될 따름입니다. 어찌 여러 번 말하여 다른 사람이 알게 하는 것이 옳겠습니까?"

그들이 더욱 감탄했다. 경생 형제가 말했다.

"연로하신 아버지께서 병중에 우리의 경사를 보시고 천만다행히도 차도가 있으시니 이는 더욱 지극한 은혜입니다. 죽어도 다 갚지 못할 것입니다."

소경이 재삼 사양하고 술과 안주를 들여 정성껏 대접했다. 서로 지기가 되기를 언약하고 몹시 취했으나 소경은 본래 술을 먹지 않는 까닭에 다만 손님에게 권할 따름이었다. 석양에 돌아가면서 다섯 사람이 산천을 돌아보고 감탄했다.

"천지가 처음 생겨날 때 맑은 기운이 이 산천에 모였는데 소직사가 그 땅의 성스럽고 맑은 기운을 다 거두어 가슴속에 감추었구나. 골짜기 이름이 장현藏賢이니 참언讖言, 앞일의 길흉화복에 대하여 예언하는 말이 되어 '어진 이를 감춘 골짜기'요, 연못 이름이 와룡臥龍이니 '용이 누운 못'이라. 다 소생에게 응한 것이다."

드디어 한 사람이 한 구씩 시를 지어 소나무에 쓰고 돌아가니 이로부터 서로 친우가 되었다.

소경이 한생과 함께 직무를 수행하니 열 살이 갓 지난 어린아이지만 행동과 위엄은 수신修身한 군자의 풍모가 있었다. 조정의 큰일과 어려운 조서詔書도 조용하고 신속하게 처리하여 조금도 어려움이 없고 일마다 남보다 뛰어나서 원로대신과 정사에 뛰어난 재상이라도 미치지 못하니 온 조정과 천자가 소경을 더욱 중하게 여겼다. 이때부터 양부인의 어짊이 맹모와 견줄 만하다고 일컬어졌다.

교영의 죽음

　이한림의 처 교영이 유배지에 머무를 때 옆집에 유장이라는 평민이 있었다. 그는 아내를 잃고 홀아비로 지내며 어진 여인을 구했는데 이한림의 처가 담 너머에서 외로워한다는 것을 듣고 서로 뜻이 맞아 사통하며 살았다. 삼 년 만에 이복야의 원통함을 고하는 이가 있어 천자가 뉘우치고 이씨 가문을 용서하여 죽은 사람은 추증追贈하고 산 사람은 풀어주었다. 공자가 조정에서 일을 마치고 돌아와 이 사실을 어머니께 고하고 기쁜 마음으로 이생의 묘를 수리하여 누이가 돌아와 제사하기를 기다렸다.

　용서한다는 문서가 서주에 이르니 교영이 정신이 아찔할 정도로 크게 놀라 기쁜 기색이 없었다. 마지못해 길을 떠나며 유장에게 찾아오라고 당부했다. 서울에 이르니 공자가 백 리를 마중 나가 남매가 서로 반기고 슬퍼하며 집에 이르렀다. 양부인이 신을 벗고 문밖에 나와 딸의 손을 잡고 새삼 통곡했으며 월영 또한 동생을 붙들고 울며 말했다.

　"우리 형제 각각 하늘 끝에 떨어져 있어서 모일 날이 없다가 황상의 은혜를 입어 다시 모였구나. 그러나 네 거동을 차마 어이 보리오?"

석파 등도 슬퍼하고 위로하니 교영이 한편으로 슬프면서도 한편으로 부끄러워했다. 슬픈 것은 어머니와 가족을 만나서였고, 부끄러운 것은 스스로 행실을 천하게 했기 때문이었다. 이날 밤에 부인이 딸을 데리고 자며 밤새도록 어루만지고 흐느끼며 물었다.

"네 정절을 온전히 지켰느냐?"

교영이 대답하기를,

"소녀 어찌 정절을 잃음이 있으리까?"

하니 부인이 기뻐했다. 집안사람은 다 몰랐으나 공자는 스스로 짚이는 바가 있었다. 교영이 온 지 십여 일 후 공자가 서당에 앉아 글을 읽고 있는데 동자가 아뢰었다.

"밖에 한 남자가 와서 상공을 뵙겠다 하니 성명은 서주 유장이라 합니다."

공자는 본래 강산의 신령스러운 기운이 모여 사광師曠. 춘추시대 진나라의 악사. 음조를 잘 알아서 한 번 들으면 길흉을 알았다처럼 귀가 밝았던 까닭에 하나를 들으면 백 가지를 통했다. 동자의 전언을 듣고 이미 짐작되는 것이 있어 몹시 놀라고 두려워하며 좌우에 일러 들어오게 했다. 그 사람은 나이는 서른쯤 되고 인물은 멋스럽고 풍치가 있었다. 서로 예를 갖추고 자리에 앉으니 공자가 물었다.

"일찍이 그대와 만난 적이 없네. 알지 못하겠으니, 무슨 연고로 나를 찾는가?"

그 사람이 몸을 굽혀 공경을 표하고 답했다.

"소생은 서주 사람으로 삼 년 전 이한림 부인이 유배 왔을 때 운우雲雨의 정을 맺었습니다. 부인이 조정의 사면을 입어 돌아갈 때 언약하기를 '경성京城 남문의 자운산 소처사 집이라' 했습니다. 천신만고 끝에 겨우 찾아왔으니 선생은 누이와 소생의 정을 생각해주십시오. 소씨에게 오라비가 하나 있다더니 분명 선생일 것입니다. 혹시 악모를 뵐 수 있겠습니까?"

소직사가 한번 듣고는 가슴이 서늘하여 불행한 기분을 참을 수 없었으나 억지로 웃으며 말했다.

"이곳은 소처사 집이 아니라 소직사의 집이오, 산은 자운산이 아니라 벽운산이니 그대가 잘못 찾아온 것이오. 내가 듣기에 이한림 처가 서울로 오다가 길에서 죽고 호송 관리만 들어왔다고 하니 그대는 속절없는 수고를 했소."

유장이 당황하여 탄식하고 말했다.

"소인이 집을 잘못 찾아 귀하신 분 앞에서 방자했으니 죄가 무겁습니다. 황공하나 묻자오니 자운산은 어디입니까?"

소직사가 말했다.

"마땅히 하인더러 묻거라. 나도 알지 못하겠다."

남자가 정중하게 절하고 나가니 직사가 하인에게 분부했다.

"다시 그 사람이 오거든 들이지 마라."

유장이 사방으로 바삐 다니며 자운산을 물으니 모두 남문 밖이라고 가르쳐주었다. 다시 그곳에 나아가니 소씨 집안 문지기가 번뜩이는 창칼과 붉은 칠을 한 매로 위협하므로 할 수 없이 고향으로 내려갔다.

이때 직사가 계교로 유장을 물리치고 서당에 앉아 탄식했다.

"우리 부모의 청덕과 조상의 명성이 어찌 이 누이로 인하여 욕될 줄 알았겠는가?"

한숨 몇 마디에 맑은 눈물이 옷깃을 적시니 이는 돌아가신 아버지의 밝은 이름과 어머니의 어진 가르침이 잊힌 것을 슬퍼해서였다.

시비 춘영은 석파의 심복이었다. 직사가 유장과 말할 때 그 대화를 듣고 크게 놀라 급히 돌아와 주인에게 고하니 석파 등이 하늘을 우러러 탄식했다.

"부인이 늘 작은 낭자를 나무라시므로 우리가 괴이하게 여겼는데 부인이 과연 밝으셨던 것이구나. 작은 낭자는 차마 어찌 이런 일을 하셨는가? 우리 같은 천한 사람도 못할 행실이로다."

서로 탄식을 그치지 않는데 때마침 양부인이 지나다가 듣고는 문을 열고 물었다.

"너희는 무슨 일을 개탄하느냐?"

두 사람이 놀라 머뭇거리고 감히 고하지 못하니 재삼 따져 물었다. 두 사람이 감히 숨기지 못하여 모호하게 대답했다.

"첩들이 들으니 한 남자가 서주에서 왔다 하고 낭군을 뵈었다고 합니다."

부인이 이를 듣고 몸을 돌이켜 침소에 이르러 시녀를 시켜 직사를 불렀다. 직사가 부르심을 듣고 눈물을 거두고 어머니를 뵈었다. 부인이 한번 보니 슬픈 빛이 얼굴에 가득하고 옥 같은 얼굴에 눈물 흔적이 있었다. 부인이 이미 짐작하고 물었다.

"내가 들으니 서주에서 사람이 와서 네 누이를 찾았다는구나. 어떤 사람이었느냐?"

직사가 묵묵히 아무런 대답이 없으니 부인이 꾸짖었다.

"부모의 명이 있으면 입에 머금었던 것을 뱉고 응하는 것이 도리다. 어찌 감히 묻는 말에 대답하지 않느냐?"

"제가 불초함이 심하니 죄를 청합니다. 과연 서주에서 온 사람이 이씨 집안 며느리인 누이를 찾기에 제가 계교로 물리쳤으나 차마 아뢰지 못했습니다."

부인이 한번 듣고는 비록 아들의 말이 모호하여 자세하지 못하나 딸이 절개를 잃은 것을 알았다. 돌연 크게 노하여 주위 사람들에게 교영을 불러오게 하여 당 아래에 꿇리고 죄를 따졌다.

"네가 타향에서 유배를 살더라도 몸을 깨끗이 하여 돌아올 것이거늘 절개를 잃어 죽은 아비와 산 어미에게 욕을 미치고 조상에게 불행을 끼치니 어찌 차마 살려두겠느냐? 친정에 불초한 딸이요, 시가에 더러운 계집으로 천지간에 죄인이니 죽어 마땅하다. 오늘 자모慈母의 정을 끊고 한 그릇 독주를 내리니 빨리 마셔라."

교영이 말했다.

"소녀 비록 잘못했으나 어머니께서는 남은 목숨을 용서하소서."

부인이 질책했다.

"네가 스스로 네 몸을 생각하면 다른 사람이 재촉할 때까지 기다리지 않고 죽을 터인데 무슨 면목으로 용서라는 두 글자를 입에서 꺼내느냐? 내 자식은 이렇지 않을 것이니 어미라 부르지 마라. 네가 비록 유배지에서는 연약하여 절개를 잃었다 해도 돌아와서는 거절함이 옳거늘 서로 만남을 언약하고 사는 곳까지 가르쳐 저가 이곳에 찾아왔으니 이는 나를 흙이나 나무토막처럼 여긴 것이다. 내가 비록 일개 여자이나 자식은 처단할 것이니 이런 더러운 것을 집안에 두리오? 네가 구천에 가서 이생과 네 아버지를 무슨 낯으로 보려느냐?"

말을 마치고 재촉하여 교영에게 약을 먹이니 월영이 머리를 땅에 두드리며 애걸하고 석파 등이 계단 아래 꿇어앉아 살려주기를 슬피 빌었다. 그러나 부인이 노기등등하고 말투가 맹렬하여 한겨울의 북풍과 차가운 달 같았다. 소경은 눈물이 비단 도포에 젖어 자리에 고일 지경이었으나 입을 다물고 한마디도 빌지 않으니 그 속뜻을 알 수 없었다. 부인이 주위 사람들로 하여금 월영과 석파 등을 붙들어 들어가게 한 뒤 끝내 그들의 청을 들어주지 않고 교영을 죽였다. 시신을 별채에 안치하고 빈소를 마련하니 월영과 소경이 서러워하는 모습은 차마 볼 수가 없었다.

택일하여 장례를 치를 때 소경이 어머니께 아뢰었다.

"누이를 이씨 가문 선산에 묻을 수는 없으니 우리 선산에 장사지내면 어떻겠습니까?"

부인이 탄식하며 말했다.

"네 누이가 남편의 집안에는 음란한 며느리가 되었고 소씨 집안에는 더러운 딸이니 어찌 네 집 선산엔들 묻겠느냐? 각별히 다른 산을 골라서 안장하거라."

소경이 삼가 명을 받들고 중당中堂. 집의 정중앙에 있는 건물에서 나오니 석파가 따라와 소경의 소매를 잡고 울며 말했다.

"작은 낭자 비록 잘못했으나 부인은 어찌 차마 죽이기까지 하시며, 낭군은 살려달라는 말 한마디를 하지 않으십니까? 이제 장사를 치르는데 이씨 가문의 묘에 묻을 수는 없더라도 소씨 가문 선산에 장사하여 지하에서라도 낭자가 외로운 영혼이 되지 않게 하는 것이 옳은데 어찌 낭군은 부인의 말씀만 순순히 따르시고 동기간의 정은 박합니까?"

소경이 방석을 드려 석파를 앉히고 한참 탄식하더니 눈물을 흘리고 목메 울며 말했다.

"제가 비록 무식한 어린아이나 형제의 정은 아니, 어찌 누이를 죽게 하려는 뜻이 있으며 우리 선산에 장사지내려는 뜻이 없겠습니까마는 일의 형세가 이러하니 장차 어찌하겠습니까? 어머니께서 세 남매를 두시고 만금같이 여기셨습니다. 사랑이 적거나 정이 다해서가 아니라 천성이 굳세고 맹렬하여 정대함을 지키시는 까닭에 그 산 같은 정을 끊어 죽이신 것입니다. 무릇 임금과 부모가 그른 일을 하면 극진히 간하는 것이 예이지만 옳은 일을 하시는데 그르게 하라 간하는 것은 자식의 도리가 아닙니다. 어머니께서 처리하신 바가 합당하지 않은 것이 없으니 무엇이라 말리며 간하겠습니까? 부탁이니 서모는 밝게 가르쳐주십시오."

석파가 놀라서 말을 못하고 사죄했다.

"첩들이 어리석어 아득하게 깨닫지 못했는데 낭군의 금옥 같은 말을 들으니 춘몽春夢이 깬 듯합니다."

소경이 슬퍼하며 말했다.

"형제자매가 적은데 불행히도 이런 변을 당하니 사람으로서 참지 못할 바입니다. 그러나 서모는 어머니 앞에서는 슬퍼하는 빛을 보이지 마세요. 정대한 도리로 약을 내리셨으나 마음속으로는 칼에 베이는 듯 슬퍼하시니 내가 감히 어머니 앞에서는 슬픈 빛을 보이지 못합니다."

석파가 참지 못하고 나아가 등을 두드리며 칭찬했다.

"어질다, 낭군이여. 공자, 맹자 다음으로 세번째 자리에 앉을 것입니다."

소경이 탄식하고 대답하지 않았다. 좋은 산을 골라 교영을 안장하고 종일토록 소리 내 울고 집에 돌아와서는 안색을 온화하게 하고 차분한 태도로 어머니를 뵈었다. 부인이 바야흐로 탑상榻床에서 내려와 소경을 붙들고 길게 통곡하니 소경이 더욱 슬퍼 겨우 어머니를 위로했다. 물러나와 월영과 함께 울어마지않고 제사와 상복 입는 것을 극진히 했다.

기녀 때문에 꾸지람을 받다

이때 소경의 나이가 열다섯이었다. 모란 같은 얼굴과 달 같은 광채에 버들 같은 풍채가 날마다 새로우니 구혼하는 이가 구름 같았고, 기녀들이 문이 메게 몰려들어 아리따운 태도와 교묘한 말솜씨로 유혹하며 시첩이 되기를 청했지만 소경은 다 물리치고 대답하지 않았다.

하루는 친구들이 와서 기녀 스무 명 남짓을 불러 풍류를 연주하도록 시켰다. 소경은 달갑지 않았으나 친구들 때문에 어쩔 수 없이 시녀를 불러 석파에게 술과 안주를 내오게 하니, 석파가 일일이 차려서 손님을 접대했다. 그 자리에 있던 기녀 네 명은 당대의 이름난 이들로, 맑은 음성을 열어 노랫소리를 늘이니 깊은 가을에 슬피 우는 기러기 같았고, 삼협_{三峽. 중국 양쯔 강 중류에 있는 세 협곡}에서 부르짖는 원숭이*라도 그 청초함에 미치지 못할 정도였다.

---

* 삼협(三峽)에서 부르짖는 원숭이: 춘추시대 진나라 환공(桓公)이 삼협을 지나갈 때 병사 중에 원숭이 새끼를 잡은 자가 있었는데, 그 어미가 애처롭게 부르짖으며 백 리를 따라오다가 죽었다. 이 고사로 인해 원숭이의 울음소리는 애절함의 대명사로 사용된다.

소경이 웃으며 말했다.

"과연 명창이로구나. 다만 너희의 곡조가 새롭지 않으니 내가 가사^{歌詞} 하나를 지어 너희 빈손에 값을 높여주마."

이내 붓과 벼루를 내어와 가사를 지어 기녀들에게 주었다. 기녀들이 크게 기뻐하고 감사하며 공자의 시첩이 되기를 간청하니 공자가 웃으며 말했다.

"내가 본래 호걸이 될 마음이 없고 성인의 가르침에 뜻이 있으니 기녀는 모으지 않을 것이다."

그 가운데 녹랑이라는 기녀가 자리에서 일어나 얼굴빛을 가다듬고 말했다.

"소첩은 이름은 기녀이나 실은 군자를 사모하여 다른 사람을 섬기지 않았습니다. 상공의 자리 아래에서 수건과 빗을 받들기를^{아내나 첩이 됨을 겸손하게 이르는 말} 원합니다."

그 자리에 있던 사람들이 모두 크게 소리 내 웃었다. 소경이 다만 웃음을 띠고 말했다.

"군자는 세상에 살면서 숙녀 얻는 일을 근심해야 하는 것이다. 어찌 노류장화^{路柳墻花. 쉽게 꺾을 수 있는 길가의 버들과 담 밑의 꽃. 기녀를 비유함}를 모으겠느냐?"

여러 사람이 칭찬했다.

"그대는 진실로 사마천^{司馬遷}이 다시 태어난 사람이로다."

석양 무렵에 자리가 끝났는데도 가사를 지어준 네 명의 기녀가 가지 않았다. 소경이 괴상하게 여겨 가라고 꾸짖고 들어와 어머니를 뵙고 한담을 나누는데 문득 시녀가 부인께 고했다.

"도성 안에 있는 창원루의 명창 녹랑, 홍선, 색경, 왕선랑 네 사람이 부인께 명함을 들여보냈습니다."

부인이 말했다.

"괴이하다. 내 일찍이 과부가 되면서부터 집안에 있는 종들에게도 풍류 가르치는 것을 금했는데 어떤 기녀가 명함을 들였느냐? 네가 빨리 나가 무슨 연고로 왔는지 물어보거라.”

이윽고 시녀가 돌아와 아뢰었다.

“상공이 가사를 지어주고 다정히 대해주기에 머무른다고 합니다.”

부인이 듣고는 화를 내며 말했다.

“내가 일찍이 선군을 여의고 너를 의지하여 네가 아름답게 혼인하기를 바랐거늘 어찌 감히 요사스러운 것을 외당에 모아 방자하기를 일삼느냐?”

주위 사람들을 시켜 공자를 잡아내리니 소경이 어머니가 화나신 것을 보고 크게 두려웠으나 저지른 죄가 없으므로 평온하게 계단 아래로 내려가 관을 벗고 사죄했다.

“제가 비록 불초하나 어찌 감히 요사한 미색을 머물게 하고 어머니께 숨기겠습니까? 아침에 여러 친구가 경치를 구경하러 와서 풍물을 갖추어 즐기니, 집안이 번화하지 못하고 화려한 뜻이 없으나 마지못해 손님 접대를 했습니다. 또 곡조에 붙인 가사가 몹시 예스러워 친구들과 희롱하며 우연히 두어 수를 지어주었더니 저 무리가 갑자기 머무르려 하기에 마침 괴로워하던 터입니다. 어찌 사사로운 정 때문이겠습니까? 다만 제가 여러 친구를 모아 어지러이 떠들고 풍류를 들은 것은 어머니께서 집안을 다스리는 위풍을 떨어뜨린 것이니 그 죄가 죽기에 족한가 하나이다.”

부인이 공자의 온화한 말과 두려워하는 거동을 보고 노기가 거의 절반이나 사라졌다. 그러나 혹시 혈기 왕성한 어린아이가 부인을 얻기 전에 기녀를 가까이할까 두려워 다시 꾸짖었다.

“네가 어린 나이에 입신하여 천자의 은혜가 중하시니 마땅히 마음과 뜻을 조심하고 단속하여 체면과 위의를 바르게 해야 할 것이요, 외로운 어미를 데리고 처지가 처량하니 호화롭게 지내는 것이 옳지 않은데 과

부의 집에 기녀의 음악과 친구들을 어지러이 모으는 것이냐? 다시 방자하거든 결단코 용서하지 않으리라."

공자가 깊이 뉘우치며 머리를 조아려 잘못을 인정하고 물러나와 네 명의 기녀를 보냈다. 이후 더욱 행실을 닦으니 조용하고 침착하며 단정하고 엄한 것이 날로 더했다.

화씨와 혼인하다

이때 평장平章 화현은 아들 일곱에 딸 둘을 두었는데 장녀 수은이 단정하고 영민하며 태도가 절색이었다. 늘 걸맞은 짝을 구하다가 금문직사 소경을 보고 매우 마음에 들어 사위를 삼고자 양참정에게 가서 구혼했다. 양공이 말했다.

"내 하나밖에 없는 외손자 며느리를 고르는 일이 보통이 아니네. 그대 딸이 내 손자의 짝으로 합당한가?"

화공이 웃으며 말했다.

"상공이 믿지 않으시거든 오셔서 딸을 보시지요."

양공 또한 웃고 자운산에 이 소식을 알렸다. 양부인은 화평장이 어진 사람인 줄 알기에 혼인을 허락하고 택일하여 혼례를 치르니 예식의 훌륭함이 비길 데가 없었다. 백 대의 수레로 신부를 맞이하고 집에 돌아와 독좌상獨坐床, 신랑과 신부가 교배례를 할 때 차려놓는 음식상 앞에 서니 신랑의 깨끗하고 탐스러운 용모와 버들 같은 풍채가 이태백보다 훨씬 나았다. 신부의 나긋나긋하고 날씬하며 우아하고 아리따운 기질은 큰 차이가 없었으나,

오히려 신랑의 눈 같은 피부와 맑은 물에 샛별이 비친 듯한 눈매와 붉은 입술과 흰 치아가 맵시 있고 기이하며 무게 있는 것에는 한참 미치지 못했다.

양부인이 몹시 서운해 즐거운 빛이 없고 집안의 노소가 다 신부를 부족하게 여겼다. 예를 마친 후 신방에 나아가 합환주合歡酒를 마실 때 신랑이 눈을 들어 잠깐 살피니 신부의 외모가 비록 자신에게 미치지 못하나 개의치 않았다. 또 인품에 한 조각 흠잡을 곳이 나타났지만 소중하게 대접하고 공경하는 것을 가볍게 하지 않았다.

다음날 폐백을 받들고 사당에 올랐다. 소경이 술잔을 올리면서 소리를 삼키며 슬피 울어 눈물이 청삼을 적시니 신부 또한 마음이 감동하여 얼굴빛을 고쳤다. 사당에서 내려와 단장을 새로 고치고 양부인께 예를 올리니 부인이 기뻐할지 슬퍼할지 정하지 못해 망연한 눈물이 옷깃에 가득했다. 그러나 양부인의 탐스러움과 깨끗함은 흰 연꽃 한 송이가 푸른 잎에 비스듬히 놓인 것 같아서 나이가 거의 오십이었으나 미모가 쇠함이 없으니 그 자리의 손님들이 칭찬하고 감복했다. 또한 월영을 보니 온갖 태도가 찬란하여 신부보다 세 배는 나았다. 모녀의 소담하고 맑은 자태가 자리에 가득히 빛나니 사람들이 서로 감탄했다.

"저 부인이 아니라면 저 한학사 부인을 낳지 못했으리라."

그리고 부인에게 물었다.

"오늘 신부를 보니 당대에 빼어난 분이군요. 알지 못하겠습니다, 직사와 걸맞습니까?"

부인이 웃으며 말했다.

"내 자식이 짝이 없을까 걱정했는데 신부가 뒤처지는 곳이 없으니 이는 제게 다행한 일입니다."

말을 마치자 석파가 나아가 고했다.

"오늘 같은 날에는 낭군을 부르시어 신부와 한 쌍으로 뵙는 것이 큰 경사일 것입니다. 부인의 뜻은 어떠하십니까?"

부인이 비록 엄격하고 정대하나 이런 경사에서는 참지 못하고 주위 사람들을 시켜 소경을 불렀다. 젊은 여인들은 모두 휘장 사이로 들어가고 연로한 부인네는 피하지 않았다.

이윽고 소경이 자주색 두건에 초록색 도포를 입고 들어와 어머니를 뵈려다가 여러 손님이 있는 것을 보고 문득 피하려 했다. 부인네들이 청했다.

"첩 등과 직사는 가는 길이 현격히 다르나 조카뻘이니 어찌 내외하겠습니까? 얼른 들어오셔서 양부인의 기쁨을 도우시지요."

소경이 사양하고 바로 들어오지 않으니 양부인이 소리 내 한번 부르고 말했다.

"방해될 것이 없으니 내 아이는 빨리 들어오거라."

부인이 말을 마치기도 전에 소경은 즉시 몸을 돌이켜 나아와 그 자리에 있는 사람들에게 예를 갖추고 잔을 들어 신부와 어깨를 나란히 하여 어머니께 헌수獻壽했다. 훌륭하고 당당한 풍채와 맑고 깨끗한 골격은 해와 달의 정기가 머문 듯했다. 신부는 이에 비하면 둥글고 밝은 달 같기는 신랑만 못하고 다만 정묘한 광채가 선명하여 맑은 별 같았으니 달과 별의 밝기가 어찌 판이하지 않겠는가.

여러 손님이 입으로는 듣기 좋은 말을 하며 걸맞은 짝이라고 축하했으나 마음속으로는 각각 신랑을 아깝게 여겼다. 월영의 탐스러운 미모는 모든 사람 가운데 독보적이었으나 소경과 비교하면 오히려 떨어지는 곳이 많으니, 사람마다 도리어 남자가 지나치게 고운 것을 괴이하게 여기고 그가 오래 살지 못할까 걱정했다. 모두가 축하하며 말했다.

"신부의 고상함과 신랑의 아름다움은 옥황상제가 명하신 것입니다. 그러나 직사가 우리 노인들을 보고 과도하게 예의를 차리시니 이는 도리어 우리 여자들이 활발한 것을 그릇되다 여기는 것입니까?"

부인이 웃으며 변명했다.

"미망인이 못난 자식을 두고 며느리를 지나치게 바랐는데 신부가 저에게 걸맞은 상대이니 어찌 기쁘지 않겠습니까? 그러나 의지할 데 없는 사람이 고독하게 살다가 유복자遺腹子가 급제하고 아내를 얻어 혼인하는 것을 보니 심회를 어찌 다 헤아리겠습니까? 제 자식은 본래 소심하여 귀한 손님들 앞에서 방자하게 굴지 못하는 것입니다. 어찌 손님들을 그릇되게 여기겠습니까?"

이어 소경에게 말했다.

"이 자리의 부인네는 모두 나와 절친한 분들이니 네게는 숙모와 조카 사이와도 같다. 고집스레 낯선 사람처럼 대하지 마라."

소경이 평온하게 명을 받들고 그 자리의 여러 사람에게 인사를 드렸다.

"소질小姪은 박명하고 가난한 선비인데 분에 넘치게 여러 숙모님의 사랑을 받으니 감격한 마음을 이기지 못하겠습니다. 사람의 도리가 부족하여 후의厚意를 극진히 받들지 못할까 더욱 황공합니다."

그 자리에 있던 석상서의 부인 진씨는 석파와 가까운 친척이었다. 석상서는 석수신石守信의 정실 자식이었고 석파는 첩이 낳은 딸이었다. 석파가 양부인에게 말해 자기 친척을 잔치에 초대했기 때문에 그 자리에 있었던 것이다. 직사가 온화하고 공손하며 매우 겸손하여 비록 입으로 손님을 향해 말하나 관을 숙이고 눈길을 낮추어 행여나 부인들을 볼까 대단히 살피고 조심하는 것을 보고 기특하게 여겨 생각했다.

'상공이 늘 칭찬하시기에 어디가 그토록 기특할까 했는데 과연 거짓말이 아니었구나. 열다섯 살 어린 남자가 어찌 이렇게 진중한가? 다만 신부는 많이 떨어지니 반드시 마음에 불쾌한 점이 있을 것이다.'

다시 유의하여 직사를 살폈으나 화창한 기운이 가득하여 부드러운 빛이 온 자리를 비추니 진부인이 가만히 석파에게 말했다.

"신랑이 신부가 마음에 흡족한지 기색이 아주 화평하고 기뻐 보이는 군요."

석파가 웃으며 말했다.

"우리 낭군은 세상을 아시면서부터는 노한 기색과 언짢은 모습을 보이지 않았습니다. 신부가 마음에 들어 그러는 것이 아니라 평생 본래 기색이 저렇게 기뻐 보입니다."

진부인이 헤아리기를,

'소직사가 조정에서는 엄숙한 것으로 이름이 나 일찍이 유순하다는 말을 들어본 적이 없다. 이것은 분명 어머니 앞에서는 유순하고 관직에서는 엄숙하고 굳센 것이로구나'

하여 더욱 흠모했다. 술이 세 바퀴 돌자 직사가 물러나 하직하고 밖으로 나가는데 가는 허리와 뛰어난 기상이 볼수록 새로웠다. 모두가 탄식하며 말했다.

"부인은 아들이 하나지만 남의 열 아들을 부러워 마소서."

양부인 또한 근심스럽게 대답했다.

"손님 여러분의 말씀이 옳으나 하나밖에 없는 자식을 사람마다 과분하게 칭찬하니 또한 오래 살지 못할까 걱정입니다."

이렇듯 담소를 나누다가 석양 무렵에 연회가 끝났다. 신부를 녹운당에 거처하게 했는데 부인이 지극하게 사랑하는 것이 월영에 못지않았고 석파 등도 비록 직사만 못하다고 하면서도 사랑하고 따랐으며, 월영의 우애는 옛사람에게 뒤지지 않으니 화씨의 일생이 자못 평안하여 흠잡을 것이 없었다. 또한 천성이 민첩하고 행동이 영리하여 무릇 처신하기를 상황에 맞게 잘하니 부인이 더욱 사랑했다.

부인을 대하는 태도

    소경이 화씨를 얻은 후 그 사람됨이 자기보다 떨어짐을 알지만 내색하지 않고 공경하고 후대했다. 다만 침소에 들어가는 일이 드물어 한 달에 열흘은 침소에 들어가고 이십 일은 서당에서 글 읽기에 힘썼다. 어머니 앞에서는 기운을 온화하게 하고 태도를 편안하게 하며 누이와 두 서모로 더불어 한가하게 말하고, 혹 품위 있는 농담을 하며 어머니의 뜻을 받들어 화평한 분위기를 도왔으나 행여 화씨에게 눈길을 보내는 일이 없었다. 또 녹운당에 가는 날이라도 밤이 깊도록 어머니를 모시다가 친히 이부자리를 펴드리고 베개를 바르게 하여 어머니가 누우신 후에야 물러나와 화씨 방에서 잤다. 그리고 새벽을 알리는 북이 울리면 세수하고 신성晨省하고 조정에 나가 정사를 처리한 후, 어머니께 하루 세 때 문안을 드리고 서당에서 향을 피우고 의관을 바르게 하여 하루종일 단정하게 앉아 사서四書를 공부하고 예법을 연구했다. 집안사람들이 화씨에게 정이 없는 것인지 매우 의심했고 부인 또한 염려하여 석파를 불러 말했다.

"아들이 화씨를 얻은 후 소원한 기색이니 심히 염려스럽구나. 내가 묻고 싶지만 제가 나를 심히 어렵게 여기고 진심을 털어놓지 않을 것이니 네가 가서 물어보는 것이 어떻겠느냐?"

석파가 명을 받들어 직사를 찾아 서헌書軒인 백화정에 이르렀다. 두 쌍의 동자가 난간 밖에서 학을 길들이고 있고 구슬로 엮은 발은 높이 걸었으며 향로의 침향沈香은 향내를 토했다. 주위에 만 권의 경서를 쌓고 거문고를 비스듬히 세워두었으니 몸이 신선의 집에 오른 듯했다. 직사는 서안書案에 『주역周易』을 펴놓고 자미수紫微數, 자미성(紫微星)과 북두칠성(北斗七星)을 이용해 길흉화복을 점치는 명리학를 점치고 있었다. 그윽한 대청 가운데 구슬발 그림자가 몽롱한데 직사의 백옥 같은 귀밑과 앵두 같은 붉은 입술은 완연히 한 명의 신선이 꽃나무 사이에 떨어진 것 같았다. 석파가 새삼 사랑스럽고 감복하여 허둥지둥 나아가 웃으며 말했다.

"이 집은 소처사의 집인데 어떠한 신선이 온갖 꽃 가득한 가운데 있는지요?"

직사가 바야흐로 글에 몰두하고 있다가 석파의 소리를 듣고 일어나서 맞이하고 웃으며 말했다.

"서모께서 듣기 좋은 말씀 하시는 것이 갈수록 더하십니다."

드디어 석파를 자리에 앉히고 자기는 스스로 방석 밖에 앉아 물었다.

"서모가 어찌 외당에 나오셨습니까?"

석파가 대답했다.

"낭군이 부인께 문안하신 후에는 내당에 오시는 일이 없고 혹 화부인 숙소에 가시더라도 이경二更, 밤 아홉시에서 열한시이 지난 후에야 가시니 첩이 낭군이 그리워서 나온 것입니다."

직사가 문득 웃고 변명했다.

"제가 서모께 정이 없어서가 아니라 어머니께 문안할 때 함께 뵈니 구태여 숙소에 가서 뵐 일이 없어 서모의 당에 가지 못한 것입니다. 서모가 몸소 찾아오게 했으니 불초함을 깨닫습니다."

이는 직사가 석파의 말을 알아듣고 화씨를 어머니 앞에서 보니 사사로이 그 처소에 갈 일이 없다고 빗대어 말한 것이었다. 석파도 영리한 사람이라 소경의 말을 알아듣고 웃으며 말했다.

"첩은 부인 앞에서 보시므로 그렇다고 하나 화소저는 무슨 까닭으로 찾지 않으셔서 한 달에 열흘을 들어가거나 말거나 하시니 심히 괴이합니다. 낭군 부부가 다 젊은 청춘이니 정이 중할 것인데 취성전聚星殿, 양부인의 처소에서 모였을 때 여러 사람 가운데서 말씀을 건네지 않으시고 또 눈도 마주치지 않으셔서 남의 집 부인을 대하듯 조심하십니다. 단정한 화소저도 무심코 낭군을 볼 때가 있는데 낭군은 도리어 부녀자보다 부끄러워하니 어찌 괴이하지 않겠습니까? 첩이 보건대 낭군이 부끄러워 이럴 리는 없고 화소저께 정이 소원한 게 분명합니다. 부족하게 여기는 점을 알고자 하니 낭군이 설마 남을 대하듯 저를 속이겠습니까?"

소경이 듣고는 얼굴빛을 온화하게 하고 정대하게 말했다.

"제가 행하는 바가 세상 사람들과 다르니 서모가 의심하실 만합니다. 그러나 선비란 글을 읽어 치국평천하治國平天下 수신제가修身齊家 함이 그 도리를 차리는 것입니다. 오륜 가운데 부부가 또한 중하니 어찌 칠거七去, 칠거지악(七去之惡). 아내를 내쫓을 수 있는 일곱 가지 잘못. 불순부모(不順父母), 무자(無子), 부정(不貞), 질투(嫉妬), 악질(惡疾), 다언(多言), 절도(竊盜)의 죄상이 나타나지 않았는데 부모가 정해주신 정실을 무고히 박대하는 자가 있겠습니까? 이제 화씨가 들어온 지 수개월에 어머니께서 사랑하시고 누님이 우애하시며 두 서모가 후대하시는데 하물며 제가 부부의 정이 박하겠습니까? 다만 남자가 비록 부인을 소중하게 대한다 하더라도 어찌 방에 틀어박혀 머리를 내밀지 않고 밤낮으로 부인만 상대하겠습니까? 게다가 취성전은 지극히 존귀한 곳이니 어찌 감히 서로 보고 무례히 말하여 자식이 어버이 공경하는 도리를 잊겠습니까? 여러 사람이 모인 가운데 말을 주고받아야만 구태여 부부인 줄 아는 것입니까? 저는 지아비는 묵묵하고 여자는 고요한 것을 중요하게 여기고 서로 희롱하고 즐거워함을 더럽게 여깁니다. 또 한 달에 열흘 들어가는 것도 내 나이가 젊어서 사사로운 정에 이끌려 호색하게 구는 것인가싶으니 어찌 화씨 방에 자주 가지 않는다고 의아해하십니까? 서모 생각에 어떡하면 후대고 어떡하면 박대입니까? 들어보고자 합니다."

석파가 듣고 크게 웃으며 말했다.

"낭군은 과연 소장蘇張, 소진(蘇秦)과 장의(張儀). 말을 잘하는 사람을 가리킨다 같은 말주변이 있군요. 이 말이 비록 그럴듯하나 다 인정人情에서 벗어난 말이요, 진정이 아닙니다. 만일 진정으로 화부인께 은정이 중하다면 낭군의 일신이 형제가 없는 외아들인 것을 생각해 녹운당에 날마다 가실 것입니다. 어찌 자손 둘 생각을 않으십니까?"

소경이 말했다.

"자식을 위해 한 달에 열흘을 가는 것이니 팔자에 있다면 족히 일백 명이라도 있을 것입니다. 심지어 자식 핑계까지 대시는 것에 어이없어 웃습니다."

석파가 또 말했다.

"그 말은 옳으나, 젊은 낭군이 아름다운 부인을 두고 외당에서 밤낮 혼자 지내다가, 자고 싶을 때 기첩妓妾 대하듯이 들어가 서너 시간 있다가 새벽 문안을 핑계로 나와 외당에 돌아온 후 낮에는 얼굴도 들이밀어 보지 않는 예의가 있답니까? 부인이 크게 염려하시니 낭군은 즐거울지라도 부인께는 불효입니다."

소경이 옥 같은 얼굴에 웃음을 띠고 대답했다.

"서모는 무슨 말씀을 이리 무례하게 하십니까? 나이가 젊은들 마음이야 노소老少가 있겠습니까? 혼자 지내는 것을 어머니께서 근심하신다 하니 자주 들어가고는 싶으나 서모의 말씀대로 저는 형제 없는 외아들입니다. 혈기 왕성한데 호색하여 병을 얻으면 어머니께 큰 염려를 끼칠까 두렵습니다. 이러므로 정은 중하되 몸이 상할까 조심하는 것입니다. 정실을 무례하게 대할 수 없으므로 공경하여 엄숙히 대한 것이고, 어머니께 혼정昏定한 뒤 녹운당에서 자고 신성晨省하려고 첫닭이 울 때 일어난 것인데, 서모가 기첩 대하듯 한다 하시니 밤낮으로 끼고서 곁을 떠나지 않아야 공경하는 것입니까?"

석파가 크게 웃고 일어나며 말했다.

"첩의 어눌한 입이 낭군의 소진 같은 말주변을 당하지 못하겠습니다. 입을 닫고 징을 울려전투에서 군사를 거둘 때 금속으로 된 타악기를 쳐 신호를 보냈음 물러가나이다."

소경이 크게 웃었다. 석파가 들어와 문답한 내용을 일일이 양부인께 고하니 부인이 한참 말이 없다가 탄식했다.

"내 아이는 사람 가운데 성인이요, 까막까치 중에 봉황 같아서 속된 사람이 바랄 바가 아니라. 제 아버지가 비록 희롱하는 일이 없고 지극히 준엄했으나 이렇지는 않아서 일찍이 외당에 머무는 것을 보지 못했는데 이는 짐짓 제 아버지보다 더하구나. 호색해서 몸 상할 걱정은 없다."

석파 등이 칭찬하고 감복하며 탄식할 따름이었다.

호광순무사가 되다

이때 나라에서 소경에게 호광순무사湖廣巡撫使를 제수하고 삼 일 동안 행장行裝을 꾸려 떠나게 하니, 양부인이 이별을 슬퍼했다. 떠날 때 소경이 어머니 앞에 하직 인사를 드리는데 그 안색이 슬프고 참혹하여 기운이 꺾여 눈물 떨어지는 것을 깨닫지 못했다. 부인이 갑자기 얼굴빛을 바르게 하고 타일렀다.

"신하가 되어 나라의 명을 받드니 뜻을 비 갠 뒤의 맑은 바람과 밝은 달처럼 해야 할 것인데 어찌 근심스레 슬퍼하느냐? 내가 비록 여기에 있으나 나이가 많지 않고 네 아내가 아침저녁으로 나를 위로할 것이니 충분히 평안할 것이다. 청춘의 나이로 태평한 시절에 벼슬을 하니 마땅히 나랏일을 밝게 살펴 맑은 이름을 후세에 드리우는 것이 곧 부모를 세상에 높이 드러내 효도하는 것이다. 너는 슬퍼 말고 선친의 명망을 떨어뜨리지 말거라."

어사御史가 두 번 절하여 명을 받들고 물러나와 두 서모, 누님과 작별하고 비로소 녹운당에 이르렀다. 화씨는 젊디젊은 나이에 낭군과 멀리 떨어지게 된 것을 시름하며 두 눈썹을 찡그리고 비단 창을 향해 탄식하고 있었다. 소경이 들어가 가까이 앉아 웃으며 말했다.

"부인이 시름하는 것이 나를 위한 것이오?"

화씨가 용모를 단정히 하고 말했다.

"군자가 황제의 명을 받는데 어머님의 슬픔과 첩의 심사를 헤아리겠습니까? 그러나 멀리 떠나시니 몸조심하시어 맡은 일을 잘 다스리시고 쉬이 돌아오시기를 바라나이다."

어사가 천천히 말했다.

"호광이 비록 멀지만 평안한 곳이요, 내가 또한 몸이 건강하여 다른 염려가 없소. 다만 새벽, 낮, 밤의 하루 세 번 문안을 드리지 못하고 어머니 얼굴을 뵙지 못하는 것이 자식으로서 참지 못할 바요. 부인은 어머니 슬하를 떠나지 말고 안색을 살펴 받들어 모시기를 게을리하지 마시오."

드디어 몸을 일으켜 나갈 때 다시 말했다.

"언제 돌아올지 알 수 없으니 부인은 별 탈 없이 잘 지내시오."

여러 사람이 엿보고 바야흐로 소경이 화씨와 말하는 것을 처음으로 들었다.

소경이 길을 떠나 밤낮을 가리지 않고 가서 호광에 부임했다. 소속 군현의 관리들은 어사가 이름난 젊은 선비로 재주와 인품이 다른 사람보다 뛰어나고 총명한 것을 보고 감복해마지않았다. 다스린 지 몇 개월 만에 도적이 어진 백성으로 변하니, 천자가 이를 듣고 몹시 아름답게 여기셨다. 특별히 발탁하여 역마를 타고 올라오라고 부르니 부임한 지 다섯 달 만이었다. 황제의 명을 받고 서울로 돌아가려는데 백성이 수레를 붙들고 말리므로 어사가 마지못해 육칠 일을 더 머물렀다. 서울로 갈 때는 수행하는 무리를 다 떨쳐버리고 말 한 필에 종 한 명만 데리고 떠났다.

윤씨를 구해 의남매를 맺다

며칠 후 민가에 방을 빌려 묵게 되었다. 촛불을 밝히고 앉아 『육도六韜』를 외우는데 이경二更이 다 될 무렵, 창밖에 신 끄는 소리가 나더니 누군가 문을 두드렸다. 어사가 의심했다.

'도깨비인가?'

방문을 열었더니 희미한 달빛 아래 한 젊은 여자가 서 있다가 어사가 문 여는 것을 보고 의젓하게 걸어 방안으로 들어왔다. 그리고 어사를 향해 복을 기원하는 인사를 올리고 눈물을 흘렸다. 어사가 눈을 들어보니 여자의 피붓빛은 맑은 옥 같고 눈썹은 버들 같으며 두 눈은 가을 물이 흐르는 듯했는데 구름 같은 머리를 흐트러뜨리고 남루한 옷을 입었으니 마치 달이 근심하고 꽃이 시름하는 듯했다. 연연하고 아리따우며 은은하고 시원스러워 나라를 기울일 만한 미모였고 달과 꽃이 부끄러워 할 만한 자태였다. 고운 얼굴은 화장으로 꾸미지 않았지만 광채가 촛불 아래 눈부셨다. 어사가 매우 괴이하게 여겨 물었다.

"그대는 어떤 사람이기에 나그네가 머무는 곳에 와 무슨 말을 하려

하는가?"

여자가 눈물을 거두고 옷깃을 여미며 대답했다.

"첩은 호광 윤평장의 딸입니다. 집이 부유해 화적떼가 들어 재물을 약탈하고 온 집안을 다 죽이고 첩만 겨우 살아남았습니다. 이 집의 주인은 곧 저희 집안 종으로 도적과 공모하여 제 부모를 죽이고 저를 데려왔습니다. 첩이 죽고자 하나 기회가 없고 이놈이 제 자식을 두고 저를 며느리 삼으려 하므로 온갖 방법으로 거절했으나 듣지 않고 택일하여 혼인시키려 합니다. 밤낮으로 하늘에 빌었더니, 오늘 군자를 만나게 되었습니다. 계신 곳이 멀지 않기에 부끄러움을 잊고 여기 와서 고하니, 비록 첩이 죽을지라도 군자께서 한 여자가 품은 원한을 참혹하게 여기고 관부에 고하여 부모 시신이나 장례 치르게 해주신다면 이 은덕을 심장과 뼈에 새겨 죽어서라도 은혜를 갚겠습니다."

말을 마치고 구슬 같은 눈물이 얼굴에 가득하여 맑은 목소리로 흐느끼니 청아하고 아리따워 비길 데가 없었다. 소경이 다 듣더니 얼굴빛을 고쳐 공경을 표하고 자리를 피하여 인사했다.

"소생은 서울 사람입니다. 마침 길을 가는 중에 이런 일을 알게 되니 놀람과 참담함을 이기지 못하겠습니다. 이런 줄 모르고 처음에 무례했으니 황공합니다. 소생이 비록 약하나 이 일 정도는 원한을 풀어드릴 것이니 안심하시고 밤이 깊었으니 돌아가십시오. 내일 결판이 날 것입니다."

여자가 감사 인사를 드리며 말했다.

"깊은 밤에 서로 만나는 것이 예가 아니나 첩이 부끄러움을 잊고 바르지 못한 방법으로 군자께 말씀을 붙였는데 흔쾌히 허락해주시니 놀라움과 기쁨을 이기지 못하겠습니다. 높으신 이름을 듣고 싶습니다."

소경이 사양하며 말했다.

"잘못된 일을 보고 원한을 풀어주는 것은 남자의 일입니다. 어찌 과한 말씀을 감당하겠습니까? 이름은 자연히 아실 것이니 바삐 돌아가보십시오. 보는 이 있을까 두렵습니다."

여자가 인사하고 나간 후에 어사가 홀로 앉아 곰곰이 생각하고는 분이 치미는 것을 참지 못했다. 겨우 날이 새기를 기다려 시노侍奴, 시중을 드는 남자 종와 함께 해당 현의 관아에 이르러 호광어사가 왔음을 전했다. 지부知府가 크게 놀라 급히 하급 무관 및 관졸과 함께 맞이하여 당 위로 오르게 하고 말했다.

"존대인尊大人, 지위가 높은 사람을 높여 이르는 말이 어찌 혼자 말을 타고 여기까지 오셨습니까? 일찍이 조보朝報, 조정에서 발하는 기관지를 보고 상경하신다는 소식을 들은 후 날마다 기다렸는데 오늘 존안을 뵙게 되니 영광입니다."

한편으로는 말을 하면서 한편으로는 연회를 베풀게 했다. 그러나 어사는 언짢은 일을 보았으니 어찌 술과 안주를 기다리겠는가. 하급 무관과 관졸을 불러 명령을 들으라 하니 지부가 가만히 생각했다.

'이 어사가 나이가 어려 격식을 모르는구나.'

그리고 나아가 아뢰었다.

"비록 아무리 급한 일이 있어도 잔치를 받으신 후에 분부하시는 것이 법도입니다."

어사가 노하여 말했다.

"남자가 세상을 살며 잘못된 일을 보면 원한을 풀어주고, 국문할 일을 보면 다스리는 것이 도리다. 급한 일을 보면 성화같이 구하는 것이 중요한데 어찌 녹록히 술과 음식을 달게 여기겠는가?"

이에 크게 소리 지르며 하급 무관에게 명했다.

"너희는 남문 밖에 가 서촌에 사는 사람을 잡아와라."

아랫사람들이 떠들썩하게 가더니 잠시 후 여남은 명의 노인을 잡아왔다. 어사가 보니 그 가운데 어제 묵었던 집의 주인이 있기에 잡아내 신문하고, 작은 교자를 보내 윤평장 딸을 모셔오라 하여 옳고 그른 것을 따졌다. 그놈이 넋이 나가서 자신이 처음부터 모의하여 주인을 죽이고 그 딸을 데려와 며느리 삼으려 했으나 윤씨가 듣지 않으므로 억지로 핍박하려 했던 뜻을 일일이 고했다. 어사가 크게 노하여 즉시 그 삼부자를 저자에서 참수하고 그 처자는 섬에 내치고 재산은 몰수하여 관가로 들이게 하고 지부를 꾸짖었다.

"그대가 한 지방을 맡아 다스리면서 이런 해괴한 일이 있으니 스스로 부끄럽지도 않은가?"

지부가 묵묵히 사죄했다. 어사가 즉시 관을 갖추어 윤평장 일가를 선산에 장사지내고 그 집에 딸을 머물게 하려 했다. 여자가 마주보지 않고 절하며 은덕에 감사하고 말했다.

"소첩은 외로운 신세로 의지할 곳이 없습니다. 결코 여기에 있지 못할 것이니 상공이 만일 가엾게 여기신다면 서울에 두어 명 친척이 있는 곳으로 데려다주셨으면 합니다."

어사가 한참 깊이 생각하다가 윤소저를 향해 말했다.

"소저의 말씀이 절박하나 남녀가 동행하는 것은 성인의 가르침에서 크게 벗어난 일입니다. 피차 불편하니 소저가 만일 더럽게 여기지 않으신다면 잠깐 남매의 의리에 의탁할까 합니다. 의남매를 맺으면 혐의가 없으니 그렇게 모셔갈까 합니다."

윤씨가 바삐 감사하며 말했다.

"만일 그렇게 해주신다면 첩이 더욱 생사 간 은혜에 감격함을 이루 다 헤아릴 수 있겠습니까?"

어사가 기쁘게 나이를 물으니 열일곱 살로 어사보다 한 살 위였다. 어사가 드디어 두 번 절하여 손위 누이로 삼고 대단히 기뻐하며 함께 데려갔는데 남들에게는 친누이라고 했다. 윤씨가 처음에는 억울함을 풀기 위해 어사를 만났으나 나중에는 은덕이 중하므로 평생 남편으로 섬기려는 뜻이 잠깐 있었는데, 어사가 위엄 있고 정대하며 의남매를 맺는 것을 보고 한편으로는 기쁘고 한편으로는 의아했다. 수십 일을 동행하는데 소경의 기색이 갈수록 정대하여 숙소를 멀리 잡아 각방을 쓰고, 말을 주고받을 때가 많으나 끝까지 눈길을 낮추어 보지 않으며 웃거나 활발하게 말한 적이 없었다. 말마다 공경하고 지극히 겸손하니 윤씨가 칭찬하고 감복하여 생각했다.

'이 사람은 과연 하혜下惠, 춘추시대 노(魯)나라의 현자 유하혜(柳下惠)와 미자微子, 상(商)나라의 현인 미자계(微子啟) 같은 부류로구나. 세상을 살아가며 정대하게 처신하는 것이 이와 같으니 진정 성현군자로다.'

윤씨가 재취로 거론되지만 거절하다

어사가 서울에 이르러 대궐 아래 나아가 감사 인사를 드렸다. 천자가 술을 내리고 불러 호광을 평안하게 한 공을 기리고 벼슬을 높여 이부시랑吏部侍郎을 제수했다. 소경이 은혜에 감사드린 후 바삐 자운산으로 돌아와 어머니를 뵈었다. 양부인은 반가움과 기쁨을 이기지 못해 자리에서 내려와 손을 잡고 만족스럽게 웃을 따름이었다. 소경이 윤씨를 데려온 일을 고하니 부인이 놀라 한참 생각하다가 말했다.

"사정이 그러하다면 그 친척을 찾아주는 것이 옳겠다."

소경이 대답했다.

"이미 하인에게 윤씨가 말한 친척이 사는 곳을 찾으라 했고, 윤씨는 집을 잡아 머물게 했습니다."

그 말이 끝나기도 전에 하인이 아뢰었다.

"윤소저의 친척을 찾아보았으나 아무 곳에도 없었습니다."

소경이 탄식하고 어머니께 고했다.

"소저가 이미 친척이 없고 외로운 처지니 어머니께서 불러 집안에 두시는 것이 어떠십니까?"

부인이 말했다.

"내 아이의 의로운 기상이 이와 같으니 늙은 어미가 어찌 듣지 않겠느냐?"

드디어 윤소저를 청하여 만났다. 윤씨가 들어와 부인께 네 번 절하고 화씨, 월영 등과 인사를 나누고 자리에 앉았다. 부인이 한번 보고는 크게 기특하게 여겨 물었다.

"서로 같은 천지간에 있으나 서울과 지방이 전혀 달라 이름도 알지 못했는데 연분이 있어 서로 만나니 영광스럽고 다행한 일이나 낭자의 외로운 처지를 생각하니 참담합니다."

윤씨가 자리에서 물러나 감사 인사를 드렸다.

"첩이 삼생의 죄가 중하여 부모님과 참혹하게 이별하고 죽게 될 상황이었는데 어사의 태산 같은 성은을 입어 어버이의 원수를 갚고 여기에 이르렀습니다. 친척을 찾기를 바랐으나 다 종적을 모르니 장차 돌아갈 곳이 없습니다. 마침내 성은을 입었으니 종신토록 이 댁에 시녀로 있게 해주십시오."

부인이 윤씨의 슬픈 말과 옥 같은 소리를 듣고 심히 사랑하고 애처롭게 여겨 위로했다.

"낭자의 말을 들으니 돌이나 나무도 감동하겠구나. 우리 아이가 의기를 좋게 여기고 나 또한 한 점 선한 마음을 품었으니 어찌 낭자를 시녀로 두겠는가? 나와 함께 한방에서 지내는 것이 옳네."

윤씨가 두 번 절하고 말했다.

"만일 그렇게 해주신다면 은덕을 다 헤아릴 수 있겠습니까? 비록 외람하나 어사의 손위 누이가 되었으니 부인 슬하의 자식이 되기를 바랍니다."

부인이 흔쾌히 허락하니 윤씨가 여덟 번 절하여 모녀지간이 되고 월영, 화씨와는 형제가 되어 매우 기뻐했다. 그러나 석파 등은 품은 생각이 있어 윤씨가 소씨 집안의 양녀가 된 것을 기뻐하지 않았다. 양부인이 시녀를 시켜 취성전 곁의 회운각이라는 당을 수리해 윤씨를 머물게 했다. 사람들이 다 물러간 후 석파가 부인께 아뢰었다.

"첩들이 윤소저를 보니 과연 나라를 기울일 만한 미색이요, 행실 또한 곧고 조용하니 지체 높은 가문과 문벌 좋은 집안에서 고르더라도 얻지 못할 사람입니다. 화낭자가 비록 아름다우시나 시랑께는 미치지 못하니 어찌 윤씨를 재취^{再娶, 둘째 부인. 혹은 둘째 부인을 맞이하는 일}로 삼지 아니하십니까? 하물며 시랑이 화씨와 부부의 정이 없고 기색이 냉랭한 중에 윤평장 일가의 장례를 치르고 원수를 갚고 그 딸을 데려왔습니다. 젊은 남자가 절세가인과 수십 일 동행하고 구태여 집에 머무르게 하고자 하니 그 뜻을 족히 알 수 있습니다. 만일 의남매가 되면 반드시 시랑의 심사가 울울할 것이요, 그렇게 되면 상황이 불안하고 저 여자도 난처하여 인륜이 어지러울 것이니 부인은 신중하게 생각하소서."

부인이 한참 생각하다가 말했다.

"네 말을 들으니 또한 그럴듯하나 화씨 일찍이 허물이 없고, 경이 굳이 둘째 부인을 원하지 않는다. 하물며 윤씨를 데려올 때 의남매를 맺은 것은 다른 뜻이 없는 것이니 제가 입 밖에 내지 않는데 내가 금하기는커녕 어찌 도리어 재취를 부추기겠느냐? 그러나 여러 날을 동행하며 혹 아이가 삼가지 못한 것이 있는가 의심이 되니 네가 가서 물어보거라."

석파가 명을 듣고 시랑이 있는 곳에 가서 축하하니 시랑이 말했다.

"무슨 기쁜 일이 있으십니까?"

석파가 말했다.

"다른 일이 아니라 낭군이 절세가인 얻으신 것을 축하하는 것입니다. 열네 살에 과거 급제해 열다섯에 화씨를 얻고 열여섯에 벼슬이 춘경^{春卿}에 오르고 또 윤소저 같은 숙녀를 얻으니 어찌 축하하지 않겠습니까?"

갑자기 온화한 기운이 사라지고 소경이 정색하며 물었다.

"서모의 다른 말은 굳이 사양하지 않겠으나 윤씨 누이를 데려온 일에 어찌 치하할 것이 있습니까? 동기가 적은 터에 양누이를 얻은 것을 말씀하시는 것입니까? 말씀이 모호하니 그 뜻을 몰라 의아합니다."

석파가 웃으며 말했다.

"낭군이 의아해하시는 것은 진정이 아닙니다. 노인이 어찌 누이를 얻었다 해서 축하하겠습니까? 부인이 윤씨의 재주와 용모를 사랑하시고 낭군이 데려온 것이 뜻한 바가 있어서라며 조만간 택일하여 낭군의 둘째 부인으로 삼으려 하시니 이것이 바로 기쁜 일입니다. 어찌 모르는 체하십니까?"

시랑이 듣고 말했다.

"애초에 윤씨를 데려온 것은 그 의로운 기운을 중히 여겼기 때문입니다. 머물 곳이 없는 것을 보고 집안에 머물게 한 것은 아름다운 선비를 얻어 누이와 배필을 이루게 하여 적선하려 한 것이지 제가 스스로 재취하려 한 것이 아닙니다. 애초에 뜻이 있었다면 뭐하러 남매를 맺어 어지럽게 했겠습니까? 서모의 말을 들으니 마음이 서늘하고 뼛속까지 놀라 귀를 씻고 싶으나 황하黃河가 먼 것이 한스럽습니다.* 대장부가 세상에 지내며 몸을 닦고 도를 행할 때는 성인의 가르침을 받들고 예를 어길까 두려워할지언정 처자가 없음을 근심하지 않을 것입니다. 하물며 나는 처자가 있으니 어찌 번화하고 사치하려는 생각을 하겠습니까? 어머니께서 재취를 말씀하시더라도 세상에 여자가 적지 않으니 어찌 인륜의 중대한 일을 정당치 못한 방법으로 하여 국풍國風 대아大雅『시경』에 실린 주나라 궁중 노래에서 노래한 혼인의 바른 도리를 더럽히겠습니까? 하물며 윤씨

* 귀를~한스럽습니다: 요임금 때 은자 허유는 요임금이 왕위를 넘겨주려 하자 거절하고 영수(潁水)라는 강에서 귀를 씻었다. 소현성이 살고 있는 변경(汴京)은 황하 유역에 있다.

누이는 나와 함께 수십 일을 동행하고 깊은 밤에도 서로 만나보았습니다. 저 도적의 무리를 내가 다 죽여 원한을 갚고 그 여자를 취하면 이는 무식하고 염치 없는 일이니 세상 사람들이 반드시 내게 침 뱉고 비웃을 것입니다."

석파가 칭찬했다.

"시랑의 뜻이 착하고 어지십니다. 유하혜와 미자를 어찌 기특하다 하겠습니까? 다만 낭군이 여색에 너무 관심이 없으시므로 도리어 '관저關雎의 즐거움^{부부가 화합하여 가정이 원만한 즐거움}'과 '요조숙녀 군자호구^{窈窕淑女 君子好逑, 요조한 숙녀는 군자의 좋은 짝이다}'인 것을 생각하지 않으십니다."

소경이 웃으며 말했다.

"서모가 또한 생각지 못하십니다. 『시경』의 관저장은 성인의 성녀에 대한 예찬입니다. 문왕^{文王, 주나라의 기초를 닦은 명군}이 어찌 태사^{太姒, 문왕의 후비(后妃). 덕이 있어 훌륭한 내치(內治)를 이루었다}를 환란 중에 정당치 못한 방법으로 만나셨겠습니까? '요조숙녀는 군자호구'이니 좋은 짝은 좋게 만날 것입니다. 어찌 구차히 남에게 시빗거리를 만들어주는 숙녀와 군자가 있겠습니까? 지금 서모께서 하시는 말씀으로 미루어보자면 사마장경^{司馬長卿}과 탁문군^{卓文君}*, 신후경^{申厚卿}과 교랑^{嬌娘}**의 일을 저에게 권하는 것이니 어찌 관저를 들먹이십니까? 생각건대, 진실로 태사와 같은 숙녀를 국풍 대아의 내용처럼 떳떳하게 알게 되면 혹 아내로 맞을 수도 있겠지만 이처럼 험한 일로 만나 의남매를 맺은 뒤에는 비록 태임^{太任, 주나라의 어진 후비. 문왕의 모친}과 태사 같은 덕이 있고 서시^{西施, 춘추시대 월(越)나라 미녀} 같은 미모가 있더라

---

* 사마장경(司馬長卿)과 탁문군(卓文君): 한나라 부호 탁왕손의 딸 탁문군이 과부가 되어 친정에 돌아와 있을 때 문인 사마상여의 거문고 소리를 듣고 반하여 성도로 함께 야반도주했다.
** 신후경(申厚卿)과 교랑(嬌娘): 원나라 소설 『교홍기嬌紅記』의 남녀 주인공. 신후경은 외삼촌의 딸 왕교랑과 사랑하여 몰래 정을 통했으나 부모의 반대로 둘은 혼인하지 못하고 병들어 죽었다.

도 꿈같을 뿐입니다. 서모는 부질없는 말을 해서 제가 수행하는 장소를 추하게 만들지 마시고 윤씨 누이의 명예와 절조를 어지럽히지 마소서.”

말을 마치고 마음을 가라앉혀 단정하게 앉아 『논어』를 펴고 소리를 길게 빼어 읽으니 맑은 목소리가 낭랑하여 단혈^{丹穴, 봉황이 산다는 전설 속의 산 이름}에서 봉황이 우는 듯했다. 소경이 다시 말을 붙이지 않으니 석파가 찬탄하고 감복하며 들어가서 부인께 앞뒤 사정을 자세히 고했다. 부인이 대견함을 참지 못해 스스로 자랑하며 말했다.

“내 아이 어찌 이토록 관후하고 엄숙한가? 내가 죽어 지하에 가더라도 선군을 보고 부끄럽지 않겠구나.”

또 석파에게 말했다.

“본인의 뜻이 이렇듯 정대하니 너희는 삼가 이런 말을 입 밖에 내지 마라.”

모두가 명을 받고 물러났다.

윤씨가 혼인하고 화씨가 아들을 낳다

시랑이 이날 녹운당에 들어가 화씨를 보고 반가워하고 기뻐하며 안부를 물은 후 촛불을 끄고 잠자리에 들었다. 은정이 태산 같고 뜻이 즐거우나 끝까지 그리워하던 말과 희롱하는 소리를 입 밖에 내지 않았다. 석파와 이파가 삼경三更, 밤 열한시에서 한시이 다 되도록 엿보았다. 시랑이 화씨의 잠자리에 나아가 함께 즐기고 잠깐 동침하고는 즉시 물러나 자기 자리에 눕고 긴 팔을 뻗어 화씨의 손을 잡고 가만히 물었다.

"해산은 언제쯤 하실꼬?"

화씨가 부끄러워 대답이 없으니 시랑이 또 웃는 소리로 말했다.

"너덧 달 떠났다가 만나니 새삼 부끄러우신가? 내 생각에 부인의 산달이 불과 몇 달 남지 않았는데 집안사람들은 어찌 모르는가? 아무튼 옥동자 낳으시길 바라나이다."

그러고는 탄식했다.

"어느 집에 아들이 귀하지 않겠는가마는 어찌 우리집만 하리오?"

말을 마치고 평안히 누워 잠들었으나 자는 동안에도 화씨의 손을 놓지 않았다. 이파와 석파가 이를 보고 큰 경사를 본 것처럼 급히 돌아와 부인께 고했다.

"화낭자가 잉태한 지 칠 개월 된 듯합니다."

부인이 누워 있다가 자기도 모르게 일어나서 물었다.

"정말로 화씨가 잉태했느냐? 너희가 어찌 아느냐?"

석파가 전후의 이야기를 고하니 부인의 철석같은 마음으로도 참지 못하고 웃으며 말했다.

"경의 기색이 심히 냉랭해 속을 알 길이 없어 늘 부부 사이가 소원한가 염려했는데 지금 너희 말을 들으니 실은 정이 깊었던가싶다. 그 광경을 생각하니 어여쁨을 억누르지 못하겠고 또 화씨가 잉태한 것이 다행스럽구나."

이튿날 양부인 앞에 모두 모였는데 시랑의 기색은 예전과 같았다. 석파가 웃고 시랑과 화씨를 물끄러미 쳐다보니 영리한 화씨는 눈치를 채고 미소를 띠며 고개를 숙였다. 시랑은 본래 사람을 둘러보지 않기에 석파가 자기를 보는 것을 알지 못하고 온화하게 한담을 나누었다. 양부인 또한 조용하고 엄숙하므로 화씨가 잉태했는지 묻지 않으니 석파가 참지 못해 크게 웃으며 말했다.

"시랑은 저리 정대한 체 말고 어젯밤 화소저께 보여주시던 기색을 잠깐이나마 보여주시는 것이 어떻습니까?"

시랑이 바야흐로 눈을 들어보고 상황을 깨달아 가만히 웃고 대답을 하지 않았다. 석파가 어젯밤 부부의 대화를 전하는데 태반이나 꾸며낸 말이었다. 시랑이 계속 은은한 화기를 띠고 있으나 어머니 앞이라 머리를 숙이고 크게 웃기만 할 뿐 말을 하지 않았다. 월영이 웃고 동생을 놀리면서 화씨에게 해산달을 물었다. 바야흐로 임신 팔 개월인 것을 알고 서로 아들 낳기를 바라면서 축하했다.

소경의 행동거지가 이와 같으므로 어두운 방 가운데서도 희롱하는 일이 없었다. 겨우 깊은 밤 부부가 잠자리에 들어 손을 잡고 해산에 대해 물은 일 정도를 집안사람들이 처음으로 보고 크게 놀리며 웃으니 그 단정하고 엄숙함을 알 만했다.

시랑이 윤씨를 위해 재주 있는 선비를 골랐다. 친구 중에 유기라는 사람으로, 재상의 자제요, 나이는 십칠 세였다. 비록 아직 급제하지 못했으나 훗날 반드시 출세할 재주였고 용모가 관옥 같고 풍채가 달 같았다. 시랑이 힘써 주선하여 혼인을 이루니 부부의 기질이 서로 뒤처지지 않았고 은정이 산과 바다 같아 측량하지 못할 정도였다. 유생이 즉시 아내를 데려가니 양부인이 시녀 열 명과 시노 열 명을 보내주고 매사를 월영에 못지않게 돌보았다. 시랑도 자주 가서 보니 우애가 친남매에 비해 덜하지 않았고 유생과 시랑의 우정도 더욱 두터워졌다. 유생이 나중에 급제하여 벼슬이 용도각 태학사에 오르고 윤부인과 함께 백년해로하여 아들 넷과 딸 셋을 두니 모두 소시랑의 덕분이었다. 윤씨가 죽을 때까지 양부인께 모녀의 정이 두텁고 시랑과 월영에게는 동기의 정이 두터워 자주 친정에 가서 즐겁게 지내니 훗날 사람들이 시랑의 음덕^{陰德}에 탄복했다.

이때 화씨가 만삭이 되어 아들을 순산했다. 부인과 시랑의 기쁨은 헤아릴 수 없었고 즐거워하는 소리에 온 집안이 흔들릴 지경이었다. 이로부터 화씨의 권세가 나날이 중해졌으나 시랑의 기색은 더욱 위엄 있고 바르고 엄숙하여 여러 사람과 있을 때 화씨와 말하는 법이 없었다. 석파가 홀로 의심했다.

'남자가 아무리 단정하더라도 이미 자식을 두고 다시 나이가 한창때가 되어가면서도 점점 냉랭한 것은 분명 만족스럽지 못해 그런 것이다. 내가 숙녀를 얻어주어 낭군의 부인으로 삼아 낭군과 나란히 쌍을 이루게 해야겠다. 다만 다른 곳에는 없으니 석소저는 시랑의 풍모가 아니면 짝이 없을 것이요, 저 석소저를 차마 다른 가문에 보내지는 못하리라.

내 당당히 중매를 서 두 사람의 아름다운 인연을 이루고 정을 겹겹이 맺으리라.'

이내 뜻을 정했다.

석파가 석공 부부를 달래고 석소저의 글을 얻어오다

병부상서 겸 참지정사 석현은 대장군 안도후 석수신의 장자였다. 석장군은 개국공신으로 천자가 지극히 후대하는 까닭에 재산이 왕공王公보다 많았고 석상서는 관직이 일품一品에 있으나 말이 없고 고집이 센 성격이었다. 석상서가 부인 진씨와 아들 다섯과 딸 하나를 두었는데 위로 아들 셋은 혼인했고 다음으로 딸이 장성하니 이름은 명혜요, 자는 숙란으로 나이가 열셋이었다.

용모는 서시나 태진太眞, 당 현종의 후궁 양귀비(楊貴妃)이라도 미치지 못하고, 재주는 사도온, 소혜蘇蕙, 오호십육국 시대 전진(前秦) 두도(竇滔)의 아내. 재주가 뛰어나 회문시(回文詩)를 지어 남편에게 보냈다와 나란하며, 여공과 부녀자의 덕행을 모두 갖추었으니 석공 부부가 손바닥 위의 구슬과 여린 옥같이 사랑하고 소중히 여겼다. 걸맞은 배필을 얻어 혼인을 그르치지 않고자 육칠 년이나 사윗감을 골랐으나 딸과 비슷한 수준도 없으므로 심히 민망했다. 진부인이 일찍이 소시랑의 혼인 잔치에서 시랑이 과연 딸의 아름다운 짝이 될 만하고 당세의 기이한 남자로서 화씨와 현격하게 차이가 나는 것을 보고 그윽이 마음에 품고 돌아와 상서와 의논했다. 상서도 소경을 늘 흠모하던 터였다. 처음에는 딸이 아직 어렸으므로 애달았으나 급하게 생각하지 않았다. 그러나 화평장에게 빼앗긴데다 또 부인의 말까지 들으니 더욱 마음에 들었으나 어쩔 수 없는 일이었다. 이때에 이르러서는 딸이 자랐으나 소경이 금슬이 좋고 또 화씨가 아들 낳은 소식을 들었기에 다시 마음에 두지 않고 다른 곳에서 사윗감을 고르고 있었다. 하루는 석파가 와서 석상서와 진부인을 보았다. 상서는 석파가 비록 서출인 이복누이지만 매우 사랑하여 함께 이야기를 나누었다. 석파가 물었다.

"상공은 숙란 소저를 어떤 집에 보내려 하십니까?"

상서가 말했다.

"부모의 뜻이야 어찌 하나라도 부족한 곳에 보내고자 하겠는가마는 그렇지 못할까 두렵고 다만 신랑과 가문을 으뜸으로 보네."

석파가 웃으며 말했다.

"신랑이 만일 소시랑 같으면 어떻겠습니까?"

상서 부부가 함께 말했다.

"만일 그렇다면 오죽 좋겠는가마는 그 비슷한 이도 고르기 쉽지 않네. 우리 딸이 화씨보다 못한 게 아닌데 지아비를 고르지 못하니 팔자는 화씨만 못하구나."

석파가 웃고 답했다.

"소저의 재주와 용모는 신선의 세계에도 짝이 없을 것이니 과연 소시랑과 하늘이 낸 한 쌍입니다. 재취가 되더라도 높고 낮음이 없을 텐데 어찌 소시랑을 혼처로 정하지 않으십니까?"

상서와 부인이 웃으며 말했다.

"우리도 그런 뜻이 있으나 소시랑이 화씨와 정이 깊고 게다가 자식까지 있으니 어찌 또 부인을 얻겠는가?"

석파는 상서가 관심이 없지 않은 것을 보고 크게 기뻐하며 대답했다.

"소시랑이 화씨를 맞았으나 정이 소원하며 기색이 단정하고 엄숙합니다. 부인의 처소에 한 달에 열흘을 들어가지만 부부가 대화하는 것을 시녀가 듣지 못하고 깊은 밤이라도 각자 베개를 베고 따로 누우니 어찌 은애가 중한 것이겠으며 설사 자식이 있다 한들 어찌 개의하겠습니까? 부인도 보셨겠지만 시랑과 화씨가 서로 걸맞더이까? 재주와 용모가 딴판이니 정이 적은 게 틀림없습니다. 행여 양부인이 염려하실까봐 예의를 지키노라 정대하게 말하나 진정은 아닙니다. 상공과 부인이 뜻이 있으시다면 첩이 세 치의 썩지 않은 혀가 있으니 양부인과 소시랑을 달래 혼인의 좋은 인연을 완전하게 맺어주고 군자와 숙녀를 배필로 만나게 하겠습니다."

석상서 부부가 대단히 기뻐하며 말했다.

"누이가 마땅히 상황을 살펴 잘 처리해주게."

석파가 승낙하고 숙란 소저의 침소로 갔다. 소저가 아름답게 단장하고 굽은 난간에 기대 있으니 소담하고 깨끗하기가 비길 데가 없었다. 석파가 나아가 웃으며 말했다.

"월궁月宮, 달에 있다는 궁전이 아닌데 어찌 항아姮娥, 월궁의 주인인 선녀가 있는가?"

석소저가 아름다운 눈동자를 맑게 뜨고 붉은 입술을 잠깐 열어 대답했다.

"아주머니는 어찌 늘 희롱만 하십니까? 내가 태어난 지 십삼 년 동안 일찍이 아주머니가 정직한 말씀을 하는 것을 듣지 못했으니 종일토록 입 밖에 내놓는 말은 다 뜬소리며 실없고 경솔한 말입니다. 사람이 어찌 이렇게나 단정치 못합니까?"

석파가 크게 웃고 말했다.

"소저가 나를 번잡하다 하지만 미친 노인을 공경하고 감격하게 될 게요."

소저가 가만히 웃고 대답하지 않았다. 석파가 눈을 들어보니 앞에 화전花箋. 시나 편지를 쓰는 종이 한 폭이 있기에 가로채 보니 초봄에 우는 꾀꼬리를 읊은 소저의 시였다. 석파가 일부러 소매에 넣으니 소저가 말리며 말했다.

"그건 내가 지은 시입니다. 아주머니가 앉아서 보고 도로 줄 것이지 무슨 까닭으로 소매에 넣어 누구를 보여주려 합니까?"

석파가 말했다.

"우리집 정실부인 따님인 한학사 부인이 재주가 기특하여 맞수를 얻지 못하니 소저의 시를 가져다가 보여줘야겠다."

소저가 본래 월영의 재주를 들은 지 오래였다. 시랑과의 혼인을 의논하는 줄도 모르고 말했다.

"이는 아녀자의 필적이니 시랑이 보면 괴이하게 여길 것입니다. 한생의 처는 같은 여자이니 보아도 관계없으나 상황이 편치 않으니 가져가지 마십시오."

석파가 웃고 말하기를,

"내가 무엇하러 시랑에게 보여주겠는가? 소저는 근심하지 마라"

하면서 나가니 소저가 어쩔 수 없어 다만 당부했다.

"보여준 후 즉시 돌려보내고 내 글이라 하지 마십시오."

석파가 응낙하고 여러 사람에게 하직한 후 교자에 올라 자운산으로 돌아왔다.

석파와의 관계

시랑이 문밖에 나와 석파를 맞았다. 석파가 교자에서 내리는 것을 보고 땅에서 절하니 석파가 황망히 붙들고 말했다.

"전에 아이 때도 제겐 과분한 일이었는데 조정 대신이 되어 직위가 춘경에 이르셨으면서 어찌 첩에게 이리 과하게 절을 하십니까? 제 복이 줄어들까 걱정입니다."

시랑이 말했다.

"서모 그 무슨 말씀이십니까? 조정 대신으로 어른이 되었노라 서모께 그러겠습니까?"

석파가 황공하고 감격스러워 시랑의 소매를 이끌고 내당으로 들어가 부인을 뵙고 웃으며 말했다.

"낭군이 소년 때 버릇을 아까 또 되풀이하니 어찌 놀랍지 않겠습니까? 첩이 하도 황망하여 답례도 미처 못했습니다. 어릴 때는 존비(尊卑)를 몰라 부인께 하는 예를 첩에게도 한다고 여겼습니다. 자라면 고치지 않을까 생각했는데 그 무슨 행동이십니까?"

시랑이 미소를 짓고 대답했다.

"서모가 늘 '어리면 숙맥菽麥을 구별 못하나, 자라면 사람의 도리가 날마다 는다' 하셨지요. 제가 실로 괴이하게 생각합니다. 제 행실을 돌아보아 다섯 살 때 하던 일과 지금 행동을 비겨보니 사람의 도리가 늘기는커녕 도리어 아이 때만 못해 민망합니다. 그래서 어렸을 때 하던 일을 스스로 본받으니 어찌 자랐다고 어릴 적 버릇을 버리겠습니까?"

석파가 크게 웃고 부인도 웃으며 말했다.

"요새 네가 없으니 경이 우스갯소리를 하지 않아 재미가 없었다. 네가 오늘 오니 화려한 말이 근심하는 사람을 즐겁게 하는구나. 비록 경에게 서모지만 또한 윗사람으로서 모자母子의 의리가 있으니 땅에서 절하는 것이 이상할 게 무엇이겠느냐?"

석파가 감사 인사를 했다. 원래 이파는 양순하고 말수가 적은 반면 석파는 영리하고 꾀가 많으며 말이 물 흐르는 듯하고 농담을 잘하며 말주변이 화려하여 진정 여자 가운데 소진蘇秦이었다. 또 지혜가 남보다 뛰어나고 뜻이 지나치게 활발하기에 곧고 조용함이 약간 부족하고 마음이 고지식하지 않으나 천성은 매우 어질었다. 이러므로 양부인이 두 사람을 지극히 어여쁘게 여겼으며 시랑이 공경하고 효도로 모시는 것이 부인에 버금갔다. 석파는 늘 희롱하고 놀리기를 일삼으니, 시랑이 본성은 고요하고 맑으나 집에서는 매사에 유순한데다 또 석파가 자기를 사랑함이 지극하여 농담으로 보채는 것을 알기에 화답하지 않으면 무안할까봐 일부러 농담을 거들었다. 그러나 일찍이 건방진 얼굴빛과 예의 없는 말을 하지 않으니 오직 석파가 시작하면 화답할 따름이었다.

석파가 석소저를 천거하다

이때 석파가 석소저의 글을 월영에게 보여주지 않고 소매 속에 넣고 있다가 사람들이 흩어진 뒤에 양부인 앞에 나아가 고했다.

"석상서가 소저 한 분을 두셨는데 시랑의 재주와 용모를 바라 혼인의 좋은 인연을 맺고자 하시니 첩으로 하여금 부인께 고하라 했습니다."

부인이 물었다.

"석소저는 어떠한가?"

석파가 대답했다.

"첩이 말이 어설프고 보고 들은 것이 고루하여 아는 일이 없지만 말씀드리자면 화부인이 민첩하고 빛나도 그윽하고 곧고 조용하기로는 석소저에게 미치지 못할 것이요, 한학사 부인이 탐스럽고 깨끗해도 한없는 자태와 맑고 위엄 있는 모습은 석소저에게 미치지 못할 것이니, 다만 윤낭자가 비슷하겠으나 정숙하고 신중하여 성녀의 유풍^{遺風}이 있는 것은 또한 석소저에게 많이 떨어집니다."

부인이 듣고 말했다.

"비록 아름답다고 하지만 어찌 까닭 없이 둘째 부인을 얻겠느냐? 하물며 경이 다른 뜻이 없는데 내가 어찌 번거롭고 요란한 일을 벌이겠느냐? 여러 사람이 모이면 자연 어지러운 일이 많으니 또한 염려스럽구나. 상서의 후의는 감격하나 받들지 못한다고 전해드려라."

석파가 놀라 대답했다.

"옛날부터 공후각로公侯閣老, 공작, 후작 및 재상는 일곱 부인을 두었습니다. 시랑이 어찌 두 부인을 못 얻을 지위겠습니까? 첩이 석소저를 친척이라고 추어올리는 것이 아니라 실로 여자 가운데 요순 같은 인물이기에 차마 다른 가문에 보내기 아까워 혐의를 피하지 않고 어진 숙녀를 천거하는 것입니다. 바라건대 부인은 생각해보시지요."

부인이 탄식하고 말했다.

"그렇게 기특한 여자가 가까운 친척 중에 있었으면 어찌 일찌감치 말하지 않았느냐? 이제 화씨를 얻어 금슬이 좋으니 또 얻어봐야 부질없다. 석소저는 내 집과 인연이 없다."

석파가 대답했다.

"시랑의 인물이 끝내 여자 하나로 늙을 상이 아닙니다. 화부인이 아무리 현철賢哲해도 낭군에게 걸맞은 짝이 아니니, 어찌 석씨를 둘째 부인으로 맞이하여 자손이 번성하고 집안이 번화하기를 도모하지 않으십니까? 석소저의 나이가 열셋입니다. 예전부터 생각하고 있었으나 시랑이 혼인하기 전에는 나이가 어렸으므로 이제야 말을 꺼내는 것입니다."

부인이 한참 생각하다가 천천히 대답했다.

"화씨 또한 아름답고 자식이 있으니 다른 염려가 없다."

석파가 부인이 허락하지 않는 것을 보고 할 수 없이 물러나와 생각했다.

'내 마땅히 이 글을 가지고 서당에 가서 시랑의 마음을 흔들어야겠다.'

바로 서당으로 가니 시랑이 단정히 앉아 흰 비단 여덟 폭에 글을 지어 금자金字, 금물로 써서 금빛이 나는 글자를 크게 쓰고 있었다. 이것은 태복경太僕卿, 천자의 가마·마필·목장 등을 관리하는 직책 구준寇準, 송나라 명신이 시랑의 서법이 천하에 요동하여 옛날 명필인 종요나 왕희지보다 나은 것을 알고 병풍으로 만들려고 부탁한 것이었다. 석파가 나아가 한번 보고 칭찬했다.

"낭군의 필법의 신기함은 더불어 비할 이가 없군요. 첩이 옛날 글을 장서각藏書閣에 가서 얻어왔으니 거의 낭군의 재주와 나란할 것입니다."

시랑이 대답했다.

"옛사람의 재주에 제가 어찌 미칠 수 있겠습니까? 그런데 장서각에 가서 어떤 글을 얻어오셨습니까?"

석파가 웃으며 말했다.

"내가 말해도 시랑은 모를 것입니다."

소매에서 한 폭 화전을 꺼내 건넸다. 시랑이 받아 눈을 들어 한번 보니 글씨가 날아올라 구름이 일어나는 듯하고 용과 뱀이 춤추는 듯하며 먹의 빛이 찬란했다. 문득 얼굴빛을 가다듬어 공경하고 읽어내려가니 뜻이 더할 나위 없이 깨끗하고 꾸밈없이 얌전하여 비록 뛰어난 여성 시인 소혜와 사도온의 문장이라도 미치지 못할 정도였다. 시랑이 칭찬했다.

"아름다운 글이로다."

시를 두 번 읊조리더니 말했다.

"이것은 옛날 글이 아니라 요새 사람이 지은 것이요, 구법이 맑고 높으며 뜻이 그윽하고 우아하니 분명 여자가 지은 것입니다. 누님의 재주가 기특하나 오히려 이 글의 향기롭고 고운 것에는 미치지 못할 것입니다. 어떤 사람이 지은 것입니까?"

석파가 말했다.

"장서각에 있는 것이니 누구의 것인지 모르겠습니다."

시랑이 말했다.

"서모가 저를 어리석게 여기십니다. 장서각에 있는 것은 제가 다 아는데 이는 전에 보지 못한 글입니다. 하물며 종이가 새것이고 글씨도 갓쓴 것인데 어찌 옛날 글이겠습니까?"

석파가 웃고 말했다.

"낭군은 잘난 체 마소서. 그런데 이 시는 과연 여자가 지은 것입니다. 수준이 어떻습니까?"

시랑이 말했다.

"극진히 아름다운 글입니다."

석파가 또 말했다.

"이러한 재주와 기특한 얼굴을 겸한 여자가 저곳에 있으니 첩이 보기에 황홀했습니다."

시랑이 말했다.

"어떤 여자입니까? 헤아리건대 서모의 친척이군요."

석파가 대답했다.

"그러합니다."

시랑이 말했다.

"그런 부인을 어떤 복 있는 자가 얻었습니까? 그 지아비가 걸맞더이까?"

석파가 웃으며 말했다.

"이는 규수이니 어찌 지아비가 있겠습니까?"

시랑이 갑자기 말을 그치더니 글을 즉시 서모에게 주고 금자를 썼다. 시랑은 성인군자라서 처음에는 옛글인 줄 알고 석파가 주는 것을 받았다가 그 신기한 재주에 감복하여 어떤 여자가 지은 것인지 물은 것이었다. 그러나 규중처녀임을 듣고 크게 뉘우쳐 즉시 읊조리던 것을 놓고 다시 묻지 않았다. 석파는 애초에 시랑이 글을 흠모하여 칭찬하는 것을 보고 속으로 기뻐하며 계획이 성공했다고 생각했다. 그러나 뜻밖에 시랑이 말을 멈추고 글을 돌려주는 것을 보고 마땅한 꾀가 나지 않아 그저 부추기며 말했다.

"낭군은 청춘소년으로 하늘에서 내려준 문장과 아름다운 풍모를 지녔습니다. 일찍이 과거 급제자를 발표할 때 천 사람을 깔보고 장원을 거머쥐어 귀한 관직을 역임하니, 너그러운 마음과 큰 도량으로 군주를 섬기고 나라에 충성하며 집안에는 정숙한 부인을 쌍쌍이 갖추어 일신의 영화를 누리고 부인이 기쁘시도록 돕는 것이 어떻습니까? 낭군이 만일 재취하고자 하신다면 첩이 곤륜노崑崙奴*가 되어 권세 있는 재상 가문의 숙녀 한 분을 낭군께 바칠 것이니 모름지기 어떻게 생각하십니까?"

시랑이 서모의 설득이 이렇게 화려한 것을 보고 평생 처음으로 흰 이가 드러나게 웃으며 말했다.

"서모의 말씀을 듣고 어이없어 웃습니다. 제 평생 마음이 즐겁지 않았는데 오늘 처음으로 웃는군요. 대장부가 되어 숙녀를 얻어주신다니 사양할 바 있겠습니까마는 집안이 즐겁지 않아 마음이 화려하지 못합니다. 한 명의 아내로 집을 지키게 하고 뜻을 온전히 하여 고요히 행실이나 닦으며 어머니를 섬기고자 하니 여러 아내를 모을 뜻이 없습니다."

석파가 사양으로 알아듣고 물었다.

"집안에 경사가 끊임없는데 무슨 일이 즐겁지 않다는 것입니까?"

시랑이 문득 슬퍼하며 기운을 잃고 눈물을 머금고 말했다.

"서모의 말이 틀렸습니다. 사람이 세상에 나면 하늘과 땅이 온전한 모습을 보는데 저는 삼생의 죄악이 산처럼 무거워 부모 두 분이 다 계신 것을 보지 못했고 아버지의 가르침과 사랑을 받지 못했으며 얼굴조차

---

* 곤륜노(崑崙奴): 동남아시아인 남자 노예. 당나라 전기(傳奇) 『곤륜노』에 주인의 사랑을 이루어주기 위해 재상가의 담을 넘어 들어가 아가씨를 업고 나오는 곤륜노 마륵(磨勒)이 등장한다.

모르니 인륜의 죄인이요, 박명함이 심합니다. 무릇 보는 것과 듣는 것이 다 마음을 상하게 하지 않는 것이 없고 내 효성이 극진하지 못해 어머니가 즐거워하실 때가 없으니 밤낮으로 허물을 닦으며 죄를 헤아립니다. 벼슬하고 자식이 생기고 나서부터는 더욱 부모가 함께 기뻐하시는 것을 보지 못하는 일이 날로 사무치게 슬프고 마음을 칼로 베는 듯하니 어찌 즐거움이 있겠습니까? 이러므로 온갖 일에 다 생각이 없어서 다른 사람의 허물이나 기특한 일을 보아도 의논하고 싶지 않습니다. 평생 마음에 머금고 바라는 바는 어머니께서 기뻐하실 일을 찾는 데 골똘하는 것이니 번화한 마음은 꿈같습니다."

말을 마친 얼굴빛이 참담했다. 목메어 울면서 말이 없으니 석파 또한 슬퍼서 눈물을 뿌리며 말했다.

"오늘 낭군의 말씀은 목석도 감동할 것이니 하물며 첩이 그렇지 않겠습니까? 옛날부터 효자로 증자 같은 이가 있었고 곽거郭巨*는 자식을 묻었고 황향黃香**은 베개를 부채로 부쳤지만 이 어찌 귀하다 할 만하겠습니까? 낭군의 정성과 효성은 이 세 사람보다 낫습니다."

시랑이 탄식했다.

"제가 어찌 그 사람들과 같기를 바라겠습니까? 본정은 효의를 품었으나 사람의 도리에 어두워 마음이 행동과 같지 못합니다."

석파가 감탄하고 마음이 처량하여 다시 혼잣말을 꺼내지 못했다. 즉시 일어나 돌아와서 부인께 시랑의 말을 고하니 부인이 탄식했다.

"내 아이가 성정이 이러하니 우스갯말이 적구나. 속세의 태도가 너무 없어 남다르게 맑고 높으니 도리어 근심이다."

* 곽거(郭巨): 후한(後漢) 때 효자. 어린 자식이 어머니의 음식을 축낸다고 땅에 묻으려 했다. 땅속에서 황금 솥이 나왔는데 솥 위에 '하늘이 효자 곽거에게 주는 것'이라 쓰여 있었다.
** 황향(黃香): 후한 때 효자. 여름이면 아버지의 베개에 부채질하여 시원하게 하고 겨울이면 아버지의 이불 속에 들어가 따뜻하게 해드렸다.

이렇게 말하면서 슬퍼하는데 문득 시랑이 들어와 어머니를 뵈었다. 온화한 기운이 가득하고 얼굴빛이 편안하여 어머니 앞에서 기쁜 일을 만나고 즐거운 일을 당한 것처럼 이야기하니 부인이 가까이 나아오게 해 등을 두드려 새삼 사랑하고 대견해하며 또한 탄식했다.

며칠이 지난 뒤 석파가 시랑에게 조용히 말했다.

"첩이 낭군의 후대에 감격하여 갚을 길이 없나싶었는데 마침 석상서에게 규수가 있으니 당대의 숙녀입니다. 낭군께 천거하니 둘째 부인으로 맞으시면 첩이 더욱 은혜에 감사할 것입니다."

시랑이 듣고 나서 침착하게 대답했다.

"서모의 말씀은 감격스러우나 조강지처가 있으니 번거로이 다른 처첩을 생각지 않습니다."

석파가 다시 달래며 말했다.

"석소저가 만일 평범한 사람이라면 첩이 뭐하러 낭군께 천거하겠습니까? 얼굴을 말하자면 빛나는 눈동자에 버들 같은 눈썹, 분을 바른 듯흰 피부에 푸른빛이 도는 검은 귀밑머리, 붉은 입술에 흰 이라. 진실로 『시경』에 나오는 숙녀보다 나으니 첩이 다른 가문에 보내기 아깝고 또낭군의 재주를 아껴 정실 소생 조카와 정실 소생 아들이 한 쌍이 되는것을 보려 함이니 낭군은 고집하지 마소서."

시랑이 대답했다.

"서모의 말씀이 옳으나 내키질 않으니 숙녀 얻을 복이 없습니다. 하물며 어머니께서 어떤 뜻이신지 모르니 제 마음대로 결정할 수 있는 바가아닙니다."

석파가 또 말했다.

"첩이 부인께 고하니 부인이 마음에 두셨으나 낭군의 뜻을 몰라 주저하셨습니다. 부인은 석소저의 재주를 크게 사랑하십니다."

시랑이 한참 생각하다가 말했다.

"어머니께서 재주를 어찌 아셨습니까?"

석파가 웃고 말했다.

"저번에 낭군이 보신 시가 석소저가 지은 것입니다. 부인은 낭군이 마음이 있으면 혼인시키고자 하십니다."

시랑이 듣고 나서 미소를 띠고 말했다.

"석소저가 이런 재주가 있군요."

말을 마치고 일어나려 하니 석파가 소매를 잡고 말했다.

"낭군아, 정말 고집을 부리시렵니까? 부인이 허락하시면 낭군 또한 재취하겠습니까?"

시랑이 웃으며 말했다.

"어머니가 허락하시면 어찌 감히 사양하며 어머니의 명이 없다면 또한 어찌겠습니까? 아직 또다른 부인을 얻을 뜻이 없으니 스스로 구할 일은 없습니다. 서모가 만일 숙녀를 주시면 또한 사양하지 않겠습니다."

말을 마치고 나가니 석파가 물 흐르는 듯한 말솜씨로도 하릴없어 중당을 배회했다.

화씨와 석파의 갈등

이때 화씨의 시녀 쌍수가 이 말을 듣고 돌아와 화씨에게 고했다.

"석파랑이 상공께 '석참정 규수를 둘째 부인으로 맞으소서' 권하니 낭군이 처음에는 듣지 않으시다가 여러 번 말하자 재취하기를 서두르시며 석파랑더러 양부인의 허락을 받으라 하셨습니다."

화씨는 천성이 영민하나 성격이 조급하고 드셌다. 시랑에 대한 은정이 태산처럼 무거워 병적일 정도로 사랑이 극진했다. 시랑이 엄숙해 일찍이 사사로운 정을 이르는 일이 없으니 공경했으나 과도하게 애중하는 까닭에 투기하는 마음이 물불을 가리지 않았다. 시랑이 일찍이 집 밖에 기첩妓妾이 없고 집 안에 곱게 단장한 시녀가 무수하나 정을 두는 일이 없으며 빈말이라도 재취를 일컫지 않는데다 화씨에게 아들이 있으니 총애와 세력이 극에 달했다. 스스로 복이 많음을 기뻐했는데 석파가 단정한 지아비를 부추겨 둘째 부인을 얻으라 한다니 어찌 분하지 않겠는가. 버럭 화를 내며 크게 꾸짖었다.

"명이 질긴 노파가 죽지도 않고 살아서 어찌 나의 지아비를 부추기느냐? 시랑은 어찌 까닭 없이 석씨 여자를 얻고자 하며 어머님 또한 이를 허락하시려는 겐가?"

분노해마지않더니 허둥지둥 일어나 내당으로 들어가다가 마침 석파와 마주쳤다. 석파는 화씨가 얼굴 가득 노기를 띤 채 자신을 향해 말하려는 것을 보고 짐작하고 물었다.

"낭자는 무슨 일로 이렇게 언짢아하십니까?"

화씨가 갑자기 꾸짖었다.

"내가 일찍이 서모와 원수진 일이 없는데 무슨 까닭으로 나를 미워해 다른 부인을 천거합니까? 서모가 그만두면 나도 말겠지만 끝내 원수를 진다면 전제專諸. 춘추시대 오나라 자객. 어장검(魚腸劍)으로 오왕 요(僚)를 죽였다의 어장검으로 찔러 한을 풀고 나 또한 죽겠소."

석파가 차갑게 웃으며 말했다.

"낭자가 나이 어려 헤아림이 없군요. 여자의 도는 유순함이 귀하고 투기는 칠거지악에 분명히 들어 있으니 옛날부터 투기하는 숙녀는 없었습니다. 낭자는 이제 소시랑의 첫째 부인으로 어린 공자를 끼고 가권家權을 독차지했으니 집안이 번화하여 다른 부인이 들어오더라도 마땅히 황영皇英. 아황(娥皇)과 여영(女英). 요임금의 두 딸로 함께 순임금에게 시집갔다 자매처럼 지냄이 옳거늘 이렇게 이치에 어긋난 말씀을 하십니까? 첩더러 원수라고 하신다면 우리 부인은 스스로를 원수로 여겨 첩 등을 모으신 것입니까? 첩이 젊어서부터 이제까지 장현동에서 늙었으나 일찍이 선처사와 부인께 꾸지람을 듣지 않았고 시랑을 어루만져 길러낸 정이 산과 바다 같으니 낭자께 어장검을 받더라도 서러워하지 않고 기특한 숙녀를 천거해야겠습니다."

화씨가 크게 노하여 이를 갈며 말했다.

"이는 나의 삼생 원수로구나. 만일 석현의 딸을 데려온다면 당당히 찢어 죽여 분을 풀고 늙은 년이 천벌을 받아 죽는 것을 보겠다. 이는 분명 석씨 여자를 데려와 숙모와 조카가 공모하여 어머님과 우리 부부의 목숨을 끊으려는 계교다."

독하고 심한 말로 꾸짖어마지않고 침소로 돌아가니 석파 또한 크게 노해 괴로워했다. 마침 소시랑이 한학사와 함께 시를 지어 주고받다가 어머니께 문안하려고 들어왔다. 석파가 중당에서 발을 구르며 통곡하는 것을 보고 의아했으나 어머니 뵙는 일이 바빠서 묻지 못하고 다만 친척의 부음訃音을 들은 것인가 했다. 어머니 앞에 이르러 인사를 드린 뒤 주위 사람들에게 물었다.

"석서모는 누구의 상이라도 당하셨는가?"

시녀들이 다 알지 못하니 부인이 물었다.

"어찌 상을 당했냐고 묻느냐?"

시랑이 의아해 말소리를 부드럽게 하고 대답했다.

"아까 서모가 중당에서 슬퍼하시기에 물었습니다."

이렇게 말한 후 석파의 처소로 찾아갔다. 석파가 시랑을 보고 가슴을 두드리고 머리를 시랑에게 부딪치며 말했다.

"시랑은 빨리 첩을 죽이십시오. 시랑이 죽이지 않으면 분명 어장검에 죽을 것이니 차라리 약이나 먹고 죽는 것이 낫겠습니다."

말을 마치고 시랑이 차고 있던 칼을 빼 스스로 찌르려 하니 비록 시랑이 총명하나 무슨 영문인지 어찌 깨닫겠는가. 까닭을 모른 채 이러한 상황과 서모가 칼을 빼어드는 것을 보고 몹시 놀라고 의아해 급히 칼을 빼앗다가 왼쪽 손가락을 칼날에 크게 다쳐 피가 솟아 흘렀다. 석파가 놀라 처음보다 악쓰기를 늦추었다. 시랑은 안색을 평안하게 하고 손을 들어 흐르는 피를 스스로 먹으니 이는 부모가 주신 혈육을 버리지 않으려는 것이었다. 비단을 찢어 손을 싸매고 석파에게 죄를 청했다.

"제가 비록 무식하고 보잘것없는 사내지만 어려서부터 글을 읽어 한 조각 정성된 마음으로 효행과 절의를 근심했습니다. 그러나 불민하고 불효하여 서모가 부족하게 여기시니 감히 한하지 못하겠으나 오늘 이 행동은 꿈에도 생각지 못한 바입니다. 제게 죄가 있다면 서모가 당당히 죄를 묻고 시노를 시켜 매를 치는 것이 옳은데 어찌 칼을 뽑아 자결하려 하시며 통곡하고 슬피 우십니까? 진실로 저의 죄가 태산 같고 성인의 가르침을 따르지 못한 죄인이 되었으니 무슨 면목으로 세상에 살아가겠습니까? 부탁드리니 이러시는 뜻을 말해주십시오."

석파가 잠깐 분노하여 지나치게 행동했으나, 시랑이 손을 크게 다치고도 내색조차 않고 온화한 빛으로 죄를 청하니 몹시 무안하면서도 또한 화씨가 노여워 울며 말했다.

"첩이 낭군을 귀한 옥처럼 여겨 밤낮으로 북두칠성을 보듯 바라고 낭군 또한 첩을 부인 다음으로 공경해주니 그 은혜가 백골난망이라 갚을 길이 없습니다. 그렇기에 좋은 뜻으로 시랑에게 숙녀를 천거한 것인데 화부인이 이렇게 첩을 꾸짖으니 첩이 못난 것을 따지고 책망하는 것은 괜찮지만 첩이 낭군과 부인을 시해하려 한다는 말은 지극히 원통하고 민망합니다. 죽어도 잊을 수 없는 한이 될 것이요, 진실로 화부인에게 죽기 쉬우니 차라리 낭군 앞에서 빨리 자결하여 요사하고 괴이한 모함을 받지 않고자 한 것입니다. 그런데 뜻하지 않게 시랑이 손을 크게 다쳤으니 첩의 죄가 더욱 무겁습니다. 죽기를 청하니 시랑이 무슨 죄가 있으며 어찌 벌을 내려달라고 하십니까?"

시랑이 고개를 나직이 숙이고 들으며 이미 마음속으로 사정을 깊이 헤아렸다. 탄식하고 위로하며 자신의 죄를 말했다.

"말씀을 들으니 제 마음이 시원합니다. 처음에는 실로 무슨 까닭인지 몰라 놀랐는데 자세히 들으니 이 또한 저의 죄입니다. 화씨의 패악함이 다 집안을 다스리지 못한 죄이니 단지 화씨의 잘못만이 아니고 저의 허물이 더욱 무겁습니다. 서모께 불손하니 충분히 화씨를 내칠 만하나 어머니께서 언짢아하실 것이요, '자식이 있으면 내칠 수 없다'는 옛말을 살펴 머무르게 하니 이 또한 저의 죄입니다. 손이 상한 것은 서로 무심결에 일어난 일이니 어찌 마음에 둘 것이 있겠습니까? 부탁드리니 제 얼굴을 보시고 노여움을 푸십시오."

말을 마치고 주위 사람들을 시켜 화씨의 유모를 잡아오게 했다. 죄를 따져 묻고 크게 꾸짖은 뒤 시노를 시켜 큰 매를 골라 장杖 육십 대를 치니 유모가 기절했다. 석파가 도리어 말리니 '끌어내라' 하고 서모를 향해 재삼 사과하고 위로했다. 석파가 감격하고 뉘우쳤으나 오히려 화씨에게는 분을 풀지 못했다.

화씨를 냉대하다

　이때 양부인은 이 일을 전혀 알지 못했고 월영은 알면서도 모르는 체했다. 저녁 문안 때 취성전에 다들 모였다. 화씨는 유모가 중형을 당하고 시랑에게 꾸짖음을 들었으니 경망한 부인이 어찌 분하지 않겠는가. 종일 울고 병을 핑계로 문안에 오지 않으니 부인은 정말 아픈 줄로 알았다. 부인이 석파의 기색이 언짢은 것을 보고 물었다.

　"너는 무슨 일로 오늘 통곡했느냐?"

　석파가 대답했다.

　"우연히 마음이 슬프기에 울었습니다."

　부인이 말했다.

　"사람이 서러운 때가 있다 한들 어찌 아무 때나 소리 내 우느냐? 다음부터는 그러지 마라."

　석파가 예를 갖추어 인사하고 함께 모셨다. 시랑은 어머니가 혹시 손을 볼까봐 팔을 소매에 넣고 단정히 앉아 있었는데 부인이 화씨의 어린아들을 안고 어르다가 시랑에게 주며 말했다.

"이 아이가 아비보다 낫구나."

시랑이 비록 부자 사이의 정이 지극하나 일찍이 아이를 안아보지는 않았는데 어머니가 주시니 마지못해 두 손으로 받아 유모에게 주고 다시 꿇어앉았다. 부인이 손을 보고 놀라 말했다.

"어찌 이렇게 다쳤느냐?"

시랑이 대답했다.

"칼을 쓰다가 실수로 베였습니다. 대단하지 않으나 덧날까 싸맨 것입니다."

부인이 말했다.

"악정자춘樂正子春*은 발을 다치고 두 달을 근심했다. 너는 손을 다치고도 웃으니 어찌 옛사람만 못하느냐?"

시랑이 사죄하고 명을 받든 후 이부자리를 펴드리고 물러나왔다.

이후 외당에 거처한 지 석 달이 다 되도록 화씨 숙소를 찾지 않고 아이가 아버지를 찾아와도 유모를 꾸짖어 데려오지 말라고 했다. 그러나 양부인은 지극히 엄격하고 정대하므로 이 일을 전혀 몰랐다. 월영이 시랑을 책망하고 달랬으나 시랑은 다만 이렇게 대답했다.

"조강지처는 불하당糟糠之妻不下堂, 가난할 때 의지하며 살아온 아내는 버리지 않는다이니 소제가 어찌 버리겠습니까마는 저 사람이 나이 젊고 철이 없어 부녀자의 도리를 모르고 서모께 불손한 말을 하니 이는 곧 패악한 것입니다. 잠깐 가르치고자 하는 것이지 박대하려는 뜻이 아닙니다."

월영이 하릴없어 어머니께 사정을 고했다. 부인이 석파를 불러 말했다.

"너희와 내가 바라보는 것이 오직 경의 부부뿐인데 젊은 여자가 버릇

---

* 악정자춘(樂正子春): 춘추시대 증자의 제자. 마루를 내려오다 발을 다치자 부모에게 죄를 지었다면서 몇 달 동안이나 출입을 하지 않았다.

없는 말을 했기로서니 어찌 시빗거리 삼아 경의 귀에 들리게 하고 집안을 어지럽히느냐? 하물며 저와 내가 둘째 부인을 얻는 데 뜻이 없다는데 네 어찌 여러 번 말하느냐?"

석파는 부인의 기색이 준엄한 것을 보고 머리를 조아려 사죄할 뿐이었다. 석파가 물러난 후 부인이 화씨를 불렀다. 주위 사람을 물리고 다섯 가지 죄를 이르고 여덟 가지 허물을 주의시켜 석파를 욕하는 것이 크게 잘못된 행동임을 타일렀다. 말씀이 엄정하고 이유가 명백하여 듣고 나니 모골이 송연했다. 화씨가 밤낮으로 석파와 시랑을 원망하다가 부인의 말씀을 듣고 참으로 깨달아 머리를 조아려 잘못을 빌고 물러났다. 석파도 부인 말씀을 듣고는 약간 뉘우쳐 서당에 가서 시랑을 보고 마음을 풀도록 달랬다. 한때 노여워서 거짓말로 화씨를 모함한 것이라며 화를 풀라고 청하자, 시랑은 그저 미소를 띠고 은은히 웃을 따름이었다.

석파가 다시 설득했다.

"낭군이 첩 때문에 낭자를 박대하시니 첩이 무슨 면목으로 사람들을 보겠습니까? 바라건대 낭군은 생각해보세요."

시랑이 천천히 위로하며 온화하게 말하니 석파의 말을 들은 듯했으나 그 마음은 고치지 않았다. 석파가 부인이 화를 낸 이야기를 하니 한참 생각하다가 말했다.

"어머니께서 화나신 것을 위로하고 서모도 말씀하시니 들어가 나무라겠습니다."

석파가 기뻐하며 돌아왔다. 그러나 며칠이 지나도록 아무 움직임이 없었다. 석파가 다시 가서 타이르니 시랑이 순순히 허락했으나 끝내 화씨를 찾지 않고 갈수록 엄숙하게 행동했다. 화씨가 밤낮으로 울고 곡기를 끊은 지 십여 일이 되어 병이 들었는데도 아랑곳하지 않았다. 월영이 석파와 함께 화해하기를 권했지만 마음을 풀 방법이 없으니 월영이 석파에게 말했다.

"서모는 권하지 마세요. 제 뜻을 고집하니 풀릴 때가 없을 듯합니다."

석파가 몹시 무안하고 또 뉘우쳐 시랑을 만나면 괴로이 빌었다. 그럴 때마다 시랑은 아무렇지 않은 듯 기꺼이 대답했다.

"제가 어찌 조강지처를 박대하겠습니까? 실로 다른 뜻이 없으니 서모는 지나치게 염려 마십시오. 근일에 들어가 주의를 줄 것입니다."

석파는 그럴 때마다 곧이들었으나 시랑은 겉으로만 온화하고 마음은 쇠와 돌처럼 굳고 가을 서리처럼 매서워 이럭저럭 예닐곱 달이 지났다. 부인이 바야흐로 상황을 자세히 알고 시랑을 불러 타일렀다.

"화씨가 석파를 욕한 것이 비록 그르나 어찌 이리 심하게 풀지 않느냐? 아녀자가 이치에 어긋난 행동을 하더라도 용서하고 관대한 도량으로 후대하는 것이 옳다."

시랑이 절하고 대답했다.

"높으신 명을 소자가 어찌 거역하겠습니까? 그러나 화씨가 패악한 말을 하며 칼로 서모를 해하겠다고 하니 비록 시비를 따질 만한 말은 아니나 이는 큰 죄입니다. 끝내 용서하지 않으려 했으나 어머니의 명이 계시니 오늘부터 화평하게 지내겠습니다."

부인이 재삼 타이르니 순순히 대답했다.

병든 화씨에게 훈계하다

날이 저물어 달빛이 환하고 봄바람이 한가하니 시랑이 서당에서 굽은 난간을 배회하며 글을 읊었다. 시사詩詞가 준수하고 우아하며 소리가 맑고 산뜻하여 초산楚山*의 봉황이 읊는 듯했다. 얼마간 머뭇거리다가 천천히 걸어 녹운당으로 향하니 나부끼는 향내와 맑은 광채가 달빛에 빛나 하늘의 신선이 옥경玉京에 조회하는 것 같았다.

이때 화씨는 병이 계속 깊어져 장차 죽을 지경에 가까웠는데도 시랑이 아랑곳하지 않자 스스로 죽으려 했다. 월영이 늘 타이르고 부인이 자주 와서 보며 의약을 극진히 마련해주니 약간 위로를 받아 지냈으나, 사람만 보면 자연히 눈물을 흘렸다. 그 부친과 오라비를 보고 눈물을 비오듯 흘리니 화공과 화생 형제가 민망하여 시랑에게 들어가보기를 권했다. 그러나 시랑은 안색을 단정하게 하고 말투를 준엄하게 하며 한마

---

* 초산(楚山): 오늘날 후베이 성(湖北省) 서쪽의 형산(荊山). 화씨지벽(和氏之璧)의 고사에 화씨가 봉황이 형산에 깃들이는 것을 보고 옥을 구했다 한다.

디도 대답하지 않으니 하릴없이 돌아갈 뿐이었다.

화씨가 서럽고 분하여 죽기로 작정하고 시랑이 발길을 끊은 지 여덟 달째에 아주 곡기를 끊었다. 스무 날이 지나자 장차 황천黃泉에 가까워졌는데, 뜻밖에도 시랑이 마음이 풀린 것은 아니지만 어머니의 명을 순순히 좇아 들어온 것을 보고 놀라면서도 노여워 비단 이불을 들어 머리를 싸고 쳐다보지도 않았다. 시랑이 화씨의 거동을 보고 안석案席에 기대 아들을 안아 어르다가 시녀를 시켜 이부자리를 펴라 했다. 화씨가 참지 못하고 소리를 질렀다.

"상공 이부자리는 외당으로 내가고 여기 깔지 마라."

시녀가 명을 듣고 감히 거역하지 못하니 시랑이 천천히 말했다.

"오늘은 여기서 자려 하니 이부자리를 펴라."

화씨가 노여워 가만히 누워 있지 못하니 시랑이 마음속으로 개탄해 마지않았다. 밤이 깊으니 시랑이 자리에 나아가 촛불을 가져다놓고 손을 들어 화씨가 머리에 덮은 것을 젖히고 물었다.

"무슨 병이길래 이토록 오래가며 나를 보고 머리를 싸고 얼굴을 동여매는 까닭은 무엇입니까? 매우 괴이하니 마음속의 생각을 듣고자 합니다."

화씨는 시랑이 엄숙히 정색하며 묻는 것을 보고 또한 노여움을 머금고 말했다.

"첩이 비록 불민하나 죄를 지은 것이 없는데 상공이 지나치게 박대하고 유모에게 참혹한 형벌을 가하며 석파와 더불어 재취를 의논하니 행동이 극히 패려합니다. 첩은 마땅히 결부潔婦*처럼 죽어 낭군의 모습을 보지 않으렵니다."

---

* 결부(潔婦): 노(魯)나라 추호자(秋胡子)의 아내. 추호자가 혼인 직후 집을 떠났다가 몇 년 후 돌아왔다. 집 근처에서 아름다운 여인을 보고 수작을 걸었는데 알고 보니 아내였다. 아내는 남편의 행실을 꾸짖고 강물에 투신자살했다.

시랑이 듣고 주위를 돌아보며 인적이 있는지 창을 열어 살핀 후 소리를 낮추고 말을 조용히 하여 심하게 책망하고 타일렀다.

"무릇 여자는 사덕을 갖추고 칠거지악을 삼가며 유순하려 힘쓰고 지아비를 수줍게 섬겨야 하오. 그래야 자식이 되어 부모를 욕 먹이지 않으며 아내가 되어 사랑을 잃지 않고 몸이 평안할 것이오. 허나 부인은 그렇지 않으니 어머니를 받드는 데 아침저녁 문안이 게으르고, 사람을 만나고 사물을 대하는 데 기색이 드세고, 나를 섬기는 데 당돌하고 경박하며 입을 열면 온화한 일이 없으니 무슨 일을 칭찬하고 공경하며 대접하겠소? 그러나 내가 마침 여색에 마음이 없고 뜻이 세속을 벗어나므로 요란하게 결점을 들추지 않았소. 지위가 시랑에 이르도록 가까이하는 기녀 한 명이 없으니 이 어찌 부인의 복이 아니겠소? 부인이 만족할 줄 모르니 과연 아교阿嬌*의 행실을 닮았구려. 그러나 내가 무제武帝의 통쾌함을 본받지 않고 그대에게 가권을 독차지하게 하여 높은 당에서 한가히 머물게 하니 무엇이 부족한 것이오?

석파가 지위는 비록 어머니와 큰 격차가 있지만 나의 서모요. 모든 일에 귀천이 있으니 길거리의 천한 창녀라도 이미 서모로 일컬으면 무례하게 대하지 못하는데 하물며 이 서모는 공후公侯의 양첩良妾, 양민으로서 첩이 된 여자 소생으로 열세 살에 선친께 시집와 두터이 사랑받으셨소. 어머니께서도 함부로 대하지 않으시고 내가 공경하는 것은 그대 또한 아는 바인데 부인이 어찌 대등하게 시비를 다투시오? 심지어 전제의 어장검으로 죽이겠다는 말은 부녀로서 끄트머리 종에게도 하지 말아야 할 말이니 하물며 서모에게 할 말이오? 서모가 다행히 마음이 넓고 천성이 어질어 시비하지 않고 태연하나 마음속으로 어찌 불쾌하지 않겠소? 나는

---

* 아교(阿嬌): 한 무제(漢武帝)의 첫번째 황후 진아교(陳阿嬌). 관도장공주(館陶長公主)의 딸로 무제의 고종사촌이었다. 질투가 심해 무제가 총애하던 후궁 위자부(衛子夫)를 무고(巫蠱)했다가 폐위되어 장문궁(長門宮)에 유폐되었다.

들고서 뼈가 놀라고 마음이 서늘할 지경이니 만일 정말로 그대에게 '칼로 지아비의 서모를 죽이려 한다'는 죄를 묻는다면, 알지 못하겠구려, 부인이 어떤 사람이 되겠소? 내가 하나 있는 아들의 얼굴을 봐서 그대를 대놓고 책망하지 않고, 다만 잘 가르치지 못한 죄로 유모에게 약간 형벌을 준 것이오. 외당에 여러 달을 머물며 놀란 마음을 진정하고 부인의 흉한 말을 잊고자 칠팔 개월을 혼자 지내다가 오늘은 어머니의 명이 계셔서 마지못해 왔소. 악장과 화생 등이 그대 병든 것은 내가 매몰차서라 하나, 내 생각에 나는 부인의 죄가 무거워도 꾸짖은 적이 없고 내친 일도 없으며 유모가 잘못 가르친 일로 정신을 차리게 했을 뿐이니 각별히 나로 인해 병들 이유가 없소. 악장이 이르시기를 '자네가 들어가 보면 병이 나을 것이다' 하셨으나 내가 봐서 나을 병이면 이는 나를 생각하여 마음의 병이 되었다는 말인가? 옛날부터 어느 여자가 지아비를 상사相思하여 병이 나겠소? 듣는 사람이 부끄러워 얼굴을 가리게 하는구려. 내 일찍이 사람을 꾸짖은 적이 없고 허물을 알지 못했는데 이번 부인의 일은 한심하게 생각하오. 여자의 투기는 칠거지악 중 하나이니 그대 또한 고사를 두루 읽어 알 것이오. 투기하지 않은 임사任姒*와 번희樊姬**, 척희戚姬***를 돼지로 만든 여후呂后, 지아비 낯을 상하게 한 위징魏徵의 처妻****, 다섯 사람 중에 누가 어질며 누가 사나운가? 혹시 나에게 또 부인을 얻으라 권한들 모든 일이 다 천수天數이니 사람의 힘으로 미칠 바가 아닌데 부인이 지레 나서서 근본 없는 투기를 하니 어찌 가소롭지 않으

<hr />

* 임사(任姒): 주(周)나라의 어진 후비(后妃)로 이름난 태임(太任)과 태사(太姒).
** 번희(樊姬): 춘추시대 초 장왕(楚莊王)의 왕비. 내조의 공이 컸다.
*** 척희(戚姬): 한고조의 후궁 척부인(戚夫人). 고조의 총애를 받았다. 고조가 죽자 여후는 척부인의 수족을 자르고 장님과 귀머거리로 만들어 측간(厠間)에 넣은 뒤 사람 돼지[人彘]라고 부르게 했다.
**** 위징(魏徵)의 처(妻): 당(唐)나라 개국공신 위징의 아내. 질투심이 매우 강했다. 태종(太宗)이 여러 차례 위징에게 미녀를 내려주려 했으나 위징이 아내가 반대한다며 사양했다.

리오? 내가 비록 못나고 화려하지 못하나 여자의 투기는 용납하지 않을 것이니 마땅히 아름다운 숙녀를 얻어 재취한 뒤 부인이 과연 찢어 죽일지 볼 것이오. 부인의 말이 이렇게 패악하니 장차 무슨 일인들 못하겠소? 나를 보고 얼굴을 동여매고 벽을 향하기에 '허물과 죄를 생각하고 부끄러워하는구나' 생각했는데 도리어 나를 원수처럼 미워하여 얼굴을 안 보려던 것인 줄 어찌 알았겠는가? 그대 나에게 나가라 하나 여기는 우리집이니 어찌 나가겠소? 그대가 나가는 것이 옳소. 이 말을 이르자니 내가 도리어 부끄럽고, 또 혹시라도 시녀나 종들이 듣고 안주인의 잘못을 헐뜯으며 아랫것들이 멋대로 의논하여 부인을 비웃으며 내 뜻을 엿보아 참소하고 불화를 일으킬까 두렵소. 참고 참으며 머금고 간직했다가 인적이 없어진 뒤 가만히 타이르는 것이니 이는 또한 내가 약하기 때문이오. 인정이 많아 매몰차고 엄하게 여러 사람 앞에서 꾸짖지 못하니 이는 오로지 아들의 낯과 부부의 정을 생각한 것이오. 부인은 너무 방자하게 굴지 말고 내 벼슬이 높아져 진실로 그대하고만 함께하지 못하고 다른 부인을 얻더라도 패악한 일을 하지 마시오.

석서모가 어머니를 우러르는 정성은 내가 미치지 못하고 나를 애중하는 정성은 부인이 따를 수 없으니 그대 어찌 모르고 서모에게 어머니와 나를 해하려 한다 말해 강상綱常, 삼강(三綱)과 오상(五常), 사람이 지켜야 할 도리의 변고를 지어내는 것이오? 옛말에 내 마음으로 미루어 남의 마음을 짐작한다 했으니 오히려 부인이 이런 뜻이 있는 게 아닌가? 만일 그렇지 않다면 어찌 뜻밖에 나쁜 말이 여기까지 이르는가? 내가 비록 어질지 못하나 칠 세부터 수행하여 선비의 도리를 무너뜨린 일이 없으니 부인이 패려하다고 하는 말은 받아들일 수 없소. 나의 패려함을 근심 말고 그대의 패악함이나 고치시오. 어디에 부인 같은 결부潔婦가 있소? 옛글을 읽었으나 뜻도 모르고 말하니 사람들의 웃음거리가 될 것이오. 이렇게 경망할 줄은 실로 생각도 못했소."

말을 마치고 얼굴에 온화한 빛이 사라져 엄격하니 눈 위에 서리를 더한 것 같아 조금도 너그러이 용서하는 기색이 없었다. 다시 화씨의 말을 듣지 않고 자기 자리에 평안히 누워 자면서 화씨를 돌아보지 않았다. 화씨는 시랑의 허다한 책망을 듣고는 크게 부끄러워 한마디 말도 못하고, 뉘우치고 걱정하니 눈물만 비처럼 흘러 베개에 괼 뿐이었다. 시랑이 비록 자는 체했지만 화씨가 뉘우치고 마음의 병이 되어 밤새도록 자지 못하는 것을 보고 마음속으로 애틋하게 여겼다. 그러나 뜻이 철로 된 감옥같이 견고하여 끝내 병세도 묻지 않고 첫닭이 울자 일어나 아침 문안을 드리러 갔다가 바로 외당으로 나가버렸다.

화씨의 병을 돌보다

며칠이 지난 후 시녀와 유모가 급히 고했다.

"화부인이 기절하셨습니다."

시랑이 듣고 분부했다.

"어머니께서 놀라실 것이니 아직 고하지 마라."

약을 소매에 넣고 천천히 걸어 녹운당에 이르니 월영과 석파 등이 다 모여 있었다. 시랑이 화씨를 보니 용모가 완전히 다르고 맥이 거의 끊어질 듯 기절한 상태였다. 화씨는 원래 성격이 조급하고 체질이 매우 약했다. 병든 지 오래되어 기운이 허약해진데다 시랑이 매섭게 꾸짖고 용서하지 않으니 뉘우침과 설움이 극에 달해 갑자기 기운이 막힌 것이었다. 더구나 임신하여 만삭의 몸이니 세상일을 미루어보건대 어찌 살아날 방법이 있겠는가.

시랑이 놀라고 걱정되어 얼굴빛을 고치고 의원을 불러 약을 썼다. 반나절이 지나 몸에 온기가 돌고 한참 후에 정신을 차리니 새삼 눈물을 참지 못했다. 월영 등은 단지 병들어 살아나지 못할까 슬퍼하는 줄 알고 미음을 권했으나 화씨는 끝내 먹지 않고 죽으려 했다. 이윽고 시랑이 의원을 데리고 들어와 시녀에게 화씨를 부축하게 하여 진맥한 후 약을 짓도록 의원을 돌려보냈다. 병실에 머물며 화씨의 행동거지를 보니 어찌할 도리가 없고 사생死生이 중대하므로 그 경망함과 패악함을 너그러이 용서하기로 했다. 주위 사람을 시켜 한 그릇 죽을 가져오라 하여 친히 약을 풀고 온도를 맞추어 화씨가 누운 자리에 나아가 덮은 이불을 젖히고 위로하며 말했다.

"병이 심하나 본래 쌓였던 병이 아니라 갑자기 생긴 것이니 자연히 나을 터인데 어찌 도리어 마음을 상하게 하는가? 또한 곡기를 끊으면 기운을 보호하지 못할 것이니 억지로라도 드시오."

화씨가 더욱 분노했으나 한마디 말도 못하고 또한 먹지도 않았다. 시랑이 안색을 부드럽게 하고 차분한 말로 애써 타일러 먹인 후, 손으로 화씨의 어지러운 머리카락을 쓸고 그 수척해진 것을 보며 탄식했다.

'저는 나를 중히 여기는 것이 이와 같은데 내가 쌀쌀맞게 구는 것은 인정이 아니구나.'

평소 엄숙하고 정중하던 태도를 약간 풀고 어머니께 문안한 뒤에는 화씨의 병실에 머물며 은근하고 자상하게 간호하기를 극진히 했다. 집 안사람들이 다 감복했고 화씨 또한 시랑이 십여 일에 이르도록 추호도 다름없이 한결같은 것을 보고 마음에 위로가 되어 차도가 있었다.

시랑은 원래 화씨에게 은정이 중하였으나 그 허물을 책망하느라 일부러 매몰찬 태도를 지어 얼굴을 보지 않고 잘못을 낱낱이 들춘 것이었다. 그러나 화씨가 뉘우친데다 슬퍼하여 병이 든 것을 보고 그 죄를 용서하여 은근히 간호하니 수십 일 뒤에 화씨가 건강을 회복하고 순산했다. 또 아들을 낳았으므로 시랑이 크게 기뻐서 의약을 더욱 극진히 마련했다. 화씨가 다 나은 후에는 서당으로 나와 처음처럼 엄숙하게 행동하니 화씨가 이후부터는 감히 이치에 어긋난 행동을 하지 못하고 근심하고 두려워했다. 시랑 또한 공경하고 소중하게 대접하나 세월이 지날수록 내외의 규율을 바르게 세워 정대함이 날마다 더하니 양부인이 탄식했다.

"젊은 남자가 이렇게 맑고 고상해 사랑하는 부인을 두고도 낮에 한 번 들어가 말하고 깊은 밤에 희롱하는 것을 듣지 못하니 이는 도리어 심히 인정이 아니구나."

재취에 대한 소씨의 견해

석파는 화씨가 연이어 두 아들을 낳고 부인과 시랑이 화씨를 애중히 여기는 것을 보고는 감히 다시 재취를 권하지 못하고 스스로 골똘히 생각할 뿐이었다. 숙란 소저의 시를 벽에 붙이고 읊으며 시랑이 방에 올 때 생각하는 빛이 있는지 알아보려 했다. 그러나 시랑은 들어오더라도 눈을 낮추고 온화하게 말할 따름이어서 시를 벽에 붙인 지 열흘이 넘도록 보지 못했다. 소씨월영가 이르러 시를 보고 크게 칭찬했다.

"맑고 산뜻한 구법句法과 그윽하고 우아한 문장이 이백이나 두보보다 나으니 알지 못하겠군요, 어떤 사람이 지은 것입니까?"

석파가 대답했다.

"바로 석상서 댁 규수입니다."

소씨가 고개를 숙이고 말했다.

"이는 전날 서모가 아우의 둘째 부인 될 만하다던 그 여자입니까?"

석파가 대답했다.

"맞습니다. 이 여자의 재주와 용모가 이렇기에 첩이 매우 애석하여 중매하려 힘쓴 것입니다."

소씨가 한숨을 쉬고 탄식했다.

"하늘이 재주 있는 남자를 내실 때는 재주 있는 여자도 내시는 법인데, 내 아우의 출중한 풍채와 고금에 널리 통달한 재주에 걸맞은 숙녀를 만나지 못했으니 어찌 아깝지 않겠습니까?"

소씨가 생각이 있는 것을 보고 석파가 속으로 기뻐하며 부추겼다.

"낭자는 어찌 부인과 시랑에게 권하지 않으십니까?"

소씨가 대답했다.

"서모가 말씀하지 않으셔도 제가 어찌 이러한 글재주를 사랑하지 않겠습니까? 그러나 화씨의 사람됨이 숙녀도 현인도 아니니 투기가 심하고 사납습니다. 어찌 다른 부인을 얻어주어 그 마음을 언짢게 하겠습니까? 화씨가 만일 도량이 넓다면 조금도 걱정하지 않고 아우가 숙녀를 만나게 해 어머니는 아름다운 며느리를 얻고 저와는 규방의 스승 삼을 만한 벗이 되어 즐기는 것이 옳을 것입니다. 그러나 화씨가 반드시 투기할 것이고 이런즉 동기간의 정이 소원해져 좋지 않을 것이니 부질없이 못하겠습니다."

석파가 탄식할 따름이었다.

원래 소씨는 총명하고 마음이 시원스럽게 트인 여자로 부녀의 네 가지 덕에 흠잡을 데가 없었다. 한학사가 방탕하고 풍류를 즐겨 집안에 단장한 기녀가 여남은 명이요, 둘째 부인 영씨를 얻어 총애했으나 소씨는 조금도 거리끼지 않았다. 갈수록 기색이 맑고 깨끗하며 첫째 부인의 자리를 지켜 가권을 도맡고 여러 자녀를 낳았다. 한학사가 젊은 나이의 허랑함으로 기녀를 모았으나 본래 부인에게 정이 깊은 까닭에 부인의 지극히 어진 성품을 보고는 깨닫고 감동하여 여러 여자들을 물리치고 다시 옛정을 이었다. 소씨가 어이없어 웃고는 여러 미녀들을 집안에 머물게 하여 입는 것과 먹는 것을 후하게 주고 둘째 부인 영씨를 너그럽게 대접하여 형제같이 대했다. 또 위의와 은덕을 모두 갖추고 집안을 다스리니 시부모가 자녀보다 사랑했고 한학사의 은정도 태산이 가벼울 정도였다.

오직 소씨는 홀어머니와 하나뿐인 오라비를 잊지 못하여 일 년에 팔구 개월을 친정에 돌아와 있으니 한학사 또한 따라와 부인과 함께 지냈다. 이러므로 늘 자운산에 있으니 양부인이 사랑하고 시랑이 기뻐하는 것이 비길 데가 없었다. 양부인은 한생의 출중함을 볼 때마다 죽은 사위 이한림의 단정하고 엄숙하며 우아하고 신중한 인품과 관옥 같은 얼굴이 생각나 마음 아파했으나 도리어 친딸 교영은 잊고 생각하는 때가 적었다. 이러므로 시랑이 이생과 교영의 제사를 죽을 때까지 극진히 했다.

석소저와 마주치다

석파가 중매 역할을 제대로 못한 것이 아니었으나 시랑과 부인의 뜻
이 굳어서 흐르는 물 같은 말솜씨를 드러내지 못하니 밤낮으로 근심하
며 군자와 숙녀가 그 쌍을 잃을까 걱정했다. 하루는 잠깐 친정에 돌아가
부모 모시기를 청하니 부인이 허락하고 다시 말했다.

"네가 나가면 집안이 적막하고 매우 무료하니 빨리 돌아오거라."

석파가 감사 인사를 드렸다.

"천첩의 어미가 병이 들었으므로 잠깐 친정에 가나 어찌 부인의 두터
운 은혜를 잊으며 한학사 부인과 시랑을 오래 떠나 있겠습니까? 어미
병이 나으면 즉시 돌아오겠습니다."

드디어 작별하고 나가니 시랑이 문밖까지 배웅하고 들어왔다.

석파가 집에 가서 어미를 보고 석장군^{석파의 부친 대장군 석수신}과 석참정^{석파}
^{의 정실 소생 오라비 참정 석현}을 만나 서로 반기며 함께 이야기를 나누었다. 숙란
소저도 아주머니가 온 것을 듣고 나왔다. 기질이 깨끗하고 자태가 맑고
빼어났으며 일 년 사이에 백배나 장성하고 아름다워졌다. 석파가 새삼

생각했다.

'시랑의 비범한 풍채가 아니면 진실로 짝할 이가 없을 것이다.'

더욱 아끼고 사랑하여 웃으며 말했다.

"소저는 정혼한 곳이 생겼습니까?"

참정이 웃으며 말했다.

"누이가 전날에 월하노인月下老人, 부부의 인연을 맺어준다는 전설상의 늙은이 되기를 자원하여 장담하고는 소식이 없으니 큰일을 어찌 이렇게 몽롱하게 처리하는가? 우리가 기다리고 있었네. 양부인 허락을 받아왔는가?"

석파가 말했다.

"첩이 정신이 없어 아득히 잊고 있다가 오늘 깨달았습니다. 첩의 말솜씨가 어설프니 특별히 어진 중매인을 선택하여 구혼하면 일이 될 것입니다."

석장군이 웃고 말했다.

"소경이 옛날 절개를 지키는 부인처럼 수행하여 남자의 풍모가 지나치게 없으니 우리 아이를 어찌 그 재취로 주겠는가?"

원래 석장군은 대대로 무장武將 집안의 후손으로 선비와 도학을 중요하지 않게 여겼고 활발하고 융성한 것을 추구했다. 참정은 비록 그 아들이지만 겸허하고 공손하며 박식하고 말수가 적어 선비의 행실을 갖추었으니 부자가 서로 달랐다.

이날 참정이 석파의 시원한 대답을 듣지 못하고는 흥미가 사라져서 흩어졌다. 숙란 소저는 부모가 소경과의 혼인을 의논하는 것을 듣고 문득 석파가 글을 가져간 까닭을 알았다. 처음에 보여준 것을 심히 뉘우치며 후회해마지않았으나 놀림을 당할까 두려워 석파를 보고도 글을 찾지 않고 말과 웃음에 위엄을 보이니 석파 또한 소저의 단정하고 엄숙함을 보고 감히 희롱하지 않았다.

이때 소시랑이 천자를 섬기고 정사를 다스리는데 하는 일마다 숙연하니 천자가 크게 사랑하여 특명으로 예부상서禮部尙書 복야僕射의 관직을 더하였다. 시랑이 사양했으나 허락받지 못했다. 일찍 궐문 앞에서 기다리다가 대궐에 들어가 천자를 알현하고 은혜에 감사한 후 수레를 돌이켜 서모를 보러 왔다. 이때 석파는 석소저를 자기 방에 끌고 와서 투호投壺를 하고 있었다. 시녀가 급히 들어와 소상서가 왔다고 고하자 석파가 생각했다.

'낭군이 정대하나 숙란 소저를 보면 어찌 능히 수행할 뜻이 있겠는가? 내가 계교를 써 어떻게 하는지 봐야겠다.'

석파가 석소저를 머물게 하며 말했다.

"난간 밖에 나가서 보고 곧 별채로 데려갈 것이니 소저는 방에 계시구려."

말을 마치고 시녀에게 소경을 들어오게 한 뒤 문을 닫고 나갔다. 소저는 마땅치 않았으나 우기고 나가다가 마주칠까봐 그저 휘장 사이에 앉아 책을 뒤적이며 손님이 가기만을 기다렸다.

석파가 난간 밖에 나와 소상서를 맞았다. 비단 도포를 입고 옥으로 된 띠를 둘러 대신의 차림새를 한 것을 보고 웃으며 말했다.

"낭군이 십여 일 사이에 품계가 오르니 더없이 축하드립니다."

소경이 안색을 바르게 하고 눈썹 언저리를 찡그리며 말했다.

"나이 젊고 재주가 부족한데 외람되이 성은을 입으니 황공함을 이기지 못하겠고 서모의 축하를 들으니 더욱 두렵습니다. 서모가 이리 오신 후에 즉시 찾아뵈려 했으나 우연히 감기에 걸려 치료하느라 늦게 이르렀습니다. 서모 모친의 병환은 어떠한지요?"

석파가 대답했다.

"어미의 병은 차도가 있습니다. 낭군이 앓아누운 것을 알지 못했으니 비록 거리가 멀지 않으나 교외와 도성 안이 떨어져 있음이 안타깝습니다. 바람이 사나워 감기가 덧나기 쉬우니 첩의 침소로 가십시다."

상서가 이때 병이 깨끗이 낫지 않았으므로 구월 늦가을이 되어 바람이 찬 것을 보고 사양하지 않고 서모를 따라 방에 들어가니 어찌 석소저가 있는 것을 알았겠는가. 장차 문에 들어서니 옥 장식 소리가 급하게 나고 향기로운 바람이 진동했다. 상서가 눈을 들어보니 미인 한 사람이 안개 같은 머리를 틀어 올리고 구름 같은 귀밑머리를 다듬었는데 백설 같은 얼굴에 붉은 뺨은 온갖 자태를 머금었고 달 같은 이마와 버들 같은 눈썹, 별 같은 눈이며 앵두 같은 입술, 흰 이가 견주어 비길 데가 없었다. 서안에 기대 책을 보다가 손님이 들어오는 것을 보고 가을 물 같은 눈길을 나직이 하고 안색을 침착하게 하여 몸을 일으켜 벽을 향했다. 가는 허리는 비단을 묶은 것 같고 날렵한 어깨는 은은한 봉황 같으니 상서가 한번 보고는 천한 사람이 아닌 것을 알고 넓은 소매로 얼굴을 가리고 바삐 걸어 방문을 나섰다. 석파가 웃으며 말했다.

"낭군은 어찌 돌아가십니까?"

상서가 말했다.

"방안에 보면 안 될 사람이 있는데 서모가 살피지 않고 나를 데려오시니 나의 죄가 크지만 서모 또한 그릇하셨습니다. 무심결에 하신 일이나 매우 거북하여 감히 오래 앉아 있지 못하겠으니 다른 날 다시 오겠습니다."

말을 마치고 조용히 인사하고 당을 내려가 천천히 걸어나가니 석파는 다만 웃을 뿐이었다. 석파가 방안에 들어가니 소저가 준엄한 기색으로 말했다.

"아주머니가 제정신을 잃은 사람이라도 숙맥은 구별할 것인데 어찌 바깥손님을 데리고 감히 내가 있는 곳에 들어왔습니까? 평소 가까운 친척에게 바라던 바가 아닙니다."

석파가 웃으며 말했다.

"내가 정신이 흐릿하여 까마득히 잊고 데려왔으니 이렇게 된 것을 어쩌겠습니까? 그러나 그 또한 정인군자正人君子이니 잘 알고 지내는 집안 사이의 정으로 설마 보지도 못합니까?"

소저가 매우 불쾌하고 화가 나서 다시 말을 하지 않고 나가서 신을 신으며 원망했다.

"다 나의 죄다. 가까운 친척이라 친하게 지내고 사람의 됨됨이를 알지 못하고 따라다녔으니 금수만 못하구나."

소저가 내당으로 들어가니 석파는 웃기만 하고 대답이 없었다. 소상서가 자운산에 돌아와 마음속으로 서모의 단정치 않음과 그 여자의 기이함을 생각하고 웃으며 감탄하다가 생각을 고쳤다.

'저는 남의 집 여자요, 나는 외간 남자로 사이가 현격하니 감탄하고 생각하는 것이 부질없다.'

그뒤 다시는 마음에 두지 않았다.

석파는 재취를 부추기고 화씨는 투기를 부리다

십여 일 후 석파가 돌아왔다. 부인을 뵙고 이야기를 나누다가 상서를 보고 웃으며 말했다.

"저번에는 무슨 까닭에 빨리 돌아가셨습니까? 낭군은 그 여자가 누군 줄 알고 피하신 것입니까?"

상서가 웃으며 대답했다.

"뉘신 줄은 모르나 천한 사람은 아니니 보는 게 예의가 아닌 까닭에 나왔습니다."

석파가 또 물었다.

"그 여자가 어떠해 보였습니까?"

상서가 대답했다.

"유의해 보지 않았으니 어찌 알겠습니까?"

소씨가 자세히 물어 사정을 알고 말했다.

"아우는 말을 지어내지 마라. 진실로 어떻더냐?"

상서가 크게 웃고 말이 없었다. 소씨가 주위 사람을 시켜 족자 세 개를 내와 거니 모두 옛날 명화^{名畵}였다. 첫째는 상고시대 여와^{女媧, 중국 신화 속}
^{의 여신}였고 둘째는 한나라 비연^{飛燕}*이었고 셋째는 당나라 태진이었다. 다
정기가 흘러 움직이고 채색이 찬란하며 붓자국이 날아 춤추는 듯하니
주위 사람들이 모두 칭찬해마지않았다. 소씨가 석파를 돌아보며 말했
다.

"서모가 하도 칭송하시니 묻습니다. 석씨가 이 세 사람에 비해 어떻습
니까?"

석파가 나아가 한참 보다가 말했다.

"한나라 비연은 너무 가볍고 작아 윤택하지 못하고, 당나라 태진은 탐
스럽고 부드럽지만 너무 살쪘고, 오직 여와가 조금 비슷하나 깨끗하고
찬란하며 아리따운 것은 오히려 석소저에게 미치지 못하는군요."

소씨가 낭랑하게 웃으며 말했다.

"이 세 명은 천만 년 동안 미인으로 일컬어졌거늘 서모가 친조카 추
어올리기를 지나치게 하시니 어찌 가소롭지 않겠습니까? 아우 자문아,
너는 말을 꾸미지 않는데다 이미 보았으니 물어보자. 서모의 말씀이 옳
으냐?"

상서가 천천히 말했다.

"성인이 말씀하시기를, '예가 아니면 이르지 말라' 하셨으니 소제가
어찌 규중 여자를 두고 시비를 따지겠습니까?"

말을 마치고 온유하고 정숙하게 있으니 주위 사람들이 아무 말도 하
지 못했다. 이때 화씨는 석파가 양부인과 상서를 부추기는 것을 보고 억
울하고 분한 마음이 골수에 사무쳐 화가 솟구쳤으나 기색을 들킬까봐
침소에 돌아와 혼자 앉아서 석파를 꾸짖고 상서를 원망했다.

---

* 비연(飛燕): 한 성제(漢成帝)의 황후 조비연(趙飛燕). 양아공주(陽阿公主)의 가기(歌妓) 출신
으로 성제의 후궁이 되었다가 총애를 받아 황후에 올랐다. 춤을 잘 추어 비연이라 불렸으며
손바닥 위에서 춤출 수 있을 정도로 몸이 가벼웠다.

"흉악하고 음험한 할미가 능란하고 간사한 말로 어리석고 경박한 남자를 부추기는구나. 조강지처를 잊고 한마음이 되어 독살스럽게 나를 호령하고 다른 여자를 얻으려 하니 어찌 분하지 않은가?"

바야흐로 꾸짖어마지않았다. 촛불을 켤 때가 되자 상서가 들어왔다. 화씨가 분함을 참지 못했으나 상서의 엄숙함을 보고는 차마 겉으로 드러내지 못해 소매로 얼굴을 가리고 눈물을 흘리며 두 아들을 수없이 때리니 아이들이 동시에 울었다. 상서는 이미 알아차렸으나 특별히 본 체 않고 자리로 가서 잤다. 화씨가 두 아들을 둔 자신의 세력을 깊이 믿고 아이들을 계속 때려 상서의 화를 돋우었으나 상서는 끝까지 시끄럽다는 말도 하지 않았다. 화씨가 하릴없어 촛불 아래 앉아 밤새도록 자지 않았으나 상서는 아랑곳하지 않았다. 닭이 우니 상서가 일어나 태연하게 양치하고 세수한 후 아침 문안을 드리러 어머니의 거처에 들어갔다. 화씨 또한 들어가 문안하고 돌아왔다.

이날 밤에 상서가 또 들어와 자는데, 화씨는 노기가 솟구쳐 밤새도록 상서를 원망하며 서안 앞에 앉아 자지 않았다. 그러나 상서의 기색이 고요하고 말도 평소와 다름이 없으니 핑계를 얻을 구실이 없었다. 화씨가 여러 날을 힘들게 밤을 새운 까닭에 몹시 피곤하여 노기를 그치고 누워 자니 상서가 본 체도 하지 않았다.

며칠 후에 저녁 문안을 마치고 상서가 녹운당에 이르렀다. 화씨가 아들을 앞에 두고 어르고 있으니 상서가 말없이 오래 보다가 또한 아들을 끌어당겨 사랑스러워했다. 화씨가 기뻐 웃으며 편안히 이야기를 하니 상서가 잠시 생각하다가 옷깃을 여미고 단정하게 앉아 물었다.

"알지 못하겠으니, 부인은 지난번 무슨 근심이 있어 육칠 일을 앓아 밤을 새우며, 아직 걷지도 못하는 아이는 무슨 죄가 있어 때린 것이오? 듣고자 하오."

화씨는 상서가 이렇듯 신중히 마음을 써서 묻는 것을 보고 부끄러워 묵묵히 대답을 하지 않으니 상서가 탄식했다.

"공자가 말씀하시기를, '부인은 남에게 복종하는 사람이다' 하셨으니 내가 지극히 옳은 말씀으로 여겼소. 그러나 그대 행동을 보니 성인의 가르침과 어긋나는구려. 지아비가 유화하고 지어미가 유순함은 고금의 떳떳한 바요. 나는 유화하려고 힘썼으나 부인은 유순한 행실이 없으니 내 어찌 구태여 유순치 못한 지어미를 데리고 살겠는가마는 아직 어머니께 불효를 하지 않았으므로 억지로 참는 것이오. 옛글에 '사람이 누가 허물이 없겠는가마는 고치는 것이 귀하다' 했으니 부인이 만일 사리에 어긋난 점을 자책하고 잘못을 고쳐 행실을 닦으면 내가 참겠지만 만일 그렇지 않다면 나와 남이 될 것이오. 어찌 두 아들이 있다고 너그러이 용서하며 조강지처라 하여 난처해하겠소?"

화씨가 크게 부끄러워하며 사죄했다.

"첩이 나이 젊고 천성이 조급하고 편협하여 부녀의 도리를 전혀 몰랐습니다. 오늘밤 꾸지람을 듣고 스스로 뉘우쳤으니 이후로는 무례하게 행동하지 않겠습니다."

상서는 다른 사람이 들을까 염려하여 이마에 묵묵한 한기가 어렸다. 두 눈썹을 찡그려 위엄 있는 정신과 엄숙한 기운이 뼈에 사무치고 정신을 놀라게 하니 화씨가 당황하고 부끄러워 어찌할 바를 몰랐다.

양부인 모녀가 석소저를 만나다

이때 천자가 남문 밖에 나가 사냥하고 활쏘기를 연습하니 자운산에서 매우 가까웠다. 소씨가 양부인께 고했다.

"황상의 사냥 행차가 성대하다 하니 소녀 화씨와 함께 집을 잡아 구경하고자 합니다."

부인이 말했다.

"무엇이 어렵겠느냐? 과부로 지낸 뒤 호화로운 데 마음을 두지 않았으나 경과 한생이 행렬에 참여하는 것을 보고 싶으니 나도 가봐야겠구나."

상서는 어머니가 가시려는 것을 보고 기쁨을 참지 못했다. 어머니가 밤낮 근심하고 슬퍼하며 즐겁게 지내지 않다가 오늘 화려한 일에 뜻을 두시는 것을 보고 경사가 난 듯 기뻐하고 즐거워하며 집을 잡아드렸다. 소씨가 양부인을 모시고 석파 등을 거느리고 나섰다. 화씨는 처음에는 가려 했으나 석파가 가는 것을 보고 아프다고 핑계하고 물러나니 부인도 굳이 권하지 않았다. 부인이 딸과 함께 빌려둔 집에 이르러 천자의 행차를 기다렸다. 문득 훌륭한 차림새와 격식을 갖춘 무리가 길을 덮으며 오더니 금덩황금으로 화려하게 장식한 가마을 에워싸고 소씨 집안의 임시 거처로 들어오려 했다. 하인들이 막으니 그 집의 종과 하인들이 어지러이 지껄였다.

"석상서 댁 부인과 소저가 구경하러 오시거늘 너희가 어찌 감히 막느냐?"

석파가 이 말을 듣고 급히 시녀에게 다투지 말고 저 행차를 들어오시게 하라고 하니 하인이 비로소 문을 열었다. 행렬이 금덩을 에워싸고 안에 이르자 석파가 친히 맞았다. 이는 석공 부인이 천자의 사냥을 구경하려고 집을 잡아 숙란 소저와 함께 온 것이었다. 소저는 처음에 가고 싶어하지 않았으나 진부인이 억지로 데리고 왔다. 뜻밖에 소씨 집안과 같은 장소를 잡으니 이미 돌아갈 수도 없고 더구나 이전부터 알고 지낸 사이라 흔연히 들어왔으나 소저는 몹시 못마땅하여 온 것을 후회했다.

석파가 웃음을 머금고 맞이하여 본채 대청에 들어오자 소씨가 봉황 장식 관과 구름무늬 어깨띠를 갖추고 예복을 끌며 양부인을 모시고 나와 손님을 맞이하고 예를 마쳤다. 진부인이 양부인과 인사를 나누고 소씨와 더불어 예전에 잠깐 만났던 이야기를 하는데 석파가 웃으며 말했다.

"어찌 소저를 덩 안에 넣어두고 내놓지 않으십니까?"

양부인이 기분좋게 말했다.

"서로 한집안 같고 늙은 미망인과 어린 딸뿐이니 꺼릴 것이 없는데 소저를 감추서서 남을 대하듯 하십니까?"

진부인이 사양하며 말했다.

"어찌 남을 대하듯 하겠습니까? 규중의 촌스러운 아이가 높으신 분 뵙기를 두려워하고 수줍어합니다."

소씨가 이어 말했다.

"소첩이 일찍이 석서모로부터 석소저의 아름다운 풍모와 신선 같은 재주를 듣고 밤낮 공경하고 탄복하여 우러러보았으나 만날 길이 없었습니다. 이런 기이한 기회를 만나니 진실로 천만다행으로 여기는데 부인은 이렇게 소원히 대하여 소저를 깊이 감추십니까? 이는 아마 첩의 사람됨이 바르지 못하여 두터이 사귀지 못할 인물로 여기셔서 차라리 소저를 덩 안에 비좁고 갑갑하게 둘지언정 거칠고 비루한 무리에게는 보이지 않으려는 것이니 저는 부끄러움을 이기지 못하겠습니다."

진부인이 소씨의 격렬한 말과 뛰어난 풍채와 용모 앞에 핑계 대 거절할 말이 없어 여러 번 겸양하고 석소저를 불렀다. 석소저는 싫었지만 마지못해 시녀와 함께 대청에 이르렀다. 양씨 모녀가 이파와 함께 멀리서부터 바라보니 처음에는 광채가 영롱하고 자태가 아름다워, 지는 해가 약목에 걸리고 달이 고운 빛깔 구름에 싸인 듯 빛나고 광채가 일렁거려 자세히 볼 수 없었다. 당에 올라 예를 마치고 자리를 정한 후 눈길을 두어 익숙해질 때까지 보니 하늘로부터 타고난바, 강산의 빼어난 기운과 깨끗하고 밝은 기상이 어리어 아름다움이 보통 사람보다 뛰어났다. 가슴에는 태임과 태사의 어질고 너그러운 마음씨를 감추었고, 눈썹 위에는 오색의 상서로운 기운이 영롱하고 찬란하며 두 눈은 정채精彩 없는 가을 물을 비웃고, 붉은 입술은 둥근 앵두를 못마땅히 여기고, 가는 허리는 나부끼는 버들가지를 나무라고, 키는 비연이 키가 작은 것을 부족하게 여기니, 날렵하되 가볍거나 왜소하지 않으며 탐스럽되 투박하지 않아 천만 가지 고운 모습이 태양의 빛을 가렸다. 소씨가 공경하고 탄복한 것은 말할 필요도 없었다. 양부인은 눈이 높아서 평생 천하의 미녀들을 깔보았고, 보통 사람보다 매우 진중하여 아무리 기이하고 특별한 일이 있어도 가볍게 칭찬하는 법이 없었다. 그러나 석소저의 얼굴을 보고는 놀랍고 의아하여 정신을 가다듬어 다시 살펴보고 크게 칭찬했다.

"노첩이 깊은 산 궁벽한 골짜기에 있으나 뛰어난 미모를 많이 구경했는데 오늘 따님 되시는 소저는 진실로 제가 보지 못한 바요, 또한 만고에 드물 것이니 과연 나라를 기울일 만한 미색입니다."

진부인이 지나친 칭찬이라고 겸양했다. 소씨가 멍하게 앉아 있다가 석파를 돌아보고 웃으며 말했다.

"서모의 흐르는 물 같은 말솜씨로도 그토록 어설프게밖에 전하지 못하셨습니까? 진실로 듣던 것보다 더합니다."

석파가 웃고 진부인이 사양했다.

"딸아이의 누추한 기질로 두 부인의 과찬을 어찌 감당하겠습니까?"

양부인이 숙란 소저를 가까이 오라 하여 그 옥 같은 손을 잡고 머리를 쓰다듬어 칭찬해마지않으니 석파와 진부인은 기쁨을 이기지 못했다. 소씨가 문득 탄식하고 어머니를 자꾸 보니 이것은 은근히 상서를 재취시키려는 것이었다. 차를 내오고 조용히 한담을 나누다가 소씨가 말했다.

"소저의 재주와 용모가 이렇게 뛰어나니 어울리는 배필을 찾기 어려울 듯합니다. 일찍이 혼처는 정하셨습니까?"

진부인이 갑자기 슬퍼하며 대답했다.

"딸아이가 못났으나 부모의 정이란 훌륭한 사위를 얻어 그 일생을 편하게 해주고 싶은 것이지요. 사윗감을 고른 지 칠 년이 되었으나 마땅한 사람을 얻지 못했으니 여자의 평생이 걸린 큰일을 그르칠까 두렵습니다. 딸의 나이가 십삼 세니 과년한 처녀라 하겠습니까만 키와 외모가 다 자랐으니 더욱 민망합니다."

양부인이 대답했다.

"진실로 어떤 복 많은 사람이 저런 며느리를 얻을꼬? 부인은 근심하지 마소서. 옛날부터 다 제짝이 있어 소혜가 두도를 만나고 상여^{相如}가 문군^{文君}을 만났으니 어찌 소저 홀로 짝이 없겠습니까?"

이렇게 말하며 조금도 며느릿감으로 생각하지 않았다. 시각이 되어 천자가 모든 조정의 신하들을 거느리고 남문 밖으로 나와 사냥을 했다. 상서 복야 소경이 한림학사 한생과 함께 조복朝服을 갖춰 입고 반열에서 천자를 호위했다. 아름다운 풍채가 많은 사람 중 뛰어나고 눈빛이 찬란하여 좌우에 쏘이니 모든 군사들이 눈을 기울여 칭찬해마지않았다. 천자 또한 기이하게 여겨 앞에 나오게 하고 말했다.

"경의 고상함과 아름다움이 오늘따라 새로우니 재주 또한 남다를 것이다. 짐이 보석으로 장식한 활과 쇠촉이 달린 화살을 주나니 한번 활을 쏘아 '당대에 양유기養由基*가 다시 태어났다'는 말을 듣게 하라."

상서가 엎드려 감사하고 말했다.

"소신이 나이 어리고 재주가 둔하여 마땅히 일삼아야 할 시부詩賦도 능하지 못한데 어찌 감히 활을 쏠 기력이 있겠습니까?"

천자가 웃으며 말했다.

"경은 사양하지 마라."

활과 화살을 앞에 놓으니, 상서가 용모를 가다듬고 머리를 조아리며 말했다.

"성인이 말씀하시기를, '도道가 같지 않으면 사귀지 말라' 하셨으니 하물며 몸소 두 가지를 행하겠습니까? 위 영공衛靈公이 진법陣法을 물으니 공자가 떠나셨습니다.** 신이 다만 성인의 가르침을 배우니 군대의 일을 모르고 재주 역시 없으니 어찌 천자의 활을 더럽히겠습니까?"

천자가 얼굴빛을 고쳐 공경하고 여러 신하도 그 곧은 절개에 탄복했다. 날이 저물어 천자가 궁으로 돌아가니 구경하던 양반 부녀자들도 나들이를 마치고 흩어졌다. 양부인이 진부인과 헤어져 돌아갈 때 석소저

---

* 양유기(養由基): 춘추시대 초(楚)나라 대부로 활을 잘 쏘아 백발백중(百發百中)이라는 말이 생겼다.
** 위 영공(衛靈公)이~떠나셨습니다: 위 영공이 공자(孔子)에게 진법을 묻자 공자가 제사에 관한 일은 들어보았으나 군대에 관한 일은 배우지 못했다 하고는 그다음 날 떠났다.

의 손을 잡으며 애틋해했다.

뜻이 기울다

일행이 자운산으로 돌아왔다. 상서가 돌아오자 양부인은 황상의 행차가 성대했다는 말만 하나 소씨는 석소저를 칭찬하니 화씨가 마음속으로 한스러워했다.

소씨가 어머니께 석소저의 재주와 용모가 아까우니 구혼하시라고 하자 부인이 답했다.

"그 여자가 진실로 기이하나 화씨가 두 아들을 두었고 부부가 화락한데 내 어찌 재취하라 권하겠느냐?"

소씨가 다시 아뢰었다.

"아우의 기질로 어찌 오로지 화씨와 함께 늙겠습니까? 부인을 여럿 얻어 자손을 두는 것이 바람직합니다. 기녀 같은 것은 엄히 금하시는 것이 옳지만 절개를 지킨다고 저러한 숙녀를 버리면 어찌 하늘이 그 고집을 비웃지 않겠습니까? 원래 서모의 말은 믿을 수 없으니 성품이 어진 여자인지 알 수 없어 혹여라도 집안이 어지러울까 염려했는데, 이제 보건대 외모는 말할 것도 없고 성품 또한 지극히 현철해 보이니 어찌 화씨 하나 때문에 저런 숙녀를 버리겠습니까?"

부인이 말했다.

"그만해라. 화씨의 동정을 살펴보겠다. 만일 투기하면 모든 일에 경만 못한데다 질투까지 하는 것이니 기꺼이 석씨를 얻어 하나밖에 없는 아들의 일생을 헛되이 늙게 하지 않을 것이요, 만일 공손하고 유순하면 비록 재주와 자질이 경과 격이 다르지만 그 성품은 너그러운 것이니 어찌 대단찮은 얼굴이 부족하다 하여 여자에게 설움을 끼치겠느냐? 양홍梁鴻*은 비상한 용모였으나 못난 얼굴의 맹광孟光**을 만나 후세에 군자와 숙녀로 일컬어지니 나는 오직 화씨의 인품을 살피고 얼굴은 말하지 않을 것이다."

소씨는 어머니가 화씨의 사람됨을 살피려 하는 것을 보고 속으로 웃으며 생각했다.

'저 경망하고 질투심 강한 여자가 반드시 못나게 굴 것이니 석씨가 들어오는 것은 손바닥 뒤집듯 쉽겠다.'

며칠 뒤 소상서가 정사를 의논할 일이 있어 석공을 찾아갔다. 마침 팔왕八王과 칠왕七王도 석장군 부자를 보려 이곳에 왔다가 소상서가 왔음을 듣고 함께 반기며 이야기를 나누었다. 칠왕은 태종太宗의 아들로 태자였다. 팔왕은 태종의 조카로 사람됨이 현명하고 재주와 덕망을 두루 갖추어 조정과 재야가 모두 공경했다. 오늘 소상서를 보고 매우 사랑하여 고금 역사에서 정치의 성패를 의논하니 상서의 말이 거침없고 유창하여 황하가 세차게 흐르는 듯했다. 팔왕이 웃으며 말했다.

---

* 양홍(梁鴻): 후한(後漢)의 은사(隱士). 자는 백란(伯鸞). 가난했으나 절개가 굳고 인품이 고상했다.
** 맹광(孟光): 양홍의 아내. 자는 덕요(德曜). 뚱뚱하고 못생긴데다 피부도 검었지만 궂은일을 마다하지 않고 남편을 깍듯이 모셔 현부(賢婦)로 칭송되었다. 거안제미(擧案齊眉)의 고사가 있다.

"소상서는 십팔 세의 청년이니 아직 젖내 나는 어린아이인데 어찌 나이 많고 경험이 풍부한 선비보다 의논이 상쾌하고 뛰어난가? 아내는 얻었는가?"

상서가 대답했다.

"조강지처가 있습니다"

석참정이 이어 말했다.

"내가 한 가지 할말이 있으니 상서는 기꺼이 들어주시겠는가?"

상서가 듣기를 청하니 석참정이 답했다.

"내가 일찍이 여러 아들을 두고 딸 하나를 얻었으니 재주와 행실이 옛사람만 못하나 거의 옛사람을 뒤따른다네. 혹시 못난 사내를 만나는 불행을 당할까 밤낮 우려했는데 상서를 보니 재주와 용모가 딸아이가 수건과 빗을 받들기에 충분하네. 구차함을 생각지 않고 구혼하니 딸이 비록 불민하나 상서에게 불손하지 않고 조강지처인 첫째 부인에게 무례하지 않을 걸세. 기꺼이 재취를 허락하시겠는가?"

상서가 옷깃을 여미고 사양하며 말했다.

"소생은 박명한 사람으로 부친의 가르침을 듣지 못해 밝은 세상에 설 만한 재주가 없으니 밤낮 근심하고 탄식함을 깨닫지 못합니다. 이렇듯 좋게 말씀해주시고 사위로 삼으려 하시니 감사하고 또 외람합니다. 어찌 사양하겠습니까마는 생이 어려서부터 뜻이 화려하지 못하여 재취를 생각하지 않습니다. 감히 높으신 명을 받들지 못하니 송구스럽습니다."

참정이 말했다.

"어찌 보잘것없게 여기는 것이 이다지도 심한가? 다시 생각해보시기를 바라네."

소상서가 눈썹을 펴고 붉은 입술에 은은한 웃음을 띠고 겸손히 사양했다.

"소생이 어찌 감히 보잘것없게 여기겠습니까? 본래 성정이 어리석고 데면데면한 것이요, 늙은 어머니가 집에 계시니 스스로 결정하지 못하는 것입니다."

참정이 말했다.

"그렇다면 자당慈堂 허락은 내가 청할 것이니 모름지기 상서는 허락하게."

상서가 몸을 굽혀 공경을 표하고 대답했다.

"어머니께서 위에 계시니 소생이 마음대로 할 일이 아니요, 혼인은 인륜의 대사이니 육례가 있습니다. 생이 어찌 감히 홀어머니의 뜻을 모르고 허락하겠습니까? 노선생老先生은 원로대신으로 반드시 예를 아실 것이니 소생의 무례함을 용서하소서."

팔왕이 웃고 말했다.

"소상서가 이렇게 사양하니 우리가 중매가 되어 좋은 인연을 이루도록 해야겠다."

칠왕이 말했다.

"형님의 말씀이 마땅하십니다. 우리가 힘써 주선할 것이니 그대는 고집하지 마라."

상서가 이런 모습을 보고 마음속으로 어이가 없어 웃고 한참 후에 하직하고 돌아갔다. 팔왕은 상서에게 성현을 닮은 기풍이 있는 것을 크게 칭찬하고 석공의 명을 받아 다음날 자운산 소상서의 집으로 가 중매로 왔음을 고했다. 알지 못하겠구나, 양부인이 기꺼이 따랐을지. 다음 회를 보라.

혼인이 정해지고 길복 짓는 일로 화씨가 소씨를 욕하다

팔왕이 전쟁에 나가는 장수처럼 사기충천하여 자운산에 이르러서는 양부인께 중매하러 왔음을 고하고 허락을 청했다. 부인이 눈썹을 찡그리고 상서를 돌아보며 말했다.

"너는 젖내 나는 어린아이로 천자의 은혜를 무겁게 받고 있고, 화씨는 어진 여자이며 더구나 두 아들이 있는데, 석공이 무슨 까닭으로 간절히 구혼하는 것이냐?"

상서가 미처 답하지 못하는데 화씨가 눈물을 흘리며 고했다.

"이것은 분명 서모와 낭군이 함께 일을 꾸며 팔왕께 부탁한 것이니 첩은 영영 깊은 규방에 버려진 사람이 될 것입니다."

부인이 듣고 위로했다.

"석씨가 들어온다 하여 네게 해로운 일이 있겠으며 비록 용렬하나 경이 살아 있으니 어찌 깊은 규방에 버려진 사람이겠느냐?"

화씨와 대화를 마치고 천천히 말했다.

"팔왕이 친히 오셨으니 내가 어찌 아름다운 며느리를 사양하겠는가?"

드디어 시녀에게 말을 전했다.

"미망인이 어린 자식을 가르치지 못하여 밤낮 부끄러워했는데 일찍이 천자의 은혜를 입었습니다. 또 대왕이 거친 땅에 오셔서 재상가의 숙녀를 천거하시니 감사하고 또 황공합니다. 어찌 명을 어기겠습니까? 택일하여 육례를 갖추겠습니다."

부인은 원래 다른 뜻이 없었다. 그러나 화씨가 눈물을 흘릴 뿐만 아니라 어리석게 부인의 말씀 끝에 지아비와 서모가 함께 꾸민 일이라며 맹랑하고 경망하게 구니 이를 보고 패악하다고 여겨 결심을 굳히게 되었다. 어찌 애달프지 않은가. 말과 얼굴빛을 평안하게 하고 잠자코 있었다면 팔왕이 아니라 황제가 왔다 해도 석소저가 들어오겠는가.

팔왕이 허락을 받고 크게 기뻐하며 감사하고 돌아가 석씨 집안에 소식을 전했다. 참정이 만족하고 아주 기뻐하며 급히 택일하여 보내니 시월 초순으로 겨우 팔구 일 뒤였다. 두 집안에서 혼인에 필요한 차림새를 격식 있게 갖추니 양부인이 비록 화씨를 그르게 여기지만 그 심정을 생각하여 소씨에게 신랑의 길복吉服, 혼인 때 신랑 신부가 입는 예복을 짓도록 했다. 그러자 소씨가 말했다.

"한학사가 강서어사江西御史로 나가는데 날짜가 임박한 까닭에 소녀가 그 행장을 차리느라 길복을 짓지 못합니다. 화씨는 무슨 일로 못합니까?"

부인이 말했다.

"내가 시키면 안 하겠냐만 질투심이 강하고 사나운 여자이니 반드시 더욱 서러워할 것이다."

소씨가 낭랑하게 웃으며 말했다.

"어머니께서 어찌 이런 말씀을 하십니까? 소녀가 불초하나 한어사가 영씨에게 장가들 때 스스로 관복官服을 준비해 손수 입혔습니다. 아내가 지아비를 다른 사람에게 보낼 때 어찌 남의 손을 빌려 옷과 차림을 시키겠습니까? 소녀가 지아비 먼길 떠나는 행장을 혼자 차리는데 지어미 있는 오라비 길복까지 지어줘야 합니까?"

부인이 웃으며 말했다.

"너의 성정이 화씨와 다르다. 화씨가 만일 너 같으면 내가 무엇이 부족해 석씨를 얻겠느냐? 조급한 여자를 너무 논박하지 말고 어사의 행장을 화씨에게 차려달라 하고 너는 경의 길복을 지어라."

소씨가 웃고 물러나 상서의 길복을 짓는데, 한생의 행차 또한 임박했으니 두 가지를 한꺼번에 하기가 매우 어려웠다. 그래서 능라綾羅 몇 필과 촉금蜀錦 십여 필을 녹운당으로 보내며 말했다.

"어사가 뜻밖에 강서 땅으로 서둘러 가게 되었으니 혼자 차리지 못하겠습니다. 낭자가 도와주실 것이라 믿으니 옷본대로 지어주시기를 바랍니다."

화씨가 크게 노하여 시녀를 심하게 꾸짖었다.

"너희 부인이 어찌 나더러 어사의 행장을 차려달라 하느냐? 마땅히 석씨 천한 계집을 데려와 부리라 해라. 나는 월영의 시녀가 아니므로 못하겠다. 너희 부인은 남편에게 푹 빠져 정신을 잃었으므로 여러 기녀와 더불어 총애를 나누는 것을 좋게 여기지만 나는 더럽게 여긴다. 상서의 길복을 짓고 있을 정도로 한가하면서 나를 부리려 하더냐? 빨리 돌아가 너희 집 부인에게 전해라. '미친 오라비 길복을 지을 정도로 한가하신데 어찌 일이 많다 하십니까? 내가 지어주고자 하나 남의 일을 하시는가싶으니 이런즉 내가 부질없이 수고할 필요 없으므로 도로 보냅니다'라고 해라."

시녀가 돌아와 전하면서 앞뒤 사정을 자세히 고하니 소씨는 어이없어 가만히 웃고 말이 없었다. 한어사가 같이 듣고 매우 무례하게 여겨 말했다.

"과연 아주 못되고 질투심 강한 여자로다. 악모와 자문이 진실로 고집스럽다. 저런 투기하는 여자를 두고 재취하는 일이 늦었는가?"

소씨가 정색하고 말했다.

"비록 그러하나 상공과 관계가 없는데 남의 집 부녀자의 과실을 논하십니까? 자못 쓸데없는 일에 간섭하는 것이니 바른 도리가 아닙니다. 어찌 이렇게 경박하십니까?"

어사가 크게 웃고 잘못했다고 했다.

원래 소씨는 천성이 강직하고 생각이 바다 같아서 거리끼는 일이 없고 투기를 우습게 여기므로 투기하는 여자를 매우 배척했다. 화씨가 저렇게 경망한 것을 보고 일부러 화씨에게 길복을 짓게 하려 했으나 어머니가 듣지 않으니 마지못해 스스로 짓고 대신 어사의 의복을 보낸 것이었다. 그런데 화씨가 욕을 하니 듣고 마음속으로 언짢아하다가 저녁 문안에 들어가 화씨를 만났다. 그러나 상서가 자리에 있고 또 전에 화씨가 석파의 일로 상서에게 책망 들은 것이 생각나 헤아리기를,

'조만간 석씨가 들어올 텐데 또 화씨의 결점을 이르면 아우가 뜻이 멀어져 박대할 것이니 비록 어질지는 못해도 박명하게 만들지는 말아야겠다'

하고 정색하고 단정히 앉아 말을 하지 않았다. 상서와 화씨가 물러난 뒤 소씨가 부인께 앞뒤 사정을 자세히 고하고 웃으며 말했다.

"아우가 재취하는데 소녀를 욕하니 이 어찌 가소롭지 않겠습니까?"

부인이 어이없어하며 말했다.

"내가 자연히 화씨에게 항복을 받아 투기를 제어하고 집안을 편히 하리라."

화씨가 울면서 길복을 지어 입히다

드디어 다음날 아침 문안 후에 부인이 화씨에게 말했다.

"경의 혼례 날이 다다랐으니 그대가 예복을 다스려야겠다."

이내 주위 사람을 시켜 비단을 내어와 화씨에게 마르라고 했다. 화씨는 마음속이 어지러웠지만 상서가 자리에 있고 부인의 기색이 매우 엄격하고 바르니 감히 악을 쓰지 못했다. 눈물만 잇달아 흘러 붉은 치마에 떨어졌다. 이파 등은 가엾게 여기고 소씨는 혹시 어머니께 불손한 말을 하여 상서의 귀에 들릴까 근심했다. 부인이 다시 재촉하니 화씨가 억지로 비단을 펴고 울면서 말랐다. 부인이 또 비단을 맡기며 말했다.

"내가 월영에게 지으라 했으나 한생의 행장을 차리느라 못한다 하니 마땅히 그대가 다스려야겠구나."

화씨가 받아 침소에 돌아와 머리를 부딪치고 눈물을 흘리며 말했다.

"어머님마저 이러실 줄은 정말로 생각지 못했다. 차라리 죽어 이 거동을 보지 않으리라."

문득 이파가 들어와 위로했다.

"낭자는 슬퍼하지 마세요. 우리 부인이 평소 낭자를 사랑하심이 어찌 상서보다 못하겠습니까마는 이번 일은 모두 낭자의 투기를 꺼리셔서 그런 것입니다. 낭자가 갈수록 온순하면 상서가 아름다워하실 것이요, 부인이 어여삐 여기실 것이니 석소저가 들어오더라도 낭자가 옥 같은 두 공자를 끼고 가권을 모두 잡으면 어느 사람이 낭자의 권세를 바라볼 수 있겠습니까? 지금 고집스레 힘써 투기하면 용모의 아름다움이 줄어들고 마음이 상하며 남이 우습게 여기니 한번 마음이 석씨에게 돌아서면 후회해도 늦을 것입니다."

화씨가 더욱 슬퍼 마음을 진정하지 못하고 있는데 문득 부인이 불러 말했다.

"내가 있는 곳에 와서 관복을 지어라."

화씨가 어찌할 도리가 없고 이파가 온갖 말로 위로하니 겨우 참고 취성전에 이르렀다. 바느질을 하는데 눈물이 스스로 솟아나 참을 수 없으니 혹시 부인이 보실까 두려워 머리를 숙이고 최대한 마음을 넓게 가지려고 했다. 이날 상서가 들어와 문안을 드리는데 화씨가 어머니를 모시고 앉아 길복을 짓는 것을 보고 깊이 헤아렸다.

'저가 무슨 까닭에 투기와 패악을 부리지 않고 혼례 치장을 스스로 준비하는가?'

또한 그 슬픈 빛을 보고 한 조각 은정으로 애틋하게 여겼다.

혼례 날이 되어 양참정이 네 아들과 함께 오니 양부인이 아버지를 받들어 자리를 정했다. 장차 시각이 다 되어갔다. 소씨는 화씨가 자신을 욕함을 그르게 여겼으나, 화씨가 몹시 설워하는 것을 보고 한편으로는 경망하고 속 좁음을 마땅찮게 생각하면서도 한편으로 애처롭게 여겨 가만히 타일렀다.

"오늘 어머니께서 반드시 그대에게 아우의 옷을 입히라 하실 것이니 만에 하나라도 언짢은 일을 하지 말게."

화씨가 고맙다고 인사를 하면서 소리 내 울었다. 부인이 화씨를 불러 관복을 입히라고 하자 명을 받고 나아가 옷을 받들며 시중을 들었다. 이때 소씨가 눈길을 흘려 그 행동거지를 살피니 화씨가 얼굴이 흙빛이 되어 고름과 띠를 매는데 손이 떨려 쉽게 하지 못하니 그윽이 애달프게 여겼다.

석씨와 혼인하다

상서가 관복을 다 입은 뒤 모인 사람들에게 하직하는데 부인이 처량히 감격하고 슬퍼하며 눈물을 흘리니 상서 또한 맑은 눈물을 머금었다. 예법에 맞는 차림새와 격식을 갖추어 석씨 집에 이르러 전안奠雁, 혼례 때 신랑이 신부 집에 기러기를 가지고 가서 상 위에 놓고 절하는 예하고 신부가 교자에 오르기를 기다렸다. 석소저가 일곱 가지 보석으로 화려하게 단장하고 덩에 오르니 상서가 순금 자물쇠로 덩의 문을 잠그고 말에 올랐다. 칠왕과 팔왕 두 제후가 요객繞客, 혼인 때 가족 중에서 신랑이나 신부를 데리고 가는 사람이 되고 만조백관이 십 리에 늘어섰다. 무수히 수행하는 무리가 좌우에 가득하여 서로 어깨가 맞닿아 포개지고 티끌이 해를 가릴 정도니 그 풍요롭고 화려하며 성대함을 이루 다 기록할 수 없었다.

자운산에 이르니 중당에 혼례 준비가 성대하게 마련되어 있었다. 신랑 신부가 예를 마친 뒤 동방洞房에 나아가 자하상紫霞觴, 술잔의 일종에 담긴 술을 나누어 마시는데, 남자의 풍채와 여자의 용모가 서로 비추어 구슬 꽃과 옥 나무가 서로 대한 듯 부부의 재주와 자질이 뒤처짐이 없으니 과연 이른바 삼생의 깊은 인연이며 하늘이 정한 좋은 짝이었다. 모든 사람들이 공경하고 감복하며 매우 놀라고 의아하여 칭찬해마지않았다. 상서가 동방에 돌아가 잠깐 눈을 들어보니, 신부의 외모가 눈이 부시도록 찬란하여 넋이 놀라 움직일 듯했다. 숨을 길게 쉬고 생각했다.

'세상에 어찌 이런 사람이 있는가? 내가 고독한 몸으로 다만 맹광 같은 이를 구했는데 뜻밖에 이런 미인을 얻으니 이는 길조가 아니다. 저번에 서모가 나를 유인하여 보일 때는 윤씨 누이와 비슷하더니 그사이 어찌 이렇게 빼어나게 아름다워졌는가?'

이처럼 신부의 수려한 용모를 도리어 기뻐하지 않았다. 이날 밤을 함께 지냈으나 상서의 기색과 행동이 위엄스러워 원앙 한 쌍이 푸른 물에서 노니는 듯한 부부 사이의 다정함이 없으니 그 뜻은 대개 석소저의 자색이 몹시 빼어나게 아름다워 한 조각의 삼가고 검소한 마음이 놀라고 불편했기 때문이었다.

다음날 시어머니를 뵙고 사당에 배알하는 예를 행하는데 귀빈들이 구름 같았다. 부인이 화씨를 불러 타일렀다.

"여자의 마음이 오늘 같은 날을 좋게 여길 수 있겠냐만 이미 엎질러진 물과 같으니 못마땅해도 어찌겠느냐? 그대 성정이 넓지 못하여 전부터 근본 없는 투기가 잦아 경에게 책망을 받더니 이제 과연 다른 부인을 만나게 되었구나. 매사가 사람의 힘으로 미칠 바가 아니니 어찌 투기와 패악으로 이로울 길이 있겠느냐? 너무 지나치다고 여긴 까닭에 일부러 여러 가지로 나무랐지만, 경박해도 오히려 시어미 공경할 줄은 아니 이로써 다른 죄를 다 용서할 것이다. 오늘 연회 자리에 귀빈이 모이니 참을 수 있을 것 같으면 참여하고 참지 못할 것 같으면 깊이 들어가 여러 사람의 비웃음을 받지 말거라."

화씨가 눈물을 머금고 절하여 사례하고 말했다.

"어머님께서 소첩의 죄를 용서하시고 이렇게 가르쳐주시니 첩이 어

찌 받들어 행하지 않겠습니까? 기색이 불안할지라도 어머님을 모시고
성대한 연회에 참여하겠습니다."

부인이 가엾게 여기며 말했다.

"그대가 만일 참는다면 이는 복이 될 것이다."

화씨가 침소로 물러나와 눈물을 비처럼 흘리며 스스로 세상에 머물
러 살아 있음을 원망했다. 소씨가 들어와 아름다운 말로 위로하고 또 웃
으며 말했다.

"나는 평생 마음에 품은 뜻을 숨기지 않았네. 저번에 그대가 나를 이
유 없이 꾸짖고 욕해도 원망하지 않았으나 그대가 여자의 행실을 안다
고는 못할 것이네. 처음에 나 또한 석씨를 보고 인연을 맺고 싶은 뜻이
적지 않았으나 이제 경의 아내가 되고 나니 문득 새사람이 생소하고 그
대가 친숙하며 두 조카를 돌아보면 더욱 살갑다네. 그대가 말과 얼굴빛
을 편안하게 하여 첫째 부인의 몸가짐을 가지면 손님들도 일컫기를 첫
째 부인은 덕이 있고 둘째 부인은 색이 있다 찬양하겠지만 그렇지 못하
면 모든 칭찬이 신부에게 돌아갈 것이니 무엇이 좋겠는가? 거듭 생각해
보게. 내 뜻이 진심이나 그대는 분명 속여 달래는 말로 알 것이네."

화씨가 감사 인사를 할 뿐 다른 말이 없었다. 소씨가 화씨와 함께 단
장을 하고 연회 석상에 나아갔다. 화씨는 젊고 고운 얼굴이 은은하고 자
연스러운데 찬 기운과 매몰찬 기상이 눈 위에 핀 겨울 매화 같고, 소씨
는 탐스럽고 깨끗하여 금빛 화분에 핀 모란과 가을 물에 뜬 연꽃 같았
다. 이때 양부인의 양녀 윤씨는 유한림 부인이 되어 있었다. 또한 단장
을 갖추고 우아한 자태로 연회에 참석하니 세상에 드문 품격과 외모가
소씨와 더불어 앞을 다툴 만했으나 오히려 곱고 아리따운 태도는 한층
더했다. 이 세 사람의 용모와 자태가 자리에 가득히 밝게 빛나니 손님들
이 칭찬해마지않았다.

"양부인은 양녀까지 저토록 기특하며 소상서 첫째 부인 또한 요즘 보

기 힘든 미인이로구나."

이윽고 신부가 나와 폐백을 마치고 단장을 새로 고친 후 시어머니께 술잔을 올렸다. 다만 보니, 얼굴빛은 흰 연꽃 같고 눈썹은 먼 산 같으며 맑은 눈동자는 밝은 별 같고 두 뺨은 복숭아꽃 같으며 붉은 입술은 앵두 같고 몸가짐은 신중하고 행동은 민첩하며 키와 풍채가 거리낄 곳이 없어 사람으로 하여금 정신을 잃고 마음을 황홀하게 하니 한번 바라보고는 얼굴빛을 고쳐 공경했다. 윤씨와 소씨의 하늘이 내린 특별한 용모도 이에 비하면 빛을 잃었고 화씨는 더구나 활짝 핀 모란에 시든 진달래가 나란히 있는 것 같았다. 모인 사람들이 크게 놀라고 양부인께 다투어 축하의 말을 했다.

"우리가 무슨 행운인지 월궁에 이르러 항아를 구경하오니 평생의 영광이요, 복입니다. 화부인의 절묘함과 소부인의 탐스러움, 윤부인의 깨끗함만으로도 비슷한 이가 없을 듯했는데 신부는 오히려 배나 더하니 이 어찌 소상서의 복과 부인의 경사가 아니겠습니까?"

부인이 겸손히 사양하며 말했다.

"제가 번화에 뜻이 없었는데, 못난 자식의 누추한 얼굴을 보고 외람되게도 재상가에서 연달아 구혼하시니 재취는 바라던 바가 아니었으나 어찌 다행스럽고 기쁘지 않겠습니까? 다만 세상에 혼자 남아 경사를 보니 마음이 마디마디 끊어지는 듯합니다. 도리어 슬픔을 이기지 못하겠습니다."

말을 따라 눈물이 옷에 뚝뚝 떨어지니 주위 사람들이 다 슬퍼하며 위로했다.

종일 즐기고 잔치를 마친 후 신부의 숙소를 벽운당으로 정했다. 숙란
소저가 침소에 돌아가 저고리에 치마 차림을 단정히 하고 촛불을 마주
하고 있었는데 문득 석파가 들어와 웃고 말했다.

"소저가 나를 올바르지 못하다고 하시더니 이제는 평생 떠나지 못하
게 되었습니다."

앉아서 이야기하며 상서를 기다렸으나 그림자도 보이지 않았다. 괴
이하게 여겨 시녀에게 나가보게 하니 돌아와 알렸다.

"서당에도 안 계시니 녹운당에 가 계신가싶습니다."

석파가 믿지 않고 의심하니 석소저가 천천히 말했다.

"아주머니가 나와 자면 되는 것을 어찌 번거로이 굽니까?"

석파가 이에 함께 갔으나 상서가 오지 않은 것을 매우 이상하게 여겼
다. 이날 화씨는 연회 석상에서 신부의 빛나는 외모를 보고 정신이 아찔
할 정도로 놀라 생각했다.

'과연 상서의 배필이로구나. 진실로 듣던 것보다 더하다.'

이렇게 생각하니 마음이 참담했으나 그 자리에서는 겨우 참았다. 침소에 돌아와 상서의 발걸음이 아주 끊어지리라 생각하고 치장한 것을 벗고 서안에 엎드려 박명한 자기 신세를 슬퍼했다. 그러다가 설움과 애달픔이 한꺼번에 솟아나 가슴이 막히니 정신이 혼미해져 의식을 잃었다. 뜻밖에 상서가 들어와 화씨가 엎드려 있는 것을 보고 전처럼 투기하는 것인가싶어 혼자 침상에 올랐으나 화씨가 전혀 움직이지 않았다. 성격이 조급하여 자결한 것인가 걱정되어 옷의 띠를 고쳐 매고 다가가 연이어 불렀으나 대답이 없었다. 직접 붙들어보니 의식이 없었다. 다급히 살펴보니 특별한 점은 없으나 손발이 얼음 같고 기절한 상태였다. 시녀에게 약을 물에 풀게 하여 몸소 먹이니 한참이 지나 숨을 내쉬며 정신을 차렸다. 그러나 귀밑으로 눈물을 잇달아 흘리며 상서가 온 것을 전혀 모르고 입으로 중얼거렸다.

"깊은 규방에 버려진 몸이 되어, '오경五更. 새벽 세시에서 다섯시에 일어나니 닭이 세 번 우네. 첫새벽부터 「백두음白頭吟」을 읊네'* 같은 일을 당했으니 '호박琥珀 베개는 놔둬야지. 혹시 꿈속에 올 때가 있으리니'**를 읊어야 겠구나."

상서가 시녀에게 명했다.

"부인의 이런 모습이 밖으로 새나가게 하지 마라."

유모를 불러 화씨를 자리에 눕혀 쉬게 하고 자기도 옷을 풀고 나아가 잤다. 한참 뒤에 화씨가 정신을 차려 한숨을 쉬고 탄식하니 상서가 심히 가련하게 여겨 나아가 말했다.

"남편이 다른 부인 얻는 것은 예삿일이오. 내 비록 석씨를 취했으나

---

* 오경(五更)에 ~ 읊네: 이백의 「백두음」의 한 구절. 「백두음」은 한나라 탁문군이 지은 악부(樂府)이다. 남편 사마상여가 무릉(茂陵)의 여자를 첩으로 들이려 하자 이 노래를 지어 헤어질 뜻을 밝히므로 상여가 그만두었다. 뒤에 여러 시인들이 이를 소재로 「백두음」을 지었다.
** 호박(琥珀) ~ 있으리니: 이백의 「백두음」의 한 구절.

어머니의 명을 받은 것이요, 그대를 매정하게 대한 적이 없는데 어찌 이렇듯 지나치신가? 부인이 오늘 신부의 외모를 보고 백두白頭의 탄식나이들어 버림받은 여인의 탄식을 두려워하는가싶으니, 내가 비록 나이 젊고 못나도 미색을 밝히는 무리는 아니오. 모름지기 상심하지 말고 나의 나중 대접이 공평한지 한 여자에 치우치는지 보시오."

화씨가 묵묵히 대답하지 않았다. 그러다 상서가 왔음을 비로소 깨닫고 놀랍고 이상해 고개를 돌려 기색을 살피며 거듭 의아해했다. 상서가 그 뜻을 눈치채고 엄숙하고 정중하던 태도를 약간 풀고 그 팔을 만지고 웃으며 말했다.

"부인이 내가 들어온 것을 의심하니 내가 바로 소생이라. 아내의 방에 오는 것이 이상하오? 부인이 덕을 닦으면 검은 머리 희어질 때까지 함께 늙을 것이오."

이내 사랑스러워하고 소중히 여기며 또 상냥하고 다정히 굴어 지극한 은정이 마음에서 우러나니 예전보다 더 자상하고 부드러워 화씨가 반신반의했다. 은하수가 서쪽으로 기울고 새벽닭이 아침을 알리며 종루鍾樓 거리에서 시간을 알리는 북소리가 크게 울렸다. 세수하고 부부가 함께 아침 문안을 드리러 가니 신부는 이미 문안하고 물러간 뒤였다.

부인이 상서를 보고 웃으며 말했다.

"오늘 신부는 일찍 왔는데 너는 한방에서 잤으면서 어찌 뒤처졌느냐?"

상서가 어머니의 잘못 알고 계신 것을 보고 대답하려는데 부인이 다시 말했다.

"네가 이제 요조숙녀를 만났으나 새사람만 좋게 여기고 미색을 중히 여긴다면 화씨가 가련할 것이다. 군자가 부녀를 거느릴 때는 공평함이 상책이다. 모름지기 사마상여처럼 신의 없는 행동을 하지 말고 옛정을 거두지 마라. 또한 화씨에게는 두 아들이 있고 당당히 정비의 지위가 있으니 혹시 사사로운 정은 석씨에게 있을지라도 모든 대접을 존중히 하여 처음 부부가 된 의리를 온전히 하는 것이 옳다. 내 아이는 모름지기 이 홀어미가 수고로이 가르치는 것을 헛되이 듣지 마라."

상서가 듣고 그 교훈이 이렇듯 정대함에 감동해서 두 번 절하여 명을 받들고 손을 모으고 감사 인사를 드렸다.

"어머니의 가르침이 이러하시니 제가 설령 화씨에게 정이 없더라도 억지로 따를 것인데 더구나 조강지처요, 처음 만난 아내이니 무단히 버리겠습니까? 삼가 어머니의 분부를 받들 것입니다."

부인이 마음속으로 매우 흐뭇하게 여겼다. 날이 밝자 젊은 부인네들이 단장을 하고 취성전에 모이니 꽃 같은 용모와 달 같은 자태가 구슬발 사이에 영롱했다. 석소저도 금 허리띠에 옥 장식을 달고 일곱 가지 보석을 드리워 나아왔다. 그윽하고 곧으며 조용한 기질과 요조하고 현철한 태도가 소씨와 윤씨 두 사람보다 열 배는 나으니 화씨에게야 더욱 비교가 되겠는가. 부인이 아름다움을 참지 못해 그 옥 같은 손을 잡고 말했다.

"그대가 출중한 풍채와 태도로 내 슬하에 이르니 늙은이의 기쁨과 슬픔을 이루 다 헤아리지 못하겠구나. 화씨 또한 맑고 조용한 여자이니 형제처럼 화목하고 우애하거라."

석소저가 명을 받고 절하여 감사를 드린 후 자리에 앉으니 꽃다운 기질이 볼수록 새로웠다.

두 부인을 공정하게 대접하다

상서가 이날 서당에서 밤이 깊도록 옛 역사를 읽으며 신방에 돌아가기를 잊고 있으니 석파가 나와 재촉했다.

"혼례를 치른 지 사흘이 채 되지 않았는데 홀로 지낼 생각이 나십니까?"

상서가 미소를 짓고 대답하지 않았다. 석파가 재촉해마지않으니 상서가 서모가 염려하는 것을 보고 천천히 벽운당으로 갔다. 신부는 긴 겉옷을 벗고 저고리와 치마 차림에 화관花冠이 비스듬히 기울어진 채로 옥침대에 기대 있었는데 봉황 장식 관 아래 아름다운 용모가 더욱 깨끗했다. 상서가 마음속으로 칭찬하고 이상하게 여기며 생각했다.

'이같이 어리고 약한 여자를 두고 석공이 혼인을 그토록 서둘렀는가? 이미 내 집 사람이 되었으니 장성하기를 기다려야겠다. 어린 여자와 즐기는 것은 옳지 않다.'

이렇게 여러 날이 지났다. 석소저의 주고받는 말이며 행동거지며 도리를 차리고 처신하는 것이 나이든 부인이라도 미치지 못할 정도였다.

또한 양부인 섬기기를 그림자가 따르듯 하여 아침저녁으로 진지를 올릴 때 몸소 상을 받들고 청소하며 아침에 베개와 자리를 걷고 황혼에 이부자리를 펴드렸다. 일마다 겸손하고 총명하며 공손하니 부인이 지극히 사랑했고 상서가 더욱 아름답게 여기며 공경했다. 하루는 화씨가 취성전에 들어갔는데 석소저는 가녀린 옥 같은 손으로 부인의 이부자리를 깔고 상서는 돗자리를 펴며 침상을 바로 하여 나란히 저녁 문안을 드리고 있었다. 화씨가 마음이 불편하여 한참이나 서서 보았지만 두 사람이 다 눈을 나직이 하고 입을 열지 않아 서로 손님 같았다. 화씨는 의심스러워하며 자신의 처소로 돌아왔다.

이럭저럭 한겨울이 지나고 다음해가 되었으나 상서는 조금도 치우치는 일이 없고 갈수록 공정하여 한 달에 열흘은 화씨에게, 열흘은 석씨에게 있고, 열흘은 서당에 있으니 위엄 있고 단정함이 한결같았다. 집안사람들은 처음에는 '화씨에게 정이 박할 것이다' 생각했고 석씨를 취하고서는 '쇠나 돌 같은 마음이라도 녹아떨어져 반드시 귀중히 대하고 기뻐할 것이다' 생각했다. 그러나 뜻밖에도 상서가 미색을 중요하게 여기지 않고 천성이 너그럽고 공정하여 화씨와 석씨 두 사람을 사랑하는 것이 똑같고 화씨에게 가권을 다 맡기니 사람마다 공경하고 감복하는 것을 넘어 도리어 괴이하게 여겼다. 양부인은 만족하여 한껏 기뻐했고, 화씨 또한 한을 품을 이유가 없는데다 상서의 엄숙한 기색에 속마음을 내보이지도 못하여 처음의 투기가 적이 사그라지니 사이좋게 지내려 힘썼다. 그러나 석파와 석소저를 보면 자연히 얼굴색이 변하고 노여워하니 석파는 모르는 체했고 석소저는 뜻을 낮추어 공경하기를 부인 버금으로 했다. 상서가 그 유순함을 더욱 공경하고 사랑했으나 조금도 내색하지 않았다. 또한 화씨와 어려서 만난 정이 있고 자식을 사랑하여 정이 중하게 이끌렸으나 다른 사람들은 그 깊이를 알지 못했다.

석씨가 처녀인 것이 알려지다

하루는 석파가 석씨와 함께 난간에 나와 매화를 구경했다. 석씨가 앵무새를 데리고 놀려고 금실로 짠 새장을 여는데 문득 팔뚝 위에 주점朱點*이 앵두 같으니 석파가 크게 놀라 물었다.

"소저야, 알지 못하겠다, 앵혈鶯血, 주점이 어찌 그대로 있느냐?"

소저는 눈썹 사이에 부끄러움을 머금고 붉은 입술에 흰 치아를 약간 드러내며 미소를 짓고 답을 하지 않았다. 석파가 정신이 어지러워 말했다.

"마땅히 상서에게 따져 물어야겠다."

석씨가 바야흐로 말했다.

---

* 주점(朱點): 정조(貞操)를 쉽게 판별하기 위해 미혼 여성의 팔에 찍는 붉은 점. 특수한 재료를 사용하기 때문에 성관계를 하기 전에는 지워지지 않는다고 하나 물론 사실이 아니다. 중국에서는 수궁(守宮)이라는 전갈류의 벌레에게 주사(朱砂)를 먹여 키운 후 찧어 그 즙을 바른다고 하여 수궁사(守宮砂)라 부르고, 우리나라에서는 꾀꼬리의 피를 바른다고 하여 앵혈(鶯血)이라 부른다.

"아주머니는 어찌 이렇게 경망하게 행동하여 남의 비웃음을 사려 합니까?"

석파가 듣지 않고 바로 서당에 나오니 상서는 손님을 보내고 들어오는 길이었다. 청하여 앉은 후 숨을 헐떡이니 상서가 잠깐 맑은 눈을 들어 서모의 기색이 창황함을 보고 괴이하게 여겨 물으려 할 때 석파가 먼저 물었다.

"첩이 오늘 사사로이 드릴 간절한 말이 있으니 낭군께 답을 듣고자 합니다."

상서가 환히 깨달아 대답했다.

"무슨 말입니까?"

석파가 말했다.

"낭군이 석부인을 얻으시니 마음이 어떠하십니까?"

상서가 말했다.

"석씨가 부녀자의 행실이 있으니, 내 집 사람이 되어 사납지 않으면 가장이 기뻐할 만하지요. 구태여 물어야 아시겠습니까?"

석파가 말했다.

"그 말대로라면 낭군이 석부인을 싫어하지 않으시는 것인데 어찌 동실지락同室之樂, 같은 방을 쓰는 즐거움. 즉 부부간의 즐거움이 드뭅니까?"

상서가 말했다.

"그것은 본래 내 뜻입니다. 그리고 한 달에 열흘을 들어가니 어찌 동실지락이 드물다 하십니까?"

석파가 웃으며 말했다.

"다른 말은 그만두고 석부인의 옥 같은 팔뚝에 앵두가 변하지 않았으니 이것이 매우 괴이합니다. 어찌 후대하는 것이겠습니까?"

상서가 웃고 말했다.

"서모의 말씀이 어찌 이리 가소롭습니까? 비록 무례하고 거만하더라도 잠깐 말씀드리겠습니다. 부부는 인륜의 큰 마디요, 고금에 통하는 도리입니다. 서로 공경하고 아낄 따름이니 어찌 상친相親, 서로 친함. 여기서는 남녀의 육체 관계을 서두르겠습니까? 뜻이 화합하여 금슬琴瑟과 종고鐘鼓의 즐거움부부가 화목한 즐거움을 이루는 것은 구태여 앵혈이 있고 없고로 말할 수 있는 것이 아닙니다. 하물며 석씨는 나이가 어리고 기질이 너무 맑아 내 마음이 스스로 불안한 것이니 어찌 박대하는 뜻이 있겠습니까? 서모는 모름지기 염려치 마십시오."

석파가 대답했다.

"상서의 말을 어찌 믿습니까?"

상서가 또한 웃고 말했다.

"제가 비록 어질지 못하나 거짓말은 하지 않습니다."

석파가 말했다.

"전일에 화부인도 십사 세에 들어오셨는데 어찌 석부인만 홀로 어립니까?"

상서가 말했다.

"석씨는 십삼 세가 아닙니까?"

석파가 말했다.

"작년에는 십삼 세였으나 벌써 새해가 되었으니 십사 세입니다."

상서가 서모의 조급함을 보고 일부러 부채질하며 말했다.

"나이가 찰수록 점점 마음이 차가운 재 같아서 여색에 더욱 관심이 없어지니 괴이합니다."

석파가 크게 근심하며 일어나 취성전에 이르니 소씨와 윤씨 등이 부인을 모시고 있었다. 석파가 나아가 부인께 전후 사정을 고하니 부인이 웃고 말했다.

"내 아들은 천성이 공손하고 검소하며 뜻이 관대하니 무슨 까닭으로 석씨를 박대하겠느냐? 석씨가 어린 것을 염려하는 것이니 오래지 않아 앵혈이 없어질 것이다."

여러 사람이 모두 웃고 물러났다.

술을 마시고 석씨와 동침하다

상서가 하루는 조회에 참석하고 오는 길에 칠왕을 만났다. 칠왕이 상서를 데리고 석공의 집에 이르러 참정과 함께 술상을 차리게 하고 친히 잔을 잡아 상서에게 권했다. 상서가 사양하며 말했다.

"신이 어려서부터 술 한 잔도 마시지 못하니 사랑하여 권하심을 제대로 받들지 못합니다. 대왕은 용서하소서."

칠왕이 웃고 말했다.

"상서는 구태여 사양 말고 이 잔만 들게."

상서가 억지로 받아 먹었다. 칠왕이 바야흐로 취하여 상서를 붙들고 괴롭게 권하니 두어 잔을 마셨다. 상서의 주량이 본래 적은 것은 아니었지만 그동안 마음을 가다듬고 도학에 전념하느라 술을 먹지 않았기 때문에 오늘 연이어 먹고는 취기를 이기지 못했다. 옥 같은 얼굴에 술기운이 오르니 눈 덮인 산에 붉은 복숭아꽃이 핀 듯, 연꽃 같은 귀밑과 흐르는 별 같은 눈매와 봉황 같은 아름다운 눈은 몽롱하게 풀어지고 머리의 오사모烏紗帽는 사람의 기운을 따라 살짝 기울어졌다. 그러나 상서는 오히려 엄숙하고 단정하며 혹시 바르지 못할까 염려하여 넓은 소매 사이로 옥 같은 손을 내어 모자를 어루만져 바로잡았다. 또 자리에 위엄이 없을까 의심하여 옷과 띠를 고치고 무릎을 쓸며 단정하게 앉으니 늠름한 정신과 서리 같은 골격이 당대의 정인正人이요, 고금의 군자였다. 칠왕이 술 마시는 것을 멈추고 공경하며 기이하게 여겼고, 석공 또한 한없이 사랑하고 흐뭇해했다.

한참 뒤에 자운산에 돌아오니 술이 심하게 취하고 정신이 흐릿하여 잠깐 서당에서 쉬고 부인을 뵈었다. 부인이 일찍이 생의 얼굴빛이 변한 것을 보지 못하다가 오늘 술기운이 선명하고 눈이 감기는 것을 보니 비록 사랑하는 마음이 크지만 수행이 부족한가 언짢아서 심하게 책망하며 말했다.

"네가 비록 아비 없이 어미 아래 있으나 사람의 마음이 있을 것이고, 이제 작위가 높고 나이가 스물이 넘어 매사에 어리석지 않을 때이거늘 어찌 나갔다가 들어와 외당에 머물며 어미 보기를 게을리하고 술을 취하도록 먹어 바르지 않은 거동을 감히 내 눈앞에 보이는 것이냐? 빨리 나가 들어오지 마라."

상서가 크게 놀라고 또 황공하여 머리를 숙여 죄를 청할 따름이고 물러나지 않으니 윤씨가 나아가 노여움을 풀어드리고자 말했다.

"상서가 비록 그릇했으나 무단히 취한 것이 아닙니다. 칠왕 전하가 먹이시니 어찌 사양하겠습니까? 바라건대 용서해주소서."

부인이 다시 말했다.

"제 벼슬이 예부의 상서이니 관직에 있을 때 엄숙하고 바르게 행동했다면 칠왕이 어찌 함부로 보채셨겠느냐? 이는 본인이 못난 것이다."

상서가 층계에 엎드려 한마디도 못했다. 소씨 등이 여러 번 애걸하니 부인이 바야흐로 용서하며 말했다.

"만일 다시 그릇하면 결단코 용서하지 않을 것이다."

상서가 머리를 조아려 죄를 인정하고 모시고 앉아 있다가 저녁 문안을 마치고 벽운당으로 갔다. 석씨가 단장을 하고 촛불 그림자 아래 있으니 태도가 새삼 신이하고 하늘의 향기가 온몸에 가득했다. 자기도 모르게 사랑하는 마음이 일어나 함께 원앙 이불 속으로 나아가니 그 깊은 애정은 산이나 바다도 가벼울 정도였다.

다음날 아침에 양부인께 문안을 마치자 부인이 두 딸에게 투호를 하게 하고 화씨와 석씨에게 화살을 줍게 했다. 석씨는 상서가 자리에 있는 것을 보고 새삼 부끄러워하며 머뭇거렸다. 윤씨는 매우 영민한 여자여서 문득 기색을 눈치채고 투호를 버리고 쌍륙판雙六板, 쌍륙은 여러 사람이 편을 갈라 차례로 두 개의 주사위를 던져서 나오는 사위대로 말을 써서 먼저 궁에 들어보내는 놀이을 들어 석씨에게 승부를 내자고 재촉했다. 석씨가 마지못해 승부를 겨루나 전혀 흥미 없어하니 윤씨가 웃고 말했다.

"석부인이 우환을 만난 사람 같구나. 알지 못하겠다, 무슨 일이 있는가?"

석씨가 묵묵히 대답이 없으니 석파가 웃고 말했다.

"요사이 낭자가 부모님을 그리워하느라 시름하십니다."

윤씨가 낭랑하게 크게 웃고 말했다.

"서모가 잘못 아셨습니다. 내 생각에 석씨의 근심은 팔뚝 위의 앵혈 때문인가 합니다."

좌우 사람들이 의아해하는 와중 소씨가 석씨의 팔을 빼보니 앵혈이 흔적도 없었다. 소씨가 웃고 말했다.

"과연 어머니 말씀이 옳구나. 어제 있던 것을 오늘 없게 하니 아우가 과연 능하다 하겠다."

자리에 있던 사람들이 손뼉을 치고 웃으며 놀려마지않았다. 상서는 오직 밝은 눈동자를 잠깐 들어 소씨를 보고 잠시 후 가만히 웃으며 말했다.

"앵혈은 규수에게나 있는 것이니 혼인한 사람은 없는 것이 정상입니다. 어찌 이상하게 여기십니까? 소제는 그 뜻을 알지 못하겠습니다."

소씨와 윤씨가 웃고 말했다.

"규수에게나 있는 것이 석씨에게 있어 괴이했는데 홀연 없어지니 이상하지 않겠는가?"

상서가 미소 지으며 대답하지 않았고 석씨는 온 얼굴 가득히 부끄러워하며 머리를 숙이고 말을 하지 않았다.

이로써 상서가 두 부인과 부부의 즐거움을 이루었다. 일 년이 지나 석씨가 잉태하여 아들을 낳았다. 상서가 기뻐했고 양부인도 외아들이 여러 아들을 둔 것을 보고 환희하여 시름을 잊고 지내니 소씨와 상서가 더욱 효도했다.

부인들이 백화헌에서 즐기다

하루는 소씨와 윤씨가 백화헌에 갔는데 상서는 마침 나가고 없어 서헌이 고요했다. 두 사람이 꽃과 버들을 구경하다가 시녀를 시켜 이파, 석파와 화씨, 석씨를 불렀다. 네 사람이 모두 오니 소씨가 시종들에게 소나무 정자 아래 용문석을 깔게 하고 벌여 앉아 술과 안주를 내오게 했다. 석씨는 술을 먹지 못하나 소씨와 윤씨가 강제로 권하여 억지로 한 잔을 먹으니 아름다운 얼굴빛이 눈부시게 찬란했다. 석파가 흐뭇하여 사랑스러워하다가 문득 술기운에 흥이 나 팔을 걷고 일어나 말했다.

"첩이 오늘 옥 같은 미인들의 잔치 자리에 잔을 올려 심부름하는 아이 노릇을 하겠습니다."

소씨가 웃으며 농담을 했다.

"조금 미안하지만 술을 부어 오시면 사양하지 않겠습니다."

석파가 크게 웃고 먼저 한 잔을 부어 소씨 앞에 가서 치하하며 말했다.

"부인이 십사 세에 한씨 집안에 들어가 어사의 방탕함을 만났지만 기색과 행실이 맑고 여유로워 마침내 방탕한 남자를 감동시키고 옥 같은 자녀를 좌우에 두시니 태임과 태사의 덕인들 이보다 더하겠습니까?"

소씨가 웃고 말했다.

"서모가 나를 어린아이 조롱하듯 대하십니다."

석파도 웃고 대답했다.

"첩은 진심입니다."

소씨가 기분좋게 잔을 기울이니 석파가 또 윤씨에게 나아가 위로하고 잔을 바치며 말했다.

"부인은 하늘이 내려준 우아한 자질이 사람들 중에 빼어나시니 윤평장의 천금 같은 따님이십니다. 가운이 불행하고 운수에 액이 있어 호랑이 굴에 빠지셨으나 하늘의 도가 밝게 살피셔서 지난날의 유하혜 같은 소상서를 만나 부모 원수를 갚으시고, 소씨 집안의 양녀가 되어 은혜와 사랑을 철석같이 받으셨습니다. 또한 풍류 있고 총명한 유학사를 맞아 아름다운 공자를 연이어 낳으시고 사당을 세워 부모 제사를 이으시니 효녀와 열부의 도리를 나란히 이루신 것을 감탄하나이다."

윤씨가 듣고 나자 맑은 눈에서 구슬 같은 눈물이 연꽃 같은 귀밑에 연이어 떨어졌다. 흐느끼며 말했다.

"서모의 말씀을 들으니 첩의 마음이 새롭습니다. 박명한 인생이 오라비를 만나지 못했다면 벌써 저승에서 주검이 되었을 것이니 이 은혜를 삼생에 어찌 갚겠습니까?"

좌우 사람들이 슬퍼하니 소씨가 위로하며 말했다.

"지난 일을 말해봐야 속절없고 오늘은 형제가 모여 즐기는 날이니 아우는 마음을 넓게 가지시게."

윤씨가 슬픔을 거두었다. 석파가 잔을 들고 다시 나아가 말했다.

"첩의 말 한마디로 낭자가 그리 슬퍼하시니 사죄하겠습니다. 그러나 유학사가 소저를 크게 아끼셔서 잠시라도 떨어지지 않는다고 하기에 첩이 하룻밤 가서 엿보았습니다. 과연 낭군의 단정한 성품으로도 소저의 아리따운 자태를 대할 때는 단정하고 엄숙하지 못하여 이리 달래고 저리 비시니 과연 우스웠습니다. 이씨가 먼저 웃기에 첩이 말리는데 낭군이 갑자기 창을 열어보시니 첩 등이 급히 벽 틈에 엎드렸다가 왔나이다."

사람들이 다 웃었고 윤씨도 웃으며 대답했다.

"서모는 잊지도 않으십니다."

석파가 크게 웃었다. 또 잔을 부어 화씨에게 나아가 말했다.

"부인은 화평장의 사랑하시는 따님으로 명문가의 뛰어난 숙녀이십니다. 나이 어려서 소씨 가문에 들어오셨으나 덕행이 마황후馬皇后와 등황후鄧皇后*를 압도하시고, 재주는 반희班姬, 후한 때 여성 시인 반소(班昭), 사도온과 우열을 다투며, 용모는 장강莊姜과 반비班妃**보다 뛰어나십니다. 이 같은 재덕과 용모에 하늘이 살피시고 땅이 복록을 두터이 하시어 젊은 나이에 예부상서의 첫째 부인이 되시고 상서의 은총을 독차지하시어 신선 같은 아이들을 좌우에 두셨으니 진실로 천만 사람이 흠모하고 추앙할 바입니다. 첩의 입과 혀가 둔하여 오히려 다 형언하지 못하겠습니다."

화씨가 속으로 석파를 미워하는 것이 골수에 사무칠 정도였는데 오늘 잔을 들고 앞에 와 조롱하는 것을 보자 발끈하여 얼굴색이 변하며 말했다.

"서모의 말씀이 첩을 흙이나 나무처럼 여기는군요. 비록 어리지만 사람의 마음은 서로 같은 것인데 이렇게 비웃고 놀리는 것은 너무 심하지 않습니까? 서모가 본디 첩을 깊이 미워하시니 친한 척 거짓으로 꾸며

---

* 마황후(馬皇后)와 등황후(鄧皇后): 후한 때 명제(明帝)의 비(妃)였던 명덕마황후(明德馬皇后)와 화제(和帝)의 비였던 화희등황후(和熹鄧皇后). 어진 후비로 유명하다.
** 장강(莊姜)과 반비(班妃): 장강은 춘추시대 위 장공(衛莊公)의 비이고 반비는 한 성제(漢成帝)의 후궁 반첩여(班婕妤)이다. 아름답고 덕행이 있는 후비의 대명사다.

수고롭게 권하지 마시고 댁의 조카와 더불어 치하하십시오."

석씨는 듣고 나서 팔자 모양의 눈썹을 숙이고 구름 같은 머리를 낮추어 아무렇지 않은 듯 침착하게 있었고, 석파는 무안하여 사죄하며 말했다.

"첩이 어찌 감히 부인을 조롱하겠습니까? 진심에서 나온 말에 이렇게 화를 내시니 말이 가벼웠던 것을 자책합니다."

화씨가 쌀쌀맞게 웃으며 말했다.

"서모가 어찌 이런 말씀을 하십니까? 첩에게 미움을 받을지언정 상서에게 숙녀를 얻어주는 것이 옳다더니 자책함이 있겠습니까?"

소씨가 천천히 말했다.

"오늘 우리가 모여 실컷 즐기고자 하는데 동생은 어찌 불평한 말을 하는가? 서모가 우연히 희롱한 것인데 어찌 문득 노하여 화목한 분위기를 잃겠는가?"

윤씨 또한 말리니 화씨가 화를 풀었다. 또 석씨가 불편해하는 것을 보고 바야흐로 진심을 말했다.

"첩이 감히 서모를 헐뜯으려는 것이 아니라 마음 가운데 간절한 회포가 맺혀 세월이 오래되어도 풀리지 않아 저절로 말끝에 나온 것입니다. 소첩이 아름답지 못한 기질로 군자의 아내 소임을 독차지하는 것이 외람한 줄 스스로 알았으나, 소씨 문중에 의지한 후부터는 만족할 줄을 몰랐습니다. 지아비와 시어머님의 대접이 과분하고 첩이 또 하늘의 덕으로 두 아들까지 얻으니 더욱 믿는 바가 생겨 눈앞에 다른 사람의 자취를 보지 않을 줄 알았습니다. 그러나 뜻하지 않게 서모가 낭군의 철석같은 마음을 달래 석씨를 천거했습니다. 만일 지아비가 당초부터 다른 뜻이 있어 거리낌 없이 함부로 행동했다면 서모가 비록 석씨를 천거한들 어찌겠습니까만, 단정한 남자를 달래 요조숙녀로 낭군의 백년해로할 부인을 얻어주셨습니다. 석씨는 진실로 상서의 좋은 짝으로 첩이 미치지 못합니다. 상서가 만일 믿음을 가벼이 여기고 의리를 멸하여 새로운 사람을 좋아했다면 첩이 빈방에서 「백두음」을 읊지 않았겠습니까? 다행히 상서의 높은 뜻이 군자가 남긴 기풍을 이어 석씨 같은 숙녀가 있어도 아녀자의 마음을 살펴 예전처럼 대접해주십니다. 이로써 마음을 놓았으나 만약 그렇지 않았다면 첩의 평생이 무너졌을 것이니 서모와 원수가 되지 않았겠습니까? 이러므로 말이 어그러지고 거칠어졌으니 첩의 잘못입니다. 석씨는 부녀자의 인정과 도리로 바라는 바가 지아비뿐이니 어찌 미워하겠습니까? 또한 첩을 지나치게 공경하니 첩이 미안하고 또 감격하여 평생 동기같이 화목하게 지내기를 원하니 석씨를 한하는 것이 아닙니다."

윤씨가 웃고 말했다.

"그대 말이 옳으나 엎질러진 물과 같으니 매사에 너그럽게 생각하는 것이 상책이다."

화씨는 아무 말이 없었고, 석파는 재삼 사죄하고 웃으며 말했다.

"첩이 차례로 하다가 어찌 석부인께만 치하하지 않겠습니까?"

드디어 가마우지 모양의 술구기를 들고 나아가 말했다.

"부인은 석상서의 하나뿐인 딸로 존귀함이 황녀에 버금가거늘, 난초 같은 자질로 태사 같은 성녀의 기풍을 이어 열세 살 청춘에 소상서의 아내가 되었습니다. 여인의 네 가지 덕에 흠잡을 것이 없고 양부인을 공경하고 정성스럽게 섬기니 숙녀요, 효부입니다. 만고에 뛰어나신 것을 칭찬하나이다."

석씨가 두 눈썹을 움직이고 얼굴빛이 엄하여 한마디 말도 하지 않고 억지로 잔을 받아 입술에 댔다가 즉시 물려 시녀에게 주었다. 원래 석씨는 석파가 말이 많고 사람을 희롱하는 것을 마땅치 않게 여겼으나 말하기가 좋지 않아 옷깃을 바로잡고 바르게 앉아 있을 뿐이었다. 그 준엄함과 단정함이 어찌 화씨가 여러 말로 꾸짖는 사나움에 비기겠는가. 사람으로 하여금 공경하는 마음이 일어나게 하니 석파의 굳셈과 능란함으로도 부끄러운 얼굴로 물러나고 소씨와 윤씨 두 사람 또한 두려울 정도였다. 이윽고 상서가 손님을 데리고 들어오니 모든 부인이 흩어졌다.

석씨가 친정에 돌아가다

이날 황혼에 석파가 석씨의 거처에 갔는데 석씨가 본 체도 하지 않으니 기색이 더욱 매서웠다. 석파가 마침 물으려 하는데 상서가 문득 들어와 촛불을 대하니 석파가 웃으며 말했다.

"첩이 오늘 용납받지 못할 죄를 지었습니다."

상서가 말했다.

"무슨 일이십니까?"

석파가 대답했다.

"낮에 네 부인이 백화헌에 가서 경치를 구경하는데 제가 우연히 실언하여 화부인의 책망을 받았습니다. 또 석부인은 무슨 일로 노하셨는지 말이 없으시니 이 어찌 용납받지 못할 죄가 아니겠습니까?"

상서가 듣고 말했다.

"화씨가 이치에 어긋난 것도 그르거니와, 서모가 석씨와 전일에는 허물없는 친족이었지만 이제는 그렇지 못하니 어찌 말하지 않는 일이 있겠습니까? 연소하여 사리를 모르는 것일 뿐입니다."

석파가 장난으로 말하다가 상서가 심하게 책망하는 것을 듣고 도리어 웃고 말했다.

"이는 첩의 헛소리입니다. 석부인이 연소하다고 사리를 모를 리 있습니까? 이치에 통달하고 의젓하기로는 나이 많은 낭군보다 백배 낫습니다."

상서가 크게 웃고 대답하지 않았다.

석파가 돌아간 후 상서가 석씨를 그윽이 보니 앉고 눕는 데 불편한 빛이 맺혔고 눈썹 위에 근심이 가득하여 혹 노여워하고 혹 탄식하며 한하는 듯 근심하는 듯 마음에 품은 것이 만 갈래나 되는 듯하니 천천히 물었다.

"부인이 우환의 빛이 절실하니 집안에 무슨 일이 있는가?"

석씨가 대답했다.

"보잘것없는 자질로 귀댁의 은택을 입어 일신이 평안하니 다른 한이 없으나 부모를 그리워하는 마음 때문에 화평한 기운이 사라지니 다른 이유는 아닙니다."

원래 석소저는 재상 가문의 딸로 사람 밑에 있어본 적이 없었다. 하루아침에 소씨 집안에 들어와 화씨의 능멸과 천대를 받으나 한결같이 화평한 듯이 지내고 공손하기를 힘썼다. 모임 자리에서 불편한 말을 듣고 일생이 괴로움을 슬퍼하며 참지 못하는 중에 석파가 화씨의 인품을 알면서도 자기를 상서와 인연 맺게 한 것을 더욱 괴이하게 여겨 밤새도록 억울하여 자지 못했다. 다음날 아침에 부인께 잠깐 친정에 돌아가 부모님을 모시겠다고 청하니 허락하였다. 거처에 돌아와 시녀를 시켜 상서께 친정에 돌아감을 알리니 상서 또한 허락했다. 석씨가 환희하며 집에 돌아와 부모를 뵈니 일가가 기뻐하고 석생 등은 어지럽게 놀리고 웃으며 말했다.

"상서가 너를 보낼 때 빨리 오라고 간청하더냐? 더군다나 아이는 어찌 떠나보내더냐?"

석씨가 다만 희미하게 웃고 입을 열지 않았다. 십여 일이 지났으나 상
서가 오지 않으니 진부인이 의심하고 걱정되어 물었다.

"전에 석파가 왔을 때는 소상서가 조회 가는 길에 일부러 와서 보고
가더니 어찌 네가 온 뒤에는 종적이 아주 끊어져 아이도 찾지 않느냐?"

석씨가 천천히 대답했다.

"그 사람은 다른 사람과 같지 않으니 제가 거기 있을 때도 낮에 방에
들어오는 것을 보지 못했고 여러 사람이 있는 때는 말을 거는 법이 없
습니다. 한 달에 열흘을 들어오지만 말을 할 때가 드무니 여러 오라버니
들의 화려함과는 크게 다릅니다. 어찌 소녀를 찾아오겠습니까?"

진부인이 듣고 크게 놀라며 말했다.

"이것이 어찌된 말인가? 분명 소상서가 너를 박대하고 화씨에게 은정
이 온전한 것이로구나."

석씨가 웃고 말했다.

"제가 비록 어리석으나 어찌 지아비 뜻을 모르겠습니까? 진실로 저와
화씨를 차별하는 것이 아니라 천성이 여자와 한방에 있거나 아무 때나
출입하며 이야기 나누는 것을 싫어하니 박대하는 것이 아닙니다."

부인이 머리를 흔들며 말했다.

"그렇지 않다. 여색을 싫어한다는 것은 사연이 있다는 것이다. 머리를
깎고 승려가 되어 모든 생각을 끊고 깊은 산에 들어가 도를 닦으며 처
자를 두지 않는 것이 이른바 여색을 싫어하는 것이다. 몸에 오사모를 쓰
고 자줏빛 예복을 걸치고 옥으로 된 허리띠를 하고 붉은 목화木靴를 신
고 손에 아홀牙笏을 잡은 사람이 모든 일은 보통 사람과 같으면서 오직
부인의 침소에 들어가는 것만 드물게 하니 이것이 박대가 아니면 무엇
이겠느냐? 비록 수행하는 승려라도 너 같은 숙녀를 보면 족히 마음이
움직일 텐데 이같이 푸대접을 하니 어찌 괴물이 아니겠느냐? 당초 석파

의 부추김에 너의 일생을 그릇되게 했으니 다 나의 죄구나."

석씨가 재삼 그렇지 않다고 말했으나 진부인은 곧이듣지 않고 괴로워했다. 석공도 듣더니 의심하고 염려했으며 형제들도 모두 이상하게 여기니 이것은 이른바 제비와 참새 같은 작은 인물이 기러기와 고니 같은 큰 인물의 뜻을 알지 못하는 것과 같았다.

이십 일 뒤에 소상서가 공적인 일을 의논하러 석씨의 집에 이르렀다. 석공이 맞아 인사를 나누고 말했다.

"그대가 요사이 내 집에 오지 않으니 무슨 까닭이라도 있는가?"

상서가 말했다.

"자연히 일이 많고 조회하러 가는 길도 매번 바빠 문 앞을 지나쳤습니다."

석공이 웃고 말했다.

"그대가 뛰어난 풍채와 태도로 내 사위가 되니 나는 밤낮으로 사랑하여 하루라도 보지 못하면 삼 년 같거늘 그대는 나의 정을 모르고 박정함이 심하다."

상서가 감사하며 말했다.

"외아들로 어머니를 모시는 처지에 공무까지 첩첩 쌓여 있으니 한가하지 못한 것입니다. 어찌 사랑하시는 정을 모르겠습니까?"

석공이 기쁘게 웃으며 상서의 손을 이끌고 내당에 들어갔다. 진부인이 맞아 인사를 나누는데 상서가 사모를 숙이고 고집스럽게 공경하니 부인이 더욱 원망했다. 석공이 좌우 사람들에게 소저를 불러오게 하니 소저가 핑계를 대고 오지 않았다. 석공이 웃고 말했다.

"그대가 딸아이와 함께한 지 삼 년이 되었고 자식까지 있는데 부끄러워하며 핑계를 대고 사양하는 것은 어째서인가? 그대가 나와 들어가보는 게 어떠한가?"

상서가 말했다.

"명대로 하는 것이 어렵지 않으나 어머니를 뵙는 것이 늦었으니 다른 날 다시 오겠습니다."

석공이 듣지 않고 이끌어 소저의 침소에 데리고 오니, 석씨가 놀라 일어나 맞았다. 자리를 정한 후 석공은 나가고 진부인이 가만히 엿보았다. 두 사람 다 눈을 낮추고 태도가 엄숙하여 조금도 부부가 친밀히 사랑하는 빛이 없었다. 오래도록 말이 없다가, 한참 만에 석씨가 상서의 기색을 눈치채고 마지못해 부끄러움을 머금고 먼저 말했다.

"첩이 자운산을 떠난 지 오래입니다. 그사이 어머님 건강은 어떠한지요?"

상서가 대답했다.

"한결같이 평안하십니다. 다만 아이를 보고 싶어하시니 내일 보내시지요."

말을 마치고 일어났다. 진부인이 이후로 근심하고 애달아서 병이 되니 석씨는 어머니의 조급함을 민망해하며 여러 가지로 위로했다. 이후로 상서가 오더라도 늘 외당에서 석생 등과 한담하다가 돌아가고 매번 바쁘다고 하며 내당에 들어가지 않았다.

여씨와의 혼인이 정해지고 석씨가 길복을 짓다

추밀사樞密使 여운이 아들 셋에 딸 넷을 두었는데, 둘째 딸이 용모가 아름답고 재주가 민첩하니 여운이 사랑하여 좋은 사위를 고르고 있었다. 상서 복야 소경이 당세에 영웅으로 군자의 풍모가 있으니 그에게 마음이 기울어 셋째 부인으로라도 기꺼이 보낼 생각이었으나 소경이 듣지 않을까 염려했다. 천자가 소경에게 상대부上大夫의 지위를 더하자, 여운이 이때를 틈타 자신의 친조카인 후궁 여귀비를 통해 조용히 천자에게 청을 넣었다. 천자가 여귀비의 청을 들어주기로 하고 소경을 불러 말했다.

"짐이 들으니 경이 세 부인을 갖추지 않았다는구나. 추밀사 여운의 딸이 숙녀의 기풍이 있다 하니 특별히 중매하여 경의 셋째 부인으로 정하려 한다. 경의 뜻은 어떠한가?"

상서가 사양하며 말했다.

"신이 폐하의 은혜를 지나치게 입어 관직이 외람되게 높은 것이 송구스러운데 또 명문가의 규수와 혼인하라 하시니 어찌 외람하지 않겠습니까? 하물며 집에 아내가 있으니 폐하가 주신 숙녀에게 욕이 될 것입니다. 명령을 거두어주시기 바랍니다."

천자가 웃고 말했다.

"경은 고집하지 말고 짐을 저버리지 마라. 옛말에 임금이 내려주신 것은 개나 말이라도 공경한다 했으니 하물며 숙녀와의 혼인을 어찌 과하게 사양하겠는가?"

상서가 비록 기쁘지는 않았지만 천자의 은혜가 융숭한 데 감격하여 황명을 감사히 받고 돌아와 어머니께 고했다. 양부인이 크게 놀라 말했다.

"네가 이미 두 아내를 두고 어찌 또 아내를 취하느냐? 또 여씨는 여귀비의 친척이라 혼인을 맺는 것이 불가한데 어찌 사양하지 않고 모호하게 물러났느냐?"

상서가 고했다.

"제가 어찌 번거로운 일을 구하겠습니까마는 천자의 명이 급하시고 뜻이 이러하시니 진실로 사양하지 못했습니다."

양부인이 눈살을 찌푸리며 주저했고, 상서 역시 내키지 않았다. 그러나 날짜를 택하여 혼례를 올리게 되니 중춘仲春 초열흘이었다. 겨우 열흘이 남았으니 두 집에서 혼례 복식과 의장을 격식 있게 갖추고 백 대의 수레로 여씨를 맞아 자운산 장현동에 들어와 대청 가운데서 교배交拜했다. 신부의 꽃 같은 용모와 달 같은 자태는 모란이 소나기에 젖은 듯 가을 달이 안개 낀 하늘에 비스듬히 떠 있는 듯했다. 풍만하고 깨끗한 것은 화씨보다 나은 데가 있으니 온 집안이 다 기뻐했으나, 부인은 조금도 기쁜 빛이 없고 상서는 불행하게 여겼으니 이유를 알 수 없었다.

석씨가 친정에 갔다가 몇 달 뒤에 돌아오니 모두 반기고 새삼 사랑했다. 이 때문에 화씨가 자주 앙심을 품고 헐뜯는 일이 많았으나 석씨가 한결같이 온순하게 대하므로 핑계를 댈 것이 없었다. 뜻밖에 상서가 여씨와 혼인을 하게 되어 날짜가 임박했는데 화씨는 신랑의 길복을 전혀 짓지 않았다. 양부인이 화씨와 석씨 두 사람에게 똑같이 시켰으나 화씨는 핑계를 대고 짓지 않았고, 석씨는 화씨가 있는데도 혼자 도맡는다고 시비할까 두려워 짓지 못했다. 혼인 날짜가 임박하니 양부인이 상서의 옷을 점검하려 옷을 가져오라고 했다. 두 사람이 서로 바라보며 대답을 못하다가 한참 후에 화씨가 대답했다.

"소첩은 둔한 재주로 손님을 접대하는 번거로운 일을 하고 있어 만들지 못했습니다."

석씨는 잠자코 대답하지 않으며 말을 꾸며내지 않았다. 양부인이 발끈하여 얼굴색이 변하면서 말했다.

"아무리 못되고 투기하더라도 시어미 말을 듣지 않는단 말이냐? 다시 이런 행실 없는 일이 있으면 결코 용서하지 않겠다. 화씨는 이유가 있다고 하니 석씨가 빨리 가져다가 옷을 지어 내일 입을 수 있게 해라."

석씨가 명을 받들고 비단을 거두어 자기 방에 돌아오니 석파가 와서 탄식하며 말했다.

"낭자야, 이런 힘든 지경에 처했으니 그 연약한 마음이 편하리까? 내일까지 미처 끝내지 못할 것이니 첩이 돕겠습니다."

석씨가 가만히 웃고 말했다.

"첩은 여러 벗을 만나겠다싶어 다행으로 생각하니 어찌 괴롭겠습니까? 재주가 둔하지만 기한 내에 여유 있게 마칠 것입니다. 서모가 길복을 짓는 것은 마땅치 않으니 모름지기 염려 마십시오."

석파가 칭찬해마지않으며 탄복하고 돌아갔다.

상서가 이날 석씨 방에 들어와 석씨가 온화한 빛으로 촛불 아래에서 길복을 짓는 것을 보고 마음속으로 칭찬하고 공경했지만 각별히 신경 쓰지 않고 먼저 침상에 올라 누웠다. 석씨는 이미 여러 가지 화려한 옷을 지어 시녀에게 맡기고 자신은 촉 땅의 비단을 끊어 흉배를 수놓아 관복에 붙이니 첫닭이 울었다. 이에 어머니께 아침 문안을 드리러 갔다. 상서가 석씨의 신기한 바느질 솜씨를 기이하게 여기고 한편으로는 감동하여, 평소에는 아침 문안 후 바로 외당으로 나갔으나 이날은 일부러 어머니 방 창밖에서 안부를 묻고 벽운당에 돌아와 석부인을 보려 했다. 석씨가 먼저 돌아와 겉옷을 벗고 누워 쉬려다 뜻밖에 상서가 들어오니 크게 놀라 급히 일어나 앉아 옷을 입으려 했다. 상서가 홀연히 곁에 와 앉으며 옥 같은 손을 잡고 말했다.

"평안히 쉬는 것이 옳은데 어찌 일어나는가?"

상서가 손을 잡고 즐겁게 대하는 것을 보고 석씨가 크게 부끄러워 옥 같은 얼굴이 붉게 물드니 정묘한 광채가 휘황찬란하여 심신이 요동했다. 그러나 상서는 정인군자로 그 외모에 반한 것이 아니라 마음에 감탄한 것으로, 촛불을 멀리하고 장막을 치고 친밀하게 사랑함이 평생 처음이었다. 부부 두 사람이 공경하며 사랑하는 것이 서로 어긋나지 않았다. 상서가 비록 이렇게 석씨를 사랑하나 여자의 뜻을 살피고 떠보는 행동은 하지 않으므로 끝내 여씨를 얻는 이야기를 꺼내지 않았다.

혼인날의 풍경

다음날 아침 정당에 사람이 모였다. 양참정이 웃고 말했다.

"오늘은 석씨가 경의 길복을 받들어 입혀라."

석씨가 두 번 절하고 명을 받아 관복을 받들고 먼저 양부인에게 보여
드렸다. 부인이 매우 놀라 크게 칭찬하며 말했다.

"내가 비록 화씨가 그르다고 여겨 석씨에게 맡겼으나 어찌 혼자서 하
룻밤 사이에 다시 지을 줄 알았겠느냐? 게다가 바느질이 신묘하니 사람
이 할 수 있는 바가 아니구나. 소약란蘇若蘭의 직금도織錦圖*라도 이에 미치
지 못할 것이다."

소씨와 윤씨가 나아가 펴보고 칭찬해마지않으니 석파가 기뻐하고 즐
거워하며 부인께 아뢰었다.

"알지 못하겠습니다, 만약 오늘 길복을 다 못 지었더라면 상서가 여씨

---

* 직금도(織錦圖): 전진(前秦) 두도(竇滔)의 처 소혜(蘇蕙)가 유사(流沙)로 쫓겨난 남편을 그리
워하며 비단에 회문시(廻文詩)를 짜서 보냈다. 첩으로 인해 변심한 남편의 마음을 돌리기 위해
서였다는 이야기도 있다.

를 취하지 않는 것입니까?"

부인이 웃고 말했다.

"두 며느리를 얻을 때 지은 길복이 있으니 파혼할 이유는 없다. 그러나 경이 보잘것없는 여느 신랑과 다르고 게다가 나의 외아들이니 어찌 낡은 옷을 입혀 보내겠느냐? 그러므로 석씨를 시킨 것이니 혹 못 끝내면 옛것을 입히려 했다."

부인이 석씨를 칭찬했다. 시각이 다다라 석씨가 옥 같은 손으로 길복을 받들자 모든 사람의 눈이 일제히 석씨에게 쏠렸다. 석씨는 가을 물 같은 맑은 눈동자를 나직이 하고 소상서에게 옷을 입힌 뒤 침착하게 물러나니 기색이 아무렇지도 않은 듯 자연스러웠다.

사람마다 칭찬했으나 양부인과 소씨는 말이 없으니 양참정이 웃고 물었다.

"내 딸은 이미 나이도 많고 원래 투기를 하지 않으나, 손녀딸은 나이가 젊어 투기하는 마음이 반드시 있을 게다. 오늘 손자며느리 석씨의 어진 덕을 보면 분명 칭찬하고 탄복할 것인데 한마디 기리는 말이 없느냐?"

소씨가 공손히 자리를 피하여 아뢰었다.

"무릇 여자란 다른 사람에게 굽혀야 하는 것이니* 유순함이 큰 덕입니다. 소녀 생각에 사람이 지아비에게 혼자 총애를 받고 모든 일을 독차지하고자 하면 그 탐욕이 무궁하여 그칠 줄을 모릅니다. 모든 일이 하늘의 명이니 한 사람의 화와 복도 다 하늘이 정하신 것입니다. 악랄한 여후는 척희를 사람 돼지로 만들었으나 후세 사람들이 침 뱉고 꾸짖을 따름이요, 태사는 삼천 후궁을 형제같이 여기고 백여 명의 자식을 친자식

---

* 무릇~것이니: 「대대예기大戴禮記」에 '부인은 사람(남자)에게 복종하는 자이다(婦人伏於人 也)'라는 구절이 있다.

처럼 대하셨으나 후세에 쓸데없는 일을 했다는 말을 듣지 않았습니다. 소녀가 이에 생각하기를 지아비가 여러 아내를 취하면 정실로서 마음을 평안히 하고 오직 행실을 맑게 닦아 남에게 부끄러움을 보이지 말아야 합니다. 길복을 안 짓는다고 그 혼인이 성사되지 않겠으며 불평한 기색을 보인다고 들어올 사람이 안 들어오겠습니까? 세상 여자들이 일의 이치를 모르고 한갓 투기와 악언으로 칠거지악을 저지르고 시부모께는 불순하며 지아비와는 다투어 화목함을 잃으니 실로 그 뜻을 모르겠습니다. 투기를 한다는 것은 지아비를 아끼고 다른 부인을 미워한다는 것입니다. 불미스럽고 사나운 말로 지아비를 비난하여 은정이 어그러지면, 미워하는 여인은 총애를 받고 자신은 투기하는 여자란 이름을 얻으며 부녀자의 유순한 덕을 저버리게 되고 마음은 상하여 단명할 징조를 만들게 되니 어찌 가소롭지 않겠습니까? 설사 지아비가 나를 사랑하여 취했던 부인들을 다 버리고 나만 온전히 은애하더라도 마음속으로는 반드시 편협하게 여길 것이니 이렇다면 비록 화락한들 어찌 부끄럽지 않겠습니까? 이런 일을 모르고 다만 '다른 부인을 없애고 지아비의 뜻이 단정하여 사랑이 내게 돌아왔'고 생각하는 자는 온갖 염치를 다 잊고 그저 총애만 구하는 것이니 어찌 더럽지 않겠습니까? 다만 지아비가 기생집에 다녀 방탕하고 패려하여 체면을 잃으면 사리로 직간할 것이요, 집에서 기생을 모으거든 옷과 음식을 후하게 주고 평안히 머물게 하되 거만하거나 무례하게 굴지 못하게 하여 기생 무리가 감히 자기 방에 들어오지 못하게 하고, 기생이 만일 자식을 낳으면 지아비의 골육을 지녔으니 또한 천대하지 말고 난간에 앉혀야 할 것입니다. 오늘 석씨가 태연한 것은 정상입니다. 불평을 해도 여씨는 들어올 것이니, 평안하게 있으면 다른 사람이 예사로 보겠지만 불안해하면 둘째 부인으로서 어찌 그른 행실이 아니겠습니까? 이러므로 소녀는 다만 염치 있는 사람으로 알 뿐 각별히 탄복하지 않은 것입니다."

양공이 듣고 크게 기특하게 여겼다. 시녀를 시켜 외당에서 한어사를 불러오게 한 뒤 웃으며 말했다.

"네가 무슨 복으로 이 같은 숙녀를 얻었느냐? 내 손녀는 오늘날의 태사라. 네가 문왕이 아닌데 어찌 태사를 아내로 두었느냐?"

한어사가 웃고 말했다.

"무슨 일이기에 상공께서 새삼 희롱하십니까?"

석파가 전후 사정을 자세히 전하니 어사 또한 탄복했으나 일부러 이렇게 말했다.

"부인의 말은 다 투기하는 말입니다. 겉으로 분명히 드러나지 않아 상공이 모르고 들으신 것이지 자세히 살피면 투기 중에서도 으뜸으로 흉한 투기입니다."

자리에 있던 사람들이 모두 크게 웃었다. 소씨는 가만히 웃고 대답하지 않았다.

이때 소상서도 함께 자리에 있었으나 한마디 말도 않고 있다가 모든 사람이 기뻐 웃는 것을 보고 붉은 입술에 옥 같은 이를 비치며 간간히 미소 지었다. 한어사가 그 손을 잡아 양부인께 아뢰었다.

"이제 악모께서 신부를 데려올지라도 이렇게 단정한 체하는 신부는 없을 것입니다. 자문아, 조정에서는 상쾌하고 엄숙하여 전혀 이렇지 않더니 어찌 집에만 있으면 이토록 얌전하냐?"

상서가 바야흐로 잠깐 놀리며 말했다.

"어느 사람이 형같이 부모 앞에서는 모진 기운을 드날리고 관직에 나아가서는 아랫사람에게는 종종걸음을 치며 공손하겠습니까?"

한어사가 손뼉을 치며 크게 웃고 다시 말했다.

"네가 공손한 것은 그렇다 치지만 두 제수씨에게 굴복하는 것이 옳으냐? 나는 처자에게 엄숙한 것이 마치 서리와 눈 같다."

상서가 대답했다.

"소제는 본래 못나서 집에 있을 때 엄숙하지 못합니다. 그런데 저번에 보니 형님이 운취각에서 누님께 '백만 번 잘못했으니 용서하라'고 비시던데 알지 못하겠군요, 그때는 서리와 눈이 녹았더랍니까?"

좌우 사람들이 한꺼번에 박수치며 웃으니 한어사가 상서의 등을 치고 크게 웃으며 말했다.

"네가 진실로 나의 못난 모습을 점점 드러내는구나. 너와 함께 말을 겨루다간 나의 앞길이 모두 곤란해질 테니 다시는 겨루지 않겠다."

상서가 말했다.

"소제가 어찌 감히 형의 앞길을 방해하겠습니까? 옳은 말을 하는 것뿐입니다."

한어사가 말했다.

"그 말이 더 나쁘다. 네 말이 헛소리라고 해야 내게 방해가 되지 않을 것 아니냐?"

상서가 비로소 옥 같은 얼굴에 웃음이 가득해 천천히 웃으니 화평한 기운이 햇빛을 가릴 정도였다. 양참정과 양부인이 한없이 흐뭇해했다.

여씨와 혼인하다

장차 날이 기우니 여씨 집에 가서 신부를 맞아왔다. 용모는 아름다웠으나 부인과 상서가 기뻐하지 않은 것은 바르지 못한 마음을 꿰뚫어 보고 놀랐기 때문이었다. 날이 저물자 신부의 숙소를 청운각으로 정했다. 상서가 생각했다.

'비록 어질지 않지만 편벽하게 대하는 것은 옳지 않다.'

생각을 정하고 신방에 가 지냈다. 석파가 벽운당에 가니 석씨는 아이를 품에 안고 침상 위에서 단잠이 한창이었다. 석파가 혀를 차고 나오며 말했다.

"신선 같은 낭군을 남에게 보내고 어떻게 잠이 오는가? 진실로 굳고 단단한 여자로다."

녹운당에 이르니 화씨는 눈썹에 근심이 잠겨 원망하는 빛이 가득했다. 석파를 보고 두 줄기 눈물을 흘리며 말했다.

"전에는 첩이 서모를 원망했는데 오늘은 황상을 통한합니다. 만승지주萬乘之主. 만 대의 수레를 가진 큰 나라의 황제. 천자면 나라나 잘 다스릴 것이지 신하에게 음란한 행실을 하게 하니 머지않아 죽을 것입니다."

석파가 위로하고 돌아와 그 인품이 전혀 다른 것을 안타까워했다.

닭이 울 때 석씨가 일어나 세수하고 시녀에게 정당에 가보게 했다. 시녀가 돌아와 고했다.

"소씨, 윤씨 두 부인과 상공은 가 계시지만 화부인과 신부는 아직 안 가셨습니다."

석씨가 다시 말했다.

"네가 가서 보고 두 부인이 다 가시거든 나에게 일러라."

이는 사람들이 혹 겨룬다고 할까 두렵고 칭찬할까 괴로워서였다. 매사에 겸손하고 공경하며 꾸밈없음이 이와 같으니 양부인과 상서가 지극히 공경하고 귀중히 대접했다. 상서가 세 부인을 두고는 한 달에 열흘은 서당에 있고 여드레는 화씨에게, 엿새는 석씨에게, 또 엿새는 여씨에게 머무니 집을 질서 있게 다스리는 것이 이와 같았다. 평소 화씨와는 말을 주고받아 한 달에 두어 번은 대화가 있었으나 이는 다름이 아니라 화씨가 도리에 어긋나고 조급한 것을 경계하다보니 자연히 대화가 된 것이었다. 석소저는 행실이 상서와 서로 어긋남이 없고 또 부족함이 없어 피차 말이 없었고, 여씨는 새로 만난 사람이라 다만 후대할 따름이었다.

양부인은 아들이 집안을 잘 다스리는 것을 더욱 아름답게 여겼고 본인 또한 며느리를 고르게 거느렸다. 비록 마음속으로는 석씨를 기이하게 여기고 사랑했으나 나타내는 법이 없었고, 화씨는 비록 경술하나 그 마음이 맑고 높아 부녀의 기품이 있고 또 여러 아들이 있으므로 자못 중하게 여겨 그른 일이 있으면 즉시 일러 고치게 하고 친딸같이 사랑했다. 이러므로 화씨와 석씨 두 사람이 정성이 지극하여 시어머니를 북두성같이 바라보고 태산같이 믿어 효성이 두터우니 집안의 행실이 엄숙하여 어지러움이 없고 위아래 할 것 없이 화목함이 가득했다. 그러나 오직 여씨는 모든 사람이 겉으로 좋게 대하지만 속으로는 늘 화씨와 석씨를 으뜸으로 여기니 이것은 곧 소씨 집안의 사람들이 모두 신의를 크게 여겨 나중에 온 사람을 낮게 보기 때문이었다. 석씨 또한 지극한 덕과 높은 행실이 아니었다면 어찌 화씨와 대등하게 일컬어졌겠는가.

여씨는 상서의 발걸음이 드문 것을 그윽이 염려했다. 상서가 본래 여색을 멀리하는 줄 모르고 다만 두 부인에게 빠져 자기를 멸시하는 것인가 싶어 요사스럽고 교활한 생각이 샘솟았다. 여러 달이 지나자 여자의 행실을 잊고 밤중에 분주히 두 부인의 방을 몰래 살피니 이파와 석파가 낌새를 채고 상서의 귀에 모호하게 전했다. 상서가 비록 알아들었으나 스스로 생각하기를,

'내 눈으로 직접 보기 전에는 발설하거나 믿지 않을 것이다'

하여 듣고도 못 들은 척했다.

화씨는 여씨가 온 이후 석씨의 현철함과 공순함을 깨달아 화목하게 지냈다.

부인들이 부용정에서 연꽃을 구경하다

시간이 흘러 여름 유월 보름이 되니 연못에 오색 연꽃이 활짝 피어 향기를 다투었다. 화씨가 시녀와 함께 부용정에 가서 두 부인을 청하니, 여씨가 먼저 오고 석씨는 석파와 함께 왔다. 석씨의 눈 같은 이마는 차가운 달 같고, 눈썹은 버들 같으며, 가을 물 같은 눈은 맑디맑아 샛별의 정기를 띠었다. 두 뺨은 복숭아꽃이 아침 이슬을 토하는 듯하고, 붉은 입술은 단사丹沙를 바른 듯 밖으로 고운 것을 자랑하고, 초나라 옥을 깎은 듯한 흰 치아는 안으로 빛나 고움을 뽐냈다. 윤기 나는 귀밑머리는 향유를 바르지 않아도 거울처럼 빛이 흐르고, 봉황의 날개 같은 어깨와 초나라 궁녀처럼 가는 허리로 발걸음을 가볍게 옮기니 아름답고 고와 온몸에서 빛이 뿜어져 나오는 듯했다. 붉은 비단 치마를 끌고 금실로 수놓은 적삼을 입고 칠보로 장식한 부채를 들고 난간에 오르니, 몸에서 나는 향기가 연꽃의 향기를 물리치고 광채가 어지러워 좌우를 비췄다. 마치 구름을 쓸어버리고 태양을 마주하며 그믐밤에 야명주夜明珠를 비춘 것 같아서 수려하고 깨끗함이 비길 데가 없었다.

가까이 모신 사람들이 눈을 떼지 못하고 탄복했고, 화씨와 여씨도 어린 듯 취한 듯했다. 한참이 지나 화씨가 비로소 말했다.

"오늘 우연히 연못에 와 부인과 함께 아름다운 경치나 즐기고자 했는데 이제 보니 어찌 말도 없고 예쁘지도 않은 연꽃을 보겠는가? 벽운당에 가 부인을 구경함이 낫겠군요."

석씨가 웃고 감사하며 말했다.

"첩도 연꽃을 보려 했으나 자꾸 미루게 되었는데 형님께서 불러주신 덕분에 경치를 감상하여 다행입니다. 어찌 지나치게 추어올리셔서 첩의 부끄러움을 돋우십니까?"

화씨가 낭랑하게 웃고 석씨와 함께 붉은 구슬이 달린 신을 끌고 연못에 가서 연꽃을 꺾어 물결을 희롱했다. 화씨가 말했다.

"이 연꽃이 매우 기이하여 진홍색, 분홍색, 백색, 황색, 청색이 있구나. 예로부터 연꽃은 홍색과 백색 두 가지뿐인데 어찌 오색이 있는가?"

석파가 탄식하고 말했다.

"우리 돌아가신 처사께서 배를 타고 유람하여 남해에 가셨을 적에 바다 가운데 섬이 있고 섬가에 오색 연꽃이 피어 있었습니다. 처사께서 기특하게 여기셔서 연밥을 꺾어 돌아와 못을 파고 심으셨습니다. 다섯 해만에 꽃이 피어 해마다 번성하니 처사가 매우 사랑하셔서 유리로 못가를 두르고 와룡담 물을 이리로 끌어 물길을 깊게 한 뒤 정자를 지었지요. 이 꽃이 있는 것을 남에게 말하지 않고 종일토록 이곳에 와 지내셨습니다. 이런 까닭에 부인과 상서가 차마 이 연못을 볼 수 없어 항상 잠가두셨으니 부인들이 이제야 보시는 것입니다."

세 사람이 듣고서 기특하고 귀하게 여겼다. 머리를 들어 정자의 제액題額을 보니 청옥으로 된 판에 붉은 글자로 '금련오채하화정金蓮五彩荷花亭'이라 쓰여 있었다. 필법과 먹의 광채가 날고 춤추는 듯하여 용과 뱀이 놀라는 것 같았다. 화씨와 석씨 두 사람이 공경하고 탄복함을 이기지 못해 물었다.

"서모, 이것은 시어머님의 필법입니까?"

석파가 대답했다.

"이는 우리 돌아가신 처사가 쓰신 것입니다."

두 사람이 흠모하고 탄복해마지않았다. 상서가 부친의 책과 시를 차마 볼 수 없어 깊이 간수하고 또 취성전과 서당 벽에 쓴 글을 다 가려두었기 때문에 두 사람이 보지 못하다가 이날 보고 다 놀란 것이었다. 석씨가 다시 말했다.

"이 연꽃이 비상하여 보통 연꽃과 다르고 꽃잎이 무궁하여 송이가 특별히 크니 이른바 요지瑤池. 서왕모가 사는 못의 연꽃 같은 종류인가봅니다. 알지 못하겠으니, 꽃이 일찍 핍니까?"

석파가 말했다.

"한여름에 피어 늦가을에 집니다."

석씨가 좌우로 바라보니 옛 자취가 완연하여 사람의 마음에 사무치는 것이 있었다. 길게 한탄하고 화씨에게 말했다.

"어머님께서 깊이 잠가두신 것이라면 첩 등이 한가롭게 노닐기에 좋지 않은 듯합니다. 채련정에 가 홍백 연꽃을 보는 것이 낫겠습니다."

화씨가 그 말을 따라 채련정에서 향기로운 차와 과일을 내와 즐겼다. 석씨의 행동거지가 일마다 남보다 뛰어나니 여씨가 마음속으로 언짢아하며 생각했다.

'이 사람이 있으면 상서가 나를 총애하지 않을 것이다.'

날이 늦어 모두 흩어지니 석파는 여씨 침소에 가서 이야기를 나누었다. 여씨가 물었다.

"석부인은 진실로 하늘에서 귀양 온 신선 같으십니다. 상공께서 애중함이 가볍지 않을 듯합니다."

석파가 바야흐로 취해 실언하는 줄도 모르고 말했다.

"석부인은 당대의 숙녀이니 양부인께서 더욱 사랑하십니다."

이렇게 말을 하고 있을 때 석씨가 시녀를 시켜 석파를 찾았다. 석파가 즉시 벽운당에 와서 웃으며 말했다.

"나를 왜 불렀습니까? 내가 아까 청운당에서 그대의 은총을 자랑하고 있었습니다."

석씨가 농담인가 하여 웃고 물었다.

"뭐라고 하셨습니까?"

석파가 앞뒤 이야기를 자세히 이르니, 석씨가 정말인 것을 알고 정색하며 말했다.

"서모가 넘치고 제멋대로인 것이 어찌 이토록 심합니까? 첩이 서모로 인해 실로 해롭습니다."

석파가 웃고 말했다.

"어째서 해롭습니까?"

석씨가 대답했다.

"여럿이 모여 있는데 놀리면서 칭찬하시니 두 부인이 화평하다가도 서모의 말씀에 화가 나서 화평한 기운이 사라지고 말에 불평함이 많습니다. 청컨대 이후에는 그른 일이 있든 어진 일이 있든 친척을 편들지 말고 내버려두시면 두둔해주시는 것보다 감사하겠습니다."

석파가 손뼉을 치며 크게 웃고는 대답했다.

"나를 가장 괴로워하시니 이제는 노인이 마른 입술과 늙은 이를 봉하고 간섭하지 않겠습니다."

소저가 대답했다.

"괴롭다는 것이 아니라 사리대로 따르자는 것입니다."

석파가 웃기를 그치지 않았다.

여씨가 다른 부인들의 침실을 엿보다

이날 밤에 여씨가 녹운당에 가서 엿보니, 화씨는 두 아들을 앞에 두고 데리고 놀고 시녀는 병풍 밖에서 대기하고 있었다. 상서가 들어오다가 난간 아래 이르러 여씨가 엿보는 것을 보고 몹시 놀라고 이상하게 생각했으나 본 체하지 않고 들어가 화부인과 잠자리에 들었다. 여씨가 삼경이 다하도록 엿보았으나 그 동정을 살피지 못하고 무료하게 돌아왔다. 사오 일 후 이번엔 여씨가 벽운당에 가 엿보니 이날 상서가 들어오다가 여씨가 창 아래 몸을 굽히고 있는 것을 보고 시녀인 줄 알고 물었다.

"너는 누구냐?"

여씨가 크게 놀라 당황하며 달아나니 상서가 비로소 알아보았다. 문을 열고 들어오니 석씨가 일어나 맞아 자리를 정하고 물었다.

"어떤 시녀가 엿듣고 있었습니까?"

상서가 한참 생각하다가 대답했다.

"황혼이라 자세히 모르겠으나 종의 차림새였소."

석씨는 상서가 주저하는 것을 보고 이전에 들은 말이 있는 까닭에 스스로 짐작하고 다시 묻지 않았다.

상서가 이후로 여씨를 그르다고 여겼으나 내색하지 않으니 여씨는 알지 못했다. 하루는 상서가 청운당에 갔는데 여씨가 없으므로 진상을 밝히려고 먼저 녹운당에 가보았으나 없었다. 벽운당을 바라보니 희미한 달빛 아래 여씨가 난간가에 엎드려 있었다. 상서가 청운당에 가서 시녀를 시켜 여씨를 부르니 여씨가 급히 돌아왔다. 상서가 정색하고 물었다.

"어두운 밤에 어디를 갔던가?"

여씨가 대답했다.

"정당에 가서 저녁 문안을 드린 후 운취각에 갔습니다."

상서는 본래 사람을 지극한 도로 가르치고 내외하는 마음이 없는 까닭에 정도를 가르치고자 여씨를 책망했다.

"부인은 여자의 행실을 전혀 모르는구려. 여자란 움직이고 멈추는 것이 한 번 잘못되어도 평생 행실이 상하오. 그러므로 밤에 다닐 때 촛불을 잡고 호령 소리가 문을 넘지 않게 하고 부모님이 돌아가시더라도 백리 너머는 가지 않는 것이오. 설사 운취각에 갔다 해도 어두운 밤인데다 그곳은 한형이 출입하는 곳이오. 누님은 내가 다니는 침소라도 남녀의 명분을 바르게 하셔서 밤에 오지 않으시는데 하물며 그대는 어찌 부르심도 없는데 한형이 계신 곳을 한밤에 분주하게 다니는 것이오? 더구나 다른 부인의 방을 엿보는 것은 금수나 하는 일이오. 전에 이런 말을 해준 이가 있었으나 내가 다 믿지 않았는데 내 눈으로 세 번을 보니 비로소 전하는 말이 진정임을 깨닫소. 이상하고 또 놀람을 이기지 못하겠으니 부인은 다시는 이런 행동을 하지 말고 개과천선하여 소씨 가문에서 해로할 것을 생각하시오."

석씨가 양부인을 저주했다는 의심을 받다

말을 마친 뒤, 상서의 위풍이 굳세고 기개가 엄숙하니 여씨가 크게 부끄러워 아무 말도 못했다. 여씨가 상서의 사람됨을 보고 속마음을 드러낼 수 없어 밤낮으로 궁리했다. 문득 강충江充이 저주로 한 무제와 여태자戾太子를 이간했던 것을 본받아* 몰래 무고巫蠱, 무술(巫術)로 남을 저주하는 일를 만들어 취성전에 가져다두었다. 치밀하고 빈틈없이 일을 처리하니 아무도 알지 못했다.

하루는 양부인이 일찍 일어나 씻고 앉아 있는데 석씨가 마침 병이 나 문안에 오지 않으니 청소할 사람이 없었다. 부인이 계선에게 청소를 시키니 계선이 평상 아래를 쓸다가 문득 봉해놓은 꾸러미 하나를 꺼내 말했다.

"이런 것이 평상 아래에 있었습니다."

* 강충(江充)이~본받아: 한 무제가 만년에 병치레를 많이 하여 혹시 누가 저주한 것이 아닌가 하고 사람들이 의심하던 차에, 강충이 태자의 궁중에 나무 인형이 많이 묻혀 있다고 모함했다. 태자가 겁낸 나머지 반란을 일으켰다가 자살했다.

부인이 받아서 보니 봉한 것이 수상한데다 위에 축사祝辭가 쓰여 있는 것이 의심스러워 읽어보니 몹시 흉하고 포악한 내용이었다. 필적이 맑고 산뜻하니 완연히 석씨가 쓴 것이었다. 매우 이상하여 봉한 것을 떼보니 나무 인형과 요망한 귀신의 물건으로 차마 보지 못할 것들이었다. 부인이 잠깐 보고 좌우 시녀들에게 불을 가져다가 살라버리게 한 후 당부했다.

"이 일을 누설하면 너희를 죽을죄로 다스리겠다."

좌우 시녀들이 명령을 듣고 두려워 입을 다물었으나 오직 계선은 말을 하지 못해 조바심을 냈다. 부인이 이후 석씨와 자녀들을 보고도 내색하지 않으니 친자녀들은 다 알지 못했다. 계선이 윤씨를 보고 몰래 아뢰는 체하며 말했다.

"태부인께서 아시면 큰 죄를 받을 테니 첩의 말이라 하지 마시고 부인만 아십시오."

윤씨가 평소 양부인을 우러르는 것이 친어머니 이상이었기 때문에 침소에 흉한 일이 있음을 듣고 심신이 어지러워 바삐 운취각에 가서 소씨를 보고 말했다.

"언니께서는 어머니 숙소에 변고가 있었던 것을 모르십니까?"

소씨가 놀라 말했다.

"나는 듣지 못했는데 무슨 일인가?"

윤씨가 계선의 말을 자세히 전하고 말했다.

"어머니께서 한마디도 않으시고 태워버린 것은 반드시 짚이는 사람이 중한 사람인 까닭이겠지만, 그저 내버려두면 어찌 언짢지 않겠습니까?"

소씨가 크게 놀라 말했다.

"집안에 이런 변이 있었는데 우리가 몰랐구나. 어머니를 모시는 데 태만했으니 어찌 부끄럽지 않겠는가? 어머니는 가만히 계시더라도 우리는 도리상 듣고 편안히 있지 못한다."

마침내 시녀를 시켜 상서를 모셔오게 했다. 상서가 즉시 들어와 물었다.

"누님이 무슨 분부라도 있습니까?"

소씨와 윤씨가 좌우 사람들을 물리치고 가만히 전후 사정을 일렀다.

"누구의 소행인지 모르지만 시녀는 아닌 듯싶다."

상서가 깜짝 놀라 대답했다.

"어머니께서 행하시는 바가 신중하니 이는 집안이 평안토록 힘쓰시는 뜻입니다. 그러나 우리가 듣고 가만히 있는 것은 옳지 않습니다. 원래 어디에서 이 말이 나왔습니까?

윤씨가 계선의 말을 전하자 상서가 한참 동안 생각하다가 계선을 불러 물었다.

"글씨를 보니 어떤 사람의 필적이더냐?"

계선이 머뭇거리다가 고했다.

"부인네의 필적이요, 태부인이 말씀하시기를, '이는 며느리가 할 바가 아니로다' 하셨습니다."

상서가 더욱 놀라 말했다.

"그 글씨가 어떠하더냐?"

계선이 말했다.

"누구의 필적인 줄은 모르나 보기에 신기하고 맑고 묘하여 보통 필체와 달랐습니다."

상서가 계선의 말이 점점 수상함을 보고 크게 의심스러워 두 누이를 돌아보고 말했다.

"이를 제가 어머니께 가서 물으면 반드시 말씀하지 않으실 것이니 누님이 캐물어보십시오."

소씨가 대답하고 취성전에 가니 마침 인적이 없었다. 이에 조용히 물었다.

"소녀가 감기에 걸려 자주 모시지 못한 사이 괴이한 일이 생긴 듯하니 놀라움을 이기지 못하겠습니다. 무고는 흉한 일이니, 등한히 넘겨서는 안 됩니다. 축사를 쓴 필적이 있을 것이니 어떤 사람이 쓴 것인지 여쭤봐도 되겠습니까?"

부인이 웃고 말했다.

"내가 말하지 않았는데 네가 어찌 아느냐?"

소씨가 말했다.

"소녀가 비록 불초하나 어찌 모르겠습니까?"

부인이 천천히 말했다.

"그것이 요망하나 내가 이미 없애버렸으니 해로울 것이 없고 더욱이 글씨로는 분별하기 어렵다. 어찌 자질구레한 일로 말을 만들고 소동을 일으켜 집안을 다스리는 바른 도리를 잃겠느냐? 너는 마음을 놓아라."

어머니가 말하려 하지 않는 것을 보고 소씨가 어쩔 수 없이 돌아와 상서에게 자세히 이르니, 상서가 서슴없이 일어나 말했다.

"소제가 직접 가서 아뢰어보겠습니다."

드디어 어머니 앞에 이르러 나직하게 고했다.

"제가 효성이 없어서 집안의 우환을 살피지 못해 흉한 무고가 어머니께 이르렀으니 스스로 죄를 헤아려 죽고자 합니다. 재앙을 일으킨 자가 반드시 소자가 거느린 처자 가운데 있거늘 어머니께서 어찌 말해주지 않으시고 소자의 마음을 어지럽게 하십니까?"

부인이 웃고 말했다.

"내 아이가 총명한데도 알지 못하고 또 생각이 이렇게 좁은 것이냐? 네 어미가 대수롭지 않은 여자이나 식견은 고루하지 않아 헤아림은 깊으니 만약 정말 문제가 될 것이라면 큰일을 어찌 모호하게 처리했겠느냐? 이는 투기하는 여자가 요사한 일로 다른 부인을 함정에 빠뜨리려고 이간질을 하는 것이지 나를 해하려는 것이 아니다. 이를 의심하고 곧이 들어 캐묻는다면 그의 뜻대로 되는 것이다. 증거를 없애버리고 아는 체 하지 않으면 그만두겠지만 조금이나마 드러내면 시녀에게 뇌물을 주어 어진 사람을 모해할 것이니, 이런 까닭에 즉시 태워버리고 발설치 않은 것이다. 더러운 속셈으로 양화陽貨가 공자를 해하는 것 같은 일*을 어처 구니없어하며 나중에는 어찌하는지 보려는 것이니, 너는 구태여 알려들 지 말고 내가 처리하는 것을 보거라."

상서가 듣고 취한 것이 깬 듯하여 손을 맞잡아 절하며 감사드렸다.

"저의 막혔던 소견이 어머니의 말씀을 듣고 열리는 듯합니다. 삼가 명 대로 하겠으나 이 일이 소자의 세 아내 가운데서 생긴 일이니 더욱 불 안합니다."

부인이 고개를 끄덕였다.

상서가 물러나와 마음속이 답답하여 여러 날이 지나도 세 부인을 찾 지 않았다. 화씨와 석씨는 무심했으나 여씨는 약간 겁을 먹고 생각했다.

'시어머니가 나를 의심하는가?'

이내 기회를 엿보았다.

* 양화(陽貨)가~같은 일: 공자가 광(匡)이라는 지방을 지날 때 그곳 사람들이 공자를 노(魯) 나라의 양화라는 포악한 인물로 잘못 알고 곤경에 빠뜨렸다.

석씨가 양부인을 독살하려 했다는 누명을 쓰다

양부인의 생일이 되니 세 부인이 하루씩 돌아가며 잔치를 베풀고 장수를 기원하는 술잔을 올렸다. 여씨가 석씨 시녀와 모의하여 석씨가 술잔을 올리는 날 양부인 상에 독을 풀었다. 석씨가 술과 음식 준비를 지시하다가 자기 침소에 돌아와 의복을 갖추어 입는 틈에 일을 벌인 것이었다.

세 며느리와 두 딸, 유학사와 한어사 등이 상서와 함께 잔치에 참여하고 부인의 조카 양생 등 예닐곱 사람이 왔다. 풍류를 맡은 시녀가 계단에서 거문고 한 곡과 〈예상우의무霓裳羽衣舞〉 한 곡을 마치자 술이 나왔다. 부인이 잔을 들어 마시고 금젓가락을 들어 음식을 집으려 할 때 문득 독한 기운이 코에 거슬리고 금빛이 변했다. 부인이 잠깐 웃고 마침내 먹지 않았다. 이윽고 유학사와 한어사가 잔을 올린 후 소씨와 윤씨가 차례로 잔을 드렸다. 상서가 잔을 들고 모친 앞에 나아가니 부인이 또한 의심치 않고 마셨으나 금쟁반에 산처럼 쌓인 여덟 가지 진귀한 음식에는 젓가락을 대지 않았다. 그리고 천천히 말했다.

"내가 술을 여러 잔 먹어 취했으니 세 며느리는 잔을 올리지 마라."

이는 술잔에 독을 넣을까 해서였다. 종일토록 즐겼지만 상서는 어머니의 말씀과 안색이 기쁜 가운데 불안한 빛이 있고 음식을 드시지 않는 것을 무척 이상하게 여겼다. 손님이 돌아간 뒤 부인이 석파에게 눈짓을 하며 말했다.

"이 음식을 그대가 가져다가 처리하는 것이 어떻겠는가?"

손으로 가리키니 석파가 알아보고 시녀를 시켜 거두어 나가게 한 뒤 자세히 살펴보니 다 독이 들어 있었다. 더욱 당황하는데 상서가 마침 들어오다가 크게 놀라 캐물으니 석파가 어쩔 수 없이 대답했다.

"부인이 첩더러 가져다 없애라 하시길래 땅에 버렸는데 불이 났습니다. 첩도 무슨 까닭인지 모르겠습니다."

상서가 듣고 외당에 나가 시노를 호령하여 형장을 갖추고 벽운당 시녀 수십여 명을 다 잡아내 결박하고 술과 음식을 담당하는 계집종 가운데 으뜸이 누구냐고 물었다. 여러 시녀들이 넋이 나가 다만 책임을 맡은 사람은 석부인이라고 대답했다. 상서가 으뜸인 사람부터 신문하라 하니 집안이 어수선하기 이를 데 없었다.

양부인이 시녀를 시켜 상서를 부르니 상서가 신문할 마음이 급하나 마지못해 멈추라 하고 정당에 들어갔다. 부인이 물었다.

"어째서 벽운당 시녀를 다 잡아내 가두었느냐?"

상서가 화평한 기운이 사라지고 근심스러운 표정으로 아뢰었다.

"제가 못나서 집안을 어질게 다스리지 못한 까닭에 오늘 이런 망극한 변고를 만났으니 사람의 아들로서 어찌 견디어 참겠습니까? 반드시 석씨가 한 일인지는 모르지만 석씨를 해한 것인지 석씨가 한 일인지 조사하여 밝히고자 합니다."

부인이 듣고 나서 목소리를 가다듬어 말했다.

"내가 평소 너에게 글을 가르쳐 식견이 높을 것이라 기대했거늘, 어째서 식견이 얕고 소견이 어두운 것이 길가의 나무꾼만도 못하느냐? 사람의 인품으로 짐작하여 알 것이니 화씨는 성격이 사나우나 인품이 맑고 뜻이 높아 사족士族의 행실이 있고, 석씨는 당대의 현철한 부인으로 백 가지 행실과 네 가지 덕에 부족함이 없으니 어찌 도리에서 벗어난 큰 악행을 저지르겠느냐? 하물며 내가 친딸보다 더 사랑하는데 무슨 까닭에 나를 해하겠느냐? 설사 석씨가 벌인 일이라 하더라도, 그는 통달한 여자다. 무고를 하더라도 어찌 일부러 평상 아래 집어넣어 보기 쉽게 하고 스스로 글씨를 직접 써서 뚜렷이 드러나게 하겠느냐? 또 독을 넣는다면 화씨와 여씨의 잔치가 있으니 쉽게 일을 꾸며 다른 부인을 모함하고 나를 죽일 수 있는데 어찌 자기 잔치에 독을 넣어 위태한 일을 할까보냐?

이는 간악한 무리가 석씨를 해하고자 시녀와 공모한 것이다. 네가 이제 시녀를 신문하면 분명 석부인이 시켰는데 종과 주인 사이라 거스르지 못했다고 자백하거나 또는 석씨가 스스로 독을 넣더라는 막된 말이 계속 이어져 애매한 석씨를 사지에 빠뜨리고 간사한 사람은 벗어날 것이니 어찌 통한하고 놀랍지 않겠느냐? 내가 비록 늙었으나 헤아림이 있으니, 누가 감히 이런 요사스러운 일로 집안을 어지럽히고 나의 기둥 같은 며느리를 해하며 강충이 무고했던 일을 이롭게 여기는가? 그만둘지어다. 이 늙은 미망인이 죽기 전에는 너희가 어떤 간사한 속임수를 꾸미더라도 믿지 않을 것이다. 꼬리가 길면 잡힐 것이니 아무나 감히 이런 짓은 못할 것이고, 화씨와 석씨는 천만 사람이 권해도 이런 짓을 하지 않을 사람이다. 엉성한 생각으로 어진 이를 해치지 말고 경은 또한 재삼 살펴 수고롭게 시녀들을 신문하지 마라."

말씀이 준엄하고 기상이 엄정하여 눈 위의 서리와 겨울 하늘의 차가운 달 같았다. 이때 석씨는 뜰에서 죄를 청하고 화씨와 여씨는 부인을 옆에서 모시고 있었다. 부인의 말씀을 듣고 여씨가 스스로 움츠러들어 불안해했다.

상서가 비록 석씨를 의심하지 않지만 묻지 않는 것은 그른 까닭에 시녀를 신문하려다 어머니의 명을 듣고 말없이 물러나 일마다 순순히 따랐다. 이날 밤 상서가 시녀를 통해 석씨를 책망했다.

"부인이 어머니의 술과 음식을 마련하니 마땅히 조심하는 것이 옳거늘 어찌 요사한 재앙이 지극히 존귀하신 분을 범하게 하는가? 비록 부인이 저지른 일이 아니라도 또한 음식 받들기를 게을리한 죄가 작지 않으니 마땅히 무슨 죄에 해당하겠는가?"

석씨가 회답했다.

"첩이 가냘프고 약한 자질로 매사 민첩하지 못하나 어머님을 우러르는 정성은 귀신에게 따져 물어도 부끄럽지 않습니다. 죽을 액운이 몸에 이르러 씻지 못할 악명과 죄를 입었으니 하늘과 땅을 불러 고할 곳이 없습니다. 어머님과 상서의 처분만 기다립니다."

상서가 듣고 탄식했다. 석씨를 의심하지 않았고 여씨를 못 믿었지만 직접 보지 못한 일이었다. 곧이듣지 않지만 마음이 불편하여 석씨의 처소에 발길을 끊으니 양부인은 현명하지 못하다고 나무라고 석파는 크게 서러워 석씨에게 눈물을 뿌리며 말했다.

"첩이 낭군의 풍채와 글재주를 아껴 부인과 쌍을 이루어 공작과 물총새가 너른 물에서 쌍으로 노니는 것을 보려 했습니다. 그러나 화락하기는커녕 낭군의 성정이 남과 달라 한방에서 즐기는 일도 드문데다가 여씨가 온 뒤로는 발길이 더욱 줄었습니다. 부인의 어진 덕과 빼어난 용모로 어찌 총애가 화씨보다 못하고 여씨와 비슷한지 밤낮으로 애달파했는데, 이런 참담한 액운까지 만나 해와 달도 그 진짜와 가짜를 비추지 못하게 되었으니 어찌 서럽지 않겠습니까? 낭군의 발길이 아예 끊어졌으니 첩이 부인의 일생을 그르쳤습니다."

석씨는 듣고 나서도 태연했다. 곧 탄식하며 말했다.

"첩이 하늘로부터 죄를 많이 얻어 이런 재앙을 받는 것이니 어찌 서모의 탓이며 다른 부인을 원망하겠어요? 다만 억울함을 밝힐 길이 없어 지하에 가도 한을 품은 귀신이 될 것이니 어찌 슬프지 않겠습니까? 더구나 총애는 봄꿈 같은 것이니 미모로 사랑하고 미워하는 게 아닙니다. 첩의 한은 그런 것이 아니니 누명을 벗지 못할까 두려울 뿐입니다."

석파가 탄복했다.

한편 여씨는 요사스럽게 어진 이를 모함했으나 양부인이 믿지 않고 준엄하게 꾸짖으며 시녀를 신문하지 않으니 놀라 생각했다.

'늙은 노인이 어찌 이렇게 밝은가? 진평과 장량^{張良, 한고조 유방의 신하이자 뛰}^{어난 전략가}이라도 이 흉한 부인을 속이지 못할 것이니 장차 어이할꼬?'

밤낮으로 계책을 생각하더니 갑자기 깨달아 마음 가득히 기뻐하며 정신이 날아오를 듯하니 무슨 흉계인가.

가짜 석씨가 흉악한 말을 하다

원래 천하에는 자질구레한 환술과 요사한 약이 무궁하니, 무고는 방연龐涓*이 널리 전파했고 환술의 변고는 진시황과 한 무제가 허무한 일을 숭상하며 비롯된 것이었다. 깊은 산중에서 약초를 캐고 곡식을 끊어 득도한 자가 마음을 깨끗한 데 두지 않고 속인에게 요망한 일을 가르쳐 전파하니 오대 시절에 더욱 성행했다. 송 태조가 건국한 이후 인심이 순박하고 후덕해졌으나 전부 바로잡지는 못했다. 오직 강주江州 심양潯陽, 지금의 장시 성(江西省) 주장(九江)은 사람과 물건이 번화하고 또 깊은 산에 도사가 많아서 요사한 환약이 세 종류가 있었다. 첫째는 이름이 '도봉자'이고 별호는 '회심단回心丹'이었다. 부부 사이가 소원하다가도 이 약을 지아비에게 먹이면 은정이 돌아와 생사를 다 잊고 사랑하게 되었다. 둘째는 '여의개용단如意改容丹'으로 먹으면 즉시 되고자 하는 사람의 얼굴로 변하

---

* 방연(龐涓): 전국시대 위(魏)나라 사람. 손빈(孫臏)과 함께 귀곡자(鬼谷子)에게 병법을 배웠는데 손빈을 시기했다. 위나라의 장수가 되자 손빈이 제(齊)나라와 내통했다고 모함하여 무릎 아래를 잘라내는 빈형(臏刑)을 가했다. 방연은 모함을 하기는 했지만 저주와는 무관하다.

므로 마음과 같이 용모가 바뀐다는 뜻이었다. 셋째는 '외면회단外面回丹'이니 여의개용단을 먹어 얼굴이 바뀌었다가 외면회단을 먹으면 다시 자기의 얼굴로 돌아오기 때문에 이렇게 이름을 지었다. 이 세 종류의 약은 값이 천금보다 비쌌다. 여씨가 여의개용단을 얻어 해와 달을 속이려는 뜻이 생기니 몰래 두루 탐문하여 기어이 외면회단과 여의개용단을 얻어 계교를 행하게 된다.

소상서가 집안의 변을 만났으나 어머니가 가만히 있으라고 하시니 명을 거역하지 못했다. 밤낮으로 부지런히 어머니의 처소와 아침저녁 식사를 살펴 요사스러운 일을 예방하고 세 부인에게는 준엄하게 대했다. 어느 날 밤 어머니께 저녁 문안을 드리고 나와 서헌에서 밝은 달을 구경하며 시를 읊조리니, 앞에는 두 서동이 시중을 들고 있고 사방에는 인적이 없어 쓸쓸했다. 갑자기 한 줄기 향기로운 바람에 패옥 소리가 일더니 뒤에서 한 미인이 간드러지게 나와 상서의 곁에 와 앉으며 말했다.

"첩이 죄가 무거우나 상공의 박대가 너무 심하니 첩이 어찌 원망스럽지 않겠습니까? 비록 설씨 사내에게 정을 주고 뱃속에 설씨의 혈육이 있지만 낭군의 옥 같은 외모와 꽃 같은 풍채를 잊었겠습니까?"

상서가 돌아보니 바로 석씨였다. 아름다운 자태가 달빛 아래 더욱 빛나니 귀신을 비춘다는 거울이라도 어찌 쉽게 분별할 것인가. 상서가 석씨의 말을 듣고 매우 이상하여 똑바로 한참을 보면서도 말을 하지 않았다. 석씨가 가까이 와 상서의 손을 잡고 머리를 무릎에 얹으며 말했다.

"낭군이 어찌 첩을 매몰차게 대하십니까? 바라건대 소첩의 그리워하는 정을 어여삐 여겨주소서."

마침내 심히 방탕하고 더럽게 행동했다.

상서가 다만 기괴하고 이상하게 여긴 것은 석씨가 저럴 리 만무하나 아니라고 하기에는 용모와 목소리가 분명하고 또 만삭의 몸매까지 의심쩍은 것이 없어서였다. 놀라움과 의심스러움을 이기지 못하다가 탄식하며 말했다.

"사람의 마음을 알기란 어렵구나. 우리 어머니께서 사람 알아보시는 것과 내가 사람 보는 식견이 남들에 비할 바가 아닌데 석씨를 몰랐구나."

이에 손을 떨치고 물러앉아 꾸짖었다.

"그대 행실이 이런 줄 몰랐으니 이는 모두 내가 밝지 못해서다. 여자가 되어 어두운 밤에 서당에 나온 것도 그르거니와 자식을 남의 자식이라 하는 것은 스스로 실행失行한 것을 자랑하는 것이니 이 어찌 사람이 할 일인가? 내가 당초에 정당을 저주한 일과 음식에 독을 탄 일이 부인으로서는 억울하고 여씨가 벌인 일인가 여겼는데 이제 생각해보니 그대의 짓이 분명하구나. 어서 내당으로 들어갔다가 내일 친정으로 돌아가라."

석씨가 화를 내며 일어나 상서를 박차고 철여의鐵如意. 불교에서 법회나 설법 때, 법사가 손에 드는 물건로 치려 하며 말했다.

"이 주인을 배반한 종 소경아. 네가 진실로 무례한 말을 하려느냐? 나는 공후公侯의 자손이요, 대신의 딸로서 미천한 소광의 며느리가 되고 너의 둘째 아내 된 것을 한스럽게 여겨 설생과 부부의 도를 이루어 이미 잉태했거늘 네 자식이라 여기느냐? 화씨, 여씨에게 혹하여 한 달에 열흘도 오지 않으니 내가 어찌 빈방을 달게 지키겠느냐? 늙은 시어미를 먼저 죽이고 이어서 너를 없애려 했으니 일이 들통나 쫓겨난들 설마 어쩌겠느냐?"

상서가 얼굴빛을 바르게 하고 대답하지 않으니 석씨가 일어나 안으로 들어갔다.

여씨가 침소에 돌아와 외면회단을 먹고 심복 시녀와 함께 탄식하며 말했다.

"이 약이 아니었다면 하마터면 일이 들통날 뻔했다. 양부인만 그렇게

아는 줄 알았더니 상서 역시 내가 석씨를 모함한다고 여겼구나. 어찌 놀
랍지 않으리오?”

석씨를 내쫓고 혼서를 불태우다

다음날 아침 상서가 어머니 앞에 나아갔다. 세 부인과 소씨, 윤씨 두 누이, 두 서모가 모여 있었다. 상서가 기운을 참고 눈을 낮추어 양부인을 뵌 뒤 관을 벗고 허리띠를 풀고 계단 아래 내려가 죄를 청하니 부인이 물었다.

"무슨 일이 있느냐?"

상서가 두 번 절하고 꿇어앉아 아뢰었다.

"저번에 저주한 일과 독을 탄 일이 의심쩍으나 나타난 증거가 없었고 또 어머니의 가르침을 받들었기에 조사해 밝히지 못했습니다. 불안한 마음으로 지내왔는데 어제 달밤에 석씨가 나와 음란하고 패악한 행동을 했을 뿐 아니라 자기 입으로 저주하고 독을 쓴 일을 자백했습니다. 전에는 의심되었지만 이제는 의심이 다른 곳에 있지 않으니 청컨대 어머니께서는 그 죄를 다스리시어 사람이 지켜야 할 도리를 바르게 하고 제가 집안을 바로잡지 못한 죄를 다스려주십시오."

좌우 사람들이 크게 놀라 서로 돌아보았다. 세 부인은 상서가 뜰에 꿇어앉은 것을 보고 당에 올라 있기가 불편하여 계단으로 내려가 있었다. 이 말을 듣고 석씨는 하늘을 우러러 길게 탄식했고 화씨는 의아하여 자꾸 돌아보니 부인이 천천히 물었다.

"내 아이는 헛된 말을 하지 말 것이니 진실로 석씨가 나갔더냐?"

상서가 대답했다.

"제가 비록 예를 모르지만 어찌 감히 어머니를 속이고 또 무슨 일로 석씨를 모함하겠습니까?"

부인이 말했다.

"네가 도깨비를 본 게 아니냐?"

상서가 대답했다.

"저와 더불어 두 서동이 함께 봤으니 요괴를 몰라보겠습니까?"

부인이 상서의 어른스러움을 알지만 오히려 믿지 않고 서동을 불러 엄하게 따져 물었다. 서동이 모두 석씨라 하니 세 사람의 말이 한결같았다. 부인 역시 놀라고 의아해하다가 한참이 지난 뒤에 말했다.

"석씨는 들어라. 네가 내 집에 온 지 사 년에 무슨 일이 부족하여 이런 패악한 행실을 하느냐?"

석씨가 눈물을 머금고 머리를 땅에 두드리며 말했다.

"소첩이 슬기롭지 못한 기질로 풍성한 은혜를 두터이 받으니 죽을 때까지 우러러 곁에서 모시고자 했습니다. 그러나 효성이 없어 망극한 변고를 만나고 게다가 어제 달밤에 서당에 나갔다 하시니 이는 푸른 하늘이 죄를 내리는 것입니다. 입이 있으나 죄가 없음을 밝히지 못하니 죽을 죄를 청할 따름입니다."

소씨와 윤씨가 말리며 말했다.

"석씨가 무슨 까닭에 이런 변을 짓겠는가? 아우의 말이 사실이 아닌 듯하네."

상서가 하늘을 우러러 싸늘하게 웃으며 말했다.

"소제가 비록 어리석으나 어려서부터 헛된 말을 하지 않았는데 어찌 모두 믿지 않으십니까? 결코 그대로 둘 수 없으니 국법으로 다스릴 것입니다."

말을 마치기도 전에 얼굴색이 찬 재 같으니 어머니 앞이라 노여움을 억지로 참으나 쉽게 억제하지 못했다. 눈썹에 묵묵한 위풍이 맺혀 북풍이 높이 부는 듯하고 봉황 같은 눈이 더욱 몽롱해지고 가늘며 맑고 산뜻한 목소리가 점점 낮아져 분기로 막힐 듯했다. 부인이 상서의 거동을 보고 어쩔 수 없어 걷지르고 꾸짖었다.

"석씨를 처치함을 조용히 의논할 것이지 어찌 이렇게 성을 내며 내 앞에서 공손하지 않냐?"

상서가 얼굴을 고치고 기운을 온화하게 하여 사죄하며 말했다.

"제가 어찌 감히 방자하게 굴겠습니까? 다만 석씨를 옥사獄司에 고하십시오."

부인이 말했다.

"비록 석씨가 그르나 자식이 있고 잉태까지 했으니 어찌 천박하게 옥사獄事를 일으켜 석공의 체면을 생각지 않겠느냐? 아직 머무르게 하여 아이를 낳은 후에 철저히 조사하여 내치는 것이 옳다."

상서가 듣고 나서 머리를 조아리며 말했다.

"만약 그렇게 한다면 죄를 다스리는 것이 아니니 소자가 무슨 면목으로 세상에서 사람 도리를 다하겠습니까? 어머니는 세 번 살피소서."

부인이 미처 답하지 못하고 있는데 석파가 나아와 고했다.

"석부인이 어찌 그럴 리가 있겠습니까? 부인은 밝게 살피셔서 석씨가 내쫓기는 화를 보지 않게 하소서. 또한 뱃속의 아이와 어린 공자의 낯을 보아 너그러이 용서해주시기를 바라니 상서는 어찌 살피지도 않고 이토록 조급하십니까?"

부인도 그렇다고 여겼으나 상서는 못마땅하여 소매를 들어 무릎을 쓸고 고쳐 앉으며 불쾌한 표정으로 관을 숙이고 말했다.

"서모는 이 일에 책임이 있음을 생각지 않으시고 어찌 말을 함부로 하십니까? 석씨가 서모가 봐주시는 것을 믿고 악행을 하는데 꾸짖어 금하지는 않으시고 도리어 구하려 하시니 이 어찌 사사로운 정이 넘쳐 치우친 것이 아니겠습니까? 경이 평소 바라던 바가 아닙니다."

석파가 스무 해가 지나도록 상서가 소리 높이는 것을 듣지 못하다가 엄숙한 빛으로 못마땅하게 말하는 것을 듣고 부끄러워 물러났다. 부인이 상서의 거동을 보고 또한 이상하게 여겨 어떻게 해야 할지 몰라 석씨에게 말했다.

"이 일에 다다라서는 늙은 어미가 실로 어렴풋하고 애매하여 결정하지 못하겠다. 내 아들이 몹시 불평해하니 잠깐 친정에 돌아갔다가 액이 다한 뒤에 다시 모이는 것이 옳겠구나."

석씨가 머리를 조아려 감사드렸다.

"훌륭한 덕을 입어 목숨을 구하고 친정에 돌아가니 이 은혜에 비하면 산과 바다가 가볍습니다."

드디어 소씨, 윤씨 두 사람과 화씨, 여씨 두 사람을 이별하고 벽운당에 와서 조금도 슬픈 빛이 없이 짐을 꾸렸다. 상서가 외당으로 나가 시녀를 통해 석씨에게 말을 전했다.

"부인이 이런 죄를 무릅쓰고 무슨 면목으로 친정엔들 돌아가겠소? 내가 법대로 처리하지 않은 것은 어머니의 명 때문이고, 어젯밤에 부인이 하던 말을 채 발설하지 않은 것은 성인의 가르침을 닦아 예가 아닌 말을 하지 않기 때문이오. 그대를 아끼거나 참정의 체면을 보아서가 아니오. 나는 집안을 다스리는 데 더러운 일을 말하지 않으려는 것이지만 그대가 염치가 있다면 뱃속 아이를 거느리고 어디를 가겠소? 빨리 한 그릇 독주를 마시고 죽어 석공의 가풍과 나의 분노와 그대의 죄를 씻고, 살아 돌아갈 뜻을 두지 마시오."

석씨가 차게 웃고 회답했다.

"다른 일로 첩이 사납다고 하시면 기꺼이 받아들이겠으나, 저주한 일과 독을 넣은 일과 어젯밤에 나갔다는 일은 인정할 수 없습니다. 첩도 잠깐 성인의 가르침을 보았는데 군자에게 거짓말하라고 하는 곳은 없었습니다. 첩이 비록 지은 죄가 있을지라도 시어머니가 돌려보내시면 집에 가 부모를 뵙고 편히 있을 따름입니다. 무슨 까닭에 부모가 주신 몸을 버리고 악명을 씻지 못한 채 젊은 나이에 스스로 죽겠습니까? 지은 죄가 있다면 부끄럽겠지만 첩이 비록 불초하나 밝은 해처럼 결백하니, 온갖 일로 책망하시더라도 부끄러워 친정에 돌아가지 못할 만큼의 죄는 없다싶습니다. 어머님과 상서께서 나가라고 재촉하시니 여자가 돌아가 의지할 곳이 없어 친정으로 돌아가지만, 죽으라고 하시는 것은 이해하지 못하겠습니다. 어젯밤 일을 다시 일컬어 책망하시나 첩은 지은 죄가 없으니 두렵지 않습니다."

시녀가 돌아와 전하니 상서가 통한하고 놀람을 이기지 못했다.

"빨리 석씨의 혼서婚書, 혼인할 때 신랑 집에서 예단과 함께 신부 집에 보내는 편지와 채단采緞, 혼인할 때 신랑 집에서 신부 집으로 미리 보내는 푸른색과 붉은색의 비단을 내어와라."

석씨가 흔쾌히 내주니 석파가 급히 말렸다.

"부인이 어찌 이것을 내보내십니까? 내가 마땅히 양부인께 고하여 완전하게 하겠습니다."

석씨가 말했다.

"안 됩니다. 이것을 안 보내면 보고 듣는 사람마다 나를 구차하게 여길 것이니 어서 가져가라 하십시오. 뒷날 상서와 인연이 있다면 혼서가 없다고 나를 버리거나 첩으로 삼지는 않을 것입니다. 서모는 염려 마세요."

마침내 혼서와 채단을 내어오니 상서가 난간에 기대 불을 가져다가 사르게 했다. 석파가 나아와 말했다.

"낭군이 차마 이것을 불태우고 저 어린 공자는 어느 땅에 두려 하시는 것입니까?"

상서가 석파를 보고 옷매무새를 바로 하고 단정히 앉아 머리를 숙이고 한참이 지난 뒤 눈을 가늘게 뜨고 싸늘한 눈초리로 대답했다.

"경은 무식한 어린아이라. 평생 군신유의君臣有義와 어머니 우러르는 뜻뿐입니다. 부부유별夫婦有別과 부자유친父子有親은 모르겠습니다."

말을 마치니 태도가 맹렬했다. 석파가 상서의 평온하던 얼굴색이 저절로 우울해지고 말이 몹시 갑갑한 것을 보자 더는 말을 붙이지 못하고 길게 탄식하며 들어왔다.

상서는 본래 천성이 지나친 것을 삼가는 사람으로, 이유 없이 혼서를 불태운 것이 아니었다. 여씨가 석씨 되어 나갔을 때 설씨와 사통했으며 자식이 다 설씨의 자식이라 하니 상스럽게 여겼으나 대신의 지위로 풍속의 교화를 더럽히지 않으려 입 밖에 내지 않았다. 그러나 아주 관계를 끊겠다고 생각하고 '그 자식도 나의 혈육이 아니니 혼서를 남겨두지 않겠다'는 깊은 뜻을 정하여 혼서를 없앤 것이었다. 그러나 남들은 다만 한때의 분풀이라고 했다. 이런 까닭에 아들마저 어미에게 맡겨 구박하여 보내고 벽운당을 치워 흔적을 없앴다. 소상서의 현명함과 관대함으로도 쉽게 깨닫지 못한 것은 모두 석씨의 액운이 무거워서였다.

석장군이 소현성을 죽이려 하다

석씨가 친정에 돌아와 전후 사정을 이야기하니 온 집안이 크게 놀랐다. 석장군이 벌컥 크게 화를 내며 보검을 빼들고 말했다.

"내가 반드시 소경을 죽여 이 한을 씻겠다."

마침내 떨치고 일어나 자운산에 이르렀다. 소상서가 의관을 바로 하고 맞으니, 장군은 노기가 하늘을 찔렀다. 칼을 비껴 차고 당에 올라 눈을 부릅뜨고 소상서를 보는데 위풍이 당당하고 살기가 얼굴에 가득했다. 상서가 알아보고 하늘을 우러러 탄식했다.

"천지가 사람을 낼 때 어찌 고르게 하지 않아 억세고 모질기가 이렇게 심한가?"

장군이 사납게 소리 지르며 말했다.

"누가 억세고 모질다는 것이냐?"

상서가 말했다.

"식견이 없고 이치에 통하지 못한 사람은 바로 장군입니다."

장군이 크게 노하여 칼을 들고 말했다.

"네가 어찌 나를 욕하느냐? 반드시 너를 죽여 한을 풀 것이니 빨리 목을 늘어뜨려 칼을 받아라."

상서가 단정하게 앉아 안색을 바꾸지 않고 말했다.

"장군은 노여움을 가라앉히고 내 말을 들으십시오. 지금 천하가 새로 안정되어 인심이 불안하니 장군이 개국공신으로서 마땅히 국정을 다스리고 나라를 보호함이 옳거늘 이유 없이 칼을 들고 나를 죽이려 하시니 그 노하는 뜻을 알지 못하겠습니다. 천자의 명도 아니요, 소생이 군령軍令과도 관계가 없으니 알지 못하겠군요, 대체 소생이 장군께 무슨 죄를 지었습니까? 내가 비록 일개 서생으로 나이 어리나 일찍이 벼슬이 성상을 가까이 모시니 다 같은 조정의 신하입니다. 하물며 문文과 무武는 영역이 전혀 달라 소생은 공자를 배우고 장군은 『육도삼략六韜三略』중국의 오래된 병서을 스승으로 삼습니다. 또 소생은 장군의 휘하에 있지 않고 성상을 자리 앞에서 모시는 신하입니다. 장군이 공훈을 믿고 세력을 부리며 소생을 해하려 하나 한신韓信의 공로로도 미앙궁未央宮에서 죽임을 당했으니* 이는 예로부터 장수들이 삼갈 바입니다. 장군이 모진 기운을 드날리더라도 두려운 것은 소생의 죽음이 아닙니다. 장군의 머리를 보전하지 못할까 근심하니 장군은 모름지기 살피십시오."

석장군이 듣고 나서 그 강렬함과 정직함에 감복하여 칼을 버리고 기운이 꺾여 눈썹을 찡그리고 탄식했다.

"내가 반평생 세도를 부리며 살아왔으나 도리어 글만 읽은 서생보다 못하구나."

마침내 상서의 손을 잡고 등을 두드리며 웃고 사죄했다.

"늙은이가 과격한 일을 스스로 했으니 상서는 모름지기 노하지 말게.

* 한신(韓信)의~당했으니: 한신은 한고조 유방의 대장군이다. 한나라 건국에 큰 공을 세워 초왕(楚王)이 되었으나 권력 투쟁에서 밀려나 회음후(淮陰侯)로 격하되었다. 유방 사후에 여후(呂后)와 소하(蕭何)의 계략에 빠져 장락궁(長樂宮)에서 살해당했다.

내가 하는 일이 사람 죽이기에 힘쓰는 것이므로 마음과 같지 않으면 문득 칼을 빼는 것이 평소 버릇이네. 성급함을 뉘우치네."

상서가 그 거동을 보고 역시 웃고 인사했다.

"소생이 장군을 가볍게 보는 것이 아니고 어린 소견을 펼쳤습니다. 쾌히 깨달으시니 천만다행입니다."

장군이 석씨를 내친 일을 묻지 않고 오래도록 말하다가 돌아가니 상서 또한 마음에 거리끼지 않았다. 장군이 석씨를 불러 웃고 말했다.

"나는 늘 네가 강직하다 여겼는데 소경은 더 모질더구나. 평소 보기에 얼굴과 거동은 엄하지만 단정하고 얌전한 인물 같았는데 그 속을 보니 네 할아비가 미칠 바가 아니더라."

석씨가 말했다.

"할아버지께서 어찌 아셨습니까?"

장군이 전후 이야기를 말하니 석씨가 크게 놀라 묵묵히 대답이 없었다. 장군이 웃고 말했다.

"네가 나를 경솔하게 여기느냐?"

석씨가 천천히 대답했다.

"손녀가 어찌 감히 할아버지를 경솔히 여기겠습니까? 다만 할아버지께서 우레같이 노하셔서 상서의 목숨을 가벼이 여기시니 놀랐습니다."

장군이 탄식했다. 석씨가 물러나 아들을 기르고 뱃속 아이를 보호하여 비록 소씨 집안에 가지 못하더라도 두 자식을 의지하며 늙기로 정하고 지게문 밖을 가벼이 나가지 않으니 부모는 몹시 불쌍하게 여겼다. 석 참정이 조정에 가서 소상서를 만나도 관복을 입고 엄숙하게 상대하니 사사로운 일을 묻지 못하고 한갓 노할 따름이었다.

병든 석파를 보살피다

소상서가 이부吏部*에서 숙직을 하고 나와 어머니를 뵈는데 석파가 없었다. 물으니 소씨가 말했다.

"석서모가 병이 들어 일어나지 못하고 병세가 몹시 중하다."

상서가 놀라고 의아하여 문병을 갔다. 석파는 석부인이 쫓겨나는 것을 보니 중매하던 좋은 뜻이 사그라져 두 집안에 낯이 서지 않고, 또 소상서가 저번 석씨를 내칠 때 한 말이 언짢으니 두루 심사가 답답해 마음의 병이 난 것이었다. 본래 기질이 약한 까닭에 병이 든 후로는 날로 증세가 심해졌다. 이파가 밤낮으로 간호하고 집안의 시녀들도 다 걱정하여 점쟁이에게 묻기도 하고 의원에게 약을 짓기도 했으나 낫지 않아 집안이 근심스러워하던 중이었다. 상서가 궁궐에서 나와 듣고 놀라 급히 일희당에 가 서모를 보았다. - 일희는 으뜸 첩이 있는 곳으로 소처사가 살아 있을 때 지은 이름이었다 - 석파는 용모가 몹시 상하고 숨이 끊

---

* 소현성은 예부상서인데 작품 내에 혼동이 있다.

어질 듯하여 죽을지 살지 모르는 채로 이부자리에 누워 있었다. 상서가 크게 근심하여 나아가 물었다.

"경이 십여 일을 떠났다가 돌아왔는데 그사이 서모가 어찌 이렇듯 병이 나신 것입니까? 증세를 알고자 합니다."

석파가 눈을 들어 상서를 보고 눈물을 비처럼 흘리니 상서 또한 슬퍼하며 위로했다.

"서모가 어찌 이렇게 슬퍼하십니까? 마음을 넓게 하여 몸을 잘 조섭하십시오."

석파가 이에 울며 말했다.

"홀로된 노첩이 낭군 바라기를 태산같이 하여, 친조카의 아름다움을 보고 인연을 이루게 했습니다. 운수가 기구하여 이런 일을 만나니 첩이 두 집안에 면목이 없습니다. 웃음이 변하여 울음이 되니 석공께서 첩을 원망하시며 낭군 또한 첩을 미워하십니다. 이는 곧 이른바 집이 있지만 들어가지 못하고 나라가 있지만 의지할 데 없는 것입니다. 고독하고 곤궁한 몸이 외롭고 쓸쓸하여 흙과 모래가 큰 바람에 날려 가는 곳마다 부딪치는 것이 부러울 지경이니 첩의 인생은 거미줄만 못합니다. 이러한 까닭에 첩이 스스로 헤아리건대 분명 죽을 듯하니, 낭군은 바라건대 첩이 석씨를 천거한 죄를 용서하고 첩의 시신을 돌아가신 처사의 무덤 아래 묻어 박명한 영혼을 위로해주십시오."

상서가 듣고 나서 안색을 공손히 하고 소리를 온유하게 하여 사죄했다.

"경이 비록 예를 모르나 어찌 감히 서모를 못마땅해하겠습니까? 저번에는 어머니께서 내 말을 못 미더워하시는데 서모 또한 곧이듣지 않으시고 석씨를 도우시기에 잠깐 참지 못하고 한 말이었습니다. 그 일로 이렇게 병이 나시고 또한 말씀을 이렇게까지 하시니 황공함을 이기지 못하겠습니다. 죽고자 하나 받아줄 땅이 없으니 비록 만 번 후회한다 해도 어찌 충분하겠습니까? 이것은 다 제 성질이 조급하고 말이 경솔해서 생긴 일입니다. 바라건대 서모는 경의 죄를 용서하시고 마음을 넓게 가지셔서 병을 조리하십시오. 석씨의 사나움이 서모와 관계가 없는데 이토록 심려하십니까?"

석파가 탄식했다.

"낭군이 말할 때 희로喜怒의 표현이 잦으면 첩이 신경을 쓰지 않겠지만, 수십 년에 이르도록 화난 기색을 보지 못하다가 하루아침에 심한 책망을 들으니 부끄러워 참을 수 없어 자연히 괴로운 것입니다. 어찌 석부인으로 인해 난 병이겠습니까?"

상서가 웃고 위로했다.

"소경이 평생 심정이 얕으므로 마음에 두는 일이 없는데, 서모가 저를 아주 남처럼 대하시고 그르다 여기셔서 이렇게 속뜻이 있는 사람으로 미루어 의심하시니 저 또한 서모가 매정하다고 생각합니다. 만일 석씨같으면 비록 그보다 더한 말을 했더라도 이토록 노하지 않으셨을 것입니다."

석파가 상서의 거동이 온화하고 말이 간절한 것을 보고 또한 웃고 대답했다.

"첩이 낭군을 석부인보다 더 중히 여겼는데 낭군이 매몰차게 구시니 바라고 사랑하던 마음이 기가 막혀 이리 노여운 것입니다. 석씨 같으면 무엇 때문에 이토록 노여워하겠습니까? 첩의 원망은 낭군을 친조카보다 더 생각하여 비롯한 것입니다."

상서가 흔연히 웃음을 머금었다. 석파의 병을 돌보는데 약을 직접 준비하고 옷의 띠를 풀지 않으니 석파가 감사해마지않았다. 며칠 뒤에 상서가 들어와 안부를 묻고 앉아 한가로이 이야기를 하다가 석장군의 말을 전하니 석파가 또한 놀라고 우습게 여겼다. 그리고 조용히 물었다.

"낭군이 혼서와 채단을 태웠으니 저 어린 공자를 어찌하려 하십니까?"

상서가 눈썹을 찡그리고 대답했다.

"그 모자는 경이 상관할 바가 아닙니다."

석파가 놀라 말했다.

"낭군이 석부인은 버리신다 해도 혈육도 찾지 않으려는 것입니까?"

상서가 대답했다.

"내가 비록 사나우나 어찌 내 자식을 버리겠습니까? 또 '어미를 사랑하면 자식을 끌어안는다'고 하나 어찌 자식을 사랑하고 미워함이 어미에 대한 애증에 달렸겠습니까? 그러나 이는 그런 것이 아닙니다."

석파가 그 거동을 보고 '분명 석씨가 음란한 행실을 했다고 의심하는 구나' 깨달아 얼굴색을 바꾸며 말했다.

"낭군의 말씀이 이상합니다. 어찌 이리 모호하게 굽니까? 석부인의 자식이 낭군의 아들입니다. 어미를 거절했다고 제 자식조차 버리려고 말씀을 이리 하시는 것입니까?"

상서가 희미하게 웃고 말했다.

"내가 어찌 자식을 버리겠습니까? 운아 형제^{화부인이 낳은 두 아들} 사랑하는 것 병이 될 지경이나 그 밖에는 내 자식이 없습니다. 내 자식이 아닌 것을 사랑하는 것도 괴이하니 서모는 내 진짜 자식을 데려오시지요. 아침저녁으로 책망하셔도 내 자식은 어여삐 여기겠습니다."

석파가 말했다.

"석부인 아들이 낭군 자식인 줄 압니다."

상서가 말했다.

"경도 그렇게 여겼는데 잘못 안 것이었습니다."

석파가 말했다.

"그럴 리가 있겠습니까? 잘못 알았다고 하시는 것이 잘못 아는 말입니다."

상서가 말했다.

"내가 스스로 안 것이 아니라 석씨가 한 말입니다."

석파가 말했다.

"석부인이 무엇이라 했습니까?"

상서가 대답하지 않았다. 여러 번 캐묻자 상서가 천천히 말했다.

"서모의 병이 나으시거든 도성에 들어가 석씨를 보고 물어보십시오. 가장 잘하던 것이니 서모에게 어련히 말하겠습니까?"

석파가 탄식하고 말했다.

"낭군이 벌써 석부인을 미워하여 이렇게 말씀하시나 석부인은 그런 부류가 아닙니다."

상서가 말했다.

"나 또한 석씨를 이렇지 않은 부류로 알았는데 행동이 이와 같으니 참으로 알지 못하겠습니다."

석파가 슬퍼하고 한스러워하니 상서 또한 탄식했다.

가짜 화씨가 밤마다 희롱하다

이날 밤 석파가 조금 차도가 있었으므로 상서가 외당으로 와서 촛불을 밝히고 글을 읽었다. 이때 여씨는 석씨를 내쫓아도 상서가 자기를 더 찾는 일이 없고 기색도 예전과 같으니 생각했다.

'화씨를 마저 없애 그 가권을 빼앗아야겠다.'

이날 황혼에 약을 삼키고 화씨가 되어 외당에 나왔다. 인적이 없는데 비단 창에 촛불 그림자가 휘황하고 상서가 글 읽는 소리가 났다. 가만히 엿보니 상서가 의관을 바르게 하고 옷의 띠를 풀지 않고 서안을 마주하여 책을 보고 있었다. 여씨가 비록 부부가 된 지 여덟아홉 달이 되었으나 시어머니의 처소에 여러 사람이 함께 있을 때는 불편하여 보지 못하고, 자기 거처에서 만나도 어두운 밤에 들어와 엄숙하게 머물고 새벽같이 나가니 그 얼굴을 자세히 몰랐다. 이날 엿보니 찬란한 봉황 같은 어깨에 푸른 적삼을 입고, 연꽃 같은 얼굴에 검은 관을 썼는데, 귀밑은 가을 달이 구름 사이에 비치는 듯하고, 눈썹 사이에 깨끗하고 밝은 기운이 어렸다. 맑은 눈을 한번 돌리면 밝은 빛이 네 벽에 비치고, 정채가 북두성과 견우성을 꿰뚫는 듯했다. 여씨가 공경하고 사랑하는 마음을 이기지 못하니 화씨를 없애고 총애를 얻으려는 뜻이 더욱 일어나 들어가서 상서의 곁에 앉았다. 상서가 화씨가 나온 것을 보고 놀라 물었다.

"부인이 어찌 나왔는가?"

화씨가 탄식했다.

"첩이 석씨와 더불어 낭군의 총애를 입었는데 이제 낭군이 첩을 박대하고 외당에 나와 날을 보내니 첩은 빈방에서 「백두음」을 읊습니다. 오늘 달밤을 틈타 이곳에 이르렀습니다."

상서가 대답했다.

"내가 일이 많아 녹운당을 찾지 못했으나 이 밤에 어찌 부인이 외당에 나오는가? 빨리 들어가시게."

화씨가 거짓으로 부끄러워하는 체하며 일어나 들어갔다. 상서가 마음속으로 비루하게 여기면서도 또한 생각하기를,

'내 성정이 여색에 관심이 없어 밤낮으로 혼자 지내니 젊은 여자가 삼가지 못하는구나'

하고 탄식했다.

"하나는 극악하고 하나는 누추하여 부녀의 네 가지 덕과 아무 관계가 없으니 내가 평소에 화씨와 석씨가 이런 인물이 아닌 줄 알았던 것이 진실로 어리석다. 이제부터 눈을 감고 마음을 흐트러뜨려 사람 알아보기를 그만두리라."

다음날 아침에 문안하는데 양부인의 기분이 좋지 않았다. 상서가 물으니 대답했다.

"내가 다시 생각해보니 석씨의 죄가 매우 분명치 않고 너의 처치가 모호하여 마음이 불편하구나."

소씨 또한 말했다.

"석씨가 설마 그렇게까지 할 리가 있는가? 아우가 그 얼굴을 보았다

하니 참으로 알지 못할 일이다."

상서가 아무 대답도 하지 않고 물러났다. 이날 화씨가 또 서당에 나왔다. 상서가 크게 언짢아 정색하고 본 체도 않으니 오래 앉아 희롱하다 들어갔다. 상서가 며칠 뒤 녹운당에 가서 잤으나 기색이 준엄하여 예전 같지 않았다. 화씨가 이상하게 여겼으나 어찌 이 일 때문인 줄 알았겠는가.

이후 상서가 외당에 있는 날이면 여씨는 화씨가 되어 나가 기괴한 행동을 무궁히 했다. 상서가 혹 책망하고 경계하여 들여보내고 입 밖에 내지 않았지만, 이로 인해 화씨에 대한 깊은 정이 어그러졌다. 이때 화씨가 아들을 낳으니 의약을 극진히 마련해주었으나 들어가보지 않으니 집안사람들이 모두 의아해하고 걱정했다.

여의개용단 이야기를 듣다

원래 예로부터 성현군자라도 간사한 사람에게 속는 일이 있고 해와 달 같은 광채로도 뜬구름에 가려지니 요임금 때도 사흥[四凶, 요임금 시대의 네 명의 흉악한 사람. 환도(驩兜), 공공(共工), 삼묘(三苗), 곤(鯀)]이 있었다. 소상서가 어질지 않은 것이 아닌데도 집안에 요사한 일이 있으니 어찌 한스럽지 않은가. 그러나 간사한 사람이 천 가지 방법과 백 가지 계교를 써도 마침내 맑은 거울에서 도망칠 수 없으니 소상서를 한 번 속인 것도 이상한데 어찌 두 번을 속이겠는가.

하루는 상서가 와룡담가에 나와 한가하게 거닐다가 탄식했다.

"내가 만약 형제 하나만 있었다면 서로 손을 이끌어 한가롭게 노닐며 외롭지 않았을 것이다."

문득 바라보니 먼지 일어나는 곳에 따르는 사람들이 구름 같고 다섯 재상이 말 머리를 나란히 하여 오고 있었다. 이는 성우경, 임수보 등으로 상서의 덕으로 급제하여 벼슬이 모두 한림, 예부상서, 어사 등에 올라 있었다. 항상 소상서를 높은 스승으로 섬기고 소상서도 다섯 사람과 지극한 벗이 되어 서로 공경하고 사랑했다. 사람들은 소상서가 글을 대신 지어준 것을 알 리 없었고 소상서 또한 일가친척에게라도 끝까지 입밖에 꺼내지 않았다. 그 깊고 무게 있는 사람됨이 이와 같으니 다섯 사람이 감격을 이기지 못했다. 오늘 자운산에 이르니 소상서가 저들이 오는 것을 보고도 편편한 바위에 걸터앉아 낚시를 못에 던져 노닐면서 움직이지 않았다. 임수보 등이 몰라보고 골짜기 안으로 들어가 상서의 집에 이르렀다. 자신들이 왔다고 전하자 문지기가 대답했다.

"상공께선 골짜기 밖에 나가 계십니다."

다섯 사람이 말을 돌려 찾으니, 와룡담 서쪽에 한 소년이 흰옷을 가을바람에 나부끼며 옥 같은 손과 긴 팔에 낚싯대를 비껴들고 석벽에 기대 있으니 표연히 신선 같았다. 여러 사람이 놀라 가까이 다가가니 그 소년이 낚시를 버리고 몸을 돌려 사람들을 향해 왔다. 자세히 보니 바로 소상서였다. 모두 반기고 웃으며 말했다.

"소형이 어찌 와 계십니까?"

상서가 답했다.

"국화 향기를 맡으니 맑고 깨끗한 가을 물이 생각나 이곳에 나왔는데 형들이 찾아주시니 다행입니다."

바위 위에 벌여 앉아 오래 만나지 못한 것을 이야기하고 가을 경치를 둘러보았다. 단풍은 비단 장막을 친 듯하고, 국화는 만발하여 미풍에도 향기가 코를 찌르고, 시내는 잔잔하여 옥 같은 바위에 비껴 흐르고, 울창한 푸른 대나무와 가지가 늘어진 키 큰 소나무가 허공을 꿰뚫듯이 솟았으며, 침향나무가 산에 가득하여 꽃다운 기운을 토하니 이러한 경치를 대하고 있노라면 세속을 아주 잊고 속세의 티끌을 씻어버릴 듯했다.

모두가 칭찬하며 말했다.

"소형은 진실로 맑고 고상한 사람입니다. 이런 신비한 곳에서 낚시를 하며 노니니 어찌 아름답지 않겠습니까? 소제 등이 형을 부러워하나니 아침저녁으로 영주산瀛洲山, 동해 가운데 있다는 신선이 사는 산을 대하셨군요."

상서가 가만히 웃고 말했다.

"형들은 영주산을 보았습니까? 군자가 어찌 허탄한 말을 삼가지 않습니까?"

사람들이 다 웃고 말했다.

"보지는 않았으나 신선이 사는 산이 있다 합니다."

임수보가 말했다.

"강주는 진실로 이상한 땅입니다. 약이 있어 사람의 얼굴을 쉽게 바꾼다 합니다."

상서가 웃고 말했다.

"무슨 약입니까?"

임수보가 말했다.

"내 친척 왕생이라는 사람이 강주에 있는데, 어떤 기생을 몹시 잊지 못하여 자주 찾아갔답니다. 하루는 그 기생이 스스로 찾아왔길래 기뻐하며 동침하려는데 문득 보니 외모는 여자이나 몸은 남자였습니다. 크게 놀라 물으니 그 여자가 웃으며 '내가 바로 그대가 사랑하는 사람입니다'라고 했습니다. 왕생이 몹시 괴이해 혹시 놀리는 것인가싶어 그 여자를 데리고 여자의 집에 가보니 과연 맞았습니다. 기가 막혀 돌아왔는데 그후에 들으니 그 기생의 애인이 약을 먹고 와 속이고 그 여자를 데리고 멀리 달아난 것이었습니다. 이런 까닭에 왕생이 밤낮으로 근심하고 노여워한다 합니다."

상서가 탄식하고 말했다.

"과연 방탕한 협객俠客이구나. 기생을 잃고 어찌 근심하고 노여워해 남들의 비웃음을 사는가? 안타까운 사람이다."

모두가 말했다.

"세상 사람들이 다 그러하니 왕생만 책망하진 못할 것입니다."

상서가 한탄해마지않다가 갑자기 흥이 사그라지니 이것은 왕생이 그른 곳에 빠진 것이 안타까워서였다. 오래도록 담소를 나누다가 모두 흩어졌다. 상서가 혼자 앉아 경치를 구경하다가 갑자기 생각이 트이니 크게 의심스러웠다. 마치 뜬구름을 쓸어내고 해와 달이 빛을 토하며 야광주를 어두운 방에 비추는 것 같으니 이는 화씨와 석씨 두 사람의 액운이 다한 것이었다.

상서가 임수보의 말을 듣고 생각했다.

'화씨가 비록 성품이 강퍅하여 유순한 덕이 적지만 사람됨은 높고 밝으며 깨끗하다. 어두운 밤에 수선스럽게 외당에 나와 음란한 행동을 할 리가 있겠는가? 하물며 석씨는 명문가의 딸로 애초 행실이 숙녀의 위풍이 있어 옥처럼 깨끗하고 얼음처럼 맑았으니 내가 한갓 부부의 사사로운 정만 있는 것이 아니었다. 뜻밖에 이런 일이 생겨 실로 괴이하게 여겼으나 석씨와 화씨의 얼굴을 보고 말을 직접 들었으므로 의심하지 않았다. 임생의 말에 비추어보건대 여씨가 몹시 어질지 못한 사람이니 혹시 요망한 일을 한 것인가?'

상서가 의심하며 집으로 돌아왔다.

가짜 화씨의 정체를 밝히고 여씨를 내치다

이날 또 화씨가 달밤에 나와 상서의 곁에 앉았다. 상서가 의심스러워 촛불을 내어 자세히 살폈으나 조금도 의심할 것이 없기에 행동거지를 지켜보았다. 이에 화씨가 웃고 말했다.

"낭군이 여씨는 자주 찾고 첩은 소원하게 대하니 어찌 애달프지 않겠습니까?"

상서가 대답했다.

"부인은 내 조강지처라 중하게 여겼는데 요사이 부인의 행적을 보니 정이 사그라지네. 여씨라고 각별히 후대한 적 없고 그 사람됨이 석씨와 거의 다르지 않으니 불행하게 생각하오."

화씨가 문득 불쾌해하며 말을 하지 않았다. 상서가 의심이 동했으니 어찌 그냥 보낼 것인가. 일부러 소매를 이끌고 일어나 말했다.

"녹운당으로 함께 가는 것이 어떠한가?"

화씨가 사양하며 말했다.

"상공은 여기에서 밤을 지내소서."

상서가 듣지 않고 억지로 이끌어 녹운당으로 갔다. 화씨가 일이 급하게 되어 손쓸 틈이 없으니 백방으로 핑계를 댔으나 상서는 더욱 의심하며 우겨서 데려갔다. 녹운당에 이르니 화씨가 촛불 아래 앉아 옛 사적을 읽고 있었다. 상서가 가짜 화씨를 데리고 문을 들어서자 진짜 화씨가 남편이 온 것을 보고 크게 놀라 물었다.

"저 사람은 어떠한 여자입니까?"

상서가 웃고 천천히 말했다.

"요사이 부인이 분신법分身法을 행하여 날마다 서당에 나오니 생이 오늘은 합신合身하기를 청하오."

화씨가 보니 저 여자가 자기와 머리카락 하나 다르지 않았다. 한편으로는 지극히 놀라고 의아하면서 또한 크게 노여워 꾸짖었다.

"너는 어떤 도깨비이기에 감히 내 얼굴로 상공을 속이고 나를 업신여기느냐?"

가짜 화씨도 노하여 꾸짖으며 말했다.

"너는 어떤 요괴이기에 내 얼굴로 내 방에 있느냐?"

화씨가 발끈 화를 내며 곁에 놓인 철 부채를 들어 가짜 화씨를 치니 가짜 화씨가 소리를 지르며 말했다.

"네가 어떤 것이기에 이렇게 방자하냐?"

상서가 하도 기괴하여 천천히 말했다.

"두 부인은 무례하게 서로 따지지 마시오. 내 스스로 분별하겠소."

그리고 나서 시녀에게 말했다.

"청운당에 가서 여씨를 부르고 운취각에 가서 소씨를 부르고 일희당에 가 두 서모를 불러오되, 요란한 소리가 취성전에 조금도 들리지 않게 하거라."

시녀가 명을 받들어 두루 불러왔다. 이파와 석파가 먼저 들어오니 방 안에 두 화씨가 앉아 있는데 소상서는 한 부인의 소매를 굳게 잡고 눈

썹에 웃음을 가득 띠고 있고 두 화씨는 서로 싸우고 있었다. 이파와 석
파가 크게 놀라 얼떨떨하게 서서 보니 상서가 가만히 웃었다. 시녀를 시
켜 소씨와 윤씨를 불러오게 했으나 두 부인이 다 잠자리에 들었다고 하
고 오지 않았다. 석파가 바삐 운취각에 가 뒤흔들어 깨우며 말했다.

"두 부인은 이런 기이한 볼거리를 구경하지 않으렵니까?"

소씨가 물었다.

"무슨 기이한 볼거리입니까?"

석파가 말했다.

"가보면 압니다."

두 사람이 믿지 않다가 와서 보고 역시 크게 놀라 말했다.

"저게 어찌된 일인가?"

상서가 비로소 전후 사정을 자세히 고하니 소씨가 말했다.

"과연 우습구나. 이렇다면 누가 까마귀의 자웅을 분별하겠는가?"

상서가 말했다.

"소제가 잠깐 살펴보았으니 여씨를 마저 불러온 뒤에 결단하겠습니
다."

말이 끝나기 전에 시녀가 돌아와 알렸다.

"청운당에 여부인이 안 계십니다."

상서가 이에 청운당 시녀와 녹운당 시녀를 잡아내 엄하게 물었다.

"화부인이 저녁 문안 후에 침소를 떠나지 않으셨느냐?"

시녀가 고했다.

"부인이 저녁 문안 후 여기서 움직이지 않으셨으니 어찌 서당에 가셨
겠습니까?"

청운당 시녀들은 서로 보며 말을 하지 않았다. 상서가 재삼 캐물으니
시녀가 어찌 감히 숨기겠는가. 이에 자기도 모르는 사이에 고했다.

"부인이 날마다 화부인이 되어 나가시니 저희가 무슨 까닭인지 알 리

가 있겠습니까?"

상서가 말했다.

"여부인과 공모한 시녀가 여기에 있을 것이니 너희는 바로 고하여 죄를 더하지 마라."

시녀가 이에 여씨의 심복인 미양을 가리켜 고했다. 상서가 잡아내 형장을 갖추어 신문하면서 사실인지 물었다. 미양이 혼비백산하여 전후 사정을 자세히 고하고 두 가지 약을 내놓았다. 여의개용단은 빛이 붉고 크기가 제비알만하고 외면회단은 빛이 푸르고 크기가 콩만하니 소씨 등이 다투어 보고 웃었다. 그러나 상서는 홀로 눈을 들어 보지 않으니 요망한 물건을 보지 않으려는 것이었다.

석파 등이 외면회단을 풀어 두 화씨에게 나눠주니 진짜 화씨는 노기가 가득해 약을 들어 선뜻 먹고 말했다.

"내가 이 약을 먹는다고 부모가 주신 몸이 달라지겠느냐? 네가 내 얼굴이 되고자 하나, 너희 어머니가 우리 아버지의 첩이 낳은 딸이라 하더라도 내 얼굴이 될 리 없다."

상서가 정색하고 말했다.

"모름지기 어지럽게 굴지 말게."

화씨가 외면회단을 먹었으나 전혀 용모가 변하지 않았다. 상서가 또 가짜 화씨에게 권했다. 가짜 화씨가 먹지 않자 윤씨가 웃고 말했다.

"안 먹는 자가 의심쩍다."

소씨가 나아가 억지로 들이부으니 가짜 화씨가 마지못해 먹었다. 갑자기 옛 얼굴이 드러나 날렵한 화씨가 변하여 풍만한 여씨가 되었다. 상서가 바야흐로 잡고 있던 소매를 놓고 옷깃을 바로 하여 단정히 앉았다. 좌우 사람들이 한바탕 손뼉을 치며 웃으니 상서가 탄식했다.

"군자가 있는 곳에는 요사스러운 일이 없는 법인데 소제가 어질지 못해 집안에 이런 변고가 있습니다. 대장부가 되어 아녀자를 거느리지 못하니 사람을 대할 때 못난 것이 어찌 부끄럽지 않겠으며 더구나 조정 정사를 의논하는 일에선 어떻겠습니까? 석씨를 모함한 것은 여씨의 짓이니 두 서모와 누님이 캐물어보십시오."

석파가 먼저 나서서 미양을 붙들고 물었다. 여씨가 처음부터 계책을 꾸미던 일을 일일이 고하니 소씨와 윤씨 두 사람이 한꺼번에 소리 내 웃고 말했다.

"우리는 당초에 아우가 그르다고만 여겼는데, 이제 보니 아우의 처치도 그르지 않았고 우리가 의심한 것도 옳았구나."

석파는 좋아 날뛰며 기쁨을 이기지 못했고, 여씨는 부끄러워 움직이지 못했으며, 화씨는 꾸짖어마지않았다. 날이 새자 취성전에 들어가 간밤의 일을 일일이 고했다. 부인이 크게 놀라 여씨를 불러 당 아래 꿇리고 죄를 물으니 위엄이 늠름하고 말이 명백하여 들으면 모골이 송연했다.

이에 여씨를 내쫓고 계선과 미양 등을 심하게 때려 고향으로 보내고 집안을 깨끗이 했다. 양부인이 석파와 함께 탄식하며 말했다.

"내 아이가 하는 일이 지극히 공정했는데 이런 일이 있으니 어찌 괴이하지 않은가?"

석파 또한 탄식했다.

"이는 상서를 원망할 것이 못됩니다. 다 여씨가 사납고 석부인의 액운이 무거워서입니다."

모두 옳다고 했다.

이때 여씨는 쫓겨나 친정에 돌아가 부모를 보고 자기의 일을 고했다. 부모가 크게 노여워 소상서를 해치려 꾀하고, 여씨를 개가시키려 했다.

석공이 노여워하다

 석부인이 친정에 온 지 몇 달 만에 뛰어난 아들을 낳으니 석참정 부부가 지극하게 사랑하고 기뻐했다. 석씨는 두 아들을 얻으니 마음에 족하고 뜻에 차, 소씨 집안에서 관계를 끊은 것을 한하지 않고 두 아이가 장성하면 충분히 아비를 찾을 것이라 생각했다. 뜻밖에 석파가 친정에 와서 소상서가 아이를 찾지 않을 기색이며 까닭은 석씨에게 물으라는 수상한 말을 했다고 전했다. 참정이 크게 노하여 말했다.

 "소경을 정인군자로 알았더니 이토록 형편없을 줄 어찌 알았겠는가? 아무리 온갖 구실로 구박한다지만 어찌 내 딸을 그런 일로 의심해 제 자식도 찾지 않으려 한단 말인가?"

 진부인은 눈물만 흘릴 뿐이었고, 석씨는 탄식하며 말했다.

 "이는 다 저의 죄악이 무거워서입니다. 그러나 어찌 상서 또한 너무 심하다 하지 않겠습니까? 첩은 버리더라도 어찌 그 혈육을 찾지 않는 것입니까? 아주머니는 상서에게 내 일을 따지지 마시고 거동만 지켜보십시오. 푸른 하늘이 첩에게 끝까지 불공정하지는 않을 것입니다."

옆에 있는 사람들이 모두 눈물을 흘리며 울었다. 석파가 돌아간 뒤, 석씨는 상서의 성격이 뜻을 정한 다음에는 고치기 어렵다는 것을 알기 때문에 부부의 인연을 봄날의 꿈같이 여겼다. 그러나 다만 두 아들이 부자유친의 뜻을 잃을까봐 밤낮으로 마음을 놓지 못했다.

세월이 지나가는 나그네와 같이 네댓 달이 지났다. 하루는 석참정이 조회에 참여하고 오는 길에 소상서를 만났다. 함께 집에 들어가 자리에 앉은 뒤 상서가 먼저 말을 꺼냈다.

"소생이 진작 와 뵙고자 했으나 일이 몹시 많아 오늘 상공이 부르신 뒤에야 와서 뵈니 또한 부끄럽습니다."

석참정이 말을 하려고 하니 분이 먼저 일어났는데, 상서가 그의 말을 기다리지도 않고 일어나 말했다.

"마침 어머니께서 몸이 좋지 않으셔서 감히 오래 모시지 못합니다. 뒷날 다시 와 인사드리겠습니다."

말을 마치고 나가니 석참정이 꾸짖어마지않았다.

이렇게 한 지 열흘 남짓 뒤에 비로소 석씨의 억울함이 드러났다. 양부인이 상서에게 석씨를 데려오라 하니 상서가 대답했다.

"소자가 비록 궁지에 몰렸으나 어찌 부녀를 데리고 다니겠습니까?"

부인이 말했다.

"안 된다. 네가 공연히 석씨를 데리고 다니는 것이 아니니 이번엔 스스로 가서 데려오는 것이 옳다."

상서가 대답은 했으나 얼른 가지 않고, 예부禮部에 연락하여 성친록成親錄, 관원들의 혼인 관계를 기록한 문서을 가져다가 석씨와 이혼한 기록을 없애고 혼서와 채단을 새로 마련하여 석참정 집으로 보냈다. 석참정이 크게 노해 받지 않으려 했으나 진부인이 말했다.

"딸아이는 소씨 집 사람입니다. 혼서가 없으면 의지할 곳이 없습니다. 지금 채단을 빼앗았다가 도로 보내는 것은 인연을 잇겠단 뜻이니 사리로 보아 물리치지 못할 것입니다."

이에 석참정이 받아 석씨에게 주었으나 석씨는 상서의 뜻을 알지 못했다. 이윽고 석파가 앞뒤 사연을 자세히 적어 보내니 온 집안이 놀라고 기뻐하며 서로 치하했다.

며칠 뒤에 소상서가 찾아와 서로 보게 되었다. 석참정이 깊이 노하여 상서가 무안해하는 광경을 보려고 석씨의 두 아들을 내어다가 보이며 말했다.

"이 아이들이 이렇게 아비 없는 것이 되었네. 자네가 '그 모자母子는 나와 상관없다'고 했으니, 내 딸은 자네와 부부간의 사랑이 끊어져서라지만 이 아이들은 어찌 자네 자식이 아니란 말인가? 자네가 보고 다른 사람 자식이거든 두고 가고, 자네 자식이거든 부자의 의리를 잇게. 그러나 부자유친의 뜻을 이룰 때 이 아이더러 다른 사람 자식이라 했던 것이 부끄럽지 않겠는가? 상서는 살펴보게. 이 아이가 다른 사람의 자식인가? 군자 되어 말이 패려하고 무식함이 이 같으니 나라의 녹을 먹는 대신으로 부끄럽지도 않은가?"

소상서가 듣고서 봄바람 같은 온화한 기운을 고치고 태연하게 대답했다.

"상공의 말씀을 들으니 괴이합니다. 소생이 비록 간사한 사람에게 속았으나 제 자식인지 의심된다며 내친 적은 없습니다. 오늘 상공 말씀을 들으니 소생이 화락하여 부자의 사랑과 부부의 의리를 온전하게 하려던 뜻이 사그라지고 그저 부끄러우니 부끄러움을 억지로 참고 인연을 잇는 것은 옳지 못합니다. 하물며 상공 말씀으로 미루어보건대, 석씨를 구박할 때 제 입에서 나오지 않은 말이 있으니 또한 의심까지 생겨 이 아이가 반드시 내 자식인 줄 모르겠으니 아무렇게나 처치하십시오. 소생이 본래 무식하여 상서로 녹을 먹는 것이 진실로 부끄럽습니다."

말을 마친 뒤 소매를 떨치고 일어나니 석참정이 더욱 노했다. 상서가 자운산에 돌아오니 석파가 맞아 웃고 말했다.

"낭군이 오늘 무슨 낯으로 석부인을 보셨습니까?"

상서가 편안하게 웃음을 머금고 대답하지 않았다. 양부인이 물었다.

"석씨를 데려오려 하는데 네 뜻은 어떠하냐?"

상서가 대답했다.

"석공이 노여워하니 아직 그대로 두시지요."

팔왕의 중재로 석참정 집에서 하룻밤을 보내다

열흘 남짓 뒤에 상서가 조회를 마치고 나오는 길에 팔왕을 만났다. 팔왕이 상서를 데리고 석참정의 집으로 가니 석참정과 석장군이 맞아들였다. 인사하는 예를 마친 후 소상서와 함께 보는데 서로 기색이 좋지 않으니 팔왕이 이상하게 여겨 말했다.

"소상서와 석참정은 사위와 장인 사이인데 오늘 두 사람이 불편한 기색이 있으니 어찌된 까닭이냐?"

석장군이 웃고 앞뒤 사연을 이르니 팔왕이 크게 웃고 말했다.

"상서의 탓이 아니라 요망한 부인의 탓인데 석공이 어찌 노여워하는가? 나를 보아 두 사람 다 그만하기를 바라노라."

석참정이 감사하며 말했다.

"제가 어찌 감히 상서를 사위라 하여 가벼이 대접하겠습니까? 다만 딸아이를 구박한 일을 원망한 것인데 대왕이 이렇듯 하시니 마음에 두지 않습니다."

상서는 아무 말이 없으니 팔왕이 웃고 말했다.

"상서는 어찌 대답하지 않는가?"

상서가 한바탕 근심하는 소리를 내고 말했다.

"제 마음에 어찌 정한 뜻이 있겠습니까? 스스로 마음이 허탄하여 구름과 비에 흩어버렸으니 그만하고 말고를 알지 못합니다. 전날 말씀도 무식하여 살피지 못했으니 이 또한 패려함이요, 책망을 듣고 다시 와 뵙는 것도 방탕하여 염치없는 짓이니 염치없는 자가 마음에 담아놓은 뜻이나 있겠습니까? 이러므로 대왕 말씀에 대답하지 못했습니다."

석참정이 발끈하여 얼굴빛이 변했다. 팔왕이 소상서의 손을 잡고 웃으며 말했다.

"상서는 진실로 한수석寒水石, 수정같이 투명하며 성질이 차가워서 해열제로 쓰이는 물질처럼 차갑구나. 너무 깐깐하여 장부의 풍채가 전혀 없으니 도학선생道學先生으로는 으뜸이나 풍류랑風流郎으로는 꼴찌로다. 그러나 오늘은 즐기는 것이 옳다."

상서의 말과 얼굴빛이 온화하고 기쁜 듯하니 사람들이 그 뜻을 헤아리지 못했다. 이윽고 부마 시옥과 우복야 구준이 이르러 일시에 사람들이 별처럼 빽빽이 들어차니 술과 안주를 내왔다. 술잔을 돌리는데 소상서 차례가 되어도 상서가 매번 먹지 않자 팔왕이 반드시 먹이려고 금술잔에 향온香醞, 멥쌀과 찹쌀을 쪄서 식힌 것에 보리와 녹두를 섞어 만든, 누룩을 넣어 담근 술을 부어 권했다. 상서가 사양하며 말했다.

"신이 실로 술을 먹지 못하오니 대왕은 용서하소서."

구준이 또 잔을 들고 상서 앞에 가서 말했다.

"형이 대왕의 명을 거역하시더라도 제 잔은 먹지 않을 수 없을 것입니다."

상서가 또한 웃고 말했다.

"내가 만일 먹는다면 어찌 대왕과 형이 권하신 후에야 먹겠습니까? 그러나 진실로 한 잔이라도 먹으면 병이 재발할 것입니다. 지난번 칠왕

전하가 먹이시던 날 종일토록 신음하고도 낫지 않았으니 결단코 먹지 못하겠습니다."

팔왕이 다시 권하자 상서가 팔왕이 사랑하시는 뜻을 알고 마지못해 한 잔을 마셨다. 부마 시옥이 또 한 잔을 들고 앞에 왔다. 상서가 사람들이 괴롭게 권하는 것을 보고 소매로 얼굴을 가리고 잔을 물리치고 먹지 않았다. 모두 어쩔 수 없어 서로 웃고 술과 음식을 권했다. 석양이 되니 소상서가 더욱 취하여 일어나 하직하며 말했다.

"대왕이 은혜로 내려주신 향온이 온몸에 퍼지니 술기운을 이겨내고 더 모시지 못할 듯합니다. 먼저 하직하겠습니다."

복야 구준이 듣지 않고 손을 잡아 앉히니 석장군이 말했다.

"내 집이 비록 누추하나 상서는 하룻밤 더 보내는 것을 아끼지 말게."

팔왕 또한 권하니 상서가 대답했다.

"소생이 사양할 까닭이 없으나 이유 없이 노모를 아니 뵐 수 없으니 다른 날 오겠습니다."

석장군이 그 소매를 잡았으나 상서가 한번 뿌리치자 장군의 힘으로도 감히 당하지 못하여 놓아버렸다. 여러 사람이 상서의 기색이 엄숙한 것을 보고 다 말을 그쳤으나 오직 구준은 잡고 놓지 않으니 상서가 웃고 말했다.

"형은 어찌 이리 잡스럽게 구는가?"

구준이 소리를 낮추고 말했다.

"형이 평소 집착하는 법 없이 매우 통달하더니 어찌 이리 고집합니까? 벌써 날이 어두웠으니 이제 어찌 가겠습니까? 여기에 있는 것이 옳습니다."

소생이 어쩔 수 없어 억지로 앉으니 다시 술을 권했다. 상서가 이미 어머니를 뵙지 못할 것이라 생각하고 마음을 잠깐 펴 억지로 두어 잔을 겨우 먹었다. 그러나 더 견디지 못하고 팔왕을 향해 말했다.

"대왕이 신을 취하도록 먹이시니 감격스러우나 분명 예를 잃을 듯합니다."

팔왕이 말했다.

"상서는 사실私室에 가서 쉬는 것이 낫겠다."

석한림, 석학사 등이 – 모두 석참정 아들 – 상서의 소매를 이끌고 누이의 침소에 갔다. 석씨가 놀라 나오려 하니 학사 형제가 웃고 말했다.

"이 사람이 누이와 친하니 피할 수 없을 것이다."

권하여 앉히고 문을 닫고 나가니, 상서는 아무것도 모르고 다만 베개 옆에 거꾸러졌다. 석씨가 소상서를 보니 원망하는 마음과 놀라운 뜻이 지극하여 상머리에 앉아 촛불을 돋우고 예절과 음악에 대한 책을 읽었다. 삼경이 지난 후 상서가 스스로 깨어보니 자신이 의관도 벗지 않고 누워 있었다. 이상하여 사면을 둘러보니 서쪽 벽 아래 한 미인이 엷은 화장에 흰옷을 입고 비녀를 대충 꽂고 서안에 비겨 앉아 책을 보는데 다시 보니 바로 석부인이었다. 문득 어제 취하여 들어온 것을 알았다. 목이 말라 상머리의 향기로운 차를 들어 마시고 띠를 끄르고 옷을 다시 여민 후에 누웠던 자리를 떠나 책상가에 가 대나무 베개를 얻어 베고 얼굴을 덮고 다시 잠들었다. 석씨는 끝내 자지 않았다.

다음날 아침에 상서가 일어나 머리 빗고 세수하면서도 석씨에게는 끝까지 한마디도 하지 않았다. 침착하게 의관을 바로 입은 뒤 나가니 아이들이 좌우에 있었으나 또한 본 체도 하지 않았다. 외당에 와서 석참정 께 하직하니 석학사가 상서의 얼굴빛이 불편한 것을 보고 물었다.

"형이 어제 술을 먹어 불편한가?"

상서가 대답했다.

"왜 그런지 모르지만 온몸이 피곤하여 견디지 못하겠네."

석참정이 말했다.

"분명 어제 몸이 상한 것일 테니 그대가 더욱 나를 원망하겠구나."

상서가 잠깐 웃고 일어나 자운산으로 돌아왔다.

병이 나서 석씨를 부르다

상서가 양부인을 뵙고 서당에 나왔다. 정신이 흐릿하여 누워 있는데 갑자기 오한이 들고 열이 오르면서 병이 났다. 원래 상서는 스스로 몸조심하여 혹시라도 부인께 불효할까 두려워하고, 온 집안이 다 이렇게 떠받들며 지냈다. 그런데 이날 못 먹는 술을 인정에 거리껴 세 잔을 먹고, 또 의관도 끄르지 않고 찬 데 거꾸러졌다가, 깬 뒤에도 편하게 자지 못하고 서안에 비겨 새웠으니 이로 인해 병이 생긴 것이었다.

겨우 참고 어머니께 아침과 저녁 문안을 드린 뒤에는 서당에 나와 누워 신음하며 육칠 일을 보내니 날로 병세가 심한 듯했다. 상서가 하루는 문안하고 양부인께 아뢰었다.

"불초자가 일찍이 어머니의 가르침을 받들어 술 먹기를 조심했습니다. 아무 날에 팔왕이 석공 집에 데려가셔서 여러 재상과 함께 괴롭히며 권하시기에 마지못해 조금 마셨는데 그 밤에 편히 쉬지 못했습니다. 덧나서 병이 들 듯하니 서당에서 조리하겠습니다."

부인이 놀라 말했다.

"그렇거든 약이나 지을 것이지 어찌 조리하지 않고 평소처럼 행동했느냐?"

상서가 사죄하고 외당에 와 누웠다. 그뒤로 자못 병이 깊어지니 집안이 어수선하기 이를 데 없었다. 양부인이 밤낮으로 근심하다 말했다.

"병이 이렇게 깊으니 석씨를 불러야겠다."

사람을 시켜 상서의 병이 중하니 오라고 전했다. 석씨가 주저하다가 부모님께 고했다.

"지아비가 병이 있고 시어머님이 지난 일을 뉘우쳐 오라 하십니다. 어찌할까요?"

석참정이 얼굴빛이 바뀌어 말했다.

"못 간다. 아무리 여자라 해도 이럴 수가 있느냐? 소생이 병이 깊을지라도 조강지처가 있고 어의가 약을 받드는데 네가 가서 무엇을 하겠느냐? 너를 조롱하는 것에 불과하다."

석씨가 대답했다.

"비록 그러하나 가지 않는 것은 그르니, 아버지께서는 생각해보소서."

석참정이 평소에는 재주와 사람됨이 기특하지만 성품이 고집스러워 그른 줄 알면서도 우기면 천 사람이 권해도 뜻을 돌리지 못했다. 소상서를 몹시 원망하는데다 딸을 보내지 않기로 뜻을 굳혔기 때문에, 진부인과 석씨가 여러 번 그래서는 안 된다고 해도 굳게 고집하면서 듣지 않았다. 석씨가 어쩔 수 없어 결국 가지 못했다.

양부인이 잠깐 석씨를 그르게 여기는 빛이 있으니 석파가 나아가 고했다.

"이것은 석참정이 고집하시는 것이지 석부인 탓이 아닙니다."

양부인이 말했다.

"이는 내 아들이 현명하지 못하고 내가 모호해서이니 석씨가 어찌 한하지 않겠느냐? 석공은 대장부니 어찌 의리를 모르겠느냐만 석씨가 원망하여 오지 않는 것이다."

이어서 웃으며 말했다.

"경의 병이 무거워 불렀으나 석씨가 마음에 담아두고 있다면 뭐 어찌 겠느냐?"

석파가 부끄러워하며 물러났다.

상서의 병이 날마다 위중해지니, 스스로 마음을 넓게 하고 담을 크게 하여 아픈 소리를 참고 먹는 것이 비록 비위에 거슬려 토하더라도 반드시 억지로 먹었다. 늘 괜찮은 듯이 지내나 몸이 괴로워 신음하는 것이 극심했다. 하루는 양부인이 나와 보니 상서가 병풍과 가리개를 걷고 웃옷을 입고 띠를 매며 관을 쓰고 억지로 침상에서 내려와 맞았다. 부인이 들어와 보니 얼굴빛은 특별히 상하지 않았으나 호흡이 가쁘고 손발이 불 같았다. 부인이 손을 잡고 눈물을 머금어 슬퍼하며 물었다.

"네가 우연히 병을 얻어 이렇게 위중하니 내가 불편한 마음을 어찌 다 이르겠느냐? 너는 모름지기 조심하여 조리하는 것이 옳은데 어찌 이렇게 씻고 앉았느냐?"

상서가 얼굴빛을 부드럽게 하고 아뢰었다.

"소자가 불초한 몸을 조심하지 못하고 병이 들어 오랫동안 뵙지 못하니 불효가 가볍지 않습니다. 그러나 차가운 기운에 부딪친 병이니 한때 괴로우나 자연히 쉽게 나을 것입니다."

부인이 근심하여 즐거워하지 않으니 상서가 좌우를 돌아보며 말했다.

"내가 아침 먹은 후에 미음을 가져다주지 않았으니 병든 사람이 어찌 몸을 보호하겠느냐? 지금 빨리 가져와라."

화씨가 급히 일어나 복령^{茯苓} 미음을 가져다주니 상서가 흔연히 마셨다. 그리고 어머니 곁에 앉아 옛 사적과 예의와 음악을 논하고 벗들의 재주도 아뢰었다. 온화한 말씀과 우아한 웃음이 자연스러워 조금도 병든 기색을 보이지 않았다. 그러나 부인이 들어간 후에는 새삼 신음을 참지 못했다. 이파가 석씨가 오지 않는다고 전하니 상서가 잠자코 아무 대답이 없었다.

며칠 뒤에 석참정이 석씨에게 말했다.

"너는 내 생전에 보내지 않을 것이지만 네 아들은 양부인이 보시도록 보내라."

석씨가 명을 받들어 두 아들을 유모에게 맡겨 보냈다. 양부인이 듣고 두 손자를 불러 보고는 흐뭇해하고 사랑하며 서당에 보냈다. 상서가 신음하다가 아이들이 왔음을 듣고 데려와 보니 두 아이가 장성하고 빼어나게 아름다워 따라갈 사람이 없었다. 부자의 정으로 어찌 기쁘지 않으며 사랑하지 않겠는가. 무릎 위에 얹고 그 손을 어루만지며 유모에게 명했다.

"이는 내 자식이니 내 집에 두고 너희는 석씨 가문의 종이니 돌아가라."

유모가 어쩔 줄 몰라 석파에게 고하니 석파가 탄식하고 말했다.

"난들 어찌겠는가? 순조롭게 모이는 것이 옳거늘, 상서의 병이 중하고 부인이 부르시는데도 이유 없이 오지 않으니 부인은 그르게 여기시고 상서는 노하셨구나. 참정께서 고집하시는 것이 어찌 안타깝지 않겠는가? 상서가 명하시니 너희는 돌아가 있는 것이 좋겠다."

두 유모가 눈물을 슬피 흘리며 각각 공자와 헤어졌다. 돌아가 참정께 고하니 참정이 웃고 말했다.

"자문이 깊이 노했구나."

석씨는 고개를 숙이고 말을 하지 않았다.

석씨가 돌아와서 병을 보살피다

며칠 뒤에 석파가 석참정에게 글을 부치니 대략 소상서의 병이 지극히 중하므로 석씨를 보내라는 내용이었다. 석씨가 이에 고했다.

"소녀가 결단하여 가려 하니 아버지께서는 막지 마소서."

석참정이 딸의 마음이 움직인 것을 보고 어쩔 수 없어 탄식하며 말했다.

"네가 가겠다면 모름지기 조심하여 근심스러운 일이 없도록 해라."

석씨가 명을 받들고 이에 자운산에 이르렀다. 문밖에 머물며 양부인께 죄를 청하니 부인이 듣고 반가워하며 시녀를 시켜 바삐 들어오게 했다. 석씨가 명을 받고 들어와 취성전 뜰에서 죄를 청했다. 모두 바라보니 검푸른 머리가 흐트러져 옥 같은 얼굴을 덮어 난초가 옥 계단에 쓸린 듯하고, 가는 허리는 거의 끊어질 듯했다. 곱디고운 태도와 깨끗한 기질이 새삼 황홀하고 아리따운 용모에 심신이 녹을 지경이었으며, 남루한 옷에 근심하는 거동이 더욱 절묘했다. 계단 아래 꿇어앉아 사죄하며 말했다.

"소첩이 못난 기질로 훌륭한 가문에 의탁하여 일마다 잘못했으나 어머님의 덕택으로 수삼 년을 지냈습니다. 마침내 하늘의 재앙을 입어 슬하를 떠났으나 재삼 은혜와 사랑을 입어 악명을 씻었습니다. 지아비가 병들었으니 비록 부르시는 명이 없더라도 나아와 인사드리려 했으나 사람 사는 일이 자질구레하여 뜻과 같지 못했습니다. 명을 거역한 죄를 밤낮으로 헤아려 죽기를 바랄 따름이었지만 지아비의 증세가 위중하다 하니 오늘은 당돌함을 잊고 문하에 이르러 여쭙고자 했습니다. 소첩의 깊은 죄를 용서하시고 앞에 불러 보시니 첩이 존안을 뵙고 경사스러운 기쁨을 이기지 못하여 죽어도 한이 없겠습니다."

양부인이 자리를 명하여 석씨를 당에 올리고 위로하며 말했다.

"가운이 불행하고 어진 너의 액운이 무거워 괴이한 일이 있었구나. 당초 저주하고 독을 탄 일은 늙은이와 경이 의심하지 않았다. 천만뜻밖에 여씨가 단약으로 너의 용모가 되어 나가 이러저러하니 경이 총명하다 하나 귀신이 아닌데 어찌 분별했겠느냐? 이러므로 너를 내보내고 여씨는 화씨마저 해치다가 패려하고 누추한 행동을 하니 경이 친구의 말 한마디에 깨닫고 그 비밀한 계략을 들춰냈다. 이 늙은이는 사사로운 정에 가려서 그런지 반드시 경이 어리석어 생긴 일만은 아닌 듯하구나. 이미 간사한 사람을 쓸어버렸으니 다시 모여 즐길 것이다. 네가 당초 오지 않은 것은 마땅한 예와 정대한 의리로 헤아리면 잘못이지만, 또한 네 마음대로 못한 일이라 들었으니 어찌 마음에 두겠느냐? 경의 병이 위중하니 마음이 어지럽구나. 너는 화씨와 함께 병자의 옆을 살펴라."

석씨가 근심스레 감사드렸다. 소씨, 윤씨 두 사람과 화씨, 이파와 서로 보니 모두가 반기고 슬퍼하며 이별한 이후의 일을 못내 이르고 또 아들 낳은 것을 축하했다.

이날 저녁 부인이 화씨와 석씨 두 사람을 데리고 서헌에 오니 상서가 부축을 받으며 맞았다. 석씨가 어머니 곁에 있는 것을 보고 문득 눈을 낮추어 어머니와 말을 나누었다. 부인이 말했다.

"석공이 고집하여 보내지 않으셨으나 석씨가 너의 병세를 듣고 재삼 간청하여 석공의 뜻을 돌려 오늘 왔으니 과연 부녀의 덕을 잃지 않았다 하겠다. 이제 너희 부부가 분명 서로 원망하기를, 석씨는 전일 내쫓긴 것을 노여워하고 경은 병들었는데 즉시 오지 않은 것을 못마땅하게 여길 것이다. 그러나 내 생각엔 둘 다 일리가 있으니 각각 품은 뜻을 버리고 화해해라."

석씨는 손을 맞잡고 들을 뿐이었다. 상서가 감사드리며 말했다.

"엄하신 명을 받들겠습니다."

부인이 일어나며 말했다.

"화씨는 매번 밤을 새웠으니 오늘은 석씨가 여기서 간호해라."

석씨가 비록 난처했지만 대답하고 도로 앉았다. 상서는 따로 말도 하지 않고 다만 괴로이 신음할 뿐이었다. 이날 밤에 석씨가 침상 가에서 간호하는데, 상서는 두어 시간도 잠을 이루지 못하고 머리를 싸고 눈을 감고 있으니 의식이 매우 흐릿했다. 석씨가 예전에 쫓겨난 일을 원망하나 이는 상서의 본심이 아니었고, 또한 두 아들을 낳고 네 해를 함께 지내 은정이 태산같이 얽혀 있었다. 상서의 증세가 심한 것을 보고 마음이 어지러워 촛불 아래 앉아 밤이 다하도록 잠깐도 졸지 않았다. 그러나 상서는 혹 차를 찾더라도 반드시 시녀를 부르고 석씨와 말을 하지 않았다. 이튿날 석씨가 들어가 문안하고 침소에 와서 잠깐 쉬는데 부인이 불러 말했다.

"화씨가 갑자기 병들어 일어나지 못한다 하니 네가 경의 침실을 계속 지켜야겠다."

석씨가 명을 받고 녹운당에 가보니 화씨가 침상에 누워 말했다.

"연달아 밤을 새워 그런지 온몸이 피곤해 견디기가 어렵군요. 두어 날 쉬려 하니 부인이 서당에 가 간호해주십시오."

석씨가 화씨의 병이 또한 가볍지 않은 것을 보고 대답했다.

"첩이 민첩하지 못해 지아비의 병을 충분히 잘 살피지는 못하겠지만 날마다 갈 것이니 형님은 마음놓고 몸조리하십시오."

석씨가 서당에 돌아와 상서를 보니 잠깐 잠들었는데 열이 올라 옷을 풀고 가슴을 드러내놓고 누워 있었다. 마침 시동과 시녀가 다 난간 밖에 있으므로 상서가 찬 기운에 상할까 두려워 나아가 옷을 당겨 덮어주었다. 상서가 문득 깨서 보고는 즉시 옷을 여미고 벽을 향해 돌아누웠다. 원래 상서는 석씨에게 화가 난 것이 아니라 석장군이 칼을 들어 자신을 죽이려 하고 석참정이 얼굴빛을 바꾼 것에 화가 난 것이었다. 또한 석씨가 겉으로 평안한 표정을 짓지만 그 마음 가운데에는 원망이 깊이 맺힌 것을 눈치채고, 먼저 말을 건넸다가 석씨가 대답하지 않는 욕을 볼까봐 더욱 냉담하게 굴었던 것이다. 석씨는 영민하고 트인 여자이므로 상서의 이러한 심정을 알아챘으나 일부러 모르는 체하고 온순하고 나직하며 친근하게 간호했다.

마음이 풀리고 병이 낫다

그러나 이십여 일이 지나도 상서가 끝내 낫지 않고 증세는 나날이 위중하니 온 집안이 슬퍼했다. 그중에 화씨도 우연히 얻은 병이 쉽게 낫지 않고 앓으니, 석씨는 일시도 서당을 떠나지 못했다. 상서가 하루는 화씨의 세 아들과 석씨의 두 아들을 데려다가 보고 탄식하며 말했다.

"내가 이제 죽으나 아들을 다섯 두었으니 조상님께 불효하지는 않았다. 다만 어머니께 불효하는 것이 가볍지 않구나."

말을 마치고 갑자기 의식이 아득하게 흐려지더니 기절했다. 석파 등이 함께 있다가 크게 놀라고 또 슬퍼서 눈물을 흘리며 부인께 고하려 하자 석씨가 급하게 말리며 말했다.

"잠시 기운이 막힌 것이니 약을 쓰면 될 일인데 어찌 어머님께 알려 놀라시게 하겠습니까?"

시녀에게도 주의를 주었다.

"요란하게 굴어 부인이 들으시게 하지 마라."

그러고 직접 약을 가져다가 상서의 입에 연이어 넣었다. 상서의 호흡과 맥박이 위태한 것을 보고 소리를 머금고 구슬 같은 눈물을 꽃 같은 뺨에 연이어 흘러 옷깃이 젖으니 좌우 사람들도 소리 없이 눈물을 흘리며 울었다. 한참 만에 상서가 숨을 내쉬고 잠깐 정신을 차리니 석파가 울며 말했다.

"상공이 아까 어찌하여 기운이 막히셨습니까?"

상서가 말했다.

"우연히 아득해져 혼절했으니 거의 죽을 뻔했습니다. 어머니께서 알고 계십니까?"

석파가 말했다.

"놀라실까봐 고하지 않았습니다."

상서가 크게 기뻐하며 물었다.

"서모가 그렇게 해주시니 감사합니다. 어찌 바쁜 중에 이런 생각을 다 하셨습니까?"

이파가 말했다.

"석파의 생각이 아니라 석부인의 생각입니다."

상서가 갑자기 말을 그쳤다. 이날 황혼에 모든 사람이 흩어지고 석씨는 촛불 아래 앉아 있었다. 상서가 석씨의 눈물 흔적이 처량하고, 한 달 넘게 간호하는데 조금도 게을리하지 않으며, 밤에 눈을 붙이지 못하고 밤낮으로 단정히 앉아 옷고름도 끄르지 않는데다 식음을 폐하고 근심하는 것을 보니 어찌 감동하지 않겠는가. 은정이 노여움을 이기고 또 자기가 기절했을 때 어머니께 고하지 않은 것을 훌륭하게 여겨 준엄한 빛을 덜고 이날 밤에는 마음을 풀었다. 이경二更이 지나서 차를 찾으니 석씨가 나아와서 주었다. 다 마신 후 상서가 비로소 물었다.

"부인이 어찌 병자의 침소에 와서 간호하고 고생하는 것이 이와 같은가? 생이 밤낮으로 불안하니 평안히 쉬시지요."

석씨가 머리를 숙이고 정색하며 대답하지 않으니 상서가 잠시 후에 또 말했다.

"소생이 비록 못났으나 장군이 칼로 죽이려 하고, 참정이 대놓고 꾸짖으며, 부인이 어머니의 명을 거역하니 진실로 불쾌하지 않았겠소? 그러나 부인이 생을 위하여 밤낮 애쓰니 오늘은 편히 쉬시지요."

석씨가 천천히 대답했다.

"첩이 보잘것없는 자질로 군자에게 후한 대접을 받아 복이 넘쳐 액을 만나니 이 또한 첩의 운수가 기구해서입니다. 어찌 감히 원망하여 시어머님의 명을 거스르겠습니까? 그러나 죄를 알면서도 범했고, 할아버지와 아버지의 일 또한 첩의 깊은 죄입니다. 죄를 청할 따름입니다."

상서가 바야흐로 목소리를 온화하게 하여 대답했다.

"지금 옛일을 말해봐야 쓸데없는데 경망하여 부질없는 말을 했소이다. 그러나 병을 간호한 지 한 달이 넘도록 잠깐도 쉬지 않았고, 오늘은 내 기운도 제법 나으니 평안히 쉬시오. 나도 평안할 것이오."

석씨가 대답했다.

"첩의 숙소가 있으니 군자의 병이 나으면 첩이 스스로 가 쉴 것입니다. 군자는 염려하지 마십시오."

석씨가 외당인 것을 꺼려 쉬지 않는 것을 보고 상서 또한 옳다고 여겨 억지로 권하지 않았다. 이렇게 며칠이 지난 뒤 석씨가 침상 머리에서 약을 준비하다가 칼날에 손을 심하게 베여 피가 흘러 자리에 가득했다. 상처를 거두어 싸맸는데 약한 기질에 아픔을 이기지 못하니 얼굴빛이 찬 재 같았으나 상서가 잠들었으므로 소리를 내지 않았다. 그러나 온몸이 떨려 정신이 흐릿하니 침상가에 엎드려 기운을 진정하며 차마 그 피를 보지 못해 시녀를 불러 치우려고 했다. 상서가 마침 깨어 돌아누워 눈을 들어보니 석씨가 당황한 기색으로 손을 품고 엎드려 있었다. 상서가 물었다.

"부인은 어디가 불편하오?"

석씨가 대답했다.

"우연히 실수하여 손을 다치니 자연히 마음이 편치 않습니다."

상서가 바야흐로 보니 부인의 옷에 피가 가득했다. 놀라서 그 손을 보고 문득 얼굴빛이 변해 말했다.

"어찌 이토록 크게 다쳤는가?"

스스로 몸을 일으켜 비단을 매어 약을 섞어 싸매고 무척 속상해했다.

석씨가 손을 다치고 나서부터 왼쪽 팔이 저리고 부어 마음대로 쓰지 못했다. 상서가 여러 번 침소에 가서 편하게 쉬라고 권했으나 듣지 않았다. 하루는 석파가 양부인을 모시고 상서를 보러 들어왔다. 석씨는 서안에 기대 졸고 상서는 석씨의 손을 잡고 자고 있으니 양부인이 웃으시고는 병풍 밖에서 소리를 냈다. 석씨가 놀라 깨서 상서가 자기 손을 잡고 있는 것을 보고는 손을 밀고 급히 일어나 양부인을 맞았다. 양부인과 석파가 웃고 들어와 앉으니 상서 또한 깼다. 상서가 침상에서 내려와 앉으며 말했다.

"계속 못 자다가 아까 잠들어 맞이하지 못했습니다."

부인이 말했다.

"오늘은 어떠하냐?"

상서가 대답했다.

"두어 날은 나으니 다행입니다."

부인이 경계했다.

"네가 항상 행동이 지극히 신중하므로 병이 심해도 의심하지 않고 석씨에게 밤낮 간호를 맡긴 것이니 너는 모름지기 조심하며 몸조리해라."

상서가 석씨와 사십여 일이 되도록 한방에 있었지만 조금도 희롱하는 일이 없었다. 이날은 마침 석씨가 손을 크게 다친 것을 보고 속이 상한데다 또 서안에 기대 조는 것을 보니 뜻이 은근하여 그 손을 잡고 상처를 보다가 잠든 것이었다. 어머니가 이를 보시고 걱정되어 당부하는 것을 알고 다만 공손히 대답하여 명을 받들 뿐이었다.

이렇게 저렇게 또 십여 일이 지나니 병세가 나아져서 온 집안이 떠들썩하게 경사를 축하했다. 석씨가 마음을 놓고 벽운당에 돌아와 쉬는데 갑자기 병이 났다. 원래 버들같이 연약한 기질인데 오십 일을 밤낮 눈을 붙이지 못하고 앉아 지낸데다 근심하느라 신경까지 썼으니, 바쁠 때는 모르다가 마음을 놓자 병이 난 것이었다. 이때 화씨와 상서는 병이 다 나아 일어났는데 석씨가 병드니 집안에 걱정거리가 떠나지 않았다. 상서는 어머니께서 걱정하시는 것을 근심해 더욱 의약을 부지런히 마련하여 석씨의 병이 낫기를 바랐다.

강주안찰사가 되다

이때 여운이 자기 딸을 내친 것을 원망하여 소상서를 해치고자 했으나 핑계가 없었다. 마침 강주江州의 인심이 어지러워 도적이 곳곳에 모여 난을 일으킨다 하니 추밀사 여운이 표를 올려 말했다.

"강주는 중요한 곳이어서 마땅히 총명한 재주와 지략을 갖춘 사람이어야 진정시킬 수 있을 것입니다. 상서 복야 소경이 문무를 겸전하고 지혜가 남보다 뛰어나니 강주안찰사를 시켜 부임하도록 하소서. 비록 직함은 낮으나 공로를 이룬 뒤 벼슬을 올려주면 될 것입니다."

천자가 주저했으나 여귀비가 사사로이 청하자 성지聖旨를 내려 윤허했다. 여운이 통정사通政司, 문서를 전달하는 중앙부서에 뇌물을 주고 그날로 떠나게 하니 소상서가 전지傳旨를 들고 들어와 어머니께 아뢰었다. 부인이 크게 놀라 말했다.

"강주는 험한 땅이다. 네가 중병을 앓고 아직 회복되지 않았거늘 장차 그 먼길을 어찌 가겠느냐?"

상서가 대답했다.

"병이 나은 지 오래니 염려할 바가 아니고, 더디면 일 년이요, 쉬우면 반년 안에 돌아올 것이니 지나치게 염려하실 것 있겠습니까?"

부인이 길게 탄식하며 말했다.

"네가 젊은 나이에 부귀가 지극하니 이는 모두 천자의 은혜다. 명을 받들어 사방으로 가 군주의 명령을 욕되게 하지 않으면 경사가 될 것이다. 너는 내 생각 말고 맡은 일을 잘 다스려 맑은 이름을 드리우고 천자의 전지를 욕되게 하지 마라."

상서가 두 번 절하여 명을 받들고 두 서모와 소씨, 윤씨 두 누이와 이별하니 모두 눈물을 뿌렸다. 먼저 녹운당에 와 화부인과 이별하는데 다만 아침저녁 식사를 잘 받들고 모친 곁을 떠나지 말라고 당부했다. 벽운당에 이르러 석부인을 보니 석씨가 침상에 초췌한 모습으로 있는데 병세가 몹시 심했다. 상서가 비록 굳센 성격이나 한번 보니 마음이 좋지 않아 나아가 나직이 말했다.

"생이 국명으로 강주에 나가는데 부인이 낫는 것을 보지 못하고 가니 마음이 불편하군요. 아무쪼록 건강을 회복해 서로 보기를 바랍니다."

석씨가 듣고 정색하며 말했다.

"군자가 황명을 받들어 만리 먼 곳으로 가시게 되니 어머님을 떠나는 슬픔이 지극해 다른 데에 뜻이 없을 것입니다. 하찮은 아녀자를 마주보고 이별하는 것도 쓸데없는 일인데 어찌 몸에 관복까지 입고 제게 사사로운 정을 이르십니까? 첩이 바야흐로 젊으니 작은 병이 있어도 자연히 나을 것입니다. 부질없는 염려로 거리끼지 마십시오."

상서가 다 듣고 길게 탄식하며 인사했다.

"부인의 말씀이 옳습니다. 생이 어찌 마음에 구애되어 염려하겠소? 다만 병을 잘 조리하십시오."

말을 마친 뒤 일어나 나갔다. 대궐에서 천자께 하직하니 상이 불러 보고 위로하며 절월節鉞. 부절(符節)과 부월(斧鉞). 높은 관원이나 장수를 지방에 파견할 때 황제가 내려

^{주는 신물(信物)}을 내리셨다. 소경이 은혜에 감사드리고 강서로 향하는데 따르는 무리를 다 떨쳐 뒤에 쫓아오게 하고 유생의 복장으로 강주에 이르렀다. 한 시골 주점에 들어가니 두어 늙은이가 술을 먹고 노래를 부르며 춤추고 있었다. 안찰사가 나아가 인사하니 노인이 놀라 맞이하고 말했다.

"젊은이는 어디서 오시는가?"

안찰사가 대답했다.

"생은 서울 사람으로 산을 구경하러 이곳에 왔습니다. 어르신들은 어떤 분들이십니까?"

노인이 말했다.

"우리는 대대로 강주에서 살았으니 둘이 형제로 이름은 원화, 원숭이네. 젊은이가 멀리서도 왔도다."

술을 권했으나 안찰사는 사양하고 먹지 않았다. 조용히 이야기를 나누며 풍속을 알아보고 또 물었다.

"이곳에 여의개용단과 외면회단이 있다고 하니 어디서 파는지 알고자 합니다."

노인이 말했다.

"그 약이 매우 귀하니 값이 높은지라. 사려고 한다면 여기서 정동쪽으로 이십 리 가면 만춘산이라는 산이 있는데 그곳에 사는 도화 진인이 이 단약을 고아 판다네."

안찰사가 가르쳐준 것에 감사하고 물었다.

"이 진인이 도술이 뛰어납니까?"

노인이 말했다.

"진인은 이삼천 년 득도한 신선이니 그 조화가 천지에 가득하지."

안찰사가 말했다.

"그렇다면 맑고 고상한 도사일 텐데 어찌 구차하게 약을 팝니까?"

노인이 말했다.

"약을 팔아 중생의 요구와 바람에 응하니 이것도 하나의 적선이라더군."

안찰사가 다 듣고 얼마간 앉아 있다가 일어나 하직하고 갔다. 노인들이 서로 의심하며 말했다.

"어떤 젊은이길래 저토록 기특한가? 도화 진인이 와서 우리를 희롱한 것이 아닌가? 비록 진인이었을지라도 우리는 해로운 말을 하지 않았으니 근심할 것은 없다."

안찰사가 육칠 일을 돌아다니며 인심을 살핀 후에 통지하고 그날로 부임했다. 부와 현의 우두머리들이 다투어 영접하고 하급 관리는 어지러이 허둥대면서 갑자기 맑은 하늘에 날벼락이 떨어진 것같이 여겼다. 안찰사가 부하 관리와 군졸을 인품으로 차등을 두어 상과 벌을 명백하게 하고, 사형 집행을 알맞게 절제하며 백성을 어여쁘게 여겼다. 몇 달 되지 않아 강주 일대가 태평가를 부르고 도적이 양민이 되니 안찰사의 덕택과 도량을 알 수 있었다.

왕한을 개과시키다

안찰사가 하루는 서헌에 앉아 있는데 문득 하급 관리가 어떤 젊은이를 밀며 난간 아래에 와 고했다.

"이 선비가 미친 말을 하면서 상공께 아뢸 것이 있다고 반나절을 싸우니 마지못해 데려왔습니다."

눈을 들어보니 외모가 맑고 고우며 풍채가 수려하지만 병색이 가득한 서생이었다. 안찰사가 물었다.

"그대는 어떤 사람이며 무슨 원통함이 있느냐? 품은 생각을 듣고 판결하겠다."

서생이 눈물을 흘리며 말했다.

"생은 본래 서울 사람으로, 떠돌다가 이 땅에 왔으니 의지할 데가 전혀 없었습니다. 오직 비파정의 이름난 기생 취연을 가까이하여 아내로 삼고 살았으나, 작년에 취연의 옛 애인 이경수란 놈이 여의개용단을 먹고 와 소생을 속이니 소생은 참으로 취연인 줄 알고 그후 찾아가지 않았습니다. 이경수가 이 틈을 타 취연을 데리고 무위군無爲軍에 가서 사니 이제 와서는 아무리 찾아가도 돌려주지 않고 도리어 소생을 심하게 쳐서 이렇게 병들게 했습니다. 상공의 신명하신 위엄과 덕에 힘입어 취연을 찾고 싶고 또 이경수를 죽여주시길 바랍니다.”

안찰사가 듣고 매우 우습고 또 한심하여 다시 물었다.

“그대의 이름은 무엇이냐?”

서생이 대답했다.

“이름은 왕한입니다.”

안찰사가 문득 예전에 임수보가 말했던 왕생임을 깨닫고 잘못된 길로 빠진 것을 불쌍하게 여겨 말했다.

“네 말로 보건대 이경수가 요사한 약을 먹어 속인 것과 취연이 배반한 것이 다 죄가 있으나 취연의 죄가 더욱 무겁다. 다 잡아 처치하겠다.”

이윽고 죄인을 잡아오도록 사람을 보냈다. 무위군에서 이경수와 취연을 잡아와 죄를 묻는데, 취연의 자색이 견줄 사람이 없을 정도로 빼어났다. 안찰사가 취연을 엄하게 신문하니 자백했다.

“본래 저는 이씨의 오랜 애인인데 왕생이 괴롭혀 빼앗으니 어쩔 수 없이 계교를 쓴 것입니다.”

안찰사가 잠깐 생각하는 듯하더니 소리를 가다듬고 말했다.

“네가 당초 이씨에게 갔다면 왕생과 살지 말아야 했다. 그때는 순순히 따랐다가 나중에 속이니 처음에는 절개를 잃은 계집이 되었고 나중에는 신의를 잃은 계집이 되었다. 죄가 아예 없다곤 못할 것이다.”

취연을 심하게 쳐서 내치고 이경수를 책망했다.

“네가 요망한 약을 먹고 사람을 속이니 마땅히 죄가 무겁다. 그러나 사정을 짐작하여 너그럽게 용서하니 다시 이런 행동을 하지 마라.”

또 왕생을 꾸짖으며 말했다.

“너의 어리석음과 사나움이 이와 같아 남의 계집을 빼앗고 뒤에 속은 것이 참혹하고 부끄러운 줄도 모르는구나. 스스로 용납하지 못할 행적을 저지르고 어찌 내게 와 원통하다 하는 것이냐?"

칼을 씌워 옥에 넣으라고 했다. 안찰사는 공무를 마치자 이경수를 끌어 내치고 동헌東軒에서 쉬다가 날이 어두워지자 심복을 시켜 왕생을 데려와 대청에 올리고 물었다.

"내가 그대를 보니 이미 가슴속에 글을 감추었고 눈빛에 선비의 품격이 있는데, 무슨 까닭으로 성인의 가르침을 저버리며 스승의 인도함을 잊고 몸가짐을 무례하고 방탕하게 하여 부모가 물려주신 몸과 조상을 욕 먹이는가? 내가 일찍이 들으니 대장부가 세상을 살아가면서 몸과 마음을 수양하고 도리를 행하며 충효를 잃어버릴까 두려워할지언정 처자가 없을까 근심하지 않는다 했으니, 하물며 하찮은 기생은 말해 무엇하겠는가? 내가 비록 어질지 못하나 평생 조그만 의기를 품었기에 사람이 그른 곳에 나아가는 것을 보면 문득 마음이 불편해지는데, 형의 행동을 보자니 감정이 격해지는 것을 참지 못하겠다. 내가 선비 집안 가운데 어진 미인을 골라 형의 좋은 짝을 정해주고자 하니, 나와 서울에 가는 것이 어떠한가?"

왕생이 매우 부끄럽고 또 감격스러워 두 번 절하고 감사드렸다.

"소생은 사람으로 치지도 못할 것인데 대인이 이렇듯 어여삐 여기시니 어찌 감히 가르침을 받들지 않겠습니까? 명대로 하겠습니다."

안찰사가 얼굴에 기쁜 빛을 띠었다. 이후 왕생을 관부에 머물게 하여 옷과 음식을 후하게 대접하고 형제로 일컬으며 벗이 되니 왕생이 지극히 감격하고 또한 부끄러워했다. 안찰사가 행동 하나하나 어긋남이 없이 일마다 남보다 뛰어나고 예의를 갖추어 처신하는 것을 보고 왕생이 자기 행실을 비추어보니 공자와 양화의 경우와 비슷했다. 이에 크게 깨달아 마음을 고치고 뜻을 닦아 안찰사가 하는 대로 수행했다. 안찰사가 왕생의 개과를 기뻐했으며 또 그 빛나는 글솜씨를 보고 평소 재주 있는 사람을 지극히 사랑하고 아끼던 까닭에 매우 후대했다.

가씨를 구하다

안찰사가 하루는 배를 타고 순행하는데 어떤 사람의 시신이 물 위에 떠왔다. 사공을 시켜 건져 올리니 젊은 여자였는데 갑자기 물을 토하고 정신을 차렸다. 안찰사가 기뻐하며 선창으로 들여 누이고 한 그릇 좋은 음식을 가져다가 먹이니 여자가 바야흐로 정신이 나서 말했다. 신분을 물으니 파주 가시랑의 딸로 온 가족이 뱃놀이를 하다가 풍파를 만나 죽고 자기 혼자 구조되어 살았다고 했다. 나이는 십팔 세 정도 되는 처녀로 아리땁고 절묘하여 나라를 기울일 미색에 물고기가 가라앉고 기러기가 떨어지는 자태가 있었다. 안찰사가 반년을 타향에서 외롭게 지내다가 으뜸가는 미인을 대했으니 평범한 남자라면 어찌 무심하겠는가. 그러나 안찰사는 조금도 유의하여 정을 두는 일이 없고 다만 그 사정을 슬프게 여겨 교자를 갖추어 관부로 보냈다. 순행을 마친 후 돌아와 그 여자를 만나니 가씨가 두 번 절하며 천지 같은 은혜에 감사했다. 안찰사가 답례하며 말했다.

"이는 소저의 명이 길어 그런 것이지 어찌 나의 공이겠소?"

가씨가 눈물을 흘려 감사해마지않으나 안찰사는 굳이 사양했다. 이날 가씨가 안찰사를 보니 젊고 총명하며 뛰어나게 훌륭하니 매우 기특하게 여겨 문득 마음속으로 생각했다.

'안찰사에게 목숨을 구한 은덕을 입었으니 마땅히 은혜를 갚아야 할 것이고, 그 같은 젊은 남자가 객지에 홀로 지내니 나의 미모를 보면 반드시 마음이 움직일 것이다. 오늘밤에 나가 정을 돋워야겠다.'

뜻을 정하고 이날 밤 외당에 나오니 안찰사는 한창 자고 있었다. 가씨가 나아가 부르며 말했다.

"안찰사 상공은 깨어 계십니까?"

안찰사가 잠을 깨어보니 가씨가 곁에 와서 자신을 흔들며 부르고 있었다. 이상하게 여겨 일어나 앉아 물었다.

"누이가 어찌 여기에 왔는가?"

가씨가 대답했다.

"첩이 상공의 은덕을 입어 살아나고 상공이 강 가운데서 첩을 구하시니 이는 우연한 인연이 아니요, 상공과 첩이 다 객지의 외로운 젊은이이니 하늘이 주신 인연입니다. 옛말에 이르기를, '하늘이 주는 것을 받지 않으면 도리어 해를 받는다' 했으니 우리 두 사람이 부부가 되어 안 될 것이 없습니다. 이러므로 첩이 부끄러움을 잊고 이에 이르렀습니다."

안찰사가 듣고 나서 얼굴빛을 엄숙하게 하고 책망하며 말했다.

"내가 들으니 군자의 행실은 어두운 방에서도 정대하려 힘쓰고 눈이 보이지 않는 이를 공경하는 것이고, 여자의 네 가지 덕은 절의가 으뜸이라 했소. 이러므로 유하혜의 어짊과 여종의 절개가 후세에 전하는 것이오. 내가 비록 일개 서생이나 어려서부터 글을 읽어 예의와 염치를 조심하니 비록 유하혜의 정대함에는 미치지 못하더라도 여색을 탐해 하늘과 땅의 신령을 속이지는 않을 것이오. 그대가 강 가운데 물고기 밥이 될 처지였으므로 인정에 슬프게 여겨 구했으니 마땅히 오라비와 누이

동생으로 결의함이 옳은데 어찌 감히 성인의 가르침을 잊고 법도가 아닌 일을 하겠? 누이 역시 시랑의 딸로 선비 집안의 처녀이니, 참혹한 난리를 만났더라도 뜻을 얼음과 옥처럼 깨끗이 하여 아름다운 지아비를 얻어 부모 제사를 잇는 것이 옳소. 어찌 밤중에 분주히 다니며 남녀가 은밀히 만나는 천한 짓을 달게 여기는 것이오? 내가 차라리 누이의 마음을 저버릴지언정 감히 명교名教의 죄인이 되지는 않을 것이오. 남이 알까 두려우니 얼른 들어가시오."

말을 마치고 의관과 띠를 바르게 하고 옷깃을 바로잡았다. 기색이 몹시 준엄하니 찬 기운이 네 벽을 꿰뚫고 뼈가 시릴 지경이었다. 가씨가 크게 부끄러워 사죄했다.

"첩이 삼가지 못한 죄가 무거우나 상공은 바라건대 용서하십시오."

안찰사가 정색하고 말했다.

"서로 같은 유가儒家의 일맥이니 누이가 존칭하는 것을 어찌 받겠소? 다만 이런 자질구레한 뜻을 없애고 수행하시면 내가 마땅히 기특한 배우자를 골라 누이의 재질을 저버리지 않겠소."

가씨가 깊이 뉘우쳐 사죄하고 들어가니 안찰사가 탄식하며 말했다.

"내가 왕생을 구차하게 여겼는데 더 심한 자가 있을 줄 어찌 알았겠는가? 이와 같은 여자를 관부에 오래 둘 수 없으나, 돌아갈 데 없는 자를 버리면 애초에 구하지 않은 것만 못하니 어찌 처치해야 좋겠는가?"

그러다 홀연히 한 가지 일을 깨달았다.

왕한과 가씨를 혼인시키다

다음날 아침에 하인을 불러 최고의 길일을 가리게 하고 스스로 위의를 극진하게 차렸다. 길일이 다다르자 부와 현의 수령과 하급 관리를 불러 잔치 자리를 열고 혼인에 필요한 물건들을 벌여놓으니 모든 사람들이 다 헤아리기를,

'안찰사가 저번에 강에서 얻은 여자를 취하는구나'

하고 공손히 앉아 있었다. 시간이 다 되자 안찰사가 좌우를 시켜 신랑의 길복을 내놓고 부와 현의 관리들에게 말했다.

"제가 들으니 천지간에 신의를 중히 여겨야 한다고 합니다. 파주 가시랑의 규수가 참혹한 액운을 만나 풍랑에 빠진 것을 내가 마침 구했으나 사방에 의지할 곳이 없었습니다. 어울리는 사람을 구해 규수의 평생을 즐겁게 해주려 하나 마땅한 데가 없고, 오직 내 벗 왕생이 얼굴이 관옥 같고 시문과 서화에 정통합니다. 비록 전에 취연 때문에 웃음거리가 되었으나 예로부터 여색에 마음이 끌리지 않는 이가 없었으니 따질 수 없을 것입니다. 하물며 왕생은 왕상서의 손자니 명문가의 선비입니다. 피

차 욕되지 않으므로 오늘 좋은 자리를 갖추고 두 사람의 인연을 이루고자 하는데 여러 어진 관원께선 어떻게 생각하십니까?"

관리들이 다 듣고 모두 소리를 나직하게 하여 축하하며 말했다.

"안찰사 대인의 금옥 같은 말씀이 만고의 호색한 무리를 두려워하게 하시고 의기가 산과 바다 같으니 저희는 공경하여 우러르지 않을 수 없을 따름입니다. 대인이 처리하시는 바가 지극히 옳으니 저희가 어찌 감히 다른 의견이 있겠습니까? 좋은 인연이니 요객繞客이 되어 술 한잔 먹기를 바라는 바입니다."

안찰사가 사람들의 의견이 한결같은 것을 보고 기뻐하며, 좌우로 왕생을 불러 길복을 입히고 시녀로 가소저를 붙들어 나오게 하여 교배례를 하게 했다. 부부의 풍모가 새로우니 진실로 하늘이 내린 한 쌍이었다. 합환주를 마시고 동방에 돌아가니 손님으로 온 하관들이 안찰사를 크게 흠모하고 우러르며 말했다.

"안찰사가 저런 미인 숙녀에 뜻을 두지 않고 남에게 보내니 어찌 유하혜와 미자를 기특하다 하겠는가? 젊은 남자의 하는 일이 이와 같으니 참으로 공자가 남기신 기풍을 이었다 하겠다."

석양이 되어 잔치를 파하고 여러 손님이 흩어진 뒤 안찰사는 서헌에서 편히 쉬었다.

이때 왕생은 취연을 잃고 안찰사와 같이 지내면서 수행하여 전날을 뉘우쳤지만, 아름다운 미인을 구하는 마음은 자나깨나 맺혀 있었다. 뜻밖에 가시랑의 규수를 얻었는데 용모가 선녀 같으니 매우 다행스러워했다. 가씨는 처음에 안찰사에게 정을 두었다가 거절당한 후 부끄러워하며 행실을 닦았으나 일신을 보잘것없는 사내에게 맡기게 될까봐 두려워했다. 천만뜻밖에 성대하게 혼인하고 젊은 풍류랑을 만나니 마음으로 매우 기뻐했다. 부부가 서로를 매우 소중히 여기니 참으로 어울리는 한 쌍이었다.

서로 안찰사의 큰 덕을 말하며 무척 감격했다. 이튿날 부부가 함께 나아가 안찰사에게 은혜에 감사했다. 안찰사가 기쁘게 말했다.

"어찌 내 공이 있겠는가? 다 왕형과 누이의 복이 높은 것이오. 이제 이곳이 두 사람의 고향이 아니니 왕형이 아내를 데리고 서울에 간다면 행장 차리는 것은 내가 돕겠네."

두 사람이 감사하며 말했다.

"그렇게 해주시면 은혜를 헤아릴 길이 없지만, 다만 서울에 아는 사람이 없으니 어찌합니까?"

안찰사가 말했다.

"내가 하인을 시켜 길을 인도할 것이니, 자운산에 들어가 편지를 전하고 머물면 임학사도 반드시 돌봐줄 것이요, 혼자되신 어머니가 자비로운 마음이 높으시니 편히 지낼 수 있을 걸세. 근심하지 말게."

왕생이 말했다.

"임학사는 누구십니까?"

안찰사가 가만히 웃고 말했다.

"임수보이니 일찍이 형과 절친이라 하더군."

왕생이 바야흐로 깨달아 크게 기뻐하고 감사하며 말했다.

"임수보는 소생의 내종형제입니다. 일찍이 가난하고 군색한 선비였는데 어찌 과거에 급제했으며, 또 어찌 저와 절친하다고 말했습니까?"

안찰사가 다만 말했다.

"임형과 더불어 벗이므로 강주 땅의 친척을 말하다가 형을 일컬었네."

왕생이 듣고 나서 탄식하며 말했다.

"소생이 항상 임형이 큰 재주가 없다고 웃었는데 먼저 공명을 얻을 줄 어찌 알았겠습니까?"

안찰사가 웃음을 머금고 말을 하지 않았다. 즉시 날을 택해 길을 떠나니 안찰사가 편지를 써서 어머니께 올리고 십 리 떨어진 장정長亭. 먼길을 떠나는 사람을 전송하던 곳까지 가서 전송하고 돌아왔다.

도화 진인을 꾸짖고 요괴로운 약을 없애다

이때 안찰사가 임지에 머무른 지 여덟 달이 되었다. 어머니를 생각하는 뜻이 간절하여 꽃 피는 아침과 달 뜨는 저녁, 아침의 구름이나 저녁에 내리는 비를 대하면 갑자기 취성전에 문안하던 때를 생각하고 탄식해마지않았다.

"부모 섬길 날은 적고 인군 섬길 날은 오래인데, 나는 백발이 성성하고 홀로되신 어머니를 다른 형제 없이 외롭게 버리고 만리 밖에 물러나와 진수성찬을 누리니 어찌 사람으로 차마 할 짓이겠는가? 그러나 마음대로 하지 못하니 어찌하겠는가?"

이 때문에 아침저녁 밥맛이 없고, 해와 달을 보면 어머니의 용모를 대한 것마냥 반기고 슬퍼했다. 속절없이 새벽에 일어나 아침 문안 하던 시간에 맞추고, 의관을 바로 하여 종일토록 앉아 있는 것이 어머니를 모실 때와 같이 공손했다. 이경二更까지 앉아 어머니를 사모하는 시를 읊어 저녁 문안 하던 시간을 맞추니 한 번도 그만두지 않았다. 그 효성과 행실이 만리 밖에 있어도 몹시 정성스러워 부모 섬기는 마음을 놓지 않으니 어찌 기특하지 않겠는가.

하루는 안찰사가 하리下吏를 불러 말했다.

"여기 만춘산에 도화 진인이라는 사람이 있다 하니 옳으냐?"

하리가 대답했다.

"있습니다."

안찰사가 말했다.

"내가 가서 보려 하니 너희가 인도하거라."

하리가 말했다.

"상공이 가시려 한다면 마땅히 목욕하고 손발톱을 깎고 마음을 가다듬어 재계하고 폐백을 갖추어야 하실 것입니다."

안찰사가 말했다.

"너희는 가만히 있어라."

드디어 천리마를 타고 심복 하인을 데리고 유생의 복장으로 만춘산에 도착했다. 산이 높고 경치가 빼어나 으뜸가는 명승지였다. 산을 올라 두루 찾아보는데 소나무 사이에 붉은 전각이 은은히 보이니 이곳이 도관道觀인 줄 알고 찾아갔다.

도화 진인은 삼천 년이나 된 도를 깨달은 신선이었지만 마음을 바른 데 두지 않고 요사한 약을 지어 세상에 팔았다. 이날 구름 덮인 산에서 단약을 만들며 경을 외우다 갑자기 크게 놀라 말했다.

"내가 단약을 자주 만들어 세상에 팔았는데 이제 영보도군靈寶道君이 오시니 분명 죄를 다스리려는 것이다."

말을 마치자 급작스러운 비가 퍼붓듯이 오며 벼락 소리가 났다. 진인이 발을 구르며 말했다.

"금갑신은 당장 오너라."

말이 끝나기도 전에 한 귀신이 앞에 와서 뵈며 말했다.

"어떤 젊은 유생이 사부님을 보러 왔는데 말과 행동이 무례하여 전혀 몸을 삼가고 정결하게 하지 않았습니다. 제가 번개와 벼락으로 해치려 했는데 옥으로 된 용이 몸을 두르고 향기로운 바람과 온화한 빛이 서생을 둘러싸 감히 해치지 못했습니다. 뿐만 아니라 서생이 조금도 겁내지 않으므로 제가 그 종을 해치려던 참인데 사부께서 어찌 부르십니까?"

진인이 급해서 말을 못하고 다만 전각 위 삼청三淸을 가리키니 금갑신이 물었다.

"사부는 어찌하여 삼청을 가리키십니까?"

진인이 바야흐로 말했다.

"여의개용단과 외면회단을 팔아 중생의 바람에 응했으나 사실 바른 도가 아니니 스스로의 잘못을 알고 있다. 이제 영보도군이 소씨 집안의 자식으로 태어나 내가 이 약 파는 것을 듣고 오늘 이곳에 보러 오니 내가 사죄하려 하는데 네가 어찌 또 가서 범했느냐? 빨리 도복을 입고 문 밖에 나가 맞아야겠다."

금갑신이 놀라마지않았다. 진인이 도복을 입고 골짜기 밖에 와 기다리다가 안찰사가 오는 것을 보고 말 아래 몸을 굽히고 뵈었다. 안찰사가 내려 맞아 함께 도관에 들어가 자리를 잡았다. 안찰사가 물었다.

"도사가 도화 진인이 아닌가?"

진인이 두 번 절하고 대답했다.

"제가 바로 도화 진인입니다. 천만뜻밖에 대인이 오시니 황공하고 송구함을 이기지 못하겠습니다."

안찰사가 천천히 말했다.

"도사가 나를 아는가?"

진인이 생각하기를,

'저 사람이 천상에서도 겸손하고 진중하여 벼슬이 높으나 여러 신선 중에 나서지 않고 도술이 무궁하나 나타내지 않아, 모두 오히려 그 술법이 어느 정도 되는지 알지 못했다. 내가 이제 삼청 이야기를 하면 반드

시 허탄하다고 생각할 것이니 편리한 대로 해야겠다'

하여 고했다.

"제가 생각하기에 소안찰사이신가 하니 일찍 맞아 대접하지 못한 죄
가 큽니다."

자신을 알아보는 것을 보고 안찰사도 속이지 않고 말했다.

"진실로 도사의 말대로다. 도사에게 여의개용단과 외면회단이 있다
하니 사려 한다."

진인이 대답했다.

"일찍이 제게 이 약이 없으니 대인께서 잘못 아셨습니다."

안찰사가 노하여 말했다.

"네가 비록 도를 깨달은 이인異人이라 해도 어찌 감히 군자를 속이느
냐? 네가 여의개용단을 세상에 퍼뜨려 맑고 밝은 시절을 요사스럽게 만
드니 다 너의 죄다. 이제 없앨 줄 모르고 악한 일을 다시 하려 하니 네
죄가 지옥에 들어가는 것을 면하지 못할 것이다. 빨리 여의개용단을 내
어와 없애 하늘에 죄를 면하고 맑고 깨끗한 도법을 행해라. 그러지 않으
면 목숨을 보전하지 못할 것이요, 도술로 달아나더라도 하늘에 고하여
죽도록 할 것이니 네가 장차 나와 겨루고자 하느냐?"

진인이 듣고 나서 매우 놀라 사죄했다.

"제가 어찌 감히 상공의 엄명을 거역하겠습니까?"

마침내 단약을 만드는 방에 가서 호리병 둘을 내어다 드렸다. 안찰사
가 보니 과연 맞으므로 거두어 없애고 다시 말했다.

"이 풀을 또한 봐야겠다."

진인이 민망하나 영보도군을 보니 자연히 마음이 움츠러들고 정신이
없어 풀을 가리켜 보였다. 안찰사가 하인을 시켜 다 불태우게 하고 다시
꾸짖었다.

"네가 진실로 도사라면 청정하고 한가하게 도를 닦고 경을 외우며 구

름을 희롱할 것인데 다만 삼청전三淸殿만 중하게 여기고 요사한 약을 만들어 팔아 값을 취하니 이게 무슨 신선인가? 극악한 요괴다."

진인이 감히 다투지 못하고 눈물만 흘리며 잘못을 사죄했다. 안찰사가 다시 말했다.

"네가 만일 다시 그릇된 마음을 먹지 않고 도학을 닦으면 삼천 년의 공부가 헛되지 않을 것이다. 그러나 다시 여의개용단을 만들어 팔면 결코 너그럽게 용서하지 않을 뿐만 아니라 네 도행도 사라질 것이다."

진인이 감사하고 백자차柏子茶, 측백나무 씨로 만든 차를 내왔으나 안찰사가 먹지 않고 소매를 떨치고 일어나 나갔다. 진인이 이후로 뜻을 닦아 도를 깨닫고 세상에 자취를 끊으니 여의개용단과 외면회단도 세상에서 완전히 사라졌다. 오직 도봉자는 다른 도사가 고아 팔아 후세에 그치지 않았으나 안찰사 생전에는 끝내 그런 약이 나타나지 않았다.

강주를 떠나다

안찰사가 도화 진인을 제압하고 관부에 돌아와 정사를 다스렸다. 하루는 오월 보름이었는데 날씨가 몹시 더워서 심양강潯陽江에 가서 경치를 구경했다. 강바람이 선선하여 단풍이 붉게 물들었는데 백로가 모래언덕에 내려앉으니 천 개의 눈송이 같았고, 산그림자가 물에 비치니 물고기가 산기슭에서 뛰노는 듯했다. 연꽃은 향기를 자랑하고 어부는 푸른 물결에 비껴 앉아 물결을 희롱했다. 빼어난 산천을 둘러보니 어버이를 생각하는 마음이 더욱 솟아나 속절없이 서울을 바라보고 슬퍼할 따름이었다.

석양에 수레를 돌려 관부에 이르러 촛불을 마주하니 더욱 마음을 붙일 데가 없고, 어머니를 뵙고 싶은 마음이 한시가 급했다. 창을 열고 달빛을 우러러 어머니인 듯 반기다가도 홀연히 어린 아들이 자란 모습이 보고 싶고 또 두 서모와 소씨, 윤씨 누이들을 잊지 못해 글을 지어 마음을 위로했다. 그러나 두 부인에게는 생각이 미치지 않았다. 간혹 석씨가 연약한 기질에 병든 모습이 생각나 염려할 때가 있기는 했으나 마음에 거리끼지 않으니, 늘 어머니를 그리워하는 정이 부부간에 사모하는 마음을 이겼다. 밤낮으로 어머니를 앞에서 모시고 천자의 용안에 절하고 싶어 마음이 급하니 진실로 충성스럽고 효성스러운 사람이었다.

부임한 지 십일 개월에 팔왕과 구준 등이 천자께 아뢰었다.

"강주안찰사 소경이 도임한 지 일 년 만에 풍속이 순박해지고 백성이 어질어져 밤에 문을 닫지 않고 길에 떨어진 것을 줍지 않으며 남녀가 길을 나누어 크게 예의가 있다 하니 이와 같은 인재를 어찌 강주 땅에 버려두겠습니까? 부디 불러 중용하소서."

천자가 윤허하니 그날로 전지를 받아 사자를 보냈다. 안찰사가 조서를 받들어 향로를 올린 상을 차리고 네 번 절한 뒤 행장을 준비하여 길을 떠났다. 백성이 길을 막고 소박한 음식을 안찰사에게 드리더니 울며 말했다.

"상공이 가시니 우리는 사랑하는 부모를 잃었습니다. 서울에 가셔서 어진 관원을 가려 보내주시면 끝까지 은덕을 입을 것입니다."

말을 마치고 통곡하니 안찰사 또한 슬퍼서 눈물을 머금고 위로했다.

"내가 너희에게 끼친 은혜가 없는데 이렇게 후하게 대해주니 감사함을 이기지 못하겠구나. 성상이 밝게 살피셔서 어진 후임자를 가려 보내실 것이니 너희는 예법을 삼가고 풍속의 교화를 조심해라. 그러면 거의 죄짓는 일이 없을 것이다."

반나절을 주저하고 연연하니 백성이 시골의 탁주와 말고기를 들여오며 말했다.

"상공이 가시는데 정을 표할 것이 없어 이것으로 우리의 산과 바다 같은 정을 고하고자 합니다."

안찰사가 술을 먹지 못하나 백성의 정을 보고 반 잔을 부어 마시고 기쁘게 안주를 먹으며 말했다.

"내가 평생 한 잔도 마시지 않았는데 오늘 너희의 정성을 막지 못해 취하도록 먹었구나. 갈 길이 바빠 떠나니 너희는 탈 없이 잘 지내도록 해라."

백성이 모두 눈물을 흘리며 백 리 밖까지 호송했다.

집으로 돌아오다

이때 안찰사가 무사히 여행을 마치고 도착한 후 궁궐에 이르러 천자께 감사 인사를 드렸다. 천자가 불러 강주를 잘 다스린 재주와 덕을 크게 칭찬하시며 예부상서 참지정사 홍문관 태학사로 관직을 높이니 안찰사가 사양하며 아뢰었다.

"신이 나이 젊고 재주도 없는데 성은을 지나치게 입어 벼슬이 과분합니다. 지금 천자의 은혜가 지극히 무거운데 여러 가지 작위까지 더하시면 신이 실로 복이 줄어들고 또 폐하의 명령에 민첩하지 못해 죄를 얻을 것이니 바라건대 성상은 살피소서."

천자가 답했다.

"경은 사양하지 마라. 젊은 나이에 강주를 다스리면서 강태공^{姜太公}이 부임한 지 다섯 달 만에 정사를 보고하던 일*을 충분히 해냈으니 어찌

---

* 강태공(姜太公)이~보고하던 일: 강태공은 주(周)나라 초기의 정치가 강상(姜尙)으로 태공은 존칭이다. 주 문왕의 초빙을 받아 그의 스승이 되었고, 무왕(武王)을 도와 상(商)나라 주왕(紂王)을 멸망시켜 천하를 평정했으며, 그 공으로 제(齊)나라 제후에 봉해져 그 시조가 되었다.

참정과 상서 벼슬에 부족하겠는가? 짐의 뜻이 또한 기울었으니 고집하는 것은 신하의 도리가 아니다."

안찰사가 어쩔 수 없어 감사드리고 조정에서 물러나 자운산에 돌아왔다. 이때 양부인은 상서를 보내고 밤낮으로 걱정이 끝이 없어 손자들을 데리고 놀며 소일했다. 석씨는 점차 병이 나아 다시 양부인을 봉양했는데 음식을 맡았다. 효성이 정성스러우며 두 시누이, 화씨와 함께 시어머니를 위로하여 시름을 잊게 했다. 갑자기 참정이 들어온다는 통지를 보고 반가움과 기쁨을 이기지 못하는데 문득 참정이 들어와 비단 옷에 옥으로 장식한 띠를 매고 어머니를 뵈었다. 한 해 사이에 뛰어난 풍모와 기개가 더욱 새로웠다.

온 집안이 새삼 공경하고 우러르니 부인이 다행스럽게 여기고 기뻐함은 비길 데가 없었다. 그 손을 잡고 등을 어루만지며 말했다.

"네가 어린 나이에 국가에 공을 세워 벼슬이 참정에 오르니 이는 바라는 바에 넘치고 천자의 은혜가 외람하구나. 너는 갈수록 마음을 닦고 뜻을 낮추어 조상을 욕되게 하지 마라."

참정이 명을 받들고 자리에 모셨다. 소씨, 윤씨 두 누이와 이파, 석파가 나와서 서로 반겼다. 화씨 또한 자리에 있었으나 석씨는 이때 병든 어린 아들을 걱정하느라 나오지 못했다. 참정이 내심 이상하게 생각하고 물으려 했지만 어머니를 갓 만나 사모하던 마음을 이야기하며 즐기느라 말을 꺼내지 않았다. 바야흐로 긴 이야기를 하려 하는데 외당에 손님들이 모이니 바삐 나와 접대했다. 석참정은 부모님의 병환이 심하여 오지 못하고 석학사 등도 약을 준비하느라 바빠서 모두 오지 못했다. 오직 화평장이 여러 아들 및 모든 관리와 함께 이르니 참정이 맞아 예를 갖추었다. 인사를 나눈 뒤에 승진을 축하하는데 임수보가 감사하며 말

제나라에 부임한 지 5개월 만에 정사를 보고했다.

했다.

"형의 자비로운 마음이 높아 사촌동생 왕한에게 숙녀를 짝지어주시고 서울의 옛집에 돌려보내 사람 노릇을 하게 하시니 왕한과 제가 은혜에 감사함은 말할 것도 없고 왕씨 숙부 또한 구천에서 형의 성대한 덕을 마음에 새겨 결초보은할 것입니다."

참정이 대답했다.

"그대의 사촌동생이 타향살이를 하느라 영웅의 기운을 잃어버린 것이 딱하여 보호한 것이고, 마침 가시랑의 규수를 얻었는데 재주와 용모가 서로 어울리므로 좋은 짝을 정한 것입니다. 형의 지나친 칭찬을 들으니 부끄러움을 이기지 못하겠습니다."

임수보가 여러 번 감사했다. 이윽고 관리들이 모두 흩어지자, 왕생 또한 들어와 뵙고 큰 은혜에 감사하니 참정이 반기고 기뻐하며 음식과 술로 잘 대접하고 물었다.

"형은 지금 어디 있는가?"

왕생이 말했다.

"소생이 상공 문하에 있고자 했는데 임형이 여러 번 청하여 도성 네거리에서 임형의 옆집에 살고 있습니다."

참정이 물었다.

"누이도 편안하신가?"

왕생이 말했다.

"은혜를 입어 한결같이 평안합니다."

이내 한가롭게 이야기하다가 돌아갔다.

석파는 석씨가 죽었다고 속이다

참정이 들어와 다시 어머니를 모셨으나 석씨를 보지 못하자 혹시 잘못된 것은 아닌지 의심이 일어났다. 헤어질 때 석씨의 병이 자못 깊어 마음을 놓을 수 없었기 때문이다. 그러나 또 생각하기를, 아무리 잘못되었다 해도 석씨가 자취도 없이 요절할 사람은 아니라고 이리저리 헤아렸다. 양부인은 참정이 빨리 돌아와 기쁨을 이기지 못하고 정사 다스린 이야기를 골똘히 듣느라 손자가 병난 것을 미처 말하지 못했다. 밤이 깊어지니 참정이 물러나 중당으로 나오다가 석파를 만났다.

석파는 석씨 아들의 병을 보고 근심하며 걱정스런 얼굴로 돌아오다가 참정을 만난 것이었다. 참정이 평소 석씨에게 쌀쌀맞은 것을 원망하여 한번 시험해보려고 일부러 발을 구르고 가슴을 두드리며 말했다.

"낭군이여, 이런 일이 어디 있습니까? 홍안박명紅顔薄命이라 해도 이토록 수명이 짧은 사람도 있단 말입니까?"

참정이 문득 석씨에 대한 말인가 하여 놀랐으나 천천히 대답했다.

"무슨 일입니까?"

석파가 거짓으로 오열하고 소매로 낯을 가리며 말했다.

"석부인이 상공 가신 후 내내 신음하며 지내시다가 마침내 세상을 떠나니 장사를 지낸 지 다섯 달이 되었습니다. 두 공자는 석씨 집안에서 기르고 벽운당에 영연靈筵, 죽은 사람의 영궤(靈几)와 그에 딸린 모든 것을 차려놓는 곳을 모셨으니 어찌 세상에 이런 일이 있습니까?"

참정이 듣고 나서 문득 태연하게 웃으며 말했다.

"서모가 나를 속이시는군요. 그랬다면 어머니께서 어찌 말씀하지 않으셨으며 강주가 비록 멀지만 부음이 통하지 않았겠습니까?"

석파가 노하여 일어나며 말했다.

"만일 석부인이 살아 있다면 내가 비록 망령되나 어찌 이런 불길한 말을 하겠습니까? 상공이 나를 그런 인물로 아시니 돌아가겠습니다."

참정이 급히 사죄하며 말했다.

"경이 잠시 실언한 것을 용서하십시오. 석씨가 언제 죽었습니까? 또한 어머니께서 말씀해주시지 않는 뜻을 듣고 싶습니다."

석파가 다시 탄식하고 말했다.

"낭군이 총명하면서 이리도 깨닫지 못하십니까? 처음에는 부인도 알리려 하셨으나 다시 생각하니 타향 객지에서 상심하여 맡은 일을 그르칠까 두려우셨던 것입니다. 지금 말씀하지 않으시는 것은 낭군이 갓 와서 몸이 피곤할까 염려하시는 것입니다. 만일 그렇지 않았다면 석부인이 친정에 가 있었더라도 반드시 왔을 것이고, 또 두 공자는 어찌 오지 않았겠습니까? 더욱이 석참정과 석학사 형제 중 한 사람도 낭군을 보러 오지 않은 것은 다 일이 드러날까 두려워한 것이니 모든 것이 부인의 뜻입니다. 부인이 엄하게 당부하셨으나 첩은 참지 못하고 입 밖에 낸 것입니다. 석부인이 임종에 말하기를, '내 비록 죽으나 두 자식이 있고 악명을 씻었으니 여한이 없습니다. 그러나 낭군이 강주 험한 곳에 가셨으니 넋이라도 아득한 가운데 지각이 있으면 보호하여 빨리 돌아오시게 할 것입니다' 하고 유서를 한 장 써주었습니다. 옛사람의 망부석望夫石을 슬퍼하고 두 공자를 맡긴다는 내용이었으니 세상에 이런 일도 있습니까?"

말을 마치고 난간을 두드리며 우는 체했다. 이때 촛불 그림자가 몽롱하여 석파의 울음이 진짜인지 가짜인지 분별할 수 없고, 그 말이 다 조리가 있으니 참정이 비록 믿지는 않지만 적잖게 놀랐다. 깨닫지 못하는 사이에 한 쌍의 봉황 같은 눈에 눈물이 어리고 옥 같은 얼굴이 참담했다. 머리를 숙이고 깊이 생각하며 탄식하고 놀라워하다가, 아주 오랜 후에야 얼굴빛을 고치고 말을 하지 않았다. 석파가 일어나 가버린 뒤 참정이 다시 생각했으나 사실인지 알지 못하다가 홀연히 깨달아 말했다.

"벽운루에 가봐야겠다."

걸음을 돌려 벽운당에 이르렀다. 비단 창에 촛불 그림자가 휘황하고 담소하는 소리가 들리니 바야흐로 석파가 속인 것을 깨닫고 문을 열고 들어갔다. 석씨가 평상 난간에 몸을 기대고 근심스런 빛으로 아들을 보고 있으니, 참정의 얼굴에 반가움이 가득했다. 석씨 또한 일어나 맞아 자리를 잡으니 참정이 천천히 말했다.

"지난해에 부인이 질병을 앓아 낫는 것을 보지 못하고 길을 떠나 마음에 걸렸는데 무사하신 듯싶으니 다행입니다. 알지 못하겠으니, 아까 모인 자리에서 어찌 두 아이가 보이지 않은 것입니까?"

석씨가 옷깃을 여미고 대답했다.

"소첩은 어머님 덕택에 쉽게 차도가 있었습니다. 아이가 추위 때문에 병이 들어 괴로워하므로 나가지 못했고 첩 또한 근심이 되어 일찍이 나아가 큰 경사를 축하하지 못했습니다."

참정이 듣고 기뻐했으나 겉으로 나타내지 않고 다만 나아가 아들의 병을 살펴보았다. 먼길을 오느라 피곤하고 이미 왔는데 도로 가는 것이 너무 고집스러운 듯하여 시녀에게 이부자리를 펴게 했다. 석씨가 나직하게 고했다.

"군자께서 오늘 돌아오셨으니 외당에 머물러 사람들에게 서두르는 모습을 보이지 말아야 할 것입니다. 만일 그렇지 않더라도 녹운당이 있으니 어찌 첩의 처소에 먼저 오시는 것이 옳겠습니까? 청컨대 군자는 생각하셔서 단정하게 행동하소서."

참정이 듣고 대답했다.

"나 또한 그대와 같이 생각하나 아이가 병이 있고 나도 몸이 피곤하니 움직이는 것이 괴로워 부인이 권하는 대로 못하는 것이지 마음이 치우쳐서가 아닙니다."

말을 마치고 자리에 나아가니 조금도 젊은이의 조급한 모습이 없었다. 부인에게 예의 없이 친근하게 굴고 그리워하던 말을 하며 동침하여 즐기는 일 없이 평안하게 자기 자리에 누워 자고 일어나 아침 문안을 하러 나갔다. 일 년 넘게 타향 객지에 갔다가 돌아와 정이 깊은 부인과 한방에 있으면서도 이렇게 침착하고 신중하니, 밖에 나가서 하는 일은 도리어 대단하지 않고 그윽히 어두운 방 가운데서 정대한 것이 더욱 희한했다. 생각해보건대, 유하혜와 미자라도 이렇게까지는 하지 않았을 것이다.

다음날 아침에 사람들이 정당에 모였다. 참정이 석파를 보았으나 어제 속은 일을 꺼내지 않았다. 석파가 크게 웃고 어젯밤에 감쪽같이 꾸며 속이던 말과 참정이 놀라고 참담해하던 기색을 퍼뜨리니 온 집안이 크게 웃었다. 석파가 또 웃으며 말했다.

"내 지혜가 장자방張子房을 넉넉히 이길 듯합니다. 목소리와 얼굴빛을 움직이지 않고 세 치 혀로 두어 마디 짧은 말을 하여 참정을 속였습니다."

참정은 다만 희미하게 웃었고 소씨와 윤씨 두 사람은 놀리며 웃었다. 석파가 다시 물었다.

"낭군은 가는 곳마다 족족 미녀를 잘도 얻어오십니다. 왕생의 아내 가씨도 빼어난 미인이더군요."

참정이 왕생과 가씨를 혼인시킨 이야기를 했으나 가씨가 음란하게 행동한 일은 말하지 않았다. 종일 어머니를 모시고 한가롭게 이야기하다가 이날 녹운당에 와서 화부인을 보고 자녀를 어루만지며 흐뭇해했다. 그러나 석부인의 아들이 아픈 것을 근심해 의약을 쓰니 십여 일 뒤에 나아 바야흐로 우환이 없었다.

양쪽 장인 장모에 대한 평가

참정이 도성 안에 들어가 석참정을 찾아가니 석공이 반겨 불러 보고 웃으며 말했다.

"그대가 공적을 세워 지위가 늙은이와 한가지니 이제는 장인과 사위의 구분은 없고 동료의 의리가 있네. 직접 가서 축하하려 했으나 어머니의 병환으로 가지 못했는데 이렇게 찾아주니 감사하네. 요사이 손자의 병은 어떠한가?"

참정이 감사 인사를 하며 말했다.

"성상의 넓으신 덕으로 강주를 다스리고 크게 중용하심을 받으니 몹시 외람하여 송구함을 이기지 못하겠습니다. 즉시 나아와 악장을 뵈려 했지만 어머니를 모시는데다 어린아이의 병을 돌보느라 한가하지 못하여 늦게 뵙는 것이 부끄럽습니다. 과찬해주시니 더욱 부끄러워 감당치 못하겠습니다."

석공이 웃고 참정의 손을 이끌어 내당에 들어갔다. 진부인과 서로 보니 부인이 기뻐하고 반기는 것이 양부인 못지않았다. 오래도록 한가롭게 이야기하다가 하직하고 돌아왔다. 문득 웃고 생각해보니 화평장 집에만 가지 않는 것은 옳지 않았다.

수레를 돌려 화평장의 집으로 가니 평장은 없고 화생 등만 있었다. 들어가 설부인을 뵈니 설씨가 새삼 기뻐하여 먼길에 무사히 돌아온 것을 치하하고 좋은 음식을 갖추어 정성스럽게 대접했다. 참정이 감사드리고 친근하게 말하는 것이 또한 석씨 집안의 진부인에게보다 더했다. 이는 조강지처의 어머니로 어려서부터 의지한데다, 본디 설부인이 크게 현숙하여 딸과 다르고 사람됨이 성녀에 가까웠기 때문이었다. 이러므로 참정이 친근하게 여기고 더 흠모했지만 공경하는 것은 똑같았다. 두 장인 중에서 석공은 공경하고 높이 받들어 존경하고 화공은 공손하게 대접하나 석공에게 미치지 못하니 각각 사람의 됨됨이에 따라 대접하는 것이었다. 화씨는 어머니가 어질고 석씨는 아버지가 어지니 대략 화공은 천성이 매우 정직하지만 위엄이 없었고 진부인은 아름답지만 성품이 편협했다. 소참정이 비록 밖으로 나타내지는 않았지만 그 우열을 밝게 알았다. 겉으로는 흐르는 듯 한결같이 공경하지만 화공과 진부인을 대하면 안부 인사 외에는 별다른 말이 없었고 석공과 설부인을 대하면 혹 뜻에 결정하지 못한 바와 다른 사람이 보고 들은 것도 전하여 허다한 이야기가 그치지 않았다.

하루는 설부인이 술을 권하지 않으니 화생이 웃고 말했다.

"어머니는 어찌 축하주 한 잔 소형에게 권하지 않으십니까?"

설부인이 웃고 말했다.

"사위는 내가 감히 도우며 가르칠 것이 없는 정인군자다. 남자가 술을 먹는 것이 예삿일이나 술은 광약狂藥이고 하물며 평소 한 잔도 마시지 않는 사람이니 술을 권했다가 취하여 수행을 잊어버릴까 걱정이 되는구나."

소참정이 감사드렸다.

"악모께서 저의 마음을 밝혀주시고 정대하게 가르치시니 감격함을 이기지 못하겠습니다."

석양에 하직하고 자운산으로 돌아왔다.

석씨의 앙금이 드러나다

이후로 천자가 공경하고 우대하는 것이 소참정을 따를 사람이 없고 참정 또한 국사를 밝게 다스렸다. 집에 있을 때는 두 누이와 두 부인, 여러 아들과 함께 화락하며 어머니 앞에서 효를 받드니 인생의 즐거움이 지극했다. 오래지 않아 두 부인이 잉태하여 아들을 낳으니 소씨가 참정에게 말했다.

"아우가 일곱 아들을 둘 줄 생각이나 했는가? 진실로 이는 한갓 조상의 음덕뿐 아니라 아우의 자비로운 마음에 감동하여 하늘과 귀신이 돕는 것이다."

참정이 옷깃을 여미고 인사하고는 또한 슬퍼하며 말했다.

"선군께선 맑은 덕으로도 불초자를 살아 보지 못하셨는데 소제가 무슨 복으로 일곱 아들을 연하여 보는지요. 세상사가 이같이 상반된 것과 옛일을 생각하니 더욱 슬픕니다."

소씨가 듣고 나서 소리를 삼키며 울 뿐이었다.

참정이 석씨와 대화를 나눌 때가 있어도 옛날 여씨의 흉한 일은 말하지 않았다. 석씨 또한 지난 일이고 참정이 입을 열어 말하지 않는 것을 보고 묻지 않았지만, 마음속에 한 가닥 유감스러움은 풀리지 않아 늘 한이 맺혀 있었다. 어느 날 밤 참정이 벽운당에 와 아들을 데리고 놀면서 말했다.

"너는 언제 장성해 숙녀를 얻어 물고기와 물의 즐김을 이룰꼬?"

석씨가 생각 없이 무안을 주며 말했다.

"어떤 숙녀가 들어올지 모르지만 혼서를 불태우고 없는 일을 덮어씌워 구박해 내쫓는 화를 볼까 두렵군요."

참정이 정색을 하고 말했다.

"부인이 내 말을 듣고 옛일로 조롱하고 공격하니 나도 묻겠소. 지금 다른 사람이 내 얼굴이 되어 여기에 이르면 부인이 과연 의심하겠소? 어머니를 저주한 일이 의심되어도 부인을 지목하지 않다가 여의개용단에 속은 것은 다 그대의 액운이 무거워서인데 어찌 나를 한하는가? 만일 그렇다면 그대 생각에는 어머니를 해치는 처자라도 달게 여기고 데리고 살라는 것이오? 내가 집안을 잘 다스리지 못한 탓이기도 하나 또한 부인의 처신과 효성이 부족하여 비롯된 일이니 어찌 나를 원망하시오?"

석씨가 공손하게 말했다.

"제가 군자를 조롱하는 것이 아닙니다. 제 마음이 좁고 넓은 도량이 없으므로 널리 생각하지 못하고 늘 군자의 밝은 처단을 원했던 것입니다. 이제 밝고 정대한 책망을 받으니 잘못을 깨닫습니다."

말을 마치니 별 같은 눈이 가늘어졌다. 말소리와 얼굴빛이 세속을 떠난 듯하고 엄숙하기가 눈 위에 서리가 내린 것 같았다. 참정이 듣고 나니 그 말이 더욱 조롱하는 것이며 노기가 가득한 것을 보고 별 같은 눈동자를 바르게 하고 한참을 볼 따름이었다. 그러다가 웃고 말했다.

"내가 평소에 부인의 말씀과 행실이 이처럼 사람을 조롱하는 것을 알지 못했구려. 다만 묻고 싶소. 다른 사람이 여의개용단을 먹고 나인 체했다면 부인은 과연 속지 않았겠소?"

석씨가 옷깃을 여미고 자리에서 일어나 엄숙하게 말했다.

"제가 어찌 상공의 맑고 밝은 처사를 조롱하겠으며 여씨에게 속은 것이 그르다 하겠습니까? 이 일은 모두 첩이 둔하여 현명하게 몸을 보전하는 방법을 알지 못했기에 일어난 것이니 스스로 마땅히 감수할 것입니다. 다만 군자가 아녀자 셋을 거느리시는데 집안이 소란하니 그 재주가 높고 위엄이 중함을 충분히 알겠습니다. 이에 예로부터 천자가 천하를 다스리느라 겨를이 없는 중에 후궁이 황후를 헐뜯어 내친 것이 반드시 그른 일이 아님을 깨닫습니다. 마침 상공이 아들의 배필을 말씀하시기에, 순임금의 아들도 어질지 못했으니* 이 아이도 혹시 자라서 상공의 두터운 덕을 받들어 잇지 못하고 불초하여 여자에게 화를 끼칠까봐 잠깐 이야기한 것입니다. 이제 욕과 꾸지람을 가득 받으니 황공함을 이기지 못해 죽고자 하나 묻힐 땅이 없을 듯합니다."

참정이 석씨가 깊이 노한 것을 보고 사리를 따져 심하게 책망하려 했으나 석씨가 그런 말을 겁낼 위인이 아니었다. 그렇다고 온화한 기색으로 잘못했다고 하기에는 장부의 위엄이 서지 않았다. 그래서 다만 얼굴빛을 차갑게 하고 기운을 가다듬어 다시 말을 하지 않았다. 석씨는 다만 몸가짐이 온유하고 단엄하여 외모는 태연하나 속마음은 가을 서리 같으니 자연히 사람으로 하여금 공경하게 했다. 참정이 마음속으로 칭찬했으나 또한 매서운 빛을 돋우어 감탄하는 마음을 억제했다.

---

* 순임금의~못했으니: 순임금은 성인이었으나 그 아들 상균(商鈞)은 사람됨이 부족하여 우(禹)임금에게 양위했다.

칠성참요검을 얻다

하루는 참정이 조회를 마치고 집에 돌아오다가 길에서 어떤 사람을 만났다. 그 사람은 선비의 옷을 입었으나 행동이 매우 예사롭지 않았다. 등에 '걸식乞食'이라는 두 글자를 써놓았으니 참정이 괴이하게 여겨 집으로 데리고 와 물었다.

"선생은 어떤 사람이기에 일부러 '걸식' 두 글자를 등에 붙였는가?"

그 사람이 문득 눈을 부릅뜨고 꾸짖었다.

"너는 나를 어떤 사람으로 아느냐? 나는 곧 너의 동료이거늘 나를 굶주리게 하니 네 죄가 죽고도 남으리라."

참정이 얼굴빛을 바꾸지 않고 조용히 물었다.

"선생의 말을 들으니 내가 분명 죄를 지은 듯하나 도리어 깨닫지 못하니 청컨대 선생은 밝게 가르치시오."

그 사람이 더욱 노하여 칼을 들어 서안을 치며 크게 꾸짖었으나 참정은 조금도 노하지 않고 말과 얼굴빛이 침착했다. 그 사람이 바야흐로 웃고 손을 잡으며 말했다.

"그대의 어짊이 과연 변하지 않았구나."

참정이 다시 물었다.

"나는 속세의 아득한 사람입니다. 그윽이 보건대 선생은 신선의 풍채로 속세를 벗어났으니 길흉을 가르쳐주십시오."

그 사람이 말했다.

"나는 산과 들에 사는 어리석은 사람이니 어찌 대인의 길흉을 함부로 말하겠나?"

참정이 답했다.

"옛날에 공자가 노자에게 예를 물었으니 제가 어찌 선생 같은 이인을 만나 길흉을 묻지 않겠습니까?"

그 사람이 흡족해 크게 웃으며 말했다.

"공자가 노자에게 예를 물었다 하니 오늘 그대가 나에게 길흉을 묻는 것과 전후가 다르지 않구나. 나 또한 묻겠으니 공자는 어떤 사람이며 노자는 또 어떤 사람인가?"

참정이 홀연히 웃고 말했다.

"선생이 나를 떠보는 것이 심합니다. 원래 어디 계셨으며 성명은 무엇인지 알고자 합니다."

그 사람이 붓과 벼루를 내어와 글 한 편을 쓰니 내용은 다음과 같았다.

나는 비록 몸이 한가하지만 추위와 더위를 피하지 않고 밤낮 화롯가에서 괴롭게 불을 붙여 풀과 나무를 삶는다네.*

내가 사는 곳을 묻는다면 온통 소나무로 집을 삼은 곳이네.**

---

* 밤낮 화롯가에서~삶는다네: 금단(金丹)을 연단(煉丹)한다는 뜻이다.
** 온통~곳이네: '온통'은 '모두 도(都)', '소나무'는 '솔'로, 도솔궁이 자신의 집이라는 뜻이다. 도솔천은 일반적으로 미륵이 사는 곳인데, 노자가 산다는 설도 있다.

지명을 말하자면 서른셋의 푸른 것이 가렸다네.*

이름을 묻는다면 담으로 오래된 전각을 둘렀다네.**

그대와의 우정을 말하자면 그대가 나에게 예를 물었다네.***

기한이 차서 영보도군과 태상노군의 소임을 나란히 맡더니 그대의 재주와 덕량은 내가 감당할 수 없네.

소씨 집안의 은혜가 크니 세속의 더러움을 거리끼지 않고, 음덕이 융성하니 자손이 영화롭고, 사람됨이 깨끗하니 역사에 이름을 드러내지 않을 것이네.

경이 경년庚年에 죽어 팔십은 이오팔 년이요, 오 년이 오년午年에 마치니 천도天道가 이와 같구나.

글을 다 쓰고 참정에게 주니, 참정이 받아 보고 깨달아 종이를 놓고 말했다.

"공이 쓴 것을 잠깐 살피니 이는 노자의 말입니다. 그러나 너무 허탄하니 내 어찌 감히 이 말을 듣겠습니까?"

그 사람이 다만 웃고 허리 아래에서 석 자 되는 칼을 내주며 말했다.

"내가 옛 친구를 만났으나 줄 것이 없어 이로써 정을 표하네. 오래지 않아 이 칼을 가질 사람이 태어날 것이니 헛되이 임자를 잃게 하지 말고 그때까지 그대 벽상에 걸어두게."

참정이 말했다.

"이것은 중한 보배이니 감히 받지 못하겠습니다."

* 서른셋의~가렸다네: 태상노군은 삼십육천(三十六天) 중에서 삼십사천(三十四天)에 산다. 따라서 삼십삼천(三十三天)의 위에 있다.
** 담으로~둘렀다네: '오래된(老) 전각을 담(聃)으로 둘렀네'라는 구절에 노담(老聃)이라는 이름이 나온다.
*** 그대와의~물었다네: 영보도군이 한때 공자였던 것으로 설정되었다.

그 사람이 노하여 말했다.

"내가 그대에게 주는 것이 아니라 구름 아래 별*에게 주는 것이니 그대는 다만 받아두게."

말을 마치자 한 가닥 맑은 바람이 일고 그림자도 없이 사라지니 참정이 그 괴이함을 기뻐하지 않았다. 칼을 빼어 보니 맑은 빛이 흰 눈 같고 자루에 '칠성참요七星斬妖, 몸체에 북두칠성을 새긴 검으로 요사한 정령을 벨 수 있다' 네 글자가 분명했다. 벽상에 걸고 그 사람이 쓴 것을 단단히 접어 궤 안에 감추고 마침내 입 밖에 내지 않았다.

* 구름 아래 별: 소현성의 아들 운성(雲星)을 가리킨다.

한어사가 윤씨 부부를 이간질하다

이때 유학사는 윤부인과 금슬이 매우 좋아 보통의 부부가 아니었다. 벼슬이 재상에 올랐으나 한 명의 첩도 없으니 한어사가 늘 고지식하다고 놀렸다. 하루는 참정이 중당에서 유학사, 한어사와 담소를 나누는데 한어사가 웃고 말했다.

"자문은 비록 정숙한 여자의 행실을 배우나 이는 성품이 여색을 멀리하는 것일세. 하지만 유형은 여색에 굶주린 귀신의 마음으로 마침내 부인만 사랑하느라 창문 아래에서 울적해하니 어찌 못난다 하지 않겠는가?"

유학사가 말했다.

"저는 본래 한형 같은 호화로움이 없습니다. 게다가 안사람이 바라보는 것이 저뿐입니다. 일찍이 부모를 잃고 혈혈단신임을 측은히 여겨 그 사정을 위로하는 것이며 또 내가 추운지 배고픈지를 살피고 집안일을 잘 다스리니 무슨 까닭으로 번거롭게 쓸데없는 일을 하겠습니까?"

한어사가 부채를 치고 크게 웃으며 말했다.

"과연 미혹함이 심하다. 내 부인의 재주와 용모가 결코 윤부인 못지않은데도 나는 꽃 같고 달 같은 여인들을 많이 모았으니 그대의 못남이 가소롭지 않겠는가?"

유학사가 다만 크게 웃고, 참정은 서안에서 옛 책을 읽으며 끝내 두 사람의 대화에 끼어들지 않았다.

이날 윤씨가 운취각에서 소씨와 함께 투호를 하고 있는데 갑자기 한어사가 들어오기에 협실로 피했다. 한어사가 일부러 모르는 체하고 소씨에게 웃으며 말했다.

"유생이 윤부인을 매우 천하게 여기는 듯하오."

소씨가 말했다.

"무슨 까닭인가요?"

어사가 웃고 말했다.

"유생이 자문과 나와 함께 있는데 말하기를, '윤씨가 비록 재상가의 자녀이지만 길을 떠돌고 악독한 노비에게 잡혀갔다가 자문을 만나 돌아와 나의 배필이 되었습니다. 처음에는 재주와 용모를 보고 기뻐했으나 오래 두고 생각하니 몹시 비천하므로 조만간 숙녀를 취하여 첫째 부인으로 정하고 윤씨는 첩의 항렬에 두고자 합니다' 하니, 자문이 사리로 타일렀으나 유생의 뜻은 벌써 정해진 것 같소."

소씨가 듣고 나서 노하여 말했다.

"유씨 낭군은 단아한 문인이라 여겼는데 이렇게 패려할 줄 어찌 알았겠습니까?"

어사가 대답했다.

"부인이 잘못 생각했소. 내 생각에는 유생의 말이 일리가 있소."

말을 마치고 밖으로 나갔다. 윤씨가 협실에서 이미 전후 내용을 다 듣고 노여움을 이기지 못하여 억지로 소씨와 두어 마디 이야기를 나누고 침소에 돌아왔다. 네 명의 아이들이 어머니 앞에 모였는데 윤씨는 노기가 엄하고 맹렬하여 아이들을 박차고 침상에 앉아 있었다. 홀연히 유학사가 취한 얼굴로 들어와 부인을 보니, 아주 노여운 기색으로 옥 병풍에 기대 있었다. 옥 같은 용모와 꽃 같은 자태가 더욱 기이하여 소담하고 맑은 광채가 어두운 벽을 밝혔다. 취중에 대하니 사랑하는 마음이 더욱 흘러넘쳐 나아가 그 옥 같은 손을 잡고 어깨를 짚으며 기쁘게 말했다.

"아름답다, 부인이여. 빛나도다, 윤씨여. 날마다 신선의 약을 머금어 평범한 사내인 유생을 희롱하는구나. 그러나 비천한 천인의 집에 잡혀 갔다가 이제 나의 아내 되니 명부命婦. 남편의 품계에 따라 봉작(封爵)을 받은 부인의 예복이 어찌 욕되고 외람하지 않겠는가? 내 조만간 숙녀를 얻어 금슬의 즐거움을 이루리니 모름지기 그대는 한하지 마시게."

윤씨가 듣고 나서 불현듯 화를 내며 손을 뿌리치고 물러앉았다. 유학사가 부인의 말과 얼굴빛이 전과 달라 가을의 서리와 여름의 뜨거운 태양 같음을 보고 의심하며 물었다.

"그대는 무슨 까닭으로 이토록 나를 피하는가? 비록 어떤 일이 있더라도 나를 이렇게 업신여길 수는 없을 것인데 혹시 내가 싫어서 괴로워하는 게요?"

윤씨가 듣고도 대답하지 않았다. 유학사가 문득 노하여 말했다.

"그대의 행동거지가 몹시 괴이하구려. 아무리 천한 집에 가 지냈다고 하나 본래 사족인데 이렇게 행실이 없단 말이오? 조만간 그대를 내치고 아름다운 숙녀를 쌍쌍이 얻겠소."

윤씨가 봉황 같은 눈을 높이 뜨고 눈썹을 치켜세우고 꾸짖으며 말했다.

"내가 운명이 기구하여 일찍 부모를 잃고 천신만고 끝에 겨우 소생을 만나 의남매를 맺어 이곳에 오게 되었지요. 연분이 있어 그대를 만나 서로 의지하며 산 것이 거의 칠 년이에요. 두 아들과 두 딸이 있고 내가 비록 지혜롭지 못하나 칠거지악을 범하지 않았는데 어찌 이유 없이 구박하여 욕하나요? 이제 그대가 나를 내치더라도 조금도 두렵지 않고 열미인을 얻어도 관계없지만 다만 그 경박함이 한스럽군요. 나 또한 그대를 안 보더라도 그리워 죽지 않을 것이고, 그대 또한 나의 비천함과 지혜롭지 못함을 보고 사느라 괴로웠을 것이니 오늘부터 부부의 의를 끊어 서로 보지 않으면 다행이겠어요."

유학사가 윤씨의 이러한 말을 듣고 매우 이상히 여겼다. 또한 공손하지 않은 것이 못마땅하여 발끈하며 얼굴색을 바꾸고 말했다.

"부인은 무슨 까닭으로 나를 심하게 책망하시오?"

윤씨가 말했다.

"그대는 무슨 일로 나를 욕하나요? 내가 아무리 보잘것없고 약하나 그대 같은 대장부의 위엄은 두렵지 않으니 마음대로 하세요."

말을 마친 뒤 아이를 밀치고 일어났다. 유학사가 일찍이 부인이 소리 높이는 것을 듣지 못하다가 이렇듯 애를 태우는 것을 보니 정과 흥이 사라졌다. 묵묵히 앉아 있다가, 갑자기 천자의 부르심을 듣고 급히 나갔다. 윤씨가 마음속으로 생각했다.

'내가 팔자가 사나워 부모님을 일찍 잃고 천신만고 끝에 유씨 집안에 의탁하니 남이 천하게 여기는 것이 당연하다. 재삼 헤아려보니 유생이 다른 뜻을 품는 것도 괴이하지 않구나. 내가 이제 아들딸을 다 갖추었고 영화가 지극하여 예복을 입고 명부의 직위까지 누렸으니 박명한 인생이 끝까지 좋기를 바라지는 못하겠구나. 현명하게 몸을 보전할 계책을 세워 유씨 집안에서 구박을 당하느니 머리카락을 자르고 비구니가 되어 불가의 사람이 되는 것이 낫겠다.'

윤씨는 험한 일을 겪어 마음이 약하고 굳지 못하므로 남의 말을 몹시 두려워했다. 유학사의 마음이 변하면 다른 사람에게 더욱 박복하다 조롱을 받을까봐 문득 출가할 생각이 일어났다. 스스로 구름 같은 머리를 풀고 칼을 빼 머리카락을 베려고 하는데 마침 이파가 들어오다가 보고 크게 놀라 칼을 급히 빼앗고 붙들어 물었다.

"부인은 무슨 까닭에 이런 행동을 하십니까?"

윤씨가 연약한 기질에 슬픔과 분함이 일어나니 말을 못하고 눈물을 흘리며 땅에 엎어졌다. 이파가 당황하여 허둥대며 물었다.

"이 무슨 행동이시오?"

윤씨가 한마디도 하지 않았다. 정신이 가물가물하고 어두워지니 매우 위급했다. 이파가 급히 시녀를 시켜 소씨와 참정을 불러오게 하니 두 사람이 와서 보고 말했다.

"누님이 어찌 뜻밖에 병이 나신 것입니까?"

이파가 말했다.

"첩이 아까 들어오니 윤부인이 칼로 머리카락을 자르려 하더군요. 칼을 빼앗자 이렇게 괴로워하니 무슨 까닭인 줄 모르겠습니다."

두 사람이 놀라고 의아함을 이기지 못했다. 소씨가 나아가 물었다.

"아우는 무슨 뜻대로 되지 않는 일이 있기에 부모가 주신 몸을 상하게 하려 하는가?"

윤씨가 한참 만에 탄식하고 말했다.

"내 인생이 박명하여 기구한 일을 많이 겪었습니다. 이제는 마음을 고요히 하여 출가하려는 것이니 다른 뜻이 아닙니다."

소씨가 위로했다.

"아우가 오히려 잘못 생각했네. 사람이 비록 머리를 잘라야 할 형편이라도 비구니의 무리가 되는 것은 괴이한 일인데 지금 그대는 슬하에 자녀를 갖추었고, 유학사는 병이 없으며, 공경公卿의 명부인데다 재상의 정실이네. 이런 생각을 하는 것이 극히 바르지 못한 길임을 어찌 생각지 않는가?"

윤씨가 눈물을 비 오듯이 흘리며 말했다.

"내 인생이 몹시 괴로운데 부귀가 지극하니 진실로 세상 영욕을 모르는 불가의 사람이 되고자 한 것입니다. 스스로 마음이 괴이한 것을 모르지는 않습니다."

참정은 다만 머리를 숙이고 오래도록 말이 없었고 소씨는 여러 차례 사리로 타일렀으나 왜 그러는지 깨닫지 못했다. 유학사가 온다고 해서 두 사람이 물러나왔다.

유학사가 이날 대궐에 다녀오니 시녀는 휘장 밖에 있는데 비단 휘장을 단단히 쳐놓고 있었다. 마음속으로 염려하여 나아가 보니 부인이 머리를 싸고 침상 위에 누워 부모를 생각하는 눈물로 옷섶을 적시고 있었다. 유학사가 한번 보고 매우 괴이하고 놀라워 곁에 가 앉으며 말했다.

"부인이 무슨 일로 예전에 안 하던 행동을 이렇게 하는가? 아침에 한 말은 한때 희롱한 것이오. 어찌 그 일로 이토록 지나치게 노여워하시오?"

윤씨가 끝내 대답하지 않았다. 아들 유영이 영민한 아이여서 문득 말했다.

"아까 어머니가 칼을 빼 머리카락을 베고 비구니가 되려 하시니 숙부와 소부인이 타일러 구하셨습니다."

유학사가 듣고 나서 아들이 비록 어리나 맹랑한 말이 아님을 알았다. 평소 부인이 외로운 심정을 슬퍼하고 그 행동거지가 세상사에 거리끼는 바가 없어 물욕에서 벗어나니, 마침내 이런 일이 있을까 우려하던 바였다. 이 말을 들으니 매우 놀라서 진심으로 부인에게 노한 이유를 물었다. 그러나 윤씨는 다시 입을 열지 않았다. 식음을 폐하고 아침저녁으로 부모를 부르며 눈물을 흘리고 우니 좌우의 시녀들도 슬퍼하지 않는 이가 없었다.

윤씨의 오해가 풀리다

윤씨는 젊어서 서러운 일을 겪고 소씨 집안에 의탁하여 양녀가 되니 양부인과 참정 남매가 혈육보다 더 후대하고 집안사람들이 다 높이 받들었다. 그러나 일마다 자기 부모를 생각하므로 양부인이 어여삐할수록 더욱 마음이 슬퍼졌다. 세월이 오래되니 마음이 상하여 온유하고 단정하던 성품이 강퍅하고 엄정하게 변했다. 아울러 유학사가 한어사에게 자기를 비천하다고 말했다 하니 애달프고 분했다. '만일 내 부모가 계시다면 나는 평장의 딸이요, 그는 상서의 아들이니 피차 욕되지 않을 것인데 부모를 잃고 남에게 의지했다고 업신여기니 무슨 낯으로 부부의 의를 이어 살겠는가?' 이렇게 생각하니 여자의 연약하고 편협한 심정이 나날이 더하여 유학사만 보면 비천하다는 말이 떠올라 부끄럽고 노여웠다. 음식을 보면 마음속에 불이 일어나 물 한 모금도 넘기지 못하니 유학사가 민망해하고 집안사람들은 그 이유를 알 수 없어했다. 이때 소씨는 윤씨의 행동거지가 전과 다른 것을 보고 가장 의아해 아침저녁으로 위로하며 지냈다.

하루는 윤씨가 침소 난간에 기대 있었다. 문득 부모를 생각하니 마음이 끊어지는 듯하여 길게 탄식하고 피를 토하며 난간에서 거꾸러졌다. 시녀가 크게 놀라 겨우 구하고 어쩔 줄 몰라하는데, 유학사가 이르러 보고 바삐 붙들어 침상에 눕히고 약을 썼다. 한참이 지난 후 윤씨가 정신을 차렸다. 유학사는 부인의 행동이 이같이 어지러운 것이 슬퍼 손을 잡고 눈물을 흘리며 말했다.

"그대는 무슨 까닭에 이렇게 병이 들어 평소 온화하고 단아하던 성품을 다 잃고 마음이 크게 상하였는가? 내가 비록 행실이 경박하나 그대의 지아비이니 언짢은 일이 있거든 시원히 이르고 감추지 말게."

윤씨가 손을 뿌리치고 벽을 향해 누워 말했다.

"나는 아들이 어리고 아버지가 안 계시니 삼종三從, 여자가 지켜야 할 세 가지 도리. 어려서는 아버지를, 결혼해서는 남편을, 남편이 죽은 후에는 자식을 따름의 의지할 곳이 그대뿐이었어요. 그런데 그대가 하루아침에 은정이 엷어져 심지어 한어사에게 나의 흠을 잡고 재취를 거론했어요. 재취를 하더라도 내가 싫어하지 않을 텐데 어찌 굳이 나의 흠을 말한 후에 재취하나요? 그대가 이미 부부의 의를 끊어 남에게 아내가 덕이 없다고 하니 이것이 무슨 정인가요? 이런 까닭에 내가 부부의 일과 세상사를 끊어 머리를 자르고 비구니가 되려는 것이에요. 고요한 도관道觀을 얻어 머물며 부모 제사나 지내고 양부인과 소참정을 의지하여 일생을 마치려 하니 그대는 나를 염려하지 말고 숙녀를 얻어 함께 즐기세요."

유학사가 듣고 나서 급히 물었다.

"누가 한어사에게 그대 흠을 잡았다고 하던가?"

윤씨가 묵묵히 대답하지 않으니 유학사가 시녀를 시켜 외당에 가 참정을 모셔 오게 했다. 참정이 들어오자 유학사가 정색하고 말했다.

"그대는 말수가 적으니 이런 일에 간섭하지 않을 것이지만 들은 바가 있을 것 같아 묻습니다. 누가 이런 이간질을 하는 것입니까?"

유학사가 윤씨의 말을 다 전하자 참정이 듣고 나서 웃고 말했다.

"대단하지 않은 말을 유형이 굳이 따지십니까? 이는 아는 사람이 한때 흥으로 웃으려 한 말에 불과합니다. 누님이 곧이듣고 노여워하신 것이니, 피차 서로 웃고 그만두면 될 따름입니다."

유학사가 말했다.

"그대의 말이 진실로 옳으나 이 일로 윤씨가 화가 나서 피를 토하는 지경에 이르렀습니다. 한때의 희롱으로 인명을 해하는 것이 옳습니까?"

참정이 놀라고 염려하여 아무 대답이 없었다. 갑자기 양부인이 오신다 하니 유학사는 일어나 나가고 참정은 머물러 어머니를 맞아 자리를 정했다. 윤씨 또한 억지로 일어났다. 부인이 윤씨의 외모가 가볍게 날아올라 신선이 될 듯한 것을 보고 크게 놀라 그 손을 잡고 등을 어루만지며 물었다.

"네가 어찌 며칠 사이에 이토록 수척해졌느냐? 무슨 일로 노여워서 머리를 자를 생각을 하는 것이냐?"

윤씨가 대답했다.

"제가 근래에 마음이 편치 못하여 자리 아래서 모시지 못하니 불효가 큽니다. 머리를 자르는 일은 마음이 이러저러하여 차라리 비구니의 무리가 되고자 한 것이나 어찌 쉽겠습니까?"

부인이 듣고서 정색하고 책망하며 말했다.

"네가 비록 윤씨 집안의 딸이나 나와 모녀의 의를 맺은 지 팔 년이다. 어미가 되어 그 잘못을 보고도 가르치지 않으면 그른 까닭에 말하마. 무릇 여자란 온순하고 겸손해서 비록 황실의 귀한 자손으로 천인에게 시집가더라도 교만하지 않아야 네 가지 덕을 온전히 하는 것이다. 너와 월영은 오직 방자하게 행동해 늘 지아비를 꾸짖고 휘두르니 이미 그르게 여기고 있었다. 설사 유생이 잘못해 이런 말을 했을지라도 마음에 두지 않는 것이 옳다. 하물며 유생은 말이 신중하고 인정이 두터운 사람이니 어찌 흔쾌히 한생에게 정실의 흠을 말하겠느냐? 이것은 한생이 젊은이의 부질없는 장난을 한 것에 불과하다. 네가 지나치게 곧이듣고 예에 벗어난 행동을 해 비웃음을 샀구나. 재삼 생각하면 유생 보기도 부끄러울 것을 어찌 깨닫지 못하느냐? 더욱이 부모가 주신 몸을 상하게 하여 성인의 가르침을 잊고 패도悖道를 행했구나. 흉악하고 어그러진 행실인데도 유생이 허물하지 않으니 지극히 어질다못해 흐리멍덩할 지경이다. 너는 원망하지 말고 감격해라. 마음 좁게 생각하지 말고 빨리 일어나 남의 비웃음을 사지 마라."

윤씨가 듣고 나자 황공하고 감격함을 이기지 못해 눈물을 흘리며 감사했다.

"어머니의 밝은 가르침을 제가 어찌 거역하겠습니까? 한때 애달아 예를 잃고 마음이 상하여 갑자기 병들었으나 이제 조리하여 일어나겠습니다."

부인이 그 처지를 슬프게 여겨 탄식했다.

"너의 마음이 남들과 다른 것은 당연하나, 마음을 잡고 슬픈 생각을 참아 즐기는 것이 옳다. 어찌 서럽다고 억제하지 않아서야 되겠느냐? 하물며 어느 사람이 부모를 여의지 않느냐? 내가 비록 늙고 사리에 어둡지만 네 어미가 되었으니 범사에 너의 친어머니만 못하다고 생각하지 마라. 네가 어찌 월영에게 지겠느냐?"

참정이 한숨을 쉬고 슬퍼하면서 말했다.

"저희는 어머니를 모시고 있지만 돌아가신 아버지의 자취를 생각하면 마음이 무너집니다. 하물며 누님은 위로될 일이 한 가지도 없으니 어찌 마음이 기쁘겠습니까? 그러나 마음을 넓게 가져 슬픔을 참으십시오. 제가 비록 민첩하지 못하나 평생 누님이 쓸쓸하지 않게 하겠습니다. 유형과 한형의 농담은 한때 웃고 넘길 일입니다. 설사 유형이 이런 말을 했다 해도 관계없으니 누님은 마음을 놓으시지요."

윤씨가 뼈에 사무치게 감격해 눈물을 흘리며 말했다.

"이 몸이 죽어도 어머니와 오라비의 은혜는 갚기 어렵겠네."

참정이 좋아하지 않으며 말했다.

"저는 동기의 정이 있는데 누님은 어찌 이렇게 박정합니까? 남매간의 우애는 떳떳한 도리입니다. 어찌 은혜라 일컬어 굳이 의남매인 것을 드러내고 혈육이 아님을 밝히십니까? 큰누님은 감격한다는 말이 없는데 누님은 은혜라 일컬으시니 이런 곳에 이르면 서먹한 사이인가 합니다."

윤씨가 감탄할 뿐 다시 감사하다 하지 못했다. 오래도록 이야기를 나눈 뒤 양부인이 재삼 훈계하고 돌아갔다. 이때 소씨가 침소에서 한어사에게 유생이 했던 말의 실상을 물었다. 한어사가 웃으며 속이려고 거짓말한 것이라 사실대로 말했다. 소씨가 지아비의 정직하지 못함을 못마땅하게 여겨 사리를 따져 그름을 책망했다. 어사가 다만 크게 웃고 두말없이 잘못했다고 했다.

이에 소씨가 윤씨를 찾아가서 한어사가 거짓말로 일부러 속이려 했던 뜻을 모두 이르고 웃으며 말했다.

"나이가 거의 서른이 되었는데 젊을 때의 장난이 그대로 있어 일이 마땅한지 아닌지 알지 못하고 이유 없이 아우를 노엽게 했으니 어찌 밉지 않겠는가?"

윤씨가 이 말을 듣고 바야흐로 유학사의 억울함을 알았다. 기쁘게 인사하고 말했다.

"이는 한상공이 친한 벗이어서 장난하신 것이니 어찌 마음에 두겠습니까? 다만 유랑이 무정함을 원망한 것이고 나를 욕한다 하니 부끄러워한 것인데, 사실이 이렇다면 학사는 잘못이 없는 듯합니다."

소씨가 웃고 말했다.

"아우의 성품이 참으로 대단하니, 독한 유생도 감히 성질을 드러내지 못하더라. 내가 그대와 형제가 된 지 팔 년 동안 희미한 노색과 가냘픈 웃음도 보지 못했는데 이번에 소리를 높이고 성난 얼굴빛을 겉으로 드러내니, 알지 못하겠다, 그런 성품이 어느 곳에 들어 있다가 그렇게 나오는가?"

말을 마치고 두 사람이 낭랑하게 큰 소리로 웃었다. 소씨가 돌아간 뒤에 유학사가 들어와 말했다.

"부인이 나를 믿지 않더니 이제는 깨달았는가?"

윤씨가 말과 얼굴빛에 나타내지 않고 다만 말했다.

"나의 비루함을 군자가 싫어하는 것이 당연하니 어찌 원망하겠어요?"

유학사가 탄식하고 말했다.

"내가 비록 경박하나 부인의 처지를 슬피 여겨 흰머리가 되도록 같이 늙으려 했소. 하루아침에 내가 하지 않은 말을 덮어씌우고 노여워하니 이토록 사람의 마음을 알지 못할 줄 어찌 알았겠는가?"

윤씨가 몸가짐을 가다듬고 사죄했다.

"첩이 박명한 인생으로 군자께 일생을 의탁했는데 하루아침에 말을 지어내 저를 거절하려 한다고 들으니 어찌 원망하지 않겠어요? 그러나 영민하지 못하여 군자의 뜻을 알지 못한 죄가 큽니다."

유학사가 부인의 온유한 행동을 보고 애처로운 말을 들으니 은정이 샘솟는 듯했다. 은근히 위로하고 아끼고 사랑하는 정을 헤아릴 수 없었다.

적선과 제자 양성

　이때 소참정은 벼슬이 높고 복록이 무궁했으나 뜻을 나직이 했고, 잠잠하여 말수가 적었다. 남의 급한 사정을 돕지 못할까 두려운 듯이 길에서 구걸하는 사람과 가난하여 혼인하지 못한 사람 모두에게 천금을 나누어 바라는 대로 해주니, 전후로 구제한 사람이 수천 명이 넘었다. 사방에서 진상한 물건을 한 가지도 받지 않았으며 나라에서 주는 녹봉 외에는 추호도 집에 두지 않았다. 또 두 부인은 재물이나 금은, 비단, 그릇을 감히 사사로이 가지지 않았다. 비록 친정에서 오는 것이라도 창고에 두었다가 쓸 때는 반드시 양부인께 고한 후 내어 쓰고 마음대로 처리하는 일이 없으니 집안 법도의 삼엄함이 이와 같았다.
　당시 사람들 중에 탄복하지 않는 이가 없어 예법을 배우려면 마땅히 소현성 집으로 가라고 했다. 자식 둔 사람들은 다 그 맑음과 고상함을 공경하여 가르침을 청하니 열 살 이하 어린아이들이 책을 끼고 문이 멜 정도로 찾아왔다. 참정이 한번 보고 그 우열을 가려 스물다섯 명을 뽑아 제자로 삼고 가르쳤다. 매우 엄숙하고 도리가 있으니 모든 제자가 공경하고 사랑하여 그 정성이 부모에게보다 더했다.

의란당에서 부인들이 아들과 아비의 미모를 따지다

하루는 모든 부인이 의란당에 모여 한가롭게 이야기를 나누었다. 석파가 보니 네 명의 젊은 부인이 모두 부귀한 집안의 봉작을 받은 부인들로 봉관鳳冠을 숙여 쓰고 수놓은 치마를 입은 채 난간에 모여 있었다. 아름다운 얼굴이 서로 비추는데 특히 빼어난 것은 윤씨와 석씨 두 사람으로, 맑고 소담하며 가냘프고 깨끗하여 요지瑤池의 연꽃 같았다. 소씨의 빼어난 기품과 풍성하고 찬란한 풍채는 계수나무꽃 한 가지가 봄날의 살얼음에 비치고 가을 달이 구름 속에서 나온 듯했다. 뛰어나고 깨끗한 것이 비유하자면 한 마리 봉황이 기산岐山*에 앉아 있는 듯했다. 화씨는 약간 떨어지는 면이 있지만 또한 낮은 등급은 아니었다. 석파가 바라보고 탄복하고 흠모함을 이기지 못하여 허둥지둥 나아가 웃으며 말했다.

"이곳의 풍경이 신선 세계 같더니 과연 네 명의 선녀가 강림하여 『황정경黃庭經』도가의 경전을 외우는군요."

* 기산(岐山): 주나라 문왕이 기산 남쪽에 살 때 봉황새가 왔다는 말이 있다.

소씨가 웃고 말했다.

"서모의 화려한 말은 들을 때마다 새로우니 말솜씨에 깊이 탄복합니다. 우리를 신선에 비한다면 서모는 으뜸 신선이 되시고 우리 젊은이들은 대수롭지 않은 선도仙道나 얻었겠습니다."

석파가 크게 웃고 말했다.

"부인이 나를 신선이라 하시니 내 어찌 당하겠습니까? 신선은 천만년이 지나도 쇠하지 않지만 이 늙은이는 사십이 멀었는데도 백발이 생겨나니 잘못 비기셨습니다."

모든 사람이 낭랑하게 웃었다. 이때 소씨에게 사남 일녀, 윤씨에게 이남 이녀, 화씨에게 사남, 석씨에게 삼남이 있었다. 옥 같은 아이들이 가득히 늘어서 있으니 석파가 칭찬하고 탄복하며 말했다.

"오늘 어린 공자와 어린 소저의 뛰어난 용모를 보니 각각 부모의 풍채를 닮아 속세를 벗어나 있군요. 나중에 자라면 자운산이 더욱 빛날 것입니다."

이파가 웃고 말했다.

"모든 공자 중에 우리 일곱 공자는 유씨, 한씨 두 집안 공자보다 열 배나 나으니 이는 다 소참정을 닮아서입니다."

소씨가 대답했다.

"서모의 말씀이 옳습니다. 그러나 여러 조카들이 다 나의 아우만 못하니 아깝다 하겠습니다."

윤씨가 웃고 말했다.

"아이들이 자라면 어찌 반드시 참정에게 지겠습니까? 아직 어린아이라 피지 않은 꽃 같아서 풍성하고 화려한 것이 못 미치지만 굳이 못하지는 않을 것입니다."

석파가 머리를 흔들며 말했다.

"그렇지 않습니다. 여러 공자가 비록 아름다우나 어찌 참정의 어렸을 때 얼굴에 미치겠습니까? 참정이 지금은 풍모가 깨끗하고 기골이 준수하여 맑고 아리따운 것이 없습니다. 그러나 어렸을 때는 곱기만 한 것이 아니라 자태와 향기가 어리어 자연히 사람의 뼈가 시리고 마음이 녹게 했으니 지금 어린 공자들이 관옥 같다고 하나 어찌 미치겠습니까?"

화씨가 웃고 말했다.

"서모가 참정을 칭찬하는 말이 너무 지나치니, 사람이 어렸을 때는 약하여 자연히 자태 있으니 어느 아이가 그렇지 않고 참정만 유독 그러하겠습니까? 하물며 사람이 보면 마음이 녹고 뼈가 시린다 하니 기특한 것이 아니라 해로운 얼굴이로소이다."

좌우의 사람들이 한꺼번에 웃고 말했다.

"화부인의 말씀이 딱 맞다."

석파가 또한 웃고 말했다.

"다른 부인은 믿지 않는 것이 당연하지만 소부인은 보셨으니 아실 것입니다. 어찌 내 말을 믿지 않으십니까?"

소씨가 흡족하게 웃으며 말했다.

"나는 정신이 밝지 못해 어제 일도 잊어버리는데, 더욱이 어릴 때 아우의 얼굴이 어떠한 줄 어찌 알겠습니까? 재삼 생각하니 가장 곱지 않아서 조카들만 못했던 듯합니다."

석파가 팔을 걷고 손을 저어 거짓말이라고 다투었다. 석씨가 그 거동을 보고 평생 처음으로 붉은 뺨이 조금 열려 흰 이를 드러내며 말했다.

"서모가 너무 날을 세우고 조급해하시니 형님께서는 그만하시지요."

모든 사람이 크게 웃었다. 이때 참정이 내당으로 들어오다가 마주쳐 그 거동을 보고는 웃고 말했다.

"서모와 누님은 한가하십니다. 무슨 일로 석서모가 저리 날뛰십니까?"

소씨와 윤씨 두 사람이 한목소리로 말했다.

"아우는 빨리 와서 아들과 미색을 겨루어보게."

참정이 듣고 희롱하는 줄 알고 웃으며 말했다.

"어머니를 뵈러 들어가니, 문안하고 즉시 나오겠습니다."

화씨와 석씨 두 사람이 또한 일어나 들어가니 모두 웃고 흩어졌다.

이날 여러 젊은이가 자리에 모이니 석파가 양부인께 고했다.

"화씨, 석씨, 소씨, 유씨, 네 분 낭자가 참정보다 일곱 공자가 낫다 하니 이 어찌 같잖은 말이 아니겠습니까? 첩이 '일곱 공자가 비록 뛰어나지만 참정보다 떨어진다'고 했으나 소부인이 더욱 우기고 화씨, 석씨 두 부인은 곧이듣지 않으셨습니다."

양부인이 웃고 말했다.

"너희가 갑갑해하는 것이 자못 그르다. 네가 쓸데없는 이야기를 그만두고 한마디만 하면 충분히 두 며느리와 딸들의 입을 막을 것이다."

석씨가 문득 알아듣고 머리를 숙여 웃음을 머금었다. 석파는 깨닫지 못해 한동안 깊이 생각하다가 갑자기 크게 웃고 말했다.

"부인의 가르치심이 옳고 묘합니다. 여러 낭자야, 지금도 나와 다투어 보겠습니까?"

소씨가 일부러 말했다.

"무슨 일로 못하겠습니까? 실로 조카가 아우보다 많이 낫습니다."

석파가 말했다.

"그러면 화씨, 석씨 두 부인과 참정이, 돌아가신 처사와 우리 부인보다 나으셔서 자식을 잘 낳았단 말입니까?"

모인 사람들이 말없이 크게 웃고 소씨도 웃고 말했다.

"이는 곧 어머니가 가르치신 것이니 서모의 능력이 아닙니다."

서로 즐겁게 웃어마지않았다.

정치에서 마음이 떠나다

이때 천자가 태조太祖의 태자 덕소德昭*를 죽이니, 참정이 몹시 놀라 탄식하며 말했다.

"천자의 기업基業이 비록 크다지만 지극히 가까운 혈육을 풀잎같이 해치는가? 그는 태조의 태자로 나중에 적통을 이을 사람이었으니 죽은 이유를 의심 없이 알겠구나."

원망을 참지 못했으나 조정의 구준과 팔왕 등도 어쩔 수가 없었다. 마침내 '밤중 촛불 그림자 이야기'**까지 자세히 들으니 마음이 세상에 머무르지 않았다. 벼슬을 갑자기 교체할 수 없으니 조정에 나가기는 했지만 모든 일을 동료들에게 미루고 종일토록 입을 열어 시국을 논하거

---

* 덕소(德昭): 송 태조의 태자였으나 태조가 동생 태종(太宗)에게 황위를 물려주었기 때문에 황제가 되지 못했다. 태종과 사이가 벌어져 결국 자살했다. 태종이 죽였다고 보는 설도 있다.
** 밤중 촛불 그림자 이야기: 동생 태종이 형 태조를 시해했다는 의심을 일으킨 사건. 태조가 위독하자 태종이 문병을 갔는데 밤중이었다. 모시는 사람들이 멀리서 보기에 촛불 그림자 아래 태종이 일어서거나 혹은 피하는 모습이었고, 도끼를 땅에 던지는 소리가 났다. 태조는 새벽이 되기 전에 죽었고, 태종이 태조에게 후사를 부탁받았다며 즉위했다.

나 정사를 다스리는 법이 없었다. 그래서 비록 벼슬이 높고 명망이 중했지만 역사에는 이름이 남지 않았으니 확 트여 막힘이 없으며 맑고 우아한 인품을 넉넉히 알 수 있었다.

지네 요괴를 없애다

하루는 참정이 모든 벗과 함께 자운산 동쪽을 유람했다. 황족인 두 왕도 함께 갔는데 참정은 잠깐 무리에서 처졌다. 두 왕이 모든 관료와 산을 유람하다가 절을 찾아 쉬게 되었다. 여러 승려가 바삐 맞아 법당 정전正殿에 앉히니 행장行裝 가운데 다과를 드려 서로 권했다. 다만 멀지 않은 곳에서 사람의 소리가 나는데 지극히 괴이하여 앓는 소리도 아니고 우는 소리도 아니었다. 왕이 괴이하게 여겨 수승首僧를 불러 물었다.

"과인이 오늘 정승, 대신들과 산을 유람하는데 너희가 무슨 까닭으로 벽 건너편에 괴이한 것을 두어 이같이 업신여기느냐?"

수승이 땅에 엎드려 대답했다.

"대왕과 여러 상공이 누추한 절을 빌려 쉬시니 소승들이 어찌 감히 업신여기겠습니까? 다만 소승의 작은 상좌上佐가 매우 총명하고 기특하여 제가 아꼈는데, 몇 달 전 산에서 나는 과실을 따러 갔다가 한 요괴를 만나 넋이 나갔습니다. 돌아와 곁방에서 밤낮으로 저런 소리를 냅니다. 소승이 갑갑하여 혹 정신이 들었을 때 물으면 말하기를, '빼어나게 고운 계집이 채로 온몸을 두드리니 이리 앓습니다'라고 합니다. 혹 인시寅時와 묘시卯時 네 시간 사이에 나갔다가 즉시 도로 들어와 밤낮 보챈다 하니 소승이 망극함을 이기지 못합니다. 저럴 때는 사람이 들여다보면 반드시 더 앓고 보는 사람도 해로워 병이 들기에 감히 끌어내지 못했습니다."

좌우에 있던 사람들이 모두 크게 놀라고 또한 믿지 않았다. 홀연히 앓는 소리가 그치더니 상좌가 크게 불러 말했다.

"스승님, 이제는 그 귀신이 피해 달아났으니 시원합니다."

승려들이 놀라 달려들어가 물었다.

"지금은 그 귀신이 어째서 달아났는가?"

상좌가 말했다.

"그 요괴가 이르기를, '이제 성인이 오시니 내 어찌 감히 있으리오? 오늘까지는 내 소굴로 돌아가리라' 하더니 허둥지둥 나갔습니다."

모두 기이하게 여겨 떠들어대는데 문득 한 젊은이가 멋스럽게 걸어 들어오니 바로 소참정이었다. 왕이 맞아 예를 마치고 상좌의 괴이한 일을 전하니 참정이 미소 지으며 말했다.

"어찌 세상에 그런 일이 있겠습니까? 몹시 허탄합니다."

참정이 비록 입으로는 이렇게 말했지만 마음속으로 새겨듣고 산을 유람했다. 절문을 나서서 한곳에 이르니 수승이 탄식하며 말했다.

"내 상좌가 이곳에 와서 원수 같은 병을 얻었으니 어찌 서럽지 않겠습니까?"

관료들이 듣고 모두 두려워 돌아가고자 했다. 참정이 눈을 들어보니 앞에 나무 한 그루가 서 있는데 수천 년 된 버드나무였다. 길이는 구름과 산에 닿을 정도였고 몸통의 굵기는 세 아름이었다. 귀신이 붙은 것을 알아채고 좌우 사람들에게 말했다.

"형들은 대왕을 모시고 돌아가소서. 저는 천천히 따라가겠습니다."

모든 사람이 응낙하고 돌아가자 참정은 한 자루 필묵을 꺼내 나무를 둘러 글을 썼다. 홀연히 구름과 안개가 사방을 막고 티끌과 먼지가 땅에 가득했다. 천둥소리가 한 번 나면서 산이 무너지고 물이 갈라질 듯한 기세로 벼락이 일천 개의 불빛을 거느리고 그 나무를 쳤다. 좌우에 모시던 사람들이 다 거꾸러졌으나, 참정은 낯빛을 고치지 않고 붓을 급히 휘두르지도 않았다. 쓰기를 마치고 천천히 물러났다. 비로소 그 뿌리까지 분쇄한 뒤에 한 조각 밝은 해가 구름 사이에서 드러나 청명하고 고요했다.

　따르던 사람들이 정신을 차려 일어나보니, 나무 옆에 큰 지네가 죽어 있고 나무는 가루가 되어 있었다. 나무 한 조각이 바위 위에 얹어져 있어 보니, 이는 바로 참정이 지은 글을 떼어내 놓은 것이었다. 놀라지 않는 사람이 없고, 참정 또한 괴이하게 여겨 자세히 보니 자신의 필적이 완전하여 한 글자도 상하지 않았다.

　즉시 절에 돌아와 모든 관료와 이야기하다가 집에 돌아왔으나 마침내 이 일을 입 밖에 내지 않았다. 상좌는 완전히 병이 낫고 절은 평안해졌다. 이로 인해 참정의 시종 집에 이야기가 전해져 온 성안에 퍼지니 이후로 당시 사람들이 참정의 신기함을 알고 추앙했다. 그러나 참정은 더욱 마음을 굳게 하고 말을 적게 하여 가슴 가운데 무궁한 조화를 드러내지 않았다.

양참정이 세상을 떠나다

이렇게 저렇게 영화로운 세월을 보냈다. 화부인이 오남 이녀를 낳고 석부인이 오남 삼녀를 낳으니 하나하나가 곤산崑山의 백옥 같고 바닷속 구슬 같았다. 참정이 바람에 넘치게 십남 오녀를 두니 지극히 기쁘고 다행으로 여기면서도 또한 부친을 생각하고 슬퍼해마지않았다. 양부인은 여러 친손자를 두니 옛날 꿈을 생각하고 남몰래 기이하게 여겼다. 남자아이는 다 운雲 자를 넣고, 여자아이는 수秀 자를 넣어 이름을 지었으나 끝내 꿈 이야기는 하지 않았다. 그 정대함과 신중함이 이와 같으니 그 아들이 어찌 남들보다 뛰어나지 않겠는가. 소씨는 육남 사녀를 두고 윤씨는 사남 이녀를 두었으니 남자아이는 풍채가 있고 여자아이는 용모가 뛰어났다.

이때 양참정이 세상을 떠났다. 양부인이 야위도록 슬퍼하고 상례를 지나치게 지켜 병이 위태했으나 고깃국을 먹지 않았다. 자녀들이 어쩔 줄 모르고 소씨가 울며 간했다.

"예전에 아버지께서 세상을 떠나신 뒤 어머니가 스스로 고깃국을 드시고 기운을 보호하시니 사람마다 미치지 못할 훌륭한 덕이라 했습니다. 지금 할아버지께서는 춘추가 일흔이 지나셨고 영화와 복을 수십 년 누리고 세상을 떠나셨습니다. 어머니의 슬퍼하심이야 노소老少를 가리지 않지만 그래도 마음에 위로됨이 있습니다. 어찌 온갖 한을 품은 아버지의 상사喪事에 비하겠습니까? 그러나 어머니가 이처럼 슬퍼하시고 고집하셔서 끝내 고깃국을 물리치시고 병세가 중하십니다. 소녀와 경의 마음을 살피지 않으시니 어찌 망극하지 않겠습니까?"

부인이 탄식하고 말했다.

"네가 늘 총명하고 통달한데 이번에는 어미 마음을 아득히 모르는구나. 내가 당초 네 아버지의 상사를 만나 스스로 몸을 보호한 것은 경이 뱃속에 있고 또 지아비가 남긴 부탁을 받아 삼 년 제사를 치르기 위해서였다. 이제 내 나이 오십이 지났고 너희 남매 장성하여 영화롭고 귀하며 자녀까지 번성하니 이제 나는 살아도 쓸데없는 사람이다. 하물며 낳아주신 은혜가 있는 아버지가 돌아가신 것은 하늘이 무너지는 슬픔이라 오장이 끊어지는 듯하다. 어찌 괴로이 살기를 꾀하겠느냐?"

참정이 나아가 고했다.

"어머니의 말씀이 비록 정리情理에는 마땅하나 실로 대의에 어긋납니다. 공자와 증자가 어찌 성인이 아니겠습니까만 '신체의 모든 것은 부모에게 받은 것이며身體髮膚 受之父母', '지극히 애통하더라도 생명을 해치지 않는 것이 예의 시작이라毁不滅性 禮之始也' 하셨습니다. 이제 할아버지께서 돌아가셨으니 어머니가 더욱 몸을 삼가고 아끼셔서 할아버지께서 낳고 길러주신 몸을 보호하심이 아름다운 일입니다. 예로부터 큰 효는 반드시 몸을 죽일 것이 아니라던 말을 마음에 경계하소서."

자녀가 망극해하는 것을 보고 부인이 탄식하고 말했다.

"이 또한 운수 소관이다. 죽고 사는 것은 천명에 있고, 부귀는 하늘에서 주는 것이다. 어찌 한 그릇 고깃국에 목숨이 달렸겠느냐? 너희는 안심해라. 내가 스스로 조리하겠다."

자녀들이 감히 다시 간하지 못했다. 부인이 이후로는 마음을 넓게 하고 기운을 보호하여 소리 내 슬피 울기를 그쳤다. 그러나 끝내 육즙을 먹지 않고 삼 년을 지냈다. 자녀들이 밤낮으로 망극해했으나 부인의 뜻을 돌리지 못했다.

소씨 집안 여인들이 급제 잔치에 참여하다

양부인이 부친의 삼년상을 마치고 새삼 슬퍼하니 며느리들이 아침저녁으로 모시며 지냈다. 부인의 남동생 양상서의 아들 양현이 급제하니 양상서가 잔치를 열어 축하했다. 양부인이 두 며느리와 두 딸을 거느리고 성내에 들어가 네 명의 오라비를 보았다. 그러나 잔치 자리는 고집스레 사양하여 나아가지 않고 며느리와 딸들이 참석하게 했다. 네 명의 부인이 다 청춘의 젊은 나이로 용모와 재주가 세상에 특출했다.

사치스런 단장을 하지 않고 모두 같은 옷을 입었다. 붉은 치마를 끌고 푸른 적삼을 떨쳐입고 패옥을 드리우고 봉관을 바르게 쓰고 손님 자리에 늘어서니, 키 차이가 나지 않고 미모에 상하가 없었다. 연꽃 같은 얼굴과 샛별 같은 눈매, 먼 산 같은 눈썹과 앵두 같은 입술, 연꽃 같은 뺨에 어두운 방이 밝아지는 듯했다. 봉황 같은 어깨며 버들 같은 허리는 날아갈 듯 우아하여 속세를 벗어났고, 어여쁜 옥 같은 목소리는 버들 사이에 맑게 우는 노란 꾀꼬리 같았다. 깨끗한 골격과 엄숙한 위의는 사람으로 하여금 한갓 사랑할 뿐 아니라 공경하게 하는 기운이 있었다.

자리에 가득한 사람들이 아득히 칭찬하며 술과 음식 먹기를 잊어버린 채 구경했고 특히 석씨를 보고는 정신이 몽롱하여 기운을 잃어버렸다. 이때 젊은 손님 수천여 명이 모여 미인이 수풀처럼 많았다. 그러나 소씨, 윤씨, 석씨 세 사람이 옥 같은 손에 칠보 부채를 기울여 잡고 여러 사람을 향하여 붉은 입술과 옥 같은 치아를 움직여 말을 하면 향기로운 바람이 일어나고 백 가지 자태와 만 가지 빛이 흘러넘쳤다. 짙게 화장한 여인들 사이에 연지와 분을 싫어하는 타고난 미인이 들어오니 다들 놀라 기운이 빠졌다. 마치 금빛 화분에 붉고 흰 연꽃이 활짝 피어 이슬을 머금어 아침 햇살을 받고 있는데 옆에 시든 두견화가 나란히 있는 것과 같았다.

　이때 석참정 부인과 화평장 부인, 소씨와 윤씨의 시어머니와 시누이들이 모두 모였다. 각각 그 딸과 며느리가 뛰어남을 기뻐하고 흐뭇해하며 좌우 사람들의 치하를 조금도 사양하지 않았다. 한참정 부인이 소씨에게 물어 양부인이 와 계심을 듣고 시녀를 통해 뵙기를 청했다. 양부인이 간청을 듣고 내당으로부터 나와 자리에 예를 마치고 앉았다. 모인 사람들이 바라보니 나이가 오십이 지났지만 조금도 쇠함이 없어 머리카락 한 올도 세지 않았다. 또한 용모가 풍만하니 마치 탐스러운 붉은 연꽃과 활짝 핀 흰 모란이라도 그 소담함과 무르녹음에 미치지 못할 듯했다. 윤택하기는 바닷속의 구슬 같고 깨끗한 풍모는 하늘 가운데 달 같아서 구름 같은 귀밑머리와 백설 같은 피부가 겨룰 사람이 없었다. 비록 네 명의 부인이 빼어나지만 그 무궁한 광채와 한없는 흐드러짐은 떨어지는 면이 있었는데 석부인 홀로 시어머니보다 못하지 않았다. 다만 석씨는 젊은 나이여서 가냘프고 간드러지게 어여뻐 나긋나긋한 자태가 있으나 그 맑고 황홀하며 풍성함에는 조금 미치지 못할 듯했다. 한갓 용모가 이러할 뿐 아니라 행동과 태도에 자연히 법도가 있어 한번 움직이면 봉황이 벽오동碧梧桐 나무에 오르는 듯하고 조용히 단정하게 앉으면 용이 여의주를 희롱하는 듯했다. 맑은 눈을 한번 기울여 사람을 살피면 사람이 자연히 놀라고 당황하여 제 몸을 돌아보아 움츠러들었다. 외모를 바르게 하여 사람을 향해 손님을 접대할 때는 붉은 입술을 열어 온유한 목소리로 정숙하고 흐르는 듯한 말씀을 하니 화평한 기운이 마치 봄바람이 온화하여 온갖 물건의 생기를 돕는 듯했다. 행동거지의 한없는 위엄이 한갓 얼굴의 고움보다 열 배나 더하니 이야말로 진실로 여자 중의 군주요, 왕이었다. 의복이 매우 소박하니 더욱 그 용모가 뛰어나 보여 구름 사이로 엿보이는 달과 같았다. 모인 사람들이 한번 보고 각각 숨을 길게 내쉬고 서로 돌아보며 놀라워하고, 모진 범을 대한 듯이 움츠러드니 소씨와 윤씨 등이 그윽이 웃었다.

양부인이 뭇 사람이 아무 말 없이 두려워하는 것을 보고 마음속으로 괴이하게 여기다가 홀연 깨달아 먼저 말을 꺼내 말했다.

"홀로된 노첩이 조카의 경사를 듣고 아름답고 기쁘게 여겨 여기에 이르렀습니다. 그러나 박명한 죄인이라 몸이 남과 같지 못하니 성대한 잔치에 감히 참석하지 못하고 있었습니다. 부르심을 입어 이곳에 모이신 귀한 분들을 뵙게 되니 평생의 다행입니다."

모인 사람들이 비로소 입을 열어 대답했다.

"첩 등이 부인의 명성을 듣고 우러러 사모한 지 오래입니다. 오늘 이곳에 계시면서도 첩 등을 보러 오시지 않아 어리둥절했습니다. 빛나게 임하셔서 후한 말씀을 듣게 되었으니 매우 다행입니다."

소씨 집안 여인들이 다른 부인들과 인사를 나누다

한참정 부인 위씨와 유상서 부인 단씨가 감사의 뜻을 표하며 말했다.

"부인이 기특한 딸을 두시고 제 아들의 용렬함과 경솔함을 싫어하지 않으셔서 혼인을 허락하시니 며느리가 그윽하고 정숙하여 숙녀의 풍채가 있습니다. 모두 부인의 덕택입니다."

양부인이 겸손하게 사양하며 말했다.

"홀로된 사람이 못난 자식을 성대한 가문에 보내고 밤낮으로 죄를 얻을까 염려했습니다. 부인네의 너그럽고 넓으신 덕으로 여러 해를 무사히 지내니 이것은 다 귀댁이 어질어서요, 사위 등이 관대하여 아녀자의 작은 허물을 용서한 덕입니다. 첩이 감격함을 이기지 못하겠으니 구천에 가더라도 결초보은하겠습니다."

단씨가 대답했다.

"첩의 며느리는 부모 없는 인생인데도 부인이 친딸 이상으로 대하시니 높은 뜻에 깊이 감격합니다."

위씨가 다시 인사를 차렸다.

"아들아이가 기생을 모아 방탕함이 심하고 이유 없이 재취했으나 며느리가 조금도 원망하지 않고, 또 십여 년 동안 급히 웃거나 예의를 잃고 노한 기색을 보지 못했으니 진실로 규목^{樛木, 가지가 아래로 굽은 나무처럼 윗사람}이 아랫사람을 비호함의 덕이 있습니다. 그러니 이것이 한갓 아들아이의 즐거운 복과 가문의 빛나는 경사일 뿐이겠습니까? 금석에 새겨 후세에 전할 만합니다."

양부인이 사양하며 말했다.

"딸아이가 도리에 어긋나는 일이 별로 없다지만 어찌 부인의 이런 지나친 칭찬을 감당하겠습니까? 딸아이의 사람됨이 억세어 유순한 덕이 적으니 첩이 아침저녁으로 근심합니다. 하물며 윤씨는 첩의 양녀로 그 처지가 참혹하니 어찌 친히 낳지 않았다고 사랑이 덜하겠습니까? 부모 없는 인생인데다 또 첩이 가르친 것이 없어 근심했는데 유학사가 바라는 것보다 넘치게 대접해주고 부인과 상서가 친자식같이 대해주셔 일생이 평안하니 어찌 감격하지 않겠습니까?"

두 부인이 재삼 감사를 표했다. 이때 화평장 부인도 처음으로 양부인을 보고 소씨, 윤씨, 석씨를 구경했다. 마음속으로 매우 놀라 바야흐로 그 딸이 온전히 복을 누리는 것이 소참정과 양부인의 덕이며 시누이들의 어진 마음에 힘입은 것인 줄 알았다. 자리에서 일어나 양부인 앞으로 나아와 옷깃을 여미고 감사하며 말했다.

"소첩의 못난 딸이 멀리는 윗사람으로서 아랫사람을 잘 거느리는 규목의 덕이 없고 가까이는 한가롭게 우아하며 속세를 벗어나게 깨끗한 풍채가 없습니다. 꿩과 같은 비루한 자질로 외람하게 봉황과 짝이 되니 사위의 자리가 빛나고 가문에 광채를 더했습니다. 그러나 딸아이의 용렬하고 누추한 자질이 군자에게 마땅하지 않으니 밤낮으로 애를 태워 혹시 일생에 부^賦를 사는 근심*이 생길까 두려워했습니다. 사위가 숙녀를 얻었으나 아녀자에게 원망을 품지 않게 하여 딸아이의 일생이 평안하고 자녀를 갖추었으니, 이는 다 부인의 해와 달 같은 덕과 소씨, 윤씨 두 부인의 보호 덕분입니다."

양부인이 흔연히 웃고 말했다.

"어찌 이런 말씀을 하십니까? 며느리가 내 집에 온 뒤로 허물이라 할 만한 일이 없었는데 이유 없이 아들이 재취했습니다. 하늘의 운수이긴 하지만 젊은 여자의 마음이 불평한 것도 예사이니 어찌 허물이겠습니까? 이제는 두 며느리가 서로 화목하여 주남周南. 『시경』의 첫번째 편. 후비의 덕을 중요하게 다루었다의 기풍을 따르니 이 또한 며느리가 착하고 온순한 덕분입니다. 게다가 여러 자녀를 두어 당당히 첫째 부인으로 있으니 어찌 못난 아들이 공경하지 않을 수 있으며 제가 치우치게 대접할 수 있겠습니까? 오늘 부인을 뵈어 영광이요, 다행이니 고마워하심은 당치 않습니다."

말을 마치고 눈을 들어 설부인을 보니 그윽하고 정숙하며 풍만하고 깨끗하여 태도와 행동이 매우 법도가 있었다. 아주 공경하며 그 딸과 품격이 같지 않은 것을 마음속으로 칭찬했다.

설부인이 몸을 돌려 석씨를 향해 은근히 감사하며 말했다.

"늙은이가 자식에게서 부인의 명성을 듣고 늘 뵙고 싶어했습니다. 이제 만나니 사모하던 마음에 위로가 됩니다. 미련한 딸아이의 부족함을 가르치셔서 허물을 감추어주시고 좋은 점을 드러내 화목하게 지내시니 첩이 감격함을 이기지 못하겠습니다."

석씨가 용모를 가다듬고 자리를 피해 대답했다.

"소첩이 지혜롭지 못한 기질로 지은 죄가 많으나 화부인께서 어여삐 여기시어 형제간의 즐김을 얻었습니다. 오늘 존전에 뵈옵고 지나친 칭찬을 들으니 감격하는 중에 부끄럽나이다."

* 부(賦)를 사는 근심: 한 무제의 황후 진아교가 총애를 잃었을 때, 황제의 사랑을 되찾으려고 사마상여에게 황금을 주고 「장문부長門賦」를 짓게 했다.

진부인이 또한 양부인께 인사를 하고 화씨에게 각별히 감사하며 말했다.

"첩의 딸아이가 성품이 거칠고 어리석으며 사람됨이 촌스러운데 부인과 어깨를 나란히 하여 같은 항렬이 되었습니다. 부인이 피하지 않으시고 어여삐 여겨 화평하게 즐기시니 진실로 은혜를 잊을 수 없을 듯합니다."

화씨 또한 겸손히 사양하며 감당하지 못하겠다고 말했다. 서로 안부 인사를 마치고 술이 두어 차례 돌자, 소씨, 윤씨, 화씨, 석씨 등이 술기운을 띠었으니 취한 얼굴빛이 마치 세 가지 색깔 복숭아꽃이 아침 이슬을 머금은 것 같고 백옥으로 만든 그릇에 붉은 연지를 담은 것 같았다. 별같은 눈이 가늘어지고 붉은 입술은 더욱 붉어졌으며 봉관이 살짝 기우니 깨끗한 풍채와 세상에 빼어난 용모가 진실로 빙옥의 재질이며 선녀의 얼굴이었다. 갓 피어난 만다라화曼陀羅華 네 가지를 꺾어 옥으로 된 화분에 심은 듯한데 석부인의 외모는 이중에서도 더욱 특출하여 모인 사람 가운데 두드러지니 모든 눈길이 다 쏟아져 떠들썩하게 칭찬할 뿐이었다.

왕복야 부인 경씨는 개국공신 왕전빈王全斌, 북송(北宋) 초의 장군의 며느리였다. 저 네 명을 보고 흠모와 탄복을 이기지 못해 말했다.

"네 분 명부는 나이가 어떻게 되시는가?"

네 사람이 한꺼번에 자리를 피했다. 소씨가 용모를 가다듬고 고했다.

"첩은 나이가 이십육 세입니다."

윤씨가 옷깃을 여미고 대답했다.

"첩은 이십사 세입니다."

화씨가 머리를 숙이고 말했다.

"첩의 나이는 이십삼 세입니다."

석씨가 옷깃을 여미고 대답했다.

"소첩은 세상을 안 지 십구 년입니다."

말을 마치는데 목소리가 맑고 낭랑하여 형산의 옥을 부수는 듯, 단혈의 봉황이 우는 듯했다. 대답에 재기才氣가 두드러지니 옆에 있는 사람들이 넋을 놓고 바라보며 칭찬했다.

마지못해 내당에 들어가다

갑자기 시녀가 들어와 말했다.

"장원 하신 낭군이 들어와 잔을 올리려 하십니다."

모든 손님이 다 일어나 피하고 일가친척만 남았다. 이윽고 한 떼의 남자들이 새로 급제한 사람과 함께 들어와 자리에 모인 사람들에게 예를 올렸다. 장원이 잔을 들어 어머니와 모든 숙모께 잔을 올리는데 남자와 여자가 자리를 나눠 앉았다. 양상서가 말했다.

"소씨 조카는 어째서 들어오지 않았느냐?"

시녀에게 소참정을 불러오게 하며 말했다.

"비록 내당에 들어오는 것이 불편하더라도 우리 모두 들어왔으니 꺼리지 말고 빨리 누님을 뵈어라."

소참정이 숙부의 말을 듣고 억지로 들어와 자리에 예를 올리고 숙부를 모시고 앉았다. 온화한 거동, 깨끗한 얼굴, 엄숙한 풍채가 가을날에 핀 계수나무 꽃 같고, 깊은 가을 서릿바람에 동쪽에서 떠오른 달이 이슬에 빛나는 듯했다. 남자들 중에 뛰어나니, 양부인이 아니면 낳지 못했을 것이고 석씨가 아니면 그 짝이 되지 못했을 것이었다. 사람마다 칭찬해 마지않았다.

안부 인사를 마친 뒤 소참정이 재촉하여 남자들이 외당으로 나갔다. 양부인이 이날 며느리들과 자녀들이 남보다 빼어나고 더욱이 소참정과 석씨는 고금에 드문 인물과 얼굴인 것을 보고 마음속으로 흐뭇하고 유쾌하여 모든 일이 뜻과 같았다.

석양에 잔치를 마쳤다.

친척끼리 환담하다

양부인은 이날 친정에 머물렀는데 소참정도 함께 있었다. 촛불을 밝히자 양상서 네 형제가 들어와 누이를 보고 웃으며 말했다.

"누님이 오늘 특출한 자녀들을 데리고 와 잔치 자리에서 적잖이 자랑하셨습니다."

양부인이 웃고 말했다.

"두 며느리와 윤씨의 뛰어남을 보면 내가 무슨 복으로 이렇게 아름다운 사람을 얻어 슬하에 두었는가싶어 더욱 기쁘구나. 그러나 월영과 경의 아름다움은 한갓 흐뭇할 뿐이지 다행스럽지는 않으니, 어찌 자랑을 하겠는가?"

양공 형제들이 탄식하고 말했다.

"누님의 공정한 마음과 높은 의기, 소형의 맑고 고결하며 대범한 사람됨으로 자녀를 낳고 기른 것이 헛되지 않습니다. 경이 젊은 나이에 장원급제하여 벼슬이 일품에 있고, 월영 또한 숙녀의 기풍이 있어 정숙한 덕이 세상 사람들을 감복시키니, 이른바 깊은 산에 범이 나고 큰 바다에

용이 있는 것입니다. 우리도 빛나기가 그지없습니다."

부인이 슬퍼하면서 눈물을 흘렸다. 문득 소참정이 들어오다가 어머니가 슬퍼하시는 것을 보고 놀라고 의아하여 머리를 숙이고 오래도록 말을 하지 않았다. 부인이 비로소 눈물을 거두신 뒤에 담소를 거드니, 온화하고 차분하여 자연히 법도가 있고 일마다 예의가 있어 엄연한 성인의 도리가 있었다. 양생 등 십여 인이 있었으나 감히 소참정을 같은 항렬로 대하지 못하고 모두 높은 스승같이 공경했다. 그러나 참정은 조금도 교만하거나 자긍한 빛이 없이 공경하고 사랑하니 사람으로 하여금 정이 솟아나게 하면서도 또한 두려워하게 했다. 양공 형제가 탄복을 이기지 못하고 말했다.

"너를 대하면 우리 몸을 절로 돌아보아 행실을 닦게 되고, 네 말을 들으면 성인의 가르침을 대하는 것 같으니 진실로 공자, 맹자의 후신後身이 아니면 이렇지 못할 것이다."

참정이 가만히 웃고 겸손하게 사양하며 말했다.

"숙부가 어찌 조카를 이렇게 추어올리셔서 두려워 몸 둘 땅이 없게 하십니까?

양공이 웃고 말했다.

"우리가 거짓으로 추어올릴 리가 있느냐?"

소씨가 나서서 웃고 말했다.

"경이 사양하는 것도 옳고 숙부께서 칭찬하시는 것도 터무니없지는 않습니다. 다만 오늘 잔치 자리에서 여러 양씨 오라비들이 염치를 다 잊고 자기 부인들을 뚫어지게 바라보더군요. 혼인한 지 십여 년은 되었는데 새삼 여럿이 모인 가운데 바라보는 것이 이상하다 생각했습니다. 모형─모씨는 양상서의 둘째 며느리이며 장원의 처─의 말을 들으니 저 오라버니는 본래 사람이 모여 있으면 그렇게 부인을 본다 하니, 이는 반드시 요사이에 새로운 예법이 생겨 오라비들이 행하는 것인가싶습니다.”

모인 사람들이 모두 크게 웃고 말했다.

“누이가 우리를 조롱하는구나. 한생도 단정하지 않은데 어찌 누이의 말이 이리 거침없는가?”

소씨가 낭랑하게 웃고 말했다.

“한생이 단정한지 못하지는 내가 모르지만 대략 눈이 성하여 병들지 않았으므로 한번 본 사람을 다시 보지 않습니다.”

여러 양생들이 말했다.

“우리도 눈이 병들지 않았으나 부인을 볼 때마다 새로워 눈을 떼지 못한다.”

소씨가 말했다.

“그렇지 않습니다. 부부라고 해서 어찌 반드시 밤낮으로 얼굴만 바라보겠습니까? 행실을 살펴보고 재주와 덕을 보아 공경해야 합니다. 숙부와 숙모가 위에 계신데도 무례하게 바라보며 아득하게 정신을 잃으니, 남 보기에 엄한 아버지를 모시고 있는 사람 같지 않습니다. 뿐만 아니라, 오라비들은 처자 바라보느라 겨를이 없으니 부모의 늙고 쇠하심도 모를 듯합니다.”

모두가 손뼉을 치고 크게 웃으며 말했다.

“누이는 남의 없는 허물을 지어내니 진실로 허무맹랑한 사람이요, 공격하는 것이 지독하니 참으로 험한 사람일세. 화씨와 석씨 두 제수씨는 저렇게 사나운 시누이를 어찌 대접하십니까?”

소씨가 낭랑하게 웃고 화씨와 석씨 두 사람 또한 웃음을 머금었다.

밤이 되어 흩어졌다. 다음날 양부인이 네 낭자를 데리고 집에 이르러 석파 등에게 말했다.

“화평장 부인을 보니 비록 태임과 태사 같은 성녀에는 미치지 못하지만, 번희와 위희衛姬* 같은 현부賢婦의 무리니, 과연 당대의 숙녀시다.”

과연 설씨가 어질고 사리에 밝음을 알 수 있었다. 부인이 또한 말했다.

　　"오늘에야 나의 두 딸이 하급下級이 아님을 알겠구나. 단부인과 위부인이 모두 순하지 않은 사람인데 두 아이가 맏며느리가 되어 친딸같이 사랑받으니 내가 비로소 자식이 못나지 않음을 알았다."

---

* 위희(衛姬): 춘추시대 제 환공(齊桓公)의 부인. 환공이 음란한 풍류를 좋아하므로 그것을 간하기 위해 음란한 음악인 정성(鄭聲)과 위성(衛聲)을 듣지 않았다.

석씨와 중당에서 만나다

하루는 참정이 중당에 혼자 앉아 있었다. 석씨는 마침 윤씨의 침소에
갔다가 돌아오는 길이었고 그 아들은 유모에게 안겨서 왔다. 석씨가 스
스로 아들을 안아 몸소 화단에 나아가 꽃을 꺾어 주었다. 난간에 올라
쉬려고 신을 벗고 당에 오르는데 문득 보니 참정이 붉은 난간에 기대
있다가 일어섰다. 석씨가 한번 보고는 매우 놀랍고 또한 어려워 부끄러
운 기색이 얼굴에 가득했다. 아이만 두고 도로 당에서 내려가려 하니 참
정이 그 어려워함을 보고 청하며 말했다.

"마침 경치가 아름다워 감상하고 있었는데, 부인이 여기에 이르렀으
니 잠깐 앉아 쉬는 것이 옳습니다. 어찌 들어가십니까?"

석씨가 참정이 처음으로 낮에 말하는 것을 듣고 자신을 떠보는가 더
욱 부끄러워 감히 한마디도 하지 못했다. 또한 진퇴양난이라 머뭇거리
는 태도가 진실로 더욱 애처롭고 간드러져 심신을 무르녹게 했다. 참정
이 그 거동을 보고 흔연히 웃으며 말했다.

"부부가 비록 공경하고 엄숙하다 하나 이토록 내외할 것은 아닌데, 부

인이 하도 어려워하시니 내가 피하여 나가겠습니다."

말을 마치고 난간에서 내려와 외당으로 나가니, 석씨가 바야흐로 놀란 것을 진정하고 잠깐 쉬었다가 침소로 갔다.

참정이 석씨의 유순함과 정숙함에 깊이 탄복하여 날로 더 사랑하고 아꼈지만 화씨보다 총애하지 않으니 공정함이 지극했다. 참정이 나이가 점점 많아지자 여색을 더욱 꿈같이 여겨 아침저녁으로 어머니를 효성으로 받들고 시서詩書에만 마음을 두었다. 그래서 사람들이 그 얼굴을 보더라도 말을 들을 때가 적고, 그 말을 듣더라도 웃음을 보는 것이 적었다. 시인과 재주 있는 선비, 문인과 훌륭한 벼슬아치가 아니면 비록 왕후장상王侯將相이라도 더불어 사귀며 이야기를 나누지 않으니 지기志氣가 맑고 높으며 뜻이 넓고 커서 당시 사람들 중에 공경하지 않는 이가 없었다.

단생을 글 선생으로 삼다

　하루는 참정이 별채에 앉아 거문고를 타고 있었다. 어떤 걸인이 슬피 울며 양식을 구하는데, 보니 용모가 아름답고 풍채가 맑고 빼어났다. 성명을 물으니 "단경상이라고 합니다. 본래 사족의 선비이지만 집이 가난하여 빌어먹습니다" 하였다. 불쌍히 여겨 술과 음식으로 위로하고 별채를 치워 머물게 했다. 단생의 나이는 이십칠 세로, 사람됨이 노숙하고 지식이 넓었지만 처자와 친족이 없었다. 이파가 기른 취란이 본래 양인의 자식으로 나이 십팔 세였고 자색과 마음이 아름다웠다. 그래서 참정이 취란을 단생에게 주어 새 아내로 삼도록 하니 단생이 감격함을 이기지 못해 은혜를 뼈에 새겼다.

　참정이 단생을 보니 결코 평범하거나 떨어지는 인물이 아니었다. 매우 비상하고 맑고 기이하며 문장이 바다의 근원 같았으나 과거 공부에 힘쓰지 않고 초연히 인간 세상에 뜻이 적었다. 참정이 조용히 물었다.

　"내가 선생을 보니 틀림없이 단번에 장원을 할 실력인데, 어찌 급제를 하지 못했는가?"

단생이 웃고 말했다.

"나이 젊고 재주가 모자라 적어 군주를 도울 능력이 없으니 무엇을 가지고 이런 세상에 입신하겠습니까? 이런 까닭에 스스로 고초를 달게 여겨 동서로 부르짖으며 빌어먹고 거칠 것 없이 자유롭게 지내며 관료의 오사모와 자줏빛 겉옷을 쓸데없이 여겼습니다. 공의 은혜로 일신이 평안하니 이 또한 은혜입니다."

참정이 깊이 부끄러워하고 칭찬하면서 말했다.

"선생은 참으로 단정한 군자요. 우리 무리는 부질없이 배운 것 없는 재주로 조정의 후한 녹봉을 먹으니 어찌 부끄럽지 않겠소? 나의 여러 아들이 모두 배울 곳이 없고 내가 스스로 가르치고 싶지만 문생門生이 많으니 아이들에게 틈을 내지 못하고 있소. 요사이 구공寇公이 보내라고 하지만 어리고 보잘것없는 아이들이 재상 문하에 나아가는 것이 너무 괴이하여 주저했소. 선생이 마침 한가하시니 외람하지만 우리 아이들의 스승이 되어주시면 큰 다행일까 하오."

단생이 사양하지 않고 대답했다.

"가르치는 것은 어렵지 않으나 다만 아드님이 입신하면 저의 문생으로는 혁혁하게 빛남이 없어 매우 무색할 것이니 다시 살펴주십시오."

참정이 웃고 말했다.

"선생은 나를 얕잡아보지 마시오. 내가 비록 세속의 벼슬을 하지만 마음은 명예와 이익에 구애되지 않으니 어찌 세력을 보고 자식의 스승을 선택하겠소? 선생이 이미 노숙하고 잠잠하여 말수가 드무니, 당당히 옛 사람이 스승을 고르는 기준에 떨어지지 않을 듯하오. 다만 어질게 가르쳐 도를 이루게 해주시오. 구공은 정직한 사람이라 나도 싫어하지 않지만, 나의 아이들이 모두 어리석지 않으므로 세상 사람들의 아첨하고 칭찬하는 말을 듣고 번영樊英*처럼 헛된 명성으로 비웃음을 받을까 두렵소. 이러므로 깊이 감추어 그 재주와 학문을 밖에 널리 알리지 않으려는 것이니 선생은 사양하지 마오."

단생이 듣고 나서 얼굴빛을 고치고 감사 인사를 했다. 참정이 열 아들을 모두 불러내 단생을 뵙게 하고 스승으로 삼아 공경했다. 단생이 그 맑고 고상함에 깊이 감격해했다. 아이들에게 글을 가르치는데 몹시 엄숙하여 잠깐이라도 태만하면 봐주지 않고 심하게 때렸다.

---

* 번영(樊英): 후한(後漢) 때 사람. 명성은 뛰어났지만 막상 관직에 나아가 뛰어난 책략을 내지 못해 사람들에게 비난을 받았다.

화씨와 석씨가 자식을 가르치는 방법

하루는 화씨의 둘째 아들과 석씨의 셋째 아들이 다리에 피를 흘리고 들어와서 각각 자기 어머니께 울면서 말했다.

"사부가 글을 잘못 외운다고 이렇게 때렸습니다."

화씨가 크게 화를 내며 말했다.

"제가 불과 길가에서 빌어먹던 걸인이니 우리집 말 지키는 소임도 과분하다. 상공이 지나치게 높이 보고 글 선생으로 삼아 내 아이를 제자로 두었는데, 외람한 줄 모르고 방자하게 존귀한 체하니 이미 괘씸하던 터다. 어찌 나의 천금 같은 아들을 이렇게 다치게 하는가? 내가 반드시 이 놈을 내칠 것이니 앞으로 너희는 거기에 가서 글을 배우지 마라."

아이들이 기세등등하여 물러났다. 유독 석씨는 얼굴빛을 엄숙하게 하고 아들을 꾸짖었다.

"너희가 밤낮으로 마음을 쏟는 것은 글뿐이니 조심하여 읽고 외우는 것이 옳다. 마음에 중요하지 않게 여기므로 게을리하고 미련하여 외우는 데 통과하지 못하니 선생이 꾸짖었거늘, 스스로 부끄럽지 않으냐?

비록 어린아이라도 거의 사람의 도리를 알 것인데, 스승에게 죄를 입고 들어와 부모에게 하는 행실이 매우 사납구나. 시험 삼아 맞아보거라."

말을 마치고 시녀에게 아들을 잡아내려 세우게 하고 매질하니 옥 같은 살에 붉은 피가 흘렀다. 석파가 와서 보고 황급하게 말려 그친 뒤에, 공자의 피를 닦고 스스로 안아 내당에 들어갔다. 참정이 마침 양부인을 함께 모시고 있었다. 석파가 나아가 공자가 맞은 다리를 들어 보이며 앞뒤 이야기를 고했다. 참정은 다만 웃었고 양부인은 웃으며 말했다.

"어린아이가 비록 잘못했으나 이토록 치느냐?"

석파가 대답했다.

"석부인이 유순하신 줄 알았는데 이 일을 보니 매우 모질더군요."

소씨가 칭찬하며 말했다.

"모진 것이 아니라 이것이 진실로 어진 처사입니다. 늘 현숙한 것은 알았지만 이토록 기특할 줄은 알지 못했습니다."

이렇게 말하고 있는데 화씨가 다다랐다. 성난 기색을 머금고 일부러 참정이 들으란 듯 소씨에게 말했다.

"단생이 이유 없이 내 아들을 마구 때려 피가 흥건하니 그놈을 내치는 것이 옳습니다. 첩이 아들에게 앞으로 단생에게 배우지 말라고 했습니다."

소씨가 웃고 말했다.

"그대가 아들을 가르치는 것이 정말 옳고 잘하는구나."

말을 마치고 크게 웃으니 화씨가 아무 대답도 하지 않았다. 이때 소씨가 화씨와 석씨의 사람됨이 이와 같이 판이한 것을 보고 다만 모호하게 웃었다. 양부인이 천천히 경계의 말을 했다.

"사내자식은 아비가 가르쳐야 한다. 아비 없는 사람은 마지못해 어미가 가르치지만 이는 반드시 떳떳한 일은 아니다. 여러 손자 아이들이 비록 그대의 친자식이나 제 아비가 있어 스승을 가려 맡겼다. 남자아이가 비록 스승에게 하루를 배웠더라도 죽을 때까지 아비같이 섬기는 것이 예이니, 아버지와 스승은 한가지다. 단생이 스승이 되어 제자가 게으르면 꾸짖는 것이 지극히 옳다. 아이가 들어와 이르면 그대는 마땅히 어루만져 경계하기를, '지극히 조심하여 배우고 게을리해 죄를 얻지 마라'라고 해야 할 것이다. 어찌 철없는 아이를 돋우어 단생을 꾸짖고 글을 배우지 말라 하느냐? 단생이 어질지 못해 아이들을 그릇된 도(道)로 가르친다면 경과 상의하여 내보내고 제자를 삼지 못하게 하면 될 것이다. 그렇기 전에는 스승의 권위가 매우 중하니 제 아비도 마음대로 못할 것이다. 더욱이 그대가 어미의 위엄으로 밖에 가장이 있는데 마음대로 결정하여 스승을 배반하라 가르치는 것은 예를 건너뛰어 행하는 것인가 염려되는구나."

화씨가 처음에는 단생의 흠을 한 토막 말하여 내치려다가 양부인의 말씀을 듣고 놀라고 부끄러워 절을 하고 명을 받들었다. 참정은 한마디도 하지 않다가 밖으로 나가 화부인의 둘째 아들을 불러 서당에서 시중드는 아이를 시켜 매질하게 하고 말했다.

"네 어찌 공부를 게을리하여 죄를 얻어놓고는, 안에 들어가 누구에게 사부의 흠을 고자질하느냐?"

말을 마치고 다시 묻지 않고 매마다 헤아렸다. 화씨가 듣고 다급하여 어쩔 줄 모르며 소씨를 보고 말했다.

"아이가 각별히 선생을 해치는 말을 한 것이 아니라 맞은 곳을 보여주기에 첩이 잠깐 화가 나서 그런 것인데, 상공이 이유 없이 아이를 잡아내가니 반드시 심하게 때릴 것입니다. 형님께서는 구해주십시오."

소씨는 본래 가볍게 출입하는 성격이 아니어서, 희미하게 웃으며 말했다.

"조카 아이가 매맞는다 해도 대단하지는 않을 것이니 그대는 안심하게."

화씨는 마음이 급하니 말은 하지 못하고 어찌할 바를 몰라했다. 소씨가 천천히 일어나 외당에 이르니 참정이 아이를 때리고 있었다. 소씨가 서동을 꾸짖어 물리치고 조카를 이끌어 당에 오르니, 참정이 일어나 맞아 자리를 정하고 아들을 꾸짖어 서당으로 보냈다. 소씨가 웃고 말했다.

"어찌 이토록 큰일처럼 굴어 애꿎은 아이를 치는가?"

참정이 다만 웃고 한가로이 이야기를 하다가 흩어졌다. 화씨가 바야흐로 석씨가 아들을 가르치는 것과 자신이 가르치는 것이 상반됨을 깨달아 남몰래 부끄러워했다. 그뒤로는 아이들이 비록 사부에게 책망을 받아도 감히 말과 얼굴빛에 드러내 부모께 고하지 못하고 조심하여 배우니 문리文理가 나날이 크게 늘었다.

위공에게 소처사의 화상을 받다

참정이 관부에 나아가 정사를 다스리고 여가에는 글을 놓지 않았는데, 하루는 『시경』을 읽다가 '나를 낳은 것은 아버지시니 은혜를 잊을 수 없다'고 한 곳에 이르자 마음이 감동하여 눈물이 두 귀밑에 연이어 흐르는 것을 깨닫지 못했다. 책을 덮고 길게 탄식하며 말했다.

"사람이 세상을 살면서 이와 같은 은혜를 입고도 모시고 효도하지 못하고 얼굴 또한 알지 못하니, 이런 인생은 무지한 짐승만도 못하다. 내가 이제 비록 몸에 비단옷을 입고 입에 온갖 맛있는 음식을 물리도록 먹으며 벼슬이 일품에 있으나 부자유친과 삼강의 무거운 것父爲子綱을 행하지 못하니 심한 죄인이다. 어찌 범사를 남들과 같이 하겠는가?"

시동이 들어와 위승상이 왔다고 고했다. 참정이 눈물을 거두고 맞아들여 예를 마친 뒤 자리를 정했다. 위공이 눈을 들어 참정을 보고 말했다.

"형이 무슨 까닭으로 번뇌하는 빛이 있습니까?"

참정이 탄식하고 말했다.

"소제가 아버지의 얼굴을 모르는 것을 슬퍼하고 있었습니다."

위공이 슬픈 기색으로 말했다.

"형의 마음이 이러하니 돌이나 나무인들 어찌 감동하지 않겠습니까? 일찍이 선대인先大人, 남의 돌아가신 아버지를 높여 이르는 말의 화상畫像이 있습니까?"

참정이 듣고 더욱 마음이 상하여 두 줄기 눈물을 떨어뜨리며 말했다.

"선친이 일찍이 부질없이 여기서서 그리지 않으셨으니 어찌 있겠습니까?"

위공이 듣고 나서 말했다.

"일찍이 우리 선친이 그림 그리는 법을 익히 아셨습니다. 우연히 산에 유람하러 가셨다가 선대인을 만나 사귀셨는데, 뛰어난 용모와 신이한 풍채를 잊지 못하셔서 그림을 그려 돌아와 족자를 만들어두셨습니다. 선대인이 세상을 떠나시자 감회에 젖어 깊이 감추어두고 꺼내지 않으셨고, 소제 또한 선인의 필적이므로 깊이 보관하였습니다. 형의 집에 화상이 없다면 가져가 보시며 마음을 위로하십시오."

참정이 한번 듣고는 멍한 듯, 취한 듯하여 한참이 지난 뒤에야 슬픔과 기쁨을 진정하고 평상에서 내려가 머리를 조아려 감사 인사를 했다.

"형의 큰 은혜를 어찌 갚겠습니까? 원컨대 빨리 찾아 소제의 마음을 위로해주십시오."

위공이 흔연히 하직하고 갔다. 참정이 수레를 버리고 급히 안장과 말을 갖추어 위공을 따라 도성에 들어가 위공의 집에 이르렀다. 위공이 참정의 이와 같은 모습을 보고 마음이 슬퍼서 또한 눈물이 흐르는 것을 깨닫지 못했다. 좌우에 있는 사람들에게 서당에 가서 화상을 내오게 하니, 참정이 멀리 바라보고 당에서 내려가 친히 궤를 받들어 올려놓고 위공을 향해 말했다.

"경이 정신이 산란하니 나중에 다시 와서 사례하겠습니다."

말을 마치고 궤를 가지고 집에 돌아왔다. 서당에서 시녀를 시켜 두 서모를 부른 뒤, 전후 사연을 이야기하고 족자를 벽에 걸었다. 과연 위에 '소소부蘇巢父 화상이라'고 쓰여 있었다. 소처사가 접리건接離巾, 백로의 깃털로 꾸민 모자을 쓰고 흰 베로 만든 도복에 학창의鶴氅衣, 웃옷의 한 가지. 흰 빛깔의 창의에 가장 자리를 돌아가며 검은 헝겊을 댔음를 입고 손에 깃털 부채를 들고 산의 바위 위에 서 있는 모습이었다. 생기가 매우 뛰어나서 맑은 눈빛이며 엄하고 위엄 있는 태도며 깨끗한 골격이 살아 있을 때와 조금도 다르지 않으니 말만 못하는 소처사였다.

이파와 석파가 보고 모두 놀라고 슬퍼하며 말했다.

"이것은 과연 돌아가신 처사의 얼굴이니 털끝 하나도 다름이 없습니다."

참정이 의복을 고쳐 입고 향을 사른 뒤에 나아와 한번 우러러보니, 일천 줄기 눈물이 두 귀밑에 맺힐 새도 없이 흘러 옷섶과 소매가 젖었다. 이파와 석파 또한 참지 못해 서로 붙들고 통곡하니 양부인과 소씨, 윤씨, 화씨, 석씨 등이 나와 이유를 물었다. 참정이 어머니가 나오신 것을 보고 황급히 서모에게 통곡을 그치라고 하는데 벌써 부인이 난간에 이르러 물었다.

"무슨 일이 있기에 너희가 이렇게 슬퍼하느냐?"

참정은 흐느끼느라 대답하지 못했다. 부인이 눈을 들어보니 벽에 족자 하나가 걸려 있었다. 문득 놀라고 비통하여 물었다.

"저것이 어찌 선군의 얼굴과 같은가? 누구의 그림인고?"

참정이 겨우 마음을 가다듬어 가슴의 슬픔을 내리고 앞뒤 사연을 고했다. 부인이 목소리가 더이상 나오지 않을 정도로 소리 높여 통곡하니, 화씨와 석씨가 또한 감동하여 모두 눈물을 뿌렸고 이파와 석파도 또다시 통곡했다. 오직 참정이 마음을 억지로 참고 어머니를 붙들어 여러 번 마음을 넓게 가지시도록 권하고 두 서모와 누이에게도 울음을 그쳐 어머니의 마음을 돋우지 말도록 권했다. 부인이 참정의 위로를 듣고 슬픔을 억지로 참고 눈물을 거두며 탄식했다.

"이 그림이 털끝만큼도 다르지 않아서 네 부친이 말을 하지 않고 앉아 있는 듯하다. 네가 오늘 비로소 아비의 낯을 보았으니 위공의 은혜를 갚기 어렵구나."

참정이 답답하게 울음소리를 삼키는데 얼굴빛이 슬프고 당황하여 흙과 같고 한마디 말도 하지 못했다. 부인이 도리어 위로했다.

"세상에 유복자가 너뿐이 아닌데, 네가 지금 그림을 보고 지나치게 마음이 상하면 해롭지 않겠느냐?"

참정이 눈물을 머금고 절하며 말했다.

"소자가 또한 몸을 조심하니 어찌 지나침이 있겠습니까? 어머니는 마음을 놓으십시오."

마침내 부인이 석파 등과 며느리를 거느려 들어가자 참정이 소씨에게 말했다.

"누님은 오히려 아버지의 얼굴을 기억하시겠지만 저는 아득합니다. 위공에게 화상이 있다는 말을 듣고 바삐 가서 모셔왔으나 한갓 비단 가운데 그림이요, 한마디 음성도 듣지 못하니 천하에 소제 같은 처지의 사람이 어디 있겠습니까?"

소씨가 탄식하고 말했다.

"그렇다고 어찌겠느냐? 오늘 거의 똑같은 모습을 뵈었으니 그것으로 마음을 위로해라."

참정이 비록 어머니 앞에서는 시원스럽게 말했지만 효자의 지극한 정성에 어찌 마음이 편하겠는가. 자연히 마음이 구슬프고 애달파 눈물을 참지 못하고 음식을 먹지 못했다. 육칠 일이 되자 풍성하던 용모가 수척해지니 부인이 알고 친히 서당에 이르렀다. 부인이 보니 참정이 옷옷을 입고 화상을 향해 꿇어앉아 눈물만 흘리고 어찌할 바를 모르고 있었다. 부인이 매우 의아하여 문을 열고 책망했다.

"너는 마땅히 예를 근본으로 삼고 몸을 보중해야 할 것이다. 지금 어찌 부질없이 그림을 마주하고 눈물 흘리며 울기만 하여 늙은 어미의 외로움을 돌아보지 않느냐? 하물며 네 몸은 바로 네 부친의 뼈와 피다. 스스로 몸을 공경하고 조심하여 아비가 물려주신 몸을 아끼는 것이 옳은데 무슨 까닭에 저 그림을 보고 갑자기 몸이 상하는 것은 생각지도 않느냐? 예로부터 효자가 많았지만 너같이 그림을 보고 마음이 상하여 병이 나고 부모가 물려주신 몸을 가벼이 여긴다는 말은 들어보지 못했다. 또한 이 그림이 네 부친의 얼굴이니 무례하게 벽에 걸어두고 아무 때나 볼 것이 아니다. 빨리 사당에 봉안_{奉安}해라."

참정이 다만 사죄하고 아뢰었다.

"저도 사당에 봉안하려 했으나 그 닮은 모습을 보니 차마 빨리 감추지 못했습니다. 며칠만 지체하여 모시고 있다가 봉안하겠습니다."

부인이 더욱 슬펐지만 아들의 얼굴빛을 보고 매우 염려되어 꾸짖었다.

"나의 처사가 그르지 않은데 어찌 우기느냐? 네가 아침저녁으로 사당에 절을 해도 이렇지 않았는데 화상으로 병이 나게 되었으니 빨리 사당에 봉안하거라."

참정이 감히 거역하지 못하고 족자를 말아 사당에 함께 모셨다. 그다음부터는 아주 마음을 굳게 먹고 슬픔을 억눌렀다.

원래 그림을 보낸 승상 위공은 남양인으로 이름은 의성이었다. 사람됨이 청렴하고 자부심이 강하여 세상 사람들이 공경했다. 젊은 나이에 과거에 급제하여 벼슬이 삼공_{三公}에 이르렀으나 자녀가 없는 것을 슬퍼했는데 부인 강씨가 이남 일녀를 낳고 죽었다. 다시 아내를 얻어 방씨가 들어왔는데 오래지 않아 뛰어난 아들을 낳았다. 방씨가 남몰래 강씨 소생을 해치려 했으나 위승상의 성품이 엄숙하고 판단이 명확하니 감히 뜻을 드러내지 못했다.

위승상이 일찍이 강부인의 딸을 편애하여 아름다운 사위를 얻어 딸의 일생을 즐겁게 해주려 했지만 아무데도 마땅한 곳이 없어 밤낮 애달아했다. 방씨가 늘 말했다.

"저 아이가 이제 일곱 살인데 무엇이 바빠 혼처를 이토록 급히 가리십니까?"

승상이 말했다.

"사람의 일은 미리 알지 못하는 것이니 지금 가리는 것이 어찌 이르다 하겠는가?"

방씨가 드러내놓고 언짢아하지는 않았지만 승상이 어찌 모르겠는가. 마음속으로 생각했다.

'내가 혹시 불행히 죽으면 저 아이들이 죽어도 묻힐 땅이 없을 것이니 일생을 맡길 수 있는 곳을 바삐 정하여 의지할 곳을 얻게 해야겠다. 소참정 집에 십여 명의 남자아이가 있다고 들었지만 보지 못했으니, 한 번 보고 뜻에 차면 혼인을 정해야겠다.'

그러나 자연히 지체하게 되어, 참정을 만났지만 먼저 이야기를 꺼내기가 좋지 않아 쉽게 말하지 못했다.

집에서는 온화하고 조정에서는 위엄차다

이때 태종 황제가 소경의 곧은 절개와 맑은 명성을 사랑하여 특별히 성지^{聖旨}를 내려 벼슬을 우승상으로 올렸다. 참정이 사양하며 말했다.

"신이 나이 어리고 재주가 미약하여 한 가지 일도 볼 만하지 않은데 어찌 감히 삼공의 수효를 채워 부질없이 국록을 허비하겠습니까?"

천자가 말했다.

"경은 미루어 사양하지 마라. 조정에 예순이 넘은 사람도 있지만 누가 경과 같이 노숙하던가? 무릇 장수의 전략과 지혜는 나이와 무관하여 소년 진평^{陳平}*에게 범아부^{范亞夫}**를 제어하는 꾀가 있었다. 어찌 나이대로 하겠는가? 경은 맑은 뜻으로 짐을 돕고 부질없이 사양하지 마라."

---

* 진평(張良): 한고조 유방의 공신. 유방이 범증(范增)의 뛰어난 책략 때문에 항우에게 자꾸 패하자, 항우와 범증을 이간질하여 항우가 범증을 내쫓게 했다.
** 범아부(范亞夫): 초나라 항우의 신하 범증. 70세에 항량(項梁)의 참모가 되었으며 항량의 조카 항우의 참모가 되어서는 아부(亞父)라는 존칭을 받았다. 아부는 '아버지 다음가는 사람'이라는 뜻이다.

참정이 다시 어쩔 수 없어 은혜에 감사하고 물러났다. 면류관을 드리우고 옥으로 장식한 허리띠를 비껴 두르고 조정에 나아가 삼공의 자리에 앉으니, 이때 나이가 이십오 세였다. 군주를 섬기고 나랏일을 돕는데 마음을 다해 국사를 다스리고 몸을 바르게 해 모든 관료를 거느렸다. 위엄 있고 묵묵하며 재주와 총명이 남보다 뛰어나 정사를 결정하는 것이 귀신같으니 천하가 태평하고 백성이 추앙하여 모두 '하늘을 떠받치는 기둥'이라 했다.

승상이 하루는 석파와 함께 한가롭게 이야기하는데, 석파가 물었다.

"상공 평생 이십여 년 동안 크게 웃으시는 모습은 비록 보지 못했지만 항상 온화하여 웃음을 머금고 기쁜 기색으로 지내시니 위엄스런 빛과 엄한 거동은 없으십니다. 생각건대 집에서는 이러하셔도 좋지만 벼슬살이도 이처럼 하시면 동료와 아래 관리들이 비록 사랑할지언정 두려워하지는 않을 듯합니다."

승상이 웃고 말했다.

"서모의 말씀이 옳지만 어찌 반드시 업신여기겠습니까?"

말이 끝나기 전에 시중드는 아이가 알렸다.

"밖에 이부상서 경나리와 호부시랑 미나리가 관복을 입고 정사를 아뢰러 와 계십니다."

승상이 듣고 관복을 갖춰 입고 외당에 나갔다. 의자에 앉아 두 사람을 부르니 두 재상이 오사모를 숙이고 허리를 굽힌 채 종종걸음으로 달려들어왔다. 난간가에서 절한 뒤 엎드려 정사를 아뢰자, 승상이 듣고서 옳고 그른 것을 분별하고 이해利害와 곡직曲直을 일일이 일러 결정하고 분부했다.

"삼가 내 말을 구승상께 아뢰어 행하고 그대는 내게 와서 고해라."

두 사람이 예예 하며 공손하게 대답하고 절한 뒤에 나가는데, 감히 우러러보지 못하고 두려워하는 것이 군주 앞에서보다 더했다. 승상의 봄

볕 같은 태도가 변해 가을 서리와 겨울바람 같고 늠름하고 엄숙한 용모
가 찬 달 같았다. 석파가 엿보고 바야흐로 머리를 흔들면서 말했다.

"어렵고 어려우며 모질고 엄정한 낭군이로구나."

석씨가 혼인 전에 글을 보인 것을 마음에 두다

승상이 홀로 녹운당에 들어갔는데 화씨가 없었다. 시녀에게 물으니 운취각에 갔다고 하므로 침상에 비스듬히 기대 있었다. 이때 석씨가 침소에서 글을 읽으니 소리가 낭랑하여 옥을 부수는 듯했다. 깨끗하고 고운 목소리가 희미하게 들리니 본래 두 당이 가까워 겨우 서너 간 정도 떨어져 있었기 때문이었다. 한참 듣고 있는데 갑자기 그 소리가 그치고 문득 석파의 웃음소리가 왁자지껄하더니 석파가 말했다.

"지금 승상에게 물어보아도 억울합니다."

석씨 또한 나직이 두어 마디 했다. 석파가 손뼉을 치며 크게 웃고 말했다.

"진실로 그런 일은 없었습니다. 내가 소부인에게 보여주었거니와 승상에게는 꿈에도 보이지 않았으니 부인은 지레짐작 마시고 승상에게 물어보십시오."

연달아 묻는데 석씨의 소리는 한마디도 알아들을 수 없고 석파는 말 끝마다 억울하다 했다. 승상이 오래 들어도 바로 깨닫지 못하여 마음속으로 이상하게 여겼으나 움직이기 귀찮고 또 마음이 가볍지 않기 때문에 듣기만 했다. 화씨가 왔으므로 침상에 올라가 자면서 들으니 삼경이 다하도록 석파의 변명이 그치지 않았다.

다음날 아침에 석파가 승상을 보고 웃으며 말했다.

"어젯밤에 석부인께 속았습니다."

승상이 홀연히 깨달아 웃음을 머금고 대답하지 않으니 석파가 다시 말했다.

"내가 처음에 중매할 때 석부인의 글을 부질없이 승상께 보여드렸습니다. 석부인이 어찌하여 들으시고 어젯밤에 나에게 이르시기를, '서모가 내 글을 승상에게 보여주었다 하더군요. 지금 생각하니 서모가 나를 사랑하는 것이 아니라 미워해 흠을 내려고 일부러 규중의 필적을 보이신 것입니다. 승상을 볼 때마다 부끄럽습니다' 했습니다. 내가 아니라고 해도 곧이듣지 않으시니 상공이 말씀하셨습니까?"

승상이 듣고 나서 석씨가 자기를 보면 글 지은 것을 감추어 꺼내지 않고, 말할 때도 글 따위를 이야기하지 않는 것이 이 일 때문임을 깨달았다. 마음속으로 그 단정함과 신중함에 기뻐하고 감복했으나 다만 이렇게 말했다.

"제가 진실로 정신이 흐릿하여 십여 년 지난 일을 생각하지 못합니다. 어찌 기억하여 말할 리 있겠습니까?"

이내 외당에 손님이 왔음을 듣고 나갔다. 석씨가 마침 지나가다가 듣고 어이없이 여겨 도리어 모르는 체했다.

나라에서 양부인의 헌수연을 내리다

이때 나라에 사정이 있어 두 부인의 직첩職牒을 즉시 내리지 못하고 있었다. 조정이 평안해지자 드디어 화씨를 경국부인으로 봉하고 석씨를 조국부인으로 봉하여 일품 명부의 직첩을 주었다. 소처사를 승상 부춘후로 높이고 양부인을 진국부인으로 봉하여 일품 녹봉을 주고 승상에게 장수를 기원하는 자리를 베풀게 하여 잔치와 음악을 내렸다. 또한 전임 추밀사 여앙을 보내 양부인께 장수를 비는 술잔을 올리게 하니 그 영광이 만고에 처음이었다.

양부인이 소승상을 불러 말했다.

"네 부친은 벼슬을 싫어하셨다. 이제 삼공의 직위를 받으니, 비록 의에 떳떳하나 내가 그윽이 기쁘지는 않구나. 하물며 한낱 아녀자가 너로 인해 후한 녹봉을 받으니 어찌 잔치를 내려주시는 성대함까지 받겠느냐?"

승상이 예를 갖추어 절하고 대답했다.

"제 생각에도 어머니의 가르침이 마땅합니다. 다만 제가 입신하여 부모의 이름을 드날리는 것은 아버지께 시호諡號를 추증하고 어머니께 영광을 보이는 것일 따름입니다. 처음에 이 전교를 내리실 때 감히 사양하지 못하고 은혜에 감사드렸으니 이제 앞으로 어찌하겠습니까?"

부인이 한참 동안 깊이 생각하다가 말했다.

"일의 형세가 이러하고 황제의 은혜가 융성하니 사양하지 못할 것이다. 그러나 너는 잔치를 거창하게 열지 마라."

승상이 절하고 명을 받았다.

며칠 뒤에 큰 잔치를 열어 양부인께 헌수하는데, 궁중의 음악에 진귀한 음식, 물과 뭍에서 난 것들이 산처럼 쌓였다. 서울의 명창 천여 명이 다 모였으나 승상은 다만 황제가 내려주신 음악만 내당에 들여보내 부인이 보시게 했다. 노랫소리가 드높고 춤추는 소맷자락이 나부끼니 양부인이 잔을 들고 눈물을 드리우며 모인 사람들에게 말했다.

"홀로된 노첩이 외로이 세상에 머물며 아들아이의 효성스런 봉양을 오로지 받고, 또 선친께서 아들아이와 첩을 어루만져 보살피심이 지나치셔서 항상 흐뭇해하셨는데 불행히도 세상을 떠나셨습니다. 이제 나라의 은혜를 입어 이와 같은 영광을 받으나 첩이 아버지와 지아비가 기뻐함을 보지 못하고 아들아이 또한 경사를 고할 곳이 없어 오직 첩과 더불어 마음을 상해하니 생각건대 우리 모자의 마음과 같은 사람이 없을 듯합니다."

모인 사람들이 모두 슬퍼하며 말했다.

"물이 엎질러진 것 같으니 어떻게 하겠습니까? 하물며 이 같은 경사는 남들이 부러워할 바인데 어찌 계속 슬픈 생각을 품으시겠습니까?"

이렇게 말하는 사이에 여춘밀이 모든 재상과 함께 술잔을 올리러 들어온다고 했다. 여러 손님이 다 장막 사이에 숨어 지켜보았다. 여춘밀이 예를 마치고 한번 눈을 들어 양부인을 보고는 몸과 마음이 놀라고 당황하여 무릎을 꿇는 줄도 모르고 말했다.

"소관_{小官}이 황제의 명을 받들어 부인께 축하 술잔을 올리니 부인은 당돌함을 용서하십시오."

부인이 용모를 가다듬고 겸손히 사양하는데 말이 유창하고 상쾌했으며 엄정하고 위엄스러운 것은 비할 데가 없었다.

여추밀은 원래 여운의 조카뻘 되는 친척으로, 승상과 같은 해 급제한 사람이었다. 사람됨이 맑고 깨끗하여 그 숙부나 사촌누이와는 매우 달랐다. 이날 양부인을 잠깐 보고 모골이 송연함을 이기지 못해 생각했다.

'여자가 이처럼 뛰어나니 소승상은 도리어 대단하지 않구나.'

감히 다시 눈을 보지 못하고 세 번 술잔 올리는 것을 마치고 즉시 외당으로 나갔다. 이어서 아들과 사위들이 헌수하는데 맏사위인 한생은 벼슬이 상서였다. 자주색 겉옷에 금색 띠를 두르고 오사모를 비껴쓰고 나아와 유리잔을 올렸다. 당당한 태도와 풍성한 외모가 이태백이 다시 살아난 것 같았다. 장수를 기원하는 노래 한 곡을 부르니 과연 풍류 있는 사내였다. 둘째 사위 유생은 용도각의 태학사로 내각의 재상이었다. 붉은 겉옷을 나부끼며 띠를 높이 두르고 술잔을 들고 나아와 노래를 부르고 술잔을 드렸다. 관옥 같은 얼굴과 빼어난 기상, 준수한 골격이 빛나 반악과 사마상여 같았다.

차례가 승상에게 이르니 한생이 유생에게 눈짓을 하며 웃고 말했다.

"승상이 평소에 우리가 가무를 즐긴다고 우습게 여겼으니, 오늘 악모께 헌수하고 축수하는 노래를 어떻게 부르는지 봐야겠네."

유생이 말했다.

"본래 목소리가 시원스러우니 못 부를 리가 있습니까?"

한생이 말했다.

"비록 그렇지만 태어나서 한 번도 익히지 않았으니 어찌 생소하지 않겠는가?"

다만 보니, 승상이 황금색 겉옷에 옥으로 된 띠를 두르고 자금관_{紫金冠}

왕자나 젊은 공자들이 쓰는 관을 쓰고 옥 술잔을 들어 어머니 앞에 이르러 술잔을 올리니 아름답고 준수한 풍채가 빛났다. 노래를 부르자 소리가 구천^{九天}에 어리어 맑고 시원스러움이 비할 바가 없었다. 음률이 맞고 청탁^{淸濁}이 분명하니 유생과 한생이 평생 익힌 노래라 하더라도 그 맑고 그윽함에는 미치지 못했다. 모든 사람이 다 들은 뒤에 손뼉을 치고 넋이 나간 듯이 앉아 있었다. 양부인도 놀라 웃으며 말했다.

"네 나이가 서른이 되도록 일찍이 노래 부르는 것을 듣지 못했는데 언제 익혔더냐?"

승상이 웃음을 머금고 물러나니 부인이 흐뭇함을 이기지 못했다. 사람마다 탄복하며 말했다.

"자식이 소현성 같으면 부모가 죽어도 산 것 같을 것이다."

승상이 유생과 한생을 재촉하여 함께 나간 뒤에 모든 손님이 다시 나와 자리를 정하고 하례하며 말했다.

"승상의 아름다우심은 이를 것도 없고 한상서와 유학사가 모두 세상에 빼어나시니 부인은 저런 복록을 두시고 어찌 근심스레 슬퍼하십니까?"

부인이 겸손히 사양하며 감당하지 못할 칭찬이라고 했다. 이때 친손, 외손을 합해 손주 삼십여 명이 늘어서 있었는데 하나하나가 옥으로 새기고 꽃으로 만든 것 같으니 일일이 찬양할 틈이 없을 정도였다. 지극하게 즐기고 만취한 뒤에 한 기생이 중계^{中階}에 올라 석양곡^{夕陽曲}을 부르자 손님들이 흩어졌다. 다음날 황제께 표문을 올려 은혜에 감사했다.

여추밀이 돌아가 숙부와 사촌누이를 보고 말했다.

"소현성의 모친은 과연 물고기 가운데 용이요, 사람 가운데 왕입니다. 그 부드럽고 온화하며 너그러운 것이 봄볕 같으면서도 자연히 법도와 위엄이 있어 가을 서리와 겨울 달 같으니 한번 보면 움츠러들고 서늘해집니다. 사촌누이의 기질로 어찌 감히 자랑하며 드러내겠습니까? 소현성은 남자이니 그 엄숙하고 위엄 있는 모습이 오히려 이상할 것이 없었습니다."

여운과 여씨가 부끄러워 아무 말도 하지 못했다.

이후 양부인의 거룩한 이름이 온 도성에 두루 퍼졌다. 집안이 고요하고 여유가 있으며 화목한 기운이 가득했고, 소씨와 윤씨 등이 출가했지만 늘 자운산에서 즐기니 당시 사람들이 부러워했다.

석씨가 교영의 죽음을 눈치채다

하루는 승상이 죽은 누이 교영의 제사를 지내고 소부인과 함께 슬퍼했다. 석파 등이 모두 눈물을 흘리며 말했다.

"이부인이 비록 잘못했으나 차라리 죽을죄를 용서하여 가두어두셨으면 참혹하지 않았을 것이다."

이렇게 말하고 있는데 화씨와 석씨 두 사람이 마침 지나가다가 듣고 괴이하게 여겨 서로 의심스럽게 생각했으나 아득히 알지 못했다. 깊이 생각하다가 각각 침소에 돌아갔다. 석파가 석부인의 침소에 오니 석부인이 조용히 물었다.

"내가 아까 우연히 서모가 말씀하시는 것을 들었습니다. 이부인은 어찌 죽으셨습니까?"

석파는 석부인이 단정하고 신중하며 말수가 적은 것을 알지만 말하기가 좋지 않아서 다만 웃고 말했다.

"어찌 죽기는요. 염라대왕이 사자를 보내고 병이 심해 괴로우니 아침이슬 같은 인생이 어찌 죽지 않겠습니까?"

석부인이 웃고 말했다.

"서모가 나를 남처럼 대하는군요. 반드시 이유가 있을 것인데 어찌 숨깁니까?"

석파가 웃고 말했다.

"내가 어찌 숨기겠으며 또 언제 부인을 속인 적이 있습니까? 진실로 병 때문입니다."

석부인이 매우 이상하게 여겨 한참 동안 깊이 생각하다가 말했다.

"어머님이 죽음을 내리신 게 아닙니까?"

석파가 손을 저으며 말했다.

"괴이하고 괴이한 말 마십시오. 자식 죽이는 사람이 어디 있습니까? 하물며 우리 부인은 덕이 높고 이부인은 어질고 사리에 밝은데 이런 일이 있었겠습니까?"

석부인이 석파가 말로는 변명하지만 기색이 뚜렷이 드러나는 것을 보았다. 이유는 모르나 그 죽음이 제명을 다하지 못한 것인 줄 명백히 알아보고 일부러 말했다.

"서모 말씀이 그릅니다. 사람이 자식을 가르치기가 어려우니 요순의 아들도 다 불초했습니다. 만일 사나운 행실을 하면 어진 어버이가 비통하고 놀라워 죽이지 않고 어찌겠습니까? 죽어 마땅한 것을 살려두는 것은 마음이 쓸데없이 너무 어질고 약한 것입니다. 서모는 죄가 있는 자식을 죽여도 사납다 하시겠습니까?"

석파가 웃고 말했다.

"천하에 맞수가 반드시 있으니 손빈孫臏과 오기吳起*, 관중管仲과 악의樂

---

* 손빈(孫臏)과 오기(吳起): 일반적으로 손오(孫吳)는 중국 전국시대의 대표적 병법가 손무(孫武)와 오기를 가리킨다. 손무는 『손자병법』, 오기는 『오자병법』을 저술했다. 여기서 손무 대신 손빈을 언급한 것은, 손무의 손자 손빈 역시 병법가로서 『손자병법』의 저자라는 설도 있었기 때문이다.

毅*가 맞수입니다. 여자로 말하자면 주실周室 삼모三母**가 나란히 어질고, 사나운 것으로 이르자면 걸왕桀王과 주왕紂王***의 포악함이 저울에 달아도 털끝만큼도 더하고 덜함이 없습니다. 지금 천하에 양부인의 맹렬하고 엄정하며 현숙하심과 석부인의 준엄하고 모질며 통달함이 과연 맞수군요. 태임 같은 시어머니에 태사 같은 며느리니 옛날에는 주실 삼모이지만 지금은 소씨蘇氏 이모二母라 해야겠습니다."

석부인이 정색을 하고 말했다.

"서모의 말씀이 옳지 않으니, 내가 어찌 감히 어머님과 맞수가 되며 태사를 바라겠습니까? 조롱과 농담이 너무 지나칩니다."

석파가 다만 크게 웃고 일어나 나가고, 끝내 교영이 죽은 이야기는 하지 않으니 그 사람됨이 이와 같았다.

다음날 아침에 정당에 모였는데 한상서도 들어와서 양부인을 뵙고 나갔다. 양부인이 홀연히 이한림을 생각하고 슬퍼하니 석파가 물었다.

"이한림이 단아하시나 고지식하신 듯하여 한상서의 기상에 미치지 못할 것인데 부인이 늘 견고하다 하시니 그 뜻을 알지 못하겠습니다."

승상이 탄식하고 말했다.

"한형은 풍류 있는 사내로 문인과 재사의 거동이 있지만, 이형은 이른바 옥 같은 군자입니다. 그 뛰어난 판단력과 강직함, 맑고 한가로우며 고결한 바가 의심컨대 당대에 또 없을 것입니다. 어찌 고지식할 리 있겠

---

* 관중(管仲)과 악의(樂毅): 관중은 중국 춘추시대 제(齊)나라의 훌륭한 재상이었고, 악의는 전국시대 연(燕)나라의 뛰어난 장군이었다. 두 사람은 서로 분야가 다르므로 맞수라 할 수 없고, 관중의 맞수는 역시 제나라의 탁월한 재상이었던 안영(晏嬰)이다. 악의는 안영(晏嬰)의 오류인데, 『삼국지연의』에서 제갈량이 자신을 관중과 악의에 비유한 데서 비롯된 것으로 보인다.
** 주실(周室) 삼모(三母): 주나라의 어진 세 후비 태강(太姜), 태임(太任), 태사(太姒). 태강은 태왕(太王) 고공단보(古公亶父)의 비로서 왕계(王季)의 모친이고, 태임은 왕계의 비로서 문왕의 모친이며, 태사는 문왕의 비로서 무왕(武王)의 모친이다.
*** 걸왕(桀王)과 주왕(紂王): 걸왕은 하나라의 마지막 임금이고 주왕은 은나라의 마지막 임금이다. 둘 다 폭군의 대명사이다.

습니까? 서모가 잘못 아셨습니다."

양부인이 길게 탄식하며 말했다.

"이생이 어찌 한생과 같은 무리겠느냐? 한생은 어질고 유순한 사람이다. 그러나 이생은 밖으로 온화하고 착하나 실은 금옥같이 굳으며 깨끗하고 한 조각 밝은 마음은 철석같아서 고금의 사리에 통달했으니 재주와 용모를 겸한 정인군자다. 경이 비록 아름답지만 그 맑고 한가함에는 미치지 못한다. 내 팔자가 사나워 이같이 어진 사위가 참혹히 죽었으니 슬퍼한다."

옆에 있는 사람들이 모두 눈물을 흘렸다. 문안을 마치고 승상이 서당에 나와 서책을 뒤적이다가 이생이 지은 글을 보고 탄식하며 말했다.

"시가 이같이 맑고 고상하고 아름다우며 한 조각 티끌의 모양새도 없으니 설사 이씨 가문이 역모에 관계되지 않았다 해도 원래 장수할 사람은 아니었겠구나."

또 한생의 글과 유생의 시집을 보고 혼자 웃으며 말했다.

"유형과 한형의 글이 모두 빼어나지만 너무 허탄하고, 한 글자에 함축하거나 긴요하게 써서 얻는 차분하고 바른 맛이 없어 어지럽게 날리는 눈 같으니, 깊고 큰 재주는 아니다. 붓 끝에 용과 뱀이 나는 듯한 문인일 뿐이요, 나라를 다스릴 인재는 되지 못할 것이다."

또 소씨와 윤씨 두 누이의 글과 화씨와 석씨 두 사람이 지은 시가 있어 한번 보았다. 소씨의 통달한 생각과, 윤씨의 공교롭고 맑고 수려한 문체와, 석씨의 빼어난 문재와, 화씨의 절묘한 재주가 각각 뜻대로 이루어져 귀신을 울리는 수준이었다. 진정한 맞수는 소씨와 윤씨로 차등이 없고 화씨 또한 비슷하면서 약간 뒤처지는 정도는 되었다. 특출한 것은 석씨의 글로, 미인이 꽃을 마주하고 수놓은 비단이 빛나는 듯했으며, 푸른 용이 날아오르고 안개와 구름이 어려 있었다. 스스로 생각해도 자신의 재주가 아니면 짝할 사람이 없을 것이어서 마음속으로 칭찬하면서 한참 동안 보고 있었다. 갑자기 석파가 와서 책을 덮고 일어나 맞았다. 자리를 정하자 석파가 승상이 보던 글을 펴서 구경하고 칭찬했다.

"석부인이 재주가 이와 같을 뿐만 아니라 총명 또한 대단하시더군요."

어제 서로 주고받은 말을 이르고 또 속이려고 말했다.

"내가 사실대로 고했습니다."

승상이 봄바람 같은 화평한 기운을 잃고 눈썹을 찡그려 말했다.

"할말이 많고 아름다운 일이 무궁한데 어찌 부질없는 옛말을 하셨습니까? 서모가 석씨에게 말했다고 하신 것은 본래 속이려는 말이지만 나중에라도 부질없이 말하지 마십시오."

석파가 웃고 말했다.

"내가 말하지 않은 줄 어찌 아셨습니까?"

승상이 탄식하고 대답하지 않았다.

화씨가 주부 이홍을 벌하려 하다

갑자기 조정에 일이 있어 공경대신을 모으니 승상도 어머니께 하직하고 대궐에 들어갔다. 나랏일이 끝나지 않아 십여 일이 지나도록 집에 돌아오지 못하니 외당이 여러 날 비어 있었다. 단선생은 서당에 머물며 외당에 간섭하지 않았다. 승상이 나간 후 바깥일을 살피는 이는 오직 하관^{下官} 이홍이었다. 사람됨이 충성스럽고 부지런하며 강직하니 승상이 매우 사랑하고 믿어서 주부主簿, 문서를 관리하는 하급 관직를 시켰다. 안팎의 집안일을 다 그에게 맡겨두고 자기가 직접 모든 일을 살피느라 애쓰지 않으니, 이홍 또한 승상을 위한 정성이 죽을 곳이라도 피하지 않을 정도였다.

이때 화부인은 승상이 나가고 없는데다 또 풍경이 빛나는 것을 생각하여 후원과 외당을 둘러보려고 했다. 시녀에게 후원 문과 외당 사이에 있는 중문을 열고, 지키고 있던 노복을 내보낸 후 아뢰라고 했다. 지키고 있던 노복이 감히 거역하지 못해 이홍을 보고 아뢰었다.

"나리의 첫째 부인께서 집안을 두루 구경하고자 하셔서 협문과 후원

문을 열라 하시니 말씀드립니다. 상공은 열쇠를 주십시오."

주부가 듣고 빨리 분부했다.

"나리가 오늘 저녁에 나오실 것이니 오시거든 열쇠를 주어 열게 하겠다."

노복이 듣고 돌아와 시녀에게 이상공이 듣지 않고 이러저러하게 말했다고 전했다.

시녀가 화씨에게 알리니 화씨가 크게 화를 내며 말했다.

"제 어찌 감히 나의 명령을 거스르는가? 네가 이홍에게 직접 전해라. 너는 불과 우리집 가신家臣이다. 마침 나리가 잘못 보고 주부에 올렸다 해도 어찌 감히 나의 명령을 거역하여 열쇠를 주지 않느냐? 네 머리 베이는 것과 열쇠 주는 것 중에 어느 것이 쉽고 쉽지 않을지 가려 행해라."

시녀가 나와 이르니 이홍이 정색을 하고 말했다.

"나는 한나라 주아부周亞夫*가 군사를 훈련할 때 모든 군사들이 천자를 보고 '우리는 장군의 명을 들을 뿐 천자는 알지 못한다'고 했다고 들었다. 지금 승상의 집을 다스리는 것이 어찌 주아부의 군사 훈련만 못하겠는가? 내가 비록 용렬하나 한나라 군사의 마음만큼은 되니 '지금 천자가 오실지라도 문을 감히 열지 못하겠습니다'라고 전해라."

시녀가 그대로 알리니 화부인이 상을 박차고 꾸짖으며 말했다.

"이놈을 죽인 뒤에야 내 한이 풀리겠구나."

시녀에게 명령하여 이홍을 잡아 가두게 했다. 원래 화부인의 권세가 가장 커서 집안의 시녀들이 모두 떠받들었지만, 승상이 집안 다스리는 것이 엄하여 내당의 시녀라도 감히 중문 밖에 나가 노복들과 만나는 일이 없었다. 양부인도 승상이 장성한 후에는 내당의 일을 총괄할 뿐 외당

---

* 주아부(周亞夫): 전한(前漢)의 유명한 장군. 군대의 기강이 매우 엄격하여 장군의 명령이 없으면 황제도 군영에 들어가지 못했다.

의 일은 알지 못했다. 하물며 젊은 부인의 조그만 호령이야 어찌 문밖에 나갔겠는가. 또 승상은 이홍을 얻은 후로는 스스로 하는 일 없이 다만 아뢰는 것을 들을 따름이었다. 오늘 화씨가 심하게 화를 내며 상황을 살피지 않고 이홍을 가두라고 했으나 이홍이 어찌 순순히 구박을 받을 것인가. 다만 주부의 인장을 벽에 걸고 관복과 띠를 벗어놓고 나갔다. 화부인이 이홍이 달아난 것을 듣고 더욱 노하여 노복을 보내 잡으라 하니 노복이 마지못해 따라갔다. 이홍이 앞에 가고 있으니 모두가 붙들고 말했다.

"부인이 주부를 부르시는데 안 갈 수 없으니 잠깐 가서 대답하고 오시지요."

이홍이 여러 노복들이 핍박함을 보고 잡혀 들어왔다. 화씨가 나무에 몰아붙여 동여매라 하고 또 한 그릇 더러운 물을 입에 부으라 하니 외당이 매우 요란했다. 그러나 소씨와 윤씨 있는 곳과 취성전, 일희당이 멀고 또 화씨가 시녀에게 당부하여 남이 알지 못하게 하라 했다. 석씨는 조금 알았지만 관여하지 않으려고 문을 굳게 닫고 들어가 있었다.

이홍을 구하고 위로하다

이때 승상이 국사를 마치고 돌아오는데 이홍의 아들 이량이 와룡담 가에 와서 울고 있기에 이상하게 여겼다. 집에 다다랐으나 노복이 한 명도 나오지 않았다. 따르던 사람들을 물리치고 혼자 걸어 은경문을 지나 의성문에 들어가니 사람들의 소리가 떠들썩했다. 머리를 들어 바라보니 셋째 문 안에 노복이 까마귀 모이듯이 모여 한 사람을 묶어놓고 치려는 상황이었다. 가서 보니 이는 바로 가신 이홍이었다. 노복이 승상을 보고 놀라 양옆으로 물러섰고 이홍은 얼굴빛을 변치 않고 매여 앉아 있었다.

승상이 사건에 근원이 있는 줄 알고 하급 관리를 시켜 이홍을 끌어 앞에 나아와 어떻게 된 일인지 말하게 했다. 이홍이 중계中階에 올라 천천히 고했다.

"신이 보잘것없는 몸으로 상공의 어여삐 여기심을 입어 집안일을 맡았으니 밤낮으로 열심히 일하여 은혜를 갚고자 했습니다. 다른 일로 죄를 얻은 것이 아니옵고, 아침에 상공의 첫째 부인이 외당과 후원을 구경하시려고 열쇠를 달라 하셨습니다. 감히 거역한 것이 아니고 상공이 안 계실 때 좌우의 문을 어지럽게 열어 난잡해지면 상공께 해로울 뿐 아니라 경국부인께도 해가 있을 듯했습니다. 잘못을 바로잡으려는 마음을 감추지 못하고 이러저러하게 아뢰었으니 이는 본래 충성을 다한 것이요, 방자한 것이 아닙니다. 그러나 부인이 크게 노하여 저를 잡아 결박하고 더러운 물로 벌하려 하셨습니다. 신의 죄가 무겁지만 원컨대 상공은 죽을죄를 용서하시고 거두어 문밖에 내쳐주시길 바라나이다."

승상이 본래 이홍을 중하게 여겼다. 또한 옛글 가운데 부녀자가 바깥 일을 다스리고 결정하다가 나라를 엎고 집을 망하게 한 경우가 한둘이 아니었다. 화씨의 방자함이 또한 졸렬한 여자가 아니라서 그런 것이므로 항상 암탉이 새벽에 우는 일이 있을까 염려했는데 이 말을 듣고 놀라움을 이기지 못해 한바탕 심한 화가 일어났다. 문을 박차 열고 난간에 나가 두 눈을 뚜렷이 뜨고, 이홍을 치던 노복을 결박하여 꿇리고, 금으로 된 요령搖鈴을 급하게 흔들어 녹운당 시녀를 잡아냈다. 한 가닥 온화한 기운이 변하여 맑은 서리 같고 겨울바람이 어지럽게 부는 듯하며 마음과 뼈가 송연하니 사람마다 두려워 떨지 않을 수 없었다.

승상이 소리 높여 물었다.

"누가 감히 내 명령 없이 이주부를 결박하여 벌하려 했으며, 또 누구의 명령을 듣고 어떤 시녀가 감히 나와 말했느냐? 형장을 받기 전에 아뢰어라."

비복들이 혼비백산하여 다른 사람이 말하기 전에 사실대로 고해 죄를 더하지 않았다. 승상이 먼저 가장이 없는 듯이 함부로 행동한 노비 몇 사람을 잡아내 곤장 오십 대씩을 쳐 내치고, 나머지는 삼십 대씩 쳐서 내쳤다. 그리고 이홍을 불러 위로했다.

"내가 밝지 못하여 부녀자의 호령이 그대 몸에 미쳤으니 어찌 부끄럽지 않겠는가? 그대는 안심하고 옛뜻을 고치지 말게."

이홍이 사양하며 말했다.

"신이 안주인을 해치고 주인을 좇는 것은 불의입니다. 원컨대 상공께서 고향에 돌아가도록 놓아주시면 타고난 명에 죽을 수 있을 것입니다."

승상이 웃고 말했다.

"그대가 하나는 알고 둘을 모른다. 애초에 부인이 잘못했지만 내가 이미 그대의 분을 풀어주었고 머물기를 청하는데도 고집스럽게 가려 하는 것은 한신韓信과 팽월彭越*이 죽은 일에 비유하여 피하고자 하는 것이다. 내 집안에 부녀자가 예에 어긋난 일은 있으나 여후呂后**처럼 분수에 넘치는 일은 없을 것이요, 나 또한 한고조처럼 늙지 않았으니 어찌 지나치게 염려하는가?"

이홍이 이 말을 듣고 황공하여 사죄하고 물러났다.

---

* 한신(韓信)과 팽월(彭越): 한고조의 공신(功臣)으로, 천하를 통일하는 데 큰 공을 세웠으나 나라가 안정되자 제거 대상이 되어 결국 모반죄를 쓰고 처형되었다. 여후(呂后)가 이들을 제거하는 일을 배후에서 조종했다.

** 여후(呂后): 한고조의 황후 여치(呂雉). 재략이 있어 한고조를 도와서 대업(大業)을 이루었고, 한신과 팽월 등 공신들을 숙청하는 데 큰 역할을 했다. 한고조 사후에 실권을 잡고 여씨 일족을 고위고관에 등용시켜 여씨 정권을 수립했다.

화씨를 꾸짖는 편지를 보내다

승상이 안에 들어가 어머니를 뵈었으나 각별히 이 일을 내색하지 않았다. 중당에 나와 아들에게 종이에 쓴 것을 주며 화씨에게 가져다주라고 명했는데, 아이가 잘못 알아듣고 양부인에게 전했다. 소씨, 윤씨, 석씨가 양부인을 모시고 있다가 이상하게 여겨 소씨와 윤씨 두 사람이 종이를 빼앗아 보니 승상의 필적이었다. 양부인이 읽으라 하니 윤씨가 평상 앞에 꿇어앉아 옥 같은 소리를 높여 읽었는데, 아름다운 글이 아니라 사람의 죄를 꾸짖는 글이었다. 그 글은 이러했다.

부인의 행실은 호령이 중문 밖으로 나지 않아야 하고 덕은 사해四海에 가득해야 여자 됨이 부끄럽지 않은 것이오. 그중에 혹시 가장이 없고 자식이 어려 가도家道가 이루어지지 못할 상황이면 마지못해 안팎을 살펴 집안을 다스리는 것이 어진 덕이지만, 만일 그렇지 않은데도 가장의 위엄은 줄어들고 부인의 영향력이 두루 미친다면 그 집이 잘못되지 않겠으며 그 주인 된 자가 부끄럽지 않겠는가? 지금 부인이

하는 일이 패려하고 거만하며 분수에 넘치오. 밖에 반역하는 노복이 없고 내가 일러 허락한 바가 없는데 어찌 여후가 한신 죽인 것을 본받는가? 내가 죽지 않았는데 어찌 측천무후則天武后가 조정에 들어간 것을 흠모하여 안팎을 제어하고 총괄하며 나를 짓밟아 누르고 노복을 호령하여 부하 관리를 잡아매는가? 또한 내가 없는 때를 타서 사방을 두루 구경하고자 하는 것은 심히 여자의 행실이 아니오. 체면을 잃어 이홍의 업신여김을 받으니 이것이 무슨 도리인가? 비록 금수라도 사람에게 길들여지면 거의 주인의 뜻을 알 것인데, 부인은 내가 경계한 것이 한두 번이 아닌데도 이전의 잘못을 뉘우칠 줄 모르니, 알고도 이렇게 하면 방자한 것이고 모르고 하면 미련한 것이오. 나의 근심은 한때 급한 화가 아니라 이 일로 장래를 근심하는 것이니, 만일 내가 죽으면 멀리 곽광霍光의 아내*를 본받아 가문에 불행을 끼칠까 두렵소. 생각이 여기에 미치면 한심함을 참을 수 없어 차마 마주보고 말하지 못하고 글로 부치는 것이오. 자세히 살펴보아 마음을 잡고 옳은 곳을 향하고자 하거든 이곳에 있고, 그렇지 않으면 십 년 은정을 끊고 자식은 남겨두고 부부는 각각 집에서 서로 편한 대로 살며 관계가 없도록 하는 게 좋을 것이오. 이 말이 비록 미친 듯하나 또한 헛말이 아니니 자세히 생각해 결단한 후 회답하시오.

윤씨가 읽기를 마치자 사람들이 모두 놀라고 의아해하는데 양부인이 웃고 말했다.
"이것은 반드시 화씨에게 부친 것이다."
소씨가 말했다.

---

* 곽광(霍光)의 아내: 한 선제(漢宣帝) 때 곽광의 후처. 곽광 사후에 모반을 꾀했다가 처형되었다.

"누구에게 보낸 것인지 어찌 아십니까?"

석씨를 돌아보며 물었다.

"그대가 이런 일을 했는가?"

석씨가 나직이 답했다.

"그런 죄를 혹시 저질렀는지 어찌 알겠습니까마는 아직은 생각나지 않습니다."

이러고 있는데 시녀 난혜가 아뢰었다.

"낮에 경국부인이 이주부를 벌하신다 하여 승상이 녹운당 시녀에게 죄를 물어 꾸짖으셨는데 제가 아뢰지 못했습니다."

모두 웃고 소씨는 혀를 차며 말했다.

"지아비라도 거동을 보고 눌러야지 승상 같은 지아비에게 화씨가 어찌 분에 넘치는 뜻을 두며 저런 심한 책망을 받는가? 식견이 부족한 줄 알겠다."

글을 말아 조카에게 주며 말했다.

"네 어머니께 가져다드려라."

양부인이 탄식하고 말했다.

"애단 사람이니 반드시 순순히 대답하지 않아 경의 노여움을 돋울 것이다. 네가 가서 돕도록 해라."

소씨가 대답하고 명을 받으며 웃고 말했다.

"소녀가 말을 잘하지 못하니 세객說客의 소임을 잘하지 못하여 어머니가 맡기신 일을 저버릴까 두렵습니다."

말을 마치자 자리에 앉은 사람들이 모두 유쾌하게 웃었다. 그러나 석부인은 홀로 조용히 근심하여 자기가 이 일을 당한 것처럼 조금도 웃는 빛이 없으니 부인과 소씨, 윤씨가 모두 칭찬하고 탄복했다.

소씨의 가르침을 받은 답장에 말문이 막히다

소씨가 조카에게 먼저 글을 주어 보내고 한참이 지나서야 녹운당에 이르렀다. 화씨는 글을 보고 크게 노엽고 또 크게 부끄러워 갈팡질팡하고 있었다. 문득 소씨가 들어와 앉으니 화씨가 맞아 자리를 정했다. 화씨의 기색이 매우 좋지 않으므로 소씨가 물었다.

"그대는 무슨 일이라도 생겼는가?"

화씨는 소씨가 모르는 줄 알고 승상의 글을 주며 앞뒤 사연을 다 말하니 소씨가 물었다.

"그대는 어떻게 여기는가?"

화씨가 답했다.

"내가 설사 잘못했다 하더라도 이토록 심하게 책망합니까? 더욱이 승상의 부하 관리가 나를 업신여기니 내가 안주인이 되어 죄를 다스리는 것이 죄가 아닙니다. 그런데도 이유 없이 이홍을 편들어 죄를 들추는 것은 부부의 정이 없는 것이니 첩이 반드시 이홍을 죽이고 쫓겨나는 화를 달게 받으려 합니다."

소씨가 듣고 나서 옷깃을 여미고 단정하게 앉아 말했다.

"그대가 아주 통쾌한 말을 하는구나. 그러나 생각건대 우리 어머니와 내 아우가 여자 하나는 넉넉히 제어하리니 그대가 옳은 일을 하고 지아비가 그르다 해도 방자하게 본인이 옳다고 하지 못할 것이네. 내 아우가 어리석거나 병들지 않아 밖에 있으니 그대가 이홍이 밉다면 아우에게 청하여 다스릴 것이지 어찌 스스로 관부의 관원을 결박해 칠 수 있는가? 처음에는 아우의 글을 보고 반드시 깨달아 허물을 고칠 것이라 여겼는데 이렇듯이 옳은 체하니 어찌 가소롭지 않겠는가? 그대 마음대로 하게. 다만 어떻게 이홍을 죽일지 생각을 듣고자 하네."

말을 마치고 차분하게 가만히 있었다. 소씨 또한 양부인이 남긴 풍모요, 승상의 동기이니 위엄스럽고 준절함이 눈 위에 얼음을 더한 것 같았다. 화씨가 비록 성질이 지나치고 조급하지만 어찌 감히 소씨를 당하며, 입을 열어 옳고 그름을 따질 생각이 있겠는가. 그 마음속은 노여움이 불같으나 내색하지 못하고 또 한편으로 부끄러운 마음이 있어 눈물을 흘리고 사죄하며 말했다.

"첩이 늘 성품이 편협하여 그른 일을 하지만 본심에서 나온 것이 아닙니다. 그런데 승상이 곽광의 처에게 비기니 어찌 애달프지 않겠습니까?"

소씨가 말했다.

"그렇지 않다. 내가 보건대 그대가 지금 어머니를 모시고 아우가 있어도 이같이 방자하니, 나중에 어머니가 돌아가시고 불행하여 내 아우도 먼저 죽는다면 어찌 한갓 곽광의 처에 그치겠는가? 여후가 했던 일을 할 듯싶다."

화씨가 아무 대답도 하지 않으니 소씨가 비로소 경계의 말을 했다.

"다음부터는 이런 괴이한 일을 하지 말고 마음을 고치게. 그리고 이 글월에는 이러저러하게 회답하게."

화씨가 바야흐로 감격하여 일어나 감사 인사를 하고 답장을 써서 아들에게 주어 승상에게 보냈다. 승상이 받아 보니 그 글은 이러했다.

첩이 비록 내세울 만한 것은 없지만 어려서부터 성현의 글을 읽어 예의를 조금 압니다. 그윽이 생각건대 나라에 황후와 황제가 존귀함이 한가지요, 집에 가장과 가모가 중함이 한가지입니다. 군자가 수신제가修身齊家하는 것이 치국평천하治國平天下하는 근본이라 하지만 예로부터 남자가 국사를 다스리면 집안일을 다 보는 것이 어렵습니다. 그러한 까닭에, 승상이 대신이 되어 조정의 일을 살피느라 겨를이 없어 이홍에게 집 안팎의 일을 맡겨 다스리게 했습니다. 그러나 이홍은 남이니, 가까이는 절친이 아니고 높이는 지기知己가 아닙니다. 인물이 근실하다 하지만 어찌 집안의 자질구레한 일을 알게 하겠습니까? 이홍이 큰 권한을 맡은 뒤로 노복들이 서로 아첨하여 집안의 조그만 일이라도 먼저 이홍에게 아뢴 뒤에 우리의 말을 따릅니다. 첩이 그윽이 부끄러운 것은 첩의 일처리가 보잘것없어 상공의 안주인 소임을 제대로 못하고, 내조하는 공이 없어 한 부하 관리에게 집안일을 맡기는 것인가 하는 우려에서입니다.

오늘 경치를 구경하려 한 것은 승상이 없는 때를 기다려 놀고자 한 것이 아닙니다. 어머니께서 평안하여 여러 자녀를 데리고 노시니 한가한 틈을 타서 소씨, 윤씨, 석씨 세 부인과 함께 후원을 보고 또 뽕나무가 성한지 보아 내년에 누에를 치고자 함이니 실로 경치를 즐기려던 것이 아니었습니다.

이홍을 잡아맨 것은 무례한 말을 많이 하여 안주인을 욕하니, 상공이 첩을 모욕함도 오히려 듣지 못했는데 일개 가신으로서 어지러운 말을 하므로 잠깐 분이 일어나 참지 못해서였고 또한 승상이 집안을 다스리는 데도 해로워서였습니다. 승상이 밖에 계시면 첩이 그 사이에서 호령하지 못하겠지만 승상이 조정에 들어가 돌아올 기한을 정하지 못하였는데 집에 주인이 없다 하여 노복과 이홍이 무례하니, 어찌 안주인이 작은 덕행만 고집스레 지키느라 무너져가는 위의를 붙들지 않겠습니까? 첩이 비록 외람하고 당돌하나 이홍을 잡아매고 어머니께 아뢰어 다스려 비록 승상이 나가시더라도 감히 범사를 무례하게 하지 못하게 하고 집을 바로잡는 법도가 있음을 거리껴 알게 하고자 함이니 제멋대로 분에 넘치는 짓을 한 것이 아닙니다. 그런데 이제 이홍을 앉혀놓고 내당 시녀를 잡아내 치시니 이는 시녀를 치는 것이 아니라 첩을 다스리는 것입니다.

첩이 감히 지아비를 원망하지는 못하지만 다만 이 일로 보니 부부의 의리를 삼강과 오륜에 넣을 것이 아니라 집안의 부하 관리를 부부 대신 넣는 것이 옳겠습니다. 옛 성현이 어찌 그릇하여 중요한 부하 관리를 빼먹고 가벼운 부부를 넣었는지 이상합니다. 또한 부부로 말하지 말고 첩을 벗으로 치더라도 첩은 상공을 안 지 십이 년이요, 이홍은 다섯 해인데 선후를 분별하지 않으시니 이홍을 위한 정성은 지극하면서 첩에게는 박절합니다. 상공께서 각자의 집에 있는 것이 좋겠다 하십니다. 그러나 여자는 삼종지의三從之義가 중요하니 상공은 삼강 오륜을 잊어버리셔도 첩은 여필종부女必從夫, 여자는 반드시 남편을 따름와 원부모형제遠父母兄弟, 여자가 시집가서 부모와 형제를 멀리 떠남를 지킵니다. 상공이 버린다면 뱃속의 아이를 품고 의지하여 삼종의 도리를 온전히 할 것이니 마음대로 처치하십시오. 곽광의 처와 여후, 측천무후에게 비기시니 감히 변명하지 못하겠지만 측천무후는 어떤 사람이며 여후는 또 어떤 계집이었습니까?

이 글을 보니 모골이 송연합니다. 한없이 멀고 푸른 하늘만이 내 뜻을 알고 사람은 모를 것입니다. 첩이 이미 상공 가문에 후환이 될 사람이라면 밝게 알면서 어찌 처치하지 않으십니까? 지금은 한고조의 일과 같지 않아서 강한 가신과 노복이 없으니 내가 또한 없어야 옳습니다. 빨리 죽여 앞날에 있을 사람 돼지를 만드는 변란과 혈육의 죽음을 막으시고, 일이 벌어진 뒤에 뉘우치시지 말기를 진정으로 바랍니다.

승상이 다 보고 노여움이 풀어졌다. 다시 보니 언어가 격렬하고 절실하며 상쾌하여 강개함이 지극했다. 헤아려보니 화부인의 역량으로는 이런 말을 못 할 것이었다. 보고 또 보니 이는 보통 사람을 넘는 총명함이었다. 문득 깨닫고 웃음을 머금으며 말했다.

"이는 반드시 누님이 가르치신 것이다."

아들아이에게 물었다.

"네 어머니가 이 글을 쓸 때 누가 있더냐?"

아이가 대답했다.

"제가 처음에는 할머니께 잘못 드렸는데 윤부인이 읽고 한꺼번에 웃더니 도로 어머니께 보내셨습니다. 이윽고 소부인이 와서 가르쳐 쓰셨습니다."

승상이 어이없어 도리어 웃고 생각했다.

'나의 성품이 사람을 언짢아하면 눈을 들어 보기 싫어하고, 들어가 말로 책망하면 화씨가 급한 성미에 어지러운 말을 많이 할 것이니 좋지 않을 듯한 까닭에 글을 지어서 아이에게 주어 가만히 책망하고 제어하려 했다. 그런데 일이 괴이하여 두루 퍼지고 화씨의 굴복은 받지 못한 채 누님이 말을 보태 도리어 나를 바른 명분과 사리에 맞는 말로 책망하니 어찌 우습고 분하지 않은가? 그러나 누님의 도움이 있으니 말을 하지 말고 있다가 어찌하는지 봐야겠다.'

글을 접어 책 사이에 끼워놓고 저녁 문안에 들어갔다. 양부인은 조금도 아는 체하지 않고 소씨와 윤씨도 전혀 모르는 듯이 행동하므로 승상도 잠잠히 있었다.

십여 일 뒤에 승상이 녹운당에 갔다. 화씨는 촛불 그림자를 따라 얼굴을 감추었으나 승상은 다시 꾸짖는 말을 꺼내지 않고 평소와 마찬가지로 기분좋게 대했다. 다만 이후로는 안팎을 통하지 못하게 하는 것이 지극히 엄숙했다. 심부름하는 몸종과 여종 등 내당의 시녀들은 부인의 명령을 받지만 호령이 중문 밖을 나지 못하게 했다. 승상 또한 스스로 내당의 일을 알지 못하며, 밖에 아무리 큰일이 있어도 어머니와 두 누님하고만 의논하여 결정하고 자기 부인에게는 전하여 묻지 않았다.

승상이 이와 같음을 보고 석씨는 더욱 마음을 겸손하고 차분하게 하여 아침 단장을 마친 뒤에는 취성전에 들어가 날이 저물도록 양부인을 봉양할 음식을 살피고 입에 맞으시도록 도왔다. 그러나 집안일에 간섭하지 않으며 가장 낮은 시녀에게도 좋지 않은 말을 하지 않으니 사람마다 사랑하고 공경했으며 시빗거리에 들지 않으니 그 맑고 고상함과 견고함을 알 수 있었다.

남매가 시를 화답하다

소씨가 하루는 승상이 나가고 없을 때 일기를 보려고 조카에게 들여
오라 하니 가져왔다. 훑어보는데 편지 한 장이 끼어 있어 빼보니 전날
화씨가 보낸 답장이었다. 승상이 끝에 절구絶句 한 수를 지어놓았는데
이는 소씨가 화씨를 도와준 것을 우습게 여겨 읊은 시였다. 시가 다음과
같았다.

동기同氣가 중하다 이르지 말라, 의로 맺은 동생이 더욱 중하구나
종이에 화씨의 좁은 말을 물리치고 깊은 말로 가르쳐 나를 책망하니
한 번 보니 할말이 없어지고 두 번 보니 이는 바로 누님의 하신 바로다
스스로 웃나니 내 말이 막힌 일은 없으나 막힌 체하며 그치노라

소씨가 크게 놀라 말했다.
"아우는 과연 사광師曠*처럼 귀가 밝구나."
그리고 그 끝에 차운次韻했다.

이렇게 밝은 총명이 있으면서 어찌 그때는 아득했던고?

이미 지난 일이라고 잘난 체하지 말라

일찍이 가르치지 않은 것을 모함하는 것은 그르고 그른지라

그대가 보기 전까지는 이렇게 하여 성현의 경계를 잊지 말라**

결의한 동생이 중하다 하니 진실로 옳은지라

너도 한가韓嘏, 소씨의 남편 한생를 나보다 중히 대하니 나도 너를 본받노라

말이 막힌 것이 아니라고 말솜씨를 자랑하나

내가 보건대 진실로 말이 막힌 듯하다

탁문군의 「백두음」과 소혜蘇蕙의 직금도織錦圖가 공교로우나 매우 구차한지라

화씨의 글은 이치에 통달하여 조금도 구차하지 않고 명백하니

넉넉히 옛사람의 부질없는 수고와 괴로운 시 짓기보다 배나 낫도다

쓰기를 마치고 책 사이에 끼워 조카에게 서당에 가져다 두게 했다. 승상이 다음날 아침에 들어와 소씨를 보고 웃으며 말했다.

"어제 쓰신 빛나는 글을 보니 영광이지만 그 뜻을 모르겠습니다."

소씨가 웃고 말했다.

"네가 모르는데 내가 어찌 알겠는가?"

말을 마치고 남매가 서로 웃었다. 승상이 희롱을 싫어하면서도 동기를 사랑함이 지극한 까닭에 늘 두 누이와 함께 말하며 이렇게 웃었다.

---

* 사광(師曠): 춘추시대 진(晉)나라의 악사(樂師). 음조를 잘 알아서 한 번 들으면 길흉을 판단했다.
** 이렇게~잊지 말라: 이 부분은 여씨의 계략에 속아 석씨를 내쫓았던 일을 가리키는 듯하다.

아들들의 재주를 묻다

하루는 승상이 서당에 들어가 단생을 보고 여러 아들의 재주를 물었다. 단생이 대답했다.

"아드님 등이 어리지만 글재주가 아름다워 한림원에 오를 만합니다. 다만 아깝고 아까운 것은 승상의 재주를 전해 받을 만한 사람이 없는 것입니다."

승상이 듣고 나서 놀라 말했다.

"무슨 말인가?"

단생이 웃고 말했다.

"아드님 열 사람이 붓 아래 문장을 이루고 몇 걸음 옮기는 사이에 시를 지을 수 있지만 모두 주옥과 같은 아름다움일 뿐 강처럼 큰 재주는 아닙니다. 오직 셋째가 거의 비슷하지만 또한 두어 층이 떨어집니다. 그러나 팔자는 모두 영화롭고 귀하게 되며 장수할 것입니다."

승상이 웃고 말했다.

"팽조彭祖, 800년이나 살았다고 하는 전설 속의 인물는 한 글자 남긴 글이 없는데도 장수했으니 어찌 좋지 않겠소? 다만 셋째는 게으르기 짝이 없으니 문장이 어디에서 나겠는가?"

단생이 말했다.

"상공은 듣지 못했습니까? 예로부터 영웅이 어찌 머리를 숙이고 독서했겠습니까? 옛날 신야薪野의 이윤伊尹*이며 위수渭水의 강태공이며, 한나라 때 장량과 제갈량이 무슨 경전을 읽었겠습니까마는 천지를 돌이키는 꾀가 있었고, 어린 군주를 바로 보필하는 틀이 있었으니 어찌 소소한 사마천, 이백, 두보에 비기겠습니까? 지금 셋째 공자의 재주는 한갓 글을 말하는 것이 아닙니다. 영웅과 호걸의 거동이 있어 공자와 맹자의 바른 도로 몸가짐을 할 자가 아니니, 반드시 의협의 기상을 가져 구천에 날고자 할 것입니다. 두고 보면 나의 말이 맞을 것입니다."

승상이 또한 웃고 말했다.

"아이가 만일 그렇게 된다면 다 선생의 덕이라."

단생이 크게 웃고 말했다.

"어찌 제 덕이겠습니까? 다만 셋째 공자가 장성하면 제어하기 어려울 것이니 승상은 신경을 써서 살피십시오."

말을 마치고 손님과 주인이 유쾌하게 웃고 술을 내와 실컷 마시고 날이 저문 뒤에 흩어졌다.

---

* 이윤(伊尹): 상(商)나라 초기의 정치가 이윤. 신야에 은거하고 있다가 탕왕(湯王)의 초빙을 받고 출사했다.

후일담

　세월이 흐르는 물과 같아서 자녀가 장성하니, 승상이 널리 구하여 각각 아름다운 배필을 얻게 했다. 승상이 두 부인과 화평하고 즐거우며 두 누이와 우애 있게 지내고 서모를 공경하며 어머니를 지극한 효로 받들었다. 비록 자녀가 많고 나이가 쇠하였지만 어머니 앞에서는 몸가짐을 아이같이 하고 아침저녁 문안에 게으름이 없어 잠시도 그만두지 않았다. 양부인이 오대손까지 보았으나 집안일을 놓지 않으니, 화씨와 석씨 두 부인이 또한 예법을 소홀히 넘기지 않았다. 방안에 작은 것이라도 사사로운 재물과 그릇을 두지 않고 모두 양부인께 드려 창고 안에 넣었다가 승상과 자기가 쓸 곳이 있으면 아뢰고 얻어 썼다. 비단을 얻어도 다 창고에 넣고 쓸 데가 있으면 고한 뒤에 뜻대로 내어 쓰니, 집안이 이를 다 당연한 일로 알아 사사로이 재물을 보관하면 시녀라도 형편없게 여겼다.

　그러므로 양부인이 계절마다 며느리들과 딸들을 불러, 석파는 창고를 열게 하고 이파는 좋은 비단을 가려내게 하고 네 부인은 눈앞에서 비단옷을 재단하게 하여 손자들의 옷까지 시녀에게 지으라고 맡겼다가 지은 뒤에 나눠주었다. 조금도 차등이 없었지만 오직 윤씨는 친정이 없고 사사로운 재물이 없어 접대할 사람이 없는 까닭에 더욱 생각해서 한 등급을 높여주니 그 훌륭한 덕이 이와 같았다.

네 부인이 심신이 한가하고 여유로워 동쪽으로 모이고 서쪽으로 노닐면서 스스로 하는 일이 없었다. 화씨는 비록 승상의 첫째 부인이었으나 의복에는 간여하지 않고 손님의 수를 헤아려 부인 앞에서 석파 등과 함께 술과 음식을 도울 따름이었다. 소씨와 윤씨는 자기 지아비의 손님 치레는 시녀에게 맡기고 간섭하지 않았다. 장복章服과 관복官服은 시녀가 잘 짓지 못할까봐 스스로 지었으나, 그 밖에는 종일토록 시사詩詞를 화답하고 바둑으로 소일하니 시인이나 선비 같았다. 그러나 유독 석씨는 손님을 대접하는 일을 맡거나 바느질에 간섭하지 않고, 비록 부인이 계절 의복을 말라주시더라도 시녀에게 맡겨 짓게 했다. 스스로 부인에게 올릴 음식을 받들고 의복을 몸소 담당하며 책임을 지고 모시는 것이 그림자가 얼굴을 따르는 것 같았다. 비록 나이가 늙으나 마음이 쇠하지 않아서 한결같으니 부인이 자연히 화씨보다 더 긴요하고 중하게 여겼다. 수십 년을 모셨지만 털끝만큼도 부족한 일이 없어 양부인이 앞에 두는 것을 마땅히 여기고 승상께도 허물을 보이지 않으니 과연 석부인이 현명하고 사리에 밝음을 알 수 있었다.

승상이 모친이 천수를 누리고 돌아가실 때까지 효를 다했다. 제후의 벼슬에 있으면서 공적을 자주 세우고 팔십 세가 넘은 후 세상을 떠나니 두 부인도 이어서 죽었다. 그뒤에 자손이 번성하고 벼슬이 끊이지 않으며 두 아들이 재상이 되고 칠대代가 연달아 재상이 되니 후대 사람이 시를 지어 찬양했다.

"평생 덕을 높이고 검소함을 지키며 공손하고 근면하게 학문을 닦아 선업을 쌓은 공덕이 흘러 자손의 문호를 높이니, 칠대 정승이 난 것은 효행과 정직에 푸른 하늘이 돕고 신명이 감동함이로다."

그 자녀가 모두 기이하여 일기를 보니 후세에 전할 만했다. 그래서 잇달아 전傳을 지었는데 소공의 행적이 소설小說에 많이 들어 있고 죽을 때까지의 일기가 있는 까닭에 별전을 '소씨삼대록'이라 했다.

| 원본 |

소현성록

蘇賢聖錄

소승샹 본뎐 별셔

대숑(大宋)[1] 태종(太宗)[2] 시졀의 강능후(江陵侯) 겸(兼) 구셕(九錫)[3] 참지졍亽(參知政事)[4] 농두각(龍圖閣)[5] 틱흑亽(太學士)[6] 쇼공(蘇公)의 명(名)은 경(慶)이오 亽(字)는 亽문(子文)이라. 싱셩(生成)ᄒ매

---

1) 송(宋): 중국의 왕조(960~1279).

2) 태종(太宗): 송나라 제2대 황제(재위 976~997). 이름은 조광의(趙匡義). 후에 광의(光義)로 고치고, 즉위한 뒤에는 다시 경(炅)으로 고쳤다. 태조(太祖) 조광윤(趙匡胤)의 동생으로 형과 함께 중국을 통일하고 나라의 기초를 확립했다.

3) 구석(九錫): 천자가 특히 공로가 큰 제후와 대신에게 하사하던 아홉 가지 물품. 거마(車馬), 의복(衣服), 악칙(樂則), 주호(朱戶), 납폐(納陛), 호분(虎賁), 궁시(弓矢), 부월(鈇鉞), 울창주(鬱鬯酒). 즉 최고의 예우를 뜻함.

4) 참지정사(參知政事): 송대 관직명. 부재상(副宰相).

5) [교감] 농두각: '농도각'의 오기. 용도각(龍圖閣)은 송나라 제3대 황제인 진종(眞宗) 때 건립한 관서(官署)이다. 태종의 어서(御書), 어제문집(御製文集) 및 보록(譜錄), 보물 등을 봉치하고 학사(學士), 직학사(直學士), 대제(待制), 직각학사(直閣學士) 등의 관리를 두었다.

6) 태학사(太學士): 관직명. 대학사(大學士). 당(唐)나라 때 수문관(修文館)에 대학사 4인을 둔 것이 시초이다. 송나라에서는 소문관(昭文館), 집현전(集賢殿) 등 여러 관서에 대학사를 두었는데 모두 재상이 겸직했다. 명청대(明淸代)에는 대학사가 곧 재상의 역할을 했다.

산천슈존(山川鍾秀)7)과 일월졍긔(日月精氣)며 텬디조화(天地調和)를
타나 흉격(胸膈)의 경쳔위디(經天緯地)홀 뜻을 품으며 미목(眉目) 듕
(中)의 안방뎡국(安邦定國)홀 직죄(才操) 이셔 문장긔졀(文章氣節)이
일시(一時)를 압두(壓頭)ᄒ고 표티풍광(標致風光)이 쳔고(千古)의 독
보(獨步)ᄒ니 필하(筆下)의 신이(新異)ᄒ믄 죵왕니두(鍾王李杜)8)의
디나고 용모(容貌)의 아름답기ᄂ 딘평(陳平)9) 쥬유(周瑜)10) 뉵손(陸
遜)11)의 넘으며 거관지ᄉ(居官之事) 한딕(漢代) 졔갈(諸葛)12)과 가죽
ᄒ며13) 풍녁(風力)14) 강개(慷慨)ᄒ미 당딕(唐代) 위딩(魏徵)15)이라도
밋디 못홀 거시오, 팀믁온듕(沈黙溫重)ᄒ여 희노(喜怒)를 놉이 모ᄅ
고 언쇼(言笑)를 가ᄇ야이 아니ᄒ딕 거가(居家)의 유슌홀연(柔順豁
然)ᄒ고 편모효양(偏母孝養)을 졍셩(精誠)의 못 밋츤 딕 업ᄉ니 비록
녯 증지(曾子)16)라도 이에 디나디 못홀 배오, 우애동긔(友愛同氣)와
공경셔모(恭敬庶母)ᄒ며 티가지졍(治家之政)이 흔글ᆽ고 위(位) 삼틱

7) [교감] 산쳔슈존: '슈존'은 '죵슈'의 오기. 산쳔죵수(山川鍾秀)는 산쳔의 신령스럽고 빼어난
기운이 모였다는 뜻.
8) 죵왕이두(鍾王李杜): 뛰어난 명필인 죵요(鍾繇)·왕희지(王羲之)와 유명한 시인인 이백(李白)·
두보(杜甫). 죵요는 삼국시대 위(魏)나라 사람, 왕희지는 동진(東晉) 사람, 이백과 두보는 당나
라 사람이다.
9) 진평(陳平): 한고조(漢高祖) 유방(劉邦)의 신하로 뛰어난 지략가이자 명재상. 외모가 준수했
다고 한다.
10) 주유(周瑜): 삼국시대 오(吳)나라의 명신(名臣). 절세의 미남이었다고 한다.
11) 육손(陸遜): 삼국시대 오나라의 장군. 용모에 대한 특별한 기록은 없다.
12) 졔갈(諸葛): 제갈량(諸葛亮). 삼국시대 촉한(蜀漢)의 재상. 자(字)는 공명(孔明). 뛰어난 전략
가이자 정치가로 유비(劉備)가 형주(荊州)·익주(益州)를 차지하여 촉한을 세우도록 했으며, 유
비가 죽은 후에는 어린 후주(後主) 유선(劉禪)을 보필하여 남만(南蠻)을 정벌하고 위나라에 항
쟁했다.
13) 가죽ᄒ다: 가지런하다. 나란하다.
14) 풍력(風力): 기백(氣魄).
15) 위징(魏徵): 당나라 초의 재상으로 굽히지 않는 직간(直諫)으로 유명했다.
16) 증자(曾子): 춘추(春秋)시대 유학자. 이름은 삼(參). 공자(孔子)의 제자로 지극한 효자였다.

(三台)[17]예 니릭딕 쳥현(淸玄)ᄒ고 검소(儉素)ᄒ야 의복(衣服)이 슌박(淳朴)ᄒ고 셩품(性品)이 고요ᄒ야 벗 사괴기를 폐(廢)ᄒ니 평ᄉᆡ 친붕(親朋)이 십여 인(十餘人)의 지ᄂᆞ디 아니코 녀ᄉᆡᆨ(女色)을 더러이 녀겨 ᄆᆡ일 외당(外堂)의셔 분향(焚香)ᄒ고 글을 닑어 문니(文理)를 더옥 힘쓰고 ᄒᆡᆼ실(行實)을 닷가 ᄆᆞᆰ은 도ᄒᆞᆨ(道學)이 졔뉴(諸流)의 특츌(特出)ᄒ고 훈ᄌᆞ(訓子) 교뎨ᄌᆞ(敎弟子)ᄒ매 셩인(聖人)의 유풍(遺風)을 니으니 팔ᄌᆞ(八字) 오복(五福)의 흠(欠)홀 거시 업더니 향슈(享壽)를 기리ᄒ고 텬당(天堂)의 도라가니 인죵황뎨(仁宗皇帝)[18] 그 삼ᄃᆡ노신(三代老臣)인 줄 슬허ᄒᆞ샤 왕녜(王禮)로 장(葬)ᄒ고 묘하(墓下)의 ᄉᆞ당(祠堂) 지어 ᄉᆞ시(四時)로 졔(祭)ᄒ며 시호(諡號)를 튱녈공(忠烈公)이라 ᄒᆞ고 비문(碑文)의 사기딕 효의션ᄉᆡᆼ(孝義先生)이라 ᄒᆞ시니라.

날이 오라도록 ᄉᆡᆼ각ᄒᆞ샤 이에 ᄒᆞᆨᄉᆞ(學士) 포증(包拯)[19]과 샹셔(尙書) 녀이간(呂夷簡)[20] 등(等)으로 그 ᄒᆡᆼ젹(行蹟)을 긔록(記錄)ᄒ라 ᄒᆞ시니 이 인(二人)이 서ᄅᆞ 닐오딕 거가(居家)의 쇼쇼(小小)ᄒᆞᆫ 일을 다 알기 어렵다 ᄒᆞ여 본부(本府)의 가 공(公)의 츌셰(出世)ᄒ던 근본(根本)으로붓터 죵신(終身)ᄒᆞᆫ 일을 녁〃(歷歷)히 일긔(日記)ᄒᆞᆫ 문셔(文

17) 삼태(三台): 삼공(三公). 최고위 대신(大臣)의 직위 세 가지. 시대마다 삼공에 들어가는 관직이 달랐다. 주(周)나라에서는 태사(太師), 태부(太傅), 태보(太保), 진(秦)이나 전한(前漢)에서는 승상(丞相), 태위(太尉), 어사대부(御史大夫), 또는 대사도(大司徒), 대사마(大司馬), 대사공(大司空), 후한(後漢) 및 당송(唐宋)시대에는 사도(司徒), 태위(太尉), 사공(司空)이었다.
18) 인종황제(仁宗皇帝): 송나라 제4대 황제(재위 1022~1063). 인종대(仁宗代)는 중앙집권적 관료 지배가 안정되고 과거 제도도 정비되어 북송의 최전성기를 이루었다.
19) 포증(包拯): 인종 때의 관료. 강직하고 공정한 판관으로 유명하다. 지개봉부(知開封府)를 지낼 때 신분과 권력을 가리지 않고 공명정대한 판결을 내려 명성을 얻었으며 귀척(貴戚)·환관(宦官)들이 모두 꺼렸다. 용도각 직학사를 지냈기 때문에 포용도(包龍圖)라고도 불렸으며, 청관(淸官)의 화신이라는 의미에서 포청천(包靑天)이라 불리기도 한다.
20) 여이간(呂夷簡): 인종 때의 뛰어난 재상.

書)를 어더내여 쇼노고[21] 히득(解得)하기를 셰쇄(細瑣)히 하야 뎐(傳)
을 지으듸 공(公)의 희노(喜怒)와 언쇼(言笑) 젹고 힝실(行實)이 놉기
로 사름으로 하여곰 이 뎐(傳)을 보면 숑연(悚然)히 공경(恭敬)하나
빗나며 화려(華麗)한 일이 업는 고로 그 주식(子息)의 쇼셜(小說)을
지어 번화(繁華)를 돕고 공(公)의 싱시(生時) 별회(別號) 현셩션싱(賢
聖先生)인 고로 슈뎨(首題) 소현셩녹(蘇賢聖錄)이오 주손(子孫)의는
별뎨(別題)를 뼈 소시삼듸록(蘇氏三代錄)이라 하고 여러 권(卷) 셜화
(說話)를 셰샹(世上)의 뎐(傳)하믄 대개 사름의 어미 되야 공의 모친
양시 굿트믈 찬(讚)하고 주식이 되야 공의 효힝(孝行) 굿트믈 권(勸)
하미라. 희(噫)라! 이 셜화(說話)를 보면 방탕무식(放蕩無識)하야 부
모(父母) 혜디 아닛는 블효진(不孝子)들 감동(感動)티 아니랴.

경오(庚午) 십팔년(十八年) 츄칠월(秋七月) 십삼일(十三日)의 포흑
스(包學士) 녀샹셔(呂尙書)는 만셰(萬歲)[22] 슈명(受命)하야 작현셩녹
(作賢聖錄)하느니 뉴뎐쳔츄(流轉千秋)로다.

---

21) 쇼노다: 겨누다. 잘잘못을 따져서 평가하다.
22) 만세(萬歲): 만세야(萬歲爺). 황제를 높여서 부르는 말.

자운산의 소처사 부부

화셜(話說). 변경(汴京)¹⁾ 남문(南門) 밧 ᄉ십 니(四十里)의 흔 뫼히 이시니 호왈(號曰) ᄌ운산(紫雲山)이오 쥬회(周回)²⁾ 삼빅 니(三百里) 라. 산형(山形)이 플댱 고즌 ᄃᆺᄒ엿ᄂᆞᄃᆡ 폭푀(瀑布) 젼후(前後)로 솟 ᄂᆫ 곳이 칠십여 체(七十餘處)라. 잔완(潺湲)이 흘너 산(山) 젼면(前面) 의 모다 딩현(澄淵)이³⁾ 되니 못 쥬회(周回) 십여 리(十餘里)오 깁희 일쳔 쳑(一千尺)이라. 굴온⁴⁾ 와뇽담(臥龍潭)이라. 못과 산을 남븍(南 北)으로 두르고 그 가온대 흔 골이 이시니 굴온 장현동(藏賢洞)이라. 쥬회(周回) 빅 니(百里)오 평탄(平坦)ᄒ기 뉴리(琉璃)로 밀틴 ᄃᆺᄒ더 라.

ᄉ면(四面)의 창〃녹듁(蒼蒼綠竹)과 낙〃댱숑(落落長松)이 둘럿고

---

1) 변경(汴京): 북송(北宋)의 수도. 허난 셩(河南省) 북동부에 위치. 지금의 카이펑(開封).
2) 주회(周回): 둘레.
3) [교감] 딩현이: '딩연이'의 오기. 26권본 '징연이'. 21권본 '큰 못시'.
4) 굴온: 이른바.

그윽흔 경티(景致)와 비샹(非常)흔 풍식(風色)이 무릉별세계(武陵別
世界)5)오 봉닉(蓬萊)6) 방댱(方丈)7)이라. 즈운산(紫雲山) 놉희 쳔여 댱
(千餘丈)이오 봉만(峰巒)이 열둘히라. 텬디(天地) 초판(肇判)8)홀 적
물근 졍긔(精氣)와 녕이(靈異)흔 긔운(氣運)이 엉긔여 와뇽담(臥龍
潭)과 즈운산(紫雲山)의 즘겨 긔이(奇異)ᄒ미 다른 산쳔(山川)과 크게
ᄀᆞᆺ디 아니ᄒ더라.

곡듕(谷中)의 흔 쳐시(處士) 이시니 셩(姓)은 소(蘇)요 명(名)은 광
이라. 교목세개(喬木世家)오 빅년구족(百年舊族)이라. 그 조샹(祖上)
이 한당(漢唐) 이디(二代)를 셤겨 딕〃(代代)로 명공지샹(名公宰相)이
러니 오딕(五代)9) 적 텬해(天下) 대란(大亂)ᄒ니 소광이 시졀(時節)
을 피ᄒ야 즈운산(紫雲山)의 은거(隱居)ᄒ니 부인 양시(楊氏)ᄂᆞᆫ 태원
인(太原人) 참졍(參政)10) 양문광의 댱녜(長女)라.

이째 송(宋) 태조(太祖)11) 무덕황데(武德皇帝)12) 즉위(卽位)ᄒ샤 법
녕(法令)과 덕졍(德政)이 가죽ᄒ샤 만민(萬民)이 열복(悅服)ᄒᆞᆨ 쳐
시(處士) ᄆᆞᄎᆞᆷ내 나디 아니니 승샹(丞相) 됴보(趙普)13) 셕슈신(石守

5) 무릉별세계(武陵別世界): 무릉도원(武陵桃源). 도연명(陶淵明)의 「도화원기桃花源記」에 나오
는 이상향. 진(晉)나라 때 무릉의 한 어부가 복사꽃이 흘러내려오는 물길을 따라 거슬러올라
갔다가 진(秦)나라의 난리를 피해 들어온 사람들을 만났는데, 그곳이 워낙 선경(仙境)이라서
바깥세상의 변천과 세월의 흐름을 잊고 살았다.
6) 봉래(蓬萊): 전설 속의 삼신산(三神山) 중 하나. 동해(東海)에 있으며 신선이 살고 불사약이
있다고 한다.
7) 방장(方丈): 전설 속의 삼신산 중 하나. 동해에 있으며 신선이 살고 불사약이 있다고 한다.
8) [교감] 초판: '조판'의 오기. 조판(肇判)은 처음 쪼개어 갈라진다는 뜻.
9) 오대(五代): 당나라가 망한 뒤부터 송나라가 건국되기 이전까지 약 50여 년의 과도기.
10) 참정(參政): 참지정사(參知政事)의 약칭. 송대 관직명. 부재상.
11) 태조(太祖): 송을 건국한 황제(재위 960~976). 이름은 조광윤. 오대 시절 후주(後周) 세종
(世宗) 밑에 있던 장군이었으나 세종이 죽은 뒤 북한(北漢)의 침입을 계기로 제위에 올랐다.
중국의 영토를 거의 통일하고 문치주의에 의한 중앙집권적 관료제를 확립했다.
12) 무덕황제(武德皇帝): 조광윤의 실제 시호는 신덕황제(神德皇帝)이나 『수호지水湖志』 등에
서 무덕황제라 부르고 있다.
13) 조보(趙普): 태조의 명신. 태조를 도와 천하를 평정하고 나라의 기틀을 다졌다. 태종 때 태

信)14) 등(等)이 텬즈(天子)끠 고호대 샹(上)이 안거(安車)15) 후례(厚禮)로 년(連)ᄒ야 다섯 번 쳥ᄒ시니 쳐ᄉ 스명(使命)16)을 디ᄒ야 닐오디,

"당외(唐堯)17) 지셩(至聖)이샤디 소혜(巢許)18) 이시니 이제 셩샹(聖上) 은틱(恩澤)이 브죡(不足)ᄒ미 아니로디 내 스스로 뜻이 낙″(落落)ᄒ야19) 환욕(宦慾)이 업스니 만일 샹(上)이 구틔여 핍박ᄒ시면 뻐곰 혼번 죽어 본(本)뜻을 딕히리라."

ᄉ(使) 도라와 주ᄒ니 샹(上)이 차탄(嗟歎)ᄒ시고 그 뜻을 앗디20) 못ᄒ신디라. 일노조차 별호(別號)를 쇼소부(蘇巢父)라 ᄒ니 그 쳥개(清介)ᄒ고 어딜믈 보리러라.

쳐ᄉ 됴뎡(朝廷)의 가기를 긋고 곡듕(谷中)의 한가(閑暇)히 이셔 학(鶴)을 춤추고 오현금(五絃琴)을 어ᄅᄆ져 만승(萬乘)을 헌 신 보 ᄃᆺ ᄒ며 혹 나귀를 트고 텬하(天下)를 텸관(遍觀)ᄒ며21) 혹 쇼션(小船)을 지어 ᄉ히(四海)예 듕뉴(中流)ᄒ니 깁흔 산듕(山中)의 모진 즘싱을 만나미 여러 번이로디 쳐ᄉ 흔 곡됴(曲調) 가ᄉ(歌詞)를 브ᄅ면 호표싀랑(虎豹豺狼)의 뉴(類) 스스로 신히육회(神駭肉歕)ᄒ야 즐겨 도라가고 해(害)티 못ᄒ며 만니창파(萬里蒼波)의 풍셰(風勢) 블일(不一)ᄒ여 쥬즙(舟楫)이 업칠 ᄃᆺ ᄒ다가도 쳐ᄉ 글을 지어 음영(吟詠)ᄒ

사(太師)가 되어 위국공(魏國公)에 봉해지고 죽은 뒤 한왕(韓王)에 추봉되었다.
14) 석수신(石守信): 송의 개국공신(開國功臣). 송 초기의 중요한 장군으로 각지의 절도사(節度使)를 맡았다. 태종 때 위국공(衛國公)에 봉해지고 죽은 뒤 위무군왕(威武郡王)에 추봉되었다.
15) 안거(安車): 앉아서 타고 갈 수 있게 만든 수레.
16) 사명(使命): 명을 받아 출장 온 사람. 사자(使者).
17) 당요(唐堯): 요(堯)임금. 처음에 당후(唐侯)에 봉해진 데서 유래했다.
18) 소허(巢許): 소부(巢父)와 허유(許由). 모두 요임금 때의 고사(高士)로서 요임금이 그들에게 천하를 양여(讓與)하려 했으나, 받아들이지 않고 모두 산속으로 들어가 끝내 은거했다.
19) 낙락(落落)하다: 고고(孤高)하여 남과 서로 어울리지 않다. 냉담하다.
20) 앗다: 빼앗다. 가로채다.
21) [교감] 텸관ᄒ며: '텸관'은 '편관'의 오기. 21권본 '유람ᄒ며'. 26권본 '편관ᄒ며'.

면 믈결이 기름 스슨[22] 듯ᄒ고 교룡(蛟龍)이 귀를 기우려 글을 항복(降服)ᄒ니 문쟝(文章)과 ᄌᆡ홰(才華) 이러ᄐᆺ ᄒ고 ᄯᅩᄒᆫ 용뫼(容貌) 관옥(冠玉) ᄀᆺ고 풍치(風采) 츄월(秋月) ᄀᆺᄐᆞ며 톄되(體度) 쥰엄(俊嚴)ᄒ여 사름 가온대 신션(神仙)이오 오쟉(烏鵲) 듕(中) 봉황(鳳凰) ᄀᆺᄐᆞ야 진쇽(塵俗) 듯글이 업ᄉ니 진짓 쳥졍(淸淨)ᄒᆫ 산인(山人)이오 긔이(奇異)ᄒᆫ 쳐시(處士)러라.

일즉 부인(夫人)으로 동낙(同樂) 십여 년(十餘年)의 부인이 쳐ᄉᆞ의 희롱(戲弄)ᄒ며 노ᄒᆞᆷ오믈 보디 못ᄒ엿고 쳐시 부인의 크게 우ᄉᆞ며 뎐도(顚倒)히 말ᄒᆞ며 불연(勃然)히 셩내여 소ᄅᆡ 놉히믈 듯디 못ᄒ니 냥인(良人)[23]은 믁〃(黙黙)ᄒ고 슉녀(淑女)ᄂᆞᆫ 졍뎡(貞靜)ᄒ며 냥인은 슌편(順便)ᄒ고 슉녀ᄂᆞᆫ 유화(柔和)ᄒ야 이 녀를 두리고 뎨 이를 공경ᄒ야 부뷔(夫婦) 츌입(出入)의 반ᄃᆞ시 서ᄅᆞ 니러 보내고 니러 마ᄌᆞ며 방셕(方席)을 피ᄒ니 가인복부(家人僕夫)와 일개(一家) 일즉 뎌 부〃(夫婦)의 갓가이도 안자시믈 보디 못ᄒ니 이 졍히 공경ᄒᄂᆞᆫ 손과 ᄒᆞᆫ가지러라.

쳐시 팔ᄃᆡ독ᄌᆞ(八代獨子)로 일신(一身)이 졍〃(榮榮)ᄒ고 부뷔 서ᄅᆞ 의디(依支)ᄒ여 나히 거의 삼십(三十)이로ᄃᆡ ᄒ낫 골육(骨肉)이 업ᄉ니 듀야(晝夜) 슬허ᄒ거늘 양부인(楊夫人)이 ᄯᅩᄒᆫ 념녀(念慮)ᄒ야 이에 대쟝군(大將軍) 셕슈신(石守信)의 쳡녀(妾女) 셕파(石婆)와 냥인(良人)[24]의 녀ᄋ(女兒) 니시(李氏)를 어더 두 미희(美姬)로써 댱부(丈夫)를 권(勸)ᄒ니 쳐시 ᄉᆞ양(辭讓)티 아니코 다 툥ᄋᆡ(寵愛)ᄒᄃᆡ ᄌᆞ못 엄슉(嚴肅)ᄒᆫ디라. 이녜(二女) ᄯᅩᄒᆫ 조심(操心)ᄒ야 샹공과 부인 셤기믈 노쥬 간(奴主間) ᄀᆺ티 ᄒ더라.

---

22) 슷다: 씻다. 닦다.
23) 양인(良人): 남편.
24) 양인(良人): 양민(良民).

수삼 년(數三年)이 디나되 두 미인(美人)의 잉틱(孕胎) 돈연(頓然)
ᄒ니 쳐시 탄왈(歎曰),

"이는 다 내 팔지(八字)로다"

ᄒ더라. 일 년(一年) 후 부인이 홀연(忽然) 잉틱(孕胎)ᄒ니 쳐시 대희
(大喜)ᄒ고 냥미인(兩美人)이 쏘흔 깃거 싱남(生男)ᄒ믈 츅원(祝願)
ᄒ더니 블힝(不幸)ᄒ야 농쟝(弄璋)25)ᄒ믈 엇지 못ᄒ고 흔낫 녀ᄋ(女
兒)를 싱(生)ᄒ니 쳐시 비록 악연(愕然)ᄒ나 처음[으]로 유치(幼稚)
를 두니 ᄉ랑ᄒ미 남ᄋ(男兒)의 지나더라. 부인이 다시 회틱(懷胎)ᄒ
니 쳐시 그 님산(臨産)ᄒ기를 당(當)ᄒ야 분향(焚香)ᄒ야 츅텬(祝天)
ᄒ고 아들을 ᄇ라더니 믄득 일개(一個) 녀ᄋ(女兒)를 나흔지라. 쳐시
향노(香爐)를 박ᄎ고 탄식오열왈(歎息嗚咽曰),

"하늘이 엇디 내게 홀노 젹악(積惡)을 ᄂ리오시나뇨? 십ᄉ 연(十四
年)을 기ᄃ려 믄득 두 ᄯᆯ을 년(連)ᄒ야 나흐니 일신후ᄉ(一身後事)와
조샹혈식(祖上血食)을 뉘게 의탁(依託)ᄒ리오?"

언필(言畢)의 눈믈을 ᄂ리오니 좌위(左右) 다 쳑연슈루(惕然垂淚)
ᄒ더라.

ᄎ후(此後)는 쳐시 ᄇ라미 긋쳐 다시 아들을 일오디 아니ᄒ더니

---

25) 농장(弄璋): 아들을 낳음. 아들을 낳으면 장(璋)을 장난감으로 준다는 데서 유래했다. 반규
(半圭) 모양으로 생긴 옥을 장이라 한다. 장은 규(圭)와 함께 왕후(王侯)가 예식(禮式)에서 사
용하는 옥기(玉器)로, 아들이 자라서 귀인이 되기를 바라는 뜻이 담겨 있다.

기이한 태몽

일″(一日)은 일몽(一夢)을 어드니 ᄌ운산(紫雲山) 샹(上)으로셔 션악(仙樂)이 양″(揚揚)ᄒ야 봉쇼(鳳簫)[1] 의과(竽和)[2]ᄒ여 두어 션인(仙人)이 치의(彩衣)를 붓치고[3] 표연(飄然)히 ᄂ려와 좌(坐)를 뎡(定)치 아니ᄒ고 바로 나아와 쳐ᄉ의 손을 잡고 흔연쇼왈(欣然笑曰),

"별후무양(別後無恙)ᄒ냐? 그듸 아들을 못 나흘가 근심ᄒ나 샹텬(上天)이 뎡(定)ᄒ야 겨시니 종ᄉ(宗嗣)를 엇디 죡(足)히 넘녀(念慮)ᄒ리오?"

쳐ᄉᆡ 급히 마자 비사왈(拜辭曰),

"션싱은 일즉 면분(面分)이 업ᄉ니 엇디 졍(情)의 친(親)ᄒᆞ미 이시리잇고? 다만 젹악(積惡)이 극(極)ᄒ야 ᄒ낫 병든 아들도 업ᄉ니 소

---

1) 봉소(鳳簫): 관악기의 일종. 봉황의 날개처럼 생긴 배소(排簫).
2) [교감] 의과: '우화'의 오기. 21권본 없음. 26권본 '의화'. 우(竽)와 화(和)는 모두 생황(笙簧)의 일종.
3) 붓치다: 나부끼다.

시(蘇氏)의 후亽(後嗣) 멸(滅)홀디라. 일로써 슬허ᄒᆞ엿더니 션인(仙人)은 엇던 亽람이완딕 싱(生)의 심곡(心曲)을 능히 아르시며 샹텬(上天)의 뎡(定)ᄒᆞ다 ᄒᆞ미 므슨 뜻이며 둉내(終乃) 무후(無後)ᄒᆞ리잇가? 원컨대 션형(仙兄)은 ᄀᆞᄅᆞ치라."

션군(仙君)이 웃고 亽매 안흐로셔 일쳑(一尺) 빅옥(白玉)을 내니 긔홰(奇華) 암 〃(奄奄)ᄒᆞ고⁴⁾ 금(金)으로 쟝식(裝飾)을 ᄒᆞ엿더라. 쳐亽를 주며 왈(曰),

"이 그딕 집 듕뵈(重寶)라 갑시 업슨디라."

쳐시 바다 보니 이 믄득 옥뇽(玉龍)이오 금쟝식(金粧飾)은 누른 구름이 되야 뇽(龍)을 옹위(擁衛)ᄒᆞ야 둘너시니 고이히 너겨 ᄌᆞ시 보니 옥뇽(玉龍)이 스스로 움죽여 구름을 토ᄒᆞ거ᄂᆞᆯ 샹슈(上首)의 셧던 셩인(仙人)이⁵⁾ 웃고 붓을 드러 구름 운 ᄌᆞ(雲字) 열과 빗날 슈 ᄌᆞ(秀字) 다亽ᄉᆞᆯ 써 쳐亽를 뵈여 왈(曰),

"이 너의 셩손(姓孫)⁶⁾이라."

쳐시 탄왈(歎曰),

"아들도 업거든 엇디 셩손(姓孫)을 ᄇᆞ라리오?"

션인 왈,

"나ᄂᆞᆫ 남두셩(南斗星)⁷⁾이오 뎌ᄂᆞᆫ 태샹노군(太上老君)⁸⁾이라. 이제

---

4) [교감] 암 〃 ᄒᆞ고: '암'은 '엄'의 오기.
5) [교감] 셩인이: '션인이'의 오기. 21권본 '션관이'. 26권본 '션인이'.
6) 셩손(姓孫): 친손자.
7) 남두셩(南斗星): 남두육성(南斗六星)을 신격화한 남두셩군(南斗星君). 수명을 주관하는 별 중 하나. 북두성은 죽음을, 남두성은 삶을 주재한다.
8) 태샹노군(太上老君): 도교에서 노자(老子)를 신격화하여 부르는 명칭. 최고신(最高神) 삼위 (三位) 중 하나로 도덕천존(道德天尊)이라고도 한다.

녕보도군(靈寶道君)[9]이 원시텬존(元始天尊)[10]과 태샹노군(太上老君)과 흔가지로 샹쳥(上淸)[11] 미라궁(彌羅宮)[12]의셔 삼쳥(三淸)[13]이 되얏더니 텬황(天皇)[14]이 그듸 졍사(情事)와 덕(德)을 감격(感激)ㅎ야 삼쳥(三淸) 사뎨(師弟) 등 굴히시매 녕보도군(靈寶道君)이 젼셰(前世)예 그듸 은혜(恩惠)룰 닙엇는 고로 즈원(自願)ㅎ야 팔십오 일(八十五日)을 말미ㅎ고 느려오니 이 구름 운 즈(雲字)와 빗날 슈 즈(秀字) 도군(道君)의 소싱(所生)이라. 다만 그듸 팔즈(八字) 너모 딘연(塵緣)이 업기로 도군(道君)의 영화(榮華)룰 보디 못ㅎ리라. 양시(楊氏)는 비록 그듸와 삼싱(三生) 부뷔(夫婦)나 셰연(世緣)이 듕(重)ㅎ니 팔십亽 일(八十四日)을 써디워[15] 흔(限)이 亽면 그듸와 모드리라."

드듸여 옥뇽(玉龍)을 쳐亽의 품의 너코 구름 운 즈(雲字)와 빗날 슈 즈(秀字) 쁜 거슬 벽(壁)의 븟티거늘 쳐시 유의(有意)ㅎ야 보니 글지 다 싱긔(生氣) 뉴동(流動)ㅎ는 듯ㅎ고 다숫 슈 즈(秀字) 듕(中)의 뎨오(第五) 슈 지(秀字) 뉴(類)의 크고 글즈 우히 황뇽(黃龍)이 어릐엿거늘 좀착(潛着)[16]ㅎ야 볼 적 믄득 품 가온대 옥뇽이 변ㅎ야 기린 만

---

9) 영보도군(靈寶道君): 도교의 최고신 삼위 중 하나로 원시천존(元始天尊)의 추상적인 분신(分身)이다. 영보천존(靈寶天尊)이라고도 한다.
10) 원시천존(元始天尊): 도교의 최고 천신(天神).
11) 상청(上淸): 도교의 천계(天界)로 영보천존이 거하는 곳.
12) 미라궁(彌羅宮): 『서유기西遊記』에 나오는 천궁(天宮). 상청에 있으며 원시천존이 산다고 한다.
13) 삼청(三淸): 도교의 최고신 삼위. 즉 옥청(玉淸)의 원시천존, 상청(上淸)의 영보천존, 태청(太淸)의 도덕천존.
14) 천황(天皇): 천황은 보통 6명의 천제(天帝) 중 천황대제(天皇大帝)를 가리키지만 여기서는 옥황상제(玉皇上帝)를 말하는 듯하다. 도교에서 옥황상제는 삼청보다 낮은 신이지만 민간에서는 삼청보다 높은 최고신으로 믿는다. 천황대제를 제외한 나머지 천제로는 오방제(五方帝)인 동방청제(東方靑帝), 서방백제(西方白帝), 북방흑제(北方黑帝), 남방적제(南方赤帝), 중앙황제(中央皇帝)가 있다.
15) 써디다: 떨어지다. 처지다.
16) 잠착(潛着): 한 가지 일에만 정신을 골똘히 씀.

여 댱(萬餘丈)이나 ᄒᆞ여 눈 ᄀᆞ튼 닌갑(鱗甲)을 번득이고 여의쥬(如意珠)를 믈고 양부인(楊夫人) 자리로 드러가거늘 두 션인이 박쟝대쇼(拍掌大笑)ᄒᆞᆫ대 쳐시 놀라 ᄭᆡᄃᆞ르니 이 ᄒᆞᆫ 쑴이오 ᄉᆞ경삼뎜(四更三點)이러라.

쳐시 본ᄃᆡ 팀믁언희(沈默言稀)ᄒᆞ더라. 구외(口外)예 내디 아니코 양부인 몽ᄉᆞ(夢事) ᄯᅩ ᄒᆞᆫ가지나 ᄯᅩᄒᆞᆫ 말슴이 젹은 고로 부〃 두 사ᄅᆞᆷ이 ᄒᆞᆫ가지로 신몽(神夢)을 어드ᄃᆡ 서ᄅᆞ 품고 발셜(發說)치 아니나 각〃(各各) 심듕(心中)의 암츅(暗祝)ᄒᆞ더라.

일로붓터 부인이 잉팀(孕胎)ᄒᆞ니 미양 긔이(奇異)ᄒᆞᆫ 향긔(香氣) 방듕(房中)의 어리고 긔운(氣運)이 더옥 청졍(淸淨)ᄒᆞ니 쳐시 깃브믈 뎡(定)치 못ᄒᆞ야 됴셕(朝夕)으로 분향츅쳔(焚香祝天)ᄒᆞ야 아들 나기를 빌며 부뷔 서ᄅᆞ 티하(致賀)ᄒᆞ더니

유복자로 태어나다

블힝(不幸)ㅎ여 양시 잉틱 칠삭(七朔)이 된 후 쳐시 홀연(忽然) 독병(毒病)을 어더 일〃(一日) ᄉᆞ이 위틱(危殆)ㅎ니 스ᄉᆞ로 사디 못ᄒᆞᆯ 줄 알고 급히 악부(岳父) 양참졍(楊參政)을 쳥ᄒᆞ야 유언(遺言) 왈(曰),

"쇼셰(小壻) 블힝ᄒᆞ야 슬하(膝下)의 아ᄃᆞᆯ이 업고 강보유녀(襁褓幼女)와 고독(孤獨)ᄒᆞᆫ 쇼쳬(小妻) 혈〃경〃(孑孑惸惸)ᄒᆞᆫ디라 구쳔(九泉)의 도라가나 눈을 ᄀᆞᆷ디 못ᄒᆞ리로소이다. 악부(岳父)ᄂᆞᆫ 쇼셔(小壻)의 졍ᄉᆞ(情事)를 어엿비[1] 너기샤 두 낫 ᄯᆞᆯᄌᆞ식을 보호ᄒᆞ야 나의 녕혼(靈魂)을 위로(慰勞)ᄒᆞ시고 비록 외로오나 이 ᄌᆞ운산의 두샤 쇼셔(小壻)의 ᄯᅳᆺ을 딕희게 ᄒᆞ쇼셔."

ᄯᅩ 부인ᄃᆞ려 왈,

"내 블셔 셰연(世緣)이 진(盡)ᄒᆞ얏ᄂᆞᆫ디라. 슬허ᄒᆞ나 밋디 못ᄒᆞ리로

---

1) 어엿브다: 불쌍하다. 애틋하다. 사랑스럽다.

다. 다만 그딕 복듕(腹中)의 벽〃흔[2] 남익(男兒)라. 일즉 여ᄎ〃(如此如此)흔 몽ᄉ(夢事)를 어더 남으를 볼가 ᄇ라더니 팔ᄌ(八字) 긔구(崎嶇)ᄒ야 밋처 보디 못ᄒ니 비로소 몽됴(夢兆) 마즌디라. 션인의 말이 녕험(靈驗)ᄒ니 복익(腹兒) 반ᄃ시 영귀(榮貴)홀 거시니 그딕 가히 보호(保護)ᄒ야 명(名)을 경(慶)이라 ᄒ야 경ᄉ(慶事) 경 ᄌ(慶字)를 짓고 ᄌ(字)를 ᄌ문(子文)이라 ᄒ라. 힝(幸)혀 불힝ᄒ여 ᄯ ᄯᆯ일디라도 몽식(夢事) 긔이(奇異)ᄒ니 이 아히(兒孩)로써 졔ᄉ(祭祀)를 니으라."

셜파(說罷)의 기리 탄식(歎息)고 냥녀(兩女)와 부인(夫人)의 손을 잡아 눈믈이 비 ᄀᆺ더니 이윽고 망(亡)ᄒ니 츈츄(春秋) 삼십이 셰(三十二歲)오 시셰(是歲) 삼월(三月)이라. 일개(一家) 호곡(號哭)ᄒᆷᆯ 마디아니ᄒ더라.

습념(襲殮)ᄒ야 초상(初喪)을 ᄆᆺ고 양부인이 셜우믈 품어 졔ᄉ(祭祀)를 일우더니 일삭(一朔)이 디나매 양시 긔력(氣力)이 쟝ᄎᆺ 위틱ᄒᆫ디라. 스스로 복듕익(腹中兒) 샹(傷)홀가 두려 져근 셜우믈 강잉(强仍)ᄒ고 관대(寬大)흔 의리(義理)를 싱각ᄒ야 흔 그릇 육즙(肉汁)을 들고 관(棺) 알알픠[3] 나아가 닐오딕,

"군(君)의 졍녕(精靈)이 머디 아니시니 반ᄃ시 쇼감(昭鑑)ᄒ라. 내 이제 투ᄉᆡᆼ(偸生)ᄒᆷᎥ 아니라 힝혀 복듕익 남질(男子)딘대 소시(蘇氏) 후ᄉ(後嗣)와 군(君)의 녕혼(靈魂)을 위로홀 거시오, 셜ᄉ(設使) 녀ᄌ(女子)라도 ᄯᅩᄒᆫ 내 몸이 보젼(保全)ᄒ여야 군의 삼 년 졔ᄉ와 슬하(膝下) 유티(幼稚)를 거둘디라. 임의 죽디 못홀진대 ᄯᅩᄒᆫ 보젼홀 거시므로 스스로 긔운을 짐쟉ᄒ야 브디(扶持)티 못홀 줄 알고 육즙(肉汁)

---

2) 벅벅ᄒ다: 분명하다.
3) [교감] 관 알알픠: '관 알픠'의 오기. 21권본 '영던의'. 26권본 '령연에'.

을 나오ᄂᆞ니 졍녕(精靈)이 알미 잇ᄂᆞ냐?"

셜파(說罷)의 실셩통곡(失聲痛哭)ᄒᆞ고 마시기를 다ᄒᆞ고 침소(寢所)의 도라와 졔ᄉᆞ를 밧들고 티가(治家)ᄒᆞ기를 더옥 엄졍(嚴正)히 ᄒᆞ더니 장ᄉᆞ(葬事)를 일우매 ᄌᆞ운산 동(東)녁희 안장(安葬)ᄒᆞ고 새로이 슬허 양참졍이 됴셕(朝夕)의 위로ᄒᆞ야 디내더니 십ᄉᆞ 월(十四月) 만의 구월(九月) 십오일(十五日) 신시(申時)의 양시 슌산(順産)ᄒᆞ고 싱ᄌᆞ(生子)ᄒᆞ니 이째 양공(楊公)이 의원(醫員)을 드리고 외당(外堂)의셔 녀ᄋᆞ(女兒)의 히산(解産)을 디령(待令)ᄒᆞ더니 임의 싱ᄌᆞ홈을 드르매 깃브믈 이긔디 못ᄒᆞ야 밧비 드러가 보니 부인은 혼미(昏迷)ᄒᆞ야 인ᄉᆞ(人事)를 모르고 산측(産厠)의 긔이ᄒᆞᆫ 향내 옹비(擁鼻)ᄒᆞ니 공이 경아(驚訝)ᄒᆞ야 밋 아ᄒᆡ(兒孩)를 보매 이 일 쳑(一尺) 형옥(荊玉)[4]이라. 용뫼(容貌) 완연(宛然)히 ᄒᆡ월(海月)이 ᄶᅧ러딘 ᄃᆞᆺ 안광(眼光)이 착난(錯亂)ᄒᆞ야 좌우(左右)의 ᄡᅩ이니 이 진짓 산쳔슈긔(山川秀氣)의 음양졍긔(陰陽精氣) 어리여 인형(人形)이 되엿ᄂᆞᆫ디라.

양공이 ᄒᆞᆫ번 보매 크게 깃브고 크게 놀라 경희(驚喜)ᄒᆞ미 지극(至極)ᄒᆞ야ᄂᆞᆫ ᄯᅩᄒᆞᆫ 쳐ᄉᆞ를 싱각고 안뉘(眼淚) 빅슈(白鬚)의 니음차 슬허ᄒᆞ니 근시인(近侍人)이 다 늦기믈[5] 마디아니ᄒᆞ더라. 이에 의약(醫藥)을 나와 부인이 잠간(暫間) 인ᄉᆞ(人事)를 츌히매 이 남ᄋᆞ(男兒) 줄 알고 몽됴(夢兆)의 ᄆᆞᄌᆞ믈 암희(暗喜)ᄒᆞ며 망부(亡父)를 싱각ᄒᆞ매 오ᄂᆡ붕졀(五內崩絶)ᄒᆞ야 슬프믈 이긔디 못ᄒᆞ야 호읍(號泣)ᄒᆞ믈 긋치디 아니 〃 양공이 ᄌᆡ삼(再三) 위로ᄒᆞ야 여러 날 되매 잠간 진졍(鎭靜)ᄒᆞ고 긔운(氣運)을 됴보(調保)ᄒᆞ야 일삭(一朔) 후(後) 향차(向差)ᄒᆞ니 가듕(家中)이 부인의 여샹(如常)홈과 공ᄌᆞ(公子)를 어더 이러틋 긔이

---

4) 형옥(荊玉): 형산(荊山)에서 나는 좋은 품질의 옥.
5) 늣기다: 흐느끼다.

(奇異)ᄒᆞ믈 서ᄅᆞ 티하(致賀)ᄒᆞ고 슬픈 둥 즐겨

비범한 성장 과정

임의 삼 년(三年)을 ᄆᆞ츠니 양시 더옥 슬허 ᄋᆞᄌᆞ(兒子)를 어르ᄆᆞᆫ져 교양(敎養)ᄒᆞ고 댱녀(長女) 월영과 ᄎᆞ녀(次女) 교영을 다 녀도(女道)를 힘뻐 ᄀᆞᄅᆞ치며 쳐ᄉᆞ(處士) 툥희(寵姬) 셕파(石婆) 니파(李婆)를 얼(孽)아ᄋᆞ¹⁾ᄀᆞᆺ티 어엿비 너겨 ᄂᆡ외(內外)를 티졍(治政)ᄒᆞ매 혹 브드럽고 혹 엄슉(嚴肅)ᄒᆞ야 샹벌(賞罰)이 명ᄇᆡᆨ(明白)ᄒᆞ니 가ᄒᆡᆼ(家行)이 슉연(肅然)²⁾ᄒᆞ미 녯날의 ᄂᆞ리디 아니터라.

소경(蘇慶)이 임의 두 설³⁾이 못ᄒᆞ야셔 글ᄌᆞ를 ᄒᆡ득(解得)ᄒᆞ고 삼셰(三歲)예 셩경(聖經)을 낭〃(朗朗)이 외오ᄂᆞᆫ디라. 양부인이 크게 근심ᄒᆞ고 두려 ᄒᆡᆼ혀 댱원(長遠)티 못ᄒᆞᆯ가 ᄒᆞ야 유모(乳母)로 ᄒᆞ야곰 셔당(書堂) 갓가이 가 셔칙(書冊)을 보디 못ᄒᆞ게 ᄒᆞ라 ᄒᆞ니 유뫼 일로뻐 공ᄌᆞ(公子)를 ᄃᆞ리고 한가(閑暇)히 노ᄅᆞᄃᆡ 글ᄌᆞ를 일ᄭᅵ오디 아니니

---

1) 얼(孽)아ᄋᆞ: 얼아우. 얼제(孽弟) 또는 얼매(孽妹).
2) 슉연(肅然): 고요하고 엄숙함.
3) 설: 살. 세(歲).

공직 비록 삼亽 셰(三四歲) 유익(幼兒)나 이 믄득 범골(凡骨)이 아니라. 태〃(太太)⁴⁾의 넘녀ᄒ시믈 알고 ᄯ혼 싱각ᄒ디,

'내 나히 어리니 곳부(工夫)의⁵⁾ 진취(進就)ᄒ미 밧브디 아니타'

ᄒ여 다시 무릅믈 니룯디 아니터니 오 셰(五歲) 되매 유모를 믈니티고 두 ᄡᅡᆼ(雙) 동ᄌ(童子)를 ᄃ리고 셔당(書堂)의셔 노름 노리 ᄒ매 다 비샹(非常)ᄒ더니 칠 셰(七歲) 되매 비로소 부인이 친히 글을 ᄀ르칠ᄉᆡ 혼 일을 드러 빅 일을 통ᄒ고 열흘 드러 쳔을 ᄭᅵᄃ룬니 아ᄎᆷ마다 칙을 ᄭᅵ고 모젼(母前)의 나아가 비ᄒ매 부인이 혼 번 믈 솟ᄃ시 ᄀ르치면 공직 일〃(一一)히 사겨드러 혼 번 닑고 외오니 슈고로오미 업ᄂᆞ니라. 부인이 탄왈(歎曰),

"너의 부친(父親)이 겨실딘대 두굿기시미⁶⁾ 아닐낫다. 칠 셰 ᄋᆞ동(兒童)이 엇디 믄득 혼 번 닑고 흐ᄅᆞᄂᆞᆫ 듯 외오ᄂᆞ뇨?"

ᄒ더라. 공직 혼갓 춍명(聰明)이 긔이홀 ᄲᅮᆫ 아니라 인ᄉᆞ(人事) 슉셩(熟成)ᄒ고 셩회(誠孝) 츌텬(出天)ᄒ야 동ᄌ(童子)로 더브러 셔실(書室)의 겨셔 계초명(鷄初鳴)의 관셰(盥洗)ᄒ고 부인 슉소(宿所) 창외(窓外)예셔 소리를 ᄂᆞ죽이 문안(問安)을 ᄆᆞᆺ고 회답(回答)을 기ᄃ려 ᄌᆡ비(再拜)ᄒ고 믈러난 후 명됴(明朝)의 신셩(晨省)홀ᄉᆡ 관ᄃᆡ(冠帶)를 졍(正)히 ᄒ고 ᄂᆞᆺ빗출 온화(溫和)히 ᄒ며 긔운을 평안(平安)히 ᄒ야 모친(母親) 상하(床下)의 ᄭᅮ러안자 뫼셔 혹(或) 문의(文意)를 ᄆᆞᆺ고 시ᄉᆞ(詩詞)를 비화 ᄒᆞᄅᆞ ᄉᆞ시(四時) 문안(問安)과 ᄒᆡᆼ실(行實)이 『쇼ᄒᆞᆨ 小學』⁷⁾ 가온대 넘은 일이 만ᄒ니 부인이 그 너모 슈ᄒᆡᆼ(修行)ᄒ기로

---

4) 태태(太太): 어머니. 중국어 차용어. 중국어에서는 마님. 부인. 처. 아내.

5) [교감] 곳부의: '공부의'의 오기. 21권본·26권본 '공부의'.

6) 두굿기다: 몹시 기뻐하다. 흐뭇해하다. 대견해하다.

7) 소학(小學): 인간이 지켜야 할 기본 도리와 도덕의 원리를 집약한 소년용 수신서(修身書). 남송(南宋)의 주자(朱子)가 제자 유자징(劉子澄)에게 편집하게 하고 자신이 교열·가필(加筆)한 책으로, 조선시대 교육기관의 필수교재로 사용되었다. 물론 북송대에는 존재하지 않았다.

몸이 샹(傷)홀가 두려 새배[8] 닐기를 금(禁)ᄒ니 공ᄌ 날호여[9] 웃고 주왈(奏曰),

"ᄒ이(孩兒) 싱각ᄒ니 조션(祖先) 혈식(血食)과 모친의 ᄇ라시미 쇼ᄌ(小子) 일인(一人)이라. 비록 블초(不肖)ᄒ나 엇디 아히 몸이 듕(重)ᄒᆫ 줄 모ᄅ리잇가? 이러므로 스스로 슈신(守身)ᄒ믈 심연츈빙(深淵春氷) 드딈ᄀᆺ치 ᄒ야 힝혀 죠고만 병(病)이나 이셔 모친긔 근심을 닐월가[10] 두려ᄒᆸᄂ니 엇디 병이 나도록 근노(勤勞)ᄒ리잇가? 몸이 ᄌᆞ못 평안ᄒ고 긔운이 셩강(盛彊)ᄒ야 불안(不安)ᄒ미 업ᄂᆫ 고로 평안ᄒᆫ 듕 인ᄌ(人子)의 신셩혼뎡(晨省昏定)과 나지 세 째 문안(問安)이야 말니잇가? ᄒ이 비록 어리나 잠간 대의(大義)를 싱각ᄒᆸᄂ니 태〃(太太)ᄂᆫ 졀념쇼려(絕念消慮)ᄒ쇼셔."

좌위(左右) 다 칭하(稱賀)ᄒ고 부인이 두굿거우믈 이긔디 못ᄒ야 손을 잡고 등을 어ᄅ믄져 기리 탄왈(歎曰),

"내 아히(兒孩) 힝ᄉ(行事) 노실(老實)ᄒᆫ 댱쟈(長者)의 ᄂ리디 아니ᄒ니 ᄌ뫼(慈母) 일즉 깃브고 두려ᄒᆞᄂ니 너는 다만 장신(藏身)ᄒ믈 여린[軟] 옥(玉)ᄀᆺ티 ᄒ야 나의 고독(孤獨)홈과 션군(先君)의 ᄌ텬지녕(在泉之靈)을 위로(慰勞)ᄒ라."

인(因)ᄒ야 셕일(昔日) 쳐ᄉ의 아ᄃᆞᆯ ᄇ라던 일과 님죵(臨終) 유언(遺言)을 니ᄅᆞᆯ시 쳥뉘(淸淚) 환란(汍瀾)ᄒ야 좌셕(座席)의 고이니 냥녀(兩女)와 셕파(石婆) 등(等)이 ᄯᅩ혼 탄셩톄읍(呑聲涕泣)ᄒ믈 마디 아니ᄒᄂ디라. 공ᄌ(公子) 비록 슬프미 극(極)ᄒ나 것츠로 강잉(強仍)ᄒ야 안ᄉᆡ(顏色)을 화(和)히 ᄒ고 위로왈(慰勞曰),

"셕ᄉ(昔事)ᄂᆫ 듯ᄌᆞ오매 인ᄌ(人子)의 ᄎᆞᆷ아 견ᄃᆡ디 못ᄒ올 비회(悲

---

8) 새배: 새벽.
9) 날호여: 천천히.
10) 닐위다: 이루게 하다. 이루다.

懷)오나 새로이 슬허ᄒᆞ샤 셩톄(聖體) 샹(傷)ᄒᆞ실가 두려옵ᄂᆞ니 모친
은 쇼ᄌᆞ(小子)의 심ᄉᆞ(心事)를 도라보샤 과도(過度)히 톄읍(涕泣)디
ᄆᆞᄅᆞ쇼셔."

부인이 ᄋᆞᄌᆞ(兒子)의 화긔(和氣)를 보고 도로혀 탄식(歎息)ᄒᆞ더라.
공ᄌᆡ ᄌᆞ약(自若)히 믈러 셔당의 와 앙텬읍왈(仰天泣曰),

"내 나히 칠 셰 되야시되 엄친(嚴親)의 면목(面目)을 모ᄅᆞ고 ᄌᆞ모
(慈母)의 무양(撫養)ᄒᆞ심만 밧ᄌᆞ와 아모란 줄을 모ᄅᆞ더니 금일(今日)
모친(母親) 말ᄉᆞᆷ을 듯ᄌᆞ오니 셕목(石木)인들 엇디 셜으믈 ᄎᆞᆷ으리오?"

언필(言畢)의 호읍(號泣)ᄒᆞ믈 마디아니ᄒᆞ더니 져녁 문안의 드러갈
시 옥면(玉面)의 화긔(和氣) ᄀᆞ득ᄒᆞ여 우음을 ᄯᅴ여 슬프믈 뵈디 아니
니 황구쇼아(黃口小兒)의 효셩(孝誠)과 쳐ᄉᆡ(處事) 이럿툿 ᄒᆞ니 가듕
(家中) 샹해(上下) 다 두려ᄒᆞ미 향슈(享壽)티 못ᄒᆞᆯ가 ᄒᆞ더라.

교영의 유배

이째 양부인 댱녀(長女) 월영이 댱셩(長成)ᄒ야 십삼(十三)의 니ᄅ
니 골격(骨格)이 쇄락(灑落)ᄒ고 안광(顔光)이 윤틱(潤澤)ᄒ야 창ᄒᆡ
(蒼海)예 명쥬(明珠) 소ᄉ며 낙일(落日)이 약목(若木)의 걸닌 듯 거울
ᄀᆞᆺᄐᆫ 눈ᄍᆡ와 원산(遠山) ᄀᆞᆺᄐᆫ 아미(蛾眉)와 유환졍뎡(幽閑貞靜)[1]ᄒᆫ
긔질(氣質)이 츄상(秋霜) ᄀᆞᆺᄐᆞ되 화려상활(華麗爽闊)ᄒ여 ᄌᆡ녀가인
(才女佳人)의 긔샹(氣象)이 만터라.

아ᄋ 교영으로 더브러 일방(一房)의 쳐(處)ᄒ야 녀공(女工)을 다ᄉᆞ
린 여가(餘暇)의 글을 닐그니 ᄌᆡ죄(才操) 신속(迅速)ᄒ고 필법(筆法)
이 졍묘(精妙)ᄒ야 샤두운(謝道韞)[2]의 ᄂᆞ리디 아니ᄒ고 인믈(人物)이
견고(堅固)ᄒ딕 희ᄒᆡ(戱諧)ᄅᆞᆯ 됴히 너기고 교영은 온아경발(溫雅警

---

1) [교감] 유환졍뎡: '유한졍뎡'의 오기.
2) [교감] 샤두운: '샤도온'의 오기. 샤도온(謝道韞)은 진(晉)나라의 뛰어난 여성 시인으로 재
상 샤안(謝安)의 조카이자 왕희지의 며느리이다. 샤안이 눈 내리는 광경을 비유해보라고 했을
때 "버들개지가 바람에 날린다(柳絮因風起)"고 대답하여 극찬을 받았다.

拔)ᄒ야 벽틱(碧桃)[3] 츈우(春雨)를 씌임 ᄀᆞᆺᄐᆡ 인물(人物)이 잔졸(殘拙)ᄒᆞᆫ 듯ᄒᆞ나 기실(其實)은 너모 활발(活潑)ᄒᆞ기 극(極)ᄒᆞ야 쳥(賤)ᄒᆞ기의[4] 갓갑고 셩졍(性情)이 브드러워 집심(執心)이 업스니 부인이 미양 낫비[5] 녀겨 탄식고 닐오ᄃᆡ,

"쟝녀는 밧그로 화려ᄒᆞ나 기심(其心)은 빙상(氷霜) ᄀᆞᆺ고 외모(外貌)는 유슌활발(柔順活潑)ᄒᆞ나 그 속은 돌 ᄀᆞᆺᄐᆞ니 비록 셜봉(雪鋒)[6] ᄀᆞᆺᄐᆞᆫ 잠기[7]로 저희나[8] 그 뎡심(貞心)은 고티디 아닐 아ᄒᆡ(兒孩)어니와 교영은 밧그로 닝담(冷淡)ᄒᆞ고 ᄠᅳᆺ이 된[9] 듯ᄒᆞ나 그 ᄆᆞ음은 븟치는 거믜줄 ᄀᆞᆺᄐᆞ니 내 근심ᄒᆞᄂᆞᆫ 배 소양(蘇楊) 이문(二門)의 쳥덕(淸德)을 이 아ᄒᆡ 써러ᄇᆞ릴가 두려ᄒᆞ노라"

ᄒᆞᆫᄃᆡ 석파 등이 고이히 녀겨 왈,

"댱낭ᄌᆞ(長娘子) 싁〃[10] 졍딕(正直)ᄒᆞ시나 오히려 쇼낭ᄌᆞ(小娘子)만 못ᄒᆞ시거늘 부인이 엇디 미양 쇼낭ᄌᆞ(小娘子)의 서리 ᄀᆞᆺᄐᆞᆫ 긔질(氣質)을 늣비 너기시ᄂᆞᆫ고 그 ᄠᅳᆺ을 모로리로다"

ᄒᆞ더니 참졍(參政) 한경현이 소쇼져(蘇小姐)의 아름다오믈 듯고 구혼(求婚)ᄒᆞᆫᄃᆡ 부인이 허락(許諾)ᄒᆞ고 ᄐᆡᆨ일(擇日)ᄒᆞ야 뉵녜(六禮)로 한ᄉᆡᆼ(韓生)을 마즈니 부부(夫婦)의 ᄌᆡ모(才貌) 쥬화옥슈(珠花玉樹) ᄀᆞᆺᄐᆞ더라. 부인이 깃븜과 슬프믈 졔어(制御)티 못ᄒᆞ더라.

샹셔복야(尙書僕射)[11] 니긔휘 ᄯᅩᄒᆞᆫ 교영을 구혼(求婚)ᄒᆞ니 교영을

---

3) [교감] 벽틱: '벽되'의 오기. 21권본·26권본 '벽되'.
4) [교감] 쳥ᄒᆞ기의: '쳔ᄒᆞ기의'의 오기. 21권본 없음. 26권본 '쳔ᄒᆞ기의'.
5) 낫비: 부족히.
6) 셜봉(雪鋒): 눈처럼 흰 칼날.
7) 잠기: 연장. 무기.
8) 저희다: 겁주다. 위협하다.
9) 되다: 심하다. 모질다.
10) 싁싁하다: 위엄 있다. 엄숙하다.
11) 샹셔복야(尙書僕射): 관직명. 상서성(尙書省) 또는 상서대(尙書台)의 차관(次官). 한나라 때

혼인(婚姻)ᄒᆞ매 신부(新婦)의 화안옥ᄐᆡ(花顔玉態)와 니ᄉᆡᆼ(李生)의 쥰슈쳥아(俊秀淸雅)ᄒᆞ미 텬ᄉᆡᆼ일ᄃᆡ(天生一對)로ᄃᆡ 니ᄉᆡᆼ(李生)이 소쇼져(蘇小姐)ᄅᆞᆯ 보고 깃거 아녀 ᄒᆞ더니 후ᄅᆡ(後來)예 월영을 보고 칭찬(稱讚)ᄒᆞ고 흠모(欽慕)ᄒᆞ여 글오ᄃᆡ,

"고으ᄃᆡ 황혹(恍惑)디 아니코 ᄆᆞᆰ으ᄃᆡ 완윤(婉潤)ᄒᆞ며 풍영(豊盈)ᄒᆞᄃᆡ 툽디12) 아냐 뎡졍(貞靜) 싁 〃 ᄒᆞ여 이 진짓 슉녜(淑女)며 가인(佳人)이라. 엇디 그 아이 서ᄅᆞ ᄀᆞᆺ디 아닌고?"

ᄎᆞ셕(嗟惜)ᄒᆞ며 소공ᄌᆞ(蘇公子)의 지모ᄅᆞᆯ 보매 더옥 경복(敬服)ᄒᆞ여 샹시(常時) 소경(蘇慶)을 ᄃᆡᄒᆞ여 우어 왈,

"내 일즉 보니 한ᄉᆡᆼ(韓生) 쳐(妻) 진짓 긔녀ᄌᆡ(奇女子)라. 비록 악모(岳母)의 동지위엄(動止威嚴)과 용안(容顏)의 밋디 못ᄒᆞ나 시셰(時世)에 드믄 녀ᄌᆡ(女子)오 그ᄃᆡ의 위인(爲人)이 졍대(正大)ᄒᆞᆫ 명위(名儒)어늘 엇디 홀노 내 쳐ᄌᆡ(妻子) 써디뇨? 그 얼골을 나모라미 아니라 인믈(人物)이 단정(端整)티 아니믈 탄(歎)ᄒᆞ노라."

소공ᄌᆞ(蘇公子) 기리 탄식(歎息)고 ᄃᆡ왈(對曰),

"우리 등(等)이 가친(家親)이 아니 겨시고 ᄌᆞ모(慈母)의 교훈(教訓)이 밍모(孟母)의 나리디 아니시ᄃᆡ ᄌᆞ식(子息)이 현효(賢孝)티 못ᄒᆞ여 ᄀᆞᄅᆞ치시믈 밧디 못ᄒᆞ고 도로혀 블쵸(不肖)ᄒᆞ미 심(甚)ᄒᆞ다. 믈근 셰샹(世上)의 닙(立)홀 ᄒᆡᆼ실(行實)이 업스니 붓그럽거니와 미뎌(妹姐)ᄂᆞᆫ 단졍(端整)ᄒᆞᆫ 녀ᄌᆡ(女子)라. 쇼뎨(小弟)의 혼암(昏暗)과 ᄀᆞᆺ디 아닌니다."

처음에는 상서 5인을 두고 1인을 복야로 삼았다. 복야의 지위는 상서령(尚書令) 다음이었으나 직권이 점차 중요해졌다. 뒤에 좌우복야(左右僕射)를 두었다. 당송대 좌우복야는 재상직이었으며 송대 이후에 없어졌다.
12) [교감] 툽디: 21권본 '죱지'. 26권본 '둔치'. '툽다'는 굵거나 두껍다는 뜻. 툽툽하다. 투박하다.

니싱(李生)이 역탄(亦歎)ᄒᆞ고 교영으로 지극(至極)ᄒᆞᆫ 정(情)은 이시되 ᄆᆡ양 그 인물(人物) 나모라 경계(警戒)ᄒᆞ더니 일 년(一年)이 다 나매 블ᄒᆡᆼ(不幸)ᄒᆞ여 니복애(李僕射) 간신(奸臣)의 잡히여 역진(逆臣)을¹³⁾ 무함(誣陷)ᄒᆞ이믈 면(免)티 못ᄒᆞ니 젼가(全家) 삼족(三族)이 다 멸(滅)ᄒᆞ고 니싱(李生)도 급뎨(及第)ᄒᆞ야 한님(翰林)의 잇더니 잡히여 드러 샹(上)이 친(親)히 엄형(嚴刑)으로 져주시니¹⁴⁾ 블근 피 돌〃(潹潹)이 흐르되 한님(翰林)이 옥(玉) ᄀᆞ튼 안식(顔色)을 편(便)히 ᄒᆞ고 셩안(星眼)을 ᄀᆞᆷ아 흐굴ᄀᆞ튼 말ᄉᆞᆷ이 위국튱의(爲國忠義)며 젹심튱효(赤心忠孝)를 닐너 ᄆᆞ춤내 무복(誣服)디 아니코 댱하(杖下)의 죽으니 년(年)이 십칠(十七)이라.

한님(翰林)이 복툐(服招)ᄒᆞ미 업ᄉᆞ매 쳐ᄌᆞ(妻子)를 면ᄉᆞ(免死)ᄒᆞ야 셔쥐(徐州)¹⁵⁾ ᄯᅡ히 안티(安置)ᄒᆞ니 교영이 쟝ᄎᆞ 구가(舅家) 삼족(三族)이 멸(滅)ᄒᆞ되 져는 한님의 견고(堅固)ᄒᆞ기로 일명(一命)이 사라 셔쥐(徐州) 뎡비(定配)ᄒᆞ니 만일(萬一) 결단(決斷)이 이실딘대 슬하(膝下)의 ᄒᆞᆫ ᄌᆞ식(子息)이 업고 외로운 약질(弱質)이 타향만니(他鄕萬里)의 표령(飄零)ᄒᆞ니 엇디 가히 투싱(偸生)ᄒᆞ리오마ᄂᆞᆫ 심디(心志) 브드러온디라. 초로(草露) ᄀᆞ튼 잔명(殘命)이 구ᄐᆞ야 사라 셔쥐(徐州)로 향ᄒᆞᆯᄉᆡ 님ᄒᆡᆼ(臨行)의 ᄌᆞ운산의 니르러 하딕(下直)을 고ᄒᆞ니 부인이 녀ᄋᆞ를 안고 실셩통곡(失聲痛哭)ᄒᆞ다가 피를 토ᄒᆞ고 혼졀(昏絶)ᄒᆞ야 것구러디니 셕파 등이 겨유 구ᄒᆞ야 ᄭᆡ오매 가슴을 두드려 대곡왈(大哭曰),

"내 일즉 너희 삼 ᄌᆞ믹(三姊妹)¹⁶⁾로ᄡᅥ ᄆᆞ음을 위로ᄒᆞ더니 이제 네

---

13) [교감] 역진을: '역신으로'의 오기.
14) 져주다: 신문(訊問)하다.
15) 서주(徐州): 장쑤 성(江蘇省) 서북부에 위치한 도시. 지금의 쉬저우(徐州).
16) [교감] 삼 ᄌᆞ믹: 21권본 '삼남믹'. 26권본 '슴ᄌᆞ믹'. '삼남믹'가 문맥상 자연스러움.

쟝춫 이리 되니 이는 춫마 견듸디 못홀 배라. 연이나 너는 사랏거니
와 니싱(李生)이 청년(靑年)의 댱하경혼(杖下驚魂)이 되니 챵텬(蒼天)
이 엇디 춫마 이런 일을 ᄒᆞᄂᆞ뇨?"

말을 뭇춫매 다시 긔졀(氣絕)ᄒᆞ니 모다 겨유 구ᄒᆞ매 소경이 누의를
직쵹ᄒᆞ야 글오듸,

"일ᄌᆞ(日子)[17] 느젓고 모친이 과도ᄒᆞ시니 져〃(姐姐)는 발ᄒᆡᆼ(發行)
ᄒᆞ쇼셔."

부인을 지삼 위로ᄒᆞ고 춫마 공챠(公差)만 보ᄂᆞ디 못ᄒᆞ고 교영을 드
리고 갈ᄉᆡ 부인이 울기를 긋치고 좌우로『녈녀뎐列女傳』[18] 흔 권(卷)
을 갓다가 교영을 주어 왈(曰),

"이 가온대 녀죵편(女宗篇)[19]과 도미(都彌)의 안해[20]며 빅영 공쥬
(伯嬴公主)[21]며 녁듸졀부(歷代節婦)의 ᄒᆡᆼ젹(行蹟)이 이시니 네 맛당이
뎍소(謫所)의 가져가 좌우의 써나디 아니면 심산궁곡(深山窮谷)의 호

---

17) [교감] 일ᄌᆞ: 21권본·26권본 '날이'. '날이'가 문맥상 자연스러움.
18) 열녀전(列女傳): 여성의 교양을 위해 만든 여성 전기(傳記). 한나라 유향(劉向)이 지은 것
과 명(明)나라 해진(解縉)이 지은 것 두 종류가 있다. 조선 중종(中宗) 때 유향의 『열녀전』을
언해했다.
19) 여종편(女宗篇): 여종(女宗)은 춘추시대 송나라 포소(鮑蘇)의 아내. 포소가 위나라에 가서
벼슬하며 다른 처를 얻어 총애했으나 전혀 질투하지 않고 시부모를 더욱 열심히 모셨다. 송공
(宋公)이 그 마을에 정표(旌表)하고 그녀를 여자 가운데 으뜸이라는 뜻으로 여종이라 했다.
20) 도미(都彌)의 안해: 도미의 아내. 백제(百濟) 개루왕(蓋婁王) 때의 열녀(烈女). 왕이 가짜 왕
을 보내 동침을 요구하자 순순히 응하는 척하면서 비녀(婢女)로 대신하게 했다. 왕이 속은 사
실을 알고 분노하여 도미의 두 눈을 뽑고 강에 띄워보냈다. 왕이 다시 동침하려고 겁박했으나
기지를 발휘하여 달아났다. 천성도(泉城島)라는 섬에서 눈먼 남편과 재회하여 고구려 땅에 가
서 살았다.
21) 백영 공주(伯嬴公主): 백영은 진(秦)나라 목공(穆公)의 딸이자 초(楚)나라 평왕(平王)의 부
인이며 소왕(昭王)의 어머니이다. 소왕 때 오나라가 쳐들어와 서울이 함락되고 소왕은 달아났
다. 오나라 왕 합려(闔閭)가 소왕의 후궁을 모두 겁탈하여 백영에게까지 이르렀는데, 백영이
단도를 쥐고서 의리로 꾸짖으며 자결할 뜻을 밝히자 합려가 부끄러워하면서 물러났다. 한 달
후 진나라의 도움으로 소왕이 복귀했다. 백영은 왕모(王母)이므로 공주라고 부르는 것은 잘못
이다.

랑(虎狼) ᄀᆞᆺᄐᆞᆫ 무리 비례(非禮)로 구박(驅迫)ᄒᆞᄂᆞ ᄌᆞ연(自然) 몸이 십만군병(十萬軍兵)이 옹위(擁衛)흠도곤[22] 구드며 조흐미[23] 옥(玉) ᄀᆞᆺ트야 졀(節)을 일티 아니려니와 만일(萬一) 이를 어그릇ᄎᆞ면[24] 가문(家門)의 욕(辱)이 밋ᄎᆞ리니 구쳔(九泉)의 가나 셔로 보디 아니리라."

교영이 통곡(痛哭)ᄒᆞ고 명(命)을 바든 후 발ᄒᆡᆼ(發行)ᄒᆞ매 공ᄌᆡ ᄒᆞᆫ가지로 ᄃᆞ려가 셔쥬디계(徐州地界)에 드니 공ᄌᆡ 도라갈ᄉᆡ 남ᄆᆡ(男妹) 셔로 붓들고 통곡ᄒᆞ니 인〃(人人)이 ᄎᆞ마 보디 못ᄒᆞ더라. 공ᄌᆡ ᄯᅩᄒᆞᆫ 그 누의를 아ᄂᆞᆫ디라. 울며 고왈(告曰),

"쇼뎨(小弟) 싱각ᄒᆞ니 녀ᄌᆞ(女子)의 ᄉᆞ덕(四德)[25]이[26] 졀의(節義) 읏듬이라. 져졔(姐姐) 타향(他鄉)의 이시나 장신(藏身)ᄒᆞᄆᆞᆯ 슈상보옥(手上寶玉) ᄀᆞᆺ티 ᄒᆞ고 조심(操心)ᄒᆞ기를 심연츈빙(深淵春氷) 드딈ᄀᆞᆺ티 ᄒᆞ시고 ᄯᅳᆺ을 텰셕츄상(鐵石秋霜) ᄀᆞᆺ티 ᄒᆞ샤 타일(他日) 모드믈 ᄇᆞ라ᄂᆞ이다"

ᄒᆞ니 공ᄌᆞ의 이 두어 말 경계(警戒) 녀ᄌᆞ의 ᄇᆡᆨᄒᆡᆼ(百行)을 ᄉᆞ뭇고[27] 누의를 근심ᄒᆞᄆᆡ라. 교영이 ᄯᅩᄒᆞᆫ 붓그려 울며 왈,

"네 말을 닛디 아니ᄒᆞ리라"

ᄒᆞ더라. 공ᄌᆡ 도라와 모친긔 뵈옵고 일개(一家) 새로이 슬허ᄒᆞ더니

---

22) ~도곤: ~보다.
23) 좋다: 깨끗하다.
24) 어그릇ᄎᆞ다: 어기다. 거역하다.
25) ᄉᆞ덕(四德): 여자로서 갖추어야 할 네 가지 덕. 부덕(婦德), 부언(婦言), 부용(婦容), 부공(婦功).
26) [교감] ᄉᆞ덕이: 'ᄉᆞ덕의'의 오기. 21권본·26권본 'ᄉᆞ덕의'.
27) ᄉᆞ뭇다: 통(通)하다.

과거 시험에서 답안을 대필하다

이째 나라히셔 셜과(設科)ᄒ시니 싱의 나히 십ᄉ 셰(十四歲)라. 양 부인이 탄왈(歎曰),

"공명(功名)이 깃브디 아니커니와 네 나의 독ᄌᆡ(獨子)라 무고(無故)히 폐과(廢科)티 못ᄒ리라."

공ᄌᆡ 본ᄃᆡ ᄯᆺ이 낙〃(落落)ᄒᄃᆡ 니한님(李翰林)을 보매 과옥(科屋)[1]의 ᄯᆺ이 더옥 식연(素然)[2]ᄒᄃᆡ[3] 편모(偏母)씌 효양(孝養)ᄒ며 듕ᄃᆡ(重待)ᄒᄆᆡ ᄌᆞ긔(自己)ᄲᆞᆫ이라. 열친(悅親)ᄒᄆᆞᆯ 싱각고 모명(母命)을 슌슈(順受)ᄒ야 과댱(科場)의 드니 이날 한싱(韓生)도 ᄒᆞᆫ가지로 드러볼ᄉᆡ 텬ᄌᆞ(天子) 놉히 구룡금상(九龍金床)의 어좌(御座)ᄒ시고 문뮈(文武) 구룸 ᄀᆞᆺ티 좌우의 버럿ᄂᆞᆫᄃᆡ 어필(御筆)노 글뎨를 내시

---

1) 과옥(科屋): 장옥(場屋). 과거 시험장에서, 햇볕이나 비를 피해 들어앉아서 시험을 칠 수 있게 만든 곳.
2) 삭연(素然): 흩어져 없어지는 모양.
3) [교감] 식연ᄒᄃᆡ: '식연'은 'ᄉᆞ연'의 오기. 21권본 없음. 26권본 'ᄉ연ᄒᄃᆡ'.

고 향(香)을 픠워 하늘긔 진졍(眞正) 직亽(才子) 어드믈 빌고 빅관(百官)드려 니르샤딕,

"딤(朕)의 됴뎡(朝廷)의 박흑광남(博學廣覽)홀 문신(文臣)이 젹은디라. 금일(今日) 알셩(謁聖)4)ᄒ딕 심궁(深宮)의셔 삼일직계(三日齋戒)ᄒ야 츅텬(祝天)ᄒ고 계화(桂花)와 쳥삼(靑衫)5)을 각별(各別)이 궁듕(宮中)의셔 션틱(選擇)ᄒ야 ᄆᆞᆫ드리시니6) 긔특(奇特)ᄒᆫ 직조를 어더든 별(別)노 주어 셰쇽(世俗)을 권댱(勸獎)코져 ᄒ노라."

빅관(百官)이 다 맛당ᄒ믈 칭하(稱賀)ᄒ니 뎨(帝) 즉시(卽時) ᄐᆞ시던 쇼요마(逍遙馬)의 금안(金鞍)을 ᄀᆞ초고 별(別)노 믿든 화딕(花帶)7)를 뇽상(龍床) ᄀᆞ의 노코 직조 ᄇᆞ라시는 ᄆᆞ음이 한셔(旱暑)의 비ᄀᆞᆺ더니 이째 소공직(蘇公子) 텬즈(天子)의 화딕(花帶) 별노 믿ᄃᆞ라 직亽(才子) ᄇᆞ라시믈 보고 몬져 글 바티기 죠티 아냐 한가히 노다가 시ᄀᆞ(時刻)이 다 딧거늘 명지(名紙)를 펴고 붓을 드러 흔번 두르티니 지샹(紙上)의 구름이 어리고 뇽새(龍蛇) 비등(飛騰)ᄒ니 임의 다 ᄡᆞ매 한싱을 주어 흠쎡 븟티라 ᄒ고 붓을 더디고 두로 거러 흔곳의 다ᄃᆞᄅᆞ니 다숫 사름이 안자 조희를 어ᄅᆞ믄지며 긔싴(氣色)이 창황(悄悅)ᄒ거늘 심하(心下)의 탄왈(歎曰),

'뎌런 직조를 가지고 과댱(科場)의 참예(參預)ᄒᆞᆷ이 실(實)노 가쇼(可笑)로온디라.'

인(因)ᄒ야 뎌 거동(擧動)을 보니 알픽 션비 탄식왈(歎息曰),

---

4) 알셩(謁聖): 알성과(謁聖科). 조선시대 임금이 문묘에 참배한 뒤에 친림(親臨)하여 실시하는 비정기 과거 시험의 하나. 중국의 비정기 과거 시험은 은과(恩科)라고 부르며 북송대에도 존재했다.

5) 계화(桂花)와 청삼(靑衫): 계화청삼. 계수나무 꽃을 수놓은 푸른 적삼으로 장원급제자에게 하사함.

6) [교감] ᄆᆞᆫ드리시니: 'ᄆᆞᆫ드라시니'의 오기.

7) 화대(花帶): 어선화(御仙花)를 수놓은 금대(金帶). 송나라 때 어선화대와 수놓아 장식한 마구(馬具)를 신하에게 내려주었다. 어선화는 여지(荔枝)이다.

"과거(科擧)는 족(足)히 귀(貴)티 아니ᄒᆞᄃᆡ 편모(偏母)의 ᄇᆞ라시ᄂᆞᆫ ᄆᆞ음을 져ᄇᆞ리과라.8)"

ᄯᅩ ᄒᆞᆫ 션ᄇᆡ 슬허 왈,

"그ᄃᆡ 졍ᄉᆞ(情事)도 슬프거니와 나ᄂᆞᆫ 노뷔(老父) 병듕(病中)의 나의 영화(榮華)를 보고져 ᄒᆞ시니 열친(悅親)코져 ᄒᆞ더니 낙방(落榜)ᄒᆞ미 반ᄃᆞᆺᄒᆞ리로다.9)"

기여(其餘) 삼인(三人)은 면″샹고(面面相顧)ᄒᆞ여 긔식(氣色)이 황″(遑遑)ᄒᆞ니 소공직 ᄒᆞᆫ번 뎌 말을 드ᄅᆞ매 그 위친(爲親)ᄒᆞᆷ믈 감동(感動)ᄒᆞ여 싱각ᄒᆞᄃᆡ,

'엇던 사ᄅᆞᆷ인고 무를 거시라'

ᄒᆞ야 갓가이 나아가 기리 읍(揖)ᄒᆞ야 왈,

"녈위졔형(列位諸兄)은 어ᄂᆞ 곳의 복거(卜居)ᄒᆞ야 겨시며 눕흔 셩명(姓名)이 뉘시뇨?"

졔인(諸人)이 ᄇᆞ야흐로 민망(憫惘)ᄒᆞ여 ᄒᆞ다가 싱(生)의 소ᄅᆡ를 조차 도라보니 ᄒᆞᆫ 옥(玉)으로 몸을 ᄉᆞ기고 곳츠로 얼골을 ᄆᆞᆫᄃᆞᆫ 션인(仙人)이 븩뎌포(白紵袍)10)를 금풍(金風)의 븟치고 흰 ᄂᆞᆺ치 거믄 관(冠)을 수겨 져희를 향ᄒᆞ여 말을 뭇ᄂᆞᆫ디라. ᄒᆞᆫ번 보매 대경(大驚)ᄒᆞ야 일시(一時)의 몸을 니러 좌(座)를 일우고 골오ᄃᆡ,

"션형(仙兄)은 어ᄃᆡ로조차 니르러 아등(我等)을 놀내나뇨? 우리 등은 다 경ᄂᆡ(京內)예 이시니 ᄒᆞ나흔 셩명(姓名)이 뉴한이오, 둘흔 형뎨(兄弟)라 경슈 경환이오, 둘흔 내종형뎨(內從兄弟)11)니 우히치ᄂᆞᆫ 셩

---

8) ~과라: (주로 동사, 형용사 어간 뒤에 붙어, 그리고 주로 일인칭 주어와 함께 쓰여) ~었다. 여기서는 문맥상 '저버렸다'보다는 '저버리겠구나'가 적절하다.
9) 반ᄃᆞᆺᄒᆞ다: 틀림없다.
10) 백저포(白紵袍): 흰색 모시로 만든 겉옷.
11) 내종형제(內從兄弟): 고종(姑從)형제.

우경이오 아래치는 님슈뵈라. 다숫 사름이 다 동졉(同接)[12] 동년(同年)[13]이러니 금일(今日) 흔가지로 과댱(科場)의 참예(參預)ᄒᆞ엿ᄂᆞ이다"

ᄒᆞᆫ대 소공지 왈,

"원닉(原來) 녈위동졉(列位同接)이랏다.[14] 아지 못게라 졔형(諸兄)의 가작(佳作)이 이럿ᄂᆞ냐?[15]"

오 인(五人)이 왈,

"ᄌᆡ죄(才操) 노둔(駑鈍)ᄒᆞ야 셩편(成篇)티 못ᄒᆞ엿노라. 션형(仙兄)은 글을 밧텻ᄂᆞᆫ다?"

ᄃᆡ왈(對曰),

"쇼뎨(小弟) 엇디 이리 신속(迅速)ᄒᆞᆯ 니(理) 이시리오?"

뉴한이 탄왈(歎曰),

"쇼뎨(小弟)ᄂᆞᆫ 일즉 엄친(嚴親)을 여ᄒᆡ옵고 편모(偏母)만 뫼셧더니 모친이 과거(科擧)를 과도(過度)히 ᄇᆞ라샤 나올 제(際) 당브(當付)ᄒᆞ샤딕, '네 맛당이 계화(桂花)를 것거올딘대[16] 내 당〃이[17] 문(門)의 나 마ᄌᆞ리라' ᄒᆞ시더니 이제 글뎨를 보니 의식(意思) 막히ᄂᆞᆫ디라. 뷘 죠희[18]를 ᄭᅵ고 헛도이 도라가 노모(老母)의 문의 비겨 ᄇᆞ라ᄂᆞᆫ 거슬 긋츨 일을 싱각ᄒᆞ니 출하리 예셔 죽고져 ᄒᆞ노라."

경슈 경환이 닐오딕,

---

12) 동졉(同接): 같은 곳에서 함께 공부한 사이.
13) 동년(同年): 같은 나이.
14) ~랏다: (동사, 형용사 어간 뒤에 붙어) ~구나.
15) 이다: 되다. 이루어지다.
16) 계화(桂花)를 것거올딘대: 절계(折桂)에서 나온 말. 진(晉)의 극선(郤詵)이 과거에서 1등을 한 뒤 그것을 계수나무 숲에서 한 가지를 꺾은 데 불과하다고 비유하여 과거 급제를 뜻하게 되었다.
17) 당당이: 마땅히. 반드시.
18) 죠희: 종이.

"아등(我等)은 주뫼(慈母) 조졸(早卒)ㅎ고 노뷔(老父) 독병(毒病)을 어더 명지됴셕(命在朝夕)ㅎ시니 고극(苦極) 중(中) 과거(科擧) 긔별(奇別)을 드르시고 의약(醫藥)홀 거슬 명지(名紙)를 사 참방(參榜)ㅎ야 싱젼(生前)의 영화(榮華)를 뵈라 ㅎ시니 우리 혹(或) 손산(孫山) 아래¹⁹⁾ 되지 아닐딘대 노부(老父)의 병회(病懷)를 일분(一分)이나 위로(慰勞)홀가 브라더니 직죄 노둔(駑鈍)ㅎ야 쟝춧 병친(病親)을 소기니 당초(當初) 아니 드러옴만 굿디 못ㅎ이다."

언필(言畢)의 삼인(三人)의 눈물이 비 굿고 셩우경 님슈보는 머리를 숙이고 묵〃(黙黙)ㅎ야 안줏거늘 공지 흔번 드르매 뎌의 위친(爲親)ㅎᄂᆞᆫ 졍ᄉᆞ(情事)를 잔잉(殘忍)히 너겨 쏘흔 함누(含淚)ㅎ고 쳑연(戚然)히 싱각ㅎ디,

'군지(君子) 셰샹(世上)의 쳐(處)ㅎ매 사룸의 급(急)흔 거슬 구(救)티 아니리오? ㅎ믈며 내 죄악(罪惡)이 심듕(深重)ㅎ야 엄친(嚴親)의 면목(面目)과 은이(恩愛)를 모르고 두 낫 누의로 ㅎ나히 더러틋 굿기니²⁰⁾ 내 잠간 젹션(積善)ㅎ야 젼후(前後)의 죄(罪)를 면(免)ㅎ리라' ㅎ고 이에 위로왈(慰勞曰),

"졔형(諸兄)의 말을 드르니 쇼뎨(小弟) 감창(感愴)ㅎ믈 씌둧디 못ㅎᄂᆞ니 모다 뎡초(定草)를 아냐 겨실딘대 쇼뎨 필녁(筆力)이 추(醜)ㅎ고 지죄(才操) 둔(鈍)ㅎ나 잠간(暫間) 디신(代身)ㅎ야 싁칙(塞責)ㅎ리니 문방ᄉᆞ우(文房四友)를 빌니쇼셔."

졔인(諸人)이 놀라 서르 도라보고 답(答)디 못ㅎ니 공지 다시 닐오디,

"고인(古人)이 왈(曰), '亽ᄒᆡ지닉(四海之內) 다 형뎨(兄弟)라' ㅎ니

19) 손산(孫山) 아래: 손산은 송나라 때 선비로 과거 시험에 최하등으로 겨우 합격했다. 따라서 손산의 아래에 있으면 낙방한 것이다.
20) 굿기다: 고생하다.

대댱뷔(大丈夫) 엇디 의심(疑心)ᄒ고 난쳐(難處)ᄒᆯ 거시 이시리오?
쇼뎨 형등(兄等)을 처엄으로 보매 믄득 평ᄉᆡᆼ(平生) 디음(知音) ᄀᆞᆮ튼
고(故)로 망녕(妄靈)된 말을 발(發)ᄒ니 군등(君等)이 의심(疑心)ᄒ
ᄂᆞᆫ도다."

뉴한이 넘치(廉恥)를 닛고 급히 샤례(謝禮)ᄒ며 명지(名紙)와 필연
(筆硯)을 나오니[21] 그 초(草) 잡은 거슬 보니 겨요 여닐곱 귀(句)를
지어시되 졍졍(平平)ᄒᆫ[22] 문식(文辭) ᄒᆞᆫ 곳도 경발(警拔)티 못ᄒᆞᆫ다
라. 다른 말을 아니코 쳥음(淸音)을 여러 음영(吟詠)ᄒ더니 볼셔 진초
(眞草)[23]를 버므려 쥬옥(珠玉)을 흔드니 경ᄀᆞᆨ(頃刻)의 다 지어 뼈 뉴
한을 주어 왈,

"졸(拙)ᄒᆞᆫ 글귀 병(病)이 만커니와 임의 ᄡᅵᆫ 거시니 밧비 밧티라."

뉴ᄉᆡᆼ이 하 깃거 다만 칭샤왈(稱謝曰),

"ᄉᆡᆼ아쟈(生我者)ᄂᆞᆫ 부뫼(父母)시고 ᄌᆡᄉᆡᆼ쟈(再生者)ᄂᆞᆫ 인형(仁兄)이
라. 쇼뎨(小弟) 채ᄅᆞᆯ 잡아 은혜(恩惠)를 갑흐리라."

졔ᄉᆡᆼ(諸生)이 비로소 지필(紙筆)을 나와 ᄃᆡ작(代作)ᄒᄆᆞᆯ 쳥(請)ᄒ
니 공ᄌᆡ 넉 댱(張) 명지(名紙)를 바다 ᄡᅳᆯ시 말좌[24] 댱(張)의 니르러는
쟝ᄎᆞᆺ 파(罷)ᄒᆯ ᄯᆡ 갓가왓ᄂᆞ니라. 옥슈셤지(玉手纖指)의 산호필(珊瑚
筆)을 급히 둘러 ᄡᅳ니 급(急)ᄒᆫ 풍위(風雨) 디나는 곳의 쥬옥(珠玉)이
ᄶᅥ러디고 필법(筆法)은 총〃(悤悤)[25]ᄒᆫ 반쵸(半草)라. 곳마다 농샤(龍
蛇) ᄀᆞᆮ트니 졔인(諸人)이 크게 놀라 글을 밧티고 도라와 피셕공경왈
(避席恭敬曰),

---

21) 나오다: 내다. 내오다.
22) [교감] 졍졍ᄒᆫ: '평평ᄒᆫ'의 오기. 21권본 '편편ᄒᆫ'. 26권본 '평평ᄒᆫ'.
23) 진초(眞草): 해서(楷書)와 초서(草書).
24) [교감] 말좌: '말직'의 오기. 21권본·26권본 '말직'. '말직'는 말째. 순서에서 맨 끝에 차지하
는 위치.
25) 총총(悤悤): 몹시 급하고 바쁜 모양.

"ᄌ고(自古)로 문인직ᄉᆡ(文人才士) 만ᄒᆞ나 션ᄉᆡᆼ(先生)ᄀᆞᆺ티 신속(神速)고 긔이(奇異)ᄒᆞ믄 쳔고(千古)의 업ᄉᆞᆫ디라. 의심컨대 션인(仙人)이 우리ᄅᆞᆯ 믹바드민가26) 두리ᄂᆞ니 션ᄉᆡᆼ 샤관(私舘)과 셩명(姓名)을 알고져 ᄒᆞᄂᆞ이다."

공ᄌᆡ 본ᄃᆡ ᄌᆡ조 쟈랑ᄒᆞᆯ ᄯᅳᆺ이 업ᄉᆞᄃᆡ 뎌 ᄉᆞᄅᆞᆷ들의 졍ᄉᆞ(情事)ᄅᆞᆯ 블샹(不祥)ᄒᆞ야 ᄃᆡ작(代作)ᄒᆞ나 엇디 즐겨 셩명(姓名)을 니ᄅᆞ리오. 다만 칭샤왈(稱謝曰),

"졸영(拙詠)이 죠희ᄅᆞᆯ 더러이고 졔형의 놉흔 셩명이 욕될 분이라 유익(有益)ᄒᆞ미 업ᄉᆞ려든 엇디 과도히 겸손(謙遜)ᄒᆞ야 쇼뎨로 용납(容納)ᄒᆞᆯ ᄯᅡ히 업게 ᄒᆞ시ᄂᆞ뇨? 쇼뎨ᄂᆞᆫ 본ᄃᆡ 누〃냥〃(踽踽涼涼)ᄒᆞ여 셩명도 업ᄉᆞ니 엇디 션인(仙人)이라 위쟈(慰藉)27)ᄒᆞ시믈 당(當)ᄒᆞ리오? 타일 셔ᄅᆞ 볼 날이 이시리니 형은 구ᄐᆞ여 다시 뭇디 말고 ᄯᅩ 번거히 뎐파(傳播)티 말라."

언필(言畢)의 니러 안셔(安舒)히 읍(揖)ᄒᆞ고 셧녁흐로 가거ᄂᆞᆯ 모다 더옥 고이히 너겨 ᄀᆞ만이 뒤흘 조차 슬피니 그 쇼년(少年)이 ᄒᆞᆫ 져믄 션비 겻ᄐᆡ 가 안ᄌᆞ니 그 션비 닐오ᄃᆡ,

"ᄌᆞ문(子文)이 어ᄃᆡ 갓던다?"

"두로 완경(玩景)ᄒᆞ더니이다"

ᄒᆞ고 다른 말을 아니ᄒᆞ니 그 션비ᄂᆞᆫ 이 한ᄉᆡᆼ(韓生)이라. 졔ᄉᆡᆼ(諸生)이 오래 셔시ᄃᆡ 한담(閒談)ᄒᆞ고 저히 글 지어준 말을 일ᄏᆞᆺ디 아니〃 더옥 슈샹(殊常)히 너겨 나죵을 보려 ᄒᆞ더라.

---

26) 믹받다: 살피다. 시험하다.
27) 위자(慰藉): 위로하는 뜻으로 듣기 좋은 말을 하다.

장원급제하고 친구를 얻다

이째 모든 시권(試券)[1]을 흑시(學士) 쇼노와 샹(上)긔 올니니 텬지(天子) 슬펴 뎡(定)ᄒ시더니 믄득 시관(試官)들이 여러 권조(卷子)[2]를 가지고 좌탑(坐榻)의 니ᄅ러 고왈(告曰),

"이 여슷 댱(張) 글이 크게 비샹(非常)ᄒ야 셩당(盛唐)[3] 묘슈(妙手)라도 밋디 못홀 거시니 신등(臣等)이 우렬(優劣)을 뎡(定)치 못ᄒ야 ᄒᄂ이다."

뎨(帝) 바다 보시니 필법(筆法)이 비등(飛騰)ᄒ야 부운(浮雲)이 닐고 뇽새(龍蛇) 쒸노는 둣 조획(字劃)이 긔이(奇異)ᄒ야 묽고 조틱(姿態)로이 고오디 쇄락웅건(灑落雄建)ᄒ며 시의(詩意) 쳥신(淸新)ᄒ고

---

1) 시권(試券): 과거를 볼 때 글을 지어 올리던 종이.
2) 권자(卷子): 시권.
3) 셩당(盛唐): 사당(四唐)의 둘째 시기. 현종(玄宗) 2년(713)에서 대종(代宗) 때까지로 이백, 두보, 왕유(王維), 맹호연(孟浩然)과 같은 위대한 시인이 나왔다. 이 시기에 당나라 시가 가장 융성했다.

쥰아(俊雅)ᄒ야 엇디 혼갓 편〃금슈(篇篇錦繡)며 자〃쥬옥(字字珠玉)
의 비기리오. 바다흘 헤치고 댱강(長江)을 ᄇ름 ᄀᆺᄐ야 스스로 등션
(登仙)코져 ᄒᄂᆫ디라. 신한(神翰)은 임의 죵요(鍾繇)와 왕희지(王羲
之)의게 디나고 직조ᄂᆫ 태빅(太白)과 두시(杜詩)[4]의 디난디라.

혼번 보매 안광(眼光)이 현난(眩亂)ᄒ고 닐거 가매 정신(精神)이
상쾌(爽快)ᄒ니 뎨(帝) 크게 놀나 칭찬왈(稱讚曰),

"딤(朕)이 됴뎡(朝廷)의 인ᄌᆡ(人才) 젹으믈 흔(恨)ᄒ더니 금일 여슷
직조를 어드니 엇디 다힝(多幸)티 아니리오? 다만 혼굴갓티 아름다
오니 장원(壯元)을 뎡(定)키 어렵도다."

군신(群臣)으로 더브러 이윽이 쇠노시니 임의 ᄎᆞ례(次例)로 여슷
가지 뎡ᄒ시고 기여(其餘) 시권(試券)을 굴히여 수(數)를 치오매 쟝
ᄎᆞᆺ 장원(壯元)을 호명왈(呼名曰),

"산동인(山東人) 쳐ᄉᆞ(處士) 소광의 ᄌᆞ(子) 소경(蘇慶)이 년(年)이
십ᄉᆞ 셰(十四歲)라"
ᄒ니 한셩이 크게 깃거 공ᄌᆞ를 향ᄒ야 티하혼대 공ᄌᆡ 정식(正色) 답
왈(答曰),

"텬하(天下)의 직죄 브디기쉬(不知其數)라. 엇디 쇼뎨(小弟)의게 장
원(壯元)이 오리오? 이 반ᄃᆞ시 동명(同名)ᄒ미 이시미라"
ᄒ더니 뎐듕(殿中)으로셔 년(連)ᄒ야 브르니 한셩이 ᄌᆡ삼(再三) 권왈
(勸曰),

"현뎨(賢弟)의 고ᄌᆡ(高才) 당〃이 쳔 인(千人)을 이긜디라. 엇디 고
ᄉᆞ(固辭)ᄒ리오?"

공ᄌᆡ ᄇ야흐로 듕인(衆人) 총듕(叢中)을 헤치고 앙연(昂然)히 거러

4) [교감] 두시: 21권본 없음. 26권본 '두시'. 두보를 가리키나 문맥이 매끄럽지 않다. 두보의
자(字)는 자미(子美). 공부원외랑(工部員外郎)을 지냈기 때문에 두공부(杜工部)라고도 부른다.

옥계(玉階)예 다드르니 멀니 브라보매 일뉸명월(一輪明月)이 부상(扶桑)의 오롬 궃투야 광치(光彩) 녕농(玲瓏)ᄒ야 현황(眩慌)홀 ᄯ롬이러니 갓가이 나아오매 눈을 뎡(定)ᄒ야 ᄌ시 보니 옥골셜뷔(玉骨雪膚)라. 눈썹은 강산(江山)의 묽근 거슬 머금고 냥목(兩目)은 효셩(曉星)이 동(動)ᄒᄂᆞᆫ 듯 입시울은 도쥬(桃朱)5) 궃고 두 귀밋ᄎᆞᆫ 빅년화(白蓮花)를 쇠잣ᄂᆞᆫ 듯 냥협(兩頰)은 미홍도화(微紅桃花) 궃투며 톄되(體度) 쥰슈(俊秀)ᄒ고 긔질(氣質)이 청신(淸新)ᄒ야 엇디 혼갓 반악(潘岳)6)의 고옴과 두예(杜預)7)의 졍신 묽기의 비기리오. 늦치 북두셩(北斗星)8)이 버럿고 등의ᄂᆞᆫ 삼틱(三台)9)의 샹(象)이 이시며 엇게ᄂᆞᆫ 봉죠(鳳鳥) 궃고 허리ᄂᆞᆫ 살대10) 궃투며 동용힝지(動容行止)ᄂᆞᆫ ᄂᆞᄂᆞᆫ 뇽(龍) 궃투니 문무빅관(文武百官)이 아연대경(啞然大驚)ᄒ고 뎐두관(殿頭官)11)이 어린12) 드시 실닉(新來)13) 브를 줄을 니저시니 샹(上)이 지촉ᄒ며 크게 칭찬(稱讚)ᄒ여 좌우(左右)드려 닐너 굴오샤디,

"딤(朕)이 오늘날 경눈지지(經綸之才)를 엇과라."

빅관(百官)이 브야흐로 일시(一時)예 만셰(萬歲)를 블러 티하(致

---

5) 도주(桃朱): 앵두(櫻桃)처럼 붉음.
6) 반악(潘岳): 서진(西晉)의 문인. 용모가 매우 아름다워 거리를 지나가면 여인들이 귤을 던졌다.
7) 두예(杜預): 서진의 군사가·정치가·학자. 오나라를 평정하는 데 큰 공을 세웠고 『춘추좌씨경전집해春秋左氏經傳集解』를 저술하여 춘추학(春秋學)으로서의 좌씨학(左氏學)을 집대성했다. 7년간 탁지상서(度支尙書)로 있으면서 많은 문제를 해결하여 온갖 무기가 갖추어진 창고라는 의미로 두무고(杜武庫)라는 별명을 얻었다.
8) [교감] 북두션: '북두셩'의 오기.
9) 삼태(三台): 삼태성(三台星). 국자 모양인 북두칠성의 물을 담는 쪽에 비스듬히 길게 늘어선 세 쌍, 즉 6개의 별. 재상의 지위를 비유함.
10) 살대: 화살의 몸을 이루는 대.
11) 전두관(殿頭官): 전(殿) 위에서 명령을 외치거나 부르는 등의 일을 하는 관리.
12) 어리다: 황홀하여 어른어른하다. 도취되어 얼떨떨하다.
13) 신래(新來): 새로 과거에 급제한 사람.

賀)ᄒᆞ더라. ᄎᆞ례(次例)로 브ᄅᆞ니 뉴한, 경슈, 경환, 셩우경, 님슈보 등(等) 오 인(五人)이 구슬 쩬 ᄃᆞ시 참예(參預)ᄒᆞ니 이 다 장원(壯元)의 덕(德)이라. 뎨칠(第七)의야 한ᄉᆡᆼ(韓生)이 득의(得意)ᄒᆞ고 기ᄎᆞ(其次)ᄅᆞᆯ 다 블너 드리신 후(後) ᄎᆞ례(次例)로 쳥삼(青衫) 어화(御花)¹⁴)ᄅᆞᆯ 주실ᄉᆡ 소경을 뎐(殿)의 올녀 위로왈(慰勞曰),

"딤(朕)이 소소부(蘇巢父) 쳥현(清賢)ᄒᆞ믈 공경(恭敬)ᄒᆞ야 츌셰(出世)ᄒᆞ믈 쳥(請)ᄒᆞ딕 경뷔(卿父) 고집(固執)ᄒᆞ니 미양 가셕(可惜)ᄒᆞ더니 이제 경(卿)이 딤(朕)을 도ᄋᆞ랴 ᄒᆞ니 이ᄂᆞᆫ 됴뎡(朝廷)의 큰 경ᄉᆞ(慶事)라. 엇디 다ᄒᆡᆼ(多幸)티 아니리오?"

언필(言畢)의 친히 쳥삼(青衫) 어화(御花)ᄅᆞᆯ 주시고 쇼요어마(逍遙御馬)와 텬동(天童)¹⁵) ᄲᅡᆼ개(雙蓋)¹⁶)ᄅᆞᆯ 흠ᄉᆞ(欽賜)ᄒᆞ시니 ᄉᆡᆼ(生)이 뎐(殿)의 ᄉᆞ비(四拜) 샤은(謝恩)ᄒᆞ야 진퇴유희(進退有儀)¹⁷)ᄒᆞ니 태을션군(太乙仙君)¹⁸)이 옥경(玉京)¹⁹)의 됴회(朝會)홈 ᄀᆞᆺ고 톄뫼(體貌) 정슉(整肅)ᄒᆞ야 고인(古人)의 위의(威儀) 이시니 만됴(滿朝) 흠탄(欽歎)ᄒᆞ믈 마디아니ᄒᆞ더라.

챵방(唱榜)ᄒᆞ야 ᄌᆞ운산(紫雲山)의 니ᄅᆞ니 양부인(楊夫人)이 경희(驚喜)ᄒᆞ믈 이긔디 못ᄒᆞ야 밧비 블너 볼ᄉᆡ 멀니셔븟터 ᄉᆡᆼ(生)의 풍광(風光)이 동인(動人)ᄒᆞ고 안ᄉᆡᆨ(顏色)이 긔이(奇異)ᄒᆞ믈 보고 아름다옴과 슬프미 교집(交集)ᄒᆞ니 공ᄌᆞ(公子)의 손을 잡고 눈물을 흘려 왈,

---

14) 어화(御花): 어사화(御賜花). 황제나 임금이 과거 급제자에게 하사하는 종이꽃.
15) [교감] 텬동: 21권본 '무동'. 26권본 '쳥동'. 천동(天童)은 궁중의 경사나 과거 급제자의 유가(遊街) 때 춤을 추는 동자.
16) 쌍개(雙蓋) : 청색과 홍색의 일산(日傘) 한 쌍. 과거 급제자의 유가에 사용함.
17) [교감] 진퇴유희: '진퇴유의'의 오기.
18) 태을선군(太乙仙君): 태을성(太乙星)을 신격화한 존재. 태을성은 북방에 있는 별로 병란, 재화, 생사 등을 관장하는데, 태일성(太一星)이라고도 한다. 태을성은 곧 북극성(北極星)이라고 하기도 하고, 북극성 바로 옆에 있는 북극이(北極二)라는 별로 보기도 한다.
19) 옥경(玉京): 옥황상제가 산다는 천계의 서울.

"네 어미 오늘 경亽(慶事) 볼 줄은 몽믹(夢寐) 밧기라. 노뫼(老母)
구쳔(九泉)의 가나 흔(恨)이 업亽리로다."

싱이 쏘흔 눗빗출 고티고 두 셔모(庶母)로 서릭 보매 셕파(石婆) 니
파(李婆) 등(等)이 다 칭하(稱賀)ᄒ기를 마디아니ᄒ더니 믄득 한싱
(韓生)이 니릭러 쏘흔 계지쳥삼(桂枝靑衫)으로 뵈오니 부인이 믄득
니싱(李生)을 싱각고 더옥 슬허 눈물이 비 ᄀᆺᄐ니 셕파 등이 직삼 위
로ᄒ더라.

부인(夫人)이 셜연(設宴)ᄒ야 경연ᄒ고[20] 양참졍(楊參政)이 손주
(孫子)와 손셔(孫婿)의 영화(榮華)를 두긋겨 경닉(京內)에 쳥(請)ᄒ야
삼일대연(三日大宴)ᄒ니 만됴빅관(滿朝百官)이 장원(壯元)의 풍도(風
度)를 보고 새로이 흠모(欽慕)ᄒ며 한싱(韓生)의 관옥(冠玉) ᄀᆺᄐ믈
쏘흔 칭찬ᄒ더라.

즐기기를 다ᄒ매 텬지(天子) 한싱으로 한님(翰林) 탐화(探花)[21]를
ᄒ이고 소싱은 금문딕亽(金門直士)[22]를 ᄒ이시니 공직 마디못ᄒ여
벼슬의 ᄃᆞ니더니 그ᄶᅢ 글 지어준 다숫 사름이 다 일딕명亽(一代名士)
로 한원(翰苑)의 ᄲᅢ이니[23] 일시(一是) 소싱(蘇生)의 덕이라. 그날 뎐
젼(殿前)의셔 장원낭(壯元郎)이 저의 은인(恩人)인 줄 보고 츠자가고
져 ᄒᆡ딕 역시 분주(奔走)ᄒ기로 뉵칠 일(六七日) 후(後) ᄌᆞ운산의 니
릭니 산쳔(山川)이 졀승(絕勝)ᄒ고 경개(景槩) 슈려(秀麗)ᄒ야 그윽
흔 풍쉬(風水) 녜亽 ᄯᅡ히 아니라. 집희 드러가 흔 큰 소(沼)흘 건너 곡

20) [교감] 경연ᄒ고: 21권본 없음. 26권본 '경하ᄒ고'. '경하ᄒ고'가 문맥상 자연스러움.
21) 탐화(探花): 전시(殿試)에서 일갑(一甲) 중 3등. 1등은 장원(壯元), 2등은 방안(榜眼)이라 한
다. 북송 때 처음으로 갑(甲)을 나누었다. 일갑은 대개 한림원(翰林院)에 배정하는데 명청대에
장원은 한림수찬(翰林修撰), 방안과 탐화는 한림편수(翰林編修)에 제수되었다.
22) 금문직사(金門直士): 금문(金門)은 한대(漢代) 궁문(宮門)에 있던 금마문(金馬門)의 약칭으
로 후세에는 한림원을 가리키게 되었다. 금문직사는 한림원의 직학사(直學士) 또는 직사관(直
史館)인 것으로 추정된다.
23) ᄲᅢ이다: 빼다. 뽑히다.

듕(谷中)으로 드러 오 리(五里)는 가니 솔 스이예 거록훈[24) 누각(樓閣)이 일광(日光)의 뵈이니[25) 이곳 소쳐스(蘇處士)의 집이러라.

동구(洞口) 셕비(石碑)의 사겨시디 즈운산(紫雲山) 와뇽담(臥龍潭) 장현동(藏賢洞)이라 ᄒᆞᆯ엿고 밋 그 문(門)의 다드르니 프른 문의 익ᄌᆞ(額子)를 뼈시되 쇼쳐스(蘇處士) 은셩문(隱耕門)[26)이라 ᄒᆞᆯ엿거늘 졔인(諸人)이 차탄왈(嗟歎曰),

"진짓 긔특(奇特)훈 세계(世界)로다"

ᄒᆞ고 명함(名銜) 드리니 쳥의동ᄌᆞ(靑衣童子) 나와 드러오기를 니르거늘 졔인이 동ᄌᆞ를 쏠와 열두 문을 디나니 가지록 훤츨ᄒᆞ고 긔이ᄒᆞ여 몸이 학우등션(鶴羽登仙)ᄒᆞᆯ 듯ᄒᆞ더라.

한곳의 니르니 사창(紗窓)이 한가(閑暇)ᄒᆞ고 곡난(曲欄)이 화려(華麗)ᄒᆞ야 표연(飄然)훈 션당(仙堂)인디 소딕스(蘇直士) 듁관빅의(竹冠白衣)로 마자 올나 한훤(寒暄)을 파(罷)ᄒᆞ고 졔인(諸人)이 피셕(避席)ᄒᆞ야 산히(山海) ᄀᆞᆺ탄 은덕(恩德)을 샤례(謝禮)ᄒᆞ기를 마디아니〃 소딕스 졍식겸손(正色謙遜) 왈(曰),

"쇼뎨(小弟) 우연(偶然)히 슷글[27) 토(吐)ᄒᆞ야 식칙(塞責)ᄒᆞ미 잇더니 졔형(諸兄)이 뇽문(龍門)의 오르니 이곳 그디니 복덕(福德)이 듕(重)ᄒᆞ미라. 엇디 내의 글을 힘닙으미 이시리오? 이제 훈가지로 졍신(廷臣)이 되니 서르 디음(知音)이 될 ᄯ름이라. 엇디 여러 번 닐너 타인(他人)이 알게 ᄒᆞ미 올흐리오?"

졔인이 더옥 감탄ᄒᆞ야 경싱 형뎨(兄弟) 닐오디,

24) 거록ᄒᆞ다: 거룩하다.
25) 뵈이다: 빛나다. 눈부시다.
26) [교감] 은셩문: '셩'은 '경'의 오기. 21권본 '은경문'. 26권본 '은셩문'. 은경(隱耕)은 전원에 은거한다는 뜻.
27) 슷: 숯. 보잘것없는 글을 비유함.

"노뷔(老父) 병듕(病中) 우리 등의 경스(慶事)를 보시고 만분(萬分) 다힝(多幸)ᄒ여 차도(差度)의 겨시니 이 더옥 지극(至極)ᄒᆫ 은혜(恩惠)라. 죽어도 다 갑디 못ᄒ리로소이다."

소셩이 직삼 손양(遜讓)ᄒ고 쥬찬(酒饌)을 드려 관ᄃᆡ(款待)ᄒ며 서ᄅᆞ 디긔(知己) 되믈 언약(言約)ᄒ고 진취(盡醉)ᄒᆞᆯ시 소셩은 본ᄃᆡ 술을 먹디 아닛ᄂᆞ지라. 다만 긱(客)을 권홀 ᄯ름이러라.

셕양(夕陽)의 도라갈시 오 인(五人)이 산쳔(山川)을 도라보와 차탄왈(嗟歎曰),

"텬디(天地) 초판(肇判)ᄒᆞᆯ 제(際)28) 믈근 긔운(氣運)이 이 산쳔의 모닷거늘 소딕시 그 지긔셩명(地氣聖明)을 다 거두어 흉듕(胸中)의 금초왓도다. 곡회(谷號) 장현(藏賢)이니 춤언(讖言)이 되어 어디 니를 금촌 골이오, 연회(淵號) 와농(臥龍)이니 농(龍)이 누은 모시라 다 소싱(蘇生)을 응(應)ᄒ얏도다."

드듸여 년귀(聯句)29)ᄒ야30) 소남긔 쓰고 도라가니 일로붓터 친위(親友) 되다.

소공직 한셩으로 더브러 소임(所任)을 츌히매 십 셰(十歲) ᄀᆞᆺ 디낸 쇼ᄋᆡ(小兒)로ᄃᆡ 힝ᄉ위의(行事威儀) 슈신(修身)ᄒᆞᆫ 군ᄌ(君子)의 풍(風)이 이셔 비록 됴뎡(朝廷)의 큰일과 어려온 됴서(詔書)라도 죠용(從容)ᄒ고 신속(迅速)ᄒ야 일분(一分) 어려오미 업고 일마다 과인(過人)ᄒ야 대노(大老) 원신(元臣)과 불근 직샹(宰相)이라도 밋디 못ᄒ니 만됴(滿朝)며 텬지(天子) 더옥 듕(重)히 너기시니 일로조차 양부인의 어디르미 밍모(孟母)의 ᄀᆞ즉다 일ᄏ더라.

---

28) [교감] 텬디 초판ᄒᆞᆯ 제: '초판'은 '조판'의 오기. 21권본 없음. 26권본 '텬디 됴판 이릭로'.
29) 연구(聯句): 한 사람이 각각 한 구씩 지어 이를 합하여 만든 시.
30) [교감] 년귀ᄒ야: 21권본 '연연ᄒ여'. 26권본 '년귀를 지어'.

교영의 죽음

각셜(却說). 니한님(李翰林) 쳐(妻) 교영이 뎍소(謫所)의 머므니 겻
집의 뉴쟝이란 빅셩(百姓)잇 사룸이 잇더니 상쳐(喪妻)ᄒ고 환거(鰥
居)ᄒ야 어딘 겨집을 구ᄒᆯᄉᆞᆫ 니한님 쳬 격쟝(隔墻)의 이셔 외로오믈
듯고 서로 ᄯᅳᆺ이 마자 ᄉᆞ통(私通)ᄒ여 사란 디 삼 년(三年)의 니복야
(李僕射)의 원민(寃悶)ᄒᆞ믈 고(告)ᄒᆞ리 이셔 텬ᄌᆞ(天子) 뉘웃ᄎ샤 니
시(李氏) 일문(一門)을 샤(赦)ᄒᆞ야 죽은 니를 츄증(追贈)ᄒᆞ시고 사 니
를 노ᄒᆞ시니 소공지 파됴(罷朝)ᄒ고 도라와 모친(母親)긔 고ᄒ고 깃
거 니싱(李生)의 묘소(墓所)를 슈리(修理)ᄒ야 미져(妹姐)의 도라와
제(祭)ᄒ기를 기ᄃᆞ리더라.

샤문(赦文)이 셔쥬(徐州) 니ᄅᆞ니 교영이 악연대경(愕然大驚)ᄒ야
깃븐 ᄯᅳᆺ이 업ᄉᆞᄃᆡ 마디못ᄒ야 발ᄒᆡᆼ(發行)ᄒᆞ며 뉴쟝을 당부(當付)ᄒ
여 ᄎᆞ자오라 ᄒ고 경ᄉᆞ(京師)[1]의 니ᄅᆞ니 공지 빅 니(百里)의 가 마

---

1) 경사(京師): 수도. 북송의 수도는 변경(汴京)이다.

자 남미(男妹) 반기고 슬허 집의 니르니 부인이 신을 벗고 문밧긔 나와 녀ᄋ(女兒)의 손을 잡고 새로이 통곡(痛哭)ᄒ며 월영이 ᄯ혼 붓들고 우러 왈,

"우리 형뎨(兄弟) 각″(各各) 직텬일방(在天一方)ᄒ야 모들 날이 업더니 군은(君恩)을 닙ᄉ와 다시 모드나 네 거동(擧動)을 ᄎ마 어이 보리오?"

셕파 등이 역시 슬허ᄒ고 위로ᄒ니 교영이 일변 슬프고 일변 붓그리니 슬프믄 모친(母親)과 친족(親族)을 만나미오, 붓그리믄 졔 힝실(行實)을 쳔(賤)히 ᄒ미라. 이날 밤의 부인이 녀ᄋ를 ᄃ리고 자며 죵야(終夜)토록 어ᄅ만져 늣겨 인(因)ᄒ야 문왈(問曰),

"네 뎡졀(貞節)을 능히 완젼(完全)ᄒ다?"

교영이 ᄃ왈(對曰),

"쇼녜(小女) 엇디 실졀(失節)ᄒ미 이시리잇고?"

부인이 깃거ᄒ더라. 가듕(家中)이 다 모ᄅ듸 공즈 홀로 스스로 짐쟉(斟酌)ᄒ미 잇더니 교영이 온 후 십여 일(十餘日) 후 소싱(蘇生)이 셔당(書堂)의 안자 글을 보더니 동즈(童子) 보ᄒ듸,

"밧긔 ᄒᆫ 쟝재(長者) 와 샹공(相公)긔 뵈와디라 ᄒ고 셩명(姓名)을 셔쥐(徐州) 뉴쟝이라 ᄒ더이다."

공즈는 본듸 강산(江山)의 녕긔(靈氣)를 모도와 ᄉ광(師曠)[2]의 총(聰)이 잇ᄂ니라. ᄒᆫ 긋틀 드러 빅 일을 ᄉ못ᄎ니 임의 동즈의 뎐언(傳言)을 듯고 짐쟉고 만분(萬分) 경희(驚駭)ᄒ야 좌우(左右)로 ᄒ여곰 쳥(請)ᄒ야 드러오니 그 사ᄅᆷ이 나흔 삼십(三十)은 ᄒ고 인물(人物)이 풍뉴(風流)롭더라. 서로 녜필(禮畢)의 좌뎡(坐定)ᄒ고 ᄉᆡᆼ이 문

---

[2] 사광(師曠): 춘추시대 진(晉)나라의 악사(樂師). 음조(音調)를 잘 알아서 한번 들으면 길흉을 알았다.

왈(問曰),

"일즉 군(君)으로 면분(面分)이 업순디라. 아디 못게라 므슴 연고(緣故)로 서ᄅ 춫ᄂ뇨?"

기인(其人)이 흠신답왈(欠身答曰),

"노싱(老生)은 셔쥬인(徐州人)으로셔 삼 년(三年) 젼(前)의 니한님(李翰林) 부인이 뎍거(謫居)ᄒ야 쇼싱(小生)으로 운우(雲雨)의 졍(情)을 ᄆᆡᆽ더니 데 됴뎡(朝廷)의 샤(赦)ᄅᆯ 닙어 도라올 적 언약(言約)ᄒ야 경셩(京城) 남문(南門)의 ᄌ운산(紫雲山) 소쳐ᄉ(蘇處士) 집이라 ᄒ던 고로 쳔신만고(千辛萬苦)ᄒ야 겨유 ᄎᆞ자 니르럿ᄂᆞ니 션싱(先生)은 소시(蘇氏)와 쇼싱(小生)의 졍(情)을 싱각ᄒ라. 소시(蘇氏) ᄒᆞᆫ 오라비 잇다 ᄒ더니 반ᄃᆞ시 그ᄃᆡ로다. 아지 못게라 악모(岳母)ᄭᅵ 뵈오랴?"

소흑ᄉᆡ(蘇學士) ᄒᆞᆫ번 드ᄅᆞ매 심긔(心氣) 서늘ᄒ니 블ᄒᆡᆼ(不幸)ᄒ믈 이긔디 못ᄒ야 강잉(强仍) 쇼왈(笑曰),

"이ᄂᆞ 소쳐ᄉ(蘇處士) 집이 아니라 소직ᄉ(蘇直士) 집이오, 뫼히 ᄌ운산(紫雲山)이 아니라 벽운산(碧雲山)이니 그ᄃᆡ 춫기ᄅᆞᆯ 그릇ᄒᆞ도다. 연(然)이나 내 드ᄅᆞ니 니한님 쳬(妻) 경ᄉ(京師)의 오다가 길ᄒᆡ셔 죽고 공ᄎᆡ(公差)만 드러왓다 ᄒ니 그ᄃᆡ 쇽졀업손 슈고ᄒᆞ도다."

기인(其人)이 창황탄식(蒼黃歎息)고 닐오ᄃᆡ,

"쇼인(小人)이 그릇 ᄎᆞ자 귀인(貴人)의 안젼(案前)의 그릇 셜만(褻慢)ᄒ니 죄(罪) 듕(重)ᄒ이다. 황공(惶恐)ᄒ나 뭇ᄌᆞᆸᄂᆞ니 ᄌ운산이 어ᄃᆡ니잇고?"

공지 왈,

"네 맛당이 하인(下人)ᄃᆞ려 무ᄅᆞ라. 나도 아디 못ᄒ리로다."

댱재(長者) 비샤(拜辭)ᄒ고 나가거ᄂᆞᆯ 공지 하인(下人)을 분부(分付)ᄒ야

"다시 그 사름이 오거든 드리디 말나"

ᄒ니 뉴쟝이 스면(四面)으로 분주(奔走)ᄒ야 즈운산을 무른즉 다 남문(南門) 밧글 ᄀᄅ치ᄂ디라. 다시 그곳의 나아가니 소부(蘇府) 문니(門吏) 빗난 검극(劍戟)과 불근 매³⁾로 저히니 홀 일이 업서 본향(本鄕)으로 ᄂᆞ려가니라.

이째 소싱(蘇生)이 뉴쟝을 계규(計巧)로 물니티고 셔당(書堂)의 안자 탄왈(歎曰),

"우리 부모(父母)의 쳥덕(淸德)과 조샹(祖上) 셩홰(聲華) 엇디 이 누의로 인ᄒ야 욕(辱)될 줄 알니오?"

허희(歔欷) 수셩(數聲)의 쳥뉘(淸淚) 옷기슬 적시니 이 대강(大綱) 망친(亡親)의 불근 일홈과 즈모(慈母)의 어딘 경계(警戒) 니저디믈 슬허ᄒ미라.

시비(侍婢) 춘영(春英)은 셕파(石婆)의 심복(心腹)이라. 딕싯(直士) 뉴쟝과 말홀 적 드른 고로 대경(大驚)ᄒ야 급히 도라와 쥬인(主人)의게 고ᄒ니 셕파 등이 앙텬탄왈(仰天歎曰),

"부인이 ᄆᆞ양 나모라시니 우리 고이히 너기더니 부인이 과연(果然) 붉으시닷다.⁴⁾ 쇼낭ᄌᆡ(小娘子) ᄎᆞ마 엇디 이러ᄒ시리오? 우리 등 쳔인(賤人)도 못홀 힝실(行實)이로다."

셔르 탄식(歎息)ᄒ믈 긋치디 아니 〃 마초와 양부인이 디나다가 듯고 문(門)을 열고 문왈(問曰),

"너히 므스 일 개탄(慨歎)ᄒᄂ뇨?"

이인(二人)이 놀나 머믓거리고 감히 고(告)티 못ᄒ거늘 직삼(再三) 힐문(詰問)ᄒ대 이인(二人)이 감히 은희(隱諱)티⁵⁾ 못ᄒ야 모호(模糊)

---

3) 불근 매: 주쟝(朱杖). 붉은 칠을 한 몽둥이.
4) ~닷다: (동사, 형용사 어간 뒤에 붙어) ~더구나.
5) [교감] 은희티: '은휘티'의 오기.

히 딕왈(對曰),

"쳡 등이 듯ᄌ오니 흔 댱재(長者) 셔쥐(徐州)셔 왓다 ᄒ고 낭군(郎君)긔 뵈옵더라 ᄒᄂ이다."

부인이 텽필(聽畢)의 몸을 두로혀⁶⁾ 침뎐(寢殿)의 니ᄅ러 시녀(侍女)로 공ᄌ를 브ᄅ니 공직 명(命)을 니어 눈믈을 거두고 모젼(母前)의 비알(拜謁)ᄒ니 부인이 흔번 보매 공직 [처색이]⁷⁾ ᄂᆽ치 ᄀ득ᄒ고 옥면(玉面)의 누흔(淚痕)이 잇ᄂ디라. 임의 짐쟉고 문왈(問曰),

"내 드ᄅ니 셔쥐(徐州)셔 사ᄅᆷ이 와 네 누의ᄅᆯ 춧더라 ᄒ니 긔 엇던 사ᄅᆷ고?"

싱이 믁연무언(黙然無言)ᄒ야 답언(答言)이 업ᄂ디라. 부인이 칙왈(責曰),

"부뫼(父母) 명(命)이 잇거든 머금은 거슬 비왓고⁸⁾ 명(命)을 응(應)ᄒ미 도리(道理)라. 네 엇디 감히 뭇ᄂ 말을 응(應)티 아닛ᄂ뇨?"

싱이 돗글 ᄶᅥ나 지비왈,

"ᄒᆡ익(孩兒) 블효ᄒ미 심ᄒ니 죄를 쳥ᄒᄂ이다. 과연 셔쥐셔 온 사ᄅᆷ이 니ᄆᆡ(李妹)⁹⁾를 ᄎᄌ니 ᄒᆡ익 계규(計巧)로 믈니텨ᄉ거니와 ᄎ마 알외디 못ᄒ미러니이다."

부인이 흔번 드ᄅ매 비록 ᄋᄌ(兒子)의 말ᄉᆞᆷ이 모호(模糊)ᄒ여 ᄌ셔(仔細)티 못ᄒ나 녀ᄋ(女兒)의 실졀(失節)ᄒ믈 알고 블연대로(勃然大怒)ᄒ여 좌우로 교영을 블러 당하(堂下)의 ᄭ울니고 수죄왈(數罪曰),

"네 타향(他鄉)의 뎍거(謫居)ᄒ나 몸을 조히 ᄒ야 도라올 거시어늘 믄득 실졀(失節)ᄒ야 죽은 아비와 사랏ᄂ 어믜게 욕(辱)이 미ᄎ며 조

---

6) 두로혀다: 돌이키다.
7) [교감] [처색이]: 이대본 없음. 21권본 '처색이'. 26권본 '슬픈 빗치'.
8) 비왓다: 뱉다. 토하다.
9) 이매(李妹): 이씨 가문에 시집간 누이.

션(祖先)의 블힝(不幸)을 깃치니 엇디 츠마 살와두리오? 친가(親家)의 블초녜(不肖女)오 구가(舅家)의 더러온 겨집이 되어 텬디간(天地間) 죄인(罪人)이니 당〃이 죽엄죽흔 고로 금일(今日) 주모(慈母)의 졍(情)을 긋처 흔 그릇 독쥬(毒酒)를 주느니 쾌(快)히 먹으라."

교영이 고왈(告曰),

"쇼녜(小女) 비록 그릇ᄒ여시나 모친(母親)은 잔명(殘命)을 용샤(容赦)ᄒ쇼셔."

부인이 즐왈(叱曰),

"네 스스로 네 몸을 싱각ᄒ면 죽으미 타인(他人)의 직쵹을 기드리디 아니려든 어느 면목(面目)으로 용샤(容赦) 두 지(字) 나느뇨? 내의 주식(子息)은 이러티 아니리니 날두려 어미라 일콧디 말나. 네 비록 뎍소(謫所)의셔 약ᄒ므로 졀(節)을 일허시나 도라오매 거졀(拒絶)ᄒ미 올커늘 믄득 서로 만나믈 언약(言約)ᄒ야 거듀(居住)를 ᄀᆞ르쳐 뎨이에 츠자와시니 이는 날을 토목(土木) ᄀᆞᆺ티 너기미라. 내 비록 일녀주(一女子)나 주식은 쳐티(處置)ᄒ리니 이런 더러온 거슬 가듕(家中)의 두리오? 네 비록 구쳔(九泉)의 가나 니싱(李生)과 네 부친(父親)을 어느 ᄂᆞᆺ츠로 볼다?"

언필(言畢)의 약(藥)을 직쵹ᄒ야 교영을 먹이니 월영이 머리를 두드려 이걸(哀乞)ᄒ고 셕파 등이 계하(階下)의 쑤러 슬피 비러 살기를 브라디 부인의 노긔(怒氣) 등〃(騰騰)ᄒ고 사긔(辭氣) 녈〃(烈烈)ᄒ야 삭풍한월(朔風寒月) ᄀᆞᆺ티니 소싱은 눈믈이 금포(錦袍)의 저저 좌셕(坐席)의 고이디 입을 닷고 흔 소리 비는 말을 내디 아니니 그 쥬의(主意)를 아디 못ᄒᆞᆯ너라. 부인이 월영과 셕파 등을 좌우(左右)로 붓드러 드러가라 ᄒ고 죵시(終是) 허(許)티 아니ᄒ고 교영을 죽이고 그 신톄(身體)를 별샤(別舍)의 빙소(殯所)ᄒ니 월영과 소싱의 셜워ᄒ믈 츠마 보디 못ᄒᆞᆯ너라.

택일(擇日)ᄒᆞ야 장ᄉᆞ(葬事)를 일울ᄉᆡ 공ᄌᆡ 모친긔 품왈(稟曰),

"니누의[10]를 니가(李家) 션산(先山)의 뭇기는 블가(不可)ᄒᆞᆫ디라. 우리 묘하(墓下)의 장(葬)ᄒᆞ미 엇더ᄒᆞ니잇고?"

부인이 탄식왈(歎息曰),

"네 누의 부가(夫家)의 음뷔(淫婦) 되엿고 소시(蘇氏)의 더러온 ᄯᆞᆯ이니 엇디 네 짓[11] 션산원들 무드리오? 각별(各別) 다ᄅᆞᆫ 뫼흘 굴희야 안장(安葬)ᄒᆞ라."

ᄉᆞᆼ이 ᄇᆡᄉᆞ슈명(拜謝受命)ᄒᆞ고 듕당(中堂)[12]의 나오니 셕패(石婆) ᄯᆞᆯ와와 ᄉᆞᆼ의 ᄉᆞ매를 잡고 울며 왈,

"쇼낭ᄌᆡ(小娘子) 비록 그릇ᄒᆞ여시나 부인이 엇디 ᄎᆞ마 죽이시며 낭군(郎君)이 ᄒᆞᆫ 말도 구(救)티 아니시고, 이제 장ᄉᆞ(葬事)를 일우매 니시(李氏) 문하(門下)는 비록 블가(不可)ᄒᆞ나 소시(蘇氏) 션산(先山)의 장(葬)ᄒᆞ야 디하(地下)의나 낭ᄌᆡ(娘子) 외로운 녕혼(靈魂)이 되디 아니케 ᄒᆞ미 올커ᄂᆞᆯ 엇디 낭군(郎君)이 ᄒᆞᆫ갓 부인 말ᄉᆞᆷ만 슌슈(順受)ᄒᆞ고 동긔지졍(同氣之情)이 박(薄)ᄒᆞ시뇨?"

ᄉᆞᆼ이 방셕(方席)을 미러 셕파를 안치고 탄식(歎息) 냥구(良久)의 눈물을 드리워 오열(嗚咽)ᄒᆞ다가 닐오ᄃᆡ,

"경(慶)이 비록 무식쇼이(無識小兒)나 ᄯᅩᄒᆞᆫ 슈족(手足)의 졍(情)은 아ᄂᆞ니 엇디 니믜(李妹)를 죽과져 ᄠᅳᆺ이 이시며 우리 션산(先山)의 장(葬)ᄒᆞᆯ ᄠᅳᆺ이 업ᄉᆞ리오마는 ᄉᆞ셰(事勢) 이러ᄒᆞ니 쟝ᄎᆞᆺ 엇디ᄒᆞ리오? 모부인(母夫人)이 세 남ᄆᆡ(男妹)를 두샤 만금(萬金) ᄀᆞᆺ티 너기시던디라. ᄉᆞ랑ᄒᆞ시미 젹으미 아니며 졍(情)이 헐(歇)ᄒᆞ미 아니로ᄃᆡ 텬셩(天性)이 견강(堅强)ᄒᆞ고 녈〃(烈烈)ᄒᆞ야 졍대(正大)ᄒᆞ기를 취(取)ᄒᆞ시는

---

10) 니누의: 이매(李妹). 이씨 가문에 시집간 누이.

11) 짓: 집.

12) 중당(中堂): 집의 정중앙에 있는 건물. 내당과 외당의 중간.

고(故)로 그 산 ᄀᆞ툰 정(情)을 긋처 죽이시니 믈읫 님군과 부뫼 그른 일이 잇거시든 극진(極盡)이 간(諫)ᄒᆞ미 녜(禮)어니와 올흔 일을 ᄒᆞ시ᄂᆞᄃᆡ 그르쇼셔 간(諫)ᄒᆞ기ᄂᆞ 이 ᄌᆞ식의 도리(道理) 아니라. ᄌᆞ당(慈堂)의 쳐티(處置)ᄒᆞ시ᄂᆞ 배 가(可)티 아닌 배 업ᄉᆞ니 쟝ᄎᆞᆺ 므어시라 말니오며 간(諫)ᄒᆞ리오? 쳥컨대 셔모(庶母)ᄂᆞ 불기 ᄀᆞᄅᆞ치라."

셕패 악연무언(愕然無言)이러니 칭샤왈(稱謝曰),

"쳡등(妾等)이 암미(暗昧)ᄒᆞ야 아득히 ᄭᆡᆺ디 못ᄒᆞ더니 낭군의 금옥(金玉) ᄀᆞ툰 말ᄉᆞᆷ을 드르니 츈몽(春夢)이 ᄭᆡᆫ 듯ᄒᆞ이다."

싱이 슬허 왈,

"블ᄒᆡᆼᄒᆞ여 젹은 동싱(同生)의 이런 변(變)을 만나니 사름의 ᄎᆞᆷ디 못ᄒᆞᆯ 배라. 연(然)이나 셔뫼(庶母) 모부인(母夫人) 안젼(案前)의란 슬허ᄒᆞᄂᆞ 빗츨 뵈디 마르쇼셔. 비록 졍도(正道)로 ᄉᆞ약(賜藥)ᄒᆞ시나 듕심(中心)은 슬허ᄒᆞ시미 버히ᄂᆞᆫ[13] 듯ᄒᆞ야 ᄒᆞ시ᄂᆞ니 내 감히 모젼(母前)의ᄂᆞ 슬픈 빗츨 뵈옵디 못ᄒᆞᄂᆞ이다."

셕패 ᄎᆞᆷ디 못ᄒᆞ야 나아가 등을 두ᄃᆞ려 칭찬왈,

"어디다, 낭군이여. 공밍(孔孟)의 이후로ᄂᆞ 뎨삼좌(第三座)의 안ᄌᆞ리라."

싱이 탄식브답(歎息不答)이러라. 임의 조흔 뫼흘[14] 굴히여 교영을 안장(安葬)ᄒᆞ고 죵일(終日)토록 호곡(號哭)ᄒᆞ고 집의 도라와ᄂᆞ 안식(顔色)을 화(和)히 ᄒᆞ고 긔운(氣運)을 ᄂᆞ즈기 ᄒᆞ야 모친긔 뵈오니 부인이 브야흐로 상(床)의 ᄂᆞ려 싱을 붓들고 기리 통곡(痛哭)ᄒᆞ니 싱이 더옥 슬허 겨유 모친을 위로ᄒᆞ고 믈러나 월영으로 더브러 톄읍(涕泣)ᄒᆞ믈 마디아니ᄒᆞ고 그 졔(祭)와 복(服)을 극진(極盡)히 ᄒᆞ니라.

---

13) 버히다: 베다.
14) [교감] 조흔 뫼흘: 21권본 '길지를'. 26권본 '명산을'.

기녀 때문에 꾸지람을 받다

　어시(於是)의 싱의 년(年)이 십오 세(十五歲)라. 모란(牡丹) ᄀ튼 얼골과 둘 ᄀ튼 광치(光彩)며 양뉴(楊柳) ᄀ튼 풍치(風采) 날노 새로오니 구혼(求婚)ᄒ 리 구름 ᄀ고 모든 챵녜(娼女) 문의 며여[1] 아리ᄯ아온 틱도(態度)와 공교(工巧)로온 말ᄉᆞᆷ으로 혹(惑)히 다래여 시첩(侍妾) 되믈 쳥(請)ᄒ나 싱이 다 믈니텨 답(答)디 아니터니, 일〃(一日)은 모든 친위(親友) 니ᄅ러 챵녀(娼女) 스므나믄을 블러 풍뉴(風流) 시길ᄉᆡ 소싱이 깃거 아니나 친붕(親朋)의게 잡히여 시녀(侍女)로 셕파의게 쥬식(酒食)을 내여보내라 ᄒ니 셕패 일〃히 출혀 딕긱(待客)ᄒ더니 좌듕(座中)의 챵기(娼妓) ᄉ인(四人)이 일시(一時) 명뉴(名流)라. 쳥음(淸音)을 여러 가셩(歌聲)을 느리니[2] 구츄(九秋)의 슬피 우는 홍안(鴻雁)이오 삼협(三峽)의 브ᄅ지〃는 진납이[3]라도 그 쳥초(淸楚)

---

1) 며다: 메다. 막히다.
2) 느리다: 늘이다. 뺀다.
3) 삼협의 브ᄅ지〃는 진납이: 춘추시대 진나라 환공(桓公)이 삼협을 지나갈 때 병사 중에 원

ᄒᆞ믈 밋디 못ᄒᆞᆯ디라.

소싱이 쇼왈(笑曰),

"진짓 명챵(名唱)이로다. 다만 연등(汝等)의[4] 곡뵈(曲調) 새롭디 아니니 내 ᄒᆞᆫ 가ᄉᆞ(歌詞)를 지어 너희 빈손의 갑슬 도〃리라."

드듸여 필연(筆硯)을 나와 가ᄉᆞ(歌詞)를 지어 졔녀(諸女)를 주니 졔녀(諸女) 대희(大喜)ᄒᆞ야 샤례(謝禮)ᄒᆞ고 공ᄌᆞ(公子)의 시인(侍人) 되믈 비니 공지 쇼왈(笑曰),

"내 본ᄃᆡ 호걸(豪傑)의 ᄆᆞ음이 업고 셩교(聖敎)의 ᄠᅳᆺ이 이시니 챵녀(娼女)는 모호디 아니리라."

기듕(其中) 녹낭(綠娘)이란 기녜(妓女) 좌(座)를 ᄯᅥ나 념용고왈(斂容告曰),

"쇼쳡(小妾)은 일홈이 기녜(妓女)나 기실(其實)은 군ᄌᆞ(君子)를 ᄉᆞ모(思慕)ᄒᆞ여 사ᄅᆞᆷ을 셤기디 아냣ᄂᆞ니 샹공(相公) 좌하(座下)의 슈건과 빗[巾櫛][5] 밧들기를 ᄇᆞ라ᄂᆞ이다."

좌듕(座中)이 대소(大笑)ᄒᆞ고 딕ᄉᆞ(直士) 다만 우음을 ᄯᅱ여 글오ᄃᆡ,

"군지(君子) 셰(世)에 쳐(處)ᄒᆞ매 슉녀(淑女) 엇기를 근심ᄒᆞᆯ디라. 엇디 노류쟝화(路柳墻花)를 모드리오?"

즁인(衆人)이 칭찬왈(稱讚曰),

"현형(賢兄)은 진실(眞實)노 태ᄉᆞ쳔(太史遷)[6]의 후신(後身)이로다" ᄒᆞ더라. 셕양(夕陽)의 연파(宴罷)ᄒᆞ고 가ᄉᆞ(歌詞) 지어준 ᄉᆞ챵(四娼)

<hr />

숭이 새끼를 잡은 자가 있었는데, 그 어미가 애처롭게 부르짖으며 백 리를 따라오다가 죽었다. 이 고사로 인해 원숭이의 울음소리는 애절함의 대명사로 사용된다.

4) [교감] 연등의: '여등의'의 오기.

5) 슈건과 빗: 수건과 빗을 받드는 것은 처첩의 소임이다.

6) 태사천(太史遷): 한나라의 역사가 사마천(司馬遷). 『사기史記』의 저자. 태사령(太史令)을 지냈기 때문에 태사천이라고도 부른다. 흉노의 포위 속에서 부득이 투항하지 않을 수 없었던 이릉(李陵) 장군을 변호하다 무제(武帝)의 노여움을 사서 궁형(宮刑: 생식기를 제거하는 형벌)을 받았다. 소현성이 여색에 관심이 없으므로 궁형을 받은 사마천과 같다고 희롱한 것이다.

이 가디 아니니 싱이 긔괴(奇怪)히 너겨 수지저 가라 ᄒᆞ고 드러와 모친끠 뵈옵고 한담(閑談)ᄒᆞ더니 믄득 시녀(侍女) 부인끠 고왈(告曰),

"경ᄂᆡ(京內) 챵원누 명챵(名唱) 녹낭 홍션 싀경 왕션낭 ᄉᆞ인(四人)이 부인끠 명함(名銜) 드리ᄂᆞ이다."

부인이 왈,

"고이ᄒᆞ다. 내 일즉 과거(寡居)ᄒᆞ므로븟터 가듕(家中)의 잇ᄂᆞᆫ 아ᄒᆡ(兒孩)들도 풍뉴(風流) ᄀᆞᄅᆞ치기를 금(禁)ᄒᆞ거든 엇던 챵녜(娼女) 명함(名銜) 드리ᄂᆞ뇨? 네 섈리 나가 므슴 연고(緣故)로 왓ᄂᆞᆫ다 무ᄅᆞ라."

이윽고 시녜(侍女) 회보왈(回報曰),

"샹공(相公)이 가ᄉᆞ(歌詞) 지어주시고 유졍(有情)ᄒᆞ시니 머므노라 ᄒᆞ더이다."

부인이 텽파(聽罷)의 노왈(怒曰),

"내 일즉 션군(先君)을 여희고 너를 의디(依支)ᄒᆞ야 아롬다이 셩인(成姻)ᄒᆞ믈 ᄇᆞ라거늘 네 엇디 감히 요괴(妖怪)로온 거슬 외당(外堂)의 모도와 방ᄌᆞ(放恣)ᄒᆞ기를 젼쥬(專主)ᄒᆞᄂᆞ뇨?"

좌우로 공ᄌᆞ를 잡아ᄂᆞ리오라 ᄒᆞ니 싱이 모친의 노(怒)를 보고 크게 두려ᄒᆞ나 저즌 죄(罪) 업ᄉᆞᆫ디라. 안셔(安徐)히 계(階)예 ᄂᆞ려 면관샤죄(免冠謝罪) 왈(曰),

"ᄒᆡ이(孩兒) 비록 블초(不肖)ᄒᆞ나 엇디 감히 샤싀(邪色)을 머믈워 ᄌᆞ당(慈堂)을 은희(隱諱)ᄒᆞ미[7] 이시리잇고? 과연 아ᄎᆞᆷ의 모든 친위(親友) 완경(玩景)ᄒᆞ려 와셔 풍믈(風物)을 ᄀᆞ초와 즐기니 ᄒᆡ이 문뎡(門庭)이 번화(繁華)티 못ᄒᆞ고 ᄯᅳ시 화려(華麗)의 업ᄉᆞ나 마디못ᄒᆞ야 딕긱(待客)ᄒᆞ고 ᄯᅩ 곡됴(曲調)의 올닌 가ᄉᆡ(歌詞) 심히 고긔(古氣)롭거늘 졔붕(諸朋)과 희롱(戲弄)ᄒᆞ야 우연(偶然)히 두어 슈(首)를 지어

---

7) [교감] 은희ᄒᆞ미: '은희'는 '은휘'의 오기.

주어숩더니 뎌 무리 믄득 머믈 뜻을 두니 졍(正)히 괴로와ᄒᆞ옵ᄂᆞ니 엇디 ᄉᆞ졍(私情)의 유의(有意)ᄒᆞ미 이시리잇고? 다만 히익 여러 붕우(朋友)를 모도와 어즈러이 드레고 풍뉴(風流)를 들미8) 태〃(太太) 티가(治家)ᄒᆞ시ᄂᆞᆫ 위풍(威風)을 써러ᄇᆞ리니 죄(罪) 죽어도 족(足)ᄒᆞ도소이다."

부인의9) 공ᄌᆞ의 온화(溫和)ᄒᆞᆫ 말숨과 두려ᄒᆞᄂᆞᆫ 거동(擧動)을 보고 노긔(怒氣) 태반(太半)이나 업ᄉᆞ딕 힝혀 혈긔(血氣) 미뎡(未定)ᄒᆞᆫ 쇼 익(小兒) 취쳐젼(娶妻前) 의입(外入)ᄒᆞᆯ가10) 두려 다시 칙(責)ᄒᆞ딕,

"네 쇼년(少年)의 닙신(立身)ᄒᆞ야 텬은(天恩)이 듕(重)ᄒᆞ시니 당〃이 경심계지(警心戒志)ᄒᆞ야 톄면(體面)과 위의(威儀)를 졍(正)히 ᄒᆞᆯ 거시오, 외로온 어미를 ᄃᆞ리고 ᄌᆞ최 쳐량(凄涼)ᄒᆞ니 호화(豪華)ᄒᆞ미 가(可)티 아니려든 과부(寡婦)의 문뎡(門庭)의 챵악(娼樂)과 붕우(朋友)를 어즈러이 모호리오? 다시 방ᄌᆞ(放恣)ᄒᆞ미 이시면 결연(決然)히 용셔(容恕)티 아니리라."

공ᄌᆞ 깁히 뉘우처 돈슈복죄(頓首伏罪)ᄒᆞ고 믈러와 ᄉᆞ챵(四娼)을 보내고 일로븟터 더옥 슈힝(修行)ᄒᆞ야 온듕단엄(穩重端嚴)ᄒᆞ미 날로 더ᄋᆞ더라.

---

8) [교감] 들미: '드르미'의 오기.
9) [교감] 부인의: '부인이'의 오기.
10) [교감] 의입ᄒᆞᆯ가: '의입'은 '외입'의 오기.

화씨와 혼인하다

이째 평쟝(平章)[1] 화현이 칠즈이녀(七子二女)를 두어시니 댱녀(長
女) 슈은이 단졍영민(端整英敏)ᄒ고 틱되(態度) 졀쉭(絶色)이라. 믹양
ᄀᆞᆺ튼 빵(雙)을 구ᄒᆞ더니 금문딕ᄉ(金門直士) 소경(蘇慶)을 보고 크게
ᄉ랑ᄒᆞ야 녀셔(女壻)를 삼고져 ᄒᆞ야 양참졍을 가 보고 구혼(求婚)ᄒᆞᆫ
대 양공 왈,

"내 ᄒᆞᆫ낫 외손(外孫)을 틱부(擇婦)ᄒᆞᄆᆡ 심샹(尋常)티 아니니 그ᄃᆡ
녀ᄌᆡ(女子) 내 손ᄋᆞ(孫兒)의 빵(雙)이냐?"

화공이 쇼왈,

"샹공(相公)이 밋디 아니시거든 녀ᄋᆞ를 와셔 보쇼셔."

1) 평쟝(平章): 관직명. 동중서문하평장사(同中書門下平章事)의 약칭. 동평장사(同平章事). 당송
대 재상의 실권을 장악한 관직. 당나라 때 상서성(尚書省), 중서성(中書省), 문하성(門下省)의
장관을 재상으로 하였으나 관직이 높고 권한이 중하므로 항상 두지 않고 다른 관직의 관원에
게 동중서문하평장사의 명칭을 덧붙여 재상의 역할을 하도록 했다. 시간이 흐르자 동평장사
가 실제 재상이 되었고 삼성의 장관은 유명무실해졌다. 송나라 때는 나이가 많고 명망 있는
대신들만 맡았으며 서열이 재상보다 높았다.

공이 쏘흔 웃고 즈운산의 긔별(奇別)ᄒ니 양부인이 화평쟝의 어딘 줄 알고 허혼(許婚)ᄒ고 퇵일(擇日)ᄒ야 셩녜(成禮)ᄒ니 긔구(器具)의 거룩ᄒ미 비길 곳 업고 빅냥(百兩)[2])으로 신부(新婦)를 마자 집의 도라와 독좌(獨坐)[3])ᄒ니 신낭(新郞)의 쇄락(灑落) 흐억혼[4]) 용모(容貌)와 버들 ᄀᆺ튼 풍치(風采) 표연(飄然)히 니뎍션(李謫仙)[5])의 디나고 신부(新婦)의 경영뇨라(輕盈嫋娜)ᄒ고 소아쟉약(騷雅綽約)혼 긔질(氣質)이 샹하(上下)티 아니디 오히려 신낭(新郞)의 눈 ᄀᆺ튼 슬빗과 딩슈(澄水)의 효셩(曉星)이 비쵠 ᄃᆺ혼 눈씨와 단슌호치(丹脣皓齒)의 즈틱(姿態)롭고 긔이(奇異)ᄒ며 팀듕(沈重)ᄒ매ᄂᆫ 밋디 못ᄒ미 먼더라.

부인이 ᄀᆞ장 서운ᄒᆞ야 쾌(快)혼 빗치 업고 가듕노쇼(家中老少) 다 낫비 너기더니 녜(禮)를 파(罷)혼 후(後) 동방(洞房)의 나아가 합환쥬(合歡酒)를 먹을시 딕시 눈을 드러 잠간 슬피니 신부(新婦)의 외모(外貌)ᄂᆫ 비록 즈가(自家)[6])의게 밋디 못ᄒ나 개의(介意)치 아니코 쏘흔 조각 흠(欠)홀 곳이 인물(人物)의 이시딕 듕딕공경(重待恭敬)ᄒ미 가비얍디[7]) 아니터라.

명일(明日)의 폐빅(幣帛)을 밧드러 ᄉ당(祠堂)의 오ᄅ니 싱이 쟉(酌)을 헌(獻)홀시 탄셩톄읍(呑聲涕泣)ᄒ야 눈물이 청삼(靑衫)의 저ᄌ니 신뷔(新婦) 쏘흔 인심(人心)이 감동(感動)ᄒ야 ᄂᆞᆺ빗츨 곳치더라. 이에 ᄉ당(祠堂)의 ᄂᆞ려 새 단장(丹粧)을 곳티고 부인끠 녜(禮)를 일

---

2) 백량(百兩): 백 대의 수레(百輛). 즉 많은 수레. 특히 혼인할 때 사용되는 수레를 가리킨다. 주 문왕(周文王)이 태사(太姒)를 백 대의 수레로 맞았다고 한다.
3) 독좌(獨坐): 독좌상(獨坐床). 전통 혼례에서 신랑과 신부가 서로 절을 할 때 차려놓는 음식상.
4) 흐억ᄒ다: 흐벅지다. 무르녹다.
5) 이적선(李謫仙): 당나라의 시인 이백.
6) 자가(自家): 자기 자신.
7) 가비얍다: 가볍다.

우니 부인이 두굿김과 슬프믈 뎡(定)티 못ᄒ야 상연(爽然)한[8] 누쉬(淚水) 옷기싀 ᄀᆞ득ᄒ니 흐윅고[9] 쇄락(灑落)ᄒᆞ믄 빅년(白蓮) 흔 숭이 쳥엽(靑葉)의 빗겨심 ᄀᆞᆺᄐᆞ야 [년긔(年紀)][10] 오십(五十)이 거의로ᄃᆡ 쇠(衰)ᄒᆞ미 업ᄂᆞᆫ디라.

좌샹(座上) 빈긱(賓客)이 칭복(稱服)ᄒᆞᆯ믈 이긔디 못ᄒ고 월영을 보매 빅ᄐᆡ(百態) 찬난(燦爛)ᄒ야 신부(新婦)의게 세 번 나으미 이시니 모녀(母女)의 소담 쳥월(淸越)ᄒᆞ미 만좌(滿座)의 ᄇᆡ이ᄂᆞᆫ디라. 서로 차탄왈(嗟歎曰),

"뎌 부인 곳 아니면 뎌 한흑ᄉᆞ(韓學士) 부인(夫人)을 나티 못ᄒᆞ리라"

ᄒ야 문왈(問曰),

"금일(今日) 신부(新婦)를 보오니 당ᄃᆡ(當代)예 ᄲᅢ혀난디라. 아디 못게라 딕ᄉᆞ(直士) 샹뎍(相敵)ᄒᆞ시니잇가?"

부인이 쇼왈(笑曰),

"내 ᄌᆞ식(子息)의 ᄡᅡᆼ(雙)이 업술가 두리더니 신뷔(新婦) 겸손(謙遜)[11]ᄒᆞᆯ 곳이 업스니 이 쳡(妾)의 다힝(多幸)ᄒᆞ미로소이다."

언필(言畢)의 셕패(石婆) 나아가 고왈(告曰),

"금일 낭군을 브르샤 ᄡᅡᆼ으로 뵈오미 큰 경ᄉᆡ(慶事)오니 부인 셩의(盛意) 엇더ᄒᆞ시니잇가?"

부인이 비록 엄졍(嚴正)ᄒᆞ나 이런 경ᄉᆞ(慶事)의 다ᄃᆞ라ᄂᆞᆫ 능(能)히 ᄎᆞᆷ디 못ᄒ야 좌우로 싱을 브르니 쇼년빈긱(少年賓客)은 다 댱(帳) ᄉᆞ이로 들고 년노(年老) 부인내ᄂᆞᆫ 다 피(避)티 아니터라. 이윽고 싱이

---

8) 상연(爽然)하다: 망연(茫然)하다.
9) 흐윅하다: 흡족하다. 윤택하다. 탐스럽다. 흐드러지다. 무르녹다.
10) [교감] [년긔]: 이대본 판독 불능. 21권본 '년긔'. 26권본 '츈츄'. 21권본으로 보충함.
11) [교감] 겸손: 21권본 '감손'. 26권본 없음. '감손(減損)'은 덜하다의 뜻임.

주건녹포(紫巾綠袍)로 드러와 모부인꼐 뵈올시 제긱(諸客)의 이시믈 보고 믄득 피코져 ᄒ거늘 모든 부인내 쳥ᄒ야 ᄀᆞᆯ오디,

"쳡 등(妾等)과 딕시(直士) 길히 현격(懸隔)ᄒ나 이 ᄌᆞ딜비(子姪輩)라. 엇디 ᄂᆡ외(內外)ᄒ리오? 쾌히 드러오셔 양부인의 깃브믈 도으쇼셔."

싱이 ᄉᆞ양(辭讓)ᄒ고 즐겨 오디 아니 〃 양부인이 소ᄅᆡᄒ야 ᄒᆞᆫ 번 블러 왈,

"방해(妨害)로오미 업스니 내 아히ᄂᆞᆫ ᄲᆞᆯ니 드러오라."

말이 믓디 못ᄒ여셔 즉시 몸을 두로혀 나아와 좌(座)의 녜(禮)를 믓고 잔(盞)을 드러 신부(新婦)로 엇게를 ᄀᆞᆯ와[12] 모친긔 헌슈(獻壽)ᄒ니 헌아(軒昂)ᄒᆞᆫ[13] 풍치(風采)와 소쇄(瀟灑)ᄒᆞᆫ 골격(骨格)이 일월정긔(日月精氣)를 머므럿ᄂᆞᆫ디라. 신뷔 이에 들매 일뉸명월(一輪明月) ᄀᆞᆺ기ᄂᆞᆫ 신낭만 못ᄒ고 다만 정치쵸강(精彩峭剛)ᄒ야 믉근 별 ᄀᆞᆺᄐᆞ니 명월(明月)과 셩신(星辰)의 명광(明光)이 엇디 ᄂᆡ도티[14] 아니리오.

듕빈(衆賓)이 입으로 위쟈(慰藉)ᄒ야 샹뎍(相敵)ᄒᆞᆷ믈 치하(致賀)ᄒ나 심듕(心中)의 각 〃 신낭(新郞)을 앗기고 월영이 풍영(豐盈)ᄒᆞᆫ 용뫼(容貌) 만좌(滿座)의 독보(獨步)ᄒᆞ디 소싱의게 들매 오히려 ᄭᅥ딘 고디 만흐니 인 〃(人人)이 도로혀 남ᄌᆞ(男子)의 너모 고으믈 고이히 너기고 댱원(長遠)티 못ᄒᆞᆯ가 의심(疑心)ᄒ야 다 하례왈(賀禮曰),

"신부의 ᄌᆡ미운치(才美韻致)와 신낭의 아름다오미 옥뎨(玉帝) 명(命)ᄒ시도소이다. 연(然)이나 딕시 우리 노인(老人)들을 보시고 너모 고집(固執)ᄒ시니 이 도로혀 우리 녀ᄌᆞ(女子)로셔 활발(活潑)ᄒᆞᆷ믈 그릇 너기미니잇가?"

---

12) ᄀᆞᆯ오다: 나란히 하다.
13) [교감] 헌아ᄒᆞᆫ: '헌앙ᄒᆞᆫ'의 오기. 21권본 없음. 26권본 '헌아코 아즁ᄒᆞᆫ'.
14) ᄂᆡ도ᄒᆞ다: 판이하다. 멀거나 무심하다.

부인이 웃고 샤례왈(謝禮曰),

"미망인(未亡人)이 용녈(庸劣)혼 돈ᄋ(豚兒)를 두고 며느리 ᄇ라기를 과도(過度)히 ᄒ더니 신뷔 저의 덕쉬(敵手)니 엇디 깃브디 아니리오마ᄂ 혈〃(孑孑)혼 인싱(人生)이 고독(孤獨)히 사라 유복ᄌ(遺腹子)의 급뎨(及第)홈과 취쳐(娶妻)ᄒ야 셩인(成姻)ᄒ믈 보니 심회(心懷)를 엇디 츙냥(測量)ᄒ리잇고? ᄌ식이 본디 소졸(疏拙)ᄒ야 존젼(尊前)의 방ᄌ(放恣)티 못ᄒ미니 제 엇지 존긱(尊客)을 그릇 너기미 이시리잇고?"

드디여 딕ᄉᄃ려 왈,

"좌듕(座中) 부인내ᄂ 다 내의 졀(切)혼 배니 곳 네게 슉질(叔姪) ᄀ톤디라. 모ᄅ미 고집고 외디(外待)치 말나."

싱이 안셔(安徐)히 ᄇ샤슈명(拜謝受命)ᄒ고 좌듕(座中)의 샤례왈(謝禮曰),

"쇼딜(小姪)은 박명한ᄉ(薄命寒士)어ᄂ 외람이 졔빅모(諸伯母)의 ᄉ랑ᄒ시믈 닙으니 감격(感激)ᄒ믈 이긔디 못ᄒ오나 인ᄉ(人事) 브죡(不足)ᄒ므로 후의(厚意)를 극진(極盡)이 밧ᄃᆞᆸ디 못홀가 더옥 황공(惶恐)ᄒ여이다."

좌듕의 셕샹셔(石尚書) 부인 진시ᄂ 이 셕파(石婆)의 지친(至親)이라. 셕샹셔 곳 셕슈신(石守信)의 정실ᄌ(正室子)오 셕파ᄂ 쳡예(妾女)니 금일 잔치예 셕패 제 친쳑(親戚)을 부인긔 고(告)ᄒ고 쳥(請)ᄒ니 좌(座)의 잇던디라. 딕ᄉ의 온공극양(溫恭克讓)ᄒ야 비록 입으로 긱(客)을 향ᄒ야 말ᄒ나 관(冠)을 수기고 눈을 ᄂ즉이 ᄒ야 힝혀 뎌 부인니를 볼가 십분(十分) 샹심(詳審)ᄒ야 조심(操心)ᄒ믈 보고 크게 긔특(奇特)이 너겨 싱각ᄒ디,

'샹공(相公)이 ᄆ양 기리시거ᄂ 어디셔 그디도록 긔특(奇特)ᄒ리ᄒ엇더니 과연 거줏말이 아니로다. 십오 셰(十五歲) 쇼년(少年) 남ᄌᆡ

(男子)[15] 엇디 이대도록 온듕(穩重)ᄒ리오? 다만 신부(新婦)ᄂᆞᆫ 만히 써러디니 반ᄃᆞ시 그 심샹(心上)의 블쾌(不快)ᄒ미 이시리라'

ᄒ고 다시 유의(有意)ᄒ여 슬피디 화긔(和氣) 젼연(全然)ᄒ야 유화(柔和)ᄒᆫ 빗치 일좌(一座)의 ᄡᅩ이니 진부인이 ᄀᆞ만이 셕파ᄃᆞ려 왈,

"신낭(新郞)이 신부(新婦)ᄅᆞᆯ 견권(繾綣)[16]ᄒᄂᆞᆫ가 긔싴(氣色)이 십분(十分) 화열(和悅)ᄒ다."

셕패 쇼왈(笑曰),

"우리 낭군(郞君)은 셰샹을 아ᄅᆞ시면셔븟터ᄂᆞᆫ 노싴(怒色)과 블평(不平)ᄒᆫ 양(樣)을 보디 못ᄒ엿나니 신부ᄅᆞᆯ 즐겨 뎌러ᄒ미 아냐 평싱(平生) 본긔싴(本氣色)이 뎌러틋 흔연(欣然)ᄒ니이다."

부인이 혜오ᄃᆞ,

'소싱(蘇生)이 됴뎡(朝廷)의셔ᄂᆞᆫ 엄슉(嚴肅)ᄒ기로 일홈나고 일즉 유순(柔順)탓 말을 듯디 못ᄒ엿더니 이 반ᄃᆞ시 승안(承顔)ᄒ야 화슌(和順)ᄒ고 거관(居官)의 슉딕(肅直)ᄒ미로다.'

더옥 흠모(欽慕)ᄒ더라. 술이 세 순ᄇᆡ 디나매 공직 믈러 하딕(下直)고 밧그로 나가니 ᄀᆞᄂᆞᆫ 허리와 표일(飄逸)ᄒᆫ 긔샹(氣像)이 볼ᄉᆞ록 새로오니 좌위(左右) 탄왈(歎曰),

"부인긔 일 ᄌᆞ(一子) 이시나 타인(他人)의 십 ᄌᆞ(十子)ᄅᆞᆯ 블워 마ᄅᆞ쇼셔."

양시 ᄯᅩᄒᆫ 쳑〃(慼慼) 딕왈(對曰),

"존긱(尊客)의의[17] 말ᄉᆞᆷ이 올흐나 ᄒᆞᆫ낫 ᄌᆞ식(子息)의 사름마다 과찬(過讚)ᄒ니 ᄯᅩᄒᆫ 두려워ᄒ미 댱원(長遠)티 못ᄒᆞᆯ가 념녀(念慮)ᄒᄂᆞ이다."

---

15) [교감] 남뮈: '남ᄌᆡ'의 오기.
16) 견권(繾綣): 생각하는 정이 두텁다.
17) [교감] 존긱의의: '존긱의'의 오기.

이러툿 담쇼(談笑)ᄒ야 셕양(夕陽)의 연파(宴罷)ᄒ고 신부를 녹운당(綠雲堂)의 쳐(處)ᄒ게 ᄒ니 부인의 지극 ᄉ랑ᄒ미 월영의게 ᄂ리디 아니코 셕파 등이 비록 싱만 못ᄒ다 일ᄏᄅ나 ᄯᄒ ᄉ랑ᄒ야 쭐오며 월영의 우익(友愛)ᄒ미 녯 사ᄅᆷ의 디〃 아니〃 화시 일싱(一生)이 ᄌ못 평안(平安)ᄒ여 흠(欠)ᄒᆯ 거시 업ᄉ더라. ᄯᄒ 텬셩(天性)이 민쳡(敏捷)ᄒ고 인ᄉᆨ(人事) 영오(穎悟)ᄒ니 므릇 진퇴(進退)를 조각[18]의 응(應)ᄒ기를 잘ᄒ니 부인이 더옥 ᄉ랑ᄒ더라.

18) 조각: 기미(機微)나 낌새.

부인을 대하는 태도

소싱이 화시를 어드니 스스로 그 위인(爲人)이 ᄌ가(自家)의 쩌디를 아나 ᄉ식(辭色)디 아니코 공경(恭敬)ᄒ고 후딕(厚待)ᄒ나 다만 침소(寢所)의 가기를 드므리 ᄒ야 일삭(一朔)의 십 일(十日)은 침소(寢所)의 드러오고 이십 일(二十日)은 셔당(書堂)의셔 글 닑기를 힘쓰고 모젼(母前)의 니ᄅ나 긔운(氣運)을 온화히 ᄒ고 ᄉ식(辭色)을 ᄌ약(自若)히 ᄒ야 져〃(姐姐)와 두 셔모(庶母)로 한가(閑暇)히 말숨ᄒ여 혹 아담(雅淡)ᄒᆫ 희희(戲謔)로 찬조(贊助)ᄒ여 ᄌ친(慈親)의 뜻을 승안(承顏)ᄒ며 화긔(和氣)를 도으딕 힝혀도 화시긔 눈 보내는 일이 업고 녹운당(綠雲堂)의 가는 날이라도 야심(夜深)토록 모젼(母前)의 뫼셔 친히 침금(寢衾)을 포셜(鋪設)ᄒ고 벼개를 바르게 ᄒ야 누으신 후 물러 화시 방듕(房中)의셔 자고 새박[1] 북을 동(動)ᄒ매 관셰(盥

---

1) 새박: 새벽.

洗)ᄒ고 니러나 신셩(晨省)ᄒ고 대궐(大闕)가 됴참(朝參)²⁾ᄒᆫ 후 모친 (母親)긔 삼시(三時) 문안(問安)ᄒ고 셔당(書堂)으로 나가 향(香)을 픠오고 의관(衣冠)을 졍(正)히 ᄒ야 죵일(終日)토록 단좌(端坐)ᄒ야 ᄉ셔(四書)를 슈련(修鍊)ᄒ고 녜의(禮義)를 강구(講究)ᄒ니 가듕(家 中)이 크게 의심(疑心)ᄒ야 다 화시의 졍박(情薄)ᄒᆫ가 너기고 부인 이 ᄯᅩᄒᆫ 넘녀(念慮)ᄒ야 셕파를 블러 닐오ᄃᆡ,

"ᄋᆞ지(兒子) 화시를 취(娶)ᄒ매 긔식(氣色)이 소원(疏遠)ᄒ니 심히 넘녀로온디라. 내 뭇고져 ᄒᆞᄃᆡ 졔 심히 날을 ᄂᆡ외(內外)ᄒ고 두려 진 졍(眞情)을 니ᄅᆞ디 아닐 거시니 네 가셔 무러보미 엇더뇨?"

셕패 슈명(受命)ᄒ고 딕ᄉᆞ의 간 곳을 ᄎ자 ᄂᆡ셔헌(內書軒)³⁾ 빅화뎡 (百花亭)의 니ᄅᆞ니 두 ᄡᅡᆼ 동ᄌᆞ(童子) 난간(欄干) 밧긔셔 학(鶴)을 질 드리고 쥬렴(珠簾)을 놉히 거덧ᄂᆞᄃᆡ 향노(香爐)의 팀향(沈香)은 ᄂᆡ를 토(吐)ᄒ고 좌우(左右)의 만권(萬卷) 경셔(經書)를 ᄡᅡ코 거믄고를 빗 기 셰워시니 몸이 션당(仙堂)의 오른 ᄃᆞᆺᄒᆫᄃᆡ 싱이 셔안(書案)을 딕ᄒᆞ 여 쥬역(周易)을 펴고 ᄌᆞ미수(紫微數)⁴⁾를 졈복(占卜)ᄒ니 그윽ᄒᆞᆫ 텽 듕(廳中)의 발 그림재 몽농(朦朧)ᄒᆫᄃᆡ 싱의 빅옥(白玉) ᄀᆞᄐᆞᆫ 귀밋과 도쥬(桃朱) ᄀᆞᄐᆞᆫ 쥬슌(朱脣)이 완연(宛然)이 일개(一個) 신션(神仙)이 화목(花木) 총듕(叢中)의 ᄶᅥ러딤 ᄀᆞᄐᆞ니 셕패 새로이 ᄉᆞ랑홉고⁵⁾ 항 복(降服)ᄒ야 뎐도(顚倒)히 나아가 우어 왈,

"이 집이 쇼쳐ᄉᆞ(蘇處士) 집이어늘 엇던 신션(神仙)이 빅화(百花) 총듕(叢中)의 잇ᄂᆞ뇨?"

<hr/>

2) 조참(朝參): 신하들이 조정에 나가 군주를 알현하는 일.
3) 내서헌(內書軒): 중국의 전통 주택에서 두번째 문을 지나면 나오는 정원의 행랑채로 주인이 독서하고 친구를 맞는 곳.
4) 자미수(紫微數): 자미두수(紫微斗數). 자미성(紫微星)과 북두칠성을 이용해 길흉화복을 점치 는 명리학(命理學)의 일종. 송나라 진희이(陳希夷)가 발명했다고 한다.
5) ᄉᆞ랑홉다: 사랑스럽다.

싱이 브야흐로 글의 줌심(潛心)ᄒ엿더니 셕파의 소리를 듯고 니러 마ᄌ며 쇼왈(笑曰),

"셔모의 위쟈(慰藉)ᄒ시믄 가지록6) 더으도소이다."

드디여 좌(座)를 밀고 ᄌ긔(自己) 스스로 방셕(方席) 밧긔 안자 문왈(問曰),

"셔뫼 엇디 외당(外堂)의 나오시니잇가?"

셕패 딕왈(對曰),

"낭군(郎君)이 부인긔 문안ᄒ신 후ᄂ 닉당(內堂)의 드르실 적이 업고 혹 화부인 슉소(宿所)의 가시나 이경(二更)이 디난 후 가시니 이러므로 쳡(妾)이 낭군을 그리워 나오미니이다."

싱이 믄득 웃고 샤왈(謝曰),

"내 셔모(庶母)끠 졍(情)이 업스미 아니라 ᄌ당(慈堂)의 문안(問安)ᄒᆯ 적 ᄒᆫ가지로 뵈오니 구틱여 별침(別寢)의 가 뵈올 일이 업스므로 셔모(庶母) 당(堂)의 가디 못ᄒ야 셔뫼 스스로 날을 ᄎᄌ시게 ᄒ니 블효(不肖)ᄒ믈 씌듯ᄂ이다"

ᄒ니 원간7) 싱이 셕파의 말을 아라듯고 화시를 존뎐(尊前)의셔 보니 ᄉ〃(私私) 당(堂)으로 갈 일이 업다 비우(比喩)ᄒ미라. 셕파ᄂ 이 녕니(怜悧)ᄒᆫ 인물이라 소싱의 말을 ᄯᅩᄒᆫ 아라듯고 역쇼왈(亦笑曰),

"쳡(妾)은 존뎐(尊前)의셔 보시거니와 쇼져(小姐)ᄂ 므슨 연고(緣故)로 ᄎᆺ디 아니샤 일삭(一朔)의 슌일(旬日)을 드러가거나 말거나 ᄒ시니 심(甚)히 고이(怪異)ᄒ고 낭군(郎君)의 부뷔(夫婦) 다 쇼년쳥츈(少年靑春)이라. 졍(情)이 듕(重)ᄒᆯ진대 취셩뎐(聚星殿)8)의 모드셔 힝혀도 듕인(衆人) 듕(中) 말ᄉᆷ을 아니시고 ᄯᅩ 눈을 보디 아니샤 ᄂ

---

6) 가지록: 갈수록.
7) 원간: 워낙.
8) 취셩뎐(聚星殿): 소현성의 어머니 양부인의 쳐소.

의 집 쳐즈(妻子)를 디흔 듯 조심(操心)ᄒ시니 화쇼져의 단졍(端整)
ᄒ시므로도 무심코 낭군을 보실 적이 이시니 낭군은 도로혀 부녀(婦
女)의 슈습(羞澀)⁹⁾ᄒ매 디난다라. 엇디 고이(怪異)티 아니ᄒ리잇가?
쳡이 보건대 낭군이 슈습(羞澀)ᄒ야 이럴 긔샹(氣像)은 아니시고 쇼
져(小姐)긔ᄂ 소원(疏遠)ᄒ신 졍상(情狀)이 분명(分明)ᄒ시니 브족
(不足)ᄒ야 ᄒ시ᄂ 일을 알고져 ᄒᄂ니 현마¹⁰⁾ 쳡(妾)이야 닉외(內外)
ᄒ야 소기리잇가?"

  싱이 텽파(聽罷)의 안식(顔色)을 화(和)히 ᄒ고 졍대(正大)히 닐너
글오디,

  "닉 힝(行)ᄒᄂ 배 시셰인(時世人)과 다르니 셔뫼 의심ᄒ시미 올ᄒ
니이다. 연(然)이나 션비 글을 닐거 티국평텬하(治國平天下) 슈신졔
가(修身齊家)ᄒ미 그 도리(道理)를 츌히미니 오륜(五倫) 가온대 부뷔
(夫婦) ᄯ흔 듕(重)흔디라. 엇디 칠거(七去)¹¹⁾의 죄상(罪狀)이 나타
나디 아냐셔 무고(無故)히 부모(父母) 뎡(定)ᄒ신 졍실(正室)을 박디
(薄待)ᄒᄂ 재(者) 이시리잇고? 이제 화시 드러완디 수월(數月)의 모
친(母親)이 ᄉ랑ᄒ시고 져졔(姐姐) 우익(友愛)ᄒ시며 두 셔뫼(庶母)
후디(厚待)ᄒ시니 ᄒ믈며 내 부〃(夫婦)의 졍(情)이 박(薄)ᄒᆯ 배 이시
리오? 다만 남ᄌ(男子) 비록 부인(夫人)을 듕디(重待)흔들 엇디 구들
가온대 사ᄅᆷ이 되야 머리를 내왓디 아냐 듀야(晝夜) 부녀(婦女)를 샹
디(相對)ᄒ며 더옥 취셩뎐(聚星殿)은 지존(至尊)흔 곳이라. 엇디 감히
셔ᄅ 보며 셜만(褻慢)히 말ᄒ야 ᄌ식(子息)이 어버이 공경(恭敬)ᄒᄂ
도(道)를 니ᄌ며 ᄯ 구ᄐ여 듕회(衆會) 듕(中) 언ᄉ(言辭)를 슈작(酬

<hr>

9) 수삽(羞澀): 수줍고 부끄럽다.
10) 현마: 설마. 아무리 하기로.
11) 칠거(七去): 칠거지악(七去之惡). 아내를 내쫓을 수 있는 일곱 가지 잘못. 불순부모(不順父
母), 무자(無子), 부정(不貞), 질투(嫉妬), 악질(惡疾), 다언(多言), 절도(竊盜).

酌)혼 후(後) 부뷘(夫婦) 줄을 알니오? 나는 뜻의 혜오딕 지아비는 득
〃(黙黙)ᄒᆞ고 녀ᄌᆞ는 졍졍(貞靜)12)ᄒᆞᄆᆞᆯ 크게 너겨 셔ᄅᆞ 희롱(戱弄)ᄒᆞ
고 흔연(欣然)ᄒᆞᄆᆞᆯ 더러이 너기며 ᄯᅩ 일삭(一朔)의 십 일(十日) 드러
감도 내 나히 졈기로 ᄉᆞ졍(私情)의 잇글녀 호ᄉᆡᆨ(好色)ᄒᆞᆫ가 너기ᄂᆞ
니 엇디 화시 방(房)의 ᄌᆞ로13) 가디 아닛ᄂᆞᆫ다 의심ᄒᆞ리잇가? 셔모의
뜻의 엇더ᄒᆞ면 후(厚)ᄒᆞ고 엇더ᄒᆞ면 박딕(薄待)ᄒᆞ미니잇가? 듯고져
ᄒᆞᄂᆞ이다."

석패 쳥파(聽罷)의 크게 웃고 왈,

"낭군은 과연 소댱(蘇張)14)의 구변(口辯)이 잇도다. ᄎᆞ언(此言)이 비
록 유리(有理)ᄒᆞᆫ 듯ᄒᆞ나 다 졍외지언(情外之言)15)이오 진졍(眞情)이
아니라. 만일 진졍(眞情)일딘대 화부인ᄭᅴ 본은졍(本恩情)이 듕(重)ᄒᆞ
니 낭군(郞君)의 ᄒᆞᆫ 몸이 외로오믈 슬펴 녹운당(綠雲堂)의 날마다 가
실디니 엇디 ᄌᆞ손(子孫) 두기를 ᄉᆡᆼ각디 아니시ᄂᆞ뇨?"

ᄉᆡᆼ(生) 왈(曰),

"ᄌᆞ식(子息)을 위ᄒᆞ야 일삭(一朔)의 십 일(十日)을 가ᄂᆞ니 팔ᄌᆞ(八
字)의 이실딘대 죡(足)히 일ᄇᆡᆨ(一百)이라도 이시리니 지어(至於) ᄌᆞ
식을 니ᄅᆞ시믄 실쇼(失笑)ᄒᆞᄂᆞ이다."

석패 ᄯᅩ 닐오딕,

"이 말은 올커니와 쇼년(少年) 낭군(郞君)이 슉뇨(淑窈)ᄒᆞᆫ 부인(夫
人)을 두고 외당(外堂)의 듀야(晝夜) 독쳐(獨處)ᄒᆞ고 자고 시븐 재 챵

---

12) [교감] 쳥졍: '졍졍'의 오기.
13) ᄌᆞ로: 자주.
14) 소댱(蘇張): 전국(戰國)시대 세객(說客)인 소진(蘇秦)과 장의(張儀). 말을 잘하는 사람을 가
리킨다. 소진은 연합하여 진(秦)과 대적하자는 합종(合從)을, 장의는 함께 진을 섬기자는 연횡
(連衡)을 유세했다.
15) [교감] 졍의지언: '졍외지언'의 오기. 21권본 없음. 26권본 '인정이 아니라'. 졍외지언(情外
之言)은 인정(人情)에 벗어난 말.

첩(娼妾) 딕졉(待接)둧 드러가 두어 경(更)은 잇다가 새박 문안(問安) 핑계ᄒ고 내도라온 후ᄂ 나지ᄂ 드리미러도 보디 아닐 녜(禮) 이시리오? 부인이 쟝ᄎᆞᆺ 크게 념녀ᄒ시ᄂ니 낭군은 즐기나 부인긔ᄂ 불회(不孝)로다."

싱이 옥면(玉面)의 우음을 씌여 딕왈(對曰),

"셔뫼 말ᄉᆞᆷ을 이리 무례(無禮)히 ᄒ시ᄂ니잇가? 나히 졈은들 ᄆᆞᄋᆞ미야 노쇄(老少) 이시리잇가? '독쳐(獨處)ᄒ믈 부인(夫人)이 근심ᄒ신다' ᄒ니 내 비록 ᄌᆞ로 드러가고 시브나 셔모의 말ᄉᆞᆷ ᄀᆞᆺᄐᆞ야 내 외로온 ᄌᆞ최로 혈긔(血氣) 미뎡(未定)ᄒ딕 호식(好色)ᄒ야 병(病)을 어드면 모친(母親)긔 큰 념녀(念慮)를 깃치올가 두리오니 이러므로 졍(情)은 듕(重)ᄒ딕 몸이 상(傷)홀가 두려 조심(操心)ᄒᄂ이다. 졍실(正室)을 셜만(褻慢)이 못ᄒᆞᆯᄉᆡ 공경(恭敬)ᄒ야 식〃ᄒ고 모친(母親)긔 혼뎡(昏定)ᄒ고 녹운당(綠雲堂)의 가 자고 신셩(晨省)ᄒ라 계쵸명(鷄初鳴)의 니러나더니 셔뫼(庶母) 챵쳡(娼妾) 딕졉(待接)둧 ᄒ다 ᄒ시니 듀야(晝夜) 씨고 이셔 써나디 아니면 공경(恭敬)ᄒ미니잇가?"

셕패 크게 웃고 니러나며 왈,

"첩(妾)의 둔미(鈍罵)ᄒᆞᆫ 일귀(一口) 낭군의 소진(蘇秦) ᄀᆞᆺᄐᆞᆫ 구변(口辯)을 당(當)티 못홀디라. 입을 닷고 징(錚)을 울녀 퇴(退)ᄒᄂ이다.[16]"

싱이 크게 웃더라. 셕패 드러와 문답ᄉᆞ(問答事)를 일〃(一一)히 고(告)ᄒ니 부인이 믁연(黙然) 냥구(良久)의 탄왈(歎曰),

"내 아히ᄂ 인듕(人中) 셩인(聖人)이오 오쟉(烏鵲) 듕(中) 봉황(鳳凰) ᄀᆞᆺᄐᆞ야 쇽인(俗人)의 ᄇᆞ랄 배 아니라. 제 부친(父親)이 비록 희롱

---

16) 징을 울녀 퇴ᄒᄂ이다: 전투에서 군사를 거둘 때 금속으로 된 타악기를 쳐서 신호를 보냈기 때문에 이렇게 말한 것이다.

(戱弄)된 일이 업고 지극(至極) 엄쥰(嚴峻)ᄒᆞ나 이러튼 아니ᄒᆞ야 일
즉 외당(外堂)의 머믈믈 보디 아냣ᄂᆞ니 이 진짓 제 부친긔 디난디라.
내 그 호ᄉᆡᆨ(好色)ᄒᆞ야 샹(傷)홀가 넘녀ᄂᆞᆫ 업도다."

석파 등(等)이 칭복흠탄(稱服欽歎)홀 ᄯᆞᄅᆞᆷ이러라.

호광순무사가 되다

이째 나라히셔 소경을 호광슌무ᄉ(湖廣巡撫使)[1]룰 ᄒ이샤 삼일티ᄒ(三日治行)ᄒ야 발ᄒ(發行)ᄒ라 ᄒ시니 부인이 니별(離別)을 슬허ᄒ더니 님ᄒ(臨行)의 싱이 모젼(母前)의 ᄇᄇ별(拜別)ᄒ매 안식(顏色)이 참연ᄌ상(慘然沮喪)[2]ᄒ야 눈물 ᄯ러디믈 씨닷디 못ᄒ니 부인이 믄득 낫빗ᄎᆯ 졍(正)히 ᄒ고 경계왈(警戒曰),

"신ᄌ(臣子) 되야 국명(國命)을 밧ᄌ오니 당〃이 쯧을 광풍폐월(光風霽月)[3]ᄀᆺ티 홀 거시니 엇디 쳑〃(慽慽)이 슬허ᄒ미 이시리오? 내 비록 이에 이시나 나히 만치 아니코 네 안해 됴모(朝暮)의 이셔 위ᄅ(慰勞)[4]홀 거시니 죡(足)히 평안(平安)홀 거시오, 네 ᄯ 쳥츈쇼년(靑

---

1) 호광순무사(湖廣巡撫使): 호광은 호남(湖南)과 호북(湖北). 순무사는 각 지방의 군정(軍政)과 민정(民政)을 순시하는 관직.
2) [교감] 참연ᄌ상: '참연저상'의 오기.
3) [교감] 광풍폐월: '광풍제월'의 오기.
4) [교감] 위ᄅ: '위로'의 오기. 21권본·26권본 '위로'.

春少年)의 태평시(太平時)의 ᄉ환(仕宦)ᄒ니 맛당이 국ᄉ(國事)를 명
찰(明察)ᄒ야 ᄆ른 일홈을 드리오미 이곳 현양부모(顯揚父母)ᄒ야 효
도(孝道)를 닐위미니 내 아ᄒᆡᄂᆞᆫ 모ᄅᆞ미 슬허 말고 션인(先人)의 청명
(淸名)을 ᄶᅥ러ᄇᆞ리디 말나.”

어ᄉᆞᆯ(御史)[5] ᄌᆡᄇᆡ슈명(再拜受命)ᄒ고 믈너 두 셔모와 져져를 니
별(離別)ᄒ고 비로소 녹운당의 니ᄅᆞ니 화시 옥빙홍안(玉鬢紅顔)의 원
별(遠別)을 시름ᄒ야 ᄡᅡᆼ미(雙眉)를 ᄯᅥᆼ긔고 사창(紗窓)을 ᄃᆡ(對)ᄒ야
탄식(歎息)ᄒ거늘 싱이 드러가 갓가이 안자 웃고 왈,

“부인이 시름ᄒᆞ미 싱을 위ᄒᆞ미냐?”

화시 ᄂᆡᆷ용왈(斂容曰),

“군ᄌᆞ(君子) 황명(皇命)을 밧ᄌᆞ오니 존고(尊姑)의 슬프심과 쳡(妾)
의 심ᄉᆡᆨ(心思) 측냥(測量)ᄒ리오? 연(然)이나 먼니 ᄒᆡᆼ(行)ᄒ시니 보
듕(保重)ᄒ야 임ᄉᆞ(任事)를 션티(善治)ᄒ시고 수이 도라오시믈 원
(願)ᄒᄂᆞ이다.”

어ᄉᆞ ᄂᆞᆯ호여 ᄀᆞᆯ오ᄃᆡ,

“호광(湖廣)이 비록 요원(遙遠)ᄒ나 평안(平安)ᄒᆫ ᄯᅡ히오 내 ᄯᅩ 몸
이 견강(堅强)ᄒ야 다른 넘녜(念慮) 업ᄉᆞᄃᆡ 다만 신셩(晨省) 혼덩(昏
定)과 나ᄌᆡ 세 ᄲᅢ 문안(問安)을 폐(廢)ᄒ야 ᄌᆞ안(慈顔)을 니별(離別)
ᄒ오미 인ᄌᆞ(人子)의 ᄎᆞᆷ디 못ᄒᆞᆯ 배라. 부인(夫人)은 슬젼(膝前)을 ᄶᅥ
나디 말고 승안(承顔)ᄒᆞᆯ 게을니 말나.”

드듸여 몸을 니러 나갈ᄉᆡ 다시 닐오ᄃᆡ,

“디속(遲速)을 뎡(定)티 못ᄒ니 부인은 기리 무양(無恙)ᄒ라”

ᄒ니 졔인(諸人)이 여어보고 ᄇᆞ야흐로 싱이 화시와 말ᄒᆞ믈 처엄으
로 드ᄅᆞ니라.

---

[5] 어사(御史): 관직명. 특별한 임무를 띠고 지방에 파견되어 감찰하는 관직.

싱이 발힝(發行)ᄒ야 듀야(晝夜)로 호광(湖廣)의 니르러 도임(到任)ᄒ니 군현(郡縣)이 뎌의 쇼년명ᄉ(少年名士)로 ᄌ품(才品)이 과인(過人)ᄒ고 춍명(聰明)ᄒ믈 보고 항복(降服)ᄒ기를 마디아니ᄒ더라. 다ᄉ런디 수삼 월(數三月)의 도적(盜賊)이 변(變)ᄒ야 어딘 빅셩(百姓)이 되니 텬지 드르시고 크게 아름다이 너기샤 특별(特別)이 탁용(擢用)ᄒ야 역마(驛馬)로 브르시니 임소(任所)의 이션디 다숫 ᄃ리라.

응죠환경(應詔還京)홀시 빅셩(百姓)이 술위를 붓드러 말니니 어시 마디못ᄒ야 뉵칠 일(六七日)을 뉴련(留連)ᄒ야 경ᄉ(京師)로 갈ᄉ시 추죵(騶從)을 다 썰티고 필마단노(匹馬單奴)로 힝혼

윤씨를 구해 의남매를 맺다

수일(數日) 만의 인가(人家)를 어더 쥬인(住人)하고[1] 쵹(燭)을 붉히고 안자 『뉵도셔六鞱書』[2]를 외오더니 밤이 이경(二更)이 진(盡)하매 믄득 드르니 창밧긔 신 소리 나며 문(門) 두드리는 재 잇거늘 의시(御史)[3] 의혹(疑惑)하야 싱각하되,

'이 니미망냥(魑魅魍魎)인가?'

하야 지게를 열고 보니 희미(稀微)한 월하(月下)의 일위(一位) 쇼년녀지(少年女子) 셧더니 싱의 문 열믈 보고 앙연(昂然)히 거러 방듕(房中)의 드러 싱(生)을 향하야 만복(萬福)[4]하믈 일콧고 눈믈을 흘니니 싱이 눈을 드러 보니 그 녀지(女子) 술빗츤 몱은 옥(玉) 곳고 아미(蛾眉)는 버들 곳트며 냥목(兩目)은 츄패(秋波) 흐르는 듯 구름 곳튼 머

1) 주인(住人)하다: 유숙(留宿)하다.
2) 육도서(六鞱書): 주나라 태공망(太公望)이 지은 병법서(兵法書)인 『육도』.
3) [교감] 의시: '어시'의 오기.
4) 만복(萬福): 다복(多福). 축수(祝手)하는 인사말로 사용. 중국어 차용어.

리를 헛트르고 남누(襤褸)훈 의샹(衣裳)을 닙어시니 둘이 근심ᄒᆞ고 고지 시름ᄒᆞᄂᆞᆫ 듯 연 〃(娟娟) 아리ᄯᆞᆸ고 표묘쇄락(漂緲灑落)5)ᄒᆞ야 경성경국지식(傾城傾國之色)과 폐월슈화지ᄐᆡ(閉月羞花之態)니 염 〃(艶艶)훈 용뫼(容貌) 지분(脂粉)의 ᄎᆔ식(取色)ᄒᆞᄆᆞᆯ 더러이 너겨 광치(光彩) 쵹하(燭下)의 ᄇᆡ이ᄂᆞ디라.

어ᄉᆡ(御史) 크게 고이(怪異)히 너겨 문왈(問曰),

"그ᄃᆡᄂᆞᆫ 엇던 사ᄅᆞᆷ이완ᄃᆡ ᄀᆡᆨ(客)의 곳의 니ᄅᆞ러 므슴 말을 ᄒᆞ고져 ᄒᆞᄂᆞ뇨?"

그 녀ᄌᆡ 눈물을 거두고 옷기ᄉᆞᆯ 넘의여 ᄃᆡ왈(對曰),

"쳡(妾)은 호광(湖廣) 윤평쟝(尹平章)의 녀ᄌᆡ(女子)라. 집이 호부(豪富)ᄒᆞ기로 명화적(明火賊)이 드러 일가(一家)ᄅᆞᆯ 분탕(焚蕩)6)ᄒᆞ야 죽이고 쳡은 겨유 사랏더니 쥬인(主人)은 곳 쳡(妾)의 집 죵이라. 도적(盜賊)과 동모(同謀)ᄒᆞ야 부모ᄅᆞᆯ 죽이고 쳡을 ᄃᆞ려왓ᄂᆞ디라. 쳡이 죽고져 ᄒᆞ나 짜히 업고 이놈이 제 ᄌᆞ식을 두고 며ᄂᆞ리 삼으랴 ᄒᆞ니 쳡이 ᄇᆡᆨ단(百端)으로 밀막으ᄃᆡ7) 듯디 아니ᄒᆞ고 ᄐᆡᆨ일(擇日)ᄒᆞ야 혼인(婚姻)ᄒᆞ랴노라 ᄒᆞ니 듀야(晝夜) 하ᄂᆞᆯᄀᆡ 비더니, 금일(今日) 군ᄌᆞ(君子)ᄅᆞᆯ 만나니 잇ᄂᆞᆫ 고디 머디 아닌디라. 붓그러오ᄆᆞᆯ 닛고 이에 와 고(告)ᄒᆞᄂᆞ니 비록 쳡이 죽을디라도 군ᄌᆡ 일녀ᄌᆞ(一女子)의 함원(含怨)ᄒᆞᄆᆞᆯ 참혹(慘酷)히 너기샤 관부(官府)의 고(告)ᄒᆞ야 쳡의 부모 신톄(身體)나 영장(永葬)ᄒᆞ게 ᄒᆞ야주시면 은덕(恩德)을 슈심명골(鏤心銘骨)8)ᄒᆞ야 함호결초(銜環結草)9)ᄒᆞ리이다."

---

5) 표묘(漂緲): 표묘(縹緲). 은은하여 있는 듯 없는 듯한 모양.
6) 분탕(焚蕩): 남의 물건 따위를 약탈하거나 노략질함.
7) 밀막다: 못 하게 하거나 말리다. 핑계하고 거절하다.
8) [교감] 슈심명골: '누심명골'의 오기. '누심명골(鏤心銘骨)'은 심장과 뼈에 새겨 영원히 잊지 않는다는 뜻이다.
9) [교감] 함호결초: '함호'는 '함환'의 오기. 21권본 없음. 26권본 '구슬을 먹음으며 풀을 ᄆᆡᆽ'.

언파(言罷)의 쥬뤼(珠淚) 만면(滿面)ᄒ야 믉근 소ᄅᆡ로 늣기니 쳥아교〃(淸雅嬌嬌)ᄒ야 비길 곳이 업더라. 소ᄉᆡᆼ(蘇生)이 듯기를 ᄆᆞᄎᆞ매 기용치경(改容致敬)ᄒ야 피셕샤왈(避席謝曰),

"쇼ᄉᆡᆼ(小生)은 경ᄉᆞ(京師) 사ᄅᆞᆷ이라. ᄆᆞ쳐¹⁰⁾ 길흘 말ᄆᆡ아마 이런 경상(景狀)을 보오니 경황참담(驚惶慘憺)ᄒᆞᆷ믈 이긔디 못거이다. 이런 줄을 모로와 당초(當初) 셜만(褻慢)ᄒᆞᆷ믈 황공(惶恐)ᄒ며 쇼ᄉᆡᆼ(小生)이 비록 약(弱)ᄒ나 이 일ᄉᆞ디ᄂᆞᆫ 신원(伸冤)ᄒᆞ시긔 ᄒᆞᆯ 거시니 안심(安心)ᄒᆞ시고 밤이 깁ᄒ니 도라가쇼셔. ᄂᆡ일 결단(決斷)이 이시리이다."

녀ᄌᆡ(女子) 샤례왈(謝禮曰),

"혼야(昏夜)의 샹죵(相從)ᄒᆞ미 비례(非禮)나 쳡(妾)이 슈괴(羞愧)ᄒᆞᆷ믈 닛고 곡경(曲徑)의 나와 군ᄌᆞ긔 말ᄉᆞᆷ을 붓텻더니 쾌허(快許)ᄒᆞ시믈 드르니 경희(驚喜)ᄒᆞᆷ믈 이긔디 못ᄒᆞᄂᆞ니 존셩(尊姓)과 대명(大名)을 드러디이다."

ᄉᆡᆼ(生)이 손샤왈(遜謝曰),

"불안(不安)ᄒᆞᆷ믈 보고 신원(伸冤)ᄒᆞ미 남ᄌᆞ(男子)의 일이라. 엇디 과(過)히 니ᄅᆞ시믈 당(當)ᄒ리오? 셩명(姓名)은 ᄌᆞ연(自然) 아ᄅᆞ실 거시니 밧비 도라가쇼셔. 보ᄂᆞ 니 이실가 두리ᄂᆞ이다."

녀ᄌᆡ(女子) ᄇᆡ샤(拜謝)ᄒᆞ고 나간 후 ᄉᆡᆼ이 독좌(獨坐) 샹냥(商量)ᄒ

함환결초(銜環結草)는 죽어서 은혜를 갚는다는 뜻이다. 후한(後漢) 사람 양보(楊寶)가 어렸을 때 다친 꾀꼬리를 100여 일간 돌봐주었다. 꾀꼬리가 회복되어 날아간 날 밤에 황의동자(黃衣童子)가 나타나 흰 환옥 네 개를 주며 자손들이 삼공의 지위에 오를 것이라고 말한 데서 함환(銜環)이란 말이 유래했다. 한편 춘추시대 진나라 위과(魏顆)는 아버지가 죽은 후 아버지의 첩을 순장(殉葬)시키지 않고 개가(改嫁)시켰다. 그뒤에 위과가 진(秦)나라 장수 두회(杜回)와 싸울 때, 한 노인이 풀밭의 풀을 묶어 두회를 쓰러지게 한 덕분에 두회를 사로잡을 수 있었다. 그날 밤 위과의 꿈에 노인이 나타나 딸을 살려준 은혜를 갚았다고 말했다. 여기서 결초(結草)란 말이 유래했다.
10) ᄆᆞ쳐: 마침.

매 분격(憤激)호믈 이긔디 못호야 겨유 새기를 기드려 시노(侍奴)로 더브러 본현(本縣)의 니르러 호광어ᄉ(湖廣御史) 와시믈 뎐(傳)호니 디뷔(知府)[11] 대경(大驚)호야 급히 졀급(節級)[12] 뇌ᄌ(牢子)[13]로 더브러 마자 당샹(堂上)의 올니고 굴오디,

"존대인(尊大人) 노션싱(老先生)이 엇디 필마(匹馬)로 이에 니르러 겨시뇨? 일즉 됴보(朝報)를 보고 샹경(上京)호시믈 드른 후 일〃(日日) 디후(待候)호더니 금일(今日) 존안(尊顔)을 뵈오니 만힝(萬幸)이로소이다."

일변(一邊) 니르며 일변(一邊) 셜연(設宴)호라 호니 어ᄉ(御史) 블평(不平)호믈 보왓ᄂ더라. 엇디 쥬찬(酒饌)을 기드리리오. 다만 졀급(節級) 뇌ᄌ(牢子)를 불너 텽녕(聽令)호라 호니 디뷔(知府) 7만이 싱각호디,

'이 어ᄉ(御史) 쇼년(少年)이라 톄(體) 모르ᄂ도다'
호고 나아가 품왈(稟曰),

"비록 아모 급흔 일이 이셔도 잔치를 바드신 후 분부호미 규구(規矩)니이다."

어ᄉ(御史) 노왈(怒曰),

"남ᄌ(男子) 쳐셰(處世)호매 블평(不平)흔 일을 보고 신원(伸寃)호고 국ᄉ(鞫事)[14]를 보고 티졍(治定)호미 도리(道理)니 급흔 일을 보매 셩화(星火) 곳티 구(救)호미 귀(貴)커ᄂ늘 엇디 녹〃(碌碌)히 술잔과 음식을 듕히 너기리오?"

---

11) 지부(知府): 관직명. 권지부(權知府)의 약칭. 송나라 때 임시로 경관(京官)을 파견하여 충원한 군부(郡府)의 장관. 명나라 때 정식 관직이 되었다.
12) 절급(節級): 낮은 무관직. 또는 송원대(宋元代) 지방 옥리(獄吏).
13) 뇌자(牢子): 옥졸(獄卒). 또는 일반 아역(衙役).
14) 국사(鞫事): 죄인을 문초하는 일.

이에 크게 소리ᄒᆞ야 졀급(節級)을 명(命)ᄒᆞᄃᆡ,

"너희 등이 남문(南門) 밧긔 가 셧녁촌 사ᄅᆞᆷ을 잡아오라."

하인(下人)이 분〃(紛紛)이 가더니 슈유(須臾)의 여라믄 노인(老人)을 잡아오니 싱이 보니 그듕의 어졔 듀인(住人)ᄒᆞ엿더 니 잇거늘 잡아내여 져줄ᄉᆡ, 져근 교ᄌᆞ(轎子)ᄅᆞᆯ 보내여 윤평쟝(尹平章) 녀ᄌᆞ(女子)ᄅᆞᆯ 뫼셔오라 ᄒᆞ야 변졍(辨正)ᄒᆞ니 그놈이 심혼(心魂)이 니톄(離體)ᄒᆞ야 저의 처엄붓터 모의(謀議)ᄒᆞ야 쥬인(主人)을 죽이고 그 녀ᄌᆞ(女子)ᄅᆞᆯ 드려와 며느리 삼으랴 ᄒᆞ니 윤시(尹氏) 듯디 아니매 강박(強迫)고져 ᄒᆞ던 쥬의(主意)ᄅᆞᆯ 일〃(一一)히 고(告)ᄒᆞ니 어시(御史) ᄃᆡ로(大怒)ᄒᆞ야 즉시 그놈의 삼부ᄌᆞ(三父子)ᄅᆞᆯ 져재 가온 참(斬)ᄒᆞ고 그 쳐ᄌᆞ(妻子)ᄂᆞᆫ 히도(海島)의 내티고 그 집 지산(財産)은 젹믈(籍沒)ᄒᆞ야 구위[15]로 드리라 ᄒᆞ고 디부(知府)ᄅᆞᆯ 최(責)ᄒᆞᄃᆡ,

"그ᄃᆡ 일면(一面)을 맛다 다스리며 이런 히이(駭耳)ᄒᆞᆫ 일이 이시니 스스로 붓그럽디 아니냐?"

디뷔(知府) 믁연샤죄(黙然謝罪)ᄒᆞ더라. 어시(御史) 즉시 윤평쟝(尹平章) 일가(一家)ᄅᆞᆯ 관각(棺槨)[16]을 ᄀᆞ초와 션산(先山)의 장(葬)ᄒᆞ고 그 집의 녀ᄌᆞ(女子)ᄅᆞᆯ 머믈오고져 ᄒᆞ니 녀ᄌᆞ(女子) 곡ᄇᆡ(曲拜)[17]ᄒᆞ여 은덕(恩德)을 샤례(謝禮)ᄒᆞ고 ᄯᅩ 닐오ᄃᆡ,

"쇼쳡(小妾)이 외로온 쟈최로 혈〃(孑孑)이 의디(依支) 업ᄉᆞᆫ디라. 결단코 이에 잇디 못ᄒᆞᆯ 거시니 샹공(相公)이 만일 어엿비 너기실딘대 경ᄉᆞ(京師)의 두어 친족(親族)이 이시니 드려다가 두시믈 ᄇᆞ라ᄂᆞ이다."

---

15) 구위: 관청(官廳). 관가(官家).

16) [교감] 관각: '관곽'의 오기. 21권본·26권본 '관곽'.

17) 곡배(曲拜): 마주보지 않고 하는 절. 절을 받는 사람은 남쪽을 향하여 앉고, 절하는 사람은 동쪽이나 서쪽을 향하여 절을 한다.

어시(御史) 팀음(沈吟)ᄒ기를 오래 ᄒ다가 윤쇼져(尹小姐)를 향ᄒ
야 굴오디,

"쇼져(小姐) 말ᄉᆞᆷ이 졀박(切迫)ᄒ시나 남녜(男女) 동ᄒᆡᆼ(同行)ᄒᄆᆡ
크게 셩교(聖敎)의 버서난디라. 피ᄎᆞ(彼此) 블편(不便)ᄒ니 쇼졔(小
姐) 만일 더러이 아니 너길딘대 잠간(暫間) 형ᄆᆡ(兄妹)의 의(義)를 의
탁(依託)ᄒ야 결의동긔(結義同氣) 되면 혐의(嫌疑) 업서 뫼셔갈가 ᄒ
ᄂ이다."

윤시 년망(連忙)[18]이 샤례왈(謝禮曰),

"만일 이리ᄒ면 쳡이 더옥 싱ᄉᆞ(生死)의 감은(感恩)ᄒᄆᆞᆯ 측냥(測
量)ᄒ리잇가?"

어시 흔연(欣然)이 나흘 무ᄅᆞ니 십칠 셰(十七歲)라. 싱의게 일 년
믓[19]이어ᄂᆞᆯ 싱이 드듸여 두 번 졀ᄒ야 형ᄆᆡ(兄妹)를 삼고 십분(十分)
환희(歡喜)ᄒ야 ᄒᆞ가지로 드려가디 ᄡᅥ곰 친ᄆᆡ(親妹)라 ᄒ더라. 윤시
당초(當初) 신원(伸寃)ᄒ려 싱을 보고 후(後)의 은덕(恩德)이 듕(重)
ᄒ니 평싱(平生) 우러는 ᄯᅳᆺ이 잠간(暫間) 잇더니 어ᄉᆞ의 ᄉᆞ긔"정대(正
大)ᄒ여 남ᄆᆡ(男妹)로 결약(結約)ᄒᄆᆞᆯ 보고 ᄯᅩᄒᆞᆫ 깃브고 ᄯᅩᄒᆞᆫ 의혹
(疑惑)ᄒ야 수십 일(數十日) 동ᄒᆡᆼ(同行)ᄒᄆᆡ 뎌 소싱(蘇生)의 긔식(氣
色)이 가디록[20] 졍(正)ᄃᆞ와[21] 침소(寢所)를 멀니 각방(各房)의 ᄒ고 언
어슈작(言語酬酌)ᄒᆞᆯ 적이 만ᄒᆞ디 ᄆᆞᄎᆞᆷ내 눈을 ᄂᆞ초와 보디 아니코 웃
고 말ᄉᆞᆷ을 활발(活潑)이 ᄒᆞᆯ 적이 업서 언"(言)의 공경겸손(恭敬謙
遜)ᄒᄆᆡ 지극(至極)ᄒ니 윤시 칭복(稱服)ᄒ야 혜오디,

18) 연망(連忙)히: 바삐.
19) 믓: 많이.
20) 가디록: 갈수록.
21) [교감] 졍ᄃᆞ와: 21권본 '졍듸ᄒᆞ여'. 26권본 '졍개ᄒᆞ고'.

'이 진짓 하혜(下惠)[22] 미즈(微子)[23]의 뉴(流)[24]로다. 셥셰쳐신(涉世處身)의 졍대(正大)ᄒ미 이 ᄀᆞᆺᄐ니 진짓 셩현군ᄌᆡ(聖賢君子)로다'
ᄒ더라.

---

22) 하혜(下惠): 춘추시대 노(魯)나라의 현자(賢者) 유하혜(柳下惠). 추운 겨울에 여행하던 중 여관에 들었는데, 한 여자가 따라 들어왔다. 날씨가 너무 추웠으므로 여자가 얼어 죽지나 않을까 염려하여 한방에서 한 이불을 덮고 잤으나 조금도 난행(亂行)을 하지 않았다. 후대에 지조 있는 남자를 가리키게 되었다.
23) 미자(微子): 상(商)나라 주왕(紂王)의 서형(庶兄)으로 주왕의 실정(失政)을 여러 번 간하다가 듣지 않자 달아났다. 상나라 말기의 삼인(三仁) 중 한 사람이다.
24) 하혜 미즈의 뉴: 『논어論語』 「미자편微子篇」은 현인의 출사와 은거를 다루면서, 나라가 망할 것을 알고 떠난 미자와 여러 번 관직에서 쫓겨났지만 나라를 떠나지 않았던 유하혜의 처세가 둘 다 어질다고 평가했다.

윤씨가 재취로 거론되지만 거절하다

힝ᄒ야 경ᄉ(京師)의 니ᄅ러 궐하(闕下)의 샤은(謝恩)ᄒ니 샹(上)이 ᄉ쥬(賜酒)ᄒ시고 인견(引見)ᄒ샤 호광(湖廣) 딘무(鎭撫)ᄒᆫ 공(功)을 기리시고 벼슬을 도〃와 니부시랑(吏部侍郞)[1]을 ᄒ이시니 싱이 샤은ᄒ고 밧비 즈운산의 도라와 모친긔 뵈오니 부인이 반김과 깃브믈 이긔디 못ᄒ야 상(床)의 ᄂ려 손을 잡고 흔〃(欣欣)이 우을 ᄯᄅ름이러라. 싱이 인ᄒ야 윤시 ᄃ려와시믈 고ᄒ니 부인이 놀나 팀음(沈吟)ᄒ다가 닐오ᄃ,

"이러커든 그 친족(親族)을 ᄎ자주미 올토다."

싱이 ᄃᆡ왈,

"ᄒ이(孩兒) 임의 하인(下人)으로 뎌의 니ᄅᄂ 셩명(姓名)을 아라 잇ᄂ 곳을 ᄎᄌ라 ᄒ고 집 잡아 머믈웟ᄂ이다."

언미필(言未畢)의 하인이 보(報)ᄒᄃᆡ,

---

1) 이부시랑(吏部侍郞): 관직명. 이부의 차관.

"윤쇼져 친족을 ᄎᄌᄃᆡ 아모 ᄃᆡ도 업더이다."

싱이 탄식(歎息)고 모친긔 고ᄒᆞᄃᆡ,

"뎨 임의 친족이 업고 외로온 자최라. 모친이 블너 가듕(家中)의 두 시미 엇더ᄒᆞ니잇가?"

부인 왈,

"내 아히(兒孩) 의긔(義氣) 이ᄀᆞᆺᄐᆞ니 노뫼(老母) ᄃᆞᆺ디 아니리오?"

드듸여 윤쇼져를 쳥(請)ᄒᆞ야 보니 윤시 드러와 부인긔 ᄉᆞᄇᆡ(四拜) ᄒᆞ고 화시 월영 등으로 녜(禮)ᄒᆞ고 좌(座)를 일우니 부인이 ᄒᆞᆫ번 보 매 크게 긔특이 너겨 문왈(問曰),

"서ᄅᆞ ᄒᆞᆫ 텬디간(天地間)의 이시ᄃᆡ 경향(京鄕)이 닉도ᄒᆞ야 셩명(姓 名)도 아디 못ᄒᆞ더니 ᄯᅩᄒᆞᆫ 연분(緣分)이 이셔 서ᄅᆞ 만나니 영ᄒᆡᆼ(榮幸) ᄒᆞᆷ믈 이긔디 못ᄒᆞ나 낭ᄌᆞ(娘子)의 심ᄉᆞ(心事) 외로오믈2) 참담(慘憺) ᄒᆞ야 ᄒᆞᄂᆞ이다."

윤시 피셕샤례왈(避席謝禮曰),

"쳡(妾)이 삼싱(三生)의 죄역(罪逆)3)이 듕(重)ᄒᆞ야 부모를 참혹(慘 酷)히 니별(離別)ᄒᆞ고 쟝ᄎᆞᆺ 죽기의 다ᄃᆞ랏ᅀᆞᆸ거늘 어ᄉᆞ(御史)의 태산 (泰山) ᄀᆞᆺᄐᆞᆫ 셩은(盛恩)을 닙어 어버의 원슈(怨讐)를 갑고 이에 니ᄅᆞ 러 친쳑(親戚)을 ᄎᆞ즐가 ᄒᆞ야ᅀᆞᆸ더니 다 죵젹(蹤迹)을 므ᄅᆞ니4) 쟝ᄎᆞᆺ 도라갈 ᄃᆡ 업ᄉᆞᆫ디라. 무ᄎᆞᆷ내 셩은(盛恩)을 닙ᄉᆞ와 죵신(終身)토록 문 하(門下)의 시녀(侍女)의나 츙슈(充首)케 ᄒᆞ시믈 원ᄒᆞᄂᆞ이다."

부인이 뎌의 이원(哀怨)ᄒᆞᆫ 말ᄉᆞᆷ과 옥(玉) ᄀᆞᆺᄐᆞᆫ 소ᄅᆡ를 듯고 심히

---

2) [교감] 낭ᄌᆞ의 심ᄉᆞ 외로오믈: 21권본 '외로온 졍ᄉᆞ를 드르니'. 26권본 '낭ᄌᆞ의 졍시 춤혹ᄒᆞ 고 외로오믈'. '심사(心事)'보다는 '졍사(情事)'가 문맥상 자연스러움. 정사는 사실 또는 정황을 뜻함.

3) 죄역(罪逆): 마땅한 이치를 거스르는 큰 죄.

4) [교감] 므ᄅᆞ니: '모ᄅᆞ니'의 오기. 21권본 '모로오니'. 26권본 '모ᄅᆞ니'.

스랑ᄒ고 잔잉히 너겨 위로왈(慰勞曰),

"낭ᄌ의 말을 드ᄅ니 셕목(石木)도 감동(感動)ᄒ리로다. ᄋᄌ(兒子) 의긔(義氣)를 됴히 너기고 내 ᄯᅩ흔 일뎜(一點) 션심(善心)을 품엿ᄂ니[5] 엇디 낭ᄌ를 시녀의 두리오? 날로 더브러 일방(一房)의셔 디내미 올ᄒ니라."

윤시 지비왈(再拜曰),

"만일 이리ᄒ시면 은덕(恩德)을 더옥 츙냥(測量)ᄒ며 비록 외람(猥濫)ᄒ나 어ᄉ(御史)로 더브러 형미(兄妹) 되어시니 부인긔 슬하이(膝下兒) 되기를 ᄇ라ᄂ이다."

부인이 흔연(欣然)이 허락ᄒ니 윤쇼졔 드듸여 팔ᄇᆡ(八拜)ᄒ야 모녜(母女) 되고 월영 화시로 형뎨(兄弟) 되야 십분(十分) 환희(歡喜)ᄒ믈 이긔디 못ᄒ듸 셕파 등은 품은 회푀(懷抱) 이셔 녀의 결약(結約)ᄒ믈 깃거 아니ᄒ더니 부인이 시녀로 ᄒ야곰 취셩뎐(聚星殿) 겻티 회운각이란 당(堂)을 슈리(修理)ᄒ야 윤시를 머믈게 ᄒ니 사ᄅᆷ이 다 믈너난 후 셕패 부인긔 술오듸,

"쳡 등이 윤쇼져를 보니 진짓 경국(傾國)홀 식(色)이오 인ᄉ(人事) ᄯᅩ 뎡〃(貞靜)ᄒ니 이런 사ᄅᆷ을 고문거족(高門巨族)의 갈히여도 엇디 못홀 배오 화낭ᄌ 비록 아름다오시나 시랑(侍郞)긔 밋디 못ᄒ시니 엇디 윤시로 시랑의 둘재 부인을 삼디 아니ᄒ시ᄂ니잇가? ᄒ믈며 시랑이 화시긔 금슬지락(琴瑟之樂)이 업고 긔식(氣色)이 닝낙(冷落)ᄒ시며 윤평쟝 일가(一家)를 장(葬)ᄒ고 그 원슈(怨讐)를 갑고 그 녀ᄌ(女子)를 ᄃ려오니 쇼년남ᄌ(少年男子) 졀ᄃᆡ가인(絶代佳人)으로 수십 일(數十日) 동ᄒᆡᆼ(同行)ᄒ야 와셔 구터여 집의 머믈고져 ᄒ니 그 ᄯᅳᆺ을 죡히 알디라. 만일 결약형뎨(結約兄弟)ᄒ면 반ᄃ시 어ᄉ의 심ᄉᆞ(心思)

5) [교감] 품엿ᄂ니: '품엇ᄂ니'의 오기.

울 〃(鬱鬱)홀 거시오, 이런즉 ᄉ셰(事勢) 불안(不安)ᄒ야 뎌 녀ᄌ도 난쳐(難處)ᄒ야 인뉸(人倫)이 어ᄌ러오리니 부인은 세 번 싱각하쇼셔."

부인이 팀음냥구(沈吟良久)의 닐오ᄃᆡ,

"네 말을 드ᄅ니 ᄯ혼 유리(有理)ᄒ나 화시 일즉 허물된 곳이 업고 경이 구ᄐ야 소원(所願)티 아니며[6] ᄒ믈며 윤시를 ᄃ려올 적 형미로 결약ᄒ미 다른 ᄯᆺ이 업스미니 제 드노티[7] 아닛ᄂᄃᆡ 내 금단(禁斷)티 아니코 엇디 도로혀 ᄌ쥐(再娶)를 도 〃 리오? 연(然)이나 여러 날 동ᄒᆡᆼ(同行)ᄒ니 혹 ᄋ지(兒子) 삼가디 못ᄒ미 잇ᄂ가 의심(疑心)되니 네 가 무러보라."

셕패 텽녕(聽令)ᄒ고 시랑이 잇ᄂᆫ 곳의 다ᄃ라 하례(賀禮)ᄒᆫ대 시랑(侍郎) 왈,

"므슴 깃브미 잇ᄂ니잇고?"

셕패 왈,

"다른 일이 아니라 낭군(郎君)의 졀ᄉᆨ(絕色) 슉녀(淑女) 어드시믈 티하(致賀)ᄒᄂ니 십ᄉ(十四)의 등데(等第)ᄒ샤 십오(十五)의 화시를 어드시고 십뉵(十六)의 벼슬은 츈경(春卿)[8]의 오ᄅ시고 ᄯ 윤쇼져 ᄀᆺ튼 슉녀를 어드시니 엇디 티하티 아니리잇가?"

싱이 믄득 화긔(和氣)를 쇼삭(蕭索)ᄒ야 졍ᄉᆨ문왈(正色問曰),

"셔모(庶母)의 다른 말은 각별(各別) ᄉ양(辭讓)티 아니려니와 윤시 누의를 ᄃ려오매 엇디 티하ᄒ미 잇ᄂ뇨? 동ᄉᆡᆼ(同生)이 젹더니 양미(養妹)를 엇다 니ᄅ시미니잇가? 언단(言端)이 모호(模糊)ᄒ시니 그

---

6) [교감] 경이 구ᄐ야 소원티 아니며: 21권본 '오이 원치 아니ᄒ며'. 26권본 '경이 구ᄐ여 소원치 아니며'.
7) 드놋다: 말하다. 발설하다.
8) 춘경(春卿): 예부(禮部)의 장관. 소현성은 이부시랑이므로 어울리지 않는다.

쯧을 몰나 의혹(疑惑)ᄒᄂ이다."

셕픠 쇼왈,

"낭군의 의혹ᄒ시미 교졍(矯情)9)이라. 노인(老人)이 엇디 누의를 엇다 ᄒ고 티하ᄒ리오? 부인이 윤시의 ᄌᆡ모(才貌)를 ᄉᆞ랑ᄒ시며 낭군의 드려오미 유의(有意)타 ᄒᆞ샤 조만(早晩)의 ᄐᆡᆨ일(擇日)ᄒᆞ야 낭군의 ᄌᆡ취(再娶)를 삼으랴 ᄒ시니 이 가히 깃브미라. 엇디 모로ᄂ 톄ᄒ시ᄂ니잇고?"

시랑이 텽파(聽罷)의 닐오ᄃᆡ,

"당초(當初) 윤시를 드려오믄 그 의지(義氣)10)를 듕(重)히 ᄒᆫ 배오, 머믈 곳이 업서ᄒᆞᆷ믈 보고 부듕(府中)의 머므르미 아름드온 ᄌᆡᄉᆞ(才士)를 어더 뎌의 금슬(琴瑟)을 완젼(完全)이 ᄒᆞ야 젹션(積善)코져 ᄒ미니 내 스스로 ᄌᆡ취ᄒᆞ랴 ᄒ미 아니라. 내 쳐엄의 뜻이 이시면 므스 일 남ᄆᆡ(男妹)로 결약(結約)ᄒᆞ야 어즈러이 ᄒ리오? 셔모(庶母)의 언ᄉᆞ(言辭) 날로 ᄒᆞ야곰 심한골경(心寒骨驚)ᄒ니 귀를 싯고져 ᄒᆞᄃᆡ 하슈(河水)11) 멀믈 ᄒᆞᆫ(恨)ᄒ니 대댱뷔(大丈夫) 쳐셰(處世)ᄒᆞ야 슈신힝동(修身行道)ᄒᆞ매12) 다만 셩교(聖敎)를 밧고 녜의(禮義)를 어그릇츨가 두릴디언뎡 쳐ᄌᆡ(妻子) 업스믈 근심티 아닐 거시니 ᄒ믈며 나는 쳐ᄌᆡ(妻子) 잇거니 엇디 번ᄉᆞ(繁奢)ᄒ믈 싱각ᄒ며 모친(母親)이 ᄌᆡ취(再娶)를 니르실딘대 텬하(天下)의 녀ᄌᆡ(女子) 젹디 아니니 엇디 인눈듕ᄉᆞ(人倫重事)를 곡경(曲徑)으로 힝ᄒᆞ야 국풍(國風)13) 대아(大

<hr />

9) 교졍(矯情): 진심을 속이고 거짓으로 꾸밈.
10) [교감] 의지: '의긔'의 오기.
11) 하수(河水): 황하(黃河).
12) [교감] 슈신힝동ᄒᆞ매: '힝동'은 '힝도'의 오기. 21권본 없음. 26권본 '슈신힝도ᄒᆞ미'.
13) 국풍(國風): 『시경詩經』 중 민요 부분으로 「주남周南」에서 「빈풍豳風」까지 15개국의 160편의 노래가 포함되어 있다. 성격은 다양하지만 남녀 간의 사랑을 다룬 서정시가 많다.

雅)¹⁴⁾를 더러이리오? ㅎ믈며 윤시 미지(妹子) 날로 수십 일 동힝ㅎ고 혼야(昏夜)의 샹죵(相從)ㅎ며 뎌 도적뉴(盜賊類)를 내 다 죽여 셜티(雪恥)ㅎ고 그 녀주를 취(娶)ㅎ면 이는 무식블통(無識不通)ㅎ고 넘치상진(廉恥相盡)ㅎ미니 텬하 사룸이 날을 반두시 춤 밧고 긔롱(欺弄)ㅎ리라.”

셕패 칭션왈(稱善曰),

“션지(善哉)며 현지(賢哉)라, 시랑(侍郞)의 쯧이여! 뉴하혜(柳下惠) 미즈(微子)를 엇디 족히 긔특(奇特)다 ㅎ리오? 다만 낭군(郞君)이 녀식(女色)을 너모 블관(不關)이 너미시므로 도로혀 관져지낙(關雎之樂)¹⁵⁾과 뇨죠슉녀(窈窕淑女) 군즈호귀(君子好逑)¹⁶⁾ 줄 싱각디 아니시는 도다.”

싱이 쇼왈,

“셔뫼 쏘흔 싱각디 못ㅎ시는도다. 관져(關雎)는 이 셩인셩녀찬(聖人聖女讚)이라. 문왕(文王)¹⁷⁾이 엇디 태스(太姒)¹⁸⁾를 유환곡경(有患曲徑)의 만나미 겨시며 뇨됴슉녀(窈窕淑女)는 군즈호귀(君子好逑)니 죠흔 짝을 됴히 만날디니 엇디 구챠(苟且)히 눕의 시비(是非)를 닐윌 슉녀며 군지 이시리오? 이지 셔모의 니르시는 바를 츄이(推移)ㅎ면 스

<hr/>

14) 대아(大雅):『시경』 중 일부분으로 주나라 궁중에서 사용되던 노래이다. 대개 주 왕실을 기리고 공적을 찬양하는 내용이며 모두 31편이다.

15) 관져지락(關雎之樂):『시경』「주남」「관저關雎」는 주 문왕이 유한(幽閑)하고 정숙한 태사를 후비(后妃)로 맞은 기쁨을 노래했다. 따라서 관저지락은 부부가 화합하여 가정이 원만한 즐거움을 뜻한다.

16) 요조숙녀(窈窕淑女) 군자호구(君子好逑):『시경』「주남」「관저」의 제1절에 나온다.

17) 문왕(文王): 주나라의 기초를 닦은 명군으로 이름은 창(昌)이다. 왕계(王季)의 아들이자 무왕(武王)의 아버지이며 어머니는 상나라에서 온 태임(太任)이다. 서방 제후의 패자(霸者)라는 의미로 서백(西伯)이라고도 한다. 죽은 뒤 아들 무왕이 상나라를 멸망시키고 주나라를 창건했으며, 그에게 문왕이라는 시호를 추존했다. 뒤에 유가(儒家)로부터 이상적인 성천자(聖天子)로 숭앙을 받았다.

18) 태사(太姒): 주 문왕의 후비. 유신씨(有莘氏)의 딸이자 무왕의 어머니. 성덕(聖德)이 있어 훌륭한 내치(內治)를 이루었다.

마댱경(司馬長卿)[19]과 탁문군(卓文君)[20]이며 신후경(申厚卿)[21] 교랑(嬌娘)의 일로 날을 권호시며 엇디 관져(關雎)룰 드놋느뇨? 내의 싱[각]는[22] 배 진실로 하쥐(河洲) 슉녀(淑女)[23]룰 국풍(國風) 대아(大雅)곳티 졍(正)되면 혹(或) 취(娶)호미 이시려니와 여추(如此) 곡경(曲徑)의 만나 결약남미(結約男妹)혼 후(後)는 비록 임스지덕(任姒之德)[24]과 셔주지식(西子之色)[25]이라도 쑴굿트니 셔모는 브졀업슨 말을 내야 내의 슈힝(修行)호는 곳을 츄(醜)호게 말며 윤미(尹妹)의 명졀(名節)을 난(亂)케 마르쇼셔."

　셜파(說罷)의 팀졍단좌(沈靜端坐)호야 『논어(論語)』룰 펴고 기리 닐

19) 사마장경(司馬長卿): 한나라의 문인 사마상여(司馬相如). 자(字)는 장경(長卿)이다. 사부(辭賦)에 뛰어나 「자허부子虛賦」「상림부上林賦」「대인부大人賦」 등의 명문(名文)을 남겼다. 일찍부터 소갈증(消渴症)을 앓아 자주 사직했다. 무제(武帝) 때 중랑장(中郞將), 효문원령(孝文園令)을 지냈다. 고향에서 곤궁할 때, 임공(臨邛)의 부호(富豪) 탁왕손(卓王孫)의 집에 초대되어 갔다가 그 딸 탁문군(卓文君)을 유혹하여 성도(成都)로 야반도주했다. 매우 가난했으나 후에 탁왕손의 재산을 분할받아 부유해졌다.

20) 탁문군(卓文君): 한나라 촉군(蜀郡) 임공의 부호 탁왕손의 딸. 과부가 되어 친정에 돌아와 있었는데 사마상여의 거문고 소리에 반하여 함께 달아나 성도에서 살았다. 몹시 가난하여 생활이 어려우므로 임공 근처로 돌아와 술집을 차렸다. 문군이 직접 술을 팔고 상여는 시중(市中)에서 그릇을 닦았다. 탁왕손이 부득이 그들의 혼인을 인정하고 재산을 분할해주었다.

21) 신후경(申厚卿): 원(元)나라 때 문언소설(文言小說) 『교홍기嬌紅記』의 남주인공. 이름은 신순(申純), 자(字)는 후경(厚卿)이다. 송 휘종(宋徽宗) 때 신순은 외삼촌의 딸 왕교랑(王嬌娘)과 서로 사랑하여 몰래 정을 통했다. 정식으로 혼인하고자 백방으로 노력했으나 양가 부모의 반대에 부딪쳐 무산되었다. 부모가 다른 사람에게 시집보내려 하자 교랑이 상심하여 병들어 죽고 신순도 소식을 듣고 곧 병들어 죽었다. 양가에서 합장해주었다.

22) [교감] 싱[각]는: 이대본 '싱는'. 21권본·26권본 없음.

23) 하쥐(河洲) 슉녀(淑女): 주 문왕의 비 태사.

24) 임사지덕(任姒之德): 주나라의 어진 후비인 태임과 태사의 덕. 태임은 문왕의 모친이고 태사는 문왕의 비다.

25) 서자지색(西子之色): 춘추시대 월(越)나라의 미녀 서시(西施)의 색태(色態). 오나라에 패한 월왕(越王) 구천(句踐)이 치욕을 설분할 목적으로 절색인 서시를 오왕(吳王) 부차(夫差)에게 바쳤다. 오왕은 서시의 미모에 사로잡혀 정사를 게을리하다가 마침내 월나라에 패했다. 서시는 가슴앓이병이 있어 언제나 미간을 찌푸리고 다녔는데 그 모습마저 매우 아름다웠다고 한다.

거 청음(淸音)이 낭〃(朗朗)ᄒ야 단혈(丹穴)[26]의 봉됴(鳳鳥) 우는 듯
ᄒ고 다시 말을 슈작(酬酢)디 아니니 셕패 찬탄항복(讚嘆降服)ᄒ야
드러가 부인긔 슈말(首末)을 ᄌ시 고ᄒᆞᆫᄃᆡ 부인이 두굿거오믈 이긔디
못ᄒ야 스스로 위쟈왈(慰藉曰),

"내 아히 엇디 이대도록 관슉(寬肅)ᄒ뇨? 내 죽어 디하(地下)의 가
나 죡히 션군(先君)을 보매 붓그럽디 아닐로다."

셕파ᄃ려 왈,

"제 ᄯᅳᆺ이 이러틋 졍(正)다오니 너히 등이 삼가 이런 말을 내디 말
나."

졔인(諸人)이 슈명(受命)ᄒ야 믈러나다.

---

26) 단혈(丹穴): 봉황이 산다는 전설 속의 산 이름.

윤씨가 혼인하고 화씨가 아들을 낳다

    싱이 이날 녹운당(綠雲堂)의 드러가 화시룰 보고 반기고 깃거 디(對)ᄒ야 한훤(寒暄)을 뭇고 쵹(燭)을 쓰고 자리의 나아가매 은졍(恩情)이 태산(泰山) ᄀᆞᆺ고 의ᄉᆞ(意思) 흔연(欣然)ᄒᆞ나 ᄆᆞᄎᆞᆷ내 ᄉᆞ모(思慕)ᄒᆞ던 말과 희롱(戲弄)의 소리룰 발(發)티 아니니 셕파(石婆) 니패(李婆) 삼경(三更)이 진(盡)토록 여어보ᄃᆡ 시랑이 화시 침셕(枕席)의 나아가 동낙(同樂)ᄒᆞ고 잠간 나아가 동침(同寢)ᄒᆞ엿더니 즉시 믈러 ᄌᆞ긔(自己) 자리의 누어 원비(猿臂)룰 느리혀 화시의 손을 잡고 ᄀᆞ만이 문왈(問曰),

    “히산(解産)을 어ᄂᆞ 째 ᄒᆞ실고?”

    화시 붓그려 믁연(黙然)이어늘 시랑이 ᄯᅩ 웃ᄂᆞᆫ 소ᄅᆡ로 닐오ᄃᆡ,

    “ᄉᆞ오삭(四五朔) ᄯᅥ낫다가 만나시니 새로이 슈습(羞澁)ᄒᆞ시ᄂᆞ냐? 내 혜건대 부인의 산월(産月)이 블과(不過) 수월(數月)이 ᄀᆞ렷거늘[1] 가듕

---

1) ᄀᆞ리다: 공간적 또는 시간적으로 떨어져 있다.

인(家中人)은 엇디 모르는고? 아모려나 옥동(玉童)을 나흐시믈 브라느이다."

인(引)ㅎ야 탄왈(歎曰),

"어느 집의 아들이 귀(貴)티 아니리오마는 엇디 우리집 굿트리오?"

언필(言畢)의 평안(平安)이 누어 자디 오히려 화시의 손을 노치 아니코 자거늘 니셕(李石) 이패(二婆) 이를 보고 큰 경스(慶事)를 어듬 굿티 너겨 급히 도라와 부인긔 고왈(告曰),

"화낭지 잉팅(孕胎) 칠 삭(七朔)인가 시브더이다."

부인이 누엇다가 니러나는 줄을 씨듯디 못ㅎ여 문왈,

"진실로 화시 잉팅ㅎ엿느냐? 너희 엇디 아느뇨?"

셕패 슈말(首末)을 고ㅎ니 부인이 텰셕(鐵石) 굿트므로도 춤디 못ㅎ야 쇼왈(笑曰),

"경(慶)의 긔식(氣色)이 심(甚)히 닝담(冷淡)ㅎ니 알 길히 업서 무양 소원(疏遠)혼가 두리더니 이제 너희 뎐어(傳語)를 보건대 딘듕(珍重)ㅎ던가 시브니 그 형상(形狀)을 싱각ㅎ니 어엿브믈 뎡(定)티 못ㅎ고 화시 희팅(懷胎)²⁾ㅎ믈 다힝(多幸)ㅎ야 ㅎ노라"

ㅎ더라. 이튼날 존젼(尊前)의 모드니 싱의 긔식(氣色)이 녯날과 흔가지라. 셕패 웃고 시랑과 화시를 니기³⁾ 보니 화시 영오(穎悟)흔디라. 눈치를 알고 그으기 함쇼뎌미(含笑低眉)ㅎ야시며 싱은 본디 눈을 둘너 사롬 보기를 못ㅎ는디라. 셕패 주시 보믈 아디 못ㅎ고 온화(溫和)히 한담(閑談)ㅎ디 부인이 쏘혼 팀엄(沈嚴)ㅎ므로 화시 잉팅(孕胎)ㅎ믈 뭇디 아니터니 셕패 춤디 못ㅎ여 크게 웃고 닐오디,

"시랑이 져리 졍(正)다온 쳬 말고 화쇼져긔 어졔밤 긔식(氣色)을

---

2) [교감] 희팅: '회팅'의 오기. 21권본·26권본 없음.
3) 니기: 익히. 깊이.

잠간이나 두시미 엇더ᄒ니잇가?"

싱이 ᄇ야흐로 눈을 드러 보고 씌드라 잠쇼브답(潛笑不答)이어늘 셕패 어제밤 언어(言語)를 뎐(傳)ᄒᄃ 태반(太半)이나 주작(做作)ᄒ야 니ᄅ니 시랑이 은〃(隱隱)ᄒ 화긔(和氣)를 변(變)티 아니ᄃ 모친 면젼(面前)이라 머리를 수기고 ᄃ쇼무언(大笑無言)이러니 월영이 웃고 거〃(哥哥)를 희롱ᄒ며 화시드려 희만(解娩)ᄒ⁴⁾ 둘을 힐문(詰問)ᄒ야 ᄇ야흐로 잉퇴 팔삭(八朔)인 줄 알고 서ᄅ 농쟝(弄璋)ᄒ믈 ᄇ라 티하(致賀)ᄒ더라.

싱의 ᄒᆡᆼ지(行止) 이 ᄀᆞᆺᄐ므로 암실(暗室) 가온대셔 희롱된 일이 업고 블과 혼야(昏夜)의 부븨 침금(寢衿)의 나아가 손 잡음과 ᄒᆡ산(解産) 무ᄅ믈 가듕(家中)이 처엄으로 보고 큰 긔롱(譏弄)으로 우ᄉ니 그 단엄(端嚴)ᄒ며 졍슉(整肅)ᄒ믈 가히 알니러라.

시랑이 윤시를 위ᄒ야 직ᄌᆞ(才子)를 굴힐ᄉᆡ 친우(親友) 뉴긔란 ᄌᆡ 직샹(宰相) ᄌᆞ뎨(子弟)오 나히 십칠(十七)이니 비록 계지(桂枝)를 것디⁵⁾ 못ᄒ야시나 타일(他日) 반ᄃ시 농문(龍門)의 오를 직죄(才操)오 용뫼(容貌) 관옥(冠玉) ᄀᆞᆺ고 풍뉘(風流) 둘 ᄀᆞᆺᄐ니 시랑이 힘뼈 쥬션(周旋)ᄒ야 혼인(婚姻)을 일우니 부〃(夫婦)의 긔질(氣質)이 겸손(謙損)티 아니코 은졍(恩情)이 산ᄒᆡ(山海) ᄀᆞᆺᄐ야 측냥(測量)티 못ᄒ러라.

즉시(卽時) 권실(眷室)⁶⁾ᄒ야 가니⁷⁾ 양부인이 시녀(侍女) 열과 시노(侍奴) 열흘 주어 보내고 ᄆᆡᄉᆞ(每事)를 돌보미 월영의게 디〃 아니코 시랑이 ᄌᆞ로 가보며 우ᄋᆡ(友愛)ᄒ미 친싱(親生) 형믜(兄妹)의

---

4) [교감] 희만흔: '희만홀'의 오기. 21권본·26권본 없음.
5) [교감] 것디: '꺽디'의 오기. 21권본 없음. 26권본 '꺽지'.
6) 권실(眷室): 아내를 데려가다. 아내를 대동하다.
7) [교감] 즉시 권실ᄒ야 가니: 21권본 없음. 26권본 '유싱이 신부를 마ᄌ 도라갈ᄉᆡ'

감(減)티 아니코 뉴싱도 시랑으로 붕우지의(朋友之誼) 더옥 후(厚)ᄒ더라.

뉴싱이 후(後)의 급뎨(及第)ᄒ야 벼슬이 농두각(龍圖閣)[8] 태ᄒᆨᄉ(太學士)의 오르고 윤부인으로 더브러 빅슈히로(白首偕老)ᄒ고 ᄉᄌ삼녀(四子三女)를 두니 이 다 소시랑(蘇侍郞)의 셩덕(盛德)이라. 죵신(終身)토록 양부인긔 모녀(母女)의 졍(情)과 시랑 월영으로 동긔(同氣)의 졍(情)이 두터워 ᄌ로 근친(覲親)ᄒ며 즐기니 후인(後人)이 시랑의 음덕(陰德)을 탄복(歎服)ᄒ더라.

이째 화시 만삭(滿朔)ᄒ야 슌산(順産)ᄒ고 일개(一箇) 남ᄋ(男兒)를 나흐니 부인과 시랑의 깃거ᄒᆷ믄 측냥티 못ᄒ고 합개(闔家) 진동(振動)ᄒ니 일로조차 화시의 권셰(權勢) 날로 듕(重)ᄒ되 시랑의 긔식이 더옥 싁〃 졍슉(整肅)ᄒ야 힝혀도 듕인(衆人) 듕(中) 말ᄒ미 업ᄉ니 셕패 홀로 의심ᄒ야 싱각ᄒ되,

'ᄌ고(自古)로 남ᄌᆡ(男子) 비록 단졍(端整)ᄒ나 임의 ᄌ식을 두고 다시 년긔(年紀) 차가되 졈〃(漸漸) 닝낙(冷落)ᄒ니 이 반ᄃ시 미흡(未洽)ᄒᆫ 뜻이 이셔 이러ᄒ니 내 또 ᄒᆫ 슉녀(淑女)를 어더주어 낭군의 부인을 삼으며 낭군의 빵(雙)을 일워 ᄀᄌᆨ긔 ᄒ리라. 다만 다른 곳의 업ᄉ니 셕쇼져(石小姐)로뼈 시랑의 풍도(風度) 곳 아니면 그 빵이 아니오, 뎌 셕쇼져를 타문(他門)의 보내기ᄂᆫ ᄎᆞ마 못ᄒ리니 내 당〃이 듕미(仲媒) 되야 냥인(兩人)의 가연(佳緣)을 일우고 졍(情)을 겹〃이 미ᄌ리라.'

쥬의(主意)를 뎡(定)ᄒ니라.

8) [교감] 농두각: '농도각'의 오기. 대부분의 장편소설에서 같은 오류가 나타남.

석파가 석공 부부를 달래고 석소저의 글을 얻어오다

각셜(却說). 병부샹셔(兵部尙書) 겸(兼) 참지졍ᄉ(參知政事) 석현은 대쟝군(大將軍) 안도후(安都侯) 셕슈신(石守信)의 댱지(長子)라. 셕쟝군이 ᄀᆡ국공신(開國功臣)이오 텬지(天子) 후ᄃᆡ(厚待)ᄒᆞ시미 극(極)ᄒᆞᆫ 고로 가산(家産)이 왕공(王公)의 디나고 셕샹셰(石尙書) 위(位) 일품(一品)의 이셔 셩졍(性情)이 팀믁(沈黙)ᄒᆞ며 고집(固執)이 과인(過人)ᄒᆞ고[1] 샤듕(舍中)의 부인 진시ᄅᆞᆯ 두어 오ᄌᆞ일녜(五子一女) 이시니 우흐로 삼지(三子) 취쳐(娶妻)ᄒᆞ고 버거 녀이(女兒) 댱셩(長成)ᄒᆞ니 명(名)은 명혜오 ᄌᆞ(字)ᄂᆞᆫ 슉난이라. 시년(時年)이 십삼 셰라.

용뫼(容貌) 셔ᄌᆞ(西子)[2] 태진(太眞)[3]이라도 밋디 못ᄒᆞ고 지죄(才

---

1) [교감] 셩졍이 팀믁ᄒᆞ며 고집이 과인ᄒᆞ고: 21권본 '위인이 관홍대도ᄒᆞ고', 26권본 '셩되 침 즁ᄒᆞ고 지기 과인ᄒᆞ니'.
2) 서자(西子): 춘추시대 월나라의 미녀 서시.
3) 태진(太眞): 당 현종(唐玄宗)의 후궁 양귀비(楊貴妃). 이름은 옥환(玉環). 원래 현종의 아들 수왕(壽王)의 비였으나 현종이 뛰어난 미모에 반하여 빼앗았다. 수왕에게 새로운 여자를 아내로 주고 옥환을 도사(道士)로 출가시켰다가 후에 입궁시켜 후궁으로 삼았다. 안녹산(安祿山)의

操) 샤시(謝氏)⁴⁾ 소혜(蘇蕙)⁵⁾로 병구(竝驅)ᄒᆞ며 녀공지ᄉᆞ(女工之事)
와 슈목지덕(樛木之德)⁶⁾이 ᄀᆞ즉ᄒᆞ니 셕공 부뷔 이듕(愛重)ᄒᆞ믈 손 우
히 명쥬(明珠)와 여린 옥(玉)ᄀᆞᆺ티 녀겨 ᄀᆞᄐᆞᆫ 비우(配偶)를 어더 은교
ᄌᆞ랑⁷⁾의 흔(恨)이 업과댜 ᄒᆞ야 뉵칠 년(六七年)을 ᄐᆡᆨ셔(擇壻)ᄒᆞᄃᆡ 녀
ᄋᆞ와 방불(彷佛)ᄒᆞᆫ 니도 업ᄉᆞ니 심히 민망(憫惘)ᄒᆞ야 ᄒᆞ더니, 부인이
일즉 소시랑 부인 어들 적 연ᄎᆞ(宴次)⁸⁾의 가 소싱을 보니 진짓 녀ᄋᆞ
의 아름다온 딱이오 당셰(當世)의 긔남직(奇男子)라. 화시로 현격(懸
隔)ᄒᆞ믈 보고 그윽이 유의(有意)ᄒᆞ야 도라와 샹셔로 의논ᄒᆞ니 샹셰
평싱 흠이(欽愛)ᄒᆞᄂᆞᆫ 배로ᄃᆡ 그쩌ᄂᆞᆫ 녀이 밋쳐 ᄌᆞ라디 못ᄒᆞᄆᆞ로 애들
와ᄒᆞ나 밧바 아니ᄒᆞ더니 화평쟝긔 아이고 ᄯᅩ 부인의 말을 드ᄅᆞ매 더
옥 ᄉᆞ모(思慕)ᄒᆞ나 홀 일이 업고 이ᄯᆡ의 다ᄃᆞ라ᄂᆞᆫ 녀이 비록 ᄌᆞ라시
나 데 임의 금슬(琴瑟)이 화(和)ᄒᆞ며 ᄯᅩ 화시 싱ᄌᆞ(生子)ᄒᆞ믈 드ᄅᆞ매

반란으로 현종과 함께 도주하던 중 마외역(馬嵬驛)에서 군사들에게 살해되었다. 태진은 도사
였을 때의 이름이다.

4) 사씨(謝氏): 사도온(謝道韞).

5) 소혜(蘇蕙): 5호16국 시대 전진(前秦) 두도(竇滔)의 아내. 자(字)는 약란(若蘭). 재주가 뛰어
났다. 두도가 죄를 지어 유사(流沙)로 유배 갔을 때 남편을 그리워하여 비단에 오색실로 「선기
도璇璣圖」라는 회문시(回文詩)를 수놓아서 보냈다. 회문시는 한정된 글자로 읽는 방향과 방법
에 따라 여러 편의 시를 만드는 방식인데 「선기도」는 841자로 7958수가 나온다고 전해진다.
일설에는 두도가 양양(襄陽)에 부임했을 때 조양대(趙陽臺)라는 기녀를 총애했으므로 소혜가
회문시를 지어 보냈다고도 한다.

6) [교감] 슈목지덕: '규목지덕'의 오기. 21권본 없음. 26권본 '금목지덕'. 규목지덕(樛木之德)은
후비의 훌륭한 덕. 「규목樛木」은 『시경』 「주남」의 장명(章名)으로, 원래는 아래로 굽은 나무라
는 뜻이다. 주 문왕의 비 태사가 후궁들을 은혜로 대하자 후궁들이 태사의 덕에 감복하여 이
시를 노래했다고 한다.

7) [교감] 은교ᄌᆞ랑: 21권본·26권본 없음. 은교ᄌᆞ랑의 뜻은 미상이나 온교(溫嶠)가 스스로 신
랑이 된 일을 가리키는 듯하다. 온교는 동진(東晋) 원제(元帝) 때의 명신이다. 종고모(從姑母)
가 딸 하나를 두고 온교에게 신랑감을 찾아달라고 부탁했는데, 마침 상처(喪妻)했던 온교는
육촌누이가 아름답고 지혜로운 것을 알고 좋은 혼처를 구했다고 알리고는 혼례식장에 스스로
신랑이 되어 나타났다. 이 혼인 자체는 성공적이었지만, 여자의 부모 입장에서는 사윗감을 직
접 고르지 않아서 딸을 나이 많은 신랑의 후처가 되게 했으므로 유감스럽다고도 볼 수 있을
것이다.

8) 연ᄎᆞ(宴次): 연회. 연회의 장막.

다시 넘녀(念慮)의 두디 아녀 다른 뒤 퇴셔(擇壻)ᄒ더니, 셕패 니ᄅ러 샹셔와 부인으로 서ᄅ 볼ᄉᆡ 샹셰 비록 얼미(孽妹)나 심히 ᄉᆞ랑ᄒᆞᄂᆞᆫ 고로 ᄒᆞᆫ가지로 말ᄉᆞᆷ홀ᄉᆡ 셕패 인ᄒᆞ야 문왈,

"샹공(相公)이 슉난쇼져를 엇던 집의 보내려 ᄒᆞ시ᄂᆞ니잇고?"

샹셔 왈,

"어버의 ᄠᅳᆺ이야 어이 ᄒᆞᆫ 일인들 브죡(不足)ᄒᆞᆫ 곳의 보내고져 ᄒᆞ리오마ᄂᆞᆫ 그러티 못홀가 두립고 다만 나ᄂᆞᆫ 신낭(新郎)과 문미(門楣)를 읏듬으로 굴히노라."

셕패 쇼왈,

"신낭이 만일 소시랑 ᄀᆞᆺᄐᆞ면 엇더ᄒᆞ리잇가?"

샹셔 부뷔 흠긔 닐오ᄃᆡ,

"만일 이 ᄀᆞᆺᄐᆞ면 죡ᄒᆞ리오마ᄂᆞᆫ[9] 그 사름과 방블(彷佛)ᄒᆞᆯ 니도 쉽디 아니 〃 녀이 화ᄉᆡ만 못ᄒᆞ디 아니ᄃᆡ 지아비를 굴희디 못ᄒᆞ니 팔ᄌᆡ(八字) 화ᄉᆡ만 못ᄒᆞ도다."

셕패 답쇼왈(答笑曰),

"쇼져의 ᄌᆡ뫼(才貌) 샹쳥(上淸)의도 ᄡᅡᆼ(雙)이 업슬 거시니 진짓 소시랑과 텬ᄉᆡᆼ일ᄃᆡ(天生一對)라. ᄌᆡ취(再娶)되나 고해(高下) 업ᄉᆞ리니 엇디 소ᄉᆡᆼ(蘇生)으로 슌향(順向)[10]을 졈복(占卜)[11]디 아니시ᄂᆞ뇨?"

샹셔와 부인이 쇼왈,

"우리도 이 ᄠᅳᆺ이 이시ᄃᆡ 화ᄉᆡ로 졍(情)이 듕(重)ᄒᆞ고 ᄒᆞ물며 ᄌᆞ식(子息)이 이시니 엇디 ᄌᆡ취(再娶)ᄒᆞ리오?"

셕패 샹셔의 무심(無心)티 아니믈 보고 크게 깃거 ᄃᆡ왈,

"소시랑이 화ᄉᆡ를 취(娶)ᄒᆞ나 졍(情)이 소원(疏遠)ᄒᆞ고 긔식(氣色)

---

9) 죡ᄒᆞ다: 오죽하다.
10) 슌향(順向): 돌아갈 곳, 즉 혼처.
11) 졈복(占卜): 점치다. 정하다.

이 단엄(端嚴)호야 일삭(一朔)의 십 일(十日)을 드러가나 뫼신 시녀(侍女) 더의 말호믈 듯디 못호고 혼야(昏夜)이라도 각침각와(各枕各臥)호니 이 엇디 은이(恩愛) 듕호미며 셜ᄉ(設使) ᄌ식이 이신들 엇디 개의(介意)호리잇고? 부인도 보와겨시거니 시랑과 화시 샹덕(相敵)호더니잇가? 지뫼(才貌) 닉도호니 결단코 정이 젹으미라. 힝혀 양부인이 넘녀호실가 두려 거줏 녯말노 정대(正大)히 니ᄅ나 실정(實情)이 아니니이다. 샹공과 부인이 유의(有意)호실딘대 첩이 세 치 석디 아닌 혜 이시니 가히 양부인과 소시랑을 다래여 진〃(秦晉)¹²⁾의 죠흔 거슬 완전(完全)키 호고 군ᄌ(君子)와 슉녀(淑女)로 호구(好逑)를 만나게 호리이다.”

석공 부뷔 불승환희(不勝歡喜)호야 닐오ᄃᆡ,

“누의 맛당이 조각을 보와 잘 쳐티(處置)호라.”

석패 응낙(應諾)고 슉난(淑蘭)의 침소(寢所)의 니ᄅ니 쇼졔 옥장(玉裝)을 다ᄉ리고 곡난(曲欄)의 지혀시니¹³⁾ 소담호고 쇄락(灑落)호미 비길 곳이 업ᄂᆞᆫ디라. 석패 나아가 우어 왈,

“월궁(月宮)이 아니로ᄃᆡ 힝애(姮娥)¹⁴⁾ 잇ᄂᆞ뇨?”

쇼졔 명모(明眸)를 묽게 ᄯ고 쥬슌(朱脣)을 잠간 여러 답왈(答曰),

“아즈미¹⁵⁾ ᄆᆡ양 어이 희롱호ᄂᆞ뇨? 내 셰샹 아란 디 십삼 년의 일즉 아즈미 정딕(正直)호 말슴을 호시믈 듯디 못호니 입의 드리워 죵일토록 호ᄂᆞᆫ 말이 다 부담(浮談)과 허언광셜(虛言狂說)이라. 사ᄅᆞᆷ이 엇디 이러틋 단일(端一)티 못호뇨?”

석패 대쇼왈,

---

12) 진진(秦晉): 혼인. 춘추시대에 진(秦)나라와 진(晉)나라 두 나라가 대대로 혼인을 했다.
13) 지혀다: 기대다.
14) 항아(姮娥): 월궁(月宮)의 주인인 선녀.
15) 아즈미: 아주머니.

"그딕 날을 번잡(煩雜)다 ᄒ거니와 밋친 노고(老姑)를 공경(恭敬)
ᄒ고 감격(感激)ᄒ야 ᄒ리라."

쇼졔 줌쇼브답(潛笑不答)이어늘 셕패 눈을 드러 보니 알픽 화젼(花
箋)16) 일복(一幅)이 잇거늘 아사 보니 신잉(新鶯)을 을픈 바 쇼져의 지
은 시라. 셕패 짐줏 ᄉ매예 녀흐니 쇼졔 말려 왈,

"이 내의 소작(所作)이라. 아ᄌ미 안자 보고 도로 줄 거시어늘 므슴
연고(緣故)로 ᄉ매예 녀허다가 눌을 뵈랴 ᄒᄂ뇨?"

패 왈,

"내의 뎍녀(嫡女) 한흑사(韓學士) 부인이 직죄 긔특(奇特)ᄒ야 뎍슈
(敵手)를 못 어더 ᄒᄂ니 쇼져 시젼(詩牋)을 가져다가 뵈리라."

쇼졔 본딕 월영의 직조를 드런 디 오란디라. 소싱과 의혼(議婚)ᄒ
믈 모르고 닐오딕,

"이ᄂ 규듕(閨中) 필젹(筆跡)이니 소경(蘇生)17)이 보면 고이히 너기
리니 ᄀ튼 녀ᄌ(女子)니 한싱쳐(韓生妻)ᄂ 보와도 관계(關係)티 아니
커니와 ᄉ셰(事勢) 비편(非便)ᄒ니 가져가디 말나."

셕패 웃고 왈,

"내 므ᄉ 일 소싱(蘇生)을 뵈리오? 쇼져ᄂ 근심 말나."

일변 니르며 나가니 쇼졔 홀 일이 업서 다만 닐오딕,

"뵌 후 즉시 도라보내고 내 글이라 니르디 말나."

셕패 응답ᄒ고 모든 딕 하딕ᄒ고 교ᄌ(轎子)의 올나 ᄌ운산의 도라오
니

---

16) 화젼(花箋): 화전지(花箋紙). 시나 편지 따위를 쓰는 종이.
17) [교감] 소경: '소생'의 오기. 21권본·26권본 없음. 문맥상 '소경'보다 '소생'이 자연스러움.

시랑이 문밧긔 나와 마자 교조의 나리믈 보고 싸히셔 절ㅎ야 뵈니 석패 황망(慌忙)히 븟드러 닐오듸,

　"젼일 아히로 겨실 적도 과분턴 거시어든 ㅎ믈며 뎡신(廷臣)이 되야 위(位) 츈경(春卿)의 니르러 겨시거늘 이 엇디 첩(妾)의게 절ㅎ믈 이러톳 과도(過度)히 ㅎ시ᄂ니잇가? 첩이 쟝춧 손복(損福)ㅎ리로소이다."

　시랑 왈,

　"셔뫼(庶母) 긔 엇딘 말슴이니잇가? 됴뎡(朝廷) 대신(大臣)으로 어룬 되얏노라 ㅎ기를 셔모긔 ㅎ리잇가?"

　석패 황공감격ㅎ야 시랑의 ᄉ매를 잇그러 닉당(內堂)의 드러가 부인긔 뵈옵고 우어 왈,

　"낭군이 쇼년 적 벼로슬 앗가 쏘 ㅎ시니 엇디 놀납디 아니리잇가? 첩이 하 황망ㅎ야 답녜(答禮)도 밋쳐 못ㅎ이다. 어려 겨실 적은 존비(尊卑)를 모르시고 부인(夫人)긔 ㅎ는 녜(禮)를 첩의게도 훌 일만 너

기시나 즈라면 아니 굿티시랴 혜엿더니 긔 어인 거죄(擧措)니잇가?"

시랑이 미쇼딕왈(微笑對曰),

"셔뫼 미양 어리면 슉믹블변(菽麥不辨)[1]ᄒᆞ고 즈라면 날마다 인식(人事) ᄂᆞ다 ᄒᆞ시니 내 실노 고이ᄒᆞ야 ᄒᆞᄂᆞ이다. 일노 츄이(推移)홀딘대 내 인ᄉᆞ를 혜아리니 아마도 ᄂᆞ디 아냐 오 셰(五歲) 적 ᄒᆞ던 일을 싱각ᄒᆞ고 이제 힝ᄉᆞ(行事)를 비겨 보니 도로혀 아히(兒孩) 적만 못ᄒᆞ여 가니 민망ᄒᆞ야 어려실 적 ᄒᆞ던 일을 싱각ᄒᆞ야 스스로 본밧ᄂᆞ니 엇디 즈라다 ᄒᆞ고 쇼아(小兒) 적 버로슬 ᄇᆞ리리잇고?"

셕패 크게 웃고 부인이 쇼왈,

"요ᄉᆞ이 셕패 업스니 경(慶)의 희담(戲談)이 업서 무미(無味)ᄒᆞ더니 네 오ᄂᆞᆯ 와시니 화려(華麗)ᄒᆞᆫ 말이 근심ᄒᆞᄂᆞᆫ 사름으로 즐겁게 ᄒᆞᄂᆞᆫ도다. 네 비록 경의게 일홈이 셔뫼나 ᄯᅩᄒᆞᆫ 존(尊)ᄒᆞ야 모ᄌᆞ지의(母子之義) 이시니 ᄯᅡ히셔 절ᄒᆞ미 고이ᄒᆞ랴?"

셕패 샤례(謝禮)ᄒᆞ더라. 원닉(原來) 니파(李婆)ᄂᆞᆫ 냥슌(良順)ᄒᆞ고 말ᄉᆞᆷ이 적으며 셕파(石婆)ᄂᆞᆫ 녕니혜힐(怜悧慧黠)ᄒᆞ며 언식(言辭) ᄒᆞ르ᄂᆞᆫ 듯ᄒᆞ고 능(能)ᄒᆞᆫ 희희(戲謔)와 화려ᄒᆞ미 극(極)ᄒᆞ야 진짓 녀듕소진(女中蘇秦)이오 ᄯᅩ 디혜(智慧) 과인(過人)ᄒᆞ야 너모 ᄯᅳᆺ이 활발(活潑)ᄒᆞ기로 잠간 뎡〃(貞靜)ᄒᆞ미 업고 ᄆᆞᄋᆞᆷ이 고디식디 아니나 본텬셩(本天性)은 극히 어디니 부인이 이러므로 두 사름을 지극 어엿비 너기고 시랑(侍郎)이 공경ᄒᆞ고 효양(孝養)ᄒᆞ미 부인 버금이로딕 셕패 미양 히이쳐[2] 긔롱(欺弄)ᄒᆞ기로 젼쥬(專主)ᄒᆞ니 시랑이 본셩(本性)이 고요ᄒᆞ고 쳥소(淸素)ᄒᆞ나 거가(居家)의 일마다 유슌(柔順)ᄒᆞ고 ᄯᅩ 뎌의 ᄌᆞ긔(自己) ᄉᆞ랑ᄒᆞ미 지극(至極)ᄒᆞ야 희언(戲言)으로 보채믈 알

1) 숙맥불변(菽麥不辨): 콩인지 보리인지를 구별하지 못한다는 뜻으로, 사리 분별을 못하는 모자라고 어리석은 사람을 이르는 말.
2) 히이치다: 희롱하다.

고 화답(和答)디 아니면 무류(無聊)ᄒ야 홀가 두려 짐즛 희히(戱諧)로 찬조(贊助)ᄒ나 일즉 셜만(褻慢)ᄒᆫ 빗과 녜(禮) 업슨 말ᄉᆞᆷ을 내디 아냐 오직 [셕픠 시작ᄒ면 답ᄒᆯ ᄯᄅᆞᆷ이러라.

석파가 석소져를 천거하다

이씨][1] 셕패 셕쇼져의 글을 월영을 뵈디 아냐 ᄉ매 속의 장(藏)ᄒ
엿더니 졔인(諸人)이 흣터딘 후 부인 면젼(面前)의 나아와 고왈(告
曰),

"셕샹셰(石尙書) 일위(一位) 쇼져(小姐)를 두시고 시랑(侍郞)의 ᄌ
모(才貌)를 ᄇ라샤 쥬딘(朱陳)의 됴ᄒ믈[2] 밋고져 쳔쳡(賤妾)으로 ᄒ
야곰 부인긔 고ᄒ라 ᄒ더이다."

부인이 문왈,

"셕쇼졔 엇더ᄒ뇨?"

셕패 디왈,

---

1) [교감] [셕픠 시작ᄒ면 답ᄒᆞᆯ ᄯ룸이러라 이씨]: 이대본 없음. 21권본 '셕픠 시작ᄒ면 답ᄒᆞᆯ
ᄯ룸이러라 이씨'. 26권본 '셕패 시작ᄒ면 디답ᄒᆞᆯ ᄯ룸이러라 이씨'.
2) 주진의 됴ᄒ믈: 주진지호(朱陳之好). 어느 마을에 주씨(朱氏)와 진씨(陳氏)만 살아서 대대로
서로 혼인했다는 고사에서 유래하여, 두 집안이 인척을 맺는 정의(情誼)를 주진지호라 한다.

"첩이 말숨이 서의ᄒ고[3] 문견(聞見)이 고루(孤陋)하와 아는 일이 업거니와 다만 의논컨대 화부인 경첩(輕捷)ᄒ고 빗나시므로도 유환뎡졍(幽閑貞靜)[4]ᄒᄆᆞᆫ 녀의게 밋디 못홀 거시오 한혹사 부인의 풍영쇄락(豐盈灑落)ᄒ시미나 ᄒ업슨 ᄌᆞ틴(姿態)와 ᄆᆞᆰ고 싁〃ᄒ미 밋디 못홀 거시니 다만 윤낭지 방블ᄒ나 오히려 정슉신듕(貞淑愼重)ᄒ야 셩녀유풍(聖女遺風)이 이시믄 ᄯᅩᄒᆞᆫ 셕쇼져긔 만히 ᄶᅥ디니이다."

부인이 텽필(聽畢)의 닐오디,

"비록 아름다오나 엇디 무단(無端)이 ᄌᆡ취(再娶)ᄒ리오? ᄒᆞᆯ며 경(慶)이 다른 ᄠᅳ디 업거니 내 엇디 번오(煩擾)[5]ᄒᆞᆷ믈 취ᄒ며 여러 사ᄅᆞᆷ이 모드면 ᄌᆞ연 어ᄌᆞ러오미 만ᄒ니 ᄯᅩᄒᆞᆫ 넘녀로온디라. 샹셔의 후의(厚意)ᄂᆞᆫ 감격ᄒ나 밧드디 못ᄒ믈 회보(回報)ᄒ라."

셕패 악연디왈(愕然對曰),

"ᄌᆞ고(自古)로 공후각노(公侯閣老)ᄂᆞᆫ 칠 부인(七夫人)이라. 시랑이 두 부인을 엇디 못 어들 위(位)리잇가? 첩이 셕쇼져ᄅᆞᆯ 친족(親族)이라 ᄒ야 위쟈(慰藉)ᄒ미 아니라 실로 녀듕요슌(女中堯舜)이니 ᄎᆞ마 다른 가문의 보내믈 앗가와 혐의(嫌疑)로오믈 폐(廢)티 아냐 현인슉녀(賢人淑女)를 쳔거(薦擧)ᄒᆞᆸᄂᆞ니 ᄇᆞ라건대 부인은 싱각ᄒ야 보쇼셔."

부인이 차탄왈(嗟歎曰),

"이리 긔특ᄒᆞᆫ 녀지 네 졀친(切親)의 이실딘대 네 엇디 ᄇᆞᆯ셔 니르디 아닌다? 이제 화시를 어더 금슬이 화합(和合)ᄒ니 ᄯᅩ 어드면 브졀업스미라. 셕쇼졔 내 집의 인연(因緣)이 업도다."

셕패 디왈,

3) 서의ᄒ다: 성기다. 엉성하다.
4) [교감] 유환뎡경: '유한뎡졍'의 오기.
5) [교감] 번오: '번요'의 오기.

"시랑의 위인(爲人)이 ᄆᆞᄎᆞᆷ내 일 녀ᄌᆞ(一女子)로 늘글 골격(骨格)이 아니오, 화부인이 아모리 현텰(賢哲)ᄒᆞ시나 낭군의 덕쉬(敵手) 아니시니 쳡의 ᄯᅳᆺ은 셕시(石氏)를 지취ᄒᆞ야 ᄌᆞ손(子孫)이 번셩(繁盛)홈과 가듕(家中)의 번화(繁華)ᄒᆞ믈 취(取)티 아니시ᄂᆞ니잇가? 셕쇼졔 나히 십삼 셰(十三歲)라. 쳡은 볼셔 유의(有意)ᄒᆞ디 시랑의 취쳐(娶妻) 젼(前)은 년긔(年紀) 어려시므로 이졔야 발(發)ᄒᆞ미니이다."

부인이 팀음냥구(沈吟良久)의 날호여 답왈,

"화시 ᄯᅩᄒᆞᆫ 아름답고 ᄌᆞ식이 이시니 다른 념녜 업세라."

셕패 부인의 허(許)티 아니믈 보고 홀 일이 업서 믈너와 싱각ᄒᆞ디,

'내 당ᄶᆞ이 이 글을 가지고 셔당(書堂)의 가 시랑을 격동(激動)ᄒᆞ리라'

ᄒᆞ고 바로 셔당의 니르니 시랑이 단좌(端坐)ᄒᆞ야 빅능(白綾) 팔 복(八幅)의 글을 지어 금ᄌᆞ(金字)로 크게 뼈시니 이ᄂᆞᆫ 태복경(太僕卿)[6] 구쥰(寇準)[7]이 시랑의 셔법(書法)이 오악(五嶽)을 요동(搖動)ᄒᆞ야 죵왕(鍾王)[8]의 디나믈 알고 병풍(屛風)을 민들녀 금ᄌᆞ(金字)로 바드미러라.

셕패 나아가 ᄒᆞᆫ번 보고 칭션왈(稱善曰),

"낭군의 문묵(文墨)의 신긔(神奇)ᄒᆞᆷ믄 더브러 비ᄒᆞᆯ 리 업도다. 쳡이

---

6) 태복경(太僕卿): 관직명. 천자의 가마, 마필(馬匹), 목장 등을 관리하는 직책. 구준(寇準)은 태자태부(太子太傅), 태상경(太常卿) 등을 지냈으나 태복경에 임명된 적은 없다.
7) 구준(寇準): 송 태종~인종 때의 명신. 태종에게 정치적 능력을 인정받았고 진종(眞宗) 때 동중서문하평장사(同中書門下平章事), 집현전대학사(集賢殿大學士)가 되었다. 요(遼)나라 군대가 대거 침입하자 수도를 옮기자는 주장을 물리치고 항쟁을 주장하여 진종으로 하여금 친정(親征)하게 했다. 황제의 친정으로 사기가 오른 송군(宋軍)이 강하게 저항하자 요나라가 강화를 제안하여 전연지맹(澶淵之盟)을 맺었다. 성품이 강직하여 간신 왕흠약(王欽若)의 배척을 받아 재상에서 물러났으나 만년에 다시 기용되어 내국공(萊國公)에 봉해지기도 했다. 다시 정위(丁謂)의 참소로 폄직되어 뇌주(雷州)에서 죽었다.
8) 종왕(鍾王): 뛰어난 명필인 종요와 왕희지.

넷글을 장셔각(藏書閣)의 가 어더오니 거의 낭군 지조(才操)와 병구
(竝驅)ᄒ리러라."

시랑이 딕왈,

"고인(古人)의 지조야 내 엇디 밋츨 배리오? 연(然)이나 장셔각의
가 엇던 글을 어더 겨시뇨?"

셕패 쇼왈,

"내 닐러도 시랑이 일쪽 모르리라."

일변 니르며 ᄉ매로셔 일복(一幅) 화젼(花箋)을 내여주니 싱이 바
다 눈을 드러 흔번 보니 필법(筆法)이 비등(飛騰)ᄒ야 부운(浮雲)이
니러나고 농새(龍蛇) 찬난(燦爛)ᄒ야 믁광(墨光)이 비무(飛舞)ᄒ니
9) 믄득 눗빗츨 슈렴(收斂)ᄒ야 공경(恭敬)ᄒ고 느리 닑으니 의시(意
思) 쳥졀(淸絕)ᄒ고 텬향(天香)이 죠요(照耀)ᄒ야10) 비록 소샤(蘇謝)11)
의 문장이라도 밋디 못ᄒᆯ디라. 칭찬왈(稱讚曰),

"아름다온 글이로다."

두 번 음영(吟詠)ᄒ매

"이ᄂᆞ 넷글이 아니라 요ᄉᆞ이 지은 사름의 지은 배오,12) 귀법(句法)
이 쳥고(淸高)ᄒ고 의시(意思) 유아(幽雅)ᄒ니 반ᄃᆞ시 녀즈의 지은
배라. 져〃(姐姐)의 지죄 비록 긔특ᄒ시나 오히려 이 글의 향염(香艷)
ᄒ믄 밋디 못ᄒ리로다. 이 엇던 사름의 소작(所作)이니잇가?"

셕패 왈,

---

9) [교감] 농새 찬난ᄒ야 믁광이 비무ᄒ니: '농새 비무ᄒ야 믁광이 찬난ᄒ니'의 오기. 21권본
'농식 찬난ᄒ여 믁광이 찬난ᄒ니'. 26권본 '믁광이 찬란ᄒ여 농식 비무ᄒ니'.

10) [교감] 텬향이 죠요ᄒ야: '쳔연이 요죠ᄒ야'의 오기인 듯함. 21권본 '쳔향이 요동ᄒ여'. 26권
본 '텬향이 뇨뇨ᄒ여'.

11) 소샤(蘇謝): 뛰어난 여성 시인인 소혜(蘇蕙)와 사도온.

12) [교감] 요ᄉᆞ이 지은 사름의 지은 배오: '요ᄉᆞ이 사름의 지은 배오'의 오기. 21권본 '셰인의
지은 비오'. 26권본 '시셰인의 지은 비오'.

"장셔각의 이시니 아모 글인 줄 모르 이다."

시랑 왈,

"셔뫼 날을 어둡게 너기시미로다. 장셔각(藏書閣)의 잇는 거슨 내 다 아노니 이는 젼의 보디 못혼 배라. 호믈며 화젼이 새롭고 글시 굿 뼈시니 엇디 녯글이리오?"

셕패 웃고 왈,

"낭군은 능(能)한 톄 마르쇼셔. 연이나 이 시(詩) 과연 녀ᄌ(女子) 의 소작(所作)이라. 엇더케 지엇느뇨?"

싱 왈,

"극진(極盡)이 아롬다오이다."

셕패 우왈(又曰),

"이런 직조와 긔특혼 얼골을 겸혼 녀지 뎌 곳의 이시니 쳡이 보기 의 황홀(恍惚)ᄒ더이다."

[시랑 왈],[13]

"엇던 녀지런고? 혜건대 셔모(庶母)의 친족(親族)이로다."

패 디왈,

"연(然)ᄒ이다."

시랑 왈,

"그런 부인을 엇던 복(福)된 재 어덧는고? 그 가뷔(家夫) 샹덕(相 敵)더니잇가?"

셕패 쇼왈,

"이 규쉬(閨秀)라. 엇디 가뷔(家夫) 이시리잇가?"

시랑이 믄득 말을 긋치고 글을 즉시 셔모를 주고 금ᄌ를 쓰니 원닉 시랑은 셩인군지라. 당초 녯글로 아라 뎌의 주는 거술 바다 보고 그

---

13) [교감] [시랑 왈] : 이대본 없음. 21권본 '시랑 왈'. 26권본 '싱 왈'.

지죄 신긔ᄒ믈 항복(降服)ᄒ야 엇던 녀ᄌ의 지은 거신고 뭇다가 규듕(閨中) 쳐ᄌ(處子)를 듯고 심히 뉘웃쳐 즉시 음영(吟詠)ᄒ던 거슬 노코 다시 뭇디 아니니 셕패 당초ᄂ 싱의 글 흠찬(欽讚)ᄒ믈 보고 암희(暗喜)ᄒ야 계규(計巧)ᄅ 일우과라 ᄒ더니 ᄯᆺ 아닌 제 말을 긋치고 글을 도로 주믈 보매 계괴(計巧) 업서 다만 말로써 도〃와 ᄀᆞ로ᄃᆡ,

"낭군이 쳥츈쇼년(靑春少年)으로 하늘긔 품슈(稟受)ᄒ 배 문쟝(文章)과 영풍(英風)이라. 일죽 등뎨(登第) 뇽방(龍榜)의 쳔 인(千人)을 묘시(藐視)ᄒ고 봉미(鳳尾)¹⁴⁾ᄅ 블와 몸이 텬향(淸宦)¹⁵⁾의 녁양(歷敭)¹⁶⁾ᄒ니 관인대도(寬仁大度)로 ᄉ군보국(事君報國)ᄒ시고 샤듕(舍中)의 슉뇨(淑窈)ᄒ 부인을 ᄲᅡᆼ〃(雙雙)이 ᄀᆞᆺ초샤 일신영화(一身榮華)와 부인의 깃브시믈 도으미 엇더ᄒ니잇가? 낭군이 만일 지취코져 ᄒ시면 쳡이 곤뉸뇌(崑崙奴)¹⁷⁾ 되야 권문샹가(權門相家)의 일위(一位) 슉녀(淑女)ᄅ 어더 낭군긔 헌(獻)ᄒ리니 모ᄅᆞ미¹⁸⁾ 엇더타 ᄒ시ᄂ뇨?"

싱이 셔모의 셰언(細言)이 이러ᄐᆺ 화려ᄒ믈 보고 평싱 처음으로 호치(皓齒) 현츌(顯出)케 우어 왈,

"셔모의 말ᄉᆞᆷ을 드ᄅ니 가히 실쇼(失笑)ᄒᄂ니 내 평싱 ᄆᆞᄋᆞᆷ이 즐겁디 아니ᄒ더니 금일은 처엄으로 웃ᄂ이다. 대장뷔 되야 슉녀를 어

---

14) 봉미(鳳尾): 과거 시험에서 맨 끝으로 합격함. 소현성은 장원을 했으므로 '용두(龍頭)'라고 해야 한다.

15) [교감] 텬향: '쳥환'의 오기인 듯함. 21권본 없음. 26권본 '쳔향'. 청환(淸宦)은 매우 귀한 관직을 뜻한다. 조선시대에는 학식과 문벌이 높은 사람에게 시키던 규장각, 홍문관 따위의 벼슬을 가리켰다. 지위와 봉록은 높지 않으나 뒷날 높이 될 자리였다.

16) 역양(歷敭): 역임(歷任).

17) [교감] 곤뉸뇌: '곤뉸뇌'의 오기. 21권본 '미픠'. 26권본 '권문뇌'. 곤륜노(崑崙奴)는 당나라 전기 『곤륜노』의 등장인물 마륵(磨勒)이다. 당나라 대력(大曆) 연간에 최생(崔生)이라는 고관(高官)의 자제가 곽자의(郭子儀)의 가기(歌妓) 홍초(紅綃)를 우연히 보고 사랑에 빠졌다. 최생이 상사병에 걸려 신음하자 곤륜노 마륵이 최생을 업고 열 겹의 담을 뛰어들어가 홍초와 만나게 해주었다. 두 사람이 평생 함께하기로 결정하자 마륵이 둘을 업고 담을 넘어 나왔다. 곤륜노는 흑인 노예를 가리키는데 주로 동남아시아인이다.

18) 모ᄅᆞ미: 모름지기.

더주랴 ᄒᆞ시니 ᄉᆞ양ᄒᆞᆯ 배 이시리오마ᄂᆞᆫ 가듕(家中)이 즐겁디 아니니 ᄆᆞᄋᆞᆷ이 화려티 못ᄒᆞ야 ᄒᆞᆫ 안해로 집을 딕희오고 ᄠᅳᆺ을 온젼히 ᄒᆞ야 고요히 ᄒᆡᆼ실이나 닷그며 모친 셤기오믈 일삼고져 ᄒᆞᄂᆞ니 쳐ᄌᆞ(處子) 션악(善惡)과 모호고져 의ᄉᆞ(意思) 업서이다.19)"

석패 ᄉᆞ양(辭讓)으로 알고 문왈,

"가듕의 경ᄉᆞ(慶事) 년면(連綿)ᄒᆞ니 므ᄉᆞ 일이 즐겁디 아니리오?"

시랑이 믄득 쳑연ᄌᆞ샹(慽然沮喪)20)ᄒᆞ야 눈믈을 머금고 닐오ᄃᆡ,

"셔모의 말이 그ᄅᆞ시이다. 사ᄅᆞᆷ이 셰샹의 이셔 텬디(天地) ᄀᆞᆺ죽ᄒᆞᆫ 의(義)를21) 보거ᄂᆞᆯ 경(慶)은 삼ᄉᆡᆼ(三生)의 죄악(罪惡)이 여산(如山)ᄒᆞ야 부모의 ᄀᆞᄌᆞ시믈22) 보디 못ᄒᆞ고 하ᄂᆞᆯ 경계(警戒)와 은ᄋᆡ(恩愛)를 밧디 못ᄒᆞ야 엄친(嚴親)의 면목(面目)을 모ᄅᆞ니 인뉸(人倫)의 죄인(罪人)이오 박명(薄命)ᄒᆞ미 심ᄒᆞᆫ디라. 믈읫 보ᄂᆞᆫ 것과 듯ᄂᆞᆫ 거시 샹심(傷心)티 아닐 거시 업고 내 효셩(孝誠)이 극진(極盡)티 못ᄒᆞ여 ᄌᆞ당(慈堂)의 흔연(欣然)ᄒᆞ실 적이 업ᄉᆞ니 듀야(晝夜) 허믈을 닷그며 죄를 헤아리고 벼슬과 ᄌᆞ식이 이시므로ᄂᆞᆫ 더욱 부뫼 ᄒᆞᆫ가지로 두굿기시믈 보디 못ᄒᆞ니 심ᄉᆞ(心思) 날노 감챵(感愴)ᄒᆞ여 ᄆᆞᄋᆞᆷ이 버히ᄂᆞᆫ 듯ᄒᆞ니 엇디 즐거오미 이시리오? 이러므로 빅ᄉᆞ(百事)를 다 ᄠᅳᆺ두디 아냐 사ᄅᆞᆷ의 허믈과 긔특ᄒᆞᆫ 일을 보와도 의논ᄒᆞ고 시브디 아니며 일ᄉᆡᆼ ᄆᆞᄋᆞᆷ의 먹음어 ᄇᆞ라ᄂᆞᆫ 배 ᄌᆞ당(慈堂)의 깃거ᄒᆞ시믈 요구(要求)ᄒᆞ야 고죽ᄒᆞ니23) 번화(繁華)의 ᄆᆞᄋᆞᆷ이 ᄭᅮᆷᄀᆞᆺ튼디라."

---

19) [교감] 쳐ᄌᆞ 션악과 모호고져 의ᄉᆞ 업서이다: 한두 어절이 중간에 누락된 듯함. 21권본 '쳐ᄌᆞ 모호고ᄌᆞ 의식 업ᄂᆞ이다'. 26권본 없음. 문맥상 '처자의 선악과 관계없이 모을 뜻이 없다'인 듯함.

20) [교감] 쳑연ᄌᆞ샹: 'ᄌᆞ샹'은 '져상'의 오기. 21권본 '쳑연ᄌᆞ샹'. 26권본 '쳑연ᄌᆞ샹'.

21) [교감] 의를: 21권본 '의를'. 26권본 '일을'.

22) ᄀᆞᆺ다: 갖추어 있다. 구비되어 있다.

23) 고죽ᄒᆞ다: 지극하다. 골똘하다.

언필(言畢)의 안식(顔色)이 참담(慘憺)ᄒ야 믄득 오열묵 〃 (嗚咽黙黙)ᄒ니 셕패 쏘ᄒᆫ 슬허 눈믈을 ᄲᅥ려 왈,

"금일(今日) 낭군의 말ᄉᆞᆷ을 드르니 셕목(石木)도 감동(感動)ᄒ리니 ᄒ믈며 쳡(妾)이ᄯᆞ냐? ᄌᆞ고(自古)로 효ᄌᆞ(孝子) 증ᄌᆞ(曾子) ᄀᆞᆺ트며 24) 곽거(郭巨)25)의 ᄌᆞ식을 뭇고[埋子] 황향(黃香)26)의 벼개 부ᄎᆞ믈[扇枕] 엇디 족(足)히 귀(貴)타 ᄒ리오? 낭군과27) 셩효(誠孝)ᄂᆞᆫ ᄎᆞ삼쟈(此三者)의 디나도다."

ᄉᆡᆼ(生)이 탄왈(歎曰),

"내 엇디 이 사ᄅᆞᆷ들의게 ᄇᆞ라리오? 연(然)이나 본졍(本情)은 효의(孝義)를 품ᄋᆞ디 인ᄉᆞ(人事) 미셰(微細)ᄒ기로28) ᄆᆞᄋᆞᆷ이 힝셰(行事)29) ᄀᆞᆺ디 못ᄒ더이다."

셕패 감탄(感歎)ᄒ고 쳐량(凄涼)ᄒ야 다시 혼ᄉᆞ(婚事)를 니ᄅᆞ디 못ᄒ고 즉시 니러 도라와 부인긔 시랑의 말을 고ᄒᆞ매 부인이 탄왈,

"내 아ᄒᆡ 셩졍(性情)이 이러툿 ᄒ야 희담(戲談)이 젹닷다. 너모 진속ᄐᆡ(塵俗態) 업서 쳥고(清高)ᄒ미 츌뉴(出類)ᄒ니 도로혀 근심이라."

일변 니ᄅᆞ며 ᄯᅩᄒᆫ 슬허ᄒ더니 믄득 ᄉᆡᆼ이 드러와 뵈올ᄉᆡ 화긔(和氣) ᄀᆞᄃᆞᆨᄒ고 안식(顔色)이 ᄌᆞ약(自若)ᄒ야 모젼(母前)의 말ᄉᆞᆷᄒᆞᆷ믈 깃븐 거슬 만나고 즐거오믈 당ᄒᆞᆷ ᄀᆞᆺ트니 부인이 나아오라 ᄒ야 등을 두드려 새로이 ᄉᆞ랑ᄒ고 두긋기며 ᄯᅩᄒᆫ 탄식ᄒ더라.

---

24) [교감] 증ᄌᆞ ᄀᆞᆺ트며: 21권본 '증ᄌᆞ ᄀᆞᆺᄒ니 이시며'. 26권본 '증ᄌᆞ 갓ᄐᆞ니 이시며'. '증자 같은 이가 있으며'가 문맥상 자연스러움.
25) 곽거(郭巨): 후한 때 효자. 어린 자식이 어머니의 음식을 축낸다고 하여 땅에 묻으려 했다.. 땅속에서 황금 솥이 나왔는데 솥 위에 '하늘이 효자 곽거에게 주는 것'이라 쓰여 있었다.
26) 황향(黃香): 후한 때 효자. 여름이면 아버지의 베개에 부채질하여 시원하게 하고 겨울이면 아버지의 이불 속에 들어가 따뜻하게 해드렸다.
27) [교감] 낭군과: '낭군의'의 오기.
28) [교감] 인ᄉᆞ 미셰ᄒ기로: 21권본 '인ᄉᆞ 미겨ᄒᆞ와'. 26권본 없음.
29) [교감] 힝셰: '힝ᄉᆞ와'의 오기. 21권본 '힝ᄉᆞ와'. 26권본 없음.

수일(數日)이 디난 후 셕패 시랑ᄃ려 죵용(從容)히 닐오듸,

"첩이 낭군의 후듸ᄒ시믈 감격ᄒ야 갑흘 길히 업서 ᄒ더니 셕샹셔(石尙書)의 규쉬(閨秀)이셔 당셰(當世)예 슉녜니 낭군긔 쳔거(薦擧)ᄒᄂ니 직춰ᄒ시면 첩이 더옥 감은(感恩)ᄒ리이다."

시랑이 텽파(聽罷)의 안셔(安徐)이 듸왈,

"셔모의 말ᄉᆞᆷ은 감격ᄒ나 조강지쳬(糟糠之妻)이시니 번오(煩擾)³⁰⁾의 사ᄅᆞᆷ은 싱각디 아닛ᄂ이다."

셕패 다시 다래여 왈,

"셕쇼졔 만일 범샹(凡常)ᄒᆞᆫ 사ᄅᆞᆷ일딘대 첩이 므ᄉᆞ 일 낭군긔 쳔거ᄒ리오? 얼골을 의논홀딘대 명모뉴미(明眸柳眉)며 분빅녹빙(粉白綠鬢)이오 단슌호치(丹脣皓齒)라. 진실노 하쥬(河洲) 슉녀(淑女)의 넘ᄋᆞ니 첩이 타문(他門)의 보내기를 앗기고 ᄯᅩ 낭군의 ᄌᆡ화(才華)를 앗겨 뎍딜(嫡姪)과 뎍ᄌᆞ(嫡子)로 ᄡᅡᆼ(雙)으로 ᄀᆞ죽ᄒ믈 보고져 ᄒᄂ니 낭군은 고집(固執)디 말라."

ᄉᆡᆼ이 듸왈,

"셔모의 니ᄅᆞ시ᄂᆞᆫ 바ᄂᆞᆫ 올ᄒ시듸 내 ᄯᅳᆺ이 낙〃(落落)하야 슉녀 어들 복이 업ᄉᆞᆷ이라. ᄒᄆᆞᆯ며 모친의 ᄯᅳᆺ이 아모라 ᄒᆞ실 줄을 모ᄅᆞ니 내의 ᄌᆞ단(自斷)홀 배 아니니이다."

셕패 ᄯᅩ 닐오듸,

"첩이 부인ᄭᅴ 고ᄒᆞ니 부인이 유의(有意)ᄒᆞ고 낭군의 ᄯᅳᆺ을 아디 못ᄒᆞ야 듀뎨(躊躇)ᄒᆞ시며 셕쇼져의 직조를 크게 ᄉᆞ랑ᄒᆞ시ᄂᆞ니이다."

시랑이 팀음냥구왈(沈吟良久曰),

"모친이 어이 직조를 아ᄅᆞ시ᄂᆞᄂᆈ?"

셕패 쇼왈,

30) [교감] 번오: '번요'의 오기.

"녀 적 낭군의 보시던 시젼(詩牋)이 셕쇼져의 소작(所作)이라. 부인은 낭군이 유의ㅎ시면 셩혼(成婚)코져 ㅎ시더이다."

시랑이 텽파(聽罷)의 미쇼왈(微笑曰),

"원ᄂᆡ 셕쇼졔 이런 ᄌᆡ죄 겨시닷다."

언필의 니러나고져 ㅎ니 셕패 ᄉᆞ매ᄅᆞᆯ 잡고 왈,

"낭군아 진실노 고집ㅎ시ᄂᆞ냐? 부인이 허ㅎ시면 낭군이 ᄯᅩᄒᆞᆫ ᄌᆡ츄ㅎ리잇가?"

시랑이 쇼왈,

"모친이 허ㅎ시면 내 감히 ᄉᆞ양ㅎ며 모명(母命)이 업슬딘대 내 ᄯᅩᄒᆞᆫ 엇디ㅎ리잇가? 아직 의ᄉᆞ(意思) ᄌᆡ츄(再娶)예 밋디 못ㅎ니 내 스스로 구ᄒᆞᆯ 길흔 업ᄉᆞ니라. 셔뫼 만일 슉녀ᄅᆞᆯ 주시면 내 ᄯᅩ ᄉᆞ양티 아니리이다."

셜파(說罷)의 나가니 패(婆) 뉴슈지언(流水之言)이라도 ᄒᆞᆯ 일이 업서 듕당(中堂)의셔 빈회(徘徊)ㅎ더니

이째 화시 시녀 빵쉬 이 말을 듯고 도라와 화시긔 고호딕,

"석파랑(石婆娘)이 샹공(相公)을 권호야 석참정(石參政) 규슈(閨秀)를 지취(再娶)호쇼셔 호니 낭군이 처엄은 듯디 아니호시더니 여러 번의 니ᄅ매 지취를 죄오시며[1] 정당(正堂) 허락을 파랑(婆娘)으로 바드라 호시더이다."

화시 텬셩(天性)이 영민(英敏)호나 셩되(性度) 조급쵸강(躁急超強)호고 ᄯ 사랑 듕히 너기믈 태산(泰山) ᄀᆞ티 호야 은정(恩情)이 고족호야 병(病)되이 다ᄅᆞ고 친익(親愛)호미 극진(極盡)호딕 사랑이 식〃호야 일족 ᄉ〃(私私) 정(情)을 니라는 일이 업고 공경(恭敬)호나 너모 익듕(愛重)호기로 투긔(妬忌)호는 일심(一心)이 [슈화를 피티][2] 아닐 긔습(氣習)이라. 사랑이 일즙[3] 방외(房外)에 챵첩(娼妾)이 업고 가듕

---

1) 죄오다: 서두르다. 독촉하다. 다그치다.
2) [교감] [슈화를 피티]: 이대본 손상. 21권본·26권본 없음. 문맥상 보충함.
3) 일즙: 일찍.

(家中)의 홍장(紅粧) 시녜(侍女) 무궁(無窮)ᄒᆞ딕 유졍(留情)ᄒᆞ미 업스며 언어 간(言語間)의도 지취(再娶)를 일ᄏᆞᆺ디 아니코 겸(兼)ᄒᆞ야 ᄋᆞ직(兒子) 이시니 통셰(寵勢) 극ᄒᆞ다. 스스로 일신(一身)이 복(福)되믈 깃거ᄒᆞ더니 셕패 단졍(端正)ᄒᆞᆫ 가부(家夫)를 도〃와 지취ᄒᆞ라 ᄒᆞᆫ다 ᄒᆞ니 엇디 분〃(忿憤)티 아니리오. 불연대로(勃然大怒)ᄒᆞ야 크게 ᄭᅮ지즈되,

"명완(命頑)⁴⁾ᄒᆞᆫ 노괴(老姑) 죽디 아니코 사라셔 엇디 내의 가부(家夫)를 다래ᄂᆞᆫ뇨? 시랑인들 엇디 무단(無端)히 셕녀(石女)를 취(娶)ᄒᆞ고져 ᄒᆞ며 존괴(尊姑) ᄯᅩᄒᆞᆫ 허락(許諾)ᄒᆞᄂᆞᆫ 일이 겨시ᄂᆞᆫ다?"

분노(忿怒)ᄒᆞᄆᆞᆯ 마디아니코 뎐도(顚倒)히 니러 닝당(內堂)으로 드러가더니 졍(正)히 셕파(石婆)를 만난다. 셕패 뎌의 만면(滿面) 노긔(怒氣)로 져를 향ᄒᆞ야 말ᄒᆞ고져 ᄒᆞᄆᆞᆯ 보고 짐쟉(斟酌)고 문왈(問曰),

"낭직(娘子) ᄆᆞ스 일 뎌러툿 블평(不平)ᄒᆞ시뇨?"

화시 믄득 ᄭᅮ지저 왈,

"내 일즉 셔모(庶母)로 원슈(怨讐) 업거늘 므슴 연고(緣故)로 날을 믜워 뎍국(敵國)⁵⁾을 쳔거ᄒᆞᄂᆞ뇨? 셔뫼 만일 긋치면 말녀니와 나죵내 원슈를 디을딘대 전졔(專諸)⁶⁾의 어댱검(魚腸劍)⁷⁾으로 ᄒᆞᆫ 번 딜너 셜ᄒᆞᆫ(雪恨)ᄒᆞ고 내 ᄯᅩᄒᆞᆫ 죽으리라."

셕패 닝쇼왈(冷笑曰),

---

4) 명완(命頑): 목숨이 모질다.
5) 젹국(敵國): 남편의 다른 아내. 한 남자에게 여러 아내가 있을 때 아내들의 관계가 적국과 같다고 하여 이르는 말.
6) 젼졔(專諸): 춘추시대 오나라의 자객. 공자(公子) 광(光)의 명령을 받아 어장검(魚腸劍)으로 오왕(吳王) 요(僚)를 죽였다. 광은 곧 합려(闔閭)이다.
7) 어장검(魚腸劍): 춘추시대 월왕(越王)이 구야자(歐冶子)를 시켜 만든 다섯 자루의 보검 중 하나. 다섯 자루의 보검은 담로(湛盧), 순균(純鈞), 승야(勝邪), 어장(魚腸), 거궐(巨闕)이다.

"낭ᄌᆡ(娘子) 년쇼(年少)ᄒᆞ야 혜아리미 업도다. 녀ᄌᆞ(女子)의 도(道)
ᄂᆞ 유슌(柔順)ᄒᆞ미 귀(貴)ᄒᆞ고 투악(妬惡)은 칠거(七去)의 명〃(明明)
ᄒᆞ니 ᄌᆞ고로 투긔ᄒᆞᄂᆞᆫ 슉녜 업ᄉᆞ니 낭ᄌᆡ 이제 소시랑의 원비(元妃)로
쇼공ᄌᆞ(小公子)ᄅᆞᆯ 쩌 가권(家權)을 젼일(專一)ᄒᆞ시니 번화(繁華)의
조ᄎᆞᆫ 둘재 부인이 드러오나 당〃이 황영(皇英)[8]의 ᄌᆞ미(姉妹) ᄀᆞᆺ티
ᄒᆞ시미 올커ᄂᆞᆯ 언에(言語) 이러ᄐᆞᆺ 뎐도(顚倒)ᄒᆞ시니 쳡으로ᄡᅥ 원슈
라 ᄒᆞ실딘대 우리 부인이 몸을 스스로 원슈로 아로샤 쳡 등을 모호시
미니잇가? 쳡이 ᄌᆞ쇼(自少)로 장현동(藏賢洞)의셔 늘그딘 일ᄌᆞᆨ 션쳐
ᄉᆞ(先處士)긔와 부인긔 칙(責)을 밧디 아냣고 시랑을 어ᄅᆞ만져 길너
내야 졍의(情誼) 산ᄒᆡ(山海) ᄀᆞᆺ트니 비록 낭ᄌᆞ(娘子)긔 어댱검(魚腸
劍)을 바드나 셜워 [아냐][9] 긔특ᄒᆞᆫ 슉녀ᄅᆞᆯ 쳔거ᄒᆞ리로소이다."

화시 대로(大怒)ᄒᆞ야 졀치왈(切齒曰),

"ᄎᆞ(此)ᄂᆞ 삼ᄉᆡᆼ슈인(三生讐人)이라. 만일 셕현의 ᄯᆞᆯ을 ᄃᆞ려올딘대
당〃이 ᄡᅳ저 죽여 분(憤)을 플고 늘근 년이 텬앙(天殃) 닙어 죽으믈
보리라. 반ᄃᆞ시 셕녀ᄅᆞᆯ ᄃᆞ려와 슉질(叔姪)이 동모(同謀)ᄒᆞ야 부인(夫
人)과 우리 부쳐(夫妻)의 목숨을 긋ᄎᆞ려 ᄒᆞᄂᆞᆫ 계교(計巧)로다."

인(因)ᄒᆞ야 초독(醋毒)[10] 블평(不平)ᄒᆞᆫ 말노 ᄭᅮ짓기ᄅᆞᆯ 마디아니ᄒᆞ
고 침소(寢所)로 도라가니 셕패 ᄯᅩᄒᆞᆫ 대로(大怒)ᄒᆞ야 졍(正)히 번뇌
(煩惱)ᄒᆞ더니 소시랑(蘇侍郞)이 한흑ᄉᆞ(韓學士)로 더브러 시부(詩賦)
ᄅᆞᆯ 챵화(唱和)ᄒᆞ다가 모친(母親)긔 문안(問安)ᄒᆞ려 드러오더니 믄득
보니 셕패 듕당(中堂)의셔 발을 굴너 통곡(痛哭)ᄒᆞ거ᄂᆞᆯ 시랑이 경아
(驚訝)ᄒᆞ나 모친긔 뵈오미 밧바 뭇디 못ᄒᆞ고 다만 친족(親族)의 부음

---

8) 황영(皇英): 아황(娥皇)과 여영(女英). 요임금의 두 딸로 함께 순(舜)임금에게 시집갔다.
9) [교감] 셜워 [아냐]: 이대본 '셜워'. 21권본·26권본 없음. '죽더라도 서러워하지 않는다'는
뜻이므로 '아냐'가 들어가야 문맥이 자연스럽다.
10) 초독(醋毒): 산독(酸毒)과 같은 뜻으로 추정된다. 악랄하고 가혹하다. 독살스럽다.

(訃音)을 드른가 ᄒ야 모친 면젼(面前)의 니ᄅ러 문후(問候)ᄒ고 좌우(左右)를 도라보와 문왈(問曰),

"셕셔뫼(石庶母) 뉘 상ᄉ(喪事)를 만나겨시냐?"

시녜(侍女) 다 아디 못ᄒ거늘 부인이 문왈,

"네 엇디 상ᄉ(喪事)를 만나다 ᄒᄂ뇨?"

시랑이 의심(疑心)ᄒ야 이셩듸왈(怡聲對曰),

"앗가 셔뫼 듕당의셔 슬허ᄒ거늘 무르미로소이다."

일변 니ᄅ며 일변 셕파의 곳의 오니 패 시랑을 보고 가슴을 두ᄃ리며 머리를 싱의게 부드이져 왈,

"시랑은 쾌(快)히 쳡을 죽이라. 시랑이 만일 죽이디 아니면 쳡이 반ᄃ시 어댱검(魚腸劒)의 죽으리니 출하리 약(藥)이나 먹고 죽으면 나으리라."

셜파(說罷)의 싱의 ᄎᆞᆫ 칼흘 ᄲᅢ혀 스ᄉ로 디ᄅ고져 ᄒ니 비록 시랑이 총명(聰明)ᄒ나 엇디 밋쳐 근본(根本)을 ᄭᅵᄃᄅ며 아모 연고(緣故) 줄 아디 못ᄒ고 이러틋ᄒ 경상(景狀)과 셔모의 칼 ᄲᅢ히믈 보고 십분(十分) 경아(驚訝)ᄒ야 급피 칼흘 아ᄉᆞᆯ 적 좌편(左便) 손가락을 [날의][11] 크게 닷쳐 피 소사 흐르니 셕패 놀나 첫 발악(發惡)을 느추더니 시랑이 안ᄉᆡᆨ(顔色)을 평안(平安)이 ᄒ고 손을 드러 흐르는 피를 스ᄉ로 먹으니 이ᄂᆞᆫ 부모(父母) 혈육(血肉)을 ᄇᆞ리디 아니랴 ᄒᆞ미라.

깁을 믜여[12] 손을 ᄲᆞ고 셕파의게 쳥죄왈(請罪曰),

"경(慶)이 비록 무식필뷔(無識匹夫)나 ᄯᅩ흔 어려셔븟터 글을 닐거 ᄒᆞᆫ 조각 졍셩(精誠)은 효의(孝義)를 근심ᄒᆞ더니 블민블효(不敏不孝)

---

11) [교감] 좌편 손가락을 [날의] 크게 닷쳐: 이대본 '좌편 손가락을 □□ 크게 닷쳐'. 21권본 '좌편 손가락이 날의 샹ᄒ여'. 26권본 '좌편 슈지 칼날의 닷쳐'. 21권본·26권본을 참고하여 보충함.
12) 믜다: 찢다.

ᄒ야 써곰 셔모의 브죡히 너기믈 바드니 감히 흔(恨)티 못ᄒ려니와 금일 이 거조(擧措)ᄂᆞᆫ 실로 몽듕의외(夢中意外)라. 만일 경(慶)이 죄 (罪) 이실딘대 셔뫼 당〃이 날을 수죄(數罪)ᄒ시고 시노(侍奴)로 댱 칙(杖責)ᄒ시미 올커ᄂᆞᆯ 엇디 발검ᄌᆞ결(拔劍自決)ᄒ며 통곡비열(痛哭悲咽)ᄒ시ᄂᆞ뇨? 이 진실로 내 죄 태산 ᄀᆞᆺ고 명교(名敎)의 죄인이 되ᄂᆞ 니 어ᄂᆞ 면목(面目)으로 ᄒᆡᆼ셰(行世)ᄒ리오? 쳥컨대 이리ᄒ시ᄂᆞᆫ ᄠᅳᆺ을 니ᄅᆞ쇼셔.”

셕패 일시 분노(忿怒)ᄒ기로써 과도(過度)ᄒᆞᆫ 거조(擧措)ᄅᆞᆯ ᄒᆞ다가 시랑의 손이 듕샹(重傷)ᄒᆞᄃᆡ ᄉᆞᆨᆨ식(辭色)디 아니코 온화(溫和)ᄒᆞᆫ 빗ᄎᆞ 로 쳥죄(請罪)ᄒᆞ믈 드ᄅᆞ니 극히 무안(無顔)ᄒᆞ고 ᄯᅩᄒᆞᆫ 화시ᄅᆞᆯ 노호와 울며 닐오ᄃᆡ,

“쳔인(賤人)이 낭군(郎君)을 쟝옥(璋玉) ᄀᆞᆺ티 너겨 일야(日夜) ᄇᆞ라 믈 븍두(北斗)13)[ᄀᆞᆺ치 ᄒᆞ고]14) 낭군이 ᄯᅩᄒᆞᆫ 쳡을 부인 버금으로 공 경ᄒ시니 은혜(恩惠) 빅골난망(白骨難忘)이라. 갑흘 길히 업ᄉᆞ니 시 랑긔 슉녀ᄅᆞᆯ 쳔거ᄒᆞᆫ 본ᄃᆡ 죠흔 ᄠᅳᆺ이러니 화부인이 쳡을 이러틋 칙 ᄒ시니 쳡의 용수(庸豎)ᄒᆞ믈 슈칙(數責)ᄒᆞᆫ 본ᄃᆡ 가(可)커니와 다만 쳡이 낭군과 부인을 시역(弑逆)ᄒ려 ᄒᆞ다 ᄒᆞᆫ 지극(至極) 원민(寃 悶)ᄒᆞᆫ디라. 죵텬지흔(終天之恨)이 되디 아니며 진실로 화부인긔 죽기 쉬오니 출히 낭군 알픠셔 쾌히 ᄌᆞ결(自決)ᄒᆞ야 요괴(妖怪)로이 모함 (謀陷)ᄒᆞ믈 닙디 말고져 ᄒᆞ더니 의외(意外)예 시랑의 옥쉬(玉手) 듕 샹(重傷)ᄒ니 쳡의 죄 더옥 듕(重)ᄒᆞᆫ디라. 죽으믈 쳥(請)ᄒᆞᄂᆞ니 엇디 시랑이 죄 이시며 쳥죄(請罪)ᄒ리오?”

---

13) 북두(北斗): 북두칠성은 별자리 중에서 군주(君主)를 상징하며, 전하여 존경을 받는 인물 을 가리킴.
14) [교감] 븍두[ᄀᆞᆺ치 ᄒᆞ고]: 이대본 '븍두□□□□'. 21권본 '북두ᄀᆞᆺ치 ᄇᆞ라고'. 26권본 '북두 갓치 ᄒᆞ고'. 21권본·26권본을 참고하여 보충함.

시랑이 고개를 느즈기 ᄒᆞ야 듯기를 ᄆᆞᄎᆞ매 ᄇᆞᆯ셔 듕심(中心)의 샹냥(商量)ᄒᆞ미 과인(過人)ᄒᆞᆫ디라. 이제 탄식(歎息)고 위로(慰勞)ᄒᆞ며 죄를 일ᄏᆞᆯ라 ᄀᆞᆯ오ᄃᆡ,

"ᄎᆞ언(此言)을 드ᄅᆞ니 경(慶)의 ᄆᆞᄋᆞᆷ이 싀훤ᄒᆞ이다. 당초(當初)ᄂᆞᆫ 실노 아모 연괸 줄 아지 못ᄒᆞ고 차악(嗟愕)ᄒᆞ더니 ᄌᆞ시 듯ᄌᆞ오매 이 ᄯᅩᄒᆞᆫ 경(慶)의 죄라. 화시의 패악(悖惡)ᄒᆞ미 다 졔가(齊家) 못ᄒᆞᆫ 죄라. ᄒᆞᆫ낫 [화시]의[15] ᄒᆞᆫ단(釁端)만 잇디 아냐 내의 허물이 더옥 듕(重)ᄒᆞᆫ디라. 셔모ᄭᅴ 불공(不恭)ᄒᆞ미 족히 내쳠즉ᄒᆞ오ᄃᆡ 모친이 블평(不平)ᄒᆞᆯ 거시오 유ᄌᆞ식불거(有子息不去)[16]를 슬퍼 머무ᄅᆞ니 이 ᄯᅩᄒᆞᆫ 경(慶)의 죄로소이다. 지어(至於) 손이 샹(傷)ᄒᆞᆷ믄 서ᄅᆞ 무심(無心) 듕(中)이라. 엇디 일로ᄡᅥ 개회(介懷)ᄒᆞ시리잇고? 쳥컨대 내 ᄂᆞᆺ츨 보와 식노(息怒)ᄒᆞ쇼셔."

언필(言畢)의 좌우(左右)로 화시의 유모(乳母)를 잡아내여 수죄(數罪)ᄒᆞ야 대책(大責)ᄒᆞ고 시노(侍奴)로 ᄒᆞ야곰 큰 매를 ᄀᆞᆯ히여 형댱(刑杖) 뉵십(六十)을 티니 유뫼(乳母) 혼졀(昏絶)ᄒᆞᆫ다라. 셕패 도로혀 말니〃 ᄭᅳ어내라 ᄒᆞ고 셔모를 향ᄒᆞ야 ᄌᆡ삼(再三) 손샤(遜謝)ᄒᆞ고 위로(慰勞)ᄒᆞ니 셕패 감격ᄒᆞ고 뉘웃ᄎᆞ나 오히려 화시ᄭᅴ 분을 프디 못ᄒᆞ엿더라.

(소현셩녹 권지일 끝)

---

15) [교감] [화시]의: 이대본 '□□의'. 21권본·26권본 없음. 문맥상 보충함.
16) 유자식불거(有子息不去): 칠거(七去)에 해당하더라도 이혼할 수 없는 세 가지 경우를 삼불출(三不出)이라 한다. 쫓아냈을 때 돌아갈 곳이 없는 경우, 함께 부모의 삼년상을 치른 경우, 가난했는데 부자가 된 경우이다. 자식이 있는 경우는 삼불출에 해당하지 않는다.

화씨를 냉대하다

이적의 양부인은 젼혀 아디 못ᄒ고 월영은 아로ᄃᆡ 모ᄅᆞᄂᆞ 톄ᄒ더
니 져녁 문안의 취셩뎐(聚星殿)의 모드니 화시 유모를 듕형(重刑)을
닙히고 시랑의 수죄(數罪)ᄒᄆᆞᆯ 드르니 경조(輕佻)ᄒᆞᆫ 부인이 엇디 분
(憤)티 아니리오. 죵일토록 울고 문안의 칭병ᄒ고 오디 아냣더니 부
인이 다만 질병(實病)[1]으로 알고 셕파의 ᄉᆞᄉᆡᆨ(辭色)[2]이 블평ᄒᄆᆞᆯ
보고 문왈,

"너ᄂᆞᆫ 므ᄉᆞ 일 오ᄂᆞᆯ 통곡ᄒ더뇨?"

패 ᄃᆡ왈,

"위연(偶然)히 심ᄉᆡ(心事) 슬프거ᄂᆞᆯ 발곡(發哭)ᄒᆞ이다."

부인 왈,

"사름이 셜온 ᄶᆡ 이신들 엇디 무시곡읍(無時哭泣)을 ᄒᆞ리오? ᄎᆞ후

---

1) [교감] 질병: '실병'의 오기. 21권본·26권본 '실병'.
2) [교감] ᄉᆞᄉᆡᆼ: 'ᄉᆞᄉᆡᆨ'의 오기.

란 이러툿 말라."

셕패 샤례ᄒ고 ᄒᆞ가지로 뫼시니 시랑이 힝혀 모친이 손을 보실가 두려 풀을 ᄉᆞ자 단좌(端坐)ᄒᆞ엿더니 부인이 화시 쇼ᄌᆞᄅᆞᆯ 안아 ᄉᆞ랑ᄒᆞ다가 인ᄒᆞ야 시랑을 주어 왈,

"이 아히 승어부(勝於父)로다."

비록 부ᄌᆞ지졍(父子之情)이 극ᄒᆞ나 일쯕 안아보도 아니터니 모친의 주심을 보고 마디못ᄒᆞ야 빵슈(雙手)로 밧ᄌᆞ와 유모ᄅᆞᆯ 주고 다시 ᄭᅮ러안ᄌᆞ니 부인이 손을 보고 놀나 왈,

"엇디 져러툿 샹ᄒᆞ엿ᄂᆞ뇨?"

[듸왈]3)

"칼흘 쓰다가 그릇 실슈ᄒᆞ야 버힌디라. 대단티 아니듸 샹홀가 ᄭᅢ미얏ᄂᆞ이다."

부인 왈,

"악졍ᄌᆞ츈(樂正子春)4)은 발이 샹ᄒᆞ매 두 ᄃᆞᆯ을 근심ᄒᆞ거ᄂᆞᆯ 너ᄂᆞᆫ 손을 샹ᄒᆡ오고5) 우ᄉᆞ니 엇디 고인(古人)만 못ᄒᆞ뇨?"

ᄉᆡᆼ이 샤죄슈명(謝罪受命)ᄒᆞ더라.

인ᄒᆞ야 혼뎡(昏定)ᄒᆞ고 믈러 외당의 이션디 셕 ᄃᆞᆯ이 진ᄒᆞ듸 화시 슉소ᄅᆞᆯ ᄎᆞᆺ디 아니코 ᄋᆞ직 아비ᄅᆞᆯ ᄎᆞ자 니ᄅᆞ매 유모ᄅᆞᆯ ᄭᅮ지저 ᄃᆞ려오디 말라 ᄒᆞ듸 부인이 지극 엄졍ᄒᆞ매 이 일을 젼혀 모ᄅᆞ고 소시ᄂᆞᆫ 시랑을 칙ᄒᆞ고 기유(開諭)ᄒᆞᆫ즉 오직 답ᄒᆞ듸,

"조강지쳐(糟糠之妻)ᄂᆞᆫ 블하당(不下堂)이니 쇼뎨 엇디 ᄇᆞ리〃오마

---

3) [교감] [듸왈]: 이대본 '□□'. 21권본·26권본 '시랑이 쇼이듸왈'. 21권본·26권본을 참고하여 보충함.
4) 악정자춘(樂正子春): 춘추시대 증자(曾子)의 제자. 마루를 내려오다 발을 다치자 부모에게 죄를 지었다면서 몇 달 동안이나 출입을 하지 않았다.
5) 샹ᄒᆡ오다: 상(傷)하게 하다.

는 데 년쇼미거(年少未擧)ᄒ야 부도(婦道)를 모ᄅ고 셔모긔 블공(不恭)ᄒᆫ 말을 ᄒ니 이곳 패악(悖惡)ᄒ미라. 잠간 경계코져 ᄒ미니 박ᄃᆡᄒᄂᆞᆫ 뜻이 아니니이다."

소시 훌 일이 업서 모친긔 슈말을 고ᄒᆫ대 부인이 셕파를 블너 글오ᄃᆡ,

"너희 등과 내의 ᄇᆞ라ᄂᆞᆫ 배 다만 경의 부 〃 ᄲᆞᆫ이어늘 져믄 녀ᄌᆡ 형상 업슨 말을 ᄒᆞᆫ들 엇디 족슈(足數)⁶⁾ᄒ야 경의 귀예 들녀 가ᄂᆡ(家內) 산난(散亂)ᄒ게 ᄒᄂᆞ뇨? ᄒᄆᆞᆯ며 저와 내 지ᄎᆔ(再娶)의 뜻이 잇디 아니커늘 네 엇디 여러 번 니ᄅᄂᆞ뇨?"

셕패 부인의 긔식이 쥰졀(峻截)ᄒᄆᆞᆯ 보고 고두샤죄(叩頭謝罪)ᄲᆞᆫ이라. 패 물러난 후 부인이 화시를 블너 좌우를 믈니티고 다ᄉᆞᆺ 죄를 니ᄅᆞ며 여ᄃᆞᆲ 허믈을 경계ᄒ야 셕파 욕ᄒ미 크게 블가ᄒᄆᆞᆯ 히유(解諭)ᄒ야 니ᄅᆞ니 언에(言語) 엄졍(嚴正)ᄒ고 곡졀(曲折)이 명ᄇᆡᆨ(明白)ᄒ야 드ᄅᆞ매 모골(毛骨)이 숑연(竦然)ᄒ니 화시 듀야(晝夜) 셕파와 시랑을 원망ᄒ더니 부인 말ᄉᆞᆷ을 듯고 과연(果然)히⁷⁾ ᄭᆡᄃᆞ라 돈슈복죄(頓首服罪)ᄒ고 믈러나니 셕파도 부인 말ᄉᆞᆷ을 드ᄅᆞ매 잠간 뉘웃처 셔당의 가 시랑을 보고 도로혀 프러 긔유(開諭)ᄒ며 제 일시의 노홉거늘 허언(虛言)으로 화시를 잡으라 ᄒ야 뎌의 플기를 요구ᄒ니 시랑이 다만 미(微)ᄒᆞᆫ 우음을 ᄯᅴ여 은 〃 (隱隱)히 우슬 ᄯᆞᄅᆞᆷ이라.

셕패 다시 프러 왈,

"낭군이 쳡의 연고로 낭ᄌᆞ(娘子)를 박ᄃᆡ(薄待)ᄒ시니 쳡이 어ᄂᆞ 면목으로 사ᄅᆞᆷ을 보리오? ᄇᆞ라ᄂᆞ니 낭군은 ᄉᆡᆼ각ᄒ라."

ᄉᆡᆼ이 날호여 위로ᄒ고 언담(言談)이 온화(溫和)ᄒ야 뎌 말을 드ᄅᆞ

---

6) 족수(足數): 세다. 헤아리다. 시비할 만한 것으로 치다.

7) [교감] 과연히: 21권본 없음. 26권본 '과연'.

듯ᄒᆞ나 그 심정은 기(改)티 아니니 셕패 부인의 노ᄒᆞ시ᄂᆞᆫ 말을 니ᄅᆞᆫ 대 싱이 팀음냥구(沈吟良久)의 닐오ᄃᆡ,

"모친 노ᄒᆞ시믈 위로ᄒᆞ고 셔모의 말ᄉᆞᆷ을 인ᄒᆞ야 드러가 칙ᄒᆞ리이다."

셕패 깃거 도라왓더니 수일이 디나ᄃᆡ 동졍이 업거ᄂᆞᆯ 셕패 다시 가 기유ᄒᆞ니 시랑이 유〃(唯唯)히 허락ᄒᆞᄃᆡ ᄆᆞᄎᆞᆷ내 ᄎᆞᆺ디 아냐 가디록 슉엄(肅嚴)ᄒᆞ니 화시 듀야 울고 곡긔(穀氣)를 그쳔 디 십여 일의 침병(沈病)ᄒᆞᄃᆡ 시랑이 뭇디 아니니 소시 셕파로 더브러 권ᄒᆡ(勸解)ᄒᆞᄃᆡ 플 길히 업스니 소시 셕파ᄃᆞ려 왈,

"셔모ᄂᆞᆫ 권(勸)티 말나. 제 ᄯᅳᆺ이 고집ᄒᆞ니 플 적이 업스리라."

셕패 크게 무류ᄒᆞ고[8] 뉘웃쳐 시랑을 만난즉 괴로이 비러 니ᄅᆞ면 흔연ᄌᆞ약(欣然自若)ᄒᆞ야 ᄃᆡ답ᄒᆞᄃᆡ,

"내 엇디 조강(糟糠)을 박ᄃᆡᄒᆞ리오? 실노 다른 ᄯᅳᆺ이 업스니 셔모ᄂᆞᆫ 과려(過慮)티 말나. 요ᄉᆞ이 드러가 경계ᄒᆞ리이다."

셕패 슌마다 고디 드ᄅᆞᄃᆡ 시랑이 밧기 온화ᄒᆞ나 심시 텰셕츄상(鐵石秋霜) ᄀᆞᆺ투니 이러구러 뉵칠 삭이 디나니 부인이 ᄇᆞ야흐로 ᄌᆞ시 알고 이에 싱을 블너 경계왈,

"화시 셕파를 욕ᄒᆞ미 비록 그르나 엇디 프디 아니키를 심히 ᄒᆞᄂᆞ뇨? ᄋᆞ녀ᄌᆞ의 뎐도(顚倒)ᄒᆞᆷ을 용샤(容赦)ᄒᆞ고 관대(寬大)ᄒᆞᆫ 도량(度量)으로 후ᄃᆡ(厚待)ᄒᆞᆷ이 올흐니라."

싱이 졀ᄒᆞ고 ᄃᆡ왈,

"존명(尊命)을 쇼ᄌᆞ(小子) 엇디 거역ᄒᆞ리잇고? 연이나 뎌의 말이 패악(悖惡)ᄒᆞ야 칼로ᄡᅥ 셔모를 해ᄒᆞ렷노라 말이 비록 죡수(足數)티 못ᄒᆞ나 이 큰 죄라. 쇼ᄌᆞ ᄆᆞᄎᆞᆷ내 용샤(容赦)티 아니랴 ᄒᆞ더니 모명(母

---

8) 무류ᄒᆞ다: 무료(無聊)하다. 무안하다.

命)이 겨시니 금일노븟터 화평(和平)ᄒ리이다.”

부인이 지삼 기유ᄒ니 슌〃(順順) 응ᄃᆡ(應對)ᄒ더니

병든 화씨에게 훈계하다

날이 져믈매 월식(月色)이 명낭(明朗)호디 혜풍(惠風)[1]이 한가(閑 暇)호니 싱이 셔당의셔 곡난(曲欄)의 빈회호며 글을 읇호니 시식(詩 詞) 쥰아(俊雅)호고 소리 청신(清新)호야 초산(楚山)[2]의 봉됴(鳳鳥) 읇는 둣호더라. 이윽이 머믓거리다가 날호여 거러 녹운당을 향호니 표〃(飄飄)호 향내와 쇄락(灑落)호 광치 월식(月色)의 븨이니 텬션 (天仙)이 옥경(玉京)의 됴회(朝會)홈 굿더라.

이째 화시 질병이 일향(一向) 팀면(沈湎)호야 쟝충 스디(死地)의 갓가오디 시랑의 뭇는 일이 업스믈 보고 스스로 죽고져 호나 소시 무 양 기유호고 부인이 즈로 와 보며 의약을 극진이 호니 잠간 위로호야 디내나 사름 곳 보면 즈연 톄읍(涕泣)호므로 그 부친과 오라비를 보 면 눈믈이 비 굿투니 화공과 화싱 형뎨 민망호야 시랑드려 드러가 보

1) 혜풍(惠風): 봄바람.
2) 초산(楚山): 현재 후베이 성(湖北省) 서쪽에 있는 형산(荊山). 화씨지벽(和氏之璧)의 고사에 화씨가 봉황이 형산의 돌 위에 깃들여 있는 것을 보고 옥을 구했다 한다.

믈 권혼즉 싱이 안식(顔色)을 단엄(端嚴)이 ᄒᆞ고 ᄉᆞ긔(辭氣)ᄅᆞᆯ 쥰졀
(峻截)히 ᄒᆞ야 일어(一語)도 답디 아니니 홀 일이 업서 도라갈 분이
라.

화시 셜옴과 분ᄒᆞᆷᄋᆞᆯ 이긔디 못ᄒᆞ야 죽기ᄅᆞᆯ ᄌᆞ분(自奮)ᄒᆞ야 시랑의
무ᄅᆞ미 업슨 지 팔 삭의 니ᄅᆞ러ᄂᆞᆫ 아조 곡긔(穀氣)ᄅᆞᆯ 긋쳔 디 이십 일
밧기라. 쟝ᄎᆞᆺ 황쳔(黃泉)의 갓갑더니 블의예 시랑이 미안(未安)ᄒᆞ미
이시나 모명을 슌슈(順受)ᄒᆞ야 드러오믈 보고 ᄯᅩᄒᆞᆫ 놀납고 역시 노호
와3) 금 〃 (錦衾)을 드러 머리ᄅᆞᆯ ᄡᅳ고 보디 아니ᄒᆞ더니 싱이 뎌의 거동
을 보고 궤(几)ᄅᆞᆯ 비겨 ᄋᆞᄌᆞᄅᆞᆯ 나오혀 ᄉᆞ랑ᄒᆞ다가 시녀로 ᄒᆞ야금 침
금(寢衾)을 포셜(鋪設)ᄒᆞ라 ᄒᆞ니 화시 ᄎᆞᆷ디 못ᄒᆞ야 소ᄅᆡ 질너 왈,

"샹공의 침금은 외당의 내여가고 이에 ᄉᆞᆼ디 말나."

시녀 슈명(受命)ᄒᆞ야 감히 거역디 못ᄒᆞ거ᄂᆞᆯ 싱이 날호여 닐오ᄃᆡ,

"내 오늘은 이에 슈침(睡寢)ᄒᆞ랴 ᄒᆞ니 침금(寢衾)을 포셜(鋪設)ᄒᆞ
라."

화시 노긔ᄅᆞᆯ 이긔디 못ᄒᆞ야 능히 뎡ᄒᆞ야 누엇디 못ᄒᆞ거ᄂᆞᆯ 싱이 심
하(心下)의 개탄(慨歎)ᄒᆞᄆᆞᆯ 마디아니ᄒᆞ더라. 야심(夜深)ᄒᆞᄆᆡ 싱이 자
리의 나아가 쵹을 나오혀노코 옥슈ᄅᆞᆯ 드러 부인의 머리 덥흔 거ᄉᆞᆯ 열
고 문왈,

"므슴 질병이 이대도록 디리(支離)ᄒᆞ며 싱을 보고 머리ᄅᆞᆯ ᄡᅳ고 ᄂᆞᆺ
츨 동일 연괴(緣故) 이시리오? ᄀᆞ장 고이(怪異)ᄒᆞ니 소회(所懷)ᄅᆞᆯ 듯
고져 ᄒᆞᄂᆞ이다."

화시 뎌의 식 〃 정식(正色)ᄒᆞ야 무ᄅᆞᄆᆞᆯ 보고 ᄯᅩᄒᆞᆫ 함노왈(含怒曰),

"쳡슈불민(妾雖不敏)이나 작죄(作罪)ᄒᆞ미 업거ᄂᆞᆯ 샹공의 박디 태심
(太甚)ᄒᆞ고 유모ᄅᆞᆯ 참형(慘刑)을 더으고 셕파로 더브러 지취ᄅᆞᆯ 의논

---

3) 노홉다: 노엽다.

ᄒ니 힝ᄉᆡ(行事) 픠려(悖戾)ᄒ미 극ᄒ더라. 쳡이 당〃이 결부(潔婦)[4]의 죽으믈 보고[5] 낭군의 자최ᄅᆞᆯ 보고져티 아닛ᄂᆞ이다."

시랑이 텽파(聽罷)의 좌우ᄅᆞᆯ 도라보고 인젹(人跡)이 잇ᄂᆞᆫ가 ᄒᆞ야 창을 여러 본 후 소리ᄅᆞᆯ ᄂᆞ즈기 ᄒᆞ고 말ᄊᆞᆷ을 ᄀᆞ만이 ᄒᆞ야 경계(警戒) 졀칙왈(切責日),

"믈읫 녀ᄌᆞ란 거시 ᄉᆞ덕(四德)이 ᄀᆞ족ᄒᆞ고 칠거(七去)ᄅᆞᆯ 삼가며 유슌ᄒᆞᄆᆞᆯ 힘쓰고 지아븨게 븟그리믈 두어 셤겨야 가히 사ᄅᆞᆷ의 ᄌᆞ식이 되야 부모ᄅᆞᆯ 욕먹이디 아니며 사ᄅᆞᆷ의 안해 되야 은의(恩誼)ᄅᆞᆯ 일치 아니코 몸이 평안ᄒᆞᄂᆞ니 부인은 그러치 아냐 모친을 밧드오매 혼셩(昏省)이 게어르고 ᄃᆡ인졉믈(待人接物)ᄒᆞ매 긔식이 쵸강(超強)ᄒᆞ고 혹ᄉᆡᆼ(學生)을 셤기매 당돌ᄒᆞ고 뎐도(顚倒)ᄒᆞ며 말ᄊᆞᆷ을 발ᄒᆞ매 온화ᄒᆞᆫ 일이 업ᄉᆞ니 므ᄉᆞ 일을 가히 칭션(稱善)ᄒᆞ야 경ᄃᆡ(敬待)ᄒᆞ리오마는 내 ᄆᆞ춤 ᄆᆞᄋᆞᆷ이 녀ᄉᆡᆨ(女色)의 잇디 아니ᄒᆞ고 ᄯᅳ시 믈외(物外)예 버서나므로 호화(豪華)히 흔단(釁端) 의논ᄒᆞᄂᆞᆫ 일이 업고 위(位) 츈경(春卿)의 니르도록 ᄒᆞᆫ낫 챵기(娼妓) 업ᄉᆞ니 이 엇디 부인의 복이 아니리오? 죡ᄒᆞᆫ 줄을 아디 못ᄒᆞ니 이 진짓 부인의게 힝ᄉᆡ ᄋᆞ교(阿嬌)[6]의 잇도다.[7] 연이나 혹ᄉᆡᆼ이 무뎨(武帝)의 쾌(快)ᄒᆞᄆᆞᆯ 본밧디 아니ᄒᆞ고 그ᄃᆡ로 가권(家權)을 젼일(專一)ᄒᆞ고 고당(高堂)의 한가(閑暇)ᄒᆞ니

4) 결부(潔婦): 노나라 추호자(秋胡子)의 아내. 혼인한 지 5일 만에 추호자가 진(陳)나라에 가서 벼슬했다. 5년 만에 추호자가 집에 돌아오다가 아름다운 여인이 뽕잎을 따는 것을 보고 수작을 걸었으나 여인이 단호하게 거절했다. 집에 도착해보니 그 여인이 바로 아내였다. 아내는 부모를 뵙기도 전에 여인을 희롱하는 불효한 남편과 살 수 없다며 꾸짖고 강물에 뛰어들어 자살했다.

5) [교감] 보고: 21권본 없음. 26권본 '사모ᄒᆞ고'.

6) 아교(阿嬌): 한 무제(漢武帝)의 첫번째 황후인 진아교(陳阿嬌). 관도장공주(館陶長公主)의 딸로 무제의 고종사촌이었다. 질투가 심해 무제가 총애하던 후궁 위자부(衛子夫)를 무고(巫蠱)했다가 폐위되어 장문궁(長門宮)에 유폐되었다.

7) [교감] 부인의게 힝ᄉᆡ ᄋᆞ교의 잇도다 : 21권본 없음. 26권본 '아교의 힝ᄉᆡ 부인의 잇도다'. 26권본의 표현이 문맥상 자연스러움.

무스 일이 브족ᄒ미 잇느뇨?

셕패 위(位) 비록 모친긔 층등(層等)ᄒ나 ᄯ호ᄒ 내의 셔뫼라. 므ᄅ 일이 귀쳔(貴賤)[이]8) 이셔 길히 잇ᄂ 쳔챵(賤娼)이라도 임의 셔모로 일ᄏᄅ면 감히 방ᄌ(放恣)티 못ᄒ려든 ᄒ믈며 이 셔모ᄂ 공후(公侯) 냥쳡여(良妾女)로 십삼의 션군(先君)긔 도라와 은이(恩愛)를 듕히 밧ᄌ와시니 모친이 간대로9) 딕졉디 아니시고 내의 공경ᄒᄆ 그듸 ᄯ호ᄒ 아ᄂ 배라. 부인이 엇디 병구(竝驅)ᄒ야 징션(爭先)ᄒ며 지어 젼폐(專諸)10)의 어댱검(魚腸劒)으로 죽이믈 니ᄅ매ᄂ 이ᄂ 말재 비복(婢僕)ᄃ려도 부녀의 아남즉ᄒ 배어ᄂᆯ 더옥 셔모ᄃ려 니ᄅᆯ 말이냐? 셔뫼 ᄒ혀 ᄆᆞᆷ이 너ᄅ고 텬셩이 어딜므로 족슈(足數)티 아냐 흔연ᄒ나 엇디 심졍(心情)의 미안(未安)ᄒ미 업스리오? 날노 ᄒ야곰 드ᄅ매 심골(心骨)이 경한(驚寒)ᄒ니 만일 그듸 죄를 닐위낼딘대 칼로 ᄡᅥ 지아븨 셔모를 죽이려 ᄒ다 ᄒ면 아디 못게라 부인이 엇던 사ᄅᆷ이 되리오? 내 ᄶᅥ곰 ᄒ낫 ᄋᆞ자의 ᄂᆞᆺ츨 보와 그듸를 면칙(面責)디 아니코 유랑(乳娘)의 잘 ᄀᆞᄅ치디 못ᄒ 죄로 약간 형벌을 주고 외당의 여러 ᄃᆞᆯ을 머므러 내의 놀나온 ᄆᆞᆷ을 진뎡(鎭靜)ᄒ고 부인의 흉언(凶言)을 닛고져 독쳐(獨處) 칠팔 삭이러니 모명(母命)이 겨시매 마디못ᄒ여 왓거니와 일즉 악댱(岳丈)과 화싱 등이 닐오ᄃ 그듸 유병(有病)ᄒ미 내의 미몰ᄒ므로11) 비로셧다 ᄒ니 내 싱각ᄒ니 부인의 죄 듕ᄒᄃ 칙ᄒ미 업고 내친 일이 업셔 일즉 유모를 잘못 ᄀᆞᄅ친 일노 경각(警覺)ᄒ야시니 각별 날노 ᄒ야 병들미 업스며 악댱(岳丈)이 니ᄅ시ᄃ 네 드

---

8) [교감] 귀쳔[이]: 이대본 '귀쳔'. 21권본 없음. 26권본 '귀쳔이'. 26권본을 참고하여 '이'를 넣음.
9) 간대로: 멋대로. 함부로.
10) [교감] 젼폐: '젼졔'의 오기.
11) 미몰ᄒ다: 인정이나 싹싹한 맛이 없고 쌀쌀맞다.

러가 보면 병이 나으리라 ᄒ시니 만일 내 보와 나을 병이면 이 믄득 나를 싱각ᄒ여 심병(心病)이 되엿ᄂ쟉가? ᄌ고로 녀ᄌ 엇디 지아비를 샹ᄉ(相思)ᄒ야 병나리오? 사룸으로 ᄒ야곰 드로매 엄면슈괴(掩面羞愧)ᄒ니 내 일즉 사룸을 ᄭ지ᄌ미 업고 그 허물을 아디 못ᄒ더니 부인의 일은 한심ᄒ야 ᄒᄂ니 녀ᄌ의 투긔ᄂ 칠거의 잇ᄂ디라. 그ᄃ 쏘 고ᄉ(古事)를 니기 박남(博覽)ᄒ니 알디니 임ᄉ(任姒)12) 번희(樊姬)13)의 투긔 아님과 녀후(呂后)14)의 쳑희(戚姬)15) 인톄(人彘) 삼으며 위딩(魏徵)의 쳬(妻)16) 지아비 ᄂᆺᄎᆯ 샹히오니 다ᄉᆺ 사룸을 의논ᄒ매 뉘 어딜며 뉘 사오나오뇨? 이제 혹 날ᄃ려 지ᄎ희ᄒ라 권ᄒ나 므릇 일이 다 텬쉬(天數)니 인녁(人力)의 밋츨 배 아니어늘 부인이 즈러 나 근본 업슨 투긔를 ᄒ니 엇디 가쇼(可笑) 아니리오? 내 비록 용녈(庸劣)ᄒ고 화려(華麗)티 못ᄒ나 녀ᄌ의 투악(妬惡)은 용납홀 니 업스리니 당〃이 ᄒ낫 아룸다온 슉녀를 어더 지ᄎ희ᄒ야 부인이 가히 쓰저 죽

---

12) 임사(任姒): 주실삼모(周室三母) 중의 두 사람인 태임과 태사. 어진 후비의 대명사.

13) 번희(樊姬): 춘추시대 초 장왕(楚莊王)의 왕비. 내조의 공이 컸다. 왕이 사냥을 좋아하므로 그것을 간하기 위해 짐승의 고기를 먹지 않았으며, 왕이 여색에 침혹하여 정사를 그르치지 않도록 직접 용모가 아름답고 품행이 단정한 여자들을 뽑아 천거했다.

14) 여후(呂后): 한고조 유방의 황후. 유방이 죽은 뒤 아들 혜제(惠帝)를 즉위시키고 실권을 잡았다. 혜제가 일찍 죽자, 혜제의 후궁에게서 출생한 여러 왕자들을 차례로 등극시키며 황제를 대행, 여씨 일족을 고관에 등용시켜 사실상의 여씨 정권을 수립했다. 특히 유씨(劉氏)만을 후왕(侯王)으로 책봉하라는 유방의 유훈(遺訓)을 어기고 남동생들을 후왕으로 책봉했는데 이것이 유씨 옹호파의 반발을 불러일으켜 그녀가 죽자 곧 여씨 주멸(誅滅) 사건이 일어났다.

15) 척희(戚姬): 한고조의 후궁 척부인(戚夫人). 고조는 척부인을 총애하여 그 아들 조왕(趙王) 여의(如意)를 태자로 삼으려 한 적도 있었다. 고조가 죽자 여후는 조왕을 독살하고, 척부인의 수족을 자르고 장님과 귀머거리로 만들어 측간(厠間)에 넣은 뒤 사람돼지(人彘)라고 부르게 했다.

16) 위징(魏徵)의 처(妻): 당나라 개국공신 위징의 아내. 위징은 성격이 매우 강직하여 황제도 두려워하지 않았으나 아내를 무서워했다. 태종이 여러 차례 미녀를 내려주려고 했으나 위징은 아내가 반대한다면서 사양했다. 어느 날 태종이 위징의 아내를 불러 황제가 내리는 여인을 거절하려거든 독주(毒酒)를 마시라고 위협했다. 위징의 아내는 조금도 망설이지 않고 독주를 들이켰는데 사실은 식초였다. 태종이 이를 보고 다시는 위징에게 여인을 내려주려 하지 않았다. 여기에서 유래하여 질투하는 것을 흘초(吃醋)라고 한다.

일가 보리니 부인의 말이 이러툿 패악(悖惡)ᄒ니 쟝춧 므ᄉ 일을 못
ᄒ리오? 날을 보고 ᄂᆞᆾ출 동이고 벽을 향ᄒ거늘 내 뼈 혜오ᄃᆡ '허믈과
죄ᄅᆞᆯ 스스로 싱각고 븟그리미로다' ᄒ더니 엇디 도로혀 날을 믜워ᄒ
미 구슈(仇讐) ᄀᆞᆺᄐᆞ야 얼골 아니 보려 ᄒᄆᆡᆫ 줄 알리오? 그ᄃᆡ 날을 나
가라 ᄒ니 이ᄂᆞᆫ 우리집이라 내 엇디 나가리오? 그ᄃᆡ 나가미 올ᄒᆞ니
라. 내 이 말을 니ᄅᆞ매 내 도로혀 슈괴(羞愧)ᄒ고 힝혀 차환복첩(又鬟
僕妾)이 드러 가모(家母)의 흔단(釁端)을 폄텸(貶添)ᄒ며 하비(下輩)
의논이 죵힁(縱橫)17)ᄒ야 부인을 긔롱(譏弄)ᄒ며 내의 ᄯᅳᆺ을 보와 춤
소(讒訴)와 흔단을 닐윌가 두려 춤고 춤으며 먹금고 서리담앗다가18)
인적(人跡)이 업슨 후 ᄀᆞ만이 경계ᄒ니 이 ᄯᅩ 내의 약ᄒ미라. 인정(人
情)이 만흐므로 미몰코 싁〃이 즁인(衆人) 듕(中) 교칙(敎責)디 못ᄒ
니 이 젼혀 히ᄋᆞ의 ᄂᆞᆾ과 부〃의 졍을 뉴렴(留念)ᄒ미라. 부인은 너모
방ᄌᆞ티 말고 내 벼슬이 놉흘 적 진실로 그ᄃᆡ로 오로지 동쥬(同住)티
못ᄒ여 지취홀디라도 패악(悖惡)ᄒᆞᆫ 일을 말나. 셕셔모의 존당(尊堂)
우러옵ᄂᆞᆫ 졍셩은 내 밋디 못ᄒ고 날을 이듕(愛重)ᄒ시ᄂᆞᆫ 졍셩은 부인
이 불급(不及)ᄒ리니 그ᄃᆡ 엇디 모ᄅᆞ 뼈 셔모ᄅᆞᆯ 듸ᄒ야 ᄌᆞ친(慈親)과
흑싱(學生)을 해ᄒ랴 ᄒ다 일ᄏ라 강샹(綱常)의 대변(大變)을 짓ᄂᆞ
뇨? 녯말의 내 ᄆᆞᄋᆞᆷ으로뼈 ᄂᆞᆷ의 ᄆᆞᄋᆞᆷ을 짐쟉ᄒ다 ᄒ니 부인이 아니
이 ᄯᅳᆺ이 잇ᄂᆞ냐? 만일 그러티 아닐딘대 엇디 의외예 악언(惡言)이 믄
득 이에 니ᄅᆞ리오? 내 비록 어디디 못ᄒ나 칠 셰붓터 슈힁(修行)ᄒ야
션븨 도ᄅᆞᆯ 믄허ᄇᆞ린 일은 업ᄉ니 부인의 패려(悖戾)타 ᄒᆞᆫ 내 감심
(甘心)티 아닛ᄂᆞ니 내의 패려ᄒᆞᆫ 근심 말고 그ᄃᆡ 패악ᄒ미나 곳티
라. 어ᄃᆡ 부인 ᄀᆞᆺᄐᆞᆫ 결뷔(潔婦) 이시리오? 녯글을 닐거시나 그 ᄯᅳᆺ을

---

17) [교감] 죵힁: '죵횡'의 오기.
18) 서리담다: 서리서리 담다. 마음에 깊이 간직하다.

모르고 말을 ᄒ니 사름의 우음이 될디라. 경조(輕佻)ᄒ미 이대도록
ᄒ믈 실노 싱각디 못ᄒᆫ 배로다."

언필(言畢)의 온화ᄒᆫ 빗치 스라뎌 엄정 싁〃ᄒ미 눈 우희 서리ᄅᆞᆯ
더음 ᄀᆞᆺ고 일분(一分)도 요ᄃᆡ(饒貸)ᄒᄂᆫ 빗치 업서 다시 뎌의 말을 듯
디 아니ᄒ고 스스로 즈긔 자리의 평안이 누어 자ᄃᆡ 부인을 도라보디
아니ᄒ니 화시 샹뎌의 허다 칙언을 드르매 크게 붓그려 묵연(黙然)
묵〃(黙黙)ᄒ고 ᄯᅩᄒᆫ 뉘우츠며 넘녜 만하 눈믈이 비 ᄀᆞᆺ텨 벼개의
괴일 ᄯᆞ름이러라. 샹뎌이 비록 자ᄂᆞᆫ 톄ᄒ나 ᄯᅩᄒᆫ 뎌의 뉘웃처홈과 심
병(心病)이 되야 죵야(終夜)토록 자디 못ᄒᆷᄆᆞᆯ 보고 심하의 어엿비 너
기ᄃᆡ ᄆᆞ음이 텰옥(鐵獄) ᄀᆞᆺᄐᆞᆫ디라. ᄆᆞᄎᆞᆷ내 병후(病候)도 뭇디 아니ᄒ
더니 계초명(鷄初鳴)의 니러나 신셩(晨省)ᄒ라 드러갓다가 인ᄒ야 외
당으로 나가

화씨의 병을 돌보다

수일이 디낫더니 시녀 유랑이 급히 고왈,

"화부인이 혼졀(昏絶)ᄒᆞ야 겨시이다."

시랑이 텽파(聽罷)의 분부왈,

"존당(尊堂)이 놀나시리니 아직 고티 말라."

드디여 약을 ᄉᆞ매예 녀코 날호여 거러 녹운당의 니ᄅᆞ니 소시 석파 등이 다 모닷더라. 시랑이 나아가 화시ᄅᆞᆯ 보니 용뫼(容貌) 환형(換形) ᄒᆞ고 촌믹(寸脈)이 다 긋처뎌 혼졀ᄒᆞ야시니 원니 셩되(性度) 죠급(躁急)ᄒᆞ고 심혼 약질(弱質)이라 팀병(沈病)ᄒᆞ연 디 오라니 긔운이 허약ᄒᆞ엿ᄂᆞᆫ디 시랑이 쥰졀히 ᄭᅮ짓고 요딕(饒貸)티 아니니 뉘우츰과 셜움이 극ᄒᆞ야 믄득 긔운이 막히니 ᄒᆞ믈며 회틱(懷胎) 만삭(滿朔)ᄒᆞ엿ᄂᆞᆫ디라. 인ᄉᆞ(人事)ᄅᆞᆯ 보건대 엇디 싱되(生道) 이시리오.

시랑이 경녀(驚慮)ᄒᆞ야 ᄂᆞᆺ빗츨 곳티고 의원(醫員)을 브ᄅᆞ고 약을 쓰니 반일 후 일신의 온긔 잇거늘 냥구(良久) 후(後) 인ᄉᆞ(人事)ᄅᆞᆯ 출혀 새로이 눈믈을 금티 못ᄒᆞ니 소시 등이 혼갓 병듕(病中) ᄉᆞ디 못홀가 슬허ᄒᆞ믈 알고 미음을 권ᄒᆞᄃᆡ 화시 ᄆᆞ참내 먹디 아니코 죽으믈 결단ᄒᆞ니 이윽고 시랑이 의원을 드리고 드러와 시녀로 ᄒᆞ여곰 화시를 붓드러 딘믹(診脈)ᄒᆞᆫ 후 약 지으라 의원을 보내고 병소(病所)의 머므러 뎌의 동지(動止)를 보매 훌 일이 업고 ᄉᆞᄉᆡᆼ(死生)이 듕ᄒᆞᆫ디라. 그 경조(輕佻)홈과 패악(悖惡)ᄒᆞ믈 관셔(寬恕)ᄒᆞ고 좌우로 ᄒᆞ여곰 일긔(一器) 미쥭(糜粥)을 가져오라 ᄒᆞ여 친히 약을 프러 온ᄂᆡᆼ(溫冷)을 마쵸와 부인의 곳의 나아가 덥흔 거슬 열고 위로ᄒᆞ야 굴오ᄃᆡ,

"병이 듕ᄒᆞ나 본ᄃᆡ 젹병(積病)이 아니오 돌연히 어든 배니 ᄌᆞ연 회츈(回春)ᄒᆞ려든 엇디 도로혀 심ᄉᆞ(心思)를 샹히오ᄂᆞ뇨? ᄯᅩᄒᆞᆫ 곡긔(穀氣)를 긋치면 능히 긔운을 보호티 못ᄒᆞ리니 강잉(強仍)ᄒᆞ야 마시라."

화시 더옥 분노ᄒᆞᄃᆡ ᄒᆞᆫ 말도 못ᄒᆞ고 ᄯᅩᄒᆞᆫ 먹디 아니니 시랑이 안식을 유화히 ᄒᆞ고 ᄉᆞ긔(辭氣) ᄌᆞ약(自若)ᄒᆞ야 굿ᄐᆞ여 긔유(開諭)ᄒᆞ야 먹이고 손으로써 그 어ᄌᆞ러온 머리털을 쓸고 그 쳑골(瘠骨)ᄒᆞ야시믈 보매 ᄯᅩᄒᆞᆫ 탄식ᄒᆞᄃᆡ,

'뎌는 나를 듕히 너기미 이 ᄀᆞᆺ거늘 내의 미믈ᄒᆞᆷ이 인졍이 아니로다' ᄒᆞ야 평일 슉목(肅穆)던 거슬 덜고 모친긔 문안 후는 화시 병소의 이셔 스ᄉᆞ로 은근(慇懃) 위곡(委曲)ᄒᆞ야 구호(救護)ᄒᆞ기를 극진이 ᄒᆞ니 가인(家人)이 다 항복(降服)ᄒᆞ고 화시 ᄯᅩᄒᆞᆫ 뎌의 십여 일의 니르도록 츄호(秋毫)도 다르미 업서 흔굴ᄀᆞᆺᄐᆞ믈 보고 위회(慰懷)ᄒᆞ야 차도(差度)의 잇더라.

시랑이 원ᄂᆡ 화시로 더브러 은졍이 듕ᄒᆞᄃᆡ 그 허물을 칙ᄒᆞ노라 짐ᄌᆞᆺ 미믈ᄒᆞᆫ 긔샹(氣相)을 지어 면목(面目)을 보디 아니ᄒᆞ고 수죄(數罪)ᄒᆞ미 잇더니 화시 뉘웃고 ᄯᅩᄒᆞᆫ 슬허 팀병(沈病)ᄒᆞ믈 보고 그 죄를 관셔ᄒᆞ야 은근히 구호ᄒᆞ니 수십 일 후 화시 향차(向差)ᄒᆞ고 슌산(順産)ᄒᆞ며 ᄯᅩᄒᆞᆫ ᄉᆡᆼᄌᆞ(生子)ᄒᆞ니 시랑이 대희(大喜)ᄒᆞ야 더옥 의약을 극진이 ᄒᆞ야 다 ᄒᆞ린[1] 후는 셔당으로 나와 ᄉᆡᆨᄉᆡᆨᄒᆞ미 처엄 ᄀᆞᆺᄐᆞ니 화시

추후는 감히 던도티 못호야 근심호고 두려호야 싱이 쏘혼 공경듕디
(恭敬重待)호나 일월(日月)이 오랄스록 닉외룰 규정(規整)호야 졍대
(正大)호미 날노 더으니 부인이 탄왈,

"쇼년남이 이럿툿 쳥고(淸高)호야 스랑호는 부인을 두고 혼 번 나
직 드러가 말홈과 혼야(昏夜)의 희롱호믈 듯디 못호니 이 도로혀 너
모 인졍이 아니로다"

호더라.

<hr />

1) 호리다: 병이 낫다.

재취에 대한 소씨의 견해

화셜(話說). 셕패 화시의 년(連)ᄒ야 냥ᄌ(兩子)를 싱홈과 부인과 시랑의 이듕ᄒᆷ믈 보니 감히 다시 지취를 권티 못ᄒ야 스스로 골돌ᄒᆫ디라. 슉난쇼져의 시젼(詩箋)을 벽샹(壁上)의 븟텨 풍숑(諷誦)ᄒ며 시랑이 방의 니ᄅ러 싱각는 빗치 잇ᄂᆫ가 탐지(探知)ᄒ랴 ᄒ니 시랑이 혹 드러오나 눈을 ᄂ죽이 ᄒ고 말ᄉᆷ을 온화히 홀 ᄯ름이라. 시젼(詩箋)이 부벽(付壁)ᄒ연디 십여 일이로ᄃᆡ 보디 못ᄒ엿더니 소시 월영이 니ᄅ러 보고 크게 칭찬왈,

"청신(清新)ᄒ고[1] 귀법(句法)과 유아(幽雅)ᄒᆫ 문쟝이 니두(李杜)[2]의 디나니 아디 못게라. 이 엇던 사ᄅᆷ의 소작(所作)고?"

셕패 디왈,

"이곳 셕샹셔의 규슈(閨秀)라."

─────────

1) [교감] 청신ᄒ고: '청신ᄒᆫ'의 오기. 21권본 없음. 26권본 '청신ᄒᆫ'.
2) 이두(李杜): 이백과 두보. 이백은 시션(詩仙), 두보는 시셩(詩聖)이라 불린다.

소시 고개 조아 왈,

"이 젼일 셔믜 샤뎨(舍弟)의 지취 되염즉다 ᄒ던 녀ᄌ니잇가?"

패 ᄃᆡ왈,

"올흐이다. 이 녀지 지뫼(才貌) 이러틋 ᄒ므로 쳡이 이석(哀惜)ᄒᄆᆞᆯ 각별이 ᄒ야 듕믜(仲媒) 되기ᄅᆞᆯ 힘쓰더니이다."

소시 우연탄왈(喟然歎曰),

"하늘이 지ᄌ(才子)ᄅᆞᆯ 내시매 지녜(才女) 잇ᄂᆞ니 내 아³⁾의 츌뉴(出類)ᄒᆞᆫ 풍도(風度)와 박고통금지ᄌ(博古通今之才)로 그 슉녀(淑女)ᄅᆞᆯ 만나디 못ᄒᆞ니 엇디 앗갑디 아니리오?"

셕패 소시의 유의(有意)ᄒᆞᄆᆞᆯ 보고 암희(暗喜)ᄒᆞ야 도〃와 ᄀᆞᆯ오ᄃᆡ,

"낭지 엇디 부인과 시랑을 권티 아니시ᄂᆞ뇨?"

소시 ᄃᆡ왈,

"셔믜 니ᄅᆞ디 아니시나 내 엇디 이 글의 지조ᄅᆞᆯ ᄉ랑티 아니리오마ᄂᆞᆫ 화시 위인이 슉녜(淑女) 아니며 가인(佳人)이 아니라. 이 투한(妬悍)ᄒᆞ니 내 엇디 뎍국(敵國)을 어더주어 그 ᄆᆞᄋᆞᆷ을 불평케 ᄒ리오? 화시 만일 도량이 너ᄅᆞᆯ딘대 내 죠곰도 의심 아냐 샤뎨(舍弟)로 ᄒᆞ야곰 슉녀ᄅᆞᆯ 만나고 모친이 아름다온 현부(賢婦)ᄅᆞᆯ 어드시게 ᄒᆞ며 날노 더브러 규방(閨房)의 ᄉ위(師友) 되야 즐기미 올흐디 화시 반ᄃᆞ시 투긔(妬忌)ᄒᆞ리니 이런즉 동ᄉᆡᆼ(同生)의 졍이 서의ᄒᆞ야 죠티 아닐 거시니 브졀업서 못ᄒᆞᆯ소이다."

셕패 차탄(嗟歎)ᄒᆞᆯ ᄯᆞᄅᆞᆷ이러라.

원ᄂᆡ 소시ᄂᆞᆫ 총명상활(聰明爽闊)ᄒᆞᆫ 녀지라. 부녀의 ᄉ덕(四德)이 흠ᄒᆞᆯ 곳이 업스므로 한흑시 방탕풍뉴(放蕩風流)로 가듕(家中)의 홍장(紅粧) 챵녜(娼女) 십여 인이오 지취ᄒᆞ야 둘재 부인 영시ᄅᆞᆯ 툥이(寵

---

3) 아: 아우.

愛)ᄒᆞ되 소부인이 죠곰도 거리끼디 아냐 가지록 긔식(氣色)이 쳥졍 (淸淨)ᄒᆞ고 원위(元位)예 거ᄒᆞ야 가권(家權)을 젼일(專一)히 ᄒᆞ며 여 러 ᄌᆞ녀를 싱산ᄒᆞ니 한혹시 쇼년(少年) 허랑(虛浪)으로 챵녀를 모호 나 본디 부인긔 졍이 듕ᄒᆞ던 고로 부인의 지극ᄒᆞᆫ 현셩(賢性)을 보매 씨ᄃᆞᆺ고 감동ᄒᆞ야 졔녀(諸女)를 믈니티고 다시 녯졍을 니으니 소시 실 쇼(失笑)ᄒᆞ고 졔미인(諸美人)을 가듕의 머믈워 의식을 후히 치고4) 버 금 부인 영시를 관디(寬待)ᄒᆞ야 형뎨ᄀᆞ티 ᄒᆞ며 티가(治家)ᄒᆞ매 위덕 (威德)이 겸젼(兼全)ᄒᆞ니 구괴(舅姑) ᄉᆞ랑ᄒᆞᆷ믈 ᄌᆞ녀의 디나고 한싱의 은졍은 태산(泰山)도 경(輕)홀디라.

오직 소시 편모(偏母)와 ᄒᆞᆫ낫 오라비를 닛디 못ᄒᆞ야 일 년의 팔구 삭을 친당(親堂)의 도라오니 한싱이 ᄯᅩᄒᆞᆫ ᄯᅡᆯ와 니ᄅᆞ러 부인과 ᄒᆞᆫ가지 로 디내니 이러므로 미양 ᄌᆞ운산의 이시니 양부인의 이디(愛待)홈과 ᄉᆞ랑의 깃거ᄒᆞᆷ이 비길 디 업스디 양시 미양 한싱의 츌뉴(出類)ᄒᆞᆷ믈 보면 망셔(亡壻) 니한님의 단엄아듕(端嚴雅重)ᄒᆞᆫ 인물과 관옥(冠玉) ᄀᆞ튼 얼골을 싱각ᄒᆞ야 쳐챵(悽愴)티 아닐 적이 업스니 도로혀 친녀 교영을 니ᄌᆞ미 잇고 싱각는 째 적으니 이러므로 시랑(侍郎)이 니싱과 교영의 졔(祭)를 죵신(終身)토록 극진이 ᄒᆞ더라.

---

4) 치다: 기르다. 부양하다.

셕소져와 마주치다

셕패 듕미(仲媒) 소임을 브족히 아니ᄒᆞᄃᆡ 시랑과 부인의 뜻의 견고
(堅固)ᄒᆞ야 뉴슈(流水) ᄀᆞᆺᄐᆞᆫ 말숨이 시러곰 발뵈디[1] 못ᄒᆞ니 듀야 근
심ᄒᆞᄃᆡ 군ᄌᆞ슉인(君子淑人)이 각ᅟᅵᅠ그 ᄣᅡᆼ을 일흘가 두리더니 일ᅟᅵᅠ(一
日)은 ᄉᆞ귀(乍歸)ᄒᆞ야 봉친(奉親)하믈 쳥ᄒᆞ니 부인이 허락고 다시 닐
오ᄃᆡ,

"너 곳 나가면 궁듕(宮中)[2]이 젹뇨(寂寥)ᄒᆞ고 심히 무류(無聊)ᄒᆞ
니 수이 도라오라."

셕패 샤례왈,

"쳔쳡의 어미 유병(有病)ᄒᆞ므로 잠간 근친(覲親)ᄒᆞ나 엇디 부인 셩
은(盛恩)을 닛ᄌᆞ오며 한부인과 시랑을 엇디 오래 샹니(相離)ᄒᆞ리잇

---

1) 발뵈다: 드러내 보이다.
2) [교감] 궁듕: 21권본 '가듕'. 26권본 '궁즁'. 작자는 소부(蘇府)를 궁(宮)으로 인식하여 '궁중'
이라는 표현을 사용하고 있는데, 적절한 표현은 부중(府中) 또는 가중(家中)이다.

가? 어미[3] 병이 나으면 즉시 도라오리이다."

드되여 빈별(拜別)ᄒ고 나갈ᄉᆡ 시랑이 문밧긔 가 보내고 드러오다.

셕패 집의 가 어미를 보고 셕장군 참정을 보니 서ᄅᆞ 반겨 ᄒᆞᆫ가지로 말ᄉᆞᆷᄒᆞᆯᄉᆡ 슉난쇼졔 아ᄌᆞ미 와시믈 듯고 나와 보니 긔질(氣質)이 쇄락(灑落)ᄒᆞ고 ᄌᆞ틱(姿態) 청슈(清秀)ᄒᆞ야 일년지ᄂᆡ(一年之內)예 댱셩(長成)홈과 슈미(秀美)ᄒᆞ미 빅빈나 승ᄒᆞ니 새로이 싱각건대,

'소싱(蘇生)의 비범ᄒᆞᆫ 풍치 곳 아니면 진실로 짝ᄒᆞᆯ 리 업ᄉᆞᆯ디라.'

더옥 앗기고 ᄉᆞ랑ᄒᆞ와 웃고 닐오ᄃᆡ,

"쇼졔 뎡혼(定婚)ᄒᆞᆫ ᄃᆡ 나 겨시니잇가?"

참정이 쇼왈,

"누의 젼일(前日)의 월하의(月下老)[4] 되기를 ᄌᆞ원(自願)ᄒᆞ야 뎡녕(丁寧)이 니ᄅᆞ고 회뵈(回報) 업ᄉᆞ니 대ᄉᆞ(大事)를 엇디 몽농(朦朧)히 ᄒᆞᄂᆞ뇨? 우리ᄂᆞᆫ 기ᄃᆞ리고 잇ᄂᆞ니 양부인 허락을 바다온다?"

셕패 다만 닐오ᄃᆡ,

"쳡이 졍신이 업서 아득히 니졋더니 금일 ᄭᆡᆺ듯과이다.[5] 다만 쳔미(賤妹) 말ᄉᆞᆷ이 서의ᄒᆞ니 각별 어딘 듕미를 션퇵ᄒᆞ야 구혼ᄒᆞ시면 일이 되리이다."

셕장군이 웃고 왈,

"소경이 슈힝ᄒᆞᆷ믈 네 졀부(節婦)ᄀᆞᆺ티 ᄒᆞ야 남ᄋᆡ의 풍되 아조 업ᄉᆞ니 ᄋᆞ녀(阿女)[6]를[7] 엇디 녀의 직ᄎᆔ를 주리오?"

ᄒᆞ니 원ᄂᆡ 쟝군은 이 쟝죵(將種)이라. 션빅와 도혹을 불관(不關)이 너

---

3) [교감] 어미: '어믜'의 오기. 21권본 '노뫼'. 26권본 '어미'.
4) [교감] 월하의: '월하노'의 오기. 21권본 '월하승'. 26권본 '월하노'.
5) ~과이다: (주로 동사, 형용사 어간이나 어미 뒤에 붙어) ~었습니다.
6) 아녀(阿女): 딸. 여자아이.
7) [교감] ᄋᆞ녀를: 21권본 '나의 쟝듕보옥으로'. 26권본 '나의 익손녀를'.

기고 활발풍늉(活潑風隆)혼 거슬[8] 구ᄒ미오, 참정은 비록 그 아들이나 겸공(謙恭)ᄒ고 박혹팀믁(博學沈黙)ᄒ니 ᄉ류(士類)의 빅힝(百行)을 이ᄀᆺ티 아냐[9] 부ᄌᆡ(父子) 서ᄅᆞ ᄀᆺ디 아니ᄒ더라.

이날 참정이 셕파의 쾌혼 말을 듯디 못ᄒ고 일단(一段) 흥미(興味) 업서 훗터디매 슉난이 부뫼 소싱과 의혼(議婚)ᄒ믈 듯고 믄득 셕파의 글 가져가믈 연괴 이시믈 아라 처엄의 뷘 줄 심히 뉘웃처 후회ᄒ믈 마디아니ᄃᆡ 긔롱을 드를가 두려 셕파를 보나 글도 ᄎᆺ디 아니코 언쇼(言笑)를 싁〃이 ᄒ니 패 ᄯᅩ혼 뎌의 단엄(端嚴)ᄒ믈 보고 감히 희롱티 아니터니 이ᄯᅢ 소시랑이 ᄉ군티졍(事君治政)의 힝시(行事) 슉연(肅然)ᄒ니 샹이 크게 ᄉ랑ᄒ샤 특명으로 녜부샹셔(禮部尙書)[10] 복야ᄉ(僕射)[11]를 더으시니 싱이 ᄉ양ᄒ야 엇디 못ᄒ고 일즉 ᄃᆡ문(待門)[12]ᄒ야 경ᄂᆡ(境內)예 드러와 됴참(朝參) 샤은(謝恩) 후 술위를 두로혀 셔모를 와 볼ᄉᆡ 셕패 셕쇼져를 잇그러 제 방의 와 투호(投壺)[13] 티더니 시녜 급히 드러와 소샹셔의 와시믈 고ᄒ니 셕패 싱각ᄒᄃᆡ,

'뎌 낭군이 비록 졍대ᄒ나 슉난쇼져를 보면 엇디 능히 슈힝홀 ᄯᅳᆺ이 이시리오? 내 일계(一計)로 뎌 거동을 보리라'

ᄒ고 셕쇼져를 머믈워 왈,

"내 난간 밧긔 가 보고 인ᄒᆞ야 ᄃ리고 별샤(別舍)로 가리니 쇼져ᄂᆞᆫ 방의 겨쇼셔."

---

8) [교감] 활발풍늉혼 거슬: 21권본 '활발풍뉴룰'. 26권본 '활발ᄒᆫ호걸을'.
9) [교감] ᄉ류의 빅힝을 이ᄀᆺ티 아냐: 21권본 없음. 26권본 'ᄉ류의 빅힝이 가죽ᄒ니'. 26권본이 문맥상 자연스러움.
10) 예부상서(禮部尙書): 관직명. 예부의 장관.
11) [교감] 복야ᄉ: '복야'의 오기. 21권본·26권본 '복야'.
12) 대문(待門): 대궐의 문이 열리기를 기다림.
13) 투호(投壺): 두 사람이 일정한 거리에서 청·홍의 화살을 던져 병 속에 넣은 수효로 승부를 가리는 놀이.

설파의 시녀로 소싱을 쳥ᄒ야 일변(一邊) 문을 닷고 나가기[14] 쇼졔 비록 깃거 아니나 우겨 나가다가 마조틸가 두려 다만 댱(帳) 스이예 안자 칙(冊)을 뒤져기며 긱(客)의 가기를 기드리더라.

셕패 난간 밧긔 와 샹셔를 마자 그 금포옥딕(錦袍玉帶)로 대신(大臣)의 모양을 보고 쇼왈,

"낭군은 십여 일 스이 승품(陞品)ᄒ시니 만〃(萬萬) 티하(致賀)ᄒᄂ이다."

싱이 안식을 졍히 ᄒ고 미우(眉宇)를 삥긔여 왈,

"나히 졈고 직죄 브죡거늘 외람(猥濫)이 셩은(聖恩)을 닙스오니 축쳑(踧踖)[15]ᄒ믈 이긔디 못ᄒ더니 셔모의 티하를 드르니 더옥 한심(寒心)ᄒ이다. 이리 오신 후 즉시 와 뵈올 거시로딕 우연히 쵹샹(觸傷)ᄒ여 티료(治療)ᄒ기로 늣긔야 니르과이다. 셔모의 친병(親病)[16]은 엇더ᄒ시뇨?"

딕왈,

"어믜 병은 차도의 잇거니와 낭군의 유병ᄒ시믈 아디 못ᄒ니 비록 머디 아니나 교외(郊外)와 년곡지해(輦轂之下)[17] 격(隔)ᄒ믈 한ᄒᄂ이다. 브람이 사오나오니 쳠샹(添傷)키 쉬온디라. 쳡의 침소로 가사이다."

복애 이째 병휘(病候) 쾌차(快差)티 못ᄒ엿ᄂ디라. 구월(九月) 심츄(深秋)를 당ᄒ야 금풍(金風)이 ᄎ믈 보고 스양티 아녀 셔모를 쏠와 방듕의 니르니 엇디 셕시 이시믈 알니오. 쟝ᄎ 문을 들매 패옥(佩玉) 소릭 급ᄒ고 향풍(香風)이 진울(振鬱)ᄒ니 싱이 눈을 들매 일위(一位)

미인(美人)이 안개 ᄀᆞ튼 머리를 씨오고[18] 구름 ᄀᆞ튼 귀밋츨 다스리고 빅셜 ᄀᆞ튼 옥면(玉面)의 홍협(紅頰)은 일쳔(一千) ᄌᆞ틱를 머금엇고 달 ᄀᆞ튼 니마와 뉴미셩안(柳眉星眼)이며 잉슌호치(櫻脣皓齒) 견조와 비길 곳이 업ᄉᆞ디라. 셔안(書案)을 지혀 칙을 보다가 긱의 드러오믈 보고 츄파(秋波)를 ᄂᆞᄌᆞ기 ᄒᆞ고 안식(顔色)을 ᄌᆞ약(自若)히 ᄒᆞ야 몸을 니ᄅᆞ혀 벽을 향ᄒᆞ니 ᄀᆞ는 허리는 깁을 뭇것고 놀난[19] 엇게는 은〃(隱隱)ᄒᆞ 봉됴(鳳鳥) ᄀᆞ투니 복애 ᄒᆞᆫ번 보매 이 쳔인(賤人)이 아닌 줄 알고 홍슈(弘袖)[20]로 ᄂᆞᆾ츨 ᄀᆞ리오고 ᄌᆞ로 거러 방문을 나니 셕패 우어 왈,

"낭군이 엇디 도라가ᄂᆞ뇨?"

복애 왈,

"방듕의 경(慶)의 못볼 사ᄅᆞᆷ이 잇거ᄂᆞᆯ 셔뫼 슬피디 아니시고 날을 ᄃᆞ려오시니 내의 죄는 크거니와 셔뫼 ᄯᅩᄒᆞᆫ 그ᄅᆞ시이다. 무심ᄒᆞᆫ 일이나 극히 미안ᄒᆞ니 감히 오래 안잣디 못ᄒᆞ리니 타일 다시 오리이다."

언필의 안졍(安靜)히 빅별ᄒᆞ고 당의 ᄂᆞ려 날호여 거러나가니 셕패 ᄒᆞᆫᄀᆞᆺ 우슬 ᄯᆞᆫ이오, 방듕의 드러오니 쇼제 긔식(氣色)이 쥰졀(峻截)ᄒᆞ야 다만 닐오ᄃᆞᆯ,

"아ᄌᆞ미 비록 실셩인(失性人)이나 슉믹(菽麥)은 분변(分辨)ᄒᆞ리니 엇디 외긱(外客)을 ᄃᆞ리고 감히 나 잇ᄂᆞᆫ 곳의 드러오ᄂᆞ뇨? 평일 지친(至親)으로 ᄇᆞ라던 배 아니로다."

셕패 쇼왈,

---

18) [교감] 안개 ᄀᆞ튼 머리를 씨오고: 21권본 '일위 미인이 안기 ᄀᆞ튼 머리를 지우고'. 26권본 '흑운 갓튼 머리를 지어시니'. '씨다'는 씨다. 머리카락을 뒤통수 아래에 틀어올리고 비녀를 꽂다.

19) 놀나다: 날래다.

20) 홍수(弘袖): 넓은 소매.

"내 정신이 모손(耗損)ᄒ야 망연(茫然)이 닛고 두려와시니 현마 엇디ᄒ리오? 네[21] ᄯ혼 졍인군ᄌ(正人君子)라. 통가지의(通家之誼)로 셜ᄉ 보다 못홀 배리오?"

쇼졔 ᄀ장 불쾌미온(不快未穩)[22]ᄒ야 다시 말을 아니코 나가 신을 신으며 한ᄒ야 ᄀᆯ오ᄃᆡ,

"이 다 내의 죄라. 지친(至親)이라 ᄒ야 친히 ᄒ고 사름의 위인을 아디 못ᄒ야 쌀와 ᄃᆞ니미 금슈(禽獸)만 못ᄒ도다"

ᄒ고 드러가니 셕패 다만 웃고 답언(答言)이 업더라.

소샹셰 ᄌ운산의 도라와 심하(心下)의 셔모의 단졍(端正)티 아님과 그 녀ᄌ의 긔이ᄒ믈 싱각고 우으며 차탄ᄒ더니 곳쳐 싱각ᄒᄃᆡ,

'녀는 눔의 집 녀ᄌ이오 나는 외간 남ᄌ로 ᄉ이 현격(懸隔)ᄒ니 차탄ᄒ고 싱각ᄒ미 브졀업도다'

ᄒ야 다시 ᄆᆞ음의 두디 아니ᄒ더라.

---

21) [교감] 네: '뎨'의 오기.
22) 불쾌미온(不快未穩): 기분이 나쁘고 화가 남.

석파는 재취를 부추기고 화씨는 투기를 부리다

십여 일 후 석패 니르러 부인긔 뵈옵고 말숨홀시 샹셔를 보고 우어 왈,

"뎌 적은 엇딘 고로 수이 도라오시뇨? 내 ᄯᅩ 뭇ᄂᆞ니 낭군이 그 녀ᄌᆞ를 엇던 사름으로 알고 피ᄒᆞ시뇨?"

복애 쇼이ᄃᆡ왈(笑而對日),

"아모신 줄은 모ᄅᆞᄃᆡ 쳔인은 아니라 내 볼 녜(禮) 업ᄂᆞᆫ 고로 나오이다."

패 우문왈(又問日),

"그 녀ᄌᆡ 엇더ᄒᆞ야 뵈더니잇가?"

ᄃᆡ왈(對日),

"유의(有意)ᄒᆞ야 보디 아냐시니 엇디 알니잇가?"

소시 ᄌᆞ시 무러 알고 왈,

"현뎨ᄂᆞᆫ 말을 짓디 말나. 진실로 엇더터뇨?"

복애 ᄃᆡ쇼무언(大笑無言)이라. 소시 좌우로 ᄒᆞ야곰 족ᄌᆞ(簇子) 세

흘 내야 거니 다 넷 명홰(名畫)라. 일왈(一曰) 샹고(上古) 녀왜(女媧)[1]
오, 이왈(二曰) 한가(漢家) 비연(飛燕)[2]이오, 삼왈(三曰) 당가(唐家)
태진(太眞)[3]이라. 다 졍긔(精氣) 뉴동(流動)ᄒ고 치식(彩色)이 찬난
(燦爛)ᄒ며 묵홰(墨花)[4] 비무(飛舞)ᄒ니 좌위 칭션(稱善)ᄒ믈 마디아
니ᄒ더니 쇼시 셕파를 도라보아 왈,

"셔뫼 하 기리시니 셕시 ᄎ삼인(此三人)과 엇더ᄒ뇨?"

패 나아가 냥구히 보다가 닐오듸,

"한희(漢姬) 비연(飛燕)은 너모 표경(剽輕)[5]ᄒ고 젹어 윤틱(潤澤)
디 못ᄒ고 당희(唐姬) 태진(太眞)은 풍영유화(豐盈柔和)ᄒ나 너모 살
씨고[6] 오직 녀왜(女媧) 잠간 방블ᄒ나 ᄯ흔 쇼쇄(瀟灑)ᄒ고 찬난ᄒ며
어리로온[7] 거슨 오히려 셕쇼져긔 밋디 못ᄒ리이다."

쇼시 낭〃이 우어 왈,

"ᄎ삼녀는 쳔만고(千萬古)의 일ᄏᄂ는 배어늘 셔뫼 스스로 친딜(親
姪) 위쟈(慰藉)ᄒ시믈 과히 ᄒ시니 엇디 가쇼롭디 아니리오? 현뎨 ᄌ
문아. 너의 언어는 ᄭᅮ미디 아닛ᄂ니 임의 보와시니 뭇노라. 셔모의
말슴이 올흐냐?"

---

1) 여와(女媧): 상고시대 여신. 복희(伏羲), 신농(神農)과 더불어 삼황(三皇)의 하나이다. 복희
와 남매로서 부부가 되어 인류를 낳았다. 또 황토(黃土)로 인간을 만들고, 오색석(五色石)을 녹
여 하늘의 구멍을 메꾸고, 자라의 다리로 땅을 괴어, 홍수를 다스리고 맹수를 몰아내 사람들이
편하게 살 수 있도록 했다.
2) 비연(飛燕): 한 성제(漢成帝)의 황후 조비연(趙飛燕). 양아공주(陽阿公主)의 가기(歌妓) 출신
으로 성제의 후궁이 되었다가 총애를 받아 황후에 올랐다. 춤을 잘 추어 비연이라 불렸으며
손바닥 위에서 춤출 수 있을 정도로 몸이 가벼웠다. 동생 합덕(合德) 역시 성제의 사랑을 받은
후궁이었다.
3) 태진(太眞): 당 현종의 후궁 양귀비.
4) 묵화(墨花): 묵흔(墨痕)과 같은 뜻으로 추정. 먹의 흔적. 붓의 자국.
5) 표경(剽輕): 가볍고 날램.
6) 한희(漢姬) 비연(飛燕)은~살씨고: 조비연과 양태진의 대조적인 아름다움을 연수환비(燕瘦
環肥)라 한다. 비연은 갸냘픈 미인, 옥환은 풍만한 미인의 전형이다.
7) 어리롭다: 아리땁다. 귀엽다.

복애 날호여 굴오ᄃᆡ,

"성인(聖人)이 유언(有言)ᄒᆞᄃᆡ, '녜(禮) 아니어든 니ᄅᆞᄃᆡ 말나' ᄒᆞ시니 쇼뎨(小弟) 엇디 규듕 녀ᄌᆞ의 시비를 ᄒᆞ리오?"

언필의 온유졍슉(溫柔整肅)ᄒᆞ니 좌위 묵연이러라.

이째 화시의 셕파의 부인과 샹셔 도〃를 보고 통입골슈(痛入骨髓)ᄒᆞ야 노긔(怒氣) 발연(勃然)ᄒᆞ나 긔식을 알 니 이실가 두려 침소로 도라와 혼자 안자 셕파를 ᄭᅮ지즈며 샹셔를 흔ᄒᆞᄃᆡ,

"흉험(凶險)ᄒᆞᆫ 노괴(老姑) 능휼(能譎)ᄒᆞᆫ 언어로 혼암경박ᄌᆞ(昏暗輕薄子)를 도〃니 조강(糟糠)을 닛고 동심일톄(同心一體)로 쵸독(醋毒)히 날을 호령ᄒᆞ고 쟝ᄎᆞᆺ 지취홀 ᄯᅳᆺ이 이시니 엇디 분티 아니리오?"

졍히 ᄭᅮ지즈믈 마디아니ᄒᆞ더니 쵹을 혀매 샹셰 드러왓거ᄂᆞᆯ 화시 분을 ᄎᆞᆷ디 못ᄒᆞᄃᆡ 뎌의 엄슉ᄒᆞᄆᆞᆯ 보매 발뵈디 못ᄒᆞ여 ᄉᆞ매로 ᄂᆞᆺ출 ᄀᆞ리와 눈믈을 흘니며 냥ᄌᆞ(兩子)를 수업시 두ᄃᆞ려 두 아히 일시의 우ᄂᆞᆫ디라. 샹셰 임의 아라보고 각별 본 톄 아니코 자리의 나아가 자니 화시 냥ᄌᆞ의 셰(勢)를 깁히 미더 두 아히를 무궁히 텨 샹셔의 노를 도〃ᄃᆡ 샹셰 ᄆᆞᄎᆞᆷ내 요란타 ᄒᆞᄂᆞᆫ 말도 아니〃 화시 홀 일이 업셔 쵹하(燭下)의 안자 새도록 자디 아니터니 샹셰 ᄯᅩᄒᆞᆫ 눕디 아니터니 ᄃᆞᆰ이 울매 싱이 니러 안졍(安靜)히 쇄소관셰(刷掃盥洗)ᄒᆞ고 신셩(晨省)ᄒᆞ라 드러가니 화시 ᄯᅩᄒᆞᆫ 드러가 문안ᄒᆞ고 도라왓더니 이 밤의 ᄯᅩ 샹셰 드러와 잘시 화시 노긔 발연ᄒᆞ야 새도록 흔ᄒᆞ며 셔안을 듼ᄒᆞ야 자디 아니ᄃᆡ 샹셔의 긔식이 유환(幽閒)[8]ᄒᆞ고 ᄉᆞ긔(辭氣) ᄌᆞ약(自若)ᄒᆞᄆᆞᆯ 보고 핑계 어들 연괴 업고 ᄯᅩ 여러 날을 근노(勤勞)ᄒᆞ야 새오니 심히 혼곤(昏困)ᄒᆞᆫ디라.

노긔를 긋치고 누어 자니 샹셰 ᄯᅩᄒᆞᆫ 본 톄 아냣더니 수일 후 혼뎡

---

8) [교감] 유환: '유한'의 오기.

(昏定)ᄒᆞ기를 ᄆᆞᄎᆞ매 녹운당의 니ᄅᆞ니 화시 ᄋᆞᄌᆞ를 알픽 두어 희롱ᄒᆞ거늘 ᄉᆡᆼ이 묵연히 오래 보더니 ᄯᅩᄒᆞᆫ ᄋᆞᄌᆞ를 나오혀 ᄉᆞ랑ᄒᆞ매 화시 환희ᄒᆞ야 담쇼(談笑) ᄌᆞ약(自若)ᄒᆞᆫ대 ᄉᆡᆼ이 이윽이 팀음ᄒᆞ다가 정금위좌(正襟危坐)ᄒᆞ야 문왈,

"아디 못게라. 부인이 뎌 적 므슨 우환(憂患)으로 늑칠 일을 안자 새오며 이 강보ᄋᆡ(襁褓兒) 므슴 죄 잇관듸 티던고? 듯고져 ᄒᆞᄂᆞ이다."

화시 뎌의 이러틋 신듕유심(愼重有心)ᄒᆞ야 무ᄅᆞᆷ믈 보고 참안(慙顔)ᄒᆞ야 믁연브답(默然不答)ᄒᆞ니 ᄉᆡᆼ셰 탄식왈,

"공ᄌᆞ(孔子) 글오샤듸 '부인(婦人)은 복어인(伏於人)이라'[9] ᄒᆞ시니 내 지극 올흔 말ᄉᆞᆷ으로 아랏더니 그듸 ᄒᆡᆼᄉᆞ로 보건대 셩괴(聖敎) 차착(差錯)ᄒᆞ미 잇도다. 부화쳐슌(夫和妻順)은 고금의 덧〃흔 배라. 나는 화열(和悅)ᄒᆞ기를 힘쓰듸 부인은 유슌(柔順)흔 ᄒᆡᆼ실이 업스니 내 엇디 구트여 불슌(不順)흔 지어미를 드리고 살니오마는 아직 모젼(母前)의 브회(不孝) 더으디 아냐시므로 강잉(強仍)ᄒᆞ미라. 녯글의 '사ᄅᆞᆷ이 뉘 허물이 업스리오마는 곳치미 귀타'[10] ᄒᆞ니 부인이 만일 뎐도흔 거슬 ᄌᆞ췩ᄒᆞ고 기과슈힝(改過修行)ᄒᆞ면 내 오히려 강잉ᄒᆞ려니와 불연즉(不然則) 소ᄌᆞ문(蘇子文)의게는 타인이 되리니 엇디 냥ᄌᆞ(兩子)로 요ᄃᆡ(饒貸)ᄒᆞ며 조강(糟糠)이라 ᄒᆞ야 난쳐(難處)ᄒᆞ미 이시리오?"

화시 대참(大慙)ᄒᆞ여 믄득 샤죄왈(謝罪曰),

"첩이 나히 졈고 텬셩(天性)이 조협(躁狹)ᄒᆞ니 젼혀 부도(婦道)를 모ᄅᆞᄂᆞ이다. 금야(今夜)의 수죄(數罪)ᄒᆞ시믈 드ᄅᆞ니 ᄌᆞ췩ᄒᆞ야 ᄎᆞ후 무례티 아니리이다."

<hr/>

9) 공ᄌᆞ 글오샤듸 부인은 복어인이라: "孔子曰, 婦人伏於人也." 『소학小學』 「명륜편明倫篇」에 나온다.
10) 사ᄅᆞᆷ이 뉘 허물이 업스리오마는 곳치미 귀타: "人誰無過, 改之爲貴." 『구오대사舊五代史』 235권 「참위열전僭僞列傳」 제이(第二)에 나온다.

샹셰 이목(耳目)으로써 승아ᄒ고[11] 미우(眉宇)의 믁〃(黙黙)ᄒᆫ 한
긔(寒氣) 어리여 냥미(兩眉)ᄅᆞᆯ 찡긔여 싁〃ᄒᆫ 졍신과 엄슉ᄒᆫ 긔운이
텰골(徹骨)[12] 신히(神駭)ᄒ니 화시 황괴(惶愧)ᄒ야 ᄒᄂᆞᆫ 바ᄅᆞᆯ 아디 못
ᄒ더라.

---

11) [교감] 승아ᄒ고: 미상. 21권 없음. 26권 '승안ᄒ고'.
12) 철골(徹骨): 뼈에 사무침. 각골(刻骨). 그러나 문맥에 어울리는 것은 '골경(骨驚)'이다.

양부인 모녀가 석소저를 만나다

이째 텬지(天子) 남문 밧긔 나샤 뎐녑(田獵)ᄒᆞ시고 습샤(習射)ᄒᆞ시니 즈운산의셔 지근(至近)ᄒᆞᆫ다라. 소시 양부인긔 고왈,

"황샹(皇上)의 뎐녑(田獵)ᄒᆞ시미 셩(盛)ᄒᆞ다 ᄒᆞ오니 쇼녜 화시로 더브러 집 잡아 관경(觀景)코져 ᄒᆞᄂᆞ이다."

부인 왈,

"긔 무어시 어려오리오? 나도 과거(寡居)ᄒᆞᆫ 후 ᄆᆞᄋᆞᆷ이 호화(豪華)의 잇디 아니ᄒᆞ더니 경과 한싱이 반녈(班列)의 참예(參預)ᄒᆞᆷ을 보고져 ᄒᆞ니 내 ᄯᅩᄒᆞᆫ 가리라."

복애 모친의 가려 ᄒᆞ시믈 보고 깃브믈 이긔디 못ᄒᆞ니 원ᄂᆡ 부인이 일야(日夜) 수우(愁憂)ᄒᆞ며 쳑연(戚然)ᄒᆞ여 즐기디 아니터니 금일 호화(豪華)ᄒᆞᆫ 뜻 두시믈 보고 ᄒᆞᆫ 경ᄉᆞ(慶事)를 어든 듯 블승환희(不勝歡喜)ᄒᆞ야 집 잡아드리니 소시 양부인을 뫼시고 셕패 등을 거ᄂᆞ려 갈ᄉᆡ 화시 처엄은 가려 ᄒᆞ다가 셕패 ᄀᆞ믈 보고 칭병(稱病)ᄒᆞ고 믈너디니 부인이 구ᄐᆡ여 권치 아니ᄒᆞ고 녀ᄋᆞ로 더브러 하쳐(下處)의 니르러 쟝

첫 거동을 기드리더니 믄득 긔특흔 위의(威儀) 길흘 덥허 금덩¹⁾을 붓드러 쇼샹셔 집 하쳐(下處)로 드러오니 소부(蘇府) 하리(下吏) 조당(阻擋)흔대 그 창두(蒼頭) 가인(家人)이 어즈러이 짓궤여²⁾ 굴오디,

"셕샹셔 딕 부인 쇼졔 관광(觀光)흐려 오시거늘 너히 등이 엇디 감히 막느뇨?"

셕패 이 말을 듯고 급히 시녀로 흐야곰 드토디 말고 뎌 힝츠(行次)를 드러오시게 흐라 흔다 흔대 소부 하리 비로소 문을 여니 금덩을 붓드러 안히 니르매 패 친히 마즈니 원닉 셕공 부인이 뎐녑흐시믈 귀경흐려 하쳐를 잡아 슉난 쇼져로 더브러 올시 쇼데 쳐엄은 즐겨 가디 아니〃 진부인이 우겨 드리고 이에 니르러 쏫밧긔 소가(蘇家) 하쳐(下處)와 흔곳이 되니 임의 도라가디 못홀 거시오, 흐믈며 이젼(以前) 면분(面分)이 이시니 흔연히 드러오디 쇼데 심히 불평흐야 온 줄을 뉘웃더라.

셕패 우음을 머금고 마자 듕텽(中廳)의 드러오니 소시 봉관화리(鳳冠霞帔)³⁾로 치복(彩服)을 쯔으고 양부인을 뫼셔 긱을 마자 올녀 녜를 무춘 후 진부인이 양부인으로 더브러 한훤(寒暄)을 파흐고 소시로 더브러 젼일 낫비 본 말을 흐더니⁴⁾ 셕패 웃고 왈,

"엇디 쇼져를 덩 안히 녀코 내디 아니흐시느니잇가?"

양부인이 흔연왈,

"피치(彼此) 일가(一家) 굿트니 늘근 미망인과 어린 짤분이라. 혐의

1) 금덩: 황금으로 호화롭게 장식한 가마. 조선시대에는 공주나 옹주가 탔다.
2) 짓궤다: 지껄이다. 떠들다.
3) [교감] 봉관화리: '화리'는 '하피'의 오기. 봉관하피(鳳冠霞帔)는 송대 이후 명부(命婦)의 예복인 봉관과 하피를 가리킨다. 봉관은 봉황 모양의 장식을 한 관이고 하피는 목에 걸쳐 양어깨로 길게 늘어뜨리는 띠 모양의 장식물이다.
4) [교감] 젼일 낫비 본 말을 흐더니: 21권본 '젼일 밧비 보고 기리 이모흐여 수샹흐믈 닐오더니'. 26권본 '작일 낫비 보믈 니느더니'.

업거늘 쇼져를 금초샤 늬외(內外)ᄒ시ᄂ니잇가?"

진부인이 칭샤(稱謝)왈,

"엇디 늬외ᄒ미 이시리오마는 규즁(閨中)의 향암(鄕闇)저온⁵⁾ 인물이 존젼(尊前)의 뵈오믈 두립고 슈습(羞澁)ᄒ미니이다."

소시 말ᄉᆞᆷ을 니어 굴오ᄃᆡ,

"쇼쳡이 일즉 셔모로 인ᄒ야 쇼져의 미풍션ᄌᆡ(美風仙才)를 텽문(聽聞)ᄒᆞᆸ고 듀야(晝夜) 경복(敬服)ᄒ야 우러오ᄃᆡ 만날 길히 업습더니 이런 긔특ᄒᆞᆫ 조각을 만나오니 졍히 만ᄒᆡᆼ(萬幸)ᄒ야 ᄒ거늘 부인이 이러틋 소ᄃᆡ(疏待)ᄒ샤 깁히 금초시니 그으기 붓그려ᄒᆞᆸ기는 ᄌᆞ가(自家) 위인(爲人)이 브졍(不正)ᄒ야 후히 사괴디 못ᄒᆞᆯ 인믈로 아ᄅᆞ셔 쇼져로 ᄒ야곰 츌히 덩 안히 구챠(苟且)ᄒᆞᆷ믈 딕희고 추비(麤卑)ᄒᆞᆫ 무리를 뵈디 아니랴 ᄒ시민가 블승슈괴(不勝羞愧)ᄒ이다."

진부인이 소부인의 격녈(激烈)ᄒᆞᆫ⁶⁾ 언ᄉᆞ(言辭)와 졀쥰(絕倫)ᄒᆞᆫ⁷⁾ 풍용(風容)을 ᄃᆡ호매 퇴탁(推托)ᄒᆞᆯ 말이 업서 ᄌᆡ삼(再三) 손샤(遜謝)ᄒ고 쇼져를 브르니 쇼졔 슬히여도⁸⁾ 마디못ᄒ여 시녀로 더브러 텽(廳)의 니ᄅᆞ니 양시 모녜 니파로 더브러 먼니셔붓터 브라보니 처엄은 광ᄎᆡ(光彩) 녕농(玲瓏)ᄒ고 풍되(風度) 요〃(妖妖)ᄒ야 낙일(落日)이 약목(若木)⁹⁾의 걸니고 옥퇴(玉兔) 치운(彩雲)의 ᄲᅥ여ᄂᆞᆫ 듯 현황(炫煌)ᄒ야 광치 휘동(輝動)ᄒ니 ᄌᆞ시 보디 못ᄒᆞᆯ러니, 당(堂)의 올나 녜(禮)를 ᄆᆞᆾ고 좌(座)를 일운 후 눈을 뎡ᄒ야 니기 보니 임의 하늘긔 품슈(稟受)ᄒᆞᆫ 배 강산슈긔(江山秀氣)와 졍명지긔(精明之氣) 어릐여 미려

<hr>

5) 향암(鄕闇)젓다: 촌스럽다.
6) [교감] 격녇흔: '격렬흔'의 오기. 21권본 '격녈흔'. 26권본 '격졀흔'.
7) [교감] 졀쥰흔: '졀뉸흔'의 오기. 21권본 '졀츌흔'. 26권본 '졀뉸흔'.
8) 슬히여ᄒ다: 싫어하다.
9) 약목(若木): 신목(神木)의 일종. 서쪽 황야에 있는 붉은 나무로 해가 들어가는 곳.

(美麗)ᄒᆞ미 범뉴(凡類)의 ᄲᅢ여나니 가슴 가온대ᄂᆞᆫ 임ᄉᆞ(任姒)의 덕냥(德量)을 슈장(收藏)ᄒᆞ엿고 미우(眉宇)의ᄂᆞᆫ 오ᄉᆡᆨ(五色) 샹셔(祥瑞)의 긔운이 녕농찬난ᄒᆞ여 냥목(兩目)은 츄파(秋波)의 졍긔(精氣) 업스믈 웃고 쥬슌(朱脣)은 잉도(櫻桃)의 동글믈 혐의(嫌疑)로이 너기고 셰요(細腰)ᄂᆞᆫ 뉴지(柳枝)의 붓치이믈[10] 나모라고 신댱(身長)은 비연(飛燕)의 킈 젹으믈 브죡히 너겨 늘나듸 경삽(輕偛)[11]디 아니며 풍영(豐盈)ᄒᆞ나 툽지디[12] 아냐 텬틱만광(千態萬光)이 타양(太陽)의 빗츨 ᄀᆞ리오니 소시의 경복(敬服)ᄒᆞᆷ은 니ᄅᆞ도 말고 양부인이 평ᄉᆡᆼ 눈이 놉하 텬하미ᄉᆡᆨ(天下美色)을 묘시(藐視)ᄒᆞ며 ᄯᅩ 팀듕(沈重)ᄒᆞ미 과인(過人)ᄒᆞ므로 아모리 긔특ᄒᆞᆫ 일이 이셔도 경찬(輕讚)티 아니ᄒᆞ더니 셕쇼져의 얼골을 보매ᄂᆞᆫ 불승경아(不勝驚訝)ᄒᆞ야 졍신을 다ᄃᆞ마 다시ᄋᆞᆷ 술펴 보와 크게 칭찬왈,

"노쳡(老妾)이 비록 심산궁곡(深山窮谷)의 이시나 졀ᄉᆡᆨ(絕色)을 귀경ᄒᆞ미 만터니 금일 녕ᄋᆞ(令愛)[13] 쇼져(小姐)ᄂᆞᆫ 진실노 미망인의 보디 못ᄒᆞᆫ 배오 ᄯᅩᄒᆞᆫ 만고의 드물니 〃 이 진짓 경국지ᄉᆡᆨ(傾國之色)이로소이다."

진부인이 손샤(遜辭)ᄒᆞ야 감당티 못ᄒᆞᆷ믈 일ᄏᆞᄅᆞ니 소시 어린[14] ᄃᆞ시 안잣다가 셕파ᄅᆞᆯ 도라보와 쇼왈,

"셔모의 뉴슈지언(流水之言)으로 뎐ᄒᆞᄂᆞᆫ 말슘이 그대도록 서의ᄒᆞ시더뇨? 진실노 듯던 바의 디나도소이다."

셕패 웃고 진부인이 손샤왈,

---

10) 붓치이다: 나부끼다.
11) 경삽(輕偛): 가볍고 키가 작다.
12) 툽지다: 굵어지거나 두꺼워지다.
13) [교감] 녕ᄋᆞ: '녕ᄋᆡ'의 오기. 21권본 '녕ᄋᆞ'. 26권본 '녕'.
14) 어리다: 어리석다. 멍하다.

"쇼녀의 더러온 긔질노 양소 이부인의 과찬(過讚)호믈 엇디 당호리잇가?"

양부인이 슉난 쇼져를 나아오라 호야 그 옥슈(玉手)를 잡고 머리를 쓰다드마 칭찬호믈 마디아니호고 셕파와 진부인은 두굿기믈 이긔디 못호니 소시 믄득 탄식고 ᄌ로 모친을 보니 이ᄂᆞ 그으기 소싱으로 져 취과져 호미라. 차ᄅᆞᆯ 나오고 죠용히 한담호야 소시 닐오ᄃᆡ,

"쇼져의 지뫼 이러툿 호시니 ᄀᆞᆺ튼 비위(配偶) 어려올디라. 일즉 슌향(順向)을 졈복(占卜)호야 겨시니잇가?"

진시 홀연 쳑연ᄃᆡ왈(戚然對曰),

"ᄋᆞ녜(兒女) 용녈호나 부모의 졍은 가셔(佳婿)를 어더 그 일싱을 편케 호고져 호ᄃᆡ 퇴셔(擇婿)호연디 칠 년의 ᄆᆞᄎᆞ내 그 맛당흔 곳을 엇디 못호야시니 녀ᄌᆞ의 죵신ᄃᆡᄉᆞ(終身大事)를 그룻홀가 두리오며 제 나흔 십삼 셰니 과시(過時)흔 쳐녀라 흐리잇가마는 신댱과 외뫼 다 ᄌᆞ라시니 더옥 민망호야 호ᄂᆞ이다."

양부인이 ᄃᆡ왈,

"진실로 엇던 복다온 재 뎌런 며ᄂᆞ리를 어들고? 부인은 근심 마ᄅᆞ쇼셔. 네붓터 ᄡᅡᆼ이 가족호니 소혜(蘇蕙) 두도(竇滔)를 만나고 샹예(相如) 문군(文君)을 만나니 엇디 쇼져긔 홀로 ᄡᅡᆼ이 뎡티 아냐시리잇가?"

이러툿 말ᄉᆞᆷ홀ᄉᆡ 죠곰도 유의(有意)티 아니터라. 쟝ᄎᆞᆾ 시ᄀᆞᆨ(時刻)이 다ᄃᆞᄅᆞ매 샹(上)이 만됴(滿朝)를 거ᄂᆞ려 남문 밧긔 나샤 뎐녑(田獵)호시니 샹셔복야(尙書僕射) 쇼경이 한님혹ᄉᆞ(翰林學士) 한싱으로 더브러 됴복(朝服)을 ᄀᆞ초고 반녈(班列)ᄋᆞ 시위(侍衛)호야시니 영풍(英風)이 만인(萬人) 듕(中) 쒸여나고 안치(眼彩) 찬난(燦爛)호야 좌우의 ᄡᅩ이니 삼군(三軍)이 눈을 기우려 칭찬호기를 마디아니호고 텬지 쏘흔 긔이히 너기샤 알픠 나아오라 호야 굴오샤ᄃᆡ,

"경(卿)의 풍티(風致) 금일 새로오니 지죄(才操) 쏘흔 츌뉴(出類)홀
디라. 딤(朕)이 보궁(寶弓)¹⁵⁾ 비젼(鈚箭)¹⁶⁾을 주느니 흔번 습샤(習射)ᄒ
야 당시(當時)의 양유긔(養由基)¹⁷⁾ 다시 낫다 흐믈 닐위라."

소복애 부복샤은왈(仆伏謝恩曰),

"쇼신(小臣)이 나히 어리고 지죄 노둔(老鈍)ᄒ오니 당〃흔 시부(詩
賦)도 능티 못ᄒ옵거늘 엇디 감히 젼샤(箭射)홀 긔력이 이시리잇고?"

샹이 쇼왈,

"경은 ᄉ양 말나."

드듸여 궁시(弓矢)ᄅᆞᆯ 알픠 노ᄒ시니 복애 념용돈슈왈(斂容頓首曰),

"셩인(聖人)이 ᄀᆞᆯ오샤ᄃᆡ, '되(道) ᄀᆞᆺ디 아니ᄒ거든 사괴디 말나' ᄒ
시니 ᄒᄆᆞᆯ며 몸소 두 가지ᄅᆞᆯ 힝ᄒ오며 위령공(衛靈公)이 진도(陣道)
ᄅᆞᆯ 무르니 공ᄌᆞ(孔子) 힝(行)ᄒ신디라.¹⁸⁾ 신이 다만 셩교(聖敎)ᄅᆞᆯ 비
호니 군녀(軍旅)ᄅᆞᆯ 모르옵고 또 지죄 업ᄉ오니 엇디 어궁(御弓)을 더
러이리잇고?"¹⁹⁾

샹이 긔용티경(改容致敬)ᄒ시고 군신(群臣)이 그 딕졀(直節)을 탄

15) 보궁(寶弓): 보석으로 장식한 활.
16) 비젼(鈚箭): 살촉이 철로 만들어진 화살.
17) 양유기(養由基): 춘추시대 초나라 대부(大夫)로 활을 잘 쏘아 백발백중(百發百中)이라는 말
이 생겼다.
18) 위령공이 진도를 무르니 공ᄌᆞ 힝ᄒ신디라: 위 영공(衛靈公)이 공자에게 진법(陣法)을 묻자
공자는 조두(俎豆)에 관한 일은 들어보았으나 군려(軍旅)에 관한 일은 배우지 못했다고 하
는 그다음 날 떠났다. 『논어』 「위영공편衛靈公篇」.
19) 이 일화는 송 진종(宋眞宗) 때 진요자(陳堯咨)의 고사로부터 온 듯하다. 진종 때 거란의 사
신을 접대하는데 사신이 활쏘기를 좋아하여 송 조정에서 사람을 선발해 자기와 함께 활을 쏘
게 해달라고 요구했다. 진종은 그것이 나라의 체면에 관련된 대사라고 여겨 학식도 있고 활도
잘 쏘는 풍채 당당한 인물을 찾다보니, 대신들 가운데서 한림학사 진요자만이 조건에 부합했
다. 진종은 그에게 만약 무관이 되어 거란 사신과 함께 활을 쏜다면 반드시 후하게 상을 내리
고 고관으로 임명해주겠다고 했다. 이에 진요자가 집으로 돌아가 노모의 생각을 묻자, 모친은
버럭 화를 내고 지팡이로 그를 때리면서 "네가 장원급제를 하여 부자가 다 문장으로 조정의
대신이 되었는데 이제 와서 부귀를 탐하여 가문을 욕되게 하려느냐?" 하고 꾸짖었다.

복ᄒ더라.

쟝ᄎ 날이 져믈매 샹이 환궁(還宮)ᄒ시고 관광(觀光)ᄒ던 ᄉ녜(士女) 파ᄒ야 훗터디니 양부인이 진부인을 니별ᄒ고 도라갈ᄉ 셕쇼져의 손을 잡아 년〃(戀戀)ᄒ믈 이긔디 못ᄒ더라.

뜻이 기울다

주운산의 도라와 샹셔의 오믈 기드려 부인은 다만 거동의 셩ᄒᆞ믈 니르고 소시ᄂᆞᆫ 셕쇼져를 칭찬ᄒᆞ니 화시 심듕의 흔흔믈 마디아니ᄒᆞ더 라.

소시 셕쇼져의 지뫼 앗가오니 모친긔 구혼(求婚)ᄒᆞ쇼셔 ᄒᆞ대 부인 이 답왈,

"그 녀지 실로 긔이ᄒᆞ나 화시 냥ᄌᆞ(兩子)를 두엇고 져의 부뷔(夫婦) 화락(和樂)거늘 내 엇디 지취를 권ᄒᆞ리오?"

소시 다시 술오ᄃᆡ,

"아이 긔질노 엇디 화시와 오로디 동쥬(同住)ᄒᆞ며 ᄯᅩᄒᆞᆫ 여러흘 어 더 ᄌᆞ손을 두미 가ᄒᆞ니 챵녀(娼女) ᄀᆞᄐᆞᆫ 거슨 엄금(嚴禁)ᄒᆞ시미 올커 니와 뎌 ᄀᆞᄐᆞᆫ 슉녀(淑女)를 일졀(一節)을 딕희여 ᄇᆞ리미 엇디 창텬(蒼 天)이 고집ᄒᆞ믈 웃디 아니리오? 당초 셔모의 언어는 밋디 못ᄒᆞ미 그 심졍(心情)이 어딘 녀진 줄 아디 못ᄒᆞ야 힝혀 가닉(家內) 어즈러올가 두리미러니 이제 보건대 외모ᄂᆞᆫ 니르도 말고 심졍이 극히 현텰(賢哲)

ᄒ야 뵈니 엇디훈 화시로뼈 뎌런 슉녀를 ᄇ리리잇가?"

부인 왈,

"너는 말을 긋치라. 화시의 동졍(動靜)을 보리니 화시 만일 투긔(妬
忌) 이시면 ᄆᆡᄉᆞ(每事) 경(慶)만 못ᄒ나 ᄯᅩ 질투를 겸ᄒᆞᆯ딘대 콰히 셕
시를 취ᄒ야 독ᄌᆞ(獨子)의 일성을 헛도이 늙디 아닐 거시오, 만일 공
슌(恭順)ᄒ면 ᄌᆡ질(才質)이 경(慶)으로 충등(層等)ᄒ나 그 심졍은 관
홍(寬弘)ᄒᆞᆯ 거시니 엇디 져근 얼골이 밋디 못훈다 ᄒ야 녀ᄌᆞ의 셜오
믈 깃치리오? ᄂᆡ앙홍(梁鴻)¹⁾의 비샹(非常)한 용모로ᄃᆡ ᄆᆡᆼ광(孟光)²⁾의
더러온 얼골을 만나는 후셰(後世)예 군ᄌᆞ(君子) 슉인(淑人)이 되야시
니 ᄂᆡ 다만 화시 인믈을 ᄉᆞᆯ피고 얼골을 니르디 아니리라."

소시 모친의 ᄯᅳᆺ이 화시 인믈을 ᄉᆞᆯ피려 ᄒᆞᆯ믈 보고 ᄂᆡ렴(內念)의 우
어 왈,

'뎌 경조투한(輕佻妬悍)훈 녀지 반ᄃᆞ시 취졸(醜拙)³⁾을 ᄂᆡ리니 셕
시 드러오믄 여반쟝(如反掌)이로다'

ᄒ더라.

수일 후 소샹셰 졍ᄉᆞ(政事) 의논ᄒᆞᆯ 일로 셕공을 ᄎᆞᆽ자가니 이ᄶᆡ 팔
왕(八王)⁴⁾ 칠왕(七王)⁵⁾이 셕쟝군 부ᄌᆞ를 보려 이에 모닷더니⁶⁾ 소복

---

1) 양홍(梁鴻): 후한(後漢)의 은사(隱士). 자(字)는 백란(伯鸞). 가난했으나 절개가 굳고 인품이
고상했다.
2) 맹광(孟光): 양홍의 아내. 자(字)는 덕요(德曜). 뚱뚱하고 못생기고 피부도 검었지만 궂은일
을 마다하지 않고 남편을 깍듯이 모셔서 현부(賢婦)로 칭송되었다. 거안제미(擧案齊眉)의 고사
가 있다.
3) 추졸(醜拙): 못난 모습.
4) 팔왕(八王): 『양가장연의楊家將演義』나 『용도공안龍圖公案』 등의 소설에 등장하는 허구적 인
물. 소설 속에서는 태조의 둘째 아들로 이름은 조덕방(趙德芳)이다. 팔현왕(八賢王)으로 봉해
졌기 때문에 팔왕야(八王爺)로 불린다. 그러나 실제로 조덕방은 태조의 넷째 아들 진왕(秦王)
이며 형 덕소(德昭)가 태종의 명령으로 자살한 후 2년 만에 23세로 병사했다.
5) 칠왕(七王): 태종의 태자(太子). 후의 진종(眞宗).
6) [교감] 26권본의 이 부분에 다음과 같은 주석이 있음. '팔왕은 셕쟝군의 녀셔오 칠왕은 참
정의 동셔라'.

야의 와시믈 듯고 흔가지로 반겨 청흐야 말슴흘시 칠왕은 태종(太宗)의 아들이니 이곳 태지(太子)오 팔왕은 태종의 친질(親姪)이라. 위인이 현명흐고 지덕이 겸젼흐니 됴애(朝野) 다 공경흐더니 금일 소싱을 보고 심히 ᄉ랑흐야 고금티란(古今治亂)을 의논흐니 도〃(滔滔)히 하슈(河水)를 드리온 둧흔다라.[7] 팔왕이 쇼왈,

"소통지(蘇塚宰)[8] 쳥년 십팔이라. 이 황구쇼ᄋᆡ(黃口小兒)어늘 엇디 도로혀 상쾌흔 의논이 노ᄉ슉유(老士宿儒)를 압두(壓頭)흐ᄂ뇨? 일즉 취쳐(娶妻)ᄒ얏ᄂ니잇가?"

딕왈,

"조강지쳬(糟糠之妻) 잇ᄂ이다."

셕참졍이 말을 니어 굴오딕,

"흑싱이 흔 말이 이시니 통지(塚宰) 즐겨 드르시랴?"

싱이 쳥흐야 무른대 셕공이 답왈,

"만싱(晚生)이 일즉 여러 아들을 두고 다만 일녀를 어드니 지힝(才行)이 비록 고인(古人)으로 병구(竝驅)티 못흐나 쏘흔 거의 안항(雁行)[9]은 되리니 듀야(晝夜) 우려(憂慮)흐믄 힝혀 투강(投網)[10]ᄒᄂᆫ 환(患)[11]을 닐월가 두리더니 통지를 보니 지뫼 죡히 녀ᄋ로 건즐(巾櫛)을 밧드럼죽흔다라. 구챠흐믈 도라보디 아냐 구혼흐ᄂ니 쇼네(小女) 비록 블민(不敏)흐나 통지긔 블공(不恭)티 아니코 조강(糟糠) 샹원위(上元位)를 셜만(褻慢)티 아닐 만흐니 모로미 즐겨 지취를 허락

---

7) 도도히 하슈를 드리온 둧흔다라: 현하지변(懸河之辯). 거침없고 유창한 말주변.
8) 총재(塚宰): 이부상서(吏部尙書). 소현성은 현재 예부상서이므로 총재(塚宰)라는 호칭은 적절하지 않다. 그러나 작품 내에서 예부상서와 이부상서를 혼동하여 사용하고 있다.
9) 안항(雁行): 앞사람을 따르며 수행함.
10) [교감] 투강: '투망'의 오기. 21권본·26권본 없음.
11) 투망(投網)하는 환(患): 여성이 남편을 잘못 만나는 불행. 『시경』「패풍邶風」「신대新臺」의 '물고기 그물을 쳤더니 기러기가 걸리고 미남자를 구하려 했더니 꼽추를 얻었네(魚網之設, 鴻則離之, 燕婉之求, 得此戚施)'에서 유래함.

546 | 원본 소현성록

호시리잇가?"

샹셰 졍금샤례왈(整襟謝禮曰),

"쇼싱(小生)은 박명혼 인싱으로 엄친(嚴親)의 훈교(訓敎)를 듯디 못호엿ᄂᆞᆫ디라. 명셰(明世)예 닙(立)홀 직죄(才操) 업스니 일야(日夜) 우탄(憂歎)호믈 씌듯디 못호거늘 이러틋 위쟈(慰藉)호샤 동상(東床)으로 구호시니 블승감샤(不勝感謝)호고 외람(猥濫)혼디라. 엇디 ᄉᆞ양호미 이시리잇가마ᄂᆞᆫ 싱이 ᄌᆞ쇼(自少)로 뜻이 번화티 못ᄒᆞ야 직취를 싱각디 아닛ᄂᆞᆫ디라. 감히 틱명(台命)12)을 밧드디 못ᄒᆞ니 블승미안(不勝未安)ᄒᆞ이다."

참졍 왈,

"엇디 비박(卑薄)히 너기미 이러틋 심ᄒᆞ뇨? 다시 샹냥(商量)ᄒᆞ시믈 ᄇᆞ라ᄂᆞ이다."

샹셰 미우(眉宇)를 펴고 쥬슌(朱脣)의 우음을 은연(隱然)이 ᄯᅴ여 손샤왈(遜辭曰),

"쇼싱이 엇디 감히 비박지심(卑薄之心)이 이시리오? 본ᄃᆡ 셩졍(性情)이 용소(庸疏)ᄒᆞ미오 다시 노뫼(老母) 당(堂)의 이시니 ᄌᆞ단(自斷)티 못ᄒᆞ미니이다."

참졍 왈,

"이런즉 녕당(令堂) 허락은 혹싱(學生)이 쳥ᄒᆞ리니 모ᄅᆞ미 통지 스스로 허락ᄒᆞ라."

샹셰 흠신13)ᄃᆡ왈(欠身對曰),

"노뫼 우희 겨시니 쇼싱이 임의로 홀 배 아니오 혼인은 인뉸(人倫)의 대관(大關)이니 뉵녜(六禮) 잇ᄂᆞᆫ디라. 싱이 엇디 감히 편모의 뜻을

---

12) 태명(台命): 지체 높은 사람의 명령.
13) 흠신(欠身): 공경하는 뜻을 나타내기 위하여 몸을 굽힘.

모르고 허락ᄒᆞ미 이시리잇고? 노션싱(老先生)은 이곳 대로원신(大老元臣)이라. 반ᄃᆞ시 녜의(禮義)를 아ᄅᆞ시리니 뼈곰 쇼싱의 셜만ᄒᆞᆷ믈 용샤ᄒᆞ쇼셔.”

팔왕이 웃고 왈,

“소통지 ᄉᆞ양ᄒᆞ믈 이러틋 ᄒᆞ니 우리 등미 되야 인연을 됴히 일우게 ᄒᆞ리라.”

칠왕 왈,

“형왕(兄王)의 말ᄉᆞᆷ이 맛당ᄒᆞ시니 아등이 힘뼈 쥬션ᄒᆞ리니 소싱은 고집디 말나.”

샹셰 두로 이러ᄒᆞᆫ 경샹(景狀)을 보고 심하의 실쇼(失笑)ᄒᆞ고 냥구 후 하딕고 도라가니 팔왕이 소싱(蘇生)의 셩현유풍(聖賢遺風)을 불승 칭찬ᄒᆞ고 셕공의 명을 바다 명일 ᄌᆞ운산 소부의 니ᄅᆞ러 등미로 와시믈 고ᄒᆞᆯᄉᆡ 아디 못게라 양부인이 즐겨 드ᄅᆞᆫ가 하회(下回)를 볼디어다.

혼인이 졍해지고 길복 짓는 일로 화씨가 소씨를 욕하다

어시의 팔왕이 스스로 술위를 미러[1] 주운산의 니르러 양부인긔 듕미(仲媒)로 와시믈 고흐고 허혼(許婚)흐믈 쳥흐니 부인이 미우를 삥긔고 도라 샹셔드려 왈,

"네 황구쇼우(黃口小兒)로 텬은(天恩)이 듕(重)흐시고 화시 어던 녀지라. 흐믈며 두 아들이 잇거늘 셕공이 엇던 고로 구혼흐기를 근졀이 흐느뇨?"

샹셰 밋처 답디 못흐여셔 화시 눈믈을 흘녀 고왈,

"이 반드시 셔모와 낭군이 동심(同心)흐야 팔왕을 브쵹(咐囑)흐미니 쳡은 아조 심규(深閨) 죄인(罪人)이 되리로소이다."

---

1) 스스로 술위를 미러: 수레를 미는 것은 곧 추곡(推轂)인데, 장수가 출정(出征)할 때 제왕이 직접 수레를 밀어 격려하는 예식이다. 팔왕이 스스로 수레를 밀었다는 것은 제왕이 전쟁터에 나가는 장수를 고무(鼓舞)하듯 혼담을 성사시키려 스스로 사기를 북돋웠다는 뜻이다. 중매가 된 팔왕이 장수라면 중매를 맡긴 셕공은 제왕이 된다. 그래서 앞서 신분이 더 높은 팔왕이 '셕공의 명을 받았다'고 표현했다.

부인이 텽파의 위로왈,

"셕시 드러오다 그딕씌 해로온 일이 이시며 비록 용녈ᄒ나 경이 사 랏거니 엇디 심규 죄인이라 칭ᄒ리오?"

셜파의 낟호여 굴오딕,

"팔왕이 친님(親臨)ᄒ시니 내 엇디 아름다온 며ᄂ리를 ᄉ양(辭讓)ᄒ리오?"

드딕여 시녀로 뎐어왈(傳語曰),

"미망인은 어린 ᄌ식을 ᄀᄅ치디 못ᄒ야 듀야 붓그리더니 일즉 텬은을 닙ᇿ고 ᄯ 대왕이 거츤 짜히 니르러 직샹문미(宰相門楣)의 슉녀를 천거(薦擧)ᄒ시니 일즉 감샤ᄒ고 ᄯᅩᄒᆫ 황공ᄒᆫ디라. 엇디 명을 어그릇ᄎ리잇고? 퇵일(擇日)ᄒ야 뉵녜(六禮)를 ᄀ초리이다"

ᄒ니 원늬 부인이 다른 ᄯ디 업더니 화시 톄읍(涕泣) 후투(狠妒)[2] ᄒ야 부인의 말 굿티 가부(家夫)와 셔뫼(庶母) 동심(同心)ᄒ다 ᄒ야 밍낭(孟浪)히 경조(輕佻)ᄒᆞᆯ 보고 일심(一心)의 패악(悖惡)히 너겨 뇌뎡(牢定)ᄒ니 엇디 애둛디 아니리오. ᄉ식(辭色)을 평안히 ᄒ고 즘〃코 잇더면 비록 팔왕 아냐 황뎨 니르신들 셕쇼졔 드러오리오.

이ᄶᅢ 팔왕이 허락을 밧고 대희ᄒ야 칭샤ᄒ고 도라가 셕가(石家)의 회보(回報)ᄒ니 참정이 만심환희(滿心歡喜)ᄒ야 급히 퇵일ᄒ야 보내니 밍동(孟冬) 초슌(初旬)이 겨유 팔구 일은 ᄀ럿더라. 냥가(兩家)의셔 위의(威儀)를 졍졔(整齊)ᄒ니 양부인이 비록 화시를 그릇 녀기나 그 졍ᄉ(情事)를 슬퍼 월영으로 ᄒ여곰 신낭(新郎)의 길복(吉服)을 지으라 ᄒ니 소시 닐오딕,

"혹시 어ᄉ(御史)로 강셔(江西)로 나가니 일직(日子) 님박(臨迫)ᄒ엿ᄂ 고로 쇼녜(小女) 그 ᄒᆡᆼ장(行裝)을 다ᄉ리매 길복(吉服)을 못ᄒ

2) [교감] 후투: 21권본 '시투'. 26권본 '한투'. 문맥상 26권본의 '한투(狠妒)'가 자연스러움.

게 ㅎ엿ᄂ니 화시 므스 일 못ᄒ리잇가?"

부인 왈,

"내 시기면 아니ᄒ리오마ᄂ 다만 투한(妬悍)ᄒᆫ 녀지 반ᄃ시 더옥 셜워ᄒ리라."

소시 낭"(朗朗)이 우어 왈,

"모친이 엇디 이런 말ᄉ을 ᄒ시ᄂ니잇고? 쇼녜 블쵸(不肖)ᄒ나 어시(御史) 영시씌 입댱(入丈)ᄒᆯ 적 스스로 출혀 관복(官服)을 손조 셥겻ᄂ니 부녜(婦女) 가부(家夫)를 다른 사ᄅᆷ의게 보닐 제 엇디 의장(衣裝)을 ᄂᆷ 비러 시기리잇고? 쇼녀ᄂ 지아비 원노(遠路) 힝장(行裝)을 혼자 출히며 가뫼(家母) 잇ᄂ 오라비 길복지이³⁾ 다 ᄒ리잇가?"

부인이 쇼왈,

"너의 셩졍(性情)이 화시와 다른디라. 화시 만일 너 ᄀᆺᄐ면 내 므스 일이 브죡ᄒ야 셕시를 어드리오? 너ᄂ 조급ᄒᆫ 녀즈를 하 논박(論駁)디 말고 어ᄉ의 힝장(行裝)을 화시로 출혀달나 ᄒ고 너ᄂ 경(慶)의 길복을 디으라."

소시 웃고 믈러나 이에 샹셔 길복을 지을식 한싱의 힝ᄎ(行次) ᄯ또ᄒᆫ 님박ᄒ야시니 두 가지를 진실로 ᄒ기 어려워 이에 능나(綾羅) 수필(數匹)과 쵹금(蜀錦) 십여 필(十餘匹)을 녹운당으로 보내여 왈,

"어시(御史) 블의(不意)예 강셔(江西)를 비도(倍道)⁴⁾ᄒ니 능히 혼자 출히디 못ᄒ여 낭즈(娘子)의 조역(助役)ᄒ시믈 밋ᄂ니 본(本)대로 지어주시믈 밋ᄂ이다."

화시 대로ᄒ야 시녀를 디ᄒ야 크게 ᄭ지저 왈,

"너희 부인이 엇디 날ᄃ려 어ᄉ의 힝장을 출혀달나 ᄒᄂ뇨? 당"

---

3) ~지이: ~까지.
4) 배도(倍道): 이틀에 갈 길을 하루에 걸음.

이 셕가(石哥) 쳔녀(賤女)를 드려와 브릴씨니[5] 나는 월영의 시녜(侍女) 아니니 못ᄒ리로다. 너희 부인은 남진[6]의게 고혹(蠱惑)ᄒ야시므로 여러 챵녀(娼女)로 더브러 통(寵)을 ᄂ호노라 됴히 너기나 나 더러이 너기노라. 임의 샹셔의 길복을 짓거니 이ᄀᆞᆺ티 한가ᄒ며 날을 브리려 ᄒ더냐? 쾌히 도라가 너희 짓 부인ᄃᆞ려 니ᄅ라. '미친 오라븨 길복을 지으니 이ᄀᆞᆺ티 한헐(閒歇)ᄒ니 엇디 다ᄉ(多事)ᄒ리오? 내 지어주고져 ᄒ나 ᄂᆞᆷ의 일 ᄒ시ᄂ가 시브니 이런즉 내 부졀업시 슈고ᄒᆞᆯ 일이 업서 도로 보내ᄂ느이다' ᄒ라."

시녜 도라와 회보ᄒ올ᄉᆡ 슈말(首末)을 ᄌᆞ시 고ᄒ니 쇼시 어히업서 도로혀 잠쇼브답(潛笑不答)이러니 한어ᄉᆡ 흔디 잇다가 듯고 크게 무상(無狀)히[7] 너겨 왈,

"진짓 대악투뷔(大惡妬婦)로다. 악모(岳母)와 ᄌᆞ문(子文)이 진실로 고집닷다. 뎌런 투부를 두고 직췩ᄒ미 ᄂᆞ즈뇨?"

쇼부인이 정ᄉᆡᆨ왈(正色曰),

"슈연(雖然)이나 샹공(相公)씌 간셥(干涉)디 아니커늘 ᄂᆞᆷ의 집 부녀(婦女)의 과실(過失)을 의논(議論)ᄒ리오? ᄌᆞ못 다ᄉ(多事)ᄒ고 졍되(正道) 아니라. 언어(言語)의 경조(輕佻)ᄒ미 이러ᄐᆞᆺ ᄒ시냐?"

어ᄉᆡ 대쇼(大笑)ᄒ고 그릇ᄒ롸 일ᄏᆞᆺ더라.

원ᄂᆡ 쇼시 텬셩(天性)이 강딕(强直)ᄒ고 의ᄉᆞ(意思) 바다 ᄀᆞᆺᄐᆞ야 거리씨ᄂ 일이 업고 ᄯᅩ 투긔를 우이 너기므로 투긔ᄒᄂ 녀ᄌᆞ를 심히 빅쳑(排斥)ᄒ더니 화시 뎌러ᄐᆞᆺ 경조ᄒᆞᆷ믈 보고 짐ᄌᆞᆺ 길복을 화시로 짓게 ᄒ려 ᄒ니 모부인이 듯디 아니ᄒ거늘 마디못ᄒ야 스ᄉ로 지으며 어ᄉᆞ의 의복을 보내엿더니 믄득 화시 욕ᄒᆞᆷ믈 듯고 심니(心裏)의 블평

5) 브리다: 부리다. 시키다.
6) 남진: 남편. 지아비.
7) 무상(無狀)하다: 아무렇게나 함부로 행동하여 버릇이 없다.

ᄒ야 안잣더니 져녁 문안의 드러가 화시를 만나디 샹세 잇는디라. 전
일 셕파의 일로써 화시 샹셔씌 견과(譴過)ᄒ믈 싱각고 샹냥(商量)ᄒ
디,

'조만(早晚)의 셕시 드러오ᄂᆞ디 쏘 화시의 흔단(釁端)을 니ᄅ면 아
익[8] 쓰디 닉도ᄒ야[9] 박디(薄待)ᄒ리니 비록 어디디 못ᄒ나 그 박
명(薄命)으란 깃치디 말 거시라'

ᄒ고 졍식단좌(正色端坐)ᄒ야 말을 아니터니 샹셔와 화시 퇴흔 후 소
시 부인씌 슈말을 ᄌᆞ시 고ᄒ고 우어 왈,

"샤뎨(舍弟) 지취(再娶)의 쇼녀(小女)를 슈욕(受辱)ᄒ니 이 엇디 가
쇼(可笑) 아니리잇고?"

부인이 어히업서 다만 닐오디,

"내 ᄌᆞ연 화시를 항복(降服)바다 투긔(妬忌)를 졔어(制御)ᄒ고 가
듕(家中)을 편히 ᄒ리라."

8) 아ᄋ: 아우.
9) 닉도ᄒ다: 판이하다. 소원(疏遠)하다.

화씨가 울면서 길복을 지어 입히다

드듸여 명됴(明朝) 신셩(晨省) 후 부인이 화시드려 왈,

"경의 길일(吉日)이 다드라시니 그듸 가히 녜복(禮服)을 다스리라."

드듸여 좌우로 ᄒ야곰 금슈(錦繡)를 내여와 화시로 ᄆᆞᄅᆞ라 ᄒ니 화시 간담(肝膽)이 분분(紛紛)ᄒ나 샹셰 좌(座)의 잇고 부인의 긔ᄉᆡᆨ(氣色)이 십분(十分) 엄졍(嚴正)ᄒ니 감히 발악(發惡)디 못ᄒ고 눈믈이 년면(連綿)ᄒ야 홍군(紅裙)의 ᄯᅥ러디니 니파(李婆) 등이 잔잉(殘忍)히 너기고 소시ᄂᆞᆫ 힘여 부인긔 블공(不恭)ᄒᄂᆞᆫ 말을 ᄒ야 샹셔의 귀에 들닐가 근심ᄒ더니 부인이 다시 지쵹ᄒ니 화시 강잉ᄒ야 금슈(錦繡)를 펴고 일변 울며 일변 ᄆᆞᄅᆞ니 ᄯᅩ 맛뎌 왈,

"내 월영으로 지으라 ᄒ니 한성의 힝장 출히기로 여역(徭役)디 못ᄒ다 ᄒ니[1] 그듸 맛당이 다스리라."

---

1) [교감] 한셩의 힝장 출히기로 여역디 못ᄒ다 ᄒ니: '여역'은 '요역'의 오기. 21권본 '한낭이 강셔의 츌힝ᄒᄂᆞᆫ 고로 한가치 못ᄒ여 식이지 못ᄒᄂᆞ니'. 26권본 없음. 요역(徭役)은 나라에서 백성을 징발하여 노동을 시키는 것.

화시 바다가지고 침소의 도라와 브드잇고[2] 톄읍왈(涕泣曰),

"존괴(尊姑)무자 이러ᄒ실 줄은 실로 싱각디 못혼 배로다. 내 출히 죽어 이 거동을 보디 아니리라"

ᄒ더니 믄득 니패 드러와 위로왈,

"부인은 슬허 마ᄅ쇼셔. 우리 부인이 평일 낭ᄌ(娘子) 스랑ᄒ시미 엇지 샹셔씌 디리오마는 이 거조는 젼혀 부인 투긔를 ᄭ리시미라. 부인이 가지록 온슌(溫順)ᄒ시면 샹셰 아름다와홀 거시오, 부인이 어엿비 너기시며 셕쇼졔 드러오나 부인이 옥 ᄀᆞᆺ툰 이공ᄌ(二公子)를 ᄭ려 가권(家權)을 통집(總執)ᄒ시면 어느 사름이 부인 권셰(權勢)를 ᄇᆞ라리잇고? 이제 고집히 투긔를 힘쓰면 화용(花容)이 감(減)ᄒ고 심긔(心氣) 샹(傷)ᄒ며 눔이 우이 너기리니 일심(一心)이 셕시긔 도라디면 뉘웃ᄎ나 밋디 못ᄒ리이다."

화시 더옥 슬허 ᄆᆞᄋᆞᆷ을 뎡티 못ᄒ더니 믄득 부인이 블너 왈,

"내 잇는 ᄃᆡ 와 관복(官服)을 지으라."

화시 홀 일이 업고 니시 ᄇᆡᆨ단(百端) 위로ᄒ니 겨유 강잉ᄒ야 취셩뎐의 니ᄅ러 침션(針線)을 일울ᄉᆡ 눈믈이 스스로 소사나니 춤디 못ᄒ여 힝혀 부인이 보실가 두려 머리를 수겨 십분 ᄆᆞᄋᆞᆷ을 널니ᄒ더라.

이날 샹셰 드러와 문안ᄒ고 화시와 뫼셔 안자 길복 일우믈 보고 깁히 혜오ᄃᆡ,

'뎌 어인 투악(妬惡)을 도로혀 티장(治裝)을 스스로 ᄒᆞ는고?'

ᄯᅩ흔 그 슬픈 빗출 보고 일단(一端) 은졍(恩情)이 어엿비 너기미 잇더라.

길일(吉日)이 다ᄃᆞᄅ매 [양참졍이 기ᄌ(其子) 네 사름과 니ᄅ니 양

---

2) 부드잇다: 부딪다. 부딪치다.

부인이 부친을 밧드러]³⁾ 좌를 뎡ㅎ고 시긱(時刻)이 님(臨)ㅎ니 소시 뎌 화시의 ᄌ가(自家) 욕ㅎᄆ를 그릇 너기나 뎌의 심히 셜워ㅎᄆ를 보고 일변 경조조협(輕佻躁狹)ㅎᄆ를 고이히 너기고 일변 잔잉히 너겨 ᄀ만이 경계왈,

"오늘 모친이 반ᄃ시 그ᄃᆡ로써 아의 오ᄉᆞᆯ 셤기라 ㅎ시리니 쳔만 블평ᄒᆞᆫ 일을 말나."

화시 샤례(謝禮) 호읍(號泣)ㅎ더니 부인이 화시를 블너 관복(官服)을 닙히라 ㅎ시니 명을 니어 나아가 관ᄃᆡ(冠帶)를 밧드러 셤길ᄉᆡ 투목(偸目)으로 그 동지(動止)를 슬피니 화시 면식(面色)이 여토(如土)ㅎ야 그 골흠과 ᄯᅱ를 ᄆᆡ매 손이 ᄯᅥᆯ녀 쉽디 못ᄒᆞᆫ디라. 그윽이 애ᄃᆞᆯ이 너기더니

---

3) [교감] 양참졍이 긔ᄌ 네 사름과 니ᄅᆞ니 양부인이 부친을 밧드러: 이대본 'ᄌ긔 네 사름과 양참졍이 니ᄅᆞ니 양부인이 긔ᄌ 네 사름과 부친을 밧드러'. 21권본 업슴. 26권본 '양ᄎᆞᆷ졍이 그 아ᄃᆞᆯ ᄉᆞ인으로 더브러 이에 니ᄅᆞ니 양부인이 그 부친을 밧드러'. 26권본을 참조하여 이대본을 바로잡음.

석씨와 혼인하다

관디(冠帶)를 무추매 모든 디 하딕홀시 부인이 츄연(惆然)히 감창(感愴)후야 눈믈을 느리오니 싱이 또훈 쳥누(淸淚)를 머금고 위의를 굿초와 셕가(石家)의 니르러 홍안(鴻雁)을 뎐(奠)후매 신부(新婦)의 샹교(上轎)를 기드릴시 쇼졔 칠보옹장(七寶凝裝)[1]을 일우고 빅냥(百輛)의 오르매 샹셰 슌금쇄약(純金鎖鑰)[2]을 가져 뎡을 즈므고 샹마(上馬)후니 칠팔(七八) 냥졔휘(兩諸侯) 요긱(繞客)[3]이 되고 만됴빅관(滿朝百官)이 십 니(十里)의 버러 무수(無數) 추죵(騶從)이 좌우의 쪄 엇게 기야이고[4] 듯글이 히를 구리오니 그 부셩(富盛)후믈 니르 긔록디 못홀러라.

---

1) [교감] 칠보옹장: '옹'은 '응'의 오기.
2) [교감] 슌금쇄약: '약'은 '약'의 오기.
3) 요객(繞客): 혼인 때 가족 중에서 신랑이나 신부를 데리고 가는 사람.
4) 기야이다: 맞닿아 포개지다. 이겨지다.

즈운산의 니르니 듕당(中堂)의 포딘(鋪陳)5)을 셩(盛)히 ᄒ고 냥신인(兩新人)이 녜를 뭇고 동샹(洞房)6)의 나아가 즈하샹(紫霞觴)을 ᄂᆞ홀ᄉᆡ 남풍녀뫼(男風女貌) 서르 빗최여 구슬곳과 옥남기 서르 딕흔듯 부〃(夫婦) 지질(才質)이 겸손(謙遜)ᄒᆞᆷ이 업스니 가히 니른 삼싱숙연(三生宿緣)이며 텬뎡호귀(天定好逑)라. 만좨(滿座) 블승경복(不勝敬服)ᄒᆞ고 만분경아(萬分驚訝)ᄒᆞ야 칭찬ᄒᆞᆷ믈 마디아니ᄒᆞ더라. 샹셰 동방(洞房)의 도라가 잠간 눈을 드러보니 용광(容光)이 혈난(絢爛)ᄒᆞ야 삼혼(三魂)7)이 경동(驚動)ᄒᆞ니 숨을 길게 쉬고 싱각ᄒᆞᄃᆡ,

'셰샹의 엇디 이런 사ᄅᆞᆷ이 잇ᄂᆞ뇨? 내 고독ᄒᆞᆫ 일신으로 다만 밍광(孟光) ᄀᆞᆺ튼 니를 구ᄒᆞ더니 쯧밧긔 이런 미인을 어드니 이 믄득 길됴(吉兆) 아니라. 뎌 적의 셔뫼 유인(誘引)ᄒᆞ야 뵐 적 윤시 누의와 방블(彷彿)ᄒᆞ더니 그 ᄉᆞ이 어이 슈미(秀美)ᄒᆞᆯ엿ᄂᆞ뇨?'

이러툿 슈려(秀麗)ᄒᆞᄆᆡ 도로혀 깃거 아니ᄒᆞ더라.

이날 밤을 디내ᄃᆡ 긔쉭과 동지 쉭〃ᄒᆞ야 원앙(鴛鴦)이 녹슈(綠水)의 노는 일이 업스니 그 쥬의(主意)ᄂᆞᆫ 대강 뎌의 즈쉭(姿色)8)이 너모 슈미ᄒᆞᆷ믈 인ᄒᆞ야 ᄒᆞᆫ 조각 공검(恭儉)ᄒᆞᆫ 쓰디 놀나고 블평ᄒᆞᄆᆡ러라.

명일(明日)의 현존고(見尊姑)9) 비ᄉᆞ당(拜祠堂)의 녜의(禮義)를 구힝(具行)ᄒᆞᆯᄉᆡ 빙긱(賓客)이 구름 ᄀᆞᆺ트니 부인이 비로소 화시를 블너 경계ᄒᆞ야 글오ᄃᆡ,

"겨집의 ᄆᆞᄋᆞᆷ이 오늘날을 됴히 너기 리 이시리오마ᄂᆞᆫ 그러나 믈이

---

5) 포진(鋪陳): 진설(陳設). 배설(排設). 의식이나 연회에서 필요한 것들을 벌여 베풂.
6) [교감] 동샹: '동방'의 오기. 21권본·26권본 '동방'.
7) 삼혼(三魂): 사람의 마음에 있는 세 가지 영혼. 태광(台光), 상령(爽靈), 유정(幽精).
8) [교감] 즈쉭: '즈쉭'의 오기.
9) 현존고(見尊姑): 신부가 예물을 가지고 처음으로 시어머니를 뵙는 일.

업침 굿트니 그 블평호야 엇디호리오? 그뒤 성정(性情)이 너르디 못
호기로뼈 젼붓터 근본 업슨 투긔호미 즈자 경의 견과(譴過)호믈 닙엇
더니 이제는 진짓 뎍국(敵國)을 만난디라. 미시 인녁(人力)의 밋츨 배
아니니 엇지 투악(妬惡)으로 니(利)홀 길히 이시리오? 내 즈못 과도
히 너긴 고로 짐즛 여러 가지로 칙호니 그뒤 비록 경조(輕佻)호나 오
히려 싀어미 공경홀 줄은 아는디라. 일로뼈 다른 죄를 다 샤(赦)호고
금일 연셕(宴席)의 빙긱이 모드니 그뒤 가히 춤을가 시브거든 참예
(參預)호고 강잉(強仍)티 못홀 양이어든 깁히 드러 즁인(衆人)의 티
쇼(嗤笑)를 밧디 말나."

화시 함누비샤왈(含淚拜謝曰),

"존괴(尊姑) 쇼첩(小妾)의 죄를 샤호시고 이러툿 훈교(訓敎)호시니
첩이 엇디 봉힝(奉行)티 아니리잇고? 무춤내 스긔(辭氣) 블안홀디라
도 존고를 뫼와 셩연(盛宴)의 참예호리이다."

부인이 어엿비 너겨 왈,

"그뒤 만일 춤을딘대 이 믄득 복이 되리라."

화시 침소의 믈러와 눈믈이 비 굿트야 스스로 유어셰샹(留於世上)
호믈 흔호더니 화시10) 드러와 아룸다온 말슴으로 위로호고 우쇼왈
(又笑曰),

"내 평싱 프믄 쯔들 숨기디 아닛느니 뎌 젹 그뒤 날을 무고(無故)히
즐욕(叱辱)호나 내 뼈곰 흔티 아니호거니와 그뒤 가히 녀힝(女行)을
안다 못호리러라. 당초의 내 또훈 셕시를 보고 인연(因緣)코져 쓰디
젹디 아니터니 이제 경(慶)의 쳬(妻) 된 후는 믄득 새사룸이 소(疏)호
고 그뒤룰 친(親)호며 냥딜ᄋ(兩姪兒)를 도라보건대 더옥 범연(泛然)
티 아닌디라. 그뒤 스식(辭色)을 편히 호야 원비(元妃)의 위(位)를 가

10) [교감] 화시: '소시'의 오기.

지매 빙긱도 일쿳기를 샹원(上元)은 덕(德)이 잇고 둘재는 식(色)이 잇다 찬양ᄒᆞ려니와 그러티 못ᄒᆞ면 믈읏 칭찬ᄒᆞᄂᆞᆫ 거시 신부(新婦)의 게 도라가리니 므어시 쾌ᄒᆞ리오? 직삼 슬펴보라. 내 ᄯᅳᆺ이 진졍(眞情) 이나 그ᄃᆡ 반ᄃᆞ시 셰언(說言)[11]으로 알니라."

화시 칭샤믁연(稱謝黙然)이라. 소시 ᄒᆞᆫ가지로 단장(丹粧)을 일우고 좌의 나니 화시 ᄯᅩᄒᆞᆫ 옥빙홍안(玉鬢紅顔)이 표묘쟈약(漂渺自若)[12]ᄒᆞ 야 츈 긔운과 미믈ᄒᆞᆫ 긔샹이 셜샹한ᄆᆡ(雪上寒梅) ᄀᆞᆺᄐᆞ며 소시의 풍영 쇄락(豐盈灑落)ᄒᆞᄆᆡ 금분목난(金盆牡丹)과 츄슈부용(秋水芙蓉) ᄀᆞᆺ고 이째 양부인 양녀 윤시 뉴한님 부인이 되얏ᄂᆞᆫ디라. ᄯᅩᄒᆞᆫ 셩장아ᄐᆡ(盛 粧雅態)로 참연(參宴)ᄒᆞ니 졀쇄(絕世)[13]ᄒᆞᆫ 풍되(風度) 소시로 더브러 병구징션(竝驅爭先)ᄒᆞ되 오히려 염녀(艶麗)ᄒᆞᆫ 틱되(態度) ᄒᆞᆫ층이 놉 흘디라. ᄎᆞ삼인(此三人)의 용광식틱(容光色態) 죠요만좌(照耀滿座)ᄒᆞᆫ 디 빙긱이 불승칭찬왈,

"양부인은 양녀지이 뎌대도록 긔특ᄒᆞ며 소샹셔 원비 ᄯᅩᄒᆞᆫ 당금(當 今)의 졀식(絕色)이로다"

ᄒᆞ더라.

이윽고 신븨(新婦) 나와 폐빅(幣帛)ᄒᆞᄂᆞᆫ 녜(禮)를 뭇고 새 단장(丹 粧)을 곳쳐 존고씌 헌쟉(獻爵)ᄒᆞᆯ식 다만 보건대 안식(顔色)은 빅년 (白蓮) ᄀᆞᆺ고 아미(蛾眉)ᄂᆞᆫ 원산(遠山) ᄀᆞᆺᄐᆞ며 명모(明眸)ᄂᆞᆫ 낭셩(狼 星)[14] ᄀᆞᆺ고 냥협(兩頰)은 도화(桃花) ᄀᆞᆺᄐᆞ며 쥬슌(朱脣)은 잉도(櫻桃) ᄀᆞᆺ고 톄지(體肢) 신듕(愼重)ᄒᆞ고 동지(動止) 민쳡(敏捷)ᄒᆞ며 신댱(身

---

11) 셰언(說言): 달래는 말.
12) 표묘쟈약(漂渺自若): 은은하고 자연스럽다.
13) [교감] 졀쇄: '졀세'의 오기.
14) 낭셩(狼星): 천랑성(天狼星). 시리우스. 하늘에서 볼 수 있는 가장 밝은 별.

長)과 풍치(風采) 염이(厭意)[15]홀 곳이 업서 사롬으로 ᄒᆞ여곰 정신을 일코 모음을 어리게 ᄒᆞ니 ᄒᆞᆫ번 ᄇᆞ라보매 기용티경(改容致敬)홀다라.

윤시 소시의 텬싱(天生) 특용(特容)이 이에 들매 탈식(奪色)ᄒᆞ고 화시는 더옥 셩(盛)ᄒᆞᆫ 모란(牧丹)의 쇠(衰)ᄒᆞᆫ 두견화(杜鵑花)로 굴와 이심 ᄀᆞᆺ트니 일좌(一座) 대경(大驚)ᄒᆞ고 ᄃᆞ토아 양부인ᄭᅴ 티하왈,

"우리 등이 하힝(何幸)으로 월궁(月宮)의 니르러 샹아(嫦娥)를 귀경ᄒᆞ오니 평싱 영복(榮福)이라. 화부인의 졀묘(絶妙)ᄒᆞ심과 소부인의 풍영(豐盈)ᄒᆞ시미며 윤부인의 쇄락(灑落)ᄒᆞ시므로도 방블(彷彿)ᄒᆞ니도 업슬가 ᄒᆞ옵더니 신부ᄂᆞᆫ 오히려 비승(倍勝)ᄒᆞ시니 이 엇디 소상셔의 복(福)과 부인 경ᄉᆞ(慶事) 아니리잇가?"

부인이 손샤왈(遜辭曰),

"미망지인(未亡之人)이 번화(繁華)의 ᄯᅳᆺ이 업ᄉᆞᄃᆡ 용녈(庸劣)ᄒᆞᆫ ᄌᆞ식의 더러온 얼골을 보고 외람히 ᄌᆡ샹문미(宰相門楣) 년(連)ᄒᆞ야 구혼(求婚)ᄒᆞ시니 지취ᄒᆞ매 ᄇᆞ란 밧기라. 엇디 힝희(幸喜)티 아니리잇가? 다만 셰샹의 혼자 이셔 경ᄉᆞ(慶事)를 보니 회푀(懷抱) 촌단(寸斷)ᄒᆞᆫ다라. 도로혀 비감(悲感)ᄒᆞᆷ을 이긔디 못거이다."

말로 조차 안쉬(眼水) 의샹(衣裳)의 ᄯᅳ드ᄅᆞ니[16] 좌위(左右) 다 쳑연(戚然)히 위로ᄒᆞ더라.

---

15) 염의(厭意): 싫어하고 꺼리다.
16) ᄯᅳᆺ듣다: 뚝뚝 떨어지다.

화씨를 배려하다

종일(終日) 진환(盡歡)하고 연파(宴罷) 후 신부 슉소를 벽운당의
하니 슉난 쇼졔 침소의 도라와 단의(襢衣)[1]를 졍히 하고 쵹(燭)을 되
하엿더니 믄득 셕패 드러와 웃고 왈,

"쇼졔 날을 부졍(不正)타 하시더니 죵신토록 [여히지[2] 못하리이
다].[3]"

안자 말하며 샹셔를 기드리되 죵젹(蹤迹)이 업는디라. 고이히 너겨
시녀로 나가보라 하니 회보(回報)하되,

"셔당의도 아니 겨시니 녹운당의 가신가 시브이다."

셕패 밋디 아냐 호의(狐疑)하거늘 쇼졔 날호여 굴오되,

---

1) 단의(襢衣): 전의(展衣). 고대(古代) 왕후(王后)의 여섯 가지 복색 중 하나였으나 후대에는
후궁이나 고위 관료의 아내들이 입는 예복이 되었다. 소매가 매우 넓고 땅에 끌리는 옷이다.
2) 여희다: 떠나보내다.
3) [교감] [여히지 못하리이다]: 이대본 없음. 21권본 '써나지 아니케 하엿느이다'. 26권본 '여
히지 못하리이다'. 26권본으로 보충함.

"아즈미 날과 자미 올커늘 엇디 다亽(多事)히 구는고?"

패 이에 흔가지로 자나 샹셔의 오디 아니믈 극히 고이ᄒᆞ야 ᄒᆞ더라.

ᄎᆞ일 화시 연샹(宴上)의셔 신부의 용광(容光)을 보고 악연(愕然)ᄒᆞ야 혜오ᄃᆡ,

'이 진짓 샹셔의 비필(配匹)이라. 진실로 듯던 바의 디나도다.'

이러ᄐᆞᆺ 싱각ᄒᆞ매 심ᄉᆞ(心事) 참담(慘憺)ᄒᆞ야 셕샹(席上)의 겨유 춤고 침소의 도라와 샹셔의 자최⁴⁾를 아조 긋ᄎᆞ리라 혜여 단장(丹粧)을 벗고 셔안(書案)의 업더여 ᄌᆞ가(自家) 신셰(身世) 박명(薄命)ᄒᆞ믈 슬허ᄒᆞ다가 인ᄒᆞ야 셜옴과 애ᄃᆞᆯ오미 병츌(竝出)ᄒᆞ야 흉격(胸膈)의 막히니 혼미(昏迷)ᄒᆞ야 인ᄉᆞ(人事)를 모ᄅᆞ더니 뜻 아닌 샹셰 드러와 뎌의 업더여시믈 보고 젼ᄀᆞᆺ티 투긔ᄒᆞᆷ민가 ᄒᆞ야 스스로 샹(床)의 오라ᄃᆡ 뎨 견혀 동티 아니커늘 쏘흔 조급ᄒᆞ야 ᄌᆞ결(自決)ᄒᆞ미 잇ᄂᆞᆫ가 의려ᄒᆞ야 씌를 곳쳐 미고 나아가 년ᄒᆞ야 브르ᄃᆡ 디답디 아니커늘 친히 붓드러보니 인ᄉᆞ를 모ᄅᆞ거늘 급히 술펴보미 각별흔 배 업스나 슈족(手足)이 어름 ᄀᆞᆺ투야 혼졀(昏絶)ᄒᆞ엿거늘 시녀로 약을 프러 친히 먹이니 반향(半晌)의 디나매 숨을 내쉬며 인ᄉᆞ를 아ᄃᆡ 다만 귀밋티 눈믈이 니음ᄎᆞ⁵⁾ 흐르며 오히려 샹셔의 와시믈 모ᄅᆞ고 입안히 닐러 왈,

"심규폐륜지인(深閨廢倫之人)이 되야 '오긔계삼챵(五起鷄三唱) 쳥신ᄇᆡᆨ두음(淸晨白頭吟)'을 내 몸의 당ᄒᆞ니 '챠류호박침(且留琥珀枕)과 혹유몽ᄂᆡ시(或有夢來時)'⁶⁾를 읇흐리로다."

흔대 샹셰 시녀를 명ᄒᆞ야,

---

4) [교감] 자죄: '자최'의 오기.

5) 니음ᄎᆞ다: 잇따르다. 연잇다.

6) 오긔계삼챵(五起鷄三唱) 쳥신백두음(淸晨白頭吟)~차류호박침(且留琥珀枕) 혹유몽래시(或有夢來時): 이백의 「백두음白頭吟」 두 편에서 각각 인용한 구절이다. 「백두음」은 원래 한나라 탁문군이 지은 악부(樂府)로, 남편 사마상여가 무릉(茂陵)의 여자를 첩으로 들이려 하자 이 노래를 지어 헤어질 뜻을 밝혔다. 뒤에 여러 시인들이 이를 소재로 「백두음」을 지었다.

"부인의 경샹(景像)으로써 누셜(漏泄)티 말나"

ᄒ고 유모를 블너 화시를 자리예 쉬게 ᄒ고 ᄌ개(自家) ᄯ흔 의관(衣冠)을 그르고[7] 나아가 자더니 냥구(良久) 후 화시 정신을 출혀 희허탄식(唏噓歎息)이어늘 샹셰 심히 가련히 너겨 나아가 닐오디,

"사름이 뎍인(敵人)[8] 어드믄 샹ᄉᆞ(常事)오, 내 비록 셕시를 취ᄒ나 모명(母命)을 밧ᄌᆞ오미오, 그디의 미믈ᄒ미 업거늘 엇디 과듀(過度)[9]ᄒ니 이러텃 ᄒᆞ뇨? 부인이 오늘 신부의 외모를 보고 빅두(白頭)의 탄(歎)[10]을 두려ᄒᆞᄂᆞᆫ가 시브니 소싱(蘇慶)[11]이 비록 년쇼용녈(年少庸劣)ᄒ나 취ᄉᆡᆨ(取色)ᄒᄂᆞᆫ 뉴(類)ᄂᆞᆫ 아니라. 모ᄅᆞ미 샹심(傷心) 말고 싱의 나죵 쳐티(處置)의 공번된가[12] 편ᄉᆡᆨ(偏色)[13]ᄒᆞᆫ가 볼디어다."

화시 믁연브답(黙然不答)ᄒ고 ᄯ흔 데 와시를 비로소 알고 경괴(驚怪)ᄒ야 회슈찰ᄉᆡᆨ(回首察色)ᄒ여 지삼 의아ᄒ니 샹셰 그 ᄯᅳᆺ을 슷치고[14] 슉목(肅穆)던 거ᄉᆞᆯ 덜고 그 풀흘 믄져 쇼왈,

"부인이 내의 드러오믈 의심ᄒᆞ니 내 이 소싱(蘇生)이라. 그 쳐ᄌᆞ(妻子)의 방의 오미 고이ᄒᆞ리오? 다만 부인이 덕을 닷그면 빅슈히로(白首偕老)ᄒ리라."

드듸여 ᄋᆡ듕(愛重)ᄒ고 견권(繾綣)ᄒ야 그 지극ᄒᆞᆫ 은졍이 ᄆᆞᄋᆞᆷ으로 조차 나니 위곡유화(委曲柔和)[15]ᄒᆞ미 젼일로 더브러 디난다라. 화

---

7) 그르다: 끄르다. 풀거나 열다.
8) 뎍인(敵人): 남편의 또다른 아내.
9) [교감] 과듀: '과도'의 오기.
10) 빅두(白頭)의 탄(歎): 한나라 탁문군이 「백두음」에서 읊은바, 나이들어 버림받은 여인의 탄식을 말한다.
11) [교감] 소싱: '소경'의 오기. 21권본 '소경'. 26권본 '싱'.
12) 공번되다: 공정하다.
13) 편ᄉᆡᆨ(偏色): 한 여자만을 편벽되게 사랑하다.
14) 슷치다: 생각하다. 눈치채다.
15) 위곡유화(委曲柔和): 자상하고 부드럽다.

시 쟝신쟝의(將信將疑)ᄒ더니 은해(銀河) 서(西)ᄅ 기울고 효계(曉鷄) 챵효(唱曉)ᄒ며 죵가(鍾街)의 경고(更鼓)16) 늉〃(隆隆)ᄒ더라. 관셰(盥洗)ᄅ 일우고 부뷔 ᄒᆞᆫ가지로 신셩지례(晨省之禮)ᄅ 일울ᄉᆡ 신부 임의 문안ᄒ고 믈러갓더라.

부인이 샹셔ᄅ 보고 우어 왈,

"금일 신부ᄂ 일즉 오ᄃᆡ 너ᄂ 흔방의셔 자며 써듸미 엇디오?"

샹셰 모친의 그릇 아라시믈 보고 딕답고져 ᄒᆞᆯ 적 부인이 다시 닐오ᄃᆡ,

"네 이제 뇨됴슉녀(窈窕淑女)ᄅ 만나니 반ᄃᆞ시 새[新]ᄅ 됴히 너기며 ᄉᆡᆨ(色)을 듕히 너길딘대 화시 가련ᄒᆞᆯ디라. 군ᄌᆡ 규ᄂᆡ(閨內)ᄅ 거ᄂᆞ리매 공번되미 샹ᄎᆡᆨ(上策)이라. 모ᄅᆞᆷ 샹여(相如)의 무신(無信)ᄒᆞ믈 ᄒᆡᆼ티 말고 녯졍을 옴기디 말며 ᄯᅩᄒᆞᆫ 냥ᄌᆡ(兩子) 이시니17) 당〃(堂堂)이 졍비(正妃)의 위(位) 이시니 혹 ᄉᆞ졍(私情)은 셕시긔 이실디라도 믈읫 딕졉을 존듕히 ᄒᆞ야 결발지의(結髮之義)18)ᄅ 온젼ᄒᆞ미 가ᄒ니 내 아ᄒᆡᄂ 모ᄅᆞᆷ 편모(偏母)의 근노(勤勞)ᄒᆞ야 ᄀᆞᄅᆞ치믈 헛도이 듯디 말라."

샹셰 텽파(聽罷)의 그 교훈이 뎌러틋 졍대(正大)ᄒᆞ믈 감동ᄒᆞ야 ᄌᆡ비(再拜) 슈명(受命)ᄒ고 공슈칭샤왈(拱手稱謝曰),

"모친의 명교(命敎) 이러틋 ᄒ시니 ᄒᆡ이(孩兒) 비록 화시로 졍이 업슬디라도 강잉ᄒᆞ오려든 ᄒᆞ믈며 조강결발(糟糠結髮)을 무단히 ᄇᆞ리리잇가? 삼가 ᄌᆞ교(慈敎)ᄅ 밧들ᄂᆡ이다."

---

16) 경고(更鼓): 밤에 시각을 알리려고 치던 북. 밤의 시간을 초경(初更), 이경(二更), 삼경(三更), 사경(四更), 오경(五更)으로 나누어 매 시각마다 관아에서 북을 쳐 알렸다.

17) [교감] 냥ᄌᆡ 이시니: '냥ᄌᆡ 잇고'가 문맥상 자연스러움.

18) 결발지의(結髮之義): 초혼(初婚) 부부의 의리. 결발은 남녀가 쪽을 찌거나 상투를 틀어올리는 것으로 성년의 표식이다. 어려서 혼인을 하면 신혼 첫날밤에 부부가 함께 결발을 하게 되므로 결발의 의리란 처녀 총각으로 만나 혼인한 부부의 의리를 가리킨다.

부인이 심듕(心中)의 두굿기믈 이긔디 못ᄒ더니 날이 붉으매 졔쇼년(諸少年)이 단장(丹粧)을 일우고 취셩뎐의 모드니 화모월치(花貌月態)[19] 쥬렴(珠簾) ᄉ이예 녕농(玲瓏)커늘 셕쇼졔 금과옥식(金銙玉飾)[20]으로 칠보(七寶)를 드리워[21] 나아오매 유환뎡〃(幽閑貞靜)[22]ᄒᆫ 긔질(氣質)과 뇨됴현텰(窈窕賢哲)ᄒᆫ 풍되(風度) 소윤 이인의게 십 비(十倍)나 승(勝)ᄒ니 화시씌야 더옥 비겨 니ᄅ리오. 부인이 아름다오믈 이긔디 못ᄒ야 그 옥슈(玉手)를 잡고 닐오ᄃᆡ,

"그ᄃᆡ 츌뉴(出類)[23]ᄒᆫ 풍도로 내의 슬하(膝下)를 님ᄒ니 노인(老人)의 두굿김과 슬픈 ᄯ들 측냥(測量)티 못ᄒᆯ디라. 화시 쏘ᄒᆫ 청한(淸閑)ᄒᆫ 녀지니 그ᄃᆡ 화우(和友)ᄒᆷ을 골육(骨肉) ᄀᆞ티 ᄒ라."

쇼졔 슈명ᄇᆡ샤(受命拜謝)ᄒ고 좌(座)를 일우니 곳다온 긔질이 볼ᄉ록 새롭더라.

---

19) [교감] 화모월치: '치'는 '틱'의 오기.
20) 금과옥식(金銙玉飾): 금제(金製) 과대(銙帶)와 옥(玉) 장식.
21) 칠보(七寶)를 드리워: 과대의 드리개, 즉 수하식(垂下飾)으로 여러 가지 보석을 사용한 것이다.
22) [교감] 유환뎡〃: '환'은 '한'의 오기.
23) [교감] 츌뉴: '뉸'은 '뉴'의 오기.

두 부인을 공정하게 대접하다

샹셰 초일 셔당의셔 밤이 깁도록 고ᄉ(古史)ᄅᆞᆯ 슈련(修鍊)ᄒᆞ야 신방(新房)의 도라가기ᄅᆞᆯ 니젓더니 셕패 나와 지쵹ᄒᆞ야 ᄀᆞ로ᄃᆡ,

"셩녜(成禮)ᄒᆞ연 디 미급삼일(未及三日)이라. 독쳐(獨處)ᄒᆞᆯ 의ᄉᆞ(意思) 나시ᄂᆞ니잇가?"

ᄉᆡᆼ이 미쇼브답(微笑不答)이러라. 셕패 지쵹ᄒᆞ기ᄅᆞᆯ 마디아니ᄒᆞ니 ᄉᆡᆼ이 뎌의 의려(疑慮)ᄒᆞᆷ을 보고 날호여 벽운당의 니ᄅᆞ니 신뷔(新婦) 의ᄃᆡ(衣帶)ᄅᆞᆯ 그르고 단의홍군(襢衣紅裙)[1]으로 화관(花冠)을 브졍(不正)히 ᄒᆞ고 옥상(玉床)을 의지ᄒᆞ야시니 봉관(鳳冠) 아래 아ᄅᆞᆷ다오미 더옥 쇄락(灑落)ᄒᆞ니 샹셰 심하(心下)의 칭찬ᄒᆞ고 고이히 너기며 ᄉᆡᆼ각ᄒᆞᄃᆡ,

'이ᄀᆞ티 유약(幼弱)ᄒᆞᆫ 녀ᄌᆞᄅᆞᆯ 셕공이 혼인을 그대도록 밧바ᄒᆞ던고? 임의 내 집 사ᄅᆞᆷ이 되어시니 그 댱셩(長成)ᄒᆞᆷ을 기ᄃᆞ릴디니 유통

---

1) 단의홍군(襢衣紅裙): 단의와 붉은 치마.

(幼沖)호 녀즈로 더브러 동낙(同樂)호미 가티 아니타'
호더라.

　이러툿 호야 여러 날이 되매 셕쇼졔 쥬션동지(周旋動止)와 인스쳐
신(人事處身)이 노성(老成)호 부인이라도 밋디 못홀 배오, 부인 셤기
믈 그림재 응홈ᄀ티 호야 됴셕(朝夕) 식봉(食奉)의 친히 상(床)을 밧
들고 쇄소(灑掃)호며 아촘의 벼개와 삿글²⁾ 것고 황혼(黃昏)의 침금
(寢衾)을 포셜(鋪設)홀시 스(事事)의 비약(卑約)³⁾호고 명텰(明哲)
호며 겸공(謙恭)호니 부인이 지극 스랑호고 샹셰 더옥 아룸다이 너기
며 공경호더니 일(一日)은 화시 드러와 보니 셕쇼졔 셤(纖纖)호
옥슈(玉手)로 부인 침금을 실시 샹셰 쏘호 돗글⁴⁾ 펴며 상을 바로 호
야 ᄀ죽이 혼뎡(昏定)호믈 보니 믄득 블평호야 이윽이 셔 보듸 냥
인이 다 눈이 ᄂ죽호고 입을 여디 아니며 피츠(彼此) 손 ᄀ거ᄂᆯ 쏘호
의심호야 도라왓더니,

　이러구러 삼동(三冬)이 진(盡)호고 명년(明年)이 되나 샹셰 죠곰도
일편된⁵⁾ 일이 업서 가디록 공졍(公正)호야 일삭(一朔)의 십 일(十日)
은 화시긔 잇고 십 일은 셕시긔 잇고 십 일은 셔당의 이셔 식고 단
엄(端嚴)호미 흔글ᄀ트니 가인(家人)이 당초(當初)ᄂᆫ '화시긔 졍(情)
박(薄)호리라' 호고 셕시를 취호매 '텰셕간댱(鐵石肝腸)이라도 농쥰
(濃蠢)⁶⁾홀디라. 반드시 딘듕흔희(珍重欣喜)호리라' 아랏더니 쯧아닌
샹셰 식을 취티 아니며 텬셩(天性)이 관후(寬厚)호고 공졍(公正)호야
화셕 이인(二人)의 은의(恩誼) 흔가지오 화시긔 가권(家權)을 젼일

2) 삿: 자리.
3) 비약(卑約): 겸양하고 억제하다.
4) 돗: 돗자리. 자리.
5) 일편되다: 편벽(偏僻)되다.
6) [교감] 농쥰: 21권본 '농쥰'. 26권본 '능쥰'.

(專一)ᄒ니 인〃(人人)이 경복(敬服)ᄒ매 다나 도로혀 고이히 너기고 양부인은 만심환희(滿心歡喜)ᄒ고 화시 ᄯᅩᄒᆞᆫ 함ᄒᆞᆫ(含恨)ᄒᆞᆯ 연괴(緣故) 업서 식〃 엄슉ᄒᆞᆫ 괴ᄉᆡᆨ의ᄂᆞᆫ 발뵈도 못ᄒᆞ야 첫 투악(妬惡)이 만히 쇼삭(消索)7)ᄒ고 뎌기 유화(宥和)ᄒ기를 힘쁘ᄃᆡ 다만 셕파의 슉딜(叔姪) 곳 보면 ᄌᆞ연 변ᄉᆡᆨ함노(變色含怒)ᄒ니 셕파ᄂᆞᆫ 모로ᄂᆞᆫ 톄ᄒ고 쇼져ᄂᆞᆫ 쁫을 ᄂᆞᆺ초와 공경(恭敬)ᄒᆞᆷ믈 부인 버금으로 ᄒ니 샹셰 그 유슌(柔順)ᄒᆞᆷ믈 더옥 공경ᄒ야 이셕(愛惜)ᄒ나 잠간도 ᄉᆞᄉᆡᆨ(辭色)디 아니ᄒ며 ᄯᅩᄒᆞᆫ 화시의 어려셔 만난 경과 ᄌᆞ식을 ᄉᆞ랑ᄒ야 졍이 둥히 잇글니나 사름이 그 깁희를 아디 못ᄒ더라.

---

7) 소삭(消索): 소진(消盡).

셕씨가 쳐녀인 것이 알려지다

일〃은 셕패 셕쇼져로 더브러 난간의 나와 미화(梅花)를 귀경ᄒᆞ더니 쇼졔 잉모(鸚鵡)를 희롱ᄒᆞ야 금사롱(金絲籠)을 열시 믄득 풀 우히 쥬뎜(朱點)[1]이 잉도(櫻桃) ᄀᆞᆺ트니 셕패 크게 놀라 문왈(問曰),

"쇼졔야 아디 못게라 ᄉᆡᆼ혈(生血)[2]이 엇디 그저 잇ᄂᆞ뇨?"

쇼졔 미우(眉宇)의 슈괴(羞愧)ᄒᆞ믈 머금고 쥬슌(朱脣)의 빅옥(白玉)을 비쵀여 미〃(微微)히 함쇼(含笑)ᄒᆞ고 답(答)디 아닌대 셕패 심신(心身)이 황홀(恍惚)ᄒᆞ야 닐오ᄃᆡ,

"맛당이 샹셔ᄃᆞ려 힐문(詰問)ᄒᆞ리라."

쇼졔 ᄇᆞ야흐로 ᄀᆞᆯ오ᄃᆡ,

---

1) 주점(朱點): 정조(貞操)를 쉽게 판별하기 위해 미혼 여성의 팔에 찍는 붉은 점. 특수한 재료를 사용하기 때문에 성관계를 하기 전에는 지워지지 않는다고 하나 물론 사실이 아니다. 중국에서는 수궁(守宮)이라는 전갈류의 벌레를 주사(朱砂)를 먹여 키운 후 찧어 그 즙을 바른다고 하여 수궁사(守宮砂)라 부르고, 우리나라에서는 꾀꼬리의 피를 바른다고 하여 앵혈(鸚血)이라 부른다.

2) 생혈(生血): 앵혈을 가리킴. 앵혈은 주점(朱點), 주표(朱標), 비점(臂點)이라고도 한다.

"아즈미 엇지 이대도록 전도(顚倒)ᄒ야 사름의 티쇼(嗤笑)를 취ᄒ느뇨?"

셕패 듯디 아니ᄒ고 바로 셔당의 나오니 샹셰 손을 보내고 드러오거늘 청ᄒ야 안준 후 긔식(氣息)이 쳔쵹(喘促)[3]ᄒ니 싱이 잠간 명모(明眸)를 드러 뎌의 ᄉ식(辭色)이 창황(惝怳)[4]ᄒ믈 슬피매 졍히 고이히 너겨 뭇고져 ᄒ 적 셕패 몬져 문왈,

"쳡이 금일 사″로이 근졀ᄒᆫ 말이 이셔 낭군(郎君)ᄭ긔 문지(聞知)코져 ᄒᄂ이다."

샹셰 셰연(昭然)[5]히 씌ᄃ라 되왈(對曰),

"므슴 말이니잇가?"

셕패 왈,

"낭군이 셕부인을 어드시니 그 ᄠᅳᆺ이 엇더뇨?"

싱 왈,

"셕시 쏘흔 부녀(婦女)의 ᄒᆡᆼ실이 이시니 내 집 사름이 되야 사오납디 아니면 그 가댱(家長)이 족히 깃거ᄒᆞᆯ 거시라. 구ᄐᆞ여 무러 아르시리잇가?"

셕파 왈,

"이 말 ᄀᆞᆺᄐᆞ면 낭군이 셕부인을 염(厭)히 아니 너기시ᄂᆞᆫ ᄯᅳ디로되 엇디 동실지락(同室之樂)이 드므뇨?"

싱 왈,

"이 본되 내 ᄠᅳᆺ이라. 쏘흔 일삭의 십 일을 드러가니 엇디 동실지락이 드므다 ᄒ시ᄂᆞᆫ뇨?"

패 우어 왈,

<hr>

3) 쳔쵹(喘促): 숨을 몹시 가쁘게 쉬며 헐떡거리다.

4) 창황(惝怳): 놀라거나 다급하여 어찌할 바를 모르다.

5) [교감] 셰연: '소연'의 오기. 소연(昭然)은 일이나 이치 따위가 밝고 선명하다는 뜻이다.

"다른 말을 덜고 셕쇼져의 옥비(玉臂)의 잉되(櫻桃) 변티 아냐시니 이 심히 고이ᄒᆞᆫ디라. 엇디 후딘(厚待)ᄒᆞᄂᆞᆫ 뜻이리오?"

샹셰 쇼왈,

"셔모의 말ᄉᆞᆷ이 엇디 가쇼로오뇨? 비록 셜만(褻慢)ᄒᆞ나 잠간 술오리이다.6) 부〃(夫婦)ᄂᆞᆫ 인뉸(人倫)의 대졀(大節)이오 고금(古今)의 통훈(通義)이라.7) 셔ᄅᆞ 공경(恭敬)ᄒᆞ고 이듕(愛重)홀 ᄯᆞᄅᆞᆷ이니 엇디 샹친(相親)ᄒᆞ미 밧브리오? ᄯᅳ디 화합(和合)ᄒᆞ야 금슬죵고지락(琴瑟鍾鼓之樂)8)이 구ᄐᆞ여 싱혈(生血)이 업ᄉᆞ며 이시므로 니ᄅᆞᆯ 배 아니라. ᄒᆞ믈며 셕시 년긔(年紀) 유튱(幼沖)ᄒᆞ고 긔질(氣質)이 너모 쳥슈(淸秀)ᄒᆞ야 내 ᄆᆞ음이 스스로 블안(不安)ᄒᆞ미니 엇디 박딘(薄待)ᄒᆞᄂᆞᆫ 뜻이리오? 셔뫼 모ᄅᆞ미 념녀(念慮)티 마ᄅᆞ쇼셔."

패 딘왈,

"샹셔의 말을 어이 미드리오?"

샹셰 ᄯᅩ흔 웃고 왈,

"소경이 비록 어디〃 못ᄒᆞ나 거즛말은 아닛ᄂᆞ이다."

패 왈,

"젼일 화부인도 십ᄉᆞ(十四)의 드러와 겨시니 엇디 셕부인이 홀로 어려시리오?"

싱 왈,

"셕시 십삼 셰(十三歲) 아니니잇가?"

패 왈,

"거년(去年)은 십삼이나 볼셔 신졍(新正)이 되야시니 이칠(二七)이라."

___

6) 사뢰다: 웃어른에게 말씀을 드리다.
7) [교감] 통훈이라: '통의라'의 오기. 21권본 '통한 의라', 26권본 '듕ᄒᆞᆫ 의니'.
8) 금슬죵고지락(琴瑟鍾鼓之樂): 부부가 화목한 즐거움.

샹셰 뎌의 착급(着急)흐믈 보고 잠간 도 » 와 골오딕,

"내 나히 졈 » 차가니 무음이 츤 직 굿투야 녀식(女色)이 더욱 닉도
흐니 역시 고이터이다."

셕패 크게 근심흐야 니러 취셩뎐의 니르니 소윤 등이 뫼셧거늘 패
나아가 부인씌 슈말(首末)을 고흔대 부인이 쇼왈,

"아직(兒子) 텬셩(天性)이 공검(恭儉)흐고 의식(意思) 관대(寬大)흐
니 하고(何故)로 셕시를 박딕흐리오? 그 어려시믈 넘녀흐미니 오라
디 아냐 싱혈(生血)이 업스리라."

졔인(諸人)이 다 웃고 퇴흐다.

술을 마시고 석씨와 동침하다

샹셰 홀른 됴참(朝參)ᄒ고 길ᄒᆡ셔 칠왕(七王)을 만나니 왕이 ᄃ리고 셕공 부듕(府中)의 니ᄅ러 참졍으로 더브러 쥬찬(酒饌)을 나오고 친히 잔을 잡아 소ᄉᆡᆼ(蘇生)을 권ᄒᆞᆫ대 ᄉᆡᆼ이 ᄉᆡ양왈(辭讓曰),

"신(臣)이 ᄌᆞ유(自幼)로 일쟉블음(一爵不飮)이니 능히 셩권(聖眷)[1]을 밧드디 못ᄒᆞᄂᆞ니라. 대왕(大王)은 용샤(容赦)ᄒᆞ쇼셔."

왕이 쇼왈,

"툥ᄌᆡᆨ(冢宰) 구ᄐᆡ여 ᄉᆡ양 말고 이 잔만 먹으라."

ᄉᆡᆼ이 강잉ᄒᆞ야 바다 먹으매 왕이 ᄇᆞ야흐로 췌ᄒᆞ야 겨신디라. 붓들고 괴로이 권ᄒᆞ시니 두어 슌(巡)의 니ᄅ매 본ᄃᆡ 쥬량(酒量)이 젹으미 아니로ᄃᆡ 임의 셥심(攝心)[2] 도흑(道學)ᄒᆞᄆ로써 술을 먹디 아냣ᄂᆞᆫ 고로 금일 년ᄒᆞ야 먹으므로 췌ᄒᆞ믈 이긔디 못ᄒᆞ야 옥면(玉面)의 홍광

---

1) 셩권(聖眷): 왕의 총애.
2) 셥심(攝心): 마음을 가다듬어 흩어지지 않게 하다.

(紅光)이 오르매 셜산(雪山)의 홍되(紅桃) 픠엿는 듯 부용(芙蓉) 굿튼 귀밋과 뉴셩(流星) 굿튼 눈씨와 아름다온 봉목(鳳目)은 몽농히 프러디고 두샹(頭上)의 오사(烏紗)³⁾는 사름의 긔운을 조차 잠간 기울매 오히려 슉졍(肅整)ᄒ야 힝혀 브졍(不正)ᄒᆫ가 두려 홍슈(弘袖) ᄉ이로 조차 옥 굿튼 손을 내여 각모(角帽)를 어르ᄆᆫ져 슈졍(修正)ᄒ고 좌석(座席)이 블엄(不嚴)ᄒᆫ가 의심ᄒ야 의디(衣帶)를 곳치고 무릅흘 ᄡᅳᆯ며 졍졔(整齊)히 단좌(端坐)ᄒ니 늠″ᄒᆫ 졍신과 서리 굿튼 골격이 당셰(當世) 가온대 졍인(正人)이오 고금(古今)의 군ᄌᆞ(君子)라. 왕이 술을 긋치고 공경ᄒ며 긔이히 너기시고 셕공의 ᄉ랑ᄒ고 두긋기미 ᄒᆫ엄더라.

냥구 후 ᄌᆞ운산의 도라오매 술이 극ᄎᆔ(極醉)ᄒ고 신ᄉᆞ(神思)⁴⁾ 혼곤(昏困)ᄒ니 잠간 셔당의셔 쉬여 부인ᄭᅴ 뵈오니 부인이 일즉 싱의 ᄂᆞᆺ빗 변ᄒᆞᆷ을 보디 못ᄒ엿다가 금일 홍광(紅光)이 쇄락(灑落)ᄒ고 봉안(鳳眼)이 ᄂᆞ족ᄒᆞᆷ을 보매 비록 이련(愛戀)ᄒ미 듕(重)ᄒ나 ᄯᅩᄒᆫ 그 슈힝(修行)의 브죡(不足)ᄒᆫ가 미안(未安)ᄒ야 졀ᄎᆡᆨ왈(切責曰),

"네 비록 아비 업시 ᄌᆞ모(慈母) 시하(侍下)ᄒ나 이곳 인심(人心)이어늘 이제 쟉위(爵位) 쳥고(淸高)ᄒ고 년유약관(年踰弱冠)⁵⁾이니 ᄆᆡᄉᆞ(每事) 미거(未擧)티 아닐 ᄲᅢ어늘 엇디 나갓다가 외당의 드러와 머믈고 어미 보기를 게얼리ᄒ며 술을 ᄎᆔ토록 먹어 브졍ᄒᆞᆫ 거동을 감히 내 안젼(眼前)의 뵈ᄂᆞ뇨? ᄲᆞᆯ니 나가고 드러오디 말나."

싱이 대경황공(大驚惶恐)ᄒ여 머리를 수겨 죄를 쳥홀 ᄯᆞ름이오 믈러나디 아니커늘 윤시 나아가 히왈(解曰),

"통ᄌᆞ 비록 그릇ᄒᆞᆷ이 이시나 무단히 ᄎᆔ(醉)ᄒᆞ미 아니라 칠년해(七

---

3) 오사(烏紗): 오사모(烏紗帽). 관리들이 쓰는 검은 사(紗)로 만든 모자.
4) 신사(神思): 정신.
5) 연유약관(年踰弱冠): 나이가 20세가 넘다.

殿下) 먹이시니 엇디 ᄉ양ᄒ리오? ᄇ라건대 관셔(寬恕)ᄒ쇼셔."

부인이 다시 닐오디,

"제 벼슬이 텬관(天官)[6] 튱지(塚宰) 이시니 거관(居官)이 슉딕(肅直)ᄒ딘대 칠왕이 엇디 간대로 보채시리오마ᄂᆞ는 이 제 용녈(庸劣)ᄒ미라."

샹셰 듕계(中階)예 부복(俯伏)ᄒ야 일언(一言)도 못ᄒ니 소시 등이 ᄌᆡ삼(再三) 익걸ᄒᆫ대 부인이 ᄇ야흐로 샤왈(赦曰),

"만일 다시 그ᄅ미 이시면 결연히 용셔티 아니리라."

싱이 돈슈복죄(頓首服罪)ᄒ고 이에 시좌(侍坐)ᄒ엿다가 혼뎡지녜(昏定之禮)ᄅᆞᆯ 파ᄒ고 벽운당의 가니 쇼졔 단장(丹粧)을 다ᄉ리고 촉영(燭影)을 ᄯᅴ여시니 틱되 새로이 신이(神異)ᄒ고 텬향(天香)이 만신(滿身)ᄒ니 은의(恩誼) 동(動)ᄒ믈 씌ᄃᆞᆺ디 못ᄒ야 ᄒᆞ가지로 원앙금니(鴛鴦衾裏)의 나아가매 그 쳔만(千萬) 은ᄋᆡ(恩愛)ᄂᆞᆫ 산ᄒᆡ(山海) 경(輕)ᄒ러라.

명됴(明朝)의 존당(尊堂) 문안을 ᄆᆞᄎᆞ매 부인이 투호(投壺)ᄅᆞᆯ 이녀(二女)로 티이고 화시 셕시로 살흘 주으라 ᄒ시니 쇼졔 샹셰 좌의 이시믈 보고 새로이 슈습(羞澀)ᄒ야 머뭇기니 윤시ᄂᆞᆫ 극히 영민(英敏)ᄒᆫ 녀ᄌᆡ라. 믄득 그 긔식을 슷치고 투호ᄅᆞᆯ ᄇᆞ리고 샹뉵판(雙六板)[7]을 드러 셕시의 알픠 가 쥬편(籌判)[8]ᄒ믈[9] ᄌᆡ촉ᄒ니 쇼뎨 마디못ᄒ여 승부ᄅᆞᆯ 결우ᄃᆡ 젼혀 흥미 업서 ᄒ거ᄂᆞᆯ 윤시 웃고 왈,

"셕부인이 우환을 만난 사ᄅᆞᆷ ᄀᆞᆺᄐᆞ니 아디 못게라 므스 일이 잇ᄂᆞ

---

6) 천관(天官): 이부(吏部) 또는 이부상서.
7) 쌍륙(雙六): 여러 사람이 편을 갈라 차례로 두 개의 주사위를 던져서 나오는 사위대로 말을 써서 먼저 궁에 들여보내는 놀이.
8) 주판(籌判): 수를 셈하여 승부를 판정함.
9) [교감] 쥬편ᄒ믈: '편'은 '판'의 오기. 21권본 '승부ᄅᆞᆯ 결ᄒ믈'. 26권본 '두기ᄅᆞᆯ'.

냐?"

쇼제 믁연브답(默然不答)이어늘 셕패 쇼왈,

"요스이 낭지 스친지졍(思親之情)으로 시름ᄒ시ᄂ니이다."

윤시 낭연(朗然) 대쇼왈(大笑曰),

"그ᄃᆡ 그릇 알미라. 오심(吾心)으로ᄡᅥ 싱각건대 셕시 근심이 비샹(臂上) 잉혈(鶯血) 일신(一事)가 ᄒ노라."

좌위 경아(驚訝)ᄒ야 그 풀흘 소시 ᄲᅢ혀 보니 형영(形影)이 업ᄂ디라. 소시 쇼왈,

"과연 모친 말ᄉᆞᆷ이 올흔디라. 작일 잇던 거슬 오늘 업시 ᄒ니 아이 가히 능ᄒ다 ᄒ리로다."

드듸여 일좨(一座) 박쇼(拍笑)ᄒ믈 마디아니ᄒ며 긔롱(譏弄)ᄒ기를 마디아니ᄒ니 샹셰 오직 명모(明眸)를 잠간 드러 소시를 보고 냥구(良久) 후 잠쇼왈(潛笑曰),

"쥬표(朱標)ᄂ 규슈(閨秀)의게 잇ᄂ니 부비 ᄀᆞ즌 사름의게 잇디 아니믄 샹ᄉᆞ(常事)라. 엇디 고이히 너기시ᄂ니잇고? 쇼뎨 쟝ᄎᆞᆺ 그 ᄠᅳᆺ을 아디 못ᄒ리로소이다."

소윤이 웃고 왈,

"규슈의게 잇ᄂ 배 셕시의게 잇거든 고이ᄒ야 ᄒ더니 홀연 업ᄉ니 ᄲᅥ곰 고이히 너기디 아니랴?"

싱이 미쇼브답(微笑不答)ᄒ고 셕시ᄂ 슈괴(羞愧) 만안(滿顔)ᄒ야 머리를 수기고 말ᄉᆞᆷ을 긋쳣더라.

일로븟터 두 부인으로 더브러 종고지락(鍾鼓之樂)을 일우고 일 년이 디나매 셕쇼제 잉틴ᄒ야 싱남ᄒ니 샹셰 깃거ᄒ고 부인이 독ᄌ(獨子)의 쟝옥(璋玉)10)이 션〃(詵詵)11)ᄒ믈 보매 환희ᄒ야 시름을 닛고 디내시니 소시와 샹셰 더옥 효성을 힘쓰더라.

10) 장옥(璋玉): 아들. 아들을 낳으면 장(璋)을 장난감으로 준다는 데서 유래. 반규(半圭) 모양으로 생긴 옥을 장이라 한다. 장은 규(圭)와 함께 왕후(王侯)가 예식에서 사용하는 옥기(玉器)이다.
11) 선선(詵詵): 많은 모양.

부인들이 백화헌에서 즐기다

일〃은 소시 윤시로 더브러 빅화헌의 가니 샹셔 마춤 나가고 셔헌이 고요ᄒ니 냥인이 화류(花柳)를 귀경ᄒ며 인ᄒ야 시녀로 니셕 이파와 화셕 이 부인을 쳥ᄒ니 ᄉ인이 모다 와 소시 좌우로 ᄒ야곰 숑뎡(松亭) 아래 농문셕(龍紋席)을 빅셜(排設)ᄒ고 버러 안자 쥬과(酒果)를 나오니 셕쇼제 술을 먹디 못ᄒᄂ니라. 소윤 냥인이 핍박ᄒ야 권ᄒ대 강잉ᄒ야 일빅(一杯)를 먹으매 아름다온 용광(容光)이 혈난(絢爛)ᄒ니 셕패 두굿기고 ᄉ랑ᄒ야 믄득 쥬흥(酒興) 발작(發作)ᄒ야 폴흘 것고 니러나 글오듸,

"쳡이 금일 옥인연샹(玉人宴上)의 잔(盞) 진지(進止)ᄒ야 쇼동(小童) 소임 ᄒ리이다."

소시 쇼이농왈(笑而弄曰),

"잠간 미안커니와 술을 부어 오시면 시양티 아니리이다."

셕패 대쇼ᄒ고 몬져 흔 잔을 브어 소시 알픠 가 티하ᄒ야 글오듸,

"부인이 십ᄉ의 한가(韓家)의 드러가샤 어사(御史)의 방탕을 만나

시되 긔식과 힝실이 청한(淸閑)ᄒ야 ᄆᄎᆷ내 탕ᄌ(蕩子)를 감동케 ᄒ시고 옥 ᄀᆺ튼 ᄌ녀를 좌우의 버러 겨시니 임ᄉ(任姒)의 덕냥(德量)인들 이에 디나리잇가?"

소시 쇼왈,

"셔믜 날로뼈 어린 아히 죠롱텃 ᄒ시ᄂᆫ도다."

패 답쇼왈,

"첩은 진정이로소이다."

소시 흔연이 잔을 거후ᄅ니[1] 패 쏘 윤시긔 나아가 위로 헌쟉왈(獻爵曰),

"부인은 텬싱(天生) 아질(雅質)이 인뉴(人類)의 ᄲᅡ혀나시니 윤평쟝의 쳔금(千金)[2] 농쥬(弄珠)[3]라. 가운이 블니(不利)ᄒ고 운쉬 유익(有厄)ᄒ야 호혈(虎穴)의 ᄲᅡ뎌 겨시더니 텬되(天道) 명찰(明察)ᄒ샤 셕일(昔日) 뉴화혜(柳下惠)[4]오 금셰(今世) 소샹셔를 만나샤 부모 원슈를 갑흐시고 본부(本府) 양녜 되샤 은의를 텰셕ᄀᆺ티 ᄆᆺᄌ시며 풍뉴 총명의 뉴흑ᄉ를 마ᄌ셔 아름다온 공ᄌ를 년ᄒ야 나흐시고 ᄉ당(祠堂)을 일워 부모 제ᄉ를 니으시니 효녀와 녈뷔의 도리 ᄀ작ᄒ시믈 감탄ᄒᄂᆞ이다."

윤시 텽파의 명목(明目)으로 조차 쥬뤼(珠淚) 년화(蓮花) ᄀᆺ튼 귀밋틱 니음차 늣겨 왈,

"셔모의 말ᄉᆷ을 드ᄅ니 첩의 심ᄉᆡ 새로온더라. 박명인싱이 거〃(哥哥)[5]를 만나디 못ᄒ면 불셔 텬하(泉下) 어육(魚肉)이 되리니[6] 이 은

---

1) 거후ᄅ다: 기울이다. 따르다.
2) 쳔금(千金): 쳔금소져(千金小姐). 부귀한 집안의 딸.
3) 농쥬(弄珠): 손안의 구슬처럼 귀한 딸이라는 의미로 사용한 듯하나 용례를 찾을 수 없음.
4) [교감] 뉴화혜: '화'는 '하'의 오기.
5) 거거(哥哥): 오빠, 형. 중국어 차용어.
6) 어육(魚肉)이 되리니: 도마 위의 물고기가 된다는 뜻으로, 죽임을 당하는 것을 비유.

혜야 삼ᄉᆡᆼ(三生)의 어이 갑ᄒᆞ리오?"

좌위 쳑연(戚然)ᄒᆞ고 소시 위로왈,

"디난 일을 닐너 쇽졀업고 오늘 형데 모다 즐기ᄂᆞᆫ 날이니 아은 관회(寬懷)ᄒᆞ라."

윤시 슬프믈 거두고 셕패 쏘 잔을 드러 다시 나아가 ᄀᆞᆯ오ᄃᆡ,

"쳡의 일언의 낭ᄌᆡ 하 슬허ᄒᆞ시니 샤죄ᄒᆞ사이다. 연이나 뉴낭군이 쇼져ᄅᆞᆯ 진듕(珍重)ᄒᆞ샤 슈유블니(須臾不離)ᄒᆞ신다 ᄒᆞ거날 쳡이 일야(一夜)ᄂᆞᆫ 가셔 여어보니 과연 낭군의 단정ᄒᆞ시므로써 쇼져의 ᄉᆡᆨᄐᆡ(色態)ᄅᆞᆯ ᄃᆡᄒᆞ시매 능히 단엄(端嚴)티 못ᄒᆞ샤 다래고 비ᄅᆞ시믈 여ᄎᆞ〃ᄒᆞ시니 가히 우엄즉ᄒᆞᆫ디라. 니시 몬져 웃거ᄂᆞᆯ 쳡이 말니노라 ᄒᆞ니 뉴랑이 블의예 창을 여러 보시거ᄂᆞᆯ 쳡 등이 급ᄒᆞ야 벽 틈의 업더엿다가 왓ᄂᆞ이다."

좌듕이 다 웃고 윤시 쇼이ᄃᆡ왈,

"셔모ᄂᆞᆫ 닛도 아냐 겨시이다."

패 대쇼ᄒᆞ더라. 쏘 잔을 브어 화시ᄭᅴ 나아가 ᄀᆞᆯ오ᄃᆡ,

"부인은 화평쟝의 ᄉᆞ랑ᄒᆞ시ᄂᆞᆫ 진쥬(珍珠)[7]로 ᄌᆞ각금규(紫閣金閨)[8]의 독보(獨步)ᄒᆞ신 슉녀라. 년긔(年紀) 유튱(幼沖)ᄒᆞ야셔 본부의 드러오시ᄃᆡ ᄒᆡᆼ덕(行德)이 마등(馬鄧)을[9] 압두(壓頭)ᄒᆞ시고 ᄌᆡ졍(才情)은 반의(班姬)[10] 샤ᄉᆞ(謝道韞)[11]의 병구(竝驅)ᄒᆞ시며 용모ᄂᆞᆫ 장강

---

7) 진주(珍珠): 진주처럼 귀한 딸이라는 의미로 사용한 듯함.
8) 자각금규(紫閣金閨): 화려한 누각. 전하여 부귀한 가문.
9) 마등(馬鄧): 후한 때 명제(明帝)의 비(妃)인 명덕 마황후(明德馬皇后)와 화제(和帝)의 비인 화희 등황후(和熹鄧皇后). 어진 후비로 유명하다.
10) [교감] 반의: '반희'의 오기. 반희(班姬)는 후한 때 여성 시인 반소(班昭). 일명 희(姬). 『한서漢書』의 편찬자 반고(班固)의 동생으로, 반고가 책을 완성하지 못하고 죽자 그 일을 계승하여 『한서』 편찬을 완결했다.
11) [교감] 샤ᄉᆞ: '사도온'의 오기.

(莊姜)12) 반비(班妃)13)의 디나신디라. 이 ᄀ트튼 지덕과 특용으로 창텬(蒼天)이 슬피시고 신기(神祇)14) 복녹(福祿)을 두터이 ᄒ샤 청춘의 녜 부샹셔(禮部尙書) 원비(元妃) 되시고 복야(僕射)의 은통(恩寵)을 젼일(專一)ᄒ샤 학우선동(鶴羽仙童)을 좌우의 버러 겨시니 진실로 만인이 흠모ᄒ홀 배오 쳔인이 츄앙ᄒ홀 배라. 쳡의 구셜(口舌)이 둔ᄒ야 오히려 채 형언티 못ᄒᄂ이다."

화시 심두(心頭)의 셕파 믜워ᄒ미 골슈(骨髓)의 드럿더니 금일 잔을 들고 알ᄑ 와 됴롱ᄒ믈 보고 불연변싴왈(勃然變色曰),

"셔모의 말ᄉᆞᆷ이 쳡을 토목(土木)ᄀ티 너기미로다. 비록 어리나 사름의 ᄆᆞᄋᆞᆷ은 서ᄅ ᄀ틀디니 이러틋 됴희(嘲戲)ᄒ미 너모 심티 아니리오? 셔뫼 본디 쳡으로 더브러 그으기 믜워ᄒ시ᄂᆞ니 졍의(情誼) 가작(假作)으로 슈고로이 권티 마ᄅ시고 녕딜(令姪)노 더브러 티하ᄒ쇼셔."

셕쇼졔 텽파의 팔ᄌ쌍미(八字雙眉)ᄅ 수기고 운빙(雲鬢)을 ᄂᆞᆺ초와 안연ᄌᆞ약(晏然自若)ᄒ고 셕파ᄂ 무안ᄒ야 샤왈,

"쳡이 엇디 감히 부인을 됴롱ᄒ리오? 진졍(眞情) 소격(所激)이러니 이러틋 노ᄒ시니 언경(言輕)ᄒ믈 ᄌᆞ칙(自責)ᄒᄂ이다."

화시 닝쇼왈,

"셔뫼 엇디 ᄎ언을 ᄒ시ᄂᆞ뇨? 츌히 쳡의게 믜일디언뎡 슉녀ᄅ 어더 샹셔ᄅ 주미 가ᄒ니 ᄌᆞ칙ᄒ미 이시리오?"

소시 날호여 ᄀᆞᆯ오ᄃᆡ,

"오늘 우리 모다 진환(盡歡)코져 ᄒ거날 현데 엇디 블평ᄒᆫ 언담(言

12) 장강(莊姜): 춘추시대 위 장공(衛莊公)의 비. 아름답고 덕이 있었으나 아들이 없었다.
13) 반비(班妃): 한 성제(漢成帝)의 후궁 반첩여(班婕妤). 아름답고 재정(才情)이 뛰어나며 덕이 있었다.
14) 신기(神祇): 천신(天神)과 지기(地祇)를 아우르는 말. 하늘의 신령과 땅의 신령.

談)을 ᄒᆞᄂᆞ뇨? 셔뫼 우연히 희롱ᄒᆞ시미어ᄂᆞᆯ 엇디 믄득 노희야[15] 화긔ᄅᆞᆯ 일ᄒᆞ리오?"[16]

윤시 ᄯᅩᄒᆞᆫ 말리니 화시 노긔ᄅᆞᆯ 플고 셕시의 블평ᄒᆞ믈 보고 ᄇᆞ야흐로 진정을 펴 왈,

"쳡이 감히 셔모ᄅᆞᆯ 헐ᄡᅳ리미[17] 아니라 듕심(中心)의 근졀ᄒᆞᆫ 소회(所懷) ᄆᆡ쳐 일월이 오라ᄃᆡ 플니디 아니〃 언단(言端)의 ᄌᆞ츌(自出)ᄒᆞᆫ디라. 쇼쳡이 블미(不美)ᄒᆞᆫ 긔질노 군ᄌᆞ의 건즐(巾櫛)을 오로디 밧들미 외람(猥濫)ᄒᆞᆫ 줄 스ᄉᆞ로 알오ᄃᆡ 임의 문하(門下)의 의지ᄒᆞ매ᄂᆞᆫ 족ᄒᆞᆫ 줄을 아디 못ᄒᆞ고 가군과 존괴 ᄃᆡ졉이 과망(過望)ᄒᆞ시고 쳡이 다시 냥ᄌᆞ(兩子)ᄅᆞᆯ 텬덕(天德)으로 어드니 더옥 ᄆᆞᄋᆞᆷ의 ᄆᆡᆺᄂᆞᆫ 배 되여 안젼(眼前)의 타인의 자최ᄅᆞᆯ 보디 아닐가 ᄒᆞ더니 ᄯᅳᆺ 아닌 셔뫼 낭군의 텰셕ᄀᆞᆺᄐᆞᆫ ᄆᆞᄋᆞᆷ을 다래여 셕시ᄅᆞᆯ 쳔거ᄒᆞ니 만일 가뷔 당초븟터 다른 ᄯᅳᆺ이 이셔 방약무인(傍若無人)ᄒᆞ면 셔뫼 비록 셕시ᄅᆞᆯ 쳔거ᄒᆞ시나 현마 엇지ᄒᆞ리오마ᄂᆞᆫ 단정ᄒᆞᆫ 남ᄌᆞᄅᆞᆯ 다래여 뇨됴슉녀로 낭군의 ᄇᆡᆨ 년 부인을 어더주시니 셕시 진실로 샹셔의 호귀(好逑)라. 쳡슈블급(妾雖不及)ᄒᆞ리니 샹셰 만일 신(信)을 경(輕)ᄒᆞ며 의(義)ᄅᆞᆯ 멸(滅)ᄒᆞ야 새ᄅᆞᆯ 호(好)ᄒᆞᆯ딘대 쳡이 공방(空房)의 ᄇᆡᆨ두음(白頭吟)을 읇디 아니랴? ᄒᆡᆼ혀 샹셔의 놉흔 ᄠᅳ디 군ᄌᆞ의 유풍을 니어 뎌 ᄀᆞᆺᄐᆞᆫ 슉녜 이시ᄃᆡ ᄋᆞ녀ᄌᆞ의 졍ᄉᆞᄅᆞᆯ ᄉᆞᆯ펴 ᄃᆡ졉이 녜 ᄀᆞᆺᄐᆞ니 일로ᄡᅥ 관회(寬懷)ᄒᆞ나 블연즉 쳡의 평ᄉᆡᆼ이 함(陷)ᄒᆞ리니 가히 셔뫼 원ᄉᆔ 되디 아니랴? 이러므로 말ᄉᆞᆷ이 패만(悖慢)ᄒᆞ니 쳡의 무상(無狀)ᄒᆞ미라. 셕시ᄂᆞᆫ 부녀(婦女) 졍니(情理) ᄇᆞ란 밧 지아븨ᄲᅮᆫ이니 엇디 믜오미 이시리오? ᄯᅩᄒᆞᆫ 쳡 공경ᄒᆞ믈 과히 ᄒᆞ니 쳡이 미안ᄒᆞ고 감격ᄒᆞ야 평ᄉᆡᆼ 동긔(同氣)ᄀᆞᆺ티 화동(和

15) [교감] 노희야: '희'는 'ᄒᆞ'의 오기.
16) [교감] 일ᄒᆞ리오: 'ᄒᆞ'는 '흐'의 오기.
17) 헐ᄡᅳ리다: 헐뜯다.

同)ᄒ믈 원ᄒᄂ니 셕시를 흔ᄒ미 아니 〃이다."

윤시 쇼왈,

"그ᄃᆡ 말이 올흐나 믈이 업팀 ᄀᆞᆺ트니 믹ᄉ를 관억(寬抑)ᄒ미 샹척
(上策)이로다."

화시 무언브답(無言不答)이오, 셕파ᄂᆞᆫ 지삼샤죄ᄒ고 우어 왈,

"쳡이 ᄎᆞ례로 ᄒ다가 엇디 홀로 셕부인ᄭᅴ 티하티 아니리오?"

드ᄃᆡ여 노ᄌᆞ쟉(鸕鶿杓)[18]을 들고 나아가 닐오ᄃᆡ,

"부인은 셕샹셔의 일 녀ᄌᆞ(一女子)로 존귀ᄒ미 황녀(皇女)의 버금
이어늘 난ᄌᆞ혜질(蘭姿蕙質)노 하쥐(河洲) 슉녀(淑女)[19]의 풍(風)을 니
으샤 십삼 쳥츈의 소복야의 건즐(巾櫛)을 밧드러 ᄉᆞ덕(四德)의 흠홀
거시 업고 부인 셤기오미 동 〃쵹 〃(洞洞屬屬)ᄒ시니 슉인효뷔(淑人孝
婦)라. 만고의 독보ᄒ시믈 칭찬ᄒᄂ이다."

셕쇼졔 빵미(雙眉)를 변ᄒ고 안식이 싁 〃ᄒ야 ᄒ 말도 아니코 닝담
ᄒ야 ᄒ 말도 아니코[20] 강잉ᄒ야 잔을 바다 잉슌(櫻脣)의 졉ᄒ고 즉
시 믈녀내여 시녀를 주니 원ᄂᆡ 셕파의 말이 만코 사ᄅᆞᆷ의 희롱ᄒ믈 맛
당이 못 너기나 니ᄅᆞ기 죠티 아냐 졍금위좌(整襟危坐)ᄒ나 쥰슉단엄
(峻肅端嚴)ᄒ미 엇디 화시의 여러 말로 ᄭᅮ짓ᄂᆞᆫ 쵸독(醋毒)ᄒ매 비기
리오. 사ᄅᆞᆷ으로 ᄒ여금 공경ᄒᄂᆞᆫ ᄆᆞᄋᆞᆷ이 니러나니 셕파의 강장(剛腸)
홈과 능휼(能譎)ᄒ므로도 참안(慙顔)이 믈러나니 소윤 냥인이 ᄯᅩᄒᆞᆫ
숑연(悚然)ᄒ더라. 이윽고 샹셰 빙긱(賓客)을 ᄃᆞ리고 드러오니 졔부
인(諸夫人)이 흣터디다.

---

18) 노자쟉(鸕鶿杓): 가마우지 모양으로 꾸민 술구기.
19) 하주(河洲) 숙녀(淑女): 주 문왕의 비 태사를 가리킴.
20) [교감] 닝담ᄒ야 ᄒ 말도 아니코: 앞구절 '싁싁ᄒ야 ᄒ 말도 아니코'와 중복.

석씨가 친정에 돌아가다

이날 황혼의 셕패 쇼져 당듕(堂中)의 가니 부인이 본 톄 아니ᄒ고 긔식이 더옥 쥰졀ᄒ거늘 패 졍히 뭇고져 홀 적 샹셰 믄득 드러와 촉을 딕ᄒ매 패 우어 왈,

"쳡이 금일 용납디 못홀 죄를 더옥 어덧ᄂ이다."

싱 왈,

"므ᄉ 일이니잇가?"

패 딕왈,

"나죄 ᄉ위(四位) 부인이 빅화헌의 가 완경ᄒ실ᄉ 우연히 실언ᄒ야 화부인의 칙(責)을 밧고 ᄯ또 셕부인이 므ᄉ 일로 촉노(觸怒)ᄒ야 말을 아니시니 이 엇디 용납디 못홀 죄 아니리오?"

샹셰 텽파의 글오ᄃᆡ,

"화시 뎐도(顚倒)홈도 그릇거니와 셔푀 셕시로 젼일 허믈업슨 친족이나 이제는 그러티 못ᄒ리니 엇디 말 아니미 이시리오? 년쇼ᄒ야 블과 ᄉ리ᄅᆞᆯ 모ᄅᆞ미라소이다."

셕패 희롱으로 니르다가 샹셔의 졀칙(切責)ㅎ믈 듯고 도로혀 쇼왈,

"이는 쳡의 허언이라. 셕부인이 엇디 년쇼ㅎ야 스리 모르미 이시리
오? 그 통달ㅎ고 노셩ㅎ믄 나 만흔 낭군씌 빅승(百勝)ㅎ다."

싱이 딕쇼브답이러라.

셕패 도라간 후 샹셰 그윽이 보매 좌와(坐臥)의 브평(不平)흔 빗치
미쳣고 미우(眉宇)의 근심이 マ득ㅎ야 혹 함노(含怒)ㅎ고 혹 희허(噫
歔)ㅎ야 흔ㅎ는 둣 근심ㅎ는 둣 소회(所懷) 만단(萬端)이나 ㅎ거늘 날
호여 문왈,

"부인이 우환(憂患)의 빗치 근졀ㅎ니 가듕의 므스 일이 잇느냐?"

쇼졔 [딕왈][1]

"비박지질(非薄之質)노 귀틱(貴宅) 덕업(德業)을 닙스와 일신이 평
안ㅎ니 다른 흔이 업스딕 스친지의(思親之意)로 화긔 스라디니 다른
연괴 아니 〃이다."

샹셰 심니(心裏)의 그 쯧을 슷치고 다시 뭇디 아니터라.

원닉 쇼졔 샹문(相門) 녀즈로 사룸 아래 되디 아냣더니 일됴(一朝)
의 소부의 드러와 화시의 능만쳔딕(凌慢賤待)ㅎ믈 바드딕 일양(一樣)
화평흔 듯시 디내고 공손ㅎ기룰 힘쓰더니 셕샹(席上)의 블안흔 말을
듯고 일싱이 괴로오믈 슬허 춤디 못ㅎ는 듕 쏘흔 셕파의 화시룰 알면
셔 즈긔로 인연ㅎ믈 더옥 고이히 너겨 죵야(終夜)토록 울억(鬱抑)ㅎ
야 자디 못ㅎ고 명됴의 부인씌 스귀(乍歸)ㅎ야 봉친(奉親)ㅎ믈 쳥ㅎ
니 허락ㅎ시거늘 침소의 도라와 시녀로 ㅎ여곰 샹셔씌 도라가믈 품
(稟)ㅎ니 샹셰 쏘흔 허흔대 쇼졔 환희ㅎ야 집의 도라와 부모씌 뵈니
일개(一家) 깃거ㅎ고 셕싱 등이 어즈러이 긔롱ㅎ고 우어 왈,

"샹셰 너룰 써나니 수이 오믈 근쳥ㅎ더냐? 더옥 ᄋᄌ룰 어이 니별

1) [교감][딕왈]: 이대본 없음. 21권본 없음. 26권본 '딕왈'. 26권본으로 보충함.

코 보내더뇨?"

쇼제 다만 미〃히 웃고 입을 여디 아니ᄒ니 십여 일이 디나ᄃᆡ 샹셰 오디 아니커늘 부인이 의려(疑慮) 문왈(問曰),

"소랑이 젼일 셕패 와실 적 됴회(朝會) 길히 부러 와 보고 가더니 엇디 네 온 후는 죵젹(蹤迹)이 돈졀(頓絶)ᄒ야 ᄋᆞᄌᆞ도 츳디 아닛ᄂᆞ 뇨?"

쇼제 날호여 ᄃᆡ왈,

"뎌는 이 다른 사람과 ᄀᆞᆺ디 아니ᄒ니 ᄒᆡ이(孩兒) 게 이실 적도 나죄 방듕의 드러오믈 보디 못ᄒ엿고 즁인(衆人) 듕(中) 말ᄒ미 업서 일삭의 십 일을 드러오나 언어 일울 적이 드므니 졔형(諸兄)의 화려홈과 크게 다른디라. 엇디 쇼녀를 츠자ᄃᆞ니리잇고?"

부인이 텽파의 대경ᄒ여 왈,

"이 엇딘 말고? 반ᄃᆞ시 소랑(蘇郎)이 너를 박ᄃᆡᄒ고 화시의 은졍이 온젼ᄒ미로다."

쇼제 웃고 왈,

"ᄒᆡ이 비록 블민(不敏)ᄒ나 엇디 지아븨 ᄠᅳᆺ을 모ᄅᆞ리오? 진실로 ᄒᆡ ᄋᆞ와 화시를 차등티 아니ᄒᆡᄃᆡ 텬셩이 녀ᄌᆞ를 동실(同室)ᄒ고 무샹츌 입(無常出入)과 언어화답을 염(厭)히 너길디언뎡 박ᄃᆡᄒᄂᆞᆫ 쓰디 아니 〃이다."

부인이 머리 흔드러 왈,

"블연(不然)ᄒ다. 녀식을 염히 너긴다 ᄒᄆᆡ 곡졀이 잇ᄂᆞ니 샥발위 승(削髮爲僧)ᄒ고 만념(萬念)을 긋처 심산의 드러 도를 닷그며 쳐ᄌᆞ 를 두디 아닌 거슨 닐온 염식(厭色)이어니와 몸의 오사ᄌᆞ포(烏紗紫 袍)[2]며 옥ᄃᆡ단회(玉帶丹徽)[3] ᄒ고 슈파아흘(手把牙笏)[4] ᄒᆫ 재 만식

2) 오사자포(烏紗紫袍): 관인의 복색.

네스 사룸과 굿트디 홀로 부인의 침소의 도라오기만 드믈게 ᄒᆞ니 이 쏘ᄒᆞᆫ 박디 아니오 무어시리오? 비록 힝실 닷ᄂᆞᆫ 승이라도 너 굿튼 슉녀를 보면 족히 농준(濃蠢)ᄒᆞᆯ 거시어늘 이굿티 서의ᄒᆞ니 소싱이 엇디 일단 괴믈이 아니리오? 당초 셕파의 셰언(說言)으로 너의 일싱을 그릇 ᄆᆞᆺᄎᆞ니 다 내의 죄라."

쇼졔 지삼 그러티 아니믈 니ᄅᆞ디 부인이 고디 듯디 아냐 번뇌ᄒᆞ믈 마디아니〃 셕공이 쏘ᄒᆞᆫ 듯고 의려ᄒᆞ고 졔싱이 다 고이히 너기니 이 니른바 연쟉(燕雀)이 홍곡(鴻鵠)의 ᄠᅳᆺ을 아디 못홈 굿더라.

이십 일 후 샹셰 공ᄉᆞ 의논ᄒᆞ라 셕가의 니ᄅᆞ니 공이 마자 한훤을 파ᄒᆞ고 닐오디,

"현셰(賢婿) 요ᄉᆞ이 내 집의 오디 아니〃 므슴 연괴 잇더냐?"

싱 왈,

"ᄌᆞ연 다ᄉᆞ(多事)ᄒᆞ고 됴회(朝會) 길도 ᄆᆞ양 밧바 과문(過門)ᄒᆞ더니이다."

공이 쇼왈,

"그디 츌뉴ᄒᆞᆫ 풍도로 내의 녀셰(女婿) 되니 듀야 흑싱(學生)은 ᄉᆞ랑ᄒᆞ야 일〃블견(一日不見)이 여삼취(如三秋)어늘 현셔ᄂᆞᆫ 내의 졍을 모ᄅᆞ고 박ᄒᆞ미 심ᄒᆞ다."

샹셰 칭샤왈,

"흑싱이 외로온 몸으로 봉친지하(奉親之下)의 관ᄉᆞ(官事) 다쳡(多疊)ᄒᆞ오니 한가티 못ᄒᆞ미라. 엇디 ᄉᆞ랑ᄒᆞ시는 졍을 모ᄅᆞ리잇고?"

공이 환쇼(歡笑)ᄒᆞ며 그 손을 잇그러 ᄂᆡ당의 드러가니 부인이 마자 녜를 일우매 싱이 사모(紗帽)를 수기고 공경ᄒᆞ미 고집ᄒᆞ니 부인이 더

---

3) 옥대단휘(玉帶丹褘): 휘는 목화(木靴)의 고어.
4) [교감] 슈파아홀: '홀'은 '홀'의 오기.

옥 ᄒᆞᄒᆞ더라. 공이 좌우로 소져를 브르니 칭탁ᄒᆞ고 오디 아니커늘 공이 쇼왈,

"현셰 녀ᄋᆞ로 더브러 동듀(同住)ᄒᆞ연디 삼 년의 ᄌᆞ식이 잇거늘 슈습(羞澁)ᄒᆞ야 츄ᄉᆞ(推辭)ᄒᆞᆷ믄 엇디오? 그ᄃᆡ 날로 더브러 드러가 보미 엇더뇨?"

싱 왈,

"명을 힝ᄒᆞ미 어렵디 아니ᄒᆞᄃᆡ ᄌᆞ모ᄭᅴ 뵈오미 느준디라. 타일 다시 오리이다."

공이 듯디 아니코 잇그러 쇼져 침소의 오니 셕시 놀나 니러 마자 좌를 뎡ᄒᆞᆫ 후 공이 나가니 부인이 ᄀᆞ만이 여어보니 냥인 다 눈을 ᄂᆞ초고 긔식이 싁〃ᄒᆞ야 만분도 부〃의 친이ᄒᆞᄂᆞᆫ 빗치 업고 ᄯᅩ 오라도록 말이 업더니 반향(半晌) 후 쇼졔 녀의 거동을 숫치고 마디못ᄒᆞ야 슈괴(羞愧)ᄒᆞᆷ믈 머금고 몬져 말을 여러 왈,

"쳡이 산듕(山中)을 쩌난 디 오란디라. 그ᄉᆞ이 존당(尊堂) 존휘(尊候) 엇더ᄒᆞ시니잇가?"

샹셰 기리 ᄃᆡ왈,

"셩톄(聖體) 일양 평안ᄒᆞ시니이다. 다만 유ᄋᆞ(幼兒)를 보고져 ᄒᆞ시니 명일 보내쇼셔."

셜파의 니러나고 진부인은 일로븟터 근심ᄒᆞ고 애들와 병이 니러나니 셕시 스스로 모친의 조급ᄒᆞ믈 민망ᄒᆞ야 ᄇᆡᆨ단 위로ᄒᆞ더라. 츠후는 샹셰 혹 오나 ᄃᆡ 밧긔셔 셕싱 등과 한담ᄒᆞ다가 도라가고 미양 밧븜을 칭ᄒᆞ고 ᄂᆡ당의 드러가디 아니터라.

여씨와의 혼인이 정해지고 석씨가 길복을 짓다

직셜(再說). 츄밀스 녀운이 삼ㅈ스녀를 두어 데이녜(第二女) 용뫼 아름답고 직죄 민쳡ᄒ니 츄밀이 스랑ᄒ야 가셔(佳壻)를 굴희더니 샹셔 복야 소경이 당셰예 영웅으로 군ㅈ의 풍이 잇ᄂ디라. ᄯ디 기우러 비록 삼츄(三娶)라도 감심(甘心)ᄒ야 드려보내고져 ᄒ딕 듯디 아닐가 의려ᄒ더니 샹이 소경을 샹태우(上大夫)[1]를 더으시니 녀운이 승시(乘時)ᄒ여 후궁 녀귀비는 이곳 친딜(親姪)이라. ᄀ만이 도모ᄒ니 텬지 신텽(信聽)ᄒ샤 소현셩으로 명툐(命招)ᄒ야 니ᄅ샤딕,

"딤이 드ᄅ니 경이 삼 부인을 ᄀ초디 아냣다 ᄒᄂᄃ라. 츄밀스 녀운의 녜 슉녀의 풍이 잇다 ᄒ니 특별이 작믹(作媒)ᄒ야 경의 셋재 부인을 뎡ᄒ리니 경의 ᄯ디 엇더뇨?"

소싱이 ᄉᆞ양왈,

1) 상대부(上大夫): 상대부는 경(卿)에 해당하는 정2품 신하를 말한다. 곧 시호를 받을 수 있는 자격이 된다.

"신이 텬은을 과히 닙스와 쟉위 외람ᄒᆞ오믈 숑구ᄒᆞ옵더니 ᄯᅩ 일디(一代) 쳥아(靑蛾)²⁾로 스혼(賜婚)을 니ᄅ시니 엇디 외람티 아니리잇가? ᄒᆞᄆᆞᆯ며 가유실인(家有室人)ᄒᆞ니 폐하의 주신 바 슉녀를 욕ᄒᆞᆯ디라. 뎐교(傳敎)를 환슈(還收)ᄒᆞ시믈 ᄇᆞ라ᄂᆞ이다."

샹이 쇼왈,

"경은 고집디 말고 딤을 져ᄇᆞ리디 말나. 고어(古語)의 님군의 주신 바ᄂᆞᆫ 견마(犬馬)라도 공경ᄒᆞᆫ다 ᄒᆞ니 ᄒᆞᄆᆞᆯ며 스혼 슉녜어늘 엇디 과ᄉᆞ(過辭)ᄒᆞᄂᆞ뇨?"

소샹셰 비록 블열(不悅)ᄒᆞ나 샹의(上意) 늉흥(隆興)ᄒᆞ시믈 감격ᄒᆞ야 텬명(天命)을 슉샤(肅謝)ᄒᆞ고 도라와 고ᄒᆞ니 부인이 대경왈,

"네 임의 냥쳐(兩妻)를 두고 엇디 ᄯᅩ 취쳐(娶妻)ᄒᆞ며 다시 녀시ᄂᆞᆫ 녀귀비의 친쇽(親屬)이라. 결련(結緣)ᄒᆞ미 블가커늘 내 아히 엇디 ᄉᆞ양튼 아니코 모호히 믈러오뇨?"

샹셰 고왈,

"ᄒᆡ이(孩兒) ᄯᅩᄒᆞᆫ 번ᄉᆞ(煩事)ᄒᆞ믈 구ᄒᆞ리잇가마ᄂᆞᆫ 샹명(上命)이 급ᄒᆞ시고 스의(思意) 여ᄎᆞᄒᆞ시니 진실로 ᄉᆞ양티 못ᄒᆞᆯ너이다."

부인이 미두블평(眉頭不平)ᄒᆞ야 듀뎌(躊躇)ᄒᆞ며 샹셰 역시 즐겨 아니터니 튁일ᄒᆞ야 셩녜(成禮)ᄒᆞᆯ시 듕츈(仲春) 슌일(旬日)이라. 겨유 슌일(旬日)이 ᄀᆞ려시니 냥개(兩家) 위의(威儀)를 졍졔(整齊)ᄒᆞ야 빅냥(百輛)으로 녀시를 마자 ᄌᆞ운산 쟝현동의 드러와 텽듕(廳中)의셔 교ᄇᆡ(交拜)ᄒᆞ니 신부의 화용월틱(花容月態) 목난(牡丹)이 취우(驟雨)의 져〃시며 츄월(秋月)이 노텬(露天)의 빗겻ᄂᆞᆫ 듯 풍영쇄락(豐盈灑落)³⁾ᄒᆞ미 ᄯᅩᄒᆞᆫ 화시긔 나으미 이시니 일개 다 깃거ᄒᆞ디 부인이 죠곰도 흔

2) 일대(一代) 청아(靑蛾): 뛰어난 미인. 여기서는 숙녀의 뜻으로 사용됨.
3) 풍영쇄락(豐盈灑落): 풍만하고 깨끗하다.

연ᄒᆞ미 업고 샹셰 블힝이 너기니 아디 못게라.

당초의 셕쇼졔 근친(覲親)ᄒᆞ엿다가 수월 후 도라오니 모다 반기고 새로이 ᄉᆞ랑ᄒᆞ니 화시 앙〃(怏怏)ᄒᆞ미 ᄌᆞ자 혈쓰리미 만ᄒᆞ되 셕시 일양 화슌ᄒᆞ니 핑계 어들 조각이 업더니 의외예 녀시의 셩혼(成婚)ᄒᆞᆯ시 혼긔 님박(臨迫)ᄒᆞ되 화시 젼혀 신낭의 길복(吉服)을 다ᄉᆞ리디 아니〃 부인이 이에 화셕 이인을 ᄒᆞᆫ가지로 시긴대 화시 츄ᄉᆞ(推辭)ᄒᆞ고 아니〃 셕쇼졔 화시 잇ᄂᆞᆫ되 ᄌᆞ임(自任)ᄒᆞᆫ다 시비ᄒᆞᆯ가 두려 ᄯᅩ 못ᄒᆞ더니 혼긔 님박ᄒᆞ니 양부인이 싱의 오ᄉᆞᆯ 뎜고(點考)ᄒᆞ랴 가져오라 ᄒᆞ시니 두 사ᄅᆞᆷ이 서ᄅᆞ 보고 되답디 못ᄒᆞ여 이윽게야 화시 되왈,

"쇼쳡(小妾)은 노둔(魯鈍)ᄒᆞᆫ 지질노 되킥(待客)의 번ᄉᆞ(煩事)ᄒᆞᄆᆞᆯ 당ᄒᆞ니 일우디 못ᄒᆞ엿ᄂᆞ이다."

셕시ᄂᆞᆫ 믁연브답ᄒᆞ야 말ᄉᆞᆷ을 ᄭᅮ미디 아니ᄒᆞ니 양부인이 블연변ᄉᆡᆨ 왈,

"아모 대악투부(大惡妬婦)들 싀어믜 말을 듯디 아니랴? 다시 이런 무힝(無行)ᄒᆞᆫ 일이 이시면 뎡(定)ᄒᆞ야 관셔(寬恕)티 아니리라. 임의 화시 ᄉᆞ괴(事故) 이실딘대 셕시 쾌히 가져다가 지어 명일 밋게 ᄒᆞ라."

쇼졔 슈명(受命)ᄒᆞ고 금슈(錦繡)ᄅᆞᆯ 거두어 ᄌᆞ긔 방듕의 도라오매 셕패 니ᄅᆞ러 차탄왈,

"낭ᄌᆞ야 이런 고경(苦境)을 만나시니 연약ᄒᆞᆫ 심졍이 편ᄒᆞ시며 ᄯᅩᄒᆞᆫ 밋쳐 못ᄒᆞ리니 쳡이 조역(助役)ᄒᆞ리이다."

쇼졔 잠쇼왈,

"쳡은 여러 녀붕우(女朋友)ᄅᆞᆯ 만날가 영힝(榮幸)ᄒᆞᄂᆞ니 엇디 괴로오며 지죄 노둔ᄒᆞ나 유여(有餘) 밋ᄎᆞ리니 셔모ᄂᆞᆫ 길복의 가티 아닌디라. 모ᄅᆞ미 넘녀 마ᄅᆞ쇼셔."

패 블승칭찬ᄒᆞ야 탄복ᄒᆞ고 도라가다.

샹셰 이날 드러와 뎌의 온화ᄒᆞᆫ 빗ᄎᆞ로 촉하의셔 길복 지으믈 보고

심하의 칭션호고 공경호나 각별 유의티 아니코 몬져 상의 올나 누엇더니 쇼졔 임의 여러 가지 치의를 지어 시녀를 맛디고 스스로 쵹단(蜀緞)[4]을 긋쳐 흉비(胸背)를 슈노하 관복(官服)의 븟치니 임의 계쵸명(鷄初鳴)인디라.

인호야 신셩호라 드러가거늘 샹셔 녀의 침션의 신긔호믈 고이히 너기고 일단의 감동호니 젼일은 신셩 후 바로 외당으로 나가더니 이날 짐줏 모친 창외여셔 안부를 뭇고 벽운당의 가 부인을 볼식 쇼졔 몬져 도라와 의관을 그르고 누어 쉬고져 호더니 뜻아닌 샹셔 드러오니 부인이 대경호야 급히 니러 안자 오슬 닙고져 홀 적 싱이 홀연 겻티 와 안ᄌ며 그 옥슈(玉手)를 년(連)호야 굴오디,

"평안이 쉬시미 올커늘 엇디 믄득 니러나느뇨?"

부인이 뎌의 집슈(執手) 흔연(欣然)호믈 보고 크게 붓그려 옥면의 홍광(紅光)이 취호이니 졍치(精彩) 휘동(輝動)호야 심신(心神)이 요동(搖動)호나 싱은 졍인군ᄌ(正人君子)라. 그 용광(容光)을 취호미 아니로디 셩심(誠心)을 감탄호야 쵹(燭)을 멀니호고 댱(帳)을 디워 친이(親愛) 평싱 처엄이라. 부〃 냥인(兩人)의 공경호며 친이호미 차착(差錯)디 아니터라. 싱이 비록 이러툿 이디(愛待)호나 녀ᄌ의 뜻을 슬펴 믹밧기를 아닛는디라. 무춤내 녀시 엇는 셜화를 내디 아니터라.

4) 쵹단(蜀緞): 촉 땅에서 난 비단.

혼인날의 풍경

명됴(明朝)의 졍당(正堂)의 모드니 양참졍이 쇼왈,

"금일은 셕시 손ᄋ(孫兒)의 길복을 셥기라."

쇼졔 지비 슈명ᄒ고 관복을 밧드러 몬져 부인을 보시게 ᄒ니 부인이 빅분(百分) 경아(驚訝)ᄒ야 실셩칭찬왈(失聲稱讚曰),

"내 비록 화시를 그릇 너겨 셕시를 맛다나 엇디 일인(一人)이 일야지뉘(一夜之內)의 다시 지을 줄을 알며 더옥 슈션(手線)의 신묘ᄒᄆᆫ 사ᄅᆷ의 밋출 배 아니라. 약난(若蘭)의 직금되(織錦圖)라도 신이ᄒᄆᆫ 이에 밋디 못ᄒ리로다."

소윤 낭인이 나아가 펴 보고 칭찬ᄒᄆᆯ 마디아니니 셕패 흔〃 쾌락ᄒ야 부인ᄭᅴ ᄀᆞᆯ오디,

"아디 못거이다. 오늘 길복을 못 미ᄎ면 샹셰 녀시를 취티 아니시리잇가?"

부인이 쇼왈,

"두 식부(息婦) 어들 젹 지은 길복이 이시니 파혼(破婚)홀 도리는

업스려니와 제 임의 미셰(微細)혼 신낭과 다르고 호물며 내의 독지(獨子)라. 엇디 늘근 거슬 닙혀 보내리오? 이러므로 셕시를 시겨 못 밋츠면 녯거슬 닙히랴 ᄒ더니라."

정히 칭찬ᄒ더니 시긱(時刻)이 다[드]ᄅ매[1] 셕시 옥슈로 길복을 밧들매 모든 눈이 흔가지로 관광(觀光)ᄒ매 쇼져의 츄슈(秋水) ᄀᆞᆺᄐᆫ 명뫼(明眸) ᄂᆞ즉ᄒ야 셤기기를 ᄆᆞᄎᆞ매 안연(晏然)히 믈너나니 긔식이 ᄌᆞ약(自若)ᄒ더라.

인〃(人人)이 칭찬ᄒ되 홀노 양부인과 소시 일ᄏᆞᆺ디 아니커늘 양참졍이 쇼이문왈(笑而問曰),

"녀ᄋᆞ(女兒)ᄂᆞᆫ 나히 만핫고 다시 투긔를 아닛ᄂᆞᆫ 사ᄅᆞᆷ이어니와 손녀(孫女)ᄂᆞᆫ 년쇼투졍(年少妬情)이 반ᄃᆞ시 이시리니 오늘 셕쇼부(石少婦)의 현덕을 보매 가히 칭복(稱服)홀 거시어늘 흔소ᄅᆡ 표쟝(表章)이 업ᄂᆞ뇨?"

소시 피셕(避席)ᄒ여 술오ᄃᆡ,

"므릇 녀ᄌᆡ란 거시 복어인(伏於人)이라. 유슌ᄒᆞ오미 큰 덕이니 쇼녀ᄂᆞᆫ 싱각건대 사ᄅᆞᆷ이 지아비게 혼자 툥(寵)을 닙고 므ᄅᆞ 일을 젼일(專一)코져 ᄒᆞ미 그 탐심(貪心)과 욕심(慾心)이 무궁ᄒ야 긋칠 줄을 모ᄅᆞ미라. 븩ᄉᆞ(百事) 텬명(天命)이니 일신(一身) 화복(禍福)이 다 창텬(蒼天)의 뎡ᄒᆞ신 거시니 녀후(呂后) 대악(大惡)으로 쳑희(戚姬)를 인톄(人彘)를 삼으나 후셰예 춤밧고 ᄭᅮ지즐 ᄯᆞ름이오, 태ᄉᆞ(太姒) 셩덕(聖德)은 삼쳔(三千) 후궁(後宮)을 형뎨ᄀᆞᆺ티 ᄒᆞ시고 일븩(一百) ᄌᆞ식을 긔츌(己出)ᄀᆞᆺ티 ᄒᆞ시나 후셰예 다ᄉᆞ(多事)ᄒᆞ닷 말이 업습ᄂᆞ니 쇼녀ᄂᆞᆫ 뼈 혜오ᄃᆡ 가븨 여러흘 취ᄒᆞ도록 원위(元位)예 거ᄒᆞ여 ᄆᆞᄋᆞᆷ을 평안이 ᄒᆞ고 내 힝실만 믈게 닷가 사ᄅᆞᆷ의게 붓그러오믈 뵈디 말디니

---

1) [교감] 다[드]ᄅ매: 이대본에 '드'가 누락되어 보충.

길복을 아니 지으므로 그 혼인이 못되며 긔식을 블평이 ᄒᆞ므로 드러올 사ᄅᆞᆷ이 아니 드러오리잇가? 셰속 녀지 ᄉᆞ의(事宜)를 모ᄅᆞ고 ᄒᆞᆫ갓 투긔와 악언으로 칠거(七去)를 범ᄒᆞ고 구고(舅姑)의 블슌ᄒᆞ며 가부(家夫)와 결워 화긔(和氣)를 일흐니 실로 그 ᄠᅳᆺ을 모ᄅᆞ리러이다. 임의 투긔를 ᄒᆞᄂᆞᆫ 이 지아비를 앗기고 뎍국(敵國)을 믜워ᄒᆞᄆᆡ어늘 믄득 블미(不美)ᄒᆞᆫ 말과 쵸독(醋毒)ᄒᆞᆫ 언어로 가부와 힐난(詰難)ᄒᆞ야 은졍(恩情)이 어긔여 믜워ᄒᆞᄂᆞᆫ 뎍국의 통을 도라보내며 일신의 투뷔(妬婦)라 득명(得名)ᄒᆞ고 겨집의 유슌ᄒᆞᆫ 덕을 져ᄇᆞ리고 ᄆᆞ음을 샹ᄒᆡ와 단명(短命)ᄒᆞᆯ 딩됴(徵兆)를 지으미 엇디 가쇼(可笑) 아니리오? 셜ᄉᆞ 가뷔 이듕(愛重)ᄒᆞ야 취(娶)ᄒᆞᆫ 거슬 다 ᄇᆞ리고 내 몸의 은ᄋᆡ(恩愛) 완젼ᄒᆞ나 반ᄃᆞ시 그 ᄆᆞ음의 일편도이 너기리니 이런즉 비록 화락ᄒᆞ나 엇디 붓그럽디 아니며 이런 일을 모ᄅᆞ고 다만 닐오ᄃᆡ, '뎍국(敵國)을 업시ᄒᆞ고 가부의 ᄡᅳ디 단졍ᄒᆞ야 은의(恩愛)[2] 내게 도라왓다' 혜ᄂᆞᆫ 쟈ᄂᆞᆫ 빅만(百萬) 념티(廉恥)를 다 닛고 마치 통ᄋᆡ(寵愛)만 구ᄒᆞ미니 엇디 더럽디 아니리오? 다만 가뷔 쳥누(靑樓)의 ᄃᆞᆫ녀 방탕패려(放蕩悖戾)ᄒᆞ야 위의(威儀)를 일ᄒᆞ면 ᄉᆞ리(事理)로 딕간(直諫)ᄒᆞᆯ 거시오, 집의셔 챵녀(娼女)를 모호거든 의식(衣食)을 후히 치고 평안이 머므ᄅᆞ나 셜만(褻慢)ᄒᆞ고 무례ᄒᆞᆷ 업시 ᄒᆞ야 챵뉴(娼流)로 ᄒᆞ야곰 감히 내 방듕의 드디 못ᄒᆞ게 ᄒᆞ다가 챵녜 만일 ᄌᆞ식을 나ᄒᆞ면 가부의 골육을 디녀시니 ᄯᅩᄒᆞᆫ 쳔디티 말고 난간의 안칠디니이다. 금일 셕시의 ᄌᆞ약ᄒᆞᆷ은 이곳 샹시(常事)라. 블평ᄒᆞ여도 녀시 드러오고 평안ᄒᆞ면 타인이 ᄯᅩᄒᆞᆫ 녜ᄉᆞ로이 보려니와 만일 셕시 블안ᄒᆞᆯ딘대 경(慶)[3]의 둘재로 드러와 엇디 그ᄅᆞ디 아니리오? 이러므로 쇼녀ᄂᆞᆫ 다만 념티 잇ᄂᆞᆫ 사ᄅᆞᆷ으

2) [교감] 은의: '의'는 '이'의 오기.
3) 경(慶): 경은 소현성의 이름임.

로 알고 각별 항복(降服)디 아닛ᄂ이다."

양공이 텽파의 크게 긔특이 너겨 시녀로 외당의 가 한어ᄉ를 블너 드러와 웃고 골오ᄃᆡ,

"네 므슴 복으로 이 ᄀᆞᆺᄐᆞᆫ 슉녀를 어덧ᄂ뇨? 내 손녀는 당금의 태ᄉᆞ(太姒)라. 문왕(文王)이 아니로ᄃᆡ 엇디 태ᄉᆞ를 두엇ᄂ뇨?"

어ᄉᆞ 쇼왈,

"므ᄉᆞ 일이 잇관ᄃᆡ 샹공이 새로이 희롱ᄒᆞ시ᄂᆞ니잇고?"

셕패 슈말을 ᄌᆞ시 뎐ᄒᆞ니 어ᄉᆞ ᄯᅩ한 항복ᄒᆞ나 짐줏 닐오ᄃᆡ,

"소시의 언단(言端)이 다 투긔ᄒᆞᄂᆞᆫ 말이라. 현〃(顯顯)이 드러나디 아니므로 샹공이 몰나 드ᄅᆞ시나 그 언ᄉᆞ ᄌᆞ시 슬피면 투긔ᄂᆞᆫ 읏듬으로 흉ᄒᆞᆫ 투긔로다."

만좨 대쇼ᄒᆞ고 소시 잠쇼브답(潛笑不答)이러라.

이ᄯᆡ 소샹셰 ᄒᆞᆫ가지로 좌의 이시ᄃᆡ ᄒᆞᆫ 말도 아니코 졔인의 환쇼(歡笑)ᄒᆞᆷᆯ 보매 단슌(丹脣)의 옥치(玉齒)를 비최여 간〃이 미쇼ᄒᆞ니 어ᄉᆞ 그 손을 잡아 양부인ᄭᅴ 주왈,

"이제 악뫼 비록 신부(新婦)를 ᄃᆞ려올디라도 이대도록 단졍ᄒᆞᄂᆞᆫ 톄ᄒᆞᄂᆞᆫ 신부ᄂᆞᆫ 업ᄉᆞ리이다. ᄌᆞ문(子文)아, 네 됴뎡의 가셔ᄂᆞᆫ 상활(爽闊)ᄒᆞ고 슉엄(肅嚴)ᄒᆞ미 젼혀 이러티 아니터니 엇디 집의 이셔ᄂᆞᆫ 이대도록 소졸(疏拙)ᄒᆞ뇨?"

샹셰 ᄇᆞ야흐로 잠간 희롱왈,

"어ᄂᆞ 사ᄅᆞᆷ이 형ᄀᆞᆺ티 부모 안젼의ᄂᆞᆫ 모진 긔운을 비양(飛揚)ᄒᆞ고 거관(居官)ᄒᆞ야 하인(下人)의게란 츅쳑공슌(踧躇恭順)ᄒᆞ미 이시리잇가?"

어ᄉᆞ 무쟝대쇼(撫掌大笑)ᄒᆞ고 다시 닐오ᄃᆡ,

"네 이제 공슌ᄒᆞᆷ은 이시려니와 이수(二嫂)ᄭᅴ 굴복홈도 가ᄒᆞ냐? 나ᄂᆞᆫ 쳐ᄌᆞ(妻子)⁴⁾의게 슉엄ᄒᆞ미 상셜(霜雪) ᄀᆞᆺᄐᆞ와."

샹셰 디왈,

"쇼뎨는 본디 용졸ᄒᆞ야 거가(居家)의 블엄(不嚴)ᄒᆞ거니와 뎌 젹 운취각의셔 미져(妹姐)씌 '빅만(百萬) 쳥죄(請罪)ᄒᆞᄂᆞ니 용셔ᄒᆞ라' 비ᄅ시니 아디 못게라 그 젹은 상셜(霜雪)이 노갓더니잇가?"

좌위 일시의 박쇼(拍笑)ᄒᆞᆫ대 어ᄉᆞ 그 등을 텨 대쇼왈,

"네 진실로 내의 취졸(醜拙)을 졈〃 나타내ᄂᆞᆫ도다. 널로 더브러 말을 결우다가 내의 젼졍(前程)이 다 모함ᄒᆞ리니 다시 아니리라."

샹셰 왈,

"쇼뎨 엇디 감히 형의 젼졍을 방해롭긔 ᄒᆞ리오? 다만 올흔 말을 ᄒᆞ미라."

어ᄉᆞ 왈,

"이 말이 더옥 해ᄒᆞ미라. 네 말이나 허언으로 미뢰여 내게 방해롭디 아니리라."

샹셰 비로소 옥면의 우음이 ᄀᆞ득ᄒᆞ여 날호여 우ᄉᆞ니 화긔 날빗츨 ᄀᆞ리오ᄂᆞᆫ디라. 참졍과 양부인의 두굿기미 흔업더라.

여씨와 혼인하다

쟝춧 날이 느즈매 녀가의 가 신부를 마자오니 용뫼 아름다오디 부인과 샹셰 깃거 아니믄 그 심졍(心情)을 쎄텨1) 보와 브졍(不正)흐믈 놀나미라. 날이 져믈매 신부 슉쇼를 쳥운의 뎡흐고 싱이 싱각흐디,

'비록 어디〃 아니나 편벽(偏僻)흐미 가티 아니타'

흐야 듀의(主意)를 뎡흐고 신방의 가 디낼시 셕패 벽운당의 가니 쇼졔 ♀ᄌ를 품고 상샹(床上)의셔 둔 잠이 브야히라.2) 패 혀혀츠고3) 나오며 왈,

"신션 ᄀ튼 낭군을 늄의게 보내고 어드로셔 줌이 오ᄂ고? 진실로 견고흔 녀지로다."

드듸여 녹운당의 니르니 화시 미우의 근심이 줌겨 흐흐ᄂ는 빗치 ᄀ득흐더니 셕파를 보고 빵누를 드리워 글오디,

---

1) 쎄치다: 꿰뚫다.
2) 브야히라: 한창이라.
3) [교감] 이대본은 '혀'가 중복.

"쳡이 셔모를 혼호더니 금일 황상을 통혼(痛恨)호노니 만승지쥬(萬乘之主)로 티국(治國)이나 홀 거시어늘 음난혼 힝실을 신하의게 느리오니 블구(不久)의 죽으리라."

패 위로호고 도라와 그 인품의 니도호믈 차셕(嗟惜)호더라.

계명(鷄鳴)의 셕시 니러나 관수(盥漱)⁴⁾호고 시녀로 정당의 가 보라 호니 도라와 고호딕,

"소윤 두 부인과 샹공은 가 겨시딕 화부인과 신뷔 밋쳐 아니 가 겨시더이다."

쇼졔 다시 닐오딕,

"네 가 보와 두 부인이 다 가시거든 날드려 니르라."

이 쯧은 사룸이 혹 결운다 홀가 두리며 칭찬홀가 괴로와호미라. 미식(每事) 겸공(謙恭)호고 텬연(天然)호미 여추호니 양부인과 샹셰 지극 경듕(敬重)호여 관딕(款待)호며 샹셰 세 부인을 두매 일삭 뇌의 십일은 셔당의 잇고 팔 일은 화시긔 잇고 뉵 일은 셕시긔 머믈며 또 뉵 일은 녀시긔 도라가니 그 졔가(齊家)의 스톄(事體) 이시미 이 곳고 샹시 화시로는 혹 화답호야 언어의 즈〃미 일삭의 두어 슌이니 이 원뉙 다른 일이 아니라 그 텬도조급호믈 경계호매 즈연 말이 되고, 지어(至於) 셕쇼져는 힝식(行事) 서로 차착(差錯)호미 업고 또 미진혼 배 업서 피치 믁믁이오, 녀시는 더욱 새로 만난 쟤라 다만 후딕(厚待)홀 뜬룸이러라.

양부인이 ᄋᆞᄌᆡ 졔가 잘호믈 더욱 아룸다이 너겨 쏘흔 거느리기를 고로〃호야 비록 안흐로 셕시를 긔이히 너겨 스랑호나 나타내미 업고 화시 비록 경뎐(輕顚)호나 그 ᄆᆞ음이 몱고 높하 부녀의 긔습이 잇고 여러 아들이 이시므로 즈못 듕히 너겨 그른 일이 이시나 즉시

---

4) 관수(盥漱): 세수와 양치질.

닐오딕5) 고티게 ᄒ고 ᄌᄋᆫᄒᄆᆯ 친녀ᄀ굿티 ᄒ니 화셕 이인이 졍셩이 동〃(洞洞)ᄒ야 ᄇ라미 북두(北斗) ᄀ곳고 미더ᄒᄆᆡ 태산(泰山) ᄀ굿ᄐ야 효셩이 뉴〃(纍纍)6)ᄒ니 가ᄒᆡᆼ(家行)의 엄슉ᄒᄆᆡ 착난(錯亂)티 아니〃 샹하의 화긔 ᄀ득ᄒ되 오직 녀시ᄂᆫ 모든 사ᄅᆷ이 ᄀ것츠로 흔연ᄒ나 ᄆᆡ양 속으로ᄂᆫ 화셕을 웃듬ᄒ니 이ᄂᆫ 곳 소부(蘇府) 샹해(上下) 다 신의ᄅᆯ 크게 너겨 후(後)ᄅᆯ 멸시ᄒ니 셕시 만일 지극ᄒᆫ 덕과 놉ᄒᆫ ᄒᆡᆼ실 곳 아니면 엇디 능히 화시로 칭병(稱竝)ᄒᄆᆡ 이시리오.

녀시 그윽이 샹셰 자최 희소(稀少)ᄒᄆᆯ 의려ᄒ며 본(本) 소ᄒᆡᆼ(素行)이 녀식을 멀니ᄒᄆᆫ 줄은 모로고 다만 두 부인ᄊᆡ 혹ᄒ야 ᄌ가(自家)ᄅᆯ 멸딕(蔑待)ᄒᄆᆫ가 샤곡(邪曲)ᄒᆫ 의ᄉᆞ(意思) 용츌(湧出)ᄒ니 여러 ᄃᆯ의 니ᄅᆞ러ᄂᆫ ᄆ득 녀ᄒᆡᆼ을 닛고 황야(黃夜)의 분주ᄒ야 두 부인 방을 긔찰(譏察)ᄒ니 니셕 냥패 긔미ᄅᆯ 알고 샹셔의 귀예 모호히 뎐ᄒ니 싱이 비록 아라드ᄅᆞ나 스ᄉ로 샹냥(商量)ᄒ되,

'내 안젼의 보디 아닌 젼은 발셜(發說)ᄒ며 신텽(信聽)티 아닐 거시라'

ᄒ야 텅이블텅(聽而不聽)이라.

화부인이 녀시 온 후ᄂᆫ 셕쇼져의 현쳘ᄒᆷ과 공슌ᄒᄆᆯ ᄭᆡᄃᆞ라 화목ᄒ더니

---

5) [교감] 닐오딕: 21권본 없음. 26권본 '닐녀'. 26권본이 문맥상 자연스러움.
6) 누누(纍纍): 겹겹이 쌓임.

부인들이 부용정에서 연꽃을 구경하다

일월(日月)이 뉴매(逾邁)ᄒ야 하뉵월(夏六月) 망시(望時) 되니 디당(池塘)의 오ᄉ(五色) 부용(芙蓉)이 셩ᄒ야 향긔를 ᄃ토니 화시 시녀로 더브러 부용뎡의 가 두 부인을 쳥ᄒ니 녀시 몬져 니ᄅ고 셕시 셕파로 더브러 나아오니 셜ᄋ(雪額)은 츈 둘 ᄀ고 아미(蛾眉)는 버들 ᄀ투며 츄파명목(秋波明目)은 딩〃(澄澄)ᄒ야 효셩(曉星)의 졍긔(精氣)를 씌엿고 냥협(兩頰)은 도홰(桃花) 죠로(朝露)를 비왓ᄂ듯 블근 입은 단사(丹沙)를 취ᄒ야 밧그로 고온 거ᄉᆯ 쟈랑ᄒ고 초옥(楚玉)을 갓근 듯ᄒ 흰 니는 안흐로 형영(炯瑩)ᄒ야 고오믈 비양(飛揚)커ᄂᆯ 광윤(光潤)ᄒ 귀밋티 기름 방퇴(芳澤)[1]을 허비티 아냐셔 흐ᄅ는 빗치 거울 ᄀ고 봉익초요(鳳翼楚腰)[2]로 금년(金蓮)[3]을 가ᄇ야이 옴기매 영

---

1) 방ᄐ(芳澤): 부녀들이 머리에 바르는 방향유.
2) 봉익초요(鳳翼楚腰): 봉황의 날개처럼 솟은 어깨와 초나라 궁녀 같은 가는 허리. 초왕(楚王)
이 가는 허리의 여자를 사랑하여 초나라 궁녀들은 허리를 가늘게 하려고 노력했다.
3) 금련(金蓮): 미인의 발걸음.

〃(盈盈)⁴⁾ 단 〃(端端)ㅎ야 만신(滿身)의 수식(秀色)을 호츌(晧出)ㅎ니 홍쵸샹(紅綃裳)을 쓰으고 금사삼(金紗衫)을 붓치며 칠보션(七寶扇) 드러 난간의 오른매 신향(身香)은 년향(蓮香)을 퇴(退)ㅎ고 광치(光彩)는 참치(參差)⁵⁾ㅎ야 좌우의 됴림(照臨)ㅎ니 운예(雲翳)를 쓸고 태양(太陽)을 씌ㅎ며 회야(晦夜)⁶⁾의 명쥬(明珠)⁷⁾를 비춤 ㄳ투여 슈려쇼쇄(秀麗瀟灑)ㅎ미 비길 곳 업ᄂ니라.

근시인(近侍人)이 눈을 쏘아 칭복ㅎ고 화녀 낭인이 여취여티(如醉如癡)ㅎ야 반향(半晌)이 디나매 화시 비로쇼 글오ᄃᆡ,

"오ᄂᆯ 우연히 니르러 '훈향내아의 경난샤'⁸⁾를 싱각ㅎ니 부인으로 더브러 완경코져 ㅎ더니 이제 보건대 엇지 말 업고 무식ㅎ 년고줄 보리오? 벽운당의 가 부인을 귀경ㅎ미 올타소이다."

셕시 웃고 칭샤왈,

"쳡도 하화(荷花)를 보고져 ㅎᄃᆡ ᄌ연(自然) 쳔연(遷延)ㅎ더니 현뎌(賢姐)의 브르시ᄂ 덕을 닙ᄉ와 경식(景色)을 샹완(賞玩)ㅎ고 만힝(萬幸)ㅎ야 ㅎ거ᄂᆯ 엇디 위쟈(慰藉)ㅎ시믈 과히 ㅎ야 쳡의 슈괴(羞愧)ㅎ믈 도으시ᄂ니잇가?"

화시 낭〃이 웃고 ᄒᆞᆫ가지로 홍쥬리(紅珠履)를 씌어 디당의 가 년화를 것거 믈결을 농(弄)ㅎ더니 화시 닐오ᄃᆡ,

"이 부용(芙蓉)이 심히 긔이ㅎ야 진홍(眞紅) 분홍(粉紅) 빅년(白蓮) 황년(黃蓮) 청년(靑蓮)이니 ᄌ고로 년홰(蓮花) 홍빅(紅白) 두 가지ᄲᆞᆫ이어ᄂᆞᆯ 어이 오식(五色)이 잇ᄂ뇨?"

---

4) 영영(盈盈): 용모가 아름답고 고움.
5) 참치(參差): 길고 짧고 들쭉날쭉하여 가지런하지 않다.
6) [교감] 회야: '회야'의 오기. 회야(晦夜)는 그믐밤.
7) [교감] 명쥬: '명쥬'의 오기. 명주(明珠)는 야광주(夜光珠).
8) [교감] 훈향내아의 경난샤: 미상. 21권본 없음. 26권본 '훈댱ᄃᆡ예 경낙스'. 문맥상 아름다운 경치를 함께 즐긴다는 의미임.

셕패 탄식고 닐오디,

"이는 우리 션쳐식(先處士) 편쥬(片舟)를 투고 션유(船遊)를 ᄒᆞ샤
남ᄒᆡ(南海)예 가시니 히듕의 셤이 잇고 셤 싀의 오식(五色) 하홰(荷
花) 픠엿거늘 긔특이 너기샤 년실(蓮實)을 것거 도라와 모슬 ᄑᆞ고 년
실을 시므시니 다ᄉᆞᆺ 힛 만의 이 고지 나 ᄒᆡ마다 셩ᄒᆞ니 쳐식 심히 ᄉᆞ
랑ᄒᆞ샤 뉴리(琉璃)로 못ᄀᆞ을 ᄑᆞ고9) 완뇽담(臥龍潭)10) 믈을 이리로
다혀 슈셰(水勢)를 깁게 ᄒᆞ시고 뎡ᄌᆞ(亭子)를 지으시고 이 곳11) 잇는
일을 누셜티 아니시며 죵일토록 이곳의 와 디내시더니이다. ᄎᆞ고로
부인과 샹셰 ᄎᆞ마 이 당(塘)을 보디 못ᄒᆞ샤 일향(一向) 줌가시므로
부인닉도 이제야 보시ᄂᆞ니이다."

삼 인이 텽파의 긔특고 귀히 너겨 ᄯᅩᄒᆞᆫ 머리를 드러 뎨익(題額)을
보니 쳥옥판(靑玉板)의 블근 ᄌᆞ로 메워 금년오치하화뎡(金蓮五彩荷花
亭)이라 ᄒᆞ여시니 필법(筆法)과 믁광(墨光)이 비무(飛舞)ᄒᆞ여 뇽새
(龍蛇) 놀나는디라. 화셕 이인이 블승경복(不勝敬服)ᄒᆞ야 문왈,

"셔뫼야. 이 죤고(尊姑) 필법이샤냐?"

디왈,

"이는 우리 션쳐ᄉᆞ의 쓰신 배라."

낭인이 흠탄(欽歎)ᄒᆞᄆᆞᆯ 마디아니니 원닉 샹셰 부친의 췩(冊)과 셩
시작부(成詩作賦)ᄒᆞᆫ 거슬 ᄎᆞ마 보디 못ᄒᆞ여 깁히 간ᄉᆞᄒᆞ고12) 취셩뎐
(聚星殿)과 셔당 벽상의 쓴 글을 다 ᄀᆞ리와시니 낭인이 보디 못하엿
다가 이날 보고 다 경복ᄒᆞ더라.

인ᄒᆞ야 셕시 다시 글오디,

---

9) [교감] ᄑᆞ고: 'ᄡᅡ고'의 오기. 21권본 'ᄡᅡ고'. 26권본 'ᄒᆞ시고'.
10) [교감] 완뇽담: '완'은 '와'의 오기.
11) [교감] 곳: 'ᄭᅩᆺ'의 오기. 21권본 'ᄭᅩᆺ'. 26권본 '곳'.
12) 간ᄉᆞ하다: 간수하다.

"이 부용이 비상(非常)ᄒ야 다른 년곳과 다ᄅ고 화협(花葉)[13]이 무궁(無窮)ᄒ야 송이 크기 뉴(類) 업스니 이 니른바 요디(瑤池)[14] 하화(荷花)로 일뉘(一類)라. 아디 못게라 일즉 픠ᄂᆞᆫ가?"

셕패 왈,

"듕하(仲夏)의 픠여 계츄(季秋)의 디ᄂᆞ이다."

셕시 좌우로 분망(盼望)ᄒ매[15] 고젹(古跡)이 완연(宛然)ᄒ니 인심(人心)이 감창(感愴)ᄒ여 기리 툐턍(怊悵)ᄒ야 화시ᄃ려 왈,

"존당(尊堂)이 깁히 좀가 겨실딘대 쳡 등이 한유(閒遊)ᄒ미 가티 아닌디라. 치련뎡으로 가 홍빅년(紅白蓮)을 보미 올ᄒ이다."

화시 조차 치련뎡의 모다 향다(香茶)와 과품(果品)을 나와 즐길ᄉᆡ 녀시 뎌 셕시의 힝신동지(行身動止) 일마다 과인(過人)ᄒ니 심두(心頭)의 블평ᄒ야 혜오ᄃᆡ,

'ᄎᆞ인이 이시면 내게 툥(寵)이 오디 아니리로다'

ᄒ더니 날이 느ᄌᆞ매 흣터디니 셕패 녀시 침소의 가 말홀ᄉᆡ 녀시 무러 ᄀᆞᆯ오ᄃᆡ,

"셕부인은 진실로 뎍강신션(謫降神仙) ᄀᆞᆺᄐᆞ신디라. 샹공의 듕ᄃᆡ(重待) 가ᄇᆞ얍디 아닐소이다."

셕패 ᄇᆞ야흐로 취ᄒᆞ엿ᄂᆞᆫ디라. 실언ᄒᆞᆷ을 ᄭᆡᄃᆞᆺ디 못ᄒ여 왈,

"셕부인은 당셰예 슉녀라. 부인[16]이 더옥 ᄉᆞ랑ᄒᆞ시ᄂᆞ니이다."

정언간(正言間)의 셕시 셕파ᄅᆞᆯ 쳥ᄒ니 패 즉시 벽운당의 와 웃고 왈,

---

13) [교감] 화협: 21권본 없음. 26권본 '화엽'.

14) 요지(瑤池): 곤륜산(崑崙山)에 있다는 못. 신선이 살았다고 하며, 주 목왕(周穆王)이 서왕모(西王母)를 만났다는 이야기로 유명하다.

15) [교감] 분망: '반망'의 오기. 반망은 간절히 바라다의 뜻이나 여기서는 바라본다는 의미로 사용함.

16) 부인: 양부인을 가리킴.

"그딕 날 블러 므엇하려 하느뇨? 내 앗가 쳥운당의 가 부인의 은통을 쟈랑오과라.[17]"

쇼제 희롱인가 하야 쇼이문왈,

"므어시라 하시뇨?"

패 슈미(首尾)를 즈시 니른대 셕시 그 진덕(眞的)한 말인 줄 알고 정식왈,

"셔모의 부탕(浮蕩)되미 엇디 이대도록 하시뇨? 실노 첩이 셔모로 하야 해롭더이다."

패 쇼왈,

"엇디 해로오뇨?"

쇼제 딕왈,

"듕회(衆會) 듕(中) 됴롱하야 찬양하시니 두 부인이 화평하다가도 셔모의 말솜의 쵹노(觸怒)하야 화긔 스라디고 언어의 미안하미 만흐니 쳥컨대 추후란 그른 일이 이시나 어딘 일이 이시나 지친(至親)을 편드디 말고 브려두시면 두호(斗護)하야 주심도곤 감샤하리이다."

셕패 고장대쇼(鼓掌大笑)하고 딕왈,

"날을 ᄀ장 괴로와하시니 이제란 노인(老人)이 건슌노치(乾脣老齒)를 봉(封)하야 간섭디 말니이다."

쇼제 딕왈,

"괴로오미 아니라 슌편(順便)한 도리니이다."

패 웃기를 긋치디 아니터라.

---

17) [교감] 쟈랑오과라: '오'는 'ᄒ'의 오기. 21권본 없음. 26권본 '쟈랑하과라'.

여씨가 다른 부인들의 침실을 엿보다

초야의 녀시 녹운당의 가 여어보니 화부인이 두 아들을 알픠 두어 희롱ᄒᆞ고 시녀ᄂᆞᆫ 병외(屛外)예 ᄃᆡ후(待候)ᄒᆞ더니 샹셰 드러오다가 난간 아래 니ᄅᆞ러 뎌 셕시[1]의 엿보믈 보고 만분통히(萬分痛駭)ᄒᆞᄃᆡ 본 톄 아니코 드러가 부인으로 더브러 슈침(睡寢)ᄒᆞ니 녀시 삼경이 진토록 여어보ᄃᆡ 그 동졍을 보디 못ᄒᆞ고 무류(無聊)히 도라왓더니 수오 일[2] 후 녀시 벽운당의 가 여어보니 이날 샹셰 드러오다가 뎌의 창하(窓下)의 굴신(屈身)ᄒᆞ여시믈 보고 이 시녜라 ᄒᆞ야 문왈,

"네 엇던 사ᄅᆞᆷ인다?"

녀시 대경ᄒᆞ야 황망히 ᄃᆞ라나니 싱이 비로소 아라보고 문을 열고 드러오니 셕시 니러 마자 좌뎡ᄒᆞ고 문왈,

"엇던 시녜 엿듯더니잇가?"

샹셰 냥구팀음(良久沈吟) 틱왈(對曰),

"황혼이라 주시 모르딕 복쳡(僕妾)의 모양이러이다."

셕시 뎌의 듀졔(躊躇)ᄒ믈 보고 이젼 드른 말이 잇ᄂ 고로 스스로
짐쟉ᄒ야 다시 뭇디 아니터라.

샹셰 ᄎ후 녀시를 그릇 너기나 슷싁디 아니니 녀시 ᄯᅩᄒᆫ 모르더니
일〃은 샹셰 쳥운당의 가니 녀시 업거ᄂᆞᆯ 볼기 알녀 ᄒ야 몬져 녹운당
의 와 보니 오히려 보디 못ᄒ야 벽운당을 ᄇ라보니 희미ᄒᆫ 월하의 녀
시 난간ᄀᆞ의 업더여시믈 보고 샹셰 쳥운당의 와 시녀로 녀시를 쳥ᄒ
니 녀시 급히 도라왓거ᄂᆞᆯ 샹셰 졍싁문왈,

"혼야(昏夜)의 어딕를 갓더뇨?"

녀시 틱왈,

"졍당의 가 혼뎡(昏定) 후 취운각³⁾의 갓더니이다."

샹셔ᄂ 본딕 사ᄅᆞ믈 지극ᄒᆫ 도로 ᄀᆞᄅᆞ쳐 ᄂᆡ외지심(內外之心)이 업
ᄂ 고로 쟝ᄎᆺ 졍도(正道)를 ᄀᆞᄅᆞ쳐고져⁴⁾ ᄒ야 칙ᄒᆡ,

"부인이 녀ᄒᆡᆼ(女行)을 젼혀 모르ᄂ다라. 녀ᄌᆡ란 거시 일동일졍(一
動一靜)이 차란(差亂)ᄒ여도 평싱 ᄒᆡᆼ실이 샹ᄒᄂ니 야ᄒᆡᆼ(夜行)의 쵹
(燭)을 잡으며 호령(號令)이 블츌문외(不出門外)며 빅니블분상(百里
不奔喪)이어ᄂᆞᆯ 셜수 운취각의 가실디라도 이 혼애오 한형의 츌입ᄒ
ᄂ 고다라. 져졔(姐姐) ᄂᆡ ᄃᆞ니ᄂ 침쇠(寢所)라도 오히려 남녀의 명분
을 졍히 ᄒ샤 밤의 ᄒᆡᆼ티 아니시거ᄂᆞᆯ ᄒᆞ믈며 그딕 엇디 브르시미 업고
한형의 겨신 고들 황야(黃夜)의 분주ᄒ야 ᄃᆞ니리오? 더옥 뎍국의 방
의 엿드ᄅᆞ믄 이 금슈(禽獸)의 ᄒᆡᆼ흘 배라. 젼의 이 말 니ᄅᆞ 리 잇거ᄂᆞᆯ
ᄂᆡ 십분 밋디 아니ᄒ더니 싱의 눈의 세 번을 보니 비로소 뎐언(傳言)

---

3) [교감] 취운각: '운취각'의 오기.
4) [교감] ᄀᆞᄅᆞ쳐고져: '쳐'는 '치'의 오기.

이 진덕(眞的)ᄒᆞ믈 씌듯고 ᄌᆞ로 통히(痛駭)ᄒᆞ믈 이긔디 못ᄒᆞᄂᆞ니 부인은 다시 이 거조(擧措)ᄅᆞᆯ 말고 기과ᄌᆞ신(改過自新)ᄒᆞ야 소문(蘇門)의셔 히로(偕老)ᄒᆞ믈 싱각홀디어다"
ᄒᆞ더라.

   (소현셩녹 권지이 끝)

석씨가 양부인을 저주했다는 의심을 받다

셜파의 샹셰 위풍이 싁″ᄒ고 긔개(氣槪) 엄위(嚴威)ᄒ니 녀시 대참(大慙)ᄒ여 말을 못ᄒ더라. 녀시 소싱을 위인을 보니 스스로 발뵈디 못ᄒ여 쥬ᄉ모탁(晝思暮度)ᄒ매 믄득 강츙(江充)이 져주로뻐 한무뎨(漢武帝) 녀태ᄉ(戾太子)[1] 니간(離間)ᄒ믈 법바다 ᄀ만이 무고(巫蠱)를 일워 취셩뎐(聚星殿)의 범ᄒ니 ᄉ긔(事機) 쥬밀(周密)ᄒ더라. 뉘 능히 알니오.

일″은 태부인이 일즉 니러 관수(盥漱)ᄒ고 안ᄌ시니 셕쇼졔 마춤 유질(有疾)ᄒ야 문안의 블참ᄒ매 스레질ᄒ 리 업거늘 부인이 계션으로 ᄒ여곰 쇄소(刷掃)를 시길시 션이 믄득 평상(平床) 아래를 쓰다가 ᄒᆫ 봉(封)ᄒᆫ 거슬 내여 왈,

---

1) [교감] 녀태ᄉ: '녀태ᄌ'의 오기. 여태자(戾太子)는 한 무제의 적자인 유거(劉據)이다. 한 무제가 만년에 병치레를 많이 하여 혹시 누가 저주한 소치가 아닌가 하고 의심하던 차에, 강충(江充)이 태자의 궁중에 목인(木人)이 많이 묻혀 있다고 무함했고, 태자는 겁낸 나머지 반란을 일으켰다가 자살했다.

"이거시 상 아래 이시니 드리ᄂᆞ이다."

부인이 가져다가 봉ᄒᆞᆫ 거슬 슈샹ᄒᆞ고[2] 우ᄒᆡ 츅ᄉᆞ(祝辭) 뼈시믈 보고 의심ᄒᆞ야 보니 그 글의 흉참(凶慘)ᄒᆞ고 포한(暴悍)ᄒᆞᄆᆡ 극ᄒᆞ고 필젹이 쳥신(淸新)ᄒᆞ야 완연히 셕부인의 ᄒᆞᆫ 배라. 크게 고이히 너겨 봉ᄒᆞᆫ 바를 쩌히니 목인(木人)과 ᄋᆞ여지물(妖厲之物)[3]이 ᄎᆞ마 보디 못ᄒᆞᆯ러라.

부인이 잠간 보고 좌우로 블을 가져다가 ᄉᆞᆯ와[4]ᄇᆞ린 후 시녀를 당브왈(當付曰),

"너희 등이 ᄎᆞᄉᆞ(此事)를 누셜ᄒᆞᆫ족 ᄉᆞ죄(死罪)를 뎡ᄒᆞ리라."

좌위 텽녕(聽令)ᄒᆞᄆᆡ 블승숑구(不勝悚懼)ᄒᆞ야 입을 봉ᄒᆞᄃᆡ 홀로 계션이 누셜티 아니믈 탹급(着急)ᄒᆞ야 ᄒᆞ더니 부인이 ᄎᆞ후 셕시와 ᄌᆞ녀를 보나 ᄉᆞᆰ디 아니니 친ᄉᆡᆼ(親生) ᄌᆞ녜 다 모ᄅᆞ더니 계션이 윤시를 ᄃᆡᄒᆞ야 ᄀᆞ만이 고ᄒᆞᄂᆞᆫ 톄ᄒᆞ여 왈,

"태부인이 아ᄅᆞ시면 큰 죄 이시리니 쳡의 말이라 마ᄅᆞ시고 부인만 아ᄅᆞ쇼셔."

윤시 평일 양부인 울얼미 친모(親母)의 디난디라. 그 침소의 흉ᄒᆞᆫ 일이 이시믈 드ᄅᆞ매 심신이 황홀ᄒᆞ야 년망(連忙)이 운취각의 가 소시를 보아 왈,

"져〃는 모친 슉소의 ᄌᆞᆨ변(災變)이 잇ᄂᆞᆫ 줄을 모ᄅᆞᄂᆞᆫ다?"

소시 경왈,

"내 듯디 못ᄒᆞ엿ᄂᆞ니 므스 일고?"

윤시 션의 말을 ᄌᆞ시 뎐ᄒᆞ고 왈,

---

2) [교감] 봉ᄒᆞᆫ 거슬 슈샹ᄒᆞ고: '봉ᄒᆞᆫ 거시 슈샹ᄒᆞ고'의 오기. 21권본 '그 봉ᄒᆞᆫ 거시 슈샹ᄒᆞ믈 보고'. 26권본 '봉피 슈샹ᄒᆞ고'.

3) [교감] ᄋᆞ여지물: '요여지물'의 오기.

4) ᄉᆞᆯ오다: 사르다. 소화(燒火)하다.

"태〃(太太) 일언도 아니시고 슬와보리시는 쁘디 반드시 지목흔 재 둥(重)흔 사롬인 고로 니르디 아니시미어니와 그저 두미 엇디 측(惻) 흐디5) 아니리오?"

소시 대경왈,

"가니예 이런 변이 이시되 아둥(我等)이 모르니 시봉(侍奉)의 틱만 흐미 엇디 붓그럽디 아니리오? 태〃(太太)는 줌〃흐시나 우리 도리 는 듯고 안심흐야 잇디 못흐리라."

드듸여 좌우로 복야(僕射)를 청흐니 즉시 드러와 문왈,

"져졔(姐姐) 므슴 분뷔 겨시니잇고?"

소윤 이인이 좌우를 믈니티고 그만이 슈말을 닐러 왈,

"아모의 일인 줄 모르되 대강 시녀의 일은 아닌가 시브다."

샹셰 블승히연(不勝駭然)흐야 딘왈,

"즈당의 힁흐시는 배 신듕흐시니 가듕이 평안흐기를 힘쓰시는 쁘 디어니와 우리 등이 듯고 줌〃흐미 가티 아니〃 원닉 어드러 조차 이 말이 나니잇고?"

윤시 계션의 말을 니르니 복애 반향(半晑)을 팀음(沈吟)흐다가 션 을 블러 문왈,

"네 글시를 보니 엇던 사룸의 필젹이러뇨?"

션이 머믓거리다가 고왈,

"부인닉 필덕이오 태부인이 흐시되 '이는 식부(息婦)의 홀 배 아니 로다' 흐시더이다."

복애 더옥 경왈(驚曰),

"그 글시 엇더흐더뇨?"

션왈,

---

5) 측(惻)하다: 언짢다. 섭섭하다. 원망스럽다.

"아모의 필덕인 줄 모르오디 보옵기예 신긔청묘(神奇淸妙)ᄒᆞ야 뉴(類) 다르더이다."

소싱이 뎌의 말이 졈〃슈샹ᄒᆞᆷ믈 보고 크게 의심ᄒᆞ야 두 누의를 도라보와 글오디,

"이ᄂᆞᆫ 즈젼(慈前)의 가 뭇즈오면 반드시 니르디 아닐 거시니 져졔 힐문(詰問)ᄒᆞ야 보쇼셔."

소시 응셩(應聲)ᄒᆞ야 취셩뎐의 가니 마초와 인젹이 업거늘 죠용히 뭇즈오디,

"쇼녜 요ᄉᆞ이 쵹한텸병(觸寒添病)6)ᄒᆞ야 즈로 시좌(侍坐)티 못ᄒᆞ엿더니 고이ᄒᆞᆫ 일이 잇ᄂᆞᆫ가 시브오니 경희(驚駭)ᄒᆞᆷ믈 이긔디 못ᄒᆞ오며 무고(巫蠱)의 흉ᄒᆞ미 등한(等閒)홀 배 아니오 ᄯᅩ 츅ᄉᆞ(祝辭)ᄒᆞᆫ 필덕이 이실 거시니 쳥컨대 뭇줍ᄂᆞ니 엇던 사름의 소작(所作)이러니잇가?"

부인이 웃고 닐오디,

"내 니르디 아녓더니 네 엇디 아ᄂᆞᆫ다?"

소시 왈,

"쇼녜 비록 블쵸ᄒᆞ나 엇디 모르리잇고?"

부인이 날호여 글오디,

"이 요망ᄒᆞ나 내 임의 업시 ᄒᆞ여시니 무해ᄒᆞ고 지어(至於) 글시로ᄂᆞᆫ 더욱 분변티 못ᄒᆞ리니 엇디 쇼쇄(小瑣)7)ᄒᆞᆫ 일을 셩언(成言)ᄒᆞ야 가듕이 소동ᄒᆞ야 티가(治家)ᄒᆞᄂᆞᆫ 졍도(正道)를 일흐리오? 녀아ᄂᆞᆫ 방심(放心)홀디어다."

소시 모친의 즐겨 니르디 아니믈 보고 ᄯᅩᄒᆞᆫ 홀 일이 업서 도라와

───────────

6) 쵹한텸병(觸寒添病): 감기에 걸리다. 추운 기운에 부딪혀 병이 나다.
7) 소쇄(小瑣): 사소하다. 자질구레하다.

샹셔드려 주시 니르니 샹셰 가연히[8] 니러나 골오디,

"쇼뎨 친히 가 술와보리라."

드디여 모젼의 니르러 느죽이 고호디,

"히이 효셩이 업스므로 가니 우환을 슬피디 못호야 무고(巫蠱)의 흉호미 존당(尊堂)의 범호니 스스로 죄를 혜아려 죽기를 브라며 작얼(作孽)호 재 반드시 쇼주의 거느린 가온대셔 나시니 모친이 엇디 니르디 아니샤 아히 심시 황난(荒亂)케 호시느니잇고?"

부인이 쇼왈,

"내 아히 총명호디 아디 못호고 또 이리 조비야오냐?[9] 네 어미 비록 쇼〃(小小) 녀직(女子)나 식견(識見)이 고루(孤陋)티 아냐 일즉 혜아리미 깁흐니 방해로오면 대스를 엇디 모호히 호리오? 이는 투악 잇는 녀직 요괴로운 일노 뎍국을 잡아 간텹계(間諜計)를 호미오 날을 해호미 아니라. 만일 의심호고 고디드러 힐문홀딘대 그 뜻을 마치미라. 임의 어더내여 업시 호고 아른톄 아니면 긋치려니와 일호(一毫)나 드러나면 시녀를 회뢰(賄賂)호야 현인을 모해호리니 이러므로 내 즉시 술화브리고 발티 아냐 브졍(不淨)혼 무음으로 양홰(陽貨) 듕니(仲尼) 해홈 ᄀᆞᆺ투믈[10] 실쇼(失笑)호고 그 나죵의 엇더호고 보려 호니 아히는 구틔여 알녀 말고 내의 쳐티를 보라."

샹셰 텽파(聽罷)의 췌혼 거시 씻듯 호야 공슈샤례왈(拱手謝禮曰),

"히ᄋᆡ의 무식혼 소견으로 호야곰 흉금(胸襟)이 열니는디라. 삼가 명교(明敎)를 밧주오려니와 이 쇼주의 삼쳐(三妻) 가온대셔 난 일이니 더옥 블안호이다."

8) 가연히: 흔쾌히. 서슴없이.
9) 조비얍다: 좁다.
10) 양홰 듕니 해홈 ᄀᆞᆺ투믈: 공자가 광(匡)이라는 지방을 지날 때 그곳 사람들이 공자를 노나라 양화(陽貨)라는 포악한 인물로 잘못 알고 곤경에 빠뜨렸다.

부인이 뎜두(點頭)ᄒᆞ더라.

샹셰 믈러와 심듕의 울 〃 ᄒᆞ야 여러 날이 디나도 삼 부인긔 종적을 긋ᄎᆞ니 화셕 이인은 젼혀 무심ᄒᆞᄃᆡ 녀시 일단 겁ᄒᆞᄂᆞᆫ ᄯᅳ디 이셔 혜오ᄃᆡ,

'존괴(尊姑) 아니 날을 의심ᄒᆞᄂᆞᆫ가?'

ᄒᆞ야 긔회(機會)를 엿더니[11]

---

11) 엿다: 엿보다.

석씨가 양부인을 독살하려 했다는 누명을 쓰다

양부인 싱일이 다드르매 세 부인이 흐르식 돌녀 셜연헌슈(設宴獻壽)홀시 녀시 셕시 시녀로 더브러 동모(同謀)ᄒ고 셕시 헌슈(獻壽)ᄒ는 날 독을 프러 양부인 상의 드리니 이째 셕시는 쥬찬(酒饌)을 긔걸ᄒ고[1] 당의 도라와 의복을 정제(整齊)홀시 그째를 타 용ᄉ(用事)ᄒ 듯더라.

쟝촛 삼ᄌ부와 이네며 뉴혹ᄉ 한어ᄉ 등이 상셔로 더브러 참예ᄒ고 부인의 친딜 양싱 등 뉵칠 인도 왓더니 풍뉴ᄒᄂ 시녀로 ᄒ여곰 듕계(中階)여서 일곡(一曲) 현금(玄琴)[2]과 일무(一舞) 예상(霓裳)[3]을 ᄆᄎᆮ매 술을 나오니 부인이 잔을 드러 마시고 금져(金箸)를 드러

---

1) 긔걸ᄒ다: 명령하다. 분부하다.
2) 현금(玄琴): 거문고.
3) 예상(霓裳): 예상우의무(霓裳羽衣舞). 〈예상우의곡霓裳羽衣曲〉에 맞춰 추는 춤. 당 현종이 방사(方士)와 월궁(月宮)에서 놀다가 그 음악을 듣고 돌아와 〈예상우의곡〉을 기록했다는 전설이 있다.

찬식(饌食)을 ᄒᆞ려(下箸)홀시 믄득 독ᄒᆞᆫ 긔운이 코흘 거스리고 금빗치 변ᄒᆞᄂᆞᆫ디라.

부인이 잠간 웃고 드듸여 진식(進食)디 아니터니 이윽고 뉴싱 한싱이 헌쟉(獻爵) 후 소시 윤시 니어 ᄎᆞ례로 헌흔 후 샹셰 잔을 들고 모젼의 나아가니 부인이 ᄯᅩᆫ 의심티 아니코 먹으듸 홀로 금반(金盤)의 팔딘미(八珍味)⁴⁾ 뫼 ᄀᆞᆺᄒᆞ나 ᄒᆞ려(下箸)ᄒᆞ미 업시 날호여 굴오듸,

"내 술을 여러 잔을 먹어 취ᄒᆞ이니 삼식부(三息婦)ᄂᆞᆫ 헌쟉(獻爵)디 말나"

ᄒᆞ시니 대강 독을 쥬비(酒杯) 듕(中)의 들가 ᄒᆞ미라. 죵일토록 즐기듸 샹셰 모친의 ᄉᆞ식이 흔연ᄒᆞᆫ 가온대 블안흔 빗치 잇고 ᄒᆞ려(下箸)티 아니믈 크게 고이히 너기더니 셕양의 연파(宴罷)ᄒᆞ고 빙ᄀᆡᆨ(賓客)이 도라간 후 부인이 눈으로써 셕파를 보아 굴오듸,

"이 음식을 그듸 모ᄅᆞ미 가져다가 쳐티ᄒᆞ미 엇더ᄒᆞ뇨?"

드듸여 손으로 ᄀᆞᄅᆞ치니 셕패 아라보고 시녀로 ᄒᆞ야곰 거두어 나가 ᄌᆞ시 슬피니 다 독을 두엇ᄂᆞᆫ디라. 더욱 경황홀 적 샹셰 마춤 드러오다가 대경ᄒᆞ야 힐문흔대 패 홀 일이 업셔 듸왈,

"부인이 쳡으로 가져다가 업시 ᄒᆞ라 ᄒᆞ시니 ᄯᅡ히 ᄇᆞ리매 블이 나ᄂᆞᆫ디라. 쳡도 아모 연괸 줄 모ᄅᆞᄂᆞ이다."

샹셰 텽파(聽罷)의 외당의 나와 시노(侍奴)를 호령ᄒᆞ야 형댱(刑杖)을 ᄀᆞ초고 벽운당 시녀 수십여 인을 다 잡아내여 결박ᄒᆞ고 웃듬으로 쥬찬(酒饌)ᄒᆞ던 차환(叉鬟)을 무ᄅᆞ니 졔녀(諸女) 혼빅(魂魄)이 니톄(離體)ᄒᆞ야 다만 쥬댱(主掌)⁵⁾ᄒᆞ 니ᄂᆞᆫ 셕부인이라 ᄒᆞ니 샹셰 웃듬으로붓터 져주라 ᄒᆞ니 가듕이 블승산난(不勝散亂)흔디라.

---

4) 팔진미(八珍味): 성대한 음식상에 갖추는 진귀한 여덟 가지 음식.
5) 주장(主掌): 어떤 일을 책임지고 맡음.

양부인이 시녀로 샹셔를 브른대 싱이 비록 져줄 쯧이 급호나 마디 못호여 아직 날회라⁶⁾ 호고 졍당(正堂)의 드러가니 부인이 문왈,

"네 엇디 벽운당 시녀를 다 잡아내여 가도뇨?"

샹셰 쳑연(戚然)히 화긔를 쇼삭(消索)호야 쥬왈,

"히이 무상(無狀)호야 졔가(齊家)의 블인(不仁)혼 고로 금일 이런 망극(罔極)혼 변을 만나니 인ᄌ(人子)의 엇디 견듸여 ᄎᆞᆷ으리잇고? 구틔여 셕시 일인 줄은 모ᄅᆞ오듸 셕시를 해호민가 셕시의 ᄌᆞ작(自作)인가 사힉(査覈)고져 호미니이다."

부인이 텽파의 소리를 ᄀᆞ다듬아 굴오듸,

"내 샹시 너를 뼈 글을 ᄀᆞ라쳐 유식(有識)호믈 경계호거늘 엇디 식견(識見)의 여트며 소견(所見)의 블명(不明)호미 길ᄀ 쵸부(樵夫)만 ᄀᆞᆺ디 못호뇨? 사름의 인품으로 호여곰 짐작호야 알디니 화시 셩되(性度) 쵸강(超強)호나 위인(爲人)이 쳥개(淸介)⁷⁾호고 쯧이 놉하 ᄉᆞ족(士族)의 힝실이 잇고 셕시는 당셰(當世)예 현텰(賢哲)혼 부인이라. 빅힝(百行) ᄉᆞ덕(四德)의 낫브미 업스니 엇디 대악부도(大惡不道)를 일우리오? ᄒᆞ믈며 내 ᄉᆞ랑호미 친녀의 넘거늘 므슴 연고로 날을 해호리오? 셜ᄉᆞ 셕시로 짐작홀디라도 이 통달(通達)혼 녀라. 무고(巫蠱)를 홀딘대 엇디 구틔여 평상 아래 드리텨 보기 쉽게 호며 스스로 글시를 친히 뼈 현뎌(顯著)키 호며 또 독을 두매 화시 녀시 연셕(宴席)의 이시니 죡히 용ᄉᆞ(用事)호여 뎍인(敵人)을 잡으며 날을 죽이려 든 엇디 ᄌᆞ긔의 연셕의 티독(置毒)호야 위틱혼 일을 ᄒᆞ리오? 이는 간악혼 무리 셕시를 잡고져 호야 시녀로 동심호엿ᄂᆞ니 네 이제 시녀를 져주매 반드시 복툐(服招)⁸⁾ᄒᆞ듸 셕부인이 시기매 노쥬 간(奴主間)의

---

6) 날회다: 천천히 하다. 멈추다.

7) 쳥개(淸介): 고고하고 강직하다.

8) 복초(服招): 문초를 받고 순순히 죄상을 털어놓음.

거亽디 못홀와 ᄒᆞ며 혹 셕시 스ᄉᆞ로 티독(置毒)더라 ᄒᆞ야 무상(無狀)
ᄒᆞᆫ 말이 년쇽(連屬)ᄒᆞ면 이믜ᄒᆞᆫ 셕시로 ᄒᆞ여곰 ᄉᆞ디(死地)의 ᄲᅡ디우
고 간인은 버서디미라. 엇디 통ᄒᆡ(痛駭)티 아니리오? 내 비록 모황(耗
荒)9) ᄒᆞ나 혜아리미 잇ᄂᆞ니 어늬 사ᄅᆞᆷ이 감히 이러틋 요괴로온 일을
ᄒᆞ야 어즈러이고 내의 듀셕(柱石)10) ᄀᆞᆺ튼 현부(賢婦)를 해ᄒᆞ야 강튱
(江充)의 무고ᄉᆞ(巫蠱事)를 니히 너기ᄂᆞ뇨? 마를디어다. 이 미망노인
이 [죽지 아닌 젼은]11) 너히 등이 궤사빅츌(詭詐百出)노 소기나 텽신
(聽信)티 아니니 여러 번 니ᄅᆞ면 발각ᄒᆞ미 이시리니 아뫼라도 감히
이러틋 못ᄒᆞ리니 화셕 이인은 쳔만 인이 권ᄒᆞ여도 이러티 아닐 뉴
(類)라. 셔의ᄒᆞᆫ 의ᄉᆞ(意思)로 어딘 이를 해티 말고 경은 ᄯᅩᄒᆞᆫ 직삼 술
피고 슈고로이 시녀를 져주디 말라."

말ᄉᆞᆷ이 쥰졀(峻截)ᄒᆞ고 긔상이 엄졍(嚴正)ᄒᆞ야 셜샹가상(雪上加霜)
과 동텬한월(冬天寒月) ᄀᆞᆺ트니 이ᄊᆡ 셕시ᄂᆞᆫ 딕하(臺下)의 쳥죄(請罪)
ᄒᆞ고 화녀 이인(二人)은 시좌ᄒᆞ엿더니 부인의 말ᄉᆞᆷ을 듯고 녀시 스ᄉᆞ
로 츅쳑(踧踖)ᄒᆞ야 ᄒᆞ더라.

샹셰 비록 셕시를 의심티 아니나 뭇디 아니미 그른 고로 시녀를 져
조고져12) ᄒᆞ더니 모명(母命)을 듯고 믁연이 퇴ᄒᆞ야 일마다 승슌(承
順)ᄒᆞ더니 ᄎᆞ야의 샹셰 시녀로 ᄒᆞ야곰 셕쇼져를 칙ᄒᆞ되,

"부인이 존당(尊堂)의 쥬찬(酒饌)을 ᄒᆞ야 드릴딘대 당〃이 조심ᄒᆞ
야 ᄒᆞ미 올커늘 엇디 요얼(妖孼)이 지존(至尊)ᄒᆞ신 딕 범ᄒᆞ게 ᄒᆞᄂᆞ
뇨? 비록 부인의 일이 아닐디라도 ᄯᅩᄒᆞᆫ 식봉(食奉)의 게얼니ᄒᆞᆫ 죄 젹

---

9) 모황(耗荒): 나이가 들어서 늙다.
10) 주석(柱石): 기둥과 주춧돌. 비유하여 매우 중요한 자리에 있거나 구실을 하는 사람.
11) [교감] [죽지 아닌 젼은]: 이대본 '□□□□□'. 21권본 없음. 26권본 '죽지 아닌 젼은'.
26권본으로 보충함.
12) [교감] 져조고져: '조'는 '주'의 오기.

디 아니 〃 맛당이 므슴 죄예 가ᄒᆞᆯ뇨?"

셕시 회답왈,

"첩이 잔약(屛弱)ᄒᆞᆫ 긔질노 미시 블민(不敏)ᄒᆞ나 존당 우러옵ᄂᆞᆫ 졍성은 귀신의게 질졍(質正)13)ᄒᆞ야도 붓그럽디 아니딕 ᄉᆞ익(死厄)이 몸의 니르러 싯디 못ᄒᆞᆯ 악명과 죄ᄅᆞᆯ 당ᄒᆞ니 하늘과 싸흘 블러 고ᄒᆞᆯ 고디 업스니 스스로 존고와 샹셔의 쳐티ᄒᆞ심만 기드리ᄂᆞ이다."

샹셰 텽파(聽罷)의 탄식고 젼혀 [의심이] 셕시ᄭᅴ 잇디 아냐14) 녀시ᄅᆞᆯ 못 미더 ᄒᆞ나 보디 못ᄒᆞᆫ 배오 비록 고디듯디 아니나 ᄆᆞ음이 블평ᄒᆞ야 셕시 당듕의 자최ᄅᆞᆯ 긋츠니 양부인이 블명타 칙ᄒᆞ고 셕패 크게 셜워 셕시ᄅᆞᆯ 딕ᄒᆞ야 눈믈을 ᄲᅳ려 왈,

"첩이 낭군의 풍도(風度)와 문지(文才)ᄅᆞᆯ 앗겨 부인으로 ᄡᅡᆼ을 일우고 공취(孔翠)15) 젹슈(積水)16)의 ᄡᅡᆼ유(雙遊)ᄒᆞ믈 보고져 ᄒᆞ더니 화락든 못ᄒᆞ고 낭군의 셩졍이 눕과 달나 동실지락(同室之樂)이 드믈고 녀시 온 후 샹셔 자최 희소ᄒᆞ니 부인의 어딘 덕과 슈미(秀美)ᄒᆞᆫ 용광(容光)으로 엇디 통이 화시의 아래 되며 녀시와 가즉ᄒᆞ고 듀야 애둛더니 이런 참익(慘厄)을 만나 일월(日月)도 그 진가(眞假)ᄅᆞᆯ 빗최디 못ᄒᆞ게 되야시니 엇디 셟디 아니며 낭군 자최 돈졀ᄒᆞ니 이ᄂᆞᆫ 첩이 부인 일싱을 ᄆᆞᆾ미로소이다."

셕시 텽파의 ᄌᆞ약ᄒᆞ고 탄식왈,

"첩이 하늘ᄭᅴ 죄ᄅᆞᆯ 편벽히 어더 이 앙화(殃禍)ᄅᆞᆯ 바드미니 엇디 셔모의 타시며 뎍국(敵國)을 원(怨)ᄒᆞ리오? 다만 이미ᄒᆞ믈 신원(伸寃)

---

13) 질졍(質正): 묻거나 따져서 바로잡음.
14) [교감] [의심이] 젼혀 셕시ᄭᅴ 잇디 아냐: 21권본 '의심이 셕시긔 잇지 아녀'. 26권본 '젼혀 셕시ᄭᅴ 머무디 아니코'. 21권본을 참고하여 보충함.
15) 공취(孔翠): 공작과 물총새.
16) 젹수(積水): 강, 바다, 호수 등 많은 물.

홀 길히 업스니 디하(地下)의 오히려 함흔(含恨)ᄒᆞᄂᆞᆫ 귀신이 되리니 엇디 슬프디 아니리오? 지어(至於) 통이(寵愛)ᄂᆞᆫ 츈몽(春夢) ᄀᆞᆺᄐᆞ니 ᄌᆞᄉᆡᆨ(姿色)으로 익증(愛憎)을 둘 배 아니라. 쳡의 혼은 이에 잇디 아냐 누명을 벗디 못ᄒᆞᆯ가 두리ᄂᆞ이다.”

패 탄복ᄒᆞ더라.

녀시 요괴로이 현인을 잡으나 부인이 텽신(聽信)티 아냐 쥰졀(峻截)이 ᄭᅮ짓고 시녀ᄅᆞᆯ 져주디 아니 〃 악연(愕然)ᄒᆞ야 혜오ᄃᆡ,

‘이 늘근 노인이 엇디 ᄇᆞᆯ그미 심ᄒᆞ뇨? 비록 딘평(陳平) 댱냥(張良)¹⁷⁾이라도 이 흉ᄒᆞᆫ 부인은 소기디 못ᄒᆞ리니 쟝ᄎᆞᆺ 어일고?’

듀야묘계(晝夜謀計)¹⁸⁾ᄒᆞ매 홀연 ᄭᆡᄃᆞ라 만심환희(滿心歡喜)ᄒᆞ고 졍신이 비양(飛揚)ᄒᆞ니 므슴 흉겐고.

---

17) 장량(張良): 한나라의 정치가. 자(字)는 자방(子房). 진(秦)나라가 한나라를 멸하자 원수를 갚으려고 진시황(秦始皇) 암살을 도모했으나 실패했다. 뒤에 한고조 유방과 합세하여 주요 전략가로 활약했다.
18) [교감] 듀야묘계: ‘묘’는 ‘모’의 오기.

가짜 석씨가 흉악한 말을 하다

원닉 텬하 가온대 쇼쇄(小瑣)흔 환슐(幻術)과 요괴로온 약이 무궁
ᄒ니 무고(巫蠱)의 일은 방연(龐涓)[1]이 뉴뎐(流傳)ᄒ고 환슐(幻術)
의 변(變)은 진황(秦皇) 한무(漢武)[2]의 허무흔 일 슝샹ᄒ기로 비로소
배라. 깁흔 산듕의 치약(採藥)ᄒ고 절곡득도(絕穀得道)흔 재 ᄆ음을
졍(淨)한 듸 도라보내디 아냐 요망흔 일을 속인을 ᄀ라쳐 뉴뎐(流傳)
ᄒ니 오듸(五代) 시졀이 더옥 셩ᄒ더니 태죄(太祖) 듕흥(中興)ᄒ신
후 인심이 슌후ᄒ나 홀노 다 곳치디 못ᄒ니 오직 강쥐(江州)[3] 심양
(潯陽)[4]은 인믈이 번화ᄒ고 ᄯᅩᄒᆫ 심산의 도ᄉᆡ 만흐므로 이에 요괴로

1) 방연(龐涓): 전국시대 위(魏)나라 사람. 손빈(孫臏)과 함께 귀곡자(鬼谷子)에게 병법을 배웠
는데 손빈이 자기보다 나은 것을 시기했다. 방연이 먼저 하산하여 위나라의 장수가 되자 손빈
을 제(齊)나라의 첩자로 모함하여 무릎 아래를 잘라내는 빈형(臏刑)을 가했다. 뒤에 손빈이 제
나라의 군사(軍師)가 되어 방연을 쳐서 이겼다.
2) 진황(秦皇) 한무(漢武): 진시황과 한 무제. 두 사람 다 도교의 방술(方術)을 좋아하여 불사약
(不死藥)을 구해오도록 방사(方士)를 파견하기도 했다.
3) 강주(江州): 지금의 장시 성(江西省) 주장(九江).
4) 심양(潯陽): 심양은 주로 강주에 예속된 군(郡) 또는 현(縣)이었으나 북송(北宋) 때는 심양

온 환약이 삼종(三種)이 이시니 골온 도봉지[5]오 별호(別號)는 골온
회심단(回心丹)이니 이는 부〃 소이 소원(疏遠)ᄒ다가 이 약을 그 지
아비를 먹이면 은정(恩情)이 ᄉᆞᆼ(死生)을 다 닛고 딘듕(珍重)ᄒ며
둘재는 여의기용단(如意改容丹)이니 사름이 만일 먹으면 즉시 얼골이
변ᄒ야 그 되고져 ᄒᄂᆞᆫ 사름의 얼골이 되니 이러므로 ᄆᆞ음과 ᄀᆞᆺ티 기
용ᄒᆞᆫ다 ᄒᄂᆞᆫ 뜻이오, 셋재는 골온 외면회단(外面回丹)[6]이니 여의기용
단을 먹어 얼골이 밧고엿다가 외면회단을 먹으면 내 ᄂᆞᆺ치 도라오ᄂᆞᆫ
고로 이리 지으니 이 삼종(三種) 약뉘(藥類) 갑시 천금(千金)이 ᄃᆞ난
디라. 녀시 뼈곰 기용단을 어더 일월을 소기고져 ᄡᅳ디 니러나 ᄀᆞ만이
두로 둣보아 구ᄐᆡ여 외면단과 기용단을 어더 계교를 ᄒᆡᆼᄒᆞ다.

  지셜(再說). 소복애 가등의 변을 만나ᄃᆡ 부인이 줌〃ᄒ라 ᄒ시니
모명(母命)을 거역디 못ᄒ고 듀야 근노ᄒ야 모친 당듕(堂中)과 됴셕
식봉(食奉)을 술펴 샤곡(邪曲)ᄒᆞᆫ 거슬 데방(制防)ᄒ며 삼 부인끠 쥰
졀(峻截)ᄒ더니 일야ᄂᆞᆫ 혼뎡ᄒ고 나와 셔헌의셔 명월을 완경(玩景)
ᄒ며 시ᄉᆞ(詩詞)를 음영(吟詠)ᄒ니 알픠 두 셔동이 ᄉᆞ후(伺候)ᄒ고
ᄉᆞ면의 인적이 뇨연(寥然)ᄒ더니 믄득 일딘(一陣) 향풍(香風)의 패옥
(佩玉) 소리 니러나며 뒤흐로셔 일위 미인이 뇨〃뎡〃(嫋嫋婷婷)[7]이
나와 샹셔의 겻ᄐᆡ 와 안즈며 왈,

  "첩이 죄 듕커니와 샹공의 박ᄃᆡ 너모 심ᄒ니 첩이 엇디 흔티 아니
리오? 비록 셜가(薛哥)의 졍이 머므르고 복듕이(腹中兒)ᄂᆞᆫ 셜시(薛
氏)의 골육이나 낭군의 옥모화풍(玉貌花風)을 니즈리오?"

━━━━━━━━━━━

군을 강주로 부르기도 했다.
5) [교감] 도봉ᄌ: 21권본 '도봉줌'. 26권본 '도봉잠'. 최음제의 일종이나 미상.
6) 외면회단(外面回丹): 내 얼굴이 돌아온다는 뜻에서 '오면회단(吾面回丹)'으로 부를 수도 있
다.
7) 요요정정(嫋嫋婷婷): 여자의 자태가 간드러지고 아름다움.

샹셰 머리를 두로혀 보니 이 곳 셕시라. 아름다온 ᄌ틱 월하의 더옥 [바이니]8) 귀신의 거우린들9) 엇디 능히 분변ᄒ리오. 샹셰 뎌를 보고 말을 드ᄅ매 크게 고이히 너겨 명모(明眸)를 졍히 ᄒ야 냥구히 보고 말을 아니 〃 셕시 갓가이 와 샹셔의 손을 잡고 머리를 무릅희 언저 왈,

"낭군이 엇지 쳡을 미믈히 ᄒᄂ뇨? ᄇ라건대 쇼쳡의 샹ᄉ(想思)ᄒᄂ 졍을 어엿비 너기라."

드듸여 방탕ᄒ고 더러오미 극ᄒ다라.

샹셰 다만 긔괴코 고이 너기믄 셕시 뎌를 니 만무(萬無)ᄒ고 아니라 ᄒ랴 ᄒ매 ᄯ오한 용모셩음이 분명ᄒ고 다시 만삭(滿朔)ᄒᆫ 톄지(體肢) 의심져ᄋ미 업ᄉ니 일단 경의(驚疑)ᄒ믈 이긔디 못ᄒ다가 ᄯ오한 탄식왈,

"사름의 ᄆᄋᆷ 알기는 어렵도다. 우리 태 〃 (太太)의 지인(知人)ᄒ심과 내의 디감(知鑑)ᄒ미 타인의 비홀 배 아니로ᄃᆡ 셕시를 모ᄅ과라" ᄒ야 이에 손을 썰티고 믈러안자 칙ᄒᄃᆡ,

"그ᄃᆡ 힝실 이런 줄을 모ᄅ니 이 다 내의 블명(不明)ᄒ미라. 녀지 되야 혼야(昏夜)의 셔당의 나옴도 그ᄅ거니와 ᄌ식으로써 타인의 ᄌ식이라 ᄒᆞᆷ은 스스로 실힝(失行)ᄒᆫ 거슬 쟈랑ᄒᆞ미니 이 엇디 인ᄌ(人子)리오? 내 당초 정당(正堂) 져조(詛呪)10)와 티독(置毒)으로써 부인의 이미ᄒ고 녀시의 일인가 너겻더니 이제 샹냥(商量)컨대 그ᄃᆡ 작얼(作孽)이라. 썰니 드러갓다가 명일로 도라갈디어다."

셕시 분연히 니러나 샹셔를 박ᄎ며 텰여의(鐵如意)11)로 티려 ᄒ야

---

8) [교감] [바이니]: 이대본. 21권본 없음. 26권본 '바이니'. 26권본으로 보충함.
9) 귀신의 거우린들: 조마경(照魔鏡). 귀신을 비춘다는 거울인들.
10) [교감] 져조: '조'는 '주'의 오기.
11) 여의(如意): 불교에서 법회나 설법 때, 법사가 손에 드는 물건. 등을 긁는 기구처럼 막대의

굴오디,

"이 반노(叛奴)[12] 소경(蘇慶)아. 네 진실로 무례지언을 홀다? 나는 이 공후(公侯)의 주손이오 대신(大臣)의 녀주로셔 미쳔한 소광의 며느리 되며 네의 지취(再娶) 되믈 흔흐야 셜싱(薛生)으로 부〃의 도를 일워 임의 회틱(懷胎)흐야시니 네 주식만 너기느다? 화시 녀시씌 혹흐야 일삭의 십 일도 오디 아니〃 내 엇디 공방을 둙히 딕희리오? 늘근 노고(老姑)를 몬져 죽이고 조초 너를 업시코져 흐더니 [일이 드러나 냇친들][13] 현마 엇디흐리오?"

샹셰 눗빗출 졍(正)히 흐고 딕답디 아니〃 셕시 니러 안흐로 드러가더라.

녀시 침소의 도라와 외면단(外面丹)을 먹고 심복 시녀로 더브러 탄왈,

"만일 내 이 약 곳 아니런들 흐마 누셜홀 쏜흐디라.[14] 부인만 그리 아는가 너것더니 샹셰 역시 내 셕시를 잡는가 너기니 엇디 차악(嗟愕)디 아니리오?"

흐더라.

끝이 갈고리 모양으로 휘어 있고 뼈, 뿔, 대나무, 나무 따위로 만든다.
12) 반노(叛奴): 주인을 배반한 종.
13) [교감] [일이 드러나 냇친들]: 이대본·21권본 없음. 26권본 '일이 드러나 냇친들.' 26권본으로 보충함.
14) [교감] 누셜홀 쏜흐디라: '쏜'은 '번'의 오기.

석씨를 내쫓고 혼서를 불태우다

명됴의 샹셰 모젼의 나아[가]매[1] 삼 부인과 소윤 냥미와 두 셔믜 모닷더라. 샹셰 긔운을 춤고 눈을 넛초와 부인씌 뵈온 후 면관(免冠) 히의띠(解衣帶)ᄒ고 계하의 ᄂ려 쳥죄ᄒ니 부인이 문왈,

"므스 일이 잇ᄂ뇨?"

샹셰 두 번 절ᄒ고 ᄭ러 주왈,

"뎌 적 무고(巫蠱)와 티독(置毒)이 비록 의심저으나 나타난 일이 업고 쏘 모친의 ᄀᄅ치믈 밧ᄌ와 사획(査覈)디 못ᄒ오나 일심의 불안ᄒ야 디내읍더니 어제 월야의 셕시 나와 힝ᄉ 거동의 음난(淫亂)ᄒ고 패악(悖惡)ᄒ믄 니ᄅ도 말고 스스로 입 가온대 무고티독(巫蠱置毒)을 복툐(服招)ᄒ니 젼일은 의심되나 이제 당ᄒ야ᄂ 미뢰여 의심이 다른 ᄃᆡ 잇디 아니 〃 쳥컨대 모친은 그 죄ᄅᆞᆯ 다ᄉ리샤 강샹(綱常)을 졍(正)히 ᄒ고 히ᄋᆡ 졔가(齊家) 못ᄒᆫ 죄ᄅᆞᆯ 다ᄉ리샤믈 ᄇᆞ라ᄂᆡ이다."

---

1) [교감] 나아[가]매: 이대본에 '가'가 누락되어 보충함.

좌위 대경ᄒ야 눗〃치 도라보고 삼 부인은 샹셔의 하당(下堂)ᄒ야 쑤러시믈 보고 당샹(堂上)의 잇디 못ᄒ야 듕계(中階)예 ᄂ렷더니 이 말을 듯고 셕시 하늘을 우러〃 기리 탄식고 화시는 의아ᄒ야 즈로 도라보니 부인이 날호여 문왈,

"오ᄋ(吾兒)는 허언을 말디니 진실로 셕시 나갓더냐?"

샹셰 디왈,

"히이 비록 무샹(無狀)ᄒ나 엇디 감히 모친ᄭ 긔망(欺罔)ᄒ며 쏘 므스 일로 셕시를 모함ᄒ리잇고?"

부인 왈,

"네 아니 니미망냥(魑魅魍魎)²⁾을 본다?"

디왈,

"히ᄋ로 더브러 두 셔동(書童)이 ᄒᆫ가지로 보앗ᄂ니 요괴를 몰라 보리잇가?"

부인이 샹셔의 노셩(老成)ᄒ믈 아나 오히려 밋디 아냐 셔동을 블러 엄히 힐문ᄒ시니 셔동이 다 셕부인이라 ᄒ야 삼 인의 말이 구일(口一)ᄒ다라. 부인이 역시 경아(驚訝)ᄒ기를 반향(半晌)이 디난 후 닐오디,

"셕시는 드ᄅ라. 그디 내 집의 오난 디 ᄉ 년의 므스 일이 브죡ᄒ야 이런 패힝(悖行)을 ᄒᄂ뇨?"

셕시 눈물을 머금고 머리를 두ᄃ려 왈,

"쇼쳡이 블혜(不慧)ᄒᆫ 긔질노 셩은(盛恩)을 후히 밧ᄌ와 죵신토록 우러〃 시측(侍側)고져 ᄒ더니 효셩이 업ᄉ와 망극(罔極)ᄒᆫ 변을 만나고 쳡이 어제 월야의 셔당의 갓더라 ᄒ니 이ᄂ 창텬이 죄를 ᄂ리오시미라. 입이 이시나 능히 발명(發明)티 못ᄒ니 ᄉ죄(死罪)를 청홀 ᄯ

---

2) 이매망량(魑魅魍魎): 온갖 도깨비. 산천, 목석의 정령에서 생겨난다고 한다.

룸이로소이다.”

소시 윤시 말려 왈,

“셕시 므슴 연고로 이런 변을 닐위리오? 아이 말이 과실(過實)혼가 흐노라.”

샹셰 앙텬닝쇼왈(仰天冷笑曰),

“쇼뎨 비록 무상흐나 주유(自幼)로 허언을 아냣느니 엇디 사름마다 밋디 아닛느뇨? 결단흐야 그저 두디 못흐리니 국법으로 다스리 〃라.”

언미필(言未畢)의 면식(面色)이 춘 지 굿투여 모젼이매 노긔를 강잉(強仍)흐나 능히 억졔티 못흐니 미우의 믁〃(默默)혼 위풍(威風)이 미쳐 븍풍(北風)이 놉흠 굿고 봉안(鳳眼)은 더옥 몽농(朦朧)흐야 굴 늘며 쳥긴(淸新)3) 혼 셩음(聲音)은 졈〃 느즉흐야 쟝춫 분긔(憤氣) 막힐 듯흐니 부인이 뎌 거동을 보고 시러곰 홀 일이 업셔 이에 것딜너 쑤지져 왈,

“셕시를 쳐티흐믈 죠용히 의논홀 거시어늘 엇디 뎌대도록 분긔를 발흐야 내 알픽 블공(不恭)흐뇨?”

샹셰 기용화긔(改容和氣)흐고 샤례왈,

“히이 엇디 감히 방즈흐리잇고? 다만 셕시를 옥수(獄司)의 고흐사이다.”

부인 왈,

“비록 셕시 그르나 그 주식이 잇고 힉팅(懷胎)4)흐엿느니 엇디 쳔박히 옥수(獄事)를 일우며 더옥 셕공의 놋출 보디 아니리오? 아직 머므러 그 주식 나키를 기드려 힉사(覈査)혼 후 내티미 가흐니라.”

샹셰 텽파(聽罷)의 돈슈왈(頓首曰),

---

3) [교감] 쳥긴: ‘쳥신’의 오기.
4) [교감] 힉팅: ‘회팅’의 오기.

"만일 이럴딘대 그 죄를 다스리디 아니미니 쇼지 하면목(何面目)으로 힝셰(行世)ᄒ리오? 모친은 세 번 술피쇼셔."

부인이 밋처 답디 못ᄒ야셔 셕패 츌고왈(出告曰),

"셕부인이 엇디 이럴 길히 이시리오? 부인은 명찰(明察)ᄒ샤 츌화(黜禍)5)를 보디 아니케 ᄒ쇼셔. ᄒ믈며 복듕ᄋ(腹中兒)와 쇼공ᄌ(小公子)의 ᄂᆺ출 보샤 관셔(寬恕)ᄒ시믈 ᄇ라ᄂ니 샹셴들 엇디 술피디 아니코 이대도록 뎐도(顚倒)ᄒ시니잇가?"

부인이 그러히 너기거늘 샹셰 심두의 블평ᄒ야 ᄉ매를 드러 무릅흘 ᄲ들고 고텨 안ᄌ며 작식(作色)고 관을 수겨 왈,

"셔뫼 이 일의 혐의로오믈 싱각디 아니시고 엇디 말슴을 간대로 ᄒ시ᄂ니잇가? 셕시 셔모의 가챠(假借)6)ᄒ시믈 미더 악ᄒᆼ을 ᄒ거늘 칙ᄒ야 금치 아니시고 도로혀 구ᄒ시니 엇디 ᄉ졍(私情)이 넘쎠 일편되디 아니며 경이 평일 ᄇ라던 배 아니로소이다."

셕패 샹셔의 이십 년이 디나도록 소ᄅᆡ 놉히믈 듯디 아냣다가 정슉ᄒ 빗ᄎ로 블평이 니ᄅ믈 듯고 붓그려 퇴ᄒ니 부인이 샹셔의 거동을 보고 ᄯᅩᄒᆫ 고이히 너겨 아모리 홀 줄을 몰라 셕시ᄃ려 왈,

"임의 이 일의 다ᄃ라ᄂᆫ 노뫼 실로 암연(闇然)히7) 결티 못ᄒ리니 아지(兒子) 심히 블안ᄒ여 ᄒᄂ다라. 잠간 도라갓다가 익(厄)이 진(盡)ᄒᆫ 후 다시 모드미 가ᄒ니라."

셕시 머리 조아 샤은왈,

"셩덕(盛德)을 닙ᄉ와 목숨을 사ᄅᆞ샤 친뎡(親庭)의 도라가오니 이 은혜ᄂᆞᆫ 산히도 가ᄇᆞ야오이다."

드듸여 소윤 이인과 화녀 이인으로 니별ᄒ고 벽운당의 와 죠곰도

---

5) 출화(黜禍): 내쫓김을 당하는 화.
6) 가차(假借): 관용(寬容)하다. 너그럽게 받아들이다.
7) 암연(闇然)히: 어렴풋하고 애매하여.

척〃(戚戚)훈 빗치 업서 힝장(行裝)을 출힐식 샹셰 외당으로 나가 시녀로 ᄒᆞ여곰 셕시ᄢᅴ 뎐어왈(傳語曰),

"부인이 이런 죄를 무릅뼈 어ᄂᆞ 면목으로 친당(親堂)읜들 도라가리오? 내 힝혀 모명(母命)을 밧ᄌᆞ와 법ᄉᆞ(法事)8)를 닐위디 아니코 셩교(聖敎)를 닷가 비례지언(非禮之言)을 내디 아니므로 작야(昨夜)의 부인의 ᄒᆞ던 말을 채 밧티 아니믄 그듸를 앗기미 아니오 참졍의 ᄂᆞᆺ츨 본 배 아니라. 내의 티가(治家)의 더러온 일을 니르디 아니미어니와 그듸 넘치 이시면 복ᄋᆞ(腹兒)를 거ᄂᆞ려 어듸를 가리오? 섈니 일긔(一器) 독쥬(毒酒)를 먹고 ᄌᆞ살ᄒᆞ야 셕공의 가풍(家風)과 내의 분(憤)과 그듸 죄(罪)를 속(贖)ᄒᆞ고 사라 도라갈 ᄯᅳᆮ들 두디 말디어다."

쇼졔 닝쇼ᄒᆞ고 회답왈,

"쳡의 사오나오미 다른 힝ᄉᆞ로 닐너는 감심(甘心)ᄒᆞ려니와 무고티독(巫蠱置毒)과 작야 나갓다 ᄒᆞᆷ은 감슈(甘受)티 아닛ᄂᆞ니 쳡도 잠간 셩교(聖敎)를 보매 군지 거즛말ᄒᆞ라 ᄒᆞᆫ 듸ᄂᆞᆫ 업더이다. 쳡이 비록 지은 죄 이실디라도 존괴 도라보내시면 집의 가 부모를 보고 편히 이실 ᄯᆞ름이라. 하고(何故)로 부모 유톄(遺體)를 ᄇᆞ리고 쳥츈의 악명을 싯디 못ᄒᆞ야 스스로 죽으리오? 작죄(作罪) 이신즉 븟그려오려니와 쳡이 비록 블쵸(不肖)ᄒᆞ나 무죄ᄒᆞ미 빅일(白日) ᄀᆞᆺᄐᆞ다. 빅단(百端)으로 칙ᄒᆞ시나 참괴(慙愧)ᄒᆞ야 친가의 도라가디 못ᄒᆞ도록 ᄒᆞᆫ 죄ᄂᆞᆫ 업ᄉᆞᆫ가 ᄒᆞᄂᆞ니 연(然)이나 존고와 샹셰 츌거(黜去)ᄒᆞ믈 직쵹ᄒᆞ실식 녀지 도라 의디홀 곳이 업ᄉᆞ니 친당으로 도라가나 ᄯᅩᄒᆞᆫ 죽으라 ᄒᆞ시믈 씨ᄃᆞᆮ디 못ᄒᆞ야 ᄒᆞ옵ᄂᆞ니 작야ᄉᆞ(昨夜事)를 다시 일ᄏᆞ라 칙ᄒᆞ시나 쳡은 작죄(作罪) 업ᄉᆞ디라. 두렵디 아냐이다."

시녜 도라와 뎐혼대 샹셰 통히(痛駭)ᄒᆞᆷ을 이긔디 못ᄒᆞ야

8) 법사(法事): 불사(佛事)와 같은 말. 여기에서는 '법적인 문제'의 뜻임.

"샐니 셕시의 혼셔(婚書)⁹⁾ 치단(采緞)¹⁰⁾을 내야오라"

흔대 쇼졔 이에 쾌히 내여주거늘 셕패 급히 말려 왈,

"부인이 엇디 이거슬 내여 보내느뇨? 내 맛당이 부인찍 고흐야 완젼킈 흐리라"

흔대 쇼졔 왈,

"블가흐이다. 이거슬 아니 보내면 문견(聞見)이 다 날을 구챠(苟且)히 너기리니 쾌히 가져가라. 타일 소시(蘇氏)의 인연이 이실딘대 혼셔 업기로 날을 브리며 쳡으로 홀 것 아니〃셔모는 넘녀 말라."

드딕여 혼셔와 치단을 내여오니 샹셰 난간의 지혀 블을 가져다가 슬오라 흐거늘 셕패 나아와 굴오딕,

"낭군이 이를 추마 블디르고 뎌 쇼공즈(小公子)는 어닉 싸히 두려 흐시느니잇가?"

샹셰 셕파를 보고 졍금위좌(整襟危坐)¹¹⁾흐야 머리를 수기고 반향(半晌)이 디난 후 명모(明眸)를 ᄀ느리 흐고 닝안(冷眼)으로 딕왈,

"경은 평싱의 무식쇼이(無識小兒)라.¹²⁾ 군신유의(君臣有義)와 즈모 우러읍는 쯧분이오 부〃유별(夫婦有別)과 부즈유친(父子有親)은 아디 못흐느이다."

셜파의 풍되(風度) 밍녈(猛烈)흐니 셕패 뎌의 즈약흔 면식이 즈연 츄연(愀然)흐고 말숨이 심히 믹〃(脈脈)흐여¹³⁾ 졉담(接談)티 못홀디라. 기리 탄식고 드러오다.

샹셰 본딕 텬셩이 과도흐기를 삼가는디라. 무단히 혼셔(婚書)를 블

9) 혼서(婚書): 혼인할 때 신랑집에서 예단과 함께 신부집에 보내는 편지.
10) 채단(采緞): 혼인할 때 신랑집에서 신부집으로 미리 보내는 푸른색과 붉은색의 비단.
11) 정금위좌(整襟危坐): 옷매무시를 바로 하고 단정하게 앉음.
12) [교감] 평싱의 무식쇼이라: '무식쇼이라 평싱의'의 오기. 21권본 없음. 26권본 '무식쇼이라 평싱의'.
13) 맥맥(脈脈)흐다: 생각이 잘 돌지 않고 답답함.

디르미 아녀 녀시 셕시 되여 나가실 적 셜가(薛哥)를 스통ᄒᆞ며 ᄌᆞ식이 다 셜가(薛哥)의 ᄌᆞ식이라 ᄒᆞ니 비록 무상히 너기나 대신(大臣)의 명교[14]로 풍교(風敎)를 더러이디 아니랴 발셜티 아니나 아조 긋기를 ᄉᆡᆼ각ᄒᆞ야, '그 ᄌᆞ식도 내의 골육이 아니니 더옥 혼셔를 머므르디 아니리라' ᄒᆞ고 깁흔 ᄠᅳᆮ뎡ᄒᆞ야 혼셔를 업시 ᄒᆞ니 타인은 다만 일시(一時) 셜분(雪憤)이라 ᄒᆞ더라. ᄎᆞ고로 ᄋᆞᄌᆞ를 어미를 ᄆᆞ자 맛뎌 구박ᄒᆞ여 보내고[15] 벽운당을 쓰러 자최를 업시 ᄒᆞ니 소샹셔의 명현관대(明賢寬大)ᄒᆞ므로도 능히 씻듯디 못ᄒᆞᆷ믄 다 셕쇼져의 익이 듕ᄒᆞ미러라.

---

14) [교감] 명교: 21권본 없음. 26권본 '듕교'. 문맥상 '명위(名位)'가 자연스러움.

15) [교감] ᄋᆞᄌᆞ를 어미를 ᄆᆞ자 맛뎌 구박ᄒᆞ여 보내고: 21권본 없음. 26권본 '아ᄌᆞᄆᆞ즈 구박ᄒᆞ여 어미를 맛겨 보닉고'. 26권본이 자연스러움.

석장군이 소현성을 죽이려 하다

셕부인이 친당의 도라와 슈말을 뎐ᄒ니 일개 대경ᄒ고 셕장군이
브련대로(勃然大怒)ᄒ야 보검을 쌔혀 글오ᄃᆡ,

"내 당〃이 소경을 죽여 이 흔을 셜ᄒ리라."

드듸여 분연히 니러 즈운산의 니ᄅ니 소샹셰 의관을 졍히 ᄒ고 마
ᄌ니 쟝군이 노긔튱텬(怒氣衝天)ᄒ야 칼을 빗기고 당의 올라 눈을 브
릅쓰고 소싱을 보니 위풍(威風)이 규〃(赳赳)ᄒ고[1] 살긔 만면이어늘
샹셰 아라보고 앙텬탄왈,

"텬디 사름을 내매 엇디 그 고르디 아니미 이럿툿 ᄒ야 강악(強惡)
ᄒ미 이럿툿 심ᄒ뇨?"

쟝군이 녀셩왈(厲聲曰),

"뉘 강악ᄒ뇨?"

샹셰 왈,

---

1) 규규(赳赳)하다: 씩씩하고 헌걸차다.

"무식블통(無識不通)훈 쟈는 이곳 군휘(君侯)[2]라."

쟝군이 대로ᄒ야 칼흘 드러 글오듸,

"네 엇디 날을 욕ᄒ리오? 내 반드시 너를 죽여 흔을 플니〃 쌜니 목을 느리혀 칼흘 바드라."

샹셰 단좌ᄒ야 안식을 블변ᄒ고 글오듸,

"쟝군은 식노(息怒)ᄒ고 내 말을 드르라. 이제 텬해(天下) 신뎡(新定)ᄒ고 인심이 블안ᄒ니 쟝군이 맛당이 ᄀᆡ국공훈(開國功勳)으로 국정을 다ᄉ리고 나라흘 보호ᄒᄆᆡ 올커늘 무단히 칼을 들고 날을 죽이려 ᄒ시니 그 노ᄒᄂᆞᆫ 쯧을 아디 못ᄒ거니와 대강 텬ᄌ 명이 아니오 쇼싱이 군녕(軍令)의 간셥디 아니니 아디 못게라 소경(蘇慶)이 쟝군ᄭᅴ 므슴 죄를 어덧느뇨? 내 비록 일개(一介) 셔싱(書生)으로 황구쇼ᄋᆡ(黃口小兒)나 일쥭 쟉위(爵位) 지존(至尊)의 근시(近侍)ᄒ니 흔가지 뎡신(廷臣)이라. ᄒ물며 문무(文武) 흔(限)이 현격ᄒ야 싱은 공부ᄌ(孔夫子)를 흑ᄒ고 쟝군은 『뉵도삼냑六韜三略』을 ᄉ승ᄒ며 내 ᄯᅩ 군후(君侯)의 휘하의 잇디 아녓고 셩샹(聖上) 탑하(榻下)의 시신(侍臣)이라. 쟝군이 공훈(功勳)을 유셰(有勢)ᄒ야 흑싱(學生)을 해ᄒ려 ᄒ나 한신(韓信)[3]의 공노로듸 미앙(未央)[4]의셔 버히니 ᄌᆞ고(自古) 쟝샹(將相)의 삼갈 배라. 군휘 만일 모진 긔운을 비양(飛揚)ᄒ나 두려ᄒᄂᆞᆫ 바ᄂᆞᆫ 내의 죽으믈 저허ᄒ디[5] 아녀 군후의 머리를 보젼티 못홀가 근심

2) 군후(君侯): 제후를 높여 부르는 말.
3) 한신(韓信): 한고조 유방의 장군. 처음에는 초나라의 항량(項梁)과 항우를 섬겼으나 중용되지 않아 유방의 군에 참가했다. 승상 소하(蕭何)에게 인정을 받아 해하(垓下)의 싸움에 이르기까지 군사적으로 크게 공을 세워 초왕(楚王)이 되었다. 그러나 권력 투쟁에서 밀려나 회음후(淮陰侯)로 격하되었고 유방 사후에 진희(陳豨)의 난에 가담했다가 장락궁(長樂宮)에서 여후(呂后)의 부하에게 살해당했다.
4) 미앙(未央): 미앙궁(未央宮). 장락궁과 함께 한나라의 2대 궁전. 한신이 미앙궁에서 죽었다는 설도 있다.
5) 저허하다: 두려워하다.

ᄒᆞᄂᆞ니 군휘 모르미 슬필디어다."

셕쟝군이 듯기를 ᄆᆞᆺ매 그 강녈졍딕(剛烈貞直)ᄒᆞᆷ을 심복(心服)ᄒᆞ
야 칼흘 ᄇᆞ리고 긔운이 져상(沮喪)ᄒᆞ야 눈섭을 ᄢᅴᆼ기고 탄왈,

"내 반ᄉᆡᆼ(半生)을 ᄒᆡᆼ셰(行勢)ᄒᆞ되 도로혀 빅면셔ᄉᆡᆼ(白面書生)만 ᄀᆞᆺ
디 못ᄒᆞ냐."

드듸여 ᄉᆡᆼ의 손을 잡고 등을 두드려 웃고 샤죄왈,

"과격ᄒᆞᆫ 일을 노뷔(老夫) 스스로 ᄒᆞ니 샹셔는 모르미 노ᄒᆞ여 말나.
나의 소댱(所掌)6)이 사ᄅᆞᆷ 죽이기를 힘쓰므로 ᄆᆞᄋᆞᆷ과 ᄀᆞᆺ디 아니므로
믄득 칼흘 ᄲᅢ히미 본ᄃᆡ 소힝이라. 뎐도ᄒᆞᆷ을 뉘웃노라."

샹셰 그 거동을 보고 역시 웃고 샤례왈,

"흑ᄉᆡᆼ(學生)이 군후(君侯)를 경시ᄒᆞ미 아니로되 어린 소견을 펴미
러니 쾌히 ᄢᅵ드ᄅᆞ시니 만힝(萬幸)이로소이다."

쟝군이 셕시 내틴 바를 뭇디 아니코 이윽이 말ᄒᆞ다가 도라가니 샹
셰 ᄯᅩᄒᆞᆫ ᄆᆞᄋᆞᆷ의 거리끼디 아니터라. 쟝군이 셕시를 블러 웃고 닐오
디,

"내 샹시 널로ᄡᅥ 강딕ᄒᆞᆫ가 ᄒᆞ더니 소경은 더 모딘디라. 샹시 보기
예 얼골 거동은 심히 엄ᄒᆞ되 인믈은 심히 단졍소졸(端正疏拙)ᄒᆞ더니
그 속은 네 한아비 밋츨 배 아니러라."

셕시 왈,

"조뷔 엇디 ᄡᅥ 아ᄅᆞ시ᄂᆞ니잇고?"

쟝군이 슈말을 니ᄅᆞᆫ즉 셕시 대경ᄒᆞ야 믁연브답이어늘 쟝군이 쇼
왈,

"네 아니 날을 뎐도(顚倒)히 너기ᄂᆞ냐?"

셕시 낼호여 디왈,

6) 소장(所掌): 맡아보는 일.

"손녜 엇디 감히 조부를 뎐도히 너기미 이시리잇고? 다만 조부의 뇌뎡(雷霆) ᄀᆞᆺᄐᆞ신 노로 뎌의 목숨을 경히 너기시니 차악(嗟愕)ᄒᆞᄂ이다."

쟝군이 탄식ᄒᆞ더라. 셕시 믈러와 ᄋᆞᄌᆞ를 기르며 복듕ᄋᆞ(腹中兒)를 보호ᄒᆞ야 비록 소가의 가디 못ᄒᆞᆯ디라도 두 ᄌᆞ식을 의지ᄒᆞ야 늙으믈 뎡ᄒᆞ고 지게[7] 밧글 경(輕)히 나디 아니니 부뫼 크게 잔잉히 너기며 묘당(朝堂)의 가 소샹셔를 만나ᄃᆡ 공복(公服) 가온대셔 ᄉᆡᆨ〃이 샹디ᄒᆞ니 ᄉᆞ졍(私情)을 뭇디 못ᄒᆞ고 ᄒᆞᆫ갓 노ᄒᆞᆯ ᄯᆞ름이라.

---

7) 지게: 마루와 방 사이의 문이나 부엌의 바깥문. 흔히 돌쩌귀를 달아 여닫는 문으로 안팎을 두꺼운 종이로 싸서 바른다.

병든 석파를 보살피다

소샹셰 니부(吏部)[1]의 입딕(入直)ᄒ엿다가 나와 모젼의 뵈오니 셕파 업거늘 뭇ᄌᆞ온대 소부인 왈,

"셕셔뫼 팀병(沈病)ᄒ야 긔거티 못ᄒ고 병셰 심히 듕ᄒ니라."

샹셰 경아(驚訝)ᄒ야 문병ᄒᆞᆯ시 원ᄂᆡ 셕패 셕부인이 츌화(黜禍)를 보니 듕미ᄒᆞ던 죠흔 ᄡᅳ디 쇼삭(消索)ᄒ야 냥가(兩家)의 무안(無顔)ᄒ고 다시 소복애 젼일 셕시 내틸 적 말ᄉᆞᆷ이 미안(未安)ᄒ니 두로 심ᄉᆞ 울〃ᄒ야 믄득 심병이 니러나니 본ᄃᆡ 긔딜이 유약던 고로 팀병ᄒᆞᆫ 후ᄂᆞᆫ 날노 듕ᄒ니 니패 듀야 구호ᄒ며 소윤 이인이며 가듕 시녀들이 다 근심ᄒ야 복쟈(卜者)의게 무르며 의원의게 약을 닐위디 ᄒ리디[2] 아니ᄒ니 가듕이 불승우환(不勝憂患)ᄒ더니 샹셰 나와 듯고 놀라 급히 일희당의 가 셔모를 볼ᄉᆡ-일희ᄂᆞᆫ 웃듬 첩의 잇ᄂᆞᆫ 고디니 소쳐ᄉᆞ 싱

---

1) [교감] 니부: 21권본 '니부'. 26권본 없음. 소현셩은 예부상서인데 이부상서와 혼동되고 있다.
2) ᄒ리다: 병이 낫다.

시의 지은 일홈이라—셕패 용뫼 한형(換形)3)ᄒ고 긔식이 엄〃(奄奄)
ᄒ야 반싱반ᄉ(半生半死)ᄒ야 금침(衾枕)의 ᄇ렷거늘 샹셰 크게 근심
ᄒ야 나아가 므르딕,

"경이 십여 일을 쩌낫다가 도라오니 그 ᄉ이 셔뫼 엇디 이러틋 유
병(有病)ᄒ시니잇고? 증셰를 알고져 ᄒᄂ이다."

셕패 눈을 드러 샹셔를 보고 눈믈이 비 ᄀᆺ거늘 싱이 ᄯᅩ흔 감창(感
愴)ᄒ여 위로왈,

"셔뫼 엇디 이러틋 슬허ᄒ시ᄂᆞ니잇가? ᄆᆞ음을 널니ᄒ야 실셥(失
攝)ᄒᄆ를 방비ᄒ쇼셔."

셕패 이에 울며 왈,

"미망노쳡(未亡老妾)이 낭군 ᄇ라믈 태산ᄀᆺ티 ᄒ야 친딜의 아름다
오믈 보고 인연을 일윗더니 운쉬 긔구ᄒ야 이런 일을 만나니 쳡이 냥
가(兩家)의 ᄂᆺ치 업고 우숨이 화ᄒ야 우름이 되니 셕노애 쳡을 흔ᄒ
시며 낭군이 ᄯᅩ 쳡을 믜워ᄒ시니 이 졍히 니른바 집이 이시나 드러가
디 못ᄒ고 나라히 이시나 의디홀 딕 업ᄉ니 고궁일신(孤窮一身)이 우
〃냥〃(踽踽涼涼)4)ᄒ야 대풍(大風)의 토ᄉ(土砂)를 블워ᄒᄆᆫ 간 곳마
다 브드티미라.5) 쳡의 인싱이 거믜줄만 못ᄒ도다. 여ᄎᆞ고(如此故)로
쳡이 ᄌᆞ분필ᄉ(自分必死)6)ᄒᄂ니 낭군은 ᄇ라건대 쳡의 셕시 쳔거
(薦擧)흔 죄를 샤ᄒ고 쳡의 시신(屍身)을 션노야(先老爺) 묘하(墓下)
의 무더 박명녕혼(薄命靈魂)을 위로ᄒ쇼셔."

샹셰 텽파의 안식을 ᄂᆞ죽이 ᄒ고 소릭를 온유히 ᄒ야 샤죄왈,

3) [교감] 한형: '환형'의 오기.
4) 우우양량(踽踽涼涼): 매우 외롭고 쓸쓸한 모양.
5) 브드티다: 부딪치다.
6) 자분필사(自分必死): 반드시 죽으리라 스스로 헤아리다.

"경이 비록 무상ᄒ나 엇디 감히 셔모를 미온(未穩)[7]ᄒ미 이시리오마ᄂ 뎌 젹 모친이 내 말ᄉᆷ을 허탄(虛誕)이 너기ᄂ디 셔뫼 ᄯᅩᄒᆫ 고디 듯디 아니시고 셕시를 구ᄒ시거늘 일시의 참디 못ᄒᆫ 배러니 그 일로ᄡᅥ 이러ᄐᆺ 유병(有病)ᄒ시고 ᄯᅩᄒᆫ 말ᄉᆷ이 여ᄎᆞᄒᆫ 디경의 이시니 블승황공(不勝惶恐)ᄒ여 욕ᄉ무디(欲死無地)ᄒ니 비록 만 번 후회ᄒᆫ들 엇디 미ᄎᆞ리오? 이 다 내의 셩이 조급ᄒ고 언에(言語) 뎐도(顚倒)ᄒ미라. ᄇ라건대 셔모ᄂ 경의 죄를 샤ᄒ시고 ᄆ음을 널니ᄒ야 됴병(調病)ᄒᄉᆸ셔. 셕시의 사오나오미 셔모ᄉᆡ 간셥디 아니커늘 이대도록 용녀(用慮)ᄒ시ᄂ니잇고?"

셕패 탄왈,

"만일 낭군이 언어(言語) 희뇌(喜怒) ᄌᄌ면 첩이 죡히 개회(介懷)티 아닐 거시로디 수십 년의 다ᄃᆺ도록 노식(怒色)을 보디 아낫다가 일됴(一朝)의 졀쳑(切責)을 드르니 슈괴(羞愧)ᄒ미 용납디 못ᄒᆯ 둣ᄒ니 ᄌ연 번뇌(煩惱)ᄒ미라. 엇디 셕부인으로 난 병이리오?"

샹셰 웃고 위로왈,

"소경이 평ᄉᆼ 심졍이 여트므로 ᄆ음의 두ᄂ 일이 업ᄂ니 셔뫼 경을 깁히 외디(外待)ᄒ고 그릇 너기샤 이러ᄐᆺ 유심지인(有心之人)으로 미뢰여[8] 호의(狐疑)ᄒ시니 경이 ᄯᅩᄒᆫ 미야ᄒ야[9] ᄒᄂ니 만일 셕시 ᄀᆺᄐ면 비록 그도곤 더ᄒᆫ 말이라도 이대도록 노ᄒ야 아니시리이다."

셕패 샹셔의 거동이 화슌ᄒ고 말ᄉᆷ이 근졀ᄒᆯ 보고 ᄯᅩᄒᆫ 웃고 디왈,

"첩이 낭군을 셕부인ᄉᆡ셔 더 듕히 너기더니 낭군이 미믈ᄒ시니 ᄇ라고 ᄉ랑ᄒ던 ᄆ음이 아연(啞然)ᄒ야 이리 노홉디 셕시 ᄀᆺᄐ면 므ᄉ

---

7) 미온(未穩): 화내다. 미워하다.
8) 미뢰다: 미루어 헤아리다.
9) 미야ᄒ다: 매정하다.

일 그대도록 노호오리오? 첩이 흐흐믄 낭군을 친딜(親姪)도곤 더 혜
므로 비로스미로소이다."

샹셰 흔연히 함쇼(含笑)ᄒ고 구병(救病)ᄒ매 약을 친히 다스리고
씌룰 그르디 아니니 셕패 감샤ᄒ믈 이긔디 못ᄒ더니 수일 후 샹셰 드
러와 문후ᄒ고 안자 한담홀시 셕장군의 말을 니르니 셕패 쏘흔 놀나
고 우이 너겨 인ᄒ야 죠용히 문왈,

"낭군이 혼셔(婚書) 치단(采緞)을 쇼화(消火)ᄒ니 뎌 쇼공즈(小公
子)룰 엇디려 ᄒ시ᄂ뇨?"

샹셰 미우(眉宇)룰 삉긔고 딕왈,

"그 모즈ᄂ 경의 간셥홀 배 아니라."

패 경왈(驚曰),

"부인은 낭군이 브리시려니와 골육도 춧디 아니려 ᄒ시ᄂᄂ니잇가?"

샹셰 딕왈,

"내 비록 사오나오나 엇디 내 즈식을 브리며 모이즈푀(母愛子抱)[10]
라 ᄒ나 어미 이증(愛憎)으로 즈식의 이증이 둘려시리오마ᄂ 이ᄂ 그
러티 아닌 거시니이다."

셕패 그 거동을 보고 씌ᄃ라 '반드시 셕시를 음힝(淫行)으로 의심
ᄒᄂᄂ도다' ᄒ야 변식왈(變色曰),

"낭군의 말슴이 고이ᄒ다. 엇디 이리 모호히 구ᄂ뇨? 셕부인 즈식
이 샹공(相公) 아돌이라. 어미룰 비록 거졀혼들 긔츌(己出)조차 브리
랴 말슴을 이리 ᄒ시ᄂ냐?"

샹셰 미쇼왈,

"내 엇디 즈식을 브리〃오? 이러므로 운ᄋ(雲兒) 형뎨 ᄉ랑이 병이

---

10) 모애자포(母愛子抱): 어머니를 사랑하면 아들을 끌어안는다. 곧 총애하는 여인의 자식을
사랑한다는 말.

되여이다마는 그 밧근 내 ᄌ식이 업스니 내 ᄌ식이 아닌 거슬 ᄉ랑ᄒ기도 고이ᄒ니 셔모는 내 진짓 ᄌ식을 ᄃ려오쇼셔. 됴셕(朝夕)으로 칙(責)ᄒ셔도 긔츌(己出)은 어엿비 너기리이다."

셕패 왈,

"셕부인 아들이 샹공 ᄌ식으로 아ᄂ이다."

샹셰 왈,

"경도 그러히 너겻더니 그릇 아랏더이다."

셕패 왈,

"엇디 [그럴 니 잇시리닛고?]11) 그릇 아랏노라 ᄒ시ᄂ 거시 그릇 아ᄂ 말이로다."

샹셰 왈,

"내 스스로 알미 아냐 셕시의 말이라."

패 왈,

"셕부인이 므어시라 ᄒ더뇨?"

샹셰 답디 아니커늘 지삼 힐문(詰問)ᄒᆫ대 샹셰 날호여 닐오디,

"셔모의 병이 나으시거든 도셩(都城)의 드러가 셕시를 보옵고 무ᄅ소쇼.12) ᄀ장 잘ᄒ던 거시니 셔모ᄭ라 얼혀니 슬오리잇가?"

셕패 탄왈,

"낭군이 ᄇ셔 셕부인을 믜워 이리 말ᄉᆷ을 ᄒ거니와 셕부인이 이런 뉴(流)ᄂ 아니 〃이다."

샹셰 왈,

"내 ᄯ혼 셕시를 이러티 아닌 뉴(流)로 아더니 ᄒᆼ시 여ᄎᄒ니 사ᄅᆷ으로 ᄒ여곰 아디 못ᄒᆯ너이다."

---

11) [교감] [그럴 니 잇시리닛고]: 이대본·21권본 업음. 26권본 '그럴 니 잇시리닛고'. 26권본으로 보충함.

12) [교감] 무ᄅ소쇼: '쇼'는 '셔'의 오기.

패 탕훈(愴恨)홈을 마디아니ᄒ고 샹셰 ᄯ오흔 탄식ᄒ더라.

가짜 화씨가 밤마다 희롱하다

ㅊ야의 셕패 긔운이 잠간 낫거늘 샹셰 믈러 외당의 와 쵹을 붉히고 글을 보더니 이째 녀시 셕시를 해ㅎ나 샹셔의 죵젹이 제게 더으는 일이 업고 긔싁이 녜 ㄱᄐ니 녀시 ᄯᅩ 싱각ᄒᆞ딗,

'화시를 ᄆᆞ자 업시 ᄒᆞ야 그 가권(家權)을 아슬 거시라.'

이날 황혼의 약을 숨겨 화시 되어 외당의 나오니 인젹이 젹연ᄒᆞᆫ딗 사창의 쵹영이 휘황ᄒᆞ고 샹셔의 글 넑는 소릐 나거늘 ㄱ만이 여어보니 샹셰 의관을 졍히 ᄒᆞ고 ᄶᅴᄅᆞᆯ 그ᄅᆞ디 아니코 셔안을 딗ᄒᆞ야 셔뎐(書典)을 볼ᄉᆡ 녀시 비록 부뷔 되연디 팔구 삭이나 죤당의 가 둥회(衆會) 둥 비편(非便)ᄒᆞ야 보디 못ᄒᆞ고 ᄉᆞ실(私室)의 혹 모드나 혼야(昏夜)의 드러와 싁々이 머믈고 새배 나가니 그 얼골을 ᄌᆞ시 모ᄅᆞ더니 이날 여어보니 ᄎᆡ봉(彩鳳) ㄱᄐᆫ 엇게예 쳥삼(靑衫)을 닙고 년곳 ㄱᄐᆫ 얼골의 거믄 관을 ᄡᅥ시니 귀밋ᄎᆞᆫ 츄월(秋月)이 운니(雲裏)의 비최ᄃᆞᆺ 미우 ᄉᆞ이예 졍명지긔(精明之氣)[1] 어릐여시니 말근 눈을 ᄒᆞᆫ번 두ᄅᆞ매 명광(明光)이 ᄉᆞ벽(四壁)의 빗최고 졍ᄎᆡ(精彩) 두우(斗牛)[2]를 ᄶᅦ

치니 공경홈과 수랑호오믈 이긔디 못호야 더옥 화시를 업시코 득통(得寵)코져 뜻이 니러나 드러가 싱의 겻틱 안즈니 샹셰 화시 나와시믈 보고 놀나 문왈,

"부인이 엇디 나왓느뇨?"

화시 탄식왈,

"첩이 셕시로 더브러 샹공의 통을 닙더니 이제 낭군이 첩을 박디호고 외당의 나와 날을 보내니 첩이 공방(空房)의 빅두음(白頭吟)을 읇는디라. 오늘 월야(月夜)를 타 이에 니르럿느이다."

샹셰 디왈,

"내 쏘흔 다스(多事)호야 녹운당을 춫디 못호엿거니와 이 밤의 엇디 부인이 외당의 나오리오? 썰니 드러가라."

화시 거줏 붓그리는 톄호야 니러 드러가니 샹셰 심하의 늣게 너기나 쏘흔 싱각호디,

'내 셩졍이 녀식(女色)을 블관(不關)히 너겨 듀야 독쳐호니 년쇼흔 녀지 삼가디 못호미 잇도다'

호고 쏘흔 인호야 탄왈,

"호나흔 대악(大惡)이오 호나흔 추비(醜卑)호야 부녀 스덕(四德)의 간셥디 아니호니 내 평일 화셕으로써 이러티 아닐 인믈노 알미 진실로 블명호니 츠후는 눈을 금고 므음을 허틀워3) 디인(知人)호기를 폐호리라."

명됴의 문안호니 양부인이 즐기디 아니시거늘 샹셰 뭇즈온대 답왈,

"내 다시 싱각호니 셕시의 죄 심히 블명호고 네의 쳐티 모호흔디

---

1) 정명지기(精明之氣): 깨끗하고 밝은 기운.
2) 두우(斗牛): 이십팔 수(二十八宿) 중 북두성과 견우성(牽牛星).
3) 허틀우다: 흐트러지게 하다.

라. 므음이 블평ㅎ여라."

소시 쪼흔 닐오디,

"석시 현마 그대도록 홀 니 이시리오마는 아이 그 얼골을 보왓노라 ㅎ니 사름으로 ㅎ여곰 아디 못홀 배로다."

샹셰 무언브답ㅎ고 퇴ㅎ엿더니 이날 화시 나왓거늘 샹셰 크게 미안ㅎ야 정쉭고 본 톄 아니니 오래 안자 히이치다가4) 드러가니 샹셰 수일 후 녹운당의 와 자디 스긔 엄쥰ㅎ야 젼일과 굿디 아니커늘 고이히 너기나 엇디 이 일인 줄 알니오.

이후는 샹셰 외당의 잇는 날이면 녀시 화시 되어 나가 긔괴흔 거조를 무궁히 ㅎ니 샹셰 혹 칙ㅎ고 경계ㅎ야 드려보내고 구외예 내디 아니나 일로조차 화시씌 깁흔 졍이 어긔여디니 이째 화시 생ᄌ(生子)ㅎ니 의약을 극진이 ㅎ나 드러가 보디 아니ㅎ니 가듕이 다 의려(疑慮)ㅎ더라.

---

4) 히이치다: 희롱하다.

여의개용단 이야기를 듣다

　원니 ᄌᆞ고로 셩현군지나 간인의게 속ᄂᆞᆫ 일이 잇고 일월지광(日月
之光)으로도 부운(浮雲)이 ᄀᆞ리오니 당요(唐堯)[1] 젹 ᄉᆞ흉(四凶)[2]이
잇ᄂᆞᆫ디라. 소샹셰 어디 〃 아닌 거시 아니로딕 ᄯᅩ 가듕의 요괴로온 일
이 이시니 엇디 흔홉디 아니리오. 연이나 간인이 쳔방빅계(千方百計)
로뼈도 ᄆᆞ춤내 ᄆᆞᆰᄀᆞᆫ 거울의 도망티 못홀디라. 흔 번 소샹셔를 소김도
고이커든 엇디 두 번 소기리오.
　일 〃은 샹셰 완농담[3] ᄀᆞ의 나와 한가히 거르며 차탄ᄒᆞ야 ᄀᆞᆯ오딕,
　"내 만일 형뎨 ᄒᆞ나만 잇던들 서ᄅᆞ 손을 잇그러 한유(閑遊)ᄒᆞ며 외
롭디 아닐낫다"
ᄒᆞ더니 믄득 ᄇᆞ라보니 듯글이 니ᄂᆞᆫ 고딕 추죵(騶從)이 구름 ᄀᆞᆺ고 다
ᄉᆞᆺ 지샹이 ᄆᆞᆯ머리를 ᄀᆞᆯ와 오거ᄂᆞᆯ 보니 이ᄂᆞᆫ 셩우경 님슈보 등이라.

---

1) 당요(唐堯): 요임금. 당(唐)이라는 곳에 봉(封)해진 것에서 유래했다.
2) 사흉(四凶): 당요시대 네 명의 흉악한 사람. 환도(驩兜), 공공(共工), 삼묘(三苗), 곤(鯤).
3) [교감] 완농담: '완'은 '와'의 오기.

샹셔 덕으로 등데ᄒ야 벼슬이 다 한원(翰苑)[4] 츈경(春卿)과 풍딕헌(風大憲)[5]의 올낫ᄂ니라. 샹시 소ᄉᆡᆼ 셤기믈 놉흔 스승으로 ᄒ고 소ᄉᆡᆼ도 뎌 오 인(五人)으로 더브러 지극ᄒᆫ 친위(親友) 되어 서르 공경ᄒ고 ᄉᆞ랑ᄒ나 사ᄅᆞᆷ이 챠작(借作)[6]ᄒᆫ 줄을 알 니 업스며 ᄆᆞᄎᆞᆷ내 소ᄉᆡᆼ이 구외(口外)예 내여 일가지친(一家至親)의도 아니니 그 팀듕(沈重)ᄒᆫ 우인(爲人)이 이 ᄀᆞᆺᄐᆞ 뎌 오 인이 블승감격(不勝感激)ᄒ야 ᄒ더니 금일 ᄌᆞ운산의 니르니 소ᄉᆡᆼ이 뎌의 오믈 보고 편암(便巖)[7]의 거러안자[8] 낙시를 모시 더뎌 희롱ᄒ고 동티 아니니 님슈보 등이 몰나보고 곡듕(谷中)으로 드러가 소부의 니르러 왓ᄂ 줄을 니르니 문니(門吏) 딕왈,

"샹공이 골 밧긔 나가 겨시ᄂ이다."

오 인이 ᄆᆞᆯ을 두로혀 ᄎᆞ즐ᄉᆡ 완농담[9] 셧녁히 일위 소년이 빅의(白衣)를 금풍(金風)의 붓치고 낙시를 옥슈원비(玉手猿臂)[10]의 빗겨 셕벽(石壁)의 지혀시미 표연(飄然)히 신션 ᄀᆞᆺ튼디라. 졔인이 놀라 갓가이 가니 그 사ᄅᆞᆷ이 낙시를 ᄇᆞ리고 몸을 두로혀 듕인(衆人) 총듕(叢中)을 향ᄒ거ᄂᆞᆯ ᄌᆞ시 보매 이곳 소상셰라. 졔ᄉᆡᆼ(諸生)이 반겨 웃고 왈,

"녕형(令兄) 션ᄉᆡᆼ(先生)이 엇디 와 겨시니잇고?"

샹셰 답왈,

"국화 향긔를 보매 츄슈딩셰(秋水澄洗)[11]를 ᄉᆡᆼ각ᄒ야 이에 나왓더니 졔형의 ᄎᆞᄌᆞ믈 어드니 만ᄒᆡᆼ이로다."

---

4) 한원(翰苑): 한림원(翰林院)의 별칭.
5) 풍대헌(風臺憲): 풍헌(風憲)과 대헌(臺憲). 둘 다 감찰(監察)과 기강(紀綱)을 관장하는 어사대(御史臺)의 관원을 가리킨다. 즉 어사.
6) 차작(借作): 남에게 시문(詩文)을 대신 짓게 함. 또는 그런 글.
7) 편암(便巖): 불편 없이 편안한 바위.
8) 걸앉다: 걸터앉다.
9) [교감] 완농담: '완'은 '와'의 오기.
10) 옥수원비(玉手猿臂): 옥 같은 손과 원숭이처럼 길고 힘이 있는 팔.
11) 추수징세(秋水澄洗): 가을 물이 맑고 깨끗함.

드ᄃᆡ여 청ᄒᆞ여 바회 우희 버러 안자 오래 보디 못ᄒᆞ믈 일ᄏᆞᆺ고 츄경(秋景)을 둘너보니 단풍은 비단댱(緋緞帳)을 틴 ᄃᆞᆺᄒᆞ고 국화ᄂᆞᆫ 만발ᄒᆞ야 미풍의 텬향(天香)이 옹비(擁鼻)ᄒᆞ고 시내ᄂᆞᆫ 잔〃ᄒᆞ야 옥암의 빗기 흐ᄅᆞ고 창〃녹듁(蒼蒼綠竹)과 낙〃댱숑(落落長松)이 반공의 쎄텨시며 팀향목(沈香木)[12]은 만산(滿山)ᄒᆞ야 곳다온 긔운을 토ᄒᆞ니 이ᄅᆞᆯ ᄃᆡᄒᆞ야ᄂᆞᆫ 셰간을 아조 닛고 진쇽(塵俗) 듯글을 탕젹(蕩滌)[13]ᄒᆞᆯ디라.

졔인이 칭찬왈,

"소형은 진실로 청고ᄒᆞᆫ 사ᄅᆞᆷ이로다. 이런 션경을 ᄃᆡᄒᆞ야 낙시ᄅᆞᆯ 희롱ᄒᆞ니 엇디 아ᄅᆞᆷ답디 아니리오? 쇼뎨 등이 형을 블워ᄒᆞᄂᆞ니 됴셕의 영쥬(瀛洲) 션산(仙山)을 ᄃᆡᄒᆞ엿닷다."

샹셰 잠쇼왈,

"군형(群兄)이 일즉 영쥬(瀛洲) 션산(仙山)을 본다? 언어의 허탄ᄒᆞ믈 군ᄌᆡ 삼가디 아닛ᄂᆞ냐?"

졔인이 다 웃고 왈,

"보든 아냐시나 션산이 잇다 ᄒᆞ더라."

인ᄒᆞ야 님슈뵈 닐오ᄃᆡ,

"강쥬(江州)ᄂᆞᆫ 실노 고이한 ᄯᅡ히라. 약이 이셔 능히 사ᄅᆞᆷ의 얼골을 곳친다 ᄒᆞ더라."

샹셰 쇼왈,

"므솜 약이런고?"

님싱 왈,

"내 친족 왕싱이란 재 강쥬(江州) 잇더니 ᄒᆞᆫ 챵녀ᄅᆞᆯ 심히 닛디 못ᄒᆞ

12) 침향목(沈香木): 인도와 동남아시아에 널리 분포하는 상록교목으로 나뭇진을 향료로 사용한다.
13) [교감] 탕적: '탕쳑'의 오기. 21권본 없음. 26권본 '탕텩'.

야 즈로 가 보더니 일 〃 은 그 챵기 스스로 왓거늘 깃거 동침ᄒ려 ᄒ니 남지로ᄃᆡ 외모ᄂᆞᆫ 녀지라. 대경ᄒᆞ야 무ᄅᆞ니 기녜(其女) 웃고 왈, '내 곳 그ᄃᆡ 이듕ᄒᆞ던 내라.' 왕싱이 크게 고이히 너겨 힝혀 희롱인가 너겨 기녀를 ᄃᆞ리고 기녀의 집의 가보니 과연 올커늘 아연이 도라왓더니 그후 드ᄅᆞ니 그 [챵]녀¹⁴⁾의 고인(故人)¹⁵⁾이 이셔 그 약을 먹고 와 소기고 그 챵녀를 ᄃᆞ려 멀니 피ᄒᆞᆫ 고로 왕싱¹⁶⁾이 듀야 근노(懃怒)ᄒᆞᆫ다 ᄒᆞ더라."

상셰 탄왈,

"진짓 협긱방탕지(俠客放蕩者)로다"

ᄒᆞ고

"챵녀를 일코 엇디 근노(懃怒)ᄒᆞ며 티쇼긱(嗤笑客)이 되리오? 애ᄃᆞᆯ온 사ᄅᆞᆷ이로다."

졔싱 왈,

"시셰지인(時世之人)이 다 그러ᄒᆞ니 왕싱을 칙디 못ᄒᆞ리라."

상셰 흔탄ᄒᆞᆷ믈 마디아냐 믄득 일흥(逸興)¹⁷⁾이 쇼연(蕭然)ᄒᆞ니 이ᄂᆞᆫ 왕싱이 그른 고ᄃᆡ 외입(外入)ᄒᆞᆷ믈 애ᄃᆞᆯ와 ᄒᆞ미라. 이윽이 담쇼ᄒᆞ다가 흣터디니 상셰 독좌완경(獨坐玩景)ᄒᆞ매 홀연 흉금이 열녀 크게 의려ᄒᆞ니 이 졍히 부운(浮雲)을 ᄭᅳᆯ고 일월이 빗츨 토ᄒᆞ며 암실(暗室)의 야광쥬(夜光珠)를 비췸 ᄀᆞᆺᄐᆞ니 화셕 낭인의 익이 진ᄒᆞᄆᆡ러라.

상셰 님싱의 말을 듯고 싱각ᄒᆞᄃᆡ,

'화시 비록 셩되(性度) 쵸쥰(峭峻)¹⁸⁾ᄒᆞ야 유슌흔 덕이 져그나 위인

---

14) [교감] 그 [챵]녀: 21권본 '기녀'. 26권본 '그 챵녀'. 26권본으로 보충함.

15) 고인(故人): 오래전부터 사귀어온 사람.

16) [교감] 황싱: '왕싱'의 오기.

17) 일흥(逸興): 세속을 벗어난 흥취.

18) 쵸쥰(峭峻): 험준하다.

이 놉고 붉으며 조흔디라. 엇디 황야(黃夜)의 분주ᄒ야 외당의 나오
며 거지(擧止) 음난(淫亂)홀 니 이시리오? ᄒ믈며 셕시ᄂᆞᆫ 고문명가
(高門名家)의 녀지라. 당초 힝시 슉녀의 위풍이 이셔 옥결빙심(玉潔氷
心) ᄀᆞᆺᄐᆞ니 내 ᄒᆞᆫ갓 부″의 ᄉᆞ정(私情)만 잇디 아니ᄒ더니 의외예 이
런 일이 이시니 내 실로 고이히 너기디 셕시 화시 얼골을 보고 말을
친히 드러시므로 의심이 업더니 이제 님싱의 말로 보건대 녀시 심히
어디″ 아닌 재라. 혹 요망ᄒᆞᆫ 일을 ᄒᆞᆫ닷던가?'

  의심ᄒᆞ야 도라왓더니

가짜 화씨의 정체를 밝히고 여씨를 내치다

이날 쏘 화시 월야를 타 나와 싱의 겻티 안즈니 샹셰 이에 의려ᄒ
야 촉을 나오혀 노코 니기 보듸 조곰도 의심되디 아니커늘 거지를 볼
식 화시 이에 웃고 왈,

"낭군이 녀시는 즈로 춧고 쳡을 소히 ᄒ니 엇디 애둛디 아니리오?"

샹셰 듸왈,

"부인은 내 조강이매 듕히 너기더니 요스이 부인 힝젹을 보건대 졍
(情)이 쇼삭(消索)ᄒ이ᄂ니 녀신들 각별이 후듸홀 일 업고 그 인믈이
거의 셕시나 다르디 아니ᄒ니 블힝ᄒ여 ᄒ노라."

화시 믄득 작식(作色)고 말을 아니니 샹셰 의심이 동ᄒ엿ᄂ듸라.
엇디 그저 보내리오. 짐줏 그 스매를 잇그러 니러나 굴오듸,

"부인은 녹운당으로 가미 엇더뇨?"

화시 스양왈,

"샹공은 여긔서 밤을 디내쇼서."

싱이 듯디 아니코 구틔여 잇그러 녹운당으로 가니 화시 조슈블갑

(措手不及)[1]호야 빅계칭탁(百計稱託)호디 싱이 더옥 의심이 동호야 우겨 드리고 녹운당의 니르니 화시 쵹하의 안자 고스(古事)를 슈련(修鍊)호거늘 샹셰 가(假)화시를 드려 문을 들매 진짓 화시 소텬(所天)의 오믈 보고 크게 놀나 문왈,

"뎨 엇던 녀지뇨?"

샹셰 웃고 날호여 굴오디,

"요스이 부인이 분신법(分身法)을 힝호야 날마다 셔당의 나오니 싱이 오늘은 쳥호야 합신(合身)코져 호노라."

화시 보건대 뎌 녀지 즈가(自家)로 더브러 호발(毫髮)도 다르디 아니니 일단 경아(驚訝)호미 극호고 쏘흔 대로호야 꾸지저 왈,

"네 엇던 니미망냥(魑魅魍魎)이완디 감히 내 얼골이 되어 샹공을 소기고 날을 업슈이 너기느뇨?"

가화시 노즐왈(怒叱曰),

"네 엇던 요괴완디 내 얼골이 되어 내 방의 잇느뇨?"

화시 불연대로호야 겻티 노흔 텰션(鐵扇)을 드러 가(假)화시를 티니 화시 소리 딜너 왈,

"네 엇던 거시완디 이리 방즈호뇨?"

샹셰 하 긔괴히 너겨 날호여 굴오디,

"두 부인은 셜만(褻慢)이 힐난(詰難)티 말나. 내 스스로 분변호리라."

드디여 시녀로 호여곰

"쳥운당의 가 녀시를 쳥호고 운취각의 가 소시를 쳥호며 일희당의 가 두 셔모를 브르디 죠곰도 요란호야 췌셩텬의 가게 말나."

시녀 승명(承命)ᄒ야 두로 쳥ᄒ니 니셕이 패 몬져 드러오매 방듕의 두 화시 안자시ᄃᆡ 소샹셰 ᄒᆞᆫ 부인의 ᄉᆞ매ᄅᆞᆯ 구디 잡아 미우의 우음이 ᄀᆞ득ᄒ엿ᄂᆞᆫᄃᆡ 두 화시ᄂᆞᆫ 서ᄅᆞ 짜호거ᄂᆞᆯ 냥인이 대경ᄒ야 어린 ᄃᆞ시 셔〃 볼ᄉᆡ 샹셰 잠쇼ᄒ고 시녀로 소시 윤시ᄅᆞᆯ 쳥ᄒ니 두 부인이 다 취침ᄒᄆᆞᆯ 칭ᄒ고 오지 아니니 셕패 년망이 운취각의 가 흔동(掀動)ᄒ야 ᄀᆞᆯ오ᄃᆡ,

"냥부인은 이런 긔관(奇觀)을 귀경티 아니려 ᄒ시ᄂᆞ니잇가?"

소시 문왈,

"므슴 긔관고?"

패왈,

"가셔 보시면 아ᄅᆞ시리이다."

이인이 밋디 아냐 와셔 보고 역시 대경ᄒ야 왈,

"뎨 어인 거죄뇨?"

싱이 비로소 슈말을 ᄌᆞ시 고ᄒᆞᆫ대 소시 쇼왈,

"가히 우읍도다. 이럴딘대 뉘 가마귀 ᄌᆞᄋᆞᆼ(雌雄)을 분변ᄒᆞᆯ고?"

샹셰 왈,

"쇼뎨 잠간 술피미 잇ᄂᆞ니 녀시ᄅᆞᆯ ᄆᆞ자 쳥ᄒ야 온 후 결단ᄒ사이다."

언미필(言未畢)의 시녀 회보왈(回報曰),

"쳥운당의 가니 녀부인이 아니 겨시더이다."

샹셰 이에 쳥운당 시녀와 녹운당 시녀ᄅᆞᆯ 잡아내여 엄문(嚴問)ᄒᆞᄃᆡ,

"화부인이 셕문안(夕問安) 후ᄂᆞᆫ 침당을 ᄯᅥ나디 아냐 겨시냐?"

시녀 고왈,

"부인이 혼뎡(昏定)ᄒᄉᆞᆫ 후ᄂᆞᆫ 이에 이셔 움죽이디 아냐 겨시니 엇디 셔당의 나가시리잇고?"

쳥운당 시녀ᄂᆞᆫ 서ᄅᆞ 보며 말을 아니ᄒ니 샹셰 지삼 힐문(詰問)ᄒᆞᆫ대

뎌 시녜 엇디 감히 은희(隱諱)²⁾ᄒ리오? 이에 브디블각(不知不覺)의 고ᄒᄃᆡ,

"부인이 날마다 화부인이 되여 나가시니 쇼비(小婢) 등이 므슴 연괸(緣故) 줄 알니잇고?"

샹셰 왈,

"녀부인과 동심(同心)ᄒᆞᆫ 시녜 이에 이실 거시니 너히 딕고(直告)ᄒᆞ야 죄를 더으디 말라."

시녜 이에 녀시 심복 미양을 ᄀᆞᄅᆞ쳐 고ᄒᆞ니 샹셰 잡아내여 형댱(刑杖)을 ᄀᆞ초와 져주어 실ᄉᆞ(實事)를 국문(鞠問)ᄒᆞ니 양이 혼비빅산(魂飛魄散)ᄒᆞ야 슈말을 ᄌᆞᆺ시 고ᄒᆞ고 그 두 가지 약을 내여드리니 여의기용단(如意改容丹)은 빗치 붉고 크기 져비알만ᄒᆞ고 외면회단(外面回丹)은 빗치 프르고 크기 콩만ᄒᆞ니 소시 등이 ᄃᆞ토와 보고 우으ᄃᆡ 샹셰 홀노 눈을 드러 보디 아니ᄒᆞ니 샤ᄉᆡᆨ(邪色)을 보디 아니려 ᄒᆞ미러라.

셕파 등이 오면단(吾面丹)을 프러 두 화시를 ᄂᆞᆫ화주니 진짓 화시 노긔 ᄀᆞ득ᄒᆞ여 약을 드러 쾌히 먹어 왈,

"내 이 약을 먹다 부모 유톄(遺體) 달니 되랴? 네 내 얼골이 되고져 ᄒᆞ니 우리 부친 쳡녀(妾女)로 녀운의게 의탁ᄒᆞ여도 내 얼골 되고져 ᄒᆞᆯ 니 업ᄉᆞ리라."

샹셰 졍ᄉᆡᆨ왈,

"모ᄅᆞ미 어ᄌᆞ러이 구디 말나."

화시 오면단을 먹으ᄃᆡ 젼혀 용뫼 변티 아니 〃 샹셰 또 녀시를 권ᄒᆞ니 녀시 먹디 아니ᄒᆞ거늘 윤시 웃고 왈,

"아니 먹는 재 의심젓도다."

2) [교감] 은희: '은휘'의 오기.

소시 나아가 우김질노 드러부으니 녀시 마디못ᄒᆞ여 먹으매 믄득 네 얼골이 드러나니 표연(飄然)ᄒᆞᆫ 화부인이 변ᄒᆞ야 풍영(豐盈)ᄒᆞᆫ 녀시 되엿더라. 샹셰 ᄇᆞ야ᄒᆞ로 자븐 ᄉᆞ매를 노코 정금단좌(整襟端坐)ᄒᆞ매 좌위 일댱(一場)을 박쇼(拍笑)ᄒᆞᆯᄉᆡ 샹셰 탄왈,

"군ᄌᆞ의 곳의ᄂᆞᆫ 요괴로온 일이 업거늘 쇼뎨(小弟) ᄇᆞᆯ인(不仁)ᄒᆞ야 가닉예 이런 변이 이시니 대댱뷔 되야 ᄋᆞ녀ᄌᆞ를 거ᄂᆞ리디 못ᄒᆞ니 사름을 딕ᄒᆞ매 용속(庸俗)ᄒᆞ미 붓그럽디 아니며 됴뎡 졍ᄉᆞ를 의논ᄒᆞ리오? 셕시 잡으믄 녀시 ᄒᆞᆫ 배니 두 셔모와 져〃ᄂᆞᆫ 힐문ᄒᆞ쇼셔."

셕패 당션(當先)ᄒᆞ야 미양을 붓들고 무르니 양이 녀시 당초붓터 모계ᄒᆞ던 일을 일〃히 고ᄒᆞ니 소유 이인이 졔셩쇼왈(齊聲笑曰),

"우리 당초 아올 그릇 너겻더니 이제 보건대 아이 쳐티도 그릇디 아니코 우리 의심홈도 올탓다."

셕파ᄂᆞᆫ 슈무죡두(手舞足蹈)[3]ᄒᆞ야 흔희(欣喜)ᄒᆞᆷ믈 이긔디 못ᄒᆞ야ᄒᆞ고 녀시ᄂᆞᆫ ᄇᆞᆯ승슈괴(不勝羞愧)ᄒᆞ야 움죽이디 못ᄒᆞ며 화시ᄂᆞᆫ ᄭᅮ짓기를 마디아니ᄒᆞ더니 날이 새매 췌셩뎐의 드러가 작야ᄉᆞ(昨夜事)를 일〃히 고ᄒᆞᆫ대 부인이 ᄇᆞᆯ승히연(不勝駭然)ᄒᆞ야 이에 녀시를 블러 당하의 ᄭᅮᆯ니고 수죄(數罪)ᄒᆞᆯᄉᆡ 위엄이 늠〃ᄒᆞ고 언에 명빅ᄒᆞ야 드르매 모골이 숑연ᄒᆞ더라.

이에 녀시를 내티고 계션 미양 들을 듕타(重打)ᄒᆞ야 본향(本鄕)의 옴기고 궁듕(宮中)[4]을 쳥평(淸平)ᄒᆞ고 셕파로 더브러 차아(嗟歎)[5]ᄒᆞ야 굴오ᄃᆡ,

"내 아히 졍ᄉᆞ(政事)[6] 지극 공변되더니 이 일이 이시니 엇디 고이

3) [교감] 슈무죡두: '두'는 '도'의 오기. 수무죡도(手舞足蹈)는 몹시 좋아서 날뛴다는 뜻.
4) [교감] 궁중: 21권본·26권본 '궁즁'. 문맥상 '가즁'이 자연스러움.
5) [교감] 차아: '차탄'의 오기. 21권본·26권본 'ᄌᆞ탄'.
6) [교감] 졍ᄉᆞ: 21권본 '힝식'. 26권본 '가즁식'. 21권본·26권본의 표현이 보다 자연스러움.

티 아니리오?"

석패 쓰흔 탄식왈,

"이는 샹셔룰 원(怨)티 못홀 거시오 다 녀시의 사오나옴과 셕부인의 익회(厄會) 가비얍디 아니민가 ᄒᆞᄂᆞ니[다][7]."

모다 올타 ᄒᆞ더라.

어시의 녀시 츌화(黜禍)룰 만나 친당(親堂)의 도라가 부모룰 보고 제 일을 고ᄒᆞ니 부뫼 쓰흔 대로ᄒᆞ야 소샹셔룰 해ᄒᆞ려 쇠ᄒᆞ며 녀시로 기가(改嫁)ᄒᆞ야 보내려 ᄒᆞ더라.

---

7) [교감] 가비얍디 아니민가 ᄒᆞᄂᆞ니[다]: 21권본·26권본 '즁ᄒᆞ미니이다'.

석공이 노여워하다

각설. 셕부인이 친당의 온 수월 후 일개(一個) 영주(英子)를 싱흐니 참정 부뷔 지극 스랑흐고 깃거흐며 셕시 냥주(兩子)를 어드매 므음의 죡흐고 쓷의 차 소가 거졀을 흐티 아니코 두 아히 댱셩흐면 죡히 아비를 츠주리라 아랏더니 쓷 아닌 셕패 근친(觀親) 와셔 소샹셰 아히를 츳디 아닐 긔싁의 언단(言端)이 슈샹흐야 셕시드려 무로라 흐던 말을 니르니 참정이 대로왈,

"내 소경을 졍인군주(正人君子)로 아랏더니 엇디 이대도록 무상홀 줄 아라시리오? 빅 가지로 구박흔들 엇디 내 녀우를 이런 곳을 의심흐야 제 주식도 츳디 아니려 흐더뇨?"

부인은 다만 눈믈만 흘리고 셕시 탄왈,

"이는 다 내의 죄악이 듕흐미라. 연이나 샹셰 엇디 너모 심티 아니리오? 쳡은 브리나 엇디 그 골육을 츳디 아니리오? 아주미는 샹셔로 더브러 내 말을 힐난(詰難)치 말고 거동만 보라. 창텬이 므춤내 쳡의게 편벽히 아니리라."

좌위 기읍뉴톄(皆泣流涕)러라. 셕패 도라간 후 셕시 샹셰 심졍이 뜻을 뎡흔 후는 곳티기 어려온 줄을 스스로 아는디라. 즈가(自家)의 인연은 츈몽(春夢) ᄀᆞ티 너기나 오직 ᄆᆞᄋᆞᆷ의 노티 못ᄒᆞᄂᆞᆫ 바는 녀 두 ᄋᆞ지 부ᄌᆞ유친(父子有親)을 일흘가 듀야 방심(放心)티 못ᄒᆞ더라.

셰월이 과긱(過客) ᄀᆞᆺᄐᆞ니라. 수오 삭이 되엿더니 일 〃 은 참졍이 됴참(朝參)ᄒᆞ고 길히셔 소샹셔를 만나 ᄒᆞᆫ가지로 집의 드러가 좌졍흔 후 샹셰 몬져 말을 펴 ᄀᆞᆯ오디,

"쇼싱이 블셔브터 와 뵈옵고져 ᄒᆞ되 심히 다ᄉᆞ(多事)ᄒᆞ야 금일 샹공이 브르신 후 와셔 뵈오니 ᄯᅩ흔 참괴(慚愧)ᄒᆞ이다."

셕참졍이 말을 ᄒᆞ고져 ᄒᆞ매 분이 몬져 니러나더니 샹셰 뎌의 말을 기드리디[1] 아니코 니러나 ᄀᆞᆯ오디,

"마츰 노뫼 블평ᄒᆞ니 감히 오래 뫼셧디 못ᄒᆞᄂᆞ니 후일의 다시 와 샤례ᄒᆞ리이다."

언필의 나가니 공이 ᄭᅮ짓기를 마디아니ᄒᆞ더라.

이리흔 십여 일 후 비로소 셕시 이믜ᄒᆞ미 드러나니 양부인 샹셔로 ᄒᆞ야곰 셕시를 드려오라 ᄒᆞ시니 샹셰 디왈,

"쇼지 비록 피톄(被逮)[2]ᄒᆞ나 엇디 부녀를 드리고 ᄃᆞ니리잇고?"

부인 왈,

"불가ᄒᆞ다. 네 공연히 셕시를 드리고 ᄃᆞ니미 아니라. 이는 스스로가 권실(眷室)[3]ᄒᆞ미 올ᄒᆞ니라."

샹셰 응디ᄒᆞ나 즐겨 가디 아니코 녜부(禮部)의 긔별ᄒᆞ야 셔친녹(成

---

1) [교감] 기드리다: '드'는 'ᄃᆞ'의 오기.
2) [교감] 피톄: 21권본 '픠려'. 26권본 '피톄'. 이대본은 '피톄'를 '피폐'로 교정해놓았으나 문맥상 '피톄'가 옳음. 피체(被逮)는 붙잡히다, 체포되다의 뜻으로, 여기서는 자신의 실수가 드러난 불리한 상황을 가리킨다.
3) 권실(眷室): 아내를 데려가거나 데려오다.

親錄)⁴⁾을 가져다가 샹고(相考)ᄒᆞ야 임의 [업시 ᄒᆞᆫ 후]⁵⁾ 혼셔(婚書)와 봉치(封采)를 고텨 ᄒᆞ야 셕가의 보내니 참졍이 대로ᄒᆞ야 아니 바드려 ᄒᆞ거늘 부인 왈,

"녀ᄋᆡ 소시의 사름이라. 혼셰(婚書) 업스면 의지ᄒᆞᆯ ᄃᆡ 업ᄂᆞ니 이제 치례(采禮)를 아삿다가 도로 보내ᄂᆞᆫ ᄯᅳ디 인연을 이으려 ᄒᆞ미니 ᄉᆞ리(事理)의 플니티디 못ᄒᆞ리라."

참졍이 이에 바다 셕시를 주고 졍히 그 ᄯᅳ들 몰라 ᄒᆞ더니 이윽고 셕패 글로뼈 슈말을 ᄌᆞ시 긔별ᄒᆞ얏거늘 합개(闔家) 놀라고 깃거 셔로 티하ᄒᆞ더라.

수일 후 소샹셰 니르러 셔로 보매 참졍이 깁히 노ᄒᆞ야 그 무안(無顔)ᄒᆞᆷ을 보고져 ᄒᆞ야 좌우로 셕시의 두 아ᄃᆞᆯ을 ᄂᆡ여다가 뵈여 왈,

"이 아ᄒᆡ 이럿툿 아비 업슨 거시 되니 그ᄃᆡ 닐오ᄃᆡ, '그 모ᄌᆞᄂᆞᆫ 내의 간셥디 아닌 배라' ᄒᆞ니 내 ᄯᆞᆯ은 샹셰끠 부″지이(夫婦之愛) 그처뎟거니와 ᄎᆞ ᄋᆞᄂᆞᆫ 엇디 그ᄃᆡ ᄌᆞ식이 아니리오? 그ᄃᆡ 보와 다른 의 ᄌᆞ식이여든 두고 가고 그ᄃᆡ ᄌᆞ식이여든 부ᄌᆞ디의(父子之義)를 니으라. 연이나 부ᄌᆞ유친(父子有親)을 일울 적 이 아ᄒᆡ로뼈 다른 의 ᄌᆞ식이라 ᄒᆞ미 붓그럽디 아니랴? 샹셔ᄂᆞᆫ 숣혀보라. 이 아ᄒᆡ ᄃᆞ른 사름의 ᄌᆞ식인가? 군ᄌᆞ 되여 언어의 패려무식(悖戾無識)ᄒᆞ미 이 ᄀᆞᆺᄐᆞ니 샹셰 식녹대신(食祿大臣)이 되기 붓그럽디 아니냐?"

소싱이 텽파(聽罷)의 츈풍화긔(春風和氣)를 고티고 흔연(渾然)⁶⁾ᄃᆡ 왈,

---

4) [교감] 셔친녹: '셔'는 '셩'의 오기. 21권본 '셩친녹'. 26권본 '친녹'. 셩친록(成親錄)은 관원들의 혼인 관계를 기록한 문권이다.
5) [교감] [업시 ᄒᆞᆫ 후]: 이대본·26권본 없음. 21권본 '업시 ᄒᆞᆫ 후'. 21권본으로 보충함.
6) [교감] 흔연: '혼연'의 오기. 혼연(渾然)하다는 태연하다는 뜻. 마땅히 머뭇거리거나 두려워할 상황에서 태도나 기색이 아무렇지도 않은 듯이 예사롭다.

"샹공의 말솜을 드르니 싱이 고이히 너기누이다. 싱이 비록 간인의 속으나 일죽 주식으로써 의심되다 닐러 내티디 아냣더니 금일 샹공 말솜으로 보건대 쇼싱의 화락ㅎ야 부주유친(父子有親) 부〃유별(夫婦有別)을 온젼코져 ㅎ던 쯔디 쇼삭(消索)ㅎ야 참괴ㅎ니 붓그러오믈 강잉(強仍)ㅎ야 인연을 니으미 불가ㅎ고 ㅎ믈며 샹공 말솜으로 츄이(推移)홀딘대 내 입의셔 셕시 구박(驅迫)홀 적 나디 아닌 말이 이시니 쏘흔 의심이 니러나 아히 굿틔여 내 주식인 줄 모르니 아모리나 쳐티ㅎ쇼셔. 싱이 본듸 무식흔디라. 샹셔로 식[녹]ㅎ믈7) 진실로 붓그리누이다."

언필의 스매를 썰티고 니러나니 참정이 더옥 노ㅎ더라. 샹셰 주운산의 도라오니 셕패 마자 웃고 왈,

"낭군이 금일 므슨 눗츠로 부인을 보시니잇고?"

샹셰 안연잠쇼(晏然潛笑)ㅎ고 듸답디 아니터니 부인이 문왈,

"셕시를 드려오고져 ㅎ니 네 쯔디 엇더뇨?"

샹셰 딕왈,

"셕공이 노ㅎ여 ㅎ니 아딕 두스이다"

ㅎ더라.

7) [교감] 식[녹]ㅎ믈: 21권본 없음. 26권본 '식녹ㅎ믈'.

팔왕의 중재로 석참정 집에서 하룻밤을 보내다

십여 일 후 샹셰 됴회 길히셔 팔왕(八王)을 만나니 왕이 드리고 셕 공 집의 가시니 참정과 쟝군이 마자 드려 네필(禮畢)의 소샹셔로 흔 가지로 보듸 피츳 긔싁이 됴티 아니ᄒᆞ니 왕이 고이히 너겨 왈,

"소통지 참정과 옹셔지의(翁壻之義) 잇거늘 금일 두 사름이 미온지 싁(未穩之色)이 〃시니 엇딘 연괴뇨?"

셕쟝군이 웃고 젼후 곡졀을 니른대 왕이 대쇼왈,

"통지의 타시 아니라 요망흔 부인의 연괴여늘 셕공이 엇디 노ᄒᆞ여 ᄒᆞᄂᆞ뇨? 나를 보와 두 사름이 다 셜파(說罷)ᄒᆞ믈 ᄇᆞ라노라."

참졍은 칭샤ᄒᆞ고 닐오듸,

"만싱(晚生)이 엇디 감히 통지를 녀셔(女壻)라 ᄒᆞ야 듸졉을 경(輕) 히 ᄒᆞ리오? 다만 구박ᄒᆞ던 형젹을 흔ᄒᆞ미러니 대왕이 이러툿 ᄒᆞ시니 흑싱은 ᄆᆞ음의 두디 아니ᄒᆞᄂᆞ이다."

샹셔는 믁〃이어늘 왕이 쇼왈,

"통지 엇디 듸답디 아닛ᄂᆞ뇨?"

싱이 일댱(一場) 팀음(沈吟)ᄒ여 굴오ᄃᆡ,

"흑싱의 ᄆᆞᄋᆞᆷ의 엇디 잡은 쓰디 이시리오? 스스로 ᄆᆞᄋᆞᆷ이 허탄ᄒ
야 운우(雲雨)의 흐터시니 셜파(說罷)ᄒ며 아니믈 아디 못ᄒᄂᆞ니라.
젼일 말ᄉᆞᆷ도 무식ᄒ야 숣히디 못ᄒᄆᆡ니 이 ᄯᅩᆫ 패려ᄒᄆᆡ오 칙을 듯
고 다시 와 뵈옴도 방탕ᄒ야 넘티 업ᄉᆞᄆᆡ니 임의 넘티(廉恥) 샹진(傷
盡)ᄒᆫ 재 유심(有心)ᄒᄂᆞᆫ 쓰디 이시리잇가? 이러므로 대왕 말ᄉᆞᆷ을 디
답디 못ᄒ과이다."

셕공이 블연변식ᄒ고 왕이 그 손을 잡아 쇼왈,

"통직ᄂᆞᆫ 진실로 ᄎᆞᆫ 믈의 돌[寒水石]¹⁾히로다. 너모 견고ᄒ기로 댱
부(丈夫)의 풍치(風采) 아조 업ᄉᆞ니 도흑션싱(道學先生)의ᄂᆞᆫ 웃듬이
오 풍뉴랑(風流郎)의ᄂᆞᆫ 말재로다. 연이나 오늘은 즐기미 올ᄒᆞ니라."

샹셰 ᄉᆞ식(辭色)이 화열(和悅)ᄒ야 사ᄅᆞᆷ으로 ᄒ여곰 그 ᄯᅳᆺ을 측냥
티 못ᄒᆞᆯ러라. 이윽고 부마(駙馬) 싀옥(柴玉)²⁾과 우복야(右僕射) 구쥰
(寇準)이 니ᄅᆞ니 일시(一時)의 셩녈(星列)³⁾ᄒ매 쥬찬(酒饌)을 나와
슌비(巡杯) 소싱의게 가ᄃᆡ 싱이 ᄆᆞ양 먹디 아니〃 왕이 구ᄐᆞ여 먹이
랴 금비(金杯)의 온향(香醞)⁴⁾을 브어 권ᄒᆞ니 샹셰 ᄉᆞ양왈,

"신이 실노 술을 먹디 못ᄒᄂᆞ니 대왕은 용셔ᄒᆞ쇼셔."

구쥰이 ᄯᅩ 잔을 들고 알픽 가 닐오ᄃᆡ,

"현형(賢兄)이 대왕의 명을 거스시거니와⁵⁾ 쇼뎨(小弟)의 잔을 아
니 먹디 못ᄒᆞ리라."

<hr>

1) ᄎᆞᆫ 믈의 돌: 한수석(寒水石)을 가리킨다. 수정(水晶)과 같이 투명한 물질로, 성질이 차가워서
해열제로 쓰인다.
2) 시옥(柴玉): 『양가장연의』나 『용도공안』 등의 소설에 등장하는 허구적 인물. 실존 인물인
시종경(柴宗慶)에게서 유래했다. 시종경은 송 태종의 딸과 결혼하여 부마도위가 된 인물이다.
3) 성렬(星列): 하늘의 별처럼 나열하다. 빽빽하게 들어찬 것을 말함.
4) [교감] 온향: '향온'의 오기. 향온(香醞)은 멥쌀과 찹쌀을 쪄서 식힌 것에 보리와 녹두를 섞
어 만든 누룩을 넣어 담근 술이다.
5) 거살다: 거역하다.

샹셰 역쇼왈,

"내 만일 먹으면 엇디 대왕과 형이 권ᄒᆞ신 후 먹으리오마는 진실노 일빅(一杯)를 먹으면 병이 복발(復發)ᄒᆞ니 젼일의 칠왕(七王) 뎐해(殿下) 먹이시던 날 죵일토록 신음ᄒᆞ고 오히려 ᄒᆞ리디 못ᄒᆞ엿ᄂᆞ니 결단ᄒᆞ여 먹디 못ᄒᆞ리라."

왕이 다시 권ᄒᆞ시니 샹셰 팔왕(八王)의 ᄉᆞ랑ᄒᆞ시는 ᄯᅳᆮ을 마디못ᄒᆞ야 ᄒᆞᆫ 잔을 먹으니 싀부매(柴駙馬) ᄯᅩ ᄒᆞᆫ 잔을 드러 알픠 오니 샹셰 여 사ᄅᆞᆷ들의 괴로이 권ᄒᆞᆷ믈 보고 ᄉᆞ매로 ᄂᆞᆾ출 ᄀᆞ리와 잔을 믈니티고 먹디 아니〃 졔인이 홀 일이 업서 서로 웃고 쥬반(酒飯)을 권ᄒᆞ야 셕양이 되니 소샹셰 더옥 취ᄒᆞ야 니러 ᄒᆞ디왈,

"대왕의 은ᄉᆞ(恩賜)ᄒᆞ신 향온(香醞)이 만신(滿身)의 편ᄒᆡᆼ(遍行)ᄒᆞ니 쟝ᄎᆞᆺ 이긔여 뫼시디 못ᄒᆞᆯ디라. 몬져 하딕ᄒᆞᄂᆞ이다."

구복애 듯디 아니코 손을 잡아 안즈니 셕장군 왈,

"내 집이 비록 더러오나 통지 ᄒᆞ로밤 더 새믈 앗기디 말라."

왕이 ᄯᅩᄒᆞᆫ 권ᄒᆞ시니 샹셰 ᄃᆡ왈,

"쇼싱이 ᄉᆞ양홀 연고 업ᄉᆞ디 므단이 노모ᄭᅴ 아니 뵈디 못ᄒᆞ리니 타일의 오리이다."

쟝군이 그 ᄉᆞ매룰 잡으매 샹셰 ᄒᆞᆫ번 썰티니 쟝군의 용녁으로도 감히 밋디 못ᄒᆞ야 노하ᄇᆞ리고 즁인이 뎌의 긔식이 엄슉ᄒᆞᆷ믈 보매 다 말을 그치되 홀로 구쥰(寇準)이 잡고 노티 아니〃 샹셰 쇼왈,

"현형이 엇디 이리 잡도이[6] 구ᄂᆞ뇨?"

구복애 소릴룰 ᄂᆞ죽이 ᄒᆞ야 글오디,

"형이 평일 집법(執法)[7]이 업고 심히 통달ᄒᆞ더니 엇디 이리 고집ᄒᆞ

---

6) 잡도이: 잡스럽게.
7) 집법(執法): 법령을 굳게 지킴. 또는 그런 성미.

뇨? 불셔 날이 어두어시니 이제 어이 가리오? 이에 이시미 올흐니라."

소싱이 홀 일이 업서 강잉(強仍)ᄒᆞ야 안즈니 다시 술을 권ᄒᆞ거늘 샹셰 임의 모친ᄭᅴ 못 뵈올씨라 ᄆᆞᄋᆞᆷ을 잠간 펴 강잉ᄒᆞ야 두어 잔을 계유 먹고 견듸디 못ᄒᆞ여 왕을 향ᄒᆞ야 ᄀᆞᆯ오ᄃᆡ,

"대왕이 신을 ᄎᆔ토록 먹이시니 감격ᄒᆞ나 시례(失禮)8)ᄒᆞ미 반ᄃᆞᆺᄒᆞ리로소이다."

왕 왈,

"통지ᄂᆞᆫ ᄉᆞ실(私室)의 가 쉬미 올ᄒᆞ니라."

셕한님 셕혹ᄉᆞ 등이-다 셕참졍 아들- 샹셰 ᄉᆞ매ᄅᆞᆯ 잇그러 ᄆᆡᄌᆞ(妹子) 침소의 가니 셕시 놀라 나오고져 ᄒᆞ니 혹ᄉᆞ 형뎨 웃고 왈,

"이 사ᄅᆞᆷ이 누의로 더브러 친ᄒᆞ니 피티 못ᄒᆞ리라."

권ᄒᆞ여 안치고 문을 닷고 나가니 샹셔ᄂᆞᆫ 아모란 줄 모로고 다만 벼개 ᄭᅵᆺ의 구러뎟더라. 셕시 뎌 소싱을 보매 일단 흔ᄒᆞᄂᆞᆫ ᄆᆞᄋᆞᆷ과 놀라온 ᄯᅳ디 극ᄒᆞ니 샹머리의 안자 쵹을 도〃고 녜악(禮樂)을 슈련(修鍊)ᄒᆞ더니 삼경이 진흔 후 샹셰 스스로 ᄭᆡ야 보니 의관도 그ᄅᆞ디 아니코 누엇거늘 고이히 너겨 ᄉᆞ면을 둘러보니 셔벽하(西壁下)의 일위 미인이 담장소복(淡粧素服)으로 소두(搔頭)9)ᄅᆞᆯ 헤ᄲᆞᆯ고10) 셔안의 비겨 칙 보거늘 다시 보니 이 셕부인이라. 믄득 어제 ᄎᆔᄒᆞ야 드러오믈 알고 ᄯᅩ 목이 갈(渴)ᄒᆞ야 샹머리의 향다(香茶)ᄅᆞᆯ ᄎᆔ(取)ᄒᆞ야 마시고 ᄯᅴᄅᆞᆯ 그르고 오슬 다시 녀민 후 누엇던 자리ᄅᆞᆯ ᄯᅥ나 칙상ᄀᆞ의 가 듁침(竹枕)을 어더 볘고 ᄂᆞᆾ츨 덥고 다시 ᄌᆞᆷ드니 셕시ᄂᆞᆫ ᄆᆞᄎᆞᆷ내 자디 아니ᄒᆞ더라.

---

8) [교감] 시례: '실례'의 오기.
9) 소두(搔頭): 비녀의 별칭. 원래는 머리를 긁는다는 뜻.
10) 헤ᄲᆞᆯ다: 헤쳐 ᄭᅩᆯ다.

명됴의 샹셰 니러나 소셰(梳洗)ᄒᆞ되 ᄆᆞᄎᆞᆷ내 부인ᄃᆞ려 일언도 아니
코 안졍(安靜)히 관ᄃᆡ(冠帶)ᄒᆞᆫ 후 나가되 그 ᄋᆞ직 좌우의 이시나 ᄯᅩᄒᆞᆫ
본 톄 아니코 외당의 와 참졍ᄭᅴ 하딕ᄒᆞᆯ식 셕흑식 샹셔의 면식이 블평
ᄒᆞᆷ믈 보고 문왈,

"형이 어졔 술을 먹으매 블안ᄒᆞ냐?"

샹셰 ᄃᆡ왈,

"아모란 줄 모로되 일신(一身)이 곤뇌(困惱)ᄒᆞ야 견ᄃᆡ디 못ᄒᆞ리로
다."

참졍 왈,

"필연 어졔 샹(傷)ᄒᆞ여시니 그ᄃᆡ 더옥 날을 원망ᄒᆞ리로다."

소싱이 잠간 웃고 니러나 ᄌᆞ운산의 도라와

병이 나서 석씨를 부르다

양부인끠 뵈옵고 셔당의 나와 혼곤(昏困)ᄒ야 누엇더니 믄득 한촉(寒觸)[1]ᄒ고 번열(煩熱)[2]ᄒ야 병이 니러나니 원ᄂᆡ 소싱이 몸을 스스로 조심ᄒ야 힝혀 부인끠 블효를 기틸가 두리고 일개(一家) 다 이러틋 위와다[3] 디내더니 이날 못 먹ᄂᆞᆫ 술을 인정의 거리쎠 세 잔을 먹고 ᄯᅩ 의관도 그르디 아냐 ᄎᆞᆫ ᄃᆡ 것구러뎟다가 ᄭᆡᆫ 후 ᄯᅩ 편히 자지 못ᄒ야 셔안의 비겨 새와나니 일노조차 병이 발ᄒᆞᆫ디라.

겨유 강잉(強仍)ᄒ야 모친끠 됴셕 문안을 일운 후ᄂᆞᆫ 셔당의 나와 누어 신음ᄒ야 뉵칠 일이 되니 날노 더ᄒᆞᆫ 둧ᄒ니 샹셰 홀노 문안ᄒ고 부인끠 술오ᄃᆡ,

"블효이 ᄌᆞ교(慈敎)를 밧ᄌᆞ와 일죽 술 먹기를 조심ᄒᆞ옵더니 모일

1) 한촉(寒觸): 추운 기운에 부딪치다.
2) 번열(煩熱): 몸에 열이 몹시 나고 가슴속이 답답하여 괴로운 증상.
3) 위왓다: 떠받들다.

(某日)의 팔왕이 셕공 집의 드러가샤[4] 여러 지샹으로 더브러 핍박ᄒᆞ
야 권ᄒᆞ시니 마디못ᄒᆞ야 잠간 먹습고 그 밤을 편히 쉬디 못ᄒᆞ옵기로
텸병(添病)[5]ᄒᆞ야 병이 날 듯ᄒᆞ오니 셔당의셔 됴리(調理)ᄒᆞ야지이
다.”

부인이 놀나 글오ᄃᆡ,

“이러커든 의약이나 다스리라. 엇디 됴리티 아니코 실셥(失攝)ᄒᆞᄂ
뇨?”

샹셰 샤례ᄒᆞ고 외당의 와 누은 후ᄂᆞᆫ ᄌᆞ못 팀듕ᄒᆞ니 가듕이 블승슬
난(不勝散亂)[6]ᄒᆞ고 양부인이 듀야 근심ᄒᆞ야 닐오ᄃᆡ,

“병이 이러ᄐᆞᆺ 즁ᄒᆞ니 셕시ᄅᆞᆯ 브를 거시라”
ᄒᆞ고 사름으로 ᄒᆞ야곰 샹셔의 병 듕ᄒᆞ믈 뎐ᄒᆞ고 오라 ᄒᆞ시니 셕시 듀
뎌ᄒᆞ다가 부모ᄭᅴ 고왈,

“가ᄇᆡ 병이 잇고 죤괴 젼일을 뉘우ᄎᆞ니 오라 ᄒᆞ여 겨시니 엇디ᄒᆞ리
잇가?”

참졍이 변ᄉᆡᆨ왈,

“가디 못ᄒᆞ리라. 아모리 녀ᄌᆞᆫ들 이럴 길히 이시랴? 소ᄉᆡᆼ이 병이 듕
홀디라도 조강지쳬 잇고 태의(太醫)[7] 약을 밧ᄃᆞ니 네 가 므엇ᄒᆞ리오?
블과 너ᄅᆞᆯ 됴희(嘲戲)[8]ᄒᆞ미로다.”

셕시 ᄃᆡ왈,

“비록 그러ᄒᆞ오나 아니 가미 그ᄅᆞ니 야〃ᄂᆞᆫ 싱각ᄒᆞ야보쇼셔.”

참졍이 평일의 지조와 인믈이 긔특ᄒᆞᄃᆡ 셩졍이 고집ᄒᆞ야 그른 줄

4) [교감] 드러가샤: '러'는 '려'의 오기.
5) 첨병(添病): 앓고 있는 병에 다른 병이 겹치다.
6) [교감] 불승슬난: '슬'은 '산'의 오기.
7) 태의(太醫): 어의(御醫).
8) 조희(嘲戲)하다: 희롱하거나 빈정대며 놀리다.

을 알며도 우기면 쳔인(千人)이 권ᄒᆞ나 두로혀디 못ᄒᆞᄂᆞᆫ 집법(執法)이라. 소샹셔를 심히 ᄒᆞᆫᄒᆞ며 ᄯᅩᄒᆞᆫ 녀ᄋᆞ로ᄡᅥ 뎌의게 아니 보ᄂᆡ려 ᄯᅳᆮ을 뎡ᄒᆞ엿ᄂᆞᆫ디라. 부인과 셕시 ᄌᆡ삼 블가ᄒᆞ믈 니ᄅᆞᄃᆡ 견집(堅執)ᄒᆞ야 듯디 아니〃 셕시 ᄒᆞᆯ 일이 업서 드ᄃᆡ여 가디 못ᄒᆞᆫ디라.

양부인이 잠ᄭᅡᆫ 그릇 너기ᄂᆞᆫ 빗치 잇거ᄂᆞᆯ 셕패 나아가 고ᄒᆞᄃᆡ,

“이ᄂᆞᆫ 셕참졍의 고집ᄒᆞ시미오 쇼부인(少夫人)의 타시 아니〃이다.”

부인 왈,

“이ᄂᆞᆫ ᄋᆞ직 블명ᄒᆞ고 내의 모호ᄒᆞ미니 셕시 엇디 ᄒᆞᆫ티 아니리오? 셕공은 대당뷔라 엇디 의리를 모ᄅᆞ리오마ᄂᆞᆫ 이ᄂᆞᆫ 셕시 ᄒᆞᆫᄒᆞ야 오디 아니미로다.”

인ᄒᆞ야 우어 왈,

“경의 병이 듕ᄒᆞ므로 블럿더니 셕시 유심ᄒᆞᆯ딘대 혈마 엇디ᄒᆞ리오?”

셕패 참괴ᄒᆞ야 믈너나다.

샹셔의 병이 일〃 위듕ᄒᆞ니 스ᄉᆞ로 ᄆᆞ음을 널리 ᄒᆞ고 담을 크게 ᄒᆞ야 통셩(痛聲)을 ᄎᆞᄆᆞ며 식음(食飮)을 비록 거ᄉᆞ려 토ᄒᆞ나 반ᄃᆞ시 강잉(強仍)ᄒᆞ야 먹으며 일향(一向) 슌편ᄒᆞᆫ 빗ᄎᆞ로 디내나 신샹의 괴로이 신음ᄒᆞ믄 극ᄒᆞ더니 일〃은 부인이 나와 보실ᄉᆡ 샹셰 병당(屛帳)을 것고 웃옷과 ᄯᅴ를 ᄆᆡ며 관을 ᄡᅳ고 강잉(強仍)ᄒᆞ야 상의 ᄂᆞ려 마ᄌᆞ니 부인이 드러와 보시매 신식(身色)은 각별 패ᄒᆞᆫ 일이 업ᄉᆞᄃᆡ 호흡이 쳔촉(喘促)ᄒᆞ고 슈똑이 블 ᄀᆞᄐᆞ니 부인이 손을 잡고 함누쳑연ᄒᆞ야 문왈,

“네 우연ᄒᆞᆫ 병으로 듕ᄒᆞ미 이 ᄀᆞᄐᆞ니 내 ᄆᆞ음이 블평ᄒᆞ믈 어이 다 니ᄅᆞ리오? 너ᄂᆞᆫ 모ᄅᆞ미 조심ᄒᆞ야 됴리ᄒᆞ미 올커ᄂᆞᆯ 엇디 이러ᄐᆞᆺ 관소(盥漱)ᄒᆞ고 안잣ᄂᆞᆫ다?”

샹셰 안식을 유화히 ᄒᆞ야 ᄉᆞᆯ오ᄃᆡ,

"쇼직 블효호 몸을 삼가디 못호옵기의 팀병호야 오래 뵈옵디 못호오니 블회 비경(非輕)호이다. 연이나 쵹샹(觸傷)⁹⁾호 병이 일시 괴로오나 ᄌ연 수이 호리″이다."

부인이 츄연(愀然)호야 즐기디 아니시니 샹셰 좌우를 도라보아 글오ᄃᆡ,

"내 아젹¹⁰⁾ 먹은 후ᄂᆞᆫ 미음을 가져다가 주디 아니″ 병인이 엇디 보호호리오? 이제 ᄲᆞᆯ리 가져오라."

화시 급히 니러나 븍녕(茯苓)¹¹⁾ 미음을 가져다가 주니 흔연이 마시고 이에 모친 겨ᄐᆡ 안자 고ᄉᆞ녜악(故事禮樂)으로 의논호며 붕우의 직조도 슬와 온화호 말ᄉᆞᆷ과 아듕(雅重)¹²⁾호 우음이 ᄌᆞ약호야 죠곰도 병식을 뵈디 아니호더니 부인이 드러가신 후ᄂᆞᆫ 새로이 신음호믈 이긔디 못호더니 니패 셕시 오디 아니믈 뎐호니 샹셰 믁연브답이더라.

수일 후 참졍이 셕시ᄃᆞ려

"너ᄂᆞᆫ 내 싱젼의 보내디 아니려 호거니와 그 아들은 양부인 보시게 보내라."

쇼졔 명을 니어 냥ᄌᆞ(兩子)를 유모를 맛뎌 보내니 양부인이 드ᄅᆞ시고 이에 냥손ᄌᆞ를 블너보고 두굿기고 ᄉᆞ랑호며 셔당의 보니니 샹셰 신음듕 ᄋᆞᄌᆞ 와시믈 듯고 ᄃᆞ려다가 볼ᄉᆡ 두 아히 댱셩슈미(長成秀美)호미 미ᄎᆞᆯ 리 업ᄉᆞ니 부ᄌᆞ지졍이 엇디 깃브디 아니며 ᄉᆞ랑티 아니리오? 무릅 우히 언저 그 손을 어ᄅᆞᄆᆞᆫ져 유모를 명호ᄃᆡ,

"이ᄂᆞᆫ 내 ᄌᆞ식이니 내 집의 두고 너히ᄂᆞᆫ 셕가 비복이니 도라가라."

유뫼 아ᄆᆞ리 홀 줄을 몰라 셕파의게 고호니 패 탄왈,

"낸들 엇디ᄒ리오? 슌히 모드미 올커늘 샹셰 병이 듕ᄒ되 부인이 블러 계시거늘 무단이 오디 아니니 부인이 그릇 너기시고 샹셰 노ᄒ야 ᄒ시니 참졍의 고집ᄒ시미 애둛디 아니리오? 샹셰 명ᄒ시니 너희 등이 아직 도라가미 올토다."

이녜(二女) 각〃 공즈를 쩌나가매 아연(哀然)[13]이 눈믈을 흘니고 도라가 참졍의 고ᄒ니 웃고 왈,

"즈문이 깁히 노ᄒ닷다."

셕시ᄂᆞᆫ 고개를 수겨 말을 아니ᄒ더니

13) [교감] 아연: '익연'의 오기.

석씨가 돌아와서 병을 보살피다

　수일 후 셕패 글노써 참졍끠 브티니 대개 소싱의 병이 극듕ᄒᆞ니 셕 시를 보내라 ᄒᆞᆫ 쓰디라. 셕시 이에 고ᄒᆞᄃᆡ,

　"쇼녜 결단ᄒᆞ야 가려 ᄒᆞ니 야〃ᄂᆞᆫ 막디 마ᄅᆞᆸ쇼셔."

　참졍이 녀ᄋᆞ의 동심(動心)ᄒᆞᆷ을 보고 홀 일이 업서 탄왈,

　"네 갈ᄃᆡ대 모ᄅᆞ미 조심ᄒᆞ야 환(患)을 엇디 말라."

　셕시 슈명ᄒᆞ야 이에 ᄌᆞ운산의 니ᄅᆞ러 문밧ᄭᅴ 머믈고 부인끠 쳥죄 (請罪)ᄒᆞ니 부인이 듯고 흔연이 시녀로 밧비 드러오라 ᄒᆞ신대 셕시 명을 니어 드러와 취셩뎐 당하의 쳥죄ᄒᆞ니 모다 ᄇᆞ라보매 녹발(綠髮) 이 허트러 옥면의 더퍼시니 난초(蘭草) 옥계(玉階)의 쁠녓ᄂᆞᆫ 듯 셰요 (細腰)ᄂᆞᆫ 거의 긋쳐딜 둧ᄒᆞ여 염녀(艶麗)ᄒᆞᆫ 틴도와 쇄락(灑落)ᄒᆞᆫ 긔 질이 새로이 황홀ᄒᆞ고 아릿다온 용뫼 심신이 녹을디라. 남누ᄒᆞᆫ 의상 과 근심ᄒᆞᄂᆞᆫ 거동이 더옥 졀묘ᄒᆞ야 계하의 꾸러 샤죄왈,

　"쇼쳡이 더러온 긔질노 셩문(盛門)의 의탁ᄒᆞ와 일마다 그ᄅᆞ오ᄃᆡ 존 고 덕틱으로 수삼 셰(數三歲)를 디닉ᅌᅥᆸ더니 ᄆᆞᄎᆞᆷ내 텬앙(天殃)을 닙

수와 슬하를 니별ᄒ엿ᄉ더니 직삼 은이를 닙어 악명(惡名)을 신원(伸冤)ᄒ옵고 가뷔 병이 잇ᄉ오니 비록 브ᄅ시ᄂ 명이 업ᄉᆯ디라도 나아와 샤례코져 ᄒ오되 인ᄉᆞ(人事) 미셰(微細)ᄒ와 뜻과 ᄀᆞᆮ디 못ᄒ온디라. 역명(逆名)ᄒᆞ 죄를 일야(日夜) 혜아례¹⁾ 죽기를 ᄇᆞ랄 ᄯᄅᆷ이러니 가부의 증셰 둥ᄒ다 ᄒ오니 금일은 당돌ᄒᄆᆯ 닛고 문하의 니르러 구문(扣問)²⁾코져 ᄒ옵더니 쇼쳡의 깁흔 죄를 샤ᄒ시고 안젼(案前)의 불너 보내시니³⁾ 쳡이 존안의 뵈오매 불승경희(不勝慶喜)ᄒ와 죽어 무흔(無恨)이로소이다."

양부인이 좌를 명ᄒ야 셕시를 당의 올리고 위로왈,

"가운이 블ᄒᆡᆼᄒ고 현뷔 익이 둥ᄒ야 고이ᄒᆞ 거죄 이시니 당초 무고ᄉᆞ(巫蠱事)와 티독(置毒)은 노신(老身)이 경(慶)으로 더브러 의심이 잇디 아니ᄒ더니 쳔만의외예 녀녜 단약(丹藥)으로써 그ᄃᆡ 용뫼 되여나가 여ᄎᆞ여ᄎᆞ니 경이 비록 총명ᄒ나 귀신이 아니어니 엇디 분변ᄒ리오? 이러므로 그ᄃᆡ를 내야보내고 화시를 ᄆᆞ자 잡다가 형젹(形迹)이 패루(悖陋)ᄒ니 경이 붕우의 ᄒᆞ 말의 씨ᄃᆞ라 그 비밀ᄒ 긔회(機會)를 들텨내니 노인이 ᄉᆞ졍(私情)의 ᄀᆞ리와 그런디 구ᄐᆞ여 경(慶)의 블명ᄒᄆᆡ 아닌가 ᄒ노라. 이제 임의 간당(奸黨)을 ᄡᅳ러ᄇᆞ리고 다시 모다 즐길디니 그ᄃᆡ 당초의 오디 아님도 당〃ᄒ 녜교(禮敎)와 졍대ᄒ 의리로 혜아리면 그ᄅ거니와 ᄯᅩᄒ 드르니 그ᄃᆡ ᄆᆞᄋᆷ으로 못ᄒ 일이라 ᄒ니 엇디 개회(介懷)ᄒ리오? 경의 병의⁴⁾ 위둥ᄒ니 심시 슬난(散亂)⁵⁾ᄒ디라. 그ᄃᆡ 화시로 더브러 병측(病側)을 ᄉᆞᆯ피라."

---

1) [교감] 혜아례: '혜아려'의 오기.
2) 구문(扣問): 질문하다.
3) [교감] 보내시니: '보시니'의 오기.
4) [교감] 병의: '병이'의 오기.
5) [교감] 슬란: '산란'의 오기.

석시 츄연샤례(愀然謝禮)ᄒ고 소윤 이인과 화시 니파로 서로 보매 제인(諸人)이 반기고 슬허ᄒ야 별ᄂᆡ(別來)를 몬내 닐너ᄒ며 ᄯ 싱ᄌ ᄒ믈 티하ᄒ더라.

이날 져녁 부인이 화석 이인을 ᄃᆞ리고 셔헌의 오시니 샹셰 붓들녀 마ᄌᆞᆯᄉᆡ 셕시 모친의 겨ᄐᆡ 이시믈 보고 믄득 눈을 ᄂᆞ죽이 ᄒ야 모친과 말ᄉᆞᆷᄒ니 부인이 닐오ᄃᆡ,

"셕공이 고집ᄒ야 보내디 아니시니 셕시 너의 유병ᄒ믈 듯고 ᄌᆡ삼 간ᄒ야 참정의 ᄯᅳ들 도로혀 오늘 와시니 가히 부녀의 덕을 일티 아냣 다 ᄒ리로다. 이제 너희 부뷔 반ᄃᆞ시 각각 ᄒᆞᄒᆞ되 셕시ᄂᆞᆫ 젼일 튤화(黜禍)를 노(怒)ᄒ고 경(慶)은 유병(有病)ᄒ되 즉시 오디 아니믈 그릇 너기려니와 내 ᄯᅳ든 다 그릇디 아니ᄒ니 각ᄭ 품은 ᄯᅳ들 ᄇᆞ리고 화히 ᄒ라."

셕시 공슈(拱手)ᄒ야 듯ᄌᆞ올 ᄲᅮᆫ이오 샹셰 샤왈,

"엄명(嚴命)을 밧ᄌᆞ올리이다"

ᄒ더라. 부인이 니러나시며 왈,

"화시 ᄆᆞ양 새와나니 셕시 오늘난 예셔 구호(救護)ᄒ라."

셕시 비록 어려오나 ᄃᆡ답고 도로 안ᄌᆞ매 샹셰 각별 말도 아니코 다만 괴로이 신음ᄒᆞᆯ ᄯᆞ름이러라. 초야의 셕시 상ᄀᆞ의셔 구호ᄒᆞᆯᄉᆡ 샹셰 ᄒᆞᆫ 경(更) 줌을 일우디 못ᄒ고 머리를 ᄲᅡ고 눈을 ᄀᆞ마 혼미(昏迷)ᄒ미 극ᄒ다라. 셕시 셜ᄉᆞ 젼일 튤화ᄂᆞᆫ ᄒᆞᄒᆞ나 ᄯᅩᄒᆞᆫ 샹셔의 본심이 아니오 낭ᄌᆞ를 나코 ᄉᆞ 년 동쥬(同住)ᄒ야 은이 ᄐᆡ산ᄀᆞ티 얽ᄆᆡ엿ᄂᆞᆫ디라. 져의 증셰 심듕(深重)ᄒ믈 보고 심ᄉᆞ(心思) 황난(荒亂)ᄒ니 촉하의 안자 밤이 ᄆᆞᆺ도록 ᄒᆞᆫ 덤 조오롬이 업ᄉᆞ되 샹셰 혹 다(茶)를 구ᄒ나 반ᄃᆞ시 시녀를 브르고 부인으로 더브러 말을 아니ᄒ더니 이튼날 셕시 드러가 문안ᄒ고 침소의 와 잠짠 쉬더니 부인이 블러 니ᄅᆞ시되,

"화시 홀연 병드러 긔거(起居)티 못ᄒ다 ᄒ니 현뷔 ᄋᆞᄌᆞ의 병침(病

寢)을 년(連)ᄒ야 볼씨어다."

셕시 명을 밧고 녹운당의 가 보니 화시 상(床)의 누어 굴오디,

"쳡이 년야(連夜)ᄒ야 새와나니 그런디 일신이 피곤ᄒ야 견디디 못
ᄒ니 두어 날 쉬고져 ᄒ니 부인은 셔당의 가 구호ᄒ쇼셔."

셕시 뎌의 병이 ᄯᅩᄒᆫ 가비얍디 아니믈 보고 디왈,

"쳡이 블민ᄒ니 가부의 병침(病寢)을 능히 잘 슙히디 못ᄒ려니와
년일(連日)ᄒ여 가리니 부인은 방심(放心)ᄒ야 됴셥(調攝)ᄒ쇼셔."

드디여 셔당의 도라와 샹셔를 보니 잠간 즘드러시되 번열(煩熱)ᄒ
야 오슬 그르고 가슴을 드러내야 누어시나 시동시녜(侍童侍女) 다 난
간 밧끠 잇ᄂᆞᆫ디라. 셕시 그 쵹샹(觸傷)ᄒᆯ가 두려 나아가 오슬 드리여
덥ᄒ니 샹셰 믄득 씨야 보고 즉시 오슬 녀미고 벽을 도라 누으니 원
ᄂᆡ 샹셰 셕시를 노ᄒ야 ᄒ미 아니라 참정과 쟝군이 혹 칼흘 드러 즈
가(自家)를 죽이려 ᄒ며 참정은 변식ᄒ믈 노ᄒ미오, ᄯᅩᄒᆫ 셕시 것ᄎ
로 평안ᄒᆫ 식을 지으나 그 ᄆᆞᄋᆞᆷ 가온대는 깁히 미쳐 유심(有心)ᄒ믈
슷치고 몬져 발셜(發說)ᄒ야 뎌의 대답 아닛ᄂᆞᆫ 욕(辱)을 볼가 ᄒ야
스스로 닝낙(冷落)ᄒᆫ 빗츨 도〃니 셕시ᄂᆞᆫ 이 영민소통(英敏疏通)ᄒᆫ
녀ᄌᆡ라 믄득 아라보고 짐줏 모로ᄂᆞᆫ 톄ᄒ야 온슌ᄒ고 ᄂᆞᆽ죽ᄒ야[6] 친근
히 구호ᄒ미 이십여 일의 니르디

6) ᄂᆞᆽ죽ᄒ다: 나직하다.

마음이 풀리고 병이 낫다

샹셰 무춤내 ᄒ리디 아냐 증셰 날노 위중ᄒ니 일개 망극(罔極)ᄒ야 ᄒᆞ는 듕 화시 우연히 어든 병이 수이 ᄒ리디 못ᄒ야 미류(彌留)[1]ᄒ엿ᄂᆞᆫ디라.

셕시 셔당을 일시도 ᄯ러나디 못ᄒᆞ얏더니 샹셰 일〃은 화시 삼 ᄌᆞ와 셕시 낭ᄌᆞ를 ᄃᆞ려다가 보고 탄식ᄋ왈,

"내 이제 죽으나 죡히 다ᄉᆞᆺ 아ᄃᆞᆯ을 두어시니 조션(祖先) 블효(不孝)ᄂᆞᆫ 기티디 아닐 거시로ᄃᆡ 오직 ᄌᆞ친(慈親)ᄭᅴ 블회 비경(非輕)ᄒ리로다."

언필의 믄득 혼미(昏迷) 아득ᄒ야 긔졀ᄒ거ᄂᆞᆯ 셕파 등도 ᄒᆞᆫ가지로 잇ᄂᆞᆫ디라. 대경망극(大驚罔極)ᄒ야 눈믈을 흘니고 부인ᄭᅴ 고ᄒᆞ려 ᄒ거ᄂᆞᆯ 셕시 급히 말려 왈,

"일시의 긔운이 막히미니 약을 ᄡᅳᆯ 거시어ᄂᆞᆯ 엇디 졍당의 고ᄒᆞ여 놀

---

1) 미류(彌留): 병이 오래 낫지 않음.

라시긔 ᄒ리오? 시녀로 ᄒ여곰 요란히 구러 부인이 드ᄅ시게 말라"
ᄒ고 친히 약을 가져가 년ᄒ야 녀흘ᄉᆡ 그 긔믹(氣脈)이 위틱ᄒᄆᆞᆯ 보
매 소리ᄅᆞᆯ 머금고 쥬뤼(珠淚) 화싀(花顋)의 니음차 옷기시 저즈니 좌
위 실셩톄읍(失聲涕泣)²⁾이러라. 냥구(良久)ᄒ거야 샹셰 숨을 내쉬고
잠간 인ᄉᆞ(人事)ᄅᆞᆯ 출ᄒ니 셕패 울며 왈,

"샹공이 앗가 엇디ᄒ야 긔운을 막히시니잇가?"

샹셔 왈,

"우연히 아득ᄒ야 혼졀(昏絕)ᄒ니 거의 사디 못홀 번ᄒ여이다. 모
친이 아라 겨시냐?"

셕패 왈,

"놀나실가 고치 못ᄒ이다."

샹셰 대희ᄒ야 문왈,

"셔모의 힝ᄉᆞ(行事) 감샤ᄒ이다. 엇디 총망(悤忙) 듕(中) 미처 싱각
ᄒ시뇨?"

니패 왈,

"셕파의 일이 아니라 셕부인의 싱각ᄒ시미니이다."

샹셰 믄득 말을 그티더라. 이날 황혼의 졔인이 흐터디고 셕시 촉하
의 안자시니 샹셰 뎌의 눈믈 자최 쳐량ᄒ고 일삭(一朔)밧긔 구완ᄒ디
죠곰도 틱만티 아니ᄒ며 밤의 눈을 브티디 못ᄒ고 쥬야 단좌ᄒ야 옷
골홈도 그ᄅ디 아니ᄒ며 식음을 폐ᄒ고 근심ᄒᄆᆞᆯ 보매 엇디 감동티
아니리오. 일단(一端) 은졍(恩情)이 노호온 거ᄉᆞᆯ 이긔ᄂᆞᆫ디 즈긔 혼졀
ᄒ ᄲᅢ 부인의 고티 아니믈 아름다이 너겨 쥰졀(峻截)ᄒᆫ 비츨 덜고 ᄎᆞ
야의ᄂᆞᆫ ᄆᆞᄋᆞᆷ을 프럿더니 이경(二更) 후 차(茶)ᄅᆞᆯ 구ᄒ거ᄂᆞᆯ 셕시 나아
와 주니 마시기ᄅᆞᆯ 다ᄒᆞᆫ 후 샹셰 비로소 무러 글오ᄃᆡ,

---

2) [교감] 실셩톄읍: '뎨'는 '톄'의 오기.

"부인이 엇디 소싱(小生)의 병침의 니르러 구호ᄒ고 신고(辛苦)ᄒ미 이 ᄀ티ᄂ뇨? 싱이 일야(日夜) 블안ᄒ믈 이긔디 못ᄒᄂ니 평안이 쉬시믈 쳥ᄒᄂ이다."

셕시 머리를 수기고 졍싴브답이어늘 샹셰 이윽거야 ᄯ 닐오디,

"쇼싱이 비록 용졸(庸拙)ᄒ나 쟝군이 칼노ᄡ 죽이고져 ᄒ고 참졍이 면ᄎ(面責)ᄒ며 부인이 모명(母命)을 거역ᄒ니 진실노 미안(未安)티 아니랴? 연이나 부인이 싱을 위ᄒ야 듀야 근노ᄒ시니 금일은 편히 쉬쇼셔."

셕시 날호여 디왈,

"쳡이 비박지질(菲薄之質)로 군ᄌ의 후디(厚待)를 바다 복(福)이 넘쪄 익(厄)을 보니 이 ᄯᅩᆫ 쳡의 운쉬(運數) 긔구(崎嶇)ᄒ미라. 엇디 감히 유혼(有恨)ᄒ야 존고(尊姑) 명(命)을 거스리리오마는 죄를 알며 범ᄒ고 지어(至於) 조부와 부친의 일은 ᄯᅩᆫ 쳡의 깁흔 죄라. 쳥죄(請罪)홀 ᄯ름이로소이다."

샹셰 ᄇ야ᄒ로 소리를 화히 ᄒ야 디왈,

"이제 고ᄉ(古事)를 닐너 ᄡᅳ디업ᄉ디 언경(言輕)ᄒ야 브졀업손 말을 ᄒ미라. 연이나 구병(救病)ᄒ연디 월여(月餘)의 잠간도 쉬디 아니시니 금일은 내 긔운도 져기 나으니 평안이 쉬라. 내 ᄯᅩᆫ 평안ᄒ리로다."

셕시 디왈,

"쳡의 슉쇠(宿所) 이시니 군ᄌ 병이 나으시면 쳡이 스스로 가 쉬리니 군ᄌᄂ 넘녀티 마르소셔."

샹셰 외당(外堂)이라 혐의(嫌疑)ᄒ야 쉬디 아니믈 보고 ᄯᅩᆫ 올히 너겨 강권(強勸)티 아니터라.

이러구러 수일 디난 후 셕시 상머리의셔 약을 다스리다가 칼눌히 손이 듕히 샹ᄒ야 피 흘너 자리의 ᄀ득ᄒ니 거두어 ᄡᅡ미고 약질(弱

質)의 알프믈 이긔디 못ᄒ야 면ᄉᆡᆨ(面色)이 츤 ᄌᆡ ᄀᆞᄐᄃᆡ 샹셰 줍드러 시므로 소리를 아니ᄒ되 온몸이 떨녀 졍신이 아득ᄒ니 샹ᄉᆡᆨ의 업더여 긔운을 딘뎡(鎭靜)ᄒ며 ᄎᆞ마 그 피를 보디 못ᄒ야 시녀를 블너 업시코져 ᄒᄃᆡ 샹셰 마ᄎᆞ 씨야 두로혀 누어 눈을 드러보니 셕시 긔ᄉᆡᆨ이 창황(悄悅)ᄒ야 손을 품고 업더엿거늘 문왈,

"부인이 어ᄃᆡ를 블평ᄒ야 ᄒᄂᆞ냐?"

셕시 ᄃᆡ왈,

"우연이 실슈ᄒ야 손이 샹ᄒ니 ᄌᆞ연 ᄆᆞᄋᆞᆷ이 편티 아니ᄒ이다."

샹셰 ᄇᆞ야흐로 보니 부인의 〃샹(衣裳)의 피 ᄀᆞ득ᄒ엿거늘 경아(驚訝)ᄒ야 이에 그 손을 보ᄆᆡ 믄득 안ᄉᆡᆨ을 변ᄒ고 닐오ᄃᆡ,

"엇디 이대도록 듕샹(重傷)ᄒ엿ᄂᆞ뇨?"

스스로 몸을 니러 깁을 미여 약을 섯거 ᄲᆞ믹고 심히 블평ᄒ야 ᄒ더라.

셕시 옥슈 샹ᄒᄆᆞ로브터 좌편 풀이 저리고 브어 임의로 ᄡᅳ디 못ᄒ니 샹셰 지삼 침당의 가 편히 쉬라 권ᄒᄃᆡ 듯디 아니ᄒ더니 일〃은 셕패 부인을 뫼시고 드러와 샹셔를 볼ᄉᆡ 셕시는 셔안을 의지ᄒ야 조을고 샹셔는 부인의 손을 잡고 ᄯᅩᄒᆞᆫ ᄌᆞ거늘 양부인이 우으시고 병풍 밧긔셔 소ᄅᆡ ᄒᆞ시니 셕시 놀나 씨드르니 샹셰 ᄌᆞ긔를 집슈(執手)ᄒ야 시믈 보고 손을 밀고 급히 니러 부인을 마ᄌ니 부인과 셕패 웃고 드러 안ᄌᆞ매 샹셰 ᄯᅩᄒᆞᆫ 씨야 보고 상(床)의 ᄂᆞ려 안자 ᄀᆞᆯ오ᄃᆡ,

"년ᄒᆞ야 자디 못ᄒ기로 앗가 줍드러 맛디 못ᄒ과이다."

부인 왈,

"오늘은 엇더ᄒᆞ뇨?"

ᄃᆡ왈,

"두어 날은 나으니 다힝ᄒ이다."

부인이 경계왈,

"네 샹시 힝시(行事) 지극 신듕ᄒᆞ매 병이 듕ᄒᆞ디 의심티 아냐 셕시로 듀야 구병(救病)ᄒᆞ긔 ᄒᆞᄂᆞ니 너ᄂᆞᆫ 모로미 조심ᄒᆞ야 됴셥(調攝)ᄒᆞ라."

샹셰 이에 셕시로 더브러 수십여 일의 니ᄅᆞ도록 일방(一房)의 이시되 됴곰도 유희(遊戲)예 일이 업더니 이날 마ᄎᆞᆷ 뎌의 손이 듕샹ᄒᆞᄆᆞᆯ 보고 ᄆᆞ음의 블평ᄒᆞᆫ디 ᄯᅩ 셔안의 비겨 조오롬을 보매 의시(意思)ᄂᆞᆫ 은근(慇懃)ᄒᆞ야 그 손을 잡아 샹ᄒᆞᆫ 거ᄉᆞᆯ 보다가 인ᄒᆞ야 줌드럿더니 모친이 보시고 의려ᄒᆞ야 당부ᄒᆞᄆᆞᆯ 알고 다만 유〃(唯唯)히 명(命)을 바들 ᄯᆞᄅᆞᆷ이러라.

이러구러 ᄯᅩ 십여 일이 디나매 병셰 향차(向差)ᄒᆞ니 가듕(家中)이 진동ᄒᆞ야 경ᄉᆞᄅᆞᆯ 티하ᄒᆞ고 셕시 ᄆᆞ음을 펴 벽운당의 도라와 쉬더니 홀연 팀병(沈病)ᄒᆞ니 원ᄂᆡ 긔질이 버들 ᄀᆞᆺᄐᆞᆫ디 오십 일을 듀야 눈을 브티디 못ᄒᆞ고 안자 디내ᄂᆞᆫ 듕 우환(憂患)의 용녀(用慮)ᄅᆞᆯ 더ᄒᆞ니 분황(奔遑)ᄒᆞᆯ 적은 아디 못ᄒᆞ엿다가 ᄆᆞ음을 펴매 병이 니러나니 이ᄶᆡ 화시와 샹셰 쾌차(快差)ᄒᆞ야 니러나며 셕시 병드니 가듕의 우환이 ᄭᅥ나디 아니ᄒᆞᄂᆞᆫ디라. 샹셰 모친의 용녀ᄒᆞ시ᄆᆞᆯ 근심ᄒᆞ야 더옥 의약을 브즈런이 다ᄉᆞ려 셕시 병이 ᄒᆞ리ᄆᆞᆯ ᄇᆞ라더니

강주안찰사가 되다

이째 녀운이 제 쓸 내티믈 흐흐야 소샹셔를 해코져 흐듸 핑계 업서
흐더니 강쥐(江州) 인심이 황난(荒亂)흐야 도적이 쳐〃의 모다 작난
(作亂)흔다 흐니 츄밀(樞密)이 표(表)를 올려 글오듸,

"강쥐(江州)는 듕지(重地)라. 맛당이 총명직조(聰明才操)와 디략(智
略) ᄀ존 재 딘뎡(鎭定)흐리니 샹셔 복야 소경이 문뮈겸젼(文武兼全)
흐고 디혜과인(智慧過人)흐니 가히 강쥐(江州) 안찰ᄉ(按察使)¹⁾를 흐
야 부임킈 홀디라. 비록 직함이 나자다나 공노(功勞)를 일워든 승품
(陞品)흐미 올흐니이다."

텬지 유예(猶豫)²⁾흐시더니 녀구비³⁾ 용ᄉ(用私)⁴⁾흐야 셩지(聖

---

1) 안찰사(按察使): 각도를 순찰하여 지방 군현의 치적을 감독하던 관직.
2) 유예(猶豫): 망설여 일을 결행하지 아니함.
3) [교감] 녀구비: '구'는 '귀'의 오기.
4) 용사(用私): 일을 처리하는 데 개인의 사사로운 정을 둠.

旨) 윤허(允許)ᄒ시니 츄밀이 통졍ᄉ(通政司)5)의 회뢰(賄賂)ᄒ야 즉일노 발힝ᄒ라 ᄒ시니 쇼샹셰 뎐지(傳旨)를 듯고 드러와 모친쯰 술온대 부인이 대경왈(大驚曰),

"강쥐(江州)는 험디(險地)라. 네 즁병(重病)을 디내고 쇼복(蘇復)6)디 못ᄒ얏거늘 쟝ᄎ 원노(遠路)의 어이 가리오?"

샹셰 디왈,

"ᄒᆡ이 쇼셩(蘇醒)7)ᄒ연 디 오라오니 죡히 념녀홀 배 아니옵고 더듸면 일 년이오 쉬오면 반년지늬 도라오올디니 과려(過慮)ᄒ시리오?"

부인이 기리 탄왈,

"네 쇼년의 부귀 극ᄒ니 도시(都是) 황은이라. 명을 밧드러 ᄉ방의 가 군명(君命)을 욕디 아니미 가히 [경]시 될디라.8) 너는 날을 싱각디 말고 임ᄉ(任事)를 션티(善治)ᄒ야 쳥명(淸名)을 드리오고 황샹(皇上) 뎐지(傳旨)를 욕디 말나."

샹셰 ᄌ비ᄒ야 슈명(受命)ᄒ고 두 셔모와 쇼유 낭ᄆᆡ를 니별ᄒ니 제인이 눈믈을 ᄲᅵ리더라. 이에 몬져 녹운당의 와 부인을 니별홀ᄉᆡ 다만 됴셕 식봉(食奉)과 모친 좌[하](座下)의9) ᄯᅥ나디 아니믈 니르고 이에 벽운당의 니르러 셕부인을 보ᄆᆡ 부인이 침셕의 위둔(委頓)10)ᄒ야 병셰 극듕ᄒ다라. 싱이 비록 견고ᄒ나 ᄒ번 보ᄆᆡ 심시 됴티 아냐 나아가 ᄂᆞ죽이 닐오ᄃᆡ,

5) 통정사(通政司): 문서를 전달하는 중앙부서. 황제에게 올리는 상소나, 황제가 발표하는 칙령 등을 총괄했다.
6) 소복(蘇復): 원기를 회복함.
7) 소성(蘇醒): 중병을 치르고 난 뒤에 다시 회복함.
8) [교감] [경]시 될디라: 이대본 '시 될디라'. 21권본 없음. 26권본 '경실지라'.
9) [교감] 좌[하]의: 이대본 '좌의'. 21권본 없음. 26권본 '좌하의'.
10) 위돈(委頓): 피로하다. 지치다. 나른하다.

"싱이 국명으로 강쥐(江州)를 나가더니 부인의 병이 흐리믈 보디 못흐고 가니 심시 블평흐도다. 아모려나 회츈(回春)흐야 서로 보기를 브라느이다."

셕시 쳥파의 졍식왈,

"군직 황명을 밧즈와 만니(萬里)의 힝흐시니 〃친지회(離親之懷) 극흘디니 다른 듸 쓰디 업스려든 혈〃(孑孑)흔 ♀녀즈를 듸흐야 니별 흠도 다亽(多事)흐미어늘 엇디 몸 우히 공복(公服)을 닙고 부녀(婦女)로 더브러 亽졍(私情)을 니르시리오? 쳡이 브야 쳥츈이라. 겨근 병이 〃시나 즈연 소복(蘇復)홀 거시니 브졀업슨 넘녀를 거리끼디 마르쇼셔."

싱이 듯기를 무츠매 기리 샤왈,

"부인의 말솜이 올흔디라. 싱이 엇디 심亽의 구애흐야 亽려(思慮)흐리오? 다만 병을 됴셥흐쇼셔."

드듸여 니러나가 궐하의 하딕흐니 샹이 인견(引見)흐야 위로흐시고 졀월(節鉞)[11]을 주시니 샤은(謝恩)흐고 강셔(江西)를 향홀시 추죵(騶從)을 다 써르텨 뒤히 조초오라 흐고 유싱(儒生)의 복식으로 강쥐(江州) 니르러 흔 촌뎜의 드니 두어 늘그니 술 먹고 가무(歌舞)흐거늘 안찰시(按察使) 나아가 만복(萬福)흐믈 쳥흐니[12] 노인이 놀라 마자 닐오듸,

"슈즈(秀才)[13]는 어듸셔 오시니잇가?"

안시(安使) 듸왈,

---

11) 졀월(節鉞): 부졀(符節)과 부월(斧鉞). 높은 관원이나 장수를 지방에 파견할 때 황제가 내려주는 신물(信物)로 군령을 어긴 자에 대한 생살권(生殺權)을 상징한다.
12) [교감] 쳥흐니: '칭흐니'의 오기. 21권본 '쳥흐니'. 26권본 '칭흐니'. '만복(萬福)흐믈 쳥흐니'는 칭만복(稱萬福), 즉 고대에 부녀들이 서로 인사하는 방식이다. 두 손을 아랫배에 대고 눈은 아래를 보며 무릎을 굽히고 입으로 '만복'이라 일컫기 때문에 '만복례(萬福禮)'라고도 부른다.
13) [교감] 슈즈: '슈직'의 오기.

"싱은 경소(京師) 사람으로 유산(遊山)ᄒᆞ야 이곳의 니르럿더니 녈위(列位) 노댱(老丈)은 엇던 사름이시니잇고?"

노인 왈,

"우리ᄂᆞᆫ ᄃᆡ〃로 강쥬(江州)셔 사라시니 둘이 형뎨라. 셩명은 원화 원슝이라 ᄒᆞᄂᆞ니 슈지(秀才) 멀리셔 왓도다."

드듸여 술을 권ᄒᆞ딩 츄ᄉᆞ(推辭)ᄒᆞ고 먹디 아니ᄒᆞ며 죵용(從容)히 말ᄒᆞ야 풍쇽을 슷치고 ᄯᅩ 무러 골오딩,

"이 고딩 여의기용단(如意改容丹)과 오면회단(吾面回丹)[14]이 잇다 ᄒᆞ니 어딩셔 ᄑᆞᄂᆞᆫ고 알고져 ᄒᆞ노라."

노인 왈,

"이 약이 극[히][15] 귀ᄒᆞ니 갑시 듕커니와 사고져 훌딘대 예셔 졍동(正東)으로 이십 니(二十里)만 가면 만츈산이란 뫼[히][16] 이시니 그 가온대 도화진인이 〃셔 이 단약(丹藥)을 고아 ᄑᆞᄂᆞ니라."

어ᄉᆡ ᄀᆞ르치믈 샤례ᄒᆞ고 문왈,

"이 진인이 도슐이 놉흔가?"

노인 왈,

"진인(眞人)은 이삼쳔 년 득도ᄒᆞᆫ 신션이라. 그 조홰 텬디의 ᄀᆞ득ᄒᆞ니라."

어ᄉᆡ 왈,

"이러면 쳥고(淸高)ᄒᆞᆫ 도ᄉᆡ(道士)어늘 엇디 구〃(區區)이 약을 ᄑᆞᄂᆞ뇨?"

노인 왈,

---

14) 오면회단(吾面回丹): 내 얼굴이 돌아오는 약. 외면이 돌아온다는 뜻에서 외면회단(外面回丹)으로 부를 수도 있다.

15) [교감] 극[히]: 21권본 '극히'. 26권본 '극키'.

16) [교감] 뫼[히]: 21권본 '뫼히'. 26권본 '모히'.

"데 약을 프라 즁싱(衆生)의 구망(求望)을 응ᄒᆞ니 이 일단(一段) 젹션(積善)이라 ᄒᆞᄂᆞ니라."

안시 듯기를 다 ᄒᆞ고 이윽이 안잣다가 니러 하딕고 가니 그 노인이 셔로 의심ᄒᆞᄃᆡ

"엇던 슈ᄌᆡ 그대도록 긔특ᄒᆞᆫᄀᆞ? 아니 도화진인이 와셔 희롱ᄒᆞ민가? 비록 진군(眞君)일디라도 우리 해로온 말 아냐시니 근심 업다" ᄒᆞ더라. 소안ᄃᆡ(蘇案臺) 뇩칠 일을 도라 인심을 슙힌 후 통문(通文)ᄒᆞ고 즉일의 부임ᄒᆞ니 부현관(府縣官)이 ᄃᆞ토와 영졉ᄒᆞ며 하리(下吏) 분 〃 황 〃 (紛紛遑遑)ᄒᆞ미 쳥텬의 벽녁이 불의예 니러남ᄀᆞ티 너기더니 안ᄃᆡ 하관과 군졸을 인품으로 차등ᄒᆞ야 샹벌을 붉게 ᄒᆞ고 혁뉴(刑戮)[17]을 존졀(撙節)[18]ᄒᆞ며 빅셩을 어엿비 너기니 강쥐(江州) 일ᄃᆡ(一帶) 수월이 못ᄒᆞ야 태평가를 브르고 젹(賊)이 셩재(善者) 되니[19] 소싱의 덕틱과 도량을 알리러라.

---

17) [교감] 혁뉴: '형뉵'의 오기. 21권본 '형육'. 26권본 '형률'. 형뉵(刑戮)은 죄지은 사람을 형법에 따라 죽이는 것을 뜻한다.
18) 존졀(撙節): 알맞게 절제함.
19) [교감] 젹이 셩재 되니: '셩재'는 '션재'의 오기. 21권본 '도젹이 션ᄌᆡ 되니'. 26권본 '도젹이 화ᄒᆞ여 냥민이 되니'.

왕한을 개과시키다

안딕 일∥은 셔헌(書軒)의 안잣더니 믄득 하리 혼 쇼년을 미러 던하(軒下)¹⁾의 와 고ᄒᆞ되,

"이 션ᄇᆡ 미친 말을 내여 노야ᄭᅴ 알외여디라 ᄒᆞ고 반일을 싸호니 마디못ᄒᆞ여 ᄃᆞ려왓ᄂᆞ이다."

눈을 드러 보니 미목(眉目)이 쳥녀(淸麗)ᄒᆞ고 풍되(風度) 슈려ᄒᆞ되 병식이 ᄀᆞ득ᄒᆞ엿더라. 이에 문왈,

"유ᄉᆡᆼ(儒生)은 엇던 사ᄅᆞᆷ이며 므슴 원민(寃悶)ᄒᆞ미 잇ᄂᆞ뇨? 소회(所懷)를 니ᄅᆞ면 결단ᄒᆞ리라."

그 셔ᄉᆡᆼ이 눈물을 흘니고 ᄀᆞᆯ오되,

"ᄉᆡᆼ은 본ᄃᆡ 경ᄉᆞ(京師) 사ᄅᆞᆷ으로 표박(漂泊)²⁾ᄒᆞ여 이 ᄯᅡ히 와 ᄉᆞ고 무친(四顧無親)³⁾ᄒᆞ되 오딕 비파뎡(琵琶亭) 명챵 ᄎᆔ연을 가툑ᄒᆞ야⁴⁾ 실

---

1) [교감] 던하: '헌하'의 오기. 21권본 없음. 26권본 '쳥하'.
2) 표박(漂泊): 일정한 주거나 생업이 없이 떠돌아다니며 지냄.
3) 사고무친(四顧無親): 의지할 만한 사람이 아무도 없음.

인(室人)을 삼아 사더니 거년(去年)의 취연의 고인(故人) 니경쉬란 놈이 여의기용단(如意改容丹)을 먹고 와 쇼싱(小生)을 소기니 쇼싱이 실노 취연으로 아라 그후 춧디 아니ᄒᆞ더니 경쉬 쇠5)를 타 취연을 드리고 무위군(無爲軍)6)의 가 사니 이제 당ᄒᆞ여ᄂᆞ 쇼싱이 아모리 가 ᄎᆞ자도 주디 아니코 도로혀 쇼싱을 듕히 텨 이리 병드러시니 노야의 신명(神明) 위덕(威德)을 힘닙ᄉᆞ와 츄연7)을 춧고 니경슈를 죽여주시믈 ᄇᆞ라ᄂᆞ이다."

안딕 텽파의 크게 우이 너기며 ᄯᅩᄒᆞᆫ 한심ᄒᆞ야 다시 문왈,

"유싱(儒生)의 셩명이 무어신다?"

딕왈,

"셩명은 왕한이로소이다."

안딕 이 믄득 님슈부의 니ᄅᆞ던 왕싱인 줄 알고 그 외입(外入)ᄒᆞ믈 잔잉이 너겨 닐오딕,

"네 말노 보건대 뎨 요괴로온 약을 먹어 소김과 츄연의 비반ᄒᆞ미 다 죄 이시되 츄연의 죄 더옥 듕ᄒᆞᆫ디라. 다 자바다가 쳐티ᄒᆞ리라."

드듸여 발ᄎᆞ(發差)8)ᄒᆞ여 니경슈 츄연을 무위군(無爲軍)의 가 자바다가 므릌시 츄연도 ᄌᆞ쇡이 극히 졀셰ᄒᆞ더라. 안딕 츄연을 엄문ᄒᆞ니 복툐(服招)ᄒᆞ딕,

"본딕 니가의 고인(故人)으로 왕싱이 핍박ᄒᆞ야 아ᄉᆞ니 브득이 계교를 쓰미라"

ᄒᆞ니 안딕 잠간 싱각ᄂᆞᆫ 듯ᄒᆞ더니 소릭를 ᄀᆞ다ᄃᆞ마 굴오딕,

---

4) 가축하다: 물건을 잘 간직하거나 거두다.
5) [교감] 쇠: 21권본 '쇠', 26권본 '쎡'.
6) 무위군(無爲軍): 지금의 안후이 성(安徽省) 우웨이(無爲).
7) 츄연: 취연과 혼용되고 있다.
8) 발차(發差): 죄인을 잡아오라고 공차(公差)를 보냄.

"네 당초 니가의 가실던대 왕싱과 사디 아닐 거시어늘 그째는 슌히 조찻다가 나죵의 소기니 몬져 실졀(失節)호 겨집이 되고 나죵의 실신(失信)호 겨집이 되니 아조 죄 업디 못ᄒ리라."

드ᄃᆡ여 듕히 텨 내티고 니싱을 칙왈,

"네 요망호 약을 먹어 사름을 소기니 당″이 죄 듕ᄒ다라. 오히려 짐쟉ᄒ여 관셔(寬恕)ᄒ느니 다시 이런 거조를 말라."

ᄯᅩ 왕싱을 ᄭᅮ지저 왈,

"네의 어림과 사오나오미 이 ᄀᙼ티니 ᄂᆞᆷ의 겨집을 앗고 후의 속으미 참혹ᄒ며 붓그러온 줄을 모르니 그 스ᄉᆞ로 용납디 못홀 형젹을 가지고 엇디 내게 와 원민(寃悶)ᄒ료 ᄒ더뇨?"

드ᄃᆡ여 칼 메워 옥의 ᄂᆞ리오라 ᄒ고 공ᄉᆞ(公事)를 파ᄒ매 니경슈를 ᄡᅵ어 내티고 동헌(東軒)⁹⁾의셔 쉬더니 날이 어두오매 심복인(心腹人)으로 ᄒ여곰 왕싱을 ᄃᆞ려 내여와 텽(廳)의 올리고 문왈,

"내 그ᄃᆡ를 보니 임의 흉격(胸膈)의 글을 곰초앗고 안치(眼彩)의 ᄉᆞ품(士品)이 잇거늘 엇던 연고로 셩인의 ᄀᆞᄅ치신 거슬 져ᄇᆞ리며 스승의 인도ᄒ믈 니져 몸을 무례방탕이 가져 부모 유톄와 조션(祖先)을 욕먹이ᄂᆞ뇨? 흑싱이 일즉 드ᄅᆞ니 대댱뷔 셥셰쳐신(涉世處身) 슈신힝도(修身行道)ᄒ고 튱효를 일흘가 두릴디언졍 쳐ᄌᆞ(妻子) 업술가 근심티 아닐 거시니 ᄒᆞ믈며 됴고만 챵녜ᄯᅡ녀? 흑싱이 비록 어디″ 못ᄒᆞ나 평싱 됴고만 의긔를 품어 사름이 그른 고ᄃᆡ 나아가믈 보면 믄득 ᄆᆞᄋᆞᆷ이 불평ᄒᆞ야 ᄒᆞ느니 형의 힝ᄉᆞ를 보매 격졀(激切)¹⁰⁾ᄒᆞ믈 이긔디 못ᄒᆞ니 내 원컨대 어딘 미인(美人)을 ᄉᆞ족(士族)의 굴ᄒᆡ여 형의 호구(好逑)를 뎡ᄒᆞ리니 쇼뎨(小弟)로 더브러 경ᄉᆞ(京師)의 가미 엇더뇨?"

---

9) 동헌(東軒): 지방 관아에서 고을 수령이 공사를 처리하던 중심 건물.
10) 격절(激切): 감정이 격렬하고 절실함.

왕싱이 크게 붓그리고 감격ᄒᆞ야 ᄌᆡ비 샤례왈,

"쇼싱은 인뉴(人類)의 츙수(充數)티 못ᄒᆞᆯ 거시어늘 대인(大人)이 〃럿툿 어엿비 너기시니 엇디 감히 틱교(台敎)11)를 벗ᄌᆞᆸ디 아니리잇가? 명대로 ᄒᆞ리이다."

안딕 희동안식(喜動顔色)ᄒᆞ야 일노브터 왕싱을 머믈워 부듕의 두고 의식을 후히 치며 형뎨로 칭ᄒᆞ야 붕위 되니 왕싱이 지극 감격ᄒᆞ고 ᄯᅩᄒᆞᆫ 슈괴ᄒᆞ며 녀 안딕 일동인졍(一動一靜)12)이 차라(蹉跎)13)ᄒᆞ미 업서 일마다 과인(過人)ᄒᆞ고 쳐신ᄒᆞ매 녜의를 ᄀᆞ죽이 힝ᄒᆞ니 녀의 일을 보고 졔 힝실을 보아 싱각ᄒᆞ매ᄂᆞᆫ 공ᄌᆞ(孔子)와 양화(陽貨)와 ᄀᆞ죽이 방블ᄒᆞ니 크게 씨ᄃᆞ라 ᄆᆞᄋᆞᆷ을 고티고 ᄯᅳᆮ들 닷가 슈힝(修行)ᄒᆞᄆᆞᆯ 안딕(案臺) ᄒᆞᄂᆞᆫ 대로 ᄒᆞᄂᆞᆫ디라. 안딕 녀의 기과(改過)ᄒᆞᄆᆞᆯ 깃거ᄒᆞ며 그 문ᄌᆡ 빗나ᄆᆞᆯ 보고 평일 ᄌᆡ조 ᄉᆞ랑ᄒᆞ고 앗기미 극ᄒᆞ던 고로 지극 후ᄃᆡᄒᆞ더라.

---

11) 대교(台敎): 안대(案臺)의 가르침.
12) [교감] 일동인정: '일동일정'의 오기.
13) [교감] 차라: '차타'의 오기. 차타(蹉跎)는 미끄러져 넘어짐, 시기를 놓침.

가씨를 구하다

안딕(案臺) 일□은 빅 트고 슌힝(巡行)ᄒ더니 일인의 주검이 믈 우히 써오거늘 샤공으로 ᄒ여곰 건져 빅예 올리니 ᄒᆞᆫ 쇼년 녀ᄌᆡ라. 믄득 믈을 토ᄒ고 인ᄉᆞᄅᆞᆯ 출히거늘 안딕 깃거 션창(船倉)의 드려와 누이고 일긔(一器) 딘미(珍味)ᄅᆞᆯ 갓다가 먹이니 빅야흐로 졍신을 아라 말ᄒ거늘 근본을 무르니 파쥬(播州)[1] 가시랑의 ᄯᆞᆯ로 일개(一家) 션유(船遊)ᄒ다가 풍파ᄅᆞᆯ 만나 죽고 졔 홀로 구ᄒᆞᆷ믈 닙어 사랏노라 ᄒᆞ고 나흔 십팔 셰ᄂᆞᆫ ᄒᆞᆫ 쳐녀라. 아릿답고 졀묘ᄒᆞ미 경국지ᄉᆡᆨ(傾國之色) 팀어낙안지틱(沈魚落雁之態) 잇ᄂᆞᆫ디라. 안딕(案臺) 반년을 타향의 와 외로이 디내ᄂᆞᆫ디 국ᄉᆡᆨ(國色)을 디ᄒᆞ매 범연ᄒᆞᆫ 남ᄌᆞᆯ딘대 엇디 무심ᄒᆞ리오마ᄂᆞᆫ 죠곰도 유의ᄒᆞ야 졍 두ᄂᆞᆫ 일이 업고 다만 그 심ᄉᆞᄅᆞᆯ 슬피 녀겨 교ᄌᆞ(轎子)ᄅᆞᆯ ᄀᆞᆺ초와 부즁의 보내고 슌힝ᄒᆞ기ᄅᆞᆯ ᄆᆞ춘 후 도라와 그 녀ᄌᆞᄅᆞᆯ 볼ᄉᆡ 가시 ᄌᆡ빅(再拜)ᄒᆞ야 텬디 ᄀᆞᄐᆞᆫ 은혜ᄅᆞᆯ 샤례ᄒᆞ니 안

---

[1] 파쥬(播州): 지금의 구이저우 성(貴州省) 쭌이(遵義).

딕(案臺) 답녜왈,

"이는 쇼져의 명(命)이 기르시미라. 엇디 내의 공이리잇고?"

가시 눈믈을 흘려 샤은ᄒ믈 마디아니코 안딕(案臺)는 구디 ᄉᆞ양ᄒ더라. 이날²⁾ 가시 안딕를 보매 쇼년총쥰(少年聰俊)ᄒ고 영호슈발(英豪秀拔)ᄒ니 크게 긔특이 너겨 믄득 ᄆᆞ음의 싱각ᄒ되,

'내 뎌의 구명(救命)ᄒᆞᆫ 은덕을 닙어시니 당〃이 함호결초(銜環結草)³⁾ᄒᆞᆯ 거시오 뎨 쇼년 남ᄋᆞ로 긱탁(客榻)⁴⁾의 독쳐(獨處)ᄒ니 내의 ᄉᆡᆨ(色)을 보매 반ᄃᆞ시 동심(動心)ᄒᆞᆯ 거시니 금야의 나가 뎌의 졍을 도〃리라.'

쥬의를 뎡ᄒ고 이 밤의 외당 나오니 안딕 졍히 좀드럿거ᄂᆞᆯ 가시 나아가 블러 글오딕,

"안딕(案臺) 샹공(相公)은 ᄭᆡ얏ᄂᆞᆫ다?"

싱이 좀을 ᄭᆡ텨 보니 가시 겨틔 와 ᄌᆞ가(自家)를 흔들며 브르거ᄂᆞᆯ 고이히 너겨 니러 안자 문왈,

"현ᄆᆡ(賢妹) 엇디 이에 왓ᄂᆞ뇨?"

가시 딕왈,

"쳡이 샹공의 은덕을 닙어 사라나고 샹공이 히듕의셔 쳡을 구ᄒᆞ시니 우연ᄒᆞᆫ 인연이 아니오 샹공과 쳡이 다 긱니(客裏)의 외로온 쇼년(少年)이니 하늘이 주시미라. 고어(古語)의 닐오딕, '텬여(天與)를 블 취(不取)ᄒᆞ면 반슈기히(反受其害)라'⁵⁾ ᄒᆞ니 우리 냥인(兩人)이 부뷔 되미 가티 아니미 업슬디라. 이러므로 쳡이 붓ᄯᅳ러오믈 닛고 이에 니

2) [교감] 이날: 이대본에 '이날'이 중복되나 교정이 되어 있음.

3) [교감] 함호결초: '호'는 '환'의 오기. 함환결초(銜環結草)는 죽어서 은혜를 갚는다는 뜻.

4) [교감] 긱탁: '긱탑'의 오기. 21권본 '긱탑'. 26권본 '타향'. 객탑(客榻)은 손님을 위한 자리.

5) 텬여를 블취ᄒᆞ면 반슈기히라:『사기(史記)』「월왕구천세가(越王句踐世家)에 "하늘이 준 것을 취하지 않으면 도리어 그 앙화를 받게 된다(天與不取, 反受其咎)"라고 한 데서 온 말이다.

르럿ᄂ이다."

안되 쳥파의 안싴을 싁〃이 ᄒ고 칙ᄒ야 ᄀᆯ오ᄃᆡ,

"나ᄂ 드ᄅ니 군ᄌ의 빅ᄒᆡᆼ(百行)은 암실(暗室) 가온대셔 졍대(正大)ᄒ믈 힘쓰고 눈 업ᄉ 니ᄅ를 공경ᄒ며 녀ᄌ의 ᄉ덕(四德)은 졀의(節義) 읏듬이라. 이러므로 뉴하혜(柳下惠)의 어디름과 녀종(女宗)의 졀(節)이 후셰의 뎐ᄒᄂ니 싱이 비록 일개 셔싱이라⁶⁾ 어려셔브터 글을 닑어 녜의 넘티를 조심ᄒ니 비록 하혜(下惠)의 졍대ᄒᄆᆫ 밋디 못ᄒ나 ᄯᅩᄒ 녀싴을 탐ᄒ여 신기(神祇)를 소기디 아닐 줄은 아ᄂ디라. 그ᄃᆡ 강듕(江中)의 어육(魚肉)이 되게 ᄒ야시매 인졍(人情)의 츄연(愀然)ᄒ야 구ᄒ야시니 당〃이 형미(兄妹)로 결의ᄒᄆᆡ 가ᄒ거ᄂᆯ 엇디 감히 셩교(聖敎)를 닛고 블법(不法)을 ᄒᆡᆼᄒ며 현미(賢妹)ᄃᆞᆯ 츈경(春卿)의 녀ᄌ로 ᄉ문(斯文) 쳬녜(處女)니 비록 참난(慘亂)을 만나시나 ᄯᅳ들 빙쳥옥결(氷淸玉潔)ᄀᆞ티 ᄒ야 아름다온 부셔(夫壻)를 어더 부모 졔ᄉ를 니으미 가ᄒ거ᄂᆯ 엇디 혼야(昏夜)의 분주ᄒ야 상님(桑林)⁷⁾의 쳔(賤)ᄒ믈 둙히 너기ᄂᆞ뇨? 내 출히 현미의 후의를 져ᄇᆞ릴디언뎡 감히 명교(名敎)의 죄인이 되디 아니리니 눕이 알가 두리오니 밧비 드러가쇼셔."

언필의 의관과 ᄯᅴ를 졍히 ᄒ고 엄연졍금(儼然整襟)ᄒ야 긔싴이 십분(十分) 쥰졀(峻截)ᄒ야 춘 긔운이 ᄉ벽(四壁)의 ᄢᅦ티고 쎠 슬히니⁸⁾ 가시 크게 붓그려 샤례왈,

"쳡이 삼가디 못ᄒᆫ 죄 즁ᄒᆞ디라. 노야ᄂ ᄇᆞ라건대 샤죄ᄒ쇼셔."

안되 졍싴왈,

6) [교감] 셔싱이라: '라'ᄂ '나'의 오기.
7) 상림(桑林): 남녀의 밀회. 뽕나무밭이 남녀가 몰래 만나기 쉬운 장소였기 때문에 이와 같은 뜻을 갖게 되었다. 『시경』의 「상중桑中」은 남녀의 밀회(密會)를 읊은 것이다.
8) 슬히다: 시리다.

"피츠(彼此) 스문(斯文) 일믹(一脈)이니 현믹의 존칭(尊稱)ㅎ믈 엇디 당ㅎ리오? 다만 이런 쇼쇄(小瑣)ㅎ신 쓰들 업시 ㅎ고 슈힝ㅎ시면 흑싱이 당〃이 긔특혼 비우(配偶)를 굴히여 현믹 직정(才情)을 져ᄇ리디 아니ᄒ리이다."

가시 깁히 뉘오처 칭샤ᄒ고 드러가니 안디 탄왈,

"내 왕싱을 긔구(旣苟)히 너겻더니 엇디 더 심혼 재 이실 줄 알리오? 이 ᄀ튼 녀즈를 부듕의 오래 두디 못혼 거시로디 임의 도라갈 디 업슨 쟈를 ᄇ리면 처음의 아니 구ᄒ니만 ᄀᆺ디 못ᄒ니 엇디 쳐티ᄒ야〃 슌편(順便)홀고?"

ᄒ더니 홀연 혼 일을 ᄭᆡᄃ라

왕한과 가씨를 혼인시키다

　명됴의 하인을 블러 황도길일(黃道吉日)[1]을 골히라 ᄒ고 스스로 위의를 극진히 출혀 임의 날이 다ᄃᆞ르매 부현관(府縣官)과 본부(本府) 하관(下官)을 쳥ᄒᆞ야 연셕(宴席)을 기댱(開場)ᄒ고 독좌[2] 긔구(器具)를 버리매 모든 사름이 다 혜오되,

　'뎌 젹 강즁의셔 어든 녀ᄌᆞ를 안되 취ᄒᆞᄂᆞ니라'

ᄒᆞ야 공경ᄒᆞ야 안잣더니 시긱이 다ᄃᆞ르매 안되 좌우로 ᄒᆞ야곰 신낭의 길복을 내여다가 노코 부존(府尊)[3]과 디현(知縣)을 되ᄒᆞ야 말을 펴 골오되,

　"혹싱 드르니 텬디간의 신의를 즁히 홀찌니 파쥐(播州) 가시랑의

1) 황도길일(黃道吉日): 여섯 개의 별자리가 해의 경로와 같이하는 때. 모든 일이 뜻대로 풀리기 때문에 따로 기피할 흉험한 것이 없는 날짜.
2) 독좌: 새색시가 초례의 사흘 동안 들어앉아 있는 일. 전통 혼례에서, 새신랑과 새색시가 서로 절할 때 차려놓는 음식상. 또는 그런 음식을 벌여놓는 붉은 상.
3) 부존(府尊): 지부(知府)의 존칭.

[규쉬]4) 참혹ᄒᆞᆫ 익을 만나 풍낭의 ᄲᅡ디니 내 마춤 구ᄒᆞ야내딕 ᄉᆞ구무친(四顧無親)5)ᄒᆞᆫ디라. 사ᄅᆞᆷ을 구ᄒᆞ매 뎌의 평ᄉᆡᆼ을 쾌히 ᄒᆞ고져 ᄒᆞ되 맛당ᄒᆞᆫ 딕 업고 오직 내 친우 왕ᄉᆡᆼ이 얼굴이 관옥(冠玉) ᄀᆞᆺ고 문묵(文墨)을 졍통(精通)ᄒᆞ니 비록 젼일 츄연으로 티쇼긱(嗤笑客)이 되나 ᄌᆞ고로 녀ᄉᆡᆨ의 관졍(關情)티 아니 리 업ᄉᆞ니 가히 족수(足數)티 못ᄒᆞᆯ 거시오, ᄒᆞ믈며 왕샹셔의 손ᄌᆞ니 이 명문(名門) ᄉᆞ위(士儒)6)라. 피ᄎᆞ 욕되디 아닌 고로 금일 길셕(吉席)을 ᄀᆞ초고 두 사ᄅᆞᆷ의 인연을 일우고져 ᄒᆞᄂᆞ니 녈위(列位) 현관(賢官)은 엇더타 ᄒᆞᄂᆞ뇨?”

부현관(府縣官)이 듯기를 ᄆᆞᄎᆞ매 다 소ᄅᆡ를 ᄂᆞ죽이 ᄒᆞ야 칭하왈,

“안딕 대인의 금옥 ᄀᆞᆺᄐᆞᆫ 말ᄉᆞᆷ이 둑히 만고(萬古) 호ᄉᆡᆨ(好色)의 뉴(類)를 쇼연(悚然)7)케 ᄒᆞ시고 의긔(義氣) 산히 ᄀᆞᆺᄐᆞ시니 하관(下官) 등이 블승경앙(不勝敬仰)ᄒᆞᆯ ᄲᅮᆫ이라. 대인의 쳐티ᄒᆞ시ᄂᆞᆫ 배 지극 올ᄒᆞ시니 하관 등이 엇디 감히 다른 의논이 이시리잇고? 됴ᄒᆞᆫ 인연이니 위요긱(圍繞客)8)이 되야 술을 먹으미 원(願)이로소이다.”

안딕 즁논(衆論)이 구일(口一)ᄒᆞᄆᆞᆯ 보고 깃거 좌우로 왕ᄉᆡᆼ을 블러 길복을 닙히고 시녀로 가쇼져를 붓드러 내여와 교ᄇᆡ(交拜)ᄒᆞ니 부부의 풍뫼 새로오니 진짓 평ᄉᆡᆼ9) 일딕(一對)러라. 합환쥬(合歡酒)를 ᄆᆞᆺ고 동방(洞房)의 도라가니 하관(下官) 졔긱(諸客)이 안딕를 블승흠앙(不勝欽仰)ᄒᆞ야 글오딕,

“뎌 ᄀᆞᄐᆞᆫ 미인 슉녀를 안딕 유의티 아니코 ᄂᆞᆷ의게로 보ᄂᆞ니 엇디 하혜(下惠) 미ᄌᆞ(微子)를 둑히 긔특다 ᄒᆞ리오? 쇼년 남ᄌᆞ의 힝식 이

4) [교감] [규쉬]: 이대본·21권본 없음. 26권본 ‘규쉬’.
5) [교감] ᄉᆞ구무친: ‘구’는 ‘고’의 오기.
6) ᄉᆞ유(士儒): 문인. 독서인.
7) [교감] 쇼연: ‘숑연’의 오기. 21권본 없음. 26권본 ‘숑연’.
8) 위요객(圍繞客): 혼인 때 가족 중에서 신랑이나 신부를 데리고 가는 사람.
9) [교감] 평ᄉᆡᆼ: ‘쳔ᄉᆡᆼ’의 오기. 21권본 없음. 26권본 ‘쳔ᄉᆡᆼ’.

ᄀᆞᆺ트니 진짓 공ᄌᆞ(孔子)의 유풍(遺風)을 니ᄅᆞ미로다"
ᄒᆞ더라. 석양의 파연(罷宴)ᄒᆞ고 듕빈(衆賓)이 훗터딘 후 안되 셔헌(書軒)의셔 편히 쉬다.

이적의 왕싱이 츄연을 일코 안듸로 더브러 ᄒᆞᆫ듸 이셔 슈힝ᄒᆞ며 젼일을 뉘웃츠나 오히려 아ᄅᆞᆷ다온 미인을 구ᄒᆞ미 오미(寤寐)예 미쳣더니 ᄯᅳᆺ 아닌 가시랑의 규슈를 엇ᄂᆞᆫ 즁 용뫼 신션 ᄀᆞ트니 십분 다힝ᄒᆞ고 가시도 처엄은 안듸를 유졍(有情)ᄒᆞ다가 견패(見敗)ᄒᆞ야 붓그리며 힝실을 닷그나 그 일싱이 필부(匹夫)의게 골몰(汨沒)ᄒᆞᆯ가 두리더니 쳔만 몽즁의 셩녜(盛禮)로 혼인ᄒᆞ되 년쇼풍뉴랑(年少風流郎)을 만나니 의식(意思) 환희(歡喜)ᄒᆞ야 부〃(夫婦)의 딘즁(珍重)ᄒᆞ미 그 진짓 ᄡᅡᆼ을 어덧더라.

서로 안듸의 셩덕을 니ᄅᆞ고 감격ᄒᆞ믈 이긔디 못ᄒᆞ야 이튼날 부뷔 ᄒᆞᆫ가디로 나아가 안듸의 은혜를 샤례ᄒᆞ니 안되 흔연왈,

"내 엇디 공이 〃시리오? 다 왕형과 현미 복이 놉ᄒᆞ미라. 이제 이 고디 피ᄎᆞ의 고향이 아니〃 왕형이 권실(眷室)ᄒᆞ야 경ᄉᆞ의 가면 쇼뎨(小弟) 힝니(行李)를 도ᄋᆞ리라."

이인이 샤례왈,

"이러면 은혜 층냥업ᄉᆞ되 오직 왕도(王都)의 아는 사름이 업ᄉᆞ니 엇디ᄒᆞ리오?"

안되 왈,

"내 죵쟈(從者)로 길흘 인도ᄒᆞ리니 ᄌᆞ운산의 드러가 봉셔를 뎐ᄒᆞ고 머믈면 님흑ᄉᆞ도 반ᄃᆞ시 돌보미 이실 거시오 편뫼 ᄌᆞ비지심이 놉ᄒᆞ시니 편히 디내리니 근심티 말라."

왕싱 왈,

"님흑ᄉᆞ는 뉘시뇨?"

안되 잠쇼왈,

"이 님슈부니 일즉 형을 졀친(切親)이로라 ᄒ더라."

왕싱이 ᄇ야ᄒ로 씌ᄃ라 대희샤왈(大喜謝曰),

"원ᄂ 이ᄂ 닉죵형뎨(內從兄弟)니 일즉 빙군(貧窘)ᄒ 션비여늘 엇디 뇽문(龍門)의 올라시며 ᄯᅩ 어이 쇼싱(小生)과 졀친인 줄 니ᄅ더니 잇고?"

안딕 다만 닐오딕,

"님형으로 더브러 친붕(親朋)이므로 강쥬(江州) ᄯᅡ히 친쳑을 니ᄅ시 형을 일ᄏᆞᆺ더라."

왕싱이 텽파(聽罷)의 탄왈,

"샹해 님형의 큰 지조 젹으믈 싱이 웃더니 엇디 공명(功名)을 몬져 취ᄒᆞᆯ 줄 알니오?"

안딕 함쇼무언(含笑無言)이러라. 즉시 퇵일ᄒ야 길 날시 안딕 봉셔ᄅᆞᆯ 닷가 모친ᄭᅴ 올리고 십 니(十里) 댱뎡(長亭)[10]의 가 젼송ᄒ고 도라오니라.

<hr>

10) 장정(長亭): 먼길을 떠나는 사람을 전송하던 곳. 오 리마다 단정(短亭)을, 십 리마다 장정을 두었음. 정(亭)은 곧 여인숙.

도화 진인을 꾸짖고 요괴로운 약을 없애다

이적의 안듸 임소(任所)의 이션 디 팔 삭의 모친 싱각는 쓰디 근졀
ᄒᆞ야 화됴월셕(花朝月夕)과 됴운모우(朝雲暮雨)를 듸ᄒᆞ면 믄득 춰셩
던 문안ᄒᆞ던 쎠를 싱각고 탄식ᄒᆞ믈 마디아냐 왈,

"부모 셤길 날은 젹고 님군 셤기〃는 오래거늘 나는 학발편친(鶴髮
偏親)을 다른 형뎨 업시 외로이 ᄇᆞ리고 만니(萬里)의 믈너와 호듀던
찬(好酒珍饌)으로 누리니 엇디 인ᄌᆞ(人子)의 ᄎᆞ마 홀 배리오마는 ᄆᆞ
음과 ᄀᆞ티 못ᄒᆞ니 현마 엇디ᄒᆞ리오?"

ᄒᆞ고 됴셕(朝夕) 식음(食飮)의 마시 업스며 일월을 본즉 모친의 용모
를 듸ᄒᆞᆫ 드시 반기고 슬허ᄒᆞ야 쇽졀업시 새박 니러 신셩(晨省)ᄒᆞ던
쎠를 마초고 의관을 졍히 ᄒᆞ야 죵일토록 안ᄌᆞ시미 모친ᄭᅴ 뫼심ᄀᆞ티
공경ᄒᆞ며 이경(二更)시〃디 안자 영모시(永慕詩)[1]를 지어 읇허 혼뎡(昏
定)ᄒᆞ던 거슬 마초와 ᄒᆞᆫ 쌔도 폐티 아니〃 그 효셩과 힝실이 만니 밧

---

1) 영모시(永慕詩): 어버이를 사모하는 시.

의 이셔도 동〃쵹〃(洞洞燭燭)ᄒ야 부모 셤기ᄂ 모음을 놋치 아니〃 엇디 긔특디 아니리오.

일〃은 안디 하인을 블러 굴오디,

"여긔 만츈산 도화진인이란 재 잇다 ᄒ니 올ᄒ냐?"

하리(下吏) 디왈,

"잇ᄂ니이다."

안디 왈,

"내 가셔 보쟈 ᄒ니 너희 등이 길흘 ᄀᄅ치라."

하인 왈,

"노애(老爺) 가고져 ᄒ시면 맛당이 목욕졍조(沐浴剪爪)[2]ᄒ고 즘심 티지(潛心致齋)[3]ᄒ야 폐빅(幣帛)을 ᄀ초와 가시리이다."

안디 왈,

"여등(汝等)은 즘〃ᄒ라."

드디여 쳔니마를 ᄐ고 심복(心腹) 동쟈(從者)를 드리고 유싱(儒生)의 복식으로 만츈산의 니르니 뫼히 놉고 경개(景槪) 슈려ᄒ야 뎨일(第一) 승디(勝地)러라. 뫼흘 올라셔 두로 ᄎᄌ니 솔 ᄉ이 블근 뎐각(殿閣)이 은영(隱映)[4]이 뵈거늘 이에 도관(道觀)인 줄 알고 ᄎ자 가니라.

각셜. 도화진인은 삼쳔 년식 득도혼 신션이로되 모음을 졍(正)혼 디 보내디 아냐 요괴로온 약을 디어 셰샹의 ᄑ더니 이날 운산(雲山)의셔 년단(煉丹)ᄒ며 경(經)을 외오다가 믄득 크게 놀라 굴오디,

---

2) [교감] 목욕졍도: '졍조'는 '젼조'의 오기. 21권본 없음. 26권본 '졍도'. 목욕젼조(沐浴剪爪)는 목욕하고 손발톱을 자르는 것.

3) 잠심치재(潛心致齋): 잠심은 어떤 일에 마음을 두어 깊이 생각함. 치재는 제관이 입제 날부터 파제 다음날까지 사흘 동안 몸을 깨끗이 하고 삼감.

4) 은영(隱映): 겉으로 드러나지 않으면서 은은하게 비침.

"내 년단(煉丹)호미 즈자 세샹의 프더니 이제 녕보도군(靈寶道君)이 오시니 반드시 다스리려 호미로다."

언필의 급작(急作)된 비 붓드시 오며 벽녁(霹靂) 소리 나니 도스 발을 굴너 왈,

"금갑신(金甲神)5)은 샐리 오라."

말이 뭇디 못호야셔 호 귀신이 알픽 와 뵈여 왈,

"호 쇼년(少年) 유싱(儒生)이 스부(師父)를 보라오딕 말슴과 거디(擧止) 무례호야 견혀 지계젼조(齋戒剪爪)6)호는 일이 업습거늘 데직(弟子) 뇌뎐벽녁(雷霆霹靂)7)으로 해호랴 호니 몸의 옥뇽(玉龍)이 둘럿고 향긔로온 브람과 화(和)한 빗치 셔싱을 웅위호야 감히 해티 못홀 분 아니라, 그 셔싱이 젼혀 구겁(懼怯)티 아니커늘 데직(弟子) 그 죵쟈(從者)를 해코져 흐더니 스뷔(師父) 엇디 브르시니잇고?"

진인(眞人)이 급호여 말을 못호고 다만 젼샹(殿上)의 삼청(三淸)을 フ르치니 금갑신(金甲神)이 문왈,

"스뷔 엇디 삼청(三淸)을 フ르치시느니잇가?"

진인이 브야흐로 닐오딕,

"여의기용단(如意改容丹)과 오면회단(吾面回丹)을 프라 즁싱(衆生)의 구망(求望)을 응호나 그 실은 졍되(正道) 아니라. 스스로 그른 줄을 아더니 이제 녕보도군(靈寶道君)이 소가(蘇家)의 즈식이 되야 낫더니 내의 이 약 프는 줄 듯고 오늘 보려 이에 오니 졍히 샤죄코져 호거늘 네 엇디 쏘 가 범흔다? 샐니 도복을 닙고 관문 밧긔 가 마즈리라."

---

5) 금갑신(金甲神): 금갑신장(金甲神將). 신의 성격은 확실치 않으나 조선시대 궁중에서 정초에 벽사(辟邪)를 위해 문에 그려 붙였다고 한다. 왕릉을 수호하는 신이라는 설도 있다.
6) [교감] 정조: '전조'의 오기. 재계전조(齋戒剪爪)는 손발톱을 깎고 몸을 정결하게 하는 것.
7) [교감] 뇌뎐: '뇌뎡'의 오기.

금갑신(金甲神)이 놀나믈 마디아니ᄒ더라. 진인이 도복을 닙고 골 밧긔 와 기드리더니 소안디 오믈 보고 마하의 국궁ᄒ야 뵈니 안디 ᄂ려 마자 ᄒᆞ가지로 관듕(觀中)의 드러가 좌ᄅᆞᆯ 뎡ᄒ니 안디 문왈,

"도시 아니 도화진인[인]다?8)"

진인이 ᄌᆡᄇᆡ ᄃᆡ왈,

"빈도(貧道)ᄂᆞᆫ 과연 도화진인이러니 쳔만의외예 대인이 오시니 황공숑뉼(惶恐悚慄)ᄒᆞᆯ 이긔디 못ᄒᆞ리로소이다."

안디 날ᄒᆞ여 닐오ᄃᆡ,

"도시 날을 아ᄂᆞᆫ다?"

진인이 ᄉᆡᆼ각ᄒᆞᄃᆡ,

'뎨 텬샹(天上)의셔도 겸공(謙恭)9)ᄒᆞ고 팀듕(沈重)ᄒᆞ야 벼슬이 놉흐ᄃᆡ 군션(群仙) 등의 내둧디 아니코 도슐이 무궁ᄒᆞ나 나타내디 아니ᄒᆞ야 졔션(諸仙)이 오히려 그 슐업(術業)이 아모만 되엿ᄂᆞᆫ 줄 아디 못ᄒᆞ던 거시니 내 이제 삼쳥(三淸)으로 니ᄅᆞ면 반드시 허탄(虛誕)이 너길디니 슌편(順便)ᄒᆞᆯ 도리ᄅᆞᆯ ᄒᆞ롸'

ᄒᆞ야 고ᄒᆞᄃᆡ,

"빈되 ᄉᆡᆼ각건대 대인이 소안딘가 ᄒᆞᅌᆞᆸᄂᆞ니 일쯕 맛디 못ᄒᆞᆫ 죄 둥ᄒᆞ이다."

안디 아라보믈 보고 ᄯᅩᄒᆞᆫ 긔이디 아냐 닐오ᄃᆡ,

"진실노 도스의 말 ᄀᆞᆺ거니와 도ᄉᆞ씌 여의긔용단과 오면회단이 잇다 ᄒᆞ니 사고져 ᄒᆞ노라."

진인이 ᄃᆡ왈,

"일쯕 빈도의게 이 약이 업스니 대인이 그릇 아ᄅᆞ시도소이다."

<hr/>

8) [교감] 도화진인[인]다: 21권본 없음. 26권본 '도화진인잇가'. 문맥상 '인'을 보충함.
9) [교감] 겸공: '겸공'의 오기. 21권본 없음. 26권본 '겸공'.

안되 노왈,

"네 비록 득도흔 요인[10] # 들 엇디 감히 군주를 소기리오? 네 여의 기용단을 셰샹의 뉴뎐(流傳)ᄒ야 쳥명(淸明)흔 시졀로 요괴(妖怪)로이 민ᄃ니 다 너의 죄라. 이제 업시 훌 줄 모로고 악ᄉ(惡事)를 다시 ᄒ고져 ᄒ니 네 죄 디옥(地獄)의 들기를 면티 못ᄒ리니 셜니 기용단을 내여와 업시 ᄒ야 샹텬(上天)씌 죄를 면ᄒ고 쳥졍흔 도법을 힝ᄒ라. 블연즉 네의 목숨이 보젼티 못훌 거시오 셜ᄉ 도슐노 다라나나 하늘씌 고ᄒ야 죽도록 ᄒ리니 네 쟝ᄎᆺ 날과 결우고져 ᄒᄂ냐?"

진인이 텽파의 악연샤죄왈(愕然謝罪曰),

"빈되 엇디 감히 노야의 엄명을 거스리 # 잇고?"

드듸여 단방(丹房)의 가 호로(葫蘆) 둘흘 내여다가 드리니 안되 보니 과연 올커늘 거두어 업시 ᄒ고 다시 닐오되,

"이 플을 ᄯ흔 보고져 ᄒ노라."

도ᄉ 민망ᄒ나 뎌를 보매 ᄌ연 무음이 츅쳑(跼蹐)ᄒ고 졍신이 황 # (遑遑)ᄒ야 플을 ᄀ르쳐 뵈니 안되 죵쟈(從者)로 다 블을 디르고 다시 ᄭ지저 왈,

"네 진실로 도실딘대 쳥졍ᄒ고 한가ᄒ여 도업을 닷가 경(經)을 외오고 구름을 희롱훌 거시어늘 다만 삼쳥(三淸)만 위ᄒ고 요긔(妖氣) 예 약만 지어 ᄑ라 갑슬 취ᄒ니 이 므슴 신션이리오? 극흔 요괴라."

도ᄉ 감히 징션(爭先)티 못ᄒ고 눈믈만 흘니고 그릇ᄒ믈 샤죄ᄒ니 안되 다시 닐오되,

"네 만일 다시 그른 ᄠᆺ을 먹디 말고 도흑을 닷그면 삼쳔 년 공뷔 헛되디 아니리라. 다만 다시 기용단(改容丹)을 지어 플면 결단코 관셔(寬恕)티 아닐 ᄲᆫ 아니라 네 도힝도 쇼삭(消索)ᄒ리라."

---

10) [교감] 요인: '이인' 또는 '진인'의 오기. 21권본 없음. 26권본 '진인'.

진인이 샤례ᄒᆞ고 빅ᄌᆞ차(柏子茶)[11]를 나오ᄃᆡ 안ᄃᆡ 먹디 아니ᄒᆞ고 ᄉᆞ매롤 썰티고 니러 나가니 진인이 ᄎᆞ후 ᄯᅳᆺ을 닷가 득도ᄒᆞ고 셰샹 ᄌᆞ최롤 샤졀ᄒᆞ니 긔용단과 오면단은 셰샹의 졀죵(絕種)ᄒᆞ되 홀노 도봉ᄌᆞᄂᆞᆫ 다른 도ᄉᆡ 고와 ᄑᆞ라 후셰예 긋디 아니나 ᄆᆞᄎᆞᆷ내 소안ᄃᆡ 싱젼은 그런 약뉴(藥類) 나타나디 아니 〃라.

11) 백자차(柏子茶): 잣(柏子)으로 만든 차, 또는 측백나무 씨(柏子仁)로 만든 차. 백자인차는 심신 안정에 효과가 있다.

강주를 떠나다

소안듸 도화진인을 졔어ᄒ고 부등의 도라와 졍ᄉᆞ를 다ᄉ리더니 시졀이 오월(五月) 망시(望時)라. 일긔(日氣) 극열(極熱)ᄒ거늘 안듸 심양강(潯陽江) ᄉᆞᆫ의 가 완경(玩景)홀ᄉᆡ 강픔(江風)¹⁾이 쇼슬(蕭瑟)ᄒ야 풍엽(楓葉)이 뎍화(赤化)ᄒ고 빅노(白鷺) 사안(沙岸)의 ᄂᆞ리니 일쳔 뎜(一千點) 눈이오 산영(山影)이 믈의 것구러뎌시니 고기는 묏부리의 쒸노는 듯 년화는 향긔를 쟈랑ᄒ고 어옹(漁翁)은 창낭(滄浪)의 빗기 안자 믈결을 농(弄)ᄒᄂ다라. 졀승(絶勝)ᄒᆫ 산쳔을 둘러보매 ᄉ친지회(思親之懷) 더욱 소사나니 속졀업시 황셩을 ᄇᆞ라고 슬허홀 ᄯᆞᄅᆞᆷ이라.

셕양의 술위를 두로혀 부등의 니르러 쵹을 듸ᄒ매 더옥 심ᄉᆞ를 붓틸 곳이 업고 모친을 앙견(仰見)ᄒ오미 일시 밧븐다라. 창을 열고 월광을 우러ᄼᄼ 모친인 듯 반기더니 홀연 유ᄌ(幼子)의 댱셩ᄒᆞ믈 보고져

---

1) [교감] 강픔: '강풍'의 오기.

뜻이 잇고 또흔 두 셔모와 소윤 냥미를 닛디 못ᄒ야 글을 지어 회포를 위로ᄒ디 넘녀 두 부인끠ᄂᆞᆫ 밋디 아냐 혹 셕시 약질의 팀병(沈病)ᄒ던 형용을 싱각ᄒ야 넘녀홀 ᄲᅢ 이시나 거리끼디 아냐 미양 ᄉᆞ친지졍(思親之情)이 부〃(夫婦)의 샹ᄉᆞ(相思)를 이긔ᄂᆞᆫ디라. 듀야 모뎐(母前)의 뫼시며 황샹(皇上) 뇽안(龍顏)의 졀ᄒ고져 ᄯᅳᆺ이 ᄇᆞ야니²⁾ 진짓 튱효지인이라.

임소의 이션 지 십일 삭의 팔왕(八王) 구쥰(寇準) 등이 뎨(帝)끠 주왈,

"강쥐안찰ᄉᆞ(江州按察使) 소경이 도임ᄒ연 디 일년지ᄂᆡ예 풍쇽이 슌후(淳厚)³⁾ᄒ고 빅셩이 어디러 밤의 문을 닷디 아니코 길히 드른 거ᄉᆞᆯ 줍디 아니며⁴⁾ 남녜(男女) 길흘 분(分)ᄒ야 크게 녜의(禮義) 잇다 ᄒ옵ᄂᆞ니 이 ᄀᆞᆺᄐᆞᆫ 인ᄌᆡ(人才)를 엇디 강쥐 ᄯᅡ히 ᄇᆞ리〃잇고? 원컨대 블러 태용(太用)ᄒ야지이다."

샹이 응윤(應允)ᄒ시니 즉일노 뎐지(傳旨)를 쳥ᄒ야 ᄉᆞ명(司命)을 보내니 안뒤 죠셔(詔書)를 밧ᄌᆞ와 향안(香案)을 빈셜(排設)ᄒ고 ᄉᆞ비(四拜)를 ᄆᆞᆺ츤 후 ᄒᆡᆼ니(行李)를 다ᄉᆞ려 발ᄒᆡᆼ홀ᄉᆡ 빅셩이 길흘 막아 단ᄉᆞ호쟝(簞食壺漿)⁵⁾으로 안뒤끠 드려 울며 왈,

"샹공이 가시니 우리 ᄉᆞ랑ᄒᄂᆞᆫ 부모를 일호미라. 경ᄉᆞ(京師)의 가샤 어딘 관원을 갈ᄒᆡ야 보내시면 ᄆᆞᄎᆞᆷ내 노야 은덕을 닙ᄋᆞ미라."

언필의 통곡ᄒ니 안뒤 또흔 슬허 함누ᄒ고 위로왈,

"내 너희의게 깃틴 은혜 업거늘 이러톳 후히 ᄒ니 감샤ᄒᆞᆷᄋᆞᆯ 이긔디

<hr>

2) ᄇᆞ야다: 보채다. 재촉하다. 돋구다.
3) 슌후(淳厚)하다: 온순하고 인정이 두텁다.
4) 밤의 문을~줍디 아니며: 세상이 태평하여 인심이 순박하다는 말.
5) 단사호장(簞食壺漿): 대나무로 만든 밥그릇에 담은 밥과 병에 넣은 마실 것. 넉넉하지 못한 사람의 거친 음식을 이르는 말.

못ᄒ리로다. 셩샹이 붉히 슬피샤 어딘 교딕(交代)를 글히여 보내시리니 너히ᄂ 네법을 삼가고 풍화(風化)를 조심ᄒ면 거의 죄를 면ᄒ리라."

드딕여 반일(半日)을 듀졔(躊躇) 년〃(戀戀)ᄒ니 빅셩이 향촌탁쥬(鄕村濁酒)와 마육(馬肉)으로ᄡ 드려와

"노애 힝ᄒ시되 졍(情)을 표(表)홀 거시 업ᄉ와 이거ᄉ로 우리의 산ᄒᆡ(山海) ᄀ툰 졍을 고ᄒᄂ이다."

안딕 술을 먹디 못ᄒ나 빅셩의 졍을 보고 반잔을 부어 마시고 흔연이 안쥬를 먹어 왈,

"내 평싱 일쟉블음(一爵不飮)이러니 금일 너히 등의 졍셩을 막디 못ᄒ야 취토록 먹은디라. 힝매(行馬) 밧바 힝ᄒᄂ니 여등(汝等)은 무양(無恙)ᄒ라."

빅셩이 다 눈믈을 흘니고 빅 니(百里)의 가 호송ᄒ더라.

(소현셩녹 권지삼 끝)

집으로 돌아오다

어시(於是)의 소안듸(蘇案臺) 일노(一路)의 무양(無恙)히 득달(得達)ᄒ여 황도(皇都)의 니ᄅ러 슉비(肅拜)[1]ᄒ니 샹(上)이 인견(引見)ᄒ샤 강쥐(江州) 션티(善治)ᄒᆫ 지덕(才德)을 기리 찬츅(讚祝)[2]ᄒ시고 다시 녜부샹셔(禮部尙書) 참지정ᄉ(參知政事) 홍문관(弘文館) 태혹ᄉ(太學士)를 도〃시니 싱이 구디 ᄉ양왈,

"신이 년쇼부지(年少不才)로 셩은(聖恩)을 과히 닙ᄉ와 쟉위(爵位) 오히려 과분ᄒ옵거늘 이제 텬은(天恩)이 지듕(至重)ᄒ샤 여러 가지 쟉위를 더으시면 신이 실노 복(福)이 손(損)ᄒ고 폐하(陛下)의 블민(不敏)ᄒᆫ 죄를 어드리니 복망(伏望) 셩샹(聖上)은 슬피쇼셔."

샹이 답왈,

"경(卿)은 튜ᄉ(推辭)티 말라. 경이 쇼년의 강쥐(江州)를 다ᄉ리매

---

1) [교감] 슉비: '샤은'의 오기. 21권본 '샤은'. 26권본 'ᄉ은'. 숙배(肅拜)는 임금을 작별할 때 절하는 것이므로 사은(謝恩)이 문맥상 자연스러움.
2) [교감] 찬츅: '찬축'의 오기. 21권본 없음. 26권본 '칭찬'.

임의 태공망(太公望)[3]의 다ᄉᆞᆺ ᄃᆞᆯ의 정ᄉᆞ(政事) 보(報)ᄒᆞ던 일[4]을 족히 ᄒᆡᆼᄒᆞ니 경이 엇디 ᄒᆞᆫ 참정 샹셔의 가티 아니미 이시리오? 딤(朕)이 쓰디 ᄯᅩᄒᆞᆫ 기우러뎌시니 고집ᄒᆞ미 신ᄌᆞ(臣子)의 되(道) 아니라"
ᄒᆞ신대 안ᄃᆡ ᄒᆞᆯ 일 업서 샤은(謝恩)ᄒᆞ고 퇴됴ᄒᆞ야 ᄌᆞ운산의 도라오니 이ᄣᅢ 양부인이 샹셔ᄅᆞᆯ 보내고 듀야 념녀무궁(念慮無窮)ᄒᆞ야 손ᄋᆞ(孫兒)ᄅᆞᆯ 희롱ᄒᆞ야 쇼일ᄒᆞᆯᄉᆡ 셕시 ᄯᅩᄒᆞᆫ 신질(身疾)이 향차(向差)ᄒᆞ여 새로이 부인을 봉양ᄒᆞᄃᆡ 감지(甘旨)ᄅᆞᆯ 소임ᄒᆞ야 효셩이 동〃쵹〃(洞洞燭燭)ᄒᆞ고 두 쇼고(小姑)와 화시로 더브러 존고(尊姑)ᄅᆞᆯ 위로ᄒᆞ야 시ᄅᆞᆷ을 니ᄌᆞ시게 ᄒᆞ더니 ᄆᆞᆫ득 샹셰 드러오ᄂᆞᆫ 션문(先文)[5]을 보고 반가오며 깃브믈 이긔디 못ᄒᆞᆯ ᄎᆞ ᄆᆞᆫ득 ᄉᆡᆼ이 드러와 금포옥ᄃᆡ(錦袍玉帶)로 모친ᄭᅴ 뵈오니 일 년 ᄂᆡ예 영풍(英風)과 긔위(氣宇) 더옥 새로왓ᄂᆞᆫ디라.

일개(一家) 새로이 경앙(敬仰)ᄒᆞ고 부인의 ᄒᆡᆼ희(幸喜)ᄒᆞ믄 비길 ᄃᆡ 업서 그 손을 잡고 등을 어ᄅᆞᄆᆞᆫ져 닐오ᄃᆡ,

"네 쳥년유ᄋᆞ로 국가의 공을 셰워 벼ᄉᆞᆯ이 참정의 오ᄅᆞ니 이ᄂᆞᆫ ᄇᆞᄅᆞᆷ의 넘고 텬은이 외람ᄒᆞᆫ디라. 네 가지록 ᄆᆞᄋᆞᆷ을 닷고 ᄯᅳᆺ을 ᄂᆞ초와 조션(祖先)을 욕디 말나."

ᄉᆡᆼ이 슈명(受命)ᄒᆞ고 시좌(侍坐) 후 소윤 냥ᄆᆡ와 니셕 이 패 나와 서ᄅᆞ 반기며 화시 ᄯᅩᄒᆞᆫ 좌의 이시ᄃᆡ 셕부인은 이ᄣᅢ 그 유ᄌᆡ(幼子) 팀병(沈病)ᄒᆞ믈 보고 우려ᄒᆞ야 나오디 못ᄒᆞ엿ᄂᆞᆫ디라. 참정이 ᄂᆡ심의 고

3) 태공망(太公望): 주나라 초기의 정치가 강상(姜尙). 이름은 망(望). 자는 자아(子牙). 태공은 존칭. 주 문왕의 초빙을 받아 그의 스승이 되었고, 무왕(武王)을 도와 상나라 주왕(紂王)을 멸망시켜 천하를 평정했으며, 그 공으로 제나라 제후에 봉해져 시조가 되었다.
4) 태공망의 다ᄉᆞᆺ ᄃᆞᆯ의 정ᄉᆞ 보ᄒᆞ던 일: 주나라 성왕(成王) 때 주공(周公) 단(旦)이 여러 신하를 제후로 봉하고 봉국(封國)의 통치 결과를 보고하도록 했다. 가장 빨리 보고한 사람이 강태공으로 제나라에 부임한 지 불과 5개월 만이었다.
5) 선문(先文): 중앙의 벼슬아치가 지방에 출장할 때, 그곳에 도착 날짜를 미리 알리던 공문.

이히 너겨 뭇고져 ᄒ나 ᄌ모(慈母)를 ᄀᆞᆺ 만나와 영모(永慕)ᄒ던 심ᄉ를 베퍼 즐기므로써 발셜티 아니ᄒ고 졍히 긴 셜화를 ᄒ고져 홀 적 외당의 빙ᄀᆡᆨ(賓客)이 모드니 년망(連忙)이 나와 ᄃᆡᄀᆡᆨ(待客)홀ᄉᆡ 셕공은 친병(親病)이 듕ᄒᄆᆞ로 오디 못ᄒ고 셕흑ᄉ 등도 시약(侍藥)의 분주ᄒ야 다 오디 아냣ᄂ디라. 오직 화평쟝이 졔ᄌ(諸子)와 빅관(百官)으로 더브러 니ᄅᆞ럿거늘 참졍이 마자 녜필(禮畢)의 한훤(寒暄)을 필(畢)흔 후 승품(陞品)ᄒᄆᆞᆯ 티하(致賀)ᄒ더니 님슈뵈 샤례왈,

"존형(尊兄)이 ᄌᆞ비지심(慈悲之心)이 놉흐셔 표데(表弟) 왕한을 슉녀로 빙(娉)ᄒ시고 경셩고ᄐᆡᆨ(京城古宅)의 도라보내여 셩인(成人)[6]ᄒ게 ᄒ시니 표데(表弟)와 다ᄆᆞᆺ 쇼데(小弟) 등의 감은(感恩)ᄒᆞᆫ 니ᄅᆞ도 말고 왕슉(王叔)이 구쳔(九泉)의셔 ᄯᅩᄒᆞᆫ 셩덕(盛德)을 명심(銘心)ᄒ야 함호결초(銜環結草)[7]ᄒ리로소이다."

참졍이 ᄃᆡ왈,

"녕표데(令表弟) 이향(異鄕)의 뉴락(流落)ᄒ야 영웅의 긔운이 쇼삭(消索)ᄒ니 사ᄅᆞᆷ의 슬허홀 배라. 이러므로 쇼데 보호ᄒᄆᆡ오, 마ᄎᆞ와 가시랑의 규슈를 어드니 ᄌᆡ뫼(才貌) 샹뎍(相敵)ᄒᄆᆡ 녕뎨(令弟)의 호구(好逑)를 뎡ᄒ미러니 형의 과댱(過奬)ᄒᄆᆞᆯ 드ᄅᆞ니 블승슈괴(不勝羞愧)ᄒ여라."

님싱이 지삼 칭샤ᄒ더라. 이윽고 빅관이 훗터디니 왕싱이 ᄯᅩᄒᆞᆫ 드러와 뵈고 셩은을 샤례ᄒ니 참졍이 반기고 깃거 쥬식(酒食)을 관ᄃᆡ(款待)ᄒ고 문왈,

"형이 이제 어ᄃᆡ 잇ᄂᆞ뇨?"

왕싱 왈,

---

6) 셩인(成人): 어른이 되다.
7) [교감] 함호결초: '호'는 '환'의 오기.

"쇼싱이 귀틱(貴宅) 문하(門下)의 잇고져 ᄒᆞ더니 형이 여러 번 쳥ᄒᆞ야 도셩(都城) 십ᄌᆞ가(十字架) 거리의셔 닙형과 격쟝(隔墻)으로 사ᄂᆞ이다."

참졍이 문왈,

"현미도 무양(無恙)ᄒᆞ시냐?"

왕싱 왈,

"셩은을 닙ᄉᆞ와 일양(一樣) 평안ᄒᆞ니이다."

드듸여 한담ᄒᆞ다가 도라가다.

석파는 석씨가 죽었다고 속이다

참정이 드러와 다시 모친끠 뫼셔시디 셕시를 보디 못ᄒᆞ니 일단 [의심이] 동ᄒᆞ믄[1] 님별시(臨別時)의 그 병이 ᄌᆞᆷ짓 팀고(沈痼)ᄒᆞ야 위티ᄒᆞᆷ믈 방심(放心)티 못ᄒᆞ던 배오 ᄯᅩ흔 싱각ᄒᆞ되 비록 아모라 ᄒᆞ야도 셕시 무젹(無迹)[2]히 뇨졀(夭折)ᄒᆞᆯ 배 아니라 ᄒᆞ야 좌ᄉᆞ우샹(左思右想)ᄒᆞ되 부인이 아직 뎌의 수이 도라옴과 그 티숑티옥(治訟治獄)으로 문답ᄉᆞ(問答事)를 드르시노라 블승환희(不勝歡喜) 듕 좀탹(潛着)ᄒᆞ얏기로 밋처 ᄋᆞ손(兒孫)의 유병(有病)ᄒᆞᆷ믈 니ᄅᆞ디 못ᄒᆞ얏더니 야심ᄒᆞ매 믈러 듕당(中堂)으로 나오다가 셕파를 만난디라.

셕패 원내 셕시의 ᄋᆞᄌᆞ의 병을 보고 근심ᄒᆞ야 수쉭(愁色)을 씌여 도라오다가 참졍을 만나니 평일 셕시로 미몰ᄒᆞᆷ믈 흔ᄒᆞ야 믄득 시험코져 ᄒᆞ야 짐즛 발을 구ᄅᆞ고 가ᄉᆞᆷ믈 두ᄃᆞ려 닐오디,

---

1) [교감] 일단 [의심이] 동ᄒᆞ믄: 21권본·26권본 없음. 문맥상 보충함.
2) 무젹(無迹): 흔적 없이.

"낭군아, 이런 일이 어딘 이시며 홍안박명(紅顔薄命)인들 이대도록 단명(短命)혼 재 이시랴?"

싱이 믄득 셕신가 놀나딘 날호여 답왈,

"므스 일이니잇가?"

셕패 거줏 오열ᄒ야 ᄉ매로 ᄂ츨 ᄀ리오고 닐오딘,

"셕부인이 샹공 가신 후ᄂ 일양(一樣) 신음으로 디내시다가 므춤내 셰샹을 ᄇ리시니 장ᄉ(葬事) 디내연 디 오 삭이오 두 공ᄌᄂ 셕부의셔 기ᄅ시고 벽운당의 녕연(靈筵)³⁾을 ᄆ외시니 엇디 셰샹의 이런 일이 이시리잇가?"

참정이 텽파(聽罷)의 믄득 ᄌ약(自若)히 우어 왈,

"셔뫼 날을 소기시미라. 이럴딘대 모친이 엇디 니ᄅ디 아니시며 강쥐(江州) 비록 요원(遙遠)ᄒ나 부음(訃音)이 통티 아녀시리오?"

셕패 노ᄒ여 니러나며 왈,

"셕부인이 만일 사라실딘대 내 비록 무상(無狀)ᄒ나 엇디 이런 블길혼 말을 ᄒ리오? 샹공이 날로써 이럿ᄐᆺ 혼 인물로 아ᄅ시니 도라가ᄂ이다."

참정이 급히 샤왈,

"경(慶)이 일시의 실언(失言)ᄒᄆᆯ 용샤(容赦)ᄒ쇼셔. 뭇ᄂ니 셕시 언제 죽엇ᄂ뇨? ᄯᅩ혼 모부인이 니ᄅ디 아니ᄒ시ᄂ 쥬의(主意)ᄅᆯ 듯고져 ᄒᄂ이다."

패 다시 탄식고 왈,

"낭군이 춍명ᄒ딘 씨ᄃᆺ디 못ᄒᄆ미 이러ᄐᆺ ᄒ시뇨? 처엄은 부인이 통코져 ᄒ시더니 다시 싱각ᄒ매 타향긱니(他鄕客裏)의 ᄉ샹(思傷)⁴⁾

---

3) 영연(靈筵): 죽은 사람의 영궤(靈几)와 그에 딸린 모든 것을 차려놓는 곳.
4) 사상(思傷): 지나치게 사려하여 생긴 병.

ᄒᆞ야 임ᄉᆞ(任事)ᄅᆞᆯ 그릇ᄒᆞᆯ가 두리미오, 이제 니ᄅᆞ히 함구(緘口)ᄒᆞ시
믄 낭군이 ᄀᆞᆺ 와셔 신긔(身氣) 곤뇌(困惱)ᄒᆞ믈 념녀ᄒᆞ시미라. 만일 그
러티 아닐딘대 셕부인이 친가의 가 겨셔도 오늘 반ᄃᆞ시 오실 배오 ᄯᅩ
두 공지 엇디 오디 아니며 더옥 셕참졍과 셕흑ᄉᆞ 형뎨 일인도 낭군을
보디 아니믄 다 ᄉᆞ긔(事機) 드러날가 두리미니 일이 다 부인 쥬의(主
意)니이다. 비록 부인이 당브(當付)ᄒᆞ시미 엄ᄒᆞ나 쳡이 춤디 못ᄒᆞ야
발ᄒᆞ미오, 셕부인이 님죵(臨終)의 니ᄅᆞ딕 '내 비록 죽으나 두 ᄌᆞ식이
잇고 악명(惡名)을 신셜(伸雪)ᄒᆞ니 무ᄒᆞᆫ(無恨)ᄒᆞ되 낭군이 강쥐(江
州) 험노(險路)의 가시니 넉시라도 디방명명듕(知於冥冥中)⁵⁾ 듕 보호
ᄒᆞ야 수이 도라오게 [ᄒᆞ리라]' ᄒᆞ고⁶⁾ 유셔(遺書) ᄒᆞᆫ 댱을 뼈 주시니
그 가온대 고인(古人) 망부셕(望夫石)을 슬허ᄒᆞ고 두 공ᄌᆞᄅᆞᆯ 의탁ᄒᆞ
엿ᄂᆞ니 셰샹의 이런 일도 잇ᄂᆞ니잇가?"

언필의 난간을 두ᄃᆞ리며 우는 톄ᄒᆞ니 이ᄽᅢ 쵹영(燭影)이 몽농ᄒᆞ야
셕파의 우룸이 진가(眞假)ᄅᆞᆯ 분변(分辨)티 못ᄒᆞ고 그 말이 다 ᄎᆞ셰(次
序) 잇ᄂᆞᆫ디라. 비록 밋디 아니나 놀나오미 젹디 아닌 고로 일ᄡᅡᆼ 봉안
(鳳眼)의 눈믈이 어릐믈 ᄭᅵᆺ듯디 못ᄒᆞ며 옥 ᄀᆞ튼 얼골이 참연(慘然)⁷⁾
ᄒᆞ야 오직 머리ᄅᆞᆯ 수기고 팀음챠경(沈吟嗟驚)ᄒᆞ야 ᄀᆞ장 오란 후 신식
(神色)을 뎡ᄒᆞ고 말을 아니터니 셕패 니러간 후 싱이 다시옴⁸⁾ 싱각
ᄒᆞ딕 뎍실(的實)ᄒᆞᆫ 줄을 아디 못ᄒᆞ다가 홀연 ᄭᅢ텨 왈,

"내 벽운누의 가볼 거시라"

ᄒᆞ고 거름을 두로혀 벽운당의 니ᄅᆞ니 사창(紗窓)의 쵹영(燭影)이 휘

5) [교감] 디방명명듕: '방'은 '어'의 오기. 21권본·26권본 없음. 명명(冥冥)은 겉으로 나타남이
없이 아득하고 그윽하다는 뜻.
6) [교감] 수이 도라오게 [ᄒᆞ리라] ᄒᆞ고: 21권본 없음. 26권본 '호위ᄒᆞ리라'. 26권본을 참고하
여 보충함.
7) [교감] 참면: '면'은 '연'의 오기.
8) [교감] 다시옴: '옴'은 '곰'의 오기.

황(輝煌)호고 담쇼(談笑) 소리 들니이니 브야흐로 소기믈 씌드라 문
을 열고 드러가니 셕시 평상 난간의 의디호여 수식(愁色)이 ᄀ득호야
ᄋ즈(兒子)를 보거늘 반가오미 안식의 ᄀ득호고 셕시 쏘흔 니러 마자
좌룰 뎡호매 참정이 날호여 닐오디,

"거년(去年)의 부인이 질병이 겨신 거슬 차복(差復)⁹⁾호믈 보디 못
호고 발힝호니 ᄆ음의 뉴련(留連)호더니 무스호신가 시브니 다힝호
이다. 아디 못게라 셕샹(席上)의셔 엇디 내의 두 히ᄋ(孩兒)를 보디
못홀너니잇가?"

셕시 옷기슬 녀미고 디왈,

"쇼쳡은 존고 덕퇵으로 수이 차경(差境)¹⁰⁾을 엇고 히ᄋ(孩兒)는 풍
한(風寒)의 쵹샹(觸傷)호야 고통(苦痛)호므로 츌입디 못호고 쳡이 쏘
흔 우환(憂患)의 근심이 이셔 일쪽이 나아가 ᄀ득호 경스(慶事)를 티
하(致賀)티 못호과이다."

참정이 듯기룰 ᄆ츠매 블승환희(不勝歡喜) 둥 외모의 나타내미 업
서 다만 나아가 ᄋ즈의 병을 보고 원노(遠路)의 뇌곤(惱困)호고 임의
와 도로 가미 너모 고집흔디라. 시녀로 침금(寢衾)을 포셜(鋪設)호라
흔대 셕시 ᄂ죽이 고왈,

"군지 금일 도라오시매 외당의 머므러 사름의게 급거(急遽)호믈 뵈
디 말 거시오, 그러티 아닐딘대 녹운당이 이시니 엇디 쳡의 곳의 몬
져 오시미 가호리오? 청컨대 군즈는 싱각호샤 단목(端穆)호기룰 힝
ᄒ쇼셔."

싱이 텽파의 디왈,

"내 쏘흔 혜아리미 그디 ᄀ트디 ᄋ자의 병이 잇고 신식(神思) 곤핍

---

9) 차복(差復): 병이 나아서 회복됨.
10) 차경(差境): 병의 차도가 있는 형편.

(困乏)ᄒ니 움죽여 ᄃ니미 괴로온디라. 부인이 권간(勸諫)ᄒ믈 시ᄒᆡᆼ
(施行)티 못ᄒᆞᆷ이 구ᄐᆡ여 ᄆᆞ음이 편벽(偏僻)ᄒᆞ미 아니 〃이다."

언필의 자리의 나아가ᄃᆡ 젼혀 쇼년(少年)의 젼도(顚倒)ᄒᆞᆫ 경상(景
狀)으로 부인ᄋᆡ 친합(親狎)11)ᄒᆞ야 셜만(褻慢)ᄒᆞ야 ᄉᆞ모(思慕)ᄒᆞ던 말
과 어슈(魚水)의 즐기미12) 업서 평안이 ᄌᆞ긔 침듕의 누어 자고 신셩
(晨省)ᄒ라 니러 나가니 그 일 년 밧ᄭᅴ 타향긱니(他鄕客裏)의 갓다가
도라와 졍 듕ᄒᆞᆫ 부인으로 일실(一室)의 쳐ᄒᆞ야 침듕(沈重)ᄒᆞ미 이 ᄀᆞᆺ
ᄐᆞ니 도로혀 밧긔 나셔 ᄒᆞᄂᆞᆫ 일은 긔특디 아니코 그윽ᄒᆞᆫ 암일(暗
室)13) 가온대 졍대ᄒᆞ미 더옥 희한홀디라. 의논컨대 뉴하혜(柳下惠)
미ᄌᆞ(微子)ᄂᆞᆫ 이대도록디 아니리라.

명됴(明朝)의 졍당(正堂)의 모드매 참졍이 셕파를 보ᄃᆡ 어제 소기
던 일을 뎨긔(提起)티 아니 〃 패 대쇼(大笑)ᄒᆞ고 작야(昨夜) 니언(犂
然)히14) ᄭᅮ며 속이던 말과 참졍의 경참(驚慘)ᄒᆞ던 긔식을 파셜(播說)15)
ᄒᆞ니 일개 대쇼ᄒᆞ고 ᄯᅩ 우어 왈,

"내 죡히 디혜로오미 댱ᄌᆞ방(張子房)16)을 압두(壓頭)ᄒᆞ리라. 셩식
(聲色)을 요동티 아니코 삼촌지셜(三寸之舌)로 두어 귀(句) 져근 말을
발ᄒᆞ매 참졍을 소기과라."

싱은 다만 미 〃히 웃고 소윤 냥인이 ᄯᅩᄒᆞᆫ 긔롱ᄒᆞ야 웃더라. 셕패
다시 문왈,

11) [교감] 친합: '친압'의 오기.
12) 어수(魚水)의 즐기미: 어수지락(魚水之樂). 일반적으로, 물과 고기의 관계처럼 어진 임금과
신하가 서로 이해하고 돕는 즐거움을 가리키지만 여기서는 남녀가 육체적으로 관계하는 즐거
움을 가리킴.
13) [교감] 암일: '암실'의 오기.
14) [교감] 니언히: '니연히'의 오기. 21권본 없음. 26권본 '이연이'. 이연(犂然)은 말을 잘하는
모양.
15) 파셜(播說): 말을 퍼뜨림.
16) 장자방(張子房): 한고조의 공신 장량. 자는 자방. 뛰어난 책사였다.

"낭군은 간되 족〃 미녀도 잘 어더오시ᄂ이다. 왕싱 쳐 가시 국식(國色)이러이다."

싱이 인ᄒ여 왕싱과 가시ᄅ 혼인ᄒ던 말을 니ᄅ되 가시의 음난(淫亂)ᄒ던 말은 아니터라. 죵일토록 뫼셔 한담ᄒ다가 이날 녹운당의 와 화부인을 보고 ᄌ녀ᄅ 어ᄅᄆ져 두굿기나 셕부인 ᄋ직 유병ᄒᄆᄅ 시름ᄒ더니 의약을 다ᄉ려 십여 일 후 향차(向差)ᄒ니 ᄇ야ᄒ로 우환이 업ᄉ더라.

양쪽 장인 장모에 대한 평가

이에 셩닉예 드러가 셕공을 보니 공이 반겨 쳥ㅎ야 보고 쇼왈,

"현셔(賢壻)는 공적(功績)을 셰워 위칙(位次) 노부(老夫)로 더브러 ㅎ가지니 이제는 옹셔지분(翁壻之分)이 업고 동관지의(同官之義) 잇ᄂ니라. 친히 가 하례(賀禮)코져 ㅎ딕 ᄌ뫼(慈母) 팀병(沈病)ㅎ시니 나아가디 못ㅎ얏더니 빗내 무ᄅ믈 어드니 다샤(多謝)ㅎ야라. 뭇ᄂ니 요ᄉ이ᄂ 손ᄋ의 병이 엇더뇨?"

참졍이 샤례왈,

"셩샹(聖上)의 너브신 덕으로 강줘를 다ᄉ리고 외람이 태용(太用)ㅎ시믈 밧ᄌ오니 블승외람(不勝猥濫)ㅎ니라. 숑구(悚懼)ㅎ믈 이긔디 못ㅎ리로소이다. 즉시 나아와 악댱(岳丈)긔 뵈올 거시로딕 시측여가(侍側餘暇)의 유티(幼稚)의 병을 보아 한가티 못ㅎ므로 늣게야 뵈오믈 참괴(慙愧)ㅎ더니 기리 과쟝(過奬)ㅎ시믈 닙ᄉ오니 더욱 슈괴(羞愧)ᄒ 등 블감(不堪)ㅎ이다."

셕공이 웃고 손을 잇그러 닉당의 드러가 진부인으로 더브러 서ᄅ

볼시 부인의 두굿김과 반기미 양부인씌 느리디 아니터라. 이윽이 한
담(閑談)ㅎ다가 하딕고 도라와 홀연 웃고 싱각ㅎ딕 화평쟝 집의 아니
가미 가티 아닌디라.

술위를 두로혀 화가의 나아가니 평쟝은 업스딕 화싱 등만 잇거늘
드러가 셜부인씌 뵈오니 셜시 새로이 힝희(幸喜)ㅎ야 원노(遠路)의
무스히 도라오믈 하례(賀禮)ㅎ고 셩찬(盛饌)을 ᄀ초와 관딕(款待)ㅎ
니 참졍이 샤례ㅎ고 친근이 말슴ㅎ미 쏘흔 셕가 진부인씌 더으니 이
는 그 어려셔븟터 의지ㅎ야 조강(糟糠)의 악뫼(岳母)오, 원닉 셜부인
이 크게 현슉ㅎ야 녀ᄋ와 다르고 우인(爲人)이 셩녀(聖女)의 갓가오
니 이러므로 싱이 친근 흠모ㅎ미 더으딕 공경ㅎ미 일톄(一體)오 두
악당을 두매 셕공은 공경ㅎ고 츄존(推尊)ㅎ며 화공은 공슌히 딕졉ㅎ
나 셕공씌 밋디 못ㅎ니 그 각ᄭ 사름의 위인을 딕졉ㅎ미라. 화시는
모친이 어딜고 셕시는 부친이 어디니 대강 화공은 텬셩이 졀딕(切直)
ㅎ나 위의(威儀) 업고 진부인은 아름다오딕 셩졍이 편협(偏狹)ㅎ미
라. 소샹셰 비록 밧그로 나타내미 업스나 그 우렬(愚劣)을 명ᄭ(明明)
히 디긔(知機)ㅎ고 거츠로 흐르는 듯 흔굴ᄀ티 공경ㅎ나 오직 화공과
진부인 곳 딕흔즉 한훤(寒喧) 밧근 말이 업고 셕공과 셜부인을 딕흔
즉 혹 쯧의 결(決)티 못ㅎ는 바와 타인의 문견(聞見)도 뎐ㅎ야 허다
(許多) 셜홰(說話) 긋디 아니터라.

일ᄭ은 셜부인이 술을 권티 아닌대 화싱이 쇼왈,

"태ᄭ(太太)는 엇디 일빅(一杯) 하쥬(賀酒)로 소형을 권치 아니시
ᄂ니잇고?"

셜부인이 쇼왈,

"현셔의 힝신이 졍인군지라. 내 감히 도으며 ᄀ르칠 배 업거니와
남즈의 술 먹으미 녜시(例事)나 슐은 곳 광약(狂藥)이라. ㅎ믈며 현셔
는 일쟉블음(一爵不飮)으로써 만일 술을 권ㅎ야 취ㅎ면 저컨대[1] 슈

힝ᄒᄂᆫ 곳을 니저ᄇ릴가 두리미로다."

소샹셰 샤례왈,

"악뫼 쇼셔의 심ᄉᆞ를 붉히시며 졍대히 ᄀᄅᆞ치시니 감격ᄒᆞ믈 이긔디 못ᄒᆞᆯ소이다"

ᄒᆞ더라. 셕양의 하딕고 ᄌᆞ운산의 도라오다.

석씨의 앙금이 드러나다

이후는 샹이 녜경우딕(禮敬優待)ᄒ미 미츨 리 업고 참정이 쏘흔 국ᄉᆞ를 붉히 다스리며 집의 이시매 냥미와 두 부인과 제쇼ᄌᆞ(諸小子)로 더브러 화락ᄒ야 모젼의 효를 밧드니 인싱의 즐거오미 극ᄒ더라. 오라디 아녀 두 부인이 잉틱ᄒ여 싱ᄌᆞᄒ니 소시 일족 참정ᄃᆞ려 왈,

"현뎨의게 칠 ᄌᆞ(七子)를 둘 줄 쓷ᄒ여시리오? 진실로 이ᄂᆞᆫ 흔갓 조샹 음덕(蔭德)ᄲᆞᆫ 아니라 아ᄋᆡ 직비인심[1]을 감동ᄒ여 텬우신조(天佑神助)ᄒ미로다."

참정이 졍금샤례(整襟謝禮)ᄒ고 쏘흔 슬허 왈,

"현군(先君)[2]의 쳥덕으로 블쵸뎨(不肖子)[3]를 사보디[4] 못ᄒ야 겨시거늘 쇼뎨(小弟) 므슴 복으로 칠 ᄌᆞ를 년ᄒ야 보니 셰샹시 이굿티

---

1) [교감] 직비인심: 'ᄌᆞ비지심'의 오기. 21권본 업승. 26권본 'ᄌᆞ비짐'.
2) [교감] 현군: '션군'의 오기.
3) [교감] 블쵸뎨: '뎨'는 'ᄌᆞ'의 오기.
4) 사보디: 살아서 보지.

샹반홈과 셕ᄉ(昔事)를 싱각ᄒ야 더욱 슬허ᄒᄂ이다.”

소시 텽파의 튼셩톄읍(呑聲涕泣)ᄲᆞᆫ이러라.

참졍이 셕부인으로 더브러 언어를 슈작(酬酌)ᄒᄂᆞᆫ 째 이시나 녯날 녀ᄉ의 흉ᄉ를 셜파(說破)티 아니니 셕시 ᄯ오ᄒᆞᆫ 디난 일이오 뎌의 긔셜(開說)ᄒ야 니ᄅᆞ디 아니믈 보고 뭇디 아니나 심하의 일단 유감(遺憾)ᄒᆞᆷ믄 플니디 아냐 미양 함흔(含恨)ᄒᆞ미 밋쳣더니 일야(一夜)ᄂᆞᆫ 참졍이 벽운당의 와 ᄋᆞ즈를 희롱ᄒᆞ매 닐너 ᄀᆞᆯ오ᄃᆡ,

“너ᄂᆞᆫ 언제 댱셩ᄒ여 슉녀를 어더 어슈(魚水)의 즐기믈 닐월고?”

셕시 히음 업시[5] 공티(攻恥)[6]왈,

“엇던 슉녜 드러올디 모ᄅᆞ거니와 두리건대 혼셔(婚書)를 블디ᄅᆞ고 무함구박(誣陷驅迫)ᄒ야 흉화(豔禍) 보기 쉬올가 두리노라.”

참졍이 졍ᄉᆡᆨ왈,

“부인이 내의 언어로 인ᄒ야 녜일로ᄡᅥ 됴희(嘲戲) 공티(攻恥)ᄒᆞ미어니와 내 ᄯᆞ오ᄒᆞᆫ 뭇ᄂᆞ니 이제 다른 사ᄅᆞᆷ이 너 얼골이 되여 이에 니ᄅᆞ면 부인이 가히 의심ᄒ랴? 졍당(正堂) 작얼(作孽)이 의심되여 부인을 지목ᄒᆞ미 업더니 여의긔용단(如意改容丹)의 소ᄀᆞ니 이ᄂᆞᆫ 다 그ᄃᆡ 익이 둥ᄒᆞ미어늘 엇디 날을 흔ᄒᆞᄂᆞ뇨? 만일 이럴딘대 그ᄃᆡ 소견의ᄂᆞ 즈모 해ᄒᆞᄂᆞᆫ 쳐ᄌᆞ(妻子)라도 감심(甘心)ᄒ야 ᄃᆞ리고 살라 ᄒᆞ미냐? 내 원간[7] 졔가(齊家)를 잘못ᄒᆞ미어니와 ᄯᆞ오ᄒᆞᆫ 부인의 ᄃᆡ인졉믈(待人接物)과 효셩이 브죡ᄒᆞ므로 비로소 배라. 엇디 날을 한ᄒᆞᄂᆞ뇨?”

셕시 손샤왈(遜辭曰),

“쳡이 군ᄌᆞ를 됴희(嘲戲)ᄒᆞ미 아니라 스ᄉᆞ로 ᄆᆞ음이 조협(躁狹)ᄒ

---

5) 히음 업시: 생각 없이.

6) 공치(攻恥): 공격하고 창피를 줌.

7) 원간: 원래.

야 천균대량(千鈞大量)8)이 업스므로 널니 싱각디 못ᄒ고 미양 군ᄌ의 블근 처티(處置)를 원ᄒ더니 이제 명경(明正)ᄒ 측(責)을 바드매 비인(鄙人)9)의 그ᄅᄆᆯ 씨ᄃᆺ과이다."

셜파의 셩안(星眼)이 ᄀᄂ라디며 ᄉᆞᆨ(辭色)이 표연(飄然)ᄒ야 싁〃ᄒ미 셜상가상(雪上加霜) ᄀᆺᄐ니 참졍이 텽파의 그 말ᄉᆞᆷ이 더옥 됴롱(嘲弄)ᄒ고 노긔(怒氣) 미〃(彌彌)ᄒᄆᆯ 보고 죵시히 셩모(星眸)를 졍히 ᄒ야 냥구(良久)히 볼 ᄯᆞ름이러니 ᄯᅩᄒᆫ 웃고 왈,

"내 평일의 부인 언에(言語) 힝ᄉᆞ(行事) 이대도록 사ᄅᆷ을 조롱ᄒᄆᆯ 아디 못ᄒ닷다. 다만 뭇ᄂ니 태인(他人)10)이 여의기용단(如意改容丹)을 먹고 날인 톄ᄒᆞᆯ딘대 부인이 가히 속디 아닐다?"

셕시 웃기ᄅᆯ 녀미고 좌ᄅᆯ 써나 말ᄉᆞᆷ을 싁〃이 ᄒ야 ᄀᆞ오ᄃᆡ,

"쇼쳡이 엇디 샹공의 쳥명지치(淸明之治)를 농(弄)ᄒ며 녀시ᄋᆡ 소ᄀ미 그ᄅᆮ ᄒ리오? 이 일이 젼후의 나의 블민(不敏)ᄒ므로 명텰보신지측(明哲保身之策)을 아디 못ᄒ므로 이런 일이 잇ᄂ니라, ᄌ당감ᄉᆔ(自當甘受)라. 다만 군ᄌᆡ ᄋᆞ녀(兒女) 삼 인을 거ᄂ리시매 가듕(家中)이 솔난(騷亂)ᄒ시니11) 그 지죄 놉고 위엄이 듕ᄒᄆᆯ 족히 알디라. ᄌᆞ고 만승지쥐(萬乘之主) ᄉᆞ희(四海)를 다ᄉᆞ리매 결을 업슨 듕 궁쳡(宮妾)의 춤언(讒言)으로 황후(皇后)를 폐츌(廢黜)ᄒ미 구ᄐ여 그ᄅᆮ디 아니ᄒᄆᆯ 이에 씨ᄃᆺ고 마춤 샹공이 ᄋᆞ자의 슉녀를 니ᄅᆞ실ᄉᆡ 슌ᄌᆡ(舜子) 현(賢)티 못ᄒ니12) ᄒᄆᆯ며 ᄎᆞ이 비록 ᄌᆞ라나 샹공 후덕(厚德)을 밧드러 닛디 못ᄒ고 블쵸(不肖)ᄒ야 녀ᄌ의게 화ᄅᆯ 깃칠가 일시의

<hr />

8) 천균대량(千鈞大量): 1균(鈞)은 30근(斤). 천균은 기물이 무겁거나 역량이 큰 것을 표현한다.
9) 비인(鄙人): 비루한 사람이라는 뜻으로, 자기를 낮추어 이르는 일인칭 대명사.
10) [교감] 태인: '타인'의 오기.
11) [교감] 솔난ᄒ시니: '솔난ᄒ니'의 오기.
12) 슌ᄌᆡ 현티 못ᄒ니: 순임금에게 아들 상균(商均)이 있었으나 사람됨이 부족하여 우(禹)임금에게 왕위를 양위했다.

언급ᄒ미러니 이제 미〃(彌彌)ᄒᆫ 욕(辱)과 죄칙(罪責)을 바드니 불승황공(不勝惶恐)ᄒ야 욕ᄉ무디(欲死無地)로소이다."

참정이 데 깁히 노ᄒ야 ᄒᆞᆯ믈 보고 ᄉ리(事理)로 졀칙(切責)고져 ᄒ되 데 사ᄅᆷ되오미 구겁(懼怯)디 아닐 배오 화열(和悅)ᄒ야 그릇ᄒ롸 ᄒ미 ᄯᅩᄒᆫ 댱부(丈夫)의 위의(威儀)ᄅᆞᆯ 일ᄒ미라. 다만 면ᄉᆡᆨ(面色)을 츠게 ᄒ고 긔운을 슈졍(修整)ᄒ야 다시 말을 아니ᄒᆫ대 부인이 다만 온유단엄(溫柔端嚴)ᄒ미 신샹(身上)의 완젼ᄒ야 외모의ᄂᆞᆫ 태연ᄒ고 ᄂᆡ심은 츄상(秋霜) ᄀᆞᆺ트여 ᄌᆞ연 사ᄅᆷ으로 ᄒ여곰 거경(居敬)ᄒ게 ᄒᄂᆞᆫ지라. 참정이 심하의 칭찬ᄒ되 ᄯᅩᄒᆫ 쥰졀(峻截)ᄒᆫ 빗츨 도〃와 그 ᄆᆞᄋᆞᆷ을 것디ᄅᆞ더라.[13]

13) 것지르다: 말이나 일이 이어지던 것을 중간에서 끊다.

칠성참요검을 얻다

일〃은 참정이 파됴(罷朝)ᄒ고 집의 도라오다가 노샹의셔 일인(一
人)을 만나니 기인(其人)이 몸의 션비 오슬 닙어시디 거동은 심히 비
샹(非常)ᄒ고 등의 걸식(乞食) 두 즈(字)를 뻣거늘 고이히 너겨 드리
고 집의 니르러 쳥ᄒ야 문왈,

"션싱은 엇던 사름이완디 구ᄐ여 걸식 두 즈를 비샹(背上)의 붓텻
ᄂᆞᇰ뇨?"

기인(其人)이 믄득 눈을 브릅떠 ᄭᅮ지저 왈,

"네 날을 엇던 인믈노 아ᄂᆞᇰ뇨? 내 곳 너의 동관(同貫)[1]이어늘 날노
뻐 주리게 ᄒ니 네 죄 죽고 남디 못ᄒ리라."

참정이 안식을 블변ᄒ고 죠용히 문왈,

"션싱의 말을 드릭니 내 반듯시 작죄(作罪)ᄒ미 잇눈가 시브되 도
로혀 ᄭᆡ듯디 못ᄒ니 쳥컨대 션싱은 볼기 ᄀᆞᄅ치라."

---

1) 동관(同貫): 동렬(同列).

기인(其人)이 더옥 노호야 칼을 드러 셔안을 티며 크게 꾸지즈디 참정이 죠곰도 노호야 아니코 수긔(辭氣) 주약(自若)호니 기인이 브야흐로 웃고 그 손을 잡으며 왈,

"그디의 어딜미 가히 변티 아냣도다."

참정이 다시 문왈,

"경(慶)은 진토(塵土)의 아득한 인믈이라. 그윽이 보건대 션싱이 션풍도골(仙風道骨)노 속셰예 버서나시니 길흉을 フ른치쇼셔."

기인 왈,

"나는 산야톄인(山野癡人)²⁾이라. 엇디 대인의 휴구(休咎)³⁾를 폄탄(便談)⁴⁾ㅎ리오?"

참정이 답왈,

"셕(昔)의 부지(夫子) 노즈(老子)긔 문녜어(問禮於)⁵⁾ㅎ시니 경(慶)이 션싱 フ튼 이인(異人)을 디ㅎ야 엇디 휴구(休咎)를 뭇디 아니ㅎ리잇고?"

기인(其人)이 흡〃(洽洽)히 대쇼ㅎ며 왈,

"공(公)이 공지(孔子) 문녜어노즈(問禮於老子)ㅎ다 ㅎ니 오늘 그디 날드려 길흉 무르미 젼휘(前後) 다르디 아니토다. 내 쏘흔 뭇느니 공즈는 엇던 사름이며 노즈는 쏘 엇던 스람고?"

참정이 홀연 쇼왈,

"그디 날 믹바드미 심ㅎ다. 원닉 어딕 이시며 셩명은 뉘신고 알고져 ㅎ노라."

<hr />

2) 산야톄인(山野癡人): 산과 들에 사는 어리석은 사람.
3) 휴구(休咎): 길(吉)한 것과 흉(凶)한 것.
4) [교감] 폄탄: '편담'의 오기인 듯. 편담(便談)은 편하게 말한다는 뜻.
5) 부지 노즈긔 문녜어: 부자문예어노자(夫子問禮於老子). 공자가 노자에게 예를 물었다는 이야기가 『사기』에 나온다.

기인(其人)이 필연(筆硯)을 나와 흔 글을 뻐 굴오딕,

　내 비록 몸이 한헐(閑歇)ᄒ나 한열(寒熱)을 피티 아니코 듀야 화로신의셔 괴로이 블을 붓처 초목(草木)을 슴고,[6] 내 잇는 곳을 무를진대 오[ㅇ]로[7] 소남그로 집을 ᄒ고,[8] 디명(地名)을 니ᄅ면 삼십삼(三十三) 프른 거시 ᄀ렷고,[9] 일홈을 무를진대 담(聃)으로 노각(老閣)을 둘럿고[10] 그ᄃ의 교두(交道)[11]의 친(親)을 니ᄅ면 그ᄃ 날ᄃ려 네(禮)를 뭇고 흔(限)이 ᄎ매 녕보(靈寶)[12]와 태군(太君)[13]을 ᄀ죽이 맛드니 의심컨대 그ᄃ의 직덕(才德)으로써 내 블감(不堪)ᄒ야 ᄒ노라. 소가(蘇家)의 은혜 듀ᄒ니 홍딘(紅塵)의 더러오믈 혐의티 아니코, 음덕(蔭德)이 늉셩(隆盛)ᄒ니 ᄌ손이 영화롭고, 우인(爲人)이 쳥결ᄒ니 ᄉ긔(史記)예 일홈을 폐(廢)ᄒ는도다. 경(慶)이 경년(庚年)의 죽고 팔십(八十) 이오팔 년(二五八年)이오 오 년(五年)이 오년(午年)의 ᄆᄎ니[14] 텬되(天道)이 ᄀᆺ도다

6) 화로신의셔 괴로이 블을 붓처 초목을 슴고: 금단(金丹)을 연단(煉丹)한다는 뜻임.
7) [교감] 오[ㅇ]로: '오로'는 '오ᄋ로'의 오기. 오ᄋ로는 온전히 또는 온통.
8) 오[ㅇ]로 소남그로 집을 ᄒ고: '오ᄋ로'는 한자로 '모두 도(都)', '소남그'는 솔이므로 도솔궁이 자신의 집이라는 뜻이다. 도솔천은 일반적으로 미륵이 사는 곳인데, 노자가 산다는 설도 있다.
9) 삼십삼 프른 거시 ᄀ렷고: 태상노군(太上老君)은 태청경(太淸境) 태극궁(太極宮)에 사는데 이곳은 삼십육천(三十六天) 중에서 삼십사천(三十四天)이므로 삼십삼천(三十三天)의 위에 있다.
10) 담(聃)으로 노각(老閣)을 둘럿고: 오래된 전각을 담으로 둘렀다는 것은 이름이 노담(老聃)이라는 뜻이다. 노자는 본명이 이이(李耳), 자가 담(聃)이다.
11) [교감] 교두: '교도'의 오기. 교도(交道)는 벗을 사귀는 도리.
12) 영보(靈寶): 영보도군(靈寶道君).
13) 태군(太君): 태상노군(太上老君). 노자.
14) 경이 경년의 죽고 팔십 이오팔 년이오 오 년이 오년의 ᄆᄎ니: 소현성이 경오년(庚午年)에 85세로 죽는다는 예언이다. (2×5×8)+(5×1)=85.

ᄒ엿더라. 쓰기를 ᄆᆞᄎ매 참정을 주니 바다 보기를 ᄆᆞᄎ매 씌ᄃ라 됴히를 노코 닐오ᄃᆡ,

"공(公)의 쓴 거슨 잠간 슬피니 이 노ᄌᆞ(老子) 노담(老聃)이어니와 다만 너모 허탄(虛誕)ᄒᆞ도다. 내 엇디 감히 이 말을 드ᄅᆞ리오?"

기인(其人)이 다만 웃고 허리 아래로셔 석 자 칼을 내여주어 왈,

"내 고인(故人)을 만나디 줄 거시 업서 일로뻐 표정(表情)ᄒᆞᄂᆞ니 오라디 아녀 이 칼 가질 사ᄅᆞᆷ이 날 거시니 헛도이 님자를 일티 말고 아직 그ᄃᆡ 벽샹의 거러두라."

참정 왈,

"ᄎᆞ(此)는 듕뵈(重寶)라. 내 감히 밧디 못ᄒᆞ리로다."

기인(其人)이 노왈,

"내 그ᄃᆡ를 주미 아냐 구름 아래 별¹⁵⁾을 주ᄂᆞ니 그ᄃᆡ는 다만 바다두라."

셜파(說罷)의 일진(一陣) 쳥풍(淸風)이 니ᄂᆞᆫ 고ᄃᆡ 형영(形影)이 업ᄉᆞ니 참정이 그 고이ᄒᆞᄆᆞᆯ 깃거 아녀 칼을 쌔혀보니 믈근 빗치 흰 눈 ᄀᆞᆺ고 줄¹⁶⁾니 칠셩참요(七星斬妖) 네 ᄌᆞ 분명ᄒᆞ니 드듸여 벽샹의 걸고 기인(其人)의 쓴 거슬 밀〃(密密)히 덥어 궤(櫃) 가온대 장(藏)ᄒᆞ나 ᄆᆞᄎᆞᆷ내 구외(口外)예 내디 아니ᄒᆞ더라.

---

15) 구름 아래 별: 소현성의 아들 운성(雲星).
16) 줄: 자루.

한어사가 윤씨 부부를 이간질하다

이적의 뉴흑시 윤부인으로 더브러 금슬우비(琴瑟于飛)[1]의 즐기미 심샹(尋常)[2]흔 부뷔(夫婦) 아니라. 벼슬이 지샹의 오르되 흔낫 희쳡(姬妾)이 업스니 한시랑이 믹양 졸직(拙直)다 긔롱(譏弄)호시 일〃은 참졍이 듕당(中堂)의셔 뉴한 이싱(二生)으로 담쇼(談笑)호니 한싱이 쇼왈,

"즛문(子文)은 비록 뎡녀(貞女)의 힝실을 빈호나 셩품이 녀싴(女色)을 멀니호미어니와 뉴형은 녀싴(女色)의 주린 귓거시[3] 모음으로셔 마치[4] 부인만 듕딕(重待)호야 창하(窓下)의 울적호니 엇디 용널티 아니리오?"

---

1) 금슬우비(琴瑟于飛): 부부간에 화목하게 지냄. 금슬은 거문고와 비파의 조화로운 소리. 우비는 봉황 한 쌍이 사이좋게 나는 모습으로, 부부의 정을 비유한다.
2) 심상(尋常)하다: 대수롭지 않고 예사롭다.
3) 귓것: 귀신.
4) [교감] 마치: 21권본 없음. 26권본 '맛츰'. 문맥상 '마침내'가 자연스러움.

뉴싱 왈,

"쇼데는 본디 현형의 호홰 업고 또 형인(荊人)[5]이 일즉 브란 바 쇼데쑨으로 그 조상부모(早喪父母)ᄒ고 일신이 혈″(孑孑)ᄒᄆ믈 측은ᄒ야 그 졍亽(情事)를 조차 위로ᄒ며 또 내의 긔한(飢寒)을 슬피고 가亽(家事)를 션치(善治)ᄒ니 므슴 연고로 번오다亽(煩擾多事)[6]ᄒᄆ믈 취ᄒ리오?"

한싱이 션ᄌ(扇子)를 텨 대쇼왈,

"과연 혹(惑)ᄒ미 심타. 내의 부인이 ᄌ뫼(才貌) 구틱여 윤부인긔 ᄂ리디 아니ᄒᄃ 내 화월총관(花月總管)이 되여시니 네의 오졸(迂拙)ᄒ미 가쇼(可笑) 아니가?"

뉴싱이 다만 대쇼ᄒ고 참졍은 셔안(書案)을 디ᄒ여 고亽(古史)를 보ᄃ ᄆ춤내 이인(二人)의 문답의 간셥디 아니터라.

이날 윤시 취운각[7]의 가 소시로 더브러 투호(投壺) 틸ᄉ 믄득 한어시 드러오니 협실(夾室)의 피ᄒ대 어시 짐줏 모ᄅᄂ 톄ᄒ고 소부인을 디ᄒ야 우어 왈,

"뉴싱이 윤부인을 깁히 쳔이 너기미러라."

소시 왈,

"므슴 연괴니잇가?"

어시 웃고 왈,

"뉴싱이 ᄌ문(子文)과 날로 더브러 닐오ᄃ, '윤시 비록 ᄌ상 ᄌ뎨나 도로의 뉴리(遊離)ᄒ야 완노(頑奴)의게 잡혀갓다가 ᄌ문을 만나 도라와 내의 비필이 되니 내 처엄은 ᄌ모(才貌)를 깃거ᄒ더니 오래 두고 싱각ᄒ니 심히 비쳔(卑賤)ᄒ더라. 조만(早晚)의 슉녀를 취ᄒ야 샹

<hr />

5) 형인(荊人): 남에게 자기 처를 칭할 때의 겸칭.
6) [교감] 번오: '번요'의 오기.
7) [교감] 취운각: '운취각'의 오기.

원(上元)을 뎡ᄒ고 윤시로 쇼셩지녈(小星之列)8)의 두고져 ᄒ노라' ᄒ
니 ᄌ문이 스리로 기유(開諭)ᄒ딕 뉴싱의 ᄯ디 볼셔 뎡ᄒ엇더라."

소시 텽파의 노왈,

"뉴랑은 단아(端雅)ᄒ 한ᄉ(翰士)9)러니 이러텃 무상(無狀)ᄒ 줄
알니오?"

어ᄉ 딕왈,

"부인이 그릇다. 날로ᄡᅥ 니룰딘대 구ᄐ여 뉴싱의 말이 그릇디 아니
니이다."

드딕여 밧그로 나가니 윤시 협실의셔 임의 슈말(首末)을 다 듯고
노ᄒᄆᆯ 이긔디 못ᄒ야 강잉(強仍)ᄒ야 소시로 더브러 두어 말을 파
(罷)ᄒ고 침누(寢樓)의 도라오니 그 ᄌ녜 네 아히 모친 알픽 모드매
윤시 노긔(怒氣) 엄녈(嚴烈)ᄒ야 제ᄌ(諸子)ᄅᆯ 박츠고 침상(寢牀) 둥
의 안자더니 홀연 흑시 췌안(醉顔)으로 드러와 부인을 보매 노ᄉᆨ(怒
色)이 은〃(殷殷)ᄒ야 옥병(玉屛)을 지혀시니 옥모화ᄐᆡ(玉貌花態) 더
옥 긔이ᄒ야 소담 쳥월(淸越)ᄒ 광치 암벽(暗壁)이 볼그니 취듕의 딕
ᄒ매 은졍(恩情)이 더옥 뉴츌(流出)ᄒ야 나아가 그 옥슈ᄅᆯ 잡고 엇게
ᄅᆯ 딥허 흔연왈,

"아름답다 부인이여. 빗날샤 윤시야. 날마다 션약(仙藥)을 먹음어
필부(匹夫) 뉴싱을 농(弄)ᄒᄂᆫ도다. 연이나 비쳔ᄒ 쳔가의 잡혀갓닷
다10) 엇디ᄒ야 나의 가뫼(家母) 되니 봉관화리(鳳冠霞帔)11) 엇디 욕
되며 엇디 외람(猥濫)티 아니리오? 내 조만(早晚)의 슉녀ᄅᆞᆯ 어더 우

---

8) 소성지렬(小星之列): 첩의 항렬.
9) 한사(翰士): 문인(文人).
10) [교감] 잡혀갓닷다: '잡혀갓다가'의 오기.
11) [교감] 화리: 하피(霞帔)의 오기. 하피는 어깨띠의 일종.

디(友之)[12]의 즐기믈 닐위리니 모르미 그딘 흔티 말나."

윤시 쳥필(聽畢)의 번연작싴(幡然作色)[13]고 손을 쩔쳐 믈너안즈니 뉴싱이 부인의 스싴(辭色)이 젼과 달나 츄상녈일(秋霜烈日) 굿트믈 보고 의려(疑慮)ᄒ야 문왈,

"그딘 므슴 연고로 이대도록 쥰슈(浚巡)[14]ᄒ뇨? 비록 아모 일이 이셔도 날을 이러틋 멸딘(蔑待)티 못ᄒ리니 두리건대 날을 염고(厭苦)ᄒ미냐?"

윤시 문이[부]답(聞而不答)[15]이라. 뉴싱이 문득 노왈,

"그딘 힝디(行止)를 보니 극히 고이흔디라. 아모리 쳔가(賤家)의 가디내여시나 본(本)은 스족이어든 이러틋 무힝(無行)ᄒ리오? 조만(早晚)의 내티고 아름다온 슉녀를 빵〃이 어드리라."

윤시 봉안(鳳眼)을 놉히 쓰고 아미(蛾眉)를 거스려 쑤지저 왈,

"내 비록 운익(運厄)이 긔구(崎嶇)ᄒ야 조상부모(早喪父母)ᄒ고 쳔신만고(千辛萬苦)를 겻거 겨유 소싱을 만나 결약형미(結約兄妹)ᄒ야 이에 니르러는 연분이 이셔 그딘를 만나니 샹의(相依)ᄒ야 사란 디 거의 칠 년이라. 이즈이녜(二子二女) 잇고 내 비록 블혜(不慧)ᄒ나 칠거(七去)를 범티 아냐거늘 무단이 구박ᄒ야 욕ᄒ니 이제 그딘 비록 날을 내티나 죠곰도 두렵디 아니며 열 미인을 취ᄒ나 관겨(關係)티 아니되 다만 경박(輕薄)ᄒ믈 흔ᄒ노라. 내 쏘흔 그딘를 아니 보나 족히 스모(思慕)ᄒ야 죽디 아닐 거시오, 그딘 쏘흔 내의 비쳔(卑賤)홈과 블혜(不慧)ᄒ믈 보아 오매 괴로오리니 금일노븟터 부〃(夫婦)의 의

12) 우지(友之): 금슬우지(琴瑟友之). 부부간에 화목하게 지내는 모습.
13) 번연(幡然): 불현듯이. 빨리.
14) [교감] 쥰슈: '쥰슌'의 오기. 21권본 없음. 26권본 '분노'. 준순(浚巡)은 뒤로 멈칫멈칫 물러난다는 뜻.
15) [교감] 문이[부]답: 21권본 없음. 26권본 '부답'. 문맥상 '부'를 보충함.

(義)를 긋처 서릭 보디 아니미 만힝(萬幸)이라."

뉴싱이 뎌의 말이 이럿툿 흐믈 듯고 크게 고이히 너기고 쏘흔 블슌
(不順)흐믈 미흡(未洽)흐야 블연변식왈(勃然變色曰),

"부인은 므슴 연고로 날을 곤칙흐느뇨?"

윤씨 왈,

"그듸는 므스 일로 날을 욕흐느뇨? 내 아모리 잔약(孱弱)흐나 그듸
궃튼 대댱부의 위엄을 저허 아닛느니 그듸 임의로 흐라."

언파의 ᄋᆞ즈를 밀티고 니러나니 뉴싱이 일죽 부인의 소릭 놉히믈
듯디 못흐엿다가 뎌러툿 쵸조(焦燥)흐믈 보니 졍흥(情興)이 싀연(蕭
然)16)흐야 믁〃(默默)히 안잣더니 홀연 명패(命牌) 니ᄅᆞ믈17) 듯고 급
히 나아가니라. 윤시 심하의 싱각흐듸,

'내 팔직(八字) 무상(無狀)흐야 냥친(兩親)을 조상(早喪)흐고 쳔신
만고(千辛萬苦)를 겻거 뉴가의 의탁흐니 사름의 쳔히 너기미 올흔디
라. 직삼 혜아리매 뉴싱의 타의(他意) 내미 고이(怪異)티 아니〃 내
이제 즈녜 ᄀᆞ잣고 영통(榮寵)이 극흐야 봉관화리(鳳冠霞帔)18)로 명부
(命婦)의 직(職)을 ᄀᆞ초 누려시니 박명(薄命)흔 인싱이 ᄆᆞ춤내 됴키
를 ᄇᆞ라디 못흐리라. 명텰보신지칙(明哲保身之策)을 흐야 뉴가의 구
박(驅迫)흐믈 닙디 말고 단발위니(斷髮爲尼)흐야 사문(沙門)의 사
름19)이 되미 묘흐다'

흐니 이는 그 험난(險難)을 겻거 ᄆᆞ음이 약흐야 굿디 못흐므로 사름
의 의논 두리미 극흔디라. 뉴싱의 ᄆᆞ음이 변흐면 타인의게 더옥 박복

---

16) [교감] 싱연: '쇼연'의 오기.
17) 명패(命牌) 니ᄅᆞ믈: 조선시대에 임금이 대신을 부를 때 '명(命)' 자를 쓴 붉은 칠을 한 나무
패에 성명을 적어 보냈음. 명패의 원래 명칭은 선소패(宣召牌)로, 선소는 제왕이 신하를 궁중
에 불러 보는 것을 가리킴. 선소는 송나라에도 있었으나 패를 사용했는지는 알 수 없음.
18) [교감] 봉관화리: '화리'는 '하피'의 오기.
19) 사문의 사름: 사문지인(沙門之人). 불문에 들어가서 도를 닦는 사람을 이르는 말.

(薄福)다 긔롱(譏弄)을 드를가 ᄒ야 믄득 츌가(出家)홀 의ᄉᆡ 니러나니 스스로 운환(雲鬟)을 프러 칼을 ᄲᅢ혀 두발(頭髮)을 버히고져 ᄒ더니 마초아 니패 드러오다가 보고 대경ᄒ야 칼흘 급히 앗고 븟드러 문왈,

"부인이 엇던 연고로 이런 거조(擧措)를 ᄒ시ᄂᆞ뇨?"

윤시 약질(弱質)의 슬픔과 분ᄒᆞ미 니러나니 말을 못ᄒ고 눈믈을 흘니며 ᄯᅡ히 업더지거늘 니패 이에 황망(慌忙)이 문왈,

"이 엇던 거죄(擧措)뇨?"

윤시 일언도 아니코 혼〃팀〃(昏昏沈沈)[20]ᄒ야 심히 위급ᄒᆞᆫ디라. 패 급히 좌우로 ᄒ야곰 소시와 참졍을 쳥ᄒ니 이인이 니르러 보고왈,

"윤ᄆᆡ 엇디 블의예 유병(有病)ᄒ시뇨?"

니패 왈,

"쳡이 앗가 드러오니 윤부인이 칼로써 두발을 버히고져 ᄒ거늘 칼흘 아ᄉ니 이러틋 침고(沈痼)ᄒ시니 아모 연괸 줄 모르ᄂᆞ이다."

이인이 블승경아(不勝驚訝)ᄒ야 소시 나아가 문왈,

"아이 므슴 ᄯᅳᆺ ᄀᆞᆺ디 못ᄒᆞᆫ 일이 잇관ᄃᆡ 신톄발부(身體髮膚)를 샹히오려 ᄒᆞᄂᆞ뇨?"

윤시 냥구(良久)의 탄식고 왈,

"내 인ᄉᆡᆼ이 박명ᄒ야 긔구(崎嶇)ᄒᆞᆫ 디경(地境)을 만히 겻그니 이제ᄂᆞᆫ 모음을 안졍(安靜)히 ᄒ야 츌가ᄒ믈 원ᄒᆞ미오 다른 ᄯᅳᆮ디 아니로소이다."

소시 위로왈,

"현뎨 오히려 그르도다. 사ᄅᆞᆷ이 비록 단발(斷髮)홀 형셰라도 니고

---

20) 혼혼침침(昏昏沈沈): 정신이 가물가물하고 어둡다.

(尼姑)의 무리 되미 괴이커늘 이제 그디는 슬하의 ᄌ녜 ᄀᆞᆺ고 뉴흑시 무양(無恙)ᄒ며 경궁(公卿)[21] 명부(命婦)와 지샹(宰相)의 원비(元妃)로 이런 의ᄉᆞ를 내미 극흔 곡경(曲徑)이니 엇디 싱각디 아닛ᄂᆞ뇨?"

윤시 눈믈이 비 오ᄃᆞᆺ ᄒᆞ야 왈,

"내 인싱이 심히 고쵸(苦楚)ᄒᆞᄃᆡ 부귀 극ᄒᆞ니 진실노 셰샹 영욕(榮辱)을 모ᄅᆞ는 사문지인(沙門之人)이 되고져 ᄒᆞ미니 스스로 ᄆᆞᄋᆞᆷ이 고이흔 줄을 모ᄅᆞ디 아닛ᄂᆞ이다."

참정은 다만 머리를 수기고 오라도록 말이 업고 소시는 지삼 ᄉᆞ리(事理)로 ᄀᆡ유(開諭)ᄒᆞ나 그 근본을 씨ᄃᆞᆺ디 못ᄒᆞ더니 뉴흑시 온다 ᄒᆞ거늘 이인이 믈너오다.

뉴싱 이날 대궐 가 ᄃᆞᆫ녀 도라오니 시녀는 댱(帳) 밧긔 잇고 금댱(錦帳)을 ᄌᆞ옥이[22] 디웟ᄂᆞᆫ디라.[23] 심하의 의려(疑慮)ᄒᆞ야 나아가 보니 부인이 머리를 ᄲᅥᆺ고 상상(床上)의 누어 부모 싱각ᄂᆞᆫ 누쉬(淚水) 옷알플 적시ᄂᆞᆫ디라. 흑시 흔번 보고 크게 고이코 놀나와 겻틱 나아가 안ᄌᆞ며 왈,

"부인이 므스 일노 녜 아니턴 거조(擧措)를 이러ᄐᆞᆺ ᄒᆞᄂᆞ뇨? 내 아춤의 니른 말은 일시 희롱의 일이라. 엇디 그 일로써 촉노(觸怒)ᄒᆞ미 이대도록 과도ᄒᆞ뇨?"

윤시 ᄆᆞ참내 되답디 아니터니 ᄋᆞᄌᆞ 뉴영이 영민(英敏)흔 아히라. 믄득 닐오ᄃᆡ,

"앗가 모친이 칼흘 ᄲᅢ혀 머리를 버히고 승(僧)이 되려 ᄒᆞ시니 슉부와 소부인이 ᄀᆡ유(開諭)ᄒᆞ야 구ᄒᆞ여 겨시니이다."

흑시 텽파의 ᄋᆞ직 비록 어리나 그 말이 밍낭(孟浪)티 아니믈 알고

---

21) [교감] 경궁: '공경'의 오기.
22) ᄌᆞ옥이: 꼭. 단단히.
23) 디오다: 늘어뜨리다.

평일 부인의 졍시(情事) 외로오믈 슬허ᄒᆞ며 그 ᄒᆡᆼ지(行止) 셰샹수의 거리씨ᄂᆞᆫ 배 업서 믈욕(物慾)의 쒹여나믈 근심ᄒᆞ야 죵ᄂᆡ(終乃)의 일언[24] 일이 이실가 우려ᄒᆞ던 배라. 추언(此言)을 드르매 십분 대경ᄒᆞ야 진졍으로 그 부인을 되ᄒᆞ야 노ᄒᆞᄂᆞᆫ 바ᄅᆞᆯ 무른대 윤시 다시 ᄀᆡ구(開口)ᄒᆞ미 업고 인ᄒᆞ야 식음(食飮)을 폐ᄒᆞ고 됴셕(朝夕)의 부모ᄅᆞᆯ 블너 톄읍(涕泣)ᄒᆞ니 좌우 시녀 아니 감챵(感愴)ᄒᆞᆯ 리 업더라.

24) [교감] 일언: '이런'의 오기.

윤씨의 오해가 풀리다

원닉 윤시 쇼년의 셜온 일을 겪고 소가의 의탁ㅎ야 결의(結義)ㅎ니 양부인과 참졍 남미의 후딕(厚待)ㅎ미 골육(骨肉)의 디나고 가듕(家中)이 다 츄죤(推尊)ㅎ나 긋마다 즈가(自家) 부모를 싱각ㅎ야 부인의 어엿비 너기믈 본즉 더옥 의ᄉᆞ(意思) 감챵(感愴)ㅎ니 임의 셰월이 오라매 심ᄉᆞ 샹ㅎ야 온유단졍(溫柔端正)ㅎ던 셩품이 변ㅎ야 쵸쥰엄졍(峭峻嚴正)ᄒᆞᆫ 배 되엿고 겸ᄒᆞ야 뉴싱이 한어ᄉᆞ 등ᄃᆞ려 즈가를 비박(卑薄)ᄒᆞᄆᆞᆯ 누리오더라[1] ᄒᆞ니 애듧고 분ᄒᆞ야 '만일 내 부뫼 겨실딘대 나는 평쟝의 녀이오 뎌는 샹셔의 공지니 피ᄎᆞ의 욕되디 아닐 거ᄉᆞᆯ 부모를 일코 ᄂᆞ믜게 의디ᄒᆞ다 ᄒᆞ야 업슈이 너기미니 어늬 ᄂᆞᆾ츠로 부〃의 의를 니어 살니오?' 의ᄉᆞ 이에 밋처는 녀ᄌᆞ의 연약편협(軟弱偏狹)ᄒᆞᆫ 심졍이 날노 더ᄒᆞ니 혹ᄉᆞ 곳 딕ᄒᆞ면 그 비박(卑薄)히 너긴다 ᄒᆞ야 붓그럽고 노ᄒᆞ오미 니러나고 음식을 보면 심홰(心火) 발ᄒᆞ야 ᄒᆞᆫ 술

---

1) [교감] 누리오더라: '닐오더라'의 오기.

물도 느리오디 못ᄒ니 뉴흑시 민망ᄒ야 ᄒ고 가듕이 그 ᄡᅳ들 몰나 ᄒ더니 이적의 윤시 소시의²⁾ 힝지(行止) 젼과 ᄃᆞᆯᄋᆞᆷ을 보고 ᄀᆞ장 의심ᄒ야 됴셕의 위로ᄒ야 디내더니 일〃은 윤시 침소 난간의 의디ᄒ엿다가 홀연 부모ᄅᆞᆯ 싱각ᄒ니 심ᄉᆞ(心事) 단절(斷絕)ᄒ야 기리 탄식고 피ᄅᆞᆯ 토ᄒ며 난간의 것구러디니 시녜 대경(大驚)ᄒ야 겨유 구ᄒ고 아모리 ᄒ올 줄 몰나 ᄒ더니 흑시 니ᄅᆞᆯ러 보고 년망(連忙)이 붓드러 상의 누이고 약을 ᄡᅳ니 반향(半晌)이나 디난 후 인ᄉᆞ(人事)ᄅᆞᆯ ᄎᆞᆯ히니 뉴싱이 부인의 힝신동지(行身動止) 이ᄀᆞᆺ티 실조(失措)ᄒᄆᆞᆯ 슬허ᄒ야 이에 그 손을 잡고 눈믈을 흘려 왈,

"그ᄃᆡ 므ᄉᆞᆷ 연고로 이러탓 팀병(沈病)ᄒ야 평일 온화단아(溫和端雅)턴 셩졍을 다 일코 심긔(心氣)³⁾ 듕ᄒ엿ᄂᆞ뇨? 내 비록 박힝(薄行)ᄒ나 그ᄃᆡ의 가뷔(家夫)라. 심ᄉᆞ(心事) 잇거든 쾌히 니ᄅᆞ고 은회(隱諱)⁴⁾티 말나."

윤시 손을 ᄲᅥᆯ티고 벽을 향ᄒ야 누어 왈,

"내의 ᄇᆞ라ᄂᆞ 배 아직(兒子) 어렷고 엄친(嚴親)이 아니 겨셔 삼죵의 탁(三從依託)이 그ᄃᆡ의 잇더니 그ᄃᆡ 일됴(一朝)의 은ᄋᆡ(恩愛) 박(薄)ᄒ야 지어(至於) 한어ᄉᆞ드려 내의 흔단(釁端)을 포폄(褒貶)ᄒ고 지취(再娶)ᄅᆞᆯ 니ᄅᆞ니 [지]취ᄒᆞᆯ디라도⁵⁾ 내 아쳐ᄒ올⁶⁾ 배 업거ᄂᆞᆯ 엇디 구ᄐᆡ여 내의 흔단(釁端)을 니ᄅᆞᆫ 후 지취ᄒᆞ리오? 그ᄃᆡ 임의 부〃(夫婦)의 의(義) 졀(絕)ᄒ야 외인(外人)을 ᄃᆡᄒ야 규합(閨閤)의 부덕(不德)을 니ᄅᆞ니 이 므ᄉᆞᆷ 졍이리오? ᄎᆞ고(此故)로 내 부〃 덕업(德業)과 셰샹

2) [교감] 윤시 소시의: '소시 윤시의'의 오기.
3) 심긔(心氣): 기분. 심졍. 여기서는 마음속에 품은 분노, 울화의 뜻으로 쓰임.
4) [교감] 은회: '은휘'의 오기.
5) [교감] [지]취ᄒᆞᆯ디라도: 21권본 없음. 26권본 '지취ᄒᆞᆯ지라도'.
6) 아쳐하다: 싫어하다. 방해되다.

스를 긋처 단발위승(斷髮爲僧)ᄒᆞ고 안졍(安靜)ᄒᆞᆫ 도관(道觀)을 어더 머므러 부모 졔ᄉᆞ나 일우며 양부인과 소참졍을 의디ᄒᆞ야 죵신(終身)ᄒᆞ려 ᄒᆞᄂᆞ니 그ᄃᆡᄂᆞᆫ 날노뻐 의려(意慮)티 말고 슉녀를 어더 동낙(同樂)ᄒᆞ라."

흑시 텽파의 급히 문왈,

"뉘셔 한어ᄉᆞᄃᆞ려 그ᄃᆡ 흔단(釁端)을 ᄒᆞ더라 ᄒᆞ더뇨?"

윤시 믁연브답(黙然不答)ᄒᆞᆫ대 흑시 시녀로 외당의 가 참졍을 쳥ᄒᆞ니 드러왓거늘 흑시 이에 졍식고 닐오ᄃᆡ,

"그ᄃᆡᄂᆞᆫ 언에(言語) 젹으니 이런 ᄃᆡ 간셥(干涉)디 아닐 배어니와 드른 배 이실 연고로 뭇ᄂᆞ니 뉘 이런 간언(間言)[7]을 ᄒᆞᄂᆞ뇨?"

드ᄃᆡ여 윤시의 말을 다 니ᄅᆞ니 참졍이 텽파의 웃고 왈,

"대단티 아닌 말이니 뉴형이 구틔여 변빅(辨白)[8]ᄒᆞ리오? 이 블과 아는 사ᄅᆞᆷ이 일시 흥으로 우ᄉᆞ랴 ᄒᆞ미오 현민ᄂᆞᆫ 고디드러 쵹노(觸怒)ᄒᆞ시미니 피ᄎᆞ 서ᄅᆞ 웃고 파홀 ᄯᆞ룸이로소이다."

뉴싱 왈,

"그ᄃᆡ 말이 진실로 올ᄒᆞᄃᆡ 이 일노 윤시 쵹노(觸怒)ᄒᆞ야 토혈(吐血)ᄒᆞᄂᆞᆫ 디경(地境)의 이시니 일시 희롱으로 인명을 해ᄒᆞ미 올ᄒᆞ냐?"

참졍이 경녀(驚慮)ᄒᆞ야 믁연브답(黙然不答)이러니 믄득 양부인이 오신다 ᄒᆞ니 뉴싱은 너러 나가고 참졍은 머므러 모친을 마자 좌를 뎡ᄒᆞ매 윤시 ᄯᅩᄒᆞᆫ 강잉(強仍)ᄒᆞ야 니러나니 부인이 윤시의 형뫼(形貌) 표연(飄然)ᄒᆞ야 우화(羽化)홀 ᄃᆞᆺᄒᆞ여시믈 보고 크게 놀라 그 손을 잡고 등을 어ᄅᆞ만져 문왈,

"네 엇디 수일 ᄂᆡ의 이대도록 수쳑(瘦瘠)ᄒᆞ며 므ᄉᆞ 일노 쵹노(觸怒)

---

7) 간언(間言): 이간하는 말.
8) 변백(辨白): 옳고 그름을 가려 사리를 밝히다.

ᄒᆞ야 단발(斷髮)ᄒᆞᆯ 의ᄉᆞ를 내ᄂᆞᆫ다?"

윤시 ᄃᆡ왈,

"쇼녜 근닉예 심ᄉᆡ(心思) 죠티 못ᄒᆞ므로 능히 좌하(座下)의 뫼읍디 못ᄒᆞ오니 브회(不孝) 크도소이다. 단발지ᄉᆞ(斷髮之事)는 심ᄉᆡ(心事) 여ᄎᆞ〃ᄒᆞ야 츌하리 승니(僧尼)의 무리 되고져 ᄒᆞ나 엇디 쉬으리잇가?"

부인이 텽파의 졍ᄉᆡᆨ고 칙ᄒᆞ야 닐오ᄃᆡ,

"네 비록 윤가 녀이나 날로 더브러 모녀지의(母女之義) 이션 디 팔년이라. 임의 네의 어미 되야 그 흔단(釁端)을 보고 ᄀᆞᄅᆞ치디 아닌⁹⁾고로 니ᄅᆞ노라. 므릇 녀ᄌᆡ란 거시 온슌(溫順)ᄒᆞ고 비약(卑約)¹⁰⁾ᄒᆞ야 몸이 비록 황가지엽(皇家之葉)으로 쳔인(賤人)의 가도 교궁(驕矜)¹¹⁾ᄒᆞ미 업서야 이 가히 ᄉᆞ덕(四德)을 온젼ᄒᆞ미어늘 너와 월영은 방ᄌᆞ(放恣)ᄒᆞ기를 젼쥬(專主)ᄒᆞ야 ᄆᆡ양 가부(家夫)를 ᄭᅮ짓고 졀졔(節制)ᄒᆞ믈 임의 그릇 너기더니 셜ᄉᆞ 뉴싱이 그릇 이 말을 ᄒᆞ야실디라도 개회(介懷)티 아니미 올커늘 ᄒᆞ믈며 뉴랑은 언듕돈후(言重敦厚)ᄒᆞᆫ 사ᄅᆞᆷ이라 엇디 즐겨 한싱을 ᄃᆡᄒᆞ여 졍실(正室)의 흔단(釁端)을 니ᄅᆞ리오? 이 블과 한낭이 쇼년(少年)의 브졀업슨 유희(遊戲)ᄒᆞ미어늘 네 과도히 고디드러 믄득 뎐도(顚倒)ᄒᆞ믈 힝ᄒᆞ고 긔쇼(譏笑)를 바드니 지삼 ᄉᆡᆼ각ᄒᆞ매 뉴랑 보기도 붓그러올 거슬 엇디 ᄭᆡᄃᆞᆺ디 못ᄒᆞᄂᆞ뇨? 더옥 신톄발부(身體髮膚)를 샹히와 셩교(聖敎)를 넛고 패도(悖道)를 힝ᄒᆞ야 ᄌᆞ힝(恣行)ᄒᆞ미 크게 패악괴려(悖惡乖戾)ᄒᆞ기예 갓가오ᄃᆡ 뉴싱이 허믈티 아니미 극히 어디러 프러디기의 갓가오니 네 흔티 말고 감격ᄒᆞ여 ᄒᆞ라. ᄉᆡᆼ심(生心)도 조비야온 의ᄉᆞ(意思)를 두디 말고 수이 니러나

9) [교감] 아닌: '아니미 그른'의 오기. 21권본 없음. 26권본 '아니미 그ᄅᆞ'.
10) 비약(卑約): 겸양하고 억제하다.
11) [교감] 교궁: '교긍'의 오기.

타인의 긔쇼(譏笑)를 밧디 말나."

윤시 텽파의 황공ᄒ고 쏘흔 감격ᄒᄆᆯ 이긔디 못ᄒ야 눈믈을 흘니고 샤례왈,

"모친의 명교(明敎)를 쇼녜 엇디 거역ᄒ리잇고? 일시의 애들와 실녜(失禮)ᄒ고 심긔(心氣) 둉ᄒ야 믄득 유병ᄒᄆᆯ 이ᅌᆞᆸ더니 됴리ᄒ야 니러나리이다."

부인이 그 졍ᄉ(情事)를 슬피 너겨 탄식왈,

"네의 ᄆᆞ음은 다른 사름과 ᄀᆞᆺ디 아니ᄒᄆᆯ 올커니와 그러나 ᄆᆞ음을 잡고 비회(悲懷)를 ᄎᆞᆷ아 즐기미 올ᄒ니 엇디 셟다 ᄒ고 강잉(强仍)ᄒ미 업ᄉ리오? ᄒᄆᆯ며 어느 사름이 부모를 죽이디 아냐시며 내 비록 노혼(老昏)ᄒ나 네 어믜의 모쳡(冒䛆)ᄒ여시니 범ᄉ를 네의 친모의 느리게 혜디 말나. 내12) 엇디 월영의게 디미 이시리오?"

참졍이 희허쳑연왈(欷歔慽然曰),

"쇼뎨 등은 ᄌᆞ모(慈母)를 뫼와시나 션친(先親)의 ᄌᆞ최를 싱각ᄒ오면 심ᄉᆞ(心思) 붕졀(崩折)13)ᄒᆞᆸ거든 ᄒᄆᆯ며 현미ᄂᆞᆫ 흔 위로홀 일도 업ᄉ오니 엇디 ᄆᆞ음이 환연(歡然)ᄒ시리잇가? 연이나 ᄆᆞ음을 널니ᄒ야 슬프믈 강잉(强仍)ᄒ쇼셔. 쇼뎨 비록 불민(不敏)ᄒ나 죵신토록 현미로 ᄒ여곰 서의ᄒ미 업게 ᄒ리라. 지어 뉴한 이 형의 희언(戲言)은 일시의 우엄죽ᄒ니 셜ᄉ 뉴형이 이 말을 ᄒ다 관겨티 아니〃 현미ᄂᆞᆫ 방심(放心)ᄒ쇼셔."

윤시 감격ᄒᄆᆯ 쎠의 ᄉᆞ못차 눈믈을 흘녀 왈,

"이 몸이 ᄆᆞᆺᄎᆞ나 모부인과 거〃(哥哥)의 은혜ᄂᆞᆫ 갑기 어렵도다."

참졍이 즐겨 아녀 ᄀᆞᆯ오ᄃᆡ,

---

12) [교감] 내: '네'의 오기. 26권본 '너'. 문맥상 2인칭이 자연스러움.
13) [교감] 붕졀: '붕'은 '붕'의 오기. 붕졀(崩折)은 산이 무너지고 대들보가 꺾어지는 듯 슬픔이 크다는 뜻.

"쇼데는 동긔(同氣)의 졍이 잇거늘 현미는 엇디 이러틋 박ᄒ시뇨? 동싱(同生)의 우이지의(友愛之義)는 엇″ᄒ디라. 엇디 은혜라 칭ᄒ여 굿티여 결의(結義)ᄒ 거슬 낫타내고 골육친(骨肉親)히[14] 아니믈 붉히리오? 일져″(一姐姐)는 감격다 말이 업스디 져″(姐姐)는 은혜라 일ᄏᄅ시니 이런 곳의 다ᄃ라 소원(疏遠)ᄒᆫ가 ᄒᄂ이다."

윤시 다만 감탄ᄒ고 다시 샤례티 못ᄒ더라. 이윽이 말ᄉᆞ하다가 양부인이 지삼 경계코 도라가시니 이째 소시 침소의셔 한어ᄉᄅᆯ 디ᄒ야 뉴싱의 말의 실ᄉ(實事)ᄅᆯ 무ᄅ니 어시 웃고 소기려 거즛말ᄒ믈 진졍(眞情)을 니ᄅᆫ대 소부인이 그 댱부(丈夫)의 졍딕(正直)디 아니믈 미흡(未洽)ᄒ야 ᄉ리(事理)로 그ᄅᆯ 논의ᄒ야 칙ᄒ니 어시 다만 대쇼ᄒ고 입의 ᄀᆞ득이[15] 샤죄(謝罪)ᄅᆯ 일ᄏᆞᆺ더라.

소시 인ᄒ야 당의 ᄂ려와 윤시ᄅᆯ 디ᄒ야 어ᄉ의 거즛말노 짐즛 소기려 ᄒ던 쥬의(主意)ᄅᆯ 다 니ᄅᆞ고 쇼왈,

"년긔(年紀) 삼십이 거의로디 쇼년 유희 그저 이셔 일의 맛당ᄒ며 블가ᄒ믈 아디 못ᄒ고 무단히 아ᄋᆞᄅᆯ 쵹노(觸怒)ᄒ니 엇디 밉디 아니리오?"

윤시 이 말을 듯고 ᄇᆞ야흐로 뉴싱의 이미ᄒ믈 알고 흔연이 칭샤왈,

"이는 한상공이 붕우(朋友)의 친ᄒᄆ로 유희(遊戲)ᄒ시미라 엇디 개회(介懷)ᄒ리오? 다만 뉴랑의 무졍(無情)ᄒ믈 흔ᄒ고 날을 욕ᄒ더라 ᄒ믈 븟그리미러니 이럴딘대 흑ᄉ는 무고(無辜)턴가 시브이다."

소시 쇼왈,

"아이 셩졍(性情)이 어렵더라. 능히 뉴싱의 독ᄒᆫ 셩으로도 발뵈디 못ᄒ니 내 그디로 형뎨 되연 디 팔 년의 희미ᄒᆫ 노ᄉᆡᆨ(怒色)과 지약(雌

<hr />

14) [교감] 골육친히: '히'는 '이'의 오기. 21권본 없음. 26권본 '골육지친이'.
15) 입의 ᄀᆞ득이: 만구(滿口). 하는 말은 모두. 두말없이.

弱)16)흔 우음을 보디 못흐엿더니 이번 일의 놉흔 소리와 노식(怒色)이 현츌(顯出)흐니 아디 못게라 그런 셩이 어늬 곳의 드럿다가 그리 발흐더뇨?"

셜파의 냥인(兩人)이 낭연대쇼(琅然大笑)17)흐더라. 소시 도라간 후 뉴싱이 드러와 닐오딕,

"부인이 날을 밋디 아니터니 이제나 씩둣믹 잇ᄂ냐?"

윤시 ᄉ식(辭色)의 나타내디 아니흐고 오직 닐오딕,

"내의 비루(鄙陋)흐믈 군직 염고(厭苦)흐미 올흐니 엇디 흔흐리오?"

뉴싱이 탄왈,

"내 비록 박힝(薄行)흐나 부인의 졍ᄉ(情事)를 슬피 너겨 빅슈(白首) 히로(偕老)흐믈 싱각더니 일됴(一朝)의 내 아닌 말을 무함(誣陷)흐야 노흐니 사름의 ᄆᆞᆷ을 아디 못흐미 이대도록 심흘 줄을 엇디 알니오?"

윤시 념용샤왈(斂容謝曰),

"첩이 박명(薄命)흔 인싱으로 군ᄌᆞ씌 일싱을 의탁흐엿거늘 일됴(一朝)의 말을 지어 거졀흐려 흐믈 드르니 엇디 흔티 아니리오? 연이나 블민(不敏)흐야 군ᄌᆞ의 뜻을 모르ᄂ 죄 크도소이다."

뉴싱이 부인의 온유(溫柔)흔 힝ᄉ(行事)와 이원(哀怨)흔 말을 드르니 은이(恩愛) 십솟듯 흐ᄂ디라. 은근이 위로흐고 견권(繾綣)18)흔 졍이 측냥티 못흐더라.

---

16) [교감] 직약: '직'는 'ᄌ'의 오기. 자약(雌弱)은 갸냘프고 유약하다는 뜻.
17) 낭연(琅然): 구슬이 서로 부딪쳐 내는 소리처럼 맑음.
18) 견권(繾綣): 생각하는 정이 두터워 서로 잊지 못하거나 떨어질 수 없음.

적선과 제자 양성

이적의 소참정이 벼술이 놉하 복녹(福祿)이 졔미(齊美)ᄒᆞᆫ 쯧 가지기를 느즉이 ᄒᆞ며 팀믁언희(沈黙言稀)ᄒᆞ고 사름의 급흔 일 구ᄒᆞ믈 못 밋츨 ᄃᆞ시 ᄒᆞ야 도로의 개걸(丐乞)흔 사름과 빙군(貧窘)ᄒᆞ야 취혼취가(娶婚娶嫁) 못ᄒᆞ여 ᄒᆞᄂᆞᆫ 쟈ᄂᆞᆫ 다 쳔금을 훗터 소망을 조ᄎᆞ니 젼후의 사름 구흔 거시 수쳔의 디나고 ᄉᆞ방(四方) 진봉(進奉)을 흔 가지 것도 밧디 아냐 나라히 주신 바 녹봉(祿俸) 밧근 츄호(秋毫)를 두디 아니며 두 부인이 이시나 감히 ᄉᆞᄉᆞ(私事) 지믈(財物) 금은(金銀)과 능내(綾羅)며 그ᄅᆞ시 업셔 비록 친가(親家)의셔 오ᄂᆞᆫ 거시라도 고듕(庫中)의 두엇다가 쓸 ᄯᆡᄂᆞᆫ 반ᄃᆞ시 부인끠 고흔 후 내여 쓰고 ᄌᆞ젼ᄌᆞ힝(自專自行)ᄒᆞ미 업스니 그 가법(家法)의 슘엄(森嚴)ᄒᆞ미 이 ᄀᆞᆺ튼디라.

시졀 사름들이 아니 탄복ᄒᆞᆯ 리 업셔 그 녜법(禮法)을 빅호딘대 당ᄎᆞ이 소현셩 부듕(府中)으로 가라 ᄒᆞ며 ᄌᆞ식 둔 재 다 그 쳥고(淸高)ᄒᆞ믈 공경ᄒᆞ야 ᄀᆞᄅᆞ치믈 쳥ᄒᆞ니 십 셰 이하 쇼ᄋᆞ(小兒)들이 쳑을 씌고 문의 몌여시니 참졍이 혼번 보아 그 우열(優劣)을 슬펴 이십오 인을 쌔 뎨ᄌ(弟子)의 두어 ᄀᆞᄅ치디 크게 엄슉ᄒᆞ고 도리 이시니 모든 뎨지 공경ᄒᆞ고 ᄉᆞ랑ᄒᆞ야 그 졍셩이 믄득 부모의게 디나더라.

의란당에서 부인들이 아들과 아비의 미모를 따지다

일〃은 제(諸)부인내 의란당의 모다 한담홀시 셕패 니르러 보니 네 위(四位) 쇼부인(少婦人)이 다 긔환(綺紈)[1] 명부(命婦)로 봉관(鳳冠)을 수기고 슈샹(繡裳)을 붓쳐 난간의 버러시니 아롬다온 얼골이 서르 빗최디 오직 특츌ᄒᆞᆫ 쟈ᄂᆞᆫ 윤셕 이인이라. 쳥월(淸越) 소담ᄒᆞ며 자약(雌弱) 쇄락(灑落)ᄒᆞ여 요디(瑤池) 금당(金塘)[2]의 부용(芙蓉) ᄀᆞᆺ거늘 소시의 쵸월(超越)ᄒᆞᆫ 긔도(氣度)와 품염찰난(豐艷燦爛)[3]ᄒᆞᆫ 풍ᄎᆡ(風采) 계화(桂花) 일지(一枝) 츈빙(春氷)의 빗최고 츄월(秋月)이 운니(雲裏)의 내왓ᄂᆞᆫ 듯 쥰일쇼쇄(俊逸瀟灑)[4]ᄒᆞ여 비컨대 일됴(一條)[5] 난봉(鸞鳳)이 기산(岐山)[6]의 안잣ᄂᆞᆫ 듯ᄒᆞ니 화시 잠간 ᄶᅥ디미 이시나

---

1) 긔환(綺紈): 부귀한 집.
2) 금당(金塘): 돌로 견고하게 둑을 쌓은 연못.
3) [교감] 품염찰난: '품'은 '풍'의 오기.
4) 쥰일쇼쇄(俊逸瀟灑): 뛰어나고 깨끗하다.
5) 됴(條): 새[鳥]의 양사(量詞).
6) 기산(岐山): 주 문왕이 기산 남쪽에 살 때 봉황새가 왔다는 말이 있다.

쏘호 호등(下等)이 아니라. 브라보매 경복흠모(敬服欽慕)호믈 이긔디 못호야 뎐도(顚倒)히 나아가 우어 왈,

"이고디 풍경(風景)이 션간(仙間) 굿더니 과연 수위(四位) 녀션(女仙)이 강님(降臨)호야 황뎡경(黃庭經)7)을 외오는도다."

소시 쇼왈,

"셔모의 화려훈 말이 본 적마다 새로오니 깁히 구변(口辯)을 항복(降服)호느이다. 우리 등을 신션(神仙)으로 비홀딘대 셔모는 웃듬 신션이 되시고 우리 후싱(後生)은 쇼〃(小小)훈 션도(仙道)나 어덧도소이다."

패 대쇼왈,

"부인이 날을 신션이라 호시니 내 엇디 당호리오? 신션은 천만년이라도 쇠티 아니커늘 노인(老人)은 수십8)이 머러셔도 빅발이 니러나니 그릇 비기시느이다."

계인(諸人)이 낭쇼(琅笑)호더라. 이째 소시의게 수지일녀 잇고 윤시 이지이네오 화시 수지오 셕시 삼지라. 옥동옥녜(玉童玉女) 굿득이 버러시니 셕패 칭복왈(稱服曰),

"금일 쇼공지(小公子) 쇼쇼져(小小姐)의 명모영용(明貌英容)을 보매 각〃 부모의 풍치를 달마 딘속(塵俗)의 쒸여나니 타일 셩댱호매 주운산이 더옥 빗나리로소이다."

니패 쇼왈,

"모든 공지 듕 우리 칠 공지는 뉴한 냥가(兩家) 공지씌 열 빈나 승호니 이는 다 소참졍을 품슈(稟受)호미로소이다."

소시 답왈,

---

7) 황정경(黃庭經): 양생(養生)과 수련(修練)의 원리를 담고 있는 도가의 경전.
8) [교감] 수십: 21권본·26권본 '팔십'.

"셔모의 말숨이 올흐이다. 연이나 데 딜지(諸姪子) 다 내의 아오만 못흐니 앗갑다 흐리로다."

윤시 쇼왈,

"졔이(諸兒) 즈라면 엇디 구틔여 참졍긔 디리오? 아직 어린아히라 미기화(未開花)로 풍화(豐華)흔 거시 못 미츠나 구틔여 느리디 아니 흐리이다."

셕패 머리를 흔드러 왈,

"블연(不然)타. 졔공지(諸公子) 비록 아룸다오나 엇디 참졍의 소시(少時)적 얼골의 밋츠리오? 참졍이 이에는 영풍(英風)이 쇄락(灑落)흐고 긔골(氣骨)이 쥰슈(俊秀)흐여 묽고 즈틱(姿態)로온 거시 업스미 아니어니와 쇼시(少時)적은 흔갓 고을만 아녀 즈틱와 향긔 어릐여 즈연 사룸으로 흐여곰 쎼 스고 모음이 녹게 흐던 거시니 이제 쇼공즈(小公子)들이 관옥(冠玉) ᄀᆞ투나 엇디 미츠리오?"

화시 쇼왈,

"셔모의 참졍 기리는 소릭 너모 과도흐이다. 사룸이 어려실 적은 약흐야 즈연 즈틱(姿態) 잇ᄂᆞ니 어느 아히 그러티 아닐 거시라 참졍이 독보(獨步)흐리잇가? 흐믈며 사룸이 보면 모음이 녹고 쎼 스더라 흐니 긔특디 아냐 해로온 얼골이로소이다."

좌위 일시의 웃고 왈,

"화부인 말숨이 졍합(正合)흐다"

흔대 셕패 쏘흔 쇼왈,

"다른 부인은 밋디 아닐 시 올커니와 소부인은 쏘흔 보와 겨시니 아르실 거시어늘 엇디 내 말을 밋디 아니시ᄂᆞ뇨?"

소시 흡〃(洽洽)히 우서 왈,

"나는 졍신이 블명흐야 어제 일도 닛거늘 더옥 쇼시의 아의 얼골이 엇던 동 알리오? 직삼 싱각흐니 ᄀᆞ장 곱디 아녀 딜ᄋ 등만 못흐던 듯

ᄒᆞ이다."

셕패 풀을 것고 손을 저어 거즛말이라 둣토니 셕부인이 이 거동을 보고 평싱 처엄으로 홍협(紅頰)이 미〃(微微)히 열녀 호치현츌왈(晧齒顯出曰),

"셔뫼 하 쵸급(峭急)ᄒᆞ야 ᄒᆞ시니 져〃ᄂᆞᆫ 그만ᄒᆞ야 두쇼셔."

제인이 대쇼ᄒᆞ더니 이ᄡᅢ예 참졍이 닛당으로 드러오다가 마조텨 뎌 거동을 보고 웃고 왈,

"셔모와 져〃ᄂᆞᆫ 한가ᄒᆞ시도소이다. 므ᄉᆞ 일노 셕셔뫼 더리 늘ᄊᆞ시ᄂᆞ뇨?"

소윤 낭인이 졔셩(齊聲)ᄒᆞ야 닐오ᄃᆡ,

"현뎨(賢弟)⁹⁾ᄂᆞᆫ 셜니 와 아들노 더브러 투식(鬪色)ᄒᆞ라."

참졍이 드ᄅᆞᆷ매 희롱ᄒᆞᄂᆞᆫ 줄을 알고 우어 왈,

"아직 모친ᄭᅴ 뵈오라 드러가니 문안 후 즉시 나오리이다."

화셕 이인이 ᄯᅩᄒᆞᆫ 니러 드러가니 모다 웃고 흣터디니라.

이날 졔쇼년 좌듕이 [모ᄃᆞ니 셕픠]¹⁰⁾ 양부인ᄭᅴ 고왈,

"화셕소윤 ᄉᆞ위(四位) 낭ᄌᆞ(娘子) 칠 공ᄌᆞ를 참졍ᄭᅴ 낫다 ᄒᆞ니 이아니 ᄀᆞᆺ디 아닌¹¹⁾ 말이니잇가? 쳡은 니ᄅᆞ기를 칠 공ᄌᆞ 비록 툐월(超越)ᄒᆞ나 참졍ᄭᅴ ᄶᅥ러디다 ᄒᆞ되 소부인이 더욱 우기고 화셕 냥부인은 고디듯디 아니시더이다."

양부인이 쇼왈,

"너히 굽〃ᄒᆞ야 ᄒᆞ미 ᄌᆞ못 그ᄅᆞ다. 네 한셜(閑說)을 날회고 일언(一言)만 ᄒᆞ면 죡히 두 식부(息婦)와 두 녀ᄋᆞ(女兒)의 입을 막을낫다."

---

9) [교감] 현뎌: '뎌'는 '뎨'의 오기.
10) [교감] 졔쇼년 좌듕이 [모ᄃᆞ니 셕픠]: 21권본 '쇼년이 다 모ᄃᆞ니 셕픠'. 26권본 '졔소년이 모ᄃᆞ니 셕픠'. 26권본으로 보충함.
11) ᄀᆞᆺ디 아니하다: 같잖다. 말하거나 생각할 거리도 못되다.

석시 믄득 아라듯고 머리를 수겨 함쇼(含笑)호고 석파는 씨둧디 못
호야 이윽 팀음(沈吟)호다가 홀연 대쇼왈,

"올코 묘호니 부인의 고르치시미 가호더라. 졔낭지(諸娘子)야 이제
도 날과 징션(爭先)호시랴?"

소시 짐줏 닐오딕,

"므스 일 못호리오? 실노 딜으는 아이게셔 만히 나으니이다."

셕패 왈,

"그리면 화석 이 부인과 참졍이 션쳐스(先處士)와 우리 부인도곤
나으셔 주식을 잘 나하 겨시니잇가?"

만좨(滿座) 무언대쇼(無言大笑)호고 소시 쇼왈,

"이는 곳 모친이 고르치시미니 셔모의 능호미 아니라."

서르 환쇼(歡笑)호기를 마디아니호더라.

정치에서 마음이 떠나다

이적의 샹이 태조(太祖) 태즈(太子) 덕슈(德昭)[1]를 죽이시니 참졍이 차아탄왈(嗟愕歎曰),[2]

"만승(萬乘)의 긔업(基業)이 비록 크나 지친골육(至親骨肉) 잔해(殘害)ᄒᆞ믈 플닙ᄀᆞ티 ᄒᆞ니 데 곳 태조(太祖)의 태즈(太子)로 타일 뎍(嫡)을 니을 재라. 그 죽으미 명〃(明明)히 알니로다."

블승혼(不勝恨)ᄒᆞ되 됴뎡(朝廷)의 구쥰(寇準) 팔왕(八王) 등도 홀 일이 업는디라. 드듸여 야반쵹영ᄉᆞ(夜半燭影事)[3]도 즈시 듯고 믄득

---

1) [교감] 덕슈: '덕쇼'의 오기. 덕소(德昭)는 송 태조의 태자로, 태조가 동생 태종에게 황위를 물려주어 황제가 되지 못했다. 태종을 따라 유주(幽州) 정벌에 나갔다가 태종과 갈등이 생겨 결국 자살했다. 자살이라 해도 태종 때문에 죽은 것이며, 실제로 태종이 죽였다는 설도 있다.

2) [교감] 차아: '차악'의 오기.

3) 야반촉영사(夜半燭影事): 태종이 태조를 시해했다는 의심을 일으키는 사건. 태조가 위독하다는 말을 듣고 진왕(晉王), 즉 훗날의 태종이 만세전(萬歲殿)으로 문병을 갔다. 태조가 태종에게 후사를 부탁했다고 하나 모시는 이들은 모두 물러나 있어서 듣지 못했다. 다만 멀리 촛불 그림자 아래 태종이 일어서려고 하거나 피하는 모습이 보였고, 도끼를 땅에 던지는 소리가 났으며, 태조는 그날 새벽이 되기 전에 죽었다. 이 이야기는 사서(史書)로는 『속자치통감장편續

무음을 셰샹의 머믈디 아니코 벼슬을 블의(不意)예 가디 못ᄒ여 소임의 나아가나 범ᄉ(凡事)를 동관(同官)의게 미러 보내고 죵일토록 입을 여러 시논(時論)과 졍ᄉ(政事)를 다ᄉ리디 아니ᄒ니 비록 벼슬이 놉고 명망(名望)이 듕ᄒ나 과연 ᄉ긔(史記) 가온대ᄂ 일홈이 업ᄉ니 그 활연청아(豁然清雅)ᄒ믈 가히 알니러라.

資治通鑑長編』에 처음으로 실렸고, 거의 변형 없이 『북송지전』과 『양가장연의』 등의 소설에 수용되었다.

지네 요괴를 없애다

일〃은 참정이 모든 붕우로 더브러 즈운산 동녁히 유람홀식 황족(皇族) 냥왕(兩王)[1]도 혼가지로 가고 참정은 쩌덧더니 냥왕(兩王)이 뷕관(百官)으로 더브러 유산(遊山)ᄒᆞ야 뎔을 츠자 쉴식 졔승(諸僧)이 황망(慌忙)히 마자 법당(法堂) 졍뎐(正殿)의 안치니 힝듕(行中)[2]의 다과(茶菓)를 드려 서르 권홀식 다만 드르니 머디 아닌 듸셔 사름의 소ᄅᆡ 나되 극히 고이ᄒᆞ야 알는 소ᄅᆡ도 아니오 우는 소ᄅᆡ도 아니어늘 왕이 고이히 너겨 슈승(首僧)을 블러 무러 왈,

"과인(寡人)이 오늘 황각(黃閣)[3] 대신(大臣)으로 더브러 유산(遊山)ᄒᆞ거늘 너희 등이 엇던 연고로 격벽(隔壁)의 고이혼 거슬 두어 업슈이 너기기를 이ᄀᆞ티 ᄒᆞ는다?"

---

1) [교감] 냥왕: 21권본 '칠팔왕'. 26권본 '칠팔냥왕'.
2) 행중(行中): 행장(行裝) 가운데.
3) 황각(黃閣): 정승이 집무하는 청사. 한나라 때 승상의 청사 문을 황색으로 칠하여 궁궐과 구분했던 데서 유래되었다.

지네 요괴를 없애다 | 751

슈승(首僧)이 복디딕왈(伏地對曰),

"대왕(大王)과 녈위(列位) 노애(老爺) 누추혼 뎔을 비러 쉬시니 쇼덕(小的)⁴⁾ 등이 엇디 감히 업슈이 너기미리잇고마는 쇼뎍(小的)의 져근 샹재(上佐)⁵⁾ 심히 총명ᄒ고 긔특ᄒ니 ᄉ랑ᄒ옵더니 수월(數月) 젼의 산과(山果) ᄯᆞ라 갓다가 혼 요괴(妖怪)를 만나니 드듸여 발광(發狂)ᄒ여 도라와 겻방의 이셔 쥬야(晝夜) 뎌 소ᄅᆞ를 ᄒ니 쇼뎍(小的)이 급〃ᄒ야 혹 졍신이 뎡혼 쌔 무르면 제 닐오ᄃᆡ, '졀식(絕色)의 고은 겨집이 채로 온몸을 두드리니 이리 알노라' ᄒ고 혹 인묘(寅卯) ᄉ시(四時) ᄉᆞ이는 나갓다가 즉시 도로 드러와 쥬야를 보챈다 ᄒ니 소승(小僧)이 망극ᄒ믈 이긔디 못ᄒ며 뎌런 쌔는 사ᄅᆞᆷ이 드리미러 보면 반ᄃᆞ시 더 알코 보는 쟈는 해로와 병드니 이러므로 감히 ᄭᅥ어내디 못ᄒ엿ᄂᆞ이다."

좌위 다 대경ᄒ고 ᄯᅩ흔 밋디 아니ᄒ더니 홀연 알는 소ᄅᆡ 긋치며 그 샹재(上佐)⁶⁾ 크게 블러 왈,

"스승님아. 이제는 그 귀신이 피ᄒ야 ᄃᆞ라나시니 싀훤ᄒ이다."

졔승이 놀나 드리ᄃᆞ라 문왈,

"이제는 그 귀신이 어이 ᄃᆞ라나뇨?"

샹쥐(上佐)⁷⁾ 닐오ᄃᆡ,

"그 요괴 닐오ᄃᆡ, '이제 셩인(聖人)이 오시니 내 엇디 감히 이시리오? 금일싯디는 내 소혈(巢穴)의 도라가리라' ᄒ고 뎐도(顚倒)히 나아가더라"

---

4) 소적(小的): 소인(小人). 말하는 사람이 자신을 낮추어 이르는 말.
5) [교감] 샹재: '샹좨'의 오기. 상좌(上佐)는 출가한 지 얼마 되지 않은 예비 승려.
6) [교감] 샹재: '샹좨'의 오기.
7) [교감] 샹쥐: '샹좨'의 오기.

흔대 모다 긔이히 너겨 지져괴더니[8] 믄득 일위 쇼년(少年)이 편〃(翩翩)[9]이 거러 드러오니 이 곳 소참정이라. 왕이 마자 녜필의 그 샹재(上佐)의 고이흐믈 던흔대 참정이 미쇼왈,

"엇디 셰샹의 이런 일이 이시리잇가? 심히 허탄흐도소이다."

참정이 비록 입으로 이리 니르나 므음 가온대는 샤겨듯고 유산(遊山)홀식 덜문을 나흐고되 니르니 슈승(首僧)이 탄왈,

"내 샹재(上佐) 이에 와 원슈 병을 어드니 엇디 셟디 아니리오?"

빅관이 듯고 다 두려 도라가고져 홀식 참정이 눈을 드러 보니 전면(前面)의 흔 남기 셔시니 임의 수쳔 년 디난 양뉴목(楊柳木)이라. 기리 운산(雲山)의 다핫고 몸픠[10] 세 아름이러라. 집슈[11]흔 줄을 디긔(知機)흐고 좌우를 되흐야 굴오되,

"녈위 제형은 대왕을 뫼셔 도라가쇼셔. 쇼뎨는 날회여 뒤흘 조츠리라."

제인이 응낙흐고 도라간 후 참정이 흔 즈로 필묵(筆墨)을 내여 남글 둘러 글을 쓰더니 홀연 운뮈(雲霧) 수식(四塞)흐고 디왜(塵埃)[12]편디(遍地)흐며 흔 소릭 벽녁(霹靂)이 뫼히 믈허디고[13] 믈이 허여디는[14] 듯흔 셰로 일쳔 화광(火光)을 거느려 그 남글 티니 좌우 시위(侍衛) 죵재(從者) 다 것구러디되 참정은 눗빗츨 곳치디 아니흐고 붓두로기를 급히 아냐 쓰기를 뭇고 날호여 믈러나니 비로소 그 불회[15]

---

8) 지져괴다: 지저귀다. 떠들다. 소리치다.
9) 편편(翩翩): 풍채가 멋스럽고 좋다.
10) 몸픠: 몸피. 몸통의 굵기.
11) [교감] 집슈: '졉ㅅ'의 오기. 21권본·26권본 '졉ㅅ'. 졉사(接邪)는 못된 귀신이 붙었다는 뜻으로, 시름시름 앓는 병에 걸림을 이르는 말.
12) [교감] 디왜: '진이'의 오기. 21권본 없음. 26권본 '지이'.
13) [교감] 믈허디고: '믈'은 '문'의 오기.
14) 허여디다: 나누어지다. 흩어지다.
15) 불회: 뿌리.

지네 요괴를 없애다 | 753

룰 니룩혀[16] 분쇄(粉碎)훈 후 일편(一片) 빅일(白日)이 운간(雲間)의 드러나 쳥명 고요훈디라.

죵재 인亽룰 출혀 니러나 보니 나모ㄱ의 큰 진에 죽엇고 남기 분(粉)이 되엿ᄂ딕 훈 조각 남글 갓다가 바회 우희 언젓거늘 보니 이곳 참졍의 글 지은 거슬 써혀내여 노핫ᄂ디라. 아니 놀나 리 업고 참졍이 또훈 고이히 너겨 ᄌ시 보니 ᄌ가(自家) 필젹(筆跡)이 완젼ᄒᆞ야 훈 ᄌ도 샹티 아녓더라.

즉시 덜의 도라와 빅관으로 더브러 말ᄒᆞ다가 집의 도라오나 ᄆᆞ춤내 발셜티 아니ᄒᆞ딕 그 샹재(上佐) 영〃(永永)히 병이 ᄒᆞ리고 그 덜이 평안ᄒᆞ니 인ᄎᆞ(因此)로 죵쟈(從者)의 집의 년속(連續)ᄒᆞ야 만셩(滿城)의 편힝(遍行)ᄒᆞ니 일노븟터 시인(時人)이 참졍의 신긔ᄒᆞᄆᆞᆯ 아라 츄앙(推仰)ᄒᆞ딕 참졍이 더옥 ᄆᆞᄋᆞᆷ을 굿게 ᄒᆞ고 말을 젹게 ᄒᆞ야 가슴 가온대 무궁훈 조화룰 발티 아니ᄒᆞ더라.

---

16) [교감] 불회룰 니룩혀: '불회의 니룩히'의 온기. 21권본 없음. 26권본 '쏠회 아오로'. 니룩히는 이르도록. 이르기까지의 뜻.

양참정이 세상을 떠나다

　이러구러 영화로이 날을 디내며 화부인이 오주이녀를 나코 셕부인
이 오주삼녀를 나흐니 개〃히 곤산(崑山)의 바옥(白玉)¹⁾이오 히듕
(海中)의 구술이라. 참정이 십주오녀를 두매 부래[미]²⁾ 너므니 깃
봄과 다힝ᄒ미 극ᄒ여 ᄯᅩᄒᆫ 부친을 싱각고 슬허ᄒ믈 마디아니며 양
부인이 여러 셩손(姓孫)을 두매 셕일(昔日) 몽ᄉ(夢事)를 싱각고 암
〃(暗暗)히 긔이히 너겨 드듸여 남주의 명(名)은 다 운 주(雲字)를 ᄒ
고 녀주은 다 슈 주(秀字)를 데명(題名)ᄒ되 ᄆ춤내 쑴 말을 니ᄅ디
아니〃 그 졍대팀듕(正大沈重)ᄒ미 이 ᄀᆞᆺ트니 그 아ᄃᆞᆯ이 엇디 눕의 뉴
(類)의 특튤티 아니리오. 소시ᄂᆞᆫ 뉵주ᄉ녀를 두고 윤시 ᄉ주이녜 이
시니 다 남풍녀모(男風女貌)를 가졋더라.
　이ᄯᅢ 양참정이 기셰(棄世)ᄒ니 부인이 ᄋᆡ훼집상(哀毀執喪)ᄒ미 과

---

1) [교감] 바옥: '븩옥'의 오기.
2) [교감] 부래[미]: 21권본 '부라미'. 26권본 '바람의'.

도ᄒ야 병이 위틱ᄒ딕 육즙(肉汁)을 나오디[3] 아니ᄒ니 ᄌ네 블승솔
난(不勝騷亂)ᄒ여 소시 울며 간ᄒ딕,

"셕일 야애(爺爺)[4] 기셰(棄世)ᄒ신 후 모친이 친히 육즙을 나오샤
긔운을 보호ᄒ시니 인〃(人人)이 밋디 못홀 셩덕(盛德)이라 ᄒ던디
라. 이제 조븨(祖父) 츈츄(春秋) 희년(稀年)[5]의 디나시고 영복(榮福)
을 누리션 디 여러 십 년의 기셰(棄世)ᄒ시니 모친의 슬허ᄒ시미야
노쇼(老少)의 이시리잇가마는 그러나 위회(慰懷)ᄒ시미 겨시더니 엇
디 션야〃(先爺爺)의 일빅(一百) 유훈(遺恨)을 품으신 상ᄉ(喪事)의
비ᄒ시리잇가마는 모친의 슬허ᄒ심과 고집ᄒ미 여ᄎᄒ샤 ᄆ춤내 육
즙을 믈니티시고 병셰 듕ᄒ시니 쇼녀와 경(慶)의 졍ᄉ(情事)를 슬피
디 아니시니 엇디 망극(罔極)디 아니리잇가?"

부인이 탄왈,

"네 샹시(常時) 총명ᄒ고 통달ᄒ되 홀로 어믜 ᄆ음을 아득히 모르
닷다. 내 당초 네 부친의 상ᄉ(喪事)를 만나 스스로 몸을 보호ᄒᆞᆷ 경
(慶)이 복듕(腹中)의 잇고 가부의 유탁(遺託)을 바다 삼 년 졔ᄉ를 일
우려 ᄒ미어니와 이제 내 나히 오십의 디낫고 네의 남미 댱셩ᄒ여 영
귀(榮貴)ᄒ며 ᄌ네 번셩ᄒ니 이제는 내 사라 블관(不關)혼 사ᄅᆞᆷ이라.
ᄒ믈며 부친의 싱아(生我)ᄒ신 셩은(盛恩)으로써 일텬지통(逸天之痛)
을 만나니 오닉(五內) 긋는 듯ᄒ디라. 엇디 괴로이 투싱(偸生)ᄒ리
오?"

참졍이 나아가 고왈,

"태〃(太太)의 말ᄉᆞᆷ이 비록 졍니(情理)로ᄂᆞᆫ 가ᄒ시나 실로 대의(大
義)예 어긔여 디신디라. 공ᄌ(孔子)와 증ᄌ(曾子) 엇디 셩인(聖人)이

아니시리잇가마는 '신톄발부(身體髮膚)는 슈지부뫼(受之父母)라[6]' '훼블멸셩(毀不滅性)[7]이 녜지시애(禮之始也)라' ᄒ시니 이제 조뷔 블힝ᄒ시매 태 〃 더옥 몸을 삼가 앗기샤 조부의 싱흌지신(生慉之身)을 보호ᄒ시미 아ᄅᆷ다오신 배라. ᄌ고로 큰 효ᄂᆞᆫ 구ᄐᆞ여 몸을 죽일 거시 아니라 ᄒᆞ미 이런 ᄃᆡ 경심(警心)ᄒᆞ셤즉ᄒᆞ니이다."

부인이 ᄌᄌ녀의 망극ᄒᆞ야ᄒᆞᄆᆞᆯ 보고 탄왈,

"이 ᄯᅩᄒᆞᆫ 관쉬(關數)라. ᄉᆞᆼ싱(死生)이 유명(有命)이오 부귀ᄌᆡ쳔(富貴在天)이라.[8] 엇디 ᄒᆞᆫ 그릇 육즙의 명이 들녀시리오? 너희ᄂᆞᆫ 안심ᄒᆞ라. 내 스스로 됴리ᄒᆞ리라."

ᄌᄌ녜 감히 다시 간티 못ᄒᆞ더니 부인이 ᄎᆞ후ᄂᆞᆫ ᄆᆞᄋᆞᆷ을 관회(寬懷)ᄒᆞ고 긔운을 됴보(調保)ᄒᆞ야 고급(哭泣)[9]을 긋치나 ᄆᆞᄎᆞᆷ내 육즙을 나오디 아니코 삼 년을 디내니 ᄌᄌ녜 듀야 망극ᄒᆞᄃᆡ 시러곰 마디[10]못ᄒᆞ니라.

---

6) 신체발부(身體髮膚)는 수지부모(受之父母)라: 『효경孝經』「개종명의開宗明義」에 "이 몸은 모두 부모님에게서 받은 것이니 감히 다치지 않게 하는 것이 효의 시작이다(身體髮膚, 受之父母, 不敢毀傷, 孝之始也)"라는 말이 나온다.

7) 훼불멸성(毀不滅性): 부모의 죽음을 지나치게 슬퍼하여 수척해지더라도 생명을 해쳐서는 안 됨. 『예기禮記』「상복사제喪服四制」에 "상중(喪中)에 슬픔으로 몸을 손상할지라도 목숨을 잃는 데 이르지 않도록 하니, 이는 죽은 사람 때문에 산 사람을 해치지 않기 위해서다(毀不滅性, 不以死傷生也)"라는 말이 나온다.

8) 사생(死生)이 유명(有命)이오 부귀재천(富貴在天)이라: 『논어』「안연顏淵」에 "사생은 명에 달려 있고, 부귀는 하늘에 달려 있다(死生有命, 富貴在天)"라는 말이 나온다.

9) [교감] 고급: '곡읍'의 오기. 21권본·26권본 '곡읍'.

10) [교감] 마디: 21권본 '두ᄅᆞᆨ혀지'. 26권본 '두로혀지'. 문맥상 21권본·26권본의 표현이 자연스러움.

소씨 집안 여인들이 급제 잔치에 참여하다

부친 삼 년을 못고 새로이 슬허ᄒ니 ᄌ부 등이 됴셕의[1] 뫼셔 디내더니 부인 친남(親男) 양상셔 아들 양현이 급뎨ᄒ니 양샹셰 잔치ᄒ야 경하(慶賀)ᄒ니 부인이 이부이녀를 거ᄂ려 셩늬(城內)예 드러가 ᄉ위(四位) 거ᄼᄼ(哥哥)를 보고 연셕(宴席)의 다ᄃ라ᄂ 고집히 ᄉ양ᄒ고 나아가디 아니코 식부와 이 녀로뻐 참예(參預)케 ᄒ니 ᄉ위(四位) 부인(夫人)이 다 쳥츈쇼년(靑春少年)으로 ᄉᆡ모지혜(色貌才藝)[2] 일셰(一世)예 특츌(特出)ᄒ더라.

단장(丹粧)의 샤려(奢麗)ᄒᆫ 거슬 구티 아니ᄒ야 ᄒᆫ가지 복식으로 홍상(紅裳)을 ᄯ으고 취삼(翠衫)을 ᄯᅥᆯ티며 패옥(佩玉)을 드리오고 봉관(鳳冠)을 졍히 ᄒ야 긱셕(客席)의 버러시니 신댱(身長)이 층등(層等)티 아니ᄒ고 용관(容光)[3]이 샹하(上下)티 못ᄒ야 부용(芙蓉) ᄀᆞᆺ

---

1) [교감] ᄌ부 등이 됴셕의: 이대본은 'ᄌ부 등이 죠셕의'가 중복되어 있음.
2) [교감] ᄉᆡ모지혜: '혜'는 '예'의 오기. 21권본 'ᄉᆡ덕지뫼'. 26권본 '지모'.
3) [교감] 용관: '용광'의 오기. 21권본 '용광'. 26권본 '용관'. 문맥상 용관(容觀)보다는 용광

튼 얼골과 새별 굿튼 눈씨며 원산(遠山) 굿튼 아미(蛾眉)와 잉슌년험
(櫻脣蓮頰)⁴⁾이 암실(暗室)이 붉는 듯 봉익뉴요(鳳翼柳腰)는 표〃아〃
(飄飄雅雅)ᄒᆞ야 딘쇽(塵俗)의 ᄲᅱ여나고 교〃(姣姣) 옥셩(玉聲)은 버들
스이예 ᄆᆞᆰ게 우는 황잉(黃鶯)이오 쇄락(灑落)ᄒᆞᆫ 골격과 싁〃ᄒᆞᆫ 위의
ᄒᆞᆫ갓 사ᄅᆞᆷ으로 ᄒᆞ여곰 ᄉᆞ랑ᄒᆞ올 분 아니라 공경ᄒᆞᄂᆞᆫ 습긔(習氣) 잇는
디라.

만좨(滿座) 아득히 칭찬ᄒᆞ야 쥬식(酒食)을 닛고 완경(玩景)ᄒᆞ며 셕
부인을 보매는 정신이 어리고 긔운이 져상(沮喪)ᄒᆞ니 이째 쇼년(少
年) 빙긱(賓客) 수쳔여 인이 버러 졀식(絶色)이 수플 굿트디 소윤셕
삼 인이 옥슈(玉手)의 잡은바 칠보션(七寶扇)을 기우리고 듕인(衆人)
총듕(叢中)을 향ᄒᆞ야 홍슌옥치(紅脣玉齒)를 움죽여 말ᄉᆞᆷ을 일우매 향
긔로온 ᄇᆞ람이 니러나고 빅ᄐᆡ만광(百態萬光)이 뉴출(流出)ᄒᆞ니 분디
(粉黛)의 샹품(香風)⁵⁾과 지분(脂粉)을 염히 너기는 졀식이 이에 들매
탈긔(奪氣)⁶⁾ᄒᆞ야 비컨대 금분(金盆)의 홍빅 부용(芙蓉)이 셩히 픠여
이슬을 머금어 됴양(朝陽)의 썰틴 듯ᄒᆞᆫ 겻틔 디는 두견화(杜鵑花)로
굴와 이심 굿트니 이째 셕참졍 부인과 화평쟝 부인이며 소윤 이인(二
人)의 존고(尊姑)와 쇼고(小姑) 등이 다 모닷ᄂᆞᆫ디라.

각〃 그 녀ᄋᆞ와 며ᄂᆞ리 극진ᄒᆞᄆᆞᆯ 힝희(幸喜)ᄒᆞ고 두굿기며 좌우의
티하(致賀)를 죠곰도 ᄉᆞ양티 아니터니 한참졍 부인이 소시ᄃᆞ려 무러
양부인의 와 겨시믈 듯고 시녀로 쳥ᄒᆞ야 보오믈 구ᄒᆞ니 부인이 ᄀᆞᆫ쳥
ᄒᆞ믈 듯고 합닉(閤內)⁷⁾로 조차 나와 좌의 녜를 ᄆᆞᆾ고 안기를 뎡ᄒᆞ매

(容光)이 자연스러움.
4) [교감] 잉슌년험: '험'은 '협'의 오기.
5) [교감] 샹품: '향풍'의 오기. 21권본 없음. 26권본 '향풍'.
6) 탈기(奪氣): 놀라거나 겁에 질려 기운이 다 빠짐.
7) 합내(閤內): 궁중의 침전. 안방.

좌둥이 브라보니 년긔(年紀) 오십이 디나시디 반분(半分)도 쇠ᄒᆞ미 업서 일발(一髮)이 블븩(不白)ᄒᆞ고 용뫼 풍영(豐盈)ᄒᆞ야 비컨대 흐윅ᄒᆞᆫ 홍년화(紅蓮花)와 셩ᄒᆞᆫ 븩모란(白牡丹)이라도 쇼담 흐윅ᄒᆞᆷ믈 밋디 못ᄒᆞᆯ디라. 윤틱(潤澤)ᄒᆞ믄 히듕(海中) 구슬 ᄀᆞᆺ고 쇄락(灑落)ᄒᆞᆫ 풍뫼 텬듕(天中) 셤궁(蟾宮) ᄀᆞᆺᄐᆞ여 구름 ᄀᆞᆺᄐᆞᆫ 귀밋과 븩셜(白雪) ᄀᆞᆺᄐᆞᆫ 긔뵈(肌膚) 의심컨대 비견(比肩)ᄒᆞᆯ 리 업슬디라. 비록 ᄉᆞ위 부인이 쌰혀나나 그 무궁ᄒᆞᆫ 광치와 ᄀᆞ업슨 흐윅ᄒᆞ매ᄂᆞᆫ 쎠디미 이시니 셕부인이 홀로 존고씌 ᄂᆞ리디 아니디 다만 셕시ᄂᆞᆫ 쇼년(少年)이라 쟈약(雌弱)ᄒᆞ고 뇨라졍뎡(嫋娜婷婷)ᄒᆞ야 경영(輕盈)ᄒᆞᆫ ᄌᆞ틱 이시미나 그 묽고 어리로오며8) 풍완(豐完)ᄒᆞ매ᄂᆞᆫ 일분(一分)이나 밋디 못ᄒᆞᆯ 둣ᄒᆞ니 ᄒᆞᆫ갓 풍뫼 이 ᄀᆞᆺᄐᆞᆯ 분 아니라 동지위의(動止威儀) ᄌᆞ연히 법되 이셔 ᄒᆞᆫ번 움즉이매 난봉(鸞鳳)이 벽오(碧梧)의 오ᄅᆞᄂᆞᆫ 둣 팀졍단좌(沈靜端坐)ᄒᆞ매 뇽이 여희쥬(如意珠)9)를 희롱ᄒᆞᄂᆞᆫ 둣 물근 눈을 ᄒᆞᆫ번 기우려 사름을 슬피매 ᄌᆞ연 사름이 경황(驚惶)ᄒᆞ야 제 몸을 도라보와 국츅(跼縮)ᄒᆞ고, 면모(面貌)를 졍히 ᄒᆞ야 향인딕긱(向人待客)홀식 쥬슌(朱脣)을 여러 유화(柔和)ᄒᆞᆫ 소릭와 뎡슉(靜淑) 흐르ᄂᆞᆫ 둣ᄒᆞᆫ 말ᄉᆞᆷ을 발ᄒᆞ매 화긔(和氣) 츈풍(春風)이 온화ᄒᆞ야 븩믈(百物)이 싱긔(生氣)를 돕ᄂᆞᆫ 둣 ᄒᆞᆫ업슨 동지(動止) 위엄(威嚴)이 ᄒᆞᆫ갓 얼골 곱기의 십 빈나 더ᄋᆞ니 이야 진짓 녀듕군왕(女中君王)이라. 의복이 무식(無色)ᄒᆞ미 심ᄒᆞ니 더옥 그 용뫼 발월(發越)10)ᄒᆞ야 구름 ᄉᆞ이 엿보ᄂᆞᆫ 둘 ᄀᆞᆺ더라. 좌듕이 ᄒᆞᆫ번 보고 각 // 숨을 길게 쉬고 서ᄅᆞ 도라보며 도로혀 놀나와ᄒᆞ고 모진 범을 딕흔 둣기 국츅(跼縮)ᄒᆞ야 ᄒᆞ니 소윤 등이 그윽이 웃더라.

---

8) 어리롭다: 황홀하다.
9) [교감] 여희쥬: '희'는 '의'의 오기.
10) 발월(發越): 용모가 깨끗하고 훤칠하다.

양부인이 듕인(衆人)의 믁〃송연(默默悚然)ᄒᆞ믈 보고 심하의 고이히 너겨더니 홀연 ᄭᆡᄃᆞ라 몬져 말을 펴 ᄀᆞᆯ오ᄃᆡ,

“미망노쳡(未亡老妾)이 딜ᄋᆞ의 경ᄉᆞ(慶事)를 듯고 아름답고 깃브믈 인ᄒᆞ여 이에 니ᄅᆞ러시나 몸이 타인과 ᄀᆞᆺ디 못ᄒᆞ야 박명(薄命) 죄인(罪人)이라 감히 셩연(盛宴)의 참례(參禮)티 못ᄒᆞ엿더니 브ᄅᆞ시믈 닙ᄉᆞ와 모드신 존안(尊顔)을 ᄃᆡᄒᆞ오니 평ᄉᆡᆼ 요ᄒᆡᆼ(僥倖)이로소이다.”

좌듕이 비로소 입을 여러 ᄃᆡ왈,

“쳡등이 부인 셩화(聲華)[11]를 듯고 앙모(仰慕)ᄒᆞ완디 오란디라. 금일 이에 계시믈 듯고 아니 보시믈 아연(啞然)ᄒᆞ야 ᄒᆞ옵더니 빗내 님(臨)ᄒᆞ샤 후ᄒᆞᆫ 말숨을 듯ᄌᆞ오니 다ᄒᆡᆼᄒᆞ믈 이긔디 못ᄒᆞ리로소이다.”

11) 셩화(聲華): 세상에 널리 알려진 명성.

소씨 집안 여인들이 다른 부인들과 인사를 나누다

한참정 부인 위시와 뉴샹셔 부인 단시 티샤왈(致謝曰),

"부인이 긔녀즈(奇女子)를 두시고 돈ㅇ(豚兒)의 용추(庸醜)호믈 염(厭)히 아니 너기샤 쥬딘(朱陳)의 친(親)[1]호므로써 허호시니 식뷔(息婦) 유환뇨됴(幽閑窈窕)[2]호야 슉녀의 풍치 이시니 이는 다 부인 덕틱이로소이다."

양부인이 손샤왈(遜辭曰),

"미망지인(未亡之人)이 용녈(庸劣)호 즈식을 셩문(盛門)의 보내옵고 듀야 우려호는 배 죄를 어들가 넘녜 이스오딕 부인닉 관홍(寬弘)[3]호신 셩덕(盛德)으로 여러 셰월을 무스히 디내오니 이 다 존문(尊門)의 어디르시미오 현셔(賢壻) 등의 관대호므로 규합(閨閤)의 져

---

1) 주진(朱陳)의 친(親): 주진지친(朱陳之親). 두 집안이 인척을 맺는 정의(情誼). 어느 마을에 주씨(朱氏)와 진씨(陳氏)만 살아서 대대로 서로 혼인했다는 고사에서 유래했다.
2) [교감] 유환: '환'은 '한'의 오기.
3) [교감] 관홍: '홍'은 '홍'의 오기.

근 허믈을 용샤(容赦)흔 덕이니 첩이 감격흐믈 이긔디 못흐야 구천
(九泉)의 가나 결초보은(結草報恩)흐미 이시리로소이다."

단부인이 뒤왈,

"첩의 식부는 부모 업슨 인싱이어늘 부인이 친녀의 넘게 흐시니 놉
흔 쯧을 깁히 감격흐야 흐ᄂ이다."

위시 다시 샤례왈,

"ᄋ지(兒子) 챵녀(娼女)를 모도와 방탕흐미 심흐고 무고히 직취(再
娶)흐딕 현뷔 죠곰도 흔티 아냐 젼후 십여 년의 급흔 우음과 뎐도(顚
倒)흔 노싴(怒色)을 보디 못흐니 진실로 규목(樛木)4)의 덕이 잇는디
라. 흔갓 ᄋ즈의 쾌(快)흔 복(福)과 문호(門戶)의 빗난 경亽(慶事)쑨
이리오? 금셕(金石)의 亽겨 후셰예 뎐흐염즉흐니이다."

양부인이 亽양왈,

"쇼녜 비록 잠간 뎐도(顚倒)흔 거시 업亽나 엇디 부인의 이ᄀᆞᆺ티 과
댱(過獎)흐시믈 당흐리오? 쇼녀의 우인(爲人)이 강〃(剛剛)흐야 유슌
(柔順)흔 덕이 젹으니 첩이 됴셕으로 근심흐ᄂ이다. 흐믈며 윤ᄋ는
첩의 양녜라. 그 졍시(情事) 참혹(慘酷)흐니 엇디 긔츌(己出)이 아니
라 흐야 주익(慈愛)흐미 헐(歇)흐리오? 부모 업슨 인싱으로 쏘 첩이
ᄀᆞ른친 배 업亽니 근심흐는 배러니 뉴랑이 브라매 넘게 딕졉흐고 부
인과 샹셰 친ᄋᄀᆞᆺ티 흐야 일싱이 평안흐니 엇디 감격디 아니리잇
고?"

두 부인이 직삼티샤(再三致謝)흐더라. 이째 화평쟝 부인이 쏘흔 처
엄으로 양부인을 보옵고 소윤과 셕시를 구경흐매 ᄆᆞ음이 차악(嗟愕)
흐야 브야흐로 그 녀ᄋ의 온젼히 복을 누리미 소참졍과 양부인의 덕

---

4) 규목(樛木): 『시경』 「주남」에 나오는 시로, 주 문왕의 후궁들이 후비의 덕을 찬양한 내용이
다. 규목은 원래 가지가 아래로 굽은 나무로 윗사람이 아랫사람을 비호하는 것을 비유한다.

이며 쇼고(小姑) 등의 현심(賢心)의 힘닙은 줄 알고 좌를 써나 양부인
알픠 나아와 옷기슬 넘의고 샤례왈,

"쇼쳡의 더러온 녀이 멀니는 규목(樛木)의 덕이 업고 갓가이는 님
하(林下)의 풍치5) 업거늘 외람히 산계비질(山鷄鄙質)노 난봉(鸞鳳)
의 비(配)ᄒ야6) 동상(東床)의 빗출 나타내고 문호의 광치를 도와시
니 쇼녀의 용ᄌᆞ누질(庸資陋質)노 군ᄌᆞ의 가티 아니ᄒ니 슉야(夙夜)의
황〃(遑遑)7)ᄒ야 힝혀 일싱이 미부(買賦)8)ᄒᄂᆞᆫ 환(患)을 닐월가 두
리더니 현셰(賢壻) 슉녀를 어드되 규합(閨閤)의 함원(含怨)ᄒ미 업서
쇼녀 일싱이 평안ᄒ고 ᄌᆞ녜 ᄀᆞᄌᆞ니 이ᄂᆞᆫ 다 부인의 일월 ᄀᆞᆺᄐᆞ신 덕틱
과 소윤 냥부인의 보호ᄒ신 은혜로소이다."

양부인이 흔연쇼왈,

"어이 이런 말ᄉᆞᆷ을 ᄒ시ᄂᆞ뇨? 식뷔(息婦) 내 집의 오므로 허믈된 일
이 업거늘 무단히 지췌ᄒ니 ᄯᅩᄒᆞᆫ 텬쉬(天數)어니와 년쇼녀ᄌᆞ(年少女
子)의 ᄆᆞᄋᆞᆷ이 블평ᄒ미 이시나 이곳 녜시(例事)라, 엇디 허믈이리오?
이제ᄂᆞᆫ 두 식뷔 서ᄅᆞ 화동(和同)ᄒ여 쥬아(周南)9)의 풍(風)을 ᄯᅵᆯ오니
이 ᄯᅩᄒᆞᆫ 식부의 냥졍(良正)ᄒ며 온슌ᄒᆞᆫ 덕이라. ᄒᄆᆞᆯ며 여러 ᄌᆞ녀를
두어 당〃(堂堂)ᄒᆞᆫ 원비(元妃)의 이시니 엇디 돈이 공경티 아니며 쳡
이 편벽(偏僻)ᄒ미 이시리잇고? 금일 부인을 보오니 영힝(榮幸) 듕

5) 임하(林下)의 풍치: 임하풍기(林下風氣). 부녀자의 한아(閒雅)하고 표일(飄逸)한 풍채.
6) [교감] 비ᄒ야: '비ᄒ야'의 오기. 21권본 '비ᄒ여'. 26권본 '비ᄒ여'.
7) 황황(遑遑): 갈팡질팡 어쩔 줄 모르게 급하다.
8) 매부(買賦): 한 무제의 황후 진아교(陳阿嬌)가 총애를 잃고 장문궁에 유폐되었을 때, 사마
상여에게 황금 백 근을 주고 황제의 마음을 돌릴 부(賦)를 짓게 했다. 사마상여가 「장문부長門
賦」를 지어 황제에게 바치자 과연 황제가 다시 진아교를 사랑했다.
9) [교감] 주아: '주남'의 오기. 21권본 '주야'. 26권본 없음. 주아(周雅)는 『시경』의 「대아大雅」
와 「소아小雅」를 가리키는데, 나라의 흥망을 노래한 귀족풍의 시여서 여인의 덕과는 거리가
멀다. 주남(周南)은 『시경』「국풍國風」의 첫번째 편명(篇名)으로, 주나라의 덕화(德化)가 남방
(南方)에 행해진 것을 칭송하는 민요풍의 시다. 시교(詩敎)의 전범으로 후비의 덕을 첫머리에
서 다루었다.

티샤(致謝)ᄒᆞᄆᆞᆫ 블가(不可)ᄒᆞ이다."

셜파의 눈을 드러 셜부인을 보니 유환졍뎡(幽閑貞靜)[10]ᄒᆞ고 풍영쇄락(豐盈灑落)ᄒᆞ여 위의동지(威儀動止) 크게 법되(法道) 이시니 십분(十分) 공경ᄒᆞ며 그 녀ᄋᆞ와 품격이 ᄀᆞᆺ디 아니믈 그윽이 칭찬ᄒᆞ더라.

셜부인이 몸을 두로혀 셕시ᄅᆞᆯ 향ᄒᆞ야 은근이 샤왈,

"노신(老身)이 ᄌᆞ식으로ᄡᅥ 부인의 셩화(聲華)를 듯고 미양 보옵고져 ᄒᆞ더니 이제 만나오니 ᄉᆞ모ᄒᆞ던 ᄆᆞᄋᆞᆷ을 위로ᄒᆞ리로소이다. 미련ᄒᆞᆫ 녀ᄋᆞ의 브죡ᄒᆞᆷᄋᆞᆯ ᄀᆞᄅᆞ치샤 허믈을 금초시고 긴 거ᄉᆞᆯ 나타내여 화동(和同)ᄒᆞ시니 쳡이 감격ᄒᆞᆷᄋᆞᆯ 이긔디 못ᄒᆞ리로소이다."

셕시 녑용피셕(斂容避席) 되왈,

"쇼쳡이 블혜(不慧)ᄒᆞᆫ 긔질노 죄 어드미 만흐되 화부인의 어엿비 너기시믈 닙ᄉᆞ와 안항(雁行)의 즐기믈 어덧더니 금일 존젼의 뵈옵고 과쟝(過獎)ᄒᆞ시믈 듯ᄌᆞ오니 감격 듕 참안(慙顏)ᄒᆞ이다."

진부인이 ᄯᅩᄒᆞᆫ 양부인ᄭᅴ 샤례ᄒᆞ고 화시ᄃᆞ려 각별이 칭샤왈,

"쳡신(妾身)의 녀이 셩졍(性情)이 소졸(疏拙)ᄒᆞ고 우인(爲人)이 햐암(鄉闇)[11]되거늘 부인과 엇게를 ᄀᆞᆯ와 항녈(行列)이 되니 부인이 피티 아니시고 어엿비 너겨 화락(和樂)ᄒᆞ시니 진실로 은혜난망(恩惠難忘)이로소이다."

화시 ᄯᅩᄒᆞᆫ 손샤(遜辭)ᄒᆞ며 블감(不堪)ᄒᆞᆷᄋᆞᆯ 일ᄏᆞᆺ더라. 셔ᄅᆞ 한훤(寒暄)을 파ᄒᆞ고 술이 두어 슌(巡) 디나매 소윤화셕 등이 쥬긔(酒氣)ᄅᆞᆯ ᄯᅴ여시니 취ᄉᆡᆨ(醉色)이 마치 삼ᄉᆡᆨ(三色) 도화(桃花) 됴로(朝露)를 먹음고 빅옥(白玉)의 연지(臙脂)를 비츰 ᄀᆞᆺ고 셩안(星眼)이 ᄀᆞᄂᆞ라시며 쥬슌(朱脣)이 더옥 블그며 봉관(鳳冠)이 잠간 기우러시니 소쇄(瀟灑)

---

10) [교감] 유환: '환'은 '한'의 오기.
11) [교감] 햐암: '향암'의 오기. 향암(鄉闇)은 시골에서 지내 온갖 사리에 어둡고 어리석음을 이른다. 또는 그런 사람.

흔 풍치와 졀셰(絶世)흔 용뫼 진실로 빙옥(氷玉)의 직질(才質)이
[오]12) 션아(仙娥)의 얼골이라. ᄀᆞᆺ 퓐 다람화(陀羅花)13) 네 가지를 것
거 옥분(玉盆)의 심것ᄂᆞᆫ 듯흔듸 더옥 셕부인 용광(容光)은 이 뉴(類)
의 특츌(特出)ᄒᆞ야 만좌(滿座)의 독보(獨步)ᄒᆞ니 모든 눈이 이에 다
ᄡᅩ다져 칙〃(嘖嘖)이 칭찬쑨이라.

왕복야 부인 경시ᄂᆞᆫ 기국공신(開國功臣) 왕젼빙(王全斌)14)의 식뷔
라. 녀 ᄉᆞ인(四人)을 보매 흠복(欽服)ᄒᆞᄆᆞᆯ 이긔디 못ᄒᆞ야 문왈,

"ᄉᆞ위(四位) 명뷔(命婦) 츈츄(春秋) 몃치나 ᄒᆞ시뇨?"

ᄉᆞ인이 일시의 피셕(避席)ᄒᆞ야 소시 념용고왈(斂容告曰),

"쳡은 방년(芳年)이 이십뉵 셰로소이다."

윤시 옷기ᄉᆞᆯ 녀미고 ᄃᆡ왈,

"쳡은 이십ᄉᆞ 셰로소이다."

화시 복슈왈(伏首曰),15)

"쳡의 시년(時年)이 이십삼 셰로소이다."

셕시 졍금념임(整襟斂袵) ᄃᆡ왈,

"쇼쳡은 셰샹 아란 디 십구 년이로소이다."

말ᄉᆞᆷ을 ᄆᆞᄎᆞ매 셩음(聲音)이 쇄락낭쟈(灑落狼藉)ᄒᆞ야 형산(荊山)의

---

12) [교감] 직질이[오]: 21권본 없음. 26권본 '직질이오'.
13) [교감] 다람화: '다라화'의 오기. 다라화(陀羅花)는 만다라화(曼陀羅華). 불경(佛經)에 나오
는 천화(天花)로, 흰 연꽃으로 보기도 한다.
14) 왕젼빈(王全斌): 오대(五代)에서 북송(北宋) 초(初) 사이에 활동했던 장군. 후촉(後蜀)을 멸
망시켰다.
15) 복수(伏首): 머리를 숙임.

766 | 원본 소현성록

옥(玉)을16) ᄆ ᄋ ᄂᆞᆫ17) 둧 단혈(丹穴)의 봉됴(鳳鳥) 우ᄂᆞᆫ 둧 응ᄃᆡ(應對)
영발(英發)18)ᄒ니 좌위 어린 ᄃᆞ시 ᄇ라보고 칭찬ᄒ더니

16) 형산(荊山)의 옥: 춘추시대 초나라의 변화(卞和)라는 사람이 형산에서 직경이 한 자나 되
는 박옥(璞玉)을 얻어 여왕(厲王)과 무왕(武王)에게 바쳤으나, 옥을 감정하는 사람이 보고 돌
이라 하여 두 발이 잘리고 말았다. 그후 문왕(文王)이 즉위하자 화씨는 형산 아래서 박옥을 안
고 사흘 밤낮을 피눈물을 흘리며 울었는데, 문왕이 이 사실을 듣고 옥공(玉工)을 시켜 박옥을
다듬게 하여 천하에 둘도 없는 보배인 화씨벽(和氏璧)을 얻었다 한다.
17) ᄆ ᄋ 다: 짓찧어 부수다.
18) 영발(英發): 재기(才氣)가 두드러지게 드러나다.

마지못해 내당에 들어가다

믄득 시녀 드러와 닐오디,

"장원낭군(壯元郞君)이 드러와 헌쟉(獻爵)ᄒᆞ려 ᄒᆞ시ᄂᆞ이다."

졔킥이 다 니러 피ᄒᆞ고 일가친족만 모닷더니 이윽고 ᄒᆞᆫ 쎄 남지 실ᄂᆡ(新來)ᄅᆞᆯ 쎠 드러와 좌듕의 녜필ᄒᆞ고 장원(壯元)이 잔을 드러 모친과 모든 슉모ᄭᅴ 헌슈(獻壽)ᄒᆞᆯᄉᆡ 남좌(男座) 녀좌(女座)ᄅᆞᆯ 분(分)ᄒᆞ엿더니 양샹셰 닐오디,

"소딜(蘇姪)은 엇디 드러오디 아닛ᄂᆞ뇨?"

시녀로 참졍을 블러 왈,

"비록 ᄂᆡ당(內堂)의 드러오기 미안(未安)ᄒᆞ나 우리 모다 드러와시니 혐의치 말고 섈니 미졔(妹姐)[1]ᄭᅴ 뵈오라."

참졍이 슉부의 말을 드ᄅᆞ매 강잉(強仍)ᄒᆞ야 드러와 좌(座)의 녜필(禮畢)ᄒᆞ고 슉부ᄅᆞᆯ 뫼셔 안ᄌᆞ니 유화(柔和)ᄒᆞᆫ 거동과 쇄락(灑落)ᄒᆞᆫ

---

1) [교감] 미졔: '미져'의 오기.

얼골이며 싁〃흔 풍치 츄텬(秋天)의 핀 계화(桂花) 궃고 구츄(九秋) 상풍(霜風)의 히동(海東) 옥퇴(玉兔) 옥누(玉露)²⁾의 뵈이는 듯ㅎ야 남좌(男座) 듕 툐츌(超出)ㅎ니 만일 양부인 곳 아니면 나티 못홀 거시오 셕시 곳 아니면 그 짱이 되디 못홀 배라. 인〃이 칭찬ㅎ믈 마디아니ㅎ더라.

한훤을 필ㅎ고 참정이 지촉ㅎ야 외당으로 나가니

양부인이 이날 식부와 ᄌ녜 ᄂ믜 뉴(類)의 ᄲᅢ여나고 더옥 참정과 셕시ᄂ 고금의 드믄 인믈과 얼골이라. 심하의 두굿겁고 쾌ㅎ야 만ᄉ(萬事) 여의(如意)ㅎ야 ᄒ더라.

셕양의 파연(罷宴)ㅎ고

---

2) [교감] 옥누: '옥로'의 오기.

친척끼리 환담하다

이날 머믈식 참졍이 쏘흔 잇더니 축을 니으매 양샹셔 ᄉ 형뎨 드러
와 미져(妹姐)를 보고 우어 왈,

"현미(賢妹) 오늘 특츌흔 ᄌ녀를 ᄃ리고 와 연샹(宴上)의 쟈랑ᄒ미
젹디 아니ᄒ도다."

부인이 쇼왈,

"두 며ᄂ리와 윤ᄋ의 툐셰(超世)ᄒ믈 보매ᄂ 내 므숨 복으로 이 ᄀ
ᄐ 아름다온 사름을 어더 슬하의 두엇ᄂ고 더옥 깃븐디라. 월영과 경
(慶)의 아름다오믄 흔ᄀ 두굿거올 ᄯ름이오 다힝ᄒ미 업ᄉ디라. 연
(然)이나 엇디 쟈랑ᄒ미 이시리오?"

양공 형뎨 탄왈,

"져〃(姐姐)의 공번된 ᄆ음과 놉픈 의긔며 소형(蘇兄)의 쳥한고결
(淸閑高潔)홈과 낙〃(落落)[1]흔 위인으로써 싱휵(生慉)흔 배 헛되디

---

1) 낙락(落落): 작은 일에 얽매이지 않고 대범하다.

아니 〃 경(慶)이 쳥년의 셤궁(蟾宮)의 단계(丹桂)를 밧드러[2] 어향(御香)[3]을 쏘이고 벼슬이 일품(一品)의 이시며 딜네 쏘흔 슉녀(淑女)의 여풍(餘風)이 이셔 슉덕(淑德)이 일시(一時)를 딘믁(鎭服)[4]ᄒ니 니른바 [심산의] 범이 나고[5] 대희(大海)예 뇽(龍)이 이시미라. 우리 등도 유광(有光)ᄒ미 ᄀᆞ이 업서이다.”

부인이 츄연타루(愀然墮淚)ᄒ시더니 믄득 참졍이 드러와 모친의 슬허ᄒ시믈 보고 경아(驚訝)ᄒ야 머리를 수기고 오래 말을 아니터니 부인이 비로소 눈믈을 거두신 후 담쇼(談笑)를 찬조(贊助)ᄒ야 온화(溫和)ᄒ고 팀졍(沈正)ᄒ야 ᄌᆞ연이 법되 잇고 ᄉᆞ 〃(事事)의 녜의(禮義) 이셔 엄연(儼然)ᄒᆞ 셩인지되(聖人之道) 잇ᄂᆞᆫ디라. 양셩 등 십여 인이 버러시되 감히 참졍을 안항(雁行)으로 못ᄒᆞ야 다 놉흔 스승ᄀᆞ티 공경ᄒ되 참졍이 죠곰도 교긍(驕矜)ᄒᆞᆫ 빗치 업서 공경ᄒ고 ᄉᆞ랑ᄒ야 사ᄅᆞᆷ으로 ᄒᆞ여곰 졍이 뉴츌(流出)ᄒ나 쏘흔 두려ᄒᆞᆨ게 ᄒᆞᄂᆞᆫ디라. 양공의 형뎨 블승탄복(不勝歎服)ᄒ야 닐오되,

“너 곳 되ᄒ면 우리 몸이 ᄌᆞ연 도라보아 슈련(修練)ᄒ이고 네 말을 드르면 셩교(聖敎)를 되흠 ᄀᆞᆺ트니 실노 공밍(孔孟)의 후신(後身) 곳 아니면 이러티 못ᄒ리라.”

참졍이 잠쇼손샤왈(潛笑遜辭曰),

“슉뷔 쇼딜을 이러틋 위쟈(慰藉)ᄒ야 두려ᄋᆞ미 몸둘 싸히 업게 ᄒᆞ시ᄂᆞ니잇가?”

양공이 쇼왈,

2) 셤궁(蟾宮)의 단계(丹桂)를 밧드러: 셤궁은 달, 단계는 껍질이 붉은 계수나무로 고급 품종이다. 달 속에 단계가 있다는 전설이 있다. 절계(折桂) 고사로 인해 단계 역시 과거 급제를 가리킨다.
3) 어향(御香): 궁중에서 쓰는 향.
4) [교감] 딘믁: '딘복'의 오기.
5) [교감] [심산의] 범이 나고: 21권본·26권본 없음. 문맥상 보충함.

"우리 엇디 거즛 위쟈(慰藉)ᄒ미 이시리오?"

소시 낫드라[6] 우어 왈,

"경(慶)의 츄ᄉ(推辭)홈도 가ᄒ고 슉부의 기리심도 밍낭(孟浪)티 아니ᄒ거니와 오직 여러 양형이 오늘 셕샹(席上)의셔 념치(廉恥)를 다 닛고 즈긔 부인들을 ᄲ와 ᄇ라니 싱각건대 혼인ᄒ연 디 십여 년이나 ᄒ딘 새로이 듕회(衆會) 둥 ᄇ라미 고이ᄒ야 ᄒ더니 모형의-모시ᄂ 양샹셔 츠뷔오 쟝원의 쳐- 말을 드르니 져 거게(哥哥) 본딘 부인을 모든 듕이면 본다 ᄒ니 이 반드시 요ᄉ이 별(別) 녜문(禮文)을 다 그딘 둥이 힝ᄒᄂ가시브다."

좌듕이 다 대쇼왈,

"현미 우리를 농ᄒ미라. 연이나 한싱도 단졍(端正)티 아니커늘 현미의 말이 엇디 쾌ᄒ뇨?"

소시 낭쇼왈(琅笑曰),

"한싱의 단졍(端正) 브졍(不正)은 내 모르거니와 대강 눈은 셩ᄒ야 병드디 아냐시므로 ᄒ 번 본 사람은 다시 보디 아닛ᄂ니라."

졔싱 왈,

"우리도 눈이 병드디 아냐시되 부인을 본 적마다 새로와 눈을 쎄왓디 못ᄒ노라."

소시 왈,

"그러티 아니타. 부뷔랏 거시 엇디 구틱여 듀야 얼골만 ᄇ라보리오? 힝실을 술펴보고 직덕을 보아 공경홀디라. 슉부와 슉뫼 우히 겨시거늘 무례히 ᄇ라보아 아득히 졍신을 일흐미 의심컨대 ᄂᆷ의 소견도 엄부(嚴父) 뫼신 사람 굿디 아닐 ᄲᆞᆫ 아니라 거〃(哥哥) 둥이 쏘흔 쳐ᄌ(妻子) ᄇ라보기 겨를 업서 부모의 쇠노(衰老)ᄒ심도 모르리로

6) [교감] 낫드라: '닛드라'의 오기. 21권본 없음. 26권본 '잇다라'.

다."

　모다 손벽 텨 대쇼왈,

　"미랑(妹娘)은 진실노 허무(虛無)ᄒᆞᆫ 사ᄅᆞᆷ이로다. 사ᄅᆞᆷ의 업ᄉᆞᆫ 허믈을 지어 논박(論駁)ᄒᆞ미 참혹(慘酷)ᄒᆞ니 험ᄒᆞᆫ 인믈이라. 화석 냥수ᄼᄼ(兩嫂嫂)는 뎌ᄀᆞᆺ티 사오나온 쇼고(小姑)를 엇디 되졉ᄒᆞ시ᄂᆞ니잇가?"

　소시 낭ᄼᄼ(朗朗)이 웃고 화석 이인이 ᄯᅩᄒᆞᆫ 함쇼ᄒᆞ더라.

　밤들매 훗터디니 명일 부인이 ᄉᆞ 낭ᄌᆞ를 ᄃᆞ리고 집의 니르러 셕파 등ᄃᆞ려 닐오ᄃᆡ,

　"화평쟝 부인을 보니 비록 임ᄉᆞ(任姒)의 밋디 못ᄒᆞ나 번희(樊姬) 월희(衛姬)7) 뉴(流)라. 가히 당셰예 슉녜라"

ᄒᆞ니 셜시의 현텰(賢哲)ᄒᆞ믈 알니러라. 부인이 ᄯᅩᄒᆞᆫ 닐오ᄃᆡ,

　"금일이야 내의 두 녀이 하등(下等)이 아니믈 알니러라. 단부인 위부인이 다 슌(順)티 아닌 사ᄅᆞᆷ이로ᄃᆡ 두 아히 툥뷔(冢婦)8) 되여 ᄉᆞ랑ᄒᆞ미 친녀 ᄀᆞᆺᄐᆞ니 내 비로소 ᄌᆞ식 용녈티 아니믈 알과라"

ᄒᆞ더라.

---

7) [교감] 월희: '위희'의 오기. 위희(衛姬)는 춘추시대 제 환공(齊桓公)의 부인. 환공이 음란한 풍류를 좋아했으나 위희는 음란한 음악인 정성(鄭聲)과 위성(衛聲)을 듣지 않았다.
8) 총부(冢婦): 정실(正室) 맏아들의 아내.

석씨와 즁당에서 만나다

일″은 참졍이 듕당(中堂)의 혼자 안잣더니 셕시 마춤 윤시 침소의 갓다가 도라가더니 그 ㅇ직(兒子) 유모의게 안겨 니르니 부인이 스스로 안아 친히 화계(花階)예 나아가 고즐 것거 ㅇ즈를 주고 인ᄒ야 난간의 올나 쉬고져 ᄒ야 신을 벗고 당의 올나 믄득 보니 참졍이 쥬함(朱檻)의 비겻다가 니러셔거늘 부인이 혼번 보매 ᄀ장 놀납고 쏘혼 어려워 참식(慙色)이 만안(滿顔)ᄒ여 다만 아지를 노코 도로 당의 ᄂ려가고져 ᄒ거늘 참졍이 그 어려워ᄒᄆ믈 보고 이에 쳥ᄒ여 닐오ᄃᆡ,

"마춤 경식(景色)이 아름다오매 샹완(賞玩)ᄒ더니 부인이 이에 니르러시니 잠간 안자 쉬미 올커늘 엇디 드러가시ᄂ뇨?"

셕시 참졍의 쳐엄으로 나지 말ᄒ믈 듯고 믹ᄇᆞᆺᄂ가 더욱 붓그려 감히 혼 말도 못ᄒ고 쏘 진퇴냥난(進退兩難)ᄒ야 머믓기ᄂ 틱되 진실로 더욱 익원뇨라(哀怨娟娜)ᄒ여 심신을 농쥰(濃蠢)ᄒ니 참졍이 뎌 거동을 보고 흔연이 우어 왈,

"부뷔 비록 공경ᄒ고 식″다 ᄒ나 이대도록 ᄂ외홀 거시 아니니 부

인이 하 어려워ᄒ시니 내 피ᄒ야 나가사이다."

언필의 난간의 ᄂ려 외당으로 나가니 셕시 ᄇ야흐로 놀나믈 딘뎡(鎭定)ᄒ고 잠간 쉬여 침소로 가 일로붓터 츌입을 더옥 신듕히 ᄒ니 참졍이 그 유슌(柔順)ᄒ고 뎡졍(貞靜)ᄒ믈 깁히 심복(心服)ᄒ야 이셕(愛惜)ᄒ미 날로 더으디 ᄯ호 툥(寵)이 화시의 우히 잇디 아니ᄒ야 공졍(公正)ᄒ미 극ᄒ며 년긔(年紀) 졈〃 만하가매 녀ᄉᆡ(女色)을 더옥 숨ᄀᆺ티 너겨 됴셕의 효봉ᄌ모(孝奉慈母)ᄒ고 시셔(詩書)를 줌심(潛心)ᄒ야 사름이 그 얼골을 보나 그 말을 드르미 젹고 그 말을 드르나 그 우음 보니 젹으니 만일 시인ᄌᆡᄉ(詩人才士)와 문인명공(文人名公) 곳 아니면 비록 왕후쟝샹(王侯將相)이라도 더브러 사괴며 졉담(接談)티 아니〃 디개(志槪) 쳥고(淸高)ᄒ고 ᄯᆺ이 낙〃(落落)ᄒ야 시인(時人)이 아니 공경ᄒ 리 업더라.

단생을 글 션생으로 삼다

일 ″은 별샤(別舍)의 안자 거믄고룰 트더니 한 걸인이 슬피 울며
양식을 구흥거늘 보니 용뫼 아룸답고 풍치 청슈(淸秀)커늘 셩명을 무
르니 '단경샹이라. 본딕 스족의 션비로 집이 가난흥야 비러먹노라' 흥
거늘 본딕[1] 블샹이 너겨 쥬식(酒食)으로 위로흥고 별샤(別舍)룰 셔러
져[2] 머므르니 단싱이 나히 [이]십칠 셰오[3] 인믈이 노셩(老成)흥고
문진(文字) 광박(廣博)흥딕 [쳐즈]친족이[4] 업거늘 참졍이 니파의 기
룬바 취란이 본딕 냥인(良人)의 즈식으로 녀겨 십팔 셰오 즈식과 무
음이 아룸다온디라. 이에 단싱을 주어 쇽현(續絃)[5]흥니 단싱이 블승
감격흥야 은혜룰 빅골의 사기더라.

1) [교감] 본딕: 이대본은 윗줄의 '본딕'가 중복 필사됨. 21권본·26권본 없음.
2) 셔룻다: 쓸어 치우다.
3) [교감] [이]십칠 셰오: 21권본·26권본 '이십칠 셰오'. 문맥상 '이십칠 셰'가 자연스러움.
4) [교감] [쳐즈]친족이: 21권본 '쳔즈친족이'. 26권본 '쳐직친족이'. 문맥상 '쳐즈'를 보충함.
5) 쇽현(續絃): 거문고와 비파의 끊어진 줄을 다시 잇는다는 뜻으로 아내를 여읜 뒤에 다시 새
아내를 맞는 일.

참정이 단싱을 보니 결단코 범부하틱(凡夫下胎) 아니라 크게 비상
ᄒᆞ고 청긔ᄒᆞ며 문장이 바다 근원 ᄀᆞᆺ튼딕 과업(科業)을 힘쓰디 아니ᄒᆞ
고 슉연(肅然)이 인세(人世)예 뜻이 젹은디라. 죵용(從容)이 무러 글
오딕,

"내 션싱을 보니 벅〃이6) ᄒᆞᆫ 번 드러 구텬(九天)의 비등(飛騰)ᄒᆞ려
든 엇디 계지(桂枝)를 것디 못ᄒᆞ엿ᄂᆞ뇨?"

단싱이 쇼왈,

"내 나히 졈고 직죄(才操) 박널(薄劣)ᄒᆞ야 님군 도을 직죄 업스니
므어슬 가지고 이런 셰샹의 닙신ᄒᆞ리오? 이런 고로 스스로 고초(苦
楚)를 둘게 너겨 동셔로 브르지져 비러먹고 탕〃호〃(蕩蕩浩浩)7)히
유〃(悠悠)ᄒᆞ야 오사ᄌᆞ포(烏紗紫袍)를 블관(不關)이 너기더니 공의
은혜로 일신이 평안히 누리니 이 또ᄒᆞᆫ 은혜로다."

참정이 깁히 붓그려 칭샤왈,

"션싱은 진짓 개셰군지(愷悌君子)8)라. 우리 무리ᄂᆞᆫ 쇽졀업시 비혼
것 업슨 지조로 됴뎡(朝廷) 후록(厚祿)을 먹으니 엇디 참괴(慙愧)티
아니리오? 내의 여러 아들이 다 슈혹(受學)홀 고디 업고 내 스스로 ᄀᆞ
라치고져 ᄒᆞ딕 문싱이 만흔디라. 져히 쇼ᄋᆞ(小兒)의게ᄂᆞᆫ 결을티9) 못
ᄒᆞ니 요ᄉᆞ이 구공(寇公)이 보내라 ᄒᆞ딕 년쇼미싱(年少微生)이 직샹
문하의 나아가미 너모 고이ᄒᆞ믈 듀졔(躊躇)ᄒᆞ더니 션싱이 모쳐10) ᄒᆞᆫ
가ᄒᆞ시니 외람ᄒᆞ나 돈ᄋᆞ(豚兒)의 ᄉᆞ댱(師丈)이 되시면 만힝(萬幸)일
가 ᄒᆞᄂᆞ이다."

단싱이 ᄉ양티 아니코 디왈,

"ᄀᄅ치믄 어렵디 아니티 다만 녕낭(令郞)이 닙신(立身)ᄒᄆᆞ 내의 문싱(門生)으로 혁〃(赫赫)ᄒᆞᆫ 빗나미 업고 심히 무광(無光)ᄒᆞ니 지[슴]11) 슬펴보라."

참정이 쇼왈,

"션싱은 날을 젹게 너겨 보디 말나. 내 비록 셰속의 벼슬을 ᄒᆞ나 ᄆᆞ음은 명니(名利)의 간셥디 아니〃 엇디 셰(勢)ᄅᆞᆯ 꼴와 ᄌᆞ식의 스싱을 굴히리오? 션싱이 임의 노셩(老成)ᄒᆞ고 팀믁언희(沈黙言稀)ᄒᆞ니 당〃(堂堂)이 녯사ᄅᆞᆷ의 스승 굴희ᄂᆞᆫ 바와 층등(層等)티 아닌디라. 다만 어디리 ᄀᄅ쳐 셩도(成道)ᄒᆞ게 ᄒᆞ라. 구공은 졍딕ᄒᆞᆫ 사ᄅᆞᆷ이라, 내 ᄯᅩᄒᆞᆫ 염히 너기ᄂᆞᆫ 배 아니로딕 내의 돈ᄋᆞ(豚兒) 다 블민(不敏)티 아니므로 시쇽(時俗)의 텸유(諂諛)ᄒᆞᄂᆞᆫ 말을 드르며 가찬(嘉讚)ᄒᆞᄂᆞᆫ 소리 이셔 번영(樊英)12)의 허명(虛名)으로 긔쇼(譏笑)바드믈 두리미니 이러므로 깁히 금초와 그 ᄌᆡ혹(才學)을 방외(房外)예 일홈을 내디 아니려 ᄒᆞ미니 션싱은 ᄉ양티 말나."

단싱이 텽파의 안식을 곳티고 샤례ᄒᆞ니 참정이 십 ᄌᆞᄅᆞᆯ 다 블러내여 스승을 뵈고 셔셕(西席)13)을 삼아 공경ᄒᆞ니 단싱이 그 쳥고ᄒᆞᄆᆞᆯ 깁히 감격ᄒᆞ야 ᄒᆞ며 졔ᄋ(諸兒)로 글을 ᄀᄅ치딕 지극 엄슉(嚴肅)ᄒᆞ며 잠간 틱만(怠慢)ᄒᆞ면 요딕(饒貸)14)티 아니코 ᄆᆞ이15) 티ᄂᆞᆫ디라.

11) [교감] 지[슴]: 21권본 없음. 26권본 '지슴'.
12) 번영(樊英): 후한(後漢) 때의 사람. 여러 분야의 학문에 뛰어나 사방에서 배우려는 사람들이 몰려들었고, 조정에서도 여러 번 불렀지만 모두 나아가지 않았다. 순제(順帝)가 특별히 스승의 예를 갖추어 부르자 그제야 나아갔으나 모책(謀策)을 내지 못해 사람들에게 비난을 받았다. 허명(虛名)으로 임용에 실패한 사례다.
13) 셔셕(西席): 가정교사 또는 참모의 존칭. 옛날에 주인은 동쪽에, 손님은 서쪽에 앉았던 데서 유래함.
14) 요대(饒貸): 너그럽게 용서함.
15) [교감] ᄆᆞ이: '믜이'의 오기. 21권본 '믜이'. 26권본 '단단이'.

화씨와 석씨가 자식을 가르치는 방법

일 〃 은 화부인 ᄎᄌ와 셕시 삼지 다리의 피를 흘니고 드러와 각 〃
저히 모친ᄭᅴ 뵈며 우러 왈,

"ᄉᆔ 글을 잘못 외온다 ᄒ고 이럿툿 티더이다."

화시 대로왈,

"제 블과 길ᄉᆡ의 비러먹ᄂ 걸인으로 우리집 믈 딕희ᄂ 소임도 블관
(不關)ᄒ거늘[1] 샹공이 과히 아라 셔셕(西席)으로 츄존(推尊)ᄒ고 내
의 ᄒ잉(孩兒)로써 뎨ᄌ(弟子)의 두어시되 외람흔 줄을 모릭고 방ᄌ
히 존대(尊大)흔 양ᄒ니 임의 과심터니[2] 엇디 내의 쳔금지잉(千金之
兒)를 이러툿 샹히왓ᄂ뇨? 내 반ᄃ시 이놈을 내치게 ᄒ리니 이후란
너히 등이 게 가 글을 빅호디 말나."

제이 승 〃 (乘勝)ᄒ야 믈너나디 홀로 셕부인은 안쉭을 식 〃 이 ᄒ고

---

1) [교감] 블관ᄒ거늘: 21권본 없음. 26권본 '불가커늘'.
2) 과심하다: 괘씸하다.

ᄋᆞᄌᆞ를 ᄭᅮ지저 왈,

"너히 듀야(晝夜) 줌심(潛心)ᄒᆞ는 배 글ᄲᅮᆫ이라. 조심ᄒᆞ야 닑어 외오미 올커늘 무ᄋᆞᆷ의 관겨(關係)히 아[니케]³⁾ 너기므로 팀만(怠慢)ᄒᆞ고 어득ᄒᆞ야⁴⁾ 블통(不通)ᄒᆞ니 션싱이 칙ᄒᆞ엿거늘 스ᄉᆞ로 븟그럽디 아니며 비록 소ᄋᆞ(小兒)나 거의 인ᄉᆞ(人事)를 알녀든 스승의게 죄를 닙고 드러와 어버의게 하는 일이 심히 사오나온 힝실이라.⁵⁾ 시험ᄒᆞ야 마자보라."

셜파의 시녀로 ᄒᆞ야곰 ᄋᆞᄌᆞ를 잡아ᄂᆞ리와 셰오고 틴디(笞之)ᄒᆞ니 옥 ᄀᆞᆺᄐᆞᆫ 술히 블근 피 흐르ᄂᆞᆫ디라. 셕패 다ᄃᆞ라 보고 황망(慌忙)히 말녀 긋친 후 공ᄌᆞ의 피를 슷고 스ᄉᆞ로 안아 ᄂᆡ당의 드러가니 참졍이 마ᄎᆞᆷ ᄒᆞᆫ가지로 뫼셧더니 패 나아가 공ᄌᆞ의 마즌 다리를 드러 뵈고 슈말을 고ᄒᆞᆫ대 참졍은 다만 웃고 양부인은 쇼왈,

"쇼ᄋᆞ이 비록 그릇 ᄒᆞ야시나 이대도록 틴리오?"

셕패 ᄃᆡ왈,

"셕부인이 유슌ᄒᆞ신가 너겻더니 일로 보아는 심히 모디ᄅᆞ시더이다."

소시 칭찬왈,

"모딜미 아니라 이 진실로 어딘 힝ᄉᆡᆨ(行事)라. 내 샹시(常時) 현슉(賢淑)ᄒᆞ믈 아나 이대도록 긔특ᄒᆞᆷ든 채 아디 못ᄒᆞ과라."

졍히 말ᄒᆞᆯ 제 화시 다ᄃᆞ라 노ᄉᆡᆨ을 머금고 소시를 ᄃᆡᄒᆞ야 짐즛 참졍이 듯게 닐오ᄃᆡ,

---

3) [교감] 아[니케]: 21권본 없음. 26권본 '아니케'.
4) 어득ᄒᆞ다: 어둡다. 미련하다.
5) [교감] 하는 일이 심히 사오나온 힝실이라: 21권본 'ᄒᆞ는 힝실이 심히 ᄉᆞ오나온디라'. 26권본 'ᄒᆞ는 힝실이 심히 ᄉᆞ오나온지라'. 문맥상 21권본·26권본의 표현이 더 자연스러움.

"단싱이 무고(無故)히 내 ᄋᄌ를 난타(亂打)ᄒ여 셩혈(腥血)6)이 님니(淋漓)7)ᄒ니 그놈을 내티미 가ᄒ니라. 쳡이 ᄋᄌ를 ᄀᄅ쳐 이후란 단싱의게 빈호디 말나 ᄒ이다."

소시 쇼왈,

"그ᄃᆡ의 훈ᄌ(訓子)ᄒ미 졍히 올코 잘ᄒ도다."

언필의 대쇼ᄒ니 화시 믁연브답(黙然不答)이러라. 어시(於是)의 소부인이 화셕의 우인(爲人)이 이ᄀᆞᆺ티 닉도ᄒᄆᆞᆯ 보고 다만 모호히 웃더니 양부인이 날호여 경계왈,

"ᄉ나히 ᄌ식은 아비 ᄀᄅ칠 배라. 아비 업슨 사름은 마디못ᄒ야 어미 ᄀᄅ치니 이 구ᄐᆞ여 덧々ᄒ 일이 아니라. 이제 여러 손이 비록 그ᄃᆡ 친싱이나 제 아비 이셔 스승을 굴히여 맛디니 남ᄋ(男兒) 흘ᄂᆞᆯ 슈흑(受學)ᄒ여도 죵신(終身)토록 아비ᄀᆞᆺ티 셤기미 녜(禮)라. 이러므로 엄부엄ᄉᆡ(嚴父嚴師) 흔가지니 단싱이 셔셕(西席)의 이셔 뎨ᄌ(弟子) 퇴만(怠慢)ᄒ매 쳑(責)ᄒ미 지극 올코 ᄋᄌ 드러와 니ᄅ매 그ᄃᆡ 당々이 어ᄅᆞ만져 경계ᄒᄃᆡ, '지극 조심ᄒ야 빈호고 게얼니 퇴만ᄒ야 죄를 엇디 말나' 흘디니 엇디 미거(未擧)흔 아히를 도々와 단싱을 꾸짓고 글을 빈호디 말나 ᄒᄂᆞ뇨? 단싱이 블인(不仁)ᄒ야 제ᄋ(諸兒)를 그른 도(道)로 흘 형셰면 경(慶)과 샹의ᄒ야 내야보내고 뎨ᄌ를 삼디 못ᄒ게 ᄒ려니와 그러티 아닌 젼은 셔셕(西席) 일ᄉᆞ(一事) ᄀᆞ장 듕ᄒ니 제 아비도 ᄆᆞ음으로 못ᄒ려든 더욱 그ᄃᆡ ᄌ모(慈母)의 위엄으로 밧긔 가댱(家長)이 잇거늘 ᄌ단(自斷)ᄒ야 ᄀᄅ쳐 스승을 빈반(背叛)ᄒ라 ᄒ미 져컨대 녜(禮)를 건네텨 힝ᄒᄂᆞᆫ가 ᄒ노라."

화시 쳐엄은 단싱의 일단(一段) 흔단(釁端)을 닐너 내티려 ᄒ다가

<hr />

6) 셩혈(腥血): 비린내가 나는 피.
7) 임리(淋漓): 피, 땀, 물 따위의 액체가 흘러 흥건한 모양.

말솜을 듯고 아연슈괴(啞然羞愧)ᄒ야 빈샤슈명(拜謝受命)ᄒ니 참정은 일언(一言)도 아니코 밧그로 나가 화부인 ᄎᄌ를 블러 셔동(書童)[8]으로 ᄒ야곰 틱지왈(笞之曰),

"네 엇디 게얼니ᄒ고 죄를 어더 안히 드러가 눌ᄃ려 ᄉ부(師父)의 흔단(釁端)을 춤소(讒訴)ᄒ뇨?"

언파의 다시 뭇디 아니코 매마다 고찰(考察)ᄒ니[9] 화부인이 듯고 창황(悄怳)히 소시를 보아 굴오ᄃᆡ,

"ᄋᆞ지 각별 션싱을 해티 아냐 마ᄌᆞᆫ 터흘 뵈거늘 첩이 일시(一時)의 쵹노(觸怒)ᄒ미러니 샹공이 무단(無斷)히 ᄋᆞᄌ를 잡아내여 가니 반ᄃ시 듕타(重打)ᄒ려 ᄒᄂᆞ니 져〃(姐姐)는 구ᄒ쇼셔."

소시 본ᄃᆡ 츌입이 가ᄇ얍디 아닌디라. 미〃(微微)히 우어 왈,

"딜이 매맛다 대단홀 거시 아니니 그ᄃᆡ는 안심ᄒ라."

화시 ᄆᆞ음이 쵸급(焦急)ᄒ니 믁연이 홀 바를 몰나 ᄒ거늘 소시 날ᄒ여 니러 외당의 니르니 참정이 졍히 ᄋᆞᄌ를 티거늘 소시 셔동(書童)을 ᄭ지저 믈니티고 질ᄋᆞ를 잇그러 당의 오르니 참정이 니러 마자 좌를 뎡ᄒ고 ᄋᆞᄌ를 ᄭ지저 셔당(書堂)으로 보내니 소시 쇼왈,

"그대도록 대ᄉ(大事)로이 구러 익구즌[10] 아히를 티ᄂᆞ뇨?"

참정이 다만 웃고 다른 말노 한담(閑談)ᄒ다가 흣터디니 화시 ᄇ야흐로 셕시의 ᄋᆞᄌ ᄀᆞᄅ침과 ᄌ가(自家)의 훈ᄌ(訓子)ᄒ미 샹반(相反)ᄒ믈 ᄭᆡᄃ라 그윽이 붓그려ᄒ더라. ᄎᄎ후ᄂᆞ 졔이(諸兒) 비록 ᄉ부(師父)의 칙(責)을 바드나 감히 ᄉ식(辭色)ᄒ야 부모ᄭᅴ 고티 못ᄒ고 조심ᄒ야 슈흑(受學)ᄒ니 문니(文理) 날노 댱진(長進)ᄒ더라.

---

8) 셔동(書童): 주인이나 그 자제들이 독서할 때 시중드는 아이.
9) 고찰(考察)하다: '규찰(糾察)하다'의 고어.
10) 익굿다: 애꿎다. 잘못 없이 억울하다.

위공에게 소처사의 화상을 받다

　참정이 본부(本府)[1]의 나아가 정く(政事)를 다く린 여가(餘暇)의 글을 늣티 아니ᄒᆞ더니 일〃은 『모시毛詩』[2]를 닑다가 '싱아뷔(生我父)시니 은혜난망(恩惠難忘)이라'[3] ᄒᆞᆫ ᄃᆡ 다ᄃᆞ라ᄂᆞᆫ 무음이 감동ᄒᆞ야 눈믈이 두 귀밋티 니음차믈 ᄭᅵ둣디 못ᄒᆞ야 ᄎᆡᆨ을 덥고 기리 탄식왈,

　"사름이 셰샹의 이셔 이 ᄀᆞ툰 은혜로뻐 뫼와 효도를 못ᄒᆞ고 ᄯᅩ 얼굴을 아디 못ᄒᆞᄂᆞᆫ 인싱이 무디(無知)ᄒᆞᆫ 즘싱만 못ᄒᆞ미라. 내 이제 비록 몸의 금의(錦衣)를 닙고 입의 팔딘미(八珍味)를 염(厭)ᄒᆞ며 벼술은 일품(一品)의 이시나 부ᄌᆞ유친(父子有親)과 삼강(三綱)의 듕ᄒᆞᆫ 거슬 힝티 못ᄒᆞ니 심ᄒᆞᆫ 죄인이라. 엇디 범く를 타인과 ᄀᆞ티 ᄒᆞ리오?"

---

1) 본부(本府): 관부(官府).
2) 모시(毛詩): 『시경』. 한나라 때 모형(毛亨)이 전했다고 하여 이렇게 부름.
3) 생아부(生我父)시니 은혜난망(恩惠難忘)이라: 『시경』 「소아」 「육아蓼莪」에 '아버지가 나를 낳아주시고 어머니 나를 길러주셨다(父兮生我, 母兮鞠我)' '부모의 은공을 갚고자 하면 저 하늘처럼 끝이 없다(欲報之德, 昊天罔極)'라는 구절이 있다.

ᄒ더니 시동(侍童)이 드러와 위승상 와시믈 고ᄒᆫᄃᆡ 참정이 눈믈을 거
두고 마자드려 녜필의 좌뎡(坐定)ᄒᆫ 후 위공이 눈을 드러 참정을 보
고 무러 왈,

"형이 므슴 연괴 잇관ᄃᆡ 번뇌ᄒᆞᄂᆞᆫ 빗치 잇ᄂᆞ뇨?"

참정이 탄왈,

"쇼뎨의 슬허ᄒᆞᄂᆞᆫ 바ᄂᆞᆫ 엄친(嚴親)의 면목을 모르믈 슬허ᄒᆞ노라."

위공이 츄연왈(愀然曰),

"형의 심시 이러틋 ᄒᆞ니 셕목(石木)인들 엇디 감동티 아니리오? 일
즉 녕션인(슈先人)의 화샹(畫像)이 잇ᄂᆞ냐?"

참정이 텽파의 더욱 감샹(感傷)ᄒᆞ야 ᄡᅡᆼ누(雙淚)를 ᄲᅥ르쳐 왈,

"션친(先親)이 일즉 브졀업시 너기샤 그리디 아냐겨시니 엇디 이시
리오?"

위공이 텽파의 닐오ᄃᆡ,

"일즉 우리 션군(先君)이 화법(畫法)을 닉게 아르시므로 녕션대인
(슈先大人)을 우연히 유산(遊山) 가셔 만나 사괴시고 깁히 영풍신치
(英風神彩)를 닛디 못ᄒᆞ셔 그려 도라와 족ᄌᆞ(簇子)를 민드라두어 겨
시더니 녕대인이 기셰(棄世)ᄒᆞ시매 감회ᄒᆞ야 깁히 금초고 내디 아냐
겨시매 쇼뎨 ᄯᅩ 션인(先人)의 필뎍(筆跡)이매 깁히 장(藏)ᄒᆞ엿더니
형의 집의 화샹(畫像)이 업슬딘대 가져다가 보와 ᄆᆞ음을 위로ᄒᆞ라."

참정이 ᄒᆞᆫ번 드르매 어린 ᄃᆞᆺ 취ᄒᆞᆫ ᄃᆞᆺᄒᆞ여 반향(半晌)이 디나매 슬
픔과 깃브믈 딘뎡(鎮定)ᄒᆞ고 상의 ᄂᆞ려 머리 조아 샤례왈,

"현형의 셩은(盛恩)을 엇디 갑흐리오? 원컨대 ᄲᆞᆯ니 거두어 쇼뎨의
ᄆᆞ음을 위로ᄒᆞ라."

위공이 흔연이 하딕고 갈ᄉᆡ 참정이 술위를 브리고 급히 안마(鞍馬)
를 ᄀᆞ초와 위공을 ᄯᅡᆯ와 도셩(都城)의 드러가 공의 집의 니르매 공이
참정의 뎌 ᄀᆞᆺ튼 경샹(景狀)을 보고 ᄆᆞ음이 슬허 ᄯᅩᄒᆞᆫ 눈믈 흐르믈 씨

듯디 못ᄒ야 좌우로 ᄒ야곰 셔당(書堂)의 가 화샹(畫像)을 내여오니 참정이 멀니 ᄇ라보고 당(堂)의 ᄂ려 친히 궤(櫃)를 밧드러 올녀노코 위공을 향ᄒ야 닐오ᄃᆡ,

"경(慶)이 심혼(心魂)이 살난(散亂)ᄒ니 후일의 니르러 샤례ᄒ리이다."

언파의 궤를 가지고 집의 도라와 셔당의셔 시녀로 두 셔모를 쳥ᄒ야 슈말을 니르고 족ᄌ(簇子)를 벽샹의 거니 과연 샹면(上面)의 '쇼소부(蘇巢父) 화샹(畫像)이라' ᄒ엿고 소쳐식(蘇處士) 졉니건(接籬巾)[4] 쓰고 빅포(白布) 도복(道服)의 학챵의(鶴氅衣)[5]를 닙고 손의 우션(羽扇)을 들고 산샹(山上) 바회 우희 셧ᄂᆫ 양이라. 싱긔(生氣) 발월(發越)ᄒ야 ᄆᆞᆰ근 안ᄎᆡ(眼彩)와 엄위(嚴威)ᄒᆫ 위의(威儀)며 쇄락(灑落)ᄒᆫ 긔골(氣骨)이 싱시(生時)와 죠곰도 다르디 아녀 말 못ᄒᄂᆫ 소쳐시러라.

니셕 이 패 보고 다 놀나며 슬허 왈,

"이 진짓 션노야(先老爺) 얼골이라. 호발(毫髮)도 다르미 업ᄉ이다."

참정이 의복을 곳티고 분향(焚香)ᄒᆫ 후 나아와 ᄒ번 우러〃 보매 일쳔 줄 눈믈이 두 녁 귀밋틔 미즐 ᄉ이 업ᄉ니 다만 흘너 옷 압과 ᄉ매 젓ᄂᆫ디라. 니셕 이 패 ᄯ오ᄒᆞᆫ 춤디 못ᄒ야 서로 붓들고 통곡ᄒ니 부인과 소유 화셕 등이 나와 연고를 무를ᄉᆡ 참정이 모친의 나오시믈 보고 황망이 셔모로 통곡을 긋치라 ᄒᆞᆯ 제 ᄇᆞᆯ셔 부인이 난간의 니르러 문왈,

"므ᄉ 일이 잇관ᄃᆡ 너희 이러틋 슬허ᄒᄂᆞ뇨?"

참정이 오열(嗚咽)ᄒ여 답ᄒᆞᆯ 바를 아디 못ᄒ거늘 부인이 눈을 드러

---

4) 졉리건(接籬巾): 백로의 깃털로 장식한 모자.
5) 학창의(鶴氅衣): 웃옷의 한 가지. 흰 빛깔의 창의에 가장자리를 돌아가며 검은 헝겊을 댄 옷이다. 은자나 신선이 입는 옷이라고도 한다.

보니 벽상의 혼 족ᄌᆞ를 거럿거늘 믄득 차악발비(嗟愕發悲)ᄒᆞ야 무러 왈,

"뎨 엇디 션군의 얼골과 ᄀᆞᆺᄐᆞ니 이 뉘 그림고?"

참졍이 겨유 ᄆᆞ음을 뎡ᄒᆞ야 가슴의 슬픈 거슬 ᄂᆞ리오고 슈말(首末)을 고ᄒᆞ니 부인이 실셩통곡(失聲痛哭)ᄒᆞ니 화셕 등이 ᄯᅩᄒᆞᆫ 감동ᄒᆞ야 다 눈믈을 ᄲᅳ리며 니셕 등은 새로이 통곡ᄒᆞ니 오직 참졍이 ᄆᆞ음을 강잉(强仍)ᄒᆞ고 모친을 붓드러 지삼 관회(寬懷)ᄒᆞ시게 ᄒᆞ며 두 셔모와 미져를 권ᄒᆞ야 곡읍(哭泣)을 긋쳐 모친 ᄆᆞ음을 도ᄶᅵ 말나 ᄒᆞ니 부인이 참졍의 위로ᄒᆞ믈 보고 슬프믈 강잉(强仍)ᄒᆞ여 눈믈을 거두고 탄 왈,

"이 그림이 호발(毫髮)도 다르디 아냐 네 부친이 말 아니코 안자심 ᄀᆞᆺᄐᆞ니 금일의 비로소 아븨 ᄂᆞᆺᄎᆞᆯ 본다. 위공의 은혜 갑기 어렵도 다."

참졍이 읍ᄶᅵ(悒悒)[6]히 탄셩(呑聲)ᄒᆞ야 면ᄉᆡᆨ(面色)이 쳐황여토(棲惶如土)ᄒᆞ니 ᄒᆞᆫ 말도 못ᄒᆞ거늘 부인이 도로혀 위로왈,

"셰샹의 유복ᄌᆞ(遺腹子) 너ᄲᅮᆫ 아니라. 네 이제 이를 보고 과도히 샹회(傷懷)ᄒᆞ면 해롭디 아니랴?"

참졍이 함누ᄇᆡ샤왈(含淚拜謝曰),

"쇼ᄌᆞ 또ᄒᆞᆫ 몸을 조심ᄒᆞ읍ᄂᆞ니 엇디 과도ᄒᆞ미 이시리잇가? 태ᄶᅵ는 방심(放心)ᄒᆞ쇼셔."

드듸여 부인이 셕파 등과 ᄌᆞ부를 거ᄂᆞ려 드러가신 후 참졍이 소시로 더브러 닐오ᄃᆡ,

"져ᄶᅵ(姐姐)는 오히려 야ᄶᅵ(爺爺)의 얼골을 싱각ᄒᆞ시려니와 쇼뎨(小弟)는 아득ᄒᆞᆫ 바로뼈 위공의 화샹(畵像) 두엇다 ᄒᆞ믈 듯고 츙ᄶᅵ(恩

6) 읍읍(悒悒): 마음이 매우 불쾌하고 답답하여 편하지 않음.

恩)이 뫼셔 오니 흔갓 집 가온대 그림이오 흔ᄆᆞ디 어음(語音)도 듯디 못ᄒᆞ오니 텬하의 쇼뎨(小弟) 졍ᄉᆞ(情事) ᄀᆞᆺᄐᆞ니 어ᄃᆡ 이시리잇가?"

소시 탄왈,

"현마 엇디ᄒᆞ리오? 오늘 그 방블ᄒᆞ온 면모를 뵈와시니 일로조차 ᄆᆞ음을 관회(寬懷)ᄒᆞ라."

참졍이 비록 모친 알픠셔 쾌흔 말을 ᄒᆞ나 효ᄌᆞ의 지극흔 졍셩의 엇디 ᄆᆞ음이 편ᄒᆞ리오. ᄌᆞ연 심ᄉᆞ 쳐챵(悽愴)ᄒᆞ야 눈믈을 졔어티 못ᄒᆞ고 식음(食飮)을 나오디 못ᄒᆞ야 뉵칠 일의 니르러ᄂᆞᆫ 풍용(豐容)이 수쳑(瘦瘠)ᄒᆞ니 부인이 알고 친히 셔당의 니르러 보시니 참졍이 웃오슬 닙고 화샹(畫像)을 향ᄒᆞ야 쑤러안자 눈믈만 흘니고 거지실조(擧止失措)ᄒᆞ거늘 부인이 심아(深訝)ᄒᆞ야 문을 열고 칙ᄒᆞᄃᆡ,

"네 당〃이 녜를 본을 삼고 몸을 보듕(保重)홀 거시어늘 이제 속졀업시 그림을 ᄃᆡᄒᆞ야 톄읍(涕泣)만 ᄒᆞ고 늘근 어믜 혈〃(孑孑)ᄒᆞ믈 도라보디 아니〃ᄒᆞᆯ며 네 몸은 곳 네 부친의 골혈(骨血)이라. 스스로 몸을 공경ᄒᆞ고 조심ᄒᆞ야 아비 깃친 바 유톄(遺體)를 앗기미 올커늘 엇던 연고(緣故)로 뎌 그림을 보고 믄득 몸의 샹ᄒᆞ믈 싱각디 아닛ᄂᆞᆫ다? ᄌᆞ고로 효ᄌᆞ 만흐나 너ᄀᆞᆺ티 그림 보고 샹회(傷懷)ᄒᆞ야 병을 닐위여 부모의 유톄(遺體)를 경히 너긴다 ᄒᆞᆫ 듯디 못ᄒᆞ엿노라. 쏘흔 이 그림이 네 부친 얼골이라. 셜만(褻慢)이 벽샹의 거러두고 무샹(無常)히 볼 거시 아니〃ᄉᆡᆯ니 ᄉᆞ당(祠堂)의 봉안(奉安)ᄒᆞ라."

참졍이 다만 샤죄ᄒᆞ고 술오ᄃᆡ,

"아ᄒᆡ 쏘흔 봉안(奉安)ᄒᆞ고져 ᄒᆞ오ᄃᆡ 그 방블(髣髴)ᄒᆞ오믈 보오매 ᄎᆞ마 수이 금초디 못ᄒᆞ미니 잠간 수일(數日)을 디류(遲留)ᄒᆞ야 뫼신 후 봉안ᄒᆞ사이다."

부인이 더옥 비이(悲哀)ᄒᆞ나 ᄋᆞᄌᆞ의 신식(神色)을 보매 념녀 둥ᄒᆞᆫ디라. ᄭᅮ지저 닐오ᄃᆡ,

"내 일이 그릇디 아니커늘 네 엇디 우기는다? 네 됴셕으로 스당의 허비(虛拜)⁷⁾ㅎ나 이러티 아니터니 화상(畫像)으로 병이 나게 되야시니 샐니 스당의 봉안ㅎ라."

참정이 감히 거역디 못ㅎ여 족즈를 무라 스당의 혼가지로 뫼시고 츠후는 쳔만 무음을 구지 잡아 슬프믈 관억(寬抑)ㅎ더라.

원닉 그림 보낸 승상 위공은 남양인[이]오⁸⁾ 명은 의셩이라. 우인(爲人)이 쳥념(淸廉)ㅎ고 셩되(性度) 거오(倨傲)ㅎ야 시인(時人)의 공경ㅎ는 배라. 쳥년의 등과(登科)ㅎ야 벼슬이 삼티(三台)의 이시되 즈네 업스믈 슬허ㅎ더니 원비(元妃) 강시 이남일녀를 나코 죽으니 후취(後娶)ㅎ매 계실(繼室) 방시 드러오니 오라디 아냐 일개 영즈(英子)를 나흔지라. 방시 マ만이 강시 소싱(所生)을 해코져 ㅎ되 승상의 셩졍(性情)이 엄슉(嚴肅)ㅎ고 명단(明斷)ㅎ니 감히 발뵈디 못ㅎ더라.

승상이 일즉 강부인 녀ᄋ를 편이(偏愛)ㅎ야 아름다온 부셔(夫壻)를 어더 녀ᄋ의 일싱을 쾌히 ㅎ고져 ㅎ되 아모되도 맛당혼 고디 업서 듀야 애들와ㅎ더니 방시 무양 닐오되,

"뎌 아히 이제야 칠 셰라. 므어시 밧바 혼인 굴히미 이대도록 급ㅎ뇨?"

승샹 왈,

"인스를 미리 아디 못홀 거시니 엇디 굴히미 이르다 ㅎ리오?"

혼대 방시 블열(不悅)ㅎ되 나타내디 아니나 승샹이 엇디 몰나보리오. 심하의 싱각ㅎ되,

'내 힝혀 블힝ㅎ여 죽으면 뎌 히ᄋ(孩兒) 등이 죽어 장(葬)홀 싸히 업스리니 밧비 죵신스(終身事)를 뎡ㅎ야 의지홀 곳을 엇게 ㅎ리니 내

7) 허배(虛拜): 신위(神位)에 절함.
8) [교감] 남양인[이]오: 21권본·26권본 '남양인이오'.

드르니 소참정 집의 십여 개 동지(童子) 잇다 ᄒᆞᄃᆡ 보디 못ᄒᆞ니 ᄒᆞᆫ번 보아 ᄡᅳᄃᆡ ᄎᆞ거든 혼인을 뎡ᄒᆞ리라'

ᄒᆞᄃᆡ ᄌᆞ연 쳐년(遷延)9)ᄒᆞ야 참정을 만나보나 몬져 발ᄒᆞ미 죠티 아냐 수이 니ᄅᆞ디 못ᄒᆞ더라.

집에서는 온화하고 조정에서는 위엄차다

이째 태종황뎨(太宗皇帝) 소경(蘇慶)의 딕졀쳥명(直節淸明)을 수랑
흐샤 특지(特旨)로 우승샹(右丞相)을 도〃시니 참졍이 구디 수양흐야
굴오딕,

"신이 쇼년미직(少年微才)로 흔 일도 보옴죽디 아니커늘 엇디 감히
삼틱(三台)의 츙수(充數)[1]흐야 속졀업시 녹(祿)을 허비흐리잇고?"

샹 왈,

"경(卿)은 츄수(推辭)티 말나. 됴뎡의 뉵슌(六旬) 디난 재 이시나 뉘
노셩(老成)흐미 경(卿)과 굿더뇨? 므릇 쟝냑(將略)과 디혜(智慧) 노
쇼(老少)의 잇디 아냐 뉴후(戶牖)[2]의 쇼년[3]이 범아부(范亞父)[4]룰 제

---

1) 충수(充數): 수효를 채움.
2) [교감] 뉴후: '호뉴'의 오기. 21권본·26권본 '뉴호'.
3) 호유(戶牖)의 소년: 한고조의 공신 진평(陳平)을 가리킴. 진평은 호유 출신이며 나중에 호유
후(戶牖候)에 봉해졌다. 유방이 범증의 뛰어난 책략 때문에 항우에게 자꾸 패하자, 항우와 범
증을 이간질시켜 항우가 범증을 내쫓게 했다.
4) 범아부(范亞夫): 초나라 항우의 신하 범증. 70세에 항량의 참모가 되었으며 항량의 조카인

어흐는 쇠 이시니 엇디 나흐로 가리오? 경은 묽은 쓰으로 딤을 돕고 속졀업시 스양티 말나."

참졍이 다시 흘 일이 업서 샤은흐고 믈너나 관면뉴(冠冕旒)를 드리오고 옥디(玉帶)를 빗기 씌여 묘당(廟堂)의 나아가 삼틱(三台)의 거흐니 시년이 이십오 셰러라. 스군보국(事君輔國)홀시 므음을 다흐야 국스를 다스리고 몸을 졍히 흐야 빅관(百官)을 거느리니 위의(威儀) 믁〃(黙黙)흐고 지화(才華)와 총명(聰明)이 과인(過人)흐야 졍스(政事) 결흐미 귀신굿트니 스히(四海) 태평흐고 녀민(黎民)⁵⁾이 츄앙(推仰)흐야 일시의 닐오디 '하늘 괴오는 기동이라' 흐더라.

승샹이 일〃은 셕파로 더브러 한담홀시 셕패 인흐야 문왈,

"샹공이 싱아(生涯)⁶⁾ 이십여 년의 비록 크게 우으시는 양을 보디 못흐나 일양(一樣) 화열(和悅)흐야 우음을 머금고 희식(喜色)을 씌여 겨시되 홀로 식〃흔 빗과 엄흔 거동이 업스니 싱각건대 거가(居家)의는 이러흐시미 가커니와 거관(居官)의 이 굿트시면 동관(同官)과 하리(下吏) 비록 스랑흐나 두리디 아닐가 흐느이다."

승샹이 웃고 왈,

"셔모의 말슴이 올흐나 엇디 구투여 업슈이 너기리잇가?"

언미필의 동지(童子) 보왈(報曰),

"밧긔 니부샹셔(吏部尚書) 경노야와 호부시랑(戶部侍郎) 미노얘 공복(公服)으로 졍스(政事) 취품(就稟)흐라 와 겨시이다."

승샹이 텽파의 관복을 구초고 외당의 나와 교위(交椅)⁷⁾예 좌흐고

<hr>

항우의 참모가 되어서는 아부(亞父)라는 존칭을 받았다. 진평의 반간계(反間計)로 항우에게 의심을 받게 되자 팽성(彭城)으로 돌아가던 중 화병으로 죽었다.
5) 여민(黎民): 검은 머리. 즉 관을 쓰지 않은 일반 백성.
6) [교감] 싱아: '싱이'의 오기.
7) [교감] 교위: '교의'의 오기. 교의(交椅)는 등받이와 팔걸이가 있고 다리를 접을 수 있게 만든 의자로 운반이 용이하여 전쟁이나 사냥 등에서 주로 사용되었다.

이인(二人)을 브ᄅᆞ니 두 직상이 사모(紗帽)를 수기고 허리를 구펴 추주국공(趨走鞠躬)[8] ᄒᆞ야 ᄃᆞ라 드러 난간 ᄀᆞ의셔 졀ᄒᆞ기를 ᄆᆞᆺ고 인ᄒᆞ야 업더여 졍ᄉᆞ(政事)를 품(稟)ᄒᆞ니 승상이 듯기를 파ᄒᆞ고 그ᄅᆞ며 올흔 거ᄉᆞᆯ 분변ᄒᆞ며 니해곡딕(利害曲直)을 일〃히 닐너 결단ᄒᆞ고 분부왈,

“삼가 내 말로ᄡᅧ 구승샹긔 취품ᄒᆞ야 ᄒᆡᆼᄒᆞ고 그ᄃᆡ 내게 와 고ᄒᆞ라.”

이인이 년셩(連聲)ᄒᆞ야 ᄃᆡ답ᄒᆞ고 ᄇᆡᄉᆞ(拜謝)ᄒᆞᆫ 후 나가나 감히 우러〃보디 못ᄒᆞ며 두려ᄒᆞ미 님군긔 더ᄒᆞ고 승샹의 양츈(陽春) ᄀᆞᆺᄐᆞᆫ 긔되(氣度) 변ᄒᆞ야 츄상(秋霜) 삭풍(朔風) ᄀᆞᆺᄐᆞ야 늠〃ᄒᆞᆫ 위엄과 싁〃ᄒᆞᆫ 용뫼 한월(寒月) ᄀᆞᆺᄐᆞ니 셕패 여어보고 ᄇᆡ야흐로 머리를 흔드러 닐오ᄃᆡ,

“이 어려오며 어렵고 모딜고 엄졍ᄒᆞᆫ 낭군이로다”

ᄒᆞ더라.

8) [교감] 추주국공: ‘공’은 ‘궁’의 오기. 추주국궁(趨走鞠躬)은 윗사람 앞을 지날 때 허리를 굽히고 빨리 걷는 것이다.

셕씨가 혼인 전에 글을 보인 것을 마음에 두다

승샹이 홀로 녹운당의 드러가니 화부인이 업거늘 시녀ᄃ려 무르니 운취각의 갓다 ᄒ거늘 졍히 샹샹(床上)의 비겻더니 이ᄊᆡ 셕부인 침소 의셔 글을 닑으니 소ᄅᆡ 낭″ᄒ야 옥을 ᄆᆞᄋᆞᄂᆞᆫ 듯 쇄락(灑落)ᄒᆞᆫ 옥셩 이 미″히 들니이니 본ᄃᆡ 두 당(堂)이 갓가와 겨유 서너 간은 격ᄒᆞ엿 더라. 냥구(良久)히 듯더니 홀연 그 소ᄅᆡ 긋치고 믄득 셕파의 우음소 ᄅᆡ 낭쟈왈(狼藉曰),

"이제 승샹ᄃ려 무러보와도 이미ᄒᆞ여라"

ᄒᆞ니 셕시 ᄯᅩᄒᆞᆫ ᄂᆞ죽이 두어 말은 ᄒᆞ니 셕패 고쟝대쇼왈(鼓掌大笑曰),

"실로 그런 일이 업ᄉᆞ니 내 소부인은 뵈엿거니와 승샹은 ᄭᅮᆷ의도 뵈 디 아냣ᄂᆞ니 부인은 즈러 짐쟉 마ᄅᆞ시고 승샹ᄃ려 무ᄅᆞ쇼셔"

ᄒᆞ고 년ᄒᆞ야 무ᄅᆞᄃᆡ 부인의 소리ᄂᆞᆫ ᄒᆞᆫ 말도 아라듯디 못ᄒᆞ고 셕파ᄂᆞᆫ 긋마다 이미홀와 ᄒᆞ거날 승샹이 오래 드ᄅᆞ매 일시의 ᄭᆡᄃᆞᆺ디 못ᄒᆞ야 심하의 고이히 너기ᄃᆡ 움죽이기 괴롭고 ᄯᅩ ᄆᆞᄋᆞᆷ이 가ᄇᆞ얍디 아닌디 라 드롤만 ᄒᆞ더니 화부인이 니ᄅᆞ럿거늘 샹샹(床上)의 올나 자며 드ᄅᆞ

니 삼경이 진토록 셕파의 발명(發明)이 긋디 아니터라.

명묘의 셕패 승샹을 보고 우으며 왈,

"작야(昨夜)의 셕부인씌 소갓ᄂᆞ이다."

승샹이 홀연 씌ᄃᆞ라 잠쇼브답(潛笑不答)이어늘 패 다시 닐오ᄃᆡ,

"내 당초 듕미홀 적 셕부인 글을 브졀업시 뵈엿더니 셕부인이 엇디 ᄒᆞ야 드르시고 작야의 날ᄃᆞ려 니르시ᄃᆡ, '셔ᄆᆡ 내 글로써 승샹을 뵈다 ᄒᆞ니 이제 싱각ᄒᆞ매 셔ᄆᆡ 날을 ᄉᆞ랑ᄒᆞ미 아냐 믜이 너기셔 흔단(釁端)을 내랴 짐즛 규듕 필뎍을 뵈시미라. 승샹 볼 적마다 붓그러웨라' ᄒᆞ시거늘 내 아냣노라 ᄒᆞ되 고디듯디 아니시니 샹공이 ᄒᆞ시니잇가?"

승샹이 뎡파의 셕부인이 ᄌᆞ괴를 보면 글 지은 거슬 굼초고 내디 아니며 언어의도 셔ᄉᆞ(書辭) 다히를 드노티 아니미 이 일이런 줄 씌듯고 심하(心下)의 단듕(端重)ᄒᆞ믈 열복(悅服)ᄒᆞ니 오직 닐오ᄃᆡ,

"경이 진실노 졍신이 블명ᄒᆞ야 십여 년 디난 일을 싱각디 못ᄒᆞ니 엇디 지긔(記知)[1]ᄒᆞ야 니르미 이시리잇가?"

인ᄒᆞ야 외당의 손이 와시믈 듯고 나가니라.

셕부인이 마춤 디나가다가 듯고 어히업시 너겨 도로혀 모르ᄂᆞᆫ 톄 ᄒᆞ더니

---

1) [교감] 지긔: '긔지'의 오기. 21권본·26권본 '긔지'.

나라에서 양부인의 헌수연을 내리다

이째 나라히셔 연고(緣故) 이셔 두 부인의 직텹(職牒)을 즉시 느리오디 못ᄒᆞ야 겨시더니 묘당(廟堂)이 평안ᄒᆞᆫ매 드듸여 화시로써 경국부인을 봉ᄒᆞ고 셕시로 됴국부인을 봉ᄒᆞ야 일품(一品) 명부(命婦)의 직텹(職牒)을 주시고 소쳐ᄉᆞᆯ 승샹(丞相) 부츈후(富春侯)를 존(尊)ᄒᆞ며 양부인을 진국부인을 봉(封)ᄒᆞ야 일품(一品) 녹(祿)을 주시며 승샹으로 ᄒᆞ여금 슈셕(壽席)[1]ᄒᆞ야 ᄉᆞ연ᄉᆞ악(賜宴賜樂)ᄒᆞ실시 젼임 츄밀ᄉᆞ(樞密使) 녀앙을 보내여 양부인긔 헌수(獻壽)ᄒᆞ라 ᄒᆞ시니 영광이 만고의 쳐엄이러라.

양부인이 승샹을 블러 닐오디,

"네 부친이 벼슬을 염(厭)히 너기던디라. 이제 삼공직(三公職)을 승(承)ᄒᆞ미 비록 의(義)예 덧 〃ᄒᆞ나 내 그윽이 깃거 아닛ᄂᆞᆫ 배라. ᄒᆞ믈며 나는 일개(一介) 부인(婦人)이라. 널로써 후봉(厚俸)을 밧ᄌᆞ오나

엇디 스연(賜宴)의 성호믈 바드리오?"

승샹이 빅례디왈(拜禮對曰),

"아히 쏘혼 싱각호오니 모친 성괴 맛당호오나 다만 히이(孩兒) 닙신(立身)호야 현양부모(顯揚父母)호오미 야〃(爺爺)를 증시(贈諡)호고 태〃(太太)씌 영광을 뵈올 쓰름이니 당초 이 던괴(傳敎) 느리실 제 감히 스양(辭讓)티 못호고 샤은(謝恩)호야스오디 이제 쟝춧 엇디 호리잇가?"

부인이 팀음냥구(沈吟良久)의 닐오디,

"스셰(事勢) 이러호고 황은(皇恩)이 늉셩(隆盛)호니 스양티 못호려니와 너는 연셕(宴席)을 부셩(富盛)히 말나."

승샹이 비샤슈명(拜謝受命)호다.

수일 후 대연(大宴)을 딘셜(陳設)호야 양부인씌 헌슈(獻壽)홀시 니원풍뉴(梨園風流)[2]와 샹방딘미(尙方珍味)[3] 슈륙히산(水陸海産)이 지여구산(積如丘山)[4]이라. 경스(京師) 명챵(名唱) 쳔여 인이 다 모드딕 승샹이 다만 스악(賜樂)호신 풍뉴(風流)를 닉당의 드려 부인을 보시게 홀시 가셩(歌聲)이 아〃(峨峨)호고 무쉬(舞袖) 편편(翩翩)호니 양부인이 잔을 들고 눈믈을 드리워 좌듕의 술오디,

"미망(未亡) 노쳡(老妾)이 외로이 셰샹의 머므러 돈ᄋ(豚兒)의 효양(孝養)을 젼쥬(專主)호며 쏘 가친(家親)이 돈ᄋ와 쳡을 무휼(撫恤)호미 편벽(偏僻)호샤 ᄆ양 두굿기시더니 블힝호야 기셰(棄世)호시니 이제 국은(國恩)을 닙ᄉ와 이 굿튼 은영(恩榮)을 밧즈오니 쳡이 엄친(嚴親)과 망부(亡夫)의 두굿기시믈 보디 못호고 제 쏘혼 경ᄉ(慶事)

2) 이원풍류(梨園風流): 궁중의 음악. 이원은 당 현종이 악공을 훈련시키기 위해 설치한 기관.
3) 상방진미(尙方珍味): 궁중의 진귀한 음식. 상방은 궁에서 쓰는 각종 기물(器物)을 제작, 관리하는 기관인데, 후대에는 음식과 기물을 담당하는 기관을 두루 칭하게 되었다.
4) [교감] 지여구산: '지'는 '적'의 오기. 21권본·26권본 '적'.

를 고홀 곳이 업서 홀로 첩으로 더브러 샹회(傷懷)ᄒᆞ니 싱각건대 우
리 모ᄌᆞ의 심ᄉᆞ ᄀᆞᆺ튼 니 업슬가 ᄒᆞᄂᆞ이다."

좌듕이 다 츄연왈(愀然曰),

"믈이 업침 ᄀᆞᆺ트니 현마 엇디ᄒᆞ리잇고? ᄒᆞ믈며 이 ᄀᆞᆺ튼 경사는 타
인이 블워홀 배라. 엇디 미양 비회(悲懷)를 픔으시리잇가?"

정언간(正言間)의 녀츄밀이 제샹공(諸相公)으로 더브러 헌슈(獻壽)
ᄒᆞ라 드러오신다 ᄒᆞ니 졔긱이 다 댱(帳) ᄉᆞ이예 숨어 볼ᄉᆡ 츄밀이 네
필의 ᄒᆞᆫ번 눈을 드러 양부인을 보매 심신(心身)이 경황(驚惶)ᄒᆞ야 무
릅플 ᄭᅮᄂᆞᆫ 줄을 몰나 닐오ᄃᆡ,

"쇼관(小官)이 황명(皇命)을 밧ᄌᆞ와 부인ᄭᅴ 헌슈(獻壽)ᄒᆞᆸᄂᆞ니 부
인은 당돌(唐突)ᄒᆞᆷ을 용샤(容赦)ᄒᆞ쇼셔."

부인이 념용(斂容)ᄒᆞ야 손샤(遜辭)홀ᄉᆡ 언에(言語) 흐ᄅᆞᄂᆞᆫ 듯ᄒᆞ고
샹쾌ᄒᆞ여 ᄯᅩᄒᆞᆫ 엄정(嚴正) 식〃ᄒᆞ미 비길 곳이 업ᄉᆞᆫ디라.

츄밀은 원ᄂᆡ 녀운의 족질(族姪)이오 승샹의 동년(同年)5)이라. 인
믈이 튱담(沖澹)6)ᄒᆞ야 그 슉부(叔父)와 죵미(從妹)로 크게 ᄀᆞᆺ디 아
닌디라. 이날 양부인을 잠간 보매 숑연(悚然)ᄒᆞᆷᄅᆞᆯ 이긔디 못ᄒᆞ야 싱
각ᄒᆞᄃᆡ,

'녀ᄌᆞ의 어위ᄎᆞ미7) 이 ᄀᆞᆺ트니 소승샹은 도로혀 긔특디 아니토다'
ᄒᆞ고 감히 다시 눈을 보디 못ᄒᆞ며 삼비(三盃) 헌슈(獻壽)를 ᄆᆞᆺ고 즉시
외당으로 나간 후 ᄌᆞ셰(子壻) 헌슈홀ᄉᆡ 댱셔(長壻) 한싱이 벼슬이 샹
셔의 잇ᄂᆞᆫ디라. ᄌᆞ포(紫袍) 금ᄯᅴ예 오사모(烏紗帽)를 빗겨 나아와 뉴
리빈(琉璃杯)를 딘뎡(進呈)ᄒᆞ니 헌앙(軒昻)8)ᄒᆞᆫ 긔도(氣度)와 풍늉(豐

---

5) 동년(同年): 같은 때 과거에 급제한 사람.
6) 충담(沖澹): 성질이 맑고 깨끗하다.
7) 어위ᄎᆞ다: 기이하게 크다. 매우 뛰어나다.
8) 헌앙(軒昻): 풍채가 좋고 당당하다.

隆)ᄒᆞᆫ 인물이 니태ᄇᆡᆨ(李太白)이 다시 산 ᄃᆞᆺ 츅슈(祝壽) 가ᄉᆞ(歌詞) 일곡(一曲)을 브ᄅᆞ니 진짓 풍뉴댱뷔(風流丈夫)러라. ᄎᆞ셔(次壻) 뉴셩은 농두각(龍圖閣)⁹⁾ 태흑ᄉᆞ(太學士)로 입각ᄌᆡᆼ샹(入閣宰相)이라. 홍포(紅袍)ᄅᆞᆯ 븟치며 ᄯᅴᄅᆞᆯ 놉히 ᄯᅴ여 듀ᄇᆡ(酒杯)ᄅᆞᆯ 드러 나아와 노래ᄅᆞᆯ 브ᄅᆞ고 헌쟉(獻爵)ᄒᆞᆯᄉᆡ 관옥(冠玉) ᄀᆞᆮᄐᆞᆫ 얼골과 영오(英悟)ᄒᆞᆫ 긔샹이며 쥰슈ᄒᆞᆫ 골격이 혁〃(赫赫)ᄒᆞ야 반낭(潘郎)¹⁰⁾과 ᄉᆞ마샹여(司馬相如) ᄀᆞᆮ더라.

임의 ᄎᆞ례 승샹긔 니ᄅᆞ니 한셩이 뉴셩을 [눈]주어¹¹⁾ 쇼왈,

"뎌 평일 우리ᄅᆞᆯ 가무(歌舞) 즐긴다 웃던 거시니 오ᄂᆞᆯ 악모(岳母)ᄭᅴ 헌슈(獻壽)ᄒᆞ고 그 츅슈(祝壽) 가ᄉᆞ(歌詞)ᄅᆞᆯ 엇디 브ᄅᆞᆫᄂᆞᆫ고 볼 거시라."

뉴셩 왈,

"뎌 본ᄃᆡ 셩음(聲音)이 쇄락(灑落)ᄒᆞ니 엇디 잘못 브를 니 이시리오?"

한셩 왈,

"비록 그러나 싱ᄂᆡ(生來)예 ᄒᆞᆫ 번도 니기디¹²⁾ 아냐시니 엇디 싱소(生疏)티 아니리오?"

ᄒᆞ더니 다만 보니 승샹이 금포(金袍) 옥ᄯᅴ로 ᄌᆞ금관(紫金冠)¹³⁾을 ᄡᅳ고 옥ᄇᆡ(玉杯)ᄅᆞᆯ 드러 모친 안젼(案前)의 니ᄅᆞ러 슈ᄇᆡ(壽盃)ᄅᆞᆯ 헌(獻)ᄒᆞᆯᄉᆡ 그 미려쥰슈(美麗俊秀)ᄒᆞᆫ 풍되(風度) 미려혁〃(美麗赫赫)ᄒᆞ고 노

---

9) [교감] 농두각: '두'는 '도'의 오기.
10) 반랑(潘郎): 진(晉)나라 문인 반악(潘岳). 미모가 뛰어나 수레를 타고 지나가면 부녀자들이 과일을 던져 수레에 과일이 가득 쌓였다고 한다.
11) [교감] [눈]주어: 21권본 없음. 26권본 '눈쥬어'.
12) 니기다: 익히다.
13) 자금관(紫金冠): 왕자나 젊은 장교, 공자 들이 주로 쓰는 관. 구리와 금을 얇게 펴서 만들고 진주 등으로 장식한다.

래를 브르매 소리 구텬(九天)의 어리니 청월(淸越)홈과 쇄락(灑落)ᄒ
미 비길 곳이 업서 음뉼(音律)이 마즈며 청탁(淸濁)이 분명ᄒ니 뉴한
이인의 일싱 니긴 가성(歌聲)이라도 그 청유(淸幽)ᄒ매ᄂ 밋디 못ᄒᆯ
너라. 졔인이 듯기ᄅᆞᆯ 다ᄒ매 손을 티며 어린 ᄃᆞ시 안자시며 양부인이
ᄯᅩᄒ 놀나며 우어 왈,

"네 나히 삼십이 다ᄃᆞ라시ᄃᆡ 일즉 노래 브르믈 듯디 못ᄒ엿더니 언
제 니겻던다?"

승샹이 함쇼(含笑)ᄒ고 퇴(退)ᄒ니 부인이 두굿기믈 이긔디 못ᄒ
고 인〃(人人)이 탄복ᄒ여 왈,

"ᄌᆞ식이 소현셩 ᄀᆞᆺᄐᆞ면 부뫼 죽어도 사룻ᄂᆞ니 ᄀᆞᆺᄐᆞ리로다."

승샹이 뉴한을 지[쵹ᄒ여]¹⁴⁾ ᄒᆞᆫ가지로 나간 후 졔킥이 다 나와 좌
ᄅᆞᆯ 뎡ᄒ고 하례왈(賀禮曰),

"승샹의 아름다오시믄 니ᄅᆞ도 말고 한샹셔 뉴흑시 다 일ᄃᆡ(一代)예
ᄲᅡ혀나시니 부인이 뎌런 복녹(福祿)을 두시고 엇디 쳑〃(慽慽)히 슬
허ᄒ시ᄂᆞ니잇가?"

부인이 손샤(遜辭)ᄒ야 감동(勘當)¹⁵⁾티 못ᄒ믈 일ᄏᆞᆯ식 이째 ᄂᆡ외
[손](內外孫)¹⁶⁾ 삼십여 인이 버러시니 개〃(個個)히 옥을 사기고 고
ᄌᆞ로 민[ᄃᆞᆫ]¹⁷⁾ ᄃᆞᆺᄒ니 구〃(區區) 찬양ᄒ미 결을티 못ᄒ더라. 낙극진
취(樂極盡醉)ᄒ매 ᄒᆞᆫ 창녜(唱女) 듕계(中階)예 올라 셕양곡(夕陽曲)¹⁸⁾
을 브르니 즁빈(衆賓)이 훗터지고 명일 표(表)ᄅᆞᆯ 올녀 샤은ᄒ다.

각셜. 녀앙이 도라가 슉부와 죵ᄆᆡ(從妹)ᄅᆞᆯ 보고 닐오ᄃᆡ,

---

14) [교감] 뉴한을 지[쵹ᄒ여]: 이대본 '뉴한을 지□□□'. 21권본 없음. 26권본 '뉴한 이인을 지
쵹ᄒ여'. 26권본을 참고하여 보충함.
15) [교감] 감동: '감당'의 오기.
16) [교감] ᄂᆡ외[손]: 21권본·26권본 'ᄂᆡ외손'.
17) [교감] 민[ᄃᆞᆫ]: 21권본 'ᄆᆞᆫᄃᆞᆫ'. 26권본 'ᄆᆞᆫ든'.
18) 셕양곡(夕陽曲): 파연곡(罷宴曲).

"소현성의 모친은 이 진짓 고기 가온대 농이오 사름 가온대 왕이라. 그 유화(柔和)ᄒ고 어긔러오미[19] 양츈(陽春) ᄀᆞᆺᄐ니 자연이 법도와 위의 이셔 츄상(秋霜) 동월(冬月) ᄀᆞᆺᄐ니 ᄒᆞᆫ 번 보매 국츅(踢縮)ᄒ고 서늘ᄒ니 죵ᄆᆡ(從妹)의 긔질(氣質)노 엇디 발뵈리오? 소현성은 남 지라 그 식 〃 엄위ᄒ미 도로혀 고이티 아니ᄒᆞ더이다."

녀운과 녀시 묵연이 붓그려 말을 못ᄒᆞ더라.

일노조차 양부인의 거록ᄒᆞᆫ 일홈이 만셩(滿城)의 편ᄒᆡᆼ(遍行)ᄒ고 ᄯᅩᄒᆞᆫ 부듕(府中)이 고요 ᄌᆞ늑ᄒ여[20] 화긔(和氣) ᄀᆞ닥ᄒᆞ며 소윤 등이 츌가ᄒᆞ야시나 ᄆᆡ양 ᄌᆞ운산의셔 열낙(悅樂)ᄒ니 시졀 사름이 블워ᄒᆞᄂᆞᆫ 배라.

석씨가 교영의 죽음을 눈치채다

일〃은 승샹이 그 망미(亡妹) 교영의 졔(祭)를 디내고 소부인으로
더브러 슬허ᄒᆞ며 셕파 등이 다 눈믈을 흘녀 왈,

"니부인이 비록 그릇ᄒᆞ시나 죽기를 샤(赦)ᄒᆞ야 가도와두시면 참혹
(慘酷)디 아닐낫다."

졍언간(正言間)의 화셕 이인이 마초와 디나가다가 듯고 고이히 너
겨 서ᄅᆞ 의려ᄒᆞ되 아득히 아디 못ᄒᆞ니 팀음(沈吟)ᄒᆞ야 각〃 침소의
도라갓더니 셕패 셕부인 침당의 오나늘[1] 부인이 죠용히 무러 왈,

"내 앗가 우연히 드르니 셔뫼 이러톳 니ᄅᆞ시니 부인이 엇디 죽으시
니잇가?"

셕패 부인의 단듕언희(端重言稀)ᄒᆞ믈 아나 니ᄅᆞ기 죠티 아냐 오직
웃고 닐오되,

---

1) [교감] 오나늘: 21권본 '오니'. 26권본 '도라오나늘'.

"엇디 죽으리오? 염왕(閻王)이 ᄎ수(差使)[2]를 보내고 팀병(沈病)이 질고(疾苦)ᄒ니 됴로(朝露) ᄀᆞᆺ튼 인ᄉᆡᆼ이 엇디 죽디 아니리오?"

셕부인이 쇼왈,

"셔모ᄂᆞᆫ 날을 외딕(外待)ᄒᆞᆫ다. 반ᄃᆞ시 연괴 잇거ᄂᆞᆯ 엇디 긔이ᄂᆞ뇨?"

패 웃고 왈,

"내 엇디 긔이며 내 ᄯᅩ 언제 부인을 소기더뇨? 진실로 질병(疾病)의 빌미라."

셕시 크게 고이히 너겨 냥구(良久)히 팀음(沈吟)ᄒ다가 왈,

"아니 존괴(尊姑) ᄉᆞ〃(賜死)[3]ᄒᆞ시냐?"

셕패 손을 저어 왈,

"고이코 고이ᄒᆞᆫ 말 말나. ᄌᆞ식 죽이ᄂᆞᆫ 사ᄅᆞᆷ이 어ᄃᆡ 잇ᄂᆞ뇨? ᄒᆞ믈며 우리 부인 셩덕과 니부인의 현텰ᄒᆞᄆᆞ로 이런 일이 이시랴?"

셕시 셕파의 말이 발명(發明)ᄒᆞ나 긔식(氣色)이 현뎌(顯著)ᄒ니 그 근본을 모ᄅᆞ나 그 죽으믄 비명(非命)인 줄 명〃(冥冥)히 아라보고 짐 ᄌᆞᆺ 닐오ᄃᆡ,

"셔모 말ᄉᆞᆷ이 그ᄅᆞ다. 사ᄅᆞᆷ이 ᄌᆞ식 ᄀᆞᄅᆞ치기 어려오니 요슌지ᄌᆞ(堯舜之子) 다 블쵸(不肖)ᄒ더라. 만일 사오나온 ᄒᆡᆼ실을 흘딘대 어딘 어버이 통ᄒᆡ(痛駭)ᄒᆞ야 죽이디 아니코 엇디ᄒ리오? 죽엄즉ᄒᆞᆫ 거ᄉᆞᆯ 살와두면 이ᄂᆞᆫ ᄆᆞᄋᆞᆷ이 너모 인약(仁弱)ᄒᆞ야 ᄡᅳᆯ딕업ᄉᆞ미니 셔모ᄂᆞᆫ ᄌᆞ식을 제 죄예 죽여도 사오납다 ᄒᆞ시ᄂᆞ니잇가?"

셕패 쇼왈,

"텬하의 ᄃᆡ(對) 반ᄃᆞ시 잇ᄂᆞ니 손빙(孫臏), 오기(吳起)[4]와 관듕(管

2) [교감] ᄎ수: 'ᄎ'는 'ᄎ'의 오기.

3) 사사(賜死): 죽일 죄인을 대우하여 임금이 독약을 내려 스스로 죽게 하던 일.

4) 손빈(孫臏), 오기(吳起): 일반적으로 손오(孫吳)는 중국 전국시대의 대표적 병법가인 손무(孫武)와 오기(吳起)를 가리키는 말이다. 손무는 『손자병법』, 오기는 『오자병법』을 저술했다.

仲), 악의(樂毅)5) 그 딕(對)롤 어덧고 녀ᄌ롤 닐너도 쥬실삼뫼(周室三
母)6) ᄀ족이 어딜고 사오나온 거슬 닐너도 걸듀(桀紂)7)의 포악ᄒ미
저울의 ᄃ라도 츄호도 더ᄒ며 덜ᄒ미 업ᄉ리니 이러므로 금텬하(今
天下) 양부인의 밍녈엄졍(猛烈嚴正) 현슉(賢淑)ᄒᆫ심과 셕부인의 쵸쥰
(峭峻) 모디르시며 통달(通達)ᄒ미 진짓 딕(對)라. 가히 태임(太任)
ᄀᆺ툰 존고(尊姑)의 태ᄉ(太姒) ᄀᆺ툰 며ᄂᆞ리이시니 녜ᄂᆞ 쥬실(周室)
삼모(三母)러니 이제란 소시(蘇氏) 이뫼(二母)라 ᄒ사이다."

부인이 졍싀왈,

"셔모의 말숨이 블가ᄒ다. 내 엇디 감히 존고(尊姑)로 딕(對)ᄒ며
태ᄉ(太姒)롤 ᄇ라리오? 됴롱(嘲弄)과 희담(戲談)도 너모 과도ᄒ이
다."

셕패 다만 대쇼ᄒ고 니러 나가딕 ᄆ춤내 교영이 죽은 말을 니르디
아니ᄒ니 그 ᄉ람되오미 이 ᄀᆺ더라.

명됴의 졍당(正堂)의 모드니 한샹셰 또흔 드러와 뵈옵고 나간 후
부인이 홀연 니한님을 싱각고 슬허ᄒ더니 셕패 뭇ᄌ오딕,

"니한님이 단아(端雅)ᄒ시나 쇼졸(疏拙)ᄒ신 듯ᄒ야 한샹셔 긔샹
(氣象)의 밋디 못홀 거시어늘 부인이 미양 견고(堅固)ᄒ시기로 미로

여기서 손무 대신 손빈을 언급한 것은, 손무의 손자인 손빈 역시 병법가로서 『손자병법』의 저
자라는 설도 있었기 때문이다.
5) 관중(管仲), 악의(樂毅): 관중은 중국 춘추시대 제(齊)나라의 훌륭한 재상이었고, 악의는 중
국 전국시대 연(燕)나라의 뛰어난 장군이었다. 두 사람은 서로 분야가 다르므로 맞수라고 할
수 없고, 관중의 맞수는 역시 제나라의 탁월한 재상이었던 안영(晏嬰)이다. 악의는 안영의 오
류인데, 『삼국지연의』에서 제갈량이 자신을 관중과 악의에 비유한 데서 비롯된 것으로 보인
다.
6) 주실삼모(周室三母): 주나라의 어진 세 후비인 태강(太姜), 태임, 태사. 태강은 태왕(太王) 고
공단보(古公亶父)의 비로서 왕계(王季)의 모친이고, 태임은 왕계의 비로서 문왕의 모친이고,
태사는 문왕의 비로서 무왕의 모친이다.
7) 걸주(桀紂): 걸은 하나라의 마지막 임금. 주는 은(殷)나라의 마지막 임금. 모두 극도로 포악
했으므로 폭군의 대명사가 되었다.

여8) 가시니 그 뜻을 아디 못ᄒ리로소이다."

승샹이 탄왈,

"한형은 풍뉴댱뷔(風流丈夫)오 문인ᄌᆞ스(文人才士)의 거동이 잇거니와 [니]형9)은 니른바 옥 ᄀᆞᄐᆞᆫ 군직(君子)라. 그 명단(明斷)ᄒ고 강딕(剛直)ᄒ며 쳥한고결(淸閑高潔)ᄒᆞᄆᆡ 의심컨대 당셰(當世)예 쏘 잇디 아니리니 엇디 쇼ᄌᆈᆯ(疏拙)홀 니 이시리오? 셔뫼 그릇 아라 겨시이다."

부인이 기리 늣겨 왈,

"니싱이 엇디 한낭의 뉴(流)리오? 한낭은 인후(仁厚)ᄒ고 유슌(柔順)ᄒᆞᆫ 사ᄅᆞᆷ이나 니싱은 밧ᄀᆞ로 온화(溫和)ᄒ고 냥졍(良正)10)ᄒ나 그 실은 금옥(金玉)의 구드며 조ᄒᆞᄆᆡ 잇고 ᄒᆞᆫ 조각 븕근 ᄆᆞ음은 텰셕(鐵石)ᄀᆞᄐᆞᆯ야 통고금달ᄉᆞ리(通古今達事理)ᄒᄂᆞᆫ 졍인(正人)이오 ᄌᆡ뫼(才貌) 겸젼(兼全)ᄒᆞᆫ 군직(君子)니 경이 비록 아ᄅᆞᆷ다오나 그 쳥한(淸閑)ᄒ매ᄂᆞᆫ 밋디 못ᄒ리니 내 팔직(八字) 무상(無狀)ᄒ야 이 ᄀᆞᄐᆞᆫ 현셔(賢壻)를 참혹히 주기고 슬허ᄒ노라."

좌위 다 눈믈을 흘니더라. 문안을 파ᄒ고 승샹이 셔당의 나와 셔권(書卷)을 샹고(詳考)ᄒ다가 니싱의 지은 글을 보고 탄왈,

"시ᄉᆞ(詩詞) 이ᄀᆞ티 쳥고슈려(淸高秀麗)ᄒ고 ᄒᆞᆫ 조각 둣글의 틔뫼(態度) 업ᄉ니 셜ᄉᆞ 니문(李門)이 역모(逆謀)의 간셥디 아니나 원ᄂᆡ 향슈(享壽)홀 그ᄅᆞ시 아니랏다."

쏘 한싱의 글과 뉴싱의 시집(詩集)을 보고 혼자 우어 왈,

"뉴한 이 형의 글이 다 ᄲᅡ여나ᄃᆡ 다만 너모 허탄(虛誕)ᄒ고 ᄒᆞᆫ ᄌᆞ

---

8) 밀위다: 미루어 헤아리다.
9) [교감] [니]형: 21권본 '니형'. 26권본 없음.
10) [교감] 냥졍: '냥졍'의 오기.

함튝요용(含蓄要用)[11]ᄒ야 팀졍(沈正)흔 거시 업서 어ᄌ려이 늘니ᄂ 눈 ᄀᆺ트니 깁흔 큰 ᄌᆞ조ᄂ 아니라. 블과 붓ᄀᆺ틱 늘니ᄂ 뇽샤(龍蛇)ᄲᅢᆫ 이오 경눈지ᄌ(經綸之材)ᄂ 못 되리라"

ᄒ고 ᄯᅩ 소윤 냥ᄆᆡ의 글과 화셕 이인의 작시(作詩)흔 거시 잇거늘 흔 번 보고 소시의 통달(通達)흔 의ᄉᆡ(意思)며 윤시의 공교쳥슈(工巧淸 秀)흔 문톄(文體)와 셕시의 ᄲᅢ여난 문ᄌᆡ(文才)며 화시의 졀묘(絶妙) 흔 ᄌᆡ조(才操) 각〃 득의(得意)ᄒ야 귀신을 울니ᄂ 묘경(妙境)이나 진짓 덕슈(敵手)ᄂ 소시 윤시라 차등티 아니코 화시 ᄯᅩ흔 안항(雁行) 은 될 배오 특츌흔 거슨 셕부인 글이라. 미인(美人)이 ᄃᆡ화(對花)ᄒ고 금쉬(錦繡) 요치(耀采)[12]흔 ᄃᆺ 챵뇽(蒼龍)이 비등(飛騰)ᄒ고 연운(煙 雲)이 어릭엿ᄂᆫ디라. 스스로 싱각ᄒ매 ᄌᆞ가의 ᄌᆞ조 곳 아니면 ᄃᆡᄒ 리 업슬ᄭᅵ니 심하의 칭찬ᄒ야 보기ᄅᆞᆯ 냥구히 ᄒ더니 믄득 셕패 니ᄅ 거늘 칙을 덥고 니러 마자 좌ᄅᆞᆯ 뎡ᄒ매 셕패 승샹의 보던 바ᄅᆞᆯ 펴 완 경(玩景)ᄒ고 칭찬왈,

"셕부인 ᄌᆡ홰(才華) 이 ᄀᆺ틀 분 아니라 ᄯᅩ 총명(聰明)이 과인(過人) ᄒ시더이다."

드듸여 작일 문답ᄒ던 말을 니ᄅᆞ고 ᄯᅩ 소기고져 ᄒ야 왈,

"내 실(實)노ᄡᅥ 고(告)이ᄒ이다.[13]"

승샹이 혜풍화긔(惠風和氣)ᄅᆞᆯ 일코 미우(眉宇)ᄅᆞᆯ ᄲᅥᆼ긔여 왈,

"홀말이 만코 아름다온 일이 무궁ᄒ니 엇디 브졀업슨 녯말을 ᄒ시 ᄂ뇨? 셔뫼 셕시ᄃᆞ려 닐넛노라 ᄒ시믄 본ᄃᆡ 소기시미어니와 후일도 브졀업시 마ᄅᆞ쇼셔."

---

11) 함축요용(含蓄要用): 함축은 겉으로 드러나지 않고 깊이 압축되어 담긴다는 뜻이다. 요용 은 요긴하게 쓰인다는 뜻이다.
12) 요채(耀采): 광채가 빛남.
13) [교감] 고이ᄒ이다: '고ᄒ이다'의 오기. 21권본 없음. 26권본 '고ᄒ이다'.

셕패 쇼왈,

"내 아닌 줄 엇디 아르시느뇨?"

승샹 탄식고 답디 아니ᄒ더라.

화씨가 주부 이홍을 벌하려 하다

홀연 묘당의 일이 이셔 공경대신(公卿大臣)을 모드니 승상도 모친 씌 하딕고 드러가니 공亽(公事) 미결(未決)ᄒ야 십여 일 밧씌 집의 니 르디 못ᄒ니 외당이 여러 날 븨여시니 단션싱은 셔셕(西席)의 이셔 간셥디 아니코 오직 승상이 나간 후 밧글 슬피ᄂᆞ니ᄂ 하관(下官)이 니 셩명은 니홍이라. 인믈이 튱근(忠勤)ᄒ고 강딕(剛直)ᄒ니 승상이 심히 亽랑ᄒ고 미더ᄒ야 쥬부(主簿)[1]를 ᄒ이고 ᄂᆡ외(內外) 가亽(家 事)를 다 맛뎌 ᄌᆡ긔 슬펴 범亽(凡事)를 근노(勤勞)티 아니 〃 홍이 쓰 ᄒᆞᆫ 위ᄒᆞᆫ 졍셩이 亽디(死地)를 피티 아닐너라.

이ᄶᆡ 승상이 나가고 ᄯᅩ 풍경(風景)이 빗나믈 싱각ᄒ야 화부인이 후 원(後園)과 외당(外堂)을 둘너보고져 ᄒ야 시녀로 ᄒ야곰 후원문과 외당 亽이 듕문(中門)을 열고 딕흰 노ᄌᆞ(奴子)를 나간 후 알외라 ᄒ니 딕흰 ᄌᆡ 감히 거역디 못ᄒ야 니홍을 보고 알외ᄃᆡ,

<hr />

1) 주부(主簿): 관서(官署)의 장관을 위해 문서를 관리하는 하급 관직.

"노야(老爺)의 샹원부인(上元夫人)이 가듕을 둘너 편관(遍觀)코져 ᄒᆞ샤 협문(夾門)과 원문(園門)을 열나 ᄒᆞ시니 샹공ᄭᅴ 고ᄒᆞᄋᆞᆸᄂᆞ니 열쇠를 주쇼셔."

쥬뷔(主簿) 듯고 쏄니 분부왈,

"노애 오늘 져녁의 나올 거시니 오셔든 열쇠를 너희를 주어 열게 ᄒᆞ리라."

노복이 듯고 도라와 시녀를 ᄃᆡᄒᆞ야 닐오ᄃᆡ,

"니샹공이 듯디 아니시고 여ᄎᆞ〃(如此如此)ᄒᆞ더라"

ᄒᆞᆫ대 시녜 화시긔 보(報)ᄒᆞ니 부인이 대로왈,

"졔 엇디 감히 내의 녕(令)을 거ᄉᆞ리〃오? 네 가히 니홍ᄃᆞ려 친히 니ᄅᆞ라. 네 블과 본부(本府) 가신(家臣)으로 모쳐 노애 그릇 ᄉᆞᆯ펴 쥬부(主簿)의 올녀신들 엇디 감히 내의 녕을 거ᄉᆞ려 열쇠를 아니 주니 네 머리 버히기와 열쇠 드리기 쉬오며 쉽디 아니믈 ᄀᆞᆯ히여 힝ᄒᆞ라."

시녜 나와 니ᄅᆞ니 홍이 졍ᄉᆡᆨ왈(正色曰),

"나는 드ᄅᆞ니 한(漢) 시졀 쥬아뷔(周亞夫)[2] 훈군(訓軍)홀ᄉᆡ 졔군(諸軍)이 텬ᄌᆞ(天子)를 보고 닐오ᄃᆡ, '우리는 쟝군 명을 듯고 텬ᄌᆞ를 아디 못ᄒᆞ노라' ᄒᆞ엿ᄂᆞ니 이제 승샹의 집 다ᄉᆞ리미 엇디 아부(亞夫)의 훈군(訓軍)ᄒᆞ매 디리오? 내 비록 용녈ᄒᆞ나 한(漢) 시졀 군ᄉᆞ(軍士)의 ᄆᆞᄋᆞᆷ만은 ᄒᆞ니 이제 텬ᄌᆡ(天子) 오실디라도 문을 감히 여디 못ᄒᆞᄂᆞ이다 ᄒᆞ라."

시녜 이대로 회보(回報)ᄒᆞ니 부인이 상을 박ᄎᆞ고 즐왈(叱曰),

"필부(匹夫)를 죽인 휘(後)야 내 ᄒᆞᆫ이 프러디리라."

시녀를 명ᄒᆞ야 니홍을 잡아 가도라 ᄒᆞ니 원닉 화부인의 권세 ᄀᆞ장

2) 주아부(周亞夫): 전한(前漢)의 유명한 장군. 군대의 기강이 매우 엄격하여 문제(文帝)가 군대를 위로하려고 직접 왔지만 병사들이 장군의 명령이 없으므로 들어가지 못하게 했다.

듕ᄒᆞ야 가듕 시녜 다 츄존(推尊)ᄒᆞ나 승샹의 티가(治家)ᄒᆞ미 엄ᄒᆞ다
라. ᄂᆡ각(內閣) 시녜(侍女)라도 감히 밧 듕문(中門)의 나 노복(奴僕)
등으로 샹회(相會)ᄒᆞ미 업ᄉᆞ며 양부인이 승샹의 댱셩(長成)ᄒᆞᆫ 후ᄂᆞᆫ
ᄂᆡᄉᆞ(內事)ᄅᆞᆯ 총단(總斷)ᄒᆞ나 외ᄉᆞ(外事)ᄂᆞᆫ 아ᄅᆞᆷ이 업ᄉᆞ니 ᄒᆞ믈며 져
믄 부인ᄂᆡ야 엇디 죠고만 호령인들 문밧긔 나가며 승샹이 니홍을 어
ᄃᆞᆫ 후ᄂᆞᆫ ᄯᅩᄒᆞᆫ 스스로 ᄒᆞᄂᆞᆫ 일이 업서 ᄒᆞᆫ갓 췌품(就稟)을 드ᄅᆞᆯ ᄯᆞᄅᆞᆷ이
러니 금일 화시 놉픈 셩을 니ᄅᆞ와다[3] ᄉᆞ체(事體)ᄅᆞᆯ 슬피디 아니코 ᄂᆡ
홍을[4] 가도라 ᄒᆞ니 ᄂᆡ홍[5]이 엇디 즐겨 구튝(驅逐)ᄒᆞᆷ믈 바ᄃᆞ리오. 다
만 쥬부(主簿)의 인(印)을 벽의 걸고 관ᄃᆡ(冠帶)ᄅᆞᆯ 버서노코 나가시
니 화부인이 홍의 ᄃᆞ라나믈 듯고 더옥 노ᄒᆞ야 시노(侍奴)ᄅᆞᆯ 발ᄒᆞ야
잡으라 ᄒᆞ니 시뇌 마디못ᄒᆞ야 ᄯᆈ와가니 홍이 졍히 알픠 가거늘 모다
붓들고 닐오ᄃᆡ,

"부인이 쥬부(主簿)ᄅᆞᆯ 브ᄅᆞ시니 아니 가디 못ᄒᆞ리니 잠간 가셔 ᄃᆡ
답ᄒᆞ고 오라."

홍이 즁복(衆伏)의 핍박(逼迫)ᄒᆞᆷ믈 보고 잡히여 드러오니 화부인
이 ᄒᆞ여곰 남긔 구박(驅迫)ᄒᆞ야 동여ᄆᆡ라 ᄒᆞ고 ᄯᅩ ᄒᆞᆫ 그릇 더러온 믈
로 입의 브으라 ᄒᆞ여 십분(十分) 외당이 요란ᄒᆞᄃᆡ 소윤 등 잇는 곳과
췌셩던 일희당이 멀고 ᄯᅩ 화시 시녀ᄅᆞᆯ 당부ᄒᆞ여 놈이 알게 말나 ᄒᆞ니
셕부인이 잠간 안아[6] 간예(干預)티 아니랴 문을 긴〃(緊緊)이 닷고
드럿더라.

3) 닐왇다: 일으키다.
4) [교감] ᄂᆡ홍: 'ᄂᆞ홍'의 오기.
5) [교감] ᄂᆡ홍: 'ᄂᆞ홍'의 오기.
6) [교감] 안아: '아나'의 오기. 21권본·26권본 '아나'.

이홍을 구하고 위로하다

어시(於是)의 승샹이 국스(國事)를 뭇고 도라오더니 니홍의 아들 니량이 완농담(臥龍潭)[1]ㄱ의 와 울거늘 고이히 너겨 집의 다드르딕 혼 노복도 나오느 니 업거늘 추종(騶從)을 믈니치고 쳑신(隻身)으로 거러 은셩문(隱耕門)[2]을 드러 의셩문[3]의 드니 인셩(人聲)이 쟈쟈(藉藉)ᄒ거늘 머리를 드러 ᄇ라보니 셋재 문 안히 노복(奴僕)이 가마괴 못둧 ᄒ야 혼 사람을 결박ᄒ야 티려 ᄒ는 형샹이어늘 다드라 보니 이곳 가신(家臣) 니홍이라. 노복이 승샹을 보고 놀나 좌우로 믈너셔고 홍안은[4] 안식을 변티 아니코 ᄆ이여 안줏ᄂ디라.

승샹이 일단(一段) 묘믹(苗脈)[5]이 잇는 줄 알고 하리(下吏)로 ᄒ

---

1) [교감] 완농담: '완'은 '와'의 오기.
2) [교감] 은셩문: '셩'은 '경'의 오기. 21권본·26권본 '은경문'.
3) [교감] 의셩문: 미상. 21권본·26권본 없음.
4) [교감] 홍안은: '홍은'의 오기. 21권본·26권본 '홍은'.
5) 묘맥(苗脈): 사물의 근원.

여곰 홍을 글너 알픽 나아와 곡절(曲折)을 니[르]라6) 호니 홍이 듕계(中階)에 올나 날호여 고왈,

"신이 더러온 몸으로 은샹(恩相)7)의 어엿비 너기시믈 닙어 가듕스를 맛다시니 듀야의 근노호야 은혜 갑기를 싱각호던디라. 다른 일노 죄를 어드미 아니라 아춤의 은샹(恩相)의 원비(元妃) 부인이 외당과 후원을 귀경호시려 열쇠를 드리라 호시니 감히 거역혼 배 아니라 은샹(恩相)이 겨시디 아닌디 좌우 문호(門戶)를 어즈러이 여러 난잡호미 혼갓 은샹(恩相)긔도 희로올 쑨 아니라 쏘혼 경국부인씌도 해이실 듯혼 고로 무음의 광딕(匡直)8)호믈 금초디 못호야 여츠 〃 알외미 본디 우튱(愚忠)9)을 다호미오 방즈(放恣)혼 배 아니러니 부인이 진노(震怒)호야 잡아 결박호고 더러온 거스로써 벌호려 호시니 신의 죄는 듕커니와 원컨대 은샹(恩相)은 스죄(死罪)를 용샤(容赦)호시고 거두어 문밧긔 내티시믈 브르느이다."

승샹이 본디 홍을 듕히 너기고 쏘혼 네글 가온대 부인 녀지 밧글 총단(總斷)호야 혹 나라흘 업티고 집을 망혼 재 혼둘히 아니라. 화시의 방즈호미 쏘혼 졸(拙)혼 녀지 아니므로 무양 암특의 새박 フ음아는10) 일이 이실가 호더니 이 말을 듯고 경히(驚駭)호믈 이긔디 못호야 일댱(一場) 놉흔 성이 니러나니 문을 박촌 열고 난간의 나와 혼 쌍 눈을 두려디 쓰고 니홍 티던 노복을 결박호야 쑬니고 금녕(金鈴)을 급히 흔드리 녹운당 시녀를 잡아내니 일단(一段) 화긔(和氣) 변호야 믈근 서리와 삭풍(朔風)이 어즈러이 부러 심골(心骨)이 송연(悚然)호

---

6) [교감] 니[르]라: 21권본 '니르라'. 26권본 없음.
7) 은샹(恩相): 상공(相公)의 존칭.
8) 광직(匡直): 광정(匡正). 잘못된 것이나 부정(不正) 따위를 바로잡아 고침.
9) 우충(愚忠): 말하는 이가 자기의 충성이나 성의를 낮추어 이르는 말.
10) フ음알다: 주관하다. 담당하다.

니 인〃(人人)이 젼늉(戰慄)ᄒ기를 이긔디 못ᄒ더라.

승샹이 소리ᄒ야 문왈,

"뉘 감히 내 녕 업시 니쥬부를 결박ᄒ야 벌 먹이며 ᄯᅩ 뉘 녕을 드러 엇던 시녜 감히 나와 니ᄅᆞ더뇨? 형댱(刑杖)을 밧디 아냐셔 알외라."

비복(婢僕) 등이 혼비ᄇᆡᆨ산(魂飛魄散)ᄒ니 스스로 타인의 입을 비디 못ᄒ고 저히 딕툐(直招)11)ᄒ야 죄를 더으디 아니〃 승샹이 위슈(爲首)ᄒ야 가댱(家長)이 업손가 방약무인(傍若無人)ᄒ던 노비 수인(數人)을 자바내야 별곤(別棍) 오십 댱식 션퇴ᄒ야 텨 내티고 기여(其餘)ᄂᆞᆫ 삼십 댱식 죄주어 내티고 홍을 블러 위로왈,

"내 블명(不明)ᄒ야 부인 녀ᄌ의 호령이 그ᄃᆡ 신샹(身上)의 밋ᄎᆞ니 엇디 참괴(慙愧)티 아니리오? 그ᄃᆡᄂᆞᆫ 안심ᄒ고 녜 ᄡᅳᆮ을 곳치디 말나."

홍이 ᄉᆞ양왈,

"신이 쥬모(主母)를 해ᄒ고 쥬인(主人)을 조ᄎᆞᆷ이 블의(不義)라. 원컨대 은샹(恩相)은 노하 본향(本鄕)의 도라가게 ᄒ시면 쳔년(天年)12)을 션죵(善終)ᄒ리로소이다."

승샹이 쇼왈,

"그ᄃᆡ ᄒ나흘 알고 둘흘 모ᄅᆞᄂᆞᆫ도다. 당초의 부인의 일이 그르나 내 임의 셜치(雪恥)ᄒ고 쳥뉴(請留)ᄒ니 고집히 가려 ᄒ믄 한핑(韓彭)13)의 죽으믈 비우(比喩)ᄒ야 피코져 ᄒ미니 내 가듕이 규합(閨

---

11) 직초(直招): 지은 죄를 사실대로 말하다.

12) 천년(天年): 타고난 수명을 제대로 다 사는 나이.

13) 한팽(韓彭): 한고조의 공신인 한신(韓信)과 팽월(彭越). 개국에 큰 공을 세웠지만 나라가 안정되자 제거 대상이 되어 모반죄(謀叛罪)로 처형당했다. 여후(呂后)가 이들을 제거하는 일을 배후에서 조종했다.

閤)의 뎐도(顚倒)ᄒ미 이시나 녀후(呂后)[14)의 넘나미[15) 업술 배오 내
쏘 한뎨(漢帝)의 쇠년(衰年)이 아니 〃 엇디 너모 넘녀를 멀리ᄒᄂ
뇨?"

　니홍이 ᄎ언을 듯고 황공ᄒ야 샤죄ᄒ고 믈너난 후

14) 여후(呂后): 한고조의 황후 여치(呂雉). 재략이 있어 고조를 도와서 대업(大業)을 이루었
고, 한신과 팽월 등 공신들을 숙청하는 데 큰 역할을 했다. 고조 사후에 실권을 잡고 여씨 일
족을 고위 고관에 등용시켜 여씨 정권을 수립했다.
15) 넘나다: 분수에 넘치는 짓을 하다.

화씨를 꾸짖는 편지를 보내다

승샹이 안히 드러와 모친씌 뵈옵고 각별 이 말을 ᄉ싴디 아니코 듕당(中堂)의 나와 ᄋᄌ를 명ᄒ야 죠희예 쓴 거슬 주며 화시 갓다가 주라 ᄒ니 아히 그릇 듯고 양부인씌 드리니 쇼윤 셕시 등이 뫼셧더니 고이히 너겨 쇼윤 이인이 아사 볼식 이 믄득 승샹 필뎍이라. 부인이 닑으라 ᄒ시니 윤시 상(床) 알픽 ᄭ러 옥셩(玉聲)을 놉혀 닑으니 믄득 아름다온 글이 아니오 사름 수죄(數罪)ᄒᆫ 줄 알니러라. 그 가온듸 닐너스듸,

부인의 힝실은 호령이 듕문(中門) 밧긔 나디 아니ᄒ고 덕은 ᄉ히(四海)예 ᄀ독ᄒ여야 가히 녀ᄌ 되미 붓그럽디 아닛ᄂ니 혹 그듕의 가댱(家長)이 업고 ᄌ식이 어려 가되(家道) 이디[1] 못ᄒᆯ 형셰(形勢)면 마디못ᄒ여 닉외를 슬펴 티가(治家)ᄒ미 어딘 덕이어니와 만일

---

1) 이다: 일다. 되다. 이루어지다.

이러티 아닌듸 가댱의 위엄은 주러디고 부인의 작용(作用)이 편힝
(遍行)ᄒ면 그 집이 그릇되디 아니며 그 가쥬(家主) 된 재 붓그럽디
아니랴? 이제 부인의 힝식 패만(悖慢)ᄒ고 넘쪄²⁾ 밧긔 반뇌(叛奴)
업고 내의 닐너 허락혼 배 업ᄉ듸 녀후(呂后)의 한신(韓信) 죽이기
를 본바드며 내 죽디 아냐시되 무후(武后)³⁾의 닙됴(入朝)ᄒ기를 흠
모ᄒ야 닉외를 졀졔총디(節制總摯)ᄒ며 날을 즛블와 압두(壓頭)ᄒ
야 시노(侍奴)를 호령ᄒ야 하관(下官)을 잡아믜고 내 ᄯᅩᄒᆫ 업슨 째
를 타 ᄉ방(四方)을 편관(遍觀)코져 ᄒ미 심히 녀힝(女行)이 아니
라. 위의(威儀)를 일허 니홍의 업슈이너기믈 바드니 이 므슴 도리
뇨? 비록 금슈(禽獸)라도 사름의게 질들미 이신죽 거의 쥬인의 ᄯᅳᆺ
을 알거늘 부인은 내 경계하미 한두 번이 아니로듸 젼과(前過) 희
과(悔過)⁴⁾홀 줄을 모ᄅ니 알고 짐즛 이리ᄒ면 방즈ᄒ미요 모ᄅ고
ᄒ면 어득ᄒ미니 내의 근심이 일시의 급흔 셩이 아니오 ᄯᅩ 이 일노
젼쥬(前頭)⁵⁾ 근심ᄒ미니 내 만일 죽으면 멀니 곽광(霍光)의 안히⁶⁾
를 법바다 문호(門戶)의 블힝(不幸)을 깃틸가 두리ᄂᆞ니 의ᄉᆞ 이에
밋쳐는 한심(寒心)ᄒ믈 이긔디 못ᄒ야 ᄎᆞ마 듸(對)티 못ᄒ고 글로
써 붓티ᄂᆞ니 ᄌᆞ시 슬펴보아 ᄆᆞᄋᆞᆷ을 잡아 올흔 고들 향코져 ᄒ거든
이에 잇고 그러티 아니커든 ᄯᅩᄒᆫ 십여 년 은졍을 긋고 ᄌᆞ식을 머므

---

2) 넘씨다: 넘치다.

3) 무후(武后): 당 고종(唐高宗)의 황후인 측천무후(則天武后). 고종이 병이 들자 모든 정치를
대리했으며, 고종 사후에 자신의 아들들인 중종(中宗)과 예종(睿宗)을 차례로 폐위했다. 국호
를 주(周)로 바꾸고 스스로 황제가 되어 15년간 국가를 통치했다.

4) [교감] 히과: '회과'의 오기.

5) [교감] 젼쥬: '젼두'의 오기.

6) 곽광(霍光)의 안히: 곽광의 아내. 한 선제(漢宣帝) 때 곽광의 후처 곽현(霍顯). 성을 모르기
때문에 곽광의 성을 따서 곽씨로 부른다. 허황후(許皇后)를 독살하고 자신의 딸을 황후로 만들
었으며, 곽광 사후에 모반을 꾀했다가 처형되었다.

르고 부뷔 각〃 내 집의 이셔[7] 피추의 슌편(順便)ᄒ야 일업기를 춰
ᄒ미 죠흘디니 이 말이 비룻 밋치나 ᄯᅩᄒᆞᆫ 헛말이 아니〃 ᄌᆞ시 샹냥
(商量)ᄒ여 결단ᄒ야 회보(回報)ᄒ라

ᄒ엿더라. 윤시 닑기를 ᄆᆞᄎᆞ매 사ᄅᆞᆷ이 다 경아(驚訝)ᄒᄃᆡ 양부인이
웃고 왈,

"이 반ᄃᆞ시 화시ᄭᅴ 븟틴 거시로다."

소시 왈,

"뉘게 ᄒᆞᆫ 동 알니오?"

도라 셕시ᄃ려 문왈,

"그ᄃᆡ 이런 일을 힝ᄒᆞᆫ다?"

셕시 ᄂᆞ즉이 닐오ᄃᆡ,

"그런 죄를 혹 저즌 줄 엇디 알 니 잇고마ᄂᆞᆫ 아직은 싱각디 못ᄒᆞᆯ소
이다."

이러굴 제 시녀 난혜 술오ᄃᆡ,

"나죄[8] 경국부인이 니쥬부를 벌ᄒᆞ신다 ᄒ고 승샹이 녹운당 시녀
를 수죄(數罪)ᄒ야 칙ᄒ시ᄃᆡ 소비(小婢) 알외디 못ᄒ엿ᄂᆞ이다."

모다 웃고 소시 혀 ᄎᆞ며 닐오ᄃᆡ,

"가뷔(家夫)들 거동을 보고 압두(壓頭)ᄒᄃᆡ 승샹 ᄀᆞ튼 지아비를 화
시라셔 어이 넘난 ᄯ들 두며 뎌런 곤칙(困責)을 바드리오? 식견(識
見)이 젹은 줄 알니로다."

글을 ᄆᆞ라 딜ᄋᆞ를 주어 왈,

"네 모친ᄭᅴ 갓다가 드리라."

<hr>

7) [교감] 내 집의 이셔: 21권본 '이셔'. 26권본 '집의 이셔'. '내'가 없는 것이 자연스러움.
8) 나죄: 낮.

양부인이 탄왈,

"애둘온 사름이라. 반드시 딕답을 슌히 아냐 경(慶)의 노룰 도〃리니 네 가셔 죠토록 ᄒ라."

소시 응셩슈명(應聲受命)ᄒ고 쇼이딕왈,

"쇼녜 말을 잘 못ᄒ니 능히 셰긱(說客)의 소임을 잘못ᄒ야 태〃의 맛디신 바룰 져ᄇ릴가 두리ᄂ이다."

언파의 일좌(一座) 다 쾌히 우스딕 셕부인이 홀로 ᄌ늑ᄒ고[9] 근심ᄒ미 ᄌ긔 몸의 당ᄒᆫ 듯ᄒ야 죠곰도 웃는 빗치 업스니 부인과 소윤이 다 칭복(稱服)ᄒ더라.

---

9) [교감] ᄌ늑ᄒ고: 'ᄂ죽ᄒ고'의 오기. 21권본 '나작ᄒ고', 26권본 'ᄂ작ᄒ고'.

소씨의 가르침을 받은 답장에 말문이 막히다

소시 딜으로 호야곰 몬져 글을 주어 보내고 냥구(良久)케야 녹운당의 니르니 화시 글을 보고 대로대참(大怒大慙)호여 졍히 분〃(紛紛)[1]호더니 믄득 보니 소부인이 드러와 안즈니 화시 마자 좌를 뎡호고 긔식(氣色)이 블호(不好)호야 측냥티 못호거늘 소시 문왈,

"그디 므스 일을 맛눈다?"

화시 모르눈가 호여 승샹의 글을 주며 슈말을 다 니르니 소시 왈,

"그디눈 엇더케 너기눈다?"

화시 답왈,

"내 셜스 그르미 이실디라도 이리도록 곤칙(困責)을 호며 더옥 승샹의 하관(下官)이 날을 업슈이너기니 내의 쥬모(主母)로 치죄(治罪)호미 죄 아니어늘 무단히 니홍을 편드러 수죄(數罪)호미 부〃의 졍이 업스니 첩이 반드시 홍을 죽이고 츌화(黜禍)를 감슈(甘受)호랴 호느

----
1) 분분(紛紛): 떠들썩하고 뒤숭숭하다.

이다."

소시 텽파의 옷기술 녀믜고 정금단좌(整襟端坐)ᄒ야 말ᄉᆞᆷ을 니ᄅ
혀 굴오ᄃᆡ,

"그ᄃᆡ ᄀᆞ장 쾌흔 말을 ᄒ거니와 싱각건대 우리 모친과 내 아이 흔
녀ᄌᆞᄂᆞ는 유여졔어(裕餘制御)ᄒᆞᆯ가 너기ᄂᆞ니 그ᄃᆡ 올흔 일을 ᄒᆞ고 가ᄇᆡ
그ᄅ다 ᄒᆞ여도 방ᄌᆞᄒᆞ여 올흘와 ᄒᆞᄃᆡ 못ᄒᆞ려든 내 아이 어리고 병드
디 아냐 밧긔 잇거늘 그ᄃᆡ 니흥을 믜올딘대 아히²⁾게 쳥ᄒᆞ야 다ᄉᆞᆯ일
법 잇거니와 엇디 스스로 본부(本府) 관원(官員)을 결박ᄒᆞ야 틸 니 이
시리오? 처엄의 아의 글을 보매 반ᄃᆞ시 씌ᄃᆞ라 허믈을 곳틸가 너겻더
니 이러툿 올흔 톄ᄒᆞ니 엇디 가쇼롭디 아니리오? 그ᄃᆡ 임의로 ᄒᆞ려니
와 다만 엇디 계교ᄒᆞ여야 니흥을 죽일고 쥬의(主意)를 듯고져 ᄒᆞ노
라."

언필의 팀졍믁 〃(沈靜默默)ᄒᆞ니 ᄯᅩ흔 양부인 여풍(餘風)이오 승샹
의 동긔(同氣)라. 싁 〃 쥰졀(峻截)ᄒᆞ미 셜상가빙(雪上加氷) ᄀᆞᆺ트니 화
부인이 비록 셩분(性分)이 과도ᄒᆞ고 조급ᄒᆞ나 엇디 감히 소부인을 당
ᄒᆞ며 입을 여러 곡딕(曲直)을 니ᄅᆞᆯ 의ᄉᆞ(意思) 이시리오. 그 심듕(心
中)은 노호오미 블ᄀᆞᆺ트나 ᄉᆞᄉᆡᆨ(辭色)디 못ᄒᆞ고 ᄯᅩ 일단 참괴지심(慙
愧之心)이 이셔 눈믈을 흘리고 샤죄ᄃᆡ왈,

"쳡이 ᄆᆞ양 셩(性)이 편협(偏狹)ᄒᆞ기로 그른 일을 ᄒᆞ나 본심이 나
미 아냐 승샹이 곽광(霍光) 쳐(妻)의게 비기니 엇디 애둛디 아니리잇
가?"

소시 왈,

"그러티 아니타. 날로ᄡᅥ 보건대 그ᄃᆡ 이제 모친을 뫼시고 아이 이

---

2) [교감] 아히: '아이'의 오기.

셔도 이굿티 방즈ᄒ니 타일 모친 쳔츄(千秋)³⁾ 후 불힝ᄒ야 내 아이 몬져 죽을딘대 그ᄃᆡ 엇디 ᄒᆞᆫ갓 곽광(霍光) 쳐쑨이리오? 녀후(呂后)의 힝ᄉ를 홀가 ᄒᆞ노라."

화시 믁연브답이어늘 소시 비로소 경계ᄒ야 닐오ᄃᆡ,

"ᄎᆞ후란 이런 고이ᄒᆞᆫ 일을 말고 ᄆᆞᄋᆞᆷ을 곳티고 이 글월을 회답(回答)ᄒᆞᄃᆡ 여ᄎᆞ〃 ᄒᆞ라."

화시 ᄇᆡ야ᄒᆞ로 감격ᄒ야 니러 샤례ᄒ고 답셔를 뻐 ᄋᆞᄌᆞ를 주어 승샹ᄭᅴ 보내니 승샹이 바다 보니 ᄒᆞ여시ᄃᆡ,

첩이 비록 무상(無狀)ᄒ나 어려셔븟터 셩현(聖賢)의 글을 닑어 잠간 녜의(禮義)를 아ᄂᆞ니 그으기 싱각건대 나라희 황후(皇后)와 황뎨(皇帝) 존(尊)ᄒᆞ미 ᄒᆞᆫ가지오 집의 가쟝과 가뫼 듕(重)ᄒᆞ미 ᄒᆞᆫ가지니 군ᄌᆡ(君子) 슈신졔가(修身齊家) 티국평쳔하지본(治國平天下之本)이라 ᄒᆞ나 ᄌᆞ고로 남진 국ᄉ를 다ᄉᆞ리면 집일을 다 보미 어려온 고로 승샹이 대신이 되어 묘당ᄉ(廟堂事)를 술피므로써 결을티 못ᄒ여 니홍을 맛뎌 ᄂᆡ외를 다ᄉᆞ리게 ᄒ니 홍은 외인(外人)이라 갓가이 졀친(切親)이 아니오 놉히 디긔(知己) 아니〃 비록 인믈이 근실(勤實)타 ᄒ나 엇디 부듕(府中) 셰쇄(細瑣)ᄒᆞᆫ 일을 알게 ᄒᆞ리오? 홍이 듕권(重權)을 임ᄒᆞ매 내뇌(內奴) 셔ᄅᆞ 아유(阿諛)ᄒ야 가듕 죠고만 이를⁴⁾ 몬져 홍의게 취품(就稟)ᄒᆞᆫ 후 아등(我等)의 말을 조ᄎᆞ니 첩이 그으기 븟그려ᄒᆞ기ᄂᆞᆫ 첩의 인ᄉ(人事) 미셰(微細)ᄒ야 샹공의 가모 소임을 능히 못ᄒᆞ며 ᄂᆡ조(內助)ᄒᆞᄂᆞᆫ 공이 업셔 ᄒᆞᆫ 하관(下官)으로 가ᄉ를 맛디ᄂᆞᆫ가 우려ᄒᆞ더니 금일 완경(玩景)ᄒᆞᆷ

---

3) 쳔추(千秋): 죽음의 완곡한 표현.
4) [교감] 이를: 21권본 '일도'. 26권본 '일을'.

승샹의 업기를 기 구려 놀랴 ᄒ미 아니라 존당(尊堂)이 평안ᄒ야 여러 ᄌ녀를 희롱ᄒ시거늘 한가흔 째를 타 소윤셕 삼 부인으로 더브러 후원(後園)을 보며 ᄯ오 산슈(桑樹)5) 셩(盛)ᄒ믈 보아 명년의 줌틍(蠶蟲)을 티고져 ᄒ미오 그 실은 완경지심(玩景之心)이 아니오니 홍을 잡아미믄 무례흔 말을 아니6) ᄒ야 쥬모(主母)를 욕ᄒ니 샹공이 오히려 쳡을 모욕(侮辱)ᄒ미 듯디 못ᄒ엿거늘 제 가신(家臣)으로셔 어ᄌ러온 말을 ᄒ믈 일시(一時) 분(忿)이 니러나매 춤디 못ᄒ고 ᄯ오흔 승샹끠도 제가(齊家)의 해로오믈 승샹이 밧긔 겨시면 내 스이의셔 호령(號令)을 못ᄒ려니와 샹공이 됴뎡의 드러 도라올 조만(早晩)을 덩티 못ᄒ여시니 집의 가쥬(家主) 업다 ᄒ야 노복과 홍이 무례(無禮)커늘 가뫼(家母) 일졀(一節)을 고집히 딕희여 믈허뎌 가는 위의(威儀)를 아니 붓들미 ᄌ고로7) 쳡이 비록 외람ᄒ고 당돌ᄒ나 홍을 미고 존고(尊姑)끠 주(奏)ᄒ야 다스려 비록 승샹이 나가시나 감히 범스(凡事)를 무례히 못ᄒ고 집의 규졍(糾正)ᄒ는 긔탄(忌憚)ᄒ며8) 알게코져 ᄒ미오 ᄌ힝(恣行)ᄒ는 넘나미 아니러니 이제 홍을 안치고 내당(內堂) 시녀를 잡아내여 티니 이는 시녀를 티미 아니라 쳡을 다스리미라.

쳡이 감히 냥인(良人)을 원망티 못ᄒ나 다만 일로 보건대 부부지의(夫婦之義) 삼강(三綱)과 오륜(五倫)의 드디 말고 부듕(府中) 하관(下官)으로 부〃(夫婦) 디(代)예 녀흐미 가ᄒ거늘 녜 셩현이 엇디 그릇 ᄒ야 듕(重)흔 하관은 빼디고 경(輕)흔 부뷔 드럿는고 고이히 너기며 ᄯ오흔 부〃(夫婦)를 니ᄅ디 말고 쳡으로뻐 붕우(朋友)를

5) [교감] 산슈: '샹슈'의 오기. 21권본 '샹쉬'. 26권본 '손슈'.
6) [교감] 아니: '만이'의 오기. 21권본 '만히'. 26권본 '만니'.
7) [교감] 아니 붓들미 ᄌ고로: 21권본 '아니 붓드디 못ᄒ야'. 26권본 '안니 붓드지 못ᄒ여'.
8) [교감] 규졍ᄒ는 긔탄ᄒ며: 21권본 '극졍ᄒ는 긔탄이 잇는 줄'. 26권본 '규졍ᄒ는 긔탄을'.

취(取)ᄒ이여도 첩은 샹공을 아란 디 십이 년이오 홍은 다숫 히라.
션후ᄅᆞᆯ ᄯᅩᄒᆞᆫ 분변(分辨)티 아니시니 홍을 위ᄒᆞᆫ 정셩은 가히 지극거
니와 ᄯᅩᄒᆞᆫ 첩의게ᄂᆞᆫ 박졀(迫切)⁹⁾ᄒ도다. 각〃 집의 잇고져 ᄒᆞ시니
녀ᄌᆞ의 삼죵지의(三從之義) 듕ᄒᆞ니 샹공은 삼강오륜(三綱五倫)을
니저ᄇᆞ리시나 첩은 녀필죵부(女必從夫)며 원부모형뎨(遠父母兄弟)
ᄅᆞᆯ 딕희ᄂᆞ니 샹공이 ᄇᆞ릴딘대 복ᄋᆞ(腹兒)ᄅᆞᆯ 품고 의디ᄒᆞ야 눈긔(倫
紀) 삼죵(三從)을 오롯긔 ᄒᆞ리니 임의로 쳐티(處置)ᄒ라. 곽광(霍
光)의 쳐와 녀무(呂武)로 비기시니 감히 발명(發明)을 못ᄒ나 다만
무측텬(武則天)은 엇던 사ᄅᆞᆷ이며 녀후(呂后)ᄂᆞᆫ ᄯᅩ 엇던 겨집고? 이
글을 보매 모골(毛骨)이 숑연(悚然)ᄒᆞ니 유〃 창텬(悠悠蒼天)이 내
ᄯᅳᆺ을 아ᄂᆞᆫ 밧긔 사ᄅᆞᆷ은 모ᄅᆞ리니 첩이 임의 존문(尊門)의 후환(後
患)이 될 쟤면 ᄇᆞᆯ기 알고 쳐티(處置) 아니미 한뎨(漢帝)의 일과 ᄀᆞᆺ
디 아냐 강호 가신과 노복이 업ᄉᆞ니 내 ᄯᅩ 업서야 가ᄒᆞᆫ디라. 셜니
폐ᄉᆞ(廢死)ᄒᆞ야 후릭예 인뎨(人彘)¹⁰⁾예 변(變)과 골육(骨肉)의 죽
기ᄅᆞᆯ 뎨방(制防)ᄒ고 뉘웃디 말믈 진졍(眞情)으로 ᄇᆞ라노라

ᄒᆞ엿더라. 승샹이 보기ᄅᆞᆯ ᄆᆞᆺ고 노ᄉᆡᆨ(怒色)이 프러뎌 다시음 보며 언
에(言語) 격졀(激切)ᄒ고 샹쾌(爽快)ᄒᆞ야 강개(慷慨)ᄒᆞ미 극ᄒᆞᆫ디라.
혜건대 화부인의 녁냥(力量)으로ᄂᆞᆫ 이런 말을 못ᄒᆞᆯ디라. 보고 다시
보매 이 사ᄅᆞᆷ의게 디ᄂᆞᆫ 총명이라. 믄득 ᄭᆡᄃᆞ라 함쇼왈,
　“이 반ᄃᆞ시 져〃(姐姐)의 ᄀᆞᄅᆞ치신 배로다”
ᄒᆞ고 ᄋᆞᄌᆞᄃᆞ려 문왈,
　“네 모친이 이 글을 쓸 제 뉘 잇더뇨?”

9) 박졀(迫切): 인졍이 없고 쌀쌀하다.
10) [교감] 인뎨: ‘인톄’의 오기.

오직 딕왈,

"아히 처엄은 그릇 조모씌 드리니 윤부인이 낡고 일시의 웃더니 도로 모친씌 보내시고 소부인이 와셔 ᄀᆞᆯ쳐 쓰시더이다."

승샹이 어히업셔 도로혀 웃고 싱각ᄒᆞᄃᆡ,

'내의 셩품이 사ᄅᆞᆷ을 미온(未穩)ᄒᆞ면 눈드러 보기 쁠코 ᄯᅩ한 드러가 말로 칙ᄒᆞ면 화시 급ᄒᆞᆫ 셩을 내야 어즈러온 말을 만히 ᄒᆞ야 죠치 아니미 이실 ᄃᆞᆺᄒᆞᆫ 고로 글을 지어 ᄋᆞ즈를 주어 ᄀᆞ만이 칙ᄒᆞ고 졔어코져 ᄒᆞ더니 일이 고이ᄒᆞ야 두로 퍼디우고 화시의 항복(降服)은 밧디 못ᄒᆞ고 져″(姐姐)의 언어를 보태여 도로혀 날을 칙ᄒᆞ미 명뎡언슌(名正言順)히 ᄒᆞ야시니 엇디 우읍고 통분(痛憤)티 아니리오? 연이나 져″(姐姐)의 브쵹(咐囑)이 이시니 말을 아니코 이셔 엇딛ᄂᆞᆫ고 보리라'

ᄒᆞ야 글을 덥어 칙 ᄉᆞ이예 ᄭᅵ오고 져녁 문안의 드러가니 양부인이 죠곰도 아ᄅᆞᆫ 톄 아니시고 소윤 등이 젼혀 모ᄅᆞᄂᆞᆫ ᄃᆞᆺᄒᆞ니 승샹이 ᄯᅩᄒᆞᆫ 줌″ᄒᆞ엿더니 십여 일 후 녹운당의 가니 화시 쵹영(燭影)을 ᄯᅡᆯ와 얼골을 곰초니 승샹이 다시 ᄭᅮ짓ᄂᆞᆫ 말이 업고 흔연(欣然)ᄒᆞ미 젼과 ᄒᆞᆫ가지로ᄃᆡ ᄎᆞ후ᄂᆞᆫ 오직 ᄂᆡ외를 통티 못ᄒᆞ야 엄슉ᄒᆞ미 극ᄒᆞ니 차환(叉鬟) 비복(婢僕) 등 ᄂᆡ각(內閣) 시녀ᄂᆞᆫ 부인의 녕(슈)을 바드나 호령(號令)이 듕문(中門) 밧긔 나디 못ᄒᆞ긔 ᄒᆞ고 승샹이 ᄯᅩᄒᆞᆫ 스스로 ᄂᆡᄉᆞ(內事)를 아디 못ᄒᆞ며 밧씌 아모 대ᄉᆞ(大事) 이셔도 모친과 냥ᄆᆡ(兩妹)로 의논ᄒᆞ야 결ᄒᆞ고 ᄌᆞ긔 부인ᄃᆞ려 뎐ᄒᆞ며 뭇디 아니니 셕시 승샹의 뎌 ᄀᆞ트믈 보고 더옥 ᄆᆞᄋᆞᆷ을 겸퇴(謙退)ᄒᆞ고 안졍(安靜)ᄒᆞ야 아ᄎᆞᆷ 장소(粧梳)를 ᄆᆞᄎᆞᆫ 후ᄂᆞᆫ 취셩뎐의 드러가 날이 ᄆᆞᆺ도록 식봉(食奉)을 ᄉᆞᆯ피고 니구(利口)[11]ᄒᆞ시ᄂᆞᆫ 바를[12] 도와 힝ᄒᆞ나 가ᄉᆞ의 간셥디 아니

---

11) 이구(利口): 음식이 맛있다. 시원하다. 상큼하다.
12) [교감] 니구ᄒᆞ시ᄂᆞᆫ 바를: 21권본 '구ᄒᆞ실과를'. 26권본 '입의 마ᄌᆞ신 바를'.

며 말좌(末座) 시녀ᄃ려도 블호(不好)ᄒ 말을 내디 아니니 인〃(人人)이 ᄉ랑ᄒ고 공경ᄒ나 시비(是非)의 드디 아니〃 그 쳥고(淸高)홈과 견쳥(堅貞)[13]ᄒ믈 알니러라.

13) [교감] 견쳥: '쳥'은 '졍'의 오기. 21권본 '견졍'. 26권본 '견고'. 견졍(堅貞)은 절조가 굳어 변하지 않는나는 뜻.

824 | 원본 소현성록

남매가 시를 화답하다

소시 홀 는 승샹의 나간 째 일긔(日記)를 보려 질 ᄌ(姪子)로 ᄒ여곰 드려오라 ᄒ니 가져왓거늘 ᄂ리보더니 훈 화젼(華箋)이 ᄭ엿거늘 ᄲ혀보니 이 젼일 화시의 답장이오 긋티 졀구(絕句) 일 슈(一首)를 지어 시되 이 곳 승샹이 소시 브쵹(咐囑)ᄒ믈 우어 읇흔 배러라. 그 ᄯᆺ의 ᄒ여스되,

동긔(同氣)를 듕(重)타 니ᄅ디 말나. 의(義)로 믿준 동ᄉᆼ(同生)이 더옥 듕ᄒ디라.
죠희를 님ᄒ야 화시의 조븐 말을 믈니티고 깁흔 말을 ᄀᆮ쳐 날을 칙ᄒ고
훈 번 보매 믁연ᄒ고 두 번 보니 이곳 져〃의 ᄒᆞ신 배로다.
스스로 웃ᄂ니 내 말이 궁진(窮盡)훈 일이 업스되 업손 톄ᄒ야 긋치노라

ᄒ엿거ᄂᆯ 소시 대경ᄒ야 ᄀᆯ오ᄃᆡ,

"아ᄋᆫ 과연 ᄉ광(師曠)¹⁾의 총명(聰明)이 잇도다."

드ᄃᆡ여 그 ᄀᆞᆺᄐᆡ ᄎᆞ운(次韻)ᄒᆡᄃᆡ,

이럿툿 명명(明明)ᄒᆞᆫ 총명이 이실딘대 엇디 당년(當年)은 아득' 던고?

이의(己矣)ᄒᆞ라²⁾ ᄌᆞ부(自負)티 말나.

일즉 ᄀᆞᄅ치디 아닌 거ᄉᆞᆯ 무함(誣陷)ᄒᆞ미 그ᄅᆞ고 그ᄅᆞᆫ디라.

그ᄃᆡ 보디 아닌 젼은 이러툿 ᄒᆞ야 셩현(聖賢) 경계(警戒)ᄅᆞᆯ 닛디 말고

결의동ᄉᆡᆼ(結義同生)이 듕타 ᄒᆞ니 진실로 올흔디라.

너도 한가ᄅᆞᆯ 날이의셔³⁾ 경듕(敬重)ᄒᆞ니 나도 너ᄅᆞᆯ 본밧노라.

말이 궁진(窮盡)ᄒᆞ미 아니라 ᄒᆞ야 구변(口辯)을 쟈랑ᄒᆞ나

날로ᄡᅥ 보건대 진실로 궁진ᄒᆞ민가 ᄒᆞᄂᆞ니

문군(文君)의 ᄇᆡᆨ두음(白頭吟)과 소혜(蘇蕙)의 직금되(織錦圖)⁴⁾ 공교(工巧)ᄒᆞ나 구챠(苟且)ᄒᆞ기 심흔디라.

화시의 글은 니통달니달(理通達理)ᄒᆞ야⁵⁾ 분후(分毫)⁶⁾도 구챠티 아니코 명ᄇᆡᆨᄒᆞ니

---

1) ᄉ광(師曠): 춘추시대 진(晉)나라의 악사(樂師). 음조를 잘 알아서 한 번 들으면 길흉을 판단했다.

2) 이의(己矣): 이미 지난 일이다.

3) [교감] 날이의셔: 21권본 없음. 26권본 '날의셔'.

4) 직금도(織錦圖): 전진(前秦) 두도(竇滔)의 처 소혜(蘇蕙)가 유사(流沙)로 쫓겨난 남편을 그리워하며 비단에 회문시를 짜서 보냈다. 첩으로 인해 변심한 남편의 마음을 돌리기 위해서였다는 이야기도 있다.

5) [교감] 니통달니달ᄒᆞ야: '니통달리ᄒᆞ야'의 오기. 21권본 '니통이달ᄒᆞ야'. 26권본 '니통달이ᄒᆞ야'.

6) [교감] 분후: '분호'의 오기.

족히 고인(古人)의 브절업슨 슈고와 괴로온 작시(作詩)의 비승(倍勝)호도다

호야 쓰기를 뭇차 칙 스이예 씨우고 딜으룰[7] 셔당의 갓다가 두니 승상이 명됴(明朝)의 드러와 소시룰 보고 우어 왈,

"작일(昨日)의 빗는 글을 보오니 영힝(榮幸)호오나 그 쁫을 아디 못홀러이다."

소시 소왈,

"너는 모르거든 내 엇디 알니오?"

셜파의 남미 서르 웃더라. 승상이 희롱을 염히 너기나 동싱 스랑호미 지극훈 고로 미양 냥미로 말솜호야 이러툿 웃더라.

아들들의 재주를 묻다

일〃은 셔셕(西席)의 드러가 단싱을 보고 졔ᄌ(諸子)의 ᄌ조(才操)
ᄅᆞᆯ 무ᄅᆞ니 션싱이 ᄃᆡ왈,

"녕낭(令郞) 등이 어리되 문ᄌᆡ(文才) 아름다와 옥당(玉堂)1)의 오
ᄅᆞᆯ ᄌ쥐어니와 다만 앗갑고 앗가온 바ᄂᆞᆫ 승샹의 ᄌ조ᄅᆞᆯ 뎐슈(傳受)ᄒᆞ
리ᄂᆞᆫ 업ᄉᆞᆯ너이다."

승샹이 텽파의 악연왈(愕然曰),

"엇디 니ᄅᆞᆷ고?"

션싱이 쇼왈,

"녕낭(令郞) 열 사ᄅᆞᆷ이 붓 아릭 문쟝을 일우고 거룸을 인ᄒᆞ야 문ᄎᆡ
(文彩) 되나 다 쥬옥(珠玉)의 아름다오미오 강하(江河)의 대ᄌᆡ(大才)
아니라. 오직 뎨삼낭(第三郞)이 거의 ᄀᆞᆺ트려니와 ᄯᅩ흔 두어 층(層)이
ᄯᅥ러디리니 연(然)이나 팔ᄌᆞ(八字)ᄂᆞᆫ 다 영귀(榮貴)ᄒᆞ고 댱슈(長壽)

---

1) 옥당(玉堂): 한림원(翰林院)의 별칭.

ᄒ리라."

승샹이 쇼왈,

"핑죄(彭祖)²⁾ ᄒᆫ ᄌ(字) 깃친 글이 업고 댱슈(長壽)ᄒ니 엇디 됴티 아니ᄒ리오? 다만 삼ᄋᄌ(三兒子)ᄂᆞ 게어릇기 짝이 업스니 문쟝이 어ᄂ 곳으로 조차 나리오?"

션싱 왈,

"명공(明公)³⁾이 듯디 못ᄒᆞ엿ᄂᆞ냐? ᄌ고(自古) 영웅(英雄)이 엇디 머리ᄅᆞᆯ 놉혀⁴⁾ 독셔(讀書)ᄒᆞ미 이시리오? 녜 신야(薪野) 윤(尹)⁵⁾과 위슈(渭水) ᄌᆞ애(子牙)⁶⁾며 한(漢) 적 댱냥(張良) 졔갈(諸葛)이 므슴 경뎐(經典)을 닑으리오마ᄂ 텬디(天地)ᄅᆞᆯ 두로혀ᄂᆞᆫ 손(術)⁷⁾이 잇고 유듀(幼主)ᄅᆞᆯ 광부(匡扶)ᄒᆞᄂᆞᆫ 틀이 잇ᄂᆞ니 엇디 쇼〃(小小)ᄒᆫ 태ᄉᆞ쳔(太史遷) 니빅(李白) 두[ᄌ]미(杜子美)⁸⁾의 비길 배리오? 이제 삼낭의 ᄌᆡ화(才華)ᄂᆞ 흔갓 글을 니ᄅᆞ미 아니라 영웅과 호걸의 거동이 이셔 공밍(孔孟)의 졍도(正道)로 몸을 ᄀᆞ질 재 아니라. 반ᄃᆞ시 협긔(俠氣)ᄅᆞᆯ 껴 의ᄉᆞ(意思) 구텬(九天)의 늘고져 ᄒᆞᄂᆞᆫ 긔운이 잇ᄂᆞ니라. 태일(他日)⁹⁾ 내의 말이 마ᄌᆞ리라."

승샹이 ᄯᅩᄒᆫ 웃고 왈,

---

2) 팽조(彭祖): 800년이나 살았다고 하는 전설 속의 인물.

3) 명공(明公): 듣는 이가 높은 벼슬아치일 때, 그 사람을 높여 이르던 이인칭 대명사.

4) [교감] 놉혀: 21권본 '굽혀'. 26권본 '숙여'. 문맥상 '굽혀'나 '숙여'가 자연스러움.

5) 신야(薪野) 윤(尹): 상(商)나라 초기의 정치가 이윤(伊尹). 신야에 은거하고 있다가 탕왕(湯王)의 초빙을 받고 출사했다.

6) 위수(渭水) 자아(子牙): 주나라 초기의 정치가 강상(姜尙). 이름은 망(望), 자는 자아로 태공(太公)은 존칭이다. 위수(渭水)에서 낚시를 하고 있다가 인재를 찾아 떠돌던 주 문왕을 만나 중용되었다.

7) [교감] 손: '술'의 오기. 21권본 '술'. 26권본 '손'.

8) [교감] 두[ᄌ]미: 21권본 '두ᄌ미'. 26권본 '두미'. 두자미(杜子美)는 당나라 시인 두보. 자는 자미. 시성(詩聖)으로 불린다.

9) [교감] 태일: '타일'의 오기.

"돈이 만일 이러툿 홀딘대 다 션싱의 덕이라."

션싱이 대쇼왈,

"엇디 내 덕이리오? 다만 삼낭이 댱셩ㅎ매 졔어키 어려오리니 승샹은 용심(用心)ㅎ야 술피라."

언파(言罷) 빈쥐(賓主) 쾌히 웃고 술을 나와 통음(痛飮)ㅎ야 져믄 후 흣터디다.

후일담

셰월(歲月)이 뉴슈(流水) ㄱㄷ여 ㅈ녜 댱셩ㅎ니 승샹이 너비 구ㅎ
야 각〃 아름다온 비필을 엇게 ㅎ고 두 부인으로 화락(和樂)ㅎ며 냥
민(兩妹)를 화우(和友)ㅎ고 셔모를 공경ㅎ야 모젼(母前)의 효를 지극
히 밧드러 비록 ㅈ녜 만코 나히 쇠ㅎ나 모친 안젼(案前)의ㄴ 몸 가지
기를 아히ㄱㅌ티 ㅎ며 신셩(晨省)과 혼뎡(昏定)의 게어르미 업셔 일시
도 폐티 아니며 양부인이 오ᄃᆡ손(五代孫)싯디 보ᄃᆡ 가ᄉ(家事)를 노
티 아니〃 화셕 두 부인이 쏘ᄒᆞᆫ 녜문(禮文)을 넘고디 아냐 방듕(房中)
의 촌(寸)만ᄒᆞᆫ 것도 ᄉ〃(私事) 직물과 그릇시 업셔 다 양부인ᄭᅴ 드
려 고듕(庫中)의 녀헛다가 승샹과 ㅈ가(自家)의 쓸 고디 이시면 취품
(就稟)코 어더 쓰며 므릇 금슈능나(錦繡綾羅)를 어더도 다 고(庫)의
녀허 쓸대 이시면 고(告)ᄒᆞᆫ 후 임의로 내야 쓰니 가듕이 다 의구(依
舊)ᄒᆞᆫ 일노 아ᄃᆡ 오직 ᄉ직(私財)를 머므르면 시녜라도 무상(無狀)히
너기더라.

이러므로 양부인이 ᄉ졀(四節)노 식부와 냥녀를 블러 셕파로 ᄒᆞ여

곰 고(庫)를 열고 니파로 됴흔 능나(綾羅)를 글히야내여 안젼(眼前)의셔 ᄉ부인(四夫人)으로 ᄒ여곰 ᄂ의(羅衣)¹⁾를 몰나²⁾ 손ᄋ들의 옷지이 츌혀 시녀로 지으라 맛뎌 지은 후 쥬디 반촌(半寸) 호리(毫釐)³⁾도 차등(差等)이 업ᄉ나 오직 윤시 친개(親家) 업고 ᄉ직(私財) 업서 응졉ᄒ 리 업ᄂ 고로 더옥 긔렴(記念)ᄒ야 흔 층(層)식 도〃와 주시니 그 셩덕(盛德)이 이 ᄀ튼디라.

네 부인이 몸이 한가ᄒ고 긔운이 한헐(閑歇)ᄒ야 동으로 모드며 셔로 노라 스스로 ᄒᄂ 일이 업고 화시 비록 승샹의 원비(元妃)나 의복의 간예(干預)티 아니며 디긱(待客)의 수를 헤아려 부인 안젼(案前)의셔 셕파 등으로 더브러 쥬찬(酒饌)을 도을 ᄯ룸이오 쇼윤은 ᄌ가(自家) 댱부(丈夫)의 디긱(待客)을 시녀로 맛디고 아르미 업서 다만 쟝복(章服)⁴⁾과 관복(官服)⁵⁾을 시녜 잘 못홀가 ᄒ야 스스로 지은 밧근 죵일토록 시ᄉ(詩詞)를 챵화(唱和)ᄒ고 박혁(博奕)을 쇼일ᄒ야 시인(詩人)의 티(態)와 풍아(風雅)⁶⁾의 거동(擧動)이 이시디 홀노 셕시ᄂ 디긱(待客)의 아름이 업고 침션(針線)의 간셥디 아냐 비록 부인이 졀복(節服)을 몰나 주시나 시녀를 맛뎌 일우게 ᄒ고 스스로 부인 식봉(食奉)을 밧들며 의복을 몸소 ᄀ음아라 신임(身任)ᄒ며 뫼셔시미 그림재 얼골 좃ᄃ ᄒ니 비록 나히 늘그나 셩졍이 쇠티 아냐 흔글ᄀ튼디라. 부인이 ᄌ연 죵요롭고⁷⁾ 듕히 너기미 화시ᄯ 더으며 여러 십 년을 뫼시디 일호(一毫)도 미진(未盡)흔 일을 보디 못ᄒ니 양부인이 안젼

---

1) [교감] ᄂ의: '나의'의 오기. 21권본 없음. 26권본 '내외'.
2) [교감] 몰나: '믈나'의 오기. 21권본 '말니여'. 26권본 '믈나'.
3) 호리(毫釐): 자나 저울 눈의 호(毫)와 이(釐). 매우 적은 분량을 비유적으로 이르는 말.
4) 쟝복(章服): 벼슬아치들의 공복(公服). 의전용.
5) 관복(官服): 벼슬아치가 입던 정복(正服). 평상시 착용한다.
6) 풍아(風雅): 문아(文雅). 시문을 짓고 읊는 풍류(風流)의 도.
7) 죵요롭다: 없어서는 안 될 정도로 매우 긴요하다.

(案前)의 맛당ᄒᆞᆷ믈 엇고 승샹의 허물을 뵈디 아니 〃 가히 셕부인의 현텰(賢哲)ᄒᆞᆷ믈 알니러라.

승샹이 모친을 쳔년죵효(天年終孝)[8]ᄒᆞ고 벼슬이 졔후(諸侯)의 이셔 공젹을 ᄌᆞ로 셰우고 쉬(壽)[9] 팔십이 너믄 후 기셰(棄世)ᄒᆞ고 두 부인이 니어 도라간 후 ᄌᆞ손이 번셩ᄒᆞ야 관명(冠冕)[10]이 긋디 아니며 냥ᄌᆞ(兩子) 입샹(入相)ᄒᆞ고 칠 ᄃᆡ(七代)를 년ᄒᆞ야 황각(黃閣)의 깃드리니 후인(後人)이 유시찬왈(有詩讚曰),

"평싱의 존덕슌검(尊德醇儉)[11]ᄒᆞ고 공근졀차(恭謹切磋)[12]ᄒᆞ야 젹셩여음(積善餘蔭)[13]이 흘너 ᄌᆞ손의 문(門)을 놉히니 칠 ᄃᆡ 졍승이 나믄 효ᄒᆡᆼ과 졍딕ᄒᆞᆷ믈 창텬(蒼天)이 조우(助佑)ᄒᆞ고 신명(神明)이 감동(感動)ᄒᆞ도다"

ᄒᆞ더라.

그 ᄌᆞ녜 다 긔이(奇異)ᄒᆞᆫ디라. 일긔(日記)를 보매 후셰(後世)예 뎐(傳)ᄒᆞ염즉ᄒᆞᆯ식 니어 뎐(傳)을 지어내니 쇼공의 ᄒᆡᆼ젹이 쇼실(小說)[14]의 만히 드러 죵신(終身)ᄒᆞᆫ 일긔(日記) 잇ᄂᆞᆫ 고로 별뎐(別傳)을 굴온 소시삼ᄃᆡ록(蘇氏三代錄)이라 ᄒᆞ노라.

(소현셩녹 권지사 끝)

---

8) 죵효(終孝): 어버이의 임종 때 곁에서 정성을 다함.
9) 수(壽): 늙은 사람의 나이를 높여 부르는 말.
10) [교감] 관명: '관면'의 오기. 관면(冠冕)은 관직(官職).
11) 존덕슌검(存德醇儉): 덕을 높이고 검소함을 지킴.
12) 공근졀차(恭謹切磋): 옥이나 돌을 갈고 닦는다는 뜻으로, 학문과 덕행을 닦음을 이르는 말.
13) [교감] 젹셩여음: '셩'은 '션'의 오기. 적션여음(積善餘蔭)은 착한 일을 많이 한 결과 자손에게 복이 미친다는 뜻.
14) [교감] 쇼실: '쇼셜'의 오기. 21권본 없음. 26권본 '소셜'.

해설

『소현성록』의 성격과 위상

『소현성록』은 본편『소현성록』과 속편『소씨삼대록』으로 구성된다. 따라서, 완전한 해설이 되려면 본편과 속편을 아울러 다루어야 하나 이 책은 본편『소현성록』만을 번역한 것이기에 해설도 본편에 초점을 맞추기로 한다.

창작 연대

국문장편소설은 대부분 창작 연대와 작가가 미상이다. 그러나『소현성록』은 다행스럽게도 연대 추정이 가능하다. 용인 이씨(1652~1712)라는 여성이『소현성록』15책과『한씨삼대록』을 필사했다는 기록이 남아 있는 것이다.『한씨삼대록』은 소현성의 누나 소월영이 출가한 한씨 집안의 이야기로『소현성록』의 파생작 중 하나다.『한씨삼대록』은 은진 송씨(1676~1757)라는 여성이 1692년 이전에 필사했다는 또다른 기록이 남아 있다. 그렇다면 『한씨삼대록』의 본편인 『소현성록』은 1692년보다 앞서 창작되었을 것이다. 그래서 『소현성록』은 이르면 17세기 중반, 늦어도 17세기 후반에 출현했을 것으로 본다. 기록상으로 국문장편소설 중에서 가장 시기가 빠르다.

이본

국문장편소설은 조선 후기에 출판되기에는 분량이 지나치게 길었기 때문에 모두 필사본으로 존재한다. 『소현성록』도 마찬가지다. 이본 중 완질은 다음 4종이다.

1. 이화여자대학교 도서관 소장본 15권 15책 『소현성록』(이하 이대본)
2. 서울대학교 도서관 소장본 21권 21책 『소현성록』(이하 21권본)
3. 서울대학교 도서관 소장본 26권 26책 『소현성록』(이하 26권본)
4. 박순호 소장본 16권 16책 『소현성록』(이하 박순호본)

이 가운데 내용이 가장 풍부하고 정확하여 문맥 파악에 어려움이 없는 이본, 즉 선본善本은 이대본이다. 26권본은 이대본을 약간 축약한 형태이며 21권본은 축약과 삭제가 많고 인물 형상 등에서도 차이가 존재한다. 박순호본은 오자와 탈자가 많은 이본으로, 전체적으로 21권본과 유사하지만 15권은 이대본 14권과 일치하여 조합본의 성격을 띤다.

결국, 『소현성록』에는 이대본과 21권본의 두 계열이 존재한다. 원작에 가까운 것은 이대본 계열이다. 21권본은 이대본에 비해 화씨를 긍정적으로 묘사하는데, 이와 같은 특징은 『여와전』 같은 비평소설이나 『화씨팔대충의록』 같은 『소현성록』에 비판적인 파생작에서 보이는 바와 일치한다. 이에 대해서는 뒤에 다시 말하기로 한다.

연작의 관계

『소현성록』은 본편이고 『소씨삼대록』은 속편이다. 이 둘의 관계에 대해서는 여러 의견이 있다. 같은 작자가 처음부터 연작으로 기획했다고 보기도 하고, 다른 작자가 새로운 성격의 속편을 내놓았다고 보기도 한다. 별개 작자설을 주장하는 쪽에서는 『소현성록』과 『소씨삼대록』의 가치 지향, 서술 방식 등의 차이를 근거로 제시한다. 그러나 같은 작자라도 작품에 따라 상이한 가치 지향과 서술 방식을 보여줄 수 있다. 더욱이 『소현성록』은 본편과 속편의 지향이 다르다는 점을 서문(소승상 본전 별서)에서 밝히고 있다.

> 공(公)의 희노(喜怒)와 언쇼(言笑) 젹고 힝실(行實)이 놉기로 사름으로 ᄒ여곰 이 뎐(傳)을 보면 숑연(悚然)히 공경(恭敬)ᄒ나 빗나며 화려(華麗)흔 일이 업ᄂᆞᆫ 고로 그 ᄌᆞ식(子息)의 쇼셜(小說)을 지어 번화(繁華)를 돕고

본편은 주인공의 뛰어난 품행을 보여주는 내용이라 존경스럽기는 하지만 서사적 긴장과 재미가 떨어지기에 자식들의 이야기를 덧붙여 흥미성을 보완한다는 것이다. 본편이 본받아야 할 이상적 인간형을 제시하는 것을 목표로 삼는다면, 속편은 부귀영화를 만끽하는 즐거움에 집중하여 오락적인 성격을 강화한다. 이러한 공식은 오늘날 대부분의 시리즈물에서도 통용된다. 본편은 탄탄한 구성과 문제의식으로 명성을 얻고, 속편은 인기를 유지하기 위해 본편에 비해 압도적인 규모와 화려한

볼거리를 동원하기 때문이다. 따라서『소현성록』의 본편과 속편은 애초에 차별된 성격으로 기획되었다고 볼 수 있다.

작자가 원래부터 연작을 의도했다는 것은『소현성록』곳곳에서 예고되는『소씨삼대록』의 내용으로 확인된다. 소현성이 태어나기 전부터 장차 10남 5녀를 두고 그중 막내딸이 황후가 되리라 예언하는 것은 물론, 소현성의 아들 운성은 요괴를 무찌르는 영웅이 될 것이며 배우자 문제로 파란을 겪으리라는 암시도 있다. 이러한 예고가 매우 섬세하고 정교하게 짜여 있기 때문에 나중에 속편의 작자가 삽입했다고 보기 어렵다. 다만 이와 같은 작품의 치밀성을 제대로 인지하려면 선본인 이대본이 필요하다.

다른 연작소설과 달리『소씨삼대록』이 독립적으로 존재하지 않는다는 사실도 동일 작자설에 힘을 실어준다.『유씨삼대록』『임씨삼대록』『조씨삼대록』등 삼대록계 소설의 속편은 본편과 분리되어 유통되지만, 현전하는『소씨삼대록』은 모두『소현성록』과 합본되어 있다. 독자들이『소현성록』과『소씨삼대록』을 하나의 작품으로 인식했다는 뜻이다. 사실『소현성록』은 내용상으로도 본편과 속편의 결속력이 매우 강하다. 일반적으로 속편에서는 본편의 주인공이 이미 죽고 없거나 등장하더라도 배후로 물러나는 경우가 많은데,『소씨삼대록』에서는 소현성 등 본편의 등장인물이 여전히 중요한 위치를 차지하기 때문이다.

요컨대,『소현성록』과『소씨삼대록』은 동일 작자가 기획한 연작으로 보인다.『소현성록』은 그 자체로 완결성이 있는 작품이지만,『소씨삼대록』과 함께 읽을 때 더 풍부하고 흥미롭다.

🔖 시대적 배경

국문장편소설은 중국 한족漢族 왕조인 한漢, 당唐, 송宋, 명明을 배경으로 삼는다. 『소현성록』의 시대적 배경은 북송北宋으로, 본편 『소현성록』은 태조太祖~태종太宗 시절을, 속편 『소씨삼대록』은 진종眞宗~인종仁宗 시절을 배경으로 한다. 소현성은 주로 태종 시절에 관직 생활을 하고 인종 연간에 죽는다. 소현성이 죽자 인종이 포증包拯과 여이간呂夷簡을 시켜 전傳을 짓게 하는데, 이것이 바로 『소현성록』이다. 작품 출현에 대한 이와 같은 부연 설명은 허구적인 내용을 실재 사실처럼 보이도록 하는 장치로서 국문장편소설에서 흔히 발견된다.

『소현성록』은 북송 시대의 역사적 배경을 독자들에게 친절하게 설명하지 않는다. 실존 인물과 실재 사실은 돌출적, 파편적으로 언급되는데다가 필사가 거듭되며 해당 부분에 오류가 누적되어 결국 맥락을 알 수 없게 됐다. 본편에 태종이 형 태조의 태자 덕소德昭를 죽이자 소현성이 충격을 받고 태종이 태조를 죽였다는 소문을 믿게 되는 내용이 있다. 태조~태종 시절의 정치적 상황을 모르면 이 부분을 이해할 수 없는데, 작자는 이 정도는 누구나 아는 상식이라는 태도를 취한다. 아마도 작자는 『양가장연의楊家將演義』나 『북송지전北宋志傳』 등 북송을 배경으로 한 다른 소설에서 해당 시대에 대한 이해를 얻었고, 독자들에게 유사한 독서 경험을 기대한 듯하다.

🔖 공간적 배경

『소현성록』에서 대부분의 서사는 집안에서 일어난다. 따라서 소현성의 집이 있는 자운산 장현동이 주된 무대다. 수도인 변경汴京 남문 밖 40

리에 있는 자운산은 전적으로 허구인 공간으로서, 세속과 격리된 청정한 공간인 동시에 언제든 세상을 향해 나아갈 수 있는 공간이기도 하다. 이 같은 절묘한 입지 덕분에 자운산은 단순히 물리적 공간에 그치지 않고 소현성 등 소씨 집안 인물들이 현실과 권력에 대해 보이는 태도와 중첩된다. 소현성 등은 황제의 총애를 받고 고관을 역임하면서도 적극적으로 정치에 참여하거나 국정을 주도하지 않는다. 오히려 한 걸음 물러서서 현실에 비판적인 태도를 보이며 윤리적인 우위를 차지한다. 그러나 현실로부터 일정 거리 이상 멀어지지도 않는다. 권력을 누리면서도 권력과 거리를 두고, 권력을 거부하는 제스처를 취하면서도 권력의 장에서 이탈하지 않는 것이다.

자운산은 『소현성록』의 영향을 받은 다른 소설들에서 소씨가의 대명사로 사용된다. 『화씨팔대충의록』과 『옥선현봉소설록』에서는 자운산의 다른 골짜기인 선학동과 운수동에 집을 마련하기도 한다.

▨ 내용, 구성, 인물

『소현성록』 본편은 소현성의 일대기를 따라가는 에피소드식 구성이다. 작품을 관통하여 이끌어나가는 특정한 갈등이나 사건이 있는 것이 아니라 개별적인 사건들이 시간의 흐름에 따라 느슨하게 결합되어 있다. 유복자로 태어난 소현성이 비범하게 자라나 출세를 하고, 홀어머니 양부인을 지극한 효성으로 모시며, 화씨와 석씨 두 아내를 얻어 집안을 공정하게 다스리고 여러 자녀를 둔다. 주동/반동 인물 간의 첨예한 대립이나 사활을 건 정치적인 투쟁이 존재하지 않기 때문에 '정적靜的인 서사'라고 불리기도 한다.

대신 모든 에피소드는 대단히 의도적으로 고안되고 배치되어 있다.

초반에는 주로 인물의 성격을 구축하는 데 집중하고, 중반 이후에서는 바람직한 행실이란 무엇인가를 그렇지 못한 사례와 비교하여 보여주는 데 치중한다. 양부인이 절개를 잃었다는 이유로 딸 교영을 죽이는 사건은 잔인할 정도로 단호한 양부인의 성격을, 소현성이 남의 딱한 사정을 듣고 과거 답안지를 대신 작성해주는 사건은 효를 최고 가치로 두는 소현성의 성격을 드러내기 위해 존재한다. 화씨와 석씨 두 아내가 필요했던 것은 문제적인 상황에서 가부장의 현명한 처신을 보여주기 위해서이고, 감정적이고 경솔한 화씨는 이성적이고 신중한 석씨와 대비를 이루면서 독자에게 반면교사 역할을 한다. 소월영의 방탕하고 경박한 남편 한학사는 금욕적이고 진중한 소현성을 돋보이게 한다.

『소현성록』에서 가장 놀랍고 빛나는 점은 이렇게 기능적으로 설정되었는데도 불구하고 인물들이 살아 움직이고 생기가 넘친다는 사실이다. 소현성, 양부인, 화씨, 석씨, 석파가 독자적인 내면과 관점을 가지고 흡인력을 발휘하기 때문에, 독자는 각 인물에게 설득되고 공감하며 그의 눈으로 상황을 새롭게 바라볼 수 있다.

🪨 다른 작품과의 관계

『소현성록』은 앞서 언급한 중국 소설 『양가장연의』『북송지전』 외에 『포공연의包公演義』의 영향도 받았다. 『포공연의』는 판관 포청천包靑天의 활약을 그린 공안소설公案小說인데, 본편의 '요괴 퇴치'와 '진짜와 가짜 다툼', 속편의 '조국구趙國舅 이야기' 등에서 『포공연의』의 영향을 발견할 수 있다. 이 밖에도 작자는 여러 관련 자료를 수집하여 작품에 활용한 듯하다. 예를 들어 소현성이 활쏘기를 거부하는 에피소드는 북송 진종 때 진요자陳堯咨의 고사故事를 차용한 것이다. 아직 밝혀지지는 않았지만 얼굴을 바꾸는 단약인 개용단^{改容丹} 등도 온전한 창작이라기보다는 어딘가에 출처가 있을 가능성이 크다.

『소현성록』은 우리 소설과도 다양하고 복잡한 관계를 맺고 있다. 소월영이 출가한 한씨 집안 이야기인『한씨삼대록』, 소운성의 딸 소숙희가 출가한 설씨 집안 이야기인『설씨이대록』, 소운성의 동서 손기의 이야기인『손천사영이록』, 화씨의 친정 이야기인『화씨팔대충의록』, 소운경, 소운명의 딸들이 출가한 이씨 집안 이야기인『옥선현봉소설록』등은 모두『소현성록』의 파생작들이다. 이들 중에는『소현성록』의 서술 시각을 그대로 이어받은 작품도 있지만『소현성록』의 관점에 반대하는 비판적인 작품도 있다.

『손천사영이록』은『소씨삼대록』에서 소운성에게 놀림받던 손기라는 인물이 도교의 호국천사^{護國天師}가 되어 관계가 역전된다는 내용이다. 『옥선현봉소설록』과『화씨팔대충의록』은 둘 다『소현성록』이 첫째 부인 화씨보다 둘째 부인 석씨를 훌륭한 인물로 묘사한 데 대해 반감을 품는다.『옥선현봉소설록』은 화씨 소생인 소운경과 소운명의 딸들을 등장시킴으로써 은근히 화씨를 편든다.『화씨팔대충의록』은 아예 화씨의 친정을 배경으로 삼고 극악한 인물을 석씨의 친척으로 등장시키는가 하면,『소씨삼대록』에서도 화씨가 석씨보다 현명했다고 내용을 왜곡한다.

화씨를 대하는『소현성록』의 태도에 불만은 가진 것은 이들만이 아니다. 가깝게는『소현성록』이본 내부에서 21권본이 반발했다. 21권본이 화씨의 조급함과 편협함을 최대한 감추고 긍정적으로 서술하고자 애쓴 것은『소현성록』의 시각에 대한 거부감의 표출이다.『소현성록』의 독서 감상이라 할 수 있는 가사〈자운가〉역시 유사한 관점을 보인다.〈자운가〉에는 석파의 혼이 등장하여 소씨 집안의 화려했던 시절을 회고하는데, 화씨와 석씨 사이에 우열이 없다고 평가한다.

멀게는『여와전』이 비판의 날을 세웠다.『여와전』은 소설에 대한 소설로, 국문장편소설의 여성 주인공들을 한자리에 모아 순위를 정하고 품평하는 독특한 작품이다. 『빙빙전』『옥교행』『추학기』『소문록』『옥환빙』『옥기린』『소현성록』(『소씨삼대록』 포함) 『이현경전』『현봉쌍의록』『유효공선행록』『유씨삼대록』『사씨남정기』 등 다양한 작품의 여주인공들이 등장한다.

원래 석씨는 높은 순위를 차지하고 있었으나 재평가가 이루어지면서 순위권 밖으로 밀려난다. 석씨에게 가해진 비판은, 시어머니를 봉양하여 화씨의 역할을 가로챘고, 은근히 화씨의 단점을 드러냈으며, 나중에는 화씨와 동등한 대우를 받았다는 것이다. 결국 둘째 부인이 첫째 부인보다 탁월했다는 사실 자체가 비난을 받은 것이다. 『소현성록』의 작자는 화씨와 석씨의 대비를 통해 여성의 바람직한 처신을 보여주려 했다. 그러나 다양한 파생작의 목소리를 통해 화씨에게 감정을 이입한 독자들의 반발이 거셌음을 알 수 있다.

『소현성록』 연작과 흥미로운 관계를 맺고 있는 또다른 작품은 『옥환빙』이다. 『옥환빙』은 정환과 설경윤이라는 부부의 이야기다. 현전하지 않지만 『소씨삼대록』 말미에 내용이 소개되어 있고 『여와전』에도 제명題名과 등장인물이 적시되어 있다. 연구 초창기에는 『옥환빙』도 『소현성록』의 파생작이라고 생각됐으나 반대로 『옥환빙』은 『소현성록』 연작보다 앞선 작품이다. 『소현성록』 연작에서 작자로 등장하는 포증과 여이간은 『옥환빙』이 소씨를 일부러 언급하지 않았으며 설씨 집안 사람들이 소씨 집안 사람들보다 떨어지는데도 과도하게 칭송되었다고 비판한다. 만약 『옥환빙』이 『소현성록』 연작보다 앞서 창작되지 않았다면 어떻게 존재하지도 않는 작품을 자세히 비판할 수 있었겠는가? 『소현성록』이 『옥환빙』의 시대적 배경이나 인물 구성을 모방해놓고, 오히려 『옥환빙』에 문제가 있다고 공세를 폈을 가능성이 크다.

▨ 소설사적 의의

초기의 국문장편소설은 중국 소설의 영향을 받아 윤리적으로 느슨하고 자유로운 분위기였다. 『옥교행』『옥환빙』『옥기린』『소문록』 등이 여기에 해당한다. 그러나 상층 여성 독자층이 형성되고 사대부들이 『사씨남정기』와 같은 규범 의식이 투철한 작품을 내놓자 국문장편소설도 이런 국내 정서를 반영하게 되었다. 이와 같은 변화의 시기에 등장한 것이 『소현성록』이다. 『소현성록』을 거치면서 국문장편소설은 내용적으로 가부장적 유교 윤리로 무장하고 형식적으로 삼대록 연작이라는 장편화의 장치를 가지게 되었다.

국문장편소설은 작자들에게도 생경한 세계인 중세 중국을 배경으로 하는 만큼 구체적인 정보가 심각하게 부족했다. 작자들은 역사적 고증에 충실하기보다 상상력에 의존하거나 서로를 모방하는 방법을 택했는데, 이 때문에 『소현성록』이 축조한 세계는 후대 작품들에서 더욱 활발히 복제되었다. 그러나 『소현성록』의 자장 안에 있는 수많은 작품들 중에 『소현성록』을 능가하는 작품은 나오지 못했다. 그래서 『소현성록』은 본격적인 국문장편소설의 시대를 연 작품이면서, 가장 뛰어난 작품으로 남았다.

【 참고문헌 】

노정은, 「『소현성록』의 인물 형상화 변이 양상: 이대본과 서울대 21권본을 중심으로」, 고려대 석사학위논문, 2004.

박영희, 「『소현성록』 연작 연구」, 이화여대 박사학위논문, 1994.

정길수, 「17세기 장편소설의 형성 경로와 장편화 방법」, 서울대 박사학위논문, 2005.

지연숙, 「『소현성록』의 공간 구성과 역사 인식」, 『한국고전연구』 13, 한국고전연구학회, 2006.

──, 「『소현성록』의 주변과 자장」, 『한국문학연구』 4, 고려대학교 민족문화연구원 한국문학연구소, 2003.

──, 「『여와전』 연작의 소설 비평 연구」, 고려대 박사학위논문, 2001.

우리가 고전에 눈을 돌리는 것은 고전으로 회귀하기 위해서가 아니다. 한국의 고전은 고전으로서 계승된 역사가 극히 짧고 지금 이 순간에도 발견되고 있으며 심지어 어떤 작품은 저 구석에서 후대의 눈길을 간절하게 기다리고 있기도 하다. 우리의 목표는 바로 이런 한국의 고전을 귀환시키는 것이다. 그러니까 고전 안에 숨죽이며 웅크리고 있는 진리내용들을 다시 불러들이고 그것으로 이 불투명한 시대의 이정표를 삼는 것, 이것이 우리의 궁극적인 목적이다.

문학동네 한국고전문학전집은 몇몇 전문가의 연구실에 갇혀 있던 우리의 위대한 유산을 널리 공유하는 것은 물론, 우리 고전의 비판적·창조적 계승을 통해 세계문학사를 또 한번 진화시키고자 하는 강한 열망 속에서 탄생하였다. 그래서 문학동네 한국고전문학전집은 이미 익숙한 불멸의 고전은 말할 것도 없고 각 시대가 새롭게 찾아내어 힘겨운 논의 끝에 고전으로 끌어올린 작품까지를 두루 포함시켰다. 뿐만 아니라 한국 고전의 위대함을 같이 느끼기 위해 자구 하나, 단어 하나에도 세밀한 정성을 들였다. 여러 이본들을 철저히 비교하는 과정을 거쳐 정본을 확정했고, 이제까지의 모든 연구를 포괄한 각주를 달았으며, 각 작품의 품격과 분위기를 충분히 살려 현대어 텍스트를 완성했다. 이 모두가 우리의 고전을 재발명하는 것이야말로 세계문학의 인식론적 지도를 바꾸는 일이라는 소명감 덕분에 가능했음은 물론이다. 부디 한국의 고전 중 그 정수들을 한자리에 모은 문학동네 한국고전문학전집이 그간 한국의 고전을 멀리했던 독자들에게 널리 읽히고 창조적으로 계승되어 세계문학의 진화를 불러오는 우리의, 더 나아가 세계 전체의 소중한 자산으로 자리하기를 기대해본다.

문학동네 한국고전문학전집 편집위원
심경호, 장효현, 정병설, 류보선

옮긴이 **지연숙**

고려대학교 국어국문학과를 졸업하고 같은 대학원에서 고전소설을 전공하여 석사, 박사학위를 받았다. 주로 조선 후기 국문장편소설을 연구하며, 소설과 소설의 상호텍스트적 관계에 흥미를 가지고 있다. 『교감본 한국한문소설』(1~7권)의 출간 작업에 참여했으며, 저서로 『장편소설과 여와전』, 공저로 『열려라, 말』이 있다.

한국고전문학전집 018

소현성록
ⓒ지연숙 2015

초판 인쇄 | 2015년 1월 17일
초판 발행 | 2015년 1월 24일

옮긴이 지연숙 | 펴낸이 강병선

책임편집 류기일 | 편집 오경철 | 독자모니터 황치영
디자인 윤종윤 이주영 | 마케팅 정민호 이연실 정현민 지문희 김주원
온라인마케팅 김희숙 김상만 한수진 이천희
제작 강신은 김동욱 임현식 | 제작처 영신사

펴낸곳 (주)문학동네
출판등록 1993년 10월 22일 제406-2003-000045호
주소 413-120 경기도 파주시 회동길 210
전자우편 editor@munhak.com | 대표전화 031)955-8888 | 팩스 031)955-8855
문의전화 031)955-1933(마케팅), 031)955-2690(편집)
문학동네카페 http://cafe.naver.com/mhdn | 트위터 @munhakdongne

ISBN 978-89-546-3438-0 04810
      978-89-546-0888-6 04810 (세트)

* 이 도서의 국립중앙도서관 출판시도서목록(CIP)은 서지정보유통지원시스템 홈페이지(http://www.seoji.nl.go.kr)와 국가자료공동목록시스템(http://www.nl.go.kr/kolisnet)에서 이용하실 수 있습니다.
(CIP제어번호: CIP2014038550)

www.munhak.com